COLEÇÃO MUNDO AFORA

Mircea Cărtărescu
Solenoide

TRADUÇÃO DO ROMENO
Fernando Klabin

*mundaréu

© Editora Mundaréu, 2024 (tradução e edição)
© Mircea Cărtărescu, 2015/Paul Zsolnay Verlag Ges.m.b.H.,
  Wien (através de Ute Körner Literary Agent)
© Raul Passos, 2024 (tradução de Tudor Arghezi)

Título original em romeno
Solenoid

Esta ediçao contou com o apoio financeiro do Instituto Cultural Romeno, por meio de seu programa TPS.

EDIÇÃO
Silvia Naschenveng

CAPA
Estúdio Pavio (a partir da foto de Fântânile București, Piața Unirii, Bucareste, Romênia, 2023/ Frimufilms/ Freepik).

DIAGRAMAÇÃO
Luís Otávio Ferreira

PREPARAÇÃO
Fábio Fujita

REVISÃO
Vinicius Barbosa

Edição conforme o Acordo Ortográfico da Língua Portuguesa (1990).

Dados Internacionais de Catalogação na Publicação (CIP)
(Câmara Brasileira do Livro, SP, Brasil)
Tábata Alves da Silva - Bibliotecária - CRB-8/9253

> Cartarescu, Mircea
> Solenoide / Mircea Cartarescu ; tradução do romeno Fernando Klabin. -- São Paulo : Editora Mundaréu, 2024. -- (Coleção mundo afora)
> Título original: Solenoid.
> ISBN 978-65-87955-25-4
> 1. Ficção romena I. Título. II. Série.
> 24-220153   CDD-859.3

Índices para catálogo sistemático:
1. Ficção : Literatura romena 859.3

1ª edição, 2024; reimpressão, 2025
Todos os direitos desta edição reservados à
EDITORA MUNDARÉU LTDA.
São Paulo — SP

🌐 editoramundareu.com.br

✉ vendas@editoramundareu.com.br

📷 editoramundareu

Um homem, ser de sangue, extrai do cume o lodo
E engendra então o grande espectro que o assombra,
Feito de devaneio, de aroma e de sombra,
Dá-lhe alma, e entre nós o faz descer de todo.

No entanto o sacrifício lhe parece fútil,
Frívolo, quanto é belo do livro o seu brado.
Porém sem seres lido, ó livro meu amado,
Crer que responderás a perguntas é inútil.**

TUDOR ARGHEZI, Ex libris

*„Un om de sânge ia din pisc noroi
Și zămislește marea lui fantomă
De reverie, umbră și aromă,
Și o pogoară vie printre noi.

Dar jertfa lui zadarnică se pare,
Pe cât e ghiersul cărții de frumos.
Carte iubită, fără de folos,
Tu nu răspunzi la nici o întrebare."

** Tradução de Raul Passos

Primeira Parte

1

Peguei piolho de novo, nem me admiro mais, nem me assusto mais, nem fico mais com nojo. É só coceira. Quase sempre estou com lêndeas, sempre caem quando me penteio no banheiro: ovinhos cor de marfim, reluzindo pretos na porcelana da pia. Muitos também ficam entre os dentes do pente, que limpo depois com a escova de dentes velha, a do cabo mofado. Não tenho como não pegar piolho – sou professor numa escola de periferia. Metade das crianças tem piolho, diagnóstico confirmado já no início das aulas, durante a consulta médica, quando a enfermeira lhes desfia o cabelo com o gesto experiente dos chimpanzés – só não estala entre os dentes a crosta de quitina dos insetos capturados. Em vez disso, recomenda aos pais uma solução alvacenta como lixívia, de cheiro químico, a mesma utilizada, no fim das contas, também pelos professores. Em poucos dias, a escola toda passa a cheirar a solução contra piolho.

Não é tão ruim assim, apesar de tudo; pelo menos faz tempo que não temos percevejos. Ainda me lembro deles, vi-os com meus próprios olhos quando tinha uns três anos, na casinha de Floreasca[1] em que vivi entre 1959 e 1960. Papai me mostrava, levantando o colchão num gesto brusco. Eram grãozinhos escarlates, duros e luzidios como frutas do bosque, ou como aqueles brotos escuros de hera que eu sabia que não devia enfiar na boca. Só que os grãozinhos entre o colchão e o estrado corriam rápido para os cantos

[1] Bairro de Bucareste. [N.T.]

escuros, tão alarmados que eu dava risada. Mal via a hora em que papai levantasse de novo a quina pesada do colchão (quando trocavam a roupa de cama) para rever aqueles bichinhos gorduchos. Eu dava então uma risada tão gostosa, que mamãe, que deixava meu cabelo comprido e todo cheio de cachinhos, sempre me apertava nos braços e "cuspia" em mim para espantar o olho gordo. Em seguida, papai vinha com a bomba de inseticida e borrifava um jorro fedorento em cima dos percevejos abrigados entre as fendas da armação de madeira, acabando com eles. Gostava do cheiro da madeira da cama, madeira de abeto que ainda soltava resina, gostava até mesmo do cheiro do inseticida. Papai depois largava o colchão, e mamãe vinha com os lençóis nos braços. Quando ela fazia a cama, o lençol inflava como um sonho enorme, e eu me enfiava nele com um prazer todo especial. Depois eu esperava que o lençol pousasse, devagar, sobre mim, assumindo a forma de meu corpinho, não exatamente de cada parte dele, mas desenhando dobras e dobrinhas complicadas. Naquela altura, os cômodos eram grandes como galpões, e dentro deles se moviam aqueles dois gigantes que, sabe-se lá por que, cuidavam de mim: mamãe e papai.

No entanto, não me lembro de picadas de percevejo. Mamãe dizia que deixam pequenos círculos vermelhos na pele, com um ponto branco no meio. E que ardem mais do que coçam. Não sei, a verdade é que eu sempre pego piolho das crianças quando me inclino sobre seus cadernos, como se fosse doença profissional. Desde a época em que eu poderia ter me tornado escritor, uso cabelo comprido. Foi tudo o que me restou dessa carreira, as mechas. E as malhas de gola alta, usadas pelo primeiro escritor que vi na vida e que ficaram como uma imagem, gloriosa e intocável, do autor de *Bonequinha de luxo*. Meu cabelo sempre encosta nos das meninas, armados e cheios de lacinhos. É por esses fios córneos, semitransparentes, que os insetos sobem. Suas garras têm a curvatura do fio de cabelo, de modo que o agarram perfeitamente. Chegam depois ao couro cabeludo, e lá deixam seus ovos e excrementos. Picam o couro, que jamais viu a luz do sol, de um branco imaculado, como um pergaminho, e esse é seu alimento. Quando a coceira se torna insuportável, abro a água quente da banheira e me preparo para os exterminar. Gosto do som da água na banheira, desse borbulhar impetuoso, precipitação turbilhante de bilhões de gotas e filetes enroscados numa espiral, do uivo do jato vertical na gelatina esverdeada da água que aumenta infimamente, conquistando as paredes da banheira por meio de ondas obstrutivas e invasões bruscas, como se fossem inúmeras formigas transparentes fervilhando na selva amazônica. Fecho a torneira e a calma se impõe, as formigas se fundem umas nas outras, e a gelatina de safira, mole e silenciosa, olha para mim com um olho límpido e me aguarda. Nu, entro com volúpia na água. De imediato mergulho a cabeça, sinto como as paredes da água se erguem simétricas pela minha face e minha testa. A água me pressiona, pesa em torno de mim, me faz levitar no meio dela. Sou o caroço de um fruto de polpa verde-azul. Meu cabelo estica até a borda da banheira, como uma ave negra de asas abertas. Os fios se repelem uns aos outros, cada um é independente, cada um flutua, molhado, entre os outros, sem os tocar, como tentáculos de um narciso-das-areias. Movo com gestos repentinos a cabeça, para um lado e para o outro, para sentir como os fios se retesam, se estendem pela água densa, ganhando peso, um peso inesperado. É difícil arrancá-los de seus alvéolos de água. Os piolhos se aferram firmes aos troncos grossos, unindo-se a eles. Suas carcaças são feitas da mesma substância dos fios de cabelo. Também amolecem na água quente, mas sem se dissolver. Os tubinhos respiratórios, simetricamente localizados na beirada dos ventres franzidos, estão bem vedados, como as narinas aderentes das focas. Flutuo passivo na banheira, distendido como um modelo anatômico, a pele de meus dedos incha e enruga. Eu também amoleço, como se uma quitina transparente me cobrisse. As mãos, soltas, flutuam na superfície. O sexo também tende a se alçar, como uma rolha de cortiça. É tão estranho eu ter um corpo, estar num corpo.

Ergo-me e ponho-me a passar sabonete no cabelo e pelo corpo. Enquanto mantive os ouvidos debaixo d'água, ouvi com clareza as brigas e as pancadas dos apartamentos vizinhos, só que pareciam filtradas num sonho. Tinha agora tampões de gelatina nos ouvidos. Passeio pelo corpo minhas palmas cheias de espuma. Meu corpo, para mim, não é erótico. É como se meus dedos passassem não por meu corpo, mas por minha mente. Minha mente vestida de carne, minha carne vestida de cosmos. Como no caso dos percevejos, não me surpreendo tanto ao atingir meu umbigo com os dedos cheios de espuma. Faz muitos anos isso. No início eu me assustava, claro, pois tinha ouvido que podia acontecer de o umbigo arrebentar. Mas jamais me preocupara com o meu, pois meu umbigo não passava de uma reentrância no ventre, "grudado à espinha dorsal", como dizia mamãe. Era desagradável tocar no fundo dessa concavidade, mas isso nunca me incomodou. O umbigo nada mais era que aquele ponto escavado, na maçã, por onde sai o cabinho. Fomos criados como frutas num pecíolo coberto por nervuras e artérias. Alguns meses antes, porém, enquanto passava os dedos, apressado, por esse acidente de meu corpo, só para não o deixar sujo, senti algo incomum, algo que não deveria estar ali: uma espécie de protuberância que arranhou a ponta de meu dedo, algo inorgânico, alheio a meu corpo. Estava incrustado no nó de carne pálida que lançava um olhar dali, como um olho entre duas pálpebras. Pela primeira vez fui olhá-lo com mais atenção, afastando com os dedos as margens da fenda. Como não enxergava bem, ergui-me da banheira, e a lente de água escorreu devagar pelo umbigo. Meu Deus, pensei para comigo mesmo, sorrindo, cheguei ao ponto de contemplar meu próprio umbigo... Sim, era uma espécie de nó pálido, que ganhara nos últimos tempos mais relevo do que de costume, pois, quase aos trinta anos, os músculos de meu ventre haviam começado a afrouxar. Uma incrustação do tamanho da unha de uma criança, numa das volutas do nó, revelou ser mera sujeira. Do outro lado, porém, rijo e dolorido, brotava o toquinho preto esverdeado que sentira com a ponta do dedo. Não sabia o que podia ser. Tentei agarrá-lo com as unhas, mas, ao puxar, senti uma dorzinha que me assustou: podia ser um tipo de verruga que seria mais prudente não perturbar. Esforcei-me por esquecê-lo e deixá-lo ali onde crescera. Ao longo da vida nos aparecem muitas pintas, verrugas, ictioses e outras porcarias que, pacientemente, carregamos conosco, para não falarmos das unhas e dos pelos, e dos dentes que caem: pedaços nossos que deixam de nos pertencer e ganham vida própria. Guardo ainda hoje, graças ao cuidado de mamãe, numa caixinha de pastilhas tic tac, todos os meus dentes de leite e, também graças a ela, minhas mechas de quando tinha três anos. Nossas fotografias com verniz craquelado e serrilhadas como as beiradas de um selo constituem igualmente um testemunho: nosso corpo em algum momento de fato se interpôs entre o sol e a lente da câmera fotográfica, fazendo sombra no filme da mesma maneira como a lua projeta sombra, no eclipse, sobre o disco solar.

Porém duas semanas depois, de novo na banheira, senti mais uma vez o umbigo estranho e irritado: aquela pequena porção não-identificada tinha aumentado um pouco e, ao toque, doía menos do que inquietava. Quando nosso dente dói, passamos a língua nele mesmo sob o risco de acabarmos descobrindo uma dor mais intensa. Tudo o que sai do normal no mapa sensível de nosso corpo nos crispa e agita: vemo-nos obrigados a acabar, a qualquer preço, com a sensação de incômodo que não nos dá sossego. De vez em quando, à noite, antes de me deitar, tiro as meias e sinto que a pele carnuda, amarela-transparente da parte lateral do dedão, se tornou excessivamente grossa. Apanho aquele inchaço duro com os dedos e o esfrego por uma meia hora, até conseguir arrancar uma borda, a partir da qual continuo puxando, com as pontas dos dedos doloridas, cada vez mais irritado e preocupado, até conseguir soltar uma casca grossa, vítrea, com estrias que se parecem com as das papilas digitais, um centímetro inteiro de pele morta, agora pendurada em meu dedo, desgraciosa. Não posso continuar puxando, senão chego àquela membrana vascularizada de baixo, chego àquele que sente dor, eu mesmo, contudo preciso resolver aquela coceira, aquela aflição. Pego a tesoura e a corto, em seguida a contemplo demoradamente: uma casca branca produzida por mim, sem eu saber como, assim como não me lembro de como produzi meus ossos. Dobro-a entre os dedos, cheiro-a, tem um leve odor de amoníaco: aquele naco orgânico, mas morto, morto desde que fazia parte de mim e adicionava alguns gramas a meu peso, continua me atiçando. Prefiro não o jogar fora, apago a luz e vou para a cama com ele entre os dedos, para que, no dia seguinte, eu me esqueça completamente de tudo. Por algum tempo, no entanto, manco de leve: dói o ponto do qual o arranquei.

De modo que me pus a cutucar levemente o caroço duro que assomava em meu umbigo até que, inesperadamente, ele se soltou em minha mão. Era um pequeno cilindro de meio centímetro de comprimento e mais ou menos da grossura de um palito de fósforo. Tingido pelas intempéries, parecia embolorado, ensebado e enegrecido pela passagem do tempo. Era algo ancestral, mumificado, saponificado, sabe-se lá. Coloquei-o debaixo do jato d'água da pia, e a camada de sebo se foi, revelando que, no passado, aquela coisinha talvez tenha sido amarelo-esverdeada. Deixei-o no fundo de uma caixa de fósforos vazia. Parecia a cabeça queimada de um palito.

Algumas semanas depois, extraí do umbigo encharcado de água quente mais um fragmento, dessa vez duas vezes mais comprido, da mesma substância dura e alongada. Percebia agora que se tratava da ponta flexível de um barbante, pude inclusive observar a imensa quantidade de fibras enroladas que o constituíam. Era barbante, barbante ordinário, de embalagem. O barbante com que, vinte e sete anos atrás, costuraram meu umbigo naquela maternidade miserável, proletária, onde nasci. Agora meu umbigo o abortava com vagar, um pedacinho em duas semanas, um pedacinho em um mês, e outro depois de mais três meses. O de hoje é o quinto, e o retiro com cuidado e volúpia. Endireito-o, limpo-o com a unha, lavo-o na água da banheira. É o fragmento mais comprido até agora e, espero, o último. Coloco-o na caixa de fósforos, junto com os outros: estão quietinhos, amarelos-esverdeados-negros, tortos, com as pontas levemente desfeitas. Cânhamo, o mesmo usado para fazer as sacolas das donas de casa, que lhes cortam as mãos quando estão cheias de batatas, o mesmo usado para amarrar pacotes. Pelo dia de Santa Maria, sempre chegava um pacote dos parentes de papai no Banato[2]: doces com semente de papoula e mel. O barbante desamarrado, cor de café esverdeado, era minha

---

2 Região do extremo oeste da Romênia. [N.T.]

alegria: com ele eu amarrava as maçanetas das portas, para que mamãe não tivesse mais um filho. Em cada maçaneta eu fazia dezenas, centenas de nós.

Deixo de lado o barbante do umbigo e saio, coberto de filetes de água, da banheira. Pego o frasco com a solução antipiolho de trás da privada e despejo um dedo de seu fétido conteúdo na cabeça. Pergunto-me de qual classe eu teria pegado desta vez, como se isso tivesse alguma importância. Quem sabe, talvez tenha. Talvez em ruas diferentes do bairro e em classes diferentes da escola, os piolhos sejam de outra espécie, de outros tamanhos.

Enxáguo a cabeça daquela substância nojenta e em seguida começo a me pentear acima da pia, cuja porcelana cintila de tão limpa. E de repente os parasitas começam a cair, dois, cinco, oito, quinze... São extremamente pequenos, cada um coagulado em seu próprio grãozinho de água. Com grande dificuldade, enxergo seus corpos de ventre alargado e três perninhas, ainda em movimento, de cada lado. O corpo deles e o meu corpo, molhado e despido como estou, inclinado por cima da pia, são constituídos pelos mesmos tecidos orgânicos. Com órgãos e funções análogas. Com olhos que veem a mesma realidade, pernas que os conduzem pelo mesmo mundo infindo e incompreensível. Querem viver, assim como eu também quero. Faço-os sumir da superfície da pia com um jato d'água. Descem pelo ralo, chegam aos canais subterrâneos.

Vou deitar-me de cabelo molhado junto a meus pobres tesouros: a caixinha de pastilhas tic tac com os dentinhos da infância, as fotos de quando eu era pequeno e meus pais estavam na flor da idade, a caixa de fósforos com o barbante que se soltou de meu umbigo, e o diário. Despejo, como tantas vezes costumo fazer à noite, os dentinhos na palma da mão: pedrinhas lisas, ainda muito brancas, que um dia estiveram em minha boca, com as quais um dia comi, pronunciei palavras e mastiguei como um cachorro. Perguntei-me diversas vezes como seria ter também, enfiado em algum lugar, um saquinho de papel contendo minhas vértebras da idade de dois anos ou as falanges de meus dedos dos sete anos...

Coloco os dentes de volta. Ainda queria olhar umas fotos, mas não aguento mais. Abro a gaveta da mesa de cabeceira e enfio tudo lá dentro, na caixa de "couro de cobra" amarelada, que outrora abrigara um aparelho de barbear, um pincel e uma caixinha de lâminas Astor. Agora, é aqui que guardo meus pobres tesouros. Puxo as cobertas até cobrir a cabeça e me esforço para adormecer rápido, se possível definitivamente. O couro cabeludo não coça mais. Ademais, por ter acontecido há pouco tempo, espero que não aconteça de novo essa noite.

2

Estava pensando nos sonhos, nos visitantes, em toda essa loucura, mas não é o momento agora. Por ora devo voltar à escola em que trabalho, veja só, já faz mais de três anos. "Não serei professor a vida inteira", pensava comigo mesmo, lembro como se fosse hoje, enquanto voltava de bonde, na profundeza de uma noite de verão com nuvens róseas, de lá, dos confins mais remotos de Colentina[3], aonde fora visitar a escola pela primeira vez. Eis que não aconteceu nenhum milagre, e todas as chances são de que continue assim. No fim das contas, nem foi tão ruim até agora. Naquela tarde em que fui visitar a escola, logo depois da nomeação governamental, eu tinha vinte e quatro anos e mais ou menos o dobro em quilos. Era inacreditável e impossivelmente faminto. O bigode e o cabelo comprido, levemente ruivos na época, só conseguiam infantilizar ainda mais meu aspecto, de modo que, se eu me examinasse ao acaso no reflexo de uma vitrine ou janela do bonde, julgava ver um aluno de liceu.

Era uma tarde de verão, a cidade estava repleta de luz a transbordar, como um copo com a água abaulada ultrapassando a margem. Tomei o bonde de Tunari, em frente à Direção-Geral da Milícia[4]. Passei diante do prédio de meus pais na Ştefan cel Mare, onde eu também morava, olhei, como de costume, a fachada infinita para identificar a janela de meu quarto, coberta com papel azul

---

3 Bairro periférico de Bucareste. [N.T.]
4 Denominação das forças policiais na Romênia durante o regime comunista. [N.T.]

para o sol não entrar, depois passei ao longo da cerca de arame do Hospital Colentina. Os pavilhões dos doentes ficavam alinhados no enorme pátio como cruzadores de alvenaria. Cada um tinha um formato diferente, como se as doenças de seus diversos moradores ditassem a estranha arquitetura das construções. Ou talvez o arquiteto de cada pavilhão tenha sido escolhido dentre os enfermos de um determinado mal, concebendo-o de tal forma a representar, de maneira simbólica, sua doença. Conhecia-os todos, pelos menos dois deles já haviam abrigado a mim também. Aliás, bem na extremidade direita do pátio pude reconhecer, emocionado, o prédio cor-de-rosa, com paredes finas como folhas de papel, do pavilhão de doenças neurológicas. Ali tinha ficado por um mês, oito anos antes, por causa de uma paralisia facial que até hoje às vezes me incomoda. Várias noites ainda sonho estar passeando pelos pavilhões do Hospital Colentina, entrando em edifícios desconhecidos e hostis, com paredes cobertas de pranchas anatômicas...

O bonde em seguida passou ao lado da antiga Oficina ITB, onde papai trabalhara por um tempo como soldador. Em frente, no entanto, prédios haviam sido construídos, de modo que da avenida mal se via a oficina. No térreo de um prédio havia um posto de saúde, bem diante do ponto Doctor Grozovici. Eu frequentara por algum tempo aquele posto para tomar injeções, vitamina B1 e B6, também por causa da paralisia dos dezesseis anos. Meus pais colocavam as ampolas em minha mão e me mandavam voltar com elas vazias. Sabiam o que diziam. No início eu as jogava no poço do elevador e dizia a meus pais que as tinha tomado, mas não consegui enganá-los por muito tempo. No fim das contas, tive de tomar as injeções mesmo. Ia até o posto de saúde ao entardecer, no escuro, com o coração na mão. Percorria a pé, o mais devagar possível, a distância de dois pontos. Como nos dias em que tinha de ir ao dentista, esperava que acontecesse o milagre de encontrar o consultório fechado, o edifício demolido, o dentista morto ou pelo menos uma queda de energia que impedisse a broca e as luzes acima da cadeira de funcionarem. Mas o milagre jamais acontecia. A dor sempre me aguardava ali, completa, com sua aura ensanguentada. A primeira enfermeira da Grozovici que me aplicou a injeção, tarde da noite, era bonita, loira, bem cuidada, mas logo passei a ter pavor dela. Era do tipo que olhava uma bunda pelada com desprezo total. Não era a perspectiva da dor que se seguiria, mas o nojo daquela mulher pelo moleque com quem haveria de ter uma relação íntima (mesmo que fosse apenas lhe enfiar uma agulha no traseiro) que acabava rapidamente com a mais vaga excitação, e meu sexo desistia do esforço de erguer um pouquinho a cabeça para enxergar melhor. Então eu esperava o inevitável umedecimento da pele que haveria de ser martirizada, as três ou quatro palmadas e então o choque da agulha enfiada na carne, sempre com cuidado para que a ponta não tocasse nenhum nervo, nenhuma veia, não fizesse nenhum mal duradouro, memorável, choque aumentado pelo veneno que descia pela haste da agulha para difundir ácido sulfúrico por toda a nádega. Era horrível. Depois das injeções da enfermeira loira, eu ficava mancando a semana toda.

Felizmente, essa enfermeira, que devia ser sadomasoquista na cama com os amantes, se revezava no posto de saúde com outra, igualmente inesquecível, mas por razões diferentes. Era uma mulher que matava qualquer um de susto à primeira vista, pois não tinha nariz. Não usava nenhum curativo, nem um nariz postiço, simplesmente tinha, no meio do rosto, um orifício enorme, vagamente dividido em dois compartimentos. Era miúda como um pintinho, morena, com olhos capazes de chamar nossa atenção por sua mansidão, não fosse o aspecto de górgona do rosto que nos aturdia completamente. Quando era o dia da loira, ela me recebia na hora. Havia eco na sala de espera. Por outro lado, a anã sem nariz parecia gozar de um sucesso incomum: a sala estava sempre abarrotada, como a igreja em noite de Vigília Pascal. Voltava para casa do posto de saúde às duas da manhã. Muitos dentre os pacientes que esperavam a vez lhe levavam flores. Quando aparecia na porta, todos sorriam, felizes. Acho que provavelmente ninguém jamais tivera uma mão mais leve. Quando chegava minha vez, e eu me sentava no linóleo do leito do consultório, de calças arriadas, ficava tonto com o perfume das flores que, ainda embaladas, ocupavam sete ou oito vasos enfileirados ao longo das paredes. Aquela mulher extraordinariamente morena falava comigo com calma e indiferença, em seguida me tocava as nádegas com a palma e... era tudo. Eu não sentia a agulha e percebia a dissolução do soro nos músculos apenas como uma leve quentura. Em poucos minutos tudo passava, de modo que eu voltava para casa lépido e contente. Meus pais me olhavam com desconfiança: será que eu não teria jogado de novo a ampola sabe-se lá onde?

Em seguida vinha o cinematógrafo Melodia, logo antes da Lizeanu, e então eu descia no ponto seguinte, no Obor, onde eu baldeava e tomava um bonde que passava perpendicular à Ştefan cel Mare, vindo da Moşilor e se perdendo nos confins de Colentina.

Conhecia bem aqueles lugares, era a minha área, por assim dizer. No Obor, mamãe se abastecia. Levava-me com ela, quando era pequeno, através do mar de gente do antigo mercado. O pavilhão dos peixes, no qual era impossível permanecer de tanto que fedia, o pavilhão central, com baixos-relevos e mosaicos reproduzindo cenas incompreensíveis, e a fábrica de gelo, diante da qual se viam operários sempre manuseando blocos brancos no meio e miraculosamente transparentes nas pontas (como se constantemente dissolvidos no ambiente), a meus olhos de criança eram cidadelas fantásticas de outro mundo. Ali, na desolação de uma manhã de segunda-feira, de mãos dadas com minha mãe, vi o cartaz, colado num poste, que me obcecou por tanto tempo: um polvo gigantesco surgia de um disco voador e esticava os braços na direção de um astronauta que caminhava em cima de um planeta vermelho, coberto de pedras. Acima estava escrito *O planeta das tormentas*. "É um filme", mamãe explicou. "Vamos esperar que chegue até um cinema mais próximo de nós, no Volga ou no Floreasca." Mamãe tinha medo do centro da cidade, só saía do bairro quando não havia escolha, como quando comprava para mim, na Lipscani, o uniforme escolar com camisa xadrez e calças que já vinham com marcas de joelho, como se tivessem sido usadas na fábrica.

Colentina também me era familiar, com suas casas em ruínas à esquerda e a fábrica de sabão Stela à direita, onde eram produzidas as marcas de sabão de lavar roupa Cheia e Cǎmila. O cheiro de gordura rançosa se propagava por todo o bairro. Em seguida vinham o prédio de tijolos da fábrica têxtil Donca Simo, em cujos teares mamãe trabalhara em outra época, e depósitos de lenha. A rua, miserável e desoladora, continuava se infiltrando no horizonte, na fervura do verão, debaixo de céus imensos, esbranquiçados, que só em Bucareste podemos ver. Na verdade, eu havia nascido ali, no bairro Colentina, na periferia, numa maternidade caindo aos pedaços, improvisada num antigo edifício meio casa de jogo, meio bordel, anterior a 1944, e vivi os primeiros anos em algum lugar em Doamna Ghica, numa ruela minúscula, digna de gueto judaico. Muito mais tarde voltei ali, na rua Silistra, com uma câmera e fotografei a casa de minha infância, mas as fotos não saíram. Aquela zona não existe mais, foi varrida, junto com minha casa, da face da terra. O que há agora no lugar dela? Claro, prédios, como em toda a parte.

Ao deixar Doamna Ghica com o bonde 21, entrei num reino desconhecido. As casas rareavam dos dois lados, brotavam lagos sujos, em cujas margens mulheres de saias plissadas lavavam tapetes. Lojas de garrafa de soda e padarias, lojas de vinho e peixarias. Rua vazia, desoladora, infindável, dezessete pontos de bonde, a maior parte dos quais sem abrigo e sem sentido, como as paradas ferroviárias no meio do mato. Mães com vestidos estampados, com uma filha em cada mão, caminhando rumo a lugar nenhum. Uma ou outra carroça cheia de garrafas vazias. Centros de distribuição de botijões com filas, à noite, para o dia seguinte. Ruas perpendiculares, empoeiradas, como no interior, ladeadas por amoreiras. Pipas enroscadas nos fios elétricos dos postes de madeira calcinada.

Cheguei ao ponto final depois de sacolejar por uma hora e meia dentro do bonde. Acho que nos últimos três ou quatro pontos eu já estava sozinho no vagão inteiro. Desci numa grande rotatória, em que os bondes viravam para retornar, sísifos, a Colentina. Embora já tendesse para o anoitecer, o dia permanecia âmbar e espectral, sobretudo por causa do silêncio. Ali, no ponto final do 21, não havia vivalma. Galpões industriais, compridos e cinzentos, com janelas estreitas, uma caixa-d'água no horizonte, um pomar de árvores literalmente pretas por causa do petróleo e o gás dos escapamentos no lado de dentro do largo círculo dos trilhos do bonde. Dois bondes vazios e parados, um ao lado do outro, sem motorista. Uma bilheteria fechada. Fortes contrastes entre a luz rósea e a sombra. O que eu estava fazendo ali? Como poderia viver num lugar tão remoto? Pus-me a caminhar na direção da caixa-d'água, cheguei até sua base, onde havia uma porta fechada a cadeado, e, com a cabeça inclinada para trás, contemplei a esfera que cintilava no céu, na ponta do cilindro caiado. Continuei caminhando rumo... a nada, rumo a um deserto... Ali me parecia terminar não a cidade, mas a realidade. Uma rua que virava à esquerda tinha, numa tabuleta, o nome que eu procurava: Dimitrie Herescu. Em algum lugar daquela rua deveria estar a escola, a minha escola, o primeiro trabalho em que eu deveria apresentar-me em 1º de setembro, dali a mais de dois meses. O prédio de uma oficina mecânica, pintado de verde e rosa, não conseguia destruir a atmosfera provinciana do lugar: casas com telhas de barro, quintais com cercas apodrecidas, cachorros acorrentados, flores de periferia. A escola ficava à direita, a algumas casas de distância da oficina mecânica, e ela também estava, claro, deserta.

Era uma escola pequena, um híbrido em forma de L, com uma ala antiga, rachada e de janelas quebradas e, ao fundo de um pequeno pátio, uma ala nova, ainda mais desoladora. No pátio, uma tabela de basquete torta, sem rede no aro. Abri o portão e entrei. Dei alguns passos sobre o asfalto do pátio. O sol estava acabando de baixar, de modo que um nimbo de raios se reuniu sobre o telhado do prédio antigo. Jorravam dali meio tristes e de certo modo escuros, pois não iluminavam nada, só acentuavam a solidão desumana do lugar. Meu coração se apertou: eu haveria de entrar naquela escola empedernida como uma morgue, avançar, com o diário de classe debaixo do braço, pelos corredores pintados de verde-escuro, chegar ao andar de cima e entrar numa sala de aula desconhecida, em que trinta crianças desconhecidas, que seriam menos desconhecidas se fossem de outra espécie, esperavam por mim. Talvez estivessem até mesmo me esperando naquele exato momento, caladas nas carteiras, com seus porta-lápis de madeira, seus cadernos encapados com papel azul. Com essa ideia, os pelos de meus braços se eriçaram, e, quase correndo, ganhei a rua.

"De todo modo, não serei professor a vida toda", disse a mim mesmo enquanto o bonde me levava de volta para o mundo branco, os pontos ficavam para trás, as casas se acumulavam e as pessoas voltavam a popular a terra. "No máximo só um ano, até eu entrar numa redação, numa revista literária." E, ao longo dos três primeiros anos de ensino na Escola 86, não fiz outra coisa, na verdade, senão nutrir essa ilusão, assim como algumas mães continuam amamentando os filhos muito depois do momento de desmame. A ilusão crescera até ficar de meu tamanho, e eu não conseguia evitar – e de certo modo nem hoje consigo evitar – desabotoar o peito, ao menos de vez em quando, e deixá-la me canibalizar com volúpia. Passaram-se os anos de estágio. Mais quarenta anos se passarão e me aposentarei aqui. No fim das contas, não foi tão ruim assim até agora. Tive longos períodos sem piolho. Não, pensando bem, não foi ruim nessa escola, e tudo o que aconteceu foi para melhor.

3

Às vezes perco o controle dos braços, da altura do cotovelo para baixo. Não me assusto, eventualmente diria até que gosto. Acontece de maneira inesperada, por sorte só quando estou sozinho. Estou escrevendo alguma coisa, corrigindo provas ou bebendo café, ou cortando as unhas com o alicatinho chinês e, de repente, sinto como as mãos ficam mais leves, como se infladas com um gás volátil. Alçam-se sozinhas, puxando meus braços acima da altura dos ombros, levitando felizes pelo ar denso, escuro e cintilante, do quarto. Então me alegro eu também, e as observo como se fosse a primeira vez: longas, delgadas, com ossos finos, com um pouco de pelo negro nas falanges dos dedos. Sob meu olhar enfeitiçado, elas começam a gesticular sozinhas, de maneira elegante e bizarra, contando histórias que os surdos talvez pudessem entender. Meus dedos então se movem precisos e infalíveis, numa série de sinais ininteligíveis, os da mão direita perguntam, os da esquerda respondem, o anular e o polegar delimitam um círculo, os dedinhos folheiam alguma coisa, as articulações pivoteiam com uma energia esbelta de maestro. Deveria enlouquecer de medo, pois alguém, dentro de minha própria mente, comanda esses movimentos tão claramente qualificados, desesperados por serem decifrados e, no entanto, raras vezes me sinto mais feliz. Fito minhas mãos como uma criança levada ao teatro de marionetes, que não compreende o que ocorre no minúsculo palco, mas se deixa fascinar pela agitação das criaturas de madeira com cabelo de corda e vestidos de papel crepom. A vida autônoma de minhas mãos (graças a Deus, nunca quando estou dando aula ou andando na rua) se acalma em poucos minutos, os gestos se tornam mais lentos, começam a se parecer com os mudras das dançarinas indianas, depois cessam, e por uns dois ou três minutos ainda posso gozar da sensação mágica de que minhas mãos são mais leves do que o ar, como se papai, em vez de balões, tivesse enchido no cano do fogão duas luvas de limpeza, de borracha fina, que ora substituem minhas mãos. E como não lamentar quando minhas verdadeiras mãos, grosseiras, pesadas, orgânicas, escoriadas, com estrias musculares, com o branco hialino dos tendões e veias borbulhando de sangue, retornam às luvas de pele com unhas nas pontas e, de repente, para minha surpresa, posso fazer os dedos se moverem a meu bel-prazer, como se pudesse, caso me concentrasse o bastante, quebrar um ramo da figueira do peitoril ou puxar em minha direção a caneca de café, sem encostar.

Só mais tarde chega o temor, só depois de todo esse feitiço (que ocorre a cada dois ou três meses) se transformar em uma espécie de recordação é que começo a me perguntar se por acaso, entre tantas anomalias de minha vida – pois é disso que se trata –, tenho na independência feérica de minhas mãos mais uma prova de que... tudo acontece em sonho, de que toda a minha vida é onírica, ou algo mais triste, mais sério, mais maluco, e no entanto mais verdadeiro do que qualquer história que possa ser inventada. O delicioso e assustador balé de minhas mãos, sempre só aqui, em minha casa em forma de navio da rua Maica Domnului, é o menor, o mais insignificante (posto que é benigno, no fim das contas) dos motivos pelos quais escrevo estas páginas, apenas para mim, na inacreditável solidão de minha vida. Se quisesse escrever literatura, eu o teria feito dez anos atrás. Quero dizer, se quisesse de verdade, sem esforço consciente, assim como quando queremos que nosso pé dê um passo e ele dá. Não precisamos dizer: "Ordeno-lhe que dê um passo", nem mesmo precisamos pensar no complicado processo pelo qual nosso desejo se transforma em ação. Basta acreditarmos, termos fé do tamanho de um grão de mostarda. Se formos escritores, escreveremos. Os livros surgem sem que saibamos o que devemos fazer para tal, de acordo com nosso dom,

assim como a mãe é feita para dar à luz e de fato dá à luz a criança que cresceu em seu útero, sem que sua mente tenha participado do complicado origami da carne. Se eu fosse escritor, teria escrito livros de ficção, teria escrito até agora dez, quinze romances, sem dedicar mais esforço do que dedico em secretar insulina ou fazer transitar, diariamente, alimento entre os dois orifícios de meu aparelho digestivo. No entanto, naquela altura, muito tempo atrás, quando minha vida ainda podia optar indefinidamente entre várias direções, ordenei a minha mente produzir ficção e não aconteceu nada, assim como em vão fito meu dedo e lhe digo: "Mova-se!".
Na adolescência, quis escrever literatura. Até hoje não sei se fracassei nisso por não ter sido um verdadeiro escritor ou simplesmente por falta de sorte. Escrevi poemas no tempo de liceu, tenho até hoje uns cadernos guardados em algum canto, e baseando-me em sonhos sei que escrevi prosa também, um caderno grande, universitário, de capa dura, cheio de histórias. Agora não é o momento de escrever sobre isso. Ademais, costumava participar das olimpíadas de língua romena, que sempre ocorriam em domingos chuvosos, em liceus desconhecidos. Naquela época eu era um moleque alucinado, quase esquizofrênico, que na hora do recreio ia até o pátio do liceu, na caixa de areia para salto em distância, sentava em sua borda e ficava lendo em voz alta versos de livrinhos surrados. As pessoas olhavam através de mim, não me ouviam quando falava, eu era um objeto decorativo, nem ao menos bem-feito, num mundo imenso e caótico. Visto que eu queria me tornar escritor, decidi prestar exame para Letras. Entrei sem problemas, no verão de 1975. Naquela época, minha solidão era total. Morava com meus pais na Ştefan cel Mare. Lia oito horas por dia, revolvendo-me de um lado para o outro na cama, sob o lençol úmido de suor. As páginas do livro assumiam a cor continuamente variável do vasto firmamento bucarestino, do dourado das tardes de verão até o rosa-escuro, opressor, dos entardeceres nevados do meio do inverno. Não percebia quando escurecia por completo. Mamãe me encontrava lendo no quarto mergulhado na escuridão, quando a página e as letras assumiam praticamente a mesma cor e eu não lia mais, sonhava avançar na história, deformando-a de

25

acordo com as leis do sonho. Então eu despertava, me espreguiçava, me levantava da cama – só saía dela ao longo do dia para ir ao banheiro – e, invariavelmente, me aproximava da grande janela do quarto, de onde se via, espalhada por baixo de nuvens fantásticas, Bucareste toda. Milhares de luzes reluziam ao longe pelos lares, nas casas mais próximas pessoas se mexiam como peixes preguiçosos num aquário, mais distante dali piscavam reclames de neon, coloridos. Mas o que me fascinava era o céu gigantesco por cima de tudo aquilo, cúpula mais alta e mais impressionante do que a de qualquer catedral. Nem as nuvens eram capazes de subir até seu ápice. Fazia minha testa aderir à vidraça gelada e elástica e assim permanecia, adolescente de pijama rasgado nas axilas, até mamãe me chamar para jantar. Depois eu voltava para a toca de minha solidão, bem funda debaixo da terra, para continuar lendo, de luz acesa e com outro quarto, idêntico, dilatado no espelho da janela, até o cansaço me vencer.

De dia, saía para passear no verão interminável. Ia primeiro procurar aqueles dois ou três amigos que eu nunca encontrava em casa. Depois enveredava por ruas desconhecidas, via-me em bairros cuja existência desconhecia, perambulava por entre casas estranhas como abrigos subterrâneos de outro planeta. Antigas casas cor-de-rosa, de comerciantes, com fachadas repletas de anjinhos de estuque, todos agora lascados, pobrezinhos. Nunca havia ninguém pelas ruas cobertas pela abóboda dos velhos plátanos. Entrava naquelas casas antigas, percorria seus aposentos cheios de mobília kitsch, subia até o andar de cima por escadarias exteriores bizarras, descobria salões vastos e vazios, em que meus passos ressoavam indecentemente alto. Descia em porões com iluminação elétrica, abria portas de madeira apodrecida e passava por corredores que cheiravam a terra, com canos finos de gás ao longo das paredes. Sobre os canos, grudadas com uma espuma nojenta, pupas de coleópteros pulsavam devagarinho, sinal de que, por baixo da casca, se modelavam as asas. Entrava no porão de outras casas, subia outros degraus, acessava outros quartos desertos. Chegava, por vezes, a casas muito familiares, visto que um dia morara naqueles aposentos, dormira naquelas camas. Como uma criança roubada por nômades e reencontrada depois de anos de separação, corria direto para os aparadores, onde encontrava a moeda de cinquenta lei, de prata, que eu colocara na gamela do primeiro banheiro, agora tão enegrecida que não se podiam mais distinguir os traços do rei no anverso, o saquinho com a mecha cortada na idade de um ano, quando, dizem, dentre os objetos da bandejinha de metal, eu escolhera o lápis, ou meus pobres dentinhos de leite, conjunto completo, sobre o qual já escrevi aqui. Numa perambulação contínua todos os dias do verão de 1975, pelas ruas e pelas casas da cidade tórrida, cheguei a conhecê-la bem, a descobrir seus segredos e torpezas, sua glória e seu candor. Bucareste, então compreendi, aos dezenove anos, quando já havia lido tudo, não era como as outras cidades, que se haviam desenvolvido ao longo do tempo, substituindo barracos e depósitos por grandes condomínios, trocando bondes puxados a cavalo por bondes elétricos. Ela surgira de uma vez, já arruinada, esmigalhada, com o reboco arrebentado e o nariz lascado das górgonas de estuque, com os fios elétricos suspensos por cima das ruas em ramalhetes melancólicos, com uma arquitetura industrial fabulosamente variada. Desejou-se projetar, desde o início, uma cidade mais humana e mais emocionante que uma Brasília de concreto e vidro. O arquiteto genial projetara ruas tortas, canais abertos, casas inclinadas, invadidas pelo mato, casas com fachadas completamente desmoronadas, escolas impraticáveis, lojas de sete andares, disformes, espectrais. Bucareste havia sido planejada, sobretudo, como um grande museu a céu aberto, museu da melancolia e da ruína de todas as coisas.

Era a cidade que eu via de minha janela da Ştefan cel Mare e que, se eu tivesse virado escritor, a teria descrito infinitamente, a teria mencionado em cada página e em cada livro, vazia de gente mas cheia de mim mesmo, como uma rede de galerias na epiderme de um deus, habitada por um único sarcopta microscópico, transparente, com fios de cabelo na ponta de seus tocos horrendos.

No outono, o Exército me recrutou e, por nove meses, arrancaram-me a poesia e as aspirações literárias da cabeça. Sei desmontar e montar um Kalashnikov automático modernizado. Sei enegrecer uma mira com a fuligem produzida pelo cabo de uma escova de dentes em chamas, para não luzir ao sol, no estande de tiros. Enfiei, um após outro, vinte cartuchos no carregador durante o inverno, a vinte graus negativos, antes de entrar de guarda para vigiar um canto remoto da unidade militar, exposto ao Bóreas no meio do nada, das três da madrugada até as seis da manhã. Arrastei-me por um quilômetro na lama, com uma máscara de gás presa à cara e uma mochila de trinta quilos nas costas. Inspirei e expirei mosquitos, de cinco a seis por centímetro cúbico do ar do alojamento. Limpei privadas e esfreguei assoalhos com escovas de dentes. Quebrei meus dentes com biscoitos de guerra e comi batatas com casca e tudo direto da panela. Pintei de cal os troncos das árvores da unidade militar. Troquei socos com um colega por uma lata de peixe. Outro camarada quase enfiou uma baioneta em mim. Não li nenhum livro, nenhuma letra, de fato, por nove meses. Não escrevi nem recebi cartas. Só mamãe vinha me visitar a cada duas semanas e, a cada vez, trazia um pacote de comida. O Exército não me fez mais homem, mas decuplicou minha introversão e solidão. Até hoje me admiro de ter sobrevivido a ele.

    A primeira coisa que fiz ao me "libertar", no verão do ano seguinte, foi encher a banheira de água quente, azul como uma pedra preciosa. Deixei a água passar do dreno de transbordamento e alcançar a margem da banheira de porcelana, curvando-se um pouco por cima dela. Entrei pelado na água, que transbordou pelo chão do banheiro. Não me importava, precisava me livrar daquele sebo de nove meses de Exército, único tempo morto, como um osso morto, de minha vida. Afundei completamente na bendita substância, apertei as narinas com os dedos e imergi fundo a cabeça na banheira, até encostar com o cocuruto no fundo de faiança. Fiquei assim, estirado no fundo da banheira, adolescente franzino, de costelas pateticamente visíveis pela pele, de olhos bem abertos, fitando, quilômetros acima, os jogos de luz da superfície da água. Assim permaneci por horas a fio, sem sentir necessidade de respirar, até se desprender de mim, com pregas moles, uma pele escurecida. Guardo-a até hoje, num cabide dentro do armário. Parece feita de borracha fina, e em sua textura se veem claramente os traços de meu rosto, os mamilos de meu peito, meu sexo enrugado pela água, até as digitais das pontas de meus dedos. É uma pele de imundície, imundície aglutinada, endurecida, cinzenta, como numa massinha em que tenhamos misturado todas as cores: imundície daqueles nove meses de Exército que quase me levaram embora.

4

No verão que se seguiu ao Exército, o qual, enquanto estava agachado nas trincheiras, durante os exercícios noturnos, eu imaginava que seria um paraíso de liberdade infinita, vida à paisana com sua aura místico-sexual, mas que se provou tão solitário e deserto quanto os verões precedentes – ninguém ao telefone, ninguém em casa, ninguém com quem conversar por dias inteiros (fora meus fantasmáticos pais) –, escrevi meu primeiro poema de verdade, que haveria de permanecer como meu único fruto literário amadurecido. Desde então, eu sempre saberia o significado dos versos de Hölderlin: "Dai-me, Potestades, mais um verão apenas,/ Apenas um outono de maduro canto..."[5]. Vivi como um deus por alguns meses do ano de 1976, enquanto escrevia "A queda", e depois minha vida, que deveria abrir-se à literatura com a naturalidade com que abrimos uma porta e, na sala proibida, encontramos finalmente, finalmente, nossa mais profunda verdade, seguiu outro rumo, repentino, quase grotesco, como num desvio de trilhos. De Hölderlin me transformei em Scardanelli, trancado por trinta anos no quartinho erguido acima das estações do ano.

"A queda" não era um poema, mas O poema. Era "aquele objeto único, pelo qual o nada se homenageia". O produto último de dez anos de leituras. Por dez anos me esquecera de respirar, tossir, vomitar, espirrar, ejacular, ver, ouvir, respirar, amar, rir, produzir

---

[5] Do poema "As parcas", de Friedrich Hölderlin, em tradução de José Paulo Paes. [N.T.]

células brancas, defender-me com anticorpos, me esquecera de que o cabelo tem de crescer e que a língua, com suas papilas, tem de saborear comida. Eu me esquecera de pensar em meu destino sobre a terra e de procurar uma mulher. Estatelado na cama como uma estátua etrusca em cima do próprio sarcófago, amarelando lençóis com suor, lera até as raias da cegueira e da esquizofrenia. Minha mente não comportava mais espaço para céus azuis espelhados em poças na primavera, nem para a delicada melancolia dos flocos de neve que se acumulam em um canto de prédio com reboco rústico. Sempre que abria a boca, falava por meio de citações de meus autores prediletos. Ao erguer os olhos da página, em meu quarto mergulhado no rubro cor de café dos fins de tarde na Ştefan cel Mare, via com clareza as paredes tatuadas com letras: havia poemas no teto, no espelho, nas folhas dos gerânios diáfanos que vegetavam nos vasos. Tinha versos escritos nos dedos e na palma das mãos, poemas escritos a caneta no pijama e nos lençóis. Assustado, ia até o espelho do banheiro, no qual me via por inteiro: tinha poemas escritos com agulha no branco dos olhos e poemas escritos na testa. Minha pele estava maniacamente tatuada com um manuscrito miúdo, que eu era capaz de interpretar. Azul da cabeça aos pés, eu rescendia a tinta assim como outros rescendem a cigarro. "A queda" deveria ser uma esponja a absorver toda a tinta do náutilo solitário que eu era.

    Meu poema tinha sete partes que representavam sete etapas da vida, sete cores, sete metais, sete planetas, sete chacras, sete degraus que desciam do paraíso até o inferno. Deveria ser uma cascata colossal e assombrosa entre a doutrina escatológica e a escatologia, uma escada metafísica sobre a qual colocaria demônios e santos, lábios e astrolábios, estrelas e sapos, geometria e cacofonia com o rigor impessoal do biólogo ao esboçar o tronco e as ramificações do reino animal. Era também uma colagem gigantesca, pois minha mente era um quebra-cabeça de citações, um apogeu de tudo o que se podia saber, amálgama de patrística e física quântica, genética e topologia. Tratava-se, enfim, do único poema que inutilizava o universo, mandando-o para o museu, assim como a locomotiva elétrica mandara a maria fumaça. Não havia mais necessidade de realidade, de elementos, de galáxias. Havia "A queda", em que tremeluzia e crepitava a chama eterna.

O poema continha trinta páginas manuscritas, assim como, claro, eu escrevia tudo naquela época, pois meu sonho de anos, uma máquina de escrever, era inatingível, e eu o relia dia após dia, o sabia de cor, ou melhor, o manuseava, verificava e desempoeirava diariamente como a uma máquina estranha, de outro mundo, que, sabe-se lá como, se havia esgueirado por um espelho até chegar a nosso mundo. Guardo-o até hoje, nas folhas originais em que o escrevi, sem jamais ter apagado uma única letra, naquele verão em que completei vinte anos. Tem o aspecto de um escrito da Antiguidade, mantido debaixo de uma cúpula de vidro num grande museu, em condições de temperatura e umidade controladas. Ele também faz parte dos artefatos com que me fiz rodear e em meio aos quais me sinto como um deus de múltiplos braços no centro de uma mandala: dentes de leite, barbante do umbigo, minhas tranças pálidas, fotos em preto e branco da infância. Meus olhos de criança, minhas costelas de adolescente, minhas mulheres posteriores. A triste loucura de minha vida.

No outono, um outono luminoso como jamais vira, fui pela primeira vez à faculdade. No trólebus 88, quando passava da Zóya Kosmodemyânskaya em direção à Batiştei, eu fervilhava de felicidade como um champanhe: era estudante, como jamais sonhara, estudante de Letras! A partir de agora veria todo dia o centro de Bucareste, que àquela altura me parecia a cidade mais bonita do mundo. Viveria agora no esplendor da cidade que se gabava, como um pavão, do Intercontinental, do Teatro Nacional, da Universidade e do Instituto Ion Mincu, do Hospital Cantacuzino e das quatro estátuas tutelares atrás dele, como olhos hipnóticos, de reflexos instáveis. No ar cintilavam fios de teia de aranha, moças se apressavam rumo às faculdades, o mundo era novo e tostado, recém-tirado do forno, e era todo só para mim! O edifício da faculdade me pareceu construído em proporções sobre-humanas: o vestíbulo de mármore me pareceu uma basílica, fria e deserta. No chão, as lajotas brancas estavam mais gastas do que as negras do tabuleiro de xadrez do pavimento. Milhares de passos escavaram sua doce superfície como ágata. A sala da biblioteca era um casco de caravela atulhado de livros. Mas eu já os lera todos, absolutamente todos, na verdade, já lera cada letra jamais escrita. No entanto, a altura da sala me pegou de surpresa: vinte andares cobertos por vitrines de carvalho numeradas, que se comunicavam por escadinhas em que subiam e desciam, com pilhas de livros nos braços, as bibliotecárias. O chefe delas, um jovem barbudo e antipático, podia ser visto a qualquer hora, como um robô, no pódio, recebendo e separando fichas dos estudantes que faziam fila na parte da frente da sala. Ao longo das paredes, como num outro castelo, havia pilhas de livros que haveriam de ser organizados e que sempre despencavam ruidosamente, fazendo estremecer quem estivesse às mesas.

Por ter importância mais tarde neste relato, que não é, graças a Deus, um livro, legível ou não, quero acrescentar aqui um detalhe, a saber: na primeira vez que entrei na sala da biblioteca – onde, aliás, não peguei muito piolho, pois não tinha o hábito de ler à mesa, mas só na cama (móvel que, além do livro em si, era parte integrante de meu pacote de leitura) – me veio de repente uma ideia da qual não pude mais me desvencilhar. No centro da sala havia arquivos, armários maciços, do século passado, cheios de gavetas com etiquetas escritas a mão, com uma caligrafia antiquada. Ajoelhei-me diante de um deles, pois a letra V ficava bem embaixo, logo acima do nível do assoalho, puxei a gaveta e, como uma barbatana de baleia, descobri centenas de fichas amareladas batidas a máquina, com o título, o autor e outras informações dos livros, tão numerosas quanto inúteis, escritos neste mundo. No fundo da gaveta encontrei o nome que eu procurava: Voynich. Nunca soubera como se escrevia exatamente, mas eis que acertara.

Esse nome ressoa em meus ouvidos desde o dia em que, na sexta série, chorei copiosamente pela primeira vez ao ler um livro. Mamãe me ouviu e veio correndo, vestida com seu roupão esfarrapado, cheirando a sopa, até meu quarto. Tentou me tranquilizar, me consolar, achando que eu estava com dor de barriga ou de dente. Com dificuldade, conseguiu entender que eu chorava por causa do livro surrado jogado em cima do tapete, um livro sem capa e no qual faltavam umas cinquenta páginas do início. Muitos de nossos livros em casa eram assim: inclusive aquele sobre Thomas Alva Edison, o dos polinésios, e o *Do Polo Norte ao Polo Sul*. Inteiros e jamais lidos eram apenas (ainda os vejo diante dos olhos) *A batalha em marcha*, de Galina Nikolayeva, e *Assim foi temperado o aço*, de N. Ostrovski. Em meio a meu inconsolável choro convulsivo, contei a mamãe algo sobre um revolucionário, um monsenhor, uma moça, uma história tão intrincada que nem eu entendi direito (ainda mais por tê-la começado da metade), mas que me impressionou terrivelmente. Não sabia como se chamava o livro e, quanto ao autor, de todo modo nem me importava com isso naquela época. De noite, quando papai chegou, deixando como de costume a pasta sobre a mesa (da qual eu sempre tirava *Sportul* e *Scânteia*, para ler as colunas esportivas), ele me encontrou de olhos vermelhos, pensando ainda na cena em que o jovem revolucionário descobre que seu pai era justamente o detestado Monsenhor! "Que livro é esse, querido?", perguntou-lhe mamãe, à mesa, e papai, só de regata e cueca, como costumava ficar dentro de casa, disse de boca cheia alguma coisa parecida com *voinic*[6], ao que acrescentou "O Moscardo". Sim, o jovem de fato era conhecido na Itália sob o nome de Moscardo, mas eu nem mesmo sabia o que essa palavra significava. "Uma mosca daquelas grandes e cinza, de olhos arregalados", explicou mamãe. Jamais me esqueci daquela noite em que chorei quatro horas a fio lendo um livro, sobre o qual e sobre cujo autor nunca tive a ocasião de saber mais. Uma primeira surpresa foi descobrir que o autor, na verdade, era uma autora, via agora seu nome inscrito na ficha, Ethel Lilian Voynich, ao lado do ano de publicação de *O Moscardo* (*The Gadfly*): 1909. Para mim, era como um pequeno triunfo, esclarecer uma história de quase dez anos, mas, na verdade, minha frustração deveria ter se aprofundado. Não sabia, àquela altura, que ao nome que eu procurara no arquivo – e pelo qual meu choro de outrora fora uma espécie de estranha premonição – haveriam de se relacionar duas das direções mais importantes de minhas buscas, pois a infelicidade de não me ter tornado escritor abriu, paradoxalmente, e espero que

---

6 Intrépido, corajoso, em romeno. [N.T.]

isto ainda não seja mais uma ilusão, o caminho rumo ao verdadeiro sentido de minha vida. Não escrevi ficção, mas isso revelou minha vocação: a de buscar, na realidade, na realidade da lucidez, do sonho, da lembrança, da alucinação e em qualquer outra. Embora dela emanem medo e horror, minha busca, no entanto, me satisfaz por completo, como as artes desprezadas e não reconhecidas do adestramento de pulgas ou da prestidigitação.

Lancei-me a minha nova vida como um ensandecido. Fazia literatura antiga com professores ineptos e estudava frades e monges que haviam escrito três linhas em eslavônico, e ainda por cima conforme cânones estrangeiros, pois era preciso justificar o vácuo histórico de uma cultura que despertara meio tarde para a vida. Mas o que me importava? Era estudante de Letras, algo com que nem me atrevera a sonhar. Meu primeiro trabalho de seminário, sobre salmos versificados, teve quase cem páginas. Era monstruoso, percorria toda a bibliografia possível, de Clément Marot até Kochanowski e os salmos de Verlaine e os de Arghezi. Todos os poemas exemplificados na tese foram traduzidos por mim, mantida a prosódia original.

Mas como eu era sozinho e desafortunado! Deixava a faculdade ao anoitecer, quando o asfalto molhado da chuva que caíra de dia refletia os luminosos das avenidas. Muitas vezes não tomava o bonde e caminhava até em casa, por entre os grandes prédios interbélicos da Magheru, passando pela livraria Scala e pelo cinema Patria, e depois, quando o cair da noite se fazia amarelo como querosene, mergulhava nas vielas repletas de casas escarlates e azul-escurecidas, depois pretas como piche, da Domnița Ruxandra e Ghiocei, continuamente surpreso com o fato de poder entrar em qualquer casa, em cada um dos velhos aposentos, mal iluminados por um toco de vela, nos quartos do andar de cima, com piano, nos corredores frios com vasos em que oleandros empoeirados feneciam na penumbra. Misteriosas por fora, com sua tropa de figuras de estuque, essas casas antiquíssimas eram ainda mais misteriosas por dentro. Vazias e caladas, sem um grão de poeira nas mesas abarrotadas de macramês, pareciam ter sido bruscamente abandonadas após um terrível pânico. Seus moradores não levaram nada consigo, como que fugindo de um terremoto devastador. Felizes por terem escapado com suas almas.

Em casa meus pais me esperavam, e essa era minha vida. Deixava-os em frente à televisão e ia para o quarto que dava para a Ştefan cel Mare. Eu me encolhia na cama e desejava com tanta intensidade morrer, que sentia o consentimento de ao menos algumas de minhas vértebras. Minha cama então se transformava num sítio arqueológico em que, amarelos e porosos, numa posição impossível de criatura esmagada, jaziam os ossos de um animal extinto.

5

Meu "A queda", primeiro e único mapa de minha mente, caiu na noite de 24 de outubro de 1977 no Cenáculo da Lua, que então era organizado no subsolo da Faculdade de Letras. Jamais consegui superar o trauma. Lembro-me de tudo até hoje, com a clareza de uma lanterna mágica, assim como o torturado rememora a extirpação de unhas e dentes anos depois, quando desperta aos berros, encharcado de suor. Foi uma catástrofe, não no sentido do desmoronamento de um prédio ou de um acidente de carro, mas no da moeda atirada na direção do teto, e que cai do lado errado. No do palito de fósforo mais curto que decide o destino na balsa da Medusa. A cada instante de nossa vida, tomamos uma decisão ou somos levados por uma brisa para um caminho e não para outro. A linha de nossa vida real acaba por se cristalizar, por se fossilizar e ganhar coerência, mas também o simplismo do destino, enquanto nossas vidas que poderiam ter sido, que poderiam ter se desprendido a qualquer momento da vitoriosa, permanecem como linhas pontuadas, fantasmáticas: creodes, transições de fase quântica, diáfanas e fascinantes como talos que vegetam numa estufa. Se agora pisco os olhos, a vida se ramifica, pois poderia não ter piscado e então eu seria outro, cada vez mais distante daquele que piscou, como as ruas que começam radiais a partir de uma praça estreita. No fim, acabarei embrulhado como um casulo de fios transparentes de milhões de vidas virtuais, de bilhões de caminhos que eu poderia ter tomado, modificando infinitesimalmente o ângulo e a direção. Vamos nos reencontrar, após a aventura de uma vida, os bilhões de meus eus possíveis, prováveis, casuais e necessários, ao término da história de cada um, vamos contar uns aos outros nossos êxitos e fracassos, aventuras e tédios, glórias e vergonhas. Nenhum prevalecerá sobre o outro, pois cada um tem a seu redor um universo que não é menos concreto do que aquilo a que chamamos de "realidade". Todos os inúmeros mundos gerados por escolhas e acidentes de minha vida são igualmente concretos e verdadeiros. Os bilhões de irmãos meus com quem bato papo no fim, na hiperesfera da soma de todas as histórias geradas por meu balé ao longo do tempo, são ricos e pobres, morrem jovens ou na extrema velhice (alguns nunca morrem), são geniais ou fracassados, palhaços ou donos de funerárias. Se nada do que é humano, desde o início, me é estranho, no final das contas abraço, por intermédio de meus irmãos real-virtuais, todas as possibilidades, atendendo a todas as virtualidades envolvidas nas articulações de meu corpo e de minha mente. Alguns deles serão tão diferentes de mim que transgredirão a barreira do sexo, os imperativos da ética, a Gestalt do esquema corpóreo, tornando-se sub-humanos ou supra-humanos, ou alternativo-humanos, outros só diferirão de mim por detalhes inobserváveis: uma única molécula de ACTH secretada pelo corpo estriado dele enquanto nosso corpo estriado não secretou nenhuma, uma única célula K a mais em nosso sangue, uma faísca diferente nos olhos dele...

Não sei como eu seria agora, enquanto escrevo aqui, neste quarto embaciado da casa em forma de navio, nesta penumbra em que apenas as bordas das janelas velhas luzem amarelas, caso meu poema houvesse sido bem recebido naquele 24 de outubro de 1977. Talvez possuísse, bem atrás de mim, uma estante em que estivessem enfileirados (passo mal pensando nisso) meus livros, com meu nome nas lombadas, com títulos que nem posso imaginar. Em trinta anos teria se acumulado, volume após volume, um estudo completo de meu mundo interior, pois não imagino que poderia escrever sobre outra coisa. Talvez houvesse me tornado, como está escrito nas Escrituras, um homem vestido em roupas finas, diante do qual se aglomera a multidão do mercado. Se nos encontrássemos agora, sete anos depois, ele, que teve sucesso no

Cenáculo da Lua com "A queda", e eu, cuja queda, embora idêntica letra por letra à dele, foi desdenhada, isso só poderia acontecer em sabe-se lá que reunião do corpo docente com um autor já conhecido, num sábado livre, no Iulia Hasdeu ou no Caragiale. Nós o teríamos aguardado impacientes, rebanho de instrutores de romeno azedados por salários baixos, pela tirania dos inspetores, pelas mesmas lições com crianças que morrem diaceradas por abutres[7] ou numa ponte que explode, pelos atributos, complementos e divisões das frases em proposições, enquanto ele teria bebido sossegado seu café no escritório do diretor, feito piadas das quais teriam gargalhado servilmente, depois todos, um conjunto escultórico cheio de dignidade, ocupariam o corredor com retratos de escritores até ele adentrar no salão de cerimônias, e minha colega à direita se inclinaria sobre a da frente e sussurraria em seu ouvido: como ele é simpático, querida... Pois, para elas, todos os escritores estão mortos, e quanto mais mortos, melhores. Na verdade, o escritor da mesa aparentaria ser muito mais jovem do que eu. Teria a segurança que nos dão a obra e o prestígio, diariamente questionados pelo coro dos caluniadores do mundo literário, incontestáveis apesar de tudo. Teria falado com simplicidade, pois de maneira complexa e sutil já falavam seus livros. Ele teria se permitido ser modesto e caloroso com uma gente miúda sobre a qual não saberia nem gostaria de saber nada. Depois teria dado autógrafos (meu Deus, dar autógrafos!), e eu teria permanecido numa fila comprida com o livro dele na mão, pensando que poderia ter sido meu livro. Teria perguntado meu nome ao me aproximar, teria me olhado nos olhos por um único instante. Não se teria surpreendido com nossos nomes idênticos, tudo teria sido – ou é agora, enquanto escrevo isso – como num transe, num sonho. Ele teria escrito meu nome, em seguida algo do tipo "com os melhores cumprimentos", e assinado com o mesmo nome, deformado, porém, pelo hábito dos muitos e apressados autógrafos. Depois ele teria passado pela professora da Escola 84, que o teria fitado

---

[7] Referência a uma obra do escritor e político romeno Ioan Alexandru Brătescu-Voinești (1868–1946), conhecido por suas histórias infantis. [N.E.]

toda feliz, como a um noivo. Eu teria vestido o casaco e ido embora para casa sob o granizo que caía, com o livro dele na bolsa, entre as provas da sétima série. Eu o teria lido numa sentada, a noite toda, pois, apesar de tudo, amo literatura, continuo amando, é um vício do qual não consigo me livrar e que vai me destruir. Naquela noite eu usava o pulôver amarelo encardido, de gola alta, de angorá, tricotado por mamãe. Tanto minha malha branca quanto esse meu pulôver eram de certo modo livrescos: sabia que era assim que um escritor deveria vestir-se. Alguns anos antes eu havia visto *Bonequinha de luxo*, e seu autor usava uma malha cuja gola subia em torno do pescoço. Ele escrevia à máquina todo dia naquela espécie de uniforme, e, por conseguinte, apareciam em sua janela mulheres bonitas, que subiam até seu andar pela escada de incêndio. Eu nem imaginava, à época, quais criaturas haveriam de se revelar em minha janela panorâmica do quinto andar, de onde eu tinha uma visão difusa, balcânica, da cidade, paredes externas velhas, fachadas, frontispícios barrocos, afogados na vegetação. Tinha vinte e um anos, era magro como uma sombra, de cabelo cortado em formato de penico e um bigode precário, ruivo, com uma falha do lado esquerdo. Meu aspecto sombrio, com olheiras, minha vida toda concentrada só em torno dos olhos, parecia um desenho feito a carvão. No entanto, eu havia escrito "A queda", espiral enlouquecida, vasto como um Maelström nos primeiros cantos, e depois cada vez mais frenético, mais histeroide, à medida que o divino se transforma em obsceno, a geometria, em anomia, os anjos, em demônios de bestiário medieval. Entrara na sala ordinária, uma sala de aula comum, com lousa e carteiras, com lambris pintados em cor de café, com uns dez ou quinze outros estudantes de uma vez. Entre aquelas paredes que pareciam defumadas, nas quais estavam pendurados alguns retratos de linguistas, com manchas de mosca, haveria de ser decidido o resto de minha vida. Soube disso no momento em que teve início a sessão do cenáculo, quando o jovem professor e crítico de autoridade maior do que a que qualquer ser humano poderia ter, com voz de oráculo, com sentenças que ninguém jamais contestara, anunciou duas leituras de poesia. Ao lado do crítico havia uma senhora que eu não conhecia, vestida de rosa, semelhante aos louva-a-deus miméticos que ficam de tocaia no cálice das flores, disfarçados de pétalas inofensivas. Os outros eram meus colegas, a maioria poetas, habitués do Cenáculo da Lua. Era um cenáculo recente, criado fazia apenas um ano, que devia o nome à lua enorme, perfeitamente redonda, que boiara acima da universidade na primeira noite de cenáculo e parecia ocupar um quarto de céu. Escuro e só com duas ou três janelas acesas, o edifício da universidade estalava abaixo dela, como se comprimido no meio por uma bola de peso incalculável.

Primeiro leu um cara de bigode, que eu jamais vira até então. Sua antologia poética se chamava *A tecnologia do outono*: poemas concentrados, estranhos, com algo inesperado em cada um deles. Fui o seguinte. Minhas folhas, cerca de trinta, eram manuscritas. Percorri-as, uma após a outra, com voz impessoal. Minha leitura durou quase uma hora, enquanto minha silhueta delgada provavelmente desaparecia por completo da sala. Seja como for, eu não tinha mais corpo, nem folhas cobertas de escritos nas mãos. Estava dentro de meu poema, que substituíra o mundo. Girava em sua espiral num ângulo cada vez mais fechado. Despencava de verso em verso dilacerado pela aspereza das peles de réptil, pelos ferrões das caudas de escorpião. Para mim, a recitação durou um breve instante, como se os primeiros versos:

> *Lira dourada, pulsa tuas asas até eu concluir este meu canto*
> *Esconde em silêncio tua cabeça de cavalo no fundo*
> *Lira dourada, pulsa tuas asas até eu concluir este meu canto*

tivessem se embaraçado em outra dimensão e aderido aos últimos, tornando-se idênticos, indiscerníveis:

> *lama versátil*
> *lama dos baús*
> *lama das lamas*
> *lama das névoas*
> *lama*
> *lama*

A última palavra do poema, escrita com maiúsculas, era FINIS.

Como de costume, ao término das leituras, fez-se uma pausa, após a qual se seguiram os comentários críticos. Durante a pausa, ninguém se aproximou de mim. Decerto todos sentiam aquele horror sacro diante de um escrito fundamental. Eu, de todo modo, estava com a pele do braço toda arrepiada. Tinha comparecido ao centro de meu crânio, olhado para a estátua viva, criselefantina, sob a abóboda de ossos pálidos, ocupando-a por completo e, apesar de tudo, escapei vivo. Agora, a única coisa que eu ainda sentia era a coceira incômoda da lã de angorá na pele de meu pescoço. Os globos de meus olhos divergiam de cansaço. O contorno da sala e dos que estavam sentados nos bancos começava a derreter àquela luz encardida, até de tudo aquilo só restarem esqueletos dourados, boiando fantasmagóricos no ar. Respirava regularmente, de lábios secos, a glória. Haveria de se seguir uma santificação: eu, o moleque anônimo com aspecto de noviço macilento, haveria de me tornar a esperança da poesia universal, dando um único salto que outras pessoas precisariam de uma vida toda para dar. Nem precisaria escrever mais nada. Havia de me tornar o autor da "A queda," com um genuflexório de mármore colorido, eterno, garantido no éden da posteridade. Perto do fim da pausa, o grande crítico, mentor do cenáculo, veio em minha direção para me perguntar uma única coisa: "Mas qual é seu nome de verdade?". Naquela noite, ele vestia um impecável terno cinza e uma gravata azul-fria. Ainda não tinha quarenta anos. Ninguém, nos últimos cem anos, tivera tanta força e autoridade com tão pouca idade. Levantei-me da cadeira e lhe respondi que eu me chamava exatamente como me apresentara. "Ah, pensei que era pseudônimo..." Em seguida ele me deu as costas e foi para a cátedra, sinal de que a sessão seria retomada. A seu lado, com um rosto empedernido de atriz kabuki, sentou-se uma senhora floral.

 Não sei se Akasha existe, memória universal dos antroposofistas, em que se guarda cada gesto realizado e cada palavra pronunciada por cada pessoa, e cada nuance de verde vista pelo olho composto de cada gafanhoto, fato é que, em minha pobre memória, carbonizada e desmembrada pelo azar, nada desapareceu de tudo o que vivi aquela noite. Plataforma giratória de minha vida.

Então, naquela hora que não foi nem mesmo de massacre feroz: de massacre casual, depreciativo e com um sorriso nos lábios, a moeda caiu do lado errado, a vareta mais curta ficou em minha mão, e minha carreira de escritor continuou, talvez, num outro mundo possível, embrulhada em glória e esplendor (como também em conformismo, falsidade, autoilusão, soberba, decepção), mas que ficou sendo, deste lado, uma promessa jamais realizada. Envenenei-me as noites, nos últimos sete anos, no esforço masoquista de relembrar as caretas, os sons, o movimento das correntes de ar naquela sala subterrânea que haveria de se transformar na cripta de minhas esperanças. Alguém rodava uma caneta entre os dedos. Alguém se virou para a moça atrás dele e lhe sorriu com malícia. Alguém usava nos pés uma espécie de mocassim de camurça. A gola de angorá me picava, minha face ardia.

Falaram de meu poema como se fosse um produto de patologia literária. Como um misto de detritos culturais mal digeridos. Como um pastiche inspirado em... (e aqui listaram uns vinte nomes). O primeiro que leu era um verdadeiro poeta, eu não passava de uma esquisitice. "No atual gabinete de horrores de nossa poesia, acrescenta-se um precioso artefato." "'Querer mil, poder seis', terrível condenação argheziana"[8]. À medida que os palestrantes se exprimiam, meu assombro e minha vergonha ultrapassavam todos os limites, transbordavam. Não era possível, não podia me encontrar numa assembleia de cegos. Agarrava-me a cada nuance positiva, tentava não entender as ironias e não escutar as sentenças lançadas com desatenta dureza. Claro, a situação haveria de se inverter. Os primeiros palestrantes haviam se enganado, eram a escória desprovida de discernimento. Sempre que uma nova pessoa tomava a palavra, concentrava-me nela com a ilusão de poder fazê-la dizer o que eu queria ouvir, assim como pressionamos o volante com a força do corpo todo numa ultrapassagem arriscada. Agora vai ser bom, a partir de agora as coisas vão mudar, dizia para mim mesmo, mas o jovem comentarista, colega de faculdade,

[8] Evocação de verso do poema "Blesteme" [Maldições], do poeta romeno Tudor Arghezi. [N.T.]

se revelava tão independente, impermeável e cruel quanto um cirurgião de serrote de trepanação na mão. Pois era isso que faziam: a vivissecção de meu corpo martirizado. A retirada do coração na plataforma mais alta do templo. Amputação sem anestesia, mas também sem ódio, assim como crianças arrancam as pernas das moscas. Eu também gritava, inaudível, como elas, e de maneira igualmente inútil. Bombástico, gongórico, de uma ambição digna de uma causa melhor, meu poema passava de mão em mão, dele citavam impossibilidades prosódicas e inconsequências estéticas "evidentes". Por vezes, "pela lei dos grandes números", era possível citar uma ou outra expressão "que, tendo em vista a idade do autor, poderia oferecer alguma esperança de futuro". Conforme o sarau avançava, falava-se cada vez menos sobre "A queda" e cada vez mais sobre os versos do outro poeta, maduros e fortemente graciosos, elípticos e enigmáticos. No fim das contas, acabei sendo esquecido por completo, num cone de sombra clemente, que camuflava minha torpeza.

    Senti vergonha, muito mais do que jamais sentira. No início, fiquei perplexo e indignado, agora só queria desaparecer, deixar de existir, nunca ter existido. Não esperava mais nada, não me defendia mais, meus pensamentos não lutavam mais contra os pensamentos deles. Era como se eu fosse um camundongo nadando num balde d'água, sem possibilidade de fuga, e que afunda tão logo perde a esperança. Contudo, mesmo carbonizado por tanta obtusidade e desprezo, mantinha uma migalha de fé: o grande crítico. Ele invertera sozinho e sem direito a recurso, não poucas vezes, os vereditos dos presentes na sala, e suas palavras eram cinzeladas em granito imortal. Como um médium, ele não podia errar, pois era habitado pelo espírito, e, se errasse, todos abandonariam as evidências e seguiriam pela trilha de seu erro. O crítico, que sempre falava por último e de maneira memorável, haveria de devolver "A queda" a sua enormidade inicial, sua dimensão abissal e seu ecumenismo. A catedral se transformara em banheiro público, mas, com sua voz fina, travessa, relativista e, no entanto, repleta de força, o crítico seria capaz de aspergi-la de novo com água benta. Tomado pela febre, com a cabeça afundada no peito, só esperava o discurso final da noite, o qual, de fato, era já aguardado por todos na sala. E ele começou a falar, após uma longa pausa que evidenciara o fato de não haver mais ninguém com algo a dizer.

Começou por mim e descreveu meu poema como "um redemoinho delirante de palavras". Interessante, até mesmo inquietante na intenção, mas um evidente fracasso na realização concreta, "pois o poeta não detém o domínio da língua e muito menos o talento necessário para tal empreitada". Justamente uma ambição desmedida era o que tornava o poema ridículo. "Primeiro precisamos aprender a andar para depois correr. O poeta que recitou esta noite é como uma criança num andador que quer correr na maratona e ainda por cima se sagrar vencedor..." Continuou no mesmo registro, fazendo citações, evocando opiniões ditas anteriormente, sempre de acordo com elas e, ao final, antes de passar para a segunda leitura, apontou o polegar para baixo com a última frase: "Esse poema me faz lembrar dos filmes de comédia em que, de um canhão imenso, que se incha todo quando o pavio aceso chega até a pólvora, rola uma bola que cai, plaft, no chão, a um passo da boca do tubo..."

Não sei o que ele disse depois sobre o outro poeta.

Até hoje o manuscrito de "A queda" ostenta as impressões digitais de todos os que falaram naquela ocasião. Em centenas de noites de insônia depois, ruminei o mesmo roteiro rocambolesco: persegui e puni todos os que avacalharam meu poema e destruíram minha vida. Ao longo de tantos anos, porém, tenho me vingado sobretudo de uma única criatura que, travada e impotente, mero modelo anatômico vivo, feito para tortura, foi confiada a minhas mãos para sempre: eu mesmo.

6

Sou, portanto, professor de romeno na Escola Geral número 86 de Bucareste. Moro sozinho numa casa antiga, "a casa em forma de navio" sobre a qual já escrevi, e que se encontra na rua Maica Domnului, na região do lago Tei. Como quase todo professor de minha especialidade, por um tempo sonhei em me tornar escritor, assim como no rabequista que toca entre as mesas ainda vive, encolhido e degenerado, um Efimov que um dia se achou grande violinista. Por que isso não aconteceu, por que não confiei o bastante em mim para passar, com um sorriso de superioridade, por cima daquela noite do cenáculo, por que não tive a convicção maníaca de ter razão contra todos, visto que o mito do escritor incompreendido é tão forte, inclusive com sua devida dose de kitsch, por que não acreditei mais em meu poema do que na realidade do mundo? – em cada dia de minha vida procurei uma resposta para tudo isso. Já naquela noite de outono, profunda e úmida, voltei a pé para casa, ofuscado pelos faróis dos carros, num estado de paranoia que jamais experimentara. Não conseguia respirar de amargor e humilhação. Meus pais, que me abriram a porta como sempre, ficaram sem palavras. "Você parecia um espectro, estava branco como um lençol e não entendia nada do que eu te dizia", mamãe haveria de me contar mais tarde. Não dormi a noite toda. Reli meu poema algumas vezes, que a cada vez me parecia diferente: genial, imbecil, imbecil-genial, genial-imbecil ou simplesmente inútil, como se suas páginas fossem brancas. Tinha lido fazia pouco tempo *Niétotchka Niezvânova*, de Dostoiévski, que me parecera seu texto mais maravilhoso, inacabado pois não tinha como continuar, o jovem autor alcançara cedo demais um dos extremos de seu mundo. Tinha pensado muito no pai de Niétotchka, Efimov, que aprendeu sozinho a tocar violino e que, tomado por inspiração e paixão, ficou famoso em sua remota gubernia. A empáfia daquele homem modesto, assombrado por uma força fantástica, desconhecia limites: Efimov chegou a se considerar o maior violinista do mundo. Até que, escreve Niétotchka (mas podemos acreditar nela? O que é que essa menina podia saber de arte, de música, de violino? Quanto seu pai a atormentara com sua loucura furiosa, com suas crises de orgulho e, depois, despencado no desespero, na doença e na bebida?), veio se apresentar na capital da gubernia um "verdadeiro" grande violinista de Moscou. Claro, claro, depois de ouvir o "verdadeiro", Efimov jamais voltou a encostar em seu violino e desapareceu de seu próprio mundo ilusório, do mundo de sua filha e do mundo do próprio Dostoiévski, mal deixando atrás de si um tênue rastro de tragédia constrangedora e de maldição em forma de scherzo. Pobre homem, enganado pelo diabo mesquinho da província. Acho que nunca ninguém, ao ler *Niétotchka*, duvidou da mediocridade de Efimov como violinista, de sua risível glória de caolho em terra de cegos, de sua deplorável autoilusão. Mas eu, que durante alguns meses do verão de 1976 vivi como ele e como os deuses, aterrorizado pela minha própria grandeza, pela onipotência daquele que me habitava e guiava minha mão pelo papel, de modo a fazer com que meu poema fluísse pelas páginas sem correção, sem revisão, sem acréscimo, sem retificação, como se eu apenas removesse, linha após linha, uma faixa branca a cobrir as letras e as palavras, sabia que Efimov fora verdadeiramente um grande violinista, demasiado grande, e demasiado original, e demasiado saído do nada para poder ser de fato compreendido, pois nem o governador, nem os que o rodeavam, embora sentissem a força de sua arte, foram capazes de perceber apenas uma grande luz sem contornos ou de explicar que aquela música, de todo diferente da que costumavam ouvir, nos comovia, apesar de tudo, profundamente. Sabia que não era ele, manipulado como um fantoche pela mão de um outro mundo, o impostor, c sim o "grande", "verdadeiro", o perfeito violinista moscovita, famoso no mundo inteiro, que se apresentara diante de reis e rainhas, em Paris e Viena, e que se dignara, no fim da carreira, a dar os ares de sua graça nos cafundós da Rússia para alegrar os bárbaros dali com o dom e a nobreza de sua arte. Uma arte conforme as regras, conforme cânones respeitados havia séculos, uma música perfeita, claro, porém humana. E justamente seu caráter humano era a moeda que se tornava corrente em qualquer lugar, em palácios e bordéis, pois é tão agradável sentir na palma da mão o peso de uma moeda. Ao passo que a arte inumana, desordenada, que não levava em conta a conformação do ouvido humano, nem o formato do violino, que desconhecia os limites dos movimentos dos dedos nas cordas, a arte permeada pela magia, de um outro mundo, no corpo de Efimov, apertava em nossa palma a lâmina gelada da navalha, que a rasgava na linha da vida, de modo a ostentarmos para sempre sua cicatriz.

Dentre as milhares de respostas que pude dar, nas noites de febre e suplício e nos dias de devaneio, durante as aulas, enquanto as crianças se dedicavam a alguma lição extra, ou numa loja de sapatos, em pontos gelados de ônibus ou esperando em frente a um consultório médico, à pergunta de por que não me tornara escritor, uma me parece mais verdadeira do que as outras em seu paradoxo e ambiguidade. Li todos os livros e não cheguei a conhecer nem mesmo um único autor. Ouvi todas as vozes, com a limpidez com que um esquizofrênico as ouve, mas jamais falaram comigo com uma voz de verdade. Vaguei pelas milhares de salas do museu da literatura, fascinado primeiro pela arte com que, em cada parede, se revela uma porta pintada em *trompe l'oeil*, com minúcia na reprodução de cada farpa de madeira com sua sombra afilada, de cada camada de tinta com a sensação de fragilidade e transparência, que nos faz admirar os artistas da ilusão como se nada mais admirássemos neste mundo, mas, no fim das contas, depois de centenas de quilômetros de corredores com portas falsas, com um cheiro cada vez mais forte de tinta a óleo, solvente e ambiente fechado, a perambulação se distancia cada vez mais do passeio contemplativo e se transforma em inquietação, depois em pânico e falta de ar. Cada porta nos confunde e decepciona, tanto quanto o olho se deixa enganar. São pintadas com maestria, mas não abrem. A literatura é um museu hermeticamente fechado, museu de portas ilusórias, de artistas preocupados com nuances cor de café e com a imitação mais expressiva possível dos batentes, das dobradiças e das maçanetas, do preto veludoso do buraco da fechadura. Bastava fechar os olhos e apalpar com os dedos a parede contínua e infinda para entender que em nenhum lugar do edifício literário havia uma abertura ou fissura. Só que, seduzidos pela grandeza de portais cobertos de baixos-relevos e símbolos cabalísticos ou pela modéstia de uma porta de cozinha camponesa, com uma bexiga de porco no lugar do vidro, não queremos abrir os olhos, gostaríamos de ter, na verdade, mil olhos para as mil saídas falsas que se estendem diante de nós. Como o sexo, como as drogas, como todas as manipulações de nossa mente que tencionam romper nosso crânio de uma vez para tomar ar, a literatura é uma máquina que produz primeiro felicidade, depois decepção. Após lermos dez mil livros, não podemos deixar de perguntar: por onde esteve minha vida todo esse tempo? Engolimos vidas alheias todas juntas, sempre com uma dimensão a menos em relação ao mundo em que existimos, por mais surpreendentes que sejam suas façanhas artísticas. Vimos as cores dos outros e sentimos a aspereza, a suavidade e o caráter possível e exasperante de outras consciências, que eclipsaram e empurraram para a penumbra nossas próprias sensações. Se tivéssemos ao menos penetrado no espaço tátil de outras criaturas como nós, mas sempre, sempre giramos entre os dedos da literatura. Mil vozes sempre nos prometeram a fuga, no entanto, em vez disso, roubaram-nos até a mais leve sensação de realidade que temos.

    Como escritores, nós nos irrealizamos a cada livro que escrevemos. Sempre queremos escrever sobre nossa vida e sempre escrevemos só sobre literatura. É uma maldição, uma miragem, um modo de falsificar o simples fato de vivermos de verdade num mundo de verdade. Multiplicamos mundos enquanto nosso próprio mundo seria suficiente para preencher bilhões de vidas. A cada página que escrevemos, a pressão do gigantesco edifício literário cresce sobre nós, obriga nossas mãos a realizarem movimentos que não gostaríamos de fazer, nos constrange a permanecer no plano da página, enquanto talvez preferíssemos perfurar o papel e escrever perpendicularmente a sua superfície, assim como o pintor é obrigado a utilizar tintas, o músico, sons, e o escultor, volumes infinitamente, até a ponto da náusea e do ódio, e isso porque não somos capazes de imaginar que possa ser diferente. Como sair de nosso próprio crânio pintando uma porta na superfície interior, lisa e amarelada, do osso da testa? Nosso desespero é de quem vive só em duas dimensões e se encontra fechado num quadrado, no meio de uma folha infinita. Como fugir de sua apavorante prisão? Mesmo se passasse ao lado do quadrado, o papel se estenderia infinitamente, mas nem desse primeiro lado não pode passar, pois, em duas dimensões, a mente não concebe ascender, perpendicular ao plano do mundo, entre as paredes da prisão.

Uma resposta talvez mais verdadeira do que outras seria, portanto, justamente esta: não me tornei escritor por não ter sido, desde o início, escritor. Amei a literatura como a um vício, mas não acreditei de verdade que ela fosse o caminho. A ficção não me atrai, não foi o sonho de minha vida adicionar portas falsas à parede da literatura. Sempre tive consciência de que o estilo (que é a mão da literatura enfiada em nossa própria mão como numa luva), tão admirado em meus grandes escritores, não passa de arrebatamento e possessão. Essa escrita nos devora a vida e o cérebro como heroína. Ao término de uma carreira, só podemos constatar que nada dissemos, com nossa mente e nossa boca, sobre nós, sobre os fatos miúdos que formaram nossa vida, mas sempre sobre uma realidade que nos é alheia, cuja intenção seguimos, pois nos foi prometida a redenção, uma redenção simbólica, bidimensional, que não significa nada. A literatura é, quase sempre, um eclipse da mente e do corpo de quem escreve.

Por não ter escrito (escrevi um diário, é verdade, em todos esses anos, mas quem se importa com o diário de um anônimo?), vejo hoje com bons olhos tanto meu corpo quanto minha mente. Não são bonitos nem dignos de interesse público. Mas são dignos de meu próprio interesse. Observo-os diariamente e me parecem tenros como os caules transparentes, sem clorofila, das batatas mantidas na escuridão. Justamente por não terem sido revirados por todos os lados em vinte livros de ficção, poesia ou romance, justamente por não terem sido deformados pela caligrafia. Comecei a escrever neste caderno (sobre o qual até agora não deixei escapar nenhuma palavra), em circunstâncias especiais, exatamente o tipo de livro que ninguém escreveria. É uma escrita condenada desde o início, e não porque nunca chegará a se tornar um livro, mas porque permanecerá um manuscrito, jogado em cima de "A queda", em minha gaveta com dentinhos e barbante de umbigo e fotos antigas, porque seu tema é muito mais alheio à literatura e mais amarrado em torno da vida, alimentando-se dela como uma corda de viola, do que qualquer outro texto que já tenha sido posto no papel. Algo acontece comigo, há algo em mim. Diferente dos outros escritores do mundo, justamente por não ser escritor, sinto que tenho algo a dizer. E vou dizer de modo torpe e verdadeiro, assim como deve ser dito tudo o que merece ser posto no papel. Várias vezes penso que é assim mesmo que deveria ter sido: ser arrasado naquela remota noite de cenáculo, retirar-me por completo de qualquer espaço literário, tornar-me professor de romeno numa escola geral, a criatura mais obscura do planeta. Eis que agora escrevo, e escrevo o mesmo texto que, lendo livros fortes e sofisticados, e inteligentes e coerentes, e cheios de loucura e sabedoria, na verdade sempre imaginei e nunca encontrei em lugar nenhum: uma escrita externa ao museu da literatura, uma porta de verdade rabiscada no ar e através da qual espero realmente sair de dentro de meu próprio crânio. Um texto com o qual quem distribui autógrafos em reuniões com professores ou sabe-se lá por quais países estrangeiros jamais sequer sonhou.

7

Quase sempre chego entre os últimos na sala dos professores, muito tempo depois de tocar o sinal. A sala pintada de verde-oliva (a cor das escolas, dos hospitais e das delegacias) é pobre e desoladora. Por cima da mesa comprida, praticamente o único móvel do aposento, um pano vermelho puído de tantos cotovelos que nele se esfregaram. Em geral, lá encontro um único professor, sentado à mesa, com um diário de classe aberto diante de si, anotando modificações a tinta azul. Nem levanta o olhar para ver quem entra. Professor de desenho. Professora de latim, professora de física. Uma espécie de névoa melancólica remoinha no cômodo, sobretudo nas manhãs de inverno, quando ainda não clareou e neva nas janelas de batentes gastos. Estamos num sonho, mas no sonho de quem?

Pego meu diário de classe, um daqueles que jazem na pilha sobre a mesa, e saio pelos corredores desertos da escola. São corredores estreitos, de teto baixo, semelhantes a galerias de toupeira, com uma luz difusa nas janelas que dão para o pátio interior. Passo diante de inúmeras portas pintadas de branco, atrás das quais se desenrolam enigmas. Ouvem-se vozes agudas, histéricas, autoritárias. Há gritos, explicações, súplicas. De repente, uma porta bate contra a parede, como uma flor que, num filme acelerado, explode do broto, e uma criança surge a meu lado. Agora, os gritos da professora reverberam dez vezes mais altos. A porta volta a se fechar e retomam-se os murmúrios. A criança desaparece numa curva do corredor e jamais aparece de novo.

Os corredores parecem não ter fim, embora a escola seja pequena. As curvas são sempre em ângulo reto, sempre subimos e descemos escadas cobertas por um mosaico que nunca está limpo como deveria. Passamos ao lado do banheiro com a porta escancarada, ao lado dos laboratórios de física e de biologia, ao lado do consultório dentário. Já circulo há três anos pelos corredores dessa toca, mas jamais entendi sua configuração. Ainda hoje confundo os diários e entro em classes desconhecidas. É como se os laboratórios sempre mudassem de lugar, os painéis com os melhores alunos estão ora na porta de entrada, ora em frente à secretaria, ora no fundo do corredor mais remoto. Por vezes me detenho diante de um deles: aquelas trinta fotos, dispostas em seis fileiras, fotos de meninos e meninas, me parecem tão espectrais naquele ambiente esverdeado que sou assaltado por um calafrio: são rostos de larvas, todos iguais, mas diferentes entre si, como se a apresentação dos melhores alunos constituísse grandes insetários presos na parede de um museu de ciência natural. Com dificuldade, desvencilho-me de seu fascínio e sigo andando, professor de romeno segurando seu enorme diário de classe debaixo do braço.

Subo um andar, e depois outro, e mais um. Sei que a escola tem um único andar, sei que ainda não acordei direito (são oito e quinze da manhã), mas continuo subindo, como se subisse há séculos. É uma torre infinita com salas e corredores sobrepostos. Num dado momento paro num espaço grande e escuro (do pátio interno vem pouca luz) com aquelas mesmas portas brancas em volta. Quinta série A, 5ª B, 5ª C... Ao longo dos corredores, as letras das turmas exaurem o alfabeto romano, passando para o grego, o hebraico, o cirílico, depois aparecem sinais árabes, indianos, horrendas cabeças maias e, por fim, sinais completamente desconhecidos. Nunca soube *quantas* séries paralelas existem, na verdade, cada ano na Escola Geral 86.

Deserto e névoa. Numa das salas, quarenta crianças me aguardam, mas qual? Quase sempre erro de sala. Abro desconfiado uma porta, os alunos sentados em suas carteiras se viram para mim, a professora interrompe o conjunto das frações (se for a belíssima Florabela), ou a fleuma de réptil (se for a temida Gionca) ou os tiques de gente com síndrome de Tourette (caso entremos na sala de Vintilă, o professor de geografia). "Desculpe", digo e, mortificado, fecho a porta com a sensação de quem foi, involuntariamente, testemunha de um segredo vergonhoso. O que ocorre entre as crianças e os professores ali, atrás das portas brancas, numeradas, sempre me pareceu marcado por um tabu tão poderoso e inalcançável como entrar no banheiro das mulheres. A cada pausa transpiro em bicas, não por pensar que não voltarei a encontrar minha sala, mas por imaginar que abrirei sem parar outras portas, atrás das quais não sou bem-vindo.

Finalmente, as crianças da sala mais improvável parecem me aguardar. Na parte da frente, na cátedra, não há ninguém. No entanto, minha dúvida persiste: e se for a aula de outro professor que esteja atrasado? Só ao vê-las abrirem os livros e cadernos e me aceitarem ali, no pequeno espaço diante das fileiras de carteiras, é que me tranquilizo um pouco: é a minha aula, estou, enfim, onde deveria estar. Mas de qual série se trata? Sexta? Oitava? As crianças me parecem todas iguais. Esforço-me tremendamente para perceber, com base em três ou quatro rostos que reconheço, se estou na série da dona Rădulescu ou naquela cuja tutora é Uzun. Dirijo-me até a cátedra, coloco o diário em cima da mesa, me acomodo, faço a chamada. Levanto-me e ponho-me a caminhar por entre as fileiras de carteiras, espreitando as páginas dos manuais abertos: que diabos de lição tenho de ensinar? Gramática ou literatura? Sou o pior professor que já lecionou neste mundo. "Onde paramos?", pergunto-lhes. Uma menina da fileira rente à janela responde: "Analisamos as ideias principais de 'Em Broşteni'[9] até a terceira parte". Ótimo, estou na sexta série, provavelmente a 6ª B, ótimo, ao menos isso agora eu sei. A partir daqui eu me viro. Olho para os alunos com certa gratidão. Começo a falar, roboticamente, com a cabeça noutro lugar. Eles escrevem o que dito, também roboticamente, todos com a cabeça noutro lugar. Eles também devem ter se perguntado que matéria haveriam de ter, que animal

---

[9] Conto do volume *Memórias de infância*, do escritor clássico romeno Ion Creangă (1837-1889). [N.T.]

estranho e inexplicável haveria de entrar na sala, adulto, portanto exótico e monstruoso, a guiá-los até a próxima pausa. Agora estamos face a face, a minha face, que conheço graças aos espelhos e que odeio mais do que qualquer outra coisa, e aquelas quarenta faces, com traços miúdos, por se formar, faces que sempre me intimidaram. "Deixem vir a mim as crianças" me vem à mente sempre que entro numa sala de aula, ou seja, cinco vezes ao dia, "pois o Reino dos céus pertence aos que são semelhantes a elas." Faces infantis, que não pertencem a esta terra, mas a um reino estranho e longínquo. Teria tanto a lhes dizer, seria capaz de construir minuciosamente a ponte entre duas culturas ou entre duas civilizações (entre duas espécies?), mas lhes falo das cabras de Irinuca[10] e explico o que são os sarcoptas da escabiose, pois protejo minha pele, há três anos que faço de tudo para escapar e sair correndo, para não chamar a atenção, para não ser acuado.

Há turmas boas e ruins, turmas em que entro sossegado e outras em que nem me atrevo a entrar. Numa delas, a cada ano letivo, são reunidos os alunos problemáticos, instáveis, recalcitrantes, disléxicos. Ciganos, vistos pelos professores preconceituosíssimos como um povo de psicopatas. Crianças que não podem levar flores e bombons para as professoras. Tiveram no primário professoras estúpidas, beberronas, aturadas na escola por piedade, e, agora, que têm um professor por matéria, não conseguem dar conta, tampouco os professores dão conta delas. "Na 5ª D é como entrar numa cova de leões, tenho de me proteger com a régua e o diário", costuma-se ouvir na sala dos professores. As mulheres, em especial as professoras iniciantes, saem dali aos prantos. Todos lhes arrancam o couro e, na aula seguinte, o inferno recomeça. Não há o que fazer. Entro nesse tipo de turma como numa sala de tortura, uma das várias que nos aguardam ao longo da vida (passei minha vida em câmaras de tortura). Não há o que fazer: o melhor é não pensar antes. Entramos como um robô, com o diário debaixo do braço, rumo àquele pedaço de inferno. Seremos torturados por

---

10 Menção ao conto "As cabras de Irinuca", de *Memórias de infância*, de Creangă. [N.T.]

uma hora e depois sairemos. Durante uma hora seremos provocados, desafiados, ridicularizados por criaturas cuja altura bate em nosso peito, mas que são numerosas e atacam em vagalhões. Não temos como lhes impor a vastidão de nossos conhecimentos sobre o mundo. Nosso mundo não é o deles. Nossa autoridade cessa na porta da sala, a partir de onde vigora a autoridade deles. Escapamos mais fácil se passarmos por eles sem olhar em seus olhos e nos sentarmos à cátedra, onde permanecemos paralisados, catatônicos, até tocar o sinal, impassíveis diante da balbúrdia, dos berros, das corridas dentro da sala, das guerras de chiclete e lápis, do durepóxi com que recobrem o assento de nossa cadeira. Nesse momento desejamos que nossos sentidos se fechem, um após o outro, como olhos sonolentos, que nos tornemos nossa própria estátua de anos vindouros, quando o heroísmo dos ex-professores haverá de ser recompensado com sua imagem em pedra, como um memorial do duplo suplício da escola.

O sinal que marca o fim da aula sempre me pega de surpresa: não sei se as trombetas do Apocalipse soarão com mais força, mas a de cada série é suficiente para fazer os mortos se erguerem das criptas. Estilhaço-me sempre que toca e depois me esforço por me recompor na forma inicial. As crianças saem correndo da sala muito antes de mim e me deixam sozinho entre a lousa e as carteiras vazias, que de repente me parecem tão tristes, o que leva meu olhar a procurar, no teto, um gancho no qual eu possa me enforcar. Ao redor, nas paredes, quadros absurdos: imagens com porcos e vacas para as primeiras séries, com a tabela de Mendelêiev e o tubo digestivo do pombo dissecado para as últimas. Fragmentos de um mundo que jamais compreenderemos. Pego o diário e, com ele debaixo do braço, desço até a sala dos professores, e desta vez o caminho me parece mais curto e simples, como se a sala ficasse na esquina. Para chegar até lá, porém, preciso do mesmo tempo, pois o espaço está abarrotado de crianças que se agitam como vespas numa colmeia, sem cessar, berrando com aquelas vozes que espetam nossos tímpanos como alfinetes. Por entre elas é impossível passar, pois estão grudadas umas às outras como siameses, mas podemos nos lançar por cima delas com um salto habilidoso, que todos os professores conhecem e sabem realizar – o resto não sobreviveu –, e elas nos carregarão de braço em braço por cima de suas cabeças cheias de lêndeas, apalpando-nos por debaixo da saia no caso das mulheres e nos limpando os bolsos no caso dos homens, mas sempre nos deixando em segurança em frente à sala dos professores. Ali, desamarrotamos a roupa, tiramos o desespero do rosto e entramos afáveis, falantes e piadistas, como se nada houvesse acontecido.

Meus colegas estão em torno da mesa. Ao redor deles, nas paredes, estão dependuradas grandes fotografias manchadas de personalidades já falecidas. Pela janela se vê a caixa-d'água, que parece uma antiquíssima fábrica desativada, com o telhado esburacado e arvorezinhas que cresceram a partir de sementes levadas pelo vento até a cornija de tijolo. É o playground das crianças do bairro, que penetram, por lugares que só elas conhecem, nos galpões abandonados. Voltam para casa esgotadas, sujas de graxa, com algo estranho no olhar. Quando encerro as aulas e passo em frente à oficina mecânica rumo ao ponto final do 21, eu as encontro, em grupos de dois ou três, com aquele olhar que diz "fui lá de novo". Em cada quadra do pátio da escola, antes de poderem entrar, a roupa das crianças é inspecionada. Passam os dedos pelo cabelo dos meninos e, caso o comprimento ultrapasse a grossura dos dedos, eles são mandados ao barbeiro. As meninas têm duas vulnerabilidades: a tiara da cabeça (tem de ser de tecido branco, e não de plástico, e de uso permanente) e o comprimento do avental, que precisa cobrir até o joelho. Uns e outros portam ainda mais um sinal do escravagismo escolar: o número de matrícula, outrora bordado com linha amarela, ao lado do nome da escola, num retalho de musselina costurado na manga esquerda do uniforme. A matrícula identificava os alunos que se comportavam de maneira inadequada nos espaços públicos, os que cabulavam as aulas indo ao cinema ou a bares. Não me lembro da data exata em que a matrícula foi substituída por uma tatuagem, mas sei que isso se deu em função do fato de que as matrículas eram presas com grampos, de maneira que podiam ser arrancadas facilmente à saída da escola, momento em que as meninas também tiravam a tiara da cabeça, como se estivesse pegando fogo. Por muitos anos, no primeiro dia de aula, quando a enfermeira examinava a barriga das crianças em busca de sinais de urticária e a cabeça à caça de piolhos, e quando se distribuía uma vacina de mastigar – uma gota de líquido rosa num pedacinho de torrão de açúcar –, chegava o professor da oficina (os meninos fazem serralheria, e as meninas, costura) com um pirógrafo vermelho de tão incandescente. Uma após a outra, com as mangas arregaçadas, as crianças tinham de suportar a inscrição meticulosa, no ombro esquerdo, com garranchos, do número que haveria de identificá-las como alunos da Escola 86. Depois da inspeção do corte de cabelo, dos cordões (as meninas se ajoelham no corredor entre as carteiras, e as barras não podem encostar no chão) e das matrículas, seguia-se invariavelmente o aviso da diretora: "E que eu não os apanhe indo na hora do recreio até a antiga fábrica. Quem for pego, será suspenso por três dias e obrigado a estudar na biblioteca!".

A menção à biblioteca tem efeito imediato: poucas crianças ainda ousariam se arriscar. A biblioteca da escola é, também, ao mesmo tempo, cárcere. Do consultório dentário, o acesso a ela se dá por uma escada de cimento estreita que conduz bem para baixo da terra, como num daqueles banheiros do subsolo de antigas estações ferroviárias. A bibliotecária é a professora de matemática diabética, que complementa o meio expediente de ensino com algumas horas de vigilante. É larga, ocupa a mesa toda do pequeno vestíbulo da biblioteca, e tem o rosto coberto de verrugas. As crianças mal conseguem passar ao lado desse ídolo bárbaro que obstrui a entrada. Em cima da escrivaninha de madeira rústica, pintada de tinta vermelha, sempre há um pote contendo um líquido turvo. São as algas dela, com as quais trata não só o diabetes, como também a vista, a vesícula, o trânsito intestinal, os quistos ovarianos, os lapsos, o ronco, as verrugas, os arrotos, o tédio. Aquelas algas são a panaceia tão aguardada pela humanidade e revelada por um professor russo chamado Naumoff. Apareceram na escola pela primeira vez havia poucos meses, tendo sido trazidas pela dona Bernini, professora de música. O potinho místico cintilava como um cálice sagrado sob os raios de sol. Nele havia umas criaturas pálidas, translúcidas, com uma delicada anatomia interna, boiando num líquido hialino semelhante a esperma. Rodeada por colegas, dona Bernini desdobrou com severidade uma folha em que, mimeografada pela décima vez, estavam escritas à máquina numa só linha, com letras afogadas em tinta, quase ilegíveis, as palavras do grande cientista. Depreendia-se delas que as algas, que tinham um nome científico complicado, cresciam e se multiplicavam no pote sem necessidade de alimento, e que o líquido em que viviam devia ser ingerido uma vez por semana e substituído por água de torneira. Um tratamento à base das algas milagrosas devia durar, pelo menos, um ano, depois do qual se garantia saúde perfeita neste século e vida eterna no seguinte. A professora de música mandou as colegas trazerem copos com água, colocando em cada copo um pedacinho daqueles animais preguiçosos, alvacentos, do pote primordial. Cada uma delas seguia agora, com precisão, o tratamento do professor Naumoff. As algas realmente se multiplicaram, e aquele líquido turvo, embora meio nojento, podia ser bebido no banheiro, apertando o nariz. As professoras esqueceram por completo muitas outras tentativas de eterna juventude e imortalidade feitas no passado, tais como uma colher de óleo mantida sob a língua, durante seis horas, toda segunda-feira, conforme a receita do professor tcheco Nemeček, ou a retenção da urina durante três dias, uma vez por mês, passando por terríveis suplícios, no intuito de curar a nostalgia.

Na biblioteca não há livros. Em outros tempos costumava haver centenas de volumes para crianças, mas a umidade sob a terra os embolorou. Agora as capas estão podres, com manchas verdes e fedendo a penicilina, e pelas páginas pululam minúsculos escorpiões sem ferrão. A maior parte desses livros arruinados agora se transformou em montinhos de pó em cima das estantes, as quais, por sua vez, também apodreceram. O espaço é pequeno, a luz vem de lá de cima por uma janelinha coberta por uma malha de arame, como todas as janelas da escola. As crianças mais endiabradas são mantidas ali dentro, de castigo, durante as tardes, até começar a escurecer, não tendo ali o que contemplar a não ser o dorso elefantino e transbordado da bibliotecária. Mesmo enquanto ela dormia com a cabeça em cima da mesa, vigiada pelo pote em que os raios que desciam da janelinha conjugavam uma estranha luz, o aluno punido não tinha como fugir, pois passar por entre as pernas grossas e peludas da bibliotecária, com varizes que subiam e desciam como minhocas lânguidas, era impossível.

Meus colegas sempre escrevem alguma coisa nos diários, dão notas, as modificam, as apagam com borrachas duras que raspam o papel até criar um buraco, e quando conversam entre si, fazem-no aos sussurros, com a boca entortada na direção do interlocutor ou coberta por um caderno qualquer, como os alunos durante as aulas. Também como eles, meus colegas nutrem um medo patológico do diretor Borcescu. Ao serem chamados a seu escritório, ficam brancos como papel, como se uma tarântula gigantesca os instigasse a visitar sua toca. Eu também tenho medo de Borcescu. Não morro de vontade de vê-lo com frequência, embora saiba que ele nutre certo acanhamento diante dos professores de romeno e matemática. Seu escritório cheira a pó de arroz e base de maquiagem. É o seu perfume específico, impregnado em suas roupas, suas mãos, seu rosto e seu cabelo. Quando esse odor adocicado se infiltra na sala dos professores, eles automaticamente se levantam, pois sabem que a qualquer instante surgirá o chefe da escola. E ei-lo, de fato, eis seu corpo baixo e obeso em cima do qual a cabeça, perfeitamente esférica, desproporcionalmente grande, se parece com a bola superior de um boneco de neve. Seu aspecto é inesquecível, pois o pó cor de café róseo que cobre sua pele suada como uma máscara jamais camufla suficientemente a bizarrice, antes a substituindo por outra, tão grande quanto ela. Ele sofre de vitiligo, seu rosto e suas mãos (será que o resto do corpo também?) são cobertos por manchas, por áreas esfoladas e descoloridas, por outras demasiado pigmentadas, de modo que seu corpo se assemelha a uma espécie de bola de futebol formada por retalhos de couro de diversas cores, sobre a qual alguém espalhou uma maquiagem espessa, nauseantemente perfumada. Debaixo de três fios de bigode da cor e da textura do tabaco, sua boca desdentada não consegue articular as sibilantes e é impotente diante das fricativas. Quanto mais incompreensíveis são suas palavras, mais Borcescu é temido. Sempre que dá uma ordem a alguém, a vítima se esforça por compreender, aterrorizada pela possibilidade de interpretar errado o balbucio do diretor. Durante quinze minutos pode-se ver o pobre professor com a cabeça grudada na janela, combinando e recombinando as palavras desprovidas de consoantes essenciais. No passado, na década de 1970, a especialidade de Borcescu era convidar uma a uma as jovens professoras do primário e do ginásio para um passeio nas montanhas. Era galante, cortês, seu cabelo era mais farto, e os sinais da doença, mais pálidos. Além disso, coisa rara naqueles tempos, ele tinha um Fiat 600, irresistível para muitas mulheres. Pegavam a estrada contentes e, no meio do nada, o professor parava e ameaçava expulsar a moça do carro caso não permitisse que ele... Muitas das professoras da escola o conheceram desse jeito. Fora isso, ele se dedicava ao ensino de biologia, que transformou num belo negócio: se ensinava anatomia do coelho, todas as crianças deveriam levar cada uma um coelho para a escola. Borcescu dissecava um único animal, com visível prazer, sobre uma grande placa de azulejo colocada em cima da cátedra, enquanto os restantes ele levava para casa, onde sua criação de coelhos prosperava. Se ensinava sobre peixes, cada criança devia comprar uma carpa na venda do bairro. Uma só era dissecada, e as crianças observavam as brânquias, as vísceras, a bexiga nacarada, as ovas em pacotes compactos do peixe em questão, enquanto os demais também passavam a pertencer a seu diretor, que os vendia em frente ao portão, com uma balança do tempo de Osmã Pazvantoğlu. Pouco tempo antes de eu começar a trabalhar na escola, ele foi fisgado pela dona Mimi: o pobre Borcescu pagou, num dia de má sorte, por todos os seus prazeres de viajante. Ele pegara uma mulher pedindo carona na estrada e parou alguns quilômetros depois, com a costumeira chantagem; a mulher não disse nada, deixou-se acuar no espaço do minúsculo Fiat, mas depois ela não se deu por satisfeita até arrastar o desgraçado para o cartório: revelou-se que Mimi, tiazona feia como um porco, professora, também ela, em alguma escola de Berceni, estava um grau acima na hierarquia de nosso futuro diretor, chantagista chantageado que deu, finalmente, com os burros n'água. Desde então, Borcescu não só pôs fim a suas escapulidas sexuais, como também à própria vida, pois poucas vezes se viu um homem tão aterrorizado pela esposa como ele pela consorte que ora governava, com mão de ferro, a casa. Nos primeiros dois anos de período experimental, por vezes eu era chamado a seu escritório, e caso ele estivesse de bom humor, nossa conversa invariavelmente acabava com ele me chamando para mais perto, como se tivesse de me confessar algo de extrema importância. Eu me aproximava a contragosto, o fedor de pó de arroz agoniante, ele com os lábios róseos próximos de minha orelha até quase encostar nela e, com olhos arregalados por um pavor irreprimível, sussurrando: "Meu jovem... meu jovem, não se case! Está ouvindo o que estou lhe dizendo?". Fazia o jogo dele e lhe perguntava, com inocência: "Mas por que, professor?". "Ora, meu garoto, você tem ideia de como é o casamento?" "Como, professor?" "Pior que a forca!" Ele fitava os meus olhos e continuava, por assim dizer, em tom de brincadeira: "Não muito pior. Só um pouquinho pior... Lembre-se disso". Não havia professor mais velho que não tivesse contado essa cena inacreditável, porém verdadeira, e que se repetiu infindavelmente ao longo dos trinta anos em que Borcescu deu aulas no bairro, dos quais os últimos vinte como diretor da escola, que não raro era invadida por dona Mimi, cujo empurrão de mulher raivosa fazia estilhaçar os vidros da porta de entrada, e cujo chute formidável fazia a porta da secretaria bater contra a parede, atropelando a aluna de serviço com pompom na cabeça e entrando como uma tempestade de neve no escritório do diretor. Professores e alunos então se apressavam ao mesmo tempo para fora para ver pela janela como a dona Mimi, ao encontrar o escritório vazio, se detinha por um instante, desorientada, olhava por toda a parte em busca do marido infeliz e, por fim, o puxava pela orelha de baixo da escrivaninha, como a um estudante obeso, e se punha a martelar seu crânio esférico enquanto ele, vermelho como brasa, balbuciava algo incompreensível.

 Fico em geral ao lado do aquecedor, olhando pela vidraça para a antiga fábrica e a caixa-d'água, acima das quais se estendem os poeirentos céus bucarestinos. Não fofoco com as professoras, não bebo o líquido de seus potes, não tento me aproximar da corpulenta Florabela, cujos seios e monte de Vênus se apresentam sempre nus e ardentes, por mais decente que seja sua roupa. Na sala dos professores constituo uma ausência, uma criatura à sombra: o professor de romeno que vem e vai embora tão discreto que é como se não existisse. Depois da última aula, passo mais uma vez pela sala só para deixar o diário. Desço as escadas até o térreo e saio pela porta. Independentemente de qual for o mês, quando saio da escola é sempre outono: o vento frio espalha em redemoinhos pela rua uma poeira grossa e cintilante, que adere a meus cílios e meu cabelo. Chego à grande rotatória dos bondes que viram no ponto final. Seus vagões parecem ser de outro século: sua carcaça metálica está enferrujada, seus faróis estão quebrados. No ponto, um mar de gente olha na mesma direção. De muito longe, dos confins da avenida Colentina, avança aos balanços o bonde 21, no qual deverão caber três vezes mais passageiros do que é capaz de abrigar. Uns viajarão pendurados na traseira, outros agarrados aos pegadores das portas. Deixo-o ir, repleto de pólipos humanos e, como o próximo vai chegar em mais de meia hora, ponho-me a caminhar, tendo a meu lado a fábrica de tubos de aço. O vento me empurra por trás, faz meu cabelo esvoaçar, prega em meu corpo pedaços de papel e sujeira da rua. Passo ao lado de minúsculas lojas de garrafa de soda, padarias, borracharias, depósitos de madeira. O sol baixa, a cor do mundo se torna escarlate, cada transeunte que encontro faz minha solidão aumentar.

8

Comprei minha casa em 1981, pelo valor de um Dacia. Naquela altura, eu morava com meus pais, na Ştefan cel Mare, num prédio comprido de oito blocos, grudado na Direção-Geral da Milícia. Passei a infância no Parque do Circo e, mais tarde, na adolescência, sempre voltava ao parque macerado pelo sol para mergulhar em seu miolo de brilho e sombra, em seu lago cheio de juncos, sobre o qual eternamente se dobram os salgueiros-chorões. Nas noites sombrias, com nuvens que assumiam formas monstruosas, descia até o lago e me sentava num banco. Permanecia horas a fio com o olhar naquelas águas cor de café, murmurando versos que preenchiam minha mente: Apollinaire, Rimbaud, Lautréamont... Naquela época, eu pegava livros emprestados da biblioteca do bairro, do lado da mercearia, onde ninguém mais além de mim parecia entrar. Calhava de eu entrar na biblioteca cheio de sacolas com batatas, tomates e pepinos da mercearia. Deixava-as na entradinha, ao lado da porta, e penetrava na sombra daquele espaço repleto de livros. O bibliotecário era uma pessoa discreta, tão desbotado na realidade quanto concreto e corpóreo em inúmeros sonhos que se seguiriam. Os livros, arrumados em ordem alfabética, eram para mim como aqueles painéis com caixas postais que ocupam uma parede inteira no térreo dos edifícios. Quantas vezes não desejei, ainda criança, ter as chaves de todas aquelas caixas! Teria passado as manhãs lendo as cartas e entrando, assim, nas vidas retorcidas e tristes de toda a gente. Com grande esforço, conseguia tirar uma pela fenda estreita, usando um palito e enfiando os dedos o mais profundamente possível no espaço escuro, com um medo abissal de ser pego. Lia sobre doenças e enterros, sobre pedidos de empréstimo, propostas indecorosas e partilhas de terreno. E agora finalmente tinha todas as chaves! Cada livro era uma fenda através da qual olhava para dentro do crânio de alguém. Eram crânios com as protuberâncias da inteligência, da coragem, do orgulho, da melancolia e da vileza, delimitadas e numeradas a lápis. Abria cada livro como um cirurgião que trepana uma cabeça e, para espanto do médico, em vez das costumeiras circunvoluções e substância de um cinza cor de café, irrigada pela arborescência de vasos sanguíneos, encontra outra coisa em cada dura-máter desentranhada: uma criança encolhida, pronta para nascer, uma aranha enorme, uma cidade nas primeiras horas da manhã, uma grande e frágil toranja, uma cabeça de boneca com olhos virados para dentro. Que bizarra osmose ocorria então entre meu crânio e o de algum autor do passado, de que estranha maneira nossas testas então se aclaravam! Como nossas cabeças então se uniam uma à outra, pela testa, ao modo dos siameses, como sua substância cerebral se amalgamava à minha! Olhava sua mente, lia seus pensamentos, era capaz de sentir suas dores, seus silêncios, seus orgasmos. Seus momentos de iluminação. Despejava meu conteúdo mental sobre ele, assim como as estrelas-do-mar digerem um ninho de mariscos. Uníamo-nos, misturávamo-nos. Apollinaire e eu, T. S. Eliot e eu, Valéry e eu, até que entre nós nascia, holográfico, um híbrido inverossímil de causar arrepios na coluna vertebral: o livro. Os versos. A loucura do derretimento na cisterna de ouro líquido da poesia.

    Olhava para as águas do lago, que refletiam as nuvens e os prédios da margem oposta, até que começava a escurecer e o parque se esvaziava totalmente de pessoas. Nem percebia mais minha infelicidade, assim como não nos conscientizamos de que somos formados por bilhões de células, de que somos um amontoado de vidas. Só quando a superfície do lago não refletia nada além das estrelas é que eu me erguia, com o esqueleto todo enrijecido, e mergulhava de novo nas alamedas. Numa noite, dei a volta inteira em torno do lago, flutuando a meio metro do chão. Em outra, percebi que podia caminhar sobre a superfície da água preta como piche e o atravessei na diagonal. Mas o Parque do Circo noturno, tão diferente durante o dia como a mulher em relação ao homem, jamais me abalou como naquela noite em que, de repente, me vi numa parte dele que não visitara nem quando criança, embora soubesse de sua existência: era muito longe, na direção da avenida Lacul Tei, onde a alameda meândrica se abria repentinamente num espaço vasto e de uma solidão atroz. No centro se encontrava um tanque cheio de uma água preta. Do tanque se erguia uma estátua, um homem jovem e nu que, com os braços, se protegia de uma terrível ameaça. Seu pavor empedernido e silencioso envolveu também a mim, pois claramente era eu aquele adolescente, eram meus aqueles olhos aterrorizados.

Sempre tive medo, medo puro, produzido não pela ideia de perigo, mas pela própria vida. Vivi continuamente o pavor do cego, o desassossego de quem não ouve. Jamais pude dormir de verdade à noite, pois no momento em que fechava os olhos, eu sabia que alguém me observava no quarto e se aproximava devagar de meu rosto adormecido. Como poderia me proteger se meus sentidos estavam reabsorvidos, se eu me entregava à imensidão do mundo? Meu pavor sempre surgia sobretudo pelo fato de não sabermos como é o mundo, de só conhecermos aquela sua faceta iluminada pelos sentidos. Conhecemos em nossa mente o mundo construído pelos sentidos, assim como construiríamos a maquete de uma casa debaixo de uma cúpula de vidro. Mas a imensidão do mundo, o mundo como ele verdadeiramente é, que não se pode descrever nem mesmo por meio de milhões de sentidos abertos como anêmonas-do-mar no fluxo incessante do oceano, está sempre a nosso redor e nos esmaga osso a osso num abraço. Lá pelos doze anos, meu medo perante o mundo se tornou mais acentuado e específico. Então compreendi, pela primeira vez, que não eram as mandíbulas, os dentes, as garras, os esporões, os grifos de monstros bestiais, não era a ilusão do dilaceramento de meu corpo tão frágil a fonte de meu desassossego contínuo, mas o vácuo, o nada, o que não se vê. Naquela altura, eu lia com avidez as coleções em brochura de literatura fantástica e aventuras. Nas manhãs de quinta-feira, acordava ao raiar do dia e corria até a banca de jornais para não perder o número. Os fac-símiles eram baratos, ilustrados de maneira ingênua e modesta, mas as histórias que contavam me preenchiam ora de admiração, encanto e entusiasmo, ora de horror e angústia. Que tratassem de templos e lingotes de ouro das selvas de continentes meridionais, de cidades submarinas, de experiências de cientistas psicopatas, de extraterrestres impossíveis de compreender, de vírus inteligentes que conquistavam o planeta, de espíritos que penetravam em nossas mentes e tomavam as rédeas de nossa vontade, as histórias povoavam minhas horas de solidão e, naturalmente, se infiltravam nos sonhos, homogeneizando minha vida interior. Duas delas me deixaram marcas profundas até hoje.

A primeira história (de quem? jamais soube; o nome dos autores, para mim, não passava de um hieróglifo irrelevante na capa) tratava de um mujique da longínqua Sibéria, que dormia em sua isbá ao lado da mulher, enquanto por entre as brechas das toras de madeira penetrava um frio cortante, junto com flocos de neve. O camponês acorda pouco antes do alvorecer e sente que a mulher não está mais a seu lado na cama. Acredita que tenha saído para alguma necessidade e que voltará logo. No entanto, quando amanhece e vê que a esposa ainda não retornou, ele sai à varanda, amarfanhando a camisa de noite ao peito. Fica boquiaberto diante do que vê: sobre a neve fresca, que caiu de madrugada, tão pura que nem o bom Deus se atreveria a pisar, veem-se as pegadas da mulher, da soleira da porta até o meio do quintal, onde bruscamente se interrompem. Nessa parte, a neve está intocada. As últimas frases dessa história, que não fornecia, como tantas outras, nenhuma explicação tranquilizadora para os fatos ocorridos, mostravam o mujique olhando o céu com um olhar simplório.

A segunda era sobre um mineiro[11] que apodrecia anos a fio dentro da cela de uma cadeia. Condenado à prisão perpétua e vigiado com grande zelo, o infeliz tem certeza de que terminará seus

---

11 O termo empregado em romeno é *ocnaş*, que designa prisioneiro condenado a trabalho forçado numa mina de sal. [N.T.]

dias no cárcere. Certa noite, porém, ele ouve débeis batidas numa das paredes. Cola a orelha e as ouve com mais clareza: cristalinas, inteligentes, repetindo a determinados intervalos sucessões elaboradas. Surpreso, o prisioneiro acredita estar tendo uma daquelas alucinações que acompanham sua miserável reclusão. No entanto, no dia seguinte, na mesma hora, ouve de novo a série de batidas na parede, e assim repetidamente, dia após dia. Aprende de cor a série de sons, põe-se a anotar o que ouve na parte da parede ocultada pela cama. Vez ou outra, as alternâncias se tornam mais intrincadas, como se cada vez mais "palavras" novas se adicionassem ao código por parte do vizinho do outro lado da parede. O prisioneiro precisou de meses até intuir as primeiras conexões do tecido secreto das batidas, e de anos até dominar sua linguagem. Finalmente, um diálogo se estabelece, e o mineiro começa a responder usando o mesmo código (por ele anotado numa grafia inventada, com luas crescentes, engrenagens, cruzes e triângulos riscados no reboco). O vizinho, agora ele se dava conta, lhe explicava um plano de fuga, de uma ousadia de tirar o fôlego e de uma inacreditável simplicidade. Certa noite, depois de realizar todos os preparativos necessários, o prisioneiro fugiu, seguindo estritamente as orientações. Anos depois, rico e famoso, com biografia falsificada, ele pede permissão para visitar a prisão, com o intuito de conhecer, afinal, a pessoa a quem ele tudo devia, e tentar, por sua vez, salvá-la. É conduzido à cela em que desperdiçou a juventude e pergunta ao carcereiro sobre o prisioneiro do outro lado da parede. Do outro lado da parede, porém, descobre, perplexo, que só há mar e céu. A parede dá para o lado externo, dez metros acima das ondas que se quebram nos rochedos...

    O mesmo horror sacro, a mesma sensação de que, do outro lado da maquete do mundo construído pelos sentidos a partir de matéria-prima de segunda, há alguém que nos observa intensamente, cuja presa somos nós, que se aproxima devagar com seus milhares de fios grudentos sem que possamos saber, nós que temos apenas um punhado de antenas quando deveríamos, na verdade, ser capazes de perceber tudo, eu senti naquela noite no Parque do Circo, junto ao tanque silencioso com bordas de travertino em que se refletiam as estrelas, e a mesma sensação de solidão desesperançada me acometeu muito mais tarde, no outono de 1981, quando passei pela primeira vez pela Maica Domnului. Era um outono pútrido e luminoso. Tinha vinte e cinco anos e nenhum futuro sobre a terra. Fazia um ano que era professor nos confins de Colentina, onde sabia (como sei até hoje) que haveria de me aposentar. Haveria de morrer depois sem deixar qualquer vestígio de minha passagem pelo mundo, o que fazia brotar em mim uma espécie de obscura alegria. Num domingo de outubro, a infelicidade – que, naquela época, era o próprio ar que eu respirava – me tirou de casa. Havia chovido furiosamente a manhã inteira, mas depois do almoço veio a bonança, e os prédios defronte na avenida, de repente, se tornaram límpidos e transparentes, envolvidos numa luz vinda do nada. Então desci e caminhei, por um vento faiscante, rumo à alameda do Circo e, em seguida, atravessei o parque. O lago agora se apresentava lamacento, tendo trazido à tona os afogados. Jamais ultrapassara, nem quando criança, nem mais tarde, a extremidade longínqua do lago, a série daqueles quatro edifícios que se espelhavam eternamente em suas águas, "os prédios dos diplomatas", em cujos terraços meninas cor de chocolate e meninos de olhos oblíquos brincavam com fantoches e espelhos. Sabia que ali atrás era o bairro Lacul Tei, com uma topografia mítica para mim, pois era onde morava minha madrinha, numa ruela interminável ladeada por valetas em que fluía água suja. Nos quintais dali, pelo menos o quanto se podia ver pelas cercas, as treliças em que cresciam feijão e tomate tinham cada uma, no alto, um globo de vidro colorido em que se refletiam as nuvens. Ali também ficavam o liceu Galvani, uma escola ginasial meio arruinada e, em especial, um grande depósito de madeira que embebia o bairro do cheiro de resina fresca. Mas a rua Maica Domnului não desembocava diretamente naquela área, seguia oblíqua na direção de Colentina.

 Atravessei a via férrea depois do parque, na qual jamais vi passar nenhum trem e, assim como suspeitara, fui recepcionado por um espaço sem igual no mundo. Quando temos quatro anos, todo espaço novo é assim. O estado de alucinação e de sonho sempre nos acompanha, até que os rastros mnésicos sejam calcados em nosso cérebro. Qualquer nova paisagem é fabulosa e insólita em si, por mais banal que verdadeiramente seja, pois "em realidade", "na verdade", "assim como é" ainda são expressões sem sentido para quem percebe a realidade tal como nós, mais tarde, a vivemos nas primeiras recordações ou no sonho. A rua Maica Domnului sempre me pareceu um tentáculo do sonho no mundo da vigília ou, se tudo for interior e a realidade não passar de um artefato ilusório, uma fagulha vinda da infância profunda e submersa.

Na Maica Domnului não há nenhuma casa normal, pois a própria normalidade cessa ali. Tampouco tempo normal existe. Ao adentrarmos essa área, esse canal de outro mundo e de outra vida, o clima muda e as estações do ano se confundem. Aqui sempre é, como já escrevi, um outono pútrido e luminoso. A camada de asfalto colocada sabe-se lá quando por cima das pedras da velha rua se descoloriu e acabou carcomida como um trapo velho. Apresenta-se cheia de calombos causados pelos lívidos gérmens das plantas abaixo. De um lado e de outro da via erguem-se casas antigas, de comerciantes, mas também algumas construídas no entreguerras, pequenas mansões que um dia foram imponentes e modernas. Mas como são estranhas! Pois cada uma tem um apêndice monstruoso, ou apenas descabido, fantasia de um arquiteto que parece ter projetado parte do edifício em plena luz do dia, e outra ao acordar no meio da madrugada e vendo-se obrigado a desenhar na prancheta à luz da lua cheia.

Todas as casas ali têm janelas redondas, que ardem intensamente ao crepúsculo. Todas com portões de ferro forjado, caules art nouveau entre os quais reluzem fragmentos de vitral cor de laranja, lilás e anil. Todas recobertas por uma pátina enegrecida pela passagem do tempo. Mas, de cada fachada, pelo menos metade do reboco desabou. As paredes assim descascadas revelam seus tijolos porosos. Entre os tijolos há espaços vazios, de onde a argamassa desapareceu há muito tempo. A maior parte das janelas não têm vidro: estão cobertas por jornais amarelados, transformados em retalhos. Por cima dos telhados se erguem, como tocos alçados ao céu num sentimento de censura e revolta por parte de grandes estropiados, ornamentos bizarros e enferrujados: torrezinhas e cúpulas de lata, estátuas vulgares de cimento, com rostos lascados, agrupamentos de anjos pintados num rosa-pálido que lembram uma procissão de larvas. Uma das casas tem ameias, como as cidadelas medievais, outra se parece com uma garagem de bondes, outra ainda é simplesmente uma cripta solene no meio de um quintal sem uma única flor. Ao anoitecer, a visão se encharca em sangue como uma gaze e se torna insuportável.

Na maior parte dos quintais crescem damas-da-noite, brancas e de um lilás-pálido, que turvam o ar do entardecer com seu perfume. Em outros quintais só se vê mato. Durante o crepúsculo, os moradores saem à rua e se acocoram diante de suas casas estranhas, eles próprios ainda mais estranhos e enigmáticos. Na frente deles se acumulam montes de cascas de semente. A maioria são ciganos abrigados nas ruínas. Não têm água corrente, nem eletricidade, e não pagam nenhuma espécie de imposto. Há também romenos suburbanos, carpinteiros que trabalham em funerárias, ferramenteiros de moldes em sabe-se lá qual fábrica, condutores de bonde. Levam a vida no anoitecer, de mangas arregaçadas. Podem ser vistos também nas varandas: moças, vestidas como prostitutas, penduram no varal corseletes, sutiãs, ceroulas e trapos inidentificáveis, de cores estridentes. Homens tatuados, de aspecto ameaçador, fumam olhando para o fim da rua. Todos falam alto, parecem travar uma briga sem fim, mas há neles um quê de melancolia que os torna os moradores mais adequados para minha rua.

É necessário andar muito ao longo da rua para se chegar à casa em forma de navio. É a única sem cerca, nem precisaria, dominando, sombria, o fundo de um terreno baldio cheio de arcos enferrujados e antiquíssimas carcaças de geladeira. Todos jogam ferro-velho em frente a minha casa. Ela nem mesmo tem, de fato, forma de navio, mas uma forma que, teimosa, resiste a qualquer descrição. A parte de baixo deveria ser cúbica, mas, não se sabe como, acabou se transformando num tronco de pirâmide com a base maior por cima, como um barquinho de papel. De sua plataforma se ergue, torto e assimétrico, um anexo aonde chega uma escada exterior em caracol, de cimento bruto, numa espiral fechada até a única porta do cômodo, descascada pelas intempéries. O andar de baixo, a casa propriamente dita, tem uma entrada quase monumental: um portão pesado de ferro forjado revela duas virgens de cabelo solto, cujas mãos delgadas seguram um lampião. A sua esquerda há duas janelas quadradas, gradeadas com o mesmo ferro forjado, ferro preto, de barras estreitas, retorcidas convulsivamente. A fachada é cinzenta, antiquíssima, descascada como todas as outras da rua. A janelinha redonda do anexo arde loucamente ao sol a cada momento do dia. No céu cristalino das manhãs de verão, repleto de nuvens brancas e suaves, o anexo é de uma beleza de outro mundo e, na profundeza dos anoiteceres, a chama escarlate da janela nos paralisa. Esse brilho demente, desesperado, esse grito de socorro me fez então, naquele entardecer de outubro, desejar aquela casa feia e triste mais do que qualquer outra coisa. Atravessei o terreno baldio até chegar diante da porta. Por detrás das barras negras, o vidro estava quebrado. O mesmo nas janelas quadradas. De dentro vinha um sopro gelado, cheirando a entulho. Colado ao lado da porta, um papel, no qual estava escrito à caneta "Vende-se". Debaixo havia um número de telefone e, embaixo dele, "Perguntar por Mikola". Dei uma volta em torno da casa, enquanto o crepúsculo se adensava. Atrás dela já havia outra rua, com prédios cinzentos, como se apenas na Maica Domnului a arborescência urbanística do bairro produzisse aqueles frutos de uma exuberância e de uma tristeza nativa. Na parede cega de trás da casa havia, no passado, uma entrada, agora selada com tijolos. Então, em frente àquela entrada cega, eu me vi morando ali a vida toda, pois se toda casa é a imagem de quem a habita, por mais anamorfótica e enganadora que seja, sabia que ali, naquele tesserato de cinzas, encontraria meu mais perfeito autorretrato. Já me imaginava no cômodo estreito do anexo, olhando o céu pela janela redonda, enquanto o horizonte se tingia de um amarelo-sujo, e, nessa nuance de querosene, começavam a surgir as primeiras estrelas.

    Naquela mesma noite, ao voltar para casa, conversei com meus pais sobre a compra da casa. Mamãe conhecia a Maica Domnului muito bem: rua de putas e rufiões. Gritos e reprimendas afloraram: "Foi para isso que você estudou tanto? Para morar com ciganos? Logo mais você vai me aparecer aqui com uma nora de saia plissada! Se um dia eles não fizerem a limpa em você, pode me chamar de tantã!". "Você não conhece aquela gente, ouça o que eu estou lhe dizendo", papai botava mais lenha na fogueira. "E você acha que vai conseguir pregar o olho de agora em diante? Toda noite vai ter escândalo, música, acordeões, xingamentos, afinal, são ciganos... Você acha que vai poder deixar uma camisa no varal? No dia seguinte você vai encontrá-la em outro lugar." E assim por diante, até eu perder a paciência e descer até o térreo, até a cabine de telefone, para falar com Mikola.

Pela voz, o homem parecia muito velho e, ao visitá-lo, minha impressão se confirmou. A casa, contou, fora construída por ele mesmo durante o regime passado. Tinha, por conseguinte, a idade de mais ou menos meio século. Como ele se ausentara por muito tempo (certamente deve ter sido preso), o imóvel ficou sem manutenção depois da guerra e, aos poucos, se degradou. Precisava de uma pequena reforma e o encanamento e a parte elétrica tinham de ser trocados. Tirando isso, era uma boa casa, afinal, ele mesmo a projetara e a construíra ali, naquela zona da cidade que parecia promissora. Estava vazia havia uns seis anos, o último inquilino fora embora para Israel, e os ciganos não podiam ou não queriam invadi-la. De modo que seu interior era relativamente funcional. Eu poderia comprar, eventualmente, a mobília. Depois de me comunicar tudo isso num só fôlego, com voz ofegante, perguntei-lhe o preço, e então seu Mikola, puxando a boina na direção da nuca, me encarou com seus olhos redondos e azuis, que pareciam admirados por causa das rugas anormalmente profundas da testa. Pela janela da cozinha apertada em que conversávamos, com um linóleo cobrindo a mesa, via-se o Dâmbovița, com suas margens relvadas. "Ah, chegaremos a um acordo", disse-me. Eu parecia ser alguém de confiança, e para ele isso contava mais do que dinheiro. Não podia deixar sua casa nas mãos de qualquer um. Depois, numa espécie de entusiasmo senil, ele me contou uma história inicialmente muito confusa. Eu tinha de dar aula às duas, já perdera a aula de PTAP¹² e não havia como faltar também na primeira aula propriamente dita. No entanto, no final das contas, acabei faltando, pois a história do velho, incrível como era, me seduziu de tal maneira que não tive coragem de encurtá-la ou interrompê-la. Aquele homem havia sido na vida um tipo difícil de definir: inventor, físico, arquiteto, até mesmo médico em alguma medida, chamava-se Nicolae Borina, se é que esse nome me dizia alguma coisa. Olhei-o desconcertado. Entre outras coisas, ele inventara o "solenoide Borina", que jamais foi patenteado, em primeiro lugar porque seu inventor não tinha nenhum tipo de estudo. Concluíra apenas duas séries primárias em Abrud, ou Alejd, "onde eu já deveria ter uma estátua, meu senhor!". Vivera por dez anos nos Estados Unidos, onde conheceu Nikola Tesla (que, para mim, naquela época, não passava do nome de um rádio), e seu solenoide, pelo que entendi, era uma continuação, um prolongamento das pesquisas de seu mestre na área do eletromagnetismo. De volta a Bucareste lá pelo ano de 1925, ele levou uma vida picaresca, trouxe melhorias aos bondes elétricos, estudou o funcionamento dos elevadores, tentou produzir energia elétrica praticamente de graça a partir da combinação de bobinas e ímãs... Construiu uns três ou quatro galpões industriais e se exibiu até mesmo no circo, onde apresentava um número surpreendente (dizia ele) com arcos voltaicos. "Produzia faíscas elétricas de até oito metros de comprimento, meu senhor, até que um dia aquela lona desgraçada pegou fogo e me expulsaram dali também." Para apimentar a história, ele conheceu, se é que podemos acreditar nele, entre outras dezenas ou centenas de conquistas, a famosa Miţa Biciclista¹³, prostituta de luxo com um baita palácio na Christian Tell, em cuja bicicleta rosa Dorlay ele montou, na roda da frente, um dínamo, aparentemente

12 Sigla de Pregătirea Tineretului Pentru Apărarea Patriei [Preparatório de Jovens para Defesa da Pátria]. [N.E.]

13 Apelido de Maria Mihăescu (1885-1968), primeira mulher romena a andar de bicicleta, famosa por sua beleza e comportamento não conformista. Ela teria tido casos amorosos com personalidades famosas, como o rei Fernando da Romênia (que lhe teria dado de presente uma mansão no centro de Bucareste), Octavian Goga, Nicolae Grigorescu e o rei Manuel II de Portugal. [N.T.]

o primeiro a ser usado numa bicicleta na Romênia. No fim das contas, ele foi empregado por uma empresa austríaca de produtos médicos que produzia, em especial, cadeiras de dentista e outros utensílios para consultórios dentários. A casa, ele construiu naquela época, decerto a mais fértil de sua vida, quando a pesquisa do famoso solenoide foi concluída e seu Mikola estava pronto para conquistar o mundo. Até então, tinha morado em hotéis, como qualquer pessoa em Bucareste que se prezasse, mas, nos últimos anos, sobretudo devido à prática da "medicina unipolar", ele acumulara dinheiro suficiente para se permitir a construção de sua própria moradia. Ao chegar àquele ponto, perguntei-lhe que espécie de terapia era aquela, como era o tratamento dos pacientes. "Não fique pensando que fui mais um daqueles curandeiros da revista *Flacăra*. Eu curava mesmo, meu senhor. Não me pergunte como, mas curava. A nata da sociedade vinha até mim e todos iam embora contentes. Para você entender, eu usava um aparelho que inventei (baseado nos esboços do mestre Tesla, para ser honesto, mas também com minha própria contribuição) e que consistia em uma espiral vermelha e uma azul (de barra de cobre muito puro, pintada e isolada) ligadas por uma hélice dupla. Essa espiral dupla tinha dois metros de altura e era larga o suficiente para caber uma pessoa dentro dela. Pois então, eu mandava as pessoas ficarem em pé num círculo desenhado a giz no assoalho e fazia descer a espiral do teto, por cima delas. Em seguida, fazia circular pelas espiras, em sentido contrário, unipolos magnéticos, o maior segredo da ciência, meu senhor. Nem o grande Tesla obteve tal resultado. Da sessão, que durava duas horas, o paciente saía curado das doenças da alma e do corpo. Hepatite, tuberculose, melancolia, sífilis, panarício, amor por pessoas inadequadas, sonhos maus, até mesmo algumas formas de câncer, tudo era eliminado do organismo, que florescia no ato como aos vinte anos de idade." Obviamente, a inveja dos colegas de ofício se ativou de imediato, e, em poucos anos de prática, ele se tornou alvo de ataques covardes. No fim das contas, conseguiram levá-lo à prisão por charlatanice, e só o testemunho de membros da elite o salvou da perda de todo o patrimônio.

O lugar para a construção da casa ele escolheu depois de um complexo procedimento. Até aquele instante, eu me pusera a ouvir o velho com grande prazer e interesse. Dali em diante, porém, a história se complicou com uma enorme quantidade de detalhes técnicos que eu não era capaz de avaliar e nem me interessavam. Mais tarde compreendi o sentido de sua demonstração: seu Mikola parecia acreditar numa rede energética da Terra que tinha, em certos lugares, pontos de grande intensidade (nós) e, em outros, pontos inertes (ventres). Sua casa tinha de ser feita num nó, o mais próximo no mapa. Era possível descobrir esses pontos graças a uma sensibilidade de geomante ou através de cálculos numerológicos atordoantes. O velho se utilizou de ambas as vias: ao encontrar, por meio da arte combinatória, um dos nós de Bucareste, ele também verificou a precisão dos cálculos por meio de suas próprias faculdades supersensoriais. "Ali, entre os ciganos, naquele terreno baldio, estava a zona mágica. Senti tão logo cheguei lá. Imediatamente percebi um silêncio puro como o branco da neve, o silêncio anterior ao surgimento do ouvido, anterior à noção de som, meu senhor. Ou talvez o silêncio anterior ao surgimento do mundo."

Comprou um terreno de cerca de quinhentos metros quadrados, tendo o cuidado de fazer o nó permanecer em seu perímetro por inteiro. Cavou um buraco largo e profundo para a fundação da casa e, nessa ocasião, descobriu ruínas muito antigas, que evocavam o abismo da História. Ali, no buraco de barro fresco, Nicolae Borina montou o solenoide. Custara-lhe uma fortuna. Era um colosso de cerca de nove metros de diâmetro. Num miolo de ferrita estavam enfaixadas, numa estrutura incrivelmente intrincada, com alternância de direção e orientação calculadas conforme um abstruso sistema numerológico, dezesseis camadas de espiras de arame de cobre, da grossura de cinco milímetros. A gigantesca bobina havia sido fabricada na Basileia e trazida até nosso país por transporte ferroviário especial. Da estação Filaret foi transportada de madrugada e montada em segredo numa base com cilindros hidráulicos e rolamentos, no buraco da Maica Domnului, de onde os vestígios medievais haviam sido descartados e, em seguida, levados sem muita conversa até o aterro sanitário de Tei. Sobre o solenoide foi batida uma laje de concreto, em cima da qual a casa foi erguida.

Até então, minha vida ainda continha bastante loucura, mas a história do velho me tirou o fôlego. Na escola, a segunda aula já havia passado e o dia inteiro haveria de passar. Não dava mais a mínima para aquilo. O velho delirava, mas eu sabia, melhor do que ninguém, que o delírio não é um detrito da realidade, mas parte dela, por vezes a parte mais preciosa. Junto com a casa, como um prospecto ou um manual de instruções, estava comprando uma história. De agora em diante, haveria de ser o proprietário de uma casa construída, mesmo que na imaginação senil de um nonagenário, por cima de uma gigantesca bobina enterrada no chão, como se seu Mikola, em sua inexplicável magnanimidade, tivesse me oferecido, coberto por uma cúpula de vidro, seu próprio cérebro, com uma casinha em forma de navio erguida sobre os hemisférios.

"Em 12 de setembro de 1936, meu jovem, terminei a casa. Solitária, bela como uma pérola, em meio aos terrenos baldios e às barracas de Tei. E, por dentro, estava pintada e mobiliada, com quadros e fotografias emolduradas impecavelmente pendurados nas paredes, tapetes preciosos (ora transformados em tramas desbotadas) pelo chão cintilavam em vívidas nuances... Nas janelas, os caules negros de ferro forjado davam brotos e frágeis ramos. Era uma maravilha pela qual se podia apaixonar, como uma mulher de quadris largos e ancas generosas... Tinha, enfim, um teto sob o qual dormir, mas não o aproveitei, meu senhor..." Pois a mulher se revelou frígida. O solenoide, para que diabos pudesse servir, jamais funcionou. Foi a maior desilusão e derrota da vida do inventor. Ligara o maquinário já na primeira noite. Para além da grande bobina, incluía também vários motores, assim como outros dispositivos, em parte inventados por ele. O ambiente começou a zunir, o chão se pôs a vibrar ligeiramente, mas o milagre (sobre o qual o velho, com teimosia inesperada depois de tantas revelações, se recusou a me dar a mínima indicação) não se produziu. De modo que me aconselhou a esquecer a bobina e desfrutar da casa, sc cu ainda a quisesses, como se fosse uma qualquer, embora... Embora, acrescentou amuado, seja uma pena...

Seu Mikola nem pôde desfrutar da casa qualquer. Logo depois da mudança de regime, ele foi preso por razões políticas (antigo legionário[14]? Membro de algum partido histórico?) e solto só em 1964. Com grande dificuldade, recuperou o direito de propriedade sobre a casa, graças à intervenção de um amigo nos foros superiores do partido. Felizmente, ela não havia atraído a ganância de nenhum dos novos tubarões, situando-se num bairro miserável e mal-afamado. Depois de a casa permanecer vazia e ser corroída pela chuva e pela neve, o velho conseguiu alugá-la para uma ou outra pessoa, mas fazia algum tempo que já não encontrava mais nenhum interessado. Agora, vivendo talvez seus últimos anos, pensou em vendê-la, embora não acreditasse ter êxito nisso: "Só alguém como você podia ver em minha casa algo digno de se desejar. Estou sentindo que quer morar ali. É evidente que não foi você que escolheu a casa, foi ela que o escolheu. Só posso lhe desejar que tenha com ela mais sorte do que eu. Esqueça tudo o que lhe contei (é tão raro eu ter a oportunidade de conversar com alguém), reforme-a e leve para lá a mulher que escolher. É uma casa boa, meu jovem, estará muito confortável nela."

Ele me vendeu a casa por setenta e cinco mil leus. O dinheiro foi me dado, no fim das contas, por meus pais, pois o que é que eles podiam fazer? Pegaram emprestado na Casa de Ajuda Recíproca e pagam as prestações até hoje. Embora tenha visitado o interior da casa junto com o velho, já no fim da mesma semana em que havíamos conversado, ao me dirigir pela primeira vez à Maica Domnului com a escritura da propriedade na pasta e a chave no bolso, parecia que eu chegava ali pela primeira vez e, na verdade, desde então, é sempre assim: fico invariavelmente surpreso e encantado com a melancólica podridão dos entornos, com o silêncio e a distância, como se fossem de outro reino, daquela rua tão diferente de todas as outras. Não alcanço mais tal estado de torturante

---

14 Menção à instauração, em dezembro de 1947, do regime totalitário comunista na Romênia, que perseguiu, entre outros, membros do movimento ultradireitista, conhecidos como legionários. [N.T.]

felicidade salvo durante as tardes, quando estou a ponto de adormecer e, num relâmpago, me lembro das paisagens de meus sonhos essenciais.

Entro em casa, sempre, como num grande ventre. Quase ouço, ao redor, o sussurro dos intestinos. Quando, à noite, observo as estrelas pelas janelas gradeadas, pareço enxergar os gânglios nervosos da grande mulher que habito. Os rangidos da velha mobília e do assoalho às vezes parecem, no meio da madrugada, estalos das vértebras de uma gigantesca coluna de osso esponjoso. Sou feliz em casa. Cheguei a conhecer muito bem sua anatomia interna. Os cômodos têm paredes tortas, nenhum com a mesma altura. Os armários encostam no teto. Feitos de uma madeira porosa, parecem intumescidos por correntes invisíveis. Do teto pendem lustres feitos do mesmo ferro forjado das grades das portas e janelas. O banheiro está sempre úmido, a tinta a óleo das paredes esverdeadas desbotou, o metal das torneiras parece corroído por sal. A banheira é funda, daquelas antigas, com pés de leão. Todo o esmalte do fundo se foi como o esmalte de dentes velhos. Quando fico nu diante da banheira cheia de água cinzenta, às vezes tenho a impressão de me encontrar num mundo atemporal, dentro de uma fotografia: assim fui sempre, assim haveria de ser sempre: ali fixado, ao lado do vaso sanitário de cano enferrujado, incapaz de qualquer movimento, olhando a água silenciosa, em que jamais haveria de entrar.

Minha casa tem dezenas, centenas ou milhares de aposentos. Quando entro por uma porta, nunca sei aonde vou chegar. Os aposentos estão todos silenciosos, com gigantescos macramês cobrindo as mesas, com bomboneiras de cristal vermelho em cada aparador, com vitrines em que navegam maquetes de veleiros. Entre os aposentos às vezes se interpõem corredores estreitos, com janelas em torno das quais se aglomeram flores pálidas, rasteiras. Sempre subo e desço alguns degraus entre os cômodos, sou sempre surpreendido, atrás de uma porta, por um salão enorme, com estranhas alegorias no teto, ou, o contrário, por uma despensa em que mal cabem alguns panos e vassouras. Ao voltar da escola, em geral às seis da tarde, dou início a minha errância pela casa. A luz é rósea e cristalina como uma gelatina que ocupa todo o espaço. Por vezes tenho a impressão de estar parado, e que a casa toda gira a meu redor: as janelas vêm em minha direção, os corredores me incorporam lentamente, as portas se abrem a minha aproximação... As perspectivas se transformam continuamente, e assim avanço sem sair do lugar, pasmo com as visões sempre cambiantes.

Chego, enfim, ao dormitório, o qual, dentre os quartos cambiantes, permanece sempre o mesmo: o único lugar banal, empoeirado, em que a textura dos lençóis descoloridos, a laca carcomida do armário, a mesa que balança, a mesa de cabeceira em que guardo meus tesouros se tornam transparentes e, por fim, desaparecem do campo de minha consciência, de modo que não se pode mais ver o graal mole e reverso das medusas na água do oceano. Tudo em meu dormitório é de verdade: o tecido é tecido, o estuque é estuque, eu mesmo sou um mamífero sem importância que vive por um instante sobre a terra. Ao lado do armário há uma escada que conduz ao terraço. É como uma escada de biblioteca, daquelas que deslizam junto à parede. Só que essa é bem fixada, com parafusos, no teto. Acima há um alçapão, que me esforço por mover ao chegar ao topo da escada, para que, num átimo, o céu azul com nuvens estivais surja no recorte de geometria variável do teto. Chego ao terraço da casa, que, se não fosse a torre branca que cresce torta e assimétrica sobre ela, se assemelharia àqueles cubos brancos nos quais as pessoas moram no Oriente Médio. O anexo está pintado de branco, com um reboco grosso que descascou à chuva e ao calor do sol. É circundado por degraus em espiral que rapidamente fecham a circunferência. O terraço é reto, sem parapeito, às vezes no verão ali estendo um lençol e fico tomando sol sob nuvens tão baixas que as sinto, mornas e úmidas como esponjas, tocando minhas coxas, os mamilos, o nariz e o queixo. O sol se reflete na janela redonda do anexo, fazendo-a faiscar como um farol marítimo na quina de um rochedo.

A torre, cuja estranheza e cuja metafísica me levaram efetivamente a adquirir a casa, apresenta uma porta na parte de cima, pouco abaixo do telhado. Por muito tempo não entendi a necessidade daquela escada em caracol e daquela entrada suspendida.

Da pintura da porta, originalmente escarlate, agora só vestígios e casca de tinta ainda aderiam à madeira carcomida pelo tempo, cheia de pupas de insetos e fios transparentes de aranha. Ficava sempre trancada, não com cadeado, como seria de se esperar, mas com um código, como as maletas de diplomatas. Um retângulo de ferro abarcava quatro peças, igualmente ensebadas (uma vaselina enegrecida possibilitava que elas deslizassem em seus lugares, apesar de a ferrugem ter praticamente apagado as cifras), que podiam girar ao toque de um dedo para mostrar uma cifra. O número que, com um clique de alavanca, abria o ferrolho era 7.129. Mikola o confiara a mim ao pé do ouvido, como um grande mistério: o número era secreto e não devia ser escrito em lugar algum.

Uma vez aberta a porta, o breu do lado de dentro se apresentava sólido e compacto: por onde entrar, como caber? Haveríamos de ser empurrados de volta para a porta com a força do volume de breu deslocado. No entanto, observaríamos, após os olhos se acostumarem à escuridão, que dava para caminhar por um pequeno andaime, grade suspensa por cima da noite. Lembro quando, com o coração batendo inquieto, entrei pela primeira vez no anexo: após fechar a porta, o mundo desapareceu. Não só que eu não via mais nada: a visão desaparecera. Não me lembrava mais do que significava ver. Fechava e abria os olhos sem notar nenhuma diferença. Haviam desaparecido também os outros sentidos, com seus universos aferentes, exceto a pressão de minhas solas sobre a grade. Extremamente assustado, tentei reabrir a porta. Mas não havia mais porta. Não havia mais as paredes que estavam a meu alcance. Esticava os braços no vazio, no nada, e as pontas dos dedos, como antenas de inseto, tentavam apreender a realidade. Ou gerar, como pequenas fagulhas elétricas, a realidade. Regressavam, porém, inertes, sem novidades, da morte e do vazio. Estava sozinho, suspenso como uma estátua em cima da grade, na infinitude da noite. Nesse estado permaneci, então, horas a fio. As palmas da mão passavam por meu rosto e corpo para provar a existência, ainda, da existência. Gritava sem ser ouvido, sentia plenamente, como em tantas madrugadas de pavor e suor frio, o horror do fim do ser, do desaparecimento do mundo. Finalmente, as superfícies, e os sons, e os gostos, e meus órgãos internos, e a percepção da aceleração, e os aromas inefáveis retornaram, ou meu cérebro os reconstruiu, como um tecelão incansável com seu liçarol voador, de modo que, no não ser, se urdiram primeiramente filamentos imperceptíveis, cordas e laços infrarreais, a partir dos quais se teceu de novo a trama do espaço e do tempo. A meu redor, vagas, fosforescentes, as paredes se refizeram, como se uma luz começasse a piscar, aumentando um único fóton por vez, mas crescendo e, ao ricochetear pelas superfícies, as inventando aos poucos. Recomecei a perceber as coisas no entorno e, quando meus dedos se detiveram no extraordinariamente vago fantasma do interruptor de ebonite, senti que, por um nanossegundo, preenchi a pele luminosa e resplandecente do criador. Apertei-o e a luz se fez, ofuscante, insuportável. Foi necessária outra eternidade para que meus olhos se acostumassem a ela.

Da grade de metal se dependurava uma escada, igualmente metálica. Descia até o chão do anexo, no meio do qual, boiando, a meio caminho até em cima, se encontrava um objeto redondo, da cor do marfim, que ocupava aproximadamente um quarto do campo visual, de resto constituído pelas lajotas retangulares, de arenito, do chão. O objeto parecia levitar no poço da torre, mas, descendo até se poder tocá-lo com a mão, víamos que, na verdade, se apoiava numa coluna de metal igualmente ebúrnea, grudada àquilo que ora se revelava com clareza: uma cadeira de dentista velha e complexa, com o couro dos encostos de cabeça desbotado, com o ferro da broca e da turbina coberto por um sal fino, com a bandeja de apoio cheia de utensílios niquelados. O corpo redondo da parte de cima estava cheio de aberturas de janela convexas, como as dos faróis. Na parte da frente, na altura do paciente que ficaria na cadeira de dentista, havia uma janelinha redonda, como uma escotilha, o que fazia com que minha morada se assemelhasse tanto a um navio. Sua vidraça era coberta por uma espécie de tampa, que também tinha um código, desta vez formado por muito mais cifras. Por um longo tempo não tentei abrir a escotilha, pois toda a minha atenção se dirigia para a cadeira que ali aguardava por décadas, talvez, presa às tarraxas do chão. Nem um grão de poeira, nem uma teia de aranha, nem o mínimo vestígio de bolor naquele cômodo silencioso revelavam a passagem do tempo. Parecia uma imagem do centro de nossa mente, tão cristalina e enigmática quanto no interior de uma *camera lucida*. Então me sentei, como haveria de fazê-lo tantas vezes, na cadeira amarelada, coberta por uma imitação de couro. A um giro do interruptor de metal, acendiam-se as lâmpadas do enorme prato de porcelana. Era então banhado de luz, apoiado no encosto, com a cabeça inclinada para trás em seu apoio, como um navegador numa nave que atravessaria o vácuo entre as galáxias.

Mas que miragem era essa? O velho nada me dissera sobre o "consultório dentário", que imaginara, inicialmente, que fosse o anexo. Mas que tipo de consultório poderia ser esse, cujo acesso se dava passando pelo dormitório, subindo uma escada, saindo no terraço da casa, subindo de novo por uma escada estreita e perigosa, de cimento, que rodeava uma torre, e depois descendo como num submarino para se chegar diante do doutor? Quem é que entraria nessa armadilha claustrofóbica e sinistra? E onde ficava a sala de espera? Tudo isso me ocorria nas horas em que, retirado em minha torre, sob a clara luz das lâmpadas incrustadas no teto de marfim, brincava com os instrumentos a minha frente, na bandejinha esmaltada: alicates estranhos e tortos, espelhinhos redondos, pinças barrocas, ganchos, agulhas, cabeças de broca e polidores como se fossem fantoches... Faltavam as substâncias que dão aos consultórios dentários aquele cheiro específico: amálgama, gesso, anestésicos. Não havia nenhum tipo de cheiro a meu redor.

Será possível que seu Mikola, sabe-se lá em que momento de penúria de sua tortuosa existência, houvesse tentado se tornar dentista? Teria utilizado a cadeira de casa para aprender a técnica dentária? Mas quem ele teria utilizado como cobaia? Ou tentava, na qualidade de inventor, aperfeiçoar as cadeiras existentes, melhorar a parte elétrica delas, as transmissões, os reostatos? Não se via, porém, nenhum sinal de alteração, nenhum vestígio de graxa, nem parafusos soltos: o aparelho estava perfeito, como um inseto de carapaça dura e articulações mecânicas impecáveis. Funcionava em sua integralidade, embora anacrônico e, por isso, parecendo de certo modo estranho: ao giro de um interruptor, acendia-se uma lampadazinha fraca, e os cabeçotes de uma maquinaria suspensa por cabos duros de espira de metal começavam a ranger com velocidade. Outro interruptor fazia subir e descer a cadeira com um barulho de antiquíssimo ascensor. Outro ainda fazia com que uma mangueira de borracha avermelhada, com uma peça de metal na extremidade, começasse a absorver uma saliva imaginária.

Por muito tempo fui hóspede em minha própria casa. Pelo fato de os tempos serem difíceis e nas lojas só se encontrarem potes em que boiavam legumes lívidos, incomestíveis, e também por sofrer tanto com a solidão, preferi continuar morando com meus pais, na Ştefan cel Mare. Mamãe pelo menos sabia onde se distribuía a ração de ovo e onde "rolava" o queijo. Saíamos ao raiar do dia, às vezes até de madrugada, e íamos até a parte de trás do prédio defronte, onde ficávamos na fila, num frio horroroso, numa aglomeração animalesca, por uma porcaria de frango ou por uma garrafa de leite ralo como água. Mas havia comida, morava com minha família, tinha com quem conversar. Só às vezes eu chegava em casa direto da escola e pernoitava em meu dormitório silencioso da Maica Domnului. Quantas vezes, naquela época de tristeza sem fim, eu não despertava no meio da madrugada com a sensação de me encontrar numa cela do tamanho de uma cripta, nas profundezas da terra? Quantas dezenas de vezes não me pareceu ouvir entre as paredes as marteladas de uma fuga impossível? Quantos cadernos não preenchi naquela época com luas crescentes, engrenagens, cruzes e triângulos, linguagem obscura, porém a única essencial, semelhante às anotações dos especialistas em lógica? O assombro de estar no mundo, meu medo animalesco diante do nada de nossas vidas, revelava-se então em todo o seu desespero. Mas as batidas na parede cessavam antes de poder ser decifradas, substituídas pela noite sem fim.

9

Quero escrever um relato de minhas anomalias. Em minha vida obscura, fora de qualquer história, e que só uma história da literatura poderia fixar em suas taxinomias, aconteceram coisas que não acontecem nem na vida, nem nos livros. Poderia escrever romances sobre elas, mas o romance turva e torna ambíguo o sentido dos fatos. Poderia guardá-las para mim, assim como as mantive até agora, e pensar nelas até minha cabeça estourar a cada noite, encolhido debaixo das cobertas, enquanto do lado de fora a chuva se lança furiosa contra as vidraças. Mas não pretendo mais guardá-las só para mim. Quero escrever um relatório, embora ainda não saiba como nem o que farei com essas páginas. Nem sei se é o momento adequado para tal. Ainda não cheguei a conclusão nenhuma, a coerência nenhuma, meus fatos são vagos relampejos na lisura banal da mais banal das vidas, pequenas fissuras, pequenas inadvertências. Essas formas informes, alusões e insinuações, esses acidentes de terreno, por vezes insignificantes em si, mas que adquirem, tomados em seu conjunto, algo estranho e obsedante, têm necessidade de uma forma em si mesma nova e incomum para que possam ser relatados. Não constituirão romance nem poema, pois não são ficções (ou não inteiramente), nem estudo objetivo, visto que muitos de meus fatos são singularidades que não se deixam reproduzir nem mesmo nos laboratórios de minha mente. Não posso nem mesmo fazer, no caso de minhas anomalias, distinção entre sonho, recordações antiquíssimas e realidade, entre fantástico e mágico, entre científico e paranoico. Minha suspeita é de que, efetivamente, minhas anomalias brotem naquela zona da mente em que essas distinções não vigoram, e essa zona de minha mente não passa de outra anomalia. Os fatos de meu relato serão fantasmáticos e diáfanos, mas é assim que são os mundos em que vivemos simultaneamente.

Guardei por muito tempo o medalhão kitsch que recebi quando tinha mais ou menos sete anos de turistas estrangeiros que vinham de ônibus ao Circo Nacional. Quando ficava sabendo da chegada de um ônibus, abandonava nossas brincadeiras na areia e nos balanços, deixava em paz os sapos do lago cheio de juncos do fundo do parque e corria para o prédio do Circo, com suas gigantescas janelas prismáticas e a cúpula anil, ondulada, debaixo da qual eu parecia ter passado a vida toda. Juntávamo-nos em torno do ônibus maciço e, apesar das admoestações de nossos pais ("Se eu te pegar de novo pedindo esmola para estrangeiro! O que é isso, vocês são mendigos? O que é que essa gente vai dizer de nós?"), esticávamos as mãos na direção deles para receber uma cartela de chiclete, um chaveiro com a torre Eiffel, ou um minúsculo carrinho de metal pintado em cores vivas... Eu tinha uns sete anos quando uma mulher que descia do ônibus, de saia estampada e brincos redondos e róseos nas orelhas, sorriu para mim e colocou na palma de minha mão aquele medalhão dourado de latão. Saí correndo com ele e só parei debaixo da castanheira carregada que fazia sombra sobre uma fonte. Ali eu não corria o risco de que alguma criança maior o arrancasse de mim. Examinei melhor meu presente: brilhava com força ao sol do verão. Era uma moedinha redonda, dourada, presa a uma moldura metálica. Nos dois lados da moedinha se viam as letras: A, O e R de um lado, M e U do outro. Passaram-se alguns dias até eu decifrar o mistério, o que se deu quando, por acaso, dei um peteleco na moedinha, que se pôs a girar tão rápido nos minúsculos pivôs da moldura de metal que se transformou num globo de ouro felpudo e transparente como um dente-de-leão, com a fantasmática palavra AMOUR no meio. É assim que sinto minha vida, é assim que sinto que sempre fui: o mundo unânime, carinhoso e tangível num lado da moedinha, e o mundo secreto, íntimo, fantasmagórico, o mundo onírico da minha mente, no outro. Nenhum é inteiro e verdadeiro sem o outro. Só a rotação, só a vertigem, só a síndrome vestibular, só o dedo indiferente do deus que põe a moeda em movimento, imprimindo-lhe uma dimensão a mais, tornam visível –, mas para quais olhos –, a inscrição gravada em nossa mente, de um lado e de outro dela, de dia e de noite, de lucidez e de sonho, de mulher e de homem, de animal e de deus, e daquilo que ignoramos eternamente, pois não podemos fitar ambos os lados ao mesmo tempo. E tudo isso não para aqui, pois a inscrição transparente, de ouro líquido, do meio da esfera também tem de ser compreendida e, para compreendê-la com a mente, não só a ver com os olhos, é necessário que nossa mente se transforme num olho de dimensão superior. O globo de dente-de-leão, por sua vez, tem de girar, num plano inimaginável, para se tornar, para a esfera, aquilo que a esfera é para o disco plano. O sentido se encontra na hipersfera, no inominável objeto transparente resultante do peteleco dado à esfera da quarta dimensão. Mas eis que chego, cedo demais, a Hinton e seus cubos, aos quais minhas anomalias parecem se relacionar sombriamente.

Meus atos serão, portanto, fantasmáticos e transparentes e indecidíveis, mas de modo algum irreais. Sempre os senti na própria pele. Torturaram-me muito e inutilmente. Por assim dizer, roubaram minha vida tanto quanto meus livros teriam feito, se eu tivesse conseguido escrevê-los. Ademais, eles ainda têm uma fonte de dúvida e indecisão: não estão concluídos, estão em curso. Tenho indícios, realizei conexões, começo a enxergar algo que parece coerente na charada de minha vida. É evidente que me dizem algo, de modo insistente, constante, como uma pressão contínua no crânio, em algumas de suas bossas, mas o *que* é essa mensagem, de que natureza é ela, de quem vem? O *que* se exige de mim? Sinto-me, por vezes, como uma criança diante de um tabuleiro de xadrez. Pegou o peão branco, maravilha. Mas por que o enfia na boca? Por que você agora pega o tabuleiro e o inclina, para que todas as peças escorreguem? Ou talvez seja essa a solução? Talvez a partida seja vencida justamente por quem entenda de uma vez o absurdo do jogo e o atire ao chão, por quem corte o nó enquanto todos os outros se esforçam por desfazê-lo? Vou improvisar aqui, por conseguinte, uma história de minha vida. Sua parte visível, sei disto melhor do que ninguém, é a menos espetacular, a mais insípida de todas as vidas, uma vida que combina com minha aparência apagada, com minha natureza retraída, com minha falta de sentido e de futuro. Um palito de fósforo que queimou quase até o fim, deixando para trás um fio esbranquiçado de cinza. O professor de romeno da Escola 86 dos confins de Colentina. Apesar de tudo, tenho recordações que contam outra história, tenho sonhos que as reforçam e confirmam que, juntos, ali nos subterrâneos de minha mente, construíram um mundo cheio de acontecimentos fantásticos, indecifráveis, e que, contudo, clamam por ser decifrados. É como um pavimento desabado de minha vida: os cabos se esfacelaram e as conexões se romperam com os edifícios que permaneceram na superfície. Em minhas recordações de infância e adolescência, há cenas que dificilmente posso localizar e que ainda não posso compreender, como pecinhas de um quebra-cabeça atiradas numa caixa. Como sonhos à espera de uma interpretação. Pensei nelas tantas vezes, apresentam-se diante de meus olhos com tal clareza (ergo contra a luz uma peça de papelão luzidio, de protuberâncias redondas ou invaginações; seu desenho é claro como um espelho: flores azuis, parte de um lambril, um cordão de pérolas num pescoço sem corpo, a pata de um gato...), de modo que minha mente se preenche de imagens e figuras alegóricas, todas enigmáticas, pois enigma é sinal de incompletude: o deus é apenas a parte visível de seu mundo com uma dimensão a mais em relação ao nosso. Cada uma de minhas recordações e cada um de meus sonhos (e de minhas recordações sonhadas, e de meus sonhos recordados, pois meu mundo tem milhares de nuances e degradês) tem sinais de pertença a um sistema, assim como as reentrâncias e as saliências das plaquinhas de quebra-cabeça: nesse aparelho de encaixar se encontra grande parte do "anormal" delas – "minhas anomalias" – pois, de tudo o que conheço sobre as pessoas, a literatura e a vida, ninguém percebeu o sistema de encaixe, os grampos e os ganchos de um determinado tipo de recordações antiquíssimas e de sonhos. Quando era criança, meus pais compravam para mim, da inesquecível loja Chapeuzinho Vermelho, da Lizeanu, cujo assoalho cheirava tão penetrantemente a querosene, os brinquedos mais baratos e banais, sempre os mesmos: o carrinho de folha de metal com desenhos ingênuos, o anão que saía de dentro de um ovo de borracha, a galinha mecânica em que dávamos corda com a chavinha para que saísse ciscando pela superfície da mesa, cubos com imagens de vaca, cavalo e ovelha, e os "Jogos de peças" com imagens de contos de fada. Estes últimos eram os que mais me alegravam. Na parte da frente, eram pedaços de um desenho reproduzido inteiro numa folha de papel, e na de trás, cada conto tinha outra estampa, com cores e modelos diferentes. É claro que no começo eu juntava os pedaços de acordo com as imagens: a parte do olho esquerdo da Branca de Neve se encaixava com a do olho direito. O cotovelo do anão se prolongava com o ombro e uma parte do queixo. Mas a construção da imagem final com base nas imagens fragmentárias e misturadas logo se tornou para mim simples e entediante demais. Comecei a juntar as peças do quebra-cabeça no avesso. Reunia-as em montinhos com a estampa de mesma cor da parte de trás virada para cima e as juntava seguindo apenas a lógica do sistema de encaixe: o círculo protuberante de uma correspondia ao círculo recortado do quadrado luzidio da outra. Por vezes era terrivelmente difícil, mas tal dificuldade aumentava a satisfação e imbuía o jogo de um novo sentido.

Não posso deixar de me perguntar se nossas antiquíssimas recordações, as que permeiam nossa vida de modo tão cristalino enquanto milhares de outros momentos, talvez mais importantes, já saíram de nossa memória, e se, da mesma forma, os sonhos que nos obsedam com sua clareza, e que aliás parecem ser constituídos pela mesma substância de nossas recordações obsedantes, não seriam um jogo desse tipo, um teste, uma prova que temos de passar nesta inexplicável aventura da vida. Talvez a batida de nosso coração não passe de um metrônomo que mede o tempo que nos é dado para descobrir a resposta. Ai de nós, talvez, se chegarmos à última batida e nada entendermos do imenso quebra-cabeça em que vivemos. Talvez, se decifrássemos o enigma e déssemos a resposta, fôssemos soltos da cela da grande penitenciária, ou ao menos subiríamos um nível rumo à soltura. O camundongo branco que corre pelos corredores de acrílico não sabe que sua memória está sendo testada, ele apenas vive sua vida. Seu cérebro não é capaz de se perguntar: por que estou aqui? Que labirinto é este em que vim parar? Não seria o próprio labirinto, com suas simetrias, com seu pedacinho de queijo no fim do mais remoto corredor, o sinal de um mundo superior, de uma inteligência diante da qual minha pobre mente não passa de um balbucio nas trevas?

O fato de eu não ter me tornado escritor, de eu não ser nada, de não ter a mínima importância no mundo exterior, de nada nele me interessar, de não ter ambições nem necessidades, de não me iludir sozinho desenhando "com sensibilidade e talento" portas que jamais se abrirão em paredes lisas de labirinto me oferece uma chance única, ou talvez a chance de todos os solitários e esquecidos: a de explorar os estranhos vestígios de minha própria mente assim como eles se apresentam na corrente interminável de entardeceres em que, enquanto escurece progressivamente em meu quarto silencioso, meu cérebro se acende como a lua e brilha cada vez mais forte. Então vejo em sua superfície palácios e mundos ocultos, que jamais se revelam aos que correm no labirinto, obcecados pelo pedacinho de queijo, sem um único instante de repouso, convencidos de que isso é tudo o que o mundo lhes reserva e, do outro lado das paredes brancas e curvas, nada mais há. Pergunto-me quantas pessoas solitárias e insignificantes, quantos funcionários e quantos motorneiros, quantas mulheres infelizes e enlutadas, sem patrimônio nem títulos universitários, sem força nem esperança, não estarão cavando a tenra terra dos anoiteceres de outono, cheia de pupas e vermes, estremecida pela agitação das toupeiras em seus túneis?

Desde o outono de 1974, desde a idade de dezessete anos, minha vida é guarnecida por um forro de papel ao qual até agora só dei a importância desatenta que um mendigo dispensa aos jornais em que se embrulha para não sentir tanto frio. Estou falando de meu diário, no qual, ao longo de treze anos, anotei, sem qualquer pretensão, como mero reflexo da voz interior, acontecimentos, exercícios literários, reflexões sobre leituras, frustrações e sofrimentos, sonhos e estados incomuns da alma. Escrevi em velhos cadernos escolares, pautados ou quadriculados, de capa esverdeada feita de uma cartolina incrivelmente ruim, com um anão estúpido na frente e, atrás, a tabuada, depois em agendas caducas, com capas de um plástico deformado, em cadernos universitários com espirais de metal, em outros cadernos compridos e estreitos como canhotos de bilhetes, em qualquer coisa, o que caísse mais rápido em minhas mãos, com canetas e canetinhas de todas as cores (algumas páginas agora desbotaram e são quase ilegíveis)... Todo esse material está jogado na gaveta de baixo da estante de meu dormitório, em desordem, mas um dia desses vou organizá-lo em ordem cronológica para conseguir extrair dele os fragmentos que me interessam e que conheço quase de cor. Muitas das minhas anomalias estão anotadas ali, naquelas páginas quase fundidas umas às outras de tão velhas. Estão datadas e registradas, por vezes às pressas e sem que eu lhes tenha dado importância, outras vezes com uma emoção ou mesmo um terror que facilmente entrevejo devido à transparência do texto. Ao menos daqueles fatos não tenho como duvidar, ao menos eles ficaram incrustados na realidade irreal de minha vida. Se eu não tivesse um diário, na verdade, duvido que um dia eu começasse a escrever estas páginas. Em primeiro lugar, porque eu teria perdido o hábito da escrita, até mesmo a não literária, a do puro preenchimento de páginas com cachos de tinta. É inimaginável o quão imbecilizante é o ofício do professor, o quanto nos degradamos, ano após ano, corrigindo provas e fazendo chamadas, repetindo dezenas e centenas de vezes a mesma frase, lendo "com entonação" os mesmos textos, conversando com os mesmos colegas, em cujos olhos vemos o mesmo desespero e a mesma impotência que eles veem nos nossos (assim como nós também a vemos toda manhã quando nos barbeamos no espelho). Sabemos de nossa decadência, que nossa mente vem se transformando num vômito de citações bombásticas e clichês, mas não podemos fazer outra coisa senão berrar sem sermos ouvidos, como o torturado num porão subterrâneo, sozinho com seu verdugo, vendo com total lucidez como os tecidos de seu corpo são dilacerados, como é eviscerado vivo sem a possibilidade de resistir. Em segundo lugar, porque eu teria esquecido. As páginas são folhas vivas de minha memória, os arabescos das letras são sinapses flexíveis e cruas, como as gavinhas da videira. Não escrevi romances, e creio que, se os tivesse escrito, eles seriam apenas a ramificação de meu diário, de meu túnel de veias e artérias, como se, a cada extremidade, como na extremidade de todos os cordões umbilicais, tivesse crescido um feto gordinho e compacto, com a cara parecida com a minha. Meu diário é meu testemunho, é a prova de que, num instante e num lugar de coordenadas precisas, um mundo se abriu, criando uma brecha pela qual se esgueiraram em seu interior pseudópodes, encantadores e terríveis, de outro mundo, não os de um mundo ficcional, nem os de um cérebro febril, mas os incrustados naquilo que ainda chamamos de realidade. Não foi em sonho nem em alucinações, tampouco em estados hipnagógicos ou hipnopômpicos que recebi visitantes e bati violentamente contra o armário depois de ser arrancado da cama por uma força irresistível, com lençol e tudo, não foi no jogo segundo[15] da ficção que me consumi tantas vezes nas chamas de um êxtase ensandecido, não foi em excitadas fantasmagorias que fui obrigado a horríveis, horríveis acoplamentos... Tudo foi real, tudo ocorreu no plano da existência em que comemos, e bebemos, e nos penteamos, e mentimos, e vamos ao trabalho, e nos afligimos de dor e solidão. Real é também o sonho, reais são também as primeiras recordações, real (quão real!) é também a ficção, e, apesar de tudo, os sentimos alheios à pátria cinzenta, duros, enrijecidos, teimosos, sem imaginação, sentido ou redenção, cela em que fomos atirados após sorver as águas escurecidas do rio Lete. O real, nossa pátria legítima, deveria ser o mais fabuloso dos reinos, no entanto é a mais opressora das prisões. Nosso destino deveria ser a fuga, mesmo que fosse para uma prisão maior que levasse a uma outra maior ainda num encadeamento infinito de celas, mas para isso as portas deveriam poder se abrir na parede amarelada

---

15 Possível evocação do poema "Joc secund", de Ion Barbu. [N.T.]

de nosso osso frontal. Vou raspar aqui, com um prego enferrujado, ao longo de meses ou anos de esforço miserável, animalesco, essa porta da parede até que, no fim (tenho meus próprios sinais), ela deverá ceder.

Sei que ninguém faz isso, que todas as pessoas estão resignadas e caladas. Dessa penitenciária não se pode fugir. As paredes são, afinal, infinitamente grossas, é a noite anterior ao nascimento e posterior à morte. "Que sentido tem pensar no infinito não-ser que se seguirá? Vou ensombrecer minha vida por nada. Ainda tenho muitos anos pela frente, por ora posso desfrutar dessa luz abençoada, da lua cheia se erguendo acima do bosque, do funcionamento discreto de minha vesícula biliar, de minhas ejaculações em ventres felizes, dos frutos de meu trabalho, da joaninha que sobe até a ponta de meu dedo para esticar as asas amarrotadas de celofane. Ninguém sabe o que haverá além-túmulo." Não pensamos como na Antiguidade: vamos beber e comer, pois amanhã morreremos. E não é possível pensarmos de outra maneira na lógica da prisão de paredes infinitas. Existirá outro caminho senão cavar como um sarcopta na derme interminável?

Desde que me conheço por gente, sempre tive um forte sentimento de predestinação. Pelo próprio fato de ter aberto os olhos neste mundo já me senti eleito. Pois não foram olhos de aranha, nem os olhos de milhares de hexágonos das moscas, nem os olhos da ponta dos chifrinhos do caracol. Não cheguei ao mundo como bactéria ou miriápode. Senti que o enorme gânglio de meu crânio me predestinava a buscar obsessivamente a saída. Compreendi que teria de utilizar meu cérebro como se fosse um olho, aberto e atento por debaixo da casca transparente do crânio, capaz de ver com outro tipo de visão e detectar as fissuras e os sinais, os artefatos ocultos e as conexões obscuras do teste de inteligência, paciência, amor e fé que é o mundo. Desde que me conheço por gente, não faço outra coisa senão procurar brechas na superfície aparentemente lisa, lógica, sem fissura da maquete debaixo do crânio. Como devo pensar, o que devo compreender, o que você me diz, o que me sussurra numa língua desconhecida?

"Já que existo, já que me foi oferecida essa chance impossível do ser", digo tantas vezes para mim mesmo, "sem dúvida sou um eleito". Nesse sentido, todos somos eleitos, todos somos iluminados, pois nos ilumina o sol unânime da existência. "E sou duplamente eleito porque, diferentemente da vespa ou do crustáceo, posso pensar no espaço lógico e construir maquetes do mundo para nelas me mover em escala reduzida e virtual, enquanto meus braços e pernas se movem no inconcebível mundo real. E sou triplamente eleito porque, diferentemente dos comerciantes, e dos encanadores, e dos guerreiros, e das putas, e dos palhaços, e de outras coortes de semelhantes meus, posso meditar sobre o fato de ser eleito e posso pensar pensando. O objeto de meu pensamento é meu pensamento, e meu mundo se identifica com minha mente. Minha missão, portanto, é a de um agrimensor e cartógrafo, explorador das bossas e subterrâneos, das masmorras e dos cárceres de minha mente, como também de seus Alpes cheios de geleiras e ravinas. Seguindo as pegadas de Gall, Lombroso e Freud, tento também compreender o colossal, emaranhado, imperial e, no fim das contas, inextricável nó górdio que preenche a câmara proibida de nosso crânio, tecido com arame e cânhamo, com teia de aranha e fios de saliva, com o rendilhado obsceno das meias-ligas e lâminas finas das correntinhas de ouro, com o duto flexível da corda de viola e o chicote preto antracito das antenas da vaca-loura.

Até aqui, nossa eleição é natural e chega como uma dádiva subentendida, embora não deixe de ser um milagre. Se eu fosse escritor, pararia por aqui e ficaria feliz e ultrafeliz com minha força de invenção, com a beleza e o caráter insólito de meus livros. Afinal, vivemos numa prisão encantadora, não menos mágica do que qualquer outra que possamos imaginar. No fim da vida, poderia apontar com orgulho, atrás de mim, uma série de romances ou livros de poesia tão numerosos quanto as fatias grossas e sensuais do pão do mundo em que vivi. Sermos humanos, vivermos uma vida de gente, trazermos ao mundo novas pessoas e novas criaturas concebidas por nossa mente, desfrutarmos das setenta rotações do mundo em torno da bola de lava que o anima – eis o que pode ser chamado de felicidade, mesmo que misturado, em cada vida, com sangue, suor e lágrimas. Mas há também uma quarta eleição, diante da qual toda a literatura do mundo adquire a consistência volátil da penugem de dente-de-leão.

O porteiro de nossa escola, Ispas, é um cigano velho, fumante inveterado, sempre por se barbear, com a pele seca dos que nasceram na cidade grande, feio e repleto de miasmas insalubres. Está sempre sentado entre as duas portas gradeadas da entrada, a uma mesa minúscula de pinho polvilhada pelas caspas que lhe caem do cabelo. Ninguém lhe dá atenção, nem mesmo as crianças. Ninguém o vê chegando ou saindo do serviço. Permanece embrulhado, como um boneco de pano, em seu uniforme cor de café, na mais modesta função do mundo. Mas seus olhos castanhos lacrimejantes são humanos como os dos vira-latas. Ninguém olha para ele, mas ele olha para os que passam a sua frente, parecendo pesá-los, classificá-los, dar-lhes uma função. As únicas que às vezes conversam com ele são as faxineiras, sobretudo a gorda e falante tia Iakab, de rosto com traços mongóis e bigodes pronunciados, que vive se metendo nas conversas da sala dos professores. Por ela todos ficaram sabendo das manias do porteiro. É uma pessoa solitária, que vive entre a escola e a entrada de um prédio às margens do rio Colentina, onde dorme num colchão. Os moradores deixam-no ali por piedade e até mesmo permitem que ele durma em seus apartamentos quando ficam fora mais tempo pois, embora o velho encha a cara até não poder mais, não põe a mão em nada. "Ei, o que vocês acham que passa pela cabeça desse cara?", diz tia Iakab, às gargalhadas. Quando ri, as maçãs de seu rosto azeitonado se erguem, como se tivesse duas almôndegas sob a pele. "Que um dia um disco voador virá e o levará para outro mundo. Sim, querida, de todas as pessoas, será justamente ele, o que é que eu posso dizer..." De madrugada, Ispas saía à rua e parava no meio de um cruzamento. Ficava ali horas a fio, de pé, arrumado, com sua velha maleta sebenta, inchada como um fole de acordeão, da qual sempre escapava um pescoço de garrafa fechado com um sabugo. Olhava para o céu e gritava para "eles" que viessem, que estava pronto. "O que dizer, terão encontrado quem levar", dizia, vez ou outra, uma professora entediada, antes de sair com o diário de classe embaixo do braço. Durante anos, todos ridicularizaram a ideia fixa do porteiro, mas ele, calado e humilde entre suas duas portas, sabia das coisas. Tinha tempo para esperar, tinha fé também. De madrugada observava, de nosso minúsculo mundo, o céu estrelado e, mesmo que jamais viesse a ser abduzido lá para cima, ao menos por isso ele era melhor que os outros a seu redor, gente zombeteira e sem esperança que corria dia após dia atrás do queijo do labirinto de acrílico. Pelo menos contemplava as estrelas, ele, o homem mais patético que já viveu na face da terra, pelo menos demonstrava, assim, o desejo de cair no mundo.

Pois cada eleição é um escândalo. Ela não depende do rosto da pessoa, nem de suas ações ou ideias. É inimaginável e, para uma mente racional, construída para este mundo, é absolutamente uma loucura. Quando o crente diz "serei redimido", o cético o lembra de que um insignificante acaroide, que vive por um nanossegundo num grão de poeira de uma das bilhões de bilhões de galáxias, não tem por que ser, justamente ele, observado por um olho de outro mundo e, afinal, salvo. Que não podemos ter mais pretensão de ser redimidos do que uma bactéria de nossa flora intestinal. Por que eu seria salvo, eu, justamente eu, de todas as pessoas da face da Terra? O que é tão precioso em mim, que fruto poderia colher, e quem, do grão de luz de minha consciência?

Jamais ri do porteiro e de seus discos voadores. É apenas mais um daqueles que se sentem estrangeiros em nosso mundo. Um daqueles que se esforçam, buscam e aguardam. Creio que a inquietude daqueles como ele, por mais ridícula que seja, já é um sinal de eleição. Pois ninguém neste mundo, em que tudo conspira para a construção de uma ilusão perfeita e de um desespero à altura, pode ter esperança se não lhe foi dada esperança e não pode buscar se não tiver o instinto da busca profundamente gravado na carne da sua mente. Buscamos tolamente, buscamos em lugares onde não há o que buscar, como aranhas que tecem sua teia em banheiros em que nenhuma mosca, nem mesmo um pernilongo, pode entrar. Ressecamo-nos em nossas teias aos milhares, mas o que não morre é nossa necessidade de verdade. É como se fôssemos pessoas desenhadas numa folha, no interior de um quadrado.

Não podemos atravessar as linhas pretas e nos exaurimos escarafunchando, dezenas, centenas de vezes, cada cantinho do quadrado em busca de uma fissura. Até que um de nós, finalmente, compreende, por ter sido predestinado a compreender, que não se pode fugir no plano da folha. Que a saída, fácil e ampla, é perpendicular à folha, na terceira dimensão, até então inconcebível.

De modo que, para a perplexidade dos que permaneceram entre as quatro linhas de nanquim, o eleito rompe de uma vez a crisálida, estica asas enormes e se alça com facilidade, atirando, lá de cima, sua sombra sobre seu antigo mundo.

10

De vez em quando Irina vem me ver. É professora de física, ressequida e esquálida, com um rosto de mártir, mas iluminado por inacreditáveis olhos azuis. Nunca vi olhos como os dela. Irina é como uma fotografia velha e gasta, um retrato em sépia de uma criatura clorótica, imagem da resignação, mas é como se seus olhos estivessem furados na foto e, através deles, se enxergasse o céu azul. Lembro-me de quando a vi pela primeira vez na sala dos professores. Era inverno, o inverno de 1981. Eu chegara à escola ainda às escuras, bem cedo, e estava à janela, metade coberta pela geada. Desfrutava, tranquilo, daqueles dez minutos antes do início da aula. Ainda estava dormindo em pé, sozinho em toda a sala, quando a porta se abriu, e Irina apareceu. Desde a primeira vez que a vi, seus olhos me surpreenderam: eram uma colagem, uma prestidigitação. Aqueles olhos não se adequavam não só ao rosto da mulher já então amarelenta, como também à própria realidade. Eram bonitos, mas não como se costuma dizer que uma flor é bonita, ou que uma criança é bonita, mas como diríamos: é bonito que existam flores e crianças. Por isso, o termo "bonito" não se adequava àqueles olhos a não ser como substituto para uma palavra inexistente. Ela não me cumprimentou, embora eu tenha inclinado a cabeça em sua direção. Só depois de alguns minutos, quando a sala dos professores começou a encher de gente, descobri, em conversas com outras professoras, que era uma colega nova, professora de física. Claro, nas semanas seguintes, Irina também se tornou parte da mobília viva da sala dos professores.

Eu a via durante as pausas, enquanto jogava, como todos os outros, o diário dentro do armário e sentava num canto da mesa. Tão logo baixava o olhar, que se mantinha quase sempre apontado para o chão, Irina desaparecia. Simplesmente dissolvia-se no cenário. Sua timidez era extrema, costumava ficar sozinha, raramente participava das eternas conversas das professoras que tinham filhos pequenos: como era difícil encontrar leite em pó, onde comprar um carrinho que não se pareça com uma carriola... Visto que na volta pegávamos o mesmo bonde 21, o único, na verdade, que vai para a cidade, sabia onde ela morava: mais ou menos em frente à tecelagem Suveica, onde descia toda vez, como eu, para se perder entre os edifícios defronte. Foram necessários mais de dois anos para que eu chegasse a conhecê-la, se é que se pode conhecer alguém de verdade. Durante todo esse tempo, mal trocamos palavras, assim como acontecia com muitos outros colegas, de modo que, embora vejamos todo dia a vendedora da padaria, passamos a vida toda sem saber se ela também é uma criatura humana, como nós, ou uma mancha bizarra que aparece, de vez em quando, inexplicavelmente, em nossas retinas. Dois anos e então, na primavera passada, debaixo de um céu anêmico esperamos o bonde juntos, com outros colegas, envergando roupas leves pela primeira vez, embora a atmosfera ainda estivesse úmida e gelada, para irmos calados, em pé no vagão lotado de passageiros, descermos no ponto Suveica e chegarmos até minha cama quase num único movimento, quase sem nenhum pensamento, como se tivéssemos feito aquilo inúmeras vezes até então. Enquanto estávamos um ao lado do outro no bonde, pressionados um contra o outro pela multidão bestial, ela de repente virou o rosto para mim e disse: "Por acaso você é poeta?". Sorriu, porém, com inocência, como se quisesse atenuar a estranheza da pergunta. Na hora decidi levar aquilo na brincadeira e lhe respondi, sorrindo: "Por que acha isso?". "Ora, achei que um poeta se comportaria mais ou menos assim, como você: todo o tempo, na sala dos professores, você olha pela janela sem dizer uma palavra... Nunca vi pessoa mais calada." Continuou sorrindo e me fitou nos olhos pela primeira vez, persistindo naquela história absurda: "Tenho a impressão de que, de alguma forma, nós nos parecemos muito".

Foi assim que tudo começou, não entre nós, pois não se trata de nenhum tipo de "entre nós", simplesmente foi assim que começou. Por acaso as coisas se abriram com essa conversa, mas acho que teria dado na mesma se ela tivesse dito, então, no bonde: "Olha, são os primeiros dias quentes de março", ou "Olha como o sol se reflete nas janelas". De repente, senti, enquanto descia atrás dela e arrumava o casaco amarrotado pela gente aglomerada, que não havia mais nenhuma fronteira entre nós e teria pegado na sua mão já naquela altura se não soubesse que, no bonde, estavam outros colegas, pais e crianças da escola. De repente, onde nada havia se abre um portão, de repente, uma casa em frente à qual se passara centenas de vezes se apresenta com a porta de entrada bem aberta, à espera, com todas as janelas iluminadas na noite. Não é magia, pois é tão natural quanto sonhar que se abraça uma mulher desconhecida na rua. No sonho nada é mágico, mágico é apenas o próprio sonho. É natural, mas num mundo subitamente não natural. É normal, mas numa vida doce e triste que não é a nossa. Caminhava ao lado de Irina pela Suren Spandarian, conversando sobre Krishnamurti, as latas de lixo transbordantes começaram a feder como a cada primavera, depois que a neve derrete... Um pano que caiu de um dos andares dos prédios cinzentos se enrolara nos galhos pelados de uma árvore, um cachorro esquelético, encolhido na entrada de um bloco, nos refletia em seus olhos amarelos... Quando ela me disse "Olha, eu moro aqui", apontando para um dos prédios, sem contudo diminuir os passos nem se deter e se virar para mim para se despedir, a certeza que eu tinha de que acabaríamos em minha casa e em minha cama se tornou simplesmente realidade, como se já estivéssemos na cama e como se isso não fosse nada especial. Eu sei – e depois ela me confirmou tudo – que, durante todo aquele trajeto de dez minutos juntos, do ponto do bonde até seu prédio, enquanto numa história de amor são tomadas todas as decisões, nós não havíamos tomado nenhuma, assim como jamais decidimos nada na vida, e mais: do mesmo modo como não tomamos a decisão de seguirmos a correnteza quando caímos num rio expandido pelas chuvas e somos arrastados pela água, junto com árvores desenraizadas e pedaços de telhado, ou do mesmo modo como não é a decisão da vaca-loira presa num torrão de âmbar permanecer paralisada ali por toda a eternidade. Estamos incrustados na existência, bordados na grande tapeçaria, não se espera de nós que tomemos decisões, pois tudo é decidido antes, assim como os paus de uma cadeira não decidem constituir a cadeira, pois é justamente isso que fazem. Que essa seja a ordem das coisas não é algo que sintamos todo dia, e sim naqueles momentos como o do acaso entre mim e Irina – quando não deveríamos estar ali, mas estamos, quando tudo deveria ser de outro jeito, mas é como é, e temos a sensação tranquilizante de que é assim que deve ser, que precisou ser.

"É ridículo que justo eu ensine física, dizia-me, eu, que não acredito na realidade... Falo às crianças sobre matéria e leis, eu, que sei que tudo é ilusório..." Irina lia teosofia e antroposofia, tinha aprendido inglês sozinha para poder ler os textos de Krishnamurti, mas como ainda tinha de adivinhar metade das palavras, ela simplesmente inventou um Krishnamurti só dela, adivinhando sentidos que jamais existiram e reinterpretando frases, que já eram disparatadas e vagas, em redemoinhos luminosos e exaltados do texto que, aos olhos dela, era sacro, indiscutível como as próprias informações que alcançava através dos sentidos.

Nem então, nem hoje em dia a verborreia extasiada sobre madame Blavatski e seu gato branco, sobre Rudolf Steiner e Gurdjieff, sobre os templários e rosa-cruzes me diz algo, e eu lhe dava atenção talvez só inconsciente, como se percebesse o perfume de uma mulher numa festa. E toda a história era mais ou menos esta: a fragrância de Irina, sua parca originalidade, sem relação nem com sua vida verdadeira, nem com seus olhos de outro mundo, mais metafísicos e mais loucos do que haviam sido os escritos dos iluminados e dos alquimistas. "Eu queria acreditar que as coisas existem", ela me dizia enquanto, com os mesmos passos preguiçosos, sem pressa, nos distanciávamos de Nada Florilor para chegar à avenida Lacul Tei, "mas eu, sinceramente, não sou capaz. Eu as apalpo e digo para mim mesma: 'É uma ilusão, não são reais'. Eu me apalpo e não posso acreditar que estou envolta por este corpo. Você entende o que significa viver assim? Sentir a todo momento que você é outra pessoa, que você é de outra parte, que você não tem a mínima ligação com seus semelhantes, com seu serviço, que tudo a seu redor é alheio a você?"

Na Maica Domnului o reboco das casas descascava ao sol violento e gélido. Agora eu conhecia todas muito bem, em sua sucessão teratológica. Como se eu vivesse numa caixa de insetário e atravessasse o intervalo entre duas fileiras de coleópteros gigantescos, com crostas metálicas e apêndices extravagantes. Visto que havia baixado uma névoa ao anoitecer, cada grão do reboco poroso criava uma sombra rósea, pontuda como uma agulha, na parede. E cada um de nós estendia uma sombra rósea, como um ponteiro de relógio, na largura da rua. Ao chegarmos em frente a minha casa, Irina se deteve, deixando por terminar a frase sobre um sofrimento persistente no cérebro por causa de uma ofensa do passado. Ficamos um tempo frente a frente, com o terreno baldio cheio de canos enferrujados e arcos de sabe-se lá que suspensões atrás de nós. Antes que eu tivesse tempo de perguntar como ela sabia que eu morava justo ali, justo na casa em forma de navio do pano de fundo desfocado do campo óptico em que nos encontrávamos, a mulher pálida e cansada, mas ora sorridente (sem que seus olhos, sempre desconcentrados e alheios, como as estrelas que cobrem um campo de luta, participassem do sorriso) pegou em minha mão, e assim, de mãos dadas, percorremos aqueles cerca de cinquenta passos até o imóvel. Num instante chegamos ao dormitório, e entre nós não houve mais nada a dizer, não só por sermos colegas de sala dos professores na 86, mas como se realmente o mundo fosse uma ilusão arbitrária, e palavras como sofrimento, Gurdjieff, espírito, psicologia, até mesmo biologia, tivessem se desfeito como açúcar na água. E sua vulva, e seus seios, e os músculos de seu corpo exausto, e a força estonteante de sua mente sexual me eram familiares, como se tivéssemos realizado o rito sombrio do jogo com nossos corpos centenas de vezes até então. Não quero escrever agora sobre a sexualidade de Irina, mas o farei mais tarde, neste manuscrito que o exige, pois jamais tive uma experiência mais obscura e mais fantástica, mais carnosa e mais docemente atroz, e creio seja impossível existir uma droga mais forte neste mundo em que vivemos envoltos por carne sensitiva. Em nossa primeira noite na cama, enquanto escurecia cada vez mais, seus sussurros em meu ouvido escureciam também, até que nossa visão se turvou. Aceitei suas obsessões, desde o primeiro momento, como se também fossem minhas desde sempre, com a mesma natureza com que aceitava seus lábios e sua língua, seus gemidos e seu frenesi. Nem mesmo quando, completamente relaxados, deitados de barriga para cima, um ao lado do outro, na penumbra, observávamos passivamente os raios de luz projetados no teto pelos carros que passavam pela rua, não me perguntei, como costumava perguntar sempre que fazia amor ao acaso com uma mulher uma única vez: na verdade, o que estou fazendo aqui? Quem é essa pessoa a meu lado?, assim como deve se perguntar toda hora o vagabundo que olha para o camarada com quem divide o lugar onde dorme.

Lembro-me de ter lhe mostrado, já naquela primeira noite, as fotos de quando eu era pequeno e os dentinhos, que cintilaram na escuridão luminosa da arandela como cristais leitosos. Nada lhe falei do diário, porém, nem do consultório dentário, nem de minha ex-mulher, que tinha acabado de desempenhar um papel estranho em nossa cama, em nossas fantasias, mas sobre a qual ela não devia saber o essencial. Decidi manter sempre um lugar discreto e impenetrável em minha relação com a professora de física, pois, mesmo que não tivesse intenção alguma de me desviar da busca, ela poderia ser substituída a qualquer momento por alguém idêntico, mas diferente, por uma desconhecida com os mesmos olhos e o mesmo frenesi erótico, mas subordinada a uma força mais terrível do que o sexo e a mente. Já tinha passado por isso antes. O que eu vivi com Ştefana me obriga a ser prudente e a me cercar com várias camadas de muros fortificados para que, mesmo que tombem um após o outro, ao menos a torre central permaneça de pé. Os dentinhos e as fotos protegem meu diário, distraem a atenção para longe dele e daquilo que é tão confuso quanto fundamental nele, pois ali a ficção não existe mais, e sim a verdade, em todo o seu caráter implausível e insuportável.

Ao retornar do banheiro, encontrei Irina no meio do quarto. E não porque tivesse se levantado da cama e passeado pela casa, mas porque flutuava, nua e lívida, a um metro acima da cama, com as mãos sob a cabeça e o cabelo loiro derramando-se por entre os dedos na direção da terra. "Preciso ir", disse-me ela, "por hoje basta". Não fui capaz de articular nenhuma palavra. Vítrea, semitransparente, com seus órgãos internos movendo-se suave e sombriamente sob a pele, Irina flutuava no ar cor de café, e tudo parecia uma velha recordação, impossível de localizar. Esticou o dedo na direção do botão de ebonite acima da cama, cuja existência só agora eu percebia, apertou-o com suavidade e desceu vagarosamente, pulsando e ondulando, até os lençóis amarrotados. "Sua casa é muito agradável", acrescentou ela, apoiando-se nos cotovelos. "Também gostaria de morar assim." "É o solenoide", passou subitamente pela minha cabeça. Como é que eu jamais notara aquele botão, sobretudo porque, sob a luz dourada da arandela na parede, ele se tornava escarlate como um mamilo de mulher, rodeado por uma aréola mais escura? Desde aquela noite em que apertei o botão assim que Irina partiu, dormi flutuando entre a cama e o teto, virando-me por vezes de um lado para outro como se nadasse em águas preguiçosas, cintilantes.

Quando era criança e ia visitar minha tia, em Dudeşti-Cioplea, verdadeira aventura naquela época, pois acontecia raramente e acordávamos cedo, e as manhãs de verão eram inesperadamente frias, ainda mais porque mamãe enfiava em mim uma regata que eu tinha de usar o dia inteiro, ao passo que o trajeto pela cidade, pegando três bondes que passavam por lugares de nomes mágicos – Obor, Foişorul de Foc, e o Instituto de Endocrinologia, que sempre me evocava crinas ocultas em seu estranho nome –, era longo e tortuoso, a primeira coisa que eu fazia quando chegávamos e a tia abria a porta, com gestos largos de um contentamento exagerado, era explorar os esconderijos de sua casa de costureira, abrir as gavetinhas da máquina de costura com pedal e brincar com as maravilhas da cristaleira: peixes de vidro, a caixa de rummi, os apaixonados e os bêbados de porcelana, presenças habituais das salas de estar da periferia. Das gavetas da máquina de costura, além de botões, dedais, elásticos e pedaços de tecido colorido, eu também tirava dois ímãs pretos, curvos, cheios de alfinetes de cabeça aderidos ao carbono vítreo, como se fossem dois ouriços eriçados, retirados à força da toca. Eu os limpava daquela camada teimosa de alfinetes e me punha a brincar com eles, construindo correntes de moedas que se seguravam umas às outras ou movendo um prego colocado em cima da mesa, debaixo da qual eu passava o ímã. Mas o fato de os ímãs se grudarem um ao outro com um forte clique metálico sempre que os aproximava, ou atraírem pequenos objetos de ferro, clipes, grampos, alfinetes, moedas, não me parecia estranho – pois eram ímãs, já os descobrira na Cooperativa Bobinagem Elétrica da Ghiocei, cujo muro eu pulava, na época em que era aluno da sexta série, para remexer nos montes de lixo do pátio. O milagre, e até mesmo uma espécie de pânico, começava no instante em que, virando os ímãs em outra posição, surgia de repente entre eles uma almofadinha elástica invisível, e por mais que os tentasse aproximar, eles escorregavam no máximo para o lado um do outro, como se a almofadinha fosse uma espécie de barra de gelo invisível que derretia. Era a primeira prova de que há, no mundo, coisas que não podemos ver com os olhos, mas que estão ali, e que, como um objeto qualquer, detêm nosso avanço e ocupam uma zona de espaço com a mesma legitimidade enfastiada de uma mesa ou um copo. Aqueles dois ímãs detectavam, entre eles, um fantasma, uma irrealidade, abriam um portal para um mundo de impossibilidades concretas e palpáveis. Dava vontade de segurar entre as mãos, como um pardal doente, aquela pequena almofada de ar gordinha, brincar com ela como se fosse uma bolinha de borracha, mas a existência dela parecia estar tão forte e inseparavelmente relacionada aos dois ímãs quanto a própria realidade parece relacionada aos ímãs miraculosos de nossos olhos. Os cegos, pensava então comigo mesmo, enquanto minha tia, ajoelhada, prendia com alfinetes tirados dos lábios as pregas da nova saia de mamãe, e tudo ocorria na soleira da porta como a moldura de um quadro antigo, brincam a vida toda com esse tipo de coisinhas invisíveis, porém palpáveis, com irrealidades, com o campo eletromagnético, metafísico e existencial dos objetos dos mundos sem visão e sem luz. Horas a fio eu apalpava a face invisível de meu mundo, repentinamente apanhado, revelado, traído pelos dois ímãs que não queriam e não podiam aproximar-se, pois, aproximando-se, esmagariam o próprio desconhecido e o próprio mistério de nossas vidas.

Da mesma maneira flutuo, de noite, em meu dormitório, à luz azulada da lua, no colchão invisível do campo magnético, mais relaxado que um iogue, mais voluptuoso que um gato que dorme enrolado, com a patinha em cima dos olhos, no cestinho. O solenoide sob o chão preenche o cômodo com um ruído quase inaudível. Quatro vezes por noite, escorrego degraus abaixo do sono até que o sono, paradoxalmente, me recobre com sua luz de ouro liquefeito. Quatro vezes, aos poucos, volto à tona, com a pele ainda luzindo foscamente, na noite do quarto, devido às chamas das profundezas. Passo muito tempo por níveis de descompressão, como os mergulhadores, para que a espuma densa do sonho não faça minha mente estourar. Ao abrir as pálpebras no frio cinzento da manhã, vejo-me no espelho e sempre me sobressalto: um homem por se barbear, de cabelo lambido, boiando como um afogado, com a cara para baixo, no meio de um cômodo silencioso.

Irina, sem a qual eu jamais teria descoberto o pequeno segredo de meu dormitório – pois eu seria capaz de jurar que o botão de ebonite não estava lá até sua primeira visita –, passa por aqui uma vez por semana ou a cada duas semanas, imprevisível, mas suficientemente constante. Nossa sexualidade ganhou muitíssimo graças à levitação, agora nos amamos no ar, sem o embaraço de enfermos graves condenados a manter os corpos grudados ao leito. Fechamos as cortinas, nos estendemos pelados na cama, apertamos o botão e nos alçamos devagar na escuridão total, tão perfeita, que já não importa se estamos de pálpebras fechadas ou bem abertas. Entregamo-nos ao enlace sem mais saber quem está por cima e quem está por baixo, pois, de repente, o espaço não tem mais orientação. Somos apenas corpos, com zonas secas e úmidas, com zonas quentes e ásperas, com pilosidades e suavidades, com gostos ácidos e salgados, com maciezas e tumefações. Devoramo-nos um ao outro, nos prensamos um ao outro, entramos e saímos das cavidades um do outro, nos perdemos no breu e nos reencontramos, cada vez mais molhados e mais ardentes, e a seguir nossos dedos dispersos no nada e no nunca encontram outros dedos, ou uma sola, ou um ombro, ou o cabelo, ou a boca, ou os cílios do outro, dirigindo-se naquela direção para encontrar e aproximar. Quase fazemos também um clique metálico, como dois ímãs curvos, mas nosso clique, que culmina numa aura psíquica e num jorro inimaginável de luz, não é de maneira alguma o fim de nosso encontro acima da cama, que permaneceu sem vincos. Depois de nosso grito epileptoide cessar e nossos membros se tranquilizarem, acendemos a luz, e a imagem no espelho, violenta, de nossos corpos flutuando rodeados por grãozinhos de esperma e suor, o cabelo solto, encharcado, de Irina, nossos membros, nossos sexos preenchem famintos a realidade, subitamente alheia, insuportável. Entregamo-nos aos lençóis, comprimimo-nos à cama que range sob nós, pesados, como se usássemos couraças de chumbo e, apagando de novo a luz, mergulhamos (aguardava esse momento desde que, horas antes, começáramos a nos despir) em nossa verdadeira vida secreta, diante da qual nosso amor físico fora um prelúdio débil e insignificante.

11

Não tive mais tempo de escrever aqui nos últimos dez dias, pois é época de provas e estou soterrado em montanhas de cadernos delgados, arrumados em pilhas, separados por séries. Corrijo, encho páginas sublinhando e consertando a ortografia e, depois, com um gesto violento da mão, atribuo uma nota no canto de cada trabalho. Leio mecanicamente, com o pensamento em outro lugar, embora conheça bem todas as crianças. Sempre que abro um caderno, sei com quem estou lidando. A própria caligrafia demonstra seu caráter, as manchas de gordura e tinta nas capas são reveladoras como um teste de personalidade. Nem preciso ler suas redações e análises gramaticais para saber também que nota darei e quão injusta e equivocada será essa nota. Quão inadequado sou eu, situado acima deles para os julgar, como um deus ridículo, com minha obscena caneta vermelha. Vejamos Palianos: nunca sabe como usar a crase, mas em casa ele cuida de cinco irmãos menores, para quem cozinha, lava e passa roupa, embora só tenha doze anos. Vejamos Mădălina Teşoiu: já cheira, na sétima série, a perfume barato que impregna a sala inteira. Os garotos do liceu estão sempre atrás dela, apertando-a e apalpando-a nas festas, e ela nunca diz não, inclusive é conhecida como "a Mădă que não conhece a palavra não". Mas Mădă escreve agora, bem direitinho, um trabalho sobre Alecsandri[16]. Chinţoiu é um malandrinho que senta no fundo: até agora já confisquei dele umas quatro revistas pornográficas, mas,

---

16 Vasile Alecsandri (1821-1890), autor clássico romeno, poeta e dramaturgo. [N.T.]

uma vez, quando prometi dar dez a todos os que, na aula seguinte, recitassem de cor um longo poema, o maldito fez uma declamação, verborrágica sem fim, sem esquecer um único verso. Desde seu triunfo na classe com o poema de Eminescu[17], ele o recita também na época de Natal, dentro dos bondes, descendo nos pontos cheios de neve e continuando no bonde seguinte: com esse poema, consegue um bom dinheiro[18]. Já com Valeria Olaru, a gordinha sardenta da 7ª C, vivenciei aquela situação embaraçosa no ano passado, quando permaneci com ela, num anoitecer de outono profundo, dentro da sala, preparando-a para a olimpíada de romeno no domingo seguinte; justamente quando lhe explicava a caracterização dos personagens na novela e no romance, a porta se abriu repentinamente, e a menina a meu lado se sobressaltou e deu um gritinho, e a tia Iakab entrou com um balde na mão. "O que é que vocês estão fazendo aí no escuro?", disse ela, de cenho franzido e desconfiada, acendendo rapidamente as luzes e saindo, e só então percebi que estava na carteira ao lado da menina, vermelha como um pimentão, e subitamente com o rosto todo transpirado, na sala vazia, sem perceber como o tempo passara e como foi escurecendo aos poucos, até a sala submergir na penumbra.

Não sou professor e jamais serei, a verdade é essa, embora até as ciganas de lenço na cabeça e saias plissadas que vendem sementes na Maica Domnului, quando passo por elas, me digam "salve, professor". Apesar de as crianças que se embatem, berram e jogam futebol com uma borracha no corredor, durante as pausas, numa algazarra inacreditável, aderirem às paredes quando passo com o diário debaixo do braço e me dizerem "salve, professor", meio a sério, meio com ironia, pois para elas eu sou o professor bobo de romeno, que nunca bate nelas. Em meu primeiro ano de ensino, quando era um adolescente de bigode ralo, sempre com camisas de pregas que só acentuavam minha terrível magreza e calças jeans romenas feitas de um tecido miserável, as crianças acendiam

---

17 Mihai Eminescu (1850-1889), poeta nacional romeno. [N.T.]

18 Referência a costume romeno, no período de Natal, de recitar poemas ou entoar canções natalinas em lugares públicos em troca de umas moedas. [N.T.]

cigarros de propósito quando eu passava pelo corredor e soltavam a fumaça na minha cara para que os outros vissem minha falta de reação, ou faziam rolar uma bolinha até meus pés e me mandavam chutar de volta. Nas salas de aula, recobriam com durepóxi o assento de minha cadeira ou lançavam aviõezinhos cujas pontas cegas costumavam atingir a lousa enquanto eu escrevia. As coisas depois sossegaram, aprendi a controlar meu medo, elas aprenderam meus maneirismos, e agora funcionamos juntos como um aparelho velho que cumpre, bem ou mal, seu dever. À medida que minha imagem de professor melhora – e a passagem dos anos acaba uniformizando o pessoal da sala dos professores, até chegarmos todos a nos assemelhar a traças secas num antiquíssimo insetário –, mais isso me parece estranho e inadequado, como uma meia preta feminina cobrindo a cara do assaltante de banco.

Na hora do recreio, costumo comer na oficina mecânica, ao lado da escola. É um prédio de cimento, pintado, conforme a imaginação sabe-se lá de quem, em verde-água e rosa, como um daqueles doces baratos da cantina do outro lado da oficina. No pátio, há montanhas de pneus de carro, por entre os quais se deve passar atentamente para alcançar o prédio, onde modelos de Dacia e Opel cobertos por um dedo de lama aguardam nas rampas alçadas até o teto. Mecânicos em macacões, alguns deles pais de nossos alunos, se movem em torno deles, se enfiam por debaixo deles, falando quase só sobre futebol. Nem prestam atenção em nós enquanto subimos a escada até o andar de cima, onde fica o refeitório. Tudo é imundo e cheira a óleo queimado de motor, mas é nesse ambiente fétido que comemos, pois não há outra opção naquela rua. Aguardo na fila, atrás dos aprendizes que usam os mesmos macacões azul-marinho impregnados de graxa e atrás de nossas alunas, da sétima ou da oitava série, que flertam com eles sem o mínimo pudor. Muitas já têm silhueta de mulher e, assim que se veem fora da prisão da escola, mudam o modo de andar e de falar, seus cabelos começam a luzir em cachos que parecem repentinamente se despejar sobre os ombros, e elas se tornam outras, sedutoras e agressivas antes da hora. São pequenas mulheres com lábios já acostumados ao batom barato das mães e que já têm o hábito, aprendido com as irmãs mais velhas, de se olharem peladas no espelho, de beijarem à noite, debaixo da ponte Voluntari, os garotos da periferia. Os aprendizes invejam meu poder sobre elas, porque logo depois de terminar as almôndegas em salmoura ou o bife à milanesa com gosto de papelão, ergo-me da mesa e faço apenas um sinal para as meninas que, se antes estavam bebendo refrigerante, dando risadinhas, pondo o cabelo na frente dos olhos e conversando mais alto do que deveriam, agora me seguem bem-comportadas, como um harém platônico, e, novamente alunas, retornam comigo para as aulas, na escola ao lado.

Assim que retornei da cantina, há exatamente uma semana, tive o desprazer de ver Borcescu na soleira da porta de entrada. A cabeça redonda e malhada como uma bola de futebol me fez sinal para o seguir até o escritório do diretor. Lá já se encontrava também Goia, professor de matemática que chegou esse ano, um jovem comprido, com uma cara tragicamente disforme, pálido como a morte, de movimentos lentos, reptilianos. Seu rosto parece ter sido esculpido numa carne fofa e flácida, e seus olhos exoftálmicos, de um castanho-profundo, produzem reflexos límpidos e cortantes como bolhas de sabão. Talvez seja o mais inteligente dentre os professores da escola, conversamos com frequência quando temos alguns minutos livres, pois ele gosta de ler, sobretudo poesia, e também porque tenho uma certa fome por conhecimento em determinadas áreas da matemática. Diante de Goia sentimos, de início, embaraço e temor, evitamos encará-lo com demasiada insistência, assim como se poupa um enfermo. Mas só se passaram alguns meses e ele já está bem situado na escola, as professoras simpatizam com ele por ser modesto e incapaz de sarcasmo ou ironia, e as crianças, de certo modo, sentem que ele é uma delas pois, da altura de sua silhueta, flutuando como uma lagosta gigantesca sobre suas cabeças, o novo professor de matemática fala com elas da mesma forma como fala com todos: direto, sem ênfase, com uma clareza de cristal. "Nem precisamos mais ler a matéria em casa", dizia um dos alunos, e era assim mesmo. Nem eu precisava de tratados de topologia ou equações não lineares: Goia sabia esclarecer e simplificar as coisas mais incompreensivelmente abstratas. Convertia o não intuitivo em familiar, sem o caráter grotesco dos livros de divulgação, simplesmente encontrando a maneira mais normal de fazê-lo.

Bastou nos olharmos por um único instante para ficar claro que nem ele sabia do que se tratava e que estava surpreso com aquela convocação. Borcescu não costumava chamar os professores até seu escritório. Talvez se constrangesse com as sacolas de vinho ou os pacotes de cigarro que jaziam eternos junto às paredes, oferendas dos pais, ou talvez lhe parecesse que ali, naquela salinha, o cheiro de pó de arroz e base de maquiagem se tornava forte demais; seja como for, ele preferia passar pelas salas para impor a ordem, como um velho guarda contente por ser rei em seu cantinho de rua, cujos transeuntes o olham com temor e respeito.

"Meu jovem", exclama de sua cadeira, olhando-me com bonomia e sorrindo banguela, "meu jovem, eu venho dizendo a esse rapaz... diga a ele o que eu sempre repito desde que você chegou aqui". "Dizer o que, diretor?" "Como assim, 'dizer o quê?' Se ele sabe como é ser casado..." "Ora, e como é, seu Borcescu?" O rosto do diretor se ilumina. A base de maquiagem grudada nos cílios curtos parece derreter e suja as lentes dos óculos. "Algo pior do que a forca, seu Goia, lembre-se disso que estou te dizendo! Não muito pior. Só um pouquinho..." E o diretor mostra quanto pior, distanciando dois dedos, eles também desbotados, também empoados, da mão direita. Goia dá um sorriso torto, mas é claro que se tranquiliza, assim como eu, pois era evidente que não havíamos sido chamados para um puxão de orelha.

Não, tratava-se de novo, assim como tantas outras vezes no passado, da antiga fábrica. As crianças fugiam das aulas, vez ou outra, em grupos de três ou quatro, e quando o professor marcava as ausências no diário, as que haviam permanecido na sala gritavam em coro, além de "está doente" ou "cabulando", o enigmático "estão na antiga fábrica!". Isso já vinha acontecendo havia anos, com a mesma regularidade com que se comia na oficina mecânica, com que se passava ao lado da caixa-d'água em torno da qual os bondes retornavam ou com que se visitava, em grupos organizados, a fábrica de tubos de aço em que trabalhavam quase todos os pais das crianças do bairro. Houve investigações na escola, gerações de crianças foram interrogadas, enfiadas no escritório do diretor, castigadas com palmatórias, com batidas de cabeça na parede, com bofetões, com costeletas arrancadas, mas exceto a banalidade do ato de fumar em grupo ali nos galpões abandonados, não foi possível tirar delas mais nada. Era um dos segredos daquelas pessoinhas, de crânios largos equilibrados por pescoços finos e de olhos negros brilhantes de gente diferente de nós, adultos, diferentes assim como são as mulheres dos homens e mais diferentes ainda por viverem naquele mundo estreito, fechado, sem passado e futuro, mas repleto de mitos e rituais estranhos. Miúdas, de ombros estreitos e ossos frágeis, elas mantinham segredos que os maiores esqueciam tão logo descobriam o mistério de sexo, drogas e a obsessão que a partir de então guardavam só para si com desvelo. Em sua hostilidade irredutível, aquelas duas espécies humanas que pensavam diferente, sonhavam diferente e secretavam diferentes neurotransmissores nos intervalos entre as sinapses se enfrentavam num jogo incessante de segredos, enquanto os altos e arrogantes, não raro, esqueciam o quão vulneráveis eram nessa guerra. Por serem larvas humanas, as crianças precisavam ser mantidas num estado de escravidão e ignorância. Na eterna guerra entre as espécies, eu era um mercenário involuntário, e ainda por cima ambíguo e traidor. Debaixo de minha crosta de espécie dominante, sempre frente a frente com dezenas de membros do outro grupo, sempre compartilhando com eles, como um deus, rudimentos de uma sabedoria desconhecida, sempre obrigado a suportar, com um pavor mal dissimulado, seu ódio e seu desdém que, por parte deles, borbulhavam sob uma submissão falsa, eu escondia uma criança que tinha permanecido intacta, vestida como um Carlitos em minha própria pele demasiado larga para ela. No último dia de aula, via como meus colegas, panteão de deuses decrépitos da sala dos professores, tremiam nas janelas pelas quais se viam as crianças correndo, aos empurrões, quase derrubando a cerca da escola e cantando o hino selvagem da libertação do cativeiro:

Chegaram as férias
Abaixo as matérias,
Que as escolas desmoronem,
Que morram os professores!

Nenhum levante, nenhuma revolução, por mais sangrentos que fossem, jamais foram tão radicais, pois aqui se falava da morte dos deuses e da destruição de seus instrumentos mágicos graças aos quais as crianças do mundo se mantinham obedientes. Em milhões de salas empoeiradas e mal iluminadas, frias como as câmaras frigoríficas dos abatedouros, um adulto solitário enfrentava trinta pigmeus mergulhados em sonhos cruéis e fantasistas. Quem eram aquelas criaturas de olhos grandes e hipnóticos, como os das abelhas? Por que tinham de ser domadas por anos a fio e, finalmente, transformadas em criaturas como nós? Só para não sermos, no fim das contas, devorados por elas?

Borcescu falava havia vários minutos, movendo a cabeça de abóbora rosada atrás da escrivaninha, mas nem eu, nem Goia o escutávamos mais. Aliás, para compreender aquilo que ele estilhaça entre os dois dentes amarelos, os únicos do maxilar inferior, seria necessária uma concentração sobre-humana. Coitada da dona Idoraş, a secretária que tinha de bater à máquina o que ele ditava: não conseguia dormir à noite por causa do zumbido no ouvido e podia ser vista o dia todo cochilando com o rosto em cima do carro cinza-pérola da máquina de escrever, na triste e fria sala da secretaria, sob a luz esverdeada criada pela pobre figueira do canto. Nenhuma outra mulher tivera olhos tão aguados: uma espécie de líquido lhe escorria por entre as pálpebras, e as pupilas, como a bolha de ar de um nível, deslizavam preguiçosas, ora de um lado, ora de outro, cintilando sonolentas no cinza da sala. Compreendi que teríamos de ir até a antiga fábrica do outro lado do terreno baldio atrás da escola para ver o que se passava. "Vai que aquelas crianças endiabradas estejam fazendo outras besteiras além de fumar. Drogas ou... não preciso dizer a vocês o que mais. Essas cabritas da sétima e da oitava série têm tetas do tamanho de um marmelo e já lhes coça entre as pernas, por que negar o óbvio? E

esses romenos ancestrais, mais queimados pelo sol[19], na oitava se casam e não aparecem mais na escola. Se você for atrás para ver o que há, um moleque de catorze anos aparece na cerca, só de ceroulas, e diz: 'Ora, como é que vou continuar frequentando a escola, professor? Sou homem casado, tenho vergonha...'. Precisamos averiguar o que acontece ali, que não querem nos dizer. O bairro é como é, as condições são como são, a sorte é que temos crianças de gente simples, decente..."
Eu conhecia aquela gente decente. Vinham me ver ao anoitecer, depois das aulas, trazendo-me um maço de cigarro, embora soubessem que eu não fumava, e pediam com insistência que eu batesse nos filhos à menor ocasião, pois é de pequeno que se torce o pepino: "Dê um tapão na nuca deles, professor, largue de ser mole, senão eles montam em cima! Dê uma coça neles! Saiba que eu não me ofendo. Meu pai me batia com o cajado detrás da porta, e hoje eu agradeço por ele ter colocado minha cabeça no lugar, por não ter permitido que eu jogasse bola no terreno baldio". Não sei por qual razão, mas todos os homens do bairro, torneiros, mecânicos, fresadores, operários da fábrica de tubos de aço, deixavam crescer a unha do dedo mindinho de ambas as mãos, e isso lhes dava um ar de criminoso perigoso, apesar das barrigas de cerveja e das regatas, das camisas "com pelo no peito" e dos chinelos nos pés, com que também compareciam às reuniões de pais. Se não aceitássemos sua humilde propina – garrafas de aguardente com sabugo no lugar de rolha, sacolas com um quilo de carne, cigarros e café, bandejas de ovos – se sentiam ofendidos até o fundo da alma e iam embora da sala dos professores xingando nossas mães. As mulheres, quase sempre grávidas, de olhos ausentes e maxilares caídos, segurando uma criança de dois anos pela mão. Outra estranheza do bairro era o fato de eles vestirem as crianças menores com cuecas por cima das calças de trapo rosa e com pelo menos dois gorros um sobre o outro. As mães também me pediam que eu

---

19 Referência aos membros da etnia roma, que em geral têm a pele naturalmente mais escura. [N.T.]

endireitasse os alunos preguiçosos, que só entendiam a surra, pois educadamente não se conseguia nada com eles.

Batia-se na Escola 86. Batia-se com o diário de classe, batia-se com a régua na ponta dos dedos, com a cabeça do anel de ouro no cocuruto. Puxava-se pelas costeletas, golpes com a mão espalmada eram desferidos na nuca dos punidos. Eles sangravam pelo nariz e pela boca depois de um bofetão bem dado. Eram chamados à lousa e, a cada erro, tinham a palma das mãos machucada com um cabo elétrico. Enfiava-se o dedo indicador entre suas costelas. Se abríssemos de repente a porta de uma sala, veríamos sempre o mesmo grupo de alunos enfileirados ao longo da parede, de mãos erguidas como soldados que se rendem: permaneciam assim a aula inteira, sentindo dores terríveis nos braços. As repetentes tinham contusões nas coxas como prostitutas. Os bagunceiros, que haviam brincado no fundo da sala com um coelho vivo trazido de casa, eram colocados em pé lado e lado e suas cabeças eram golpeadas tão fortemente que se podia ouvir do pátio da escola. Por sua vez, as crianças se defendiam com selvageria: coitado do professor que caísse numa emboscada nas regiões mais distantes, no pátio, atrás da escola ou no andar de cima, entre o consultório dentário e o laboratório de química. Não se chegava ao fim do ano sem que ao menos um, em especial entre os homens que batiam mais, fosse acossado ao sair, nos anoiteceres de inverno, da escola iluminada, e nos primeiros passos pelo breu repleto de flocos macios a céu aberto sentisse as dobras pesadas e imundas de uma manta atirada sobre sua cabeça. Seguia-se uma chuva de socos e pontapés com botas de biqueira de aço, pois entre os alunos da oitava série já havia veteranos de dezesseis e dezessete anos, o terror do bairro.

Saímos do escritório do diretor uns vinte minutos depois do início da aula. Caminhar lado a lado com Goia pelos corredores sujos, pintados de verde-água, com retratos desconhecidos pendurados na parede – poderiam ser escritores eslovenos ou físicos letões – era estranho e desagradável: ele era duas cabeças mais alto que eu. Seu rosto sábio de coleóptero flutuava na altura do teto em cima de um corpo escuro e lento, filiforme. Eu parecia caminhar ao lado daqueles personagens altos e magros de circo, que escondem por debaixo do paletó três indivíduos trepados um em cima dos ombros do outro. Pegamos os diários na sala dos professores deserta e nos despedimos em frente à escadaria que dava para o andar de cima. Subi sozinho, sentindo como se refazia o velho nó na garganta, os degraus rumo ao temível e melancólico andar superior, com suas salas enfileiradas em torno de um hall com pilastras, tão largo que mal se viam as portas pela neblina verde-água. Por algumas janelas do fim do mundo entravam barras oblíquas, sólidas, de luz, que arrebentavam o mosaico escuro do chão. Atravessava-as de uma vez, ofuscado, de roupa e cabelo incendiados, para me desintegrar, no instante seguinte, na escuridão profunda. Toda vez que chegava ali, eu abandonava a realidade. Não sabia, nem me atrevia a imaginar, o que se passava por trás das portas dos laboratórios: de física, química e biologia, e, sobretudo, do consultório dentário. Por trás das portas de compensado de madeira pintado imaginava haver uma antiquíssima parede compacta de tijolo, selando sabe-se lá que ossuário. Numa das margens do hall havia uma fila de crianças, meninos e meninas, caladas e pálidas. Através dos corpos de algumas delas, situadas no âmbar líquido de um poste de luz, era possível observar o coraçãozinho batendo e as traqueias esboçadas com lápis de chumbo, como através do corpo das dáfnias ou dos pulgões. Uma enfermeira que, a princípio, eu não reconhecera pingava com uma pipeta gotas de um líquido denso e róseo em torrões de açúcar, que, em seguida, eram colocados na língua de cada criança da fila que avançava devagar. Cada uma das crianças com franja ou tranças amarradas com bolinhas de plástico que já haviam recebido o estranho sacramento ia para trás e se posicionava de novo na fila, de modo que o evento do hall jamais terminava. O torrão de açúcar e o líquido viscoso da pipeta também se multiplicavam miraculosamente, e a enfermeira parecia sussurrar para cada criança, ao levar à língua delas o bocado friável, as mesmas palavras, com a mesma expressão concentrada, quase passional. Claro que acabei entrando de novo nas salas erradas – Florabela, dona Rădulescu, Preda, Bernini, Spirescu, gritando e enfatizando diante das mesmas crianças, interrompendo ac e me olhando com desaprovação, e trinta pares de olhos de repente me alvejando com trinta pares de alfinetes – até descobrir, por fim, a sala em que *minhas* crianças (iguais às outras, os mesmos Anghel, Arăşanu, Avram, Boşcu, Bunea, Bogdan, Calalb, Corduneanu, Canǎ e assim por diante até Zorilǎ e o recém-chegado Ion) me aguardavam nas carteiras, com as mãos para trás e os olhos vítreos. Nenhuma delas esboçou o mais insignificante movimento quando falei sobre pronomes e adjetivos relativos. Poderia lhes ensinar o que quer que fosse, daria no mesmo. Quando tocou o sinal, deixei-as paralisadas, como se mergulhadas numa camada de nitrato de prata, e saí com o diário embaixo do braço, quase correndo escada abaixo rumo a nosso mundo. Atirei-me numa das cadeiras da sala dos professores, onde uma fumaça de cigarro pairava eterna e fantasmagórica.

Goia foi um dos últimos a chegar, transpirando, entrou junto com a professora de música. Vestimos nossos casacos e saímos pelo bairro imerso no crepúsculo. Chegamos a conhecê-lo bastante bem: vilarejo modesto da periferia da cidade, para além do qual havia apenas a ferrovia e o campo. Ruas perfeitamente retas, infinitamente compridas, nostálgicas como todas as ruelas de subúrbio, com pipas multicoloridas enroscadas entre os fios elétricos acima de nós, com carros enferrujados apoiados em tocos de madeira pelos quintais, com pirralhos arrancando minhocas da terra e gente grisalha comendo do lado de fora, debaixo de uma ginjeira ou de uma nogueira, à luz de uma lâmpada rodeada por traças e mosquinhas transparentes. Uma lua deitada, de chifres para cima, amarela como uma fatia de abóbora. Aqui, o eterno idiota apoiado na cerca, com seu gorro de lã cinza na cabeça mesmo no meio do verão, cumprimentando cada transeunte. Ali, a banca em que as crianças compram sucos e bolachas. Era possível andar por aquelas ruas com nomes idiotas – rua do Arbusto, rua da Paz, do Bóreas, da Sinfonia, do Javali – até de manhãzinha, sem nunca chegar a outro lugar que não fosse a mercearia onde se abasteciam com batata, queijo e cigarro todos os pais de nossas crianças. Víamos, inclusive, os pequenotes, em filas intermináveis, nos dando bom-dia.

Passando o centro de distribuição de botijões, virava-se na rua do Depósito, por entre as mesmas casas com parreiras à frente, com os mesmos gatos de focinho e olhos salpicados de preto, até se chegar ao limiar do terreno baldio, no meio do qual se erguia a antiga fábrica. Anoitecera, um anoitecer uniforme, rosa-sujo, que servia de pano de fundo às ruínas dos galpões que pareciam pretos como piche. O professor de matemática foi na frente, abrindo caminho entre os ébulos e outras ervas com caules que lhe batiam na cintura. Era o único lugar pelo qual se podia passar em direção à fábrica: uma trilha quase invisível conduzia, ao longo de um canal ladeado por juncos, direto até a parede mais próxima, que parecia compacta e cega em todo o seu comprimento. Aquela parede interminável era constituída por tijolos enegrecidos pela fuligem, a fábrica era antiquíssima, fora erguida no meio do campo ermo e só depois vindo a surgir, em torno dela, o bairro, que não tinha mais de quarenta anos, pois logo depois da guerra a avenida Colentina foi alargada até Voluntari, de modo que de um e de outro lado dela se enfileiravam depósitos de cimento e madeira, lojas de garrafa de soda e bodegas de teto baixo, unidades militares e horrendas funerárias de placas pretas, caixões recém-aplainados apoiados na parede e carros fúnebres de ébano, com janelas de vidro e cavalos mascarados, esperando eternamente sobre o calçamento. E atrás deles, como retalhos da extensa colcha de terrenos agrícolas, se espraiavam pelas ruas silenciosas os quintais dos camponeses, com casinhas com telhados de lata e papelão alcatroado encolhidas no fundo, junto ao galinheiro e ao viveiro dos coelhos. Eram os novos citadinos, que deixaram o campo por causa da guerra e da fome, e depois por causa da mudança de regime. Os recém-chegados, porém, que ergueram sozinhos suas casas, com as próprias mãos, de tijolo ou de taipa, jamais trabalharam na antiga fábrica, pois ela já estava abandonada e em ruínas quando de sua chegada. Um galpão menor, situado como uma capela diante da grande construção principal, foi demolido pelos primeiros a chegar, e os tijolos, mantendo ainda a argamassa petrificada em seus retângulos de argila, foram levados em carretas puxadas por cavalos esqueléticos e cheios de feridas causadas pelos arreios para que com eles se erguessem as casas das redondezas. No prédio principal, no entanto, ninguém encostou um dedo. O frontão, com uma grande abertura circular no meio, ainda se alça, numa elipse, por cima do delineado frágil do bairro, tão alto e tão melancólico que, especialmente durante o verão, quando as nuvens do céu faiscante atravessam a grande roseta, a construção produz um aperto no coração, fazendo-nos sentir mais sozinhos do que nunca. Assim como a caixa-d'água da rotatória em que o bonde 21 faz a volta, assim como tantos armazéns, galpões, feiras cobertas, fábricas desativadas, moinhos a vapor e gasômetros de nossa cidade crepuscular, a arquitetura industrial das velhas fábricas era paradoxal e fascinante, pois as paredes maciças, lisas, funcionais, das quais saíam as extremidades de rampas metálicas, cheias de parafusos, janelas pouco afeitas à luz, de um vidro grosso cheio de bolhas de ar, relevos e frisos que serviam para aumentar a resistência de volumes pesados se encaixavam de maneira improvável, absurda e, de certo modo, comovente (como uma mulher corpulenta apertada num espartilho cheio de lacinhos coloridos de cetim, o que só faz transbordar ainda mais o dorso gordo e dobras saltadas), com ornamentos de estuque barato, grotescos e inúteis, nascidos da estética frustrada de um século tão refinado e heroico quanto lânguido e sonhador. Pois nas paredes da fábrica podíamos encontrar janelas ovais emolduradas por anjos de gesso, agora manetas e decapitados, de asas amareladas, que seguravam as molduras como a um espelho enorme e pesado; ameias, adornos e máscaras, reentrâncias que acompanhavam o comprimento da carpintaria interminável; uma ou outra virgem clorótica de gesso, quase sem seios e quadris, mas com o cabelo esparramado por dois andares por cima do tijolo quebrado das paredes; um ou outro filósofo de toga, segurando um instrumento desconhecido. Para além das proporções incomuns da construção, ora enegrecida como se houvesse saído de um incêndio – quando, na verdade, só fora atacada pelas rajadas devastadoras do tempo – e que de fato parecia, com seus triângulos, retângulos e círculos, uma daquelas construções de

Arco[20] que fazíamos durante a infância, para depois derrubá-las com um peteleco, a ornamentação alucinante, ao mesmo tempo clássica e art nouveau, dava à fábrica um ar de artefato impregnado de outro mundo. Sabíamos, porém, que era do lado de dentro que as verdadeiras surpresas nos aguardavam.

Ninguém sabia o que se fabricara naqueles galpões. Será que também haviam sido tubos para a canalização da cidade ou para a indústria bélica? Talvez a fábrica de tubos de aço não passasse da versão moderna daquela fábrica em que ora adentrávamos pelo barro cheio de fragmentos de argamassa. Mas sabíamos, pelo que diziam professores ou pais de alunos, que nada do que se podia encontrar nas vísceras dos galpões se parecia com uma linha de montagem de tubos e que, em geral, não se parecia com nada. Era mais fácil supor, aliás, em relação a toda a Bucareste, a cidade mais triste da face da terra, que a fábrica fora projetada desde o início como uma ruína, testemunho saturnino do tempo que devora os próprios filhos, ilustração da segunda imperdoável lei da termodinâmica, inclinação calada, submissa, masoquista da cabeça diante da destruição de todas as coisas e diante da inutilidade de cada esforço, desde o esforço do carbono para formar cristais até o de nossa mente para compreender a tragédia em que vivemos. Tal qual Brasília, embora de modo mais profundo e verdadeiro, Bucareste nasceu na prancheta, num impulso filosófico de imaginar uma cidade que ilustrasse da maneira mais pregnante o destino humano: cidade da ruína, da decadência, das doenças, do entulho e da ferrugem. Ou seja, espaço construído na mais perfeita conformidade com seus habitantes. As linhas de montagem das velhas fábricas, acionadas por motores hoje empedernidos, produziram, e talvez ainda continuassem a produzir, num silêncio e num isolamento que não eram humanos, o pavor e a amargura, a infelicidade e a agonia, a melancolia e o calvário de nossa existência sobre a terra, em quantidades suficientes para o bairro circundante.

Ao dobrarmos a esquina, já vimos a entrada, pois a parte da frente do prédio era muito mais estreita. Bastaram poucos passos

20 Brinquedo educativo. [N.T.]

para chegarmos até ela. Era um portão escarlate de duas folhas, grande e muito alto. Por baixo dele escapavam uns trilhos estreitos, que se perdiam pelo mato do terreno baldio. A parede a nossa frente era tão alta e estreita que parecia se inclinar sobre nós, prestes a nos esmagar. Sobre o portão, a uma altura extraordinária, uma grande quimera estendia suas asas. Não conseguíamos vê-la bem, pois a luz diminuíra assumindo um tom castanho-oleoso. Podia ser qualquer criatura alada, coruja, falcão ou libélula, burilada na pedra cinzenta. Seus olhos eram transparentes e haviam se preenchido com a nuance amarelada do crepúsculo.

O portão, naturalmente, estava trancado. Uma crosta compacta de ferrugem cobria o mecanismo do cadeado, saliente no lugar das quatro casinhas do antigo segredo. Visto que a luz caía rasante pela superfície áspera, dando-lhe um relevo de planeta deserto, os sinais das casinhas eram decifráveis: uma cruz, uma lua crescente, uma engrenagem e um triângulo de ponta-cabeça. Sem dúvida, havia décadas ninguém desengatara aquele mecanismo anquilosado. A verdadeira entrada não era por ali. Tivemos de dar a volta de novo e chegar pelo lado norte. Ali, a parede, de uma extensão infinita, era completamente cega. Braçadeiras enormes, cor de âmbar, sustinham as paredes que se haviam inchado perigosamente em alguns pontos. Películas de mica dos tijolos faiscavam na penumbra assim como um campo coberto de neve cintila. Em outros pontos, dos tijolos despontava um pequeno ramo úmido e frágil: levada pelo vento, uma semente de álamo, embrulhada em sua delicada penugem, tinha ido parar justo na areia da fenda, fazendo brotar ali seu fiozinho vegetal. Uma ou outra folha pálida se umedeciam à suavíssima brisa do anoitecer.

Não vislumbrávamos nenhuma fissura na parede, embora fosse por ali que as crianças penetravam no edifício, pelo lado da rua do Arbusto. Ao menos isso Borcescu conseguira arrancar delas, depois de tantos interrogatórios no melhor estilo Gestapo. Talvez até naquele mesmo instante houvesse um pequeno grupo lá dentro. Pois todos sabiam, todos haviam entrado ao menos uma vez na fábrica, para eles visitar a antiquíssima ruína era tão natural quanto frequentar a escola. Caminhando a minha frente, Goia projetava uma sombra de gnomo na enorme parede. Mas a parede, a única livre de badulaques lascados de gesso, a única que, numa escala sobre-humana, se erguia até o telhado invisível, era impenetrável. Nenhum contorno de porta, nenhuma saliência metálica que pudesse constituir maçaneta ou alavanca.

Já fazia mais de quinze minutos que estávamos diante daquele paredão, nos entreolhando desorientados. Teríamos desistido, pois começara a fazer frio e o sol desaparecera atrás da silhueta dos edifícios extremamente distantes que se enfileiravam ao longo da avenida Colentina. O terreno baldio era todo pontilhado por arames retorcidos, carburadores entortados, pneus de caminhão, carcaças de animais de pelo enlameado. O céu agora estava vermelho como esmalte, e uma única nuvem, como uma leuconiquia, flutuava por sobre o bairro. Não nos sobrava mais de uma hora de luz.

Jamais teríamos encontrado a entrada, ou pelo menos não durante aquele anoitecer, se não tivesse aparecido, de repente, um daqueles ratos que haviam invadido o bairro fazia alguns anos. Eram inacreditavelmente inteligentes e atrevidos. Não tinham medo de gatos nem de gente. Após ter dobrado a esquina, ele se deteve ao nos ver, permanecendo parado por um instante, com as orelhas que a luz tornava transparentes, com os bigodes dourados tremendo, e depois correu pelo mato e pelas flores selvagens ao redor, umbelíferas, camomila e boca-de-leão, até seu frêmito cessar bruscamente, como se o bicho tivesse desaparecido numa toca. Logo após, o terreno baldio reassumiu seu caráter desolador e imóvel de antes, mero pano de fundo neutro para a construção em seu centro.

"Acho que tem alguma coisa ali." Goia se virou para mim, e ambos nos esforçamos por enxergar por entre os fios emaranhados das ervas. "O arco de um círculo, está vendo? A uns quinze metros. Talvez seja um grande pneu de caminhão..." A luz diminuía a olhos vistos, mas justamente por causa disso o contraste entre as formas luminosas e as escuras se tornava mais forte. Depois de voltar para casa me perguntei, durante a semana toda, se por acaso não seria a uma determinada hora do dia, exatamente à luz crepuscular daquele momento, que a entrada se tornava visível. Ademais, comecei a me perguntar se por acaso não era a luz do pôr do sol que simplesmente criava, do nada, a entrada, assim como na face imaculada do papel fotográfico mergulhado no revelador aparecem, fantasmáticos, os contornos de um prédio ou os olhos de uma criatura desconhecida. Entramos no mato com as gramíneas até a cintura, importunados pelos mosquitos que havíamos atiçado às centenas, e não chegamos a dar nem vinte passos até avistar, num buraco cavado na terra, o grande tubo de cimento que erguia sua borda reforçada pouco acima da vegetação e desaparecia, oblíquo, nas profundezas. O buraco, de mais ou menos um metro de profundidade, era infecto: fezes humanas, ressequidas, com pedaços sujos de jornal atirados por cima, trapos queimados e uns três ou quatro bobes de metal, com elásticos cheios de cabelo, jaziam espalhados no fundo, de modo que era difícil não os pisar. O tubo era maciço, com paredes da grossura de um palmo, com algumas letras impressas na borda. Era largo o suficiente para se passar por ele muito agachado, ou pelo menos de quatro. Considerando que estava posicionado na direção da parede e que não podíamos alcançar com a vista sua outra extremidade, amalgamado que estava na escuridão, percebemos que a entrada só podia ser por ali. "O problema é que", disse-me Goia, "se calcularmos o ângulo em que o tubo desce, chegaremos a alguns metros de profundidade no meio do lado de dentro. Provavelmente precisaremos, de alguma maneira, subir depois". Mas esse não era o verdadeiro problema, e meu colega sabia disso tão bem quanto eu. O problema era o medo. Estávamos sozinhos num campo deserto, ao lado de um edifício arruinado. Anoitecia. O odor no buraco era medonho. À nossa espera havia uma boca de esgoto que talvez terminasse repentina num lamaçal imundo, em urina e fezes, num ninho de cobras ou ratos. Ou talvez estivesse barrada por uma grade de ferro corroída pelo calcário, com um cachorro vira-lata quase incrustado nela, mumificado, de dentes arreganhados, ali escondido sabe-se lá desde quando para morrer sozinho. Claro que, no fim das contas, descemos, num horror e medo incontroláveis, mas ao menos éramos dois, e isso estranhamente tem um peso grande em tais circunstâncias.

O cano de esgoto não estava entupido. Tornava-se apenas mais ensebado à medida que penetrava na terra. Poucos metros depois já escorregávamos e, de repente, percebemos que o caminho era sem volta. Visto que a descida era acentuada, seria impossível retornarmos por aquele tubo cada vez mais recoberto por um gel grosso, preto, fedendo a mofo. Mas nem tivemos tempo de sentir ainda mais medo. Da metade do tubo para lá simplesmente deslizamos, como num tobogã, sujando-nos de cima a baixo com aquele sebo preto-esverdeado. Até sermos cuspidos pela boca do túnel em cima de um solo duro e grosseiro, que nos feriu as palmas das mãos.

Estávamos lá dentro. Era o reino da desolação e da melancolia. Encontrávamo-nos, percebemos antes mesmo de nos erguer daquele chão que guardava marcas de escavação, num grande buraco cavado junto a uma parede, num canto do galpão, sabe-se lá quando, e que de certo modo guardava semelhanças com um sítio arqueológico ou um cemitério de outras eras. Pois por toda parte se erguiam, brotados pela metade na terra seca, criptas, túmulos, monumentos funerários esculpidos na delicada resplandecência do mármore, do travertino, da calcedônia e da malaquita. Havia colunas quebradas e estátuas de braços luzidios, cruzes decoradas com guirlandas de pórfiro. Havia rostos suaves de crianças aladas, sentadas, com as bochechas no côncavo da mão, em cima da lápide das tumbas. Havia cenotáfios que se assemelhavam a armários de pedra maciços cobertos por enormes textos cinzelados com precisão mecânica. Tudo brilhava enigmático a uma luz azeitonada que chegava até ali em grossos feixes, em violento contraste com a sombra das profundezas. A fonte das barras transparentes de luz era o teto do galpão, meio avariado, e que se encontrava a uma altura incomensurável. Ali ainda havia vidros pesados, com armação metálica, através dos quais a luz se filtrava e adquiria a cor cadavérica daquele buraco enorme. Mas, no telhado, havia também grandes furos pelos quais se podia ver, de uma cor mais clara do que as paredes, o céu. Caminhamos um pouco pelo buraco, fitamos de perto os rostos das crianças, assexuadas e puras, seus braços de músculos em relevo, perfeitos do ponto de vista anatômico, suas vestes pregueadas, sem a mínima marca do cinzel, como se as pedras tivessem sido moles no passado e então fundidas em formas de uma impecável lisura. Contemplamos os ângulos perfeitos das lápides, passamos os dedos pelos suaves sulcos escavados na ágata marmorizada, no ônix ora mais escuro do que a noite. Cruzando-se à luz que vinha de cima, além das margens do buraco, erguiam-se até a superfície duas rampas grandes e estreitas de metal, apoiadas ao acaso no solo argiloso. "Subimos?" sussurrei para meu colega, que ficara perplexo diante da fantástica visão. Galgamos uma das rampas pretas como piche e, um minuto depois, chegamos ao galpão.

A luz era verde-oliva, clara e uniforme. As paredes do galpão, com longas barras de metal embutidas, trilhos e dormentes de formas complexas, feitos para que deslizassem carrinhos ora esquecidos numa das extremidades do trajeto, se erguiam lisas e retas, as mais remotas desfazendo-se na luz. Tudo emanava um brilho fosco, tudo tinha um halo de indescritível solidão, assim como só encontramos nas grandes catedrais. Presos em tarraxas enormes exatamente sobre a linha do centro daquele espaço, que o atravessava unindo a entrada trancada com a parte traseira da fábrica, alçavam-se perto do teto, quase o tocando, cinco maquinários gigantescos. Cada um se apoiava numa base circular da altura de meu peito, como um anel colorido. Cada base tinha uma cor diferente, que deveria ser muito mais vívida à luz do meio-dia. Tanto quanto podíamos enxergar naquela penumbra azeitonada que desnaturava tudo, a primeira base era de um rosa-sujo, a segunda, azul-escuro, a terceira, escarlate, a quarta, uma espécie de laranja dando para siena, a quinta, amarelo-intenso, como se iluminasse ao longe. O diâmetro dos anéis de concreto devia ser de uns seis ou sete metros. Os mecanismos ou maquinarias erguidos sobre elas, idênticos pelo que pudemos observar, me eram inteiramente desconhecidos. Todos eram de um metal polido e abrangiam peças imensas capazes de trocar de posição entre si, deslizando por hastes redondas e cremalheiras com dentes miúdos e afiados. Tudo parecia anacrônico por completo e recentemente lubrificado. A imundície do chão repleto de filetes, óleo queimado, cadáveres de rato, aparas e pedaços de metal enferrujado não os havia atingido com um único fiapo, uma gotícula preta ou um grãozinho de poeira. Parecíamos nos encontrar debaixo do capô de um carro novinho em folha, com a cabeça do cilindro ainda brilhando de tão limpa. Não fomos capazes, nem Goia, nem eu, de identificar a tecnologia por trás daquele maquinário gigantesco. Não pareciam máquinas a vapor, tampouco elétricas. Não havia cabos, apenas estranhíssimas linhas de montagem, de um lado e de outro daqueles cinco aparelhos monstruosos, que se comunicavam por algo como veias inchadas no chão. Em torno delas, o ambiente era vasto e gelatinoso, e nós dois parecíamos insignificantes e enegrecidos como dois insetos minúsculos que acabaram dentro da carcaça de um rádio muito antigo.

Pois, de fato, o galpão não se diferenciava dos aparelhos de rádio ou dos televisores com válvula que havíamos tido no passado. Quando a minúscula tela em preto e branco, com um contraste tão fraco que tudo mergulhava num jogo cinzento de sombras, começava a produzir listras, papai, em sua eterna cueca de tecido tipo Dínamo Moscou, se levantava nervoso, dava uns bons socos na carcaça de folheado de madeira e, em seguida, retaliava. Um dos meus grandes prazeres era assistir à desmontagem do aparelho, cerimônia que se imbuía sempre da solenidade de uma operação complexa, com o paciente aberto e todos os órgãos à vista. Primeiro mudávamos de lugar o televisor, surpreendentemente pesado, e o colocávamos em cima da mesa articulável da sala de estar, na qual tantas vezes joguei pingue-pongue com papai, e depois íamos buscar as ferramentas. Escolhíamos nossa velha "chafe de fenda" com o cabo de ebonite rachado e uma espécie de pinça velha, preta e torta, a ser utilizada como alicate. Papai depois desmontava a placa de trás, de papelão prensado, imprecando como um cocheiro, pois os parafusos de metal mole já estavam havia muito com as pontas destruídas. Dentro, inacreditavelmente, havia muita poeira e uma espécie de feltro denso de fiapos, que primeiro precisava ser limpo para se chegar às peças eletrônicas. Em seguida, ele desprendia os fiozinhos coloridos e puxava com muita atenção, como se fossem gavetas, as prateleiras com as válvulas. Dava-me a queimada para brincar e depois a substituía por uma nova. Nada me fascinava como a visão dos díodos e tríodos, tendo por baixo de suas cúpulas de vidro, como ampolas de injeção, letras e cifras miúdas, cinzentas, impressas na base. E agora era justamente ali que me encontrava, ali dentro, no espaço em que tanto desejei viajar para explorar na infância. Quase não me surpreenderia se uma parede da fábrica se desprendesse subitamente e revelasse o rosto colossal e crispado de fúria de papai, e sua mão com dedos enegrecidos, de torneiro, penetrando no galpão e tateando atrás da válvula queimada.

Rodeamos por muito tempo aqueles cinco monolitos esculpidos em metal com uma minúcia maníaca. O que é que nossos alunos faziam naquele hangar gigantesco? Teriam descoberto ali algo que nos escapava, talvez por não sermos mais crianças, talvez porque ninguém nos iniciara, por intermédio sabe-se lá de que jogo de amarelinha mística ou contagem simbólica, nos mistérios da antiga fábrica? Ou talvez tenhamos esquecido, assim como esquecemos tudo algumas vezes na vida, quando nosso cérebro passa por uma muda e tem de encontrar rápido outro mundo, mais espaçoso, no qual possa derramar, como os caranguejos, seu ventre mole? Pelas brechas enormes do telhado viam-se agora as primeiras estrelas, pálidas no firmamento ainda róseo, mesmo se aquele tom de rosa, ali dentro, se tornasse um âmbar-denso, com insetos sinistros presos para sempre em seu interior. Goia se distanciara e desaparecera em algum lugar na direção do fundo da sala. Ouvi como gritou por mim, com uma voz estrangulada, enquanto eu observava aquelas veias grossas, úmidas e liliáceas, como as que temos sob a língua, que brotavam salientes do chão entre o maquinário e as linhas de montagem. Ao pisar uma delas, senti nitidamente um pulsar suave debaixo da sola. Corri para aquele canto distante, envolvido em luz verde, e avistei Goia, mais alto do que nunca, mais semelhante do que nunca a um sábio louva-a-deus, mas também ameaçador, fazendo-me um gesto com a mão, com que parecia segurar um pequeno objeto macio. "Veja", disse-me, abrindo sua palma enorme de acromegálico e revelando assim um retângulo de tecido preto com um escrito em amarelo estridente bordado na superfície. "Encontrei no chão, deve ter se soltado do grampo de uma criança." Na matrícula estava escrito o nome da escola e, abaixo, um número. Claro que aquele número não me dizia nada, jamais prestei atenção nesse tipo de detalhe do uniforme dos alunos. Quando fazia plantão, às vezes levava os alunos para a quadra no pátio da escola, mas o serviço todo era feito pelo diretor, auxiliado pela professora de história, a famosa dona Rădulescu. E desde que as crianças passaram a ter os números de matrícula tatuados diretamente no braço, no mesmo lugar em que seus pais tinham sereias, corações flechados e pequenos textos tortos, com erros de ortografia, as matrículas escritas com linha amarela caíram no esquecimento. O retângulo de tecido na palma de Goia já devia ter alguns anos, e quem o portara no braço esquerdo já não era mais, com quase toda a certeza, nosso aluno.

Adicionei o objeto a meus tesouros e, desde aquela tarde da visita à fábrica até hoje, olhei para ele quase todo dia. É uma espécie de prova, testemunho da realidade daquele mundo tão estranho, seja lá o que entendamos por realidade. De certo modo, essa matrícula se assemelha aos lírios, abertos até o arqueamento total das pétalas, encontrados sobre o travesseiro, de manhã, por quem recebera a flor, em sonho, de uma criatura alada. É um objeto retirado de seu próprio mundo, mas também incomum em nosso mundo, um objeto-anfíbio, tão paradoxal quanto os mamíferos marinhos que respiram ar, mas que, extraordinariamente, se parecem com peixes, pois se aquela matrícula fora no passado o mais banal acessório de um império da escravidão, seu número não pertencera e não pertencia a este mundo, porque era maior que o número total de átomos nele compreendidos e tão grande em si mesmo que meu colega sofreu, ao lê-lo, uma cãibra mental. "Novecentos e cinquenta e dois à 76ª potência... É incompreensível... Talvez a mãe que costurou as cifras as tenha posto equivocadamente em dois planos. Apesar disso, as últimas cifras formam evidentemente um expoente..." A mente de Cantor enlouqueceu após conceber o infinito à potência infinita. Para nossos gânglios cranianos não há diferença: o número de matrícula, na prática, é igualmente inconcebível.

Creio que jamais teríamos percebido a entrada se não fosse essa matrícula encontrada pelo colega de matemática naquele canto afastado, com paredes habitadas por mecanismos de uma tecnologia desconhecida. Todos aqueles mecanismos eram metálicos, do mesmo metal prateado como o dos grandes maquinários que dominavam a sala e, como eles, lubrificados com um óleo fino, que ficava nos dedos ao mínimo toque. Havia, incrustados em molduras estranhamente recortadas, cruzes de Malta, presilhas e rodas, engrenagens espiraladas e, claro, rodas dentadas e mecanismos com cremalheira, embora dominantes fossem outras formas, desconhecidas à mecânica interna dos relógios. Pois, se nos postássemos diante daqueles painéis mesmo só por alguns minutos, poderíamos observar que cada peça mudava lentamente de forma, como se o metal de que era feito fosse, na verdade, um fluido compacto que, na superfície, produzia ondas das mais elaboradas formas. Todas aquelas molduras com mecanismos encaixados uns aos outros constituíam um grande painel, semelhante aos das salas de comando das usinas ou das hidrelétricas. No meio dele, porém, luzindo azulado, via-se o nítido contorno de uma porta. Precisamos de muito tempo para perceber, no canto direito inferior da porta, bem no nível do chão, uma caixinha com cifras móveis, parecidas com aquelas que trancam maletas com segredo. No meio de cada uma daquelas cinco casinhas por ora se encontrava a cifra mais enigmática já concebida pelo ser humano, aquela que morde ternamente a própria cauda não delimitando, mas excluindo a infinidade dos mundos: zero. Naquele meio-tempo escurecera tanto que só a luz das estrelas ainda pintava linhas e contornos na superfície dos painéis que deslizavam, devagar, sempre para novas formas. As cifras, porém, eram bem visíveis na caixinha, pois haviam sido gravadas num metal cinzento que fagulhava mesmo na escuridão total.

    Brincamos com as cifras, fazendo tilintar as cinco rodinhas com dez faces cada, por um bom tempo. No entanto, nenhuma combinação abria o contorno azul da porta. Cada criança de nossa escola, porém, devia conhecer o segredo, pois tínhamos certeza de que ali, na câmara secreta da velha fábrica, se desenrolavam os acontecimentos – escandalosos, estranhos, assustadores ou apenas pueris? – sobre os quais todos sabiam, mas que, assim como os antigos mistérios dos mundos submersos, não queriam ou não podiam divulgar. "Talvez não haja uma única combinação, mas uma para cada um daqueles que querem entrar. Talvez seja um número muito pessoal, que se combina à impressão digital sobre as cifras móveis, ou à imagem do rosto projetada na superfície fotossensível da porta, ou, simplesmente, à respiração. E a cifra poderia ser apenas a prova de que aquela pessoa foi chamada ou eleita. Nesse caso, ela deve ter recebido de algum lugar a combinação, ela deve estar em algum lugar em seus dados, em sua memória, em seu mundo." Mas eu achava que o número de cinco cifras poderia estar relacionado às cores dos enormes anéis de concreto sobre os quais se apoiavam os grandes maquinários da parte central. Todos eles pareciam agora cinzentos na escuridão sinistra, vasta e desoladora como um campo visual deserto, daquele espaço. Era justamente essa minha sensação naquele instante, enquanto olhava desorientado e assombrado ao redor: a de me encontrar no campo visual de uma criatura desconhecida. Goia não desistira de girar, para baixo, as rodinhas com cifras. Estava agachado na base da porta, enquanto eu ouvia o débil tilintar do giro do mecanismo, ora obliterado pelo vulto do professor de matemática. E, de repente, a porta deslizou e o raio de um azul-intenso e puro do contorno da porta se transformou num batente retangular pelo qual se via um corredor mergulhado numa névoa azulada. "Não sei, não estou entendendo, só brinquei com as cifras", disse-me Goia, levantando-se do chão, mas quando vi o número na caixinha que ficou na soleira como um porta-caneta de metal, percebi o quão maravilhosamente sua memória inconsciente trabalhara. O número que abrira a entrada foi 95276.

    No galpão gigantesco fizera-se uma escuridão total. Rápida, imperceptível, como naquela ocasião em que a faxineira me surpreendeu, na sala escura e deserta, sentado na carteira do lado da menina a quem eu explicava a lição. De modo que a luz leitosa que escorria pela porta secreta quase que nos cegava. Quando Goia deu um passo a minha frente e penetrou, sem dizer nada, no corredor que, víamos agora, possuía uma espécie de vitrine em seu comprimento, de um lado e de outro, a luz erodiu sua silhueta, deixando-o ainda mais estreito, e mais alto, como se desenhada com um fio preto. Seus movimentos se tornaram prudentes, a cabeça triangular virava ora para a direita, ora para a esquerda, fagulhando na névoa azulada. "Fantástico", dizia de vez em quando, com a voz embargada, quase inaudível. Não me mexi até que sua silhueta desaparecesse quase por completo. Vagos rastros cor de café, no fundo do corredor, visíveis apenas quando se moviam lentamente, denunciavam a presença de alguém ali, assim como patas de aranha podem ser vistas, enevoadas, em seu corredor de algodão. De repente, fui assaltado por um medo colossal. Percebi que não tínhamos encontrado a entrada, mas que fôramos atraídos até ela, guiados pela terrível ruína em cujo ventre nos encontrávamos na direção de sua boca, da qual não teríamos mais como escapar. Meu pânico aumentou subitamente até atingir um paroxismo insuportável, saí correndo pelo breu do galpão, iluminado apenas pelas estrelas que ardiam pelos buracos do telhado, tropecei algumas vezes nas veias entumecidas do chão, quase despencando no buraco dos monumentos funerários – suas únicas formas suaves e arredondadas cintilavam num tom rosa-escuro nas profundezas – e, de repente, achei que estivesse sonhando ou tendo um pesadelo, de modo que me atirei ao cimento cheio de aparas, farpas e graxa preta, me debati e bati as palmas das mãos no rosto para despertar, mas a dor me fez compreender que tudo aquilo era real, pois a dor é outro nome para a realidade. As superfícies eram duras, meus olhos estavam bem abertos, e a mente, lúcida, só o medo deformava tudo, só ele empurrava tudo na direção da alucinação e do delírio. Levantei-me, sacudi a poeira industrial da roupa e retornei, com o coração batendo muito mais forte do que deveria, à porta aberta na parede da grande construção. Sabia muito bem que, do lado de fora, o prédio era perfeitamente retangular, que aquele espaço atrás da porta não tinha como se abrir; no entanto, ele conduzia a uma profundidade virtual, tão inexplicável quanto a profundidade de uma fotografia, como as profundidades da perspectiva que acrescentam uma terceira, falsa, dimensão da pintura numa parede. Se pudéssemos entrar num afresco em *trompe l'oeil*, não avançaríamos por seu volume fraudulento, mas diminuiríamos ao longo das linhas invisíveis de perspectiva. Não nos moveríamos pelos espaços em contínua transformação, com abóbodas e colunas de pórfiro, imagens bíblicas incompreensíveis se abrindo e se fechando atrás de nós, eles é que mudariam incessantemente de forma, os retângulos se transformariam em paralelepípedos e trapézios, os arcos de círculo se tornariam hipérboles e círculos em elipse, cada vez menores para parecer mais distantes e profundos. Várias vezes pensei que o mundo também se organiza, em suas três dimensões, num *trompe l'oeil* igualmente enganador, diante do olho infinitamente mais complexo de nossa mente, com os dois hemisférios cerebrais abrangendo o mundo sob ângulos levemente distintos, de modo que, ao combinar a razão analítica e a sensibilidade mística, a fala e o canto, a felicidade e a depressão, o abjeto e o sublime, se descortina diante de nós o surpreendente broto de rosa da quarta dimensão, com suas pétalas peroladas, com sua profundidade plena, com suas superfícies cúbicas, com os hipercubos de seus volumes. Como se o embrião não crescesse no ventre da mãe, mas viesse de longe, e só a ilusão da perspectiva o fizesse parecer cada vez maior, como um andarilho que se aproxima por uma senda deserta. Andarilho que, depois de atravessar o portão ilíaco, continua se erguendo ilusoriamente, primeiro como bebê, depois como criança, a seguir como adolescente e finalmente, quando está frente a frente conosco e nos olha nos olhos, nos dá um sorriso como o amigo do outro lado do espelho, que enfim nos reencontrou.

    Acabei penetrando na pintura, na parede carregada de uma tecnologia desconhecida, mas a atmosfera do corredor de trás da porta era fresco e saboroso, e as paredes cintilavam de realidade. Em certos pontos, sua superfície se tornava vítrea, e de repente me vi numa espécie de museu de ciência natural, com vitrines, dioramas e aquários enfileirados ao longo dos corredores. Pois após menos de dez metros, o corredor inicial se ramificava num labirinto de salas e saletas repletas de objetos, preparados biológicos coloridos artificialmente, potes contendo criaturas hediondas, tabelas demonstrativas nas paredes, em que se celebrava a exobiologia de criaturas dignas de um pesadelo. De muito longe, de uma outra seção do museu, ouviam-se de vez em quando, como o raro gotejar de uma fonte, os passos de meu colega, ele também perdido por entre aqueles objetos espectrais. Ousei dar uma olhada nos grandes dioramas.

Monstros, monstros que a mente não é capaz de conceber, nem de abrigar, nem de abarcar, pendurados, como aranhas em seus fios fulgurantes, em nossos reflexos ancestrais, no palor da pele, no bater dos dentes, nos olhos que saltam das órbitas. Na contração dos músculos piloeretores, no suor gelado escorrendo por nossos corpos já cadavéricos. Medo, pavor, petrificação, terror, fascinação, horror, berros e loucura. Tortura para além de tudo o que nosso cérebro pode imaginar que recubra o inferno. Não os dentes, não as garras, não a dilaceração, não o períneo arrebentado no parto, não o estripar em vida provocado pelo câncer, não o enterrar-se num formigueiro de formigas tropicais, não o amarrar-se à boca de um canhão, não o arrancar dos olhos e da língua numa bárbara masmorra, não a aglomeração de diabos, vermelhos e pretos, ulcerados, eles próprios, pelo horror da alegria diabólica, em torno de corpos brancos, entristecidos e puros, com peitinhos de donzela, com cabelos ainda trançados impecavelmente, ou azeitonados, de ombros largos, barbas recém-aparadas, com lava até a cintura. Mas monstros absolutos, monstros psíquicos, formas feitas para supliciar para sempre na vida eterna da mente, como o remorso, como o arrependimento, como o ridículo, como a desonra, como a lembrança de um fato que não deveria ter ocorrido, mas que queima nossa memória com ferro em brasa. Como o horror para além do horror, o grande horror, mãe de todos os nossos pavores: o da eternidade em que não existimos mais.

Superdimensionadas, de modo a poder competir em tamanho com tigres, búfalos, tartarugas gigantes e ursos polares dos dioramas dos museus comuns, nas grandes vitrines encontravam-se criaturas que eu conhecia bem. Aos dezesseis anos, meus pais me mandaram para um vilarejo às margens do Danúbio, para eu ter o que fazer nas intermináveis férias de verão, quando semanas podiam se passar sem que eu falasse com ninguém, de modo que, para mim, uma viagem significava uma aventura aguardada com avidez, mesmo que fosse um passeio no inferno. Naquela época, eu era um adolescente à beira da loucura. Lia a maior parte do dia, e várias vezes o nascer do sol me pegava lendo. Fechava o livro e me deitava só quando ouvia os primeiros bondes passando pela Ştefan cel Mare. Não tinha amigos. Quando a solidão e o desespero se tornavam insuportáveis, saía para caminhar pelas ruas secundárias, desconhecidas, com casas antigas, de antigos comerciantes, cheias de cupidos e górgonas de gesso. Saía de manhã e voltava ao anoitecer, junto com a lua. Na hora do almoço, com os três leus que meus pais me davam todo dia (uma única moeda com o desenho de um trator indo para lugar nenhum), eu comprava um refrigerante e um salgadinho de queijo. Quando me sentia cansado, entrava num parque e me sentava num banco, no frescor paradoxal do verão. Às vezes ia visitar colegas de liceu, só que não os encontrava em casa. Tomava o bonde e percorria catorze pontos, balançando no segundo vagão, até desembarcar numa periferia remota, com ruas desertas, onde eu suspeitava que morasse uma colega de quem eu gostava. Mas o endereço se revelava sempre errado. Junho, julho, agosto, cheios de poeira e de suor na cidade desolada, não queriam passar. Todo verão me parecia imóvel e eterno. Quando finalmente chegava 15 de setembro e retornava ao liceu, era como uma redenção. Os colegas me olhavam como se eu fosse um alienado, os professores eram maldosos e indiferentes, mas pelo menos via cara de gente, pelo menos trocava palavras com alguém. Jamais compreendia como havia suportado o verão que acabava de passar, como a solidão não me havia sufocado totalmente.

    Naquela altura eu lia quase duzentos livros por ano. Em cima da cabeceira de minha cama-baú, mantinha sempre pilhas de livros que eu lia alternadamente. Pegava-os na biblioteca B. P. Hasdeu, do outro lado da avenida, situada num prédio velho que, durante as obras de alargamento da pista, foi colocado sobre rodas e transportado uns dez metros para trás. À esquerda da biblioteca havia um mercado em que fazíamos compras, com as seções que eu conhecia tão bem: frios, queijos e, em outra ala, doces. À direita ficava a quitanda, com vendedores que sempre enganavam na balança. A biblioteca era minúscula. Era na verdade apenas um vestíbulo em que ficava o bibliotecário, única pessoa totalmente cinzenta que já encontrei (cabelo grisalho, olhos cinzentos, pele cinzenta), e uma única sala com prateleiras de livros atapetando todas as paredes. Creio que eu era o único leitor da biblioteca, e que aquele homem solitário e taciturno que a capitaneava estava ali só para mim. Em certos dias eu escolhia, lendo o nome dos autores e títulos nas lombadas, alguns livros que levava comigo para casa. Nem no registro da mesa do bibliotecário, onde toda vez eu deixava minha assinatura, não se via a passagem de outros usuários. Era só minha assinatura, de cima a baixo, em todas as páginas. Lia muita poesia, que recitava em voz alta na rua, o que levava as pessoas a virarem a cabeça para mim com pena, assim como romances e ensaios. Interessavam-me de maneira especial livros sobre pessoas solitárias como eu, com quem eu poderia ter, enfim, um verdadeiro diálogo: *Os cadernos de Malte Laurids Brigge*, *Sozinho*, de Strindberg, *Fome*, de Hamsun... Lendo em meu quarto, não sabia mais quando era noite e quando era manhã. Só quando não enxergava mais as letras, eu acendia a luz. Então, os móveis do quarto, em sua humilde simplicidade proletária, adquiriam uma caramelização metafísica e silenciosa.

 Dessa forma, aquela viagem até as margens do Danúbio, onde haveria de ficar hospedado, durante um mês, na casa de um engenheiro agrônomo e trabalhar como fiscal dos caminhões que transportavam a colheita de trigo, caiu do céu para mim. Continuei sem falar com ninguém, continuei sozinho de manhã até o anoitecer, ouvindo na vitrola discos dos Los Paraguayos e passeando pelas plantações de girassol. Mas a paisagem era diferente, e isso era muito importante. Respirava livre sob céus imensos. De noite eu saía no quintal do engenheiro, cheio de papoulas em flor, para observar as estrelas: jamais as vira tão gloriosas, tão cintilantes, jamais se haviam organizado tão claramente em constelações. Jamais me assustaram tanto.

 O agrônomo não tinha muitos livros. Depois de terminar os meus (*Núpcias*, de Camus, *O anão*, de Pär Lagerkvist, *Doutor*

Fausto, de Thomas Mann), comecei a fuçar em suas gavetas, pois ele passava o dia todo fora. Só retornava ao entardecer, quando, sem perder um só instante, se embebedava, me mostrava os diplomas da faculdade, chorava e ia visitar a vizinha, sua amante. Até a manhã seguinte, eu não o via mais. Nas gavetas, ele guardava mais livros técnicos: tratados agronômicos, velhas apostilas universitárias sobre cuidados com a parreira e criação de ovinos... Li tudo aquilo, lia também os artigos de recortes quadrados de jornal enfiados num prego, no banheiro, no lugar de papel higiênico. Lia também o que estava escrito nas latas de patê de fígado e nos potes de mel, bem como as instruções da caixa do aspirador de pó. Certa noite, porém, no armário em que estavam empilhados cartas, cartões-postais e cadernos diversos, fiz uma descoberta surpreendente, que marcou minha vida muito mais do que todos os meus livros de literatura.

Era um tratado de parasitologia, surrado, com uma capa imunda e descascada. Assim como todos os meus cadernos daquela época, como meu uniforme de aluno de liceu que parecia feito de mata-borrão impregnado de um nanquim descolorido. Na capa rabiscada com um verde-água sujo, mal se distinguia uma espécie de flor estranha, que mais tarde identifiquei como sendo o escólex da tênia. Folheei inicialmente entediado aquele farrapo cheio de pó e sujeira, em cujas páginas corriam, em busca de um esconderijo, minúsculos insetos cor de âmbar, para em seguida encontrar, no mundo dos animais que nos infestam o corpo, devorando-nos simplesmente por fora e por dentro, uma poesia imensa e sombria. Nem Dante, nem Bosch, nem Lautréamont enxergaram de perto, ao conceber seus infernos, a face bestial do piolho, o rosto da larva da mosca, as pernas flageladas do sarcopta. Não foram capazes de inventar, para habitar com eles as cavernas de chamas e lágrimas debaixo daquele mundo branco, demônios mais terríveis que pulgas e carrapatos, lombrigas e tênias, vermes do globo ocular e exércitos cegos de ácaros. Vi, desenhada de maneira grosseira – o que as tornava ainda mais atrozes – nas tabelas do tratado, a saga de criaturas que não são deste mundo, metamorfoses perversas, trajetos improváveis dentre hospedeiros heteróclitos, estratégias diabólicas, impregnadas de um gênio maligno que só poderia vir do Adversário que domina as galerias subterrâneas, como as galerias escavadas em nossa pele e nossa carne. Vi a imagem de bebê angélico do parasita que devora nossa língua para depois a substituir, nutrindo-se de tudo o que ingurgitamos e nos ensinando uma língua desconhecida. Vi a larva transparente que penetra em nosso cérebro e o modifica, revolvendo o hipotálamo, as lembranças e os desejos com seus pelos longos. Olhei para a figura cega, de apêndices exuberantes, com mãozinhas e uma espécie de faca em torno do bico de seringa hipodérmica, do parasita que abre canais no tímpano, e estremeci diante da falta de rosto, corpo e órgãos do crustáceo parasita que infecta o caranguejo-eremita, penetrando em seu tórax e abdômen, entrando pelos finos tubos das pernas, esvaziando-o de carne e substituindo-o por inteiro, até que a casca vazia começa a mover seus segmentos conduzida por uma vontade outra, e o falso caranguejo-eremita espalha seus ovos, acasalando-se com caranguejos-eremita verdadeiros. Divisões de vermes, falanges de minúsculos aracnídeos, dezenas e dezenas de milhares de espécies bestiais, sem dó e sem a bênção da luz, soltando mares de ovos e oceanos de fezes, habitando em nossos poros e alvéolos pulmonares, invadindo à noite nossos sexos e mamilos com as bolhas úmidas de seus ventres carregados por patas com ferrões e garras, texturas de matelassê, peroladas, metalizadas ou apenas úmidas e ensanguentadas como as das minhocas, cores estridentes dentre as quais predominam o rosa e o violeta – um submundo da devoração e da autodevoração, longe do bem, da verdade e da beleza, longe da luz e da divindade. Um mundo maldito para sempre.

 Ora via, no horrendo museu, nos dioramas estranhamente cristalinos, as criaturas do antigo tratado, do tamanho de tigres e elefantes, evoluindo em ambientes difíceis de reconhecer, embora fosse nosso próprio mundo numa escala enormemente exagerada. Vi numa vitrine um enorme grão de madrepérola, cinzento, com vagos reflexos róseos, torto e compacto como uma daquelas pérolas antigas da moldura dos ícones milagrosos, mas do tamanho de uma tartaruga gigante. Nada faria alguém acreditar que aquele objeto liso como uma pedra de rio pudesse estar vivo. No entanto, quando menos se esperava, de uma margem da bola luzidia, ali onde uma reentrância escurecida, parecida com a dos grãos de feijão, era a única irregularidade na pele perolada, brotaram uns pontos pretos como antracito, que se transformaram em oito garras delgadas e um bico arqueado. Arrastando a duras penas o corpo cheio de sangue apoiado em patas pretas, o carrapato que habita, em geral, atrás da orelha do gato, dava agora uma volta pelo diorama. Em outra vitrine, era possível ver o piolho chato do púbis e das axilas, com olhos miúdos e céticos no rosto rosado, com corpo leproso, de garras modeladas conforme a anatomia do pesadelo. Avançava pelos corredores labirínticos, fascinado e lívido, tomado por um suor frio. Larvas vivas, de brânquias abertas, se agitavam a minha passagem, ventosas grudadas à transparência do vidro revelavam em seu interior faringes com veias lilás, testas cegas se chocavam contra o vidro, apêndices barrocos e ininteligíveis se encolhiam e se distendiam entre rochas porosas e faixas de pele descamada, da grossura de cobras amazônicas, que formavam o substrato de aquários monstruosos. Uma secção da epiderme de um animal vivo, com o endoplasma hialino latejando em cada célula, com pelos grossos como árvores e glândulas sudoríparas, expunha, por entre os corpúsculos de Golgi e discos sensíveis à pressão, os túneis hesitantes dos sarcoptas da sarna. Eles também podiam ser vistos, do tamanho de ovelhas, com tocos de pernas das quais rebentavam flagelos enrolados, com corpos barrigudos e transparentes cheios de pelos, arrastando-se cegos uns na direção dos outros, mordendo com mandíbulas vorazes a gelatina da pele do gigantesco animal em que viviam, copulando e devorando-se entre si, trepando insensíveis uns nos outros...

Eram seres vivos, mas será que viviam? Sentiam, sem dúvida, o mundo ao redor, mas *como* o sentiam e o que significa esse sentir? Que espécie de vida era essa? Desde que encontrara, aos dezesseis anos de idade, o tratado da casa do engenheiro agrônomo, não parei mais de me perguntar como seria eu ter nascido sarcopta de sarna ou piolho, ou um dos bilhões de pólipos que produzem ilhas de corais. Viveria sem saber que estivesse vivendo, minha vida seria um instante de agitação obscura, com dores, e prazeres, e toques, e alarmes, e impulsos, longe do pensamento e da consciência, num buraco abjeto, numa mancha cega, num esquecimento total. "Mas é o que sou, é o que sou", eu me vi uma vez dizendo em voz alta. É isso que somos todos, ácaros cegos fervilhando em nosso fio de poeira na infinitude ignota, irracional, no horrendo beco deste mundo. Pensamos, temos acesso à estrutura lógico-matemática do mundo, mas continuamos vivendo sem autoconsciência e sem compreensão, cavando túneis na pele de Deus, só lhe causando irritação e ira. O sarcopta que cava canais em minha pele não me conhece e não pode me abarcar. Seus gânglios nervosos não são feitos para isso. Seus órgãos dos sentidos têm apenas a percepção do que ocorre a poucos milímetros em torno de seu corpo, do qual ele nem é consciente. Nem nós podemos conhecer criaturas miraculosas que são para nós o que somos para os parasitas de nossa pele e os ácaros do travesseiro com que dormimos. Suas secreções químicas não nos podem detectar. Da mesma maneira, nosso pensamento é impotente. Nosso conhecimento não passa também de um tatear balbuciante. Mas assim como a substância de seu corpo é semelhante à de nosso corpo, a substância de nosso pensamento é similar à das criaturas que são apenas pensamento. Para chegarmos a conhecê-las, porém, precisamos de um pensamento de uma tal natureza que não podemos conceber, assim como o sarcopta não tem como conceber nosso pensamento, nem jamais poderá pensar.

    Passei muito tempo olhando para os dioramas com parasitas, naquela luz crepuscular. Observei os piolhos e a larva da família das ichneumonidae nos olhos. Vi, à semelhança do círculo dantesco dos ladrões no outro Inferno, como o hospedeiro e o parasita se fundem num abraço agônico, passam um pelo outro, se tornam órgãos e membros um para o outro. De olhos que arregalavam quanto mais eu tentava apertá-los, assim como gostaria de me encolher e cair de lado num canto daquele labirinto, até me tornar, com o passar do tempo, um montinho de pó, eu conseguia ver a mim mesmo: que estranho, que inverossímil eu deveria parecer àquela grande e maravilhosa criatura profundamente inclinada sobre nosso mundo, com esses meus globos oculares, minhas mãos que terminam em cinco dedos, meus pulmões e intestinos barrocos, meu pênis, e meus ovos, e minhas unhas, e meu cérebro, e minha circulação sanguínea pelos tubos fininhos de minhas veias! Já fazia tempo que girava em círculos pelos enormes dioramas, e talvez o tenha feito por horas. No entanto, consegui chegar inesperadamente a uma grande rotunda.

Era formada por um único diorama circular que recobria, como uma camada de gelatina, toda a cúpula. O diorama era totalmente preenchido por um fantástico verme de púrpura escura, de um veludo reluzente, criatura viva e móvel de uma beleza inigualável. Navegava num meio líquido que ocupava quase por inteiro em suas contorções e ondulações graciosas, com o róseo da penugem em torno de sua boca redonda, com lúnulas cor de laranja e listras de um azul-elétrico de seu corpo musculoso. Da base do sino até o ápice, ele se movia incessante, peristáltico, hipnótico, como se fosse a própria serpente Ouroboros que morde eternamente a própria cauda. E no chão de ônix superlustroso, espelho negro em que se refletiam os mínimos detalhes do salão, encontrava-se deitada, de pálpebras fechadas e respirando devagarzinho, uma menina de um tamanho colossal.

Devia ter cinquenta metros de comprimento. Estava completamente nua, branca como leite, os dentinhos de criança, o cabelo cor de cânhamo, luzidio, preso em duas tranças com elásticos de cabelo com margaridas de plástico nas pontas, do tamanho de rodas de um grande caminhão. Seios mal desabrochados, quadris estreitos e coxas castas revelavam ter onze ou doze anos. Por alguns metros em torno dela, o chão tinha esquentado com o calor de seu corpo. Desviei-me dela perplexo, encostando, enquanto caminhava, nuns fios de cabelo das tranças, ao passo que do outro lado do imenso corpo avistei Goia, que a olhava com aquela sua seriedade de sempre. "Talvez seja a menina que tenha usado a matrícula", sussurrou-me. "Talvez este lugar seja só para ela..." No entanto, seus sussurros reverberaram de forma ruidosa e inesperada por debaixo da grande cúpula, de modo que, sob nosso olhar, a menina despertou, sobressaltada. Refugiamo-nos num canto enquanto a menina, aos poucos, se apoiava nos cotovelos, olhando ao redor, ainda sonolenta. Entramos rapidamente por uma porta até então desapercebida e saímos correndo pelo corredor que se estendia, estreito, a nossa frente. Após cerca de cem metros, o corredor terminou de repente numa salinha situada debaixo de uma torre, por cujo vão se alçava uma escada de metal em caracol. Iniciamos a subida, com grande esforço, degrau após degrau. A torre era alta e redonda, com paredes que pareciam de cimento maciço. Nenhuma janela interrompia sua lisura. Entonteci de tanto girar numa só direção. Meu coração batia com força o bastante para quebrar minhas costelas. A visão da menina gigante me perseguia com um poder fantástico, parafusando-se na minha mente. Passara-se muito tempo até chegarmos ao cume e, por fim, conseguimos sair e nos encontrar debaixo das estrelas, numa plataforma metálica que rodeava uma grande esfera pintada de branco. Debaixo de nós, na noite, piscavam as janelas e os postes de iluminação do bairro. A nossos pés, alguns bondes atrasados estavam parados no ponto. Para além da avenida, pela qual passavam, de faróis acesos, raros automóveis, viam-se, luminosas, esverdeadas, as janelas da fábrica de tubos de aço. "Inacreditável, estamos no topo da caixa-d'água", disse a Goia. "Veja a antiga fábrica!" O prédio maciço do qual havíamos acabado de escapar se recortava negro e silencioso no céu avermelhado da cidade. Algumas silhuetas de arvorezinhas que cresciam no telhado, igualmente escuras, varriam o céu a cada lufada de vento. A lua, deitada de costas, com as pontas para o cume do firmamento, eu jamais vira tão grande, como se a torre tivesse milhares de quilômetros e se inclinasse perto dela. Mas o que mais me surpreendeu, enquanto estava com as costas grudadas à balaustrada e o cabelo úmido tremulado pelo vento, foi observar com mais atenção meu colega de sala dos professores, que prevalecia sobre mim, como de costume, mais alto do que eu com duas cabeças de diferença. Ele olhava o entorno com indiferença, apontando, de vez em quando, para um detalhe do bairro: "Veja a loja de garrafas de soda. E a casa da família Roibuleşti, aquela ali, com o andar de cima retraído. E lá, um pouco mais longe, a mercearia. Veja também nossa escola, está vendo a tabela de basquete?". Mas suas pernas haviam desaparecido em algum ponto da escadaria, como se ainda não tivesse subido todos os degraus até a plataforma do topo da caixa-d'água. Olhei para o vão iluminado do meio da torre e notei, horrorizado, que o corpo de Goia estava enrolado como uma serpente negra até a parte inferior da escada, ao longo da torre inteira, e seus pés estavam lá embaixo, no chão. "Vamos descer e encontrar a saída", ele me disse e se retraiu, diminuindo de altura cada vez mais, em espiral, na direção da base da escada. Segui-o com uma espécie de fascínio. Estava tão cansado que minha mente não fazia mais perguntas. Saímos pelo portão da caixa-d'água, agora destrancado, e caminhamos pela Dimitrie Herescu, passando pela oficina mecânica, até chegarmos ao ponto do 21. Embarcamos no vagão de trás do primeiro bonde e viajamos, sacolejando, até a Doamna Ghica, sozinhos no vagão inteiro, fortemente iluminado. Desci na Doamna Ghica, enquanto ele continuou. Cheguei em casa exausto, com a roupa enlameada e cheia de piche, cheirando a fezes de cachorro e a medo. Fiquei mais de uma hora dentro da banheira antes de me deitar.

    No dia seguinte, na escola, fui com meu colega de matemática até o escritório do diretor e deixei que ele falasse. Contou, com aquela sua voz apagada e uma sinceridade indubitável, como fomos até a antiga fábrica, como entramos por uma rachadura na parede para encontrar, do lado de dentro, só sujeira, entulho e paredes nuas, de modo que ainda desconhecíamos o misterioso motivo pelo qual nossos alunos se reuniam naquele galpão arruinado. Talvez para fumar em grupo, talvez para brincar de prendas empoleirados nas antiquíssimas esteiras rolantes... Ficamos de patrulhar de novo a área, "pelo menos uma vez por mês", para que a situação não saísse de controle.

12

Juntei primeiro as moedinhas de baixo da cama, de trás do armário, de cima do tapete, do canto do quarto. Ontem à noite, quando tirei a calça, uma cascata de barulho rompeu brutalmente o silêncio total da casa: o punhado de trocados de meu bolso se espalhou pelo chão com uma brutalidade inesperada, me tirou do estado de devaneio e de mergulho em meus pensamentos como um daqueles despertares que nos atingem como uma marreta de adrenalina: somos sacudidos, gritam em nosso ouvido, jogam uma caneca de água fria em nossa cabeça ou, simplesmente, somos afogados nos sonhos e no ardor das cobertas, ouvimos a voz distante da mãe nos dizendo que é hora de levantar e ir para a escola, na escuridão, numa manhã de inverno. As moedinhas cintilaram bruscas à luz intensa e se espalharam pelo chão, pulando, girando e faiscando metálicas com um barulho que me inflamou os nervos. Duas ou três delas ainda rodopiaram no assoalho luzidio tempo o bastante para permitir que eu me perguntasse de qual lado cairiam, cara ou coroa, e as observei, paralisado, com uma perna nua e erguida, e a outra ainda dentro da calça, até o giro se tornar cada vez mais lento e chegar o momento do balanço final, mais ruidoso e aleatório à medida que a gravidade lhes reduzia cada vez mais a liberdade e a exuberância. E depois, de novo, silêncio e luz escurecida, e os discos prateados e cobreados das moedas espalhadas pelo chão. Pequenos aparelhos de adivinhação, Urim de um lado, Tumim de outro, ora esvaziados de premonições e de vida.

Coloquei-as uma em cima da outra, pilha grossa e desigual, no canto da escrivaninha, e agora tento me pôr a trabalhar. A história de minha vida, assim como gostaria de começá-la hoje, é a história da vida de um anônimo. Justamente por isso precisa ser escrita, pois não sendo eu a escrevê-la, a única pessoa para quem ela tem algum significado, ninguém a escreverá. Escrevo-a não para a ler, seu único leitor, um dia, ao pé da lareira, e assim passar algumas horas de autoesquecimento, mas para a ler ao mesmo tempo que a escrevo e tento entendê-la. Serei o único escritor-leitor dessa história cujo sentido, escrevo-o pela décima vez, é não estético e não literário. Não tenho outra pretensão senão o de ser o escritor-leitor vivedor de minha vida. Podia ser a biografia de um piolho ou de um sarcopta, mas, para mim, é tão importante quanto minha própria pele, pois ocorre que eu mesmo seja aquela criatura obscura, que os canais por onde se mexe sejam meus, que os excrementos sejam meus, as sensações sejam minhas, a torpeza, toda minha. Mesmo que eu não seja ninguém, sinto dor se me picam na palma, e a dor que sinto é minha e só minha, e, mesmo que ninguém se importe com ela, eu me importo.

Não vi a luz num dia de junho de 1956. Eu, o filho de operários nascido naquele ano numa maternidade miserável de um mundo sujo, só agora a vejo, na imaginação. Na verdade, creio ter visto muito mais luz antes, pelas pálpebras grudadas e também pelo resto de pele finíssima que envolvia meu corpinho, enquanto ainda boiava na gruta preenchida por um único diamante líquido, segurando nos braços minha imagem no espelho. Depois do banho de óleo luminoso do útero, depois do êxtase da vida brotada de outra vida, o reino em que fui exilado, brutalmente espremido de minha gruta, empurrado pelo túnel de carne entre as pernas de mamãe, que afinou meu cocuruto e encompridou meu corpo como se fosse de massa, me pareceu uma terra arruinada, sombria e cinzenta. Cheguei ao mundo numa realidade putrefata, cujo tecido tinha buracos nos quais se podia enfiar um dedo, e minha busca é justamente por essas rupturas e rasgos da história. Meus pais eram jovens àquela altura e chegavam, também eles, a um novo mundo. Haviam se transformado em habitantes da cidade fazia pouco tempo, haviam abandonado os parentes no interior e tentavam se virar na nova vida feita de tornos, aparas, emulsões, teares, fiapos e apitos insuportáveis nos ouvidos. Mas feita também da intimidade no quartinho alugado, em que se amavam de noite, vexados e puritanos, sempre com uma espécie de sentimento de culpa. A lua do subúrbio, filtrada pelos gerânios da janela, empalidecia-lhes as faces viradas um para o outro. Durante muito tempo, mesmo depois de nosso nascimento, eles permaneceram assim: dois caipiras tentando reconstruir seu vilarejo dentro da cidade grande, entre edifícios de concreto, e usinas barulhentas, e bondes tilintantes que passavam uivando pelos cruzamentos. Eram de regiões diferentes do país e nunca teriam tido como se conhecer. Mas se viram no mesmo grupo, enviados pelo sindicato, numa estação balneária, acho que em Govora, onde, donzela e mancebo, ela com 25 anos, ele com 22, riram juntos em festas e bailes operários, pisando o pé um do outro ao dançar, e se beijando apoiados na parede do dormitório feminino, antiga casa charmosa, e prometendo um ao outro se reverem na vasta Bucareste, onde ninguém ainda tinha telefone e onde os casais se perdiam para sempre caso furassem um encontro. Mas papai, banatense moreno e bonito como um galã de cinema do entreguerras, que sempre que aparecia em algum lugar as cores se retraíam e o mundo voltava a ser preto e branco, não quis perder Maria e se transferiu para Bucareste, para a Oficina ITB, para ficar com ela. Montado o dia todo em cima de chassis de bonde, apertando parafusos com uma chave enegrecida, ele sempre pensava – e até os pensamentos dele eram em dialeto – na moça que não era só a primeira da sua vida, mas que haveria de permanecer a única. Mamãe, pelo contrário, não estava decidida a passar a vida toda com seu "moleque", mal se havia refeito de uma grande decepção, amara um estudante que, após se tornar médico, a abandonara, porque mamãe, assim como era o costume lá de Tântava, não quis se entregar antes do casamento. O que acontecia entre homem e mulher era uma nojeira se não fosse consagrado pelo véu, pela grinalda e pelo vestido de noiva, pela cruz beijada na igreja e pela coroa colocada na cabeça. Mas ela dissera à irmã mais velha, aprendiz de costureira, que não queria criar um filho, mesmo que fosse esbelto e bonito, com os mais aveludados olhos castanhos já vistos. Sua irmã, no entanto, muito mais prática, pôs a cabeça dela no lugar: tinha vinte e cinco anos, muito em breve as matronas da família haveriam de lhe arranjar um casamento. Por mais quanto tempo queria esperar? Costel era um bom rapaz, sério, gostava dela, tinha uma profissão, não bebia, não fumava. Onde encontrar outro como ele? Ainda por cima, ele a pedira em casamento certa noite, numa ponte do Cişmigiu[21], depois que um fotógrafo fizera uma foto deles apoiados na balaustrada, ela penteada ao estilo Cícero, ele com o cabelo alisado para trás, besuntado com óleo de nozes... Queria mais o quê? Ficar para titia? Tomar conta dos filhos dos outros? Podia, inclusive, ficar um tempo, depois do casamento, com ela e Ştefan em Dudeşti-Cioplea, pois tinham dois quartos, e o filho dormia com eles no dormitório dos fundos. Ela tanto lhe martelou a cabeça que Maria disse sim e foi atrás de Costel. Tenho em minha frente agora, enquanto escrevo, a fotografia do casamento deles, a oficial, só com os dois, com dobras de veludo ao fundo e um vaso de flores em cima de um pedestal alto ao lado da noiva. Essa foto, aumentada e posta numa moldura de estuque, ficou muito tempo pendurada em cima da cama deles, no pequeno quarto da Silistra. Embora tenha sido extremamente retocada, ainda se pode notar nela, para além das roupas de gala, sem dúvida alugadas, o pavor e a perplexidade de ambos, o embaraço e a crispação naquele caixão duplo, naquele diorama com figuras de cera da foto inevitável. Nada foi capaz de tirar-lhes um sorriso: papai está de cenho franzido e aperta os dentes como se quisesse matar alguém, e mamãe já parece pensar nas dívidas que haveriam de contrair depois do casamento, pois ninguém lhes dera nem ao menos uma colherzinha de presente. Da família dele, não viera ninguém daquele fim de mundo do Banato, e os parentes da mamãe eram pobres e sovinas, muntenos[22] boca-suja e mão de vaca. Vovô e vovó, na fotografia de grupo, são autênticos camponeses, ele de bigode aparado à

---

[21] Parque público no centro de Bucareste. [N.T.]
[22] Original da Muntênia, região da Romênia meridional. [N.T.]

tesoura, ela sob um xale que mal revelava a ponta do nariz, ambos com trajes típicos e olhar perdido. O oficial de Exército é irmão da mamãe. A outra camponesa é a irmã mais velha. Alguns habitantes locais, eles, carecas e barrigudos, elas, corpulentas e de cabelo cacheado, são padrinhos, amigas da tecelagem, vizinhos, sabe-se lá mais quem. Costeluş e Aura, meus primos, são pequenininhos, têm cerca de dois ou três anos, e seus olhos redondos miram diretamente a câmera. Tem-se a impressão de que, antes, no cômodo que não se vê, havia acabado de acontecer algo inesperado e miraculoso, um número de prestidigitação com pombos ou flores retiradas candidamente da manga.

Arranquei-me com dificuldade, naquele dia de junho de 1956, às onze da manhã, do abraço de Victor, meu irmão gêmeo. Havíamos nos acostumado a estar juntos, pendurados como dois balões no azul da gruta de diamantes, cada um amarrado ao barbantinho do próprio cordão umbilical. Havíamos crescido juntos, primeiro sentindo, talvez, nossos campos bioelétricos, como luzes fracas, na forma de nossos corpos encolhidos. Depois, quando nossos olhos se desenvolveram, abrimos as pálpebras, nos vimos e sorrimos um para o outro. Sob aquela luz divina, Victor era, claro, a coisa mais bela do universo. Seu corpo era diáfano como o das minúsculas criaturas de águas paradas. Fitamo-nos nos olhos por meses a fio, depois observamos as paredes orgânicas ao redor, elas também tão imaterializadas pela luz densa como mel do líquido amniótico, que vislumbrávamos através delas o mundo de além sem suspeitar de que, um dia, ele seria nosso, assim como escutávamos, filtrados pelas batidas do coração de mamãe, pelo borbulhar de seus intestinos, pelo sibilo de seus alvéolos pulmonares, as vozes, a música, o barulho dos bondes, e o choro e as gargalhadas dos que estavam do lado de fora. Se eu pudesse, teria avisado Victor para que ficasse ali, e às vezes é impossível não pensar em como teria sido bom se ele tivesse ficado escondido em algum canto, ou se tivesse sido reabsorvido pela placenta, regredido ao estágio de ovo, qualquer coisa, mas não ter nascido. Ao longo de quinze minutos viemos ambos, um seguido do outro, idênticos em nossa precariedade – nenhum de nós tinha dois quilos, "dois gatinhos", como o médico diria depois a nosso pai – e tristeza. O novo mundo nos pareceu mergulhado na escuridão, afogado como as fotos dos jornais, com a tinta extravasando do contorno.

Por alguns meses, nossos pais ficaram, de fato, na casa da irmã de mamãe. Como se viraram conosco, não sei. Aquela época, não é necessário dizer, foi horrível. Mamãe não tinha leite, visto que só se alimentava com macarrão e geleia. Leite em pó não se encontrava. Meu pai chegou a dar um terço do salário para comprar leite de vaca de uma pessoa que criava duas ou três vacas num quintal das redondezas. Era um leite azulado, batizado com água e, ademais, infestado com bacilos da tuberculose. De modo que, anos depois, meu teste de tuberculina gerou uma pápula do tamanho de um pires no braço e fui mandado para o sanatório de Voila. Seis meses depois, nossos pais vieram nos buscar, cada um de nós levado por um deles – além de mamãe, ninguém nos distinguia, e mesmo mamãe se confundia tanto que não tenho certeza de ter o direito de me considerar mais um do que o outro –, percorremos o trajeto de bonde e nos instalaram, adormecidos, no quartinho alugado de um cortiço com uns vinte cômodos parecidos, na rua Silistra, em Colentina. Ali vivi até os três anos de idade, e ali aconteceu a tragédia do desaparecimento de Victor, quando tínhamos ambos cerca de um ano.

Para dizer a verdade, não me lembro dele, embora esteja sempre vivo em minha mente, por vezes até a ocupando por completo. Mamãe nunca quis conversar comigo sobre ele, o perdido. Quantas vezes não me perguntei se Victor por acaso não seria uma criança imaginária, nascida sabe-se lá por qual profunda necessidade da mente de mamãe, assim como certas histéricas simulam uma gravidez inexistente, sentindo, no entanto, todas as dores do parto, tão dilacerantes quanto na realidade. Meus cachinhos e dentinhos são uma espécie de prova arqueológica da criatura que era àquela altura. Minhas fotos – se bem que a mais velha seja de um ano e meio – indicam que, nos dias de primavera ou outono, os fótons gerados pelo sol ricocheteavam em meus cílios e bochechas e caíam como neve na película do filme, corroendo-a, assim como hoje outros fótons, que se soltaram de um sol trinta anos mais velho, ricocheteiam nos cílios da criança da foto e, em seguida, entram em minha pupila. Mas onde estão seus cachos, seus dentes de leite, suas fotos? Onde estão suas roupinhas de quando ele era bebê? No fundo de uma prateleira do armário amarelo, do quarto da frente, mamãe ainda guarda as minhas... Nossos umbigos estiveram conectados, um ao outro, com o mesmo barbante de embalagem, do mesmo novelo grosseiro, ali, na sala de parto com teto infiltrado pelas intempéries, de onde pingava uma água cheia de resíduos e ferrugem sobre as barrigas alvas das grávidas. Até hoje eu tiro, mumificados e enegrecidos, pedaços daquele barbante; talvez ele tenha sido enterrado junto com o barbante do umbigo e os dois apodreceram juntos embaixo da terra.

Fato é que, pelo que conta a parentela, quando tínhamos em torno de um ano de idade, fomos levados de ambulância para o hospital, pelando como duas chapas incandescentes. Havíamos contraído pneumonia dupla. Não era de se admirar: o chão do quartinho era de cimento, como na prisão, meus pais eram pobres de não terem onde cair duros, o inverno fora rigoroso, com neve até a janela, e a lenha era cara. Nossos pulmões se debilitaram. Foram suficientes alguns dias mais frios e mais chuvosos para que a fauna variada daquele pátio dos milagres (ladrões, prostitutas, garis, pequenos artesãos, a grande maioria encrenqueiros e bocas-sujas que viviam num escândalo contínuo) fosse tomada por gripe e coriza. Visto que nos beijavam o dia todo sem parar, como se fôssemos os pequenos príncipes locais, dos quais mamãe se orgulhava tremendamente, não é de se admirar que passássemos a maior parte do tempo doentes. Mas daquele jeito jamais tínhamos ficado. Nossos corpinhos pelavam tanto de febre que ninguém conseguia encostar em nós.

O hospital era um edifício amarelo sob nuvens igualmente amarelas, como se as nuvens também tivessem sido construídas e, em seguida, pintadas junto com o hospital. No pavilhão das crianças, havia trinta caminhas de ferro pintadas de branco, mas tão velhas e deterioradas que era difícil imaginar como sustinham o peso das meninas e dos meninos doentes. As enfermeiras eram feias e descuidadas. Todas usavam água-de-colônia barata vendida em frascos em forma de carrinho. Ali, em dois leitos um ao lado do outro, agonizamos por alguns dias. De vez em quando nos aplicavam injeções sem dó, com seringas espessas que haveriam de me aterrorizar a vida toda. Por vezes sentia, na pele vermelha da sola do pé, que ardia como uma chapa incandescente, o toque gélido do estetoscópio. Agonizei ali, junto a outras trinta crianças, por dias a fio, até a febre diminuir, a visão desanuviar e poder ver, com a clareza de cada detalhe, a caminha vazia ao lado. Embora não me lembre dele, jamais o esquecerei.

Quando fomos levados ao hospital, mamãe me contou, passamos ambos por uma consulta com estetoscópio. Começaram comigo, não me deram muita atenção, embora estivesse quase desmaiado de febre. Na vez de Victor, seguiu-se um momento de estupor. O médico, um homem de idade calvo, passava incessantemente o aparelho pela pele avermelhada da sola do pé da criança, sem se importar com seus gritos, para em seguida abandonar a sala revestida de azulejos, tal qual um banheiro público. Mamãe ficou sozinha conosco por um quarto de hora, desesperada por não poder nos ajudar (quantas vezes ela não me contou, mais tarde, como rezava, toda vez que eu ficava doente, para que a doença passasse para ela ou que lhe acontecesse algo pior, só para que eu melhorasse), até o médico voltar, agora acompanhado de dois outros médicos para re-examinar o pequeno Victor, em vez de lhe ministrar algo que acalmasse seu sofrimento. Comportavam-se como se estivessem admirados, como se algo naquele corpinho não corresse bem. Com o coração na mão, mamãe esperava que os médicos lhe dissessem alguma coisa, mas, para eles, ela parecia invisível. Assim como sucedia com todos os pacientes, aos quais, além de um primeiro "onde dói?", dito entre dentes, os médicos não dirigiam mais palavra nenhuma, como se não fossem criaturas racionais, e sim cães ou gatos. Preenchiam rapidamente uma receita ilegível e os despachavam com o mesmo olhar azedo e aborrecido. Mas agora era diferente. Mamãe ouvia de vez em quando um "impossível", um "fenômeno raríssimo" e outras expressões numa linguagem que, em vão, ela se esforçava por compreender. Atreveu-se, finalmente, cada vez mais assustada com a agitação dos médicos, a perguntar se era grave, se o filhinho estava mais doente do que parecia. Os três nem se viraram para a jovem operária insone e chorosa, de cabelo desgrenhado, só o primeiro que nos atendera lhe jogou na cara que a situação de Victor era "anormal", pois de início achou que ele não tinha coração, ou que o coração já não batia. No fim das contas o encontraram, só que localizado ao contrário, à direita. Depois, pouco a pouco, cutucando-lhe as costelas e apertando-lhe a barriguinha, perceberam que o fígado estava do lado esquerdo e que, provavelmente, com cada órgão e cada elemento de assimetria do corpo, Victor era totalmente uma criança no espelho. Tudo o que deveria estar do lado esquerdo estava do lado direito e vice-versa. Um outro médico disse uma frase, que encontrara após folhear um vade-mécum grosso e puído, e da qual mamãe só se lembrava que soava como "inverso" e "total". Precisei de muito tempo até identificar, mas agora sei que o médico dissera *situs inversus totalis*, ou seja, uma condição extremamente rara em que uma pessoa tem todos os órgãos invertidos em relação ao eixo de simetria vertical do corpo. Para mamãe, tudo aquilo não significava nada, o pequeno Victor podia ter até duas cabeças, mas que estivesse são, que não sofresse na febre infernal da enfermidade.

Victor não era, não é, idêntico a mim tal qual gêmeos nascidos do mesmo zigoto, e sim meu inverso, meu ícone virado em outra dimensão. Não nos formamos abraçados no ventre de mamãe, mas aderidos a um espelho cálido, como dois filhotes de tubarão que se debatem nos úteros paralelos da mãe. Jamais haveria de saber até onde ia tal espelhamento, se consistia apenas na inversão dos órgãos ou se se aprofundava em detalhes biológicos, na inversão dos aminoácidos, na sua transformação de dextrogiros em levogiros e na torção inversa das espirais de DNA. Por fora éramos idênticos, tanto que mamãe mal podia nos distinguir, mas na profundidade de nossa biologia talvez fôssemos mais diferentes do que duas pessoas seriam capazes de ser.

Victor desapareceu e, com ele, talvez tenha desaparecido a única razão, o único brilho, a única beleza, a única chance de minha vida. Sem ele, sempre me senti um grande mutilado, como uma daquelas pessoas pela metade que se movem com as palmas no asfalto, plantadas num carrinho com rodas. Uma criança nascida sem uma mão ou sem um olho não teria como se sentir mais atordoada com o que lhe haviam feito os deuses do que eu me senti a vida inteira sem Victor. Enxerguei com a visão pela metade, ouvi com a audição pela metade. Há doentes psíquicos que não são mais capazes de perceber metade do corpo ou até mesmo metade do mundo. Desde um ano de idade, também vivi assim.

Não me lembro de nada do que se seguiu, mas devem ter sido meses de agonia para meus pais. No hospital, comunicaram-lhes que meu irmão morrera, mostraram-lhes uns documentos com carimbos e assinaturas. Por outro lado, não lhes mostraram corpo nenhum. Onde foi enterrado? Quem foi responsável pela sua morte? Não se sabia. Papai se pôs a gritar pelos corredores, derrubou do pedestal a mulher grávida de gesso, de ventre seccionado e feto virado de cabeça para baixo no útero, pulou no pescoço do médico para o estrangular. Veio o segurança, depois a milícia. Mamãe berrava enlouquecida na cabeceira da caminha vazia, já preparada para outra criança. Agora tinha medo de perder a mim também. Todos se comportaram com a maior paciência, uma enfermeira até lacrimejou, mas nada esclareceram diante dos gritos de meus pais. Coube a papai pagar pela estátua quebrada, todo mês, por quase um ano. Fizeram petições e reclamações ao Comitê Central, mas quem eram eles? Jamais obtiveram uma resposta, nunca foram chamados para uma audiência. Na Oficina ITB, depois de alguns dias, apareceu um homem de aspecto rabugento procurando papai. Identificou-se discretamente e o aconselhou a se conter. De todo modo, não havia como ressuscitar a criança. Os médicos também erram, são humanos, o que aconteceria se os enfiássemos todos na prisão? Onde arranjaríamos outros? Papai voltou para casa não consolado, mas assustado. Naquela época, dormíamos todos juntos numa cama, no quartinho da Silistra, eu e Victor entre nossos pais. Agora só havia sobrado eu, que retornara para casa uma semana depois, saudável, mas esquelético e com inúmeras marcas de picadas nas nádegas. Em todo o pátio, entre todos os vizinhos, um mais maluco que o outro, instalou-se a tristeza.

Como meu irmão desaparecera, passei a ser o senhor absoluto do lugar, pois era a única criança pequena daquela comunidade numerosa. As ladras e as prostitutas se derretiam por mim, nunca voltavam para casa sem trazer doces para a "menina". Eu era passado de braço em braço, vestido de acordo com as fantasias de mamãe, com vestidinhos e cabelo comprido e cacheado, loiro-escuro à época. Operários cheirando a óleo diesel e peludos como gorilas me punham em mobiletes ou bicicletas, e passeavam comigo pelo subúrbio como um troféu precioso. O tempo passava, e o pequeno Victor, tão presente outrora, mais presente, inclusive, pelo fato de sermos duas crianças idênticas, espetaculares como só podíamos ser em dois, empalidecia na memória de todos, assim como empalidecia a existência dupla dos gêmeos de nossa família. Só restara eu, amado como nunca mais haveria de ser, paparicado, mimado, protegido e vigiado por mamãe, torturado por demasiado amor e demasiado medo. A partir daquele outono fui obrigado a usar dois e até mesmo três gorros na cabeça, um por cima do outro, no inverno me sufoquei debaixo das mais grossas roupas, à mínima coriza enfiavam em mim penicilina e estreptomicina em quantidades tão grandes que, a quilômetros de distância, se sentia o cheiro de bolor que eu emanava. Durante anos, por amor, destruíram minha saúde e, também por amor, me torturaram terrivelmente, assim como haveriam de fazê-lo pelas décadas seguintes.

    Penicilina e estreptomicina. Ouvi essas palavras centenas de vezes durante a infância. Mal dava uma tossida, e o médico já aparecia. Embora vestido de branco, ele foi nuvem negra de minha infância até ser substituído pelo dentista. Quem poderia descrever a infância como uma câmera de tortura? No entanto, foi assim para toda criança das décadas de 1950 e 1960. Pelo menos a poliomielite, com seus horrores, terminara alguns anos antes, deixando vítimas entre nós: crianças como as outras, cheias de vida, correndo pela traseira do prédio, mas com uma das pernas enfiada num aparelho metálico. Avistei-as depois na escola, nas aulas de ginástica: uma perna normal, e a outra fina como uma bengala, a cavidade torácica protuberante como a dos pássaros, o movimento brusco dos quadris, pobres crianças aleijadas, bêbedas de tristeza na mesma medida em que seus olhos brilhavam como os nossos e suas mentes funcionavam tão bem quanto as nossas. Talvez os idiotas do bairro, duas ou três crianças com rostos deformados e compridos, levados para passear para cima e para baixo o dia todo, sob as castanheiras da alameda do Circo, pelas mães sempre vestidas de preto como se estivessem de luto eterno pela filha ou filho normal que não puderam ter, fossem mais felizes com suas mentes incapazes de compreender a própria tragédia. Vê-los, o que divertia alguns de meus colegas, sempre me causava uma revolta e um sofrimento terríveis, assim como diante da visão dos anões com quem cruzava quase todo dia na alameda do Circo. Quanto devem ter sofrido aqueles homenzinhos com cabeça de gente grande em corpos contorcidos de criança raquítica, quanto ódio, quanta fúria impotente e desespero devem ter sentido: por que justamente eles? Por que tinham de viver no inferno, desprovidos de esperança como eternos condenados, na única vida que lhes fora concedida na terra? Devemos nos sentir assim quando padecemos de uma doença implacável.

    Alguns anos atrás, tive entre meus alunos uma menina como todas as outras, criança exausta, que em casa cuidava de dois ou três irmãos menores e que, apesar de tudo, não deixava de comparecer às aulas. Tinha um rosto límpido, emoldurado por um cabelo ruivo, reto, luzidio como um espelho. Criança bonita que, na oitava série, começou a adquirir as cores, as formas e o anseio da adolescência. Certo dia, na hora do recreio, os meninos da classe dela tiraram a maçaneta da porta para a usarem como revólver de brinquedo. Na mesma hora, as meninas inventaram uma brincadeira: uma após a outra, olhavam, pelo buraco redondo deixado pela maçaneta, para outros colegas que gesticulavam alguma coisa do outro lado da porta. Ninguém foi capaz de entender como aconteceu, que absurdo teria invadido, só por um instante, nosso mundo, quando chegou a vez de a menina ruiva olhar pelo visor. De um lado e de outro da porta, as crianças berravam, se empurravam, riam, os meninos tentavam levantar a saia das meninas ou chutavam um ao outro bruscamente "na caixa de câmbio", e no meio dessa mandala de braços, e rostos, e gestos, e dentes, e botões, e golas, e sapatos, e tranças, de repente alguém recolocou com toda a força o ferro da maçaneta no lugar, perfurando o olho da menina; o sangue jorrou pela porta e pelo chão, e, vermelhos que estavam, os rostos das crianças se fizeram lívidos. A menina ficou desfigurada. Dois meses depois ela voltou para a escola, com uma bandagem cobrindo o olho direito, e tive uma terrível dificuldade em dar minhas aulas ali, com aquela bandagem no rosto, colada com um esparadrapo rosa. Haveria de permanecer a vida toda uma menina caolha, solitária, com um horrível olho fixo, de vidro, como o dos animais empalhados, uma operária caolha, curvada sobre o aparelho de colar solas na fábrica de calçados, e depois voltando para casa de bonde, uma mulher que seria bonita se não lhe faltasse um olho, que teria marido e filhos. Depois chegou o verão e a menina viajou de férias, acompanhada por sua bandagem, seu destino e tudo.

 Mas não precisamos de nenhum maquinário niquelado que nos abrace a perna delgada como um croquete, nem de uma bandagem ensanguentada para sentir o horror da vida. O médico que, ao menor sinal de resfriado ou inchaço das amígdalas, vinha a nossa modesta casa proletária, estava sempre acompanhado por uma enfermeira. E essa enfermeira tinha debaixo do braço uma caixa de metal em que várias vezes vi meu rostinho estreito e escurecido. "Você parece o são Sisoés, só seus olhos sobraram", mamãe sempre me dizia. "A senhora tem um filho raquítico", metia-se a enfermeira na conversa. "Sol, ar fresco, comida boa, é disso que ele precisa. Que deixe um pouco os livros de lado e tome ar, que de todo modo ele não vai virar filósofo." Mas eu pouco me importava com tudo aquilo, pois enquanto tagarelavam, meus olhos acompanhavam o assombroso ritual: a enfermeira alegre e platinada, com batom até nos dentes, retirava lépida a seringa da caixa, encaixava a agulha no bico e depois – e isto era o que mais me assustava – tirava dois frasquinhos de líquido leitoso, turvo, com tampas de borracha presas numa armação fina de metal. Eu não era a primeira vítima da agulha grossa e comprida, com um corte oblíquo na ponta: picava-se primeiro a tampa dos frasquinhos. A agulha chupava aquela água alvacenta, o frasquinho ficava suspenso no ar, preso na agulha, até a dose toda passar para o cilindro da seringa, em seguida a enfermeira tirava o frasquinho e apertava o êmbolo, até que uma gota cheirando a mofo espirrava da agulha. O ar se deixava preencher por bolor, um bolor verde e esponjoso, como asas de mariposa, que se espalhava por todas as paredes, como a umidade. Uma casquinha de bolor cobria a janela com uma espécie de cristal de gelo. O bolor se espalhava pelos olhos de mamãe e da enfermeira, pela membrana do diafragma, como uma bexiga de peixe, do estetoscópio que o médico portava no pescoço. O bolor penetrava em meu céu da boca e nos pulmões, sentia-o muito bem, sobretudo em meu cérebro paralisado de pavor. A aranha, a cobra real, o escorpião de corpo transparente se aproximavam de mim com a agulha que pingava veneno, e eu não tinha escapatória, e pior, minha própria mãe, meu eterno refúgio, puxava para baixo minhas calças e minha pobre cueca de tricoline, toda furada e amarela de tão fervida, ela realmente concordava em ser cúmplice dos verdugos sorridentes e de batom, que encostavam seus dedos por um instante em minhas nádegas crispadas e me diziam irritados: "Relaxe, que não vou te matar!", e depois, prelúdio sinistro, passavam em minha pele algodão umedecido num álcool terrivelmente gelado. O algodão, úmido e azul, era atirado num canto: via-o ali, amarrotado, com as marcas mais esbranquiçadas dos dedos da enfermeira, sentia umas três ou quatro palmadas rápidas sobre o músculo martirizado mais de pavor do que haveria de ser a dor, e, ato contínuo, a perfuração da agulha, o rasgo na pele e na carne, a penetração nas fibras musculares enervadas por fiozinhos brancos pelos quais escorria eu mesmo – meu espírito sensível ao frio e ao calor, à pressão e à escoriação, à queimadura e à ruptura, à coceira e à dor – soltando dentro de mim aquele soro de bolor que formava uma bolsa infiltrada de mechas arborescentes de sangue. Dava um grito breve, mamãe me segurava pelos ombros, sua traição era o que mais me doía, todos no entorno sorriam, era tão estranho estar nas mãos de carrascos sorridentes. Depois iam embora, dando-me os frasquinhos de penicilina e estreptomicina "para brincar com eles". Levantava-me humilhado da cama, erguia as calças e me punha a mancar devagar pelo quarto. Era só a primeira dose, o primeiro ponto vermelho, inchado, nas nádegas. Haveriam ainda de se seguir vinte e três, de seis em seis horas, dia e noite, ora no glúteo direito, ora no esquerdo. No meio da madrugada, quando me acordavam para a injeção, tudo se tornava mil vezes mais hediondo. Não estava de todo desperto, a luz repentinamente acesa me ofuscava, criaturas malignas empunhando agulhas e hastes de vidro projetavam grandes sombras nas paredes, eu me punha a gritar como num pesadelo, me debatia, me defendia desesperado, mas era agarrado pelos ombros e subjugado, como um porco cuja hora tinha chegado, com o rosto virado para o lençol e imobilizado à força (por papai, por mamãe, pelo médico, por quem estivesse por ali), e o inseto venenoso de novo se aproximava, implacável, de sua vítima paralisada. Sentia mais uma vez a picada cáustica, meu tecido de novo se dissolvia naquela saliva que fedia a morte e ruína, ficava com a impressão de que, através daquela agulha comprida, haviam injetado em mim um animal esguio e feroz, que me dilacerava por dentro. Em seguida, a calça do pijama, com estampas de flores e borboletas, era puxada para cima, e as criaturas vivas do quarto se retiravam, e a luz se apagava, e em todo o universo escurecido a dor ainda resplandecia, como uma estrela pulsante, verde-amarelada, com uma corola que se desmanchava. Gemendo como um animal solitário, eu mergulhava no sono, para, mais uma vez, me acordarem, ao gélido raiar do sol, para mais uma dose.

Adquiri um tal pavor de médicos que, em minha primeira fotografia, com a idade de um ano e meio, apareço crispado e lacrimoso. Lembro-me bem do momento em que tiraram a foto. Puseram-me no quintal, onde, num cercado, os perus eriçavam as penas e ostentavam a carúncula cor de sangue do bico, e me posicionaram em frente a um arbusto de lilases. Não sabia o que se seguiria. O fotógrafo assomou repentinamente, com o aparelho niquelado pendurado no pescoço, sorrindo para mim como todos os médicos celerados com seus estetoscópios. Com grande dificuldade, conseguiram fazer que eu não me movesse, e mesmo assim lágrimas escorriam pelas minhas faces, e a infelicidade estampada na minha carinha sépia perdura ali, décadas depois, como um estigma e uma profecia.

Para alguns, a primeira infância é um desenrolar feérico de cores e rostos afetuosos, para mim foi um espetáculo violento de sombras e clarões. Não me lembro de Victor, mas sei que, apenas seis meses depois de nosso nascimento, mamãe nos pôs os dois na creche, pois precisava voltar à fábrica. Produção era mais importante que filhos, e, na Donca Simo, mamãe era operária de vanguarda, respondia por oito teares que funcionavam sem parar. Eu me lembro, me lembro embora tenham me dito tantas vezes que era impossível me lembrar, dos alvoreceres ensanguentados em que mamãe, junto com o primeiro cílio de luz, num frio impiedoso, me levava nos braços à creche. A sucessão alucinante de edifícios, o sol púrpura se alçando grandioso bem diante de nós, nossas sombras vermelhas se esticando à nossa passagem. O prédio assustador da creche, os corredores, o pólipo dos rostos de crianças nos dormitórios. Se eu escarafunchar minha memória, a primeira, justo minha primeira e mais antiga lembrança, vem dali: sou levado nos braços, mas não por alguém, levito por uma atmosfera amarela, depois aparece um banheiro com várias portas, uma delas se abre e sou colocado (mas sem senti-lo, na verdade flutuo acima dele) num assento gigantesco de vaso sanitário. O que era aquilo, o que fazia ali? Mamãe me contava que quase morremos naquela creche de operários: "As mulheres dali os esqueciam nos penicos, esqueciam de lhes dar comida, não davam a mínima para vocês. Quando as mães vinham buscar as crianças, encontravam-nos aos berros, sujos de cocô, um pandemônio!". Nós dois não nos adaptávamos de modo algum: berrávamos desde cedo até as cinco da tarde, incessantemente, até ficarmos roxos. Não comíamos nada, até nos tornarmos transparentes de inanição e abandono. No final, mamãe nos tirou de lá, enfrentou os chefes da tecelagem e pediu demissão. Nunca mais trabalhou. Permaneceu em casa conosco até a desgraça acontecer, depois só comigo, criança pela metade, assim como permaneci gente pela metade até hoje.

Tenho ainda outra lembrança extremamente antiga, também relacionada à zona de baixo, da excreção e da vergonha, sem ter a ver, no entanto, com a primeira. Sou muito pequeno, mal posso ficar de pé. Encontro-me, por conseguinte, como em tantas de minhas lembranças e sonhos, num quarto com pé-direito muito alto e luz embaçada. A parede a minha frente é indescritível. É a imagem mais concreta deste mundo ilusório que se impregnou em minha mente. Uma parede em verde-amarelo, descascada, embolorada, cheia de umidade, esfarelada, da consistência da lama num ponto, viscosa em outro, lisa como um espelho em mais outro. Filetes de água escorrem por ela, ramificam-se, reabsorvem-se em crostas e pus. Ao longo dessa parede alta e larga, no chão repleto de poças, há uma valeta. Na valeta, há urina velha, ali estanque há tanto tempo que corroeu a grelha do ralo, e na urina há formas que não podem ser identificadas, pútridas e exalando odores venenosos. É um castigo? Fui trancado naquele mictório? Onde me encontro? Quem me levou até ali? Vejo minha sombra estendida na parede e no chão, mas não sinto a mim mesmo. Sou eu aquela parede, aquela valeta imunda.

    Nossa vida continuou ali naquele cortiço da rua Silistra, com os vagabundos, funileiros, colcheiros, putas e ladras. Passaram-se algumas estações do ano, que eu alternadamente percebia como escurecimentos e clareamentos de minha pele conforme a passagem das nuvens. Os gerânios das janelas, com seus caules peludos, abriam brotos conforme suas flores murchavam, assumiam uma cor de café e uma palidez, espalhando-se pelo peitoril. Em nosso único e estreito quarto, de uma só cama, uma espiriteira e chão de cimento, mamãe lia para mim. De vez em quando saía para o quintal e depois, lá pelos dois anos de idade, comecei a ir também para a rua cheia de lama e de poças em que o céu se refletia. Agora tenho a impressão de que os anos na Silistra foram os de uma primavera contínua, reluzente, com ventos gelados e sóis de início de mundo. Para a rua saíam também outras crianças, de outros quintais, mas naquela idade ainda não sabíamos brincar juntos, eu só as observava, não como criaturas humanas, mas como se fossem ovelhas, gatos, vira-latas. Não nos reconhecíamos como sendo da mesma espécie. Vivíamos muito mais dentro de nossos pequenos crânios do que entre os damasqueiros em flor e as casas de tijolo do lado de fora. Aproximava-me das crianças de minha idade, olhava para suas orelhas, seus dedos, para a saliva que escorria de suas bocas. A seguir, observava as tulipas gigantes, transparentes, coloridas como nunca mais vi, e depois para o céu das poças. Ao lado de nossa casa, sarapintada como um pólipo, erguia-se a parede cega e descascada da casa vizinha, em cuja gigantesca superfície plana se alternavam irregulares, como num mapa surrado, porções revestidas e outras sem reboco, com tijolos antiquíssimos reluzindo ao sol. Talvez venha daquela parede que barrava o horizonte de minha primeira infância, como se separasse uma etapa da outra, meu fascínio de sempre por paredes cegas, por superfícies extensas de tijolo desprovidas de janela, invadidas por líquens, sobre as quais mariposas do tamanho de uma palma tomam banho de sol, imóveis. Abandonado sabe-se lá desde quando, erguia-se pela parede cega da casa um andaime metálico pintado, sabe Deus por qual capricho, em rosa (as barras de metal cruzadas que se alçavam quase até o telhado) e azul-claro (o motor da base e a plataforma que ele acionava como a um elevador sem paredes). Aquele maquinário invadido por ervas daninhas era o lugar predileto das crianças da rua para brincar. Já de manhãzinha estávamos lá, em nossos macacões bufantes e blusas imundas. Gostávamos muito daquela parede, dávamos tantas cambalhotas para poder enxergar seu cume enfiado no céu que as vértebras de nosso pescoço estalavam. Gostávamos de pôr a mão na parede e sentir como se aquecia ao sol. Assustávamo-nos, mas também gostávamos de ver como ao nosso toque saíam bruscamente, dos vãos cheios de teias entre os tijolos, patas negras, articuladas, de aranhas inusitadamente grandes e robustas. Vez ou outra, alguma delas passava lépida por cima de nossas palmas, maior que elas, mas não nos picava, assim como os cachorros da rua, que não raro atacavam os transeuntes, mas não nos faziam mal.

    Reuníamo-nos em cinco ou seis crianças na plataforma entre as barras cor-de-rosa (ainda hoje vejo aquele rosa nojento, com muito branco misturado nele, com cocô ressecado de pardal e de pomba na convexidade das barras empoeiradas) e o maior de nós, Mia Gulia, que devia ter uns quatro anos, apertava o botão de ebonite quebrado. O motor se punha a ranger e vibrar, éramos alçados devagarzinho rente à parede cega enquanto a rua e as casas se distanciavam sob nós, e começávamos a ver os globos multicoloridos do topo dos postes do jardim vizinho e a maquete de navio do andar de nossa casa, e a mercearia com a varanda acima dela, e, ao longe, um amontoado de árvores e telhados que talvez se estendessem indefinidamente, pois nos circundavam por toda a parte e nenhum de nós conhecia o tamanho do mundo. Ou, melhor dizendo, para cada um de nós o mundo era a nossa casa, a casa vizinha de parede cega, o trecho de rua do lado da frente, a mercearia que frequentávamos nos braços de mamãe, o resto sendo apenas breu e medo.

Ao atingirmos o cume, nos aglutinávamos, nos segurávamos um nas roupinhas do outro, quase as arrancando de nosso corpo. Bem lá em cima havia umas braçadeiras tortas e enferrujadas, que evitavam que a parede inchada desabasse. Entre elas, em meio a arvorezinhas que ali cresceram a partir de sementes trazidas pelo vento, alguns tijolos haviam sido retirados, como uma espécie de ventilação para o cômodo do outro lado da parede. Chegávamos a olhar por alguns instantes pela espessa faixa de luz que penetrava oblíqua pela abertura. Do outro lado da parede se revelava um espaço grande e estranho, em que tudo estava imóvel. Imaginávamos, porém, que houvesse alguém ali, alguém sem rosto, na verdade, fora da visão, fora do mundo de sombras e luzes. Nosso medo, então, se tornava incontrolável. Berrávamos de pavor ao descer finalmente naquele elevador sem cabine, do qual qualquer rajada de vento poderia nos derrubar, mas não por medo da altura ou do risco, mas porque tínhamos visto o grande vazio estático do interior da casa da parede cega. Pulávamos da plataforma antes que ela atingisse o chão, bufando, e corríamos até as pernas de nossas mães, que agarrávamos desesperados. Os oleandros que ocupavam o quintal soltavam um aroma muito mais forte do que os guisados, os cozidos e as sopas que ferviam de vinte cômodos ao mesmo tempo, e também mais forte do que os perfumes das putas e dos operários em regatas embebidas de suor.

Agora sei o que nos assustava tanto naquela fresta de casamata, do topo da parede cega da casa vizinha. Porque aquele era o olho da casa, não éramos nós que olhávamos, curiosos, pela brecha estreita entre os tijolos cinzentos de velhice, mas era a casa velha e decrépita que nos olhava. A casa vizinha, que em geral olhava só para o céu, sugava com avidez, todo dia, nossas carinhas sujas, sebosas, remelentas, nossos olhos cor de café, nossos dentinhos tortos em bocas abertas de admiração. Com seu único olho daquela testa de alvenaria infinda, a casa raptava nossas almas para forjar uma só dela, tentava nos puxar até ali, para aquele cômodo silencioso e imóvel, para depois fitarmos eternamente o céu através de sua única fresta.

Uma única vez, das dezenas de vezes que nos alçamos até o céu junto à parede cega, vi alguém do lado de dentro. Pela fresta estreita da parede uma mulher nos olhava, como uma rainha da neve. As nuvens estivas se refletiam em seus olhos grandes, arregalados, com cílios em que cintilavam – em pleno mês de julho? – estrelinhas de neve. Seu cabelo também estava coberto de neve e emanava vapores. Até hoje sinto o aperto de sua mão quando, sem olhar para as outras crianças, esticou o braço desde seu mundo como se o retirasse de um espelho e juntou minha palma à sua, com aquela mão de unhas pintadas. Até hoje sinto aquele clique, como o de ímãs que se aderem bruscamente, sem compreender se foi dos olhos ou de nossas palmas coladas durante um instante que não terminava mais.

Eu crescia, crescemos todos, como se, ao atirar o pequeno Victor como um lastro, nosso balão houvesse se impulsionado para cima, levando com ele o cortiço da Silistra, os oleandros, a rua, a mercearia. Logo, o quartinho no qual mamãe e papai, sozinhos e miraculosamente jovens, haviam se amado e conversado em dois dialetos, no qual, a seguir, passamos a ser quatro, dormindo todos juntos na cama, e, por fim, apenas três, nos expulsou de seu ventre por não cabermos mais nele. Victor se transformara num túmulo vazio, em Ghencea, aonde durante anos levamos flores no dia de meu aniversário, tornei-me um garoto-garota com trancinhas até os ombros, papai se tornou estudante de jornalismo, e nossa vida tomou outro rumo. Só mamãe seguiu sendo a mesma dona de casa que cuidava de todos nós. Só na cabeça dela jamais consegui entrar, como se todas as portas e janelas que lhe davam acesso estivessem muradas. Por que me contou tão tarde que eu tivera um irmão gêmeo? Por que "não lembrava" (e como isso era possível?) a data em que morrera? Por que Victor às vezes morria aos quatro meses, e outras aos seis, aos oito, ou até mesmo com a idade de um ano? Por que às vezes era meu irmão gêmeo e em outras – para minha surpresa e desespero – nascia um ano depois de mim? Como era possível que esse enigma persistisse em nossa família? Por que eu não lhe perguntava diretamente que diabos havia acontecido? Por que não agarrava de uma vez suas mãos escurecidas em cima da mesa e não a obrigava a me contar a verdade? Por que não lhe pedia que me desse de mamar debaixo da fundação da casa, para eu pressionar a casa sobre seu seio caído, de aréola anormalmente grande, até que me contasse toda a verdade? Era assim que acontecia nas histórias que ela mesma me contava, assim descobriam os heróis que tinham mais uma irmã ou um irmão. Jamais fiz isso porque não era assim que as coisas se desenrolavam em nossa família guiada por uma espécie de frieza. Éramos criaturas que se encontravam apenas à mesa ou na cama. Mamãe e papai só conversavam sobre dinheiro. Eu e papai só conversávamos sobre futebol. Mamãe e eu jamais conversamos de verdade. Tive de me desviar dela, como de uma estátua num jardim, para tentar compreendê-la. Se ela tivesse começado de repente a falar, eu me surpreenderia, como se uma mulher de mármore movesse os lábios a minha passagem num museu. Tínhamos medo de conversar um com o outro, nem imaginávamos que fosse possível. Acho que nem se estivéssemos sob risco de vida não teríamos conseguido conversar de verdade. Com o passar dos anos, a crosta de porcelana isolante cobriu cada pedacinho de nossa pele quente, e em casa só se ouvia o tilintar da cerâmica de quando nos encontrávamos no mesmo cômodo.

Por isso, tive de inventar detalhes, imaginar cenas, povoar de personagens e sensações o deserto em que levei minha vida, tive eu mesmo de parir mamãe, à minha imagem e semelhança, para não continuar sendo órfão no mundo. Hoje não distingo mais entre minhas alucinações e a realidade, entre as palavras postas por mim em suas bocas e o tilintar da faiança, entre os fatos translúcidos e os opacos. Só sei que Victor é a primeira anomalia de minha vida, e que a incerteza e a suspeita que sempre acompanham os sinais celestes nasceram do mesmo ventre que eu.

13

Caty ensina química, mas na verdade passa as aulas contando às crianças, como se narrasse a elas um conto de fadas, sobre sua casa em Cotroceni, seus onze aposentos, sua mobília Renaissance, suas dezenas de vasos de cristal da Boêmia e as gravuras originais das paredes, uma das quais custa tanto quanto um apartamento. Nem sei mais quantos vestidos ela tem em seus gigantescos guarda-roupas embutidos, mas os descreve todos às crianças, com detalhes que a mente delas visualiza com avidez. Nem é difícil: Caty usa um vestido diferente a cada dia, um par diferente de sapatos, uma cor diferente de cabelo, e brilha com tanta força que até o cabelo cinzento das crianças adquire nuances ruivas, azuladas ou alaranjadas irradiadas por sua pele na qual cremes e espuma de banho sobem e descem, num fluxo e refluxo, de acordo com as fases da lua. Sessenta e oito olhos cintilantes a observam avidamente, como a uma fada, enquanto ela, com suficiência e arrogância diante de umas pobres crianças de periferia, lhes conta sem parar sobre a cerca que custou quarenta mil leus e a fonte artesiana do quintal, cuja água muda de cor a cada cinco minutos, e sobre os gatos e tapetes persas, e o filho que aprende alemão com a Fräulein e surpreende a todos os que o veem com sua beleza e inteligência. Jamais outra mulher teve a boca de Caty, quase redonda, quase um círculo vermelho-intenso cortado em dois, horizontalmente, por uma sensual linha de nanquim. Por inteiro, ela é rubicunda e floral, mentirosa e presunçosa, falsa como só uma boneca grande e quente pode ser, de olhos castanhos-aveludados. Dava vontade de passá-la no pão para comer, mesmo com seus quarenta e tantos anos. Aos vinte, ela deve ter sido um fruto homogêneo, assim como a banana por debaixo da casca, preenchida pela mesma substância deliciosa da cabeça até os dedos dos pés. Sem dúvida, se penetrássemos sua carne de pêssego, aquela substância da cor da felicidade nos lambuzaria de cima a baixo, nos uniria à doce mulher inflável escancarada sob nós.

Nos últimos cinco minutos de aula, Caty passa bruscamente de Chanel, Coty, Lancôme, Giorgio Armani e Dior para outros nomes, igualmente desconhecidos para as crianças: flúor, cromo, bromo, iodo. Em seguida, sai da sala de aula com uma fila de meninas atrás dela, que a acariciam por trás, tocam na barra de seu vestido pastel, respiram insaciáveis o perfume de seu cabelo e de suas axilas. Todas gostariam de ser como ela, ter uma casa em Cotroceni e um marido grande e gordo, empregado no Ministério do Exterior, um filho brilhante e toneladas de vestidos evanescentes, perfumados, franzidos, sedosos, lustrosos, translúcidos, creponados como cravos e lábios, em guarda-roupas embutidos gigantescos. Caty desce as escadas cobertas de mosaico, percorre, iluminando-os, os corredores escuros e sinistros até chegar à sala dos professores, sorridente, saltitante e assanhada, onde é recebida com hurras por todas as colegas. "Minhas queridas", ela as saúda ao entrar, "estou acabada, nem sei mais o que eu tenho. Imaginem, ontem limpei, um a um, cento e cinquenta e seis vidros de cristal de minhas portas internas. Eu os numerei: cento e cinquenta e seis! Não é de enlouquecer?". E se atira na primeira cadeira, exausta, mas observando com o rabo do olho o efeito de suas palavras sobre os rostos, que não têm como se tornar mais verdes do que de costume, das outras professoras. Elas agora também adotam a mesma tática: Caty não existe. Nem mesmo interrompem o falatório sobre supositórios e talco em pó para ouvi-la. A tinta a óleo, verde-escura, das paredes com retratos de cientistas e escritores uzbeques se reflete sobre suas caras, seus dentes, como uma mancha generalizada. Caty é um fogo de artifício que não existe. "Depois de labutar tanto, meninas, pois em vão tenho empregada, de todo modo preciso eu mesma pôr a mão na massa, digo para mim mesma que já estou farta de filho, marido, e... amante, é de enlouquecer." Caty não hesita em insinuar que não é só o funcionário do Ministério que desfruta de suas nádegas perfeitas e de seus seios com mamilos pontudos, e a pequena pausa anterior à palavra serve só para incitar e tornar tudo mais interessante. Da mesma maneira ela se dirigiria aos ébrios de um boteco, às varredeiras com vassoura de palha da esquina, aos cegos e aos surdos, talvez até às paredes, pois o conteúdo de palavras de sua pele suave e incensada tem de se esvaziar periodicamente, como um úbere cheio, não importa quem o ordenhe. Continua se remexendo por mais alguns minutos na cadeira e, embora o sinal tenha soado e as "meninas" se dirijam para as salas de aula, ela começa uma nova história: "Sábado passado levei um susto... Ladrões quase que nos invadiram, querida! A sorte é que temos fios elétricos até na maçaneta. Quando o indivíduo pôs a mão... ali ficou! Não mata, mas os fazem tremer e queima a mão deles, desgraçados... Imaginem, meninas, em nossa casa de dois andares... onze quartos, cerca de ferro forjado que só ela nos custou quarenta mil leus... É verdade que meu marido também tem um revólver, mas com a maçaneta elétrica, que foi ideia minha, podemos realmente dormir sossegados". A última a sair com o diário, Băjenaru, a de matemática, esquecendo, em sua indignação, que a mulher de flores e mentiras deslavadas de fato não existe, lança-lhe por entre os lábios: "Mas talvez uma criança entre e ponha a mão na maçaneta, você nunca pensou nisso?". Caty permanece imperturbável, tinha inventado algo ainda mais absurdo, mas eu também saio e a deixo revelar aos cientistas montenegrinos dos retratos seu pequeno segredo do detector de crianças.

 Não desperdiçaria aqui estas páginas preciosas com uma tal fauna se eu não tivesse chegado ao piquete através dela. No verão passado, puseram-me de plantão num domingo. Isso nunca me incomodou, ainda mais em dias de tempo bom, pois simplesmente o que eu fazia aos domingos em casa (escrever meu diário) eu podia muito bem fazer na pequena secretaria do térreo da escola. Aos domingos não havia mais ninguém na escola inteira. Se fosse no terceiro semestre, época de verão com uma luz ofuscante, a escola deserta se tornava melancólica e fechada em seu próprio enigma como um antiquíssimo templo que nem se revelava como tal. As desérticas salas de aula então berram de solidão como um ouvido que sofre de tinnitus, a escola inteira, na verdade, se transforma num ouvido que ouve os próprios zumbidos e o rosnar entupido da cóclea. Nem mesmo debaixo dessa luz fantasmagórica eu me atrevo a cartografar seus infinitos corredores. Limito-me a me movimentar no primeiro andar e depois retorno à secretaria, onde me ponho a trabalhar.

Naquele domingo com nuvens de verão no céu rasgado pela fábrica e pela caixa-d'água, eu estava imerso no diário. Registrava um sonho terrível que me fizera despertar na noite anterior (no centro da cidade havia explodido uma bomba nuclear, e eu sabia que a onda de choque se espalha com velocidade, derrubando edifícios e incendiando árvores, liquefazendo pessoas, e eu fugia com todas as minhas forças até o abrigo subterrâneo ao lado de nossa casa em Floreasca), e justamente naquele momento a porta se abriu e apareceu Caty, radiante como um pseudópode do vento ardente e latejante de fora. A boca sorridente, como uma pétala de papoula cortada ao meio por uma linha trêmula de nanquim. Mostrou-se surpresa por me ver ali, um de nós não teria entendido bem as explicações de Borcescu, provavelmente ela, confusa que é. De todo modo, o que teria ela para fazer em casa? Tony passeava no parque com a Fräulein, Matei foi de novo chamado ao escritório... Caty se sentou na cadeira bem em frente a mim, entre nós a escrivaninha, como um Mediterrâneo para além do qual irradia uma Tânger intangível. Tudo o que ela usa vem "da remessa"[23], marcas das quais as pessoas ouviram falar, assim como ouviram falar do Graal e do véu de Santa Verônica. Um catálogo *Neckermann*[24] chega a rodar o bairro inteiro, toda tarde uma dona de

23 Em romeno, *de la pachet*. Expressão usada, durante o regime totalitário, para os pacotes enviados geralmente via correio por parentes ou amigos estabelecidos em países capitalistas, contendo roupas, calçados, café, doces. Por vezes, enviava-se quantidade maior do que a necessária, para que o destinatário pudesse vender o excedente e, assim, obter algum dinheiro. [N.T.]

24 Catálogo alemão-ocidental de compras, muito popular na Romênia da época totalitária, que costumava revelar à população isolada atrás da Cortina de Ferro o que estava na moda em matéria de roupas, adereços, joias e decoração no

casa o pega emprestado e faz uma pausa do trabalho na cozinha, prepara um café, acende um BT[25] e, com a revista nos braços, se põe a sonhar. As mulheres e os homens das folhas pesadas e luzidias são de outro planeta, de outra dimensão. Não se pode chegar até eles, assim como não se pode ultrapassar a velocidade da luz nem viajar no tempo. Mas nem dá para almejar chegar ali, assim como não queremos, no cinema, entrar na tela gigantesca e responder ao Robert Redford. Não queremos porque é impossível, e justamente por ser impossível sonhamos, a tarde toda, com o *Neckermann* nos braços, olhando os vestidos, e as blusas, e os sapatos, e as bolsas, e os preços em marcos, e, nas últimas páginas, fotos com balneários na costa de todos os oceanos e de todos os arquipélagos, com piscinas de água gelatinosa, azul, com imensos navios de cruzeiro, com homens e mulheres jovens, perfeitos como a própria perfeição, sentados em cadeiras altas junto ao balcão de um bar, tomando uma bebida verde-água, como a carne das medusas, em copos cônicos com hastes... Até homens solitários pegam emprestado um *Neckermann* para bater uma enquanto apreciam as páginas com loiras e morenas incrivelmente belas, só de calcinha e sutiã, mulheres com cabelo de cetim, com cílios duas vezes mais compridos que o normal, prova de que não são humanas, de que pertencem a outra espécie, de um mundo inatingível. Há uma diferença de fase quântica entre nós e eles, sua realidade é nebulosa e contraintuitiva, e, ademais, naquele domingo distante, era a realidade de Caty, o perfume de almíscar sob o queixo, entre os seios, entre as coxas e as nádegas vestidas em ondas de tecido com padrões róseos, estivais.

Não fico embaraçado diante de Caty, embora já seja divorciado e minha relação com as mulheres não possa ser pior. Alegro-me, de certo modo, por alguém me fazer companhia, apesar de lamentar não poder mais escrever em meu caderno, que ora preciso manter fechado a tarde inteira. Já são três horas, e faz calor, estou

---

mundo capitalista. As boas costureiras romenas reproduziam os modelos desse catálogo. [N.T.]

25 Iniciais de Bulgar Tabac, marca de cigarro consumida na Romênia totalitária. [N.T.]

sozinho num edifício sem limites com uma mulher com quem não tenho o que conversar, mas preciso enfrentar a situação, assim como tantas outras. A sorte é que, claro, ela mesma mantém a conversa. Que novidades comprou, o que mais trouxe para Matei (em geral anéis ou colares: quantos gramas pesam, quantos quilates têm os diamantes...), que coisas inteligentes Tony disse... Hoje, antes de chegar à escola, passou pela casa de uma amiga que retornara de Copenhague. Tem que ver o que a louca me trouxe de lá! Caty vasculha a bolsa de praia, de palha, e tira de dentro um pacotinho mole, embrulhado num papel lilás. "Estava mesmo precisando, aqui, por mais que se procure, só se encontram coisas tenebrosas", matraqueia ela enquanto, com suas unhas pintadas da cor de sua esplêndida boca, se esforça por desfazer o nó do lacinho. A luz, na secretaria, é sarapintada como numa floresta e atira centenas de milhares de nuances de laranja, de rosa, de ciclâmen, de verde-limão, de lilás de figo por sobre as faces luzidias, o nariz arredondado, o corpete perolado da grande mulher de borracha que, finalmente, desfez o nó e revelou, de dentro do papel crepom igual àquele em que se embalam laranjas, alguns objetos de um tecido sedoso que, de início, não consigo distinguir. "Calcinhas, querido, calcinhas de mulher, você pode imaginar um presente mais maluco? Miki é louca, por isso gosto tanto dela..." Cada uma das calcinhas então se estica entre os dedos em minha frente, como se fosse uma grande borboleta tropical segurada pela ponta das asas. Caty espera que eu também as segure, as apalpe, lhes admire o modelo, que eu talvez até as experimente. Seja como for, sei que se trataria de um erro crasso interpretar tudo aquilo como um convite e saltar sobre ela. Encontro-me numa situação tantalizante: frutos tentadores a minha frente, mas se eu esticar o braço... "Sim, são muito bonitas", digo a ela, como lhe diria uma de suas amigas. Caty atira sobre elas um olhar possessivo, plenamente satisfeita, antes de as enfiar de novo na bolsa. "Aqui não encontramos mais nem tricoline, que porcaria..." Continua matraqueando sobre o corpo das amigas, que engordaram, que fizeram dieta de emagrecimento... As rugas, não tem jeito, aparecem com a idade, por mais que nos cuidemos, assim como os pés de galinha... Graças a Deus ela ainda não tem, por enquanto, mas...

E, de repente, tendo falado até então olhando pela janela para os pardais que pulavam entre as árvores da Dimitrie Herescu, recortadas em finos cubinhos pela cortina de pano, Caty se virou para mim, olhando-me nos olhos. Sua voz permanecia a mesma, frívola, sexual e rachada, mas seu rosto subitamente assumiu um quê masculino, como se tivesse envelhecido uma década ou duas: "Nem lhe digo como fiquei triste ao passar dos quarenta anos! Que desespero e que amargura senti então... Como chorei o dia todo pelo fato de a parte mais bonita da vida ter passado... Por que precisamos envelhecer? Por que nos tomam a beleza e a alegria?". Não eram perguntas retóricas. Caty estava inclinada sobre mim e aguardava uma resposta. Encarava-me com tanto ódio e desespero que, se tivesse sido eu quem lhe roubara e escondera, como se fossem peles cravejadas de pedras preciosas, numa caverna, a juventude e a beleza, eu as teria devolvido no ato e ainda pedido desculpas. "Mas, Caty", digo-lhe, "você é a última pessoa que devia se queixar..." Ela não me deixa prosseguir: "Mas eu me queixo, sim, é uma injustiça, e devo me queixar. Senão o quê? Terei de ficar fodida e mal paga?". A palavra obscena soa como um tiro de revólver entre as paredes da secretaria. Que diabos está acontecendo? Minha ereção à visão das calcinhas passa, pois a troca de registro é súbita e estupeficante, como se o gato que mendiga à beira da mesa começasse de repente a falar, não só com voz humana, mas também com alusões eruditas ao mito platônico da caverna. Caty está concentrada, e ora tão séria que mal a reconheço. Debaixo da máscara de tom pastel, feita de penas de todos os pássaros da selva, surge um rosto preto, suado, de xamã. "Você se importa com o fato de envelhecermos e morrermos? Você se importa com o câncer e a paralisia?" Caty, outrora o objeto mais encantador do universo, haveria de se encarquilhar e de se cobrir com sal como as pérolas que envelhecem dentro de baús embolorados. Seu grito de pavor diante dos anos que, inexoravelmente, haveriam de cariar seus dentes e manchar sua pele era o negativo de seus gritos de prazer no meio da madrugada, pelos quais todos os vizinhos a conheciam, igualmente agônico e, de certo modo, igualmente vital. Aos poucos, o pavor de seus olhos, que a desfigurava, se acalmou, e ela retomou a fala com o automatismo implacável dos crentes que por vezes batiam à nossa porta para entregar folhetos em papel de má qualidade: "Eu sou o caminho, a verdade e a vida".

Parece que nem no mundo paralelo do *Neckermann*, de onde nossa professora de química fora catapultada, as coisas não eram assim tão glamurosas. No dia em que completara quarenta anos, atraídos de certo modo por seu pranto convulsionado diante do espelho, como as borboletas-caveiras que sentem o feromônio das fêmeas a dezenas de quilômetros com suas antenas peludas, entraram em sua vida os piqueteiros.

"Minha casa ficou repleta de convidados, era um grande tumulto, mas eu, acredite se quiser, estava trancada no banheiro, sentada na tampa da privada, chorando. Quarenta anos! Aos quarenta anos, assim como acreditei a juventude inteira, as mulheres eram umas velhotas! Era assim, inclusive, que eu me referia às professoras quando éramos meninas de liceu: a velha da matemática, a velha da história... a velha do romeno... Aquela idade não combinava comigo. Como é que, naquele tempo, eu poderia imaginar que chegaria tão rápido a ser uma velha da química? Sim, querido, tudo passou rápido demais, como num sonho. Eu me via no espelho aos prantos, com um pedaço molhado de papel higiênico na mão: estava péssima. Sabe como é, com o rímel espalhado debaixo dos olhos, a cara inchada... Matei, às vezes, batia à porta... foi sinistro." Os piqueteiros, porém, foram os únicos a conseguir salvá-la e lhe dar força para continuar, para tingir o cabelo já repleto de fios prateados e escolher um vestido que lhe atenuasse a silhueta corpulenta. Sem eles, ela mesma teria colocado a mão na famosa maçaneta, "mas eu a conectaria a dez mil volts, pois temos um gerador no porão em caso de falta de luz".

Não me era de todo incomum o termo piqueteiro. Na escola, de vez em quando, apareciam milicianos[26] para transmitir às

26 Membros da milícia, termo dado à polícia durante o regime totalitário na Romênia. [N.T.]

crianças as regras de trânsito, a ética e a equidade socialistas, e orientá-las caso um automóvel parasse ao lado delas e um desconhecido lhes oferecesse doces. Falavam também sobre as seitas extremamente perigosas que, aparentemente, vinham se alastrando e fazendo prosélitos pela cidade toda. Gordo e suado, embaraçado com o olhar das crianças que o olhavam boquiabertas, o policial se apoiava ora numa perna, ora na outra, e lia em voz alta, a partir de um papel amarrotado, retirado do bolso, os nomes das seitas mais suspeitas, vacilando, silabando, interrompendo-se aqui e ali para tomar fôlego. Nessa ocasião, nós, professores, descobríamos também que, pelo bairro de nossa escola, haviam aparecido emissários de modos de pensar "que nada têm a ver com a doutrina materialista, marxista-leninista, que nosso partido, queridas crianças, promove". As mais horrendas e perversas dessas seitas eram: os essênios, os simonianos, os menandrianos, os saturnilitas, os ofitas (que não devem ser confundidos com oficiais, meus queridos, ha, ha...), os naassenos, os peratas, os barbelo-gnósticos (que jamais se barbeiam), os carpocracianos, os mandeístas, os elquesaítas, os nicolaítas, os transcendentais, os mísios e os piqueteiros. Seus mensageiros secretos parecem gente como a gente, pode ser a vendedora da mercearia, o lixeiro, o cara do centro de botijões, e até mesmo um miliciano, embora o guarda não achasse isso, mas – e nessa altura ele arregala os olhos para os pequenos – podemos reconhecê-los todos através de um mero sinal. "Crianças, se porventura um adulto, mesmo se for o papai ou a mamãe, estando sozinho com vocês, abrir a palma da mão e mostrar um inseto enquanto olha direto em seus olhos, trata-se de um sectário. Vocês então saiam chispando, porque ele vai querer transformá-las também em sectários, fazer com que vocês beijem cobras no focinho, comam bebezinhos e cometam todo tipo de coisas proibidas pela moral comunista." As crianças gelam. Semanas inteiras após o encontro com o miliciano elas me escrevem redações com títulos como "O primeiro dia de aula", "Como passei as férias de verão", "O outono chegou", "Meu colega predileto", e nas quais sempre acaba aparecendo, não importa o tema, o adulto do inseto. Se vão comprar pão, a vendedora abre a palma vermelha da mão e, com um sorriso abjeto no rosto, lhes mostra um enorme e elástico gafanhoto verde. Cada transeunte na rua guarda na palma uma barata metalizada, uma lacraia dura como arame, um grilo ou pelo menos uma joaninha. Por medo, as crianças não vão mais à escola, onde os professores, de palmas abertas na direção da sala, revelam um escaravelho imperial. Escondem-se pelos porões, trepam nas árvores, esperam as seitas passarem como nuvens de um temporal. O adulto do inseto penetra nos sonhos delas, nos quais o bicho se forma a partir de sua palma carnuda, faz parte do corpo dele, o adulto do inseto não enxerga mais com seus próprios olhos nem pensa mais com sua cabeça: o inseto enxerga e ouve por ele, como se sua cabeça estivesse na palma da mão.

Na festa de seu aniversário, Caty aderiu aos piqueteiros. O sol já estava quase raiando, após terem dançado a noite toda, com a obstinação e o excesso de zelo daqueles que, ao passarem dos quarenta, do ápice da abóboda, do pilar de nossas vidas corcundas, ainda se recusam a olhar para o futuro. Dançaram no escuro, apalparam-se como adolescentes, não com volúpia, mas de maneira ostensiva, obscura e triste: ainda te desejo, embora conheça e esteja careca de conhecer cada centímetro da tua pele, embora diga às crianças que "o amor se transforma com o tempo numa espécie de amizade cheia de responsabilidade", que as pessoas se mantêm em casal não por se amarem a vida toda, mas para as criar e, em geral, "realizar coisas juntos". Não apenas fingem que ainda havia algo entre eles, de fato desejam que ainda haja, dariam a própria alma para poder sentir de novo amor e ternura, ou pelo menos um apetite animal um pelo outro. Sentem vontade de infiltrar os dedos, assim como fizeram outrora à penumbra espessa dos vestíbulos de casas antigas ou nos bancos dos parques, tarde da noite, ou nas festinhas da adolescência, na calcinha da menina cândida, mas curiosa, ou na cueca do menino passional e acanhado, para sentir os sexos úmidos e ardentes, mas sabem que agora os lábios da vulva estão secos, o pênis, semiereto, e que abril, maio e junho já passaram como num sonho, sem volta. Os homens, já calvos e de fios grisalhos, dariam qualquer coisa para sentir de novo, sim, até mesmo a dor atroz dos testículos com que voltavam para casa, dez paradas de ônibus, já noite adentro, depois de terem ficado sentados horas a fio num banco, num parque remoto, com a menina que, agora mulher madura, se movia pesada em seus braços, então suados e ardentes como nunca mais haveriam de ser naquela vida que se degradava inexoravelmente. Tocar os mamilos da garota amada, desejados com uma espécie de loucura torturante, sentir seus pelos pubianos e aquela estranha área entre as coxas dela, modeladas de maneira diferente das nossas, derramar-se dentro de nós, ao olharmos para seus olhos brilhantes de desejo, ao sentirmos sua língua doce e seu abandono diante de nossa agressão, a seiva de ouro das endorfinas, a droga da paixão que é a destilação, numa retorta de cristal de rocha, de uma outra droga, a da paixão, ereção, penetração e ejaculação, morrer e ressuscitar numa hora de amor, derretermo-nos no corpo do outro e ele se derreter no nosso, não mais apertarmos seios no côncavo da palma, mas termos nós mesmos seios, não mais apertarmos com nossas mãozinhas de unhas pintadas o cilindro de carne ardente, de veias inchadas e cabeça úmida do macho, mas termos nós mesmos um pênis, que brotou no corpo de nosso amante, ou seja, em nosso próprio corpo. Enxergarmos, com quatro olhos cujos cílios se unem e se entrecortam, a quarta dimensão, a futura dança nupcial, a série de noites de sexo do futuro, ouvirmos os gritos da mulher amada, o gemido profundo do homem amado, repetidos centenas e milhares de vezes, como as argolas da corrente sexual das nossas vidas, tudo isso se fora, desaparecera, murchara, fenecera, secara como galhos que a seiva não mais alcança. Caty e Matei dançaram a noite toda sem sentir desejo nem amor e, ao raiar do dia, ébria só de Martini, com lágrimas ainda por secar nas faces e o batom esfregado para além da borda dos lábios como uma mancha obscena, a mulher inflável de meus sonhos apareceu na frente da casa e se sentou nos degraus da entrada. O ar estava fresco, as nuvens lá em cima eram fluorescentes e ameaçadoras, mas, por baixo delas, já se entrevia um pouco de azul. Pensava em arranjar um amante e começar uma vida nova, claro, era um pensamento leviano apenas, fruto do medo e do desespero, pensava de fato em sua própria juventude, na luz que lhe banhara ao longo de anos, no seu perfil botticelliano, nos zéfiros que outrora despentearam seu cabelo comprido até as coxas, apaixonara-se perdidamente por si mesma na juventude, era uma lésbica apaixonada pelo próprio corpo de outrora, pela ternura e loucura de então, pelos seus olhos límpidos e cintilantes, pelos seus vestidos, pelos seus sapatos delicados, com saltos inacreditavelmente altos... Gostaria de voltar para lá, gostaria de não ter jamais saído de lá...

E então, contou-me Caty na sórdida secretaria, inundada por uma luz gelatinosa, então saiu da casa e se sentou ao lado dela, no degrau frio, em frente ao jardim, Virgil, "bom, você não o conhece, é um amigo nosso, físico em Măgurele, Matei o conhece faz tempo e, quando vem a Bucareste, ele o convida para uma cerveja ou para nossas festas". Ficaram um ao lado do outro, fumando e conversando, por umas duas horas, viram como o globo púrpura do sol se ergueu bem em frente a eles, escaldando tudo em âmbar e frescor. O homem tinha um aspecto exausto, como se tivesse percorrido a pé um caminho terrivelmente longo, atraído pelos feromônios emanados pela fêmea sentada nos degraus. Desta vez, a mensagem não era sexual, e a borboleta macho não sentiu, com as lamelas felpudas das antenas, as emanações infinitesimais, porém imperiosas, do ventre veludoso. A mensagem agora vinha do grande gânglio neural do crânio do infeliz que ali estava, de manhãzinha, olhando o futuro de frente. Eram os feromônios da infelicidade, da nostalgia, do desejo terrivelmente intenso de voltar, de nadar contra a corrente das águas frias do tempo, como os salmões que retornam à nascente. Caty agora não era mais mulher, mas uma criatura desvestida de sexo, uma pobre mortal como todos os outros, como absolutamente todos os outros. Uma pessoa feita de carne perecível e de ódio por si mesma, e que emitia ao redor, como um globo de dente-de-leão, sinais negros de infelicidade. Eram suas novas madeixas, que cresceram sobre o crânio careca, era o novo blush que lhe cobria as faces cor de terra. Era o novo sexo, um outro tipo de sexo, o sexo da morte e da dispersão, que ora procurava, emitindo ao vento pequenos gritos como os dos morcegos, seu parceiro sombrio. Virgil ouviu os gritos subliminares, inacessíveis ao ouvido humano, e se posicionou na única janela possível de acesso à mente assustada de Caty, assim como um Casanova experimentado que conhece com precisão o momento, raríssimo, em que a mais casta das mulheres, de coração gélido, pode ser conquistada. Virgil permaneceu calado por um tempo ao lado dela, sentado na pedra fria, olhando para o globo derretido do sol, que acendera milhões de gotas de orvalho na pastagem defronte, mantendo sobre os joelhos o punho fechado, e depois abriu os dedos como pétalas grossas de uma planta carnívora para revelar, no meio da palma, por cima do grande M rabiscado que todos temos – e que só pode vir de Mors, pois todos os caminhos de nossa palma conduzem, pelas tormentas inúteis do destino, às derrisórias brincadeiras do carma, até o unânime ossuário –, um delicado louva-a-deus verde, a cabeça triangular virando para todos os lados, com olhares visivelmente inteligentes, com membros longos e esbeltos, com o corpo fusiforme coberto por asas rugosas como lâminas ásperas de grama. Virgil ergueu o inseto até o enquadrar no círculo de metal derretido do sol, de modo que agora parecia, na mancha incandescente de âmbar, uma silhueta negra, em oração, rodeada por uma aura pulsátil, um campo energético intenso e hipnótico. Em seguida, ele se pôs a falar à mulher morta de cansaço, tristeza e álcool sobre os piqueteiros e a resposta que eles dão às grandes perguntas que nossa mente faz sem cessar, pelo simples fato de existir: de onde vem a infelicidade? Como é possível a miséria infinita de nossas vidas? Por que sentimos dor, por que contraímos doenças, por que nos deram o suplício do ciúme e do amor não correspondido? Por que tanto nos ferem nossos semelhantes? Como é que aprovaram o câncer, como soltaram a esquizofrenia no mundo? Por que há amputações, quem permitiu que brotassem em nossa mente os aparelhos de tortura? Por que se arrancam dentes para arrancar confissões? Por que se esmigalham ossos em acidentes rodoviários? Por que os aviões caem, por que centenas de pessoas caem durante minutos no avião com a certeza absoluta de que serão incineradas, explodidas, despedaçadas e estraçalhadas? Por que morrem pessoas de fome e soterradas sob paredes que desabam? Como é que se pode tolerar a cegueira, como aceitar o suicídio, como continuar vivendo junto a grandes amputados e incuráveis? Como suportar os gritos da mulher que dá à luz? Existem milhões de doenças do corpo humano, parasitas que o devoram por fora e por dentro, doenças de pele purulenta, oclusões intestinais, lúpus, tétano, lepra, cólera, peste. Por que as suportamos passivamente, por que passamos por elas fingindo que não as vemos, até elas também nos alcançarem, e isso é uma certeza? Sofrem nossa mente, nossa carne, nossa pele, nossas articulações. Cobrem-nos as feridas e o pus, afogam-nos o fleugma e o suor, arqueiam-nos as injustiças e a tirania, assustam-nos a vacuidade e a transitoriedade.

Por que sei que existo se também sei que não existirei? Por que me foi dado acesso ao espaço lógico e à estrutura matemática do mundo? Só para os perder quando meu corpo for destruído? Por que desperto de madrugada com o pensamento de que vou morrer e me apoio nos cotovelos, coberto de suor, e grito, e me debato, e tento sufocar o pensamento intolerável de que vou desaparecer por toda a eternidade, de que nunca mais existirei até o fim dos tempos? Por que o mundo vai terminar junto comigo? Envelhecemos, aguardamos calmos na fila dos condenados à morte. Somos executados um depois do outro no mais sinistro campo de concentração. Somos despidos primeiro de beleza, juventude e esperança. Somos embrulhados na vestimenta dos penitentes da doença, da fadiga e da podridão. Nossos avós morrem, nossos pais são executados diante de nós, e de repente o tempo encurta, e bruscamente nos vemos diante da lâmina da foice. E só então temos a revelação de vivermos num abatedouro, de que gerações são massacradas e engolidas pela terra, de que bilhões de pessoas são empurradas para a garganta do inferno, da qual ninguém, absolutamente ninguém, escapa. De que não está mais vivo um único homem daqueles que vemos nos filmes de Méliès saindo pelo portão da fábrica. De que absolutamente todos de uma fotografia sépia de oitenta anos atrás estão mortos. De que viemos todos ao mundo a partir de um abismo assustador e sem memória, de que sofremos inimaginavelmente num grão de poeira do universo infinito, perecendo em seguida, num nanossegundo, como se não houvéssemos vivido, como se jamais houvéssemos existido.

O louva-a-deus, apoiado em suas perninhas, girou na palma de Virgil, que falava num tom monótono, como se recitasse um texto decorado, e depois saiu voando, gafanhoto gigante, por cima do jardim perolado de orvalho. Acabou desaparecendo do outro lado da cerca enroscada em roseiras vermelhas e madressilvas.

Caty o escutou, aprovando cada frase com um gesto da cabeça, como se seu ser frívolo, feito de sedas e caprichos, só então houvesse despertado no mundo, escapado bem naquele momento do catálogo *Neckermann* com homens e mulheres perfeitos, e penetrado nos dicionários de doenças de pele, nos tratados de medicina legal, nas anatomias da melancolia, nas histórias dos infernos, em cujas ilustrações sinistras os esmagados, os queimados, os amputados, os oligofrênicos, os enforcados, os castrados, os paralíticos surgiam triunfantes de dentro de todos os buracos do horror, exibindo rostos verdes, lunáticos e globos oculares virados como os das bonecas quebradas. Naquela manhã, a mulher doce e multicolorida, com cérebro de pardal, começara uma vida dupla da qual só agora tomava conhecimento, em pé diante dela na secretaria deserta, em que fenecera a última figueira. De dia ela era a professora de química invejada por todas as colegas pelas roupas, sapatos e bolsas, pela casa com cento e cinquenta e seis olhos de cristal e pelo marido do Ministério do Exterior, mas, de noite, duas ou três vezes por semana, vestida de preto e sem maquiagem, e sem perfume, usando os sapatos da faxineira, com um lenço na cabeça, com lágrimas se insinuando nos olhos, com um ódio atroz no rosto de deusa defunta do amor, com um cartaz de papelão grosseiro arrancado de alguma embalagem de televisão em que se podia ler "Abaixo a velhice!", ela saía de casa sorrateira até a igreja Santa Eleftheria, onde se reunia com um amontoado de silhuetas negras, todas vindas de Cotroceni, após o que, a pé, no silêncio da cidade arruinada, assombrada pela nostalgia e por bondes velhos, caminhavam rumo aos cemitérios: Ghencea, Bellu, Andronache, Izvorul Nou, Armênio, Strǎulești, Dormição da Virgem Maria, Metalurgiei, Israelita, Eternidade, Colentina, Berceni, Luterano, Progresul, Santa Paraskeva. Pelas ruelas entre os edifícios abandonados, desertos, com portas escancaradas, podres como varas velhas de um barril, com estátuas alegóricas de gesso esticando asas quebradas sob a lua cheia, o grupo se encontrava com outros grupos, de outros bairros, outras pessoas com traços de carvão e olhos luzidios. Assim que chegavam ao portão do cemitério, cujo muro alto permitia entrever, perfilados no céu ainda vagamente luminoso, as pequenas e atarracadas cúpulas das criptas e tocos de cruzes pretas como piche, os piqueteiros, às dezenas, por vezes às centenas, pegavam os cartazes ("Abaixo a morte!", "Abaixo as doenças!", "Abaixo a agonia!", "Abaixo o sofrimento!", "Cessem o massacre!", "Protestem contra a dor!", "Pela vida eterna!", "Pela consciência eterna!", "Pela dignidade humana!", "NÃO à passividade!", "NÃO à covardia!", "NÃO à resignação!") e começavam, calados, a caminhar em círculos, por horas a fio, no frio da madrugada, com a obstinação daqueles que, assim como alguém os descrevera, "morrem com razão". "Protestamos sempre, lutamos sempre contra toda a sujeira que as pessoas, cegas e maldosas, nos fazem, mas como é possível aceitarmos a destruição do espírito, o imenso absurdo de sua vida na carne e de seu perecimento junto com ela? Como é possível esperarmos nossa vez para ser executados, no silêncio cretino das ovelhas, inocentes como elas, ao passo que somos espírito, ao passo que somos parte do Divino? Nós, piqueteiros, gritamos emudecidos contra o inacreditável, inqualificável, imperdoável genocídio humano. Defendemos que ele deve acabar. E que, na qualidade de homens livres e dignos, devemos protestar contra o destino e a fatalidade. Não aceitamos, não baixaremos a cabeça diante do fado e, já que vamos todos perecer mesmo, ao menos saberemos que não terá sido sem revolta, sem grito, sem indignação. Somos os únicos a perecer ao menos de pé, e não de bruços, na lama, nem ajoelhados." Caty ouvira dezenas de vezes essas palavras. Depois de não ter sobrado um único cemitério de Bucareste sem piquete por muitas noites, os grupos de sectários, todos de preto e agitando diante da morte cega e analfabeta aqueles seus cartazes de letras tortas, se deslocaram para a frente do crematório, dos hospitais, da Milícia e da Securitate[27]. Foram

27 Serviço secreto da Romênia totalitária. [N.T.]

presos a rodo, internados em hospitais psiquiátricos, encarcerados junto com presos políticos em celas imundas, mas os que escaparam eram sempre vistos com os cartazes, com os olhos sempre marejados, em qualquer lugar em que desabrochasse, como uma flor carnívora, o sofrimento humano. Como se tivessem sentidos especiais para a dor e a desgraça, chegavam aos incêndios antes dos bombeiros e, nas estradas, antes das equipes de resgate em casos de acidentes graves. Várias vezes Caty voltou para casa após levar surra de cassetete de borracha da milícia ou encharcada de jatos d'água. Mas encontrara, enfim, seu sossego. Enfim, não temia mais o envelhecimento e o desaparecimento. Lutava contra eles, nutria esperança contra eles. A chance de êxito não contava, contava a luta. Caty se separara da massa covarde de reféns, dos que viviam de cabeça baixa.

Olhei, por cima do ombro dela, a rua vazia: era domingo, e um crepúsculo doce e preguiçoso envolvia o pequeno vilarejo da periferia de Bucareste. Do outro lado, o idiota do bairro, com dois gorros tricotados enfiados um em cima do outro até os olhos, estava empoleirado na cerca da própria casa e cumprimentava com um gesto de mão cada transeunte. Mas aqui, na sala silenciosa, em que a voz da mulher cintilara por horas como um fio de seda, o ar estava paralisado como uma gelatina transparente, como num museu de antiguidades, de noite, depois que o último visitante se foi. Como tudo era fantástico, como era inesperado e complexo! Que sombra imensa, que sombra psíquica deixava atrás de si, mais verdadeira que ela mesma, aquela criatura que parecia a frivolidade em pessoa... Mas até mesmo a última prostituta da esquina, que jamais fez outra coisa senão berrar obscenidades, caminhar com saltos descuidados e realizar seu ofício com todos os brutamontes e bêbados do mundo, tem dentro do crânio o mesmo broto metafísico, o mesmo portal para o conhecimento e a redenção eterna, o mesmo castelo de grandeza infinita, a mesma capacidade de respirar não só o ar abafado de nosso mundo, mas o próprio espírito, o ar dos céus platônicos. Até ela tem, como Bach e Spinoza, a capacidade de visualizar ideias, de usar "e", "nem", "ou" e "se", de compreender que o sol também nascerá amanhã, inundando o mundo na seda de seu esplendor. Até o último alcoólatra, abrutalhado, queimado por dentro, mitômano e gabola, que dorme no meio da rua numa poça de vômito, abriga em seu crânio um cérebro digno de Kant e Da Vinci, que gera a cada momento, como um chafariz na forma de uma cabeça de leão, o espaço, o tempo e o hálito de irrealidade do mundo. Até ele, talvez mais do que outros, mais profundamente e mais sem palavras, experimenta a náusea avassaladora do pensamento da morte, e talvez por isso ele a sufoque na bebida que o petrifica e carboniza. Pois somos todos iguais, o agiota inescrupuloso, e o poeta ingênuo, e o criminoso em série, e o funcionário de arquivo, e o psicopata que passa por cima de cadáveres na política, e o cientista que puxa o conhecimento um mícron adiante. Nem gorila e nem deus sabem que vão morrer, só nós, que nos encontramos a meio caminho, entre carne e espírito, entre bem e mal, entre sexo e cérebro, entre existência e inexistência, temos a sentença garatujada na testa. Esse campo de extermínio é só para nós. Só para nós, que, dia após dia, tecemos o futuro nos olhos da mente ("amanhã também o sol nascerá"), preparou-se, justamente por causa desse dom miraculoso, o castigo supremo: seremos exterminados, todos, todos até o último, com a mesma certeza de que amanhã o sol também nascerá. Não é o fato de que isso aconteça o suplício que nos foi concedido em nosso inferno cotidiano, pois todos os cães, e elefantes, e eucaliptos, e percevejos, e líquens, e paramécios também perecerão até o último, junto com os astros, e as galáxias, e a substância diamantina de nosso mundo, mas o *conhecimento* de nosso destino comum é o ferro incandescente com que somos marcados, diretamente no cérebro, como as vacas na anca, antes da execução final.

    A boneca de borracha a minha frente, de boca redonda como uma pétala de papoula cortada ao meio por um traço de nanquim, de seios cujas aréolas se entreviam pela blusa florida, estava toda úmida e sexual, mas, por dentro, cheia de uma substância muito amarga. Escurecera quando nos demos conta, no mesmo instante (e então desistimos de pensar nisto) em que, naquela escola deserta, sibilante, poderíamos ter fundido nosso desespero num confronto ainda mais desesperado. Olhamo-nos nos olhos uma única vez e sentimos, ao mesmo tempo, a onda de excitação trazida pelo isolamento, pela intimidade e pelos feromônios, mas por nada neste mundo eu teria abraçado a ânfora cheia de nostalgia pelos tempos em que era deusa da volúpia e da alegria, quando morava no continente *Neckermann* junto a seus perfeitos e imortais concidadãos. Após o momento em que, de súbito, nossos peitos sentiram o efeito da adrenalina bruscamente expelida, inundando-nos os mamilos e descendo aos ventres, sorrimos embaraçados e deixamos a secretaria.

Era um anoitecer quente e profundo, na mais plena desolação. Passamos, jogando conversa fora, diante da oficina mecânica e saímos na avenida Colentina. As vidraças oblíquas do telhado da fábrica de tubos de aço cintilavam alaranjadas. A caixa-d'água surgia sombria. Na imensa rotatória havia dois bondes parados, e mais um assomava lentamente no horizonte, onde a avenida se estreitava entre os depósitos de lenha e os centros de borracharia. Caty se sentou em minha frente no bonde e, virada para mim, continuou falando sobre alhos e bugalhos, assim como fazia, sem cessar, na sala dos professores. Só quando teve de descer na Doamna Ghica, ela me perguntou se eu também não gostaria de ir, no próximo mês, ao planejado piquete da morgue, ou seja, do Instituto Mina Minovici, no centro da cidade. Aceitei de pronto. Deveríamos nos encontrar em Vitan, ao lado da agência postal, e nos dirigirmos à morgue à meia-noite, junto com os outros piqueteiros. Desci e, com um gesto, me despedi de Caty, que, dentro do bonde bem iluminado, parecia um peixe gracioso e multicolorido coberto por um véu num aquário vazio. Mergulhei em seguida pelas ruelas labirínticas que levavam até a Maica Domnului. Precisei de meia hora para chegar em casa.

14

A primeira vez que senti que alguma coisa estava acontecendo (embora tudo o que me acontecia naquela época fosse estupeficante e inaudito, pois dia após dia o mundo se apresentava a mim não só com suas formas, cores e sons, mas também com seu modo de utilização: eu descobria, segurando um jornal entre os dedos, que podia rasgá-lo, pegando uma caneca, que podia soltá-la para se transformar em cacos no chão, olhando para mamãe, que ela é a estranha divindade que me protege de todas as outras quimeras, meu kit individual de sobrevivência, meu ícone e talismã mágico e as tetas das quais sorvia um líquido voluptuoso) foi naquela manhã de inverno em que mamãe me levou até o hospital para uma operação dentária. Para uma criança nada é estranho, pois ela vive na estranheza, por isso os sonhos e as lembranças antigas parecem feitas da mesma substância. A estranheza, naquela altura, era simplesmente a banalidade do mundo. Meus dedos pareciam estranhos às vezes, ao observá-los por demorados minutos. Meus sentidos eram tão aguçados, e o vidro fino e côncavo de minha córnea era tão fulgurante que, ao olhar minhas unhas, via claramente como as leuconiquias, brancas e opacas como nuvenzinhas, se erguiam lentamente da base da unha até a ponta, até abandonar, como a penugem do dente-de-leão, a unha para se dissolver no ar esverdeado do quarto. Minhas unhas curvas, moles, coladas à pele dos dedos, não eram uma superfície lisa: via com clareza sua estrutura prismática, as listras paralelas longitudinais, como se uma miríade de faixas córneas saísse de todas aquelas fileiras da base da unha. Nada, aliás, era real, mas apenas, de certo modo, mal esboçado. Nada era esculpido na matéria, mas só em sensações: medo, alegria, aperto de mão, apetite e curiosidade. Ainda me desenvolvia num útero, vivia na paisagem psíquica de meu próprio crânio, que eu tinha de romper como a uma casca de ovo para esticar meus ossos, desengonçados, naquilo que logo haveria de chamar realidade.

Mas até na estranheza geral da vida aos três anos de idade acontecem, caso sejamos eleitos – por honra ou vergonha –, coisas hiperestranhas, que não pertencem à cristalização normal do mundo a nosso redor. Fatos sobre os quais até nossa mente, que ainda vive no sonho, diz: "Isso não tem como acontecer". Pois com as formas e seus modos de utilização (seus manches, ganchos e botões invisíveis: pegue-me, rasgue-me, desfaça-me, dobre-me, mastigue-me, saboreie-me, escute-me, corte-me), recebemos mais alguma coisa, sem saber como e de quem, a superetiqueta ou o supermanche "isso pode, isso não pode", "isso é verdade, isso não é verdade", ou seja, escolhemos entre o caos de possibilidades, probabilidades, irrealidades e estranhezas uma única estrutura a que chamamos "realidade" e com que contamos para poder viver. Jamais pude perceber como real aquilo que aconteceu na manhã de inverno em que mamãe me pegou nos braços e, avançando em meio a montes de neve, fomos "até a casa de Doru, para brincar com os brinquedos dele". Doru era um primo meu muito maior, a quem já tínhamos visitado algumas vezes. A cidade ao redor de nós era de um branco-cintilante, lembro-me de como sua imagem palpitava ao ritmo dos passos de mamãe. Segurava-a pelo pescoço com minhas mãozinhas e olhava para trás. Viam-se apenas meus olhos por cima do cachecol que me cobria a boca e o nariz.

Por algum tempo, a cidade foi mansa e familiar, conhecia as ruelas e os edifícios em torno de nossa casa, sobre a qual a neve ora caía maciça, seca, num leve farfalhar. Os transeuntes estavam com seus xales e sobretudos cheios de neve, os bondes e os poucos automóveis também tinham suas capotas e os tetos todos cobertos. Apertava as pálpebras de tanto branco, tanta luz pura. Estrelinhas brilhantes se acumulavam em meus cílios. Depois de ronronar preguiçosamente por algum tempo, a cidade começou a rosnar como um animal irritado. Não sabia mais o caminho: o que fora plasmado de ternura era agora plasmado de pavor. Em minha cabeça, o caminho até a casa de Doru era bem definido. Mas não era o que mamãe ora seguia. Ela estava mentindo para mim, lembro-me muito bem de ter pensado isso, mas apenas por um instante, pois não pude suportar até o fim o pensamento. O deus que nos segura nos braços e nos aperta ao peito não tem como mentir, pois ele é o próprio ser, com a certeza do ser. Abandonei aquele pensamento torturante e perverso, mas a cidade começou a rugir como um leão a partir de todos os seus prédios desconhecidos, das ruas desconhecidas, dos olhos das pessoas desconhecidas. Era como se estivéssemos de repente cercados por uma matilha de cães que latiam raivosos, arregaçando os dentes diabolicamente. A única escapatória era mamãe, apesar de minhas suspeitas. Apertei-lhe o pescoço com minhas mãozinhas enluvadas até quase a sufocar e lhe disse, choramingando: "Este não é caminho para a casa de Doru...". Mamãe me afastou e me olhou nos olhos: "Filhotinho, fiz um caminho diferente. Veja, estamos chegando. Vou deixar que você brinque o dia todo com os brinquedos dele, lembre-se de minha promessa". Seu rosto coberto pelo xale ocupava todo o céu. O que eu era capaz de ler nele – pois eu aprendera seus traços como um mapa: os vales suaves das faces, as minúsculas veias sob os olhos, a boca ora com um batom bem claro, as pálpebras cansadas, as sobrancelhas com flocos de neve – não me tranquilizou. Mamãe não sorria. Do ícone não brotava a água da vida. Não sabia o que era mentira, mas sabia que mamãe estava mentindo quando vi o mapa com curvas de nível em seu rosto, tão desconhecido quanto as ruas e as casas e as perspectivas da cidade nevada.

    Estava pela primeira vez sozinho no mundo. Pela primeira vez, duvidava não só das cores e dos sons do mundo, como do próprio destino que até então me fora favorável. Para onde era levado? Em que direção eu flutuava no ar, por entre flocos espessos de neve, nos braços daquela que me guardara no ventre, daquela que fora una comigo, com quem compartilhara veias e artérias, sangue e alimento como se fosse uma de suas vísceras, semelhante ao fígado ou ao baço? Para quem ela doava, e por que, agora, o órgão excedente, por que o traía, que ideia, que força ou que outra dimensão impelia mamãe pelo caminho petrificante da mentira?

A primeira coisa de que me recordo, então, é o céu estrelado. Estava deitado numa cama coberta com um linóleo rosa-cor de café, desagradavelmente gelado, parecido com aquele que cobria todos os leitos do posto de saúde. Acima de mim, um céu noturno repleto de estrelas. Não sei se alguma vez já tinha visto realmente estrelas. Sim, quando descia do bonde com que retornava da casa de minha tia, em Dudeşti-Cioplea, sonolento e bocejando, pois dormira ao longo de dez paradas, tinha acima de mim o céu estrelado, que por vezes as pontas da lua iluminavam com extraordinária intensidade. Mas até então as estrelas jamais me emocionaram de verdade. Agora elas brilhavam acima de mim, enquanto estava deitado na cama e as fitava, sem recordar mais o pavor do caminho para o hospital e sem me perguntar como havia finalmente chegado àquele quarto, elas se desabriam acima de mim, como se vistas por um olho de peixe, salpicadas por todo o firmamento, umas grandes como taças de lírios imperiais, inclinando o caule matemático do qual se penduravam, outras salpicadas com delicadeza, mandelbrotianamente, nos vales, nas dobras e nas concavidades do céu noturno. Farinha, sementes de flores e pepitas de ouro se misturavam acima de mim, irradiavam e pulsavam acima de minha carinha de criança de três anos, reunidas num vidro convexo entre minhas pálpebras. Caóticas no primeiro momento em que abri os olhos – como se eu estivesse pela primeira vez no mundo, sem memória, como se houvesse nascido bem naquele instante, naquele leito de hospital –, as estrelas em seguida se agruparam em minha mente, criada para catalogar e ordenar tudo, à força, segundo a lógica do sonho e da utopia, em constelações em forma de concha, de colar de pérolas, de boneca maligna, de traça, de arco de estofado, de miolo de maçã, de palhaço de circo, de mãe, de pai, de criança. Estava todo respingado pela tinta multicolorida das constelações. Onde me encontrava? O silêncio era completo. Meus olhos tinham dificuldade de se desprender das estrelas.

Não sentia nenhuma emoção, assim como sucederia alguns anos depois, quando retiraram minhas amígdalas e pólipos com instrumentos arrepiantes, enquanto eu permanecia sem medo, de fato, fora de mim, diante do médico de avental e luvas cheias de sangue: deram-me então uma pastilha azul que anulou rapidamente o medo e me fez entrar apenas com alguma curiosidade na sala de tortura. "Abra a boca", disse-me então o médico, "não vou te fazer nada, só quero medir as amígdalas", mas eu acreditei nele e, embora tenha sentido, cru e agudo, cada corte na carne de minha garganta, era como se eu sentisse a dor de outrem, sem nenhuma ligação comigo. "Pronto, quase terminei", disse-me o homem da sombra, cuja lâmpada na testa me ofuscava enquanto estava ali, com o sangue escorrendo da boca, sentado na cadeira que parecia de dentista, "agora abra mais uma vez, bastante, o máximo que puder". Cheguei a ver a pinça de aço que ele enfiou em minha garganta e de repente senti – não sei se posso chamar de dor. O que senti, o que vivi naquele instante extrapolava a noção de dor assim como a carícia é extrapolada pelo esfolamento vivo. Foi como o brusco jorro vertical de um gêiser de dor concentrada, pura, vermelha e azul como a chama dos fogareiros de acetileno. Como se meu crânio martirizado fosse o bulbo do qual bruscamente brotasse a tulipa intolerável da dor. Mas não gritei, embora jamais tivesse sentido algo parecido, embora o que senti viesse a me marcar por toda a vida, pois a pastilha azul separara até aquele punhal de dor da mente da qual se alçara, e que, hipnotizada por ela mesma, não tinha mais nenhum interesse dirigido para fora. Satisfeito, o médico depois me mostrou, no gancho da pinça, um pedacinho de carne vermelha e ensanguentada, que acabara de ser arrancada de meu corpo.

    Até hoje não sei como fui parar naquela cama coberta de linóleo. Tentei, durante as horas de devaneio, preencher de alguma forma o branco entre a lembrança da caminhada pela cidade nevada e meu surgimento na cama, deitado de barriga para cima, de olhos abertos, sob as estrelas. Ignoro se cheguei a algum lugar, se entrei num hospital, se fui preparado para uma cirurgia. Não sei se aqui também me deram algum comprimido, mas sei que me sentia do mesmo jeito, do mesmo jeito como me senti mais tarde em tantos momentos de minha vida que não posso explicar a não ser, talvez, por meio de uma invasão brusca e elástica do sonho na vida, ou da vida no sonho: uma falta total de medo, uma lucidez total da mente, mas da mente em si, desprovida de qualquer proprietário, um encantamento sério e um pouco curioso, uma surpresa fascinada diante da paisagem inaudita, sem precisar saber o que faço ali, como cheguei ali, como voltarei para casa.

Muito mais tarde, depois de contemplar absorto as estrelas estonteantes lá de cima, virei a cabeça e olhei ao redor. Meu leito estava no meio de uma sala circular, com paredes de uma cor creme-leitosa, lisas, por cima das quais simplesmente se arqueava a abóboda celestial. Caso fosse uma cúpula de vidro entre mim e as estrelas (e agora não duvido mais disso), aquele vidro deveria ser indescritivelmente limpo e cristalino, praticamente invisível. Só pelo ajuntamento de estrelas bastante uniforme no firmamento, mais rarefeitas acima, no ápice, e reunidas com maior densidade nas margens, era possível supor a existência da cúpula transparente. Olhava ao redor de mim, deitado de barriga para cima, para a parede luzidia, circular, e para o chão da mesma cor creme, estranhamente tranquilizante, quando, de súbito, entrei em mim mesmo ou me lembrei de mim. Não sabia como chegara ali, mas sabia que existia, não me lembrava de mamãe, mas agora eu voltava a ser o menininho de três anos cujos dedos podia contemplar, sabendo que eram meus, e cujo peito, numa roupa que não era dele, palpitava devagarzinho ao ritmo da respiração. Soergui-me bruscamente apoiando-me nos cotovelos, com as pernas balançando na borda da cama.

E então ouvi a voz. De uma brutalidade assustadora, não humana. Tenho grande dificuldade, agora, em descrevê-la. Pois não era uma voz de fato, nada tinha da altura, da intensidade ou do timbre de uma voz de verdade. A voz humana é pensamento filtrado pela carne. É uma corrente abstrata, como cristal derretido que escorre entre membranas e cartilagens úmidas, que se torna opaco sob a ação de lubrificantes do trajeto fonador: o catarro, a saliva que passa por entre dentes e lábios, amassada antes por um pé de molusco que é o músculo da língua. A voz é sexual, vem dos ovários e testículos, é dominadora ou submissa, é toda respingada pelas viscosidades do corpo, da matéria de bilhões de consistências deste mundo. Mas a voz ensurdecedora que então ouvi, no quarto circular, não continha impureza. Era totalmente imperativa, a voz interior que comanda os músculos e sem a qual não pode haver movimento. A voz que ordena a liberação de adrenalina no sangue quando estamos em perigo, a voz que provoca o peristaltismo dos intestinos. Era aquela voz indistinta de ação, ordem pegada à execução, entidade comando-obediência, pergunta-resposta. Ouvi-a no cérebro e com o cérebro, preenchendo a sala circular e fazendo-a ressoar como um sino. Ordenaram que me deitasse de novo na cama. Se tivesse sido um berro (assim como o papai berrava às vezes), eu não me teria assustado nem me deitado mais rápido. Fui simplesmente atirado para trás pelo sopro terrível daquele mugido interior, do qual, embora não possa reconstituí-lo em todo o seu horror, jamais me esquecerei.

O que se seguiu? Isso para mim é fácil contar: não se seguiu nada. Assim como também antes fora um nada muito espesso. Não me lembro de absolutamente mais nada a partir daquele momento. Despertei de barriga para cima e tudo se interrompeu. Ignoro se puseram uma máscara de clorofórmio em meu rosto, se fui efetivamente operado, se deixei o hospital. Não sei, até hoje, o que mais aconteceu naquele dia, naquele inverno de 1959. Mas tenho tudo presente com força e clareza em minha cabeça, mesmo com os hiatos que já mencionei. Toda a minha mente protesta contra a ideia de que talvez se trate de uma inserção onírica, de que talvez eu esteja associando lembranças de tempos e lugares diferentes. Não, se é algo que se possa em geral saber com certeza, sei que tudo ocorreu naquele dia, na sucessão em que contei os fatos, que o espaço circular foi a "sala de operação" sobre a qual, mais tarde, mamãe haveria de me contar.

Do que fui operado então? Não tenho nenhuma cicatriz no corpo. Claro que depois perguntei para mamãe, mas só quando fui capaz de compreender que minhas lembranças mais antigas, que de vez em quando vinham à tona na memória, não eram propriamente lembranças, mas vestígios de um sistema mais antigo de captação dos eflúvios do mundo, órgãos atávicos do animal mnésico abrigado em meu crânio. Brincava, às vezes, com essas pedras renais de minha mente como se brincasse com bolas de gude, girando-as entre os dedos e divertindo-me com seu tilintar cristalino. Essas relíquias, fósseis de um cérebro mais antigo, não eram muitas, umas sete ou oito, datando do tempo em que o sonho ainda não se separara da realidade, preservando, como insetos no âmbar, verdades completas, detalhadas, perturbadoras sobre o que fora, o que era, o que é, de fato, minha vida. Mamãe sempre as confirmava, mas só pela metade, transparentava-as com menosprezo, fingindo considerá-las lembranças comuns, evocadas pela minha mente de agora, como se tivesse sido a mesma de então, apertada em meu pequeno crânio de um ano e meio, dois anos ou três anos, ocupado na sua maior parte por meus gigantescos globos oculares. Era como com Victor, como com os remédios misteriosos de nossa casa, como com os banhos em que despejavam sobre mim um líquido que tinha um cheiro profundo de vulva e camomila, um bafo amniótico que guardo até hoje nas narinas. Era como com minhas eternas idas, mais tarde, à Policlínica Maşina de Pâine. Por muito tempo, durante a adolescência, acreditei ser um doente inveterado. Padecia de algum mal tenebroso, um parasita que substituíra minha medula espinhal ou talvez até minha consciência. Trazia comigo um germe que não devia sair da trouxa de minha pele, pois, se escapasse, corroeria as fundações do mundo. Mamãe sabia disso, talvez ela nem fosse de fato mamãe, mas um vigia, um anjo que me observava a cada instante, e então entendia por que, levando-me nos braços no inverno ofuscante de 1959, por entre prédios velhos, nevados, que escorregavam a minha passagem, pulsando ao ritmo de seus passos, mamãe revelara por um instante seu verdadeiro rosto, mentindo para mim, separando-se mais uma vez de mim, após o corte do cordão umbilical. Como eu não podia lhe perguntar nada diretamente, por medo de que respondesse, limitava-me a pequenas alusões, palavras ao acaso, à mesa, enquanto ela, suada e cheirando a batatas fritas e carne grelhada, lutava com as moscas naquele seu estilo repugnante:

acompanhava com o olhar o voo delas, de braços abertos e, de repente, batia uma palma na outra, esmagando os corpos pretos e gordos. "Mamãe", perguntei-lhe quando tinha uns dez anos, "você lembra aquela ocasião quando íamos até a casa de Doru e, no fim, chegamos ao hospital?" "Quando, querido?" "Eu era pequeno, estava nevando, você me levava nos braços, e eu te disse que aquele não era o caminho para a casa de Doru"... Mamãe ficou por um tempo paralisada em meio à fumaceira da cozinha. Estava quente, morríamos de calor mesmo com a porta do terraço aberta. "Quando? Quando você tinha uns três anos? Dois e meio, três? Sim... Levei você ao hospital para uma cirurgia, você tinha um dente que estava nascendo ao contrário, o removeram por debaixo da mandíbula. Você não lembra?" "A qual hospital você me levou?" "Até parece que ainda lembro... Faz muito tempo." "E quando você foi me buscar no hospital?" "Não lembro mais, querido. Você não tem coisa melhor para perguntar?" E nossa vida continuou, escola, refeições, sono da tarde, e as incongruências, e contradições, e silêncios, e confusões de mamãe se acumulam como uma bolha que cresce sem parar, e eu vejo cada vez mais claramente que não tenho como contar com ela para compreender o enigma e a melancolia de minha vida.

Pois não eu, e sim meu primo, filho da irmã de minha mãe, é quem tem uma cicatriz do lado direito inferior da mandíbula. Como é que mamãe consegue se confundir tanto? Será um equívoco voluntário, uma tentativa esfarrapada de me afastar da direção obsessiva de minhas buscas? Mas então como é que ela não entende que seus erros me incitam ainda mais, que eles se tornam indícios, como os atos falhos de um suspeito na acareação? Ou mamãe está de meu lado e, no limite do possível, tenta me transmitir algo, comunicar-me desesperadamente, talvez até por meio de erros grosseiros, que o enigma existe, que meu desassossego se justifica? Talvez seja refém de uma força tão fabulosa que só pode deixar escapar, vigiada que é contínua e intensamente, disparates, mas disparates flagrantes, que não são fatos, nem informações, mas gritos de aviso.

Desde aquela manhã de inverno eu soube que não podia mais contar com mamãe, corpo de meu corpo até então, assim como o hemiplégico sabe que não pode mais se fiar em metade de seu corpo. Foi então, e não três anos atrás, que se rompeu o cordão umbilical entre nós. A partir dali, mamãe, símbolo e pilastra central de meu mundo, sempre se revelou aliada dos médicos e dentistas, torturadores de minha infância. Lembro quanto quis mantê-la só para mim. Desde que aprendi a fazer nós, eu amarrava todas as maçanetas com barbante, trapos e cadarços de bota, para que não pudesse mais entrar em nossa casa nenhum novo irmãozinho. Ao saber que mamãe tinha de fazer compras, eu punha um garfo na soleira, para que ela não pudesse mais sair. Amarrava-me na cintura com as extremidades do cordão de seu roupão, para voltarmos a ser unos, para permanecermos sempre inseparáveis. Contudo, mamãe agora era outra pessoa, distinta de mim como uma estátua, como um guarda-roupa, como uma nuvem que passa pelo firmamento.

Onde é que estive então, naquele quarto de cuja realidade não posso duvidar, assim como não duvido da de meu quarto em que ora escrevo, em minha casa da Maica Domnului? Como pude fitar o firmamento estrelado, com cada estrela como se fosse de ouro liquefeito, se era inverno e o céu estava encoberto por grossas camadas de nuvens? O que aconteceu naquela manhã, no inverno de 1959? Não sei se foi, então, a primeira anomalia de minha vida depois de Victor, mas foi a primeira da qual me lembro. A seiva dela emanada me irrigou a vida ulteriormente, pois no trajeto de minha "operação" aos três anos e pouco de idade se seguiram depois muitas outras anomalias relacionadas a doenças e hospitais que tangenciam a face oculta de minha vida. E que, se eu fosse escritor, teria ficado para sempre oculta, obscura, semiesquecida, insignificante por fim, pois nenhum romance pode, por definição, dizer a verdade, a única que importa, a verdade interior da vida de quem escreve. Por não ser romancista nem desenhar portas falsas em paredes, sou feliz escrevendo, e essa felicidade é preferível à glória. Enquanto aqui escrevo, neste inchaço já enorme que é meu diário, sinto meu crânio rodeado por uma aura azul e fresca. Escrevo no escuro, à luz imperceptível de minha glória. É a única que amplia a escuridão do mundo, a única que as hordas que vêm das profundezas não temem.

15

O primeiro livro cujo título e cujo autor preenchi na ficha da biblioteca, no outono dourado cheio de teias de aranha esvoaçantes de meu primeiro ano de faculdade, não foi nenhum compêndio de literatura antiga, nem *Istoria ieroglifică*, de Cantemir, nem *Cronicarii munteni*, nem um curso de fonética ou fonologia. Tudo isso eu já comprara fazia tempo e jazia agora em meu quarto da Ştefan cel Mare, em cima da mesinha, amontoado, intocado. Não esquecera nenhum livro da lista recebida nos primeiros seminários. Lembro-me ainda hoje de como entrei, pela primeira vez, na livraria Eminescu ao lado da faculdade. O centro da cidade não era, para mim, naquela altura, uma parte de Bucareste, mas de repente Paris, Berlim, Nova York, Londres ou Tóquio. As pessoas ali me pareciam bonitas e cintilantes, edifícios fantásticos, dias panorâmicos e repletos de exaltação. Não olhava para os lados enquanto caminhava pelas calçadas sobre as quais cada bilhete de bonde e cada bituca de cigarro brilhavam como se debaixo dos holofotes do circo, com filtros coloridos sempre diferentes, mas olhava para tudo com o olhar faminto do fotógrafo. Observava então o cabelo das mulheres esvoaçando no ar repleto de poeira, no qual se juntavam as teias de aranha que, levadas pelo vento, preenchiam o vasto espaço entre o Inter e o restaurante Pescarul, as luzes e o vento girando em torno dos ônibus e automóveis que passavam sob os olhares cegos das quatro estátuas. Sempre que alguma moça com pasta de estudante debaixo do braço e saia presa na frente, assim como ditava a moda, com um grande alfinete ornado com ônix e calcedônia, passava a meu lado, eu inspirava profundamente para lhe sorver não só o perfume, mas também os feromônios emanados por sua pele junto com o almíscar e o suor. Eu tinha vinte anos e ainda não tivera nos braços, nem mesmo numa dança, ou num chá, assim como se chamavam as festinhas de então, nenhuma delas. As mulheres me eram alheias assim como o universo distante das mansões, dos iates, das cidades do Ocidente, dos restaurantes em que jamais entrava, como se tivessem entradas muradas ou fossem banheiros femininos. Não eram para mim, não faziam parte da realidade que me cabia tocar.

Entrei na livraria Mihai Eminescu, quase vazia às quatro da tarde, com uma lista na mão, mas procurando um livro em especial, um dicionário maciço de etnologia e folclore, sobre o qual meus novos colegas, com rostos por ora estéreis como balões flutuando na direção do teto das salas estreitas de seminário, me disseram ser difícil de encontrar. Revistei as prateleiras, sob o olhar de uma livreira mignon vestida de vermelho. Os livros me abriam o apetite como um bufê sueco: eu os devoraria a todos. Alguns títulos me eram conhecidos, já os lera, estavam listados em minha agenda como mulheres já possuídas do caderninho de um depravado, outros tinham o frescor de flores recém-abertas, repletas de orvalho, tanto mais apetitosos. Meu olhar deslizava pelas lombadas, eu me esforçava justamente por identificar os títulos escritos na vertical, entortando bastante a cabeça, quando de repente vi o tal dicionário. Imenso, estava na prateleira de cima, logo debaixo do teto, entre livros muito mais afilados. Fui de imediato pedi-lo à livreira. Com a expressão de fastio de muitas vendedoras jovens, que se sentem ofendidas pela profissão que exercem, a moça de vermelho, de aspecto bizarro (havia algo de errado com suas sobrancelhas), me acompanhou, mas, ao ver o livro, olhou para mim com uma expressão que não pude decifrar. Não pude acreditar que o ódio, o desprezo e a repugnância de seus olhos de rímel fossem dirigidos a mim, um moleque que lhe pedira, afinal, bem-educado, um livro. "Some daqui, senão eu chamo a milícia", disse-me em voz baixa, após o que se virou e foi para a parte da frente da livraria, onde eu a notara ao entrar. Ficou ali, apoiada numa prateleira, pequenina e esbelta em seu tailleur vermelho, sem voltar a olhar para mim. Que loucura era essa? O que havia de errado com o dicionário? Ou comigo? Fiquei paralisado, no meio da livraria, envergonhado e aflito como uma pessoa injustamente acusada de furto ou comportamento indecente e que se pergunta, como num sonho, se de fato não seria mesmo culpada. Saí da livraria por outra porta, a que dava para a Faculdade de Matemática, e caminhei por muito tempo, devagar, pela calçada, ao ar luminoso do outono. Crescia dentro de mim uma terrível humilhação, tão pesada, que logo me dei conta de que não seria capaz de chegar em casa e passar a noite com ela. Então retornei à livraria, agora frequentada por dois ou três clientes, e me dirigi logo à vendedora. "Perdoe-me, mas quero perguntar por que a senhora não me vendeu o dicionário de etnologia. Preciso dele para a faculdade, veja aqui, minha lista..." A moça olhou para mim com a mesma hostilidade: "Vejo que você realmente quer que eu chame a milícia". "Mas não entendo, o que eu te fiz? O que aconteceu?" Olhou para mim de novo com certa suspeita. "Você é estudante?" "Sim, de Letras. O dicionário, veja, consta de minha lista..." "Está bem, eu te vendo, mas fique sabendo que não vou subir a escada." "A escada? Subo eu se a senhora tem medo." "Não tenho medo de subir, medo eu tenho dos da sua laia..." Não entendi. Fui de novo com ela até o fundo da livraria, subi a escada até o teto e tirei o calhamaço da prateleira. Só depois de ter pagado, no caixa da frente, a pequena livreira me acompanhou até a saída para se desculpar: "Você não imagina quantos pervertidos há neste mundo. Quando me empregaram aqui, nas primeiras semanas, não entendia por que alguns clientes pediam para eu pegar livros só das últimas prateleiras do fundo da livraria. Subia a escada e, na hora de entregar o livro, o cliente... cadê? Até eu entender o que eles queriam".

    Fiquei consternado. Os livros, em especial aqueles reunidos nos santuários das livrarias, não eram, a meu ver, compatíveis com sexo e sensualidade. Menos ainda com perversão. A história da moça a minha frente, cujas sobrancelhas, agora eu via, eram um pouco mais oblíquas do que deviam ser, o que fazia com que seu rosto belo e limpo se tornasse inesperadamente expressivo, não me parecia sórdida, obscena ou revoltante, mas fantástica. Jamais imaginara que uma mulher atraente, de carne e perfume, embalada em lingerie e tecido, fosse tão estranha numa livraria quanto um fantasma no mundo real, como um fragmento de sonho transposto na realidade. E que o fantasma da vendedora de saia curta que, trepada na escada, se estica na direção da última prateleira, descobrindo diante de nossos olhos as coxas até lá em cima, pudesse ser alvo de caçadores de um prazer obscuro e clandestino. Saí em meio ao cheiro de combustível do centro, olhando para trás, algumas vezes, para a mancha vermelha no meio da livraria, sem saber que, desde então, haveria de ver aquelas coxas (que já entrevira na imaginação) inúmeras vezes, e que a moça mignon, já enojada de todos os pervertidos do mundo, haveria de desempenhar, anos mais tarde, um papel assustador e confuso em minha vida.

No entanto, na ficha estreita, retangular, copiada de centésima mão, da sala de leitura da biblioteca de Letras, transatlântico de dez andares carregado com todos os livros já escritos, escrevi o título de um livro que não constava de minha bibliografia obrigatória de seminários. Porque, depois de descobrir, enfim, o autor (que revelou ser autora) do romance *O Moscardo*, cujas páginas literalmente molhei de lágrimas numa tarde de leitura na cama desarrumada, de lençóis puídos, de meu quarto da avenida Ştefan cel Mare, quando estava na sexta série, não pude fazer outra coisa senão tomá-lo emprestado. Escrevi na ficha, errando de rubrica, ou melhor, ignorando-a, *O Moscardo*, de Ethel Lilian Voynich, e só depois preenchi as outras fichas com a bibliografia obrigatória. Queria voltar ao corpo do menino de doze anos, que nada sabia da unificação da Itália, nem de revoluções, nem de igreja, nem de liberdade, que, de fato, mal sabia que se encontrava no mundo, mas que, apesar de tudo, ficara em prantos, como nunca antes – e como nunca depois – e sem mesmo saber por quê. Queria utilizar aquele corpo miúdo, escurecido, anêmico, totalmente anônimo, aqueles olhos negros lacrimejantes num rosto fininho como a lâmina da navalha como uma espécie de Regine Olsen, queria saber se a repetição era possível. *O Moscardo* haveria de ser minha madalena, as irregularidades de meu macadame, o flash que iluminaria repentino, como uma lâmpada de bilhões de watts, o infindável reino de minha mente. Queria reler aquele livro e chorar de novo, trancado de novo em meu corpo e minha mente que haviam desaparecido do mundo fazia oito anos. Queria ver de novo o vaso de babosa em cima da mesa, a pintura com faíscas de mica das paredes de meu quarto e, sobretudo, o panorama de Bucareste pela janela tripla que dava para a avenida, mistura de casas e árvores despejada até onde a vista alcança, sob as nuvens de verão, inertes no céu empoeirado. Queria passar a língua de outrora pelos lábios rachados de outrora, me revirar entre os lençóis de outrora, úmidos de transpiração. As longas horas daquela tarde viviam em minha mente como uma única sequência, um único instante, um fragmento sintético e paralisado de uma espécie de realidade difusa, desfocada, porém precisa, em que sentia (ou reconstruía) a ardência de meus cílios encharcados de lágrimas, o ar mortiço e estagnado de meu quarto, a sordidez da roupa de cama e o cheiro de transpiração, os fragmentos fantasmáticos de história e discurso de *O Moscardo*, que me dilaceravam a alma, que me incandesciam a respiração, como se eu sofresse amargamente de amor. O livro da biblioteca me dava a oportunidade de me esgueirar de novo, clandestino e irregular, num universo iluminado por um sol mais jovem.

Ao retornar da faculdade, comi com meus pais e depois me atirei na cama com *O Moscardo*. Claro que não houve nenhuma volta. Não tive mais paciência para chegar nem à página na qual, da outra vez, começara o livro sem capa e sem as primeiras dezenas de páginas. Não é sobre esse escrito romanceiro que eu quero falar agora. Desapontado e aborrecido, quis deixar o livro de lado, em cima do baú da cama, onde eternamente mantinha os cinco ou seis livros que lia simultaneamente. Mas me ocorreu dar uma olhada no prefácio. Era um reflexo que eu obtivera do período em que estudava para a admissão na faculdade. As biografias de escritores se revelavam, por vezes, mais fascinantes, mais humanas e mais surpreendentes, em todo caso, do que suas próprias obras.

Havia escritores superiores aos romances e poemas que haviam escrito, assim como outros levaram uma vida tão apagada, que só poderíamos atribuir seus grandes edifícios literários a demônios diligentes e tenazes, que os teriam habitado por décadas. Ethel Lilian Voynich não era dessa nem da outra categoria, e aquelas poucas linhas do prefácio a seu respeito me entediaram quase tanto quanto o livro. Anoto-as aqui só porque, rememoradas muito mais tarde, revelaram ser a primeira peça do motor metafísico de minha escrita.

Disse "motor metafísico", mas penso agora que poderia chamar também de "motor paranoico", na medida em que qualquer metafísica é de fato paranoia. Um dia, vemos três ou quatro cegos, depois de anos sem ver nenhum, nem mesmo em sonho. Conhecemos uma mulher chamada Olímpia e, alguns minutos depois, abrimos um dicionário de pintura na página com a *Olympia*, de Manet, e duas horas depois, na rua, vemos o letreiro: "Floricultura Olímpia". São nós de significado, plexos do sistema neural do mundo, que unifica seus órgãos e acontecimentos, indícios que deveríamos seguir a todo custo, e que seguiríamos se não tivéssemos o preconceito estúpido da realidade. Deveríamos ter um sentido que fosse capaz de discernir entre signo e coincidência. Um dia, vemos três grávidas, uma depois da outra: o que isso *significa*? Se tivessem sido duas, a coincidência teria igualmente nos surpreendido? Mas e se àquelas três se acrescentasse mais uma, que saísse de repente de uma casa e caminhasse na rua em nossa frente? E se esta última se detivesse, se virasse bruscamente para nós e entregasse um bilhete amarrotado, em que apenas estivesse escrito: "Socorro!", e depois fugisse pesadamente rua acima? Quanto resiste o gelo da realidade? Quando, em que momento sentimos seu rangido sob os pés? Primeiro vemos as rachaduras finas das coincidências, que se ramificam e se alastram inquietantemente, mas o gelo ainda nos sustém e, por ora, não nos preocupamos: é apenas mais uma grávida, a quarta. Acontece. Não é impossível que nos apareçam todas pela frente num único dia. Mas a grávida nos entrega o bilhete, lemos a mensagem, e, bruscamente, o gelo se esfacela, e despencamos na água congelada, e de repente estamos do lado de baixo, como uma foca em busca de um recorte no gelo para poder respirar.

Ethel Lilian Voynich nasceu em 1864 em Cork e, após viver noventa e seis anos, morreu apenas oito anos antes de eu ler, aos prantos, seu livro. Foi a caçula das cinco filhas de Mary Everest (cujo tio deu nome à mais alta montanha do planeta) e George Boole, famoso matemático. Aos quinze anos, leu um livro sobre Mazzini, que deixou forte impressão na jovem, transformando-a para sempre numa militante em busca de uma causa nobre. Aprendeu russo e entrou, tendo vivido dois anos na Rússia, no movimento revolucionário dos anarquistas russos. Casou-se em 1892 com o revolucionário e antiquário de origem polonesa Wilfrid Voynich, mas manteve estreito contato com seu mestre Stepniak, que a iniciou no universo revolucionário e subversivo daqueles que viriam a controlar futuramente a Rússia, os comunistas. Publicou, junto com o marido, escritos de Herzen e Plehanov, obras dos niilistas, conheceu Engels e Eleanor Marx, assim como os simpatizantes britânicos do comunismo emergente William Morris e G. B. Shaw (agora entendo o que fazia o surrado e rasurado exemplar de *O Moscardo* na casa de meus pais: como todas as outras, era uma obra admitida pela propaganda soviética daqueles anos), por fim, em Londres, após uma tumultuada aventura com o anarquista Sidney Reilly (modelo secreto de Arthur Burton, como era conhecido "O Moscardo"), Ethel Voynich começou a escrever o famoso romance. A fim de se documentar sobre a Itália de Mazzini, viajou até Florença e Pisa. O livro foi publicado em 1897 nos Estados Unidos e se tornou um best-seller internacional. Na União Soviética, mais tarde, teve milhões de exemplares vendidos. Em 1914, a família Voynich se mudou para Nova York, onde Ethel morou até o fim da vida, publicando romances que jamais haveriam de gozar do mesmo sucesso de *O Moscardo* e traduzindo literatura russa.

Era mais ou menos isso, espinhas delgadas de peixe postas na borda do prato, após o verdadeiro conteúdo da vida ter sido devorado pelo ácido do tempo. Nem do retrato da autora, miseravelmente impresso na primeira página, não conseguia descobrir mais sobre quem ela fora de fato: mulher austera, de cabelo preso, olhos firmes e lábios apertados, desprovida tanto de beleza quanto de luz interior. Uma teimosia sombria, de costas para o mundo. Yuri Gagárin lera *O Moscardo*, considerando-o seu livro de cabeceira. Sergei Bondarchuk interpretou o padre Montanelli numa adaptação para o cinema.

A edição de agora era mais nova, claro, do que aquela que eu tivera nas mãos aos doze anos, talvez por isso não a tivesse reconhecido, de fato, como sendo o mesmo livro. Não apresentava o cheiro do papel de má qualidade, poroso, avermelhado e podre. A cola não era feita de osso e não se alimentavam dela, por vezes surgindo, no canto das páginas, os minúsculos escorpiões de papel, pálidos e sem ferrão. A cor das folhas não combinava exatamente com o crepúsculo enquanto eu lia, quase sem mais enxergar as letras, como outrora. O primeiro livro fora um portal para minha cisterna interior de lágrimas, o segundo – apenas uma porta desenhada na parede. O primeiro fora anônimo e sem título, e sem os primeiros capítulos, assim como na verdade todo livro deveria ser, e sobretudo fora lido por olhos de uma mente cândida, indiscriminatória, aberta como nunca mais haveria de ser. Talvez só leiamos para retornar à idade em que ainda conseguíamos chorar com um livro nos braços, naquele período entre a infância e a adolescência, ponto ideal de nossa vida.

16

Passos na neve fofa, dirigindo-se para o centro do quintal e ali se detendo, entre o celeiro e o poço, e o mujique mal desperto, com um casaco posto apressadamente sobre a camisola costurada com linha colorida nas mangas e na gola, observa-os de dentro de casa, ainda aturdido, achando que ainda sonha, sacudido pelo frio do amanhecer enquanto se recompõe. Uma única fresta de luz, amarelada, imprime uma listra sobre o estábulo e a copa dos abrunheiros, coberta de geada, e de três ou quatro isbás encolhidas por debaixo das nuvens remoinhadas como panquecas no céu baixo, cheio de piche. E então Ivan ou Foma desce os dois degraus de madeira e se dirige, com a neve até os joelhos, até o meio do quintal, mas teme tocar na primeira fileira de pegadas e estaca bem no ponto em que chegara sua mulher e terminara seu caminho sobre a terra. Em volta a neve estava limpa, ondulada, com sombras lilás, com estrelinhas de seis pontas cintilando aqui e ali, como se por feitiço, sob as luzes do crepúsculo. O camponês permanece parado ali por muito tempo, um galo canta ao longe, um grito de cocheiro também se ouve vindo de uma ruela secundária e, de repente, depois de ter ficado olhando o chão todo aquele tempo, perplexo e horrorizado, o mujique dirige o olhar para o céu. Cada fio de seu tufo de barba está cheio de cristais de gelo, a geada pousou, inclusive, em suas sobrancelhas, mas os olhos ardem, cheios de pequenas veias vermelhas, e a boca aberta demonstra o horror e o estremecimento diante de um milagre divino. Sua mulher fora levada para o céu, assim como Nosso Senhor Jesus Cristo e o Santo

Elias. É o que ele haveria de dizer aos vizinhos reunidos uma hora depois, admirados, apagando com seus calçados rústicos a prova das pegadas interrompidas no vazio, aos gendarmes que foram prendê-lo, aos juízes que o condenaram à forca por ter assassinado a esposa e a largado sabe-se lá em que buraco feito na superfície gelada de um rio, e, finalmente, ao verdugo, enquanto ele passava a corda por suas orelhas vermelhas e o cabelo curto, cortado com tigela. "Sendo assim, quando esses fatos começarem a surgir, exultai", lembrou-se ele dos ensinamentos do padre, "e levantai as vossas cabeças, pois está muito perto a vossa redenção". E o padre continuou lendo o Evangelho: "Eu vos asseguro que, naquela noite, duas pessoas estarão numa cama; uma será levada, e a outra, deixada. Duas mulheres estarão no campo; uma será tirada, e a outra, deixada...". Não houve tempo, contudo, para mais recordações da pequena igreja repleta de rostos de santos e cheirando a incenso: o mujique logo estava dependurado, de olhos arregalados e a língua roxa e ensanguentada saltada entre os lábios, na corda da forca erguida na remota gubernia.

Penso sempre nessa história e nunca consigo evitar que os pelos de minha nuca se arrepiem, como os dos lobos encurralados. Mas tenho sempre a sensação de que algo nela me escapa. O que essa história conta, o que ela *me* conta? Sinto-me diante dela como frente a uma equação demasiado complicada para minha pobre mente. E nem mesmo essa é uma imagem adequada, pois significaria que, pelo menos a princípio, posso compreender aquilo que me dizem ou me mostram. Na verdade, encontro-me numa situação em que me falta o próprio receptor, como se eu fosse surdo e alguém falasse intensamente comigo, olhando-me nos olhos, colando a testa à minha, sacudindo meus ombros na esperança de que finalmente o escute, mas até mim só chegam, através da parede que nos separa, medo e emoção. Ou serei eu antes um gato estirado no piso da cozinha, que nos encara com olhos sérios, verdes e redondos. Queremos lhe mostrar uma coisa, um pompom para brincar, esticamos o braço, apontando com o dedo para o pompom lá no canto, mas o gato não olha para o pompom e sim para nosso dedo, cheira-o, lambe-o com sua linguinha áspera. O sinal não sinaliza, o indicador não indica, transformando-se ele mesmo na coisa indicada para um cérebro desprovido do poder de pensamento. O que nos resta é a teimosia, que não deixa de ser também uma forma de fé. Sabemos que estamos no labirinto, sabemos que precisamos escapar dele, mesmo na ausência de uma mente angélica, mesmo realizando cálculos antiquados, mesmo improvisando, mesmo errando mil vezes o caminho para encontrar uma única volta correta, e temos fé de que acertaremos a saída, até por sorte ou bobeira, pois sem essa fé não poderíamos nem mesmo respirar.

Já faz três meses que venho escrevendo aqui, nesta minha solidão animalesca, na qual me encontro desde que me conheço por gente. Logo depois de cada almoço, eu tomava todo dia o bonde para a escola. No fim da tarde, voltava para casa com o mesmo bonde. No bonde sempre lia, toda vez tinha ao menos um livro na bolsa, além do material didático e dos utensílios de caligrafia. E não sei se por acaso ou conscientemente, tudo o que eu li nos últimos tempos se relaciona a minha situação, a minha vida de homem solitário e desesperançado. Nos últimos meses, li, desde que começou a história de minhas anomalias, chacoalhando em bondes cheios, de pé, apoiando o livro no ombro ou nas costas de quem estivesse a minha frente, grandes livros da solidão. Todas as personagens com quem acabei me identificando trazem consigo esse estigma. Em minha mesa de cabeceira estão ora empilhados – pois continuo lendo-os em casa, até tarde da noite, *Os cadernos de Malte Laurids Brigge*, *Sozinho*, de Strindberg, *Morte impudica*, de Dagmar Rotluft, *O jovem Törless*. E, claro, o livro que mais amo, o *Diário*, de Franz Kafka. Antes de ontem, enquanto o bonde fazia o retorno na baixada de Colentina, ao pôr do sol, lembro-me de ter erguido o olhar, por um instante, do livro de Strindberg. Tive, naquele momento, a clara sensação de que, não, naquele instante meu olhar caía sobre a página apoiada na pedra áspera da balaustrada de uma ponte em Estocolmo após olhar em volta a cidade nevoenta e marcial, para continuar lendo a história de um homem solitário numa Bucareste remota e improvável.

Às vezes imagino ter sido, em sonho ou em outra vida, um mestre da tatuagem, tão puro e abstruso que jamais ninguém teria acesso às maravilhas de renda, nanquim e dor de minha arte. Trancado em meu quarto, sozinho diante do espelho, cobria minha pele com arabescos miúdos, tortos, intrincados e fantásticos, como as linhas de Nazca e a trama purulenta produzida pela sarna. Centímetro a centímetro, do cocuruto pelado até os ombros, sem esquecer a parte de trás das orelhas, as pálpebras e as abas das narinas, meu corpo se deixava conquistar pelos desenhos finos e dolorosos, pelas flores artificiais, como as de gelo que florescem nas janelas em madrugadas gélidas, escorrendo, torturantemente devagar, da agulha metálica com que martirizava minha pele. A mesma malha de tinta azul, em que se podiam entrever todas as paisagens do mundo, todos os objetos do desejo e do horror, como quimeras, inscrições, sentenças sinistramente caligrafadas na epiderme flexível, ocupava meu dorso, que eu também cobrira, com esforços de faquir, marcando cada vértebra com um sol, uma lagartixa, uma nuvem, um embrião, um olho sereno e triangular, e as omoplatas com asas ambíguas, com garras, de arqueoptérix. Esquecendo-me de comer, dormir e quase até de respirar, invadido pelo deus de ouro fundido sobre o qual minha pele pousava, como sobre um manequim do canto das alfaiatarias, tatuava minuciosamente, por meses e semanas a fio, minhas generosas superfícies dérmicas, enobrecendo com minha arte o mais pesado dos órgãos humanos. As gavinhas de tinta desceram, aos poucos, para o peito, colocando oboés, cobras e caravelas sobre as costelas, rodeando meus mamilos com as bocas abertas das plantas carnívoras. Adornei meu ventre com abóbodas de catedrais repletas de figuras alegóricas, com o umbigo no meio, rodeado por raios e pombos, e depois gravei demônios, monstros grotescos, gnomos e orgias imundas em meu sexo e em minhas nádegas, baixei a agulha de tatuagem até as coxas, gravei dois leopardos nos joelhos e raízes nos pés. Feliz no sofrimento vivo de minha pele, sentia desconhecer limites, que tudo me era permitido, que eu havia codificado, ali nos cachos, nas volutas, nas taças e nos espinhos de minha tatuagem, o algoritmo do ser e a fórmula da divindade. Animados pelo sopro de uma inspiração contínua, os desenhos nem encostavam mais em minha pele, haviam se destacado dela e ora levitavam a poucos centímetros acima dela, como uma membrana de sonho e alucinação. Logo não encontrei mais nenhum centímetro quadrado em que pudesse enfiar a agulha, pois até a sola dos pés, as palmas, as gengivas, a glande e as unhas já haviam sido vítimas da selva luxuriosa do tatuar.

Deparei então com o limite de minha arte, que é também o limite de meu conhecimento. Não podemos ter mais pele do que aquela em que nos encontramos. Não podemos tatuar por cima de tatuagens antigas. Ainda era jovem, tinha longos anos pela frente: o que haveria de ser de minha vida sem o meu único sentido e sem minha única alegria? Não era possível acabar assim. Levei anos para desvincular a ideia de tatuagem da ideia de pele.

E então, terminada a superfície de meu corpo, passei para dentro. Tatuei meus hemisférios cerebrais, a medula espinhal e os nervos cranianos, numerando-os como nas tabelas de anatomia. Tatuei meus pulmões, coração, diafragma, rins, cobrindo-os com cidades desconhecidas, telescópios, insetos e sistemas solares. Por muitos anos, trabalhei escrupulosamente nas rendas e nas teias de aranha com que, como um peritônio novo, cobri meu novelo de intestinos. Gravei meus ossos com frases do Alcorão, do *Kebra Nagast* e das Escrituras. Tatuei a traqueia com o grande quadro de Altdorfer. Caligrafei na bexiga galáxias abraçadas a nuvens de matéria negra.

E, ao terminar, quando minha escrita miúda e ilusionista preencheu meu corpo com a história mais bela do mundo, contada por um milhão de bocas ao mesmo tempo, não caí mais na melancolia, pois na hora entendi que, assim como o mundo insondável ao redor, assim como meu corpo, que a reflete como uma gota de orvalho, a arte da tatuagem não tem fim.

Dirigi-me à fronteira entre corpo e espírito, atravessei-a, com meu instrumento de tortura na mão, e comecei a tatuar, consciente de que jamais a esgotaria, mesmo se eu a ferisse por uma eternidade, a infinita e infinitamente estratificada, e infinitamente gloriosa, e infinitamente demente cidadela de minha mente.

Segunda Parte

17

Mamãe me criara como uma menina debaixo dos imensos céus da periferia. Deixara meu cabelo dourado-escuro crescer até a metade das costas e fizera tranças nele. Vestia-me com vestidinhos fantasiosos, de tecido que ela arrumava com a irmã, vestidinhos em forma de sino, como aqueles sintéticos em rosa ou azul das bonecas que, naquela época, povoavam os cômodos escuros, junto a peixes de vidro, penas pintadas dos vasos e fotografias coloridas a mão, em molduras de vidro moído. Cada dia ela me enfeitava de uma nova maneira, mudava meu penteado, punha brincos de cereja em minhas orelhas, me desvestia e me vestia assim como fizera, quando criança lá em Tântava, com as colheres de pau embrulhadas em trapo que, para as meninas, faziam as vezes de bonecas. Meu pipiu entre as pernas não a impedia de realizar sonhos ou fantasias profundamente ocultas nas volutas de concha de sua mente. Agora que dos dois meninos só lhe restara eu, eu tinha de ser menina e pronto. Papai franzia o cenho e soltava impropérios quando me via travestido, embora não visse quase nada e daquilo que via pouco chegava às profundezas de sua consciência, quarto vazio onde ele mesmo é que deveria estar. Xingava e depois passava, assim como passam as nuvens pelo céu vazio. Pois papai não haveria de viver, não haveria de se alegrar ou se angustiar verdadeiramente com nada, passava pela vida como um sonâmbulo de belos olhos aveludados, sem saber por que vive, sem ao menos saber que deveria às vezes se perguntar o que fazia neste mundo. Teria dormido na cama com uma loba e criado, no lugar de uma criança, um filhote de dragão se fosse deixado em paz e ninguém lhe dissesse nada. Ficava tantas vezes olhando o vazio – única herança que me deixou – e depois fazia um esforço tão desagradável para sair daquela mística irrisória de uma mente vazia, satisfeita e flutuante como uma criança de peito empanturrada de leite, que mamãe e eu combináramos havia muito tempo que papai não estava lá, mesmo se chegasse à noite da Oficina ITB, cheirando a graxa e emulsão de torno, mesmo se comêssemos juntos, mesmo se nos deitássemos os três na mesma cama. Tudo o que se passava em nosso quartinho da Silistra era só entre mim e mamãe.

Sempre algum vizinho vinha pegar a menina-menino para passear de bicicleta pelo bairro. Tropeçava pelos degraus até o andar da casa em forma de U, pintada num tom sinistro de roxo. Atazanava os perus na gaiola cercada de arame. Saía à rua, por entre as poças na lama, para brincar com as crianças. Todas as plantas do quintal eram mais altas do que ela. O cheiro de lavagem, o cheiro mais forte da periferia, preenchia suas narinas enquanto o vento de primavera lambia as sarjetas. A casa de parede cega, a mercearia pequena e escura do fim da rua e o quintal defronte, com globos coloridos enfiados em paus pelos quais se enrolavam as gavinhas verde-transparentes do pé de feijão, e, sobretudo, as nuvens luminosas e compactas lá de cima a faziam transbordar de assombro, embora não conhecesse mais nada, como se fosse uma viajante que chegara de repente a um reino enigmático, de inaudito esplendor, mas perfeitamente cerrado em sua própria estranheza.

Lembro-me do quanto me satisfazia ser menina, de como me orgulhava de minhas tranças amarradas com o elástico da cueca, recordo-me de umas sandalinhas vermelhas "de verniz" que mamãe guardou por muito tempo... Mas a parte feminina da quimera que eu era à época desapareceu no dia em que mamãe me levou, por um caminho desconhecido, em que ventava com neve numa paisagem de um branco insuportável, "para brincar com os brinquedos de Doru". Meus vestidinhos e tranças desapareceram, a partir daquele dia, para sempre, e ninguém nunca mais me confundiu com uma menina. Hoje, para mim, é como se eu tivesse sido menina numa vida anterior, é como se a ex-menina tivesse deixado na cinza petrificada de minha mente um vazio na forma de seu corpo, como aqueles deixados pela gente carbonizada em Pompeia. Guardo as tranças loiro-cinzentas até hoje num saquinho amarelado de papel. Uma ponta foi cortada e bem amarrada com elástico, e a outra, mais fina, saindo da trança suave das mechas de cabelo como a ponta de um delicado pincel. Diversas vezes, à noite, enquanto contemplo meus pobres tesouros, tiro as tranças, estico-as nas mãos como pequenos animais macios, em seguida vou até a frente do espelho e as coloco de um lado e de outro da cabeça. Do espelho então me olha uma estranha quimera: adulto-criança e homem-mulher, feliz-infeliz na sua única certeza: a solidão.

Depois nos mudamos para Floreasca, num pequeno prédio de telhado pontudo que chamávamos carinhosa e inadequadamente de "vila". Era um edifício amarelo, de reboco liso, contudo rugoso, como uma casca de limão. Em frente havia sempre roseiras imensas e, por cima, céus de pequenas veias róseas, como uma resina. O céu se arqueava como um sino, abrangendo sob a cúpula o bairro todo. Para irmos a algum lugar, precisávamos atravessar o céu. Só havia, por perto, três lugares desse tipo: a mercearia, com a padaria anexa, o posto de saúde e a delegacia. Na primeira eu ia sozinho, com dinheiro na mão. Ficava no fim da rua, logo depois da parede gelatinosa do céu. Passava destemido pela gelatina azul, de uma espessura de dois ou três metros, e alcançava o outro lado, onde não havia céu, mas um vácuo cinzento. A vendedora da padaria sempre se admirava com os pingos azuis que ficavam salpicados em meu cabelo e minha roupa depois de atravessar a parede de gelatina azul, dava-me o pão feito especialmente para mim por um padeiro vizinho, trançado, tostado, sempre com uma surpresa na carne fofinha: um pequeno biplano de plástico, um bilhetinho com um coraçãozinho trêmulo desenhado, um brinco com uma pedrinha de jaspe... Depois ela punha em minha mão o troco: duas ou três grandes moedas de metal, nas quais estava gravado um brasão. Isso era o dinheiro, com que se podia comprar qualquer coisa. Ficava na gaveta da mesa da cozinha. Havia também dinheiro de papel, com desenhos minuciosos, mas era tão amarrotado, remendado e rabiscado que os rostos nele reproduzidos nem se distinguiam. Mamãe guardava esse dinheiro dentro do armário, entre as roupas. Eu só gostava das moedas, com as quais brincava incessantemente. Com elas eu formava flores na superfície da mesa da sala e, na casa de minha tia, eu as atraía com um ímã e construía correntes formadas por cinco ou seis moedinhas que ficavam coladas umas às outras pela quina, pois elas também se tornavam ímãs. Quando as aproximava, colavam-se bruscas: clique. Quando as soltava, descolavam-se com dificuldade, como se lamentassem: desclique...

 Ao posto de saúde e à delegacia eu só ia com mamãe. Em dois, de mãos dadas, tínhamos mais poder e deslocávamos a parede curva do céu que se aderia ao asfalto com tanta força que, a nossa frente, dele se desprendiam duas criaturas azuis e transparentes idênticas a nós, também de mãos dadas, e que depois de um tempo se dissolviam sob o céu cinzento. Ficávamos, eu e mamãe, com gotinhas azuladas no cabelo, caminhando por alamedas sinuosas e desconhecidas, por debaixo de árvores esqueléticas, pelo vasto mundo. Mamãe conhecia o caminho e eu conhecia mamãe, de modo que, no fim das contas, chegávamos ao posto de saúde, que era um edifício baixo e comprido, dividido do lado de dentro em vários consultórios. Em cada consultório havia um leito coberto pela metade com um linóleo rosa cor de café, uma balança de ferro branco, capaz também de nos medir e apontar quanto havíamos crescido, e um armário branco, com prateleiras de vidro, em que se encontravam caixas de metal niquelado. Em cada consultório havia também uma jovem médica, de cabelo cacheado avermelhado, bastante macio, que lhe descia até a cintura, com um estetoscópio nas orelhas.

 Ademais, em cada leito se encontrava deitado um paciente despido pela metade, com o peito arfando. As médicas grudavam a seu peito ou a suas costas a superfície gelada do estetoscópio e auscultavam concentradas, como se o coração do paciente estivesse contando algo muito sério e importante. Um único leito ficava sempre vazio, e era sobre ele que me instalavam. Mamãe aguardava num canto, brincando com os pesos deslizantes da balança ou lendo cartazes em que micróbios feios lhe sorriam com dentes podres. De batom e perfumada, com gestos suaves e doces, a médica ruiva se punha a me examinar. Pedia que eu mostrasse a língua e então a pressionava com um ferro com gosto de azinhavre para olhar minha garganta. Eu tossia e tinha vontade de vomitar. Procurava rapidamente por lêndeas em meu cabelo, protegendo seu cabelo armado de minha cabeça suspeita. Apalpava-me a barriga em busca de sinais de urticária. Passeava o estetoscópio pelas minhas costelas visíveis por debaixo da pele e me mandava inspirar profundamente. Perguntava-me se eu tinha lombriga. Ai, o tempo todo, sentia coceiras terríveis à noite, só que a pastilha vermífuga parecia um pedacinho de sabão caseiro, verde e trespassado por umas fibras, insuportavelmente amarga, de modo que eu dizia que não tinha, mas mamãe, que ouvia minhas contorções na cama, contava à médica meu vergonhoso segredo. Sim, eu tinha oxiúros, como dizia a médica, eu, inclusive, os vira uma vez, pequenos e finos, muito brancos, luzidios e agitados, movendo-se ali, no vidrinho do exame de fezes. Antes de me tornar alguém eu era meu próprio corpinho, talvez por isso eu me referia a mim como algo adjacente: ele, eu dizia, ele. Depois compreendi que não sou um corpo, mas que *tenho* um corpo, que sou eu seu inquilino e prisioneiro. Eu não tinha lombriga, ou lêndeas, ou constipação, ou urticária, mas ele, que era formado por uma matéria móvel e flácida, ele, em que vivia eu. Quando tinha uma doença, embora a doença não fosse minha, mas dele, era como se as paredes da cela em que estava aprisionado pegassem umidade ou ficassem tão incandescentes que minha respiração pegava fogo ou congelava. Meu corpo me fazia sofrer com sadismo, era meu arqui-inimigo, um estômago que me digeria lentamente. Era a armadilha da planta carnívora em que eu, criatura alada, caíra, para minha desgraça. Já tinha ouvido falar de órgãos internos e sabia que, por dentro de minha pele, havia coração, fígado e pulmões, até mesmo um esqueleto inteiro, mas não acreditava em nada disso. Como jamais os haveria de ver, eles não existiam. Preferia acreditar que, por dentro, eu tinha uma substância uniforme e luminosa, uma cera líquida, morna, graças à qual eu podia pensar e viver, ver e ouvir, rir e chorar. Os outros, sim, talvez tivessem órgãos, assim como o porco que eu vira abatido e queimado na casa de vovô, no interior, talvez tivessem as tripas cheias de fezes, mas eu era de uma constituição totalmente outra. Mantive, na verdade, até hoje, essa crença, a sensação de não ser igual aos outros homens, às outras criaturas vivas. Nem mesmo a palavra "vivo" eu utilizo ao me referir a mim, pois não me sinto vivo, não faço parte da vida que se enfia em cada esporo e cada bactéria. Quando cortava o dedo, sim, escorria sangue, mas preferia acreditar que ele fora criado na hora, naquele momento, pela simples penetração da lâmina da faca em meu dedo, em vez de imaginar a intrincada rede de veias, artérias e capilares pela qual correria incessante um sangue que eu jamais haveria de ver. Como poderia ser esse sangue? Que cor poderia ter ele, ali dentro de meu corpo, onde não há cores, por não existir luz? Quando, mais tarde, no prédio da Ştefan cel Mare, para onde nos mudamos dois anos depois, eu haveria de manter o dedo indicador na lâmpada do elevador, foi confirmado o fato de que eu não tinha estrutura interna, de que eu era inteiramente recheado por uma substância rosa, hialina, translúcida como a que preenche o corpo das medusas.

A ideia de viver dentro de um animal, de abranger em mim, até na biblioteca, enquanto leio os *Prolegômenos*, de Kant, ou *À sombra das moças em flor*, vísceras grudentas, sistemas e aparelhos gorgolejantes, substâncias nutrientes e substâncias putrefatas, de que minhas glândulas secretam hormônios, de que meu sangue transporta açúcar, de que tenho uma flora intestinal, de que em meus neurônios vesículas cheias de substâncias químicas descem por microtubos e as liberam no espaço entre as sinapses, de que tudo isso acontece sem meu conhecimento e consentimento, por razões que não são minhas, me parece até hoje monstruosa, produto de uma mente saturnina e sádica, que provavelmente passou éons imaginando como conseguir humilhar, aterrorizar e torturar uma consciência do modo mais cruel. Sim, vivo dentro de um animal compartimentado, escorregadio, mucilaginoso, num tormento contínuo por um bocado de ar, um tubo que aspira matéria estruturada e elimina matéria desestruturada, que se arrasta por um nanossegundo num grão de poeira de um universo grandioso e abjeto, olhando para cima, de vez em quando, pela película da atmosfera, aos mais próximos outros grãos de poeira espalhados no firmamento. Esperando algo dali, algo que jamais chegará, enquanto durar a eternidade.

A médica depois me colocava na balança branca, movia os pesos até a agulha apontar para o centro do mostrador, a fim de avaliar quanto a terra me atraía com sua força magnética. Estava colado a ela como as moedinhas ao ímã de minha tia. A cada ano, a terra esmagava cada vez mais meus ossos, pressionando-os à calçada, ao assoalho, aos canais do meio da rua... Depois me media, apoiando em meu cocuruto a placa deslizante, e constatava que o animal em que eu vivia encontrara uma maneira de se opor à ruína e ao desmembramento universal: estava crescendo, enquanto tudo a meu redor se contorcia, aderia à terra, se transformava em pó e poeira. Enfrentava leviano os deuses do nivelamento de todas as coisas até o nada que é o assoalho do ser. Depois ela me aplicava as costumeiras injeções, sem as quais não tenho como evocar minha infância: penicilina, estreptomicina. Naquela época, os médicos consideravam desempenhar um papel inútil caso não aplicassem injeções. Desde então passei a suspeitar que, de algum modo, eles precisavam dos gemidos, dos choros e das lágrimas das criancinhas que não compreendem por que são tão asperamente punidas. O que mais me doía era o fato de que, toda vez que me debatia no linóleo, aos berros, enquanto a enfermeira se aproximava com seu ferrão de vespa inclemente, mamãe era sempre cúmplice. Ela me segurava, com toda a força, gritava comigo, ameaçava me dar uma surra. Por vezes se atirava sobre mim, na cama, torcendo minhas mãos para trás. Em seguida, eu sentia a agulha na carne e o veneno preenchendo meu glúteo. Ficava estirado no linóleo, humilhado e chorando aos soluços, e depois de tudo aquilo, incompreensivelmente, mamãe secava meu rosto molhado e me pegava nos ombros, com uma ternura que me deixava perplexo e indignado: "Pronto, pronto, já passou...". Saía mancando do consultório, vestindo minha calça enquanto caminhava, para que ninguém mais visse as picadas, espalhadas ao acaso, como estrelas inflamadas, em meus dois glúteos. A palavra "posto" me assusta até hoje, comporta em seu som o tilintar das caixas niqueladas, o chacoalhar das prateleiras de vidro e o odor de mofo da penicilina, o verdadeiro cheiro de minha infância.

Outras vezes, muito mais raramente, íamos à delegacia. Meus pais precisavam renovar uma carteira de identidade, talvez, vai saber, fato é que, ao entardecer, saíamos de debaixo do sino de gelatina, que ora assumia uma cor de âmbar, e, com gotas gordas de âmbar entre as pálpebras, que imprimiam às ruas e aos edifícios uma aparência fantástica, adentrávamos longe no mundo selvagem, muito mais do que quando íamos até o posto de saúde. Jamais cruzávamos com alguém em nosso caminho. Eram os mesmos edifícios, as mesmas perspectivas se transformando sem cessar, as mesmas árvores cor de cobre desfolhando. Chegávamos ao portão de ferro na hora em que o dia se confundia com a noite, quando o céu parecia piche, margeado no horizonte apenas por uma listra luminosa, amarelo-esverdeada como o veneno das cobras. O portão deslizava sobre rodinhas em nossa frente. Entrávamos no edifício com janelas treliçadas e subíamos até o andar de cima. As paredes eram cáqui, pintadas a óleo. Entrávamos numa sala de espera em que a luz não estava acesa, embora já não fosse possível enxergar mais quase nada. Só se viam as janelas e suas treliças, com suas paisagens sépia, na atmosfera cor de café. Era um eterno crepúsculo no qual penetrávamos, mamãe e eu, com enorme timidez. Ficávamos ali esperando por muito tempo, talvez umas duas ou três horas. A todo instante eu perguntava à mamãe, entediado de brincar com meus dedos, quanto tempo ainda haveríamos de permanecer ali, e ela se limitava a me sussurrar que tivesse paciência. Olhava para o painel com infratores e depois ia olhar pela janela... O assoalho rangia a cada passo e, como todos os assoalhos de então, dele emanava um forte cheiro de querosene. Por fim, a porta se abria e mamãe se sobressaltava, para, em seguida, se pôr de pé num pulo, pegar a bolsa e se apressar em entrar. Por um instante, da soleira da porta, virava-se para mim e pedia que eu me comportasse, pois haveria de voltar logo.

Tornava-me o chefe da sala escura. Passeava por entre os bancos, olhava para os quadros luzidios nas paredes. Por toda a parte, tanto no posto de saúde quanto aqui, na delegacia e em todos os outros lugares aonde íamos, sempre havia na parede um quadro retratando um homem de rosto maciço, olhos pesados e cabelo grisalho. Certa vez encontrei, sentada no banco de um canto escuro, uma menina menor do que eu, com brincos em forma de framboesa e um dente da frente a menos, encolhida com as coxas no peito. Ela talvez também estivesse esperando a mãe. A seu lado, em cima do banco, havia uma grande garrafa de sifão, de vidro azul, poliédrica. Se apertássemos a alavanca, uma água rodopiante jorrava do bico de um abutre de lata. Brincamos por muito tempo com o sifão, e depois de colar nossas palmas umas às outras, de maneiras cada vez mais complicadas, mas, como nossas mães demoravam, decidimos entreabrir a porta para bisbilhotar. A porta era muito maior do que as de nossas casas, mesmo na ponta dos pés mal alcançávamos a maçaneta. No fim das contas, peguei a menina nos braços, colando meu rosto a seu vestidinho pobre e manchado, que ao crepúsculo perdera todas as cores, e a ergui para que ela pressionasse a maçaneta. A porta se abriu alguns centímetros e, com minha cabeça por cima da cabeça dela, olhamos para o interior do cômodo adjacente.

Esperávamos ver um escritório e milicianos uniformizados, e nossas mães, sentadas na cadeira e lhes entregando documentos de dentro de suas bolsas fora de moda, ou respondendo, com modéstia, a suas perguntas. Ou, pelo menos, esperávamos ver um pouco de luz. No vasto cômodo do outro lado da porta, porém, mal havia mais luz do que na sala de espera. Admirados com aquilo que víamos, pusemo-nos, por fim, a caminhar pelo chão de pedra daquele gigantesco galpão.

Era como uma gruta subterrânea, como uma caverna de atmosfera levemente fosforescente. Não se viam estalactites, mas tínhamos a clara sensação de nos encontrarmos debaixo da terra, debaixo de uma montanha inteira, cuja pressão parecíamos sentir com órgãos especiais. O chão era de pedra e, em alguns lugares, era possível encontrar bancos de pedra e piscinas de pedra, retangulares, repletas de uma água preta. As abóbodas que recobriam tudo aquilo eram tão magníficas que mal enxergávamos suas estrias, luzidias e pontudas como o céu da boca dos gatos. Toda a pedra no entorno, na verdade, era luzidia e semitransparente, como uma mucosa a forrar a aspereza da montanha. Avançávamos pela enorme sala, aliás desprovida de objetos, numa busca desesperada por nossas mães. Estávamos de mãos dadas, e nossas silhuetas minúsculas se projetavam nas paredes e no teto da gruta em anamorfoses monstruosas, sempre diferentes, como nas quermesses, na sala dos espelhos tortos. Quando cansávamos, sentávamos nos bancos de pedra. E os sentíamos orgânicos, pois se aqueciam bruscamente ao contato com nossas coxas e começavam a pulsar estranhamente. Pareciam se amalgamar a nossa carne. Então nos arrancávamos do banco, como quem arranca a casquinha de uma ferida, e nos púnhamos de novo a andar às cegas.

Ao longo daquele caminho infinitamente comprido pela gruta enorme, nossos corpinhos se transformaram, virávamos adolescentes, nossas roupinhas infantis caíram aos farrapos, seus retalhos esvoaçando atrás de nós. Caso nossas mães houvessem sobrevivido, agora deviam ser idosas, grisalhas, de óculos e dentadura, com os corpos deformados por doenças do fígado e do baço. Talvez nem as reconhecêssemos mais. No entanto, continuávamos caminhando, de mãos dadas, em nossos corpos novos e encantadores. Já éramos adultos com a arquetípica forma humana plenamente desenvolvida, com cérebros, visíveis através de nossas testas translúcidas como a pele dos crustáceos, igualmente sexuais como nossos órgãos genitais, com sexos igualmente conscientes como a mente. Éramos o ser humano, com suas duas corporificações, éramos agora impessoais como os pássaros e as tartarugas, que não têm nome nem identidade fora de suas espécies. Éramos exemplares da espécie humana, belos como nenhuma outra coisa sobre a terra, luminosos por dentro, como se a vida não fosse nada além de luz interior. Comunicávamos através das palmas coladas uma à outra, assim como comunicam, no topo, as duas encostas da montanha, éramos siameses com uma porção de corpo comum, pela qual circula o sangue do mesmo sistema duplo de veias e artérias. Pelos dedos trançados também circulavam nossas emoções, pensamentos e, sobretudo, a sensação de felicidade que preenchia nossos corpos de pérola derretida. Diante dos três túneis da parede oposta à sala – à qual chegáramos décadas mais tarde –, detivemo-nos e nos viramos um para o outro. Nossas mães agora deviam ser ossos despedaçados, dentes espalhados, vértebras misturadas com areia e lodo. Mecha de cabelo podre num crânio pelado. Aliança demasiado larga no osso do antigo anelar.

Os túneis eram colossais, três gargantas recobertas com a mesma pedra lisa e transparente. Pareciam traqueias de um pulmão. Avançavam, inclinados, pelas profundezas, não as de nosso insignificante planeta, grão de poeira no infinito igualmente minúsculo de nosso insignificante universo, mas as profundezas do ser, da noite, do esquecimento, do nada inapreensível. Deslizarmos por aqueles buracos sem fim, mergulharmos naqueles abismos talvez significasse regressar, voltar a ser criança, e depois um feto sábio, de pálpebras pesadas, realizando acrobacias nas nuvens, e depois um embrião úmido e transparente, e depois um ovo no útero de uma mulher de outro tempo e outro lugar, pronto para um renascer miraculoso. Jamais esquecerei aquelas três bocas escavadas nas paredes de rocha a minha frente, nem minha intuição febril de que cada uma delas se ramificava, nas profundezas, em outros tubos escuros que serpenteavam delgados pela carne do ser, e estes em mais e mais tubos, infinitamente. Talvez a própria realidade se movesse por eles como uma toupeira cega, assustada com a própria solidão.

Abracei a mulher a meu lado e fiquei assim, de pé, encarando-a nos olhos, como um deus duplo, feito de safira delicada, iluminando os túneis em suas profundezas. Quando mamãe me acordou, no breu da sala de espera, eu estava encolhido em cima de um banco de madeira cor de café. Pelas janelas se viam as estrelas. À luz delas vi a menina, cuja mãe também a acordara. Olhamo-nos para poder nos reconhecer mais tarde e fomos embora, cada um para sua casa.

Floreasca sempre foi para mim um mundo à parte, impossível de encontrar em outras paragens, como se estivesse eternamente debaixo de uma lupa brilhante. De minha vida ali, no pequeno apartamento de cuja estrutura interna não me lembro mais, como se ele fosse um quarto proibido nos corredores de minha mente, tenho as lembranças cegas mais claro-obscuras, mais feericamente coloridas, pois, na falta de imagem, tudo o que lembro é emoção. Vejo minhas alegrias e temores dali como objetos concretos, com todos os detalhes, objetos que posso ver completamente, de todos os lados ao mesmo tempo, assim como as coisas se veem a si mesmas, para poder existir. Várias vezes pensei em voltar àquele bairro no qual passei minha infância entre rosas para geleia, mais altas que eu, lendo no peitoril da janela, com as pernas balançando do lado de fora. Pensei em rever a rua com nome de compositor, a mercearia, a delegacia e o posto de saúde, ignorando o fato de que não podemos rever um bairro imaginário, escavado na pedra macia de nossa mente, mas apenas um feito de tijolo, entulho e argamassa, e de castanheiras cujos frutos espinhentos, no outono, arrebentam indiferentes suas cascas. Os bairros da infância não existem sobre a terra. Apesar disso, várias vezes disse para mim mesmo: hei de ir até lá de qualquer forma. Hei de utilizar os edifícios, as árvores e as nuvens de agora para projetar sua sombra sobre meu cérebro descoberto e sensível e, no jogo de sombras, talvez eu venha a reconhecer algo daquela época.

Uma vez eu até fui. Peguei o bonde 5 na Barbu Văcărescu e desci no ponto do Instituto de Projetos e Planificação, ao lado da desoladora garagem de ônibus frequentada por vira-latas. Ao longe, para tornar tudo ainda mais impossivelmente triste, as ruínas da antiga fábrica de ácido sulfúrico se corroíam. Floreasca começava a poucos passos dali, e apesar disso jamais fui capaz de andar de novo por suas ruas, pois a grande cúpula de gelatina azul, erguida por cima do bairro, se petrificou com o tempo e agora é dura como um vidro grosso de meio metro. Do outro lado, alargados pela parede curva, é possível ver apenas os que ficaram presos nas ruelas, os alunos do liceu Rosetti, que iam ao cinema Floreasca rever pela décima vez *O tesouro do lago de prata*, as vendedoras de pão e a mercearia, o gerente da quitanda, os milicianos e as médicas, que a vitrificação da cúpula pegou de surpresa. Eles colam os rostos ao vidro grosso e gritam, sem ser ouvidos, para aqueles que estão do lado de fora, cativos numa bolha de ar do enigmático cristal da lembrança.

18

A senhora Rădulescu ensina história. As crianças não gostam dela, não só porque ela quer que aprendam listas infindáveis de voivodas, com os anos da subida ao trono e os da morte, com os anos das batalhas e dos éditos, com as "causas das revoltas" e as "condições sociais", mas também por usar, no dedo indicador da mão direita, um formidável anel de ouro, tão maciço, tão pontudo nas arestas, tão pesadamente ornamentado que, onde quer que apareça, a senhora Rădulescu, nos corredores cáqui da escola, ou na sala dos professores, ou no bonde que nos leva a todos até o centro da cidade, a primeira coisa que se vê é seu anel, para que só depois ela apareça, como seu apêndice largo e fofo, com tecidos pretos ou bordô. O anel de ouro rugoso, trabalhado, em cuja complexa filigrana podem ser vistos, conforme nosso humor, cisnes, canhões de assalto, mulheres peladas, xilofones, motores com cilindro em V, hidras de sete cabeças ou o que mais quisermos, é menos um ornamento do que uma arma. Ai da criança que não sonhe de noite com o ano da batalha de Podul Înalt ou com os anos nos quais reinou Dabija-Vodă: o anel se abate sobre seu cocuruto como um relâmpago, e em seu cabelo sujo começam a rebentar rios de sangue. Não há classe em que não haja pelo menos uma criança com uma cicatriz no cocuruto, visível por causa do cabelo curto, com dois ou três pontos, herdada do encontro com o anel da senhora Rădulescu. Os diários de capa dura usados pela maioria dos outros professores para bater na cabeça dos alunos parecem carícias paternais se comparados à prodigiosa força do temido anel, que desce inesperadamente por sobre o crânio frágil, como uma bicada de avestruz. "Vá se lavar e venha amanhã acompanhado de seu pai", ouve a vítima, antes de sair da sala de aula deixando para trás gotas de sangue no assoalho. As outras crianças as limpam com o apagador da lousa.

Tirando isso, a senhora Rădulescu é uma mulher nota dez. Na sala dos professores, as professoras sempre a rodeiam, conhecedora que é de inúmeras receitas de picles. Seu marido é major numa instituição de fama sinistra, e, juntos, possuem um Škoda vermelho-alaranjado que amam como as meninas dos olhos. A senhora Rădulescu vem à escola com ele quase diariamente, pois o marido utiliza o automóvel do trabalho. Estaciona no campo de futebol, bem perto do muro da escola, para que a mangueira do hidrante de incêndio chegue até ele. A primeira coisa que se vê pela manhã, ao se entrar pelo portão da escola, são três ou quatro crianças liberadas da aula de história para lavar o carro da dona professora. Elas o molham com o jato da mangueira dos bombeiros até transformar todo o pátio numa poça, o limpam com esponja universal, impregnada de vinagre, começando pela chapa, o esfregam e o ajeitam até brilhar ao máximo, assim como a professora gosta.

A senhora Rădulescu não ensina só história, mas também Constituição, matéria de objeto incerto, inclusive para ela. Em geral, nas aulas de Constituição se estuda matemática ou romeno, assim como nas aulas de desenho, caligrafia e música. Da aula semanal de Constituição, as crianças ficam com uma única noção: o nome da pessoa do quadro acima de cada lousa de cada sala de aula. Ninguém sabe, na verdade, quem representa. É alguém que, de algum lugar, governa o país. Dessa pessoa, que também aparece na TV com bastante frequência, como se falasse outra língua, sabe-se apenas que não é permitido contar piadas. Podemos contar piadas de cigano, judeu, olteno, que ninguém fará nada contra nós. Mas não do homem do retrato. Em vez disso, sobre ele se recita e se canta, não se sabe também por quê. Muitas das crianças são levadas para participar do coro, mesmo não tendo voz. As que não têm voz nem ouvido musical fingem que têm. E o coro da escola participa de uma espécie de espetáculo anual chamado *Montagem*. Todo ano ele é organizado pela senhora Rădulescu e pelo senhor Gheară, professor de música e maestro do coro. Todas as canções do coro versam sobre a pátria, o Partido e o homem da foto acima da lousa. É estranho que as letras, assim como a música, sejam plenas de entusiasmo, embora seja impossível fazer as crianças terem outro aspecto a não ser o de cadáveres. Trinta cadáveres infantis, esverdeados e indescritivelmente tristes, entoam, nos festivais e nos concursos, canções enaltecedoras. Nem o anel da professora de história, nem os xingamentos do Gheară podem resgatá-las do coma profundo em que entram assim que abrem a boca. No início, quando comecei a trabalhar na Escola 86, pensei se tratar de um fenômeno local, mas depois acompanhei as crianças nos concursos em nível de subprefeitura e, depois, de município. Todas, de todas as escolas, se comportam de maneira idêntica: na sala, enquanto esperam a vez, distribuem empurrões e beliscões, e atiram umas nas cabeças das outras pedaços de mata-borrão e tocos de maçã. Quando chegam ao palco, entram em putrefação. Lado a lado, rígidos anjos cor de oliva, de olhos terrivelmente tristes, só abrem as bocas, que parecem cantar por magia, assim como a pata da rã tremula nos experimentos de Galvani. A maestrina se debate diante delas, brande as mãos como uma possuída vestida em seu tailleur cerimonial, as crianças, porém, seguem sendo os mesmos cadáveres de olhos vazios, dos quais emana um bafo bizarro de infelicidade. A *Montagem* é uma combinação de versos e música. O texto não é criação da professora. Inclusive o vi: dezenas de folhas copiadas de outras folhas. Os versos, já quase ilegíveis, são, inclusive, completados com caneta vermelha e preta, cortados, acrescentados, invertidos com setas nervosas. Parece a obra voluntariamente obscura de um alquimista, de um autor de charadas. O texto devia constituir panorama grandioso de uma era dourada, em que um Partido sábio e onisciente traz bem-estar absoluto para um país abençoado. Mas os inúmeros cortes e inversões acabaram misturando de tal maneira as épocas e os acontecimentos que não podemos entender mais nada. Os heróis proletários da década de 1950 irrompem repentinos na contemporaneidade, numa contínua fúria anacrônica e luta de classes das quais até hoje os perus dão risada. Os americanos continuam lançando bombas por toda a parte. Os alemães são condenados a permanecer eternamente hitleristas. As crianças recitam conscienciosamente, com o mesmo verde insalubre nos rostos, com a mesma expressão de estátuas de cera, essa mixórdia sem lógica e sem cronologia. Poderiam igualmente recitar uma tabela de algoritmos, endereços da lista telefônica, nomes de ruas do bairro. "Mais ânimo, Mioara, que diabos, você parece que está num velório", berra de cinco em cinco minutos a senhora Rădulescu no ginásio de esportes, onde a *Montagem* é ensaiada, mas Mioara, aluna premiada da escola, de blusa branca repleta de cordões, laços e galões, não consegue recobrir o rosto com um tom mais luminoso de verde. "Mais uma vez! Prestem atenção em mim", diz Gheară, ao teclado do piano desafinado, "só comecem quando eu erguer a mão. E lembrem-se: a tônica é em 'ma': Nosso a-*ma*-do presidenteee..." Gheară, apesar do sobrenome[28], é um bonachão de cabeça redonda, de maxilar sempre por barbear e com voz em falsete, ridícula como a de um cantor de igreja. Ele pelo menos não bate nas crianças, o que o torna imediatamente suspeito aos olhos dos pais e mal-afamado no bairro. Mas possui um caráter alegre, sempre disposto para festas e música. Quando está de bom humor, atira-se sobre o pobre piano e quase o quebra ao meio enquanto interpreta doces e antigas cançonetas italianas...

Além da *Montagem* literário-musical, também a cargo da professora de história está o círculo de ateísmo científico, que todo ano confere o prêmio de "melhor ateu". As crianças participavam com alegria do círculo de ateísmo e ambicionavam, mais do que qualquer outra coisa, o grande prêmio, no caso um aparelho de rádio com transístores num belíssimo estojo de couro cor de café. O marido da senhora Rădulescu os trazia por ocasião de suas viagens ao exterior e os doava, a cada ano, generosamente à escola. Ganhar um exemplar, porém, não era fácil, as provas eram numerosas e extenuantes. Quem sabe em qual sótão de qual tia ou avó

---

28 Gheară significa "garra" em romeno. [N.T.]

a professora descobrira um ícone grande, antiquíssimo, de verniz quebrado em milhares de rachaduras fininhas e numa moldura floreada, de madeira nobre, toda perfurada por caruncho. Retratava a Nossa Senhora, com olheiras grandes sob olhos sábios e sofridos, embrulhada num véu lilás e segurando ao peito, como se desesperada por perdê-lo antes da hora profetizada, o menino Jesus, terno e gorducho, mas que nos mirava com olhos castanhos de gente grande, fazendo o sinal da bênção com os dedos posicionados, infinitamente graciosos, à maneira ritual. Vestígios antigos de pérolas, arrancadas, e de pedras preciosas se enfileiravam ao longo das auréolas douradas da mãe eterna e do menino sagrado. A professora trazia o ícone para a escola toda quinta-feira, dia tradicional do círculo de ateísmo. Após estacionar o carro, ela o retirava, coberto por um tecido desbotado, do banco de trás e o carregava, tateando e tropeçando nos degraus, até a sala de história, ornamentada, nas paredes, com os retratos dos voivodas da nação. As crianças já estavam ali, esperando impacientes o concurso que se seguiria, observando com olhos arregalados a senhora que punha o ícone sobre a cátedra, apoiando-o em dicionários maciços e desvelando-o com seriedade, como quem inaugura uma placa memorial na parede da casa em que outrora morou alguém ilustre. O ícone antigo e venerável dominava cada aula do círculo de ateísmo. Cada criança que participava do círculo chegava a conhecer de cor, sonhando, inclusive, com eles à noite, cada traço de nanquim das pregas da vestimenta da Virgem, cada franzido entre suas sobrancelhas, cada nuance das pupilas do mais luminoso e mais transparente tom de café do Menino, cada mordida de caruncho nas flores de mogno da moldura. De certo modo, na verdade, cada criança se fazia presente no ícone, junto com a professora, pois a camada fina de vidro que protegia a antiquíssima tela pintada refletia a todos, sobrepostos na imagem das personagens sagradas.

   Depois de endireitar um pouco o ícone sobre a cátedra, a senhora Rădulescu tirava da bolsa a "Bíblia engraçada" e lia para as crianças, fazendo caretas de tanto rir, ou por vezes franzindo o cenho e esmurrando o banco, histórias ridículas que demonstravam claramente que bodes imorais e mentirosos povoavam o livro "pretensamente sagrado". Visto que no bairro todo não havia uma única Bíblia de verdade, as crianças mal esperavam ouvir as histórias de Moisés (um gago), Noé (um bêbado), Davi, que exibia suas vergonhas diante do santo altar, Salomão, que partia crianças ao meio com a espada, Abraão, pronto para fritar o filho na grelha, e tantas outras historietas instrutivas e educativas do gênero. Quando a professora chegava à história de Sodoma, explicava aos alunos inquietos que não havia sido o Senhor a derramar fogo e enxofre sobre a cidade só porque – ridículo! – uns desgraçados quiseram se acasalar com os anjos ("mas essas histórias não são para a idade de vocês"). Nem pensar!, eles provavelmente teriam sofrido as consequências de um terremoto como aquele da década de 1940, que pulverizara, na época em que a professora era criança, o hotel Carlton. Seu rosto se inflamava de fúria, e o famigerado anel batia no que estivesse mais próximo sempre que se tratasse – e curiosamente se tratava com frequência – do modo abjeto como Lot, depois de se embebedar como um porco e fugir de Sodoma, fizera algo extremamente feio com as filhas dele, pois a senhora também tinha uma filha e não teria gostado de que ela fosse tratada daquele jeito. No fim das contas, contudo, para além de todas as cenas bobas e malucas do livro dos livros, as crianças tinham de memorizar um simples fato: que Deus, um velho de barba cacheada com um livro grande, escrito com letras estranhas, vermelhas, aberto na frente dele, na realidade não existia, não importa o que dissessem seus avós. Ele fora inventado pelos padres para enganar as pessoas, para tomar dinheiro da gente sem ter de trabalhar. Na verdade, o homem é quem dominava a natureza, modelada conforme seu desejo. Ele fora criado pelo trabalho: macaco que havia aprendido a utilizar ferramentas.

 O pior daquela coorte de santos, mártires, anjos, arcanjos e outras criaturas imaginárias parece ter sido um indivíduo chamado Jesus Cristo, que, embora jamais tenha existido, realizou uma enorme quantidade de traquinagens. Disse: "Dai a César o que é de César", ou seja, posicionou-se a favor da exploração do homem pelo homem. Concordava também com o adultério ("ou seja, que seus pais abandonem as esposas e saiam atrás de outras, vagabundeando"), pois nada fez à mulher leviana flagrada em adultério. Dizia-se ter nascido de uma virgem, ou seja, de uma mulher casta, entendem, mas isso demonstra justamente que Jesus Cristo era de fato um mito, ópio para o povo, pois outros falsos santos e deuses também nasceram, alegadamente, de virgens. "Na verdade, crianças, vou contar a vocês como é que foi, pois, durante a instrução, um professor universitário de filosofia nos explicou: a mãe dele teve um rolo com um tal de Pantera, soldado romano e, depois de ficar grávida, teve de se casar às pressas com alguém bobo o suficiente para a aceitar daquele jeito, e então o carpinteiro do vilarejo, José, ficou com ela." Contudo, deviam memorizar que, apesar dessa história, nem Maria, nem José, nem o filho nascido na manjedoura jamais existiram, assim como também não existiam Papai Noel (só o rei Gelado, que a cada ano lhes trazia o saquinho com eugênias[29] e laranjas emboloradas na escola) nem a Mãe da Floresta[30], tampouco dragões. Embora tenha estado no espaço sideral, ou seja, no céu, Yuri Gagárin lá não se deparou com nenhuma espécie de deus ou santo.

Depois da instrução teórica, a senhora Rădulescu passava para coisas mais concretas, pois "teoria é teoria, mas a *pártica* é que nos mata", como costumava dizer, brincalhão, Eftene, o chefe da oficina. Era ele também que, por vezes, fazia uma ou outra observação fora da regra, pois não havia reunião que não tivesse espreitado: "O trabalho transformou o homem em macaco", por exemplo, ou: "No capitalismo, há a exploração do homem pelo homem. No comunismo, é o contrário". A professora dividia os alunos em grupos, pela ordem das carteiras que ocupavam, depois traçava uma linha de giz no intervalo entre as carteiras, na direção do fundo da sala de história. Um grupo por vez, as crianças se aproximavam da linha e, a uns cinco ou seis metros de distância, se esforçavam por cuspir direto no ícone em cima da cátedra, em sinal de realmente terem aprendido os ensinamentos do círculo de ateísmo científico. A senhora Rădulescu não deixava nada ao sabor do

---

29 Bolacha popular no período do regime totalitário. [N.T.]
30 Bruxa má da mitologia romena, comparável à cuca. [N.T.]

acaso: o ícone da Nossa Senhora estava repartido em zonas, como as silhuetas dos animais no açougue, e cada zona tinha uma anotação com pontos de um a dez, pois, evidentemente, projetar balas de saliva sobre as duas faces era muito diferente do que molhar, pelo vidro sobre o qual gotas gelatinosas escorriam fascinantes, uma manga ou uma mão de dedos longos. No concurso de melhor ateu, o que mais contava era a força dos pulmões, como também a precisão. As meninas não tinham a mínima chance, seu cuspe caía quase imediatamente sobre o queixo, umas nem sabiam cuspir, o líquido nem se desprendia dos lábios. Mas os diabretes da classe, que de todo modo, na hora do recreio, cuspiam uns nos outros até embranquecer, se tornaram especialistas naquele esporte estimulante. Dentre eles, em geral, se recrutava o melhor ateu, que recebia o transístor para escutar, às sextas-feiras, às seis da tarde, o programa científico *A rosa dos ventos*. Os participantes ainda juntavam pontos ao comprovar que, ao longo do ano, haviam urinado sobre as cruzes do cemitério Andronache, ali na vizinhança, que pregaram nas costas do padre da igreja do bairro um bilhetinho com a palavra "IDIOTA", que fizeram chorar suas carolas avós aos lhes contar sobre a "Bíblia engraçada". Mas as execuções "ao alvo mãe e filho", como apelidaram o ícone da senhora Rădulescu, eram as decisivas.

Às vezes, de todas as crianças do círculo, restavam no concurso só duas, de camiseta e calção preto esportivo, incentivadas pelos torcedores. "Cospe no olho, vai, no olho!", gritavam, ou: "Agora entre as sobrancelhas!", "No umbigo do menininho!", "No dedão!", e os campeões, repetentes cheios de vitalidade, atendiam aos pedidos entre aplausos e hurras, ao passo que, no fim da aula, a pobre faxineira tinha muito trabalho para esfregar, com o pano de chão, o vidro maculado do ícone. Depois o secava bem com papel higiênico e o cobria com o tecido. As crianças o levavam até o carro cintilante, vermelho-alaranjado, estacionado sob a cesta de basquete, e o arrumavam, com extremo cuidado, no banco de trás. A preciosíssima relíquia de uma época distante não devia sofrer com os buracos que se espalhavam pela rua da escola, Dimitric Hercscu, e que sacudiam os carros quase fazendo desmontar os pedaços de chapa e as vedações de borracha que os constituíam.

Numa gélida manhã de dezembro, pouco antes do grande feriado, a senhora Rădulescu perdeu o anel. Naquela altura, fazíamos o recenseamento dos animais do bairro, assim como, no verão, antes do início do ano letivo, cabia aos professores irem de casa em casa para recensear as crianças em idade escolar. Tanto no verão quanto no inverno, caminhávamos pelas ruas compridas, que terminavam no campo após cruzarem com muitas outras ruas cheias de casinhas no fundo do quintal, ruelas tranquilas e sonoras como as de uma aldeia, com uma mercearia ou um depósito de madeira, ou um centro de botijões na esquina, com carros antiquíssimos estacionados diante das casas, com árvores caiadas até a metade. Éramos perseguidos por uma multidão de crianças desocupadas, que nos acompanhavam de casa em casa, batiam às portas para nós e falavam com aqueles que, vestidos apenas pela metade, na intimidade doméstica, esticavam suas cabeças perplexas para fora do portão entreaberto: "Vieram ler o relógio da luz? Do gás?". No verão, nós nos virávamos melhor, apesar do calor extenuante. O bairro era espectral, completamente deserto, as ruas se estreitavam ao longe, a luz era de um amarelo-intenso, não havia absolutamente sombras. Era como se caminhássemos por uma maquete de bairro, desprovida de vida, barulho e movimento. Um ou outro rabo de pipa se dependurava dos cabos elétricos esticados acima das vielas, o canto de uma ou outra rolinha se ouvia ao longe. "Aqui moram dois velhos, não há crianças em idade escolar", diziam-nos as meninas e os meninos que nos acompanhavam. "Aqui moram os Enache, da sexta e da oitava série, os pais deles não estão em casa, estão no serviço." Anotávamos os Enache nos livrões que levávamos embaixo do braço e prosseguíamos, naquela quentura, passando ao longo de cercas infindáveis. Nos quintais, pelos portões entreabertos, ocupados quase que totalmente pelos roupões de mulheres peitudas e descuidadas, e por pulôveres campestres, grosseiros, dos homens de boina enfiada até as sobrancelhas, podíamos vislumbrar bicicletas enferrujadas, cachorros famintos, galinheiros cheios de cocô de galinha, bebês pelados berrando a plenos pulmões. No fim das ruas ficava a ferrovia, depois da qual começava o campo inculto que se estendia até onde a vista alcançava, intransponível como um mar sem costa.

No inverno era muito mais difícil, pois podia bater o bóreas, cair uma nevasca, fazer um tempo tão ruim que não daria nem para levar um cachorro para passear na rua, mas éramos obrigados a sair e, com a neve até os joelhos, atirados às cercas pelas rajadas de vento, ofuscados pelas agulhas de gelo, apavorados com os latidos dos cães que nos perseguiam, mostrando os dentes, passar de novo de portão em portão, batendo dezenas de vezes até alguém abrir e, quando finalmente um olho desconfiado se revelava na fresta do portão, explicar por que estávamos ali: "Para o recenseamento dos animais. Queremos saber se vocês têm porcos, pássaros, vacas, ovelhas e assim por diante, para os registrar". Gritávamos para poder ser ouvidos na tormenta. Todos os que tinham quintal nos seguravam no portão. Nem lhes passava pela cabeça nos convidar para que entrássemos e tomássemos um chá quente. "Não tenho, meu senhor, como é que eu vou ter? No verão passado eu ainda tinha duas ou três galinhas, mas... agora não crio mais. Porco já faz anos que não tenho..." Todos mentiam, mas o que nos importava? Não éramos nós os responsáveis pela fiscalização. Púnhamos um risco no registro, mal conseguindo segurar a caneta na mão enluvada, e prosseguíamos, tentando evitar os cães e as assustadoras rajadas de vento. Ao anoitecer que caía repentino, como uma placa de metal por cima do bairro, pelas quatro da tarde, não sentíamos mais nosso corpo, todo congelado. Retornávamos à escola de faces vermelhas e úmidas, com aquela tontura que o frio produz, para nos aquecer um pouco na sala dos professores antes de voltar para casa.

Que estranha nos parecia a sala dos professores, de luzes acesas na noite, enquanto um uivo percorria o resto da escola na escuridão! A luz das lâmpadas do teto escorria suja, cor de café, tingindo-nos os rostos com um ocre de criaturas subterrâneas, os retratos de personalidades herzegóvinas nas paredes tomavam emprestado algo do sinistro tom oliva da pintura. Encontrávamos ali, contudo, naquele buraco iluminado do piche unânime do mundo, um refúgio contra os fantasmas e a solidão. Enquanto nos livrávamos dos sobretudos ainda cobertos de neve e batíamos os sapatos, tínhamos a sensação de uma trágica fraternidade, como a de uma família de toupeiras encolhidas no aposento central de sua rede de túneis, como a de sarcoptas cegos na pele de um sarnento. Visto que do outro lado das janelas nevava abundantemente, era como estar numa arca que avançava à deriva pela danação universal.

Na noite em que a senhora Rădulescu perdeu o anel do dedo, estávamos todos sentados ao redor da longa mesa coberta pelo tecido vermelho e bebíamos chá, para nos aquecer um pouco depois de caminhar o dia todo recenseando, pois os caloríferos estavam, claro, gelados. Era assim que se estudava no inverno: tanto os professores quanto as crianças ficavam agasalhados em sobretudos, gorros russos e xales, de luvas nas mãos, com bafejos visíveis que pairavam no ar gelado como cravos brancos, em desagregação. O chá nos era preparado pela secretária, naquele quartinho em que ficara com Caty no plantão. Utilizava um aquecedor improvisado com um grande tijolo de BCA, no qual haviam sido escavadas canaletas para as resistências que incandesciam. Conversávamos entediados sobre uma nova dieta para emagrecer quando, de repente, entrou a professora de história, gritando desesperadamente: "Meu anel! Meu anel desapareceu! Roubaram meu anel!". Florabela, a belíssima professora de matemática, cheia de charme, ouro e sardas, tentou acalmá-la: "Calma, querida, ninguém o roubou, vamos encontrá-lo... Onde você o deixou?". Mas a senhora Rădulescu se deixou tombar extenuada numa cadeira, com uma mão sobre o coração, e para todos nós era compreensível, pois, sem o famoso anel, três quartos de seu ser desapareciam. O anel de ouro batido era seu centro vital, seu chacra essencial, seu olho místico da testa. Seu corpo largo e fofo já se tornava cinzento, largado daquele jeito na cadeira, e de seus olhos se apagava toda luz. "Não sei, não sei...", balbuciava, perdida. "Talvez na secretaria... Tirei-o do dedo porque estava com as mãos geladas... e agora ele sumiiiiiu!", berrava ela, lúgubre. Sim, sim, ela o colocara no canto da escrivaninha da secretaria, em seguida pegara uma xícara, a secretária lhe serviu o chá e... não sabia de mais nada. Todos haviam passado por lá, qualquer um poderia ter pegado. Até mesmo o porteiro, até mesmo a faxineira. "Até mesmo o mestre da oficina", disse Spirescu, malicioso, no que todos baixaram as orelhas, pois Eftene era cigano, o que, para a maioria, significava um mão-leve profissional, e, por outro lado, não se tratava de um cigano modesto e pacífico, mas amargo e mordaz, que frequentemente os ironizava, com ou sem razão, um caráter sarcástico, indomável, que fizera muitos inimigos. Ninguém se atrevia a dizer "ei, cigano" a Eftene, pois os que o fizeram, quando ele veio trabalhar pela primeira vez na escola, tiveram de recolher os dentes do chão. Era sempre investigado na delegacia, todos o conheciam como um cavalo xucro. Todo ano, quando dava início às aulas na oficina, exigia que as crianças trouxessem um estojo de ferramentas. Nas papelarias era possível encontrar dois tipos de estojo, um feito em nosso país e outro, mais caro, com tecido de aço endurecido, da Rússia. Eftene passava calmamente por entre as carteiras da oficina, com um torno em cima de cada uma, e verificava os estojos das crianças. Quando via um daqueles feitos na Rússia, ele o atirava na hora pela janela. Eftene contava para todo mundo piadas contra o socialismo, inclusive contra o presidente, de modo que as autoridades não sabiam mais o que fazer com ele. No fim das contas, decidiram que era melhor deixá-lo em paz, como alguém a quem falta um parafuso. Eftene, ademais, era uma grande personalidade entre os da sua etnia, uma espécie de rei sem coroa diante do qual todo varredor de rua, vendedor de garrafas vazias ou florista se punham de pé, pois ele era um dos poucos ciganos que haviam estudado. Era até mesmo inventor, tendo patenteado uma máquina que fabricava rodas de coletores de lixo, e se orgulhava de que todos os coletores de lixo do município haviam passado pela sua máquina.

    O mestre não frequentava muito a sala dos professores, passava mais tempo em sua oficina cheia de aparas de ferro e fuligem, onde as crianças aprendiam a manusear ferramentas de corte, recortar plaquinhas de madeira de tília ou colar válvulas de rádio com ferro de solda e com arame maleável de lata em placas com circuitos impressos, e aprendiam em especial, a partir das palavras de seu preceptor de avental azul e bolsos rasgados, que "o socialismo é a sociedade dos preguiçosos", que os engenheiros capitalistas ficam carecas na nuca (onde sempre se coçam, perguntando: o que mais posso fazer, o que mais posso fazer?), enquanto os socialistas ficam carecas na frente (pois batem com a mão na testa: Senhor, o que eu fiz!), que os diretores capitalistas ficam com a bunda na cadeira e os olhos na produção, enquanto os socialistas ficam com a bunda na produção e os olhos na cadeira... Mas, sobretudo, aprendiam que tudo o que era ruim havia sido trazido para cá pelos russos, nossos grandes amigos do Oriente. E, naquela noite, depois de caminhar também ele por todo o bairro com os registros debaixo do braço, atrás de patos, galinhas, porcos, coelhos, vacas, ovelhas, cavalos, impossíveis de encontrar, embora pudessem ser ouvidos cacarejando, arrulhando, relinchando e mugindo dentro dos quintais, Eftene tirara o casaco e o gorro, pegara uma xícara de chá das mãos da secretária e fora para a oficina, sem passar pela sala dos professores. Apreciara, no início, seu aspecto brincalhão, porém sábio, de quem havia passado por todos os problemas do mundo, sua macilência de velho hindu, sua boca desdentada como a de Gandhi, em que um dente de ouro luzia... Não era inteligência o que tinha nos olhos, mas uma espécie de agilidade cínica: querem saber o que é o homem? Não o procurem em palácios nem em bibliotecas: venham para minha toca de velho cigano solitário, a qual fede a urina e cigarros baratos. Olhem para mim pelado dentro da bacia, no meio do quarto, enquanto esfrego minha pele escura com a bucha. Prestem atenção em meu peito magrelo, coberto por uma trama de fios brancos, meu sexo comprido até os joelhos, de veias saltadas e enrugado como o dos cavalos, minhas pernas tortas. Apesar disso tudo, em mim habita o homem, o verdadeiro homem, que sabe apertar os dentes e sorrir diante dos horrores da vida, que não desiste, que se agarra como uma espinhosa erva daninha ao pedaço de terra em que brotou. Sou eu, Eftene, embrulhado num roupão puído de matéria viva.

    Para meus colegas de sala dos professores, contudo, o mestre de oficina não era espírito nem Gentleman Jim, mas um mão-leve a ser desmascarado, cigano nojento e preguiçoso. "Mais um que escolheu a profissão com a cabeça e a desempenha com os pés, como os professores de educação física. Ao passo que nós, estes cretinos de romeno e matemática, a escolhemos com os pés e a desempenhamos com a cabeça, pois é o que merecemos: quem pariu Mateus que o embale. Eu também podia, querido, dar às crianças uma bola e lhes dizer: vão jogar, e eu ficar bebendo café e me orgulhar de ser professor. Ou fazê-las trabalhar no torno para eu vender as peças e enfiar o dinheiro no bolso, como seu Eftene, que morre de rir de nós quando nos vê carregando as pilhas de cadernos de prova... E na hora do salário – recebe o mesmo que nós, que ficamos cegos sem parar de corrigir os erros nos cadernos, recebe, na verdade, até mais que nós, pois eles têm direito a toda espécie de bônus, os pobrezinhos..." Desde o momento em que Spirescu pronunciara o nome de Eftene, não cabia mais dúvida: era ele o autor do furto do anel, sabe-se lá quando, talvez a secretária tivesse saído por um instante, ido ao banheiro, e pronto! O anel desaparecera no bolso do cigano...

– Vá lá, Jeana, e diga para Eftene passar na sala dos professores, pois o pessoal já esqueceu como é a cara dele – disse a professora de física, Gionea, à faxineira, após o que todos permaneceram em silêncio, sentados como um tribunal sinistro ao redor da mesa, com profundas sombras ocre recobrindo suas faces.

Do outro lado das janelas pretas como breu, nevava furiosa e obliquamente, de maneira que toda a sala parecia voar para o céu numa velocidade gigantesca. O silêncio era tão grande que uma xícara recolocada no pires ressoou no aposento gelado como um tiro de pistola, fazendo todos se sobressaltarem.

A senhora Rădulescu abriu a boca no momento em que o mestre assomou à porta:

– Feche a porta ao sair, Jeana, para que não ouça o que não deve. Vá até a secretaria, você não rega aquele pobre aspargo sabe-se lá desde quando, está quase todo seco, os espinhos caíram todos...

Em seguida, virando-se para o mestre, continuou em outro tom.

– Seu... Eftene... – a professora limpou a garganta. – Seu Eftene, nao se assuste, ninguém vai te fazer nada...

– Não se preocupe, que vamos resolver entre nós, uma mão lava a outra – interveio Gionea, imóvel como uma górgone.

– Veja, todos nós sabemos que você pegou algo de cima da mesa, na secretaria... Fique sabendo que foi visto...

– Ué, peguei uma caneca de chá, mas pretendia trazê-la de volta agora mesmo, antes de ir para casa – explicou Eftene, imperturbável, embora já fosse possível ler em seus olhos não a desconfiança, mas a certeza de ter sido desmascarado. Não era a primeira encrenca de sua vida, não era a primeira vez que pagava o pato. Tentava apenas compreender a tempo do que se tratava. Sabia que, de início, tudo estava contra ele, que nascera mão-leve do mesmo modo como adquirira aquela pele alcatroada, aqueles olhos amargurados. Em vão se esforçara, mesmo morrendo de fome, por não colocar a mão nem numa agulha, em vão tentara a vida toda ser duas vezes mais honesto do que os indivíduos a seu redor, algo o puxava para trás, o atirava toda vez ao pântano, não importa o que fizesse. Acostumara-se, considerava o modo como era visto pelas pessoas como uma fatalidade, assim como o corcunda não se deixa mais atingir, depois de um tempo, pela desgraça da espinha recurvada, assim como o cego não lamenta mais o destino. O que terá feito desta vez? Tinha mantido distância dos professores, não se considerava do mesmo nível deles, embora soubesse ser mais inteligente do que a maioria, recreando-se em sua toca repleta de serragem e farpas. Sabia, no entanto, soubera desde o início, que ali também haveria de suceder algo ruim, como sempre lhe sucedia. Quando aluno no primário, era colocado na carteira do fundo, encontravam piolho em sua cabeça, as crianças o evitavam, chamavam-no de macaco e ferro fundido, os professores golpeavam sua nuca e puxavam suas costeletas com mais frequência e com menos motivos do que as dos outros. Eftene tivera de aprender desde muito cedo a arte de cerrar os dentes, e era o que fazia agora, enquanto o corpo docente, os "cadáveres didáticos", assim como ele costumava dizer em voz alta, saboreava a cena como num filme com réus e tribunais, advogados de defesa e acusação, e um júri hesitante.

– Ora, caneca, caneca... você sabe muito bem. Fique sabendo que alguém te viu pegando o anel da senhora Rădulescu de cima da escrivaninha da secretaria.

Gionea (que todos, crianças e colegas, chamavam só assim: Gionea, sem "senhora", sem que alguém mais se lembrasse de seu prenome) levava mesmo jeito de promotora. Era uma mulher feita de gelo, da qual as crianças tinham medo mais do que ninguém. Tão logo ela entrava na sala de aula, instaurava-se um silêncio assombroso e começava a cheirar a cemitério. Gionea se sentava à cátedra e permanecia a aula toda completamente imóvel, como uma rocha. Sem piscar, sem virar a cabeça. Falava de maneira calma e afiada, não precisava levantar a voz como os outros professores, que gritavam como malucos. Os alunos chamados até a lousa se confundiam como diante de um réptil venenoso, embora soubessem a matéria de cor. Nenhum músculo se movia no rosto de Gionea enquanto anunciava as notas que despencavam como um terrível veredito sobre a nuca das crianças. Quatro, três, dois, quatro, três. Não eram as notas baixas que as assustavam, mas a paralisia, a seriedade monstruosa no olhar, a ausência de qualquer sorriso, de qualquer trégua no mecanismo contínuo de terror. Seu colega de física ria como uma criancinha com cócegas enquanto distribuía notas dois e três, e por isso os alunos não se importavam nem um pouco com aquelas notas. Na aula de Gionea, um horror sacro invadia quem tirasse sete, a nota mais alta, quase lendária, que ela dera, ao que parece, só três ou quatro vezes na vida, pois dizia aos colegas na sala dos professores que "dez é só para Deus, nove é para professor, oito é para o aluno que não só conhece a matéria perfeitamente, como também estuda fora das aulas. Um aluno dos confins de Colentina precisa saber que a maior nota é sete, mesmo que jamais a obtenha...". E, naquela noite de inverno, Gionea fitava o mestre com seus olhos de um verde quase incolor, gélidos, com a mais pálida face possível.

– Seu Eftene – continuou –, não queremos criar um problema. Nem vamos mais continuar esta conversa. Vamos embora para nossas casas, pois já escureceu faz tempo, e você, quando quiser, quando sua consciência mandar, procure a professora Rădulescu e devolva a ela o anel. E assim terminamos com isso. Ninguém vai ficar sabendo de nada. Nem falemos de milícia, pois somos todos colegas e nos preocupamos com a reputação da escola. Não fique constrangido, todos nós já tivemos um momento de fraqueza, todos nós somos humanos...

Isso era realmente enaltecedor. O mestre haveria de trazer de volta, arrependido, o objeto roubado, e eles não haveriam de o entregar às autoridades, haveriam de se mostrar indulgentes, humanos. Pensando bem, um ladrão comprovado até poderia ser útil para a coesão de uma equipe: cada um veria como é andar pelo mundo na ponta dos pés, aderindo à parede quando os outros passam, de olhos baixos, cada um se sentiria um redentor do desgraçado, um benfeitor cujo gesto de caridade não lhe custa nem um centavo. Cada professor, entre aqueles ao redor da mesa e os outros agrupados em torno do calorífero gelado sob o peitoril, se esforçava por compor uma expressão indulgente no rosto, para que o pobre homem apanhado com a boca na botija não se sentisse embaraçado, pois, afinal, quem eram eles para julgar?

Eftene roía, com seus dentes amarelos, o bigode cor de tabaco. Sua face macilenta, de uma tonalidade sempre insalubre, estava agora mais murcha do que nunca. Olhou rapidamente para cada um, baixou a cabeça, refletiu por um tempo, todo encolhido e diminuído dentro de seu eterno avental azul e, a seguir, numa decisão brusca, disse:

– Está bem, vou trazê-lo. Daqui a pouco retorno com ele. – E saiu pela porta da sala dos professores, fechando-a devagarzinho.

Grande alegria e alívio entre os professores.

– Dona Gionea, a senhora é sensacional, nada resiste a você – entusiasmou-se Spirescu, que se parabenizava consigo mesmo pela intuição. – Está vendo que poder as palavras têm, mesmo sobre os broncos?

– Ainda mais sobre eles... Nós somos blasés, não nos assustamos mais com isso ou aquilo...

– Senhora Rădulescu, por favor, seja moderada com ele... Foda-se que é cigano, faça um bem a ele, no fim das contas ele vai te devolver o anel e jamais esquecerá o dia de hoje...

– Não sei – suspirou ela, ainda de pé, claramente lutando contra si mesma. – Não sei, apesar de tudo é um furto, apesar de tudo acho que a milícia deveria... Justamente nós, que enfiamos na cabeça das crianças a ética e a equidade socialistas, fecharmos agora os olhos para um tal acontecimento... Não é correto, querido: não importa o que vocês digam, registrarei queixa de todo modo.

– Mas eu prometi, eu disse a ele que ficaria entre nós, senão ele não devolveria mais o anel... A ladrão de casa não se trancam portas... Sugiro deixarmos as coisas como estão. Você ainda se lembra de como foi no caso de Maftei, dois anos atrás? Aquilo foi comprovado mesmo, ele foi pego com o maço de dinheiro na mala, em dia de pagamento, filmado com câmera oculta... E o que fizeram? Bloquearam seu salário por três meses. E nós ficamos com o estigma de escola de ladrões escrito na testa.

Teve início o escândalo. Uns ficavam do lado da professora de história e exigiam que Eftene fosse entregue à milícia, outros apoiavam Gheară, o último a falar. Gritavam, por cima da mesa, ninguém mais se entendia com ninguém, de modo que nem perceberam que Eftene havia voltado, junto com a faxineira, com as mãos na cintura, atrás dele. Só perceberam sua presença depois de ele se aproximar da mesa e dar uma única batida, forte, com a palma no tecido vermelho que a recobria, fazendo as xícaras e as colherinhas saltarem. Todos então se calaram. Só se ouvia o barulho dos flocos de neve que deslizavam pelas janelas congeladas ao cair. Os professores, e parece que também as bizarras personalidades montenegrinas dos quadros nas paredes, concentraram o olhar no mestre.

– O anel... vou te devolver o anel – disse ele com voz cansada, como se não saísse da boca, mas escorresse dos olhos amarelos que, repentinamente, assumiam a mesma idade do universo.

Tudo em seguida aconteceu tão rápido que ninguém foi capaz de intervir. Todos se ergueram bruscamente, muitas cadeiras foram ao chão, Florabela desmaiou, era impossível distinguir algo naquela confusão de sombras e luzes.

Pois Eftene tirou de repente do bolso grande e puído um alicate, preto e velho, e o enfiou, num único movimento, na boca.

Agarrou o dente de ouro e, fazendo força e berrando como um animal, arrancou-o pela raiz. Em seguida, com a boca cheia de sangue, que lhe escorria pelo queixo e pelo pescoço, colocou-o em pé, em cima da mesa, triunfante, como um alquimista que exibe o grão brilhante de ouro encontrado no cadinho com chumbo fundido. Ato contínuo, com uma força louca, atirou-o na cara da senhora Rădulescu. De seu peito fofo, onde deixou uma mancha vívida de sangue, o dente rolou em cima da mesa, grande, pesado e luzidio, quase como o lendário anel, porém com dois prolongamentos de marfim ensanguentados.

Eftene se virou de costas e saiu, deixando no tapete poças e gotas de sangue, e os professores, muitos deles com o rosto e a roupa respingados, correram para o cabide, vestiram seus sobretudos, gorros e cachecóis, e se atiraram porta afora como se estivessem fugindo das labaredas de um incêndio. Vi-os pela janela se espalhando pelas ruelas cobertas de neve, enlouquecidos, buscando esquecer a cena de pesadelo de que participaram.

Permaneci sozinho na sala escura, entre os retratos luzidios das paredes. Peguei o dente de cima da mesa, examinei-o com atenção e o joguei de novo, como um dado, sobre o pano vermelho. Luzia ali, no meio do cômodo de sombra, da escola de sombra, do mundo de sombra pelo qual tateamos todos, esperando um sinal ou um milagre. Deixei-o no meio da mesa, com a sensação torturante de que um sinal havia acabado de me ser dado, e que, como todos os outros, não fora capaz de interpretar.

Naturalmente, a senhora Rădulescu encontrou o anel no dia seguinte, que ela esquecera ter colocado no compartimento de cartas da secretaria, e as coisas retornaram ao ritmo normal. A primeira cabeça machucada de criança surgiu na porta do posto de saúde do bairro poucos dias depois, uma linda cabeça dourada de menina. Para costurar a ferida, foram necessários não menos que quatro pontos.

19

Cheguei às oito da noite em frente a minha casa em forma de navio, que não se podia distinguir fundida que estava à nevasca e aos redemoinhos. No terreno baldio da frente, os antigos esqueletos de geladeira, os pneus de carros e as carcaças de animais esfolados estavam totalmente cobertos de neve sob o céu baixo, tão esbranquiçado quanto o ar e a terra. Fui impulsionado para dentro da casa escura por uma rajada brusca e tranquei atrás de mim, com dificuldade, o portão de ferro forjado. Estava tão zonzo por causa da tempestade de neve, das horas passadas no frio de portão em portão, da miséria sem limites do julgamento de Eftene que, pela primeira vez, me perdi em minha própria casa. É verdade que nunca soube muito bem quantos quartos, quantos vestíbulos, quantas escadas e quantos corredores ela tinha, e muitas vezes, a caminho do dormitório, chegara a salões ou banheiros não só totalmente desconhecidos, como se houvessem desaparecido as paredes entre minha casa e uma outra colada a ela, como também distantes no tempo, no espaço e na lembrança, com móveis estranhos e rutilantes, com relógios de pêndulo de nogueira e candelabros com folhinhas de lata, de modo que agora a casa escura, por cujas janelas podia-se ver a nevasca, me parecia infinita. Cheguei ao dormitório só ao alvorecer, extenuado pelas dezenas de quilômetros de corredores, pela ação mecânica de apertar milhares de interruptores, pelo desespero repetido de abrir portas centenas de vezes, esperando sempre vislumbrar, finalmente, a cama desfeita do centro da mandala de corredores, assim como arrancamos as centenas de pétalas de uma rosa para encontrar, no miolo perfumado, os tenros organitos de uma sexualidade andrógina.

Vasculhei a mesa de cabeceira atrás da caixinha de tic-tac em que guardava meus dentes de leite. Fui para a cama, vestido como estava, e apertei o botão que provoca a levitação. Suspenso entre a cama e o teto, com os ossos soltos no corpo e com os membros flutuando leves ao ar frouxo, fui invadido, de repente, por uma moleza terrível, uma necessidade irreprimível de sono e de sonho. Balançavam-me as fracas correntes da nevasca, que passavam por debaixo das janelas e sopravam por baixo da porta, acalmava-me o uivo domado dos ventos. Fazia tempo que almejava por essa intimidade que, como os caroços do damasco impossíveis de se desprender da carne cor de laranja que lhe invadem o corpo, eu me sentia como o miolo de um mundo enorme e inapreensível. Despejei na palma da mão aqueles cerca de vinte ossinhos brancos e lustrosos, que mais pareciam pérolas ou grãos de coral e que, de certo modo, também eram isso: conchas, grãos de madrepérola ou de cálcio produzidos pelas minhas gengivas numa vida distante, que no passado estiveram em duas fileiras em minha boca, sempre alisados pela minha própria língua, que trituraram biscoitos e maçãs, que se revelaram em sorriso a meus pais, meu gêmeo, meus vizinhos da Silistra e, depois, da Floreasca. Haviam brotado no osso de minhas mandíbulas e romperam minhas gengivas róseas, provocando dor e coceira, crescendo como cristais a partir da carne macia e padecente. E depois me livraram deles para deixar espaço a outros dentes, que haveriam de ser a tortura permanente de minha vida. Esfreguei na palma da mão, entre os dedos, os grãozinhos delicados, num devaneio sonolento, soltando-os em seguida para flutuarem livres no ar, como um astronauta na imponderabilidade. E meus dentinhos se espalharam devagar acima de mim, num arco, formando estranhas constelações na penumbra do quarto. Adormeci assim, vestido, iluminado por meus dentes de leite de outrora, que piscavam como luzes brotadas das profundezas de meu corpo de tempo.

Muitas vezes pensei como seria, junto com os fragmentos de barbante com que meu umbigo fora amarrado, com as fotografias conservando minha efígie impressa em nitrato de prata, com minhas trancinhas de quando era pequeno e com meus dentes que haviam caído sozinhos ou amarrados com um barbante à maçaneta da porta, que papai em seguida fechava sem dó, ter guardado também, em algum lugar, uma vértebra minha de quando era criança, ou a falange de um dedo, ou a própria mamãe daquela época, ou uma nuvem do céu que recobria a rua... Não seria absolutamente mais incrível ou mais estranho, não teria significado um esgueirar mais intolerável do passado no presente. Meus dentinhos, minhas tranças, as fotografias antigas são fantasmas bizarros fugidos dos ossuários da lembrança, memória materializada, dura, luzidia, concreta. Não são provas da realidade de nossa infância, do corpo no qual uma vez viveu nosso ser criança, mas provas da irrealidade do próprio tempo, da coexistência e da interpenetração das idades, dos tempos, dos corpos na alucinação unânime da mente e do mundo. Poderia ter guardado, assim, em gavetas sinistras como as de uma morgue, centenas de bilhões de criaturas com meu nome, cada qual um segundo mais jovem que a precedente, poderia visitar esse edifício colossal, olhando nos olhos de cada uma, ouvindo seus pensamentos, sonhando seus sonhos, eu próprio sendo a última criatura entre elas e deixando atrás de mim, assim como o inseto abandona a casca que tem exatamente a sua mesma forma, um outro eu a cada segundo, cada vez mais jovem, cada vez mais distante... Seriam os equivalentes perfeitos de meus dentes de leite que uma vez fizeram parte de mim, para agora ser objetos do universo sem limites e sem sentido.

    Sonhei ou recordei um passado imemorial, pois nos sonhos temos acesso a nosso cérebro de criança como a um castelo mágico no centro de nossa mente, desativado, arruinado e com teias de aranha, transformado em sanatório ou em criadouro de coelhos, mantendo em sua arquitetura, porém, um plano-mestre e, sobretudo, conservando intacta, entre corredores labirínticos, a câmara proibida. Aquela para a qual sempre quisemos fugir, pois jamais podemos fugir a não ser para dentro. Sonhei ou relembrei, naquela noite de flutuação, ao leve rumor do solenoide sob o assoalho e ao chiado do bóreas do lado de fora, o assustador mausoléu da dor que foi, para mim, enquanto duraram minha infância e adolescência, a Policlínica Maşina de Pâine. Revi sua construção cinzenta e pesada, as cornijas maciças do telhado, as janelas mesquinhas sob arcadas enormes, brilhando como olhos malignos. Toda a paisagem a seu redor, as antiquíssimas fábricas de tijolo em cujas paredes cegas podia-se ler, com letras gigantescas, PROIBIDO FUMAR e VIVA O PCR[31], os pássaros entre aqueles muros colossais, os vastos pátios circundados por cercas de concreto, as acácias recurvadas sobre eles, aquela desolação para além do mundo, a tristeza das pracinhas em que se cruzavam os trilhos de bonde, aquele lugar avizinhado à Doamna Ghica, ao Teiul Doamnei e à Maica Domnului como olhos minúsculos que formam um triângulo na testa da aranha... Todo o silêncio e a paralisia em torno da construção cinzenta faziam dela um local enigmático e atroz, local de rituais bárbaros e de suplícios incompreensíveis. Adolescentes de tribos distantes são obrigados a engolir veneno e vomitá-lo na hora, sua pele é perfurada, e eles são deixados dependurados em ganchos ou galhos presos à pele do dorso, recebem cortes nos braços, queimaduras no peito e tatuagens em cada porção de pele, de modo que levam consigo pelo resto da vida os sinais de uma iniciação cujo sentido, se perguntássemos, lhes é totalmente obscuro. Eu também tenho tais cicatrizes, às vezes acho que meu córtex cerebral foi tão picado, extirpado, fendido, dilacerado, que agora se assemelha a um velho estandarte de luta, esfarrapado e esburacado por pontas de lança e chumbos de arcabuz. Para que tanta tortura, psíquica e física? Como permitiram que os ácidos corrosivos da adrenalina me dissolvessem os órgãos internos apenas ao escutar o nome "Maşina de Pâine"? Lá eu estive no oculista, esperando a vez, ao longo dos unânimes banquinhos feitos do pior plástico cor de café, numa longa fila de meninos e meninas vesgos, quatro-olhos, cada um com uma gaze cobrindo um olho, colada com um curativo rosa, fixaram minha cabeça num dispositivo mecânico, e fui obrigado a olhar por uma espécie de lente embutida em aço painéis com baratas e letras de alfabetos desconhecidos. Fiquei na

---

31 Partido Comunista Romeno. [N.T.]

fila pelas manhãs, em jejum, para que me tirassem o sangue, prestes a desmaiar já na sala de espera, e depois entrei e tive de suportar a visão de minhas veias marcadas no braço fino, perfeitamente visíveis, vermelhas e azuis, debaixo da pele, depois que o garrote de borracha, feito de uma mangueira ordinária, era brutalmente amarrado em torno de meu braço. Em seguida, a seringa niquelada, com suas partes componentes tilintando, se aproximava de meu braço, e a gaze embebida num álcool frio como gelo limpava ao redor de minhas veias, e a grossa agulha entrava numa delas e começava a chupar, e o sangue grosso e espumoso, meu sangue, que eu jamais deveria ver, penetrava no cilindro de vidro... Observava com olhos arregalados de horror como a médica desprendia a agulha da seringa e a deixava ali pendurada, na veia, pondo em seguida um tubo na sua extremidade, e meu sangue, em breves jorros, o preenchia devagar... Depois enchia mais um tubo, e um terceiro... Uma enfermeira bigoduda e musculosa torcia meu braço como uma roupa molhada para arrancar mais algumas gotas da seiva de minha vida. Estava no ninho, estava nas profundezas da densa teia de aranha, ali onde a aranha se esconde, deixando apenas duas patas negras para fora. Tiravam depois a agulha e soltavam o garrote. Eu saía pálido como um defunto, com a gaze azulada de álcool apertada sobre a ferida. Em poucas horas, toda a zona haveria de se tornar roxa, cadavérica, e manchas amareladas haveriam de me relembrar, semanas a fio, do sórdido calvário.

"Deixa pra lá, isso não mata ninguém. Antes de casar passa", dizia mamãe, e depois de um tempo encontrava de novo um motivo para ir comigo até a Maşina de Pâine, com amostras de urina e fezes em vidrinhos de remédio embrulhados em papel e uma barra de chocolate Primăvara na bolsa, para a médica. Se o prédio já era gigantesco por fora, por dentro era muito maior. Sempre subíamos escadarias monumentais, passávamos por vestíbulos vastos e elegantes, apesar das paredes recobertas por um azulejo branco ordinário, de banheiro público. Em contraste com a grandeza da planta geral, os espaços dos consultórios e corredores de espera eram acanhados e estreitos, mal iluminados e mal arejados. Os banquinhos de plástico fediam, o mosaico do chão nunca estava limpo, e baratas de cozinha pululavam à vontade por toda a parte. Havia muita gente, em especial velhos e velhas, disformes, corcundas, de faces enrugadas e desdentadas, tão verdes quanto as paredes dos corredores, pintadas a óleo. Mal podíamos passar por eles para chegar até onde haveríamos de ser torturados. O masoquismo deles me surpreendia: vinham sozinhos, voluntariamente, para se submeter aos piores suplícios. Vingavam-se do próprio corpo velho e impotente, o espetavam e o perfuravam, o entregando com suas próprias mãos ao carrasco. Sempre brigavam com aqueles que queriam furar a fila, como se morressem de impaciência por chegar mais rápido ao abatedouro. Eu, pelo contrário, não fosse por mamãe a meu lado, deixaria todos passarem na minha frente, depois cairia o entardecer, e sobrando sozinho na cadeira, no corredor então deserto, veria como a médica sai do consultório, não com o avental branco engomado, mas com um vestido de festa e, como uma prostituta que ao raiar do dia tranca sua saleta com vitrine, fecha a porta do consultório e vai embora sem olhar para mim. E fico sozinho no organismo gigantesco do edifício, livre para explorar suas salas e corredores, agora livre do medo e do desamparo...

Ali eu também fazia radiografias pulmonares, pois desde a pneumonia dupla de meu primeiro ano de vida eu ficara, ao que parece, com uma sensibilidade no peito que, em poucos anos, haveria de me levar ao preventório de Voila. Esperava na sala ou no corredor entre todos os tipos de homem, jovens ou idosos, despidos até a cintura, peludos ou com peito como se fosse de mulher, magricelas ou pançudos, negros como carvão ou vermelhos como um caranguejo cozido, e, quando chegava minha vez, eu entrava naquela misteriosa sala escura, dominada por um grande e estranho aparelho de placas grossas de vidro e com telas que deslizavam em barras recobertas de couro. O médico me colocava entre as placas geladas. Minha pele se arrepiava, minhas costas e meu peito eram esmagados pelas placas frias que o médico, girando uma manivela, aproximava cada vez mais uma da outra, até me prensar como um preparado anatômico entre as lamelas do microscópio. "Não respire!", dizia-me o indivíduo de branco, que, de repente, sumia da sala e se encontrava, graças a uma espécie de teletransporte, numa cabine adjacente, cheia de instrumentário medical com painéis e botões de ebonite. Do nada vinha um chiado que durava uma eternidade. Estava estourando ali, entre os vidros, tentando segurar a respiração. Alguém olhava dentro de meus pulmões, pela minha carne tornada transparente, percebia aquele olhar vindo da quarta dimensão, capaz de enxergar maços de dinheiro em cofres, de penetrar, como o anjo que salvou Pedro, em prisões com grades da grossura de um palmo e de contemplar o processo de formação das pedras nos rins. Sentia profundamente dentro de mim o peso daquele olhar que não só me percebia por inteiro, por fora e por dentro e de todas as direções ao mesmo tempo, como também me abrangia como um animal prolongado no tempo, a começar do ovo fertilizado no útero da mãe até o último suspiro no leito de morte, percebendo, a partir de um único olhar, não só a forma de meu corpo, como também a de meu destino. Passada uma eternidade, podia respirar de novo, e o médico desparafusou as placas entre as quais eu fora prensado. Senti-me tão livre que quase pude sair voando, pois a respiração não é outra coisa senão nosso bater de asas pelo anil divino da vida.

Se para a coleta de sangue para análise eu chegava ao raiar do sol, em jejum, e para as consultas em geral eu ia a qualquer hora, fora o domingo santificado, ao consultório dentário eu chegava no meio da noite. Sabe-se lá por que os dentistas aqui só trabalhavam em turnos noturnos, com os médicos de plantão e uma única farmacêutica que, de noite, não abria mais a porta e distribuía os remédios, com olhos inchados de sono, por uma janelinha. Meu trajeto para o local de tortura sempre começava no estádio do Dinamo, que ficava a um ponto de bonde de nosso prédio e que, durante toda a minha infância, foi o playground mais cobiçado e mais difícil de alcançar. Não tinha ido ainda a nenhuma partida de futebol, só anos mais tarde eu haveria de acompanhar papai, perder-me com ele naquele mar de homens que berravam em coro, olhar assustado e fascinado seus rostos vermelhos, furiosos, bestiais, ouvir suas palavras obscenas, daquelas que jamais eram pronunciadas em nossa casa, e voltarmos para casa a pé, na multidão, sem ter prestado atenção um único instante no que ocorrera em campo, aliviado apenas por ter escapado com vida daquela inexplicável reunião de guerreiros. Eu e outras crianças de trás do prédio pulávamos a cerca do Dinamo para depois passearmos por horas a fio pelas quadras de tênis, pelos ginásios esportivos, por debaixo de árvores antigas, colhendo castanhas com casca rachada e seca cheia de espinhos, colada ainda à castanha luzidia, para tagarelar e nos gabar, mas de coração apertado na solidão do grande complexo esportivo. Nossa aventura em geral não terminava bem, um porteiro costumava se aproximar lentamente, por trás, nos agarrava pelas orelhas e nos levava assim, como coelhos, até o portão mais próximo, onde levávamos um pé na bunda e éramos atirados para fora. Apesar disso, voltávamos toda semana para ver os esportistas treinando, para ver como as bolas de tênis voam macias e pesadas pelo ar, para ver como o goleiro se joga atrás das bolas no campo de futebol e, sobretudo, para ver os ciclistas dando voltas pelas longas alamedas em bicicletas leves e frágeis como clipes de papel.

Nunca havia andado de bicicleta, nenhuma das crianças da parte de trás do prédio tinha – nem sonhava ter – algo tão caro e precioso. Manter-se sobre aquelas duas rodas com aros brilhantes me parecia uma espécie de levitação, uma prestidigitação, algo impossível para um reles mortal. Desejava ardentemente, na época em que brincava no parque do Circo, pulando de um banco a outro, não ter a minha bicicleta, mas que ao menos se mudasse para nosso prédio uma criança com pais ricos, que tivesse uma. Talvez ela nos emprestasse de vez em quando... Como teria sido subir no selim e sair pedalando rua abaixo? Como teria me mantido no ar sobre aquelas barras finas de metal?

Certa manhã fui até o estádio, pois, no entardecer do dia anterior, enquanto passava com meus pais por aquele espaço deserto e remoto, a caminho do cine Volga, havia lido num cartaz que, no dia seguinte, haveria um processo seletivo de crianças de mais de sete anos de idade para diversas modalidades esportivas. Entre elas talvez também o ciclismo. Mesmo que eu não conseguisse passar pelas provas, pelo menos teria montado numa bicicleta, pelo menos teria podido pedalar por alguns metros, só isso já seria um sonho... Mamãe não aprovou nem desaprovou, apenas me vestiu no dia seguinte com minha melhor roupa, com a qual eu ia à cidade ou à casa de minha tia. Cheguei, todo arrumadinho, até mesmo com um pouco de óleo de nozes no cabelo, para ficar mais lambido, diante da entrada do estádio, onde, para minha alegria, se reuniam também dezenas de crianças, todos meninos, menores e maiores que eu, incluindo uma multidão de ciganos dos quais mamãe sempre me dizia para me afastar, por serem ladrões e piolhentos. Eu era o único bem-vestido, os outros estavam com roupa de brincar, camisetas manchadas e calças rasgadas, tênis dos mais baratos nos pés. Permaneci entre eles, embaraçado, por uma hora, pensando apenas no momento em que subisse no selim, começasse a pedalar e, por milagre, me equilibrasse na bicicleta que começaria a deslizar como por magia. Jamais desejara outra coisa com mais ardor. Imaginava-a amarela com preto, como as vespas que eu prendia no pote de mel, na cozinha, enquanto mamãe fritava batatas na panela pelando. Com um dínamo colado na roda de trás, com farol e campainha. O dínamo em especial não podia faltar, pois ele adicionava ao milagre da flutuação um segundo milagre: transformava em luz o movimento, de uma maneira que eu não compreendia, mas que me preenchia de satisfação. Quem disse que milagres não são possíveis sobre a terra?

    Finalmente alguém apareceu para nos abrir o portão, e ocupamos as alamedas do complexo. Arrastávamos os pés por montes de folhas secas, pois era outono, fazia frio e estava prestes a chover. O cara de barba por fazer que nos buscou na entrada nos conduziu até um dos campos de treinamento e nos atirou uma bola. Era a primeira vez na vida que me encontrava num campo de futebol. Não conhecia as regras, não tinha a mínima ideia do que fazer. Dividimo-nos em dois times e começamos a partida, uma aglomeração sem sentido, correndo e se amontoando atrás de uma bola de couro suja e molhada, pois o campo era um barreiro só, uma lama espessa até os tornozelos, na qual meus melhores sapatos afundavam por completo. Corri também eu, desvairado, junto com as outras crianças, por mais de uma hora, tempo em que não consegui chutar a bola uma única vez. Sempre havia outros na frente, e sempre eu era empurrado e escorregava na lama, de modo que, por fim, fiquei todo cheio de barro, no cabelo, no rosto, na roupa. Dentro de meus sapatos chapinhava água suja. Corria e chorava, começara a chover forte, mas eu continuava esperando que, depois daquela partida miserável, começassem a seleção e eu pudesse montar em minha bicicleta maravilhosa. Cheguei em casa imundo e emporcalhado, com contusões nas pernas e um bolso rasgado, pois depois do jogo não houve mais nada, o cara de barba por fazer escolheu umas três crianças e despachou o resto para casa. Chorei na banheira, na água quente, pela minha bicicleta, cuja imagem eu mantivera a manhã toda diante dos olhos como se fosse real.

Só no verão seguinte eu haveria de montar numa bicicleta pela primeira vez, num dia de férias em que fui impossivelmente feliz, e que, contudo, permaneceu em minha memória como um dos dias mais tristes que jamais vivi. Caminhava com mamãe pelo Herăstrău[32], havíamos atravessado de barco até a outra margem, contemplando a Casa Scânteii[33] refletida no lago, com a qual eu sonhara tantas vezes, e que para mim era o edifício mais majestoso do mundo, e agora passeávamos, de mãos dadas, pelas alamedas intermináveis com arbustos ornamentais. Nas clareiras, um ou outro pavão de cabeça azul-luzidia, produzindo reflexos a cada movimento, abriam subitamente a cauda com olhos cintilantes, um enorme semicírculo de cores metálicas, estendidas umas nas outras. Na parte de trás do prédio, onde passávamos os longos dias de verão, jamais víamos o céu: ali, no Herăstrău, avançávamos minúsculos por debaixo daquela fantástica curvatura anil, dois ácaros num universo impensável e incompreensível. Estávamos indo andar de roda-gigante, que já vislumbrávamos no horizonte, girando devagar bem ao lado da silhueta de castelo pujante da Casa Scânteii. A caminho dela, passamos pelos quiosques de doces

32 Maior parque de Bucareste. [N.T.]

33 Construção da década de 1950 que abrigava o órgão de imprensa comunista da Romênia totalitária. Sua arquitetura monumental se inspira no edifício da Universidade Lomonóssov, em Moscou. [N.T.]

e refrigerantes, vendedores de algodão-doce girando sem parar os palitos na caldeira niquelada, estandes de tiro ao alvo com figuras em movimento... No meio de um terreno baldio deserto, arenoso, no fim do mundo, de repente avistei uma bicicleta. Foi como uma visão brusca e reluzente, que fez meu coração parar. Pois a bicicleta estava de pé, apoiada numa barra que a ancorava a um poste. Do lado, uma inscrição anunciava que podia ser utilizada por alguns leus. Corri até ali puxando mamãe atrás de mim. O vigia, no mais surrado uniforme bordô, também responsável por um carrossel de cavalinhos lascados e manchados, recebeu o dinheiro, e então pude montar no selim. A barra, do comprimento de alguns metros, fazia a bicicleta girar num círculo em torno do poste no meio, como um cavalo amarrado. Era maravilhoso, não tinha como cair, e eu estava pedalando, finalmente, como em meus sonhos! "Vinte vezes", dissera-nos o vigia, de modo que dei voltas numerando até vinte, e depois ainda quis mais, e pagamos mais vinte voltas, mas na terceira vez o homem com cara de beberrão disse à mamãe: "Pode dar quantas voltas quiser, que a esta hora não vem mais ninguém". E fiquei dando voltas sem fim, debaixo de um céu cada vez mais avermelhado, uma volta depois da outra, e mais outra, e mais outra, até anoitecer, protestando a cada vez que mamãe se aproximava para me deter, empurrando-a com o pé, continuando a galopar no círculo estreito em que eu levitava feliz, um metro acima da terra, sentindo-me (ironia do destino que conhecemos tão bem!) mais livre do que nunca...

Foi necessário que, depois de muitas horas, mamãe me arrancasse da bicicleta, pois anoitecera por completo e ficáramos sozinho naquele deserto silencioso do Herăstrău. Os pavões treparam nos galhos das árvores e, de vez em quando, lançavam um grito dilacerante. Hoje em dia não é raro ainda me ver, antes de adormecer, naquela noite profunda: uma criancinha dando voltas sem fim numa bicicleta pesada e ordinária, no deserto sinistro do grande parque. Jamais tive minha própria bicicleta, nem na infância, nem mais tarde, até hoje.

Começava sempre a partir do estádio do Dinamo, bem do meio do grande campo de futebol rodeado pelas fileiras vazias, curvas, de assentos. No céu repleto de estrelas que se arqueava por cima dele, a instalação noturna espalhava enormes patas de aranha. Estava sozinho no gigantesco vale do estádio, e o céu inteiro desabava sobre mim. Avançava pelo gramado escuro como um carrapato minúsculo debaixo da asa de um pardal morto, dirigia-me rumo à tela em que, durante o verão, se projetavam filmes ao ar livre e depois me punha a galgar os degraus entre as fileiras de assentos numerados. Alcançava a parte de cima, a beirada do estádio e, de lá, debaixo do mesmo céu sarapintado de estrelas, caminhava pelas alamedas, por entre montículos de folhas mortas. Chegava ao pé de um dos quatro postes dos holofotes e olhava para cima, para a ponta da ciclópica estrutura: os refletores, ora apagados, estavam dependurados como cachos pesados, frutos da noite. Andava bastante até sair do complexo esportivo e então me punha a caminhar, atravessando a noite, pela avenida Ștefan cel Mare. Pelas ruas transversais passavam, a longos intervalos de tempo, troleibus luminosos e vazios. Tantas vezes havia embarcado neles e passeara por uma cidade espectral, totalmente desconhecida, com prédios iluminados, transparentes como cubos de açúcar, com palácios repletos de estátuas e ornamentos, com chafarizes artesianos em pequenas praças desertas. Não avistava uma única pessoa lá fora, enquanto cochilava no assento do troleibus vazio. Apenas fachadas, vitrines, reclames, ruas escuras, parques desconhecidos. Descia no ponto final, bem depois de deixar a cidade, num terreno baldio. Estranhas construções industriais luziam ao longe.

Passava ao longo da avenida em que nenhum carro circulava. Deixava atrás de mim a banca de jornais da qual, quando criança, comprara cada fascículo das coleções "Histórias científico-fantásticas" e "O clube dos temerários", passava pela mercearia, pela quitanda e pela padaria defronte, e também pela biblioteca B. P. Hasdeu, de onde pegava emprestado os livros que lia. A avenida ainda era estreita, só anos depois, quando estava no liceu, ela haveria de ser alargada, e ao longo dela ainda se enfileiravam depósitos de madeira, lojas de ferragens e centros de remendar meias, cada um sempre com uma mulher feia e gorda, vestida de vermelho, esmiuçando uma meia-calça numa vitrine minúscula. Conhecia cada pedra do pavimento de pedra cúbica, cada edifício, cada bodega e loja da avenida pela qual ora caminhava rumo ao dentista, como se fosse uma longa veia que me permeasse o corpo e me irrigasse com sangue os pulmões. No meio da rua, os postes de iluminação pública tinham uma barra horizontal, da qual se dependuravam os fios do bonde, de modo que pareciam uma longa fileira de cruzes arqueando-se largamente, junto com a avenida, e em cada cruz se via com clareza um homem agonizando, desnudo, além de um sudário embrulhando as coxas, sangrando à luz pálida das lâmpadas de neon. Eu também os conhecia, conversara tão frequentemente com cada um deles, nos reuníamos, nós, as crianças de trás do prédio, Vova, Lumpǎ, Mimi, Marţagan, Mona, Lucian, Mendébil, Iolanda e todos os outros, aos pés de um deles, observando arrepiados a horrenda chaga feita pelo prego nas solas do pé e lhe fazendo perguntas transbordantes. Com a cabeça apoiada no peito e nos olhando com olhos inchados, numa torrente de lágrimas, o mártir nos falava de seu país distante e sobre a terrível culpa que expiava. Quando o bonde passava, os passageiros apertados do lado de dentro os olhavam com indiferença, como se fossem estátuas de madeira pintada, das quais pingava sangue.

 Passava pela Direção-Geral da Milícia, colada ao prédio de meus pais, com suas oito entradas e arcos apoiados em colunas grossas de concreto, com a loja de móveis e o centro de conserto de televisores, passava também pela alameda do Circo, pelo prédio com o restaurante Hora, e ao longo do interminável muro do hospital Colentina. Sempre entrava no pátio deserto do hospital e caminhava a esmo por entre os pavilhões, das mais estranhas formas e cores: edifícios em forma de zepelim, de encouraçado, de casamata, de bunker, de depósito, de hangar, de mesquita, de bordel, de usina, e de tantas outras coisas inimagináveis. Passava pelo posto de saúde da Doutor Grozovici, com a enfermeira sem nariz assediada por clientes que lhe traziam buquês de flores, passava em frente ao cinema Melodia, o mais moderno da região, atravessava na altura da Lizeanu e já estava lá. De noite, o edifício da policlínica parecia uma barra de piche que interrompia no céu a poeira cintilante das estrelas.

Por dentro estava deserto. Subia os degraus da monumental escadaria, que contrastava tão estranhamente com a mesquinharia das paredes pintadas em verde-água ou recobertas por azulejo barato, semelhante ao de banheiros públicos, até chegar ao segundo andar. Dali eu continuava a subida até a sala de espera no sótão, diretamente sob o telhado. Ali ficava a odontologia. De vez em quando, a policlínica sacudia toda à passagem de um ou outro bonde pela rua em que se encontrava o cemitério Ressurreição. Lá em cima, no último andar, arfando de tanto subir degraus intermináveis, encontrava-me finalmente num hall dominado pela sombra. A sala era vasta, e ao longo de suas paredes se encontravam os mesmos banquinhos cobertos com vinil cor de café, que, naquela época, podiam ser vistos em todos os edifícios públicos. Neles sempre se sentavam três ou quatro pacientes, imóveis, olhando resignados para frente. Toda a luz da sala sem janelas vinha das quatro portas, com vidro pintado na parte de cima, dos consultórios dentários. Pela tinta amarela dos vidros, envelhecida e descascada pelo tempo, coava-se uma aura turva, impossivelmente triste, que se misturava indiscreta aos sons misteriosos que retumbavam pelas portas: tilintares isolados, o uivo de uma broca, uma ou outra tossida, um ou outro gorgolejo de água derramando-se num copo.

Eu me sentava e permanecia imóvel no banquinho grande parte da noite, como os outros indivíduos da sala, fitando com olhos vazios para a frente e me sobressaltando alarmado toda vez que uma das quatro portas se abria. A luz era demasiado fraca para podermos ao menos ler. Não havia o que fazer senão despencar para dentro de mim, tentando sufocar qualquer ideia sobre o que haveria de se seguir. Na verdade, esperava que acontecesse algo estarrecedor e providencial, que um terremoto destruísse o prédio inteiro, que meu coração parasse ou o fim do mundo chegasse, qualquer coisa, só para não ter de entrar ali. No fim, porém, a porta se abria também para mim: no batente surgia primeiro um paciente de olhos ensandecidos, apertando entre os dentes uma gaze ensanguentada e, atrás dele, como se o empurrasse, de tão rápido que corria escada abaixo, também se via o dentista, de mãos peludas e com o nome cosido grosseiramente, a linha amarela, no bolso da camisa. "Próximo", dizia, olhando não para os que estavam sentados nos banquinhos, mas para a frente, como um cego. E o próximo era eu.

Por que havia quatro portas, por que todas davam no mesmo consultório em que, como quatro elefantes perfilados na arena de um circo, aguardavam quatro cadeiras de dentista, maciças e inclementes, feitas de um metal denso, fosco, pintado de branco, complexas e abarrotadas de instrumentos atrozes? Por que era necessário aquele imenso chapéu cheio de lâmpadas inclinado sobre cada uma delas? Os cabos, mangueiras, fios de aço trançado que saíam de dezenas de orifícios dos troncos maciços pareciam uma guirlanda de serpentes, uma charada difícil de decifrar, mas muitos dentre eles terminavam, dependurados em cima dos pacientes, com cabeças de metal polido às quais se prendiam brocas, sondas, alicates do mesmo metal que parecia fluido, mole e amarelado de tanto uso. Na bandeja diante do paciente jaziam seringas bizarras, de êmbolo torto, com anéis para os dedos, com agulhas orientadas não para frente, mas para a lateral, assim como alicates dentários, espátulas e espelhinhos com cabos do mesmo metal prateado.

Em três das cadeiras, viam-se sempre uma velha, uma criança e um homem careca, com as cabeças nos apoios redondos, de olhos fechados e bocas vermelhas bem abertas, como num grito. Os tocos de dentes umedecidos pelas línguas tumeficadas revelavam sua negrura como de umidade, próteses grosseiras de plástico, cor de vômito, prendiam-se aos outros dentes com ganchos de arame. Pairava um cheiro sinistro, cheiro de dentista que ficava impregnado na roupa por semanas, mais persistente e mais horrível que o fedor de tabaco barato depois de uma estadia no bar. Os dentistas trabalhavam inclinados por cima daquelas bocas e daquelas pálpebras fechadas, como insetos que se alimentam de larvas. Todo o resto do consultório ficava mergulhado na escuridão, pois a luz das lâmpadas era insolúvel no ar, caindo como um jato d'água congelada apenas sobre os rostos de bocas ensanguentadas dos martirizados.

Eu também me sentava, com o coração na mão, na poltrona vaga, que imediatamente me agarrava com suas algemas. Meu pescoço também era circundado por uma fita de aço, de modo que eu não podia mais erguer absolutamente a cabeça do apoio. A luz me ofuscava, mesmo de olhos fechados eu a percebia com a mesma intensidade. Eu era a borboleta aveludada, inocente, de antenas peludas e asas de plush branco, imaculado, que acabara de cair no denso horror da teia de aranha. Era a vítima de sempre, impotente, dissolvida no próprio pavor, esperando o intolerável. Por mais paralisado que eu ficasse, por mais que pudesse controlar minha respiração, no fim a fera, sem dúvida, haveria de me perceber com seus sentidos. E, de fato, o médico no fim saía de seu canto entrevado para logo me encontrar sob seu comando, sob seu olhar inexpressivo, em seus braços peludos que já me manipulavam o corpo, procurando-lhe os pontos vulneráveis.

O universo então se tornava sólido como uma rocha e se estendia em todas as direções infinitamente. Na noite do ser, densa e opaca, só havia uma única irregularidade, uma pequena imperfeição: a minúscula cela, sem portas e janelas, em que cabiam apenas uma vítima e um carrasco. Não havia escapatória, a rocha da noite era infinita, estavam você e ele, você paralisado na cadeira de tortura, ele onipotente, dominador, impiedoso e sem humanidade, movido pelos neurotransmissores de uma fúria glacial. Vocês dois eram, no fim das contas, um só, agarrados um ao outro como homem e mulher em cópula, uma engrenagem, uma cumplicidade em grito e em horror. A própria tortura haveria de ser incessante e interminável, pois – tinha sempre essa revelação imediatamente posterior de que as garras gélidas da cadeira do dentista me bloqueavam os braços, as pernas e o pescoço, tornando meu corpo desamparado – eu me encontrava no inferno, no inferno destinado a mim e só para mim, com meu demônio pessoal, que apareceu neste mundo só para arrancar meus dentes, que haveriam de crescer de novo bilhões de vezes para ser arrancados mais uma vez, e outra, com o fiozinho do nervo vivo pendurado da coroa de porcelana. Um suor gelado me cobria enquanto o dentista preparava, na bandeja defronte, as ampolas, as agulhas e seus instrumentos tilintantes. Em seguida eu era obrigado a soltar os maxilares, abrir o portão purpúreo de entrada em meu corpo crucificado. A partir de agora, o dentista tinha acesso não só a meus dentes miseráveis, já repletos de obturações grosseiras, fósseis de uma infância vivida em terror, como também à minha laringe, às minhas cordas vocais, à traqueia e aos pulmões, ao coração e aos intestinos. A partir de agora ele podia enfiar a mão inteira, até o cotovelo, dentro de meu corpo, podia agarrá-lo do fundo e virá-lo ao avesso, como uma luva, deixando dependurados do lado de fora, em seus sacos de gordura ensanguentada, meu coração, meus rins, meu fígado, a rede de meus nervos e a de minhas veias.

    Depois, inevitavelmente, vinha a dor. Meus dentes, inclusive os molares, sempre foram tratados sem anestesia, com nervo descoberto após o esmalte protetor ser perfurado. E quando me aplicaram pela primeira vez injeção na gengiva, teria preferido não ser anestesiado, tão atroz se espalhava pela minha carne o veneno daquela agulha grosseira utilizada na época, como se fosse para cavalos, a mesma para dezenas de pacientes, assim como as vacinas eram feitas com uma única agulha para uma escola toda. Não é de se admirar, penso comigo mesmo, que eu seja hoje uma fonte inesgotável de anomalias, alucinação e loucura – admirável é eu ter sobrevivido.

    A dor vinha já com a primeira batida da espátula no dente enfermo e depois crescia como se água, aos poucos, inundasse o consultório dentário. No fim eu respirava dor. Não era mais uma criatura humana, não pensava e não sentia mais. Só vivia a antecipação da dor, e depois a intensidade de bilhões de volts de pura dor, o relâmpago que atingia meus dentes me fazendo recuar no apoio para a cabeça até seus aros quase invadirem meu cérebro. Colava-me com tanta força à cadeira que depois eu precisava ser raspado do encosto. Minha boca ficava cheia de saliva e sangue, aspirados sem parar por um ferro oxidado que chupava até as veias de baixo de minha língua. E os dentes, conchas secretadas pelas minhas gengivas assim como o caracol secreta a sua, assim como os corais constroem recifes, assim como os ossos do bebê se formam no ventre da mãe, ficavam abertos como baús de faiança branca para revelar os filamentos dos nervos, constituídos por dor coagulada. Meus nervos foram mortos com arsênico, extraídos com uma broca encaixada no motorzinho que girava agarrado ao chapéu da cadeira, gritei por horas encarando com olhos dilatados de terror o rosto do dentista, inclinado a poucos centímetros do meu, ampliado como se debaixo de uma lupa, sanguíneo de tanto esforço. Não acabava mais, haveria de durar para sempre. A broca e a turbina uivavam sem cessar, meus dentes eram esculpidos em formas fantásticas, mas para além de todos esses ruídos, e até mesmo para além de meus gritos, eu podia perceber claramente, sob os pés, no tronco de metal branco-amarelado da cadeira, um gorgolejo tênue e contínuo, como a sucção mecânica de um recém-nascido colocado para mamar, uma espécie de absorção voluptuosa de substância vital. Assim deve ter sentido a sanguessuga em sua inconsciência voraz, o fluxo de sangue que lhe inundava o estômago, com semelhante felicidade extática a pulga de plantas deve ter recebido, pela longa probóscide, a seiva grossa e doce da flor à qual se agarra com suas garrinhas miniaturais. Sempre que escapava do aperto da cadeira de dentista, totalmente zonzo, com o rosto encharcado de lágrimas, imediatamente observava que as lajotas de cerâmica do chão a que estavam presos, com enormes parafusos, os quatro tronos da dor, não eram lisas como deveriam ser, mas possuíam longas protuberâncias ramificadas, como raízes que fazem a terra ondular em torno das velhas árvores. Todas partiam do tronco de metal maciço e pulsavam suavemente de quando em quando. Mas tudo talvez não passasse de uma ilusão de tanto cerrar as pálpebras, talvez meus globos oculares, avermelhados de sofrimento, enxergassem o espaço de maneira distorcida...

    Saía com a boca cheia de curativos umedecidos em substâncias de um gosto horrível. Descia a escadaria monumental e deixava o mausoléu desolador. O raiar do dia azulara as ruas frias em torno do mercado Bucur Obor. Os primeiros bondes, que mal tinham saído da garagem, circulavam vazios, emitindo seu típico barulho de ferros em atrito. Os varredores tragavam cigarros ao lado das latas de lixo, esfregando as mãos de frio. Andava pela névoa, por entre os prédios, sem mais saber quem eu era e onde morava, mas, no fim, apesar de tudo, encontrava a Ştefan cel Mare. Chegava em casa com uma dor de cabeça tenebrosa, pois a anestesia começava a perder efeito. Depois esperava, em frente à janela panorâmica de meu quarto, contemplando o sol perfeitamente esférico, de metal derretido, que surgia por entre os prédios, o horário de ir à escola.

20

"O senhor dos sonhos, o grande Issacar, estava diante do espelho, de costas coladas a sua superfície, com a cabeça pendida para trás e mergulhada profundamente no espelho. Então apareceu Hermana, a senhora do crepúsculo, e se derreteu no peito de Issacar, até desaparecer ali completamente." Várias vezes me perguntei de onde vem essa minha aversão pelo romance, por que eu me desprezaria tanto caso escrevesse romances, "livros sobre", histórias intermináveis, por que detesto Sherazade e todas as suas crias que produzem, resolutas, narrações das quais aprendemos algo ou com que passamos nossos momentos de ócio. Por que não almejaria escrever por prazer e para o prazer. Por que não quero desenhar portões monumentais, ou apenas portinhas para gatos, nas paredes do museu da literatura. Por que me defino por minhas doenças e loucuras, e não por meus livros. Por que agora estou tão satisfeito por ter sido expulso da literatura. Nesse fragmento de Kafka se encontra toda a resposta. Porque não encontramos em nenhum romance frases como essa, porque nem mesmo Kafka se atreveu a transformá-las nos ossículos do ouvido interno de uma narração. Ficaram incrustadas em páginas obscuras de um diário destinado à fogueira, páginas que não deleitam nem instruem, páginas que não existem, mais significativas, porém, do que tudo o que já existiu. Porque não são necessárias mil páginas para escrever um psicodrama, mas cinco linhas sobre Issacar e Hermana. Nenhum romance jamais indicou um caminho, mas todos, absolutamente todos são absorvidos pelo vácuo inútil da literatura. O mundo foi preenchido por milhões de romances que escamoteiam o único sentido que a escrita já teve: o de compreendermos a nós mesmos até o fim, até a única câmara do labirinto da mente em que somos proibidos de penetrar. Os únicos textos que deveriam ser lidos são os não artísticos e não literários, os ásperos e impossíveis de compreender, aqueles cujos autores estavam loucos por escrever, mas que brotam da demência, da tristeza e do desespero como nascentes de água viva. Issacar. Hermana. Le Horla. Malte. E centenas de vozes sem rosto que escreveram em cada página a única palavra que conta: eu. Nunca ele, nunca ela, nunca você. Eu, secção no tempo da impossível quarta pessoa.

Se meu poema "A queda" tivesse sido bem recebido na reunião do Cenáculo da Lua daquele novembro remoto, hoje talvez eu tivesse dez livros com meu nome na capa, romances, poemas, ensaios e escritos acadêmicos, talvez constasse dos manuais e fosse convidado a feiras de livro de longínquos países nórdicos. Teria sido sequestrado por jogos de luzes e realizações. Teria ganhado o mundo, no único modo em que isso é possível: perdendo passo a passo a própria alma. Tecendo minhas teias de aranha narrativas, tramando meus poemas folheados e de folha de estanho, fingindo dramas irreais, teria esquecido que a pele é o mais pesado órgão do corpo, mais pesado do que o cérebro ou o fígado, e que só e tão somente sobre nossa própria pele é decente escrevermos, que não são possíveis outros livros senão aqueles encadernados em nossa pele, com páginas vivas e inervadas, cheias de corpúsculos de Golgi, e raízes de cabelo, e glomérulos sudoríparos, e canais em que pululam sarcoptas. Teria esquecido a matéria da qual foram torcidos os pingos cristalinos do sofrimento, como o líquido dourado que escorre numa punção lombar, matéria da qual se formou Maldoror. Teria esquecido que um livro, para significar algo, deve indicar uma direção. Teria escrito livros imanentes, de uma estética autônoma, para os quais o leitor teria olhado assim como um gato olha para o dedo que lhe aponta o novelo em cima do tapete. Mas um livro tem de ser um sinal, tem de nos dizer "vá para lá", ou "pare", ou "saia voando", ou "corte seu ventre". Cabe a um livro exigir uma resposta. Caso não faça isso, caso pousemos nosso olhar em sua superfície engenhosa, inventiva, terna, sábia, emocionante, maravilhosa em vez de olhar para onde esse livro *aponta*, então teremos lido um escrito literário e perdido mais uma vez o sentido de todo esforço humano: sair deste mundo. Os romances nos seguram aqui, nos confortam e nos consolam, colocam paetês cintilantes no vestido da amazona de circo. Mas quando é que leremos, meu Deus, um livro *de verdade*? No Juízo Final, alguém virá e dirá: "Senhor, escrevi *Guerra e paz*". Outro dirá: "Senhor, escrevi *A montanha mágica*, em que o mundo se apoia no sacrifício de uma criança". E mais alguém: "Senhor, escrevi mais de oitenta romances e volumes de contos". E haverá ainda o que dirá: "Senhor, recebi um grande prêmio internacional". Outro: "Escrevi *Finnegan's Wake*, justamente para Ti, pois ninguém mais o pode ler". Alguém dirá: "Senhor, eis *Cem anos de solidão*. Jamais algo melhor foi escrito". Virão fileiras de gente sem fim, cada um com uma pilha de livros nos braços, com cifras de venda, citações de críticos e recortes da imprensa, como os fundadores desenhados na nave das igrejas, com edifícios miniaturais na palma da mão. Todos serão delineados por arco-íris e energias, os rostos de todos estarão iluminados como sóis. E o Senhor lhes dirá: "Sim, li todos, é claro, até mesmo antes de vós os terdes escrito. Vós proporcionastes momentos de deleite às pessoas, as incentivastes à meditação e ao devaneio. Desenhastes em *trompe l'oeil* os mais surpreendentes, os mais barrocos, os mais ornamentados, os mais maciços portões na parede interior da testa, no osso liso e amarelado. Mas qual desses portões realmente se abriu? Por qual deles se ergueu a pálpebra da testa sobre o olho do cérebro? Por qual deles o cérebro começou realmente a enxergar?". Um pouco afastados estarão, humildes em seus trapos, Kafka e o presidente Schreber, Isidore Ducasse e Swift e Sabato, Darger e Rizzori, ao lado de outros mil anônimos, autores de diários rasgados, queimados, sugados, enterrados no uivo do tempo... Eles estarão de mãos vazias, mas com letras rabiscadas nas palmas da mão: "O senhor dos sonhos, o grande Issacar...". Atrás deles virão milhões de escritores que escreveram apenas com lágrimas, com sangue, com substância P, com urina, e adrenalina, e dopamina, e epinefrina, diretamente em seus órgãos ulcerados de medo, na pele escoriada de êxtase. Cada um trará nos braços a própria pele escrita de todos os lados, da qual o Senhor fará, reunindo-as entre as capas do nascimento e da morte, o grande livro do sofrimento humano.

Uma tal página eu desejaria que fosse este escrito, uma dentre os bilhões de peles humanas escritas com letras infectadas, supuradas, do livro do horror de viver. Anônima também como todas as outras. Pois minhas anomalias, por mais incomuns que sejam, não fazem sombra à trágica anomalia do espírito vestido de carne. E o que eu gostaria que você lesse em minha pele, você, que jamais a lerá, seria um único grito, repetido a cada página: "Saia! Vá embora! Lembre-se de que você não é daqui!". Eu não escrevo nem ao menos para que alguém leia isso, mas, sim, para tentar compreender o que acontece comigo mesmo, em que labirinto me encontro, a que teste sou submetido e como devo responder para escapar ileso. Escrevendo sobre meu passado, minhas anomalias e minha vida translúcida, através da qual se vê uma arquitetura paralisada, tento decifrar as regras do jogo em que me meti, distinguir os sinais, interpretá-los e entender para onde apontam, e me dirigir para lá. Nenhum livro tem sentido se não for um Evangelho. O condenado à morte poderia ter as paredes da cela cobertas de prateleiras repletas de livros, todos maravilhosos, mas ele precisa é de um plano de fuga. Não podemos fugir enquanto não acreditarmos que se possa fugir, mesmo de uma cela com paredes infinitamente grossas, sem portas e sem janelas. O prisioneiro de uma história em quadrinhos pode sair perpendicularmente da página do livro, em direção a mim, eu que o leio a partir de outra dimensão.

Li milhares de livros, mas não encontrei um que fosse uma paisagem e não um mapa. Cada página deles é achatada, diferente da vida em si. Por que me guiaria eu, criatura em três dimensões, por aquelas duas dimensões do texto? Onde encontrarei a página cúbica em que a realidade é esculpida? Onde está o livro hipercúbico entre cujas capas se reúnem as centenas de cubos de suas páginas? Só então, pelo túnel de cubos, seria possível fugir da cela sufocante, ou pelo menos respirar o ar de um outro mundo. Se eu

pudesse respirar as nuvens, e as ruas, e os bondes, e as árvores, e as mulheres como o ar puro de um mundo muito mais denso...
    Hoje é domingo e, naturalmente, não tenho aula na escola. Noite passada li Kafka até uma da manhã e me detive no fragmento sobre Issacar e Hermana. Não consegui ir além. Não acho que algo mais verdadeiro já tenha sido escrito neste mundo. O senhor dos sonhos, a senhora do crepúsculo. Issacar se perdendo no espelho, Hermana derretendo no peito de Issacar como um outro espelho, de carne e sangue, que ela infesta com melancolia. Deixei o livro sobre a cama, aberto e virado para baixo, e fui também eu até o espelho. Olhei-me no espelho a noite toda. Desde os primeiros minutos me dei conta de que deveria estar nu, como Issacar, como Hermana. Tirei às pressas toda a roupa que vestia e, de repente, me surpreendi: no espelho eu era mulher. Tinha cabelos dourados que iluminavam todo o aposento, seios um pouco caídos, em forma de pera. No quarto eu era Issacar, no espelho, Hermana, minha irmã oculta pela luz demasiado forte da realidade. "Por isso", disse a mim mesmo enquanto fitava nos olhos a mulher com meus próprios traços, embrulhada na teia de aranha de seu cabelo, "por isso o senhor dos sonhos mergulhou a cabeça tão profundamente no espelho: ali ele pode enxergar Hermana, que se derrete em seu peito." Pois Hermana está sempre do outro lado do espelho, ela é, de fato, o outro lado, o mundo paralelo em que Issacar é mulher.
    Colei as palmas de minha mão às dela, o peito aos seios dela, os lábios aos lábios dela. E ela, no fim, se derreteu em meu peito, onde a sinto até hoje como uma emoção acachapante.
    Não acredito em livros, acredito em páginas, em frases, em linhas. Há algumas, em alguns livros, que se parecem com um texto cifrado, transmitido desde um campo de luta ao general, em que apenas algumas palavras pretendem significar algo, rodeadas por um palavrório sem sentido. O general pega o gabarito e o sobrepõe à carta, e lê as palavras que aparecem nas janelinhas recortadas no papelão. É assim que deve ser lido o texto em três dimensões que é a existência. Mas quem vai nos dar o gabarito, quem vai nos dizer quais são as palavras verdadeiras, quem vai peneirar os diamantes da escória? Qual fio cortaremos da bomba que faz

tique-taque a nosso lado como se fosse nosso próprio coração, o vermelho ou o azul? Quando tudo é urgente, quando não há mais tempo, quando nos encontramos sob pressão podemos errar até mesmo com o gabarito. Mas quando não o temos, quando nos baseamos só na intuição do cego, na vigilância do surdo, tudo se torna inimaginavelmente complicado, desesperançado e absurdo. Vou morrer sem desvendar o enigma, digo para mim mesmo a cada instante de minha vida. Enchi a gaveta de minha mesa de cabeceira com aquilo que eu considerava que pudesse revelar um gabarito: meus dentes de leite, o barbante de embrulho de meu umbigo, as páginas de meu diário, fragmentos de tudo o que li, copiados em pedacinhos de papel: "O senhor dos sonhos, o grande Issacar...". Em outra gaveta, a de minha mente, guardo lembranças antiquíssimas, alucinações e fantasias, igualmente selecionadas por sabe-se lá qual gabarito cujo sentido não tenho como apreender. Como vou expressá-las todas de uma vez? O que elas querem, o que têm para me dizer? Serão peças de um quebra-cabeça? Serão peças do mesmo quebra-cabeça ou de dezenas de jogos que não se relacionam entre si? O que desejo encontrar? O que quero dizer? Não sei, só sei que o instinto de busca me impele na direção de algo, me diz algo, me mostra algo, assim como nos coçamos ao sentir coceira e procuramos o que comer ao sentir fome. De resto, nada mais conta.

Podemos ver o mundo como um enigma, como um labirinto, como uma pergunta que exige imperiosamente uma resposta. Ou como uma caixa de quebra-cabeça cheia de peças misturadas. Seremos amaldiçoados para sempre caso tenhamos vivido felizes, sido bilionários, grandes atores, ou grandes cientistas, ou grandes escritores, caso tenhamos recebido prêmios e sido ovacionados de pé por longos minutos, em salas de teatro folheadas a ouro. Seremos redimidos se formos o mendigo debaixo da ponte que decifrou o enigma, que deu a resposta e encontrou a saída. Sacudimos nas mãos as peças do quebra-cabeça, as deixamos cair, viradas para cima ou para baixo, na caixa. Se fossem apenas quadrados com fragmentos de imagens sobre eles, jamais saberíamos que sao partes de um quebra-cabeça. Mas sua forma, com suas concavidades e saliências laterais, graças às quais podem se encaixar, sinaliza que fazem parte de um sistema, que foram recortadas e embaralhadas de maneira intencional, para que uma mente e dedos possam colocá-las no lugar. Não se trata de uma coleção de fotografias enquadradas de maneira absurda, como não raro o mundo se apresenta a nós. Esse pedacinho encaixa naquele outro, não há nada casual aqui, tudo deve ser refeito por meio de uma engenharia inversa. Mas posso combinar o fragmento sobre Issacar e Hermana com um de meus dentinhos de leite? Ambos possuem invaginações e protuberâncias nas margens, são evidentemente peças de quebra-cabeça. Mas pertenceriam eles ao mesmo quebra-cabeça, seriam parte da mesma imagem? Preste atenção aqui, preste atenção: na mesma caixa podem estar misturadas peças de vários jogos. Nós as reconhecemos pelo padrão da parte de trás. Algumas peças atrás são verdes com pequenos trevos brancos, outras são cor de laranja com bolinhas azuis. Elas precisam ser primeiramente separadas, em montinhos, conforme o desenho da parte de trás. Cada montinho é outro mundo, outra imagem, incompatível com os outros. Só agora podemos escolher nossas peças, as de nosso mundo, as de nosso livro, as de nossa mente ou de nosso destino. Só agora podemos olhar para as imagens fragmentadas do lado lustroso do papelão. Só agora começam o jogo e o drama. Onde fica o lugar de cada peça? Poderemos um dia completar a imagem inteira? O que é que ela vai retratar? Que rosto assustador, que visão perturbadora? Fomos reduzidos a cacos e espalhados num mundo imenso e vazio. Como nos reconstituiremos? Onde fica o lugar de cada um de nossos órgãos, de cada planta e cada sol de nosso mundo? Como se encaixa nossa lua com nosso fígado, nosso sonho da noite passada com nosso sonho da noite retrasada e com a lembrança de nosso primeiro dia em Voila?

De vez em quando uma peça do quebra-cabeça é toda preta. É inevitável. Devemos apenas rezar para que não esteja em nosso cérebro ou em nossa retina. De fato, escrevi todo este fragmento inútil para cobrir uma peça preta. Aconteceu também outra coisa na Policlínica Maşina de Pâine. Um fato que ainda não decidi (me) contar. *Sei* o que foi, ao menos parcialmente, na verdade eu sei o que *acho* que foi. Mas me aterroriza o que *pode* ter sido, ainda não consigo imaginar e descrever. Não quero mistificar nada: lembro-me de tudo, embora possa ser uma lembrança falsa, mas não consigo escrever aqui, agora, a respeito disso. Não fiz um pacto de sinceridade total. Ninguém jamais fez esse pacto. Encontrei em minha mente outras peças pretas. Com frequência pensei se o jogo, o teste, a vida, enfim, não constaria na iluminação dessas peças, no final de toda a busca. Por ora não me atrevo a me aproximar delas. São tumores que não podem ser extirpados, ocultos nas profundezas da mente. Talvez eu esteja escrevendo aqui para as iluminar ou talvez eu venha a ser engolido por elas. Talvez depois de cem páginas, talvez depois de quinhentas, assim como se costuma dizer depois de dez anos ou depois de cinquenta anos, no futuro desconhecido e imprevisível deste livro que se escreve a si mesmo e que não se assemelha a nada além da vida, que vive a si mesma, com seu futuro insondável, talvez então encontrarei dentro de mim a força e a coragem para clarear as peças escuras ou atirá-las todas na privada como pedras renais extraídas há muito tempo e que me fartei de guardar dentro do frasco.

21

Por ter recebido essa noite, pela primeira vez desde que comecei este caderno (o segundo caderno, de fato, de meu escrito), mais um visitante, achei que seria o momento de transcrever aqui, assim como quis desde o início, os fragmentos de diário que relatam minha vida noturna, ou fantasmática, ou alucinatória – embora mais real do que a realidade – e que há vários meses já selecionei. Só que a presença dessa noite me tumultuou profundamente e agora faz com que me sinta sonolento, distraído, amedrontado ao mesmo tempo, pois ser um eleito na terra jamais é um bom destino. Dormia já havia pelo menos duas horas, já estava até sonhando meus costumeiros sonhos com trens e estações ferroviárias desertas em que desembarco e fico para sempre, com malas perdidas, com dormitórios silenciosos de orfanato, quando despertei e, ao abrir as pálpebras, o vi. Como de costume, estava na beirada de minha cama e olhava para mim. Era realmente um visitante, como um parente que vai até o hospital quando estamos doentes e entra de repente no salão, cumprimenta os enfermos de pijama e roupão estirados nos leitos e coloca em cima de nossa mesa de cabeceira sacolas com iogurte, suco e sopa em potes vedados com celofane. Em seguida se senta na beirada de nossa cama e nos examina. Tagarelamos por meia hora e, no fim, como a um sinal, ele se levanta e vai embora como se nem tivesse vindo, fazendo com que voltemos a olhar de novo nos olhos o hemiplégico da frente. Desta vez foi um jovem de mandíbula pesada e maciça, de olhos um pouco dilatados, com orelhas distanciadas do crânio. Olhava-me intensamente, como todos os outros, crianças, e mulheres, e adultos, e velhos, como se quisesse me fixar para sempre em sua recordação. Como de costume, invadiu-me um suor gelado. Não podia me mover, não porque estivesse paralisado ou desprovido de vontade, mas porque a ideia do mínimo movimento gerava em mim um pavor maior do que a imagem daquele que, na noite profunda de meu dormitório, me flechava com o olhar. Jamais me acostumei com essas visitas. E agora, escrevendo sobre elas, sou envolvido pelos mesmos arrepios gelados. Foram uns vinte, talvez ainda mais nos últimos anos, desde que tudo começou. Seria capaz de desenhar o retrato de cada um nos mínimos detalhes. Mas toda vez parecia ser a primeira.

    O jovem parecia, como todos os outros, de certo modo iluminado por dentro, pois, apesar da escuridão, todos os seus traços eram perceptíveis como se vistos à luz do dia. As cores da sua vestimenta – incomuns, embora não saiba agora precisar quais – eram vívidas e inalteradas por nossa estranha cegueira noturna que não nos faz ver as cores das estrelas e, retroativamente, provoca o mesmo fascínio que as embalagens de chocolate de minha infância, com suas cores cintilantes e padrões diferentes, produziam em mim enquanto as esticava com a unha para que a folha de estanho ficasse perfeitamente plana, lisa e leve como papel.

    Permaneci, portanto, na posição em que estava, de bruços, com o rosto de lado, com o cobertor cobrindo só minhas pernas, com o silêncio total zumbindo nos ouvidos, olhando obliquamente aquele que estava sentado na beirada de minha cama, calado, sorrindo quase imperceptivelmente e sem desviar o olhar de mim. Desde quando estava ali? Olhava-me continuamente fazia uma hora ou só alguns minutos? Não era um fantasma, mas uma criatura corpórea, de verdade, com um aspecto de milhares de detalhes e, eu diria, personalidade e psicologia próprias. Embora não esboçasse nenhum gesto, como todos os outros, não era uma imagem estática, uma fotografia: era evidente que respirava, estava vivo, ali, intoleravelmente, no espaço mais particular e mais protetor que posso imaginar: minha própria cama em meu próprio quarto, em minha casa de portas bem trancadas. Quantas vezes já não dissera para mim mesmo, nas perturbadas manhãs pós-visitas, que tudo não passava de uma alucinação, uma imagem de sonho que persistia nas retinas por alguns segundos, mas nem por um instante fui capaz de acreditar nisso. Não só porque nenhum sonho detalha com tanta precisão, como uma *camera lucida* em que cada fio de cabelo surge claro em toda a geometria graciosa de suas curvas, e cada textura (da pele, da camisa, de uma joia) é como se fosse sentida por dedos invisíveis, mas também porque todos são criaturas humanas que estão junto a minha cama e me observam. Mas sobretudo porque eu *sei*, para além de qualquer dúvida, pois o mecanismo de minha mente responsável pela distinção entre real e irreal emite a cada vez um veredito sem direito a recurso: é verdadeiro, é aqui, na realidade.

Sem tentar me tocar e sem me dizer uma palavra, o jovem se manteve a meu lado ainda por uns bons dez segundos, iluminado por um brilho interior, antes de desaparecer. Como de costume, permaneci acordado, petrificado, de olhos abertos, tomado pelo medo, durante um tempo que não posso avaliar, a seguir mergulhando de novo no sono e no sonho, retomando minhas atribulações por estações ferroviárias e restaurantes desertos, conversas com mulheres pálidas como insetos, escaladas de ruínas cobertas por líquens.

Assim, perdi a manhã vagando a esmo pela casa fria e deserta, incapaz de organizar meus pensamentos, com uma caneca de café na mão. Contemplei a neve caindo por todas as janelas, cobertas pela metade com a renda das flores de gelo, bafejei em suas vidraças e observei como a umidade se cristaliza numa bruma Jugendstil, atravessei corredores totalmente desaquecidos em que minhas plantas colavam as folhas às janelas e exibiam, através de seus caules transparentes, o fluxo da seiva em vasos lenhosos e liberianos. Lembrei, ao olhar para sua vida sem vida, o dia em que entrei por equívoco no laboratório de biologia.

Eu procurava, como de costume, minha sala de aula, no andar de cima. Avançava pelo corredor verde-água, com as portas das salas fechadas. Fazia tempo que a aula tinha começado. No corredor não havia vivalma. Passei pela porta dos banheiros e virei na direção do canto que, por não ter janelas, era totalmente escuro. Ultrapassei, na penumbra, o grupo de crianças enfileiradas uma com as costas para a outra que aguardavam receber na língua o pedacinho de açúcar cúbico com uma gota rósea de vacina, cumprimentei a enfermeira, que me deu um sorriso de lábios lívidos, e cheguei ao beco sem saída em que suspeitava poder encontrar meus alunos. Não fazia sentido memorizar a sala de cada série, porque de todo modo trocavam todo dia. Guiava-me por uma espécie de instinto, talvez tenha aprendido a detectar, de modo subliminar, o cheiro de meus alunos, pois em geral eu encontrava a sala no primeiro quarto de hora após a pausa. No fundo do corredor escuro havia três portas. Abri a primeira e logo recuei: era a sala de física em que Gionea, petrificada e de braços cruzados, reinava na cátedra diante de trinta surdos-mudos de olhos aterrorizados. Em frente ficava o consultório dentário, trancado. Entrei na terceira porta, que provou ser, para meu desapontamento (pois agora eu precisava correr pelos corredores para ainda pegar um pouco da aula de romeno), a sala de biologia, repleta de plantas e aquários. A professora ainda não aparecera, provavelmente devia estar no quartinho ao lado, em que guardava os microscópios e as tartarugas. As crianças estavam às mesinhas, e na frente de cada uma havia um pote grande, cheio de água e coberto por uma gaze. Os potes tinham as bocas bem amarradas com um elástico. Sobre cada gaze havia um grão enrugado de feijão, do qual já haviam saído raízes filiformes que se espalhavam e ramificavam, como pernas de aranha, na água dos potes, enquanto uma plantinha amarela, úmida, esticava o pescoço desprovido de clorofila entre as duas cotiledôneas. Cada menino e cada menina mantinham as palmas da mão grudadas à curvatura dos potes, como se quisessem esquentar a água de dentro. Seus olhos se dirigiam à lousa, e cada um parecia esperar com emoção a chegada da professora para lhe mostrar o embrião vegetal, assim como as grávidas ficam na fila diante do consultório de obstetrícia e ginecologia. As crianças haveriam de cultivar em casa, no peitoril, a planta brotada, clorótica, do grão retorcido, o pote haveria de se encher de filamentos na água cada vez mais turva, caules e folhas débeis haveriam de se espalhar na direção da janela, ávidos por luz, até que um dia toda a comédia de uma vida desde o início destinada à desventura haveria de acabar: a mãe despejaria na privada a água fedorenta junto com toda aquela paródia de criatura viva e a gaze podre e enegrecida. Mas, por ora, o laboratório era inundado de luz e os potes brilhavam, atirando lúnulas cintilantes sobre as paredes e as estranhas feições das crianças. E, de repente, vi o horror com o rabo do olho: na parte de trás da sala, ao lado da porta que acabara de abrir, estava a menina ruiva do olho direito coberto por uma gaze. Ela também segurava o pote entre as mãos, também olhava intensamente para frente com o único olho que lhe restara, mas sua plantinha era maior, mais carnuda e mais elástica do que a dos outros, encolhida sobre aquela trama de tecido branco e úmido, pois nem todos os seus filamentos se enrolavam naquela água desprovida de substâncias nutritivas. Um cano amarelado, longo e gracioso subia até o rosto da menina e penetrava a gaze presa ao olho com esparadrapo rosado, absorvendo das profundezas da órbita um líquido vermelho-escurecido e conduzindo-o, visível pela pequena raiz transparente, até o embrião que pulsava em seu leito de rara textura. A água de seu pote também se colorira, mais densamente conforme mais próxima do fundo lenticular, de uma tonalidade evanescente de sangue, difundida pelos fios enovelados das raízes. Bem no fundo, decantara-se uma camada, da grossura de uma unha, de sangue puro, inalterado, triunfo da cor mais vibrante permitida a nossos olhos. A visão durou apenas um instante, pois bati a porta assustado e saí correndo, com o diário embaixo do braço, pelos corredores desertos. Ao perder o fôlego, abri a primeira porta a minha frente e reconheci meus alunos, que me aguardavam num grande falatório e brincando de pega-pega entre as carteiras.

    Desta vez voltei para a escola sem almoçar, pois costumo comer na oficina mecânica, onde as refeições são baratas e a comida, embora seja sempre a mesma, não é tão ruim. O recreio dura vinte minutos, mas os professores fazem uma pausa de, no mínimo, meia hora, e como a oficina mecânica fica só a alguns metros do pátio da escola, há tempo suficiente para devorar às pressas umas almôndegas marinadas, uma sopa com bacon ou um bife à milanesa com sua típica crosta de borracha amarelada. Algumas crianças das séries mais altas também comem diariamente na cantina, assim como os mecânicos, metidos em seus macacões imundos. Hoje fui com Gheară e Goia, ficamos a uma mesinha de plástico do canto, de onde se via, um andar abaixo, a oficina inacreditavelmente suja, com alguns carros sobre rampas e, numa desordem apocalíptica: rodas, pneus, macacos, mangueiras e baterias espalhados por toda a parte, tudo tão enegrecido e seboso que era impossível dizer de que cores haviam sido um dia. O mestre principal, chefe da oficina, era um homem de idade, bem-cuidado, sempre de terno e óculos com armação dourada. Ele mesmo não encostava em nada, era impecável como se houvesse acabado de sair do banho. Corria o boato no bairro de que era um homem extraordinariamente rico e que, ademais, oferecia dinheiro emprestado, obtendo juros desavergonhados. No que toca às alunas das sétima e oitava séries, ele não se diferenciava, porém, do mais jovem aprendiz: babava por elas. Mas é verdade que as meninas, uma vez dentro da oficina mecânica, se comportavam de maneira completamente diferente: reunidas em grupos de três ou quatro a uma mesinha, falavam alto e davam risada, esticavam-se em seus jalecos para destacar os seios e respondiam com "vai ficar querendo!" aos aprendizes que lhes faziam propostas indecorosas. Quando se levantavam das mesinhas, com a bandeja na mão, pisavam com seus sapatos velhos e gastos como se fossem botas de salto alto, movendo os quadris com um atrevimento inacreditável para nós, professores, que as conhecíamos como ausências insípidas nas carteiras.

Desde que explorara com ele a antiga fábrica próxima à escola e tivera a alucinação da caixa-d'água, com seu corpo alongado como uma serpente gigantesca, enrolado ao longo da escada em caracol do miolo da torre, não me sentira mais tão à vontade na presença de Goia. Embora, claro, já nos tivéssemos visto na sala dos professores e cruzado, com os diários embaixo do braço, pelos corredores, nenhum de nós se atreveu a olhar nos olhos um do outro, pois então teria ficado evidente que ambos temos medo de iniciar uma conversa, que se em nosso íntimo havíamos decidido que tudo foi um sonho ou uma estranha miragem, bastaria nos olharmos nos olhos para desistir desse consolo infantil. Tudo foi real, ambos sabíamos, assim como tudo é real, sempre. Nem hoje teríamos suportado sair juntos, sorte que Gheară apareceu, gorducho e jovial, com seu cabelo ralo puxado por cima do crânio para camuflar a careca. Gosto de Gheară, como dizia, mesmo que participe da farsa obrigatória das montagens. É um rapaz da vida, livre de preocupações, cujo sonho era de se tornar comediante, contando piadas em cima do estrado de um bar lotado. Nem se observa, enquanto fala rindo o tempo todo, quantas indiscrições e gafes lhe escapam da boca, mas suspeito que seja esse o seu charme, pelo qual tantas colegas da sala dos professores o amam. Ele imita Borcescu, por exemplo, com tanta perfeição que todas se sobressaltam ao ouvir aquele coaxar tão familiar: "Que zona é essa? O que é que é isso, casa da sogra? O sinal tocou faz cinco minutos, o que estão fazendo aqui, senhoras camaradas?". "Puxa, Nicu, vá tomar banho, você nos matou de susto", balbucia uma delas, para em seguida caírem todas na risada, aliviadas. "Mas nos conte, Nicu, como é que sua esposa faz na cama?" Ao ouvir pela primeira vez uma colega perguntando aquilo, devo ter corado completamente, mas depois percebi que era apenas um dos rituais tradicionais na sala dos professores e que não havia semana em que o número de sucesso de Gheară não viesse à tona. O comediante não se fazia de rogado: atirava-se de costas sobre a longa mesa no meio da sala dos professores, por cima dos cadernos e dos diários abertos, e começava a estremecer de prazer, apertando a sua frente seios imaginários, de olhos revirados: "Humm! Ah! Brrrr! Mais rápido, mais rápido, querida! Humm! Aaah!", até que, após um espasmo supremo, permanecia molenga em cima da mesa, com um sorriso largo e cretino lhe cobrindo todo o rosto. Erguia-se depois de repente e ficava no aguardo de aplausos, mas caso não viessem, Gheară, de todo modo, não se aborrecia. Todos se aproveitavam dele. Era o faz-tudo da escola. "Nicu, não quer me trazer um refrigerante lá da esquina?" "Nicu, você pode me substituir na aula de sábado?" "Seu Gheară, preciso de alguém para o plantão da semana que vem, está entendendo?" Nicu Gheară não sabia dizer não. Com o mesmo sorriso bonachão ele resolvia os problemas de todos, dava aulas suplementares para o coro e as montagens, explicava aos meninos como desmontar uma arma no PTAP[34], mas o que ele nos contou hoje na oficina mecânica foi o cúmulo. "Vocês não vão acreditar", disse-nos de boca cheia, "mas eu fiquei com Steluţa." "Com a professora Dudescu? Sério?" "Juro, mas não contem pra ninguém." Alguns meses atrás, Steluţa, por quem Gheară fazia tempo arrastava uma asinha, o chamou num domingo para a casa dela para que a ajudasse a arrastar a mobília. "Mas seu Dudescu está fazendo o quê?", perguntou ele de coração apertado. "Ora, meu marido está ocupado. Pode me ajudar?" E Gheară foi até a casa dela. O marido, muito mais velho e meio surdo, estava na sala de estar, à escrivaninha, com os olhos mergulhados num livro. Toda hora anotava alguma coisa num caderninho, escrevia também em pedaços de papel... Quando Nicu o cumprimentou, ficou com a impressão de que não o via. "Deixe meu marido, não te disse que estava ocupado?", disse-lhe a professora, pondo o aspirador em suas mãos. "Como é que é, você limpou a casa de Steluţa?" "Pois é... E na semana seguinte também, e na outra também, até esse domingo. Aspiro, espano poeira, lavo vidraça... Mas, no fim das contas, valeu a pena, agora conheço minha mercadoria... Fiquei com ela esse domingo, pessoal. É gostosa, acreditem. Meio larguinha, mas dá para o gasto..." "E o marido?" "Nem percebeu. Ele à escrivaninha, segurando uma papelada, eu no dormitório, com Steluţa nos braços..." "E ele não ouviu nada mesmo? E se pegasse vocês no flagra?" Gheară ri como se lhe fizessem cócegas. "Que nada, brinquei com as mãos na frente de seus olhos, era como um cego. Enquanto escreve, está morto para a pátria, não vê, não ouve, não está presente. Não sei que compêndio ele vem preparando, mas está metido nele até o pescoço. Então peguei Steluţa com gosto, que mulher..." "Bravo, Nicu", diz Goia entre os dentes. Eu também tinha ouvido que o marido da professora é um maníaco, mas pelo menos não bate nela, como o primeiro.

---

34 Sigla para "Preparação dos Jovens para a Defesa da Pátria", programa de instrução militar, criado durante o regime totalitário romeno, destinado a moças e rapazes. [N.T.]

Não teria tido a força de começar agora a transcrever meu diário se a história de Gheară não tivesse me animado um pouco, depois do terrível encontro da noite passada. Anoiteceu de novo, a neve cai furiosa contra a janela de meu quarto, à luz da lâmpada fraca do outro lado da rua. Antes de começar este escrito, reli os cadernos do diário que comecei em 17 de setembro de 1973, quando tinha dezessete anos. Ao transcrever dele os fragmentos que me eram mais significativos, hesitei muitas vezes: *tudo* me parecia digno de ser transcrito, mesmo se fosse resultado de um escrito de milhares de páginas. No fim, fiquei com algumas amostras que, parece-me agora, dizem algo, embora eu não saiba o que, levam a história de minhas anomalias a algum lugar.

A primeira anotação do diário que aqui transcrevo data de 16 de junho de 1974. Tinha completado dezoito anos fazia pouco tempo e morava com meus pais na Ştefan cel Mare. Meu quarto dava para a rua, um cômodo bem grande, com uma imensa janela tripla, panorâmica, pela qual se via Bucareste como um transbordamento sem fim de casas misturadas a copas de árvores, paredes cegas, janelas cintilantes, silhuetas de edifícios enigmáticas, tudo debaixo de um céu acachapante, mais alto e mais arqueado do que qualquer outro que eu já tenha visto. O dia era preenchido pelo amontoamento multicolorido das nuvens, que, pela sua arquitetura abstrusa e fluida, com pilastras, e colunas, e basílicas, e cenotáfios, constituíam uma outra cidade em cima da cidade, igualmente labiríntica, porém num eterno escorregar ao longo do sino de cristal do firmamento. De noite, minha janela era preenchida por estrelas. Quando apagava a luz para me deitar, depois de ler jogado na cama durante grande parte do dia, eu as via e gelava de pavor. Não sei se minha siderofobia (ou seja lá como poderia se chamar o terror à vista de céus estrelados) faz parte da pitoresca selva rebarbativa das fobias com estranhas denominações gregas, compridas e tortuosas, mas desde a infância sinto a vertigem e o horror de me encontrar sob estrelas. Na idade de poucos anos, costumava ir com mamãe até a casa da irmã dela, numa região distante da cidade, que atravessávamos num bonde que mergulhava pelos túneis de fachadas amareladas, de reboco esfarelado, das ruas. Nas fachadas, entre as janelas sujas, viam-se suspensos estátuas de gesso, mulheres de seios desnudos e sorrisos depreciativos, anjos róseos de narizes lascados, górgonas de granito com a cabeça cheia de serpentes, atlas que sustinham, de músculos tesos, os arcos das entradas e as pilastras dos terraços. Observava de olhos arregalados toda essa população decrépita, cheia de líquens como eczemas nas peles com cascas de tinta, com um ou outro braço do qual só restara uma haste enferrujada... Recordo meu desassossego durante todo o trajeto, minha necessidade de me enfiar no vestido florido da mamãe, de olhar seu rosto, de me certificar de que não iria desaparecer e me largar naquele mundo de medo e petrificação. Mas meu temor difuso durante o dia não era nada comparado ao que me aguardava de noite, quando voltávamos, depois de passar a tarde brincando na casa de minha tia, vasculhando cada gaveta, tirando todos os bibelôs da vitrine e, sobretudo, pedalando sem parar a máquina de costura, que me fascinava com seu tilintar e sua cadência mecânica. Assim que saíamos da casa de tijolos, a última da cidade, depois da qual começava o campo, as estrelas nos subjugavam. Tentava sempre não olhar para elas, limitando-me a focar a silhueta de minha tia que, com seu aspecto de esquilo, nos fazia um gesto com a mão desde o batente iluminado, róseo, da porta. As paredes de tijolo descoberto já haviam sorvido todos os raios de sol e agora reinava um breu total. Na ruela – nenhuma lâmpada acesa. E lá em cima – universos de estrelas, legiões de estrelas, povos de estrelas com ídolos, deuses e histórias, mapas estrelados de reinos inatingíveis... Caminhava de mãos dadas com mamãe por baixo do tapete oriental das estrelas, estendido até a onde a vista alcançava e além. Uma mão gigantesca pegara farinha luminosa entre os dedos e a salpicara, de maneira mandelbrotiana, no firmamento preto como piche. Parecia-me, sempre que respirava o gélido ar noturno, cheirando a rosa e petúnia, que eu puxava também para dentro do peito a poeira estelar. Em alguns pontos da farinha, brotavam pedacinhos de quartzo de rocha, grãos de açúcar, cacos bem moídos, que resplandeciam ao máximo. O olho era incapaz de evitar traçar linhas quase invisíveis entre eles, de modo que o maquinário sideral era rapidamente enriquecido por um eixo de comando de válvulas, cremalheiras, inversores, minúsculos arcos de latão, sob cujo tique-taque mudo caminhávamos até o ponto do bonde. Apertava a mão de mamãe cada vez mais forte, embora sentisse que ela também tinha medo, não de cães ou gatunos, mas da tranquilidade estrelada, da imobilidade hipnótica das estrelas acima de nós. Caso bilhões de aranhas de patas abertas, umas quase invisíveis, outras do tamanho de uma mão, descessem de repente para cima de nós, cada uma dependurada em seu fio brilhante, não ficaríamos tão assustados. No fim, apertávamos o passo até sair correndo à toda, gritando sob as estrelas como se debaixo de uma chuva torrencial. No ponto deserto, nós nos abraçávamos tremendo, eu com a cabeça colada a sua barriga, sentindo (como sinto até hoje) a aspereza de sua saia de duvetina. Acontecia de esperarmos por uma hora até vermos o débil farol da dianteira do bonde luzindo à distância, que depois se revelava por inteiro, produzindo um barulho terrível e balançando sobre os trilhos. "Senhor, te agradecemos", mamãe sempre dizia, e subíamos gratos no degrau do vagão, para chegar a seu interior de madeira lustrosa, calmante como nossa própria casa. Sempre pensei que, se tivéssemos ficado um minuto a mais naquele ponto, as estrelas teriam simplesmente nos sugado para seu império que fazia nosso sangue gelar nas veias.

Praticamente todas as minhas recordações mais inquietantes ocorreram ali, naquele quarto que jamais ficava completamente escuro, pois a iluminação pública, ao longo da avenida, com os Cristos crucificados em cada poste em forma de cruz que sustinha os cabos do bonde, imprimia ao teto do quarto listras luminosas de diversas nuances e texturas, e os bondes e raríssimos carros que passavam de noite pela avenida estreita também desenhavam leques esverdeados nas paredes e no teto. Hoje em dia eu teria medo de dormir ali, bem como no quarto de trás, que dava para o Moinho Dâmbovița, onde, durante toda a adolescência, tivera sonhos com quadrimotores e naves estranhas que flutuavam na altura de minha janela.

Eis a anotação de 16 de junho:

Para eu não esquecer.
Esta noite despertei pelas três e meia, quando ouvi as vozes de meus pais, ou assim me pareceu. Nem abri os olhos. Adormeci de novo. Não sei mais o que sonhei, mas depois, durante o sono, houve um episódio enlouquecedor.
Não sei se foi de uma vez ou progressivamente, meus ouvidos começaram a zunir com tanta intensidade que fui capaz de "ver", de certo modo, por dentro, no limite entre audição, visão e tato, minha caixa craniana, dominada por trepidações fantásticas, arrepios dolorosos, ardentes, insuportáveis, tudo conjugado com uma luz amarela, de fogo, e um pavor paroxístico. Tive duas crises, em sequência, das quais estive completamente consciente, como se estivesse acordado. Na segunda, sei que havia algo de místico, ou provocado por algo místico, terrível, para além das palavras ou dos sentidos. Sonhei que despertava, que não podia realizar nenhum movimento, gritei e só conseguia emitir murmúrios. Durante aqueles momentos eu não tinha a menor dúvida de estar desperto. Consegui gritar duas vezes "socorro!". Depois eu vi mamãe no quarto da frente, todo cinzento e azul. Só me lembro de ter dito a ela que eu estava com meningite.
Em seguida, acordei de verdade, mais surpreso do que assustado, triste, mas estranhamente pouco agitado. Fiquei um pouco de olhos abertos, achando que precisava ir sem falta a um psiquiatra. Estranhamente, tinha consciência exata do tempo passado desde o primeiro despertar até o sonho que eu tivera. Depois fui ao banheiro, não sei por que, e me olhei no espelho. Meu aspecto me pareceu esquisito, desprezível, um pouco cruel. O cabelo e, de certo modo, também a pele vibravam de vez em quando. Rememorava o sonho e pensava nele o tempo todo. Cortei as unhas dos dedos da mão, exceto de quatro dedos da mão direita, que deixei, não sei por que, sem cortar. Sei ainda que, semiconsciente, arranquei a tampa metálica de um frasco de álcool e a atirei na pia cheia de água. Meus ouvidos tiniam o tempo todo. Sempre aquele temor brando, dominado por ele mesmo, não por mim.
Retornei ao quarto, mas passando antes pela sala, onde vi aquilo que, curiosamente, já sabia: meus pais tinham saído, as camas estavam desfeitas, e o horário, quatro e meia, pairava cinzento

ali. Uma listra vermelha numa parede me fez olhar pela janela, onde o sol havia nascido líquido, purpúreo.
No mesmo transe voltei para a cama, mas não me atrevi mais a adormecer. Li, e foi assim que meus pais me encontraram ao retornar. Mamãe me deu uma caneca de leite para beber e me disse para voltar a dormir. Adormeci até as onze e meia, tempo em que tive outros sonhos.
Dores de cabeça, zumbidos nos ouvidos hoje o dia todo. Agora, ao anoitecer, mal me atrevo a dormir.

Releio algumas vezes esse texto, único em meu primeiro caderno de diário, perdido entre anotações de leitura – As confissões, de Rousseau, Doutor Fausto, de Thomas Mann, Thaïs, de Anatole France –, poesias, atribulações sentimentais, esboços de prosa sobre anjos e monstros, tentando recordar o adolescente magro e lunático de outrora. Posso imaginar minha perturbação com a experiência daquela noite de junho, a primeira daquele tipo, à qual haveriam de se seguir tantas outras noites estranhas. Se então eu nada entendia daquilo que se passava comigo, se minhas noites de moleque solitário e esquisito se tornavam cada vez mais torturantes, com o tempo, quando meus sonhos deixaram de se parecer com o que considerava até então que fosse um sonho, aproximando-se de visões e profecias, comecei a adquirir uma espécie de interesse químico pelo que me acontecia e a reunir fatos e testemunhos que me levassem a algum lugar. Aos poucos, passei a sentir uma espécie de orgulho estranho e masoquista, a me sentir um eleito para quem sabe que operações místicas ou mágicas, ou teológicas, ou científicas, ou poéticas, não tinha nenhuma certeza, perdurava apenas uma sensação, forte e irreprimível, de ter sido escolhido, que ocorria algo coerente, mesmo que incompreensível, comigo. Não sei o que as cobaias sentem quando são repetidamente postas no labirinto de acrílico, com trajetos sempre diferentes, cada vez mais complexos, com o pedacinho de queijo cada vez mais difícil de encontrar, sendo injetadas ao mesmo tempo com substâncias turvas, com eléctrodos sendo enfiados no escalpo... Não sei se, para além de sensações torturantes e situações absurdas, fome, fugas por corredores brancos, curvos, antissépticos, brota, nos pequenos gânglios de seu crânio, a ideia de que seja anormal o que lhes sucede, que a acumulação de fatos implausíveis, de coincidências assombrosas, de mãos imensas que as agarram inesperadamente, que as retiram de suas aparas cheias de fezes, só pode significar que foram escolhidas por uma inteligência tão alheia a elas que nem ao menos a podem perceber como inteligência, mas como uma série de manipulações e sofrimentos atrozes. As vibrações insuportáveis e o som agudo, como o de uma sirene, haveriam de ser acompanhados, como em meus sonhos ulteriores, por um fogo amarelo, como um transbordamento de ouro líquido que parecia dissolver-me o crânio.

Continuo anotando fragmentos dos meses seguintes, dos anos seguintes, até agora, até agora à noite. São fatos e sensações de diversos tipos, espalhados como vestígios de projéteis num alvo de tiro, mas minha sensação impossível de ser contradita foi sempre a de que o alvo permaneceu o mesmo, que tudo se relaciona e coexiste num plano de mundo que só agora começo a intuir. Muitas coisas se repetem, de maneira idêntica ou em formas sutilmente diferentes, conectando-se a sonhos que não registrei aqui, mas que são o eterno pano de fundo dos outros: minhas estações ferroviárias, minhas cidades desconhecidas, minhas casas, minhas salas desertas de cinema. Anoto as datas só quando me parecem significativas, mas vou tentar inseri-las no contexto de minhas lembranças e as unificar, provisoriamente, na medida do possível, jogando luz sobre algumas conexões subterrâneas entre elas.

Noite passada despertei, acho, pelas quatro da manhã, ou mais cedo, quando aquela névoa característica flutua no quarto. Tinha acabado de sonhar, assim como já me acontecera outra vez, que via um lustre, um lustre comum, como o nosso, com dois ou três braços e abajures brancos, mas não balançando do teto, e sim com uma haste horizontal, como se embutido numa parede. Tinha a impressão de que estava em algum lugar fora de meu alcance visual e só podia vê-lo com o rabo do olho, forçando meus músculos oculares ao máximo. Esforçava-me desesperadamente por virar a cabeça na direção do lustre, mas claro que eu não tinha cabeça nem pescoço. Era como se eu não passasse daquela visão periférica e dolorosa, aquele suplício de olhar, que no fim

> *se transformou na necessidade de acordar. Eu dizia ter sonhado a mesma coisa algum tempo antes, mas em outro contexto: era uma espécie de quadro cubista analítico, uma espécie de escultura, um grupo de objetos permeados por espelhos: uma cadeira, um pedaço de tecido e, fantástico, rijo, horizontal, o mesmo lustre, tudo animado pela minha impotência de trazê-los ao centro da visão, fazendo-me inverter os olhos e gemer de dor e desespero. Seguiu-se o despertar, em plena luz, pela manhã.*

Li, muitos anos depois dessas experiências de minha adolescência, sobre a paralisia do sono, quando acordamos, mas os músculos ainda estão inertes, assim como estiveram durante todos os episódios de sonho, para que tudo permaneça ali, no palácio do crânio, para que nossos membros não nos tragam, baseando-se na labiríntica história do crânio, de volta à realidade. Mas aqueles dois ou três despertares desse tipo, que nunca mais se repetiram, me deixaram uma lembrança completamente diferente. Até hoje vejo aquele lustre da haste horizontal, vejo-o deslizando devagar em minha direção, com luzes brancas na ponta, sinto até hoje aquele meu medo, ampliado pela imobilidade e pelo alheamento. Eu me senti, de fato, como um inseto preso na teia de aranha, já com o veneno paralisante nas veias, vendo como se aproxima o animal negro e gordo, de patas monstruosas. Sempre senti que o sono e o sonho têm em si algo estremecedor, algo que nos abandona àquele que, aos poucos, penetra em nossa casa, galga os degraus rumo a nosso dormitório e se aproxima de nossa cama, enquanto estamos deitados na penumbra, inconscientes e indefesos, habitando nosso mundo distante.

Alguns meses depois, escrevia:

> *Um sonho com levitação. De noite, lançando-me do terraço, voando em saltos largos por cima do pátio do Moinho, com detalhes assombrosamente exatos, pois era real, sentindo frio na barriga exatamente como num tobogã.*

Referia-me ao Moinho Dâmbovița, que por muito tempo foi a maior construção que já vi: ficava bem atrás do prédio de meus pais, um edifício de tijolo, cheio de farinha, de uns sete ou oito andares, com frontões colossais dominando o telhado, assim como inúmeras janelas treliçadas. As nuvens se dilaceravam naqueles picos triangulares, cada um com uma janela redonda no meio, como as rosetas das catedrais, e durante o crepúsculo, quando os tijolos se iluminavam como rubis, toda a construção respirava uma grandeza e uma tragicidade surpreendentes. Ali, no espaço entre nosso prédio e o Moinho, margeado nas extremidades pela Fábrica de Pão Pionierul e por alguns edifícios da Milícia, aconteceram, durante minhas noites, coisas que me estremecem e as quais não posso acreditar que foram meros sonhos. Para aquele vasto espaço dava a janela do quarto de trás em que eu só dormia às vezes, mais à tarde. E pelas janelas de nossa cozinha, com a porta que dava para o terraço, via-se o ruidoso Moinho, com suas peneiras acionadas eletricamente. Certa vez, um moleiro, ao ver que eu e um amigo havíamos pulado a cerca e nos aproximado hesitantes do edifício colossal, pelo vasto pátio em que jaziam uns caminhões antiquíssimos, nos chamou e nos perguntou se não gostaríamos de ver como era o Moinho por dentro. E entramos intimidados pelos infinitos galpões, nos quais tudo estava impregnado de farinha, o ar, o chão, as janelas, e nas enormes peneiras havia farinha amontoada como neve, subimos escadas intermináveis rumo a outros andares, com outros galpões e outros moleiros de cabelo empoado de farinha, com outra luz turva atravessando as janelas, e depois cada vez mais para cima, por corredores longos e escuros, e depois de novo aposentos com maquinários, e finalmente olhamos para nosso prédio como jamais eu tinha feito, de cima, pela janela redonda do grande frontão, de quatro ou cinco metros de diâmetro. Para além do terraço do prédio via a cidade, muros sobre muros, até onde a vista alcançava.

Só mais tarde relacionei os sonhos, tão comuns, mas também tão mágicos, com levitação e a atropina que, no início do trimestre, costumavam pingar em nossos olhos, no consultório médico do liceu, durante o exame de fundo de olho. Cancelavam a aula seguinte, pois não tínhamos mais como ler. Se olhássemos para nossa mão, ela parecia pequena, vermelha e distante, como uma inflorescência na ponta de um galho. Depois íamos de novo ao consultório, rindo e falando sem-vergonhices, pois a enfermeira de nosso liceu era bem conhecida. Todos os professores, ao que parece, tinham passado por ela, abrindo-lhe as pernas atléticas em cima do linóleo do leito do consultório e apertando-lhe as tetas generosas, que lhe saltavam do corpete sob o avental branco. Até muitos dentre os alunos, pelo menos vários da quarta série colegial, se gabavam de a ter comido. Era a mesma enfermeira que nos dava aula de educação sexual, separadamente, para as meninas e os meninos. Não tínhamos ouvido ninguém falar assim. Desfilava a nossa frente com seu cabelo tingido de vermelho e um sorriso matreiro nos lábios, pronunciando sossegadamente palavras como testículos, pênis, vagina, masturbação, enquanto nós, quinze meninos de uniforme puído, sofrendo de terríveis ereções diante das palavras proibidas, a teríamos devorado viva ali, na cátedra, um após o outro, assim como nas histórias de "suruba" que ouvíamos. Mas a enfermeira nada parecia sentir da tensão que crescia a cada minuto, muito pelo contrário, ela passava a se comportar ainda mais provocante ao término da aula. Pegava a cadeira da cátedra e a colocava no pódio ao lado, depois se sentava e cruzava as pernas, posicionando suas coxas formidáveis, em meias de nylon, uma sobre a outra. Inclinando-se em nossa direção, para melhor enxergarmos seus seios, ela continuava falando impassível sobre preservativos e pílulas anticoncepcionais, enquanto, congestionados, esperávamos apenas o fim da aula para correr até o banheiro e, enfim, gozar sobre as tampas imundas das privadas e sobre as paredes cobertas de desenhos infectos...

Após o exame de fundo de olho, eu sempre sonhava estar voando. Por vezes apenas flutuava, montado numa espécie de balãozinho não muito cheio, a um metro acima da terra, pelas alamedas escuras de um parque vespertino, desconhecido, porém muito familiar, girando em torno do lago no meio, que resplandecia ao entardecer. Sempre chegava, nas profundezas da escuridão, a um espaço aberto, vasto, iluminado por estrelas, no qual encontrava o mesmo tanque retangular, cheio de água preta. Outras vezes, voava por cima dos campos, em plena manhã radiante, subindo e descendo pelo ar transparente, ora aterrissando em trigais, ora me perdendo na espessura das nuvens. Sentia o uivo do ar azul junto às orelhas, meu cabelo se debatia nas correntes produzidas pelo movimento, tudo era verdadeiro, e meu peito explodia de felicidade. No pátio do Moinho e no espaço de trás do prédio, eu voava de outro jeito: em geral dava pulos, cada vez mais altos, como abóbadas cada vez mais profundas de um viaduto, e cada ascensão na direção das estrelas tinha em si algo de louco e vertiginoso.

Ultrapassava, nos pulos mais altos, a ponta da chaminé de tijolo da fábrica Pionierul, que, um dia, um de nós, o menor e mais covarde, quando éramos crianças, escalara e ficara lá em cima, de braços cruzados, para nos mostrar que não era medroso, depois ultrapassava também os frontões gigantescos do Moinho... Nunca andei de avião e acho que nesta vida não terei tal oportunidade. Mas a maneira como vejo de cima o panorama dos campos, estradas, rios e cidades obliterados por nuvens, castigados por chuvas, luzindo como pedras preciosas sob sóis triunfantes do dia, só pode ser, já pensei dezenas de vezes, aquela em que eles *realmente* são vistos a centenas e milhares de metros de altura. Em meus voos, nem sempre sobrevoei este reino. Passei com frequência por cima de cidades inexistentes em algum lugar de nosso mundo, com edifícios amarelos, ornamentados num estilo exagerado e barroco, com o frenesi das multidões em largas avenidas e a aglomeração de veículos estranhos, uns flutuando no ar, totalmente desconhecidos sobre a terra. Mas terei mais o que contar sobre esses voos e flutuações ao longo do texto.

Alguns dias depois:

Hoje à noite, levitação por cima de Bucareste, com sensação de voo absolutamente natural.

E depois, em 5 de julho de 1976, eu anotava, horrorizado:

Um pesadelo vem se repetindo: estou na escuridão de meu quarto, real como se estivesse na cama de olhos abertos. Pela janela se vê o céu violeta, repleto de estrelas. De repente, ouço um barulho aguçado, oscilante, amplificando-se até a demência, até um terror parecer romper meu crânio em pedaços. Sou arrastado da cama por uma força imaterial, junto com o cobertor e os lençóis, até me chocar violentamente contra o armário. Caminho por um tempo pela escuridao da casa, cada móvel em seu lugar, e depois volto para a cama e só depois acordo, com o rosto virado para cima, com a consciência extremamente aguda de tudo aquilo que aconteceu. A sensação é de simplesmente ter andado pela casa durante o sonho, de verdade.

E passadas duas semanas:

Preciso anotar, noite passada, mais um ataque de pavor. Exatamente o mesmo roteiro. Acordei (como de costume, depois de um falso despertar) com o rosto virado para cima, numa posição hierática, de defunto.

Durmo sempre numa mesma posição. Assim me deito e assim acordo: de bruços, com o rosto virado para a direita, mergulhado no travesseiro, e todo o corpo, inclusive a cabeça, embrulhado nos lençóis, só com um pequeno espaço livre para respirar. As únicas vezes que acordei de barriga para cima, de braços cruzados sobre o peito, foi depois daqueles "pesadelos". Jamais poderia esquecer a sensação de ser repentinamente agarrado pelas pernas, arrancado da cama, arrastado pelo tapete e depois colidir com a parede oposta, para que minha última recordação seja estar deitado no chão, como se sonhasse, de todo modo calmo e desprovido de vontade, como se esperasse acontecer alguma coisa que atiçasse vagamente minha curiosidade. E depois a faixa de escuridão, o vazio abissal de memória, depois o caminhar sem sentido por quartos desertos, depois um novo branco, depois o despertar na posição de cadáver no catafalco, depois o medo...

Preciso ainda anotar também sonhos absolutamente estranhos, com uma invasão de criaturas monstruosas, anões de cabeças muito grandes...

Esse sonho depois se repetiu com frequência cada vez maior. Visto que morávamos ao lado do Circo de Estado, calhava de, muitas vezes, eu ver os anões que lá trabalhavam, sozinhos ou em duplas, passeando pela alameda do Circo ou fazendo compras nas lojas da vizinhança. "Não olhe para eles", mamãe me dizia de supetão, "para que não se sintam mal, coitados..." Mas minha curiosidade era incontrolável. Como eram estranhos! Cabeças de gente grande, sem nada de especial, talvez com a testa um pouco mais arredondada, de resto gente como toda a gente, mas as cabeças encaixadas diretamente, sem pescoço, naqueles corpinhos deformados de criança, de pernas tortas e braços curtos, e não raro com seis ou sete dedos nas mãos... Por que me visitavam em meus sonhos de adolescência, por que eu acordava com eles no quarto, enquanto, durante o sono, eu lhes oferecia minha mente vulnerável, desprovida de qualquer crosta ou carapaça, assim como o ouriço atirado à água deixa seu ventre mole à mercê das garras da raposa?

Dentre os sonhos do ano seguinte, selecionei alguns que me pareceram (mas que direito tenho eu de selecionar?) mais estranhos e mais típicos do mundo que sempre deixa uma marca, como um sigilo, em meu sono:

> ... e, a propósito, esta noite sonhei de novo, depois de alguns meses, que eu era capaz de mover objetos apenas me concentrando. E, como da outra vez, o sonho tinha uma concretude extraordinária, sabia que estava desperto, não tinha a menor dúvida. Estava feliz por ter descoberto em mim uma força tão fascinante: a telecinesia...

Dez vezes tive esse sonho, em versões diferentes, e acho que é um dos mais prazerosos que já experimentei. Poucas vezes me senti mais orgulhoso de mim e mais contente. É sempre a mesma coisa: examino um objeto, em geral não muito grande, do tamanho de uma bola de tênis, e concentro todas as minhas forças mais ou menos entre os olhos, como se ali se criasse um forte vácuo, capaz de sorver as coisas como um aspirador. Não preciso pensar em nada, assim como, se eu quiser mover um dedo, não é necessário lhe dizer "mova-se!", mas simplesmente o mover, como se o comando e a execução se fundissem num único processo. E então a bola de papel, ou a caneca, ou qualquer outro objeto *vinham*, em saltos sucessivos, em minha direção. Minha concentração não era dolorosa, mas forte e tranquila, como se então eu tivesse entre os olhos o grão de mostarda da fé indubitável, suficiente para mandar o monte se lançar ao mar.

Também anotei um pequeno fragmento que não era um sonho, mas um texto escrito durante uma espécie de transe, numa tarde, depois de Irina ter partido, deixando-me esvaziado de vigor, pelado na cama em que me sussurrara ao ouvido, na escuridão absoluta, suas fantasias obscuras. Mas não quero pensar nelas agora. Acendi a luz e me dirigi à escrivaninha, sentei sem roupa na cadeira e escrevi num pedaço de papel aquelas linhas, que depois introduzi num caderno de provas que por acaso se encontrava sobre a mesa. No dia seguinte, levei as provas para a sexta série e só depois, à tarde, me lembrei do papel. Saí correndo da escola, desesperado, como se tivesse sofrido uma terrível perda, diretamente para a casa de Bazavan, o aluno azeitonado que recebera a nota junto com o bilhete do caderno, e eu os encontrei todos em casa, o velho coxo e seus quatro filhos, e não tive mais paciência para conversar sobre as crianças e as notas com o velho operário que criava aqueles meninos sozinho. Corri para casa com o bilhete resgatado e só o li depois, no bonde, pois não conseguia recordar o que continha. Depois fiquei perplexo, com o pedaço de papel na mão. Pensei comigo mesmo, a noite toda, quão maravilhoso teria sido se o caderno de histórias extraviado, que só posso ler enquanto sonho, aparecesse de repente em minha mesa...

> Quando estou sonhando, uma menina pula da cama dela, vai à janela e, com o rosto colado à vidraça, vê como o sol se põe por cima das casas róseas e amareladas. Vira o rosto para o dormitório vermelho como sangue e se encolhe de novo debaixo do lençol úmido.
>
> Alguma coisa, quando estou sonhando, se aproxima de meu corpo paralisado, segura minha cabeça entre as mãos e a morde como um fruto translúcido. Abro os olhos, mas não me atrevo a fazer nenhum gesto. Pulo de repente da cama e vou à janela. O céu inteiro é só estrelas.

E em 11 de março do mesmo ano:

> Estava conversando com alguém e, de repente, senti uma ameaça no ar. Todas as pessoas se apressaram para uma passagem subterrânea. Era o abrigo nuclear. Mal cheguei ali e me atirei com o rosto para baixo, pois senti duas fortes explosões, reverberando por todo o abrigo. Ao erguer a cabeça, encontrava-me num chão de terra, e no horizonte, de noite, via-se um conglomerado de árvores negras. "Ei, veja, nasceram dois sóis! Três até!", diziam as pessoas. Olho e vejo, de fato, dois, depois cinco ou seis sóis límpidos e vermelhos, nascendo de manhã. Um deles

se aproxima de nós. Era uma esfera transparente em que se aglomeravam cinco anões deploráveis com aspecto de criança.

Mesmo antes de ter ouvido falar, talvez, de bombas nucleares, com a idade de nove ou dez anos, acho, tive sonhos que se repetiam de maneira idêntica: encontrava-me sempre numa grande loja de roupas, que naquela época eram poucas na cidade: Victoria, Vulturul de Mare, Bucureşti. Subia em elevadores de cristal sempre para alcançar outros andares, cheios de estandes em que se dependuravam vestidos, ternos, jaquetas, camisas, tudo florido e vivaz. Entre eles o espaço para passar era estreito, como um labirinto em que era possível se perder facilmente. O elevador interno me levava lentamente para pavimentos que se encontravam cada vez mais acima, em torno de um vazio central, para os quais subiam também as escadas rolantes – essas eu com certeza jamais vira antes e não sabia que existiam de verdade, pareciam-me fabulações maravilhosas de minha mente –, via tudo através de suas paredes de vidro brilhante quando, de repente, pelas janelas da loja, avisto uma grande explosão, como um cogumelo vermelho, ao longe, lá pelo centro da cidade. Todas as pessoas fogem enlouquecidas, desço também eu às pressas e saio da loja, correndo pelas ruas, enquanto atrás de nós o cogumelo púrpura se torna cada vez maior, prestes a nos alcançar.

> *Nesta noite, a um sonho erótico qualquer se seguiu outro, em que aparentemente retomava o sonho narrado em "A quimera", o que produzia em mim o terror sacro da realização de uma profecia. Esse terror aumentou bruscamente, tendendo ao infinito, junto com aquele tinido amarelo-dourado, insuportável, das têmporas. Claro que acordei com o rosto virado para cima. Não sei o que podem ser esses estados de terror além de qualquer limite.*

E no mesmo dia:

> *A noite toda sonhei com naves estranhas. Elas sempre aparecem por cima do Moinho Dâmboviţa.*

Não tenho mais forças agora para comentar esses fragmentos. São quase quatro da manhã, e às oito preciso estar na escola. Retomarei a transcrição do diário logo mais, com a mente um pouco mais clara, espero. Agora só posso confirmar minha sensação de que há alguma coisa ali, que os sonhos que escolhi dentre as centenas anotados nesses cadernos já danificados e empoeirados, na verdade, se escolheram sozinhos e demandam toda a minha atenção. Sempre me perguntei se a vida interior de todas as pessoas é tão exaustivamente complicada, se cada um de nós está sentado, como um camundongo branco, no meio de sua própria mente labiríntica, pela qual deve percorrer um trajeto, só um, o verdadeiro, enquanto todos os outros conduzem a inextricáveis armadilhas.

22

Há três professores de matemática na escola. A dona Băjenaru, mulher apagada, amarelada, de lábios finos, só se deixa notar pela ptose da pálpebra direita, que confere à coitada um ar de esperteza desprovido de qualquer plausibilidade. A outra, Florabela, pelo contrário, é um fogo de artifício: corpulenta, ruiva, cheia de vida, ouro e sardas, a deusa absoluta da escola. Até as professoras que ficam verdes de inveja à vista de sua juventude a amam como a uma filha, pois é boa e generosa, e a escola, enfadonha como é, estremece ao tilintar contínuo de seus brincos e risadas. Mas também a seus gritos histéricos durante as aulas. Raramente alguém berra mais alto com as crianças, e raramente isso tem algum efeito sobre elas. Florabela dança com raios nas mãos diante das crianças, grande e repleta de formas redondas como uma deusa indiana, seus acessos de fúria são tão decorativos quanto sua boca vermelha como sangue no rosto coberto por uma maquiagem pesada, sua crina se difunde pelo ar oliva da sala de aula como as tranças compridas das medusas venenosas. Florabela atira à lousa séries de frações, denominadores e parêntesis, depois se vira, brusca e triunfante, para aqueles trinta gnomos, diminuídos ainda mais pela estatura dela, abre a boca e grita, aguda e intensamente, e enquanto grita deixa entrever seus dentes perfeitos, as amígdalas e a campainha, como uma diva no palco do Scala, petrificada em seu esplendor ao emitir a nota mais alta. As crianças encolhem a cabeça entre os ombros, mas sorriem: essa mulher sublime produz nelas a maré de uma saudade obscura, o tilintar de seus grandes brincos redondos lhes estimulam a pituitária e as gônadas na mesma medida em que lhes inibe a função taxinômica do hemisfério direito. O quadro-negro por trás dos vestidos sempre elegantes e sofisticados que Florabela troca como lenços é invadido por cifras, mas é como se permanecesse negro e limpo até o fim, pois a professora é tão intensa que se projeta como um vácuo luminoso que apaga os sinais e os contornos. As crianças não aprendem uma vírgula de matemática, mas a apreendem, as meninas se esforçarão para ser como ela, gigantescas, sardentas e esgoeladas, os meninos procurarão namoradas mais altas que eles e sonharão com a chama vermelha de um púbis inacessível.

Não passava pela cabeça de homem nenhum se aproximar dela. Inspirava medo com aquela estatura de jogadora de basquete e gritos de Krimhilde. A seu lado, os homens pareciam lívidos e impotentes, e devia ser assim também na cama com uma tal labareda nos braços. Olhando Florabela por trás, no corredor, enquanto circulava durante as pausas por entre as crianças que faziam uma bagunça extraordinária, só conseguia pensar na Vênus de Ille subindo a escada que rangia sob seus passos de bronze rumo à câmara nupcial em que dois pobres mortais viviam seu último instante de felicidade. Era impossível desejar uma tal fêmea, só nos restava respirar resignados os feromônios que dela emanavam como uma luz de âmbar e continuar caminhando, com nossa vida miserável na concha das mãos, como um louva-a-deus macho que sabe não poder escapar vivo dos braços dobrados em oração da estatuária e enigmática fêmea.

E, finalmente, havia Goia, do qual me aproximara mais nos últimos anos porque, embora reservado e inibido, talvez por causa de seu rosto mutilado ou de uma severa inadequação social, ele tinha uma paixão especial e contagiante pela disciplina que ensinava. Várias vezes, ao fim das aulas, ou durante o verão, quando vínhamos à escola supervisionar a limpeza das salas e dos corredores, a lavagem das vidraças e a pintura, sentávamo-nos nos degraus defronte à escola e conversávamos. Ele tem uma voz entupida, quase inaudível, monótona, que seria soporífera se não contrastasse com a minúcia e o ardor quase maníacos com que conta coisas da única área que já lhe interessou: a matemática. Desde a infância, fazia amizade com as cifras, e não com outras crianças. Cada cifra tinha para ele forma, gosto, cheiro, textura e personalidade. Cada uma se combina a outras conforme afinidades subterrâneas que Goia não sabia me explicar, mas que sentia com clareza, assim como sentimos a resistência do ar ou a gravidade. Posteriormente, fez amizade com matemáticos, conhecia em detalhes a vida de cada um, a história da matemática se desenrolava a sua frente, com suas dezenas de milhares de influências, inter-relações, ideias esquecidas por séculos e depois resgatadas, erros e revelações, impasses e libertações orgásticas, com uma grandeza que só o nascimento do universo ou a evolução das espécies podiam igualar. Falava-me de seus matemáticos prediletos, Galois, Cantor, Abel ou Gödel, sobre o enigmático Bourbaki, a teoria de Fermat e a matemática das equações não lineares, sobre René Thom e Mandelbrot, fractais e fitas de Möbius, desenhando no ar cada vez mais cor de café, com seus longos dedos de vinte centímetros, figuras em duas e três dimensões, como figuras paradoxais e impossíveis que poderíamos visualizar desde que nos familiarizássemos com a série de manobras da quarta dimensão. Goia me emprestou o primeiro tratado de topologia que li na vida (pulando as séries de equações e espremendo das páginas aparentemente áridas a intensa poesia da geometria da folha de borracha), e foi também graças a ele que descobri detalhes – que me fizeram sobressaltar como se diante de uma das coincidências que desafiam o indiferente caráter aleatório da vida – sobre George Boole e sua surpreendente família, da qual, claro, fazia parte a escritora que pela primeira vez me fez molhar com lágrimas as páginas de um livro, Ethel Lilian Voynich. A história deles permaneceu profundamente gravada em minha memória.

    Ao que tudo indica, George Boole foi o primeiro indivíduo prodigioso da família, que posteriormente haveria de se enriquecer com mentes admiráveis como a árvore genealógica cheia de talento de Bach. Mas quem pode dizer se pessoas de origem modesta e sem estudos brilhantes, como Boole, Newton, Tesla, Einstein ou Da Vinci, não tiveram, entre suas dezenas de milhares de ancestrais, vá saber quando, na raiz de sua ramificação miraculosa, um Besaliel, que o Senhor transformou, num piscar de olhos, de um judeu qualquer num inventor capaz de construir o tabernáculo? A mãe de Tesla, uma reles dona de casa da Croácia, era capaz de dar três nós num cílio e inventou do nada um maquinário de triturar, com complexas roldanas de madeira, engrenagens de rodas dentadas e uma grossa corda que transmitia o movimento. Boole também provinha de um ambiente que nada prometia no plano intelectual. Seu pai consertava os sapatos gastos dos vizinhos em Lincoln. O futuro reformador da lógica e da matemática teve uma educação medíocre, limitada a uma pequena escola de comércio. Apesar disso (e acho que mesmo se tivesse tomado conta de cabras no campo), ele por fim chegou aos livros que sua mente, desde o princípio orientada para o pensamento abstrato como o ponteiro da bússola para o norte, tanto almejava, os quais, se não existissem, ela mesmo teria escrito: *Tratado de mecânica celeste*, de Laplace, e *Mecânica analítica*, de Lagrange. Acompanhando a linha de pensamento ali descoberta, Boole desenvolveu, nas décadas seguintes, métodos simbólicos que fizeram da lógica um ramo da matemática (se não até ao contrário) e que fundamentaram a álgebra moderna superior. A álgebra booleana, desenvolvida em meados do século XIX, abriu todos os caminhos à matemática do século seguinte por meio da formalização que Boole trouxe às operações da linguagem matemática. Em *Uma investigação das leis do pensamento, em que se fundamentam as teorias matemáticas da lógica e da probabilidade*, Boole revolucionou a lógica de forma tão radical que foram necessárias décadas para a compreensão de sua obra. Frege e Wittgenstein não teriam existido sem as *Leis do pensamento* que esse homem de pouca instrução, esse autodidata prodigioso, semelhante a Newton, expôs com tanto rigor.

    Um ano após a publicação desse texto crucial, Boole, aos trinta e nove anos, se casou com uma mulher igualmente devotada a seu modo, Mary Everest. Seu tio era o coronel George Everest, aquele que coordenara o "Grande cadastramento trigonométrico da Índia" ao norte do Nepal e dera nome à mais alta montanha do planeta. Mary tinha vinte e três anos quando se casou com Boole, com quem viveu por dez anos, até ele morrer de pneumonia depois de dar uma conferência, molhado até os ossos em função de uma chuva torrencial. Durante aquele período, ela deu à luz cinco meninas. Cada uma das irmãs Boole se fez notar numa determinada área, assim como a mãe, aliás uma matemática autodidata e bibliotecária no Queen's College, em Londres, para onde se mudou depois da morte do marido.

Mary Boole, figura anódina de boina vitoriana, conforme o retrato numa história da matemática que Goia me emprestou mais tarde, foi na verdade uma excêntrica, uma entusiasta, uma mulher cheia de vida e sensualidade, pois nada engana ou perverte mais a imagem de uma pessoa do que uma foto ou gravura. O casal Boole deve ter se amado frequente e apaixonadamente, visto que, de dois em dois anos, com regularidade geométrica, lhes nascia uma menina. É difícil imaginarmos na cama não só Boole, mas qualquer homem ilustre do século XIX, com seu ar de seriedade patriarcal, com barbas e bigodes penteados de maneira bizarra, de olhos fixos no horizonte do progresso firme e contínuo. Como é que acariciariam suas mulheres, com que gestos de amor elas responderiam, despindo-se em seus ninhos, junto com as roupas, da honra e do pudor absurdos em que se encontravam aprisionadas? Ou os preservavam também na cama, assim como suas camisolas? Será que a relutância corada da parceira, seu embaraço quase virginal, a violação da delicadeza feminina por parte de um bruto barbudo constituíam o encanto grotesco do sexo naquela época? O sexo era demoníaco, porém acontecia em segredo, no meio da noite, na vergonha e na culpa. As mulheres se escondiam assim que engravidavam, pois o ventre aumentado era prova da fornicação, do apetite, do fato de que poucos meses atrás a mãe de família que, toda noite, lia para todos, junto à lareira, historietas moralizantes, inseparável do tear com que tecia imagens ingênuas de flores e borboletas, assídua nas missas matinais de domingo, havia estado obscenamente de pernas abertas para um homem, se deixando penetrar por seu falo nojento e talvez, que horror, tenha até gostado... Mas esse não poderia ser o caso da família Boole, pois, definitivamente, nem mesmo a horrenda era vitoriana produzira só fariseus.

Fato é que a senhora Boole continuou sendo, inclusive depois da morte do marido, uma mulher sensual, sublimando, contudo, os impulsos numa urdidura de textos escritos com esmero, como um cobertor feito com dezenas de retalhos de tecido e padrões diferentes. Inventou a matemática no tear, o que ajudava as jovens mulheres a compreender noções geométricas avançadas tecendo curvas na tela e construindo, com fios de cores diferentes, figuras sofisticadas, escreveu A *filosofia e o divertimento da álgebra*, tentou exprimir em símbolos abstratos as emoções e a subjetividade das vivências. Feminizou a aridez, trouxe o mundo do marido para a companhia das fadas aladas, da altura de um dedo, que invadiram a época. Viveu como viúva por cinquenta anos, tempo em que criou as filhas no espírito liberal-fantástico-espiritualista que haveria de dar (graças a um enxerto providencial) os mais exóticos frutos.

Não teria escrito nada aqui sobre a família Boole, sobre como fazia matemática e amor. Nem mesmo o fato de que sua filha caçula haveria de se tornar revolucionária, ateia e autora célebre na União Soviética é uma justificativa, mesmo que seu romance tenha sido o primeiro livro a causar em mim uma reação. Mas sem essa história de uma época absurda e obscura (e apesar de tudo encantadora em sua ingenuidade mecânica), eu não poderia chegar ao objetivo mais precioso destas páginas, ao enigma delas e do mundo. Porque, já faz alguns anos, quando conversei pela primeira vez com Goia, nos degraus em frente ao portão da escola, que ferviam sob o sol, intuí que na história de George Boole (ou na de Ethel Lilian Voynich, ou na confluência delas) algo começa a se delinear, algo que vinha buscando havia muito tempo, assim como quando nos refazemos de uma forte comoção, a imagem diante dos olhos aos poucos começa a clarear. Ao longo dos últimos anos observei como à história iniciada na sexta série, quando li, sem saber que lia, *O Moscardo*, acrescentaram-se, de todas as direções, muitos outros fios coloridos, como no tear de Mary Boole, todos unidos por uma curva ampla, lenta, flácida, tendendo, porém, assimptótica e inevitavelmente, ao absoluto. Cada novo fio gerou em mim uma surpresa e expectativas maiores. Por noites a fio, levitando acima de minha cama, com livros abertos flutuando ao redor como numa cabine de nave espacial, li sobre Boole, Lewis Carroll, Edwin Abbott e tudo mais que consegui encontrar nessa área, com a sensação de me aproximar aos poucos de algo ou de alguém que, de modo frustrante, se esconde. Caso existam sinais, caso um impossível vizinho de cela (pois do outro lado da parede só há mar e penhasco) comece a bater na parede e nos comunicar, com semiluas, rodas dentadas, triângulos e cruzes um plano de fuga, caso a vida seja um teste de perspicácia ou, o que pode dar na mesma, de personalidade (desenhe uma árvore; desenhe uma pessoa; organize os desenhos na ordem dos fatos; interprete as borboletas multicoloridas espalhadas na página), eles devem aparecer ali onde menos esperamos, primeiramente heteróclitos e alusivos, fazendo-nos duvidar não deles, mas de nós, nos envergonhar de nossa própria paranoia e tentar esquecê-la, nos voltar à pervasiva conspiração da normalidade. Só que não podemos dormir por causa das marteladas na parede, e a privação de sono produz alucinações e loucura, e no final, inevitavelmente, a ilusão de marteladas na parede. E assim por diante até o metrônomo parar, e nós ainda não demos nenhuma resposta. Ninguém joga esse jogo voluntariamente. Não o escolhemos, somos escolhidos por ele. Não o procuramos, somos procurados.

Então continuei, no rastro da aranha, com as pontas dos fios que o acaso pôs em meu caminho, seguindo-os com o dedo até onde se amarravam, nó após nó, assim como, na infância, amarrava dezenas de barbantes em todas as maçanetas, com nós numerosos e complexos, para que mamãe não desse à luz mais um bebê. Depois olhei atento para cada nó, como se debaixo de uma lupa resplandecente, observando como se entrecruzam os laços de cores, texturas e grossuras diversas, esperando que fossem as letras de um alfabeto desconhecido, pois da primeira pergunta – eles são ou não são sinais? – dependia minha busca, sem que a resposta fosse o desamarrar. Pois teria sido (e é) assustador compreender que, sim, por toda a parte há sinais a mim dirigidos, que gritam por ser decifrados, mas que minha mente, o gânglio protegido por tecido ósseo, não é capaz de os unir numa coerência, nem num túnel ou numa fuga. Não vivi em vão, repito a cada momento da vida, não por não ter me tornado escritor, por ser um mero professor de romeno, por não ter família, nem patrimônio, nem um sentido neste mundo, ou porque vivo e hei de morrer entre ruínas, na cidade mais triste da face da terra. Mas porque me fizeram uma pergunta cuja resposta não soube, porque pedi e não me deram, bati e não me abriram, procurei e não achei. Eis o fracasso que me aterroriza.

23

Tinha cinco anos e três meses quando, num outono úmido e enevoado, nós nos mudamos para o prédio da Ştefan cel Mare. Eu tinha crescido e precisava trocar minha concha por uma mais espaçosa, assim como a casca que abrigava a toranja tenra de minha mente se alargara, para que minhas lembranças e meus desejos tivessem onde caber. Lembro-me de como o prédio de oito blocos ficava numa beirada, sob neblina espessa, como uma baleia naufragada no litoral, com a pele igualmente cinzenta, com o mesmo número de cicatrizes de antigos enfrentamentos. Pela sua frente passavam, com um barulho ensurdecedor, os bondes desalinhados da época, feitos de um metal ordinário, com o interior de madeira lustrosa e escadas que se erguiam bruscas, estrepitando, não raro prendendo o pé de passageiros desatentos. Papai me levou algumas vezes ao Museu dos Bondes, que ocupava uma garagem desativada em algum lugar pela Predoleanu, e onde vi, numa prateleira, uma série de pés cortados do tornozelo para baixo, em sapatos de salto alto e sapatos masculinos, e sandalinhas de criança, dos infelizes agarrados pelas escadas carnívoras. Vi também dedos, alguns com aliança, cortados pelas portas articuladas dos vagões, também construídas de maneira desumana, que esmagavam os que se atiravam de última hora no vagão lotado. Quantas vezes, quando criança, não ouvi, andando de bonde, um ou outro grito medonho perto da porta da frente, quantas vezes não vi, logo depois, pela janela, perfilada por montes de neve, uma mulher de cabeça coberta com um xale que segurava ao peito, chorando c gemendo, a mão ensanguentada. Nos bondes havia normalmente tanta aglomeração que meu rosto acabava sempre esmagado pelas bundas e quadris de gente grande a meu redor, por mais que me protegesse mamãe, que os empurrava com toda a força para que me dessem ao menos algum espaço para respirar. Quando o bonde chegava, as pessoas se atropelavam nos pontos, se agarravam como afogados às barras das portas, se empurravam como animais. A sineta do bonde tocava desesperada, do trole jorravam faíscas, o motorneiro mal conseguia girar a alavanca de metal, ele também prensado pela multidão, e no fim a lata velha se movia, com as janelas rangendo, coberta por gente agarrada a portas e tampões, como uma abelha atulhada de parasitas.

E atrás do prédio ficava o Moinho Dâmboviţa, monstro de tijolo que inseria seus frontões no céu e que produzia um barulho contínuo, mais ensurdecedor que o dos bondes. Ali, no apartamento de três cômodos do quinto andar, vivi a maior parte de minha infância, assim como toda a minha adolescência de visionário e esquizofrênico, sozinho como nenhuma outra criatura solitária sobre a terra. Daquele primeiro outono só lembro a névoa congelada, espalhada por toda a parte num espaço vazio e cinzento. Nosso prédio ficava isolado entre terrenos baldios enormes. Ainda não existia a alameda do Circo, nem os prédios do outro lado da avenida, e mesmo nosso edifício ainda tinha andaimes pegados à fachada. Era o outono de 1961. Um ano antes fora construído, no meio do nada, o Circo do Estado, improvável disco voador que desceu ao lado do infame aterro sanitário Tonola. Nos primeiros dias eu dei a volta nele, de mãos dadas com mamãe, lambidos pela névoa, sem conseguir abarcar com a visão toda a cúpula ondulada e as janelas prismáticas daquele edifício que haveria de se tornar tão importante em minha vida, pois o universo gritante e tão emocional do circo, com suas luzes atravessando filtros coloridos, os paetês das fantasias dos cavaleiros e as manchas de chama viva da pele das panteras que saltavam por aros de fogo, sempre ficou em minha lembrança como um universo circular, uma mônada sem relação com a mísera conspiração da realidade. Também chorei, na galeria, olhando para a amazona triunfante, de seios nus e cabelo tingido em um milhão de cores, Semíramis da ilusão, efeméride da eternidade, desfilando pela arena diante de espectadores lívidos e impessoais como insetos gigantescos. Também vi o circo de pulgas, também assisti às flexões do inacreditável Homem-Cobra. Atrás do Circo ficavam as casas sobre rodas dos artistas, cujas crianças iam à escola em que, dois anos depois daqueles passeios com mamãe pela neblina, eu também haveria de entrar na primeira série. Tive então colegas que, de noite, no circo, realizavam malabarismos com bolas coloridas ou tochas em chamas, que saltavam de um trapézio diretamente sobre os ombros de um irmão mais velho, posicionado em cima dos ombros do pai deles, que por sua vez ficava sobre os ombros hercúleos do avô de bigode enrolado, que roubavam a gaita do palhaço e a escondiam numa caixa embalada em papel crepom rosa. E na sala de aula eles eram como todas as outras crianças, em pequenos aventais xadrez e com um laço no pescoço, de modo que eles mesmos pareciam palhaços sem graça.

Pois, de fato, ao evocar meus primeiros anos de escola, vêm-me à mente três fileiras de palhacinhos tristes, sentados em carteiras rabiscadas de tinta, eles mesmos manchados de tinta até os olhos pelos bicos de pena deformados e pelos tinteiros sempre derrubados por cima das carteiras velhas, desconjuntadas, nas sinistras salas de aula em que estudávamos. Mesmo assim, essa impregnação de líquido azul parecia não satisfazer por completo os educadores, pois, amiúde, éramos levados ao consultório médico, onde, ao menor sinal de resfriado, aplicavam em nossa garganta (mas também na língua, nos lábios e até nos cravos do rosto) azul de metileno exatamente da mesma tonalidade, de modo que, cheios de manchas por dentro e também por fora, além de carecas caso encontrassem piolhos em nós, chegávamos a ter o aspecto de alunos de Makarenko, inspirados pelo famoso ditado: "Não sabe? Te ensinamos. Não pode? Te ajudamos. Não quer? Te obrigamos". Nós também não queríamos, de modo que nossa professora, uma velha corcunda, sempre com coelhinhos e cenouras de papelão nas mãos, nos obrigava todo dia a termos vergonha de nós mesmos. Das primeiras séries da escola só guardo algumas recordações:

Às oito da manhã ainda é de noite e, pelas janelas da sala de aula, pode-se ver como cai uma neve espessa e oblíqua. A professora faz em voz alta a leitura de um livro, mas já faz tempo que não a acompanho mais: olho pela janela e, de repente, tenho a impressão de que a sala inteira voa oblíqua para cima a grande velocidade, pelo ar negro em que flocos cintilantes estão suspensos.

É inverno de novo, é noite de novo, e os globos do teto estão acesos. A sala de aula inteira brilha à luz amarela. Olho para meus colegas pela régua de plástico: vejo-os rodeados por arco-íris grossos, felpudos, em contínua transformação.

Estou recortando legumes e frutas de papel luzidio de diferentes cores, que tem um cheiro estranho de tinta fresca. Depois, usando cola em pasta, colo formas de pepino, tomate, uva, maçã, pera ou laranja numa folha branca, granulada, de um bloco de desenho.

Estou escrevendo à lousa e, involuntariamente, as letras se movem para cima, dirigindo-se para o canto distante à direita da lousa. Logo sou obrigado a colocar acima da cabeça a mão que segura o giz, depois me alçar na ponta dos pés e, por fim, me esticar o máximo possível, até meus ossos estalarem, para poder continuar a série de palavras. O giz cai de minha mão antes que eu possa terminar a frase.

Durante o recreio abro, em cima da carteira suja e rabiscada, o pacotinho que mamãe prepara para mim todo dia: duas fatias de pão com queijo e salame, e um cacho de uvas com bagos grandes, verdes, úmidos, num saquinho de plástico. As uvas, eu como do lado de fora, no pátio, onde dezenas de crianças correm ensandecidas. Posiciono-me no único canto que o sol não alcança e, bago após bago, como o cacho inteiro olhando para a balbúrdia do recreio.

Não existo, não tenho personalidade, não sei quem sou. Quando a professora entra segurando os coelhinhos de papelão, muitas das crianças se levantam das carteiras e a abraçam, a acariciam, a paparicam. Eu não faço isso, sou frio e distante. Na verdade, nem a observo, assim como não enxergo nem meus colegas, assim como não olho nem para mim nos espelhos (ao fazê-lo pela primeira vez, dois anos depois, nem me reconheci). Vivo num mundo de contornos coloridos, de cheiros estranhos. Não sou apegado nem mesmo a meus próprios pais, não os abraço nem os beijo. "Você terá muito a perder na vida se continuar tão *repelente*", mamãe me diz, pesarosa, sempre quando quer me fazer carinho e eu rejeito seus braços com indiferença. Estamos de novo na hora do recreio (em minha lembrança, a escola primária parece ter sido apenas um recreio infinitamente prolongado), estou sossegado em minha carteira enquanto meus colegas, em camisas e aventais xadrez, pulam por cima das carteiras e jogam chiclete uns nos outros, quando sinto algo por cima da cabeça. Ergo o olhar e vejo uma esfera azul, maior do que os globos do teto pendurados nas hastes. Não está exatamente acima de minha cabeça, mas um pouco mais na direção da janela, e se aproxima de mim devagar. Sua superfície é lisa, mas não de vidro, nem de plástico. Não é um balão. Sua superfície é impecável, e a cor, aquele azul-pálido, porém forte, me emociona de uma vez, o que não é nenhuma surpresa: todas as cores me impressionam profundamente, das folhas de estanho dos chocolates até as nuances carnudas do jacinto. Não posso pintar nem desenhar, pois o vermelho, o amarelo, o verde, a cor de café aplicados ao papel me assombram: eles gritam e queimam, alcançando as profundezas de minha consciência. A esfera desce devagarzinho, como se feita de ar, como se pintada com delicadeza no ar diáfano da sala de aula. Nenhuma outra pessoa a vê. Olho para meus colegas, mostro-a, inclusive, a Mihaela, a melhor aluna da classe, mas Mihaela não entende. A esfera se detém acima de mim, colore meu rosto erguido de azul-pálido, sinto a cor sobre o nariz, as bochechas e os lábios. Depois desaparece.

 Estou destacado de tudo o que vejo, de tudo o que vivo, como se um fotógrafo inábil tivesse focalizado não o rosto de quem retrata, mas o pano de fundo. Mas não é isso. Na verdade, sou eu o pano de fundo, sou tudo o que me rodeia, enquanto minha silhueta está destacada. Guardo em minha caixa de tesouros uma fotografia da terceira série: estamos todos nas carteiras, com uniformes xadrez e gravatas vermelhas de pioneiros no pescoço. Estamos todos com as mãos para trás. A professora está no fundo da sala, sua mão se apoia em minha carteira. Pois eu estou na última carteira, embora seja a criança mais baixa da turma. "Pois é, se jamais damos a ela flores nem bombons...", diz mamãe, que não dá nada por princípio e, embora religiosa, não vai à igreja, pois o marido é comunista convicto. Como sou tão miúdo e escurinho, vejo-me na fotografia de cores afogadas somente como um ponto marrom, sem traços. Durante quatro anos ocupei o terceiro lugar do diário em meio a trinta crianças, meninas e meninos, entre os quais não tive nenhum amigo.

Não me lembro de mais nada, assim como não me lembro de como construí, de calcário poroso, a coluna de vértebras escondida na carne de minhas costas.

Na terceira série descobriram minha vergonhosa doença. Foi na primavera, no segundo trimestre. A sala de aula era banhada de luz quando a enfermeira entrou com a caixa niquelada nas mãos. Meus colegas ficaram lívidos na hora, pois sabiam que se seguiria a vacina. De vez em quando éramos vacinados, ou seja, davam-nos injeções. Depois delas, o ombro ou a perna endurecia, e sentíamos uma dor horrível. Isso não impedia que as crianças se batessem sem dó bem no lugar da vacina e depois perseguissem umas às outras dentro da sala de aula com pernas endurecidas, como se estivessem presas ao mecanismo de hastes metálicas dos doentes de poliomielite. Em outras ocasiões, em cima do inchaço da picada, a médica arranhava algumas linhas com uma agulha incandescente. A maioria das pessoas tinha, no ombro esquerdo, impressa na pele, uma espécie de selo, como se pertencesse a alguém. Isso podia ser visto claramente nos vizinhos que fumavam, de camiseta regata, nos terraços, e em nossas mães quando tiravam os roupões floridos para entrar no banho. Esse tipo de vacina era o mais temido, muitas crianças desmaiavam, pois a agulha, incandescida no fogareiro com álcool, se tornava cor de laranja, semitransparente, não tinha nada mais de metálico, como se fosse feita apenas de sofrimento puro, diabólico, vindo de outro mundo. Quando encostava na pele já inflamada, sua superfície úmida chiava, saía fumaça e cheirava a carne de porco na frigideira. Havia também vacinas mais leves, no cubo de açúcar: um conta-gotas soltava um pingo pegajoso e róseo sobre os pequenos cristais prensados, nós ficávamos em fila e, diante da enfermeira, púnhamos a língua para fora e recebíamos aquela sobremesa que depois derretia na boca como um sorvete. Na pobreza miserável daquela época, morríamos de vontade de comer doces. Olhávamos os quiosques com geleias, chocolate Pitic, waffels ou bombons despedaçados, petrificados, grudados uns aos outros como amálgamas geológicos, como paraísos inatingíveis, pois a todo pedido que alçássemos aos deuses com os quais andávamos de mãos dadas na rua, com rostos recortados no céu, só ouvíamos o eterno: "Não tenho dinheiro, fofinho, como é que eu posso comprar?", ou: "Compro assim que o papai receber o salário...". Era uma alegria quando encontrava na bolsa de mamãe, que eu sempre vasculhava ao voltar da feira, uma pastilha de glucose ou uma caixa de cálcio granulado colorido em rosa ou azul, substitutos nojentos dos doces, mas que eu roía com o desespero por glucídios de meu corpinho que modelava continuamente, com base numa alimentação ruim, água infestada, leite azul de diluição, pão com farelo e excrementos de camundongo, macarrão do tempo dos Afonsinhos, sua forma anêmica, ao sopro de todos os ventos.

Naquela manhã de março, fizeram-nos pela primeira vez o PPD. Os repetentes da classe já conheciam, já tinham feito, não era grande coisa. Sim, era uma picada, mas com uma agulha tão pequena quanto o ferrão das abelhas, e era só debaixo da pele. Não doía muito, e o lugar também não inchava. Esperávamos em fila com a manga da camisa arregaçada, passavam álcool, depois injetavam um líquido como água debaixo da pele: via-se realmente a bolhinha cheia de líquido inchando enquanto a médica empurrava o êmbolo. Depois ela punha o algodão azulado por cima da pele e da agulha, puxava a seringa e nos deixava ir embora com o algodão prensando a picada. Engraçado era que, na mesma noite, em torno do ponto deixado pela agulha em nosso braço, se insinuava uma vermelhidão, primeiramente difusa e não maior do que uma moeda de cinco centavos. Coçava um pouco, mas quase não se sentia. Íamos dormir com a pequena picada no braço, esperando não ter mais nada no dia seguinte, só que pela manhã acordávamos com uma baita mancha vermelha, do tamanho de uma moeda de um leu, e que de noite ficava do tamanho de um pires, além de estar tumeficada e lustrosa. Ou pelo menos eu acordei assim numa certa manhã que dificilmente esquecerei. A mancha já coçava antes de eu acordar direito, coçara durante o sonho. Mas quando abri os olhos e olhei para a parte interna de meu antebraço, não acreditei: parecia um selo de cera em minha pele branca, estigma de um passado criminoso, marca da vergonha e da culpa. Era-me insuportável olhar para aquilo por mais de um segundo. Na escola, as crianças me cercaram quando a enfermeira veio medir as manchas com uma régua de plástico. Na maioria das crianças, o sinal quase não se via, era no máximo uma sombra de vermelhidão, alguns grânulos cor de tijolo em torno da picada. Em outras, a mancha tinha o diâmetro de um centímetro. A enfermeira colocou a régua fria em cima do disco vermelho e ardente de minha pele e anotou, com uma expressão séria, algo em seu caderninho. Depois falou com a professora, que recortava e coloria coelhinhos na cátedra, e no fim vieram ambas até minha carteira. Fui avassalado por dezenas de cabeças inclinadas sobre mim, enquanto eu estava sentado na carteira, com o braço de manga arregaçada estendido na mesa suja. A mancha pulsava, monstruosa, em meu braço, mas logo suas chamas pareceram arrefecer na vermelhidão geral, pois enrubescera da cabeça aos pés, sentia até o branco dos olhos empurpurado de vergonha, queria ter saído correndo e me esconder na primeira toca de rato que encontrasse pela frente. Mas o novelo de crianças, cabeças coladas umas às outras, olhares maldosos e desdenhosos, bocas abertas de surpresa e hilaridade pareciam uma espuma inextricável a meu redor. Era, na verdade, um mar infinito de crianças, por cima, por baixo, por toda a parte, do qual não havia escapatória. Mas só depois do sinal do recreio é que se desencadeou o verdadeiro inferno.

    As duas mulheres saíram, distanciando-se no corredor, e fiquei nas mãos de meus colegas. Queria desarregaçar a manga e cobrir a mancha infame, mas as crianças me agarraram e mantiveram meu braço descoberto à força, gritando em meus ouvidos o apelido que eu haveria de ouvir por muitos anos: "Tí-si-co!". Saí correndo, mas isso provocou ainda mais o enxame. Acabaram me pegando de novo, me encurralaram no canto da sala de aula, arrancaram a manga de minha camisa, seguraram meu braço, com a mancha à vista, enquanto outros seguravam minhas pernas e o outro braço. Estavam atirados em cima de mim, meninas e meninos, ávidos por ver mais uma vez, de novo e de novo, o estigma de minha diferença em relação a eles, de minha esquisitice que eles teriam desejado extirpar da face da terra. Eu era um tuberculoso, um miserável que também os poderia contaminar, um proscrito que eles tinham o dever de jogar para fora da classe. Uma outra menina juntava toda a força e me batia em cima da mancha, um ou outro colega que me eram mais próximos a sujavam com a sola do sapato. Eu berrava e me debatia debaixo daquela montanha de gente, quase sufocado, quando o sinal tocou e a professora grisalha entrou de novo com o diário debaixo do braço. As crianças se ergueram de cima de mim e foram para as carteiras, vermelhas de esforço e com olhos radiantes, e eu fiquei no chão, no canto, encolhido e visguento de lágrimas, e assim permaneci a aula toda, pois a professora não simpatizava comigo e não tentou nem ao menos me consolar. Deixou-me prostrado ali, com a manga rasgada da camisa ao lado, o braço colado ao peito, como se eu não existisse, ou melhor, como se eu tivesse sido deixado no canto por sabe-se lá que motivo.

    O PPD foi o suplício de minha vida nos primeiros anos de escola. Repetiram-no uma semana depois, só para mim dentre todas as crianças. No dia seguinte não fui mais para a escola. Vagueei pela alameda do Círculo, por entre as castanheiras já plantadas, com o braço pulsando e coçando mais do que da primeira vez. Eu era um tísico, por meu sangue pululavam milhões de bichos terríveis, como toupeiras embaixo da terra. Estava cheio de vermes, e baratas, e aranhas, e gafanhotos, e pulgas, e lesmas, todos ruminavam minhas veias, partiam meus pulmões, me devoravam por dentro. Em casa, mamãe me segurava nos braços e se amaldiçoava, com a lembrança de que, no desespero de não perder também a mim depois do desaparecimento de Víctor, me alimentara com leite comprado de um vizinho do fim da rua, quando morávamos na Silistra. O homem tinha uma vaca, levava-a para pastar numa várzea coberta de espirogira e por sarças do campo. A vaca com certeza tinha sido tuberculosa, mas – fazer o quê? Naquela época era assim. Do leite de garrafa, três quartos eram água. Pelo leite em pó que distribuíam nas creches passeavam joaninhas e era tão velho que, às vezes, precisava ser quebrado com um formão. As pessoas eram pobres, meus pais não tinham ganhado de casamento nem mesmo uma colher, ai daquela gente! "Não ligue, fofinho, que nós iremos ao posto de saúde, falaremos com a doutora Vlădescu, ela é super gente fina, e veremos o que fazer. Você acha que se morre tão fácil? Se fosse assim, só haveria gente morta espalhada na rua. Deixa, vai passar até você casar, não se preocupe!" No posto, porém, enquanto mamãe esperava diante do consultório num banco de vinil, de tédio eu lera o que estava escrito nos painéis na parede, aqueles sobre "Os perigos das doenças venéreas", "Mosca – vetor de transmissão de micróbios", "Como lavar os legumes com eficiência", etc. Encontrara um também sobre tuberculose, onde estava escrito que, "se bem tratado, o doente pode sobreviver bastante com a doença, até mesmo por vinte anos". Fiquei pensando. Então era por aí que minha vida deveria durar: vinte e oito anos. Não me parecia uma catástrofe, era bastante tempo até lá, mas comparando com outras pessoas, que viviam até cem... Até meus pais já tinham vivido mais, mas eles não tiveram criaturas vivas e assustadoras no sangue.

    A médica finalmente nos chamou para entrar e, como de costume, me pôs deitado com as costas nuas sobre o linóleo gelado. Auscultou-me por bastante tempo com a campânula ainda mais gelada do estetoscópio. Leu numa única olhada minhas fichas médicas, despedaçadas, escritas a tinta de diversas cores, com uma letra da qual não se podia entender nada. Pesou-me, mediu-me na balança branca, cujos pesos deslizantes tanto me fascinavam. "Meu garoto", disse, "por que você não come? Não se envergonha dessas costelas saindo pela pele? Veja, sua barriga está colada à coluna vertebral..." "Se a senhora soubesse o quanto tenho lutado com ele, doutora! Não sei mais o que preparar de comida, ele torce o nariz para tudo: isso não, aquilo não... Que mais posso oferecer a esse bendito, maná, ambrosia? Nunca vi uma criança tão caprichosa." "Óleo de peixe, minha senhora, uma colher por dia, faz milagre. Quanto à comida, não dê a ele mais nada por uns dois ou três dias: verá como vai ficar com estômago de avestruz! Chega de paparico, minha senhora. A criança deve comer o que tem e dizer graças a Deus que há comida em cima da mesa. A partir de agora ponha o prato na frente dele e, cinco minutos depois, se não comer, pegue e devolva a comida à panela, e essa terá sido a refeição do dia. Ele não é livre para fazer o que quiser. Está ouvindo, ei... rapazinho! Você está agudo como a luta de classe, mas espere que logo, logo vamos te deixar forte..." Saía do posto com receitas na mão, durante um tempo enfiavam em mim complexo de vitamina B, me obrigavam a engolir a colher de óleo de peixe que revirava meu estômago, mas os repetidos testes de PPD a cada dois meses não revelaram nenhuma mudança. Não tinha ido à escola o trimestre inteiro, ameaçara meus pais de me atirar na frente do bonde caso me arrastassem de novo à força para a escola. A professora viera várias vezes até em casa, vieram, inclusive, uns camaradas de partido, conversaram com meus pais: a criança não podia ficar sem instrução. Mas quando ouvia falar de escola, eu corria para o quarto e me enfiava no baú da cama, entre cobertores e travesseiros que cheiravam vagamente a suor. Em vão prometiam que a partir de agora as crianças não haveriam de me incomodar, que haveriam de se comportar comigo como um colega normal, em vão tentavam me atrair de volta para a classe em que fora martirizado. Quando papai, com o rosto inabalável dos soldados soviéticos dos filmes, decidira que era o caso de botar ordem no barraco, chegando, certa vez, a pegar o cinto e me dar uma surra, não consegui mais dormir a noite toda. Mais tarde, de madrugada, quando já haviam terminado a partida de buraco e dormiam fazia tempo no sofá reclinável da sala de estar, vesti-me em silêncio e, passando perto deles, à luz azul do aposento, dirigi-me à porta de saída. Minha bunda e minhas costas ardiam como se a mancha vermelha do PPD agora houvesse se espalhado pelo corpo todo, cobrindo-me com sua torpeza. Antes de sair, dei uma olhada neles: dormindo de barriga para cima, lívidos na penumbra azul, pareciam duas estátuas, um rei e uma rainha deitados em seus sarcófagos numa cripta das profundezas da terra. O que eu tinha em comum com aquelas pessoas? Por que vivia na mesma casa que eles? Por que deveria obedecê-los? Por que exerciam um poder ilimitado sobre mim? "Criança lazarenta, o que foi que eu te fiz, vou te matar!", gritara papai, erguendo o cinto pela décima vez, enorme como um titã, e descendo-o sobre minhas costas e coxas. Girei a chave na porta e saí devagarzinho no hall do quinto andar.

Estava um breu e só se ouvia o rumor distante, contínuo, do moinho, que, exceto aos domingos, fazia nosso prédio vibrar todo dia, a cada minuto. O elevador não estava funcionando fazia alguns dias, então desci pela escada, apoiando-me no corrimão. Em cada pavimento ardia a tênue luz de uma lampadazinha em cima do visor de uma porta. Àquela luz que parecia de vela se entreviam as outras três portas de entrada, bem como os canos que percorriam a parede. Os pavimentos eram gigantescos e extremamente distantes uns dos outros. No silêncio da noite, na estagnação do ar escuro como obsidiana, pareciam uma coluna de criptas sucessivas, um cemitério na vertical, interminável. No início contei os andares, mas logo um medo terrível me fez esquecer não só o lugar em que estava, como também a mim mesmo. Corria esbaforido e dando breves gritos escada abaixo, tropeçava nos degraus mal dispostos, sempre encontrava, no lugar da saída no térreo, mais e mais pavimentos, com portas desconhecidas, com plaquinhas de metal de nomes estranhos, com plantas amareladas e anêmicas. Baratas pululavam, claro, por toda a parte, em suas cascas transparentes de quitina: escalavam o batente das portas e se arrastavam pelo mosaico do chão. A professora, uma vez, havia nos mostrado uma traça que aterrissara na vidraça ensolarada da sala de aula: "Crianças", dissera, "os insetos são animais vivos, como nós. Eles têm no corpo tudo o que nós também temos: carne, sangue, órgãos moles... Só que eles têm o corpo coberto por uma substância dura e quase transparente, como nossas unhas". Naquele momento, na sala, enquanto meus colegas faziam contas com varetas de plástico, fiquei paralisado pela ideia de poder ter nascido totalmente vestido numa unha grande e larga, cinzenta, que meu corpo tivesse produzido, assim como cresciam as unhas das mãos e dos pés. "Venha cá e tire as meias para eu cortar de novo, pois seus cascos cresceram desde a última vez que viram uma tesoura." E então mamãe recortava, por cima de meus dedos, coroazinhas estranhas, em forma de lua, de foices finas, de chifres de boi... Brincava com elas, testava sua elasticidade e transparência, imaginava que tinham sido pedaços de meu corpinho. "Veja quantas são, e como são grossas, vamos fazer um ensopado com elas..." A ideia de ter sido trancado dentro de uma armadura de unha, de que onde quer que eu tocasse meu rosto ou meu corpo eu encontraria uma unha luzidia, contínua, com dobras e orifícios estranhos, me fazia apertar os olhos e tentar afastar, com as mãos, a sinistra quimera, assim como fazia quando imaginava estar mastigando papel ou que uma lâmina de barbear de papai rasgava meu olho.

    Mas agora eu não tinha tempo para tais ideias. O prédio parecia infinito. Fazia horas que eu descia e os pavimentos não terminavam. Não encontrava em nenhum lugar a saída do prédio. Aterrorizado, tentei algumas vezes subir de volta, mas era inútil: a porta de meus pais desaparecera por completo. Estava perdido, talvez tivesse saído do mundo, encontrava-me agora alhures, numa outra espécie de lugar. O rumor do moinho não se fazia mais ouvir, nem os raros automóveis que interrompiam o silêncio da Ștefan cel Mare. Um novo medo de repente me invadiu: e se eu tivesse ultrapassado o térreo e estivesse em algum lugar debaixo da terra? Aterrorizado por essa ideia, que me preenchia com um suor frio, detive-me e tentei abrir, alçando-me o máximo possível na ponta dos pés, da mesma maneira como fazia quando escrevia na lousa da escola, as janelinhas que, a cada dois pavimentos, onde ficava a lixeira entre os andares, permitiam a entrada de um pouco de luz à escadaria do prédio. De dia era possível ver através delas a enorme construção do Moinho, mas agora elas mal se distinguiam na parede escura. Puxei o gancho e, na hora, senti um forte cheiro de terra. Tentei pôr a mão para fora da janela e encostei na terra, uma terra grudenta, com pequenas raízes de árvore, pedrinhas e minhocas moles, retráteis. A janela toda estava bloqueada. Corri dois pavimentos acima, depois mais dois: a mesma situação. Agora eu tinha ambas as mãos pegajosas, de modo que tive de limpá-las em minha roupa, enlameando minha camisa de cima a baixo. Fazia tempo que eu perdera qualquer senso de orientação. Como descer era mais fácil do que subir, desci de uma vez, às pressas, impelido pelo desespero, mais de dez andares. Os pavimentos não eram mais idênticos como antes, com quatro portas cada. Agora se estendiam, como corredores cada vez mais compridos, no corpo do prédio, produzindo ângulos e esquinas, subindo e descendo degraus ao acaso. Uma ou outra porta se apresentava monumental, esculpida em pedra, gigantesca como um arco de triunfo. Por outras mal se podia passar curvando-se. A penumbra se tornou oliva, glacial e solene. Não sei quantas vezes me detive, exaurido de tristeza e cansaço, pelos corredores infinitos. Não sei quantas vezes fiquei encolhido como um cachorro em cima do capacho áspero de uma entrada, por minutos ou horas a fio, ouvindo o barulho amadeirado das antenas das baratas que tateavam o mosaico do chão. Mas eu me levantava e continuava andando, tentando chegar a algum lugar. O espaço se degenerava cada vez mais na medida em que eu descia, a podridão e o mofo se espalhavam pelas paredes, carcomendo-lhes o reboco, tornando aparentes os blocos de BCA esponjoso de que eram feitas. Aranhas pálidas esticavam suas patas das teias cheias de pó e sujeira. O chão se apresentava cada vez mais rachado, chapas inteiras de mosaico começaram a desaparecer, até quando me vi caminhando por um túnel pegajoso, com lama até os tornozelos, que descia numa ladeira na direção de uma ponta mergulhada na escuridão. No que antes eram portas de apartamentos agora se viam buracos repugnantes, mantidos abertos por restos inchados e incrustados de cogumelos das antigas soleiras, mas transbordando por cima deles como dobras de barrigas lamacentas. Nos antigos apartamentos os móveis estavam dilapidados, embolorados, os espelhos, descascados, as banheiras, petrificadas. Logo, as portas se tornaram cada vez mais estreitas, até desaparecer. Eu descia obliquamente pelo conglomerado de sistemas e aparelhagens da terra, por uma tripa sebenta, peristáltica, em cujas paredes flácidas se entrevia uma vida intensa e confusa: lagartas engolindo células cheias de cílios, glóbulos vermelhos se aglomerando em vasos cheios de varizes, tudo, porém, tão pálido, tão fantasmagórico, tão apagado que, antes, pareciam altos-relevos passageiros no caulim orgânico do túnel. Eu vinha descendo já fazia anos, vidas inteiras, tentando decifrar as mensagens fulgurantes das paredes, quando, de repente, a paisagem se alargou e penetrei em cavernas. Jamais poderei exprimir aquela grandeza sem igual. Era todo um sistema cárstico escavado na rocha lisa, semitransparente. As abóbodas sucessivas eram imensuravelmente altas, delas escorriam estalactites esculpidas com corpos de gente, de deuses e embriões, uns brotando dos outros, iluminando sobremaneira o gigantesco e melancólico espaço ao redor. Avançava como um sarcopta por sob vãos irresistíveis, passava por brechas em que raspava minha pele para depois chegar a espaços ainda mais vastos, em que uma rede multicolorida de riachos abrigava tritões de pele rosa e bracinhos de gente. Muitas das estalactites, da grossura de vinte troncos de carvalho, eram sarapintadas de buracos dos quais saíam larvas amarelas exibindo pontas cegas, com arpões e cerdas repugnantes. Em alguns lugares, naquela confusão de tripas subterrâneas, num ambiente oliva, mulheres gordas, nuas, do palor e da consistência de larvas, se banhavam, sozinhas ou em grupos de três ou quatro, em barris cuja água lhes chegava até as coxas ou, em outros casos, até a cintura. Não pareciam criaturas humanas independentes, mas, antes, frutos da terra, cogumelos e trufas verde-pálidos. Acompanhavam-me com seu olhar cheio de olheiras, cujo verde-escuro da penumbra se concentrava e descascava, exibindo-se límpidos como esmeraldas. Gotas de água espirradas do banho deslizavam por sobre suas tetas virginais, inesperadamente pequenas e tenras naqueles corpos gordos de lagarta.

    Lembro-me das mangueiras onduladas que se esgueiravam, avermelhadas e azuladas, por baixo do vidro mole do chão, fazendo-o se parecer com o espaço úmido debaixo da língua. Lembro-me dos bracinhos dos tritões se estendendo em minha direção em gestos suplicantes. Não posso esquecer o olhar amarelo dos embriões esculpidos nos pingentes que se dependuravam dos tetos, suas testas de Poe, o gânglio cerebral visível através da carne. Os canais entre as cavernas também se tornaram, aos poucos, ondulados, e no final vários punhados se uniram num canal maior, com anéis incomparavelmente mais amplos. Explorei-o também até ele desembocar, junto com tantos outros, numa traqueia que parecia escavada na rocha vermelha de um planeta distante. O animal que respirava por esse túnel do diâmetro de quilômetros inteiros devia estar num sono profundo. O túnel vibrava à batida distante de um coração. A corrente de ar, em inspiração e expiração, armava meu cabelo como uma brisa tranquila. Avancei pela membrana úmida e elástica até chegar, ao término de éons inteiros, ao lugar em que a divindade da linguagem abria seus opérculos repletos de brânquias. Virtuais, coladas umas às outras como lábios sonolentos, as cordas de uma harpa maior que a mente me circundaram, colando-me com força ao vidro do osso hioide. Fiquei ali para sempre, escutando o uivo de uma inteligência cativa, embrulhada em muco, membranas e músculos, lamentando de maneira harmônica e desarmônica, melodiosa e dilacerada, sua condição ancilar.

No dia seguinte, porém, despertei em minha cama, cheio de marcas roxas na bunda e nas pernas. Papai, para minha surpresa, não fora trabalhar, embora não fosse domingo. Estava à mesa com aquela expressão que eu mais odiava: a de culpa. Antes mesmo de eu me levantar, tocou a campainha, depois mamãe, papai e a doutora Vlădescu entraram em meu quarto, onde eu estava deitado entre os lençóis, com pijama amarrotado e transpirado como um pano de chão. "Filhotinho", disse papai após todos terem se mantido calados por um tempo, "a partir do outono você não vai mais frequentar a escola daqui, na alameda. Você vai para outro lugar, o preventório de Voila..." "É um lugar muito bonito, nas montanhas, onde você vai se curar", disse a médica, olhando com dó para mim. "Você vai ficar lá o tempo todo, vai estudar lá, com muitas crianças... De vez em quando seus pais irão te visitar, vão te levar gostosuras, inclusive brinquedos, não é mesmo?" E olhou para mamãe com uma alegria fingida. Mas mamãe não foi capaz de responder, pois caiu em prantos. Depois a médica foi embora, não antes de deixar com meus pais os papéis de internação, e mamãe me trouxe uma caneca de chocolate quente. Ficaram o dia todo comigo, fomos, inclusive, à confeitaria, mas mesmo enquanto eu comia uma fatia de torta Lotus, que custava cinco leus, uma fortuna para meus pais e para a maioria das famílias do prédio, de maneira que nenhuma criança sabia que gosto tinha, eu só podia pensar no fato de que ali, debaixo de nosso prédio, debaixo de nosso mundo, havia cavernas fantásticas de um outro mundo, cheias de criaturas perturbadoras. Vinham-me à mente murmúrios e vozes terríveis, ásperas, sussurrantes, lamentosas, de homem, de mulher, de eunuco, de querubim, de fera sem nome que tinha ouvido enquanto estava ali, no cenotáfio da linguagem, com o ouvido colado ao grande osso hioide. Tinha ouvido coisas pavorosas, que as pessoas não têm permissão de ouvir, e depois exigiram de mim, com a voz-vontade que eu conhecia da sala circular, que eu jamais as divulgasse a ninguém.

24

Antes de seguir com a transcrição das páginas de meu diário, penso em anotar aqui também, nesta outra espécie de diário, uma estranha conversa que tive pela manhã, na sala dos professores, com Irina, que há tempos não me visita mais. Ficamos a terceira aula toda, que não houve por causa da coleta de papel velho, à janela, ao lado do calorífero, olhando pela vidraça para os transeuntes abrigados em sobretudos grosseiros, para a antiga fábrica e a caixa-d'água, para o céu esbranquiçado por cima de tudo. No ambiente de aquário sombrio da sala dos professores, Irina sempre pareceu ser um peixe pálido, clorótico, de movimentos vagarosos, tendo no rosto duas manchas de cor intensa, ostentativa, cores de aviso para não ser devorada por equívoco pelo cosmos – seus fantásticos olhos azuis.

Conversamos primeiro sobre as crianças, sobre a energia de metade das pessoas para as parir, sobre a terrível responsabilidade de trazer outras pessoas para este nosso inferno. Sobre a desumanidade e a estranheza delas, sobre o fato de serem uma espécie diferente da nossa, não gradual, mas estruturalmente diferente, como a larva difere do inseto adulto. Sobre nosso medo instintivo delas e o isolamento antisséptico que lhes impomos através de tabus e barreiras. "Cabe recebermos a criança em nossa casa como um peregrino estrangeiro e criá-la com honestidade e dignidade", evoca ela uma citação do Vedanta. "Não ficou claro, a partir dessa passagem, que nosso filho não é exatamente humano? Que devemos honrá-lo com temor e devoção, como algo sagrado que pousou em nossa casa? E sagrado jamais significou outra coisa senão estranho e incompreensível. Talvez a mente e os sentidos das crianças estejam conectados a outra realidade, aquela de onde brotaram entre nós através dos únicos túneis entre mundos e dimensões: os úteros..." Alguns minutos depois o sinal haveria de tocar, e teríamos de penetrar novamente em salas em que trinta estrangeiros com crânios desproporcionais e olhos gigantescos nos aguardavam para nos examinar, nos manipular cientificamente, analisar em detalhes nossa anatomia, nossa psicologia, nossa etologia, como o rato branco é manobrado pelas mãos experientes dos cientistas...

Após permanecer um instante fitando o vazio, Irina de repente olhou direto para mim:

– Já que estamos falando de crianças, responda a uma charada. Quer dizer, não exatamente uma charada, na verdade uma fábula ética (eu a encontrei num comentário ao *The First and Last Freedom*). Sabe, histórias que nos provocam, uma espécie de teste de personalidade, e o que vale é responder sinceramente... Esta, por exemplo: se você ficasse sabendo que, ao apertar um botão, alguém que você nunca viu morreria no outro hemisfério, e naquele momento você receberia uma fortuna gigantesca, você apertaria?

– Ah, conheço essas histórias, existe até um romance que foi escrito com base numa delas: você mataria e roubaria uma velha agiota, desgraçada e desonesta, um verdadeiro carrapato humano, caso, utilizando o dinheiro dela, você se tornasse o benfeitor da humanidade? Só que sempre tem um complicador: não há nada mais perigoso no mundo do que deixar a parábola se tornar realidade. Um homem inteligente e criativo como Raskolnikov fez isso, só para, mais tarde, se dar conta de que se enganou de modo lamentável, pois ele em absoluto não conhecia a si mesmo...

– Pelo menos respondeu com sinceridade, coisa que nem um homem entre mil faria.

– Mas foi justamente o que ele não fez. Se houvesse sido sincero consigo mesmo, não teria matado. Mas não teve a coragem de ser um ninguém. Irina, o horror daquele livro é justamente esse: que qualquer um pode matar devido a uma estúpida falta de autoconhecimento. Por não compreender e não suportar o valor do anonimato. Vamos, qual é a próxima provação?

– Vejamos: o que você faria se pudesse salvar uma única coisa de uma casa em chamas e tivesse de escolher entre uma pintura famosa e um recém-nascido?

Olhava pela janela, pensando no Grande Inquisidor, para quem os pães eram mais importantes do que as palavras que saíam da boca do Senhor. A grande fábrica arruinada que se entrevia pela névoa, encerrada no próprio enigma. O calorífero estava quente, sentia-o pelo tecido das calças, e por essa razão a parte de cima da janela estava embaçada: milhões de gotas vítreas, como os ocelos da testa das aranhas, refletiam em sua curvatura brilhante o interior oliva da sala dos professores, com nós dois à janela, a mesa coberta pelo pano escarlate e os retratos nas paredes.

– Ei – murmurou com carinho, aproximando-se de meu rosto –, te perguntei uma coisa. Agora me responda: o que você faria? O que salvaria?

Não era uma pergunta retórica e, a julgar por seu olhar intenso, nem um jogo de sociedade. Sempre achei que não podemos falar sobre coisas que verdadeiramente dizem algo sobre nós. Pelo menos não frente a frente com o outro. Por isso escrevo em vez de falar. Quando estamos frente a frente, olho no olho com nosso semelhante, como se de fato nosso rosto estivesse enfiado no rosto dele e nossos olhos estivessem fechados, como caixas esféricas, nos olhos dele, só então sentimos o muro intransponível entre as mentes ("que cor tem seu azul?", "como você pode sentir sua dor de dente?"). Por isso as pessoas contam suas coisas importantes em livros, pois todo livro pressupõe uma ausência, seja de uma parte, seja da outra: quando é escrito, falta o leitor. Quando é lido, falta o escritor. Somem, assim, a náusea e a abjeção de pôr frente a frente juiz e condenado.

– Salvaria a criança – disse baixinho, após um longo silêncio, sempre olhando pela janela, como se estivesse falando com a paisagem desoladora dos fundos da escola. Irina me olhou tensa e descrente.

– Você salvaria a criança... Mesmo que a pintura fosse um Rembrandt ou um Vermeer? Mesmo se fosse o tríptico de Bosch? Mesmo se fosse uma maravilha insubstituível e inesquecível de um Da Vinci? Se através dela a humanidade se definisse? Mesmo se, por esse gesto, você deixasse que o rosto da humanidade fosse desfigurado por uma cicatriz irreparável?

Não sabia aonde queria chegar e não queria mais continuar aquela conversa, mas Irina agora parecia ser muito mais do que a imagem que eu tinha dela, muito mais do que a professora de física que não acreditava na matéria e na estrutura do átomo, e muito mais do que a amante perdida em fantasias exaltadas. Havia um motivo naquilo que me perguntava, ela realmente necessitava de minha resposta, eu não tinha como me esquivar àquele teste, àquele meu teste, àquele teste dela, ou de ambos.

– Imagine se ninguém nunca mais pudesse contemplar a *Dama com arminho* ou a *Mulher segurando uma balança*, ou os palácios de Monsù Desiderio...

– Salvaria a criança – interrompi-a sem lhe dirigir o olhar.

Irina agora parecia uma boneca de pele amarelada, repleta de um líquido azul-intenso, visível apenas em seus olhos. Mas era claro que todo o seu corpo possuía um miolo derretido de anil, uma lava em movimento lento, uma densidade leitosa semelhante à de uma pupa em que a antiga lagarta se derretera por completo, para que, do creme do corpo liquefeito, renascesse uma criatura alada, com olhos de fogo, ventre turgescente e perninhas pretas como piche, frágeis, estranhamente articuladas... Não estava pensando no que haveria de lhe responder, ou por que deveria lhe responder. Esperava que, a qualquer momento, sua pele se rompesse ao longo da espinha, caísse em farrapos, e toda a sala dos professores fosse tomada por uma luz de sonho e nostalgia, como se, no lugar dos cientistas e literatos macedônios das paredes, estivessem, na verdade, dependurados *Moça com brinco de pérola*, e *Vista de Delft*, e *O homem do elmo dourado*, e *Vênus ao espelho*, e *Rei Asa destruindo os ídolos* e o *Retrato de Ginevra de' Benci*, e, a minha frente, interrogando-me com uma majestade que não necessitava de minhas respostas, estivesse, preenchendo a sala dos professores com asas abertas cor de anil, um arcanjo esculpido em madrepérola transparente, por cuja carne seria possível entrever suas veias e órgãos internos.

— Escolheria a criança — respondi, tão devagar e impessoal como da outra vez.

— Por que você faria isso?

— Talvez porque uma criança não possa ser pendurada na parede a não ser crucificada.

Irina se retraiu por um instante. Estava claro agora que não haveria de desistir tão fácil da pele seca e do cabelo por lavar, que lhe caía em mechas loiras sobre a gola do casaco.

— Mas e se você soubesse — acrescentou, embaralhando as cartas de jogo como um jogador — que a criança vai se tornar autista, que jamais vai olhar para ninguém nos olhos, que vai se interessar a vida toda apenas por rodas de carros, por galinhas, pela maneira como a luz cai no chão, por espelhos ou sabe Deus o que mais? Se você soubesse que, para ela, as pessoas serão sempre objetos ou paisagens?

— A criança — reiterei, olhando para a fábrica abandonada.

— E se você soubesse que o bebê que chora agora em meio às chamas vai se tornar Adolf Hitler? Ou Pol Pot? Ou Stálin? Se você soubesse que será um monstro, um assassino em série que infligirá a seus semelhantes um sofrimento infinito, imbecil e absurdo? Se viesse a se tornar Messalina se chafurdando na abjeção como uma leitoa ou Medeia que cortará os filhos em pedaços para jogá-los ao mar? O que você salvaria da casa em chamas se só pudesse tirar daquele inferno uma única coisa? *Mona Lisa* ou Hitler? *A adoração dos magos* ou Pol Pot? O que você faria? Diga-me agora! Não hesite, o primeiro pensamento é o mais sincero nas histórias desse tipo!

— Irina — disse-lhe, sempre olhando pela janela —, se me dissessem que aquela criança um dia se tornaria Hitler, eu saberia na mesma hora que estaria sendo enganado e desafiado. Que estaria sendo tentado por aquele que um dia disse: "Se tu és o Filho de Deus, joga-te daqui para baixo. Pois está escrito: 'A seus anjos dará ordens a teu respeito, e com as mãos eles te susterão, para que jamais tropeces em alguma pedra'". Eu escolheria a criança ainda com mais convicção, Irina. Pois uma criança não tem apenas um futuro, mas bilhões de creodes diante de si. Toda pedrinha que ela pisa, todo fio de relva que ela vê são um entroncamento que pode modificar a direção de sua vida. Cada momento de sua vida é uma encruzilhada. Nenhum bebê é destinado a ordenar uma matança de bebês. Num outro futuro, ele pode até mesmo os salvar. Em outro, pode apenas pintar o infanticídio de Herodes. Existe uma ramificação de mundos diante de nós, mas sem a criança do início não há nenhum.

Antes de a professora de geografia, a discretíssima Ionescu, entrar na sala dos professores e ir direto deixar o diário no armário, Irina pegou minha mão e começou a apertá-la com força. Sobre as ruínas do lado de fora caíra o entardecer. Imediatamente, claro, ela me soltou, mas não saímos da janela, ficamos ali, lado a lado, como um casal impossível, até a sala dos professores se encher de gente ruidosa, multiplicando-se, fantasmática, como nos filmes fotográficos superexpostos. Só nós dois éramos concretos, ofuscados pelo brilho da luz exterior, como se fôssemos um casal não só de costas viradas para o mundo, mas unido por uma criança, a da parábola, aquela salva das chamas, malgrado todos os ícones do mundo, e que, graças a nosso cuidado e amor, jamais haveria de se tornar o criminoso, o torturador, o verdugo, o celerado, o demônio da história.

Agora continuo anotando, sem data exata e sem contexto, embora pudessem ser relevantes por vezes, os fragmentos de meu diário que sempre me fizeram refletir. Se este escrito é maluco e equivocado, sinto-me, no fim das contas, muito aliviado por ele também abarcar verdades, por seu núcleo ter tido lugar *nesta* realidade e por esse núcleo, ao menos ele, significar algo, assim como as simétricas sementes constituem a verdade profundamente oculta na carne vegetal da maçã.

Tive alguns sonhos, dentre os quais um horrendo, inenarrável, irrecordável, horror rimbaudiano da hora H, e outro com uma terrível queda no vazio (claro que acordei com a cara virada para cima, a nuca formigando e o cabelo em pé).

Esta noite, de novo uma "crise microepiléptica" (?) de uma intensidade horrorosa. Em seu auge, no sono, gritei. Repetiu-se duas vezes, uma após a outra. A mesma intensidade do zunido nos ouvidos a um nível insuportável, a mesma explosão amarela de terror. Tudo seguido da costumeira sucessão: sonho que acordo, vou à sala de estar, procuro mamãe. Durmo agitado. Será "epilepsia morfeica não convulsiva"? E, nesse caso, estará o foco em algum lugar da parte de cima da cabeça? Ou talvez apenas uma anomalia da circulação sanguínea no couro cabeludo (isso explicaria o zunido nos ouvidos e a pressão no cocuruto ao acordar, a sensação de congestão, de resfriado ou, talvez, febre). Li La vie après la vie, de Moody. Comovedoramente ingênuo, não científico, mas justamente por isso produzindo um efeito primitivo de veracidade. De todo modo, o sonho do qual desperto deitado de barriga para cima tem semelhanças claras com os "roteiros" dos mortos que retornam à vida: as campainhas, a sensação de luz avassaladora, com algo de divino nela, a precipitação violenta, o jorrar de nós mesmos, na cenografia perfeitamente realista de nosso quarto, depois o caminhar pela casa no mesmo estado de "corpo espiritual". Será que, naqueles momentos, acontece alguma coisa e eu "morro" por alguns segundos? Ou será, no geral, uma questão comicial? Uma exceção do roteiro de Moody, no caso de meu sonho "funerário", é o terror infinito que me invade naqueles momentos, em vez da beatitude que o livro descreve. Ademais, jamais vi meu próprio corpo adormecido na cama, como se eu não tivesse mais retornado a ele.

 Mais do que isso, diria agora, lembro-me muito bem, depois de ter sido arrancado da cama e arrastado pelo chão, ainda embrulhado nos lençóis, até chocar a cabeça e o ombro com força contra a parede oposta, como fiquei deitado no assoalho, desprovido de pensamentos e vontade, e embora o quarto estivesse escuro, vi claramente que não havia ninguém na cama. Ao término de meus passeios desorientados por toda a casa, em estado de sonambulismo, não retornava à cama, ou melhor, não me lembro de tê-lo feito. Simplesmente despertava ali, com a cara virada para cima e as mãos sobre o peito, como se tivesse sido colocado em cima do colchão por um desconhecido, que não estava a par de meus hábitos de sono.

> Sonhos horríveis, com grandes aparelhos de voo planando lentamente entre o prédio e o Moinho, com outras nuances misturadas de azul e amarelo-pálido.
> Três noites atrás tive de novo o sonho "epileptoide". Desta vez olhava para um túnel escuro de metrô ou uma passagem daquelas pelas quais circulam os carros. Olhava, acho, para uma silhueta humana que se encontrava mais à frente e que mal se distinguia no breu. Alguém fora de mim comentava: "Você imagina que visões essa pessoa deve ter, passando pelo túnel com tal velocidade?". E, de repente, eu mesmo me encontrei em velocidade. Cada vez maior, até se tornar assombrosa. As paredes corriam enlouquecidas atrás de mim. Avançava com milhares de metros por segundo, num berro que não parava de se amplificar. Uma luz insuportável começou a queimar meu cérebro. Uma sensação sobrenatural me despedaçava. Viera o fim do mundo. Gritei duas vezes a plenos pulmões: "Está explodindo! Está explodindo!", e todo o universo explodiu dentro de meu crânio como um cogumelo nuclear, mas um milhão de vezes mais rápido e mais intenso.

E, apesar de tudo, imediatamente, para você ver como a memória me trai e tudo desaparece, migalha após migalha, assim como um cubo de açúcar se desfaz no café, selecionei um fragmento no qual lembro exatamente ter escrito, apenas uma página antes, sobre o retorno dramático a meu próprio corpo. Só agora conscientizo a ambiguidade e a irrelevância da distinção entre sonho e realidade, e compreendo que a série de "sonhos" desse gênero não fez parte de nenhum desses estados, mas de um terceiro, que eu poderia chamar, assim como foi chamado tantas vezes, de "encanto", "magia", "feitiço", se não fossem tão assustadores ao ser evocados. Um encanto obscuro, uma magia negra e destruidora, perambulação por um mundo para o qual nosso cérebro não foi feito, que exige uma outra mente e outros órgãos dos sentidos:

> Três meses depois – essa noite voltei a vivenciar o sonho "epileptoide" em circunstâncias absolutamente estranhas. As mesmas etapas –, o zunido insuportável, o horror crescendo ao infinito,

> *a sensação de ser "arrastado" até a ponta da cama. Mas a novidade era a consciência aguda de estar sonhando e os esforços desesperados por despertar. Vi o quarto inteiro mergulhado na escuridão, senti como choquei o ombro ao armário, e depois se seguiu o fato mais surpreendente: como de costume, dirigi-me até a sala de estar, em busca de mamãe, mas ali, na cama por abrir, só papai dormia. Fui encontrar mamãe no outro quarto, dormindo sozinha. Voltei "para dentro de mim" e comecei a me debater, a me mover para despertar. Meu corpo não obedecia. No final, acordei de verdade. De manhã soube por mamãe que ela realmente não tinha dormido junto com papai, mas no outro quarto! A única conclusão é de que saio de fato de meu corpo durante esses pesadelos que me perseguem há uns cinco ou seis anos. Quando acordei, minha garganta estava fria como gelo.*

E, inesperadamente, muito mais cedo do que sempre pensei, o primeiro "visitante". Foi no fim de maio de 1980, quando eu tinha quase vinte e quatro anos. Sempre fui visitado, desde então, a intervalos irregulares, mas sem que esse desfile de desconhecidos por meu quarto cessasse, não importa onde eu tenha dormido e a que horas do dia ou da noite.

> *Esta noite, algo bizarro: abri os olhos e, em meu quarto, diante da cama e olhando para mim, estava um jovem ou um adolescente. Instantaneamente pensei que aquilo não era possível, e então o jovem se desmanchou no ar. Fechei os olhos e voltei a dormir.*

Depois, um "sonho" do qual me lembro com clareza, com detalhes que jamais se apagaram de minha mente, talvez o mais "real" que eu já tenha tido:

> *Um pesadelo horrível esta noite. Umas crianças apareceram a minha janela (do quinto andar!). Acabaram penetrando no quarto escuro. Uma era pequena, roxa, sensual, andrógina... Eu lutava com elas, quase morto de medo.*

Não sei se já devo associar a outros sonhos semelhantes, que para mim são partes fragmentadas, assim como as centenas de estilhaços de uma explosão, assim como os peixes abissais explodem quando são trazidos à tona, de uma história que poderia ser a face invisível de minha vida. Não lembro se já contei o sonho com "mamãe", por exemplo, acho que não, nem acho que poderia, mas é melhor eu esperar que este material esfarrapado seja reunido e fale por si, antes que eu lhe dê a forma que ele assumiu pela metade em minha mente.

Numa noite de abril, tive a seguinte alucinação feérica. Se eu, um dia, escrevesse "um grande romance", provavelmente seria no esteio desse panorama, muito mais grandioso do que eu poderia descrever em menos de mil páginas:

Noite passada, tive um dos sonhos mais extraordinários que já me foram permitidos ter. Vou tentar exprimir o inexprimível. A primeira coisa de que tenho consciência é que me dirigia a uma princesa do Novo Mundo, que viera atrás de mim na Europa. Não me lembro de seu aspecto, aliás, ela está ausente do sonho propriamente dito. "Verás novos mundos, diferentes de tudo o que já viste até agora." E, de fato, descortinou-se diante de nós uma paisagem noturna impressionante, de um crepúsculo transbordante. Mais ou menos uma dúzia de luas semicirculares, laranja-avermelhadas, iluminava fantasticamente o cenário visto de cima. Era a vasta margem de um continente, para cujo centro numerosas luzes sugeriam cidades, com toda sorte de minúsculos detalhes arquitetônicos. Na costa do oceano havia portos dos quais zarparam de uma vez centenas de navios, com claraboias acesas, por águas com reflexos verde-fosforescentes e laranja. Tinha a impressão de assistir a um filme e admirava, encantado, a delicadeza das imagens. A "tela" da paisagem se tornou circular, rodeando-me com o panorama de montanhas com abetos estilizados, cidades renascentistas, cheias de colunas e capitéis, cada um desenhado de maneira meticulosa. Havia prefeituras, templos e catedrais, amarelos ou cinzentos. Encontrava-me no meio desse diorama, ao lado de uma fonte de água negra, e olhava para a majestosa igreja que tinha diante de mim. De repente os sinos pareceram começar a soar, e eu sabia que se desenrolava uma santa missa. Um arrepio místico me invadiu e juntei as mãos, ajoelhando-me junto à beirada da fonte. Da igreja saiu primeiro uma criança, numa vestimenta branca, com um rosto sorridente e límpido. Peguei sua mãozinha, e meus pensamentos se preencheram de gratidão. Em seguida, saiu da igreja um homem maduro, de traços brandos e igualmente sorridente, numa batina branca. Levava algumas velas acesas, translúcidas, num copo de vidro. Pus-me a chorar: "Eu, Senhor, jamais acendi uma vela". E depois, pensando em meu desassossego, gritei para ele: "Perdoe-me! Perdoe-me!". E ele sorriu e me perdoou.

Passaram-se vários anos desde esse sonho, e o registro dele me surpreendeu, pois não me lembrava mais dessa última parte. Sim, estava na praça de uma cidade medieval, onde havia uma fonte que me parecia de uma importância extraordinária, mas, desde o início do sonho, de um lado e de outro dela havia dois jovens loiros, de roupa branca. É assim que eles se apresentam em minha memória. Olhavam para mim e pareciam sorrir com ironia, não com maldade, mas como se se comportassem com uma criança. "Você foi perdoado", disseram-me. Ao despertar, senti-me feliz e emocionado, pois naquela época me angustiava um quisto que me aparecera no testículo direito e que poderia ser um câncer. Depois desse sonho, ele se reduziu e, embora eu ainda o tenha, não me incomoda mais.

> Esta noite, outro sonho: estou num bonde cheio de estropiados, mulheres e crianças com feridas e úlceras horríveis. Desembarco rápido e chego em casa. Ali percebo que meus lábios se desprenderam! Seguro-os com a mão. Possuem uma elasticidade de borracha e mantêm o formato da boca. Recoloco-os no lugar em frente ao espelho do banheiro, mas eles caem de novo, e, no espelho, permanece um rosto arrepiante, de lábios pequenos, pálidos, ensanguentados e de olhos que parecem apenas uma ferida. Tenho a sensação de estar paralisado, irrompo em prantos e grito por mamãe.

Foi uma época tenebrosa, infestada por uma vida noturna que transbordava para além das fronteiras do sono, que vinha a minha mente na rua e em casa, e durante as aulas na escola, fazendo-me virar bruscamente o rosto para a lousa e apertar as pálpebras com a mesma força demente com que enfiava as unhas na carne das palmas da mão, só para esmagar o horror e o inferno das visões noturnas. Mas as visões não cessavam. Por alguns anos elas me atacaram em toda a sua monstruosidade de detalhes, corporais, não como nos sonhos, não como nos pesadelos, mas como numa espécie de realidade paralela. Raramente me senti mais impotente diante dos "horrores de minha própria mente", assim como os considerava então, talvez alegando a explicação mais benigna. Será que por lecionar numa escola dos confins de Colentina surgiam em meus sonhos tantas crianças? Tão agressivas, tão manipuladoras e tão fortes? Será que eu as temia tanto porque, em meu subconsciente, eu de fato me sentia aterrorizado por aquela multidão, por meu desamparo em meio a trinta larvas cinzentas, prestes a me devorar ao menor sinal de fraqueza? Continuo com os fragmentos do diário, não sei se ainda os comentarei como fiz até agora. Redescubro-os eu mesmo com agitação e perplexidade: o que revela esse forro descosturado de minha vida? O que se manteve, deformado pela moldagem desse pano noturno, dessa mortalha sinistra sobre meu corpo, da mensagem de um mundo estranho e inclemente, alterado por dobras, circunvoluções, pelos ossos de minha face, pela minha caixa torácica? A quem representa, através de manchas turvas e aleatórias, esse sudário turinês?

Sonhei a noite toda com aparelhos voadores flutuando por cima do pátio do Moinho, e bem baixo por cima de meu prédio.
Sonhei que acordo, em meu quarto escuro, e que me levanto da cama aterrorizado, vou até a janela, abro as persianas e vejo, projetada na noite lá fora, uma criança que, com os cotovelos apoiados no peitoril, me olha de olhos arregalados.
... Uma série de sonhos terríveis esta noite. Dentre cadáveres espalhados no chão saía um vapor amarelo (de fato, um fluxo de imagens fantasmáticas) a partir do qual se materializaram horrendas crianças amarelas como lã, abortos hediondos, de cabeças grandes e membros disformes. O pavor crescia ao infinito. Abri os olhos e me encontrei dormindo de barriga para cima, com o pescoço duro.
Esta noite – pesadelo. Sensação de sufocamento, de afogamento. Estava no fundo da água e sabia que precisava subir até a superfície para respirar. A subida se transformou numa tentativa torturante de despertar. Subo rumo à consciência, sabia estar dormindo e que precisava acordar. Depois, a sensação de permanecer no mesmo lugar, rolando na cama, junto com as cobertas e os lençóis, muito rápido, inúmeras vezes. O esforço consciente para despertar foi terrível.

Em seguida, após um intervalo de quase dois meses:

Depois de ter tido ontem apenas alucinações complexas (no bonde, na escola, por toda a parte) em que eu era agredido, ferido, torturado, esta noite tive o seguinte sonho: encontrava-me num bonde, sozinho com o motorneiro. Uma névoa espessa começava a envolver o bonde. Mal se viam, nas margens, o contorno das casas antigas, ornamentadas, da cidade. De repente, o vagão começou a ganhar velocidade. Cada vez maior, de modo que a paisagem toda se concentrava a seu redor como um túnel. A velocidade se tornava colossal, fantástica, incalculável.

Mas um sonho fantástico trouxe, esta noite, uma gota de realidade à ficção exausta de minha vida nos últimos dias. Vislumbrei, de repente, em meu caminho, um edifício grande e estranho. Entrei. A porta era branca, de hospital. No primeiro cômodo vi apenas algumas pessoas olhando através de microscópios. Isso me reforçou a impressão de estar numa clínica. Abri outra porta e dei numa sala branca, comprida, cheia de aparelhos niquelados pelos cantos e mesas de operação. Em cima das mesas – diversos órgãos humanos: braços e pernas esfolados, ensanguentados. Nos cantos, em cima das cadeiras e dentro dos estranhos aparelhos – pessoas enfermas, com operações abertas. "Não quero nem ver", dizia para mim mesmo. Abri mais uma porta após ter atravessado a sala e – aqui, a cena mais avassaladora. Como poderia descrevê-la? A sala não era mais branca, e sim escurecida por um ar oliva. As únicas coisas da sala eram umas formas verde-escuro-cinzentas que se contorciam diretamente no chão. Eram mulheres que davam à luz, uma sala de parto. Mas por que estavam todas verde-roxas e enroladas em lençóis plissados, da mesma cor, como se fizessem corpo comum com elas? Pareciam larvas de plastilina verde-roxa que se debatiam, o cabelo verde-roxo esvoaçando pesadamente e lhes cobrindo o rosto. Até ajudei uma delas a dar à luz, segurando aquele "lençol" organicamente cadavérico e o torcendo como se fosse um trapo molhado. Aliviada, embora nenhuma criança tenha surgido, a mulher ficou ainda mais cinzenta e se petrificou como a estátua de um sarcófago etrusco. Toda essa cena me perturbou profundamente. Uma telecinesia perfeitamente verídica esta noite. Concentrava-me com força, franzindo o cenho, e os objetos se deslocavam para qualquer direção que minha vontade os impelisse.

Eis de novo o quarto redondo em que acordei depois da "operação", naquele dia distante em que mamãe me levou nos braços até o hospital, pela neve, ressurgido um quarto de século mais tarde num sonho...

... coerente, de grande clareza. Guardo apenas a imagem hemisférica de uma sala ampla. Tinha paredes de vidro, como uma cúpula, mas quase totalmente cobertas por cortinas creme. Tanto a cúpula quanto o assoalho giravam devagar, a cúpula visivelmente, o assoalho extremamente lento. Tudo tinha uns setenta metros de diâmetro. Estava sentado junto com outros dez indivíduos em bancos circulares, ao longo das paredes. Apoiava com o ombro uma menina de uns catorze anos, com belíssimos seios à mostra (estava nua até a cintura). Depois todo o mundo se precipitou até uns guichês ou nichos das paredes da sala. Ao me aproximar, vi, do outro lado do guichô, em cima de uma longa mesa, um peixe imenso, de olhos arregalados.

Lembro-me bem desse sonho e, sobretudo, do "peixe", na verdade uma criatura difícil de descrever, que jazia numa espécie de tubo da mesma cor creme das paredes e cortinas. Tinha cinco ou seis metros de comprimento e, não sei por que, embora me venham à mente algumas formulações para esse esturjão-branco melancólico, prefiro deixá-lo com uma imprecisão mais adequada a sua presença.

Sonho horrível esta noite. Encontrava-me numa espécie de museu. O sonho todo se resumiu a um monólogo meu, intenso e desesperado, sobre a morte, vivenciado imperiosamente, para o qual contribuíram minha garganta, meus olhos dilatados, meu suor gelado e acre. "Senhor, metade de minha vida já passou, chegará inimaginavelmente rápido o fim, tudo terminará em alguns instantes." Estava aos prantos, com lágrimas amarelas, sentia nas vértebras da espinha toda a eternidade em que não serei mais nada, nunca mais. Mas nenhuma palavra é expressiva o bastante para mostrar a dor e a sensação aterradora do finis que eu experimentava. Num pódio mais alto, mas bastante frágil, branco, estavam uma velha e um velho, ela gorda, ele com um aspecto de patriarca bonachão, com a cabeça grudada diretamente ao tórax. Eles me chamavam para me consultar com um aparelho à base de radiação. "Vamos ver se você não tem nenhum tumor" – dizia o velho, rindo, desmanchando-se em vários e recompondo-se de volta. Eu não queria aquilo de jeito nenhum, resistia entre os objetos indefinidos do museu, tinha certeza de que, se eu subisse naquele pódio, saberia quão próximo estaria da morte. Despertei com grande dificuldade e, até agora, enquanto escrevo, sinto o cérebro embrulhado em algodão.

E, poucos dias depois, um novo visitante, igualmente mais cedo do que sempre pensei:

Não posso esquecer a estranha visão da noite passada. Adormecera depois de uma série de sustos (o estalo da mobília, barulhos suspeitos na entrada e no terraço), quando talvez um barulho, mas, antes, um pressentimento, uma inquietação interior brusca, me fez abrir os olhos. Na semiescuridão do quarto, em frente à cama, vi claramente, durante dez longos segundos, a imagem de uma criatura que me olhava. Tinha um rosto pretinho e um pouco pontudo no queixo, maçãs do rosto proeminentes e um cabelo lustroso preso na parte de trás num rabo de cavalo. Ergui-me apoiando-me nos cotovelos, assustado, e estiquei a mão na sua direção. Só então a imagem desapareceu.

Um sonho anotado num pedaço de papel, em 26 de julho:

Sonho que me deixou a impressão de "extraordinário" depois de uma série de noites de uma perfeita estética realista. Primeiro eu estava no salão de uma família nobiliárquica. Conversávamos sobre o fascínio do firmamento estrelado, e então percebi que, pelas janelas de cristal do salão, altas e estreitas, se avistava a lua, imensa, achatada, como um mapa geológico. Acordei transportado para o meio do campo, com estrelas fantásticas acima de mim, cintilando vermelhas e amarelas em constelações desconhecidas. Passei para o cômodo de trás do salão e ali encontrei um jovem salingeriano, talvez doente, de todo modo blasé, inteligente e inútil, que me mostrou, em não sei quantas vitrines, uma coleção assombrosa de motores e outros aparelhos miniaturais, incluindo solenoides de arame fino, cor de cobre, enrolado milhares de vezes, uma espira ao lado da outra, em molduras em forma de toroide. Diante dele, construído fazia pouco, havia um objeto indeterminado, de estrutura complexa: hastes cromadas, engrenagens, cilindros, todos presos entre placas semelhantes às de um relógio mecânico. O aspecto extraordinário do sonho começa aqui e é muito difícil de exprimir. De repente começou a relampejar de modo assustador. Pela janela podia-se ver como, à direita, o céu enegrecera como asfalto. Encontrava-me junto à vidraça, no quarto que ficava atrás do quarto de meus pais (o "quarto pequeno"), e pela janela se via o Moinho Dâmboviţa. Depois desceu uma nuvem, de contornos fantasticamente precisos, cobrindo, rápida e, ao mesmo tempo, lentamente, toda a paisagem da janela. Possuía uma densidade imensa, quase como a de borracha, embora fosse de vapor congelado e superconcentrado. Milhares de camadas alucinantes caíam umas sobre as outras. A terra toda, por baixo, era uma única nuvem revolvida e envolvente. As nuvens, o firmamento, o ar, tudo havia descido em camadas cada vez mais delgadas e achatadas. Sobraram as construções vastas, de tijolo, no vácuo áspero, límpido, árido, desumano. Os edifícios haviam perdido toda cor, o tom de tijolo do Moinho se transformara em um cinza carcomido por líquens. Desaparecera, junto com o céu e as cores, a sensação de realidade. Tudo era alheio, distante, dissonante dos sentidos. Caminhava assustado, fascinado, zonzo em meio a uma cidade desrealizada, com pálidos simulacros de ruas e prédios.

E, no mesmo tom, a poucas noites de distância:

Sonhei esta noite que o lago do Circo, que tinha se tornado denso e gelatinoso, se erguia no ar como uma imensa lente cinzenta. Em seu lugar sobrava um buraco perfeitamente seco.

Era 3 de dezembro daquele ano. Em 8 de dezembro, casei-me com Ştefana, no Conselho Popular do Setor 2, na Olari, à temperatura de vinte graus negativos, sob uma neve feérica e triste. Lembro-me de como saímos pela Moşilor, entre os prédios que pareciam pedaços de papelão sujo, pela avenida quase deserta, emoldurada por imensos montes de neve. Ela tinha os braços abarrotados de flores, literalmente mal podia segurar o gigantesco buquê multicolorido e, com a cabeça descoberta, seu cabelo estava cheio de flocos cintilantes, hexagonais, perfeitamente secos, de neve. Caminhávamos pelo meio da rua, pela neve suja, por entre as vitrines vazias das lojas. Os poucos carros desviavam de nós, os ônibus passavam com suas "bombas" prateadas montadas sobre o teto, os trilhos do bonde não eram visíveis por debaixo da neve. Um bonde vinha justamente atrás de nós, das profundezas enevoadas da cidade. Nós o ouvimos e nos viramos. Permanecemos imóveis diante dele, com neve por cima do cabelo, dos cílios, das mãos congeladas. No universo branco da Moşilor, as flores de minha noiva ardiam com tanta intensidade que os flocos de neve evaporavam antes de tocá-las. O bonde parou, a cara de feto em recipiente do motorneiro se esticou num largo sorriso, as portas se abriram, e entramos no vagão, aplaudidos pelas donas de casa e aposentados quase adormecidos. Fomos longe, até os confins de Colentina, de pé, abraçados, descemos na rotatória próxima à caixa-d'água e mergulhamos nas vielas do bairro da escola, onde moravam os pais dela. Se alguém me tivesse dito então, quando chegamos à cerca da sua casa, detendo-nos por um quarto de hora para nos beijarmos sob a neve densa que caía, esmagando as flores entre nós, sentindo-lhes o bafo perfumado de dezenas de bocas vermelhas com listras amarelas, anil com rendas ciclâmen, esbranquiçadas, verde-pálidas com pistilos diáfanos, que dentro de apenas quinze meses, numa única noite, aquela moça mirrada, de sobrancelhas um pouco mais oblíquas do que deveria, haveria de ser trocada por outra, com quem se assemelhava desde a última pintinha até o último cílio, com o mesmo jeito de falar, o mesmo jeito de se mexer, e ainda assim sendo outra pessoa, desconhecida e ameaçadora, eu não teria acreditado, assim como até agora tenho dificuldade de acreditar.

25

Cheguei à morgue, assim como prometera a Caty, não depois de um mês, mas depois de mais de um trimestre, pois desde então, toda noite, me apressava para chegar em casa, no bonde 21 de sempre, mal vendo a hora de continuar meu manuscrito. De certo modo, ele se tornou para mim, nos últimos tempos, a realidade, o mundo em que penso e respiro, a tal ponto que comecei a ter meus caprichos, como uma criança teimosa, diante das travessas com amostras de existência que a vida põe a minha frente. Anteontem mesmo atravessei ansioso o portão, impaciente por copiar do diário outros fragmentos inexplicáveis e obsedantes, enxerto para o cérebro de um leitor cada vez mais improvável, mas depois de perambular um pouco, como de costume, pela casa imensa, sonora, jamais a mesma de minha memória, vi-me de novo no pequeno vestíbulo da entrada, diante da porta principal, por cujas janelinhas se refletia, em tons dourados e de coágulos de sangue, o crepúsculo. Em nenhum outro lugar o silêncio era mais completo, o silêncio nato dos surdos e dos mundos em que o ouvido ainda não surgiu, do que nessas entradas, nesses interstícios em que ninguém mora, nesses lugares fechados na sombra e no enigma. Aqui não se mora no mundo, mas numa fotografia com nuances desbotadas e silhuetas empedernidas.

Desta vez, porém, alguém batia à porta. Reconheci, pelo vidro entre as volutas de ferro forjado, deformada por suas protuberâncias, a imagem de uma mulher que só podia ser Irina, minha única amiga da 86. Abri antes que tocasse e atravessamos juntos salões, escritórios, ateliês de pintura, corredores com janelas de vidraça amarela, bibliotecas recheadas de livros e cozinhas cheias de coisas heteróclitas, até chegarmos ao dormitório, onde, como sempre, Irina me abraçou sem deslocar o silêncio e – agora – para minha frustração, pois eu estava numa febre mais textual do que sexual, e por outro lado tanto me intrigara a imagem da moça com unhas multicoloridas, que não me atraía em absoluto a substituição de uma noite de solidão e reflexão por um simples enlace sexual. É tão estranho como um mesmo corpo de mulher pode, por vezes, ser tão sexual em nossa mente impregnada de hormônios, enquanto em outras, quando o líquido dourado não ferve mais nossa mente e nossos sentidos, ele se torna tão inerte, neutro e discreto quanto um abajur esquecido em cima de uma mesa de cabeceira, como um guarda-chuva na escuridão do armário. Embora nua e muito desejosa de amor, Irina era para mim, naqueles momentos, não uma mulher, mas uma pessoa que se comportava de modo estranho, incompreensível. Um acidente cerebral pode nos fazer não perceber mais toda uma direção do espaço, o lado esquerdo, por exemplo, que de repente se esvazia como o abismo anterior a nosso nascimento. Ou podemos ficar tão plenamente cegos que deixamos de imaginar a visão. Mas esse tipo de coisa não costuma se passar em nossa vida, muito menos de forma recorrente. Ao passo que o acender e o apagar de nossa sexualidade, igualmente totais e surpreendentes, nos acontecem com frequência e não lhes damos sabe-se lá que importância. Quando Irina me puxou para a cama, quando apertou o botão da parede, e nos alçamos, flutuando levemente, a um metro das cobertas, nas quais, na delicada penumbra, ela começou, passionalmente, a me acariciar, meu sexo estava murcho, mas não era esse o problema, e sim o fato de eu não me lembrar mais de que havia algo chamado sexualidade. No entanto me despi, e nos enlaçamos, de maneira casta pela força das circunstâncias, embora seu corpo magro e delgado tenha virado no fim, como de costume, até que nossos rostos se viram diante do sexo do outro. Que felicidade quando somos habitados por nossa própria loucura erótica! Por vezes é como se nem precisássemos de mais nada: a visão detalhada da flor sexual do outro, a flor de pele enrugada, na ambiguidade de sua encantadora hediondez, as gotas de orvalho que lhe sarapintam as pétalas grossas, sua profundidade cor de sangue e dentada, a estrelinha do ânus entre as nádegas pelas quais a pele se estende nacarada, tudo dissolvido no ouro líquido da volúpia, ali embaixo, onde se encontra a cisterna de ouro de nossa vitalidade, nosso miolo de lava incandescente... Mas nessas horas eu olhava sua vulva com uma espécie de indiferença, assim como contemplamos um quadro na parede, de nosso próprio quarto, que nos é tão familiar que já não o percebemos mais. Estava tudo bem, eu estava relaxado, tinha me esquecido do manuscrito, mas só conseguia estar muito longe, sentindo os toques vãos dos lábios e dos dedos da mulher ao lado da qual eu flutuava como se através de um feltro silencioso de imagens. Voltara a ser criança de algum modo, a felicidade obscura do amor ainda não me entumecera a mente encerrada na castidade. Acariciava com ternura a pele da namorada a meu lado, assim como teria passado os dedos pelas páginas velinas, sedosas, de um caderno recém-comprado. O ronco do solenoide debaixo do assoalho, semelhante ao de um gato, enchia o dormitório com uma espécie de tensão mecânica, elástica, semelhante à de um vagão de bonde que vibra enquanto atravessa uma avenida com prédios desconhecidos.

 Ao se virar de novo para mim, Irina sorria. A seguir, logo explodiu num riso: "Vamos tentar outra coisa", disse, e, claro, eu sabia o que se seguiria. Sempre, por mais passional, por mais completo, por mais desprovido de qualquer inibição que fosse nosso sexo, e por mais horas que durasse, e por mais extenuados que estivéssemos depois de tantas chicotadas de madeixas úmidas e elásticas do outro em nossos rostos, Irina sentia necessidade, para se libertar plenamente, de um breu absoluto em que jogava os jogos que me haviam assustado, fascinado e excitado tanto desde o início de nossos encontros. E agora voltávamos, flutuando devagar, à cama de lençóis desarrumados, apagávamos a luz e nos deitávamos debaixo da colcha, com nossos corpos nus estendidos um ao lado do outro, ela com a cabeça em meu ombro, quase imperceptível na escuridão profunda, eu com o braço ao longo de seu travesseiro e olhando para o teto, sem querer olhar, pois os olhos, abertos ou fechados, se tornavam inúteis naqueles momentos, assim como eles não nos servem para nada nas cavernas das profundezas da terra. Pois de fato eu estava descendo ao longo de sua voz transformada, rouca, melopeica, até as vastas masmorras, os cárceres e as celas do sexo puro, desconectado de qualquer humanidade, dos espaços em cuja profundeza a razão ainda era avistada como uma constelação hiperdistante, tão distante e tão impessoal que, no fim, se dissolvia por completo. Logo já não tinha nome, identidade, cérebro nem coração, tudo ficara para trás como num despir-se passional e vagaroso de amantes que vão deixando espalhadas as roupas desde a porta de entrada até a cama. Ardente como uma estátua de cobre saída do forno, queimando-me a orelha com a brisa tórrida de verão de sua respiração de súbito arfante e estridente, Irina me contava sobre orgias inimagináveis para uma mente em vigília, sobre cópulas frenéticas, sobre montanhas de corpos de homens e mulheres exaurindo todas as possibilidades, aparentemente tão limitadas, de nossos sexos, sobre penetrações e carícias que provocavam um êxtase além de tudo o que podemos sentir em nossa pobre vida consciente. Sobre verdugos e vítimas voluntárias, que gemem no langor e no suor ardente de torturas horrendas e ensandecidas. Contava-me sobre o terrível prazer de se submeter totalmente ao poder de outrem, amarrada e crucificada como uma encomenda sexual, sobre penetrações em que a mulher se move como uma divindade indiana, em que as unhas deixam na pele tatuagens ensanguentadas. No breu total, isentos do peso do olhar nos olhos, que poderia nos relembrar quem somos, Irina me conta sobre a necessidade avassaladora de ser vista como mero objeto de prazer, sobre a necessidade de se enrolar num lençol com outra mulher, sobre errâncias noturnas pelas ruas em busca de aventuras de uma noite. Vazio, blasfêmia, degradação, mas através deles e para além deles um prazer destruidor e radiante como um fogo negro que jamais se extingue. Estávamos fundo, fundo, fundo em nós mesmos, lá onde a forma dos sexos é apenas um símbolo para um outro mundo e uma outra vida, em que nosso corpo escapou das amarras, onde está livre, provido de um monstruoso e perigoso esplendor. Na medida em que avançava em suas histórias, sempre outras, sempre mais distantes daquilo que poderíamos vivenciar numa existência humana sobre a terra, a voz da mulher invisível a meu lado se interrompia cada vez mais, afogada em gemidos e arquejos. O ar que passara por seus pulmões e por seu sangue, que irrigara sua pélvis sobrexcitada, se precipitava sobre minha face como se escapado da boca de um forno.

No início, eu tinha resistido a sua necessidade de me levar até lá, à hipnose de sua voz monótona, sentindo-me escandalizado e contrariado por aquela sua cara tão insuspeita. Interrompia-a logo que suas histórias rompiam os limites do sexo doméstico e ritualizado, assim como em minha mente ele existira até conhecer Irina. Depois, contudo, me resignei, pegava na mão dela e, como dois exploradores, nus e brilhantes no breu das cavernas subterrâneas, seguíamos sem parar o trajeto labiríntico, sempre descendente, até que, certa noite, nos derretemos ambos no metal fluido, diáfano, do miolo da terra. Então, a seu lado e através da viagem mental, no mundo sem espaço e tempo da volúpia ilimitada, paraíso infernal e inferno celeste, logo tive um orgasmo único, como a abertura brusca, no crânio, de uma inflorescência celerada e sublime. Então descobri que não existem, de fato, nem eu, nem vontade, nem razão, nem pele, nem órgãos internos, que para além de sua ilusão há um mundo esculpido em prazer, puro prazer, como uma eclosão ofuscante além da qual nem mesmo nada não existe. Era assim que sempre terminavam nossas horas de amor, num entrelaçamento enlouquecido na escuridão total, tanto mais violento quanto mais imóveis ficávamos antes, deixando apenas a estranha planta da voz que não era mais de Irina, e sim de seu ventre, crescer entre nós, enredando-nos em suas tenras gavinhas. E depois de o Jordão de nácar inundar a terra santa, recuperávamo-nos, acendíamos a luz, vestíamo-nos sem nos olhar, e Irina ia embora, para meu alívio, pois mal via a hora de retomar minha vida obscura e solitária. Várias vezes eu dizia para mim mesmo: "Escapei de novo desta vez", como se a professora de física fosse um daqueles insetos cuja fêmea, após a cópula, devora meticulosamente o macho.

337

De modo que anteontem à noite, enquanto ainda tinha fresca na memória a aventura de "Mina Minovici", não consegui descrevê-la, e ontem fiquei emocionado demais com a história da menina de unhas multicoloridas para me concentrar. Por mais que a pressão dos acontecimentos diários me demova do que preciso anotar aqui, tento manter uma certa ordem na narração, pois cada organismo vivo é simétrico e se desenvolve de maneira assimptótica a partir daqueles sedimentos que ensombrecem os polos do ovo inicial.

* * *

Mina Minovici me olha de seu *Tratado de medicina legal* com olhos roxos e obcecados, nada diferentes dos olhos dos enforcados, alvejados, esmagados, queimados, defenestrados e envenenados que povoam as páginas deste livro tão essencial quanto a Bíblia. Quando o comprei na Sadoveanu e o folheei pela primeira vez, me senti mal, assim como alguns anos antes, quando me passara pelas mãos (deixando marcas de bolhas) um tratado de doenças de pele, repleto de fotografias com dorsos, coxas e zonas inguinais cobertos por uma flora exuberante e fantástica: pústulas, eczemas, escoriações, furúnculos e urticárias explosivas, líquens incrustados em manchas espessas, cinzentas. Quanto pior me fazem sentir, física e psiquicamente, mais essas leituras me fascinam. Doenças, parasitas, deformidades, ruína do mais nobre templo que persiste na face luminosa do mundo: o bendito corpo humano.

Sua família vinha de Têtovo, na Macedônia sérvia. Trouxeram suas mulas e ovelhas, das profundezas do tempo, pelos Bálcãs que embriagavam com seu cheiro de rosas e, depois, recuperando o fôlego, subiram na direção da foz do Danúbio e se estabeleceram como negociantes na Valáquia. Seu pai lhe deixara de herança, assim como aos outros oito filhos, um profundo pessimismo. Fora muito religioso durante a vida toda. Em Brăila, era conhecido como um dos administradores da igreja do bairro Cuţitarilor, igreja nova, esplendidamente pintada, em tons de púrpura e safira, parecendo uma pedra preciosa reluzente no estrume e na miséria do subúrbio. Sua peculiaridade, à qual Minovici pai não era absolutamente alheio, residia no fato de que, na grande cena do Juízo Final da parede ocidental da igreja, não aparecia ninguém redimido. Não havia ninguém no banco das ovelhas, à direita do Pai. Por outro lado, cabras teimosas, de pescoço duro, preenchiam a parte esquerda com seus corpos femininos, um pouco róseos e voluptuosos demais, enquanto homens negro-esverdeados, de costelas proeminentes, acumulavam-se rumo ao rio de sangue ebuliente, perfurados pelos garfos de diabos com cavanhaques ridículos. Mina, menino de sete anos, jamais haveria de esquecer a inauguração dessa parede em que o pintor, sensível, trabalhara em segredo. Junto com a multidão de paroquianos, muitos deles ladrões e meretrizes, ele estremeceu, não tanto diante do terrível destino das multidões de pecadores, mas diante do deserto do paraíso, da desolação dos anjos, das lágrimas no canto dos olhos de Cristo à vista da impotência de redenção para um povo pútrido, para o pau torto, impossível de endireitar, da humanidade. Assim como se registrara para sempre em sua mente a manhã em que trouxeram Terente, infame bandido e estuprador, rei dos juncais, morto já fazia dois meses, com o corpo mumificado pela brisa da várzea, perfurado por pássaros e semeado de grama, carregado numa carroça rodeada por guardas, como se ele fosse tão temível morto quanto vivo. Atiraram-no em frente à prefeitura, na praça em que o busto de um personagem bigodudo, desconhecido, patrocinava um chafariz, e o despiram ali mesmo, ao olhar da cidade toda, pois os brăileanos estavam impacientes por confirmar uma certa lenda: a virilidade do bandido, cuja tatuagem, feita a tinta vermelha e de uma obscenidade longa e floreada, era, diziam, a mais comprida já vista num homem vivo. Se fosse enterrado de bruços, diziam os habitantes locais, com um sorriso malicioso, ele chegaria aos Antípodas, na fumegante Austrália... Mina, de mão fortemente dada com um irmão mais velho (que mais tarde haveria de seguir o caminho da política liberal, tornando-se deputado e, depois, ministro), havia visto com clareza, em meio à multidão, como as calças do bandido, de tecido duro, com sangue coagulado, foram cortadas, e então se ouviu um "ah!" unânime quando o sexo de Terente, de fato gigantesco, descendo-lhe ao longo da coxa e ultrapassando os joelhos, revelou sua monstruosidade de veias grossas e cor de café, além da infame inscrição. Alguns dias depois, antes de ser enterrado, sem padre e sem cruz, como um cachorro louco, cortaram-lhe aquela terceira perna e a puseram em formol. Anos mais tarde, haveria de se tornar um dos mais admirados objetos da morgue, graças a seu fundador, que também dera à instituição seu nome posterior.

Após a morte do pai, Mina partiu para Bucareste e, em seguida, no fim do século XIX, estudou em Paris no campo da medicina legal e da jovem ciência da tanatologia. Estreou em publicações especializadas com "Morte súbita como resultado de golpes no abdômen e laringe", breve estudo ilustrado que chamou atenção. Seguiram-se escritos monumentais como *Estudo médico-legal sobre os alcaloides cadavéricos*, *Putrefação do ponto de vista médico-legal e higiênico*, *Sobre a criminalidade feminina na Romênia*, assim como o clássico *Tratado completo de medicina legal* em dois volumes. Mina Minovici foi, ademais, taxidermista e especialista em embalsamento, cujos serviços foram solicitados por ocasião da morte de diversos monarcas da Europa.

Em 1892, fundou em Bucareste (e construiu com base num projeto próprio, auxiliado pelo arquiteto francês Jean-Baptiste Leroux) um dos primeiros institutos médico-legais do mundo e, com certeza, o maior e mais moderno. Era uma construção ciclópica, uma cúpula imensa de pedra, como um olho aberto para o céu, rodeada, em cima do anel largo que a cingia, pelas doze estátuas dos estados sombrios da alma: Tristeza, Desesperança, Pavor, Nostalgia, Angústia, Fúria, Revolta, Melancolia, Náusea, Horror, Amargura e Resignação. Todas eram feitas de um bronze enegrecido, três vezes maiores do que as proporções humanas, e representavam mulheres em vestimentas indefinidas, com faces de carvão. Só os braços desnudos eram vivos e plenos de uma força convulsiva, inimaginavelmente expressivos na gesticulação imóvel. Aquelas mãos que terminavam em garras, erguidas em blasfêmia ao céu, pareciam patas articuladas de um carrapato exorbitante. No ápice da cúpula, alçava-se um pedestal por cima do qual levitava, a meio metro da pedra luzidia (de modo que, vista de baixo, não se percebia que a grande e pesada estátua não encostava em nenhum ponto da base), a décima terceira estátua, Danação, quatro vezes mais alta e mais maciça do que as outras, erguendo diretamente para o zênite sua face boquiaberta num berro mudo, assombroso, eterno. Visto que os pássaros que lotavam a cidade, pardais e corvos tão tipicamente bucarestinos, não se aproximavam da sinistra cúpula da Splaiul Unirii, muita gente desconfiava de que a boca que berrava debaixo do céu poeirento emitia de fato gritos que o ouvido humano era incapaz de captar. A morgue, com a estátua levitando acima dela, não preciso dizer nem para mim mesmo, estava situada num nó energético semelhante àquele em que foi também construída minha casa da Maica Domnului. Assim como suspeitei o tempo todo – para obter a confirmação faz poucos dias –, sob a cúpula havia um solenoide semelhante àquele debaixo de meu quarto, naturalmente o superando, de longe, em potência e proporções.

Para além da grande cúpula, que abrigava a sala de dissecções com suas oitenta mesas e compartimentos frigoríficos, o complexo da morgue abrangia ainda anfiteatros, bibliotecas, um museu bastante visitado, assim como dependências em que ninguém, jamais, penetrava, à exceção do diretor e de alguns funcionários. Fascinante era (e ainda é) o museu, um dos poucos lugares que às vezes frequento. Pois de fato há o que se ver ali. Além do pênis de Terente, que é a Gioconda desse Louvre mórbido, também está exposto seu crânio com a mandíbula despedaçada, e em outras vitrines podem ser encontrados esqueletos deformados, corpos mumificados e empalhados, potes contendo siameses grudados na zona craniana, crianças mutiladas para serem mandadas à mendicância, frascos gordos exibindo peças teratológicas, de abortos hidrocefálicos a recém-nascidos sem cérebro (o mais estranho de todos é aquele sem olhos, com uma testa lisa que avança até os lábios), adolescentes com dois sexos, andróginos de seios cônicos e pênis roxo, um útero cortado ao meio, deixando entrever o feto que parece fazer ameaças com um pequeno punho... Podem-se ver, junto a inúmeras outras efígies da desgraça humana, anões e corcundas, queimados e desfigurados de guerra, objetos dos mais heteróclitos: cordas com que vários criminosos foram enforcados, instrumentos atrozes de tortura, bonecos de borracha para pervertidos, com a boca em forma de O e braços dobrados, roupa íntima de prostitutas célebres, tudo o que a sórdida melancolia da mente humana pôde inventar, lado obscuro e eternamente oculto do mundo. Órgãos carcomidos pelo câncer, estômagos que ainda abrigam estricnina, hímens ensanguentados, gravidezes extrauterinas completam esse museu de horrores e da dor, contraponto a todas as pinacotecas, salas de concerto, bibliotecas e academias do lado ensolarado do mundo.

Mina Minovici colecionou ao longo de quarenta anos as peças do museu da morgue, que não raro provocavam náusea e vômito a seus visitantes. Mais interessante, contudo, do que a galeria de monstros do museu é o que acontecia nas salas de prática e nos laboratórios de anatomia patológica da morgue. Por décadas, o chefe de prática fora o irmão de Mina, Nicolae, sétimo filho da família brăileana, a ovelha negra. Tinha os mesmos olhos roxos do irmão mais velho, o mesmo apetite por cemitérios, ciprestes e infernos, a mesma loucura melancólica, voltada, porém, para o campo brilhante da arte. Desde pequeno, dizem os pesquisadores de sua vida, ele fora atraído pela arte abstrusa da tatuagem. Os marginais e ex-detentos que abarrotavam a cidade danubiana à época de sua infância tinham nos corpos magros e vigorosos, da testa até a sola dos pés e dos lábios até os testículos, inúmeros desenhos grosseiramente incrustados na pele, uma verdadeira crônica primitiva, grotesca, hilariante e, ao mesmo tempo, aterradora de sua piedade, seus amores, seus prazeres, suas infrações, seus medos e seus êxtases. Corações flechados, serpentes de escamas verdes e azuis, mulheres de seios fartos e rostos oligofrênicos, ícones e olhos divinos triangulares, santos aureolados, pernas escancaradas com vulvas obscenamente desenhadas, de um vermelho-gritante, entre elas. Listas de gente apunhalada, nomes escritos com letras tortas e desiguais, como se desenhadas por uma criança de seis anos, padrões rendados, meandros gregos, palavras cruas e desavergonhadas, luas, rodas dentadas, estrelas e cruzes... Quando, aos treze anos de idade, acompanhou os irmãos maiores a um dos pitorescos bordéis às margens do grande rio, espalhados por entre barracas e peixarias improvisadas, em que peixes de barriga rosa e esbranquiçada ainda se debatiam, Nicolae também pôde contemplar as tatuagens das putas, ainda mais exuberantes, pois mais delicadas e mais excitantes que as dos homens. Em torno das aréolas centralizadas em mamilos do tamanho de amoras, em torno da vulva e do umbigo e, em uma tártara, até em torno da boca, como um anel de letras miúdas, as meretrizes possuíam uma flora e uma fauna frementes. Borboletas, peônias de pétalas bufantes, pedras preciosas e correntinhas, nomes acompanhados por declarações apaixonadas, facas das quais pingavam gotas de sangue, coroas de espinho, ícones inteiros da Nossa Senhora e do Menino Jesus desenhados no ventre, citações do Evangelho em cada uma das nádegas – tudo escavado na epiderme, com suplícios atrozes, pelos artistas das prisões, tudo aquilo fizera de tal modo a delícia e o assombro da criança que, ao longo da vida inteira, ele não foi mais capaz de se aproximar de uma mulher de pele imaculada.

Ao começar a estudar, em 1888, na Escola de Belas-Artes de Bucareste, Nicolae comprou um aparelho fotográfico Kinetograph, mera caixa de compensado com duas lentes montadas em tubos de latão lustroso, e retornou a sua fabulosa Brăila. Resultaram quatrocentas fotografias de mulheres e homens nus, tatuados de cima a baixo, e um estudo etnográfico intitulado *Tatuagens da região danubiana*, que foi calorosamente recebido entre os especialistas. Na mesma ocasião, assinou contratos com dezenas de brăileanos que, em troca de uma quantia nem ao menos generosa, concordaram em ceder, *post-mortem*, sua pele a Nicolae, antes de serem enterrados. E de fato existe até hoje no museu da morgue cinco ou seis daquelas peles tatuadas, recheadas com algas pelos hábeis taxidermistas do instituto e com olhos de vidro, como os animais do outro museu inaugurado na mesma época, o de Ciência Natural, obra de Grigore Antipa. O vasto projeto, contudo, foi rapidamente abandonado, pois, antes de concluir a faculdade, Nicolae Minovici descobriu sua verdadeira paixão.

Durante as aulas de pintura, entre os jovens aprendizes de aventais largos e confortáveis, manchados de tinta, apresentavam-se os modelos, nus e indiferentes, que posavam para as mais diversas alegorias, incorporando faunos, ninfas, pastoras ou tritões, pois cada um dos pintores iniciantes sonhava, como sempre, em receber uma gorda encomenda: o teto de uma instituição artística ou apenas o de uma casa de boiardo, as paredes dos edifícios que abrigavam ministérios ou, por que não, quem sabe, um salão dos palácios reais de Sinaia... Os homens eram em geral o porteiro da faculdade ou um jardineiro do vizinho, e as mulheres – senhoritas insignificantes, estenógrafas no tribunal ou professoras que dessa maneira arredondavam sua renda. Umas eram acessíveis e, por prazer ou dinheiro, não raro se deitavam com os estudantes que, de todo modo, conheciam cada dobra de seus corpos. Outras, no entanto, eram pudicas e honradas, respeitadas pelos garotos que as esboçavam nas cartolinas dos cavaletes como se fossem suas próprias irmãs. Uma das moças que posavam nuas no meio de uma dúzia de jovens de bigode enrolado e cabelo cacheado, que tentavam desviar a atenção de seu púbis peludo, pois a arte era uma atividade divina, distante de tentações vulgares, se apaixonou por Nicolae, o jovem de olhar melancólico, mas que a olhava com uma frieza total, marcando apenas as proporções com o dedão. A frieza e a melancolia, dizia-se então, tornam um jovem quase sempre irresistível. As mulheres sentem naquele olhar um drama profundo e tentam salvar de si mesmo o jovem mulherengo, beberrão ou jogador. Mas Nicolae nada tinha a oferecer à modesta moça, quem sabe costureira de subúrbio, de pele branca como leite. Passeou com ela durante alguns crepúsculos pela cidade espectral, a levou para casa apenas para lhe mostrar sua coleção de fotografias com gente tatuada e depois a deixou partir intocada, olhando-a pela janela enquanto embarcava, aos prantos, no bonde a cavalo parado no ponto em frente a seu prédio de quatro andares. Depois pegou a prancha que a retratava na posição de Pequena Sereia e se pôs, enquanto o ar do aposento se fazia cada vez mais cor de café, a desenhar nos ombros e nos braços da moça, à pena, rendas e tranças de imagens. Em seguida manchou a prancha com emulsão de nácar.

Depois de alguns meses de sofrimento, a moça se enforcou, conforme o costume das donzelas de subúrbio, que até na morte se diferenciavam das irmãs que tinham ficado no interior e que, quando embarrigavam, se atiravam de cabeça dentro do poço. O estudante de belas-artes foi vê-la ainda pendurada de uma viga no teto, em seu quartinho com gerânios na janela. O quarto cheirava a manjericão e limpeza. Uma bacia d'água lançava uma luz trêmula na parede. Um policial fumava indiferente, sentado na cama, a um palmo de distância dos pés rijos, descalços, da moça. O chefe lhe ordenou que não tocasse em nada antes de sua chegada. A moça estava dependurada na corda, de rosto roxo e pescoço quebrado. Seu vestidinho azul parecia de porcelana à luz cristalina que atravessava a janela. Os braços e as pernas, de um azul-leitoso, eram mais belos do que os das moças vivas. As unhas das mãos e dos pés tinham uma transparência singular, como se reluzissem por dentro. Nicolae a examinou com o fascínio de toda a sua família por cenas sinistras e funéreas. Parecia-lhe agora indescritivelmente bela. Essa era a moça que ele teria podido amar, e não aquela de antes, que se mexia, comia e bebia; para Nicolae, essa grande boneca, da qual haviam sido removidos a repulsa e os vermes da vida, era excitante, irresistível em sua serenidade angelical. Se tivesse sido possível, Nicolae teria cortado a corda com uma faca, segurado nos braços a jovem suicida e a deitado em sua cama que exalava um forte cheiro de lavanda. Ele a teria coberto com um lençol que faria milhares de dobras por cima de seu corpo empedernido e se deitaria a seu lado, também ele sem tirar os olhos do teto cheio de vigas. Ela teria sido sua amada morta, seu ícone roxo, ao lado de quem permaneceria eternamente na vasta cripta do mundo, envelheceria ali, olhando de vez em quando a marca negra, encantadora, deixada pela corda no pescoço martirizado, morreria a seu lado, e se esfarelariam ambos, de mãos dadas, no leito já transformado em ossuário, escorreria farfalhando, como reboco, em suas próprias vestes, até que, por fim, restassem dois esqueletos numa confusão de trapos, ele e sua amada morta, ele e seu amor imortal.

 Escrutinou seu rosto tumeficado no qual identificou, enquanto girava minimamente no ar cheio de poeira brilhante do quarto uma volúpia mística, um sorriso onisciente, uma sensualidade abstrata. Era o sorriso de Buda, eram as pálpebras caídas dos sábios, era a ataraxia dos que haviam compreendido que os olhos impedem a visão como duas rolhas de carne e que só com o olho brotado sob o crânio cabe olharmos. O que aquela moça iletrada, aquela menina que nada entendera da vida, teria visto nos momentos apavorantes de agonia? O que imprimira a seu rosto aquela cor de papoula índigo, as linhas que só vemos nas faces dos santos pintados nas igrejas, dos mártires, literatos e iluminados? Uma loucura passou pela cabeça do estudante: roubar da morgue os globos oculares da moça, retirar-lhes as retinas e esticá-las com a unha, como folhas de estanho de chocolate, na lamela de um microscópio e observar! Será que então veria, impressas nas folhinhas do tamanho de um selo, com uma mancha cega no meio, visões que o homem jamais tivera? Lembrou-se dos testemunhos daqueles que, enforcando-se, foram salvos no último instante: todos falavam do orgasmo formidável que haviam sentido depois do estalo da queda no vazio. Todos diziam que era dezenas de vezes mais forte que o espasmo supremo da conjunção carnal, e aqueles que inalavam éter ou injetavam morfina falavam da volúpia incomparável até mesmo à das drogas nos instantes em que se mantiveram pendurados na corda, de sexo ereto e bombeando em jatos finos um esperma ebuliente. Não eram as hipotéticas imagens deixadas na retina pela agonia da passagem para o outro mundo o caminho a ser seguido. Nicolae soube na hora o que deveria fazer nesta vida.

Saiu modificado do quarto da enforcada. A partir do dia seguinte não foi mais ao ateliê de pintura, mas ao irmão, de quem se tornaria discípulo e colaborador próximo na ciência da tanatologia. Ao longo de duas décadas, Nicolae Minovici haveria de experimentar na própria pele técnicas cada vez mais sofisticadas de enforcamento controlado, no contexto dos programas de pesquisa do Instituto de Medicina Legal. No início, construíra um aparelho simples de autoasfixia: um colchão, uma roldana presa ao teto, uma corda puxada com força pelo próprio pesquisador deitado, com a corda ao redor do pescoço, no colchão. A interrupção brutal da respiração por causa do bloqueio da laringe provocava um desmaio de alguns segundos, após o que a mão que segurava a corda se tornava inerte e perdia a força. Nicolae anotava os detalhes de cada fase do desmaio: o véu púrpura sobre os olhos, depois o véu escuro, os relampejos elétricos e a luz turva que precediam a queda na perda dos sentidos.

Visto que as grandes alucinações que ele intuía e pelas quais, secretamente, ansiava para além de um simples interesse científico tardavam a aparecer, ele passou para um novo estágio do experimento, em que um assistente o erguia, puxando a ponta livre da corda. Foram necessários alguns anos para ele chegar a suportar a agonia por vinte e cinco segundos, com os pés sem encostar no chão, o que o transformava numa espécie de campeão mundial de enforcamento controlado, com um recorde até hoje não superado. As fotografias que fazia para a autenticação do estudo o mostram pendurado pelas roldanas, o corpo imóvel e o rosto sereno, em que o bigode enrolado, cada vez mais espesso à medida que o cientista envelhecia, imprimia uma nota de farsa grotesca.

Nicolae Minovici se enforcou, portanto, centenas de vezes naquelas duas décadas, nas bizarras profundezas da morgue, mas apenas nos últimos cinco anos chegou ao nirvana. Só então publicou sua principal obra, *Estudo sobre enforcamento*. Daqueles últimos anos data a enorme quantidade de desenhos que, com um talento para além de qualquer dúvida, o mesmo que o levara para as belas-artes na juventude, o tanatólogo fez baseando-se nas visões obtidas durante as asfixias cada vez mais prolongadas. Eram imagens do umbral da morte, eram até mesmo esculturas místicas e luxuriantes do confim ebúrneo entre os mundos.

Meu amigo Emil G., pintor (que não quero envolver ainda mais neste escrito), uma vez me mostrou, durante nossa adolescência na Ștefan cel Mare, em sua casa de ar fresco na Galați, coberta de hera e ressoando ao arrulho dos pombos, cópias feitas a partir de desenhos de Minovici, uma pasta inteira que obtivera de maneira obscura, deixando-me depois me divertir com elas na sala de estar enquanto ele, no dormitório, dava atenção à vulgar e voluptuosa Anca, colega de liceu que até então ficara sentada de pernas cruzadas em cima da escrivaninha do quarto, deixando-nos olhar para suas coxas grossas e, quando descruzava as pernas, para a calcinha. Excitado sem qualquer esperança, pois eu era um moleque virgem, com medo das meninas e da própria sexualidade, e assim haveria de permanecer ainda por muitos anos, abri a pasta imunda, fechada a laços, e me pus a estudar, cada vez mais absorvido, os desenhos do tanatólogo.

Tatuagens. A folha de papel era um couro dócil e macio que sofrera atrocidades. Incisões com agulhas incandescentes, imediatamente preenchidas com um pó preto. Cada desenho parecia uma cicatriz de cirurgia ou a impressão floral de uma queimadura horrenda. Pois, após superar a fase do bloqueio mecânico da laringe por meio de compressão brutal, etapa em que, para além das ondas ebulientes de púrpura e piche e do uivo formidável nos ouvidos, só o não ser se impunha no verdadeiro enforcamento, que pressupõe o choque das vértebras cervicais e da medula em seu canal causado pelo alçar do corpo desde o chão numa espécie de irônica levitação, as visões surgiam. Nem a asfixia, nem o aperto da corda em torno do pescoço, nem o saltar dos olhos de suas órbitas ou o roxear da face e da língua suscitavam o surgimento místico de um mundo impossível de ser revelado, mas a pavorosa agressão contra os centros cerebrais, templos de mármore e marfim habitados por deuses de uma outra realidade. Eles induziam os sonhos noturnos, geravam, com suas caras de Cristo e trombas de elefante, com seus braços destruidores de Krishna e lábios de prostituta, os hipercubos, as supraesferas e os labirintos quadridimensionais de um mundo que ali encontrava, no vasto e bárbaro império das estruturas cerebrais, seu ponto de inserção, portal pelo qual as alucinações, as visões, as experiências para fora da pele de nosso corpo e da pele que envolve as constelações difundiam na realidade. Esses portais eram o objetivo de todas as buscas do mundo, daqueles que acreditavam no dito "Pedi, e dar-se-vos-á; buscai e achareis; batei, e abrir-se-vos-á", daqueles que sabiam, como Novalis, que o verdadeiro caminho leva para dentro. Esses poros na pele compacta da realidade produziam os orgasmos e os êxtases, a emoção diante da poesia e da música, os excessos da esquizofrenia, a delicada brutalidade das revelações. Sob o peso do corpo alçado na corda, com a ajuda das roldanas, pelo assistente daquele que se submetia ao enforcamento voluntário, as vértebras cervicais começavam a estalar levemente, assim como fazemos os dedos estalar, e a medula espinhal se esticava. Minovici, contudo, aprendera a permanecer no limite da sobrevivência: caso se permitisse cair mesmo que fosse apenas meio metro no vazio (assim como os verdadeiros suicidas, que derrubavam sozinhos a cadeira sob seus pés), o pescoço se fraturaria bruscamente, e a medula espinhal, bilhão de serpentes neuronais trançadas, de repente se adelgaçaria, matando na hora quem estivesse pendurado na corda. Ali, no limiar de mundos, no bardo, era a zona em que as visões de Nicolae floresceram.

Tatuagens na superfície passiva das páginas. Fantásticos coros de santos, com auréolas esmagadas entre si como bagos de uva nos cachos, como ovas de esturjão. Cruzes esvoaçando pelo céu como revoadas de pássaros, prestes a dilacerar a córnea transparente de um olho abrigando um cérebro. Um homem nu com dezenas de sexos eretos, assim como as esculturas de terracota da Antiguidade representando mulheres com dezenas e centenas de seios. Uma figura geométrica tão intrincada, que parecia sair da página como um iceberg. Um enxame de insetos, um pulular de aparelhos bucais, pernas articuladas e ventres de pelo comprido, e cada inseto com uma face humana, como se pintada por uma criança ou um primitivo. Rios enfeixados em rios enfeixados em rios, redemoinhos de águas com peixes totêmicos que atacavam quem os observasse. Aglomerados de óvulos no ventre transparente de uma mulher. Deus, de auréola triangular, frente a frente com um piolho supradimensionado, que parecia lhe oferecer algo numa bandeja. Pedras preciosas maniacamente ordenadas em centenas de fileiras tortas. Pranchas esplêndidas com plantas desconhecidas, mas que pareciam familiares, como nos pareceria uma papoula se não houvesse papoulas no mundo, e que mais tarde reconheci no manuscrito Voynich. Seringas com agulhas enfiadas entre as vértebras de pacientes em decúbito lateral. Raios relampejantes de luz que pareciam vir de longe e que, uma vez próximos de quem os observasse, se tornavam mensageiros celestiais com rostos que pareciam esculpidos em coral. O portão sacro entre as coxas de todas as mulheres, ornamentado com as mais exuberantes tatuagens por sobre os lábios tumeficados. Multidões de pessoas, multidões de mimos, multidões de querubins, quantidades imensas de autos da fé, de cidades, de montanhas e vales, de céus e estrelas, de dodecaedros e icosaedros, amontoadas nas pranchas que, nos gemidos de Anca, no piado vítreo dos pássaros e na sombra verde da hera, eu contemplava uma após a outra. Não compreendia a lama de ouro e âmbar daquelas imagens, cujo primitivismo me assustava. Não sabia para onde olhar nas dezenas de milhares de rostos de lagarta, de morcego, de sarcopta e de iluminuras desenhados por Minovici, a cada vez, logo depois de ressuscitar. Precisei de um tempo até aprender a técnica, pois não percebi desde o início a semelhança entre as pranchas que espalhara em cima da mesa à medida que as percorria e os assim chamados autoestereogramas, muito em voga na década de 1970 – aquela era uma tarde de outono de 1973 –, desenhos rítmicos, abstratos, coloridos à maneira de um arco-íris, nos quais, de início, não se podia entrever nada. Contudo, depois de relaxarmos os globos oculares, de modo a não focalizarmos mais nada, nosso olhar sonhador sobrepunha a visão do olho direito à do esquerdo e, de repente, como se através de uma mágica incrível, conseguíamos ver um mundo profundo e cintilante, em que surgiam em relevo criaturas e objetos até então indetectáveis no cartão-postal colorido. Seriam as visões de Nicolae Minovici uma espécie de autoestereograma? No quarto de hora seguinte a essa minha indagação, forcei os olhos até sentir uma dor atroz. As imagens deslizavam, mas não logravam se sobrepor, e os mundos ofuscantes não se revelavam. Anca agora murmurava, rouca, palavras irreproduzíveis, e se ouvia com clareza o ranger da cama.

    Cheguei até a janela. Os fantasmas dos desenhos que haviam persistido em minhas retinas ora se projetavam pelo céu ainda estivo: tatuagens. Com os sentidos sombrios do adolescente, a mais infeliz versão humana, percebi o mundo inteiro, de uma vez, como uma gigantesca charada. Faltava uma palavra, uma única palavra, em cuja ausência tudo permanecia enrolado e perdido, pois os enigmas, os labirintos, os quebra-cabeças, as criptografias não passavam de perguntas, mundos incompletos na ausência da resposta. Era isso que todos buscávamos: a resposta, a resposta que era a verdade. Passaram-se longos minutos em que simplesmente permaneci à janela, com o olhar fixo no vazio, ouvindo minhas dezenas de vozes interiores. Um dos fios desaparecia e retornava, até se tornar mais preciso numa estranha imagem: e se nossos hemisférios cerebrais fossem uma espécie de globo ocular? Se sua especialidade, conhecida por tanto tempo (o direito – racional, matemático, expressivo, "masculino", o esquerdo – intuitivo, espacial, emocional, artístico, "feminino"), fosse o equivalente à diferença de ângulos de visão entre os dois olhos? Se o pensamento e, em definitivo, o nosso eu nascessem da convergência entre dois tipos de pensamento? Justamente sua focalização poderia nos impedir de ler a realidade, compreender sua mensagem codificada. Será que não deveríamos, diante de todo enigma, permitir que ambos os hemisférios olhassem de maneira desatenta e sonhadora, fazendo com que as duas faces do mundo divergissem tenuamente, até se sobreporem? Será que tudo não se apresenta diante de nós como no autoestereograma que eu segurava entre os dedos, mas nossos hábitos, inculcados por nossos ancestrais, nos impedem de enxergar a mensagem profunda?

Retornei à mesa cheia de desenhos espalhados. Olhei para todos eles de uma vez, distribuídos a esmo, sobrepostos e desalinhados em todos os ângulos. Minha mente era preenchida por um vácuo, como se fascinada por si mesma. A superfície da mesa repleta de tatuagens parecia alçar-se levemente, como um lençol que produz debaixo dele uma barriga de ar passageira ao ser atirado sobre a cama. No quarto ao lado, Anca soltou vários gritos profundos e agoniados, e, de repente, enxerguei.

26

Cheguei, então, em torno das onze da noite, à morgue. Começara a fazer frio em meio àquela escuridão toda especial, que nas grandes cidades só o completo colapso do sistema de iluminação pública permite. Sentíamo-nos, assim, provavelmente, em tempos de guerra, quando a camuflagem obrigatória apagava os lampiões das ruas e cobria as janelas com cobertas. Embora não houvesse guerra em Bucareste, tudo se deixava abarcar pela mais desoladora ruína. A cada canto viam-se casas desmoronadas pela metade, com vidraças estilhaçadas, com pequenos arbustos crescendo nos telhados graças a sabe-se lá que semente trazida pelo vento. Por toda parte paredes cegas de tijolo irradiavam, durante a noite, o calor acumulado durante o dia, atraindo mariposas de dois palmos de tamanho, com olhos vermelhos incandescentes. Nos andares das casas antigas com uma ou outra parede desmoronada ainda morava gente, comendo um jantar miserável à luz de estrelas e velas. O céu tempestuoso era obliterado por telhados negros como piche. À passagem de um ou outro bonde que, àquela hora, retornava para a base, as casas na rua estremeciam a olhos vistos. Quantas vezes não desmoronaram transformando-se em montes de entulho, assim permanecendo por anos, pois ninguém se importava, na desgraça da ruína geral, com mais uma casa desmoronada, da mesma forma como ninguém removia as carcaças retorcidas e enferrujadas dos carros antigos, amalgamados ao asfalto. Visto que todas as casas se comunicavam umas com as outras por meio de túneis e portas secretas, era possível passar a vida inteira perdido entre uma e outra como numa esponja infinita. Ninguém apareceria para nos impedir. Os raros moradores nos olhariam sem surpresa enquanto percorrêssemos seus vestíbulos e cômodos, rasgássemos uma ou outra página do calendário desatualizado, abríssemos uma gaveta em que reluziriam óculos antigos e o metal frio de um dedal qualquer...

Diante da construção monumental, coroada por estátuas funéreas que se perfilavam escuras no céu só um tanto mais pálido, os piqueteiros já estavam à espera, ainda sem empunhar os cartazes improvisados. Conversavam tranquilos em pequenos grupos reunidos entre si, como no domingo da Ressurreição, antes de o padre sair com a luz. Vestiam-se de preto, e as mulheres tinham o cabelo coberto por lenços finos de tule. Os cartazes eram grosseiros, confeccionados às pressas, de compensado e, sobretudo, de papelão ondulado, usado para embalar móveis. Deviam ser uns dezessete ou dezoito, cuidadosamente aglomerados na sombra impenetrável dos muros e da cúpula, e provavelmente prestes a se dispersarem caso um miliciano mais zeloso passasse por ali. Mas os milicianos, barrigudos corrompíveis e parasitas, desviavam por instinto das áreas suspeitas. Não precisavam de complicação.

Adentrei na multidão e ganhei lugar entre os desconhecidos. A crise da eletricidade tinha também seu lado bom: uma Bucareste iluminada em estilo moderno ficaria desprovida de seu traço mais belo: o céu estrelado. À luz das estrelas, de repente avistei dois rostos familiares, colegas meus na escola dos confins de Colentina. Sabia que Caty estaria ali, provocante mesmo de preto, mesmo de lenço na cabeça. Goia também, não tinha como faltar, ou pelo menos assim pensava. Mas o que fazia ali, naquela massa obscura, a belíssima Florabela, que parecia tilintar de ouro mesmo tendo deixado as joias em casa? Ao olhar para aquela ruiva de quase dois metros, quem estivesse ali presente poderia imaginar que uma das estátuas da cornija do templo que nos envolvia em sua sombra, talvez a Tristeza ou a Resignação, tivesse descido entre os mortais para os surpreender. Estavam ali também o porteiro bêbado da escola, que implorava noite após noite aos OVNIs que o abduzissem, e a professora de geografia, sobre quem ainda

353

não tive a oportunidade de escrever, criatura miúda e silente, cuja grande verruga rósea entre as sobrancelhas a assemelhava a uma indiana das novelas que fazia as pessoas encharcar os lenços de lágrimas. Todos tagarelavam sobre isso ou aquilo, como na sala dos professores, mas com a cabeça em outro lugar. No cartaz trazido pelo porteiro, estava escrito, com letras ineptas, daquelas com que se escrevem obscenidades nos muros de concreto: "ABAIXO O CÂNCER". Caty matraqueava, conforme seu hábito de mitômana, enquanto os outros a ouviam de mau grado. Dizem que uma mulher do bairro de nossa escola também quisera seguir o tratamento das algas, para escapar das toxinas do organismo, de modo que pedira à tutora da sua filha que lhe desse uns pedaços de alga num potinho com água. Então, levara o potinho para casa e, por alguns dias, o mantivera no peitoril, sob o sol. Para sua alegria, as criaturas mucosas, esbranquiçadas como cartilagem, se multiplicaram consideravelmente e turvaram a água com dejetos até o líquido do pote se tornar denso e leitoso como... (e aqui a voz de Caty diminuiu, caindo na risada). Tomara coragem e bebera o líquido até o fim, mas veja só, querida, ninguém lhe dissera que não devia engolir também as algas. E eis que, ao cabo de um mês, não lhe viera a menstruação... Seu marido não havia tocado nela porque, como já tinham quatro filhos, dormiam em cômodos separados. Ela foi ao médico e, depois de muitos vaivéns, descobriu estar grávida. "Querida, é verdade, é a mãe do Angelescu da 5ª série D..." "E ela vai fazer o que agora?", indagou a mulher, mas não havia mais tempo para bate-papo, a multidão começou a efervescer, e os cartazes, a se alçarem. "Virgil chegou", informou-me Caty, a seguir me dando as costas e olhando fanática e extasiada para uma silhueta que se aproximava da grande sombra em que nos encontrávamos, para nela se fundir alguns passos depois.

 Olhei com curiosidade para o homem que ora passava entre os piqueteiros, embaraçado, desprovido de aura e de carisma. Era surpreendente como os braços de todos se esticavam para tocá-lo, como se ele fosse um Cristo curandeiro, e como o olhar de todos se dirigia para os lábios desse homem, esperando vê-los emitir revelações. Virgil parecia um engenheiro cansado de uma fábrica do interior, apagado, de costas meio curvas, vestido displicente, com a primeira roupa que encontrara. Seu cabelo tinha entradas profundas nas têmporas, onde era grisalho. A barba por fazer de alguns dias tinha, também ela, uma grande quantidade de fios brancos que cintilavam a um ou outro raio de luz. Avançou por entre as pessoas, olhando ora para uma, ora para outra, detendo-se e dizendo alguma coisa, mas, na verdade, parecia estar com a cabeça longe. Ou, antes, era como se não estivesse ali de bom grado, como se, para ele, fosse uma corveia encontrar-se naquela noite entre os piqueteiros.

Virgil avançou até chegar ao pesado portão de entrada, maciço como uma porta de cofre de banco, esculpido em alto-relevo com imagens da morte: ciprestes e criptas, bandos de esqueletos perambulando por caminhos que não dão em lugar algum, pessoas desesperadas tentando sair da moldura do portão negro como ébano, esticando-se aos gritos na direção dos muros mais próximos, exibindo dedos contorcidos perpendicularmente ao plano do portão, como se quisessem fugir do inferno bidimensional em que haviam sido emparedadas. Entre aquelas mãos de bronze escurecido, estendidas para nós como mãos de afogados, agora se encontrava Virgil, fitando-nos com o mesmo cansaço de homem exaurido pelo trabalho ou que sofre de insônias torturantes. Caty me pegou pelo braço e o apertava parecendo quase querer quebrá-lo. Cada um dos piqueteiros ergueu seu cartaz em silêncio e o agitou como se quisesse que seu único espectador, Virgil, o lesse antes de todos os outros, assim como os alunos pequenos, quando perguntados, se precipitam até a cátedra com dois dedos erguidos, movendo-os frenéticos em frente ao professor. Li de novo neles o protesto unânime: "Abaixo a Morte!", "Abaixo a Putrefação!", "Não enterrem as consciências!", "Que vergonha a epilepsia!", "Parem de matar!", "NÃO aos esmagamentos!", "NÃO ao enterro de gente viva!", "O sofrimento é um pecado!", "Não queremos perecer!", e muitos outros que inventariavam o formigueiro de doenças, pavores e horrores enganchados na carne da criatura humana e que consideramos como sendo nosso destino sobre a terra, resignados como os escravos de outrora com a escravidão que todos ao redor consideravam natural e inevitável. "Abaixo os acidentes!", "Sem fraturas de coluna!", "NÃO à agonia!", "NÃO à extinção definitiva!", "Abaixo a infelicidade!", "Basta com a nevralgia do trigêmeo!", "Impeçam o massacre!". Caty agitava seu velho cartaz com "Abaixo a velhice!", e a mirrada professora de geografia segurava na altura do peito uma folha de papel simplesmente com o dizer "Socorro!". Acima de nós e da cúpula funérea do edifício se erguia a colossal estátua flutuante da Danação, escamoteando um quarto das estrelas do céu e nos fazendo parecer, sob suas enormes pernas, uma procissão de ácaros quase invisíveis na noite que envolvia a cidade. O débil ronco do grande solenoide da cúpula e o ruído distante de um ou outro bonde que retornava para a base eram os únicos sons que perturbavam o silêncio, que, aliás, era total. Parecíamos morar dentro de um ouvido que sofria de tinnitus, pensei comigo mesmo. As mãos escuras que saíam do portão se esticavam desesperançadas em nossa direção, como se nós, vivos e plenos, nos volumes de nossos corpos, fôssemos deuses inatingíveis e incompreensíveis de um inferno achatado e inextricável.

Antes de falar, o homem a nossa frente tirou de dentro da bolsa que portava o tempo todo no ombro um maço de folhas datilografadas e copiadas sabe-se lá em que mimeógrafo clandestino. Estendeu-as ao primeiro indivíduo a seu lado e depois esperou, como se estivesse cada vez mais cansado e desesperançoso, que fossem distribuídas entre os piqueteiros. No momento em que uma folha chegou também a mim, vi que ela continha, escritos numa única coluna, três textos separados por asteriscos. O primeiro e o último pareciam poemas. Não havia luz suficiente para lermos na hora, de modo que as dobramos e enfiamos nos bolsos, nas bolsas e nas pochetes para ler em casa. Por eu ter agora, enquanto escrevo, aquela folha diante de mim, vou copiá-la, embora eu mal veja a hora de descrever os resultados malucos do piquete ao Instituto de Medicina Legal.

Eis o primeiro poema, sem título e sem qualquer menção à autoria. Desde que o li pela primeira vez, tive uma sensação de perplexidade, vagamente desagradável, como se um desconhecido se apresentasse com nosso próprio nome, por acaso também dele.

Sempre me pareceu embaraçoso o fato de existirem outros indivíduos no mundo com meu nome, como se eu fosse encontrar na rua, de repente, criaturas completamente semelhantes a mim. E mais, sempre achei que só eu tenho o direito de dizer "eu", que "eu" não é um pronome, mas um nome próprio, meu nome. Sua utilização por parte de outrem me parece um absurdo e uma usurpação, como se, num sonho, todas as personagens tivessem nosso rosto e nossa voz.

    olho para uma fotografia meio rija feita antes de 1900
    toda essa gente está morta. mas isso também
    é vida, numa glória química; no lugar de um anjo
    toco a casca de emulsão não com os olhos
    e não com a ponta dos dedos, mas com a dimensão
    de vantagem que ainda conservo: estou vivo e penso
    posso sentir, posso falar. toco meus dedos e depois
    alcanço o copo
    de água sobre a mesa. olho para o jornal: "a
    situação em beirute
    está de novo tensa. helicópteros das forças de
    desencorajamento..."
    e depois nada. nada histórico.

    lá caem bombas incendiárias, aqui encosto no copo
    e posso dizer meu nome. vejo por um segundo
    a secção conhecida por laringe do livro de anatomia
    numa luz negra. para eles, que viveram
    ou não viveram, pouco importa. é como se vivêssemos
    com intensidade máxima o instante
    em que um trem fosse cortado ao meio, tudo sendo filmado
    em câmera lenta. vejo-lhes o suor
    paralisado em grãos gigantescos nos pescoços,
    puxando-os para baixo
    em direção a quê? enquanto o trem realiza todo um discurso
    do terror. petrificação
    numa cabine de pressão, um pavimento
    rumo à morte. e tudo descolorido e sépia
    até escurecer.

tenho a consistência do ferro se comparado a eles. aliás, o copo treme visivelmente ao toque de minhas mãos.
para eles, pouco importa. nos olham diretamente nos olhos como revolucionários no paredão em frente ao pelotão de execução. glória química.

e nós, do meio de nossa carne, atiramos um olhar como uma moeda
em meio a sua solidão.

Agora também, depois de ter relido esse poema anônimo, talvez pela décima vez, sinto arrepios, arrepios reais, físicos, dos músculos piloeretores nos braços e na nuca, e uma transpiração gelada na coluna vertebral, assim como na infância, quando encontrei a história daquele que desaparecia no meio do pátio coberto de neve e daquele que foi ajudado a fugir graças às batidas na parede que dava para o exterior, a dezenas de metros de altura acima da costa rochosa do mar. Os mesmos arrepios de pavor que não atravessam a consciência e que também sinto quando surgem visitantes, o mesmo tremor violento que sacode a cama junto comigo. Não coleciono só meus dentinhos de leite, minhas fotos de infância ("toda essa gente está morta") e outros fósseis de meu pré-cambriano pessoal – as trancinhas, os pedaços de barbante podre do umbigo –, coleciono também pavores, cada vez mais numerosos e diversos, de cores e asperezas diferentes, como o cascalho polido na margem das correntes d'água. Olho para meus pavores embaixo da luz, um após o outro: translúcidos, opacos, com veias de minério, farelentos: um conglomerado de medos disparatados.

O texto seguinte é de Heródoto (*Histórias*, 7, 44-45, conforme descobri na nota abaixo da citação):

"Quando Xerxes chegou a Abidos, teve o desejo de contemplar todo o seu exército; e ergueram para ele em cima de uma colina um trono de pedra, que as pessoas haviam previamente preparado conforme suas ordens. Ali ele se sentou e, olhando costa abaixo, contemplou tanto o exército terrestre quanto os barcos; e ao fazê-lo, desejou assistir a uma competição de barcos; e quando ela se desenrolou, e os fenícios de Sídon saíram vitoriosos, ele apreciou tanto a competição quanto as armadas. E vendo todo o Helesponto coberto de barcos e todas as costas e campos de Abidos abarrotados de gente, Xerxes se considerou um homem feliz, mas depois começou a chorar. Artabanos, seu tio, o mesmo que no início aconselhara Xerxes a não avançar sobre a Hélade, esse homem, então, ao perceber que Xerxes chorava, perguntou-lhe o seguinte: 'Ó, rei, quão diversas são as coisas que fizeste agora e pouco antes! Pois te consideraste um homem feliz, e agora vertes lágrimas'. Ele respondeu: 'Sim, porque depois de pensar, sofro com a ideia de brevidade da vida do homem, sabendo que, de toda essa multidão, ninguém ainda estará vivo depois que se passarem cem anos'. A seguir, acrescentou: 'E ainda a um outro mal, maior que este, somos submetidos no decurso de nossas vidas; pois durante a vida, breve como é, nenhum homem, entre estes ou outros, não é essencialmente tão feliz que não seja invadido várias vezes, e não apenas uma, pelo desejo de estar antes morto do que vivo; pois as desgraças que recaem sobre ele e as doenças que lhe destroem a felicidade fazem com que a vida, embora breve, lhe pareça longa'."

As folhas terminavam com um poema de verdade, potente e sonoro como um grito de desespero e como um hino de toda a humanidade. Por baixo, Virgil anotou o nome do poeta: Dylan Thomas. Quero ler mais coisas dele, pois é evidente que ele é um dos poucos que sabem verdadeiramente do que se trata:

> Não vás tão docilmente nessa noite linda;
> Que a velhice arda e brade ao término do dia;
> Clama, clama contra o apagar da luz que finda.
>
> Embora o sábio entenda que a treva é bem-vinda
> Quando a palavra já perdeu toda a magia,
> Não vai tão docilmente nessa noite linda.
>
> O justo, à última onda, ao entrever, ainda,
> Seus débeis dons dançando ao verde da baía,
> Clama, clama contra o apagar da luz que finda.
>
> O louco que, a sorrir, sofreia o sol e brinda,

Sem saber que o feriu com sua ousadia,
Não vai tão docilmente nessa noite linda.

O grave, quase cego, ao vislumbrar o fim da
Aurora astral que o seu olhar incendiaria,
Clama, clama contra o apagar da luz que finda.

Assim, meu pai, do alto que nos deslinda
Me abençoa ou maldiz. Rogo-te todavia:
Não vás tão docilmente nessa noite linda.
Clama, clama contra o apagar da luz que finda.[35][36]

"Por que vivemos?", começou Virgil, como se falasse consigo mesmo, mas quase brutalmente sonoro no silêncio da noite. "Como é possível existirmos? Quem permitiu esse escândalo e essa injustiça? Esse horror, essa abominação? Que imaginação

---

[35] Tradução de Augusto de Campos do poema "Do Not Go Gentle in That Good Night", de Dylan Thomas (*Poesia da recusa*. São Paulo: Perspectiva, 2006). [N.T.]

[36] "Do not go gentle into that good night,
Old age should burn and rave at close of day;
Rage, rage against the dying of the light.

Though wise men at their end know dark is right,
Because their words had forked no lightning they
Do not go gentle into that good night.

Good men, the last wave by, crying how bright
Their frail deeds might have danced in a green bay,
Rage, rage against the dying of the light.

Wild men who caught and sang the sun in flight,
And learn, too late, they grieved it on its way,
Do not go gentle into that good night.

Grave men, near death, who see with blinding sight
Blind eyes could blaze like meteors and be gay,
Rage, rage against the dying of the light.

And you, my father, there on the sad height,
Curse, bless, me now with your fierce tears, I pray.
Do not go gentle into that good night.
Rage, rage against the dying of the light." [N.E.]

monstruosa embrulhou a consciência em carne? Que espírito sádico e saturnino permitiu à consciência sofrer, e ao espírito berrar em suplícios? Por que chafurdamos nesse lamaçal, nessa selva, nessas chamas repletas de ódio e fúria? Quem nos empurrou de nossos excelsos lugares? Quem nos trancou dentro de corpos, quem nos amarrou com nossos próprios nervos e nossas próprias artérias? Quem nos obrigou a termos ossos e cartilagens, esfíncteres e glândulas, rins e unhas, pele e intestinos? O que estamos fazendo neste maquinário sujo e mole? Quem nos vendou os olhos com nossos próprios olhos, quem fechou nossos ouvidos com nossos próprios ouvidos? Quem aprovou a dor, mas quem aprovou as sensações? O que temos a ver com os aglomerados de células de nosso corpo? Com a matéria que circula por ele como por um tubo de carne agonizante? O que estamos fazendo nós aqui? Que brincadeira é essa? Por que anotamos em ácidos aquilo que nos ulcera o pensamento? Protestem, protestem contra a consciência enterrada na carne!

Por que sentimos dor, por que nos debatemos, por que somos dilacerados por lâminas e flechas envenenadas? Por que nos arrancam o coração do peito, por que estamos amarrados, com capuzes pretos na cabeça, na cadeira de tortura? Por que nos enche de pústulas o mais suave sopro de brisa? Por que nos ulcera até o toque de um globo de dente-de-leão? Por que berramos em suplícios na agonia de nossas vidas e por que o suplício maior e mais difícil de suportar é o medo? Medo da perda, do desaparecimento, de nos desprendermos de nossa própria casca deixada para trás, medo da dor e do prazer, da vida e do sonho, do sexo e do pensamento, mas especialmente da aranha do tamanho de uma centena de universos que tece a ilusão em que jazemos. Por que o medo foi permitido, por que diariamente bebemos a taça com veneno de aranha do medo? Por que o medo é a substância do mundo em que vivemos? Protestem contra o medo, gritem contra os dejetos que turvam nossa clareza!

Minúsculos em nossa insignificância, micélios num grão de poeira do infinito, protestem contra o desaparecimento das consciências! É diabólico, é intolerável que um espírito morra.

Está além dos limites do mal que uma criatura compreenda seu destino. É cruel, bárbaro, inútil trazer um espírito ao mundo, ao término de uma noite infinita, só para o mergulhar, depois de um nanossegundo de vida caótica, numa nova noite sem fim. É sádico lhe dar antecipadamente o conhecimento pleno do destino que o aguarda. É abominável matarmos bilhões após bilhões, gerações após gerações, santos, ladrões, gênios, heróis, putas, mendigos, camponeses, poetas, agiotas, médicos sem dinheiro, torturadores, verdugos e vítimas reunidos, maus e bons ao mesmo tempo, é melancólica e desoladora essa obra de assassino em série. Nosso mundo vai se extinguir, o universo vai apodrecer junto com os outros bilhões de universos, mas o ser e o não ser perdurarão pela eternidade, como um sonho ruim, como uma infinita teia de aranha. E nós, pérolas do mundo, cristais que deveriam brilhar para todo o sempre, nunca mais, nunca mais estaremos, por mais tempo que passe e por mais desastres que aconteçam neste inferno que é o mundo físico, no cárcere infinito da noite. Protestem, protestem contra a extinção da luz!

Chorem o choro de Xerxes, gritem, gritem contra a morte da luz! Saiam da emulsão fotográfica em que estão paralisados para sempre. Debatam-se e estapeiem-se para despertar do horror. Façam piquetes nos lugares malignos, as morgues e os pavilhões dos cancerosos, os leprosários, os campos de concentração, os salões dos queimados e esmagados, atirem manifestos do cume dos mais altos edifícios, recusem a velhice e as doenças, desafiem a morte! Jamais, na história da humanidade, que é a história dos abatedouros, ninguém protestou como vocês o fazem. Tão desesperada e heroicamente. Jamais a dignidade humana se apresentou numa glória mais comovente. Alcem os cartazes o mais alto possível, agitem-nos contra a putrefação e o esquecimento!"

Após se calar, encarou-nos por mais algum tempo com o mesmo olhar de homem totalmente desgastado pela vida, depois se virou lentamente para o grande portão de onde jorravam em nossa direção as mãos de latão com dedos espasmódicos, contorcidos. Emaranhou os dedos com os das criaturas esculpidas em alto-relevo, carpindo entre tumbas e ciprestes, e o portão começou a se abrir.

E revelou-se diante de nós um corredor longo e profundo, forrado, ao que parecia, por metal incandescente. E entramos todos nas vísceras da morgue, atrás de Virgil, que avançava calado a poucos passos a nossa frente. Pensava nos Evangelhos, pensava na redenção. Seria tão cruel o carrasco das gerações? Pensava em Kafka: a redenção existe, mas não para mim. Pensava em Kierkegaard: mesmo se eu fosse o único condenado aos suplícios eternos do Inferno e todas as outras pessoas fossem redimidas, ainda ergueria, das profundezas das chamas, um hino de glória à Divindade. Conseguiria ele manter um dedo numa grelha incandescente, ainda que só por um minuto? Ele sabia o significado de queimar para sempre, sem esperança, milênios após milênios, éones após éones? Caty tremia de braço dado comigo enquanto arrastávamos os pés pelo corredor que parecia não terminar mais. Ao longo dele havia sórdidas vitrines com instrumentos de tortura, impossíveis de identificar, mas repulsivos, tão velhos que pareciam cobertos por uma espécie de sal. Haviam provavelmente agredido, durante décadas, o mecanismo flácido e desamparado do corpo humano, que insiste em manter até o fim algo da delicadeza e do candor dos bebezinhos, tornando o envelhecimento e a morte ainda mais odiosos.

Brandindo nossos ridículos cartazes, passamos depois por entre mortos. No fim do corredor se abria um salão com dezenas de mesas de zinco, sobre as quais jaziam cadáveres esverdeados de homens, mulheres e crianças, todos nus, todos deitados de barriga para cima, olhando para o teto com olhos cristalinos. O cheiro era adocicado, de velório. A complexidade inacreditável daqueles corpos, sua estrutura hierarquizada em planos e hólons: sistemas e aparelhos, órgãos, tecidos, células, moléculas, átomos, férmions, animados pelo turbilhão de energia que outrora passara por eles, enaltecendo-os com seu sopro irresistível, não haviam conseguido salvá-los. Pouco importava se esses corpos haviam vivido cinquenta ou cinquenta bilhões de anos. Agora não viviam mais, agora eram nacos inertes de barro que ainda imitavam, derrisórios, a carne e a vida. A partir de agora eles nunca mais haveriam de existir, por mais eternidades que ainda viessem e passassem. Embora a visão fosse funérea, era impossível não pensar, com uma espécie de sorriso sombrio, no quão ridículo se mobilizara a matéria para acender, como dois pedaços de arenito esfregados um ao outro, a insignificante fagulha da vida.

Na extremidade distante do salão, que não tinha janelas, mas apenas, ao longo das paredes, armários de metal pintados de branco, com vidros largos, como em todo posto de saúde, através dos quais se viam instrumentos médicos e, provavelmente, de embalsamamento, com bicos, garras e dentes, articulações e parafusos incomuns, como mandíbulas de insetos de rapina, encontrava-se mais uma porta, banal, acima da qual se avistava uma plaquinha com um número. Quando pintado, o número fora coberto por reboco, mas agora estava indecifrável. Era impossível imaginar que, do outro lado daquela porta de hospital, poderia estar nos esperando algo que não fosse outro corredor com portas laterais ou outro salão. Virgil se deteve diante da porta, virou-se para nós, pareceu querer dizer alguma coisa, mas, por fim, desistiu. Tinha a face pálida e crispada de quem sente dor. Virou-se de novo de costas para nós e abriu a porta. Entramos, um depois do outro, na grande sala.

Era circular e imensurável. Nada em sua constituição era de dimensões humanas. As pilastras que, ao longo da parede contínua, sustinham a abóboda eram, absurda e desarrazoadamente, grossas. Entretanto, em relação às dimensões ciclópicas da sala, pareciam esbeltas e graciosas, cintilando graças ao pórfiro malhado, polido, de suas curvas. O chão também era polido como um espelho, e no meio havia, como único objeto, uma gigantesca cadeira de dentista, talvez de vinte metros de altura, com um encosto de linóleo escarlate. Era branco-amarelada, maciça, surpreendente como objeto incompreensível, pertencente a outra civilização, paralisada em silêncio, no cone de luz das lâmpadas leitosas. Enrolada em mangueiras nodosas, mangueiras recobertas por tecido e mangueiras metálicas, brilhava de tantos acessórios niquelados, alavancas e ganchos dos quais pendiam furadeiras, brocas, fivelas de prender radiografias. A mesinha diante da cadeira, brotada de seu corpo preso ao chão por parafusos enormes, era alta demais para que pudéssemos ver o que continha. Nossos cocurutos mal ultrapassavam a altura do descanso para os pés do paciente, duas grades metálicas presas por articulações móveis ao tronco maciço do aparelho.

Da base circular até as bordas da sala se estendiam, visíveis por baixo das lajotas suaves, semitranslúcidas, do chão, mangueiras ramificadas, punhados nodosos de veias pelas quais gorgolejava um líquido da densidade do mel. Por toda a parte sob nossos pés se entrevia esse sistema circulatório, com vasos da grossura de uma mão ramificando-se indefinidamente, até um feltro de capilares, não mais grossos do que um fio de cabelo. Vieram-me de imediato à mente os milhares de fios pálidos das raízes do grão de feijão na gaze, que se aglomeravam nos potes de água turva das crianças, na aula de biologia. Caminhávamos agora por cima deles, fascinados pela imensa cadeira de dentista sob a abóboda, feita para sabe-se lá que espécie de gigantes. Parecia o trono de um deus maligno, que até aqui descera para passar o mundo à lâmina de sua espada.

Tenho muita dificuldade não só de escrever, mas também de lembrar o que aconteceu depois. Pois a visão monstruosa que se seguiu incendiou meu cérebro. Não dormi duas noites seguidas com medo de poder sonhar com o terrível fim de nosso guia, de que as gotas de sangue em função das quais lavei minha calça pudessem se estender por meu corpo e pelo corpo de todos os que assistiram àquela abominação, pudessem preencher nossos quartos com um pântano escarlate, pudessem transbordar pelas janelas, escorrendo pelas ruas cinzentas de Bucareste, entrassem em todas as casas e impregnassem os lagos, os parques, o metrô, até o sangue se erguer a dezenas de metros de altura, como um mar de sargaços que cobre as colunas de uma antiquíssima Atlântida...

Virgil avançou até a frente do trono de metal, desprendendo-se de nós. Penetrou no estreito espaço entre os descansos para os pés, nos quais, só agora podia perceber, se encontrava um quadro com doze botões como metades de esfera, ordenados em quatro fileiras. Pareciam meras bolas de gude de pedra colorida, daquelas que tilintam nas mãos das crianças, polidas e marmorizadas. Os dedos do engenheiro tocaram levemente, numa determinada ordem que decerto representava um código, os botões redondos, provocando pequenos ruídos como de cítara em diferentes tons. Então se ergueram, em torno da sala, lambris cuja existência até então não percebera, deixando à vista, embutido nas paredes circulares, o solenoide: um colosso de um metro e meio de altura coberto por um sofisticado emaranhado de fios de latão, bobinados, fascículo após fascículo, num pacote apertado e entrecortado por arame grosso. A bobina corria por toda a circunferência da sala e deixava uma impressão de estranha perfeição. Parecia as tranças presas em círculos nas têmporas das moças dos cadernos de Leonardo. Virgil olhou em volta e pareceu satisfeito, de modo que correu de novo os dedos pelas doze bolas, tocando-as numa ordem diferente da primeira. Insinuou-se outra breve melodia, e de repente a cúpula do edifício começou a se abrir em ritmo alerta, como um obturador fotográfico ou um broto que floresce, filmado em câmera lenta, num movimento lubrificado e espiralado, até suas pétalas descerem por completo, derretendo-se na parede circular da sala.

    Acima de nós a madrugada se impunha. Um vento gelado, vertical, nos causava arrepios. Caty segurava meu braço com as duas mãos, esmagando a cabeça contra meu peito. Em cima da cadeira de dentista do centro da sala levitava, no zumbido pulsátil do solenoide que preenchera o ambiente, o filão negro, ainda mais negro que a madrugada, da estátua do topo: a Danação. As pregas de sua vestimenta, embora de bronze enegrecido, pareciam adejar por cima do mundo. Virgil se afastou por alguns instantes da cadeira para poder examinar melhor a grande mulher que flutuava acima da morgue. Depois ele voltou a se posicionar entre o descanso dos pés, e suas costas cobriram o painel. Pelos pequenos ruídos dentados, compreendi que formara outra combinação ao tocar nos botões com a polpa dos dedos. De súbito, o zumbido contínuo da bobina, como de uma usina elétrica, se modificou: a altura do som baixou alguns níveis e, na medida em que o som se tornava mais grave, a estátua começou a descer devagar, esvoaçando o cabelo e as pregas, na direção do chão. Corremos todos na direção das paredes nas quais agora não se via mais nenhuma porta. No chão ficaram abandonados em desordem nossos pobres cartazes com palavras de ordem. Agora nos colávamos à parede circular e, por mais que nos prensássemos a ela, tínhamos a impressão de não deixar espaço suficiente para a gigantesca estátua. Antes de encostar no chão lustroso da sala com seus enormes pés desnudos, a estátua, que ora se apresentava viva e lenta como se feita de vidro mole, preta como antracito, se sentou na cadeira de dentista, que rangeu com o peso. As pregas da toga se assentaram, dobrando-se lentas à força de uma gravidade que até então não sentira. Calma e ereta em seu trono de metal, iluminada pelas lâmpadas da parte de cima, que lhe aprofundavam as órbitas e acentuavam os lábios comprimidos, negligentemente desdenhosos, como os dos moais da ilha da Páscoa, a mulher mantinha os braços nos apoios da poltrona e os pés nos dois descansos. Olhava para a frente como uma imperatriz, como uma deusa que os horrores da vida neste mundo não podem atingir, pois ela não é daqui, nem de agora, mas do horizonte áureo dos mitos e ícones, horizonte eterno. O zumbido do solenoide cessou por completo.

    Virgil se afastou alguns passos para poder ver, num escorço que nenhum dos artistas da Antiguidade havia corrigido, a estátua em cujas pernas ele batia pela metade. Ele era o único que a enfrentava, que se atrevia a se posicionar perigosamente próximo da vibração de sua carne obsidiana. Com a cabeça pendida para trás, olhando para seu rosto emoldurado por milhares de lagartixas entremeadas do cabelo que lhe descia sobre os ombros, ele perdeu o equilíbrio como uma criancinha que olha para cima, onde, a uma altura imensurável, se entrevê o rosto da mãe, e deu outros passos, hesitantes e cambaleantes, para trás. Mas se refez, se retraiu e, sem perder de vista o rosto de ídolo mudo da gigantesca mulher, revirou febril os bolsos, de onde tirou o papel, copiado e recopiado por sabe-se lá que Boston clandestino, aquele que distribuíra para nós. No entanto, não olhou para ele, apenas o sentiu com os dedos, deixando-o cair em seguida no chão, onde logo se amalgamou, como duas frágeis borboletas, a sua imagem espelhada. Talvez quisesse ler diante da estátua aquelas três litanias do amargor e do medo, mas desistiu, por razões desconhecidas, e agora reunia toda a força para falar, falar livremente. Seu rosto estava tão lívido que era possível reconhecer os ossos do crânio por sob a pele transparente. Seus lábios começaram a se mover pouco antes de os primeiros sons serem ouvidos. Ao mesmo tempo, os dedos trêmulos começaram a tatear atrás dos botões e das barras de suas roupas puídas. Enquanto falava, Virgil se livrava das roupas, atirando-as sobre o cristal do chão, em torno de si, até ficar nu, torto, esverdeado, bastante peludo nos ombros e nas nádegas, com os tendões dos joelhos, costelas e ossos da bacia visíveis por debaixo da pele anormalmente murcha. Suas vértebras cervicais por vezes estalavam devido ao esforço de olhar para cima. Pois ele falava com ela, fitando seu rosto e seu olhar focado para a frente, disposto a agarrar seu olhar, chegar ao outro lado da casca de bronze negro de sua testa. Desejava que o ar se vitrificasse entre seu rosto e o dela, assim como sempre acontece quando duas mentes realizam uma transferência de pensamentos, tornando-se uma única mente. Mas o ar, o ar frio da madrugada, descia das estrelas sossegado, imparcial, corrente vertical que nos gelava os cocurutos. Uma ou outra buzina distante ou um latido de cachorro nos lembravam de que ainda estávamos inseridos no mundo, na vida que se vive.

"Trago meu corpo em oferenda a ti", pôs-se a dizer Virgil. "É uma maravilha de construção. É um maquinário inimaginavelmente complexo, surgido de um ovo que se rompeu e se transformou em dois, depois em quatro, depois em oito, depois em dezesseis mundos isolados, mas que, surpreendentemente, se comunicam entre si. Eis-me no fim de oitenta divisões, eis-me formado por bilhões de universos. Não brilho como um Shiva com bilhões de braços? Antes de saber que sou o proprietário deste corpo, montei seus órgãos com uma precisão que extrapola qualquer imaginação, de modo que cada folhinha orgânica e cada fascículo é irrigado por sangue, alimentado por ar, inervado por nervos e animado por hormônios. Construí sozinho meu esqueleto como nenhum arquiteto no mundo poderia fazer, projetei meus intestinos como um labirinto interior, montei, com infinita paciência, as bases purínicas e pirimidínicas de meu mecanismo genético. Ingiro alimentos e elimino fezes, urina, suor e esperma, e todas essas substâncias são sagradas. A água de meu corpo é sagrada, o sangue e a linfa são sagrados, o cuspe é sagrado. Modelei meus rins de maneira mais estética do que qualquer estátua, fiz meu coração bater como um metrônomo que mede o tempo para responder a uma grande pergunta. Veja minha mandíbula, com os alvéolos dos dentes e molares, com pequenos orifícios por onde passam os nervos, veias e artérias: é perfeita. Eis como se encaixam os oito ossos que formam a cúpula de meu crânio: impecavelmente. Eis o osso lacrimal e o osso hioide, eis a pele, eis a medula da espinha dorsal. Trago diante de ti meu corpo sagrado e brilhante, com órgãos, sistemas e aparelhos que uni, organizei e hierarquizei, eu, eu que moro em seu crânio como o condutor de um tanque dentro de seu mamute de aço, embora não saiba como o fiz, embora não possa mais modelar de novo, hoje, a partir do calcáreo e do vento, nem mesmo o vergonhoso e sagrado osso do cóccix.

Trago diante de ti meu cérebro, o objeto mais paradoxal do universo, pois abarca este universo e os outros 10^{500} universos que colaboram entre si no corpo do ser em que vivemos. Mandala das mandalas, rosa das rosas, pensamento dos pensamentos. Gostaria de abrir os ossos de meu crânio para que pudesses ver como está ele ali, macio e pesado, assentado nas asas de borboleta, multicoloridas, do osso esfenoide. Trago diante de ti esta hiperarquitetura suave, este molusco divino. Só através desta fronte se vê o brilho do outro lado da realidade. Assim como pelos olhos e apenas pelos olhos a luz penetra. Meu crânio é a pálpebra cerrada sobre o olho com que vemos o campo lógico assim como o olho projeta diante de si um campo visual. Recebe meu cérebro em oferenda, pérola única e esplêndida da concha do mundo.

Que mais devo sacrificar a ti? Minha memória? Ofereço-te todos os instantes de minha vida, que passou num instante. Morde de meu cérebro, como de uma maçã suculenta, e haverás de sentir sua textura e sabor. Ponho a teus pés, ó assombrosa, o canteiro de tulipas mais altas que eu, que vi aos dois anos de idade no quintal de minha avó e nunca mais esqueci. O caramujo que coloquei em cima da folha, no bosque, e depois observei, por uma hora inteira, como rói as bordas verdes com a dobra cinzenta dos lábios. O frescor gélido dos lençóis da habitação estudantil em que morei. O mamilo desbotado que chupei ao despir a primeira moça. O dia em que saí de casa calçado com uma sandália preta e outra marrom, só me dando conta disso quando já estava na fila do queijo. O pânico produzido em Măgurele quando os manômetros da sala de comando enlouqueceram. Uma nuance fugitiva de morango. O tilintar de um garfo (onde?). O sonho em que caminhava na rua de camisa, mas sem nada da cintura para baixo. O cigarro que fumávamos, ora um, ora outro, jogados na cama, Sanda e eu. Inúmeros outros momentos, decantados ali no impenetrável matagal das sinapses. Pega-os todos, ergue-os um a um em frente aos olhos, ri e chora pela comédia dilacerante que foi minha vida.

Venho diante de ti com todo o conhecimento de meus pais, com meus livros e minhas invenções, com meus poemas e minhas tabelas, com minha matemática e minha física, e com meu poder de compreensão. Venho com minha música e minha arquitetura, com minha astronomia e minha história. Venho com minha coorte de santos e iluminados que modelaram meu ser íntimo. Venho com Hermes Trismegistos e Besaliel, com Hêmon e Lao Tsé, com Jesus e Platão, com Heródoto e Homero, com Pitágoras e Dante, com Safo e Sei Shōnagon. Venho com Shakespeare e Tycho Brahe, com Michelangelo e Da Vinci, com Newton e Volta. Venho com Bach e Mozart, com Rembrandt e Vermeer, com Milton e Darwin, com Gauss e Dostoiévski. Com Caspar David Friedrich, com Monsù Desiderio. Com Eminescu. Com Kafka, Wittgenstein, Freud, Proust e Rilke, com Einstein, Tesla, Maxwell, Frege e Cantor, com Joyce, Canetti e Virginia Woolf, com Planck e Feynman, com Chirico, Max Ernst e Frida Kahlo, com Faulkner, Ezra Pound, Carl Orff, Abel, Hubble, com Lennon e Bourbaki, com Chaplin e Murnau, com Tarkóvski e Fellini. Com milhares de outros gênios que formaram, deformaram e de novo formaram nossa mente. Estão todos aqui, em minha pele, em meu crânio, na imensa envergadura de minhas asas. Venho diante de ti com toda a herança das civilizações, com toda a cauda de pavão das culturas, com as cinco mil línguas e cem mil raças de minha estirpe. Ofereço-te o fio de poeira do cosmos sobre o qual polvilhei o tapete de bombas de nossas maravilhas!

Basta-te? Vai te bastar um dia? Tu te satisfarás um dia? Levantarás um dia tua sombra de cima de nossas vidas?"

A estátua de vidro negro baixou o olhar na direção daquele que falava, grave e com uma gesticulação controlada, a seus pés. Era um olhar neutro, sem fúria nem benevolência. Enquanto Virgil começou a listar os nomes dos "santos e iluminados" da espécie humana, ela se pôs a se erguer do trono sinistro em que estava sentada, e as pregas da toga, feitas de placas macias de metal, se endireitaram num estalo. Continuava observando aquele que discursava de forma cada vez mais entrecortada, dando alguns passos para trás, pois, uma vez de pé, a estátua penetrava o céu com o cocuruto. Não era capaz de desprender o olhar de suas "puras unhas, no alto ar dedicando seus ônix"[37] hipnóticos.

E, de repente, os piqueteiros colados à parede circular gritaram a plenos pulmões, de cabelo arrepiado e mãos nas têmporas. Não virei a cabeça, embora logo percebesse o que haveria de acontecer. Quis ver tudo até o fim, testemunha da desgraça e da catástrofe. Pois a mulher ciclópica ergueu de súbito o pé e o precipitou para cima de Virgil, esmagando-o. Um caldo amarelo e vermelho saía agora debaixo de seu pé, fazendo espirrar por toda parte gotas nojentas, no chão e em nossas roupas. Correndo a esmo, desesperados, em zigue-zague, sem meta, ao longo das paredes, ainda conseguimos ver como a divindade se ergueu de novo, lenta e pesadamente no ar, levando grudados na sola do pé as tripas e o cérebro esmagado de Virgil. Toda a sala cheirava a medo e fezes. Depois de a estátua ultrapassar, alçando-se, as paredes redondas, a cúpula inverteu o parafusamento inicial, erguendo as pétalas para o ápice da abóboda. Após se fechar por completo, a estátua permaneceu acima dela, paralisada, levitando a meio metro do telhado e

---

[37] Citação do primeiro verso de um soneto de Stéphane Mallarmé, "Ses purs ongles três-haut dédiant leur onyx", conforme tradução de Augusto de Campos (*Mallarmé*, organização tradução e notas de Augusto de Campos, Décio Pignatari, Décio e Haroldo de Campos, Coleção signos, Edição Bilíngue, São Paulo: Perspectiva, 1991). [N.T.]

rodeada pelas outras doze figuras em torno da cúpula, assim como estava quando a vira de fora. Só então ressurgiu a saída, na parte da sala diametralmente oposta a meu grupo, de modo que tivemos de passar correndo ao lado do pedestal da grande cadeira de dentista e ao lado dos horrendos vestígios daquele que havíamos seguido. Ofuscado pelo pavor e pelo horror, não sei mais como atravessei a sala, depois o corredor forrado de vitrines, e como alcancei a saída e, por fim, o ponto de ônibus.

Já passava bastante da meia-noite. Esperei a linha noturna por mais de uma hora, que não veio. A cidade estava fria e vazia. As estrelas ardiam enlouquecidas acima de prédios idênticos, fedendo de longe a veneno de barata e lixo doméstico. Fui para casa a pé, os cães latiam a minha passagem e, de vez em quando, um miliciano entediado pedia meus documentos. Cidade sinistra, imensa, inabitada. Necrópolis, como se aguardasse a chegada de um grande corpo cósmico para varrê-la da face da terra. Necrópolis, sujando a terra com prédios proletários, já em ruínas desde o momento em que foram projetados. Passei, no meio de avenidas sem circulação, por entre bairros idênticos, ao lado de lojas escuras e hospitais sem pacientes, e bares dos quais se ouvia um ou outro violino desafinado. Cheguei em casa ao raiar do dia e me deitei vestido. Lembro-me da última coisa que fiz antes de mergulhar num sono negro e pesado: revi por sob as pálpebras, nos mínimos detalhes, límpida e luminosa, a colega que viera de casa com a folha em que estava escrito, com letras grandes desenhadas com pincel atômico preto, "Socorro!". "Socorro!" gritei eu também, do âmago de meu ser, afundando o rosto no travesseiro, prestes a estourar minha laringe, como se estivesse sendo acuado, dentro de casa, por um assassino desconhecido: "Socorro! Socorro! Socorro! Socorro!".

27

Minha vida possui um único eixo: casa e escola, assim como as pessoas com a coluna vertebral fraturada estão emparedadas num colete de gesso. Dia após dia tomo o bonde da Teiul Doamnei ou da Doamna Ghica (uma de minhas poucas liberdades de escolha) e mergulho na leitura, de pé, preso numa aglomeração de gente que cheira mal, uns a salame, outros a urina, outros a lã de ovelha. Depois de algumas páginas de *Maldoror* ou *Gaspard de la nuit*, chego ao ponto final. A caixa-d'água se ergue, enferrujada, acima da vasta paisagem: fábricas, a maior parte delas abandonada, com vidraças quebradas, depósitos de lenha, quiosques de suco e biscoitos. Algumas ameixeiras, torturadas como mártires, entre os trilhos do bonde. Enegrecidas por todas as fuligens do mundo. Suas folhas são secas, barrentas, avaras, como se fossem folhas dos pacotes de chá. Uma única ameixa brumosa é uma maravilha neste mundo de lama e visgo, mas logo ela também se macula. Já a caminho da escola cruzo com as crianças com as mochilas nas costas: "Bom dia, camarada", dizem elas e passam por mim, quase carecas e de olhos redondos. As meninas têm no cabelo simpáticas bolinhas de plástico, presas com elástico sujo. Caminham em grupos de duas ou três, falando de tudo e rindo. Crianças. Surpreendentes e assombrosas como as fadas, como os gnomos das profundezas das florestas. Povo miúdo que enfrento todo dia.

Viro à direita na Dimitrie Herescu, passo pela oficina mecânica e eis-me de novo na escola. Da secretaria vem o cheiro de relinchol[38], o "café misto" que bebemos todos. Mistura de que com quê? Ninguém se atreve a imaginar: casca de árvore, bolota, raízes – são apenas algumas das suposições. Melhor do que nada, ao menos nos esquenta. Na sala dos professores, a mesma luz esverdeada que também preenche os corredores. Entro, tento dar meia-volta, mas Agripina já me viu, não tenho mais como escapar. É minha colega de romeno, nossa cátedra é formada apenas por três pessoas, mas a terceira, na verdade, não conta, é uma imbecil descarada que sempre perturba as colegas com perguntas constrangedoras sobre sexo ("Querida, desculpe perguntar, mas... como é que você faz quando está de chico? Você também faz por trás? Quero dizer... é normal? Meu marido diz que..."). No romeno, somos, na verdade, apenas Agripina e eu. Sou melhor em literatura, ela, em gramática, como sempre diz, mas em segredo ela se acha "uma professora de elite", a melhor da escola, se não de todo o bairro.

"O que anda *criando*, senhor professor?", é assim que ela sempre me aborda ao me ver, isso porque, um dia, por fraqueza, lhe contei que escrevo versos, da mesma forma como não há como passar ao lado de Borcescu sem ouvi-lo sibilando pelo imenso diastema: "Meu jovem, nunca se case! Sabe como é estar casado? O que, não sabe?", etc., etc. Mulher com aspecto de viúva insuportável, beleza morena no passado, tão enérgica que moveria montanhas, ela não espera minha resposta e continua gorgolejando: "Essas crianças desgraçadas! Essas antas! Não aprendem nada, nada, nada! Sempre digo a elas: 'Vejam, eu comecei de baixo e cheguei até aqui sozinha, ninguém me ajudou! E agora sou a melhor professora do bairro inteiro!'. Esses caipiras imbecis que moram aqui jamais sonharam em ter uma professora como eu! Senhor professor, sábado passado fui à reunião do bairro (o senhor faltou,

---

38 Durante a época do regime totalitário de Nicolae Ceauşescu, impôs-se no mercado romeno um substituto do café. Há quem diga que continha um quinto de café, e o resto sendo constituído por cevada, aveia, castanhas e grão de bico. Era popularmente chamado de "nechezol", neologismo romeno que se baseia no verbo relinchar, "a necheza" (devido ao fato de os cavalos serem conhecidos por comer aveia), com um toque pseudocientífico representado pelo sufixo -ol. [N.T.]

provavelmente anda *criando* algo em casa..."), o tema abordado foi o adjetivo pronominal, e uma anta da 24 leu um trabalho em que dizia que o adjetivo interrogativo não existe, imagine! Mandei-a consultar o manual para se instruir um pouco. Com professores assim, não é de se admirar que os alunos sejam como são... Mas o que é que eu estou fazendo aqui, senhor professor? Ou o senhor? Essa turminha não aprende nada, dê uma olhada nisso, as notas da prova. Calalb: dois! Jugănilă: três! Até Ilinca, senhor professor, que nós mandamos para a olimpíada do bairro: veja só, Ilinca: seis! Seis em romeno! Não estudou a caracterização de Moş Dănilă![39] Como é possível uma coisa dessas, senhor professor? Para corrigirmos as provas, precisamos sonhar com os comentários...".

A louca da Agripina, de quem as crianças tinham quase tanto medo quanto de Gionea, tem um único método no ensino de literatura: dita às crianças longos "comentários literários" de umas dez ou doze páginas, aberrações retiradas de revistas pedagógicas, e as obriga a decorá-los, palavra por palavra. Ai de quem não os cacareje ao ser chamado à frente: é uma chuva de diário em cima da cabeça, puxões de costeletas e cutucões que deixam marcas roxas do tamanho de uma maçã: "Suas antas! Quanto tempo de minha vida ainda preciso perder com vocês?", grita ela na cara das assustadas crianças, coladas à parede e olhando a professora de olhos arregalados. "O que é que eu faço com vocês? Como é que eu vou atraí-los? Porque é assim que nos dizem na inspetoria, ô, meu Deus, que precisamos atraí-los... mostrar a vocês a beleza da literatura... O que é que eu faço? Terei de trepar na mesa e fazer strip-tease? Assim vocês aprenderiam? Porque de resto já fiz de tudo..."

Vulgar, fofoqueira, cheia de si, passando por cima de tudo como uma tormenta e gritando até perder a voz, Agripina, no entanto, não era má pessoa. Diversas vezes nos fazia chorar de rir, ridicularizando-se a si mesma assim como ridicularizava a tudo e a todos. Todos sabiam, os veteranos da 86, que ela tivera uma juventude bastante agitada, à qual o diretor Borcescu não era totalmente estranho, pois ambos já tinham completado trinta anos na escola dos confins de Colentina. Dizia-se que o infeliz também tentara

---

[39] Protagonista de um romance da autoria de Gala Galaction. [N.T.]

com Agripina a pequena manobra de enfiar a mulher no carro e ameaçar largá-la no meio da estrada, mas que se arrependera a vida toda, pois debaixo dos socos incontroláveis dela, jovem naquela altura, digna representante da organização UTM[40], tanto a cabeça de Borcescu quanto a carroceria do Fiat ficaram cheias de galos...
"Sobretudo essas cabras da oitava série! Justo agora, às vésperas do exame de admissão, sabendo o quanto é difícil entrar nos bons liceus, que no Sanitário são quinze por vaga e, no Econômico, dezoito, agora elas deram de se tingir, se maquiar e se perfumar, como as que fazem *trottoir*, me perdoe, senhor professor, mas é! Os hormônios saíram para tomar sol, senhor professor! Estão sempre com os pernões desnudos, o uniforme até a bunda, assanhadas e oferecidas... distribuem sorrisos e ficam atarantadas ao ver uma porcaria de mecânico daqui do lado... O que vocês pretendem virar, suas inúteis? Bailarinas daquelas de barra? Biscates do Inter[41]? Não me canso de falar que estudem, que leiam em vez de ficar pinçando as sobrancelhas e se cobrindo de perfume de rosas búlgaro de fazer o nariz cair. Onde ficou o bom senso? Nós, na idade delas, trabalhávamos no canteiro de obras em Bumbeşti-Livezeni, onde quer que fosse necessário. A instrutora vinha e nos dizia que "o melhor perfume é água com sabão". Essas perdidas de hoje em dia não sabem mais o que é vergonha na cara, e se perguntarmos a elas o que é modéstia e bom senso, nos olham como umas antas..."
Agripina cuidava sozinha da moralidade das meninas da escola. "Essa seria uma ótima carcereira na penitenciária feminina de Târgşor", sussurrara certa vez Florabela em meu ouvido. No início de cada aula, ela mandava as meninas ficarem de pé e verificava o comprimento do uniforme, que tinha de estar um palmo abaixo dos joelhos (e a palma da "viúva negra" era notavelmente larga e calejada, decerto por ter vindo de baixo). Se não estivesse nos conformes, a menina era mandada imediatamente de volta para casa. O cabelo tinha de ser preso em tranças. Usar franja era estritamente proibido, "porque você não é Mireille Mathieu". A tiara

40 União da Juventude Operária. [N.T.]
41 Intercontinental, principal hotel de Bucareste na época. [N.T.]

não podia, Deus me livre, faltar. Era o fim do mundo caso alguma menina a esquecesse em casa.

Agripina vivia com um personagem muito popular em nossa escola, chamado simplesmente de Escritor. "Amanhã não poderei vir, pois irei ao posto de saúde, mas o Escritor me substituirá", ela informava às vezes ao diretor e, de fato, no dia seguinte, na sala dos professores, dávamos de cara com um escritor na definição mais autêntica do termo, mais escritor que Dostoiévski, Kafka e Thomas Mann juntos. Caso se apresentassem, num casting de filme, milhares de candidatos para o papel de romancista, o amigo de Agripina seria selecionado sem delongas, sob ovação do júri. Era um homem em seus cinquenta anos, alto e apresentável, vestido com muito mais elegância do que já testemunhara o bairro da escola. Tinha um olhar sereno e inteligente, cabelo comprido, penteado para trás, mas sem ser boêmio, nenhum fio rebelde, voz melodiosa e ponderada. A *lavallière*, escarlate ou creme, que eu só tinha visto em filmes, jamais lhe faltava, assim como não lhe faltava nenhum dos maneirismos pelos quais a última cabeleireira reconhece um pintor, um músico ou um poeta nas biografias romanceadas da televisão. Sua cortesia para com as professoras as engrandecia a seus próprios olhos, pois, desnecessário dizer, o amigo de Agripina nutria um culto à mulher que não dependia de idade ou aspecto. Quando o Escritor aparecia na sala dos professores, tudo se tornava festivo e significativo, as pobres donas de casa travestidas de professoras sentiam que nem tudo estava perdido, e até as personalidades albanesas dos retratos manchados de mosca pareciam emanar admiração. Mas eram as crianças quem mais se alegravam, pois escapavam de um dia de terror. A palavra "anta" não constava do vocabulário desse homem distinto ("um pão", como diziam, derretidas, minhas colegas), e seus dedos de impecável manicure jamais teriam encostado em algo tão sujo quanto o cabelo escuro e espesso das crianças do bairro. Claro, com esse nobre personagem cheirando, discretamente, a perfume masculino, que os pais das crianças não exalavam nem quando iam visitar os padrinhos aos domingos, os alunos não repassavam nenhuma lição, mas saíam transfigurados na hora do recreio, pois o escritor lhes falava nos mínimos detalhes sobre o romance que vinha escrevendo havia três décadas e que ele revisava continuamente sem jamais chegar a concluí-lo. Não publicara nenhum excerto dele, na verdade jamais publicara nada, nada; no entanto, nunca um autor fora agraciado com tanta simpatia e compreensão coletivas: no bloco do prédio em que morava, na mercearia e na tabacaria, no centro de sifões e na quitanda (pois, estando em casa, enquanto Agripina trabalhava para ambos, o escritor fazia todas as compras, pagava as contas, comprava jornais e preparava as refeições de todo dia), por toda a parte era recebido com o maior e mais sincero respeito. Era o orgulho da zona central, ao lado do Orizont, onde morava. Para sua honra, recebia as homenagens de todos com um sorriso modesto, de membro da realeza que faz um gesto com a mão dirigido às multidões diante do palácio real. Assim vivera a vida toda, e agora, na maturidade, se sentia realizado e satisfeito com o próprio destino, como um profeta rodeado pelo amor e pela veneração dos discípulos. Dera-me uma vez, como a um colega das letras, um capítulo do romance, datilografado num papel de qualidade, branco-luzidio. O personagem central, por coincidência, também era um escritor, uma criatura superior que se encontrava no centro das preocupações de todos os outros personagens. Nenhuma mulher lhe resistia, mas seus amores eram passageiros. Na verdade, o mimado pela vida se mantinha mergulhado na melancolia. Amara de verdade uma única vez, no alvor da juventude, uma menina delicada e inocente. Chamava-se Roza, e de fato fora a rosa mística da vida do escritor. Por toda a vida, após a morte de Roza – que se envenenara achando que o escritor a tivesse abandonado, um mal-entendido complexo e trágico –, ele voou, como se diz, de flor em flor, buscando Roza numa série infindável de mulheres. Uma tinha os olhos de Roza, outra, seus lábios, outra, sua voz, outra, a delicadeza de pétala da sua pele... No fim das contas, recompusera a amada perdida a partir de todas essas impressões, mas – decepção – a mulher que tinha todos os traços de Roza não era Roza. O todo foi além da soma das partes. Lá pelo final do romance, que se intitulava *Os amores passageiros*, o escritor conhecia um cientista que havia duas décadas se dedicava ao aperfeiçoamento de uma máquina do tempo... Não, Roza não estava completamente perdida...

"Pois então, senhor professor. É assim que as coisas vão adiante em nossa escola. Bordel, não escola, é isso que vamos virar, porque piolhada já somos. O senhor viu Zgârbacea, da 7ª D? O que, não reparou nas mãos dela? Unhas vermelhas como a atividade partidária! E como rebola, desde já! Não ficaria surpresa se ela também se tornasse uma piranha como a mãe, assistente de laboratório, que o pessoal do Sanepid mantém lá só para se aliviar com ela..."

Nunca consigo escapar de Agripina antes de ela encher minha cabeça com besteiras. Ela monta em mim, grande como é, dominadora e de pele escura; não tenho como interromper sua furiosa verborragia. Seu cabelo bate em meu rosto ao virar a cabeça, assim como o rabo das éguas me fustigava na infância, quando eu me sentava ao lado do vovô na boleia da carroça. Seus olhos negros como carvão, de camponesa fogosa, me deixam estatelados. Estou perdido se não entrar mais ninguém na sala dos professores. Mas agora encontro forças para pedir licença (ademais, o sinal tocou faz tempo), me precipitar até o diário, pegá-lo e quase disparar pelo corredor, enquanto a ainda ouço gritar atrás de mim: "Umas antas, senhor professor! Jamais vamos transformá-las em gente!".

Estou transtornado, pois a história das unhas pintadas da aluna da sétima série me fez lembrar uma coisa. As unhas, unhas coloridas. Certa vez, no jardim da casa de minha tia, em Dudeşti-Cioplea, minha prima Aura criava unhas falsas a partir de pétalas compridas, pontudas, pregueadas, de malva ou zínia. Depois me ameaçava com elas, contorcendo os dedos como uma bruxa. Com essa imagem em mente, com os dedos adejantes, multicoloridos da Aura iluminando as paredes verde-água, pintadas a óleo, dos corredores da escola, perco-me por milhares de caminhos que não levam a lugar nenhum. Deve ser a maior escola do mundo, com dezenas de alas e andares, todos mergulhados na penumbra. Atrás de cada porta numerada ouço vozes, empurrões, gritos. A voz aguda de Florabela, capaz de fazer os mortos se erguerem do túmulo, a voz rouca, abafada, de Goia, os solfejos da senhora Bernini. Tilintar de provetas, estalos de bicos de Bunsen, o rosnar de fera da broca dentária. Depois de anos como professor, continuo só acertando a classe por acaso, depois de abrir um sem-número de portas erradas. Toda vez, trinta crianças se viram bruscamente para mim. Seu olhar, à luz brilhante das salas de aula, incendeia meu corpo. Fecho a porta, desculpando-me, e o breu retorna, mais intenso do que antes. Choco-me com outra criança expulsa da aula, que aguarda injustiçada em frente à sala, apoiando-se num calorífero. Alguns corredores estão com o mosaico do chão encharcado, recém-lavado pelas faxineiras, ao passo que outros, em zonas distantes, a dezenas de quilômetros da sala dos professores e da secretaria, estão cobertos por um palmo de poeira.

Às vezes chegava até aqueles lugares em que raramente se perdem crianças e professores, subsolos imundos, com fezes petrificadas e esqueletos de ratos, com enormes teias de aranha nas quinas das paredes. Abria uma ou outra dentre as portas de número estranho, números irracionais e imaginários, só para encontrar a visão dilacerante de uma sala de aula deserta, abandonada, com carteiras reviradas e a lousa lascada, com painéis descascados nas paredes incrustadas de líquens. Contemplava fascinado aqueles painéis retratando a pulga, a tênia, o sarcopta da sarna, a barata-do-fígado. Arrastava os pés pela poeira cheia de pontas de lápis colorido, cacos de apontadores de plástico, restos de esquadros, folhas corrigidas com caneta vermelha. Destacava das carteiras chicletes farelentos, pacotinhos com sanduíches esverdeados de mofo, uma ou outra caneta-tinteiro esquecidas, um gorrinho amarrotado, comido por traças. Ia até a cátedra e me sentava na cadeira dilapidada, manchada de tinta. Abria o diário e começava a fazer a chamada enquanto na sala choviam flocos de reboco à vibração de minha voz. O deserto a meu redor se estendia até o fim do mundo. As aranhas se precipitavam das rachaduras nas paredes com suas grossas patas. Coberto pela caspa dos flocos de reboco, sentindo traças saídas das paredes correndo pela minha pele, entre as omoplatas, levantava-me e partia às pressas, para não descobrir, debaixo dos bancos, sabe-se lá que criança mumificada, embrulhada numa espessa teia de aranha, fermentando de aracnídeos pretos como piche...

No início da semana, tive aulas com a 8ª C. Adjuntos adverbiais de causa e finalidade. Fácil confundir os dois. Os pobres alunos os decoram, com exemplos, questões e tudo, mas não conseguem aplicar nada do que sabem. Nem é de surpreender. Nós os vemos diariamente na fila do peixe ou do queijo, esmagados pela turba que se empurra, pois nunca há para todos. Nós os vemos se posicionando na fila ao anoitecer, seja verão, seja inverno, diante do centro de botijões, com seus carrinhos em que os antiquíssimos e enferrujados botijões jazem como porcos de metal. Os botijões cheios chegam só de manhãzinha e não são suficientes para todos. Muitas casas não têm energia elétrica nem esgoto. Melhor não perguntar como as crianças fazem o dever, tarde da noite, à luz da lamparina com querosene da parede, depois de terminar as inúmeras tarefas pesadas do lar. Que significam para eles as besteiras que ouvem na escola (morfologia e sintaxe, álgebra e trigonometria)? Que relação isso tem com a vida deles? Só uma: a recitação de cor, numa deitada, dos "comentários literários" e a resolução de problemas são suas preces rituais, invocações e encantações para conjurar os deuses incompreensíveis da escola com uma única mensagem: não me bata! Não grite comigo! Não me puxe pela costeleta! Não golpeie minha mão com a régua! Não me deixe na parede de braços para cima por uma hora inteira! Não faça escorrer meu sangue da boca e do nariz com um tapa! Não chame meus pais na escola! Perdoe-me, pelo menos esta vez, conheço a encantação que domestica, conheço a fórmula mágica: para o adjunto adverbial de finalidade a pergunta é: "Com que finalidade?". Para o de causa: "Por causa de quê?" Basta? Desapareceu a centelha de crueldade de seus olhos?

Escuto distraído várias dessas recitações. Não têm muito ardor, sou um deus tolerante. Não relampejo nem trovejo. De modo que muitos crentes se concentram em suas tarefas cotidianas, esquecendo-se de orar para mim. Chamo até a lousa Valeria, menina gordinha, morena e suada da carteira do lado da janela. Sempre, quando nossos olhares se cruzam, lembro-me da situação embaraçosa na qual, um ano antes, a faxineira nos flagrara: dava uma aula particular para a menina, sentados na mesma carteira na sala escura. Sobressaltamo-nos os dois violentamente quando ela abriu a porta. Não havíamos percebido o cair da tarde. E as pessoas do bairro seriam capazes de pensar qualquer coisa. Agora Valeria escrevia na lousa e, de repente, sobrou na sala apenas sua mão segurando o giz, enquanto todo o resto foi engolido pela névoa. Pois, só agora notei, tinha as unhas pintadas, o que não era incomum, muitas meninas da oitava série as pintavam rápido no banheiro antes de ter aulas com os poucos professores mais tolerantes, para depois, de volta ao banheiro, esfregá-las com acetona para as aulas das professoras víboras. Mas em Valeria cada unha da mão direita era de uma cor diferente, como as de Aura, no passado, e o que me assombrou e me fez empalidecer foi que os cinco dedos tinham a cor dos anéis de concreto da base dos maquinários da antiga fábrica, na mesma ordem e exatamente com as mesmas nuances: rosa-sujo, azul-escuro, escarlate, laranja-siena, amarelo-intenso e cheio de luz. Visto que a janela se inundava de sol, as unhas chispavam como cascas de vidro, atirando pequenas manchas coloridas nas paredes pintadas de verde-água. Mandei-a de volta à carteira, ensinei, mecanicamente, a lição seguinte e, ao soar do sinal, pedi a Valeria que viesse comigo. Enrubesceu toda, até o branco dos olhos, e me acompanhou, resignada. Detivemo-nos a uma janela treliçada que dava para o campo esportivo. A menina não desviava seu olhar de meus olhos, mais suada e desnorteada do que na ocasião da faxineira. Pedi-lhe que me mostrasse as unhas, mas ela manteve as mãos baixas, com os punhos cerrados. "O que significa isso?", perguntei-lhe, de cenho franzido. "Por favor, me mostre as unhas!" Seus lábios tremiam. Parecia uma criatura convicta de que seu fim havia chegado. Devagar, dobrou o cotovelo e ergueu o punho à luz da janela. Depois, ainda mais lentamente, abriu a mão.

    Sua palma parecia uma flor que se abre quase imperceptivelmente. A carne dos dedos e da mão, transparente sob os raios do sol, deixava entrever, como numa radiografia, as falanges delgadas em cujas pontas cresciam, como pecíolos, as unhas coloridas: elas mesmas, como os metacárpicos que as sustinham, e os cárpicos da base da palma, tinham a cor das unhas, porém mais pálida e mais difusa. O rádio e o cúbito também pareciam, sob sua cobertura muito mais grossa, coloridos em azul e cor de morango, mas perto do cotovelo a radiografia ilusória se desfazia por completo. Era como se todo o esqueleto da menina fosse multicolorido como asas de borboleta e produzisse, na extremidade da mão direita, a inflorescência das unhas, código secreto também presente na antiga fábrica. "O que é isso? O que significa isso?", perguntei de novo. Valeria olhou confusa para as unhas e, de repente, suas pernas enfraqueceram: caiu bem ali, no mosaico sujo do corredor, entre as crianças que corriam frenéticas. As rótulas de seus joelhos tinham um quê da carne vítrea da laranja, enquanto ela jazia no cimento, no sórdido vestido que prensava o corpo de todas as meninas.

A nosso redor logo se formou uma montanha de uniformes e rostos curiosos, as crianças ergueram a colega e a levaram ao consultório médico, em seguida soou o sinal e o corredor se esvaziou. Fui até a sala dos professores e, bastante perturbado, olhei pela janela para a antiga fábrica que se via no horizonte, reluzindo loucamente contra o fundo do crepúsculo sanguíneo.

Que mundo era esse? Em que maluquice paralisada e bizarra me era dado viver? Haveria de sobreviver o suficiente para encontrar a resposta? Para achar a saída? Haveria de compreender um dia, no meio da solidão, esse aparato de outros mundos que era minha vida? E ali, de repente, na sala dos professores vazia, concreta, com a mesa coberta pelo pano vermelho, com o armário dos diários de classe, com os retratos manchados de moscas, fui invadido por um pavor que nunca senti, nem mesmo em meus sonhos mais terríveis; não de morte, não de sofrimento, nem de doenças horrendas, nem de extinção de sóis; pavor de pensar que não hei de compreender, que minha vida não terá sido longa o bastante e que minha mente não terá sido boa o suficiente para compreender. Que me foram oferecidos todos os sinais e não soube decifrá-los. Que também vou apodrecer em vão, com meus pecados, minha burrice e minha ignorância, enquanto a charada velada, intrincada e estupeficante do mundo seguirá seu caminho, clara como uma palma, natural como a respiração, simples como o amor, e desembocará no vácuo, virgem e indecifrada.

28

A visão com a criatura que me fitava, de alguns meses atrás, se repetiu noite passada. Eu havia cochilado quando alguma coisa me fez abrir os olhos. Vi a figura por apenas uns três ou quatro segundos, e depois desapareceu. O dormitório permaneceu escuro e, dentro de mim, um estranho temor morno, não dolorido. Estava sentado ao lado da cama, em frente a meu raio de visão, e me olhava. Desta vez era um homem de rosto comprido, cabelo grisalho e ralo, colado às têmporas. Tinha roupa branca, indefinida.

    Continuo anotando aqui as linhas sublinhadas de meu diário que, só agora, após serem marcadas de maneira grosseira e mutilante com traços de caneta, revelam ser o que de fato sempre foram: a coluna vertebral do longo manuscrito, dos cadernos surrados com uma escrita já amarelada, já impressa de uma página para outra como tatuagens malfeitas, cujas linhas se desfazem no suor da pele martirizada. Cada fragmento é uma vértebra da coluna vertebral do medo, tendo na ponta, apoiada pelo mecanismo obsceno do eixo enfiado no atlas, a cúpula de osso em que nasci e da qual não há saída. Subo por ela, trepo em seus ossos porosos, me agarro ao processo espinhoso e ao processo transverso, grudo a orelha à lâmina do arco vertebral e escuto: a medula escorre por dentro com um uivo, como uma cascata. Na parte de cima fica a grande piscina neural, sou uma caixa-d'água que alimenta com medo o bairro distante de meu corpo.

    O que sigo transcrevendo aqui aconteceu no litoral e talvez seja a mais forte de minhas lembranças relacionadas aos visitantes, lembrança da qual não posso duvidar, assim como não duvido de que agora, neste momento, não estou sonhando, mas, sim, que estou acordado, no mundo real, escrevendo neste caderno com uma caneta real. Nas primeiras férias de verão depois que me casei, fui passar uma semana com Ștefana em Mangalia. Naquele ano, o mar estava repleto de medusas mortas. Na praia, montanhas de algas apodreciam. Ficávamos deitados o dia todo em cima da toalha, com um braço cobrindo os olhos, para que o sol não nos ofuscasse. As gaivotas pelejavam em cima do lixo que cobria a areia. Estávamos felizes apesar de tudo: havíamos conseguido chegar ao mar. Ao retornarmos ao quarto, tomávamos banho juntos, amávamo-nos na cama com lençóis suspeitos e, ao anoitecer, saíamos para passear, vestidos com nossas melhores roupas, compradas no Bucur Obor. A semana toda só comemos frango cozido nas tavernas da praia. Ao cair da noite o mar ficava mais tranquilo. Gostávamos de olhar para ele enquanto os últimos nadadores avançavam pela listra brilhante do sol crepuscular. Aperta-me o coração pensar em Ștefana, em sua silhueta mignon, vestindo maiô, quando saía do mar e vinha até mim com o cabelo molhado, cujas gotas geladas respingavam em minhas pernas. Na segunda ou terceira noite, aconteceu algo alarmante e inexplicável:

> Na noite de 14 para 15 de julho, acordei de súbito, provavelmente devido a algum barulho, e vi com clareza no umbral da porta (ou melhor, no pequeno vestíbulo) um homem alto e robusto, entre quarenta e cinco e cinquenta anos, adentrando lentamente o quarto. Gritei "O que está acontecendo aqui, meu senhor?", mas não ergui a cabeça do travesseiro. Eu estava como que paralisado. Ștefana me respondeu do outro lado do quarto, retornando do terraço. Então me dei conta de que o quarto estava completamente escuro e que o indivíduo do vestíbulo tinha desaparecido. Ștefana foi verificar se havia alguém. A porta do quarto fora de fato destrancada, mas não havia ninguém.

Por que Ștefana estava no terraço, às três da madrugada? Naquele momento, eu nem dera atenção ao fato, porém mais tarde, cada vez mais, em especial após sua substituição por outra pessoa, que ocorreu posteriormente, sua presença no terraço, sob as estrelas, chegou a me parecer até mais importante do que a aparição do homem, tão concreto sob a luz do pequeno vestíbulo.

> Sonho desta noite: no quarto da frente, na Ştefan cel Mare. Eu e uma presença feminina observamos que, no lugar de minha cama, há um retângulo de terra fofa. "Santo Deus, o que será que tem aqui?", perguntávamo-nos, até que começamos a escavar com uma pá velha. Pouco a pouco, vieram à tona dois cadáveres assombrosos, decompostos, fedorentos, esverdeados. Pequenos e encolhidos, eram as carcaças de duas crianças. "E agora, o que fazemos? Não podemos ficar nessa fedentina." Nós os olhávamos e o cheiro nos revirava o estômago.

Não sei por que sublinhei também esse fragmento. Talvez eu tenha sentido, como em outras vezes, que ele fazia parte da rede de sonhos que se impôs com tanta força desde que comecei a reler meus cadernos.

> Retomei esta noite, depois de anos, a série de sonhos com museus. Entrei pelo portão de um daqueles museus escuros em que só as peças expostas nas paredes e nas vitrines brilham debilmente. A exceção era um grande painel, já na primeira sala, que retratava a Terra, no mais belo verde e azul elétrico, circundada por flechas brancas que indicavam trajetos ovais, estranhos. Nas outras salas, por toda a parte, havia mapas. De continentes, de países, e também do corpo humano, dos órgãos internos, de pinturas famosas, todos permeados por redes retangulares, numeradas.

E mais um sonho, que transcrevo não por sentir que significa algo, mas simplesmente por gostar dele:

> A visão de um homem de cabeça raspada e transpirando horrivelmente. Toda a sua cabeça era só uma torrente de água. Num dado momento, enfiou o indicador na boca, para cutucar, parece, os dentes. Mas vi, surpreso, como o indicador espeta a pele da nuca e começa a esfregar e a limpar as vértebras cervicais. Pois uma faixa de seu pescoço se tornara transparente como vidro e era possível ver como o dedo passava entre as vértebras e a pele da nuca. Depois, o rosto e o crânio começaram a se esfolar até que, entre pele e músculos, apareceram os ossos da cabeça.

Depois de duas semanas em que quase não anotei nada (só alguma coisa sobre o que eu estava lendo, *As estrelas frias*, de Guido Piovene, assim como algumas excentricidades de minha relação ambígua com Ştefana, subir no terraço, ducha fria na cabeça, etc. – e, sim, duas ou três anotações sobre a perturbadora semelhança entre Da Vinci, Newton e Tesla, que tinha acabado de ler em Vasari), encontro no diário algumas outras anotações na esteira daquelas feitas no litoral. Lembro-me de que, no meio daquele verão, eu estava assustado e triste, sentia que algo estava acontecendo. Acho que, desde o episódio de Mangalia, passei a prestar realmente atenção a tudo o que me acontece. Então comecei a procurar no diário os sonhos e as notas sobre visitantes. Então compreendi a amplitude e a gravidade de minhas anomalias.

> *Esta noite eu olhava, na penumbra, para minhas mãos. Em todas as articulações dos dedos eu tinha manchas violentamente coloridas, fluorescentes: carmim, verde-esmeralda, anil, de intensidade extrema. De resto, a cor de café do pano de fundo tornava minhas mãos esbranquiçadas e apagadas.*
>
> *Uma fissura nas paredes de minha psique? De novo, algumas noites atrás, enquanto eu estava prestes a adormecer, vislumbrei a meu lado, olhando para mim, uma espécie de fantasma transparente, esverdeado, coagulando sob a aparência de uma menina de uns doze ou treze anos. Desapareceu instantes depois.*

E em 17 de agosto:

> *Esta noite acordei no meio da madrugada. Vi-os à porta, fosforescentes, como no episódio do litoral, mês passado. Eram dois homens. Um, bem alto, e a cabeça do outro batia em seu ombro. Olhavam para mim. Suas roupas eram coloridas, verde-água e escarlate. Vi-os perfeitamente, contra o fundo negro do quarto.*

E alguns dias depois:

> *No sonho, eu tinha uma barra negra no lugar dos dentes da parte de cima. Parece que só os incisivos estavam colados a ela. Eu sorria diante do espelho, via-se a barra metálica, horrenda, atrás dos lábios, com aqueles dois dentes largos como duas pedrinhas na parte de cima, e eu me perguntava como diabos eu*

chegara àquela situação miserável com os dentes. Que diabos tinha acontecido com meu maxilar.
Também no sonho fui visitado por um grande Anjo.

Refleti muito sobre esta última anotação. Não me recordo de nada, de nenhuma imagem, que a ela se relacione. Intriga-me também o fato de ter utilizado a letra maiúscula. Não costumo fazer isso. Não sei o que foi esse Anjo, o grande Anjo que teria me visitado aquela noite. Quanto à placa dentária, já tivera no sonho, e haveria de ter mais vezes, a alucinação de meu rosto visto no espelho, mas deformado de maneira estranha, monstruoso a ponto de se mostrar incompreensível e irreconhecível. Perguntei-me diversas vezes se ele não passaria de uma obscura recordação, deformada pela água ondulante do sonho, de rostos fantásticos e malignos que uma vez vi na realidade (se é que existe alguma realidade). De todo modo, eles formam também uma série, igual a meu sonho "epileptoide" e a sucessão de "visitantes" coagulados em tantas noites estranhas, diante de minha cama.

Um dos mais fantásticos sonhos dos últimos anos. Acordei deitado de barriga para cima, com todo o couro cabeludo congestionado – sentia-o, envolvendo meu crânio, espesso como o de um paquiderme, e a nuca borbulhando de sangue. Estava num enorme buraco cheio de um ar esverdeado, fumegante. Procurava desesperado uma saída. As paredes de terra, da altura de uns dez metros, eram totalmente impossíveis de escalar. Avançando pela névoa verde, agitada pela luz violenta que vinha de cima, vi como se delineavam dois andaimes que davam acesso para cima e se cruzavam em forma de X no buraco profundo. A luz caía sobre eles de maneira dramática, como nos Cárceres de Piranesi. Subi por um deles até a metade, e ali fiquei paralisado: na extremidade, olhando para mim, apareceram duas faxineiras com expressões assustadoramente cretinas. Arrepiado, perguntei-lhes se eu poderia subir por ali, no que uma delas me respondeu balbuciante, ceceando, indecifrável. Logo compreendi: eram demônios. E então, por toda a parte, por todas as passarelas e pontes de tábua, começaram a pulular criaturas terríveis, hediondas, decompostas, que eu distinguia nos mais finos detalhes. Brotavam de todos os lados e me olhavam com um sorriso imbecil.

É o sorriso que eu haveria de reencontrar, mais tarde, em algumas das mais avassaladoras experiências noturnas, inclusive na mais terrível de todas, sobre a qual ainda não sei se terei condições de escrever aqui, pois a mera lembrança dela me é insuportável.

No meio do outono:

> [...] E então me vi segurando minha própria cabeça entre as mãos como uma bola apartada do corpo e a mergulhava continuamente na água. Meu cabelo estava raspado, e numerosos insetos amarelos formigavam por sobre o crânio. "Mas como é que eu consigo ver minha cabeça?", perguntava-me, surpreso por saber que meus olhos estavam ali, naquela bola irregular. Logo lembrei, porém, ter sido operado no cérebro e que aquela era apenas a metade de cima de minha cabeça, que compreendia a caixa craniana e o cérebro. Ergui-a com cuidado e a coloquei por cima da cara. Pressionava o crânio para grudar, mas a fissura não desaparecia. Olhava-me num espelho: a linha passava justamente em cima de minhas sobrancelhas. Um início de pânico me invadiu à ideia de que jamais aquelas duas partes de minha cabeça voltariam a aderir. Era possível enfiar um dedo na fissura entre elas. Deixei o crânio encaixado por seu próprio peso sobre a nuca e a face, e comecei a apalpar o rosto. Ao puxar com mais força o queixo, fiquei com a mandíbula na mão: um osso seco, cor de café, em forma de U. Esforçava-me por colocá-la no lugar quando um forte estalo se fez ouvir de trás: meu crânio caíra no cimento do chão e se estilhaçara. O cérebro era como uma gelatina cinzenta espalhada no chão. "Sou um homem morto", disse para mim mesmo, e acordei.

E na mesma noite, ao alvorecer do dia, de olhos abertos na cama, em meu quarto, olhando como o sol nascia, passou-me pela cabeça uma ideia que me pareceu essencial, embora grande parte dela tenha empalidecido depois de eu pular da cama para a transcrever no caderno aberto em cima da mesa. No entanto, ficou o que ora retransmito, como o ossículo de um animal desconhecido:

> Por vezes me parece ter um crânio frágil como uma casca de ovo ou mãozinhas leves e brancas como de criança.

Naquela época eu lia a pequena Bíblia preta que me dera na rua uma mulher de olhar resignado (tinha uma sacola abarrotada de Bíblias, mas – observando-a depois por um tempo – ela só as dava a alguém em lugares mais retirados, em galerias e entradas de prédio, e em vielas desertas) e lembro o quanto me haviam tocado as cenas em que criaturas transcendentes, imiscuídas em nossa humilde realidade, se atracavam com os mortais, mutilando-os e transformando-os para sempre. Jacó ferido na coxa pelo anjo com que lutara uma noite toda e depois mancando, orgulhoso e sossegado, como se o terrível golpe fosse uma mancha dourada da qual jorrassem glória e luz; Moisés prestes a ser assassinado pelo Senhor de noite em sua tenda, debaixo das estrelas gélidas do deserto, enquanto Séfora, sua esposa, cortara o prepúcio do filho com uma faca de pedra e com ele tocara os pés divinos do assassino, dizendo: "Tu és meu marido de sangue"; Saul, mais alto do que todos com uma cabeça de diferença, num instante transformado em outra criatura pelo mesmo Jeová, e que depois se arrependeu de o ter escolhido e enviou ao imperador indigno um espírito maligno, que o torturou terrivelmente, prova de quão assombroso é o desígnio divino; Besaliel, enfim, a quem o Senhor concedera um espírito de invenção, maestria e domínio de todos os ofícios. As alucinações e meus sonhos noturnos se alternavam, naquele período, com citações do Velho Testamento, o livro que terminava com todos os livros, o livro que, ao fim de centenas e milhares de escritos que eu lera até então voluptuosamente: poemas, romances, novelas, ensaios e estudos de literatura, me revelava, e revelava a todos, que é possível dizer a verdade, imprimir a verdade em páginas finas como a pele esfoliada dos licranços. Aquele livrinho com milhares de páginas transparentes, de escrito miúdo dividido em duas colunas, com numeração e referências no rodapé, com mapas da Judeia no fim, me parecia semelhante às tábuas de Moisés, nas quais, dizem, o escrito não estava gravado, mas flutuava a um dedo da superfície da pedra polida: o dedo de Deus as escrevera, flutuantes, no ar, onde luziam azuladas, holográficas, emanando uma luz suave, como o rosto do profeta que, nas montanhas, não comera nem bebera por quarenta dias. Assim deveria ser a literatura para significar algo: uma levitação acima da página, um texto pneumático, sem nenhum ponto de contato com o mundo material. Sabia que não haveria de escrever nada que fosse escavado na folha, enterrado em suas valetas e canais como sarcoptas semânticos, assim como escreviam todos os narradores, todos os autores de livros "sobre alguma coisa". Sabia que só a Bíblia e os Evangelhos deveriam ser verdadeiramente escritos. E que o destino mais miserável sobre a terra é o daquele que utiliza a própria mente e voz para pronunciar palavras que jamais lhe foram ditas ou postas na boca: falsos profetas de todas as literaturas.

> Esta noite li por horas a fio e adormeci só pelas cinco da manhã. Sonhei (mas é tão difícil exprimir) que em meu quarto apareceu... uma espécie de boneco vivo, um anão num corpo fininho, vestido de preto, seu próprio rosto enegrecido, com uma cabeça grande, evidentemente carnudo, vivo, mas de certo modo caricatural... Movia-se de uma maneira estranha, estava desorientado, mas tão concreto e vivo – tocava-o, via-o olhando para mim, movendo-se... Perguntava-me se não estaria sonhando, mas não me parecia possível, tudo era evidentemente verdadeiro demais.
> "Não tenho como sonhar desse jeito, nos mínimos detalhes", dizia para mim mesmo.

A partir daqui, um desencadeamento de aparições, semanas a fio. Meus dias passavam mergulhados em confusão, apatia, como se nada mais tivesse sentido; as noites, contudo, se imbuíam de um "encanto sagrado" tecido em medo e curiosidade e da sensação de que em breve haveria de acontecer algo decisivo comigo, que eu era o sujeito de manipulações (de que natureza, não sabia nem me atrevia a pressupor: uma luta como a de Jacó? Algo mais louco, mais sacro em ambas as acepções da palavra?), escolhido pela vergonha ou pela honra, ou por algo muito além delas.

> Mas, na noite seguinte, abri os olhos de supetão, no meio de um sonho, e vi, realmente vi, um "visitante" dentre aqueles que têm aparecido nos últimos três anos (e jamais antes). Agora era uma jovem mulher. Tinha o cabelo muito loiro, maçãs do rosto altas e olhos azuis. Estava em pé do lado de minha cama e me olhava. Usava uma vestimenta esverdeada. Vi-a com clareza durante alguns segundos, após o que desapareceu. Não tive tempo de sentir medo.

Fui capaz de invocar os espíritos dos mortos em meu sonho de duas noites atrás. Como prova, um jovem morto passou a ser presente em meu quarto. Fui capaz de deslocar, à distância, xícaras de café, colherinhas, um copo d'água em cima de uma mesinha. Com um esforço de vontade, derramei a água do copo: o líquido transparente e vítreo escorreu como se em câmera lenta, numa estranha cascata, e o copo vazio rolou e explodiu em cacos no chão.

Minha cabeça é cortada num relampejo, com uma lâmina finíssima. Por alguns segundos não entendo nada, depois o sangue cora meu pescoço. Levo as mãos às têmporas e, de repente, fico com a cabeça nas mãos, a mente ainda lúcida, e a última imagem que se forma em meu cérebro é a da fonte artesiana de sangue que jorra de minhas carótidas.

Um novo fantasma, o mais real até agora, me fez uma visita de cortesia esta noite. É provável que a vedação tenha se fissurado gravemente nos últimos tempos. Abri os olhos de repente, no meio de um sonho, e fiquei horrorizado ao vê-la, a um passo de distância: perfilada na porta preta do armário, de pé, uma velha corcunda, com um rosto irrealmente expressivo debaixo de um chapéu cônico e envergando um vestido escarlate-tijolo. Fui assaltado bruscamente por um terror inexprimível, com suor gelado. A velha me olhou por alguns segundos, após o que se desintegrou nas trevas. Esforcei-me por me tranquilizar, dizer a mim mesmo que havia sido uma alucinação, mas meu coração batia com violência, e um calafrio estranho, um tremor que jamais senti, envolveu minha bacia e as coxas. Era lua cheia, brilhante, e demorei a adormecer de novo.

Esta noite (uma semana depois, quando o outono tendia para o inverno e as noites se transformavam em breves hibernações no ardor do lençol ao lado de uma Ştefana cada vez mais outra), por alguns instantes, tive uma sensação extremamente estranha. Senti medo. Algo se aproximara. Não objetal, mas como se toda uma outra realidade forçasse uma fronteira no quarto escuro. Hesitei por um momento em me entregar ao fascínio ou fugir. No final, acabei recusando aquela sensação da presença de alguém no quarto.

Ah, esta noite, ao abrir os olhos, vi uma mão esticada em minha direção, uma mão rembrandtiana, de dedos delicados. Não tinha como ver de quem era, por causa do lençol cobrindo minha cabeça. Quem quer que tenha sido, recolheu a mão de volta, delicadamente, e depois não vi outra coisa senão o espaço do quarto escuro.

Em 12 de novembro do mesmo ano, só escrevi o que segue: *Imagens de pesadelo, sobre as quais não quero escrever nada (esta noite).*

Mas sei muito bem que horrores vivi aquela noite quando briguei, pela milionésima vez, com Ştefana e a abandonei na rua, tarde da noite, amaldiçoando todos os deuses. Foi na Teiul Doamnei, num deserto total. Não olhei mais para trás, não me importei em deixá-la sozinha na avenida sem iluminação, pela qual raramente passava algum carro. Caminhei direto até o Obor e, dali, pelo imenso arco da avenida Ştefan cel Mare. Lembro-me do odor de gordura rançosa vindo da fábrica de sabão Stela, depois da arcada de concreto armado do cinematógrafo Melodia, depois as construções que pareciam de papel (navios, tanques, cidadelas, abrigos nucleares, formigueiros, favos, faróis marítimos, casinhas de aluguel amarelas, escarlate e rosa-sujas) do pátio do Hospital Colentina. Cheguei, enfim, à casa de meus pais, queixei-me, pela décima vez, de que minha esposa não era mais a mesma, que não nos entendíamos mais, assistimos todos os três a um programa absurdo, no televisor russo com uma tela do tamanho de um cartão-postal, e então me puseram para dormir no quarto menor, que dava para o Moinho. Ali tive aquele sonho que não registrei no papel, sonho que ainda hoje me arrepia os pelos dos braços, o "sonho ruim", semente podre de minha vida noturna, sonho que nem mesmo agora me sinto preparado para revelar (para revelá-lo *a mim*, para *me* lembrar dele, pois o conheço como um resumo em dez palavras de um manuscrito que, na verdade, não se pode resumir). Talvez mais tarde, talvez após muitos outros capítulos, talvez em outro órgão de meu manuscrito deixarei que se abra, em sua fascinante abjeção, a flor de pus que, então, maculou por dentro os ossos do meu crânio. Agora pulo, assim como pulei então, uma noite da minha vida sublunar para poder continuar com o relato de minhas anomalias.

O que se segue já me tinha acontecido, sob formas mais suportáveis, alguns anos antes:

Estava no dormitório quando aconteceu. De repente fui agarrado pelos pés por uma força invisível e arrastado de maneira irresistivelmente violenta da cama até a porta. Não era mais uma atmosfera onírica. Estava acordado, horrorizado, e não tinha como enfrentar aquela força. As paredes, as portas se precipitavam sobre mim, eu atravessava, arrastado com violência, vestíbulos e cômodos, o pavor crescia dentro de mim ao infinito. Parei bruscamente diante de um grande espelho, em que me vi com a cabeça embrulhada em alguma coisa preta. Só então acordei, deitado de barriga para cima, com a cabeça coberta pelo travesseiro.

Em 30 de dezembro:

No sonho eu tinha o forte desejo de mover os objetos apenas com a força de vontade. Num estado de euforia, concentrava minhas forças na direção de um copo, e ele, saltando e deslizando, logo se aproximava de mim. Isso me dava uma satisfação extraordinária.

Esta noite um sonho assombroso, em preto e branco com contrastes violentos, expressionistas, entre treva e luz. Tudo o que recordo é a imagem final, uma face bestial de cadáver, emergindo da escuridão e vindo em minha direção. "É a morte", digo para mim mesmo e me petrifico de pavor. E a morte vem e literalmente me leva. Acordei deitado de barriga para cima, com a nuca rija e fervilhando de adrenalina.

Quero apenas registrar que nesta noite, depois de muito tempo, se repetiu a "crise" mística ou epiléptica, ou ambas de uma vez. Vi uma grande luz branca, que parecia se localizar dentro de meu crânio, atrás dos globos oculares. Lembro que, no paroxismo da crise, enquanto eu era completamente dissolvido na luz numa espécie de orgasmo devastador, gritei a plenos pulmões. Deus se revelou para mim. De manhã, no espelho, eu tinha olhos anormais, assombrosamente tristes, sem estar, de fato, realmente triste, mas distante, indiferente a tudo o que existe.

E, em fevereiro, numa disposição exaltada e nervosa ao ler as recordações de Urzidil sobre Kafka e relatando no diário sensações estranhas, como se tivesse feito uso de drogas (tinha a sensação de ser muito mais alto, como se olhasse para o quarto de cima, como se tivesse crescido meio metro... e durante todo esse tempo, a cabeça completamente zonza, leve como um balão e, no peito e no estômago, uma sensação atônita de felicidade...), tive diversas vezes um sonho feérico, em que revisitava a paisagem que se via, em minha infância e adolescência, pela janela tripla de meu quarto na Ştefan cel Mare: Bucareste estendida sob as estrelas até onde a vista alcançava, iluminada como jamais teria sido, como se tivesse sido acesa por meus olhos que observavam das sombras, meus olhos cor de café claros como dois lagos num rosto pálido e delgado, iluminando a cidade que iluminava suas íris transparentes.

Neve pesada sobre Bucareste, ar escurecido e aroma de café, tangerinas e chocolate em casa. A cabeça entupida por uma espécie de tédio nostálgico e pelos sonhos dos últimos tempos. Um deles é um clone de uma série que persiste por alguns anos: estou no quarto da Ştefan cel Mare e vejo de novo a cidade espalhada a minha frente. É noite, as casas estão pálidas e, acima, um céu fabulosamente estrelado. De repente, uma estrela mediça interrompe sua trajetória para a direção da terra e cai como um relâmpago em algum lugar do centro da cidade, explodindo com força. Em seguida é dia, uma luz amarela cobre as casas, estou à grande janela levemente embaçada e mal posso acreditar que desapareceu o prédio do outro lado da avenida, que, aos dezessete anos, roubou a minha Bucareste. "Apesar de tudo, não estou sonhando", digo para mim mesmo, com a certeza absoluta da realidade. Minha mente estava completamente lúcida, e eu podia discernir com clareza cada objeto, como em estado de vigília.

Encerro com a anotação de 28 de fevereiro do medo puro, não objetal, como uma cor, um medo endógeno, difundido na gelatina do cérebro como uma gota química que se espalha por bilhões de filamentos e interstícios até seus confins de osso, que passa pelos poros do crânio para o rodear com uma aura negra. Sempre tive medo, sempre recebi não os objetos, mas a realidade por trás deles, a realidade em si, com um horror paroxístico: Por que estou aqui? Por que esta minha mente tece o mundo como um tear? O que significa tudo isso? Por que minha mão não pode atravessar as paredes e a superfície dura da mesa? Quem me trancou nesta urdidura demente de quarks, elétrons e fótons? Por que tenho órgãos e tecidos como as baratas e os animais rastejantes? O que eu tenho a ver com meus dedos, minha casa, minhas estrelas, meus pais, minha pele? Por que não me lembro do tempo de antes de nascer? Por que não posso me lembrar do futuro? Sempre tive tanto medo do imenso mundo em que estou enterrado que, no fim das contas, não posso não pensar que a realidade seja medo puro, medo congelado. Vivo com medo, respiro medo, engulo medo, serei enterrado em medo. Transmito meu medo de geração em geração, assim como o recebi de meus pais e avós.

Não raro me vem à mente uma imagem que eu não construí, mas que se impôs de alguma maneira, não sei quando nem como, que me tortura periodicamente, assim como às vezes temos a visão de uma faca que se aproxima de nossos globos oculares ou de um miriápode que passeia em nossa boca: apertamos os olhos, fazemos gestos de defesa com as mãos, tentamos escapar da imagem torturante, que parece ter vida própria, independente de nossa psicologia:

Vivo entre duas placas de vidro, infinitamente grossas e estendidas ao infinito. Acordei na superfície de uma delas, com a outra muito acima de minha cabeça, semelhante a um céu achatado, brilhante e estendido até onde a vista alcança. Por mais longe que eu vá, tudo é igual. Não há ninguém por perto, não há nada. Dá no mesmo eu avançar ou ficar parado. Mas, com o passar do tempo, percebo que, muitíssimo lentamente, o espaço entre as duas placas diminui: implacáveis, elas se aproximam uma da outra. Nos primeiros anos (ou primeiros séculos, ou primeiros milênios, não tem a mínima importância), não me preocupo muito: tenho tanto tempo pela frente que parece equivaler à eternidade. No entanto, por mais longo que seja, ele não é uma eternidade.

O teto se aproxima e, de repente, dou-me conta de que, após uma longa vida sossegada, meu "céu" chegou a apenas alguns metros acima de mim, para em seguida poder tocá-lo com a ponta dos dedos. Nem mesmo então, embora já entreveja o fim atroz e inevitável, o pavor me domina de fato. Mas me torno mais móvel, estendo mais meus órgãos dos sentidos a meu redor: talvez eu encontre uma imperfeição, uma concavidade nas paredes lisas, onde possa abrigar meu corpo frágil mesmo depois da lenta e previsível colisão. Penso até mesmo que o teto venha a suspender, talvez, seu imperceptível deslizar. Como poderia descobrir que leis o governa? Mas o teto continua descendo.

Vejo-me correndo cada vez mais longe pela superfície lisa e cintilante, mas tudo, por toda a parte, é perfeitamente nivelado, e o teto lá em cima continua descendo, não posso mais me iludir: já encostou nos fios de cabelo, subitamente eriçados de pavor, de meu cocuruto. Sim, só quando sou atingido diretamente começo a me conscientizar, pois não podemos ler nada que já não esteja escrito em nossa própria pele.

Passam-se horas, anos ou uma eternidade até compreendermos que não podemos mais andar eretos, mas só curvados pelo túnel que se estende em todas as direções. Depois, só podemos andar de joelhos. Depois, arrastamo-nos de barriga para baixo, sob a pressão suave, paciente e quase materna do teto sobre a coluna vertebral. Por fim, não podemos mais nos mover. Nossa história, de agora em diante, é a história local do esmagamento de cada osso, lento e implacável, da ruptura de cada órgão, da expansão, no chão de vidro, da poça contendo nossos fluidos corporais misturados. Tudo mais lento do que se pode contar, com momentos de resistência e momentos de trégua espontânea.

Não sabemos (pois ao longo da eternidade nossa vida é um berro contínuo, como nas profundezas das profundezas do inferno) quando se destrói a frágil estrutura de nossa construção, quando não somos mais nada além de uma grande mancha viscosa entre aqueles dois blocos infinitos de vidro, mas podemos estar certos de que sua aproximação continua, até a brecha entre eles se tornar milimétrica e, depois, micrométrica. Se ainda estivéssemos em algum lugar neste universo monstruoso, ouviríamos o estouro de cada célula de nosso antigo corpo, e depois a quebra em pedaços, com pequenos estalos, de cada molécula. Seríamos testemunhas dos estalidos minúsculos de átomos espremidos, e depois dos núcleos, dos quarks individuais, dos tijolos de espaço da escala Planck. A mancha material se estenderia por superfícies inimagináveis no espaço agora quase nulo entre as paredes metafísicas, se transformaria numa galáxia ou num universo, mas ainda constituiria um acidente insignificante na fenda infinita.

No fim, todo espaço, toda mancha, toda presença desapareceriam, e o mundo se reduziria a um bloco infinito, unificado, reconciliado com seu enigma de suave atrocidade...

> *De novo esta noite, num breu absoluto, pois as cortinas estavam completamente fechadas, senti um terror que despencou sobre mim sem aviso nem razão, um terror demente, semelhante àquele que senti ao ver o último "visitante". Como daquela vez, meu corpo todo começou a tremer embaixo das cobertas. Sobretudo os músculos abdominais vibravam terrivelmente. Aproximei-me aos poucos do estado de médium, que outrora me horripilava e, ao mesmo tempo, me enchia de orgulho. Sinto-me de novo um eleito, ainda que para o desastre e a loucura. Sinto de novo não estar sozinho, pois, se somos eleitos, sabemos que em algum lugar existe ao menos uma outra criatura: a que nos elege.*

Terceira Parte

29

No outono de 1965, parti para Voila, preventório na serra de Bucegi destinado a crianças com tuberculose. Tinha nove anos naquela altura e, caso tivesse alguma opinião a respeito do mundo, diria que era formado por núcleos que se encontravam antes dentro em minha mente do que no impossível conceito de realidade. Cada um deles era acompanhado por uma sensação diferente, como se por outra cor ou outro cheiro, por um estado diferente de meu corpinho: de certo modo, sentia a realidade local de nossa casa, com a zona ilimitada da cidade em que se encontravam o parque e a alameda do Circo, a avenida Ştefan cel Mare, a padaria e a mercearia em frente, a biblioteca B. P. Hasdeu e a banca de jornais redonda na Tunari. Nesse perímetro rodeado por pavor e vazio, cada construção era um templo ou um mausoléu: o prédio, o restaurante, a delegacia, a biblioteca, a escola não eram feitos de tijolo e argamassa, mas de substância psíquica, das pedras doces e polidas das emoções. Assim, lembrava-me das casas do passado, em que tinha vivido outrora, completamente diferentes: Floreasca, Silistra, cada uma pintada em outra cor conforme meus afetos e habitada por outros fantasmas: o grupo de criancinhas de quatro e cinco anos do quintal da casa em forma de U, as que trepavam, no andaime motorizado encostado na parede cega da casa vizinha, até a janela do topo, de onde se podia contemplar o espaço ecoante do lado de dentro; o sino de vidro por cima do bairro Floreasca, onde era sempre primavera, a loja do fim da rua aonde ia pedir "um pão e o troco". Havia também a casa da periferia da tia e madrinha, sob nuvens fantásticas, sempre as mesmas, como se as paredes roxas, o terraço e a torre torta houvessem se alongado com a arquitetura abstrusa das nuvens numa pintura estranha e imóvel. No mesmo quadro cabiam, com suas vestes refletindo as nuvens, com seus rostos disformes, com seu ar perigoso de trolls, o padrinho, o carpinteiro chucro sempre fedendo a cola de osso, a esposa dele, com o dobro de seu tamanho e tetas que pareciam nuas por mais cobertas por blusas e pulôveres que estivessem, e o filho, Marian, de cueca vestida por cima da calça e a fuça invariavelmente suja de geleia. Entre esses globos perfeitos, encerrados em suas sensações, coloridos e saboreados de outra maneira, as ligações eram mais místicas e incompreensíveis: havia bondes, havia ônibus, havia até mesmo trens. Mas, dado que nem o tempo nem o espaço nada significavam para mim, brotos embrionários em minha consciência futura, não imaginava esses lugares a uma determinada distância uns dos outros, não os posicionava em sucessão ou em perspectiva arquitetônica: eram cinco ou seis bolas coloridas numa tigela formada por meus ossos cranianos, chocando-se uma à outra e tilintando, atirando faíscas de emoção por sobre as paredes de caulim. Sim, eram emoções antes de se tornar desenhos, e desenhos antes de ser realidades, pois a ideia de realidade, a mais fantástica invenção da mente humana, só então, naqueles anos, se configurava.

 Até hoje não sei como cheguei a Voila. Lembro-me bem, no entanto, de outra coisa, antes da partida dos ônibus. É de manhã e já nos despedimos de nossos pais. Estamos em balanços verdes, de quatro lugares, com dois frente a frente, no quintal de um prédio. Estou sozinho em meu balanço, que não se move. A meu lado, uma mala deplorável de papelão prensado: dentro dela devem estar minhas coisinhas, todas marcadas por mamãe com meu monograma, costurado grosseiramente, às pressas, com linha preta. Os ônibus estão atrasados, de modo que tiro da mala um livro e me ponho a ler. A página que li então, antes de partir para Voila, é uma das coisas mais importantes de minha vida. Com aquela página comecei, de fato, a ler de verdade. Tenho a vista tão boa que identifico, no branco levemente amarelado e perfumado da folha, minúsculos fios azuis ou avermelhados, entre as letras brutais de tinta, como se destacadas e flutuando acima dela. Mas logo não vejo nem as letras, nem as páginas, nem o balanço, nem o parque. O mundo desaparece e, como nos alambiques meândricos do sonho, de repente outro mundo se revela, outro espaço visual e mental, em que me dissolvo com solene perplexidade.

Lá já anoitece. Uma água santa e límpida sob a lua flutua como uma maçã de ouro no céu. Um rei velho, cuja cabeça grande repousa entre almofadas, se deixa levar pelas águas num barco preto e estreito. Paisagens ciclópicas, construções gigantescas nas margens. Pirâmides alçam seus cumes de metal ofuscante na direção do céu incandescente. Jardins suspensos se refletem no Nilo, rio sagrado, com estágios infinitos. Numa ilha se ergue um domo cuja altura e grandiosidade as palavras não abarcam: caminhando ao longo das paredes incomensuráveis, o rei parece uma barata preta, perdida no nada. Sob a cúpula do domo, um grande salão, apoiado por pilastras, com janelas ao redor. Minúsculo sobre as suaves lajotas de mármore do chão, lustrosas como um espelho, o rei passa por cada uma das janelas e baixa, em ondas de tecido rosa, vaporoso, longas cortinas por sobre a paisagem do entardecer. O salão se deixa preencher por um rosa-escuro. O rei tira do peito um frasco talhado numa única ametista e despeja três gotas numa taça de cornalina brilhante. Na escuridão rósea da sala circular, a água se colore de dourado, rosa e depois um azul profundo, como o do céu. Em seguida acontece outra coisa, estranha e perturbadora: todo o assoalho se transforma num espelho, a abóboda da cúpula mergulha nas profundezas, e o rei se posiciona no centro dela, apoiado pelas solas do pé do outro rei, refletido no espelho. O que estava em cima estava também embaixo, mas de modo diferente, com outro grau de presença, brilho e magia.

Depois o faraó sai na noite e se dirige à grande pirâmide, tetraedro de piche desenhado no céu. Desce pelas vísceras de pedra debaixo do olho triangular da construção ciclópica. Entre as tripas do labirinto se forma uma gruta de dimensões jamais vistas, iluminada por uma tocha enorme. No fundo da gruta há um lago transparente, no lago há uma ilha com areia dourada e, na ilha – dois relicários de cristal. Dentro de um deles está uma morta e, no outro, o rei se deita e fecha os olhos cansados da vida para incorporar, ali nas profundezas, duas estátuas, de poeira e de sonho, Mãe e Pai, que se encontram no meio de nossa mente, de nós todos.

Eu lia, no balanço verde, aquela primeira página de um livro branco e grande, e não podia acreditar, não que alguém o pudesse ter escrito, mas que eu fosse capaz de recebê-lo, de decifrá-lo, de transpô-lo da lógica de outra mente para a lógica de minha mente, de vestir o esqueleto de articulações finas e simétricas e os ossos delgados do texto com a encarnação de minha própria vida, de minhas próprias lembranças. Quem construíra aquela Mênfis, aquele Nilo impregnado pelo reflexo das estrelas, aqueles palácios megalíticos e bizarros? Muito tempo atrás um morto implantara em meu cérebro um enxerto, uma fatia do cérebro dele. O universo egípcio surgira, fantasmático, na confluência de nossas mentes. O autor era o leitor, o leitor era o autor, como aquelas duas cabeças de ponte pelas quais as alucinações circulam. Eu estava dentro dele, e ele, embora morto havia muito tempo, vivia dentro de mim.

Recordo que, naquela manhã, enquanto lia o livro que trouxera comigo por acaso, senti medo. Não compreendia metade das palavras, mas *enxergava* pela primeira vez outro mundo, esquecendo-me das letras pretas, da paisagem ao redor e de mim mesmo. Estivera ali, em Mênfis, vira tudo, acrescentara, sem bondes, ônibus nem trens, mais uma esfera colorida às outras que tilintavam, sem hierarquia, dentro de meu crânio. Após as primeiras duas páginas de fascínio e autoesquecimento, o pelo de meus braços se arrepiou e precisei fechar o livro.

Cheguei a Voila com o outono, que despontou brusco, como se o verão tórrido, com seus muros e linhas de bonde incandescentes, com as folhas descascadas das árvores escuras e carcomidas existissem apenas em Bucareste. Era outro mundo em Voila. Nuvens pesadas e cinzentas, de chuva, pairando a apenas alguns palmos acima do grande edifício retangular, com sua pequena torre redonda, em que ficavam os dormitórios, a cantina e a enfermaria. Todo o complexo era rodeado por um bosque e cheirava a frescor verde, a bosque sem fim. Depois de desembarcarmos dos ônibus, baratinados pela novidade agressiva das superfícies de concreto e das vidraças que refletiam nossos rostos pálidos, das copas melancólicas das árvores que se erguiam acima das construções, fomos conduzidos, cada um com sua malinha na mão, até os dormitórios. Cada um de nós colocou a mala em cima de uma cama de metal branco, como as de hospital, dentre as trinta que havia em cada dormitório. As camas estavam dispostas de duas em duas, de modo que, provavelmente, sorri para o garoto que haveria de dormir a meu lado, e ele, provavelmente, me respondeu com um olhar sombrio e desconfiado por baixo das sobrancelhas. As camas estavam todas arrumadas do mesmo modo: um travesseiro de fronha engomada, com duas iniciais azuis, costuradas com desleixo, um lençol igualmente engomado, um cobertor azul, de feltro com fibras grandes entrelaçadas, rodeado, nos pés, pela faixa feita de outro lençol. Tudo era tão estranho, tão pobre naquela repetição de trinta vezes a mesma cama, o espaço era tão grande e austero, os globos do teto se dependuravam tão rijos de suas hastes, que provavelmente nenhum de nós disse uma palavra por muito tempo. Estávamos ali, cada um sentado na própria cama, trinta crianças olhando para o chão. Parecíamos todos idênticos, como as camas, como os guarda-volumes de porta dupla ao longo da parede comprida, como as cortinas da outra parede, a das janelas, e de certo modo éramos mesmo idênticos, pois erámos todos nascidos no asfalto, no meio do campo infinito de ruínas que era nossa cidade, único mundo que nos era familiar. Crianças criadas em apartamentos minúsculos de prédios para operários, que haviam brincado, desde que se sabiam por gente, pelas lajes, pelos canos de esgoto, pelos canos de gás e pelos contêineres fedendo a lixo doméstico da traseira de cada prédio. Agora nossas divindades familiares, Mãe e Pai, nos haviam deixado ali e se transformaram em lembranças fantasmáticas.

 Lembro-me de minha cama pobre e impessoal, com um vago cheiro de vinagre, com lençóis esburacados de tanto lavar e relavar. Haveria de dormir centenas de noites enrolado naquele cobertor azul que não esquentava, de ouvir o burburinho do sono noturno das crianças e de, tantas vezes, abrir os olhos no meio da noite, assustado com o luar repentino que entrava pelos janelões para os quais ficava virada minha cabeça enquanto dormia. Um jovem instrutor, de cabelo crespo e aspecto execrável – faces macilentas, um bigode desgrenhado por cima de lábios crispados numa espécie de sorriso permanente de desdém –, provavelmente nos fez levantar e nos deu a entender quem haveria de ser o chefe dali em diante. Fez a chamada e designou um guarda-volume para cada um de nós. Neles guardamos nossas roupas e a mala, sapatos e tênis, após o que nos foi permitido sair do dormitório e entrar no grande corredor defronte.

Era uma sala grande, com mosaico no chão, para a qual davam, do outro lado, as portas do banheiro. Que sensação estranha tive ao atravessá-las! Jamais tinha visto algo parecido. Primeiro, o banheiro era o lugar mais estranho e hostil que eu poderia imaginar. Mesmo repleto de crianças, parecia gélido, silente e solitário. Era todo níquel e azulejo. Banheiras de faiança para lavar os pés, pias com espelho, umas ao lado das outras, chuveiros em recuos sem porta, cabines de toalete. As paredes eram recobertas até o teto com azulejo branco, luzidio, como nos postos de saúde aos quais tinha ido com mamãe, e tudo era glacial, petrificado, de um silêncio assustador. Ao irmos fazer nossas necessidades, de noite, acabávamos nos perdendo no banheiro, sem saber se deveríamos desviar para a direita ou a esquerda da parede com os tanques para lavar os pés, se a sala dos toaletes ficava antes da sala das pias, se a simetria antisséptica do banheiro por acaso não se invertera de repente e agora o sul estava no norte, e o leste, no oeste... Quando me punha diante da pia para lavar o rosto, olhava longamente para as torneiras de níquel, empedernidas em sua forma definitiva. Enquanto olhava, nu até a cintura, para o metal luzidio, minha silhueta escorregava pelo cano metálico, serpenteando rósea, e foi só assim que, durante um ano inteiro, consegui me olhar no espelho, pois os de cima ficavam alto demais para nos vermos neles. A própria pia batia na altura de meu queixo.

Da salinha se via a escada interna que conduzia ao andar de cima, onde ficavam os dormitórios das meninas. Visto que chegaram no mesmo dia que nós, um pouco mais tarde, em outros ônibus, vi-as subindo a escada, segurando as malinhas, crianças como nós, mas de cabelo comprido, com brincos de bolinha nas orelhas e outro tipo de roupa: vestidos de tecido estampado, sainhas e blusas de pano áspero, muitas cosidas em casa pelas próprias mães, em cima da mesa em que esticavam a massa para bolo com pau de macarrão, que não raro se transformava também em mesa de costura, cheia de fitas amarelas, com centímetros numerados e clipes de metal nas margens, de tesouras grandes e enferrujadas e de modelos de papel da revista *Femeia*. O dedal, pequeno objeto que tanto me divertia, assim como um ou outro pedaço quebrado de ímã, cheio de alfinetes e agulhas, nunca faltava. Lentas e pálidas como deportadas, de cílios úmidos, as meninas subiam até um lugar que, como os banheiros femininos na cidade, haveria de permanecer a nós sempre inacessível. Um tabu potente e atordoante, à altura da tentação, protegia o primeiro andar, e, embora nada nos impedisse de subir a escada até aquele espaço mergulhado em seu caráter fantástico, por muito tempo nem mesmo chegamos a pensar naquilo.

Depois de deixarmos a bagagem nos guarda-volumes, ficando sobre as camas apenas nossos pijamas com desenhos de girafa, elefante e sapo, fomos levados pelo instrutor – que se chamava camarada Nistor – até o refeitório, no edifício adjacente. Pelas alamedas se enfileiravam abetos gigantescos e pairava um cheiro forte de floresta. Estava para chover. Bem longe, para além dos cumes dos abetos, entreviam-se os picos das montanhas. Tudo era tão diferente de meu mundo que era como se eu tivesse chegado a outro universo, com outras formas e concepções das coisas. Assim que entramos no refeitório – um retângulo branco, vasto, cheio de mesinhas com quatro lugares –, fomos golpeados por um cheiro forte, nauseante, de comida de cantina, que haveria de me torturar, mais do que qualquer outra coisa, até o fim de minha estada em Voila. Desde o início ele revirou meu estômago, mas, à medida que comecei a ser submetido ao suplício da comida, a partir de um determinado momento não pude mais entrar naquela sala sem correr até o banheiro e vomitar, em jejum, um líquido acre e esverdeado.

Depois eu me sentava à mesa, pálido e resignado, sabendo muito bem o que se seguiria.

Pois no preventório de Voila as crianças tinham de comer de tudo. Não existia regra mais inflexível. Comer tudo o que estivesse no prato, por mais asqueroso, por mais impossível de engolir que fosse. Quem não limpasse o prato no período reservado à refeição era levado, com prato e tudo, até a enfermaria, onde permanecia até o entardecer, com o prato na frente, vigiado por enfermeiras. Vomitava-se, recomeçava-se, vomitava-se de novo, engolia-se mais um bocado... Enquanto isso, tomava um ou outro bofetão na nuca, para apressar.

Sentei-me à mesa, enojado, ao lado de Traian, aquele que havia escolhido a cama ao lado de minha. Continuava olhando para mim de baixo para cima. Era loiro e robusto, com um corte de cabelo que parecia uma escova, e parecia mais velho que eu e as outras crianças. Tinha olhos muito azuis, bem distanciados um do outro, cheios de lágrimas. Algumas delas escorreram durante a refeição e pingaram na sopa e no ensopado em que não parava de girar a colher. Nem eu podia comer: sempre fora um caprichoso sem igual, não gostava de nada, com frequência atirava no poço do elevador os lanchinhos que mamãe preparava para eu levar à escola. Mas, diferentemente de Traian e todos os outros, eu não sentia, e jamais haveria de sentir, enquanto permaneci em Voila, falta de meus pais. Era como se jamais houvessem existido. Haviam sido, então me dei conta pela primeira vez, transparentes e fantasmáticos em minha vida, e assim haveriam de permanecer. Era confortável estar em sua companhia: era servido por eles como um pequeno deus por parte de seus fiéis. Caso se ausentassem, porém, não sentia nenhuma insatisfação. Gostava de explorar o mundo sozinho, apesar do medo de lugares desconhecidos. E, em Voila, tudo era tão novo e vasto que meu passado fixado na memória empalidecia e se tornava inacessível: estava completamente virado para o futuro, para as surpresas que ainda me aguardavam. Por isso nem tinha, como as outras crianças, personalidade própria: eu era o espaço em que elas se moviam, era o campo visual que as integrava. Consumia-me por completo só de olhar para elas e o espaço ao redor. Desconhecia até mesmo meu aspecto, ou como minha voz soava. Um garotinho de nove anos, perdido em meio a outros como ele.

Embora não tivesse comido tudo, não me levaram à enfermaria já no primeiro dia. Retornamos ao dormitório, onde esperamos a chegada do médico para sua primeira visita. Chegou, homem sereno de avental branco, acompanhado pela enfermeira com a qual, inclusive, se casou mais tarde. Primeiro inspecionaram se não tínhamos piolhos e lêndeas, e, claro, encontraram-nas em alguns dentre nós, que foram imediatamente mandados para um corte de cabelo com máquina zero. Eu também tivera "filhotinhos", como mamãe dizia, mas logo escapara deles, após ter o cabelo lavado com querosene e penteado por um pente de metal, com dentes pontudos que arranhavam meu couro cabeludo. "Olha os filhotinhos", mostrava-me, contente, as sementinhas amareladas grudadas nos dentes metálicos. Eram cápsulas em que os vermezinhos que haveriam de se transformar em piolhos se revelavam como minúsculos pontos pretos pulsantes. Em seguida nos despiram até a cintura, procurando sinais de urticária em nossa pele. Quem tivesse bolhinhas recebia uma mancha de azul de metileno em cima delas, aplicada de maneira negligente com um pincel, o mesmo para todas as crianças. O médico tinha bastante pelo nas falanges dos dedos, mas unhas cuidadas e um toque delicado. Estava sempre cheirando a frescor, a água de colônia. O estetoscópio, com suas mangueiras de borracha rosa e o diafragma gelado, niquelado, nos fascinava como um objeto de outra civilização. Uma criatura superior se utilizava dele para apalpar, sabe-se lá com que objetivo, nossos corpos que abrigavam, sob a pele aveludada, órgãos moles, complexos, que palpitavam, que se esticavam e se retraíam como animais vivos dentro de uma toca subterrânea.

Distribuíram-nos também medicamentos, depois de consultarem umas fichas dentro de envelopes grossos, utilizados e reutilizados, semelhantes àqueles que uma ou outra mulher gorda e aborrecida dava à mamãe quando íamos ao posto. Eu haveria de tomar hidrazida, pastilhas miúdas e amareladas como os ovos de piolho, oito por dia, toda noite. Sempre as engoli de uma vez, com um pouco de água, no banheiro, apressado para voltar e pegar do início a história de ninar. Estranho, não me sentia doente, mas todo dia me sentia mal por causa do cheiro da comida da cantina, por causa das sopas e dos guisados, da carne mole e insípida de frango, das moelas e dos fígados que eu preferia morrer a ter de comer.

Depois saímos, na garoa fina, pelo pátio do preventório. O camarada Nistor nos mostrou os edifícios, dentre os quais alguns eram novos e modernos, de concreto armado, com janelas largas, pouco adequadas à paisagem selvagem do entorno, ao passo que os outros, em especial o castelinho da enfermaria, com sua bela torre, pareciam antiquíssimos, enegrecidos de umidade, com a pedra coberta de líquens. As alamedas subiam e desciam, retorcendo-se estranhamente em torno dos edifícios, perdendo-se depois pelos abetos que se adensavam, negros, por toda a parte, balançando, a grande altitude, seus cones lenhosos. Todos os caminhos pareciam, no fim das contas, desaparecer na floresta profunda e escura que rodeava o complexo. Junto às grandes construções, espalhadas aqui e ali, havia barracas de madeira nas quais, haveríamos de descobrir mais tarde, moravam os cozinheiros, os professores, as faxineiras, os jardineiros ou que abrigavam pequenas oficinas de costura ou marcenaria. Mas onde é que haveríamos de ter aula? Não se avistava nenhuma escola em parte alguma, e o pedagogo era tão sombrio e emanava tanta maldade que ninguém se atrevia a lhe perguntar. Eu ia começar a terceira série, e mamãe colocara o material em minha mala: cadernos pautados e de matemática, uma caixa de lápis, um esquadro, alguns lápis chineses com borracha... Mas talvez não fôssemos frequentar uma escola, doentes que estávamos todos. Olhei brevemente para as crianças perto de mim: todas pareciam vigorosas e, apesar de separadas dos pais, cada vez mais vívidas e curiosas. Era uma piada enxergar nelas doentes de tuberculose...

Retornamos ao dormitório, agora escuro e estranho como uma fotografia antiga. O camarada Nistor acendeu as luzes, e nós nos espalhamos pelas camas, que desfizemos para nos deitar. Como era duro e estranho o tecido dos lençóis! Rijo de tanta goma, e meus olhos, tão aguçados então, eram capazes de enxergar os minúsculos nós em sua folha lisa, porém áspera como lixa. E que textura incomum tinha o cobertor! Arrancava dele fibras compridas, azuis, enroladas em todas as direções. Parecia feito de pequenos caules de plantas, secos e prensados, coloridos com uma unânime genciana. Pelos buracos do lençol da cama podia-se ver o colchão enegrecido, aparentemente mofado, e, de fato, no último dia do fim de cada trimestre, quando se desfaziam as camas e os lençóis ficavam amontoados no assoalho, em cima de cada cama de ferro permanecia à vista uma espécie de animal marinho, sebento, preto-amarelado, certamente antiquíssimo, que havia nos suportado nas costas após resistir a sabe-se lá quantas outras crianças se revirando durante o sono... Mas aquele dia, o da partida, de malinhas feitas e com o dormitório vazio, foi tão triste que até hoje tenho sonhos relacionados ao tema sempre recorrente dos trens e das estações ferroviárias desconhecidas e desertas.

    O travesseiro, que nas noites de lua brilhante eu haveria de profanar tantas vezes, era achatado, informe, desprovido das pontinhas e das fronhas dos travesseiros de casa. Uma ou outra pena de galinha, ruiva, com farpas ainda por crescer e outras expandidas até formar um pufe imaterial, escapavam do tecido branco, mais mole e mais luzidio que o dos lençóis. Estávamos todos nas camas, olhávamo-nos tímidos uns para os outros. O pedagogo não parava de nos dar orientações, num tom áspero e inflexível: regras de comportamento, castigos... Como organizar nossos guarda-volumes – aquela fileira de armariozinhos altos e estreitos, colados uns aos outros na parede oposta aos janelões –, como nos comportarmos com as vigilantes e as faxineiras... Depois das nove, quando as luzes se apagavam, fechavam a porta do dormitório e nenhuma criança tinha permissão de sair no corredor. Mas a maioria entre nós nem mesmo o escutava. Tudo era demasiado novo, tudo era demais ao mesmo tempo. No passado, quando chegávamos a universos desconhecidos, tínhamos ao menos nossos pais como uma constante, uma linha resistente que trespassava pérolas cinzentas. Agora estávamos sozinhos, precisávamos distinguir sozinhos as zonas boas das ruins, os deuses benevolentes e os hostis. O camarada Nistor haveria de se tornar um dos mais abjetos, no entanto, um demônio miúdo, desprovido de consequência e importância. Outras divindades miúdas haveriam de se revelar bem naquela primeira noite, quando as três vigilantes entraram no dormitório, dando com as portas na parede. "Chega! Cada um em sua cama, e não saiam mais daí! Não quero ouvir um pio!" Pareciam-se com as vendedoras de pão e leite, com as cobradoras de bonde, eram mulheres gordas e impessoais, de pele escura, as quais, não se sabe por que, enchiam todas as lojas de roupa da Lipscani e as salsicharias do Obor. Naquela noite, elas passaram a grande velocidade de uma cama para outra, para nos cortar as unhas com enormes tesouras de ferro lubrificadas: cortaram-nas rente à carne, como se de propósito, insensíveis aos gritos ou ao recuo dos dedos feridos. Assim que terminavam com um de nós, precipitavam-se como abutres sobre a criança ao lado, prendiam-na entre as tetas, panças e coxas gigantescas, e lhe arrancavam as unhas sem dó, até passar por todas. "E agora, para o banho! Tirem a roupa e façam fila para o banheiro!"

Jamais tinha visto crianças nuas. Tinha aprendido em casa que era horrível alguém nos ver pelados. Fazia tempo que não deixava nem mamãe entrar no banheiro enquanto eu tomava banho. E agora, vinte moleques, na maioria magros e esqueléticos, se enfileiravam, esforçando-se ao máximo para não encostar uns nos outros e, sobretudo, não ser vistos desde a porta do dormitório. O teto pairava enorme acima de nós, com seus quatro globos redondos dependurados nas hastes. Sentia muita vergonha, sentia-me como um animalzinho num rebanho, fora abandonado num lugar em que desaparecera num grupo de corpos pequenos e nus que aguardavam, assustados, novas provações, impossíveis de serem previstas. Passamos nus e arrepiados pelo corredor gelado, arrastando os pés pelo mosaico do chão, até chegar a uma zona de vapor e calor brusco. Pois no banheiro todos os chuveiros estavam abertos, produzindo redemoinhos brancos que se espalhavam pelo recinto, embaçando os espelhos e tornando-os opacos, sulcados por gotas longas, e preenchendo tudo com névoa. Fomos empurrados para debaixo dos jatos ferventes que jorravam dos funis e que em poucos instantes nos avermelharam como caranguejos cozidos. Com a camisa completamente molhada, o pedagogo passeava pelo recinto, onde os berros das crianças eram sufocados pelo vapor, e flechava com o olhar quem quer que saísse de baixo dos jatos de água fervente. Logo nem pude mais enxergar a criança com quem dividia a ducha. De modo que fui completamente pego de surpresa quando uma mão me agarrou pelo braço e me puxou para fora da cabine, para o chão encharcado e escorregadio. Era uma das vigilantes, que, em alta velocidade, se pôs a me esfregar por toda parte com uma bucha áspera, impregnada de sabão. "Levanta o braço!", disse-me de maneira ríspida e impessoal, como um maquinário mole. "Agora o outro!" Sua mão passava com uma energia formidável por minha pele vermelha como fogo, esgarçava meu cabelo quase o arrancando, esfregava meu rosto com a mesma bucha que parecia de arame, raspava meu peito, minhas costas e a barriga. Através da blusa da mulher viam-se os círculos escarlates dos seios, o umbigo escurecido, a banha dos quadris... Ela me virava e revirava como uma pena. "Agora fique de cócoras!" E, de repente, senti a bucha passando por minha bunda, por entre os glúteos, e depois pelo pintinho e os ovinhos, sabendo quanto é vergonhoso mostrá-los a alguém, que dirá deixar que encostem neles. Tentei fechar as pernas, mas a robusta mulher as abriu com a facilidade e a indiferença de um inseto. Ao terminar, empurrou-me de novo para baixo da ducha e se precipitou para cima da outra criança. Na mesma medida em que entramos pálidos no banheiro, voltamos vermelhos para nossas camas, para vestir pijamas novos, de duvetina, trazidos de casa, e nos deitamos. "Quem precisar ir ao banheiro que vá agora, até amanhã de manhã não quero pegar ninguém zanzando pelo corredor", crocitou o pedagogo enquanto trocava a camisa por uma seca. Depois que também essa agitação se encerrou, apagaram a luz e ficamos na escuridão mais plena e profunda.

No dia seguinte, porém, a luz estava mais brilhante do que nunca, luz fria de outono. As quinas afiadas das camas e as hastes das lâmpadas do teto me ofuscavam. As crianças acordavam, soerguiam-se e dormitavam, olhando umas para as outras. Foi o dia da mudança de reino e de paisagem, pois naquele dia vi o que jamais achei que alguma vez veria: a floresta. Enfileirados, fomos conduzidos à floresta após o café da manhã. A floresta também era ilimitada, profunda e misteriosa, negra e verde, repleta de vazios, silenciosa de gritar. Vivera toda a minha vida no asfalto, como um tatuzinho que tivesse percorrido eternamente, com suas dezenas de patas, a mesma parede descascada e queimada por antigos incêndios. Tudo o que vira até então havia sido as casas arruinadas da cidade, as bancas de jornal, as mercearias, as linhas de bonde. E agora, naquela manhã ofuscante, deixando para trás o castelo de madeira da enfermaria, entrava na floresta.

    Não sabia o que fazer com tanta luminosidade verde, com tantos milhares de nuances de verde, transparentes, opacas, em degradê até amarelo e ferrugem, pulsando e vibrando debaixo das abóbodas das árvores gigantescas. Não sabia o que apreender primeiro daquele mundo de cintilações, cheiros e trinados de pássaros, casca escura e úmida, tão áspera que me machucava os olhos, terra fofa, elástica, cheia de brotos, coberta por folhas em diferentes estágios de desintegração. Entre os ramos verdejantes mais baixos, havia grandes círculos de teias de aranha, faiscando com seus poliedros quase perfeitos, enfunando-se a cada brisa, sustendo em sua rígida arquitetura o bicho do centro, pesado como um grande bago de uva. Por toda parte havia troncos tombados, carcomidos, em cujo interior apodrecido haviam crescido cogumelos alvacentos, carnudos, visguentos, fundidos uns aos outros. Sobre toras ancoradas em sólidas raízes, como molares enegrecidos, obturados com negligência, pululavam percevejos-da-tília. A atmosfera era úmida e sombria em alguns lugares, eclodindo em chamas insuportáveis ali onde os raios atravessavam a folhagem, malhando a terra com desenhos tremulantes. Os rostos das crianças também estavam malhados, assim como suas roupinhas e braços desnudos, como se houvessem crescido ali desde que vieram ao mundo, empastados neste mundo de cintilações e escuridão, unidas a ele, como o padrão à tapeçaria.

    Desde os primeiros minutos nos espalhamos por toda a floresta, assim como haveríamos de fazer centenas de vezes, sobretudo aos domingos, avançando tão longe que mal se ouvia um grito débil dos grupos distantes. Jamais cheguei a sua extremidade. Era como se se estendesse até a borda do mundo, por toda parte, tendo o preventório ao centro. Não havia trilhas, não havia pontos de referência, a floresta era sempre igual: terra salpicada por folhas mortas, pedras grandes que virávamos para procurar ninhos de formigas vermelhas, com larvas maiores do que elas, troncos negros que sustinham abóbodas flexíveis e graciosas, a folhagem de cima, em que os pássaros, nunca vistos, atiravam outras abóbodas, de trinado, acima de nós. Em grupos de três ou quatro garotos, armados de paus úmidos e cintos de casca de árvore, explorávamos em todas as direções aquele mundo de transparência e podridão, chamando-nos uns aos outros para ver um grande miriápode agitando os ferrões ao léu num pedaço de tronco, um jarro-de-itália com bojos vermelhos e verdes em seu caule fálico – sinal de que naquele ano haveria grande produção de tomate e pimentão –, uma ou outra semilua de fungo-pavio, ondulada, amarelo-verde como o fel, que nos esforçávamos por desprender com os dedos. Corríamos por entre as mosquinhas transparentes que nos acompanhavam por toda parte, encontrávamos riachos dos quais bebemos água gelada já desde o primeiro dia, embora pululassem insetos pálidos, com o ventre preso numa armadura de pedra, aventurávamo-nos por suaves colinas e descíamos por pequenos vales, sempre sob uma sombra úmida, em meio a um aroma suave de terra fresca e seiva, e, ao mesmo tempo, um aroma amargo de tanino, de secreção de baratas esmagadas pela metade, de flores flácidas com detalhes nojentos.

    O que eu mais gostava era de ficar sozinho. Sempre que nos deixavam livres na floresta, procurava caminhar o máximo possível numa única direção, até que a meu redor se instalasse o silêncio sussurrante da floresta. O silêncio era tão profundo que um ou outro zumbido, com a violência de uma hélice metálica, tinia em meus ouvidos. Tão profundo que à frase de poucas notas de uma ave desconhecida logo se seguia um silêncio verde. Detinha-me e permanecia de pé. Se eu formasse uma concha com as palmas das mãos, o ar se recolheria nelas como uma água densa, repleta de espirogira. O ar fulminava e escurecia a cada movimento dos galhos, depondo ouro denso, avermelhado, por sobre os troncos tombados. Estava na profundeza das florestas, em seu mais profundo esconderijo, dissolvido em seus sucos gástricos. Como me regozijava com os detalhes de meu novo mundo! Deitava-me de bruços, por cima das folhas úmidas, misturadas com terra. Meu olhar analisava uma só folhinha: era única, diferente de todas as outras, mas, antes de mim, ninguém a percebera, nem mesmo ela, nem mesmo Deus. Ela era ela própria: amarelo-luzidia, pontuda, cor de tijolo nas bordas, com nervuras visíveis, com picadas de inseto bordadas com pequenos círculos de uma determinada nuance de café, um castanho claro e vivaz. Seu pecíolo ainda estava íntegro, formado com certa graça e terminando numa zona porosa, que era o lugar de onde se desprendera do galho. A folha possuía uma zona levemente esfarrapada, com o tecido desfeito ao longo das nervuras, e do lado de trás era mais opaca, mais alaranjada e mais afetada pela umidade do que do outro lado. Debaixo, em cima e em torno dela havia milhares e dezenas de milhares de outras folhas malhadas, cada uma de um jeito, mas todas atingidas pela decadência: de umas sobrara apenas o esqueleto numa espécie de pufe cor de café; outras se quebraram por dentro e se desfaziam na direção das bordas. Do meio de outras despontavam um ou outro broto verde-brilhante que subiam ávidos na direção do sol, com algumas dezenas de folhinhas crespas no cimo.

    Analisava depois um tronco apodrecido, cuja madeira esponjosa era possível quebrar facilmente com os dedos. Que buracos largos e inquietantes se revelavam sob suas raízes! Dali poderiam sair tanto aranhas quanto ratazanas. Na carne fibrosa do tronco, com anéis e farpas, encontrava pupas lívidas, elásticas, em que se sentia o pulsar de algo que acabara de se formar. Encontrava besouros de couraça verde, metálica, e vermes duros como arame, entortados em espiral. Perdia horas sem fim fitando aqueles mundos bestiais, aproximava o rosto deles, respirava o odor de terra das patas dos grilos-toupeira e dos anéis das lacraias. As formigas vermelhas, que se apoiavam em um ou outro tronco oblíquo à montanha de lascas em que viviam, cintilavam por toda parte, cegas e laboriosas. De vez em quando o silêncio se fazia tão grande que era possível ouvir o barulho lenhoso produzido por suas antenas quando duas formigas se encontravam e conversavam mudas. Mas era logo interrompido por outro trinado que se arqueava por cima, bem lá no alto, nas abóbodas enverdecidas das árvores.

Se eu me abandonasse deitado na terra entre as centenas de brotos e plantas miúdas, cada uma de um jeito, cada uma modelada por uma espécie diversa de tempo e de intempérie, se eu deixasse meu corpo inerte ser varrido pelo sol e pelas sombras, se eu permitisse que se arqueassem por cima de mim os cachos de bagos vermelhos e negros de um arbusto venenoso, nada mais me distinguiria do mundo da floresta. Sucumbiria ali, logo me transformando num cadáver exaurido de sucos interiores, de olhos turvos e pele rachada, uma casa de insetos, um solo fértil para cogumelos, uma carcaça cada vez mais decomposta, lambida pelo vento e pela solidão. Choveria e nevaria em cima de mim, e, na primavera, alguns ossos e trapos ainda estariam espalhados por ali, debaixo das campânulas miúdas de taças violetas e sob as varas cor de café das árvores jovens. Pertenceria, enfim, a um mundo, unido a ele, unido a sua atmosfera verde e úmida, a seu tapete de folhagem transparente, a seus odores doces e amargos. Ali morreria e renasceria, na mais perfeita falta de qualquer consciência, conhecimento e dúvida, mero padrão na tapeçaria sem fim da floresta.

Um apito distante, alheio aos ecos sob os galhos arqueados, nos chamava de volta, depois de horas correndo e devaneando no lugar que eu mais haveria de amar por toda a minha vida: a floresta. Era o apito de árbitro que o camarada Nistor mantinha pendurado no pescoço. Erguia-me do leito de folhas podres e me apressava na direção de onde vinha o silvo. Por entre as árvores distantes começava a avistar as outras crianças, em grupos, em geral meninas com meninas e meninos com meninos, apressando-se todos para o lugar de encontro. Com o tempo, eu os conheceria, ficaria amigo de uns, evitaria outros. Tenho fotografias daquela época em que ainda reconheço quase todos sem hesitar, Bolbo e Prioteasa, Nica e Goran, Iudita e Horia, o garoto de óculos que nos contou, ao longo de um ano, toda noite, antes de dormir, as histórias mais surpreendentes. Guardo essas fotos, velhas e surradas e manchadas sabe-se lá com que, junto com meus pobres tesouros, unidas a minhas mechas, meus dentes de leite, papeluchos e recibos, e tantas outras fotos e alguns objetos que para qualquer um pareceriam totalmente heteróclitos e misteriosos, mas que para mim são tão banais quanto um talher, quanto um botão de camisa. Meu museu, minha casa memorial.

Reencontramo-nos em frente à enfermaria, último posto avançado do mundo humano enfiado entre as costelas da floresta, meio rodeado por ela e, de certo modo, a ela unido, pois o castelinho, com a pequena torre octogonal e seu corpo de alvenaria pintado de amarelo-sujo, apresentava por toda parte vigas aparentes, cruzadas, enegrecidas como os troncos do pano de fundo. Enfileirados, de mãos dadas de dois em dois, fomos conduzidos, pelas alamedas pavimentadas entre os pavilhões até o portão pelo qual entráramos de ônibus no dia anterior. O dia cintilava, era um daqueles dias de outono em que o ar queima com a luz fria, ou antes como uma água muito límpida que lavasse tudo. Bem na entrada havia uma guarita de janela aberta. Passamos todos a seu lado e recebemos, de uma das mulheres gordas que pareciam estar por toda parte, um bolinho redondo com uma metade de miolo de noz colada em cima. "Parece um cérebro", dissera uma criança, e eu sorri, pois era exatamente isso que aquela metade de miolo parecia. Mais ou menos do tamanho de um cérebro de gato, pensei. Depois atravessamos a estrada rumo a um portão idêntico, recortado num muro comprido feito de material pré-fabricado. Acima de tudo se erguiam as montanhas, também cobertas pela floresta. Podiam-se entrever alguns abetos pelo portão de arame, na entrada do jardim da escola.

Pois do outro lado da estrada havia um pomar de macieiras, e no meio ficava a escola. Haveria de ver as macieiras, entre as quais tantas vezes fiquei estendido na grama alta até a cintura, em todas as suas versões, uma após a outra, conforme a estação do ano: agora estavam verdes, verdes até a medula, verdes na profundeza dos troncos com vasos lenhosos e liberianos pelos quais corria aos gorgolejos uma seiva esverdeada, verdes em nuances continuamente outras das folhas e na carne evanescente que se deslocava a nossa mordida, com um estalo, nos frutos a cujo peso os ramos se curvavam até o chão. Durante minha permanência em Voila, alimentei-me quase exclusivamente de maçãs e hidrazida, enquanto vomitava por inteiro a comida da cantina. Depois vi as macieiras secas e pretas entre amontoados de neve, como se desenhadas por crianças numa folha ondulada de bloco de desenho. Vi-as na primavera repletas de flores róseas, cada uma com cinco pétalas de crepom e estames como se fossem chifrinhos de caracol no meio. No verão chegamos a comer sua goma cor de âmbar, insípida, antes de ser mandados de volta para casa, para nosso asfalto unânime, atrás de nossos prédios carbonizados pelo uivo do tempo, para no outono as reencontrarmos carregadas com as mais doces maçãs que eu podia imaginar, tão suculentas que, depois de mordê-las, dava para ver a seiva fervilhando na polpa fresca e cristalina. Entre as centenas e milhares de macieiras que atraíam todos os insetos alados do mundo, vespas e icneumonídeos, borboletas de inúmeros tipos, como aquelas que eu coloria em nossos frisos da aula de desenho, libélulas robustas e sibilantes, encontravam-se as casinhas das séries primárias, como se para bonecas, baixas e de telhados pontudos, abarcando cada uma duas salas de aula que davam as costas uma para a outra, cada uma com a própria varanda, entrada e janelas como de uma casa de camponeses. As salas eram pequeninas, escuras, pois os galhos das macieiras filtravam todos os comprimentos de onda da luz exceto o verde unânime, com fileiras de carteiras antiquíssimas, esponjosas, como os troncos tombados da floresta. Uma lousa de madeira, de três pernas, que eu pensava existir só nos desenhos de livros infantis, ficava num canto. Em sua margem ficavam sempre um trapo que fedia a vinagre e uns pedaços quebrados de giz, embrulhados pela metade num papel vermelho. Tudo era estreito, manchado de tinta, nas paredes estavam dependurados painéis com animais desconhecidos, com flechas numeradas fazendo referência a órgãos exóticos, e a cátedra estava tão dilapidada que, às vezes, durante as aulas, se desmanchava num amontoado de tábuas. Ali, na casinha da terceira série, haveríamos de estudar durante aquele ano, tendo aulas de manhã e, à tarde, após a hora obrigatória de sono, haveríamos de retornar para fazer a lição de casa, vigiados por uma pedagoga jovem, feia e tediosa, que sempre passava por entre as fileiras e nos dava um tapa na nuca, breve e inesperado, sem jamais sabermos o que tínhamos feito de errado. Havia de viver quase dois anos naquele mundo artificial, tão longe da vida verdadeira como a montanha mágica de Castorp, tomando ao entardecer oito pastilhas de hidrazida, miúdas e amareladas como as sementes dos bichos-da-seda, que me torturavam à noite com uma necessidade incontrolável e agônica de urinar, vomitando os ensopados e cozidos da sala de refeições e fazendo minha lição de casa, devagar e meticuloso, à pena. Se não fosse Traian, jamais teria descoberto o que realmente se passava naquele falso preventório para falsas crianças tuberculosas, e minhas lembranças dali se teriam misturado tranquilamente com todas as outras lembranças que formam a trama do horror de minha vida, sem saber reconhecer a fissura. Por um triz não fui enganado pelo paraíso de Voila, não fui sufocado por suas montanhas e florestas, narcotizado pelo aroma das flores de macieira, na falta de um ponto a partir do qual as perspectivas tortas pudessem se esclarecer e o jogo dos demônios com minha mente pudesse de repente se revelar em toda a sua evidência de pesadelo.

30

Raramente vejo as professoras do primário, à exceção de Steluţa, de quem sou quase vizinho, pois mora numa rua paralela à Maica Domnului. Calha de tomarmos o mesmo ônibus ou bonde para a escola, quando temos alguma reunião matutina, ou de recolher papel usado ou castanhas. De fato, nessas ocasiões também vejo as outras. O mundo das professoras é ainda mais reduzido do que o nosso. São pobres mulheres que tricotam eternamente macramês na cátedra, isso quando não recortam coelhos e cenouras de papelão que as crianças usam para fazer contas. Quase não saem das salas de aula, ficam ali rodeadas por seus súditos miúdos como rainhas de formigas, balofas e indolentes, enquanto formigas-operárias limpam suas articulações. É toda uma fauna em que, mesmo predominando as donas de casa especialistas em charutinhos de repolho e vestidas num tecido inominável, pobres mulheres consumidas tanto em casa como no serviço, não faltam nem os mais excêntricos exemplares. As donas Amarrotescu e Viajarescu (assim mesmo!) parecem duas gêmeas: sempre em salas de aula paralelas, uma porta pegada à outra, sempre se visitando, tanto na escola quanto, dizem, em casa. Jamais são vistas cada uma em sua sala de aula. A qualquer momento, caso se abram as portas durante as aulas, encontram-se uma sala em que as crianças, treinadas para ficarem imóveis, estão sozinhas, e outra em que as duas professoras tagarelam sem parar. Receberam inúmeras advertências nas reuniões, mas não puderam lhes fazer nada: nenhuma delas consegue, por mais que tente, como fumante inveterada, ficar mais do que alguns minutos separada da outra. Dona Spânu é uma mulher-homem, alta e de ombros largos, cabelo curto, passo marcial. Ao apertar o giz na lousa, ela o faz ranger mais forte e com mais estridência do que qualquer outro professor. Só nos resta acreditar que o faz de propósito. Ao virar na Dimitrie Herescu, pode-se ouvir o rangido insuportável mesmo antes de passar em frente à oficina mecânica. Não raro seus alunos chegam ao consultório médico com um fiozinho de sangue escorrendo dos delicados pavilhões de suas orelhas.

O verdadeiro problema do ciclo primário são outras duas professoras. Uma delas é uma beldade suburbana, madona de cintura de vespa e boca em forma de coraçãozinho. Seus olhos verdes de felina nos fitam lânguidos por baixo de cílios pulsantes. O pescoço duplo guarda uma espécie de volúpia oriental, assim como os seios singularmente abundantes, sobre os quais se debatem correntes de ouro com um crucifixo. Gheară, que apesar de todo o seu medo da esposa invadia impensadamente a sala dos professores, que para ele era um harém, nos contou várias vezes, vezes demais, como ele foi até a casa da "víbora da Higena", como suportou por horas seus caprichos e afetações, lutando por cada centímetro de pele descoberta, até a barragem desmoronar bruscamente e ele se ver violentado com apavorante ferocidade pela detentora do mais suculento fruto exótico que já vira entre as pernas de uma mulher: "Nunca vi uma coisa dessas, uma mulher ficar molhada daquele jeito: os pentelhos entre as pernas completamente encharcados e a secreção escorrendo pelas coxas até o joelho... Quando meti, não senti mais nada, como se eu tivesse entrado numa caverna...". Depois daquilo, não conseguiu mais escapar dela. A esposa, o partido e a Securitate passaram a receber recados anônimos. Descobriu que ela espalhava boatos, de que ele queria tomar o lugar de Borcescu na 86, de que ele teria atropelado alguém de carro e fugido do local do acidente. Nunca se arrependeu tanto por ter se envolvido com uma mulher. A especialidade de Higena era a mentira e a manipulação. Os alunos de sua série também haviam se tornado especialistas nessa matéria, a única ensinada por sua professora. Dividiram-se em vários grupinhos que se odiavam e se deduravam reciprocamente. Chegavam à escola meia hora mais cedo para desenhar obscenidades na carteira dos outros. Um após outro, iam até a cátedra e sussurravam no ouvido da professora o que se conversava em casa, que estações de rádio os pais ouviam, de qual garoto uma colega gostava e o que viram fazendo no banheiro ou no quartinho embaixo da escada. Sentada na cadeira da cátedra, delgada como um louva-a-deus de cabeça triangular e ventre comprido, Higena estalava os lábios: como as pessoas são ruins... Na sala dos professores, formava-se um vácuo em torno dela, pois sempre que suas garras inclementes, cheias de ferrões, caíam sobre alguém, ela o apertava e se punha a devorá-lo aos poucos. O professor que fosse acuado dessa maneira descobria quem falava mal dele, quem tentava impedir que ganhasse o salário de mérito, como seu colega de cátedra lhe puxava o tapete, o que o inspetor dissera sobre ele ao diretor da escola. Depois ela se lamentava por ser tão perseguida e sabotada ela mesma, pelo fato de os alunos mentirem para ela, os pais a insultarem e os colegas a desprezarem. Higena fora advertida em diversas reuniões e criticada por seu comportamento destrutivo em relação à equipe. "Camarada... Floroiu, querida Higena, deixe de ser tão má, senão você vai ficar para titia", dizia-lhe Borcescu, que, corria à boca miúda, também a possuíra muito tempo atrás, na casa dela, sob o olhar das dez bonecas de porcelana com vestido sintético enfileiradas na cabeceira da cama-baú. E tivera de suportar meio que as mesmas consequências, como no caso de Gheară. Sorte que os responsáveis pela escola chegaram a conhecê-la muito bem, de modo que suas delações costumavam aterrissar direto na cesta de lixo.

    A outra, uma velha decrépita de cabelo grisalho com chumaços apontando para todas as direções, fedendo a urina e aguardente, era o naufrágio da escola, a famosa camarada Zarzăre. De seios e barriga transbordados como uma Vênus do neolítico, sempre de ressaca, com um sorriso malicioso de prostituta estampado no rosto com fios de barba e bigode, Zarzăre era professora, apesar de tudo, e a cada quatro anos formava um zoológico de alunos com os quais nem os melhores professores da escola podiam fazer mais nada. Sempre que eu dava uma espiada pela porta, quando fazia plantão de manhã, encontrava-a estirada de lado na cátedra, enquanto na sala reinavam uma sujeira e uma bagunça indescritíveis. As crianças corriam, cuspiam, xingavam, erguendo uma poeira que subia até o teto. Brincavam com ela, levantavam-lhe a saia, tingiam-lhe as mechas cinzentas com nanquim, escreviam palavrões em sua nuca... Todos sabiam que madame Zarzăre não era só a Pena Corcoduşa do bairro, sempre fedida e boca de álcool, mas também Raşelica Nachmansohn[42]. Vivia com um bonito rapaz (conforme os critérios do bairro da escola), e meus colegas acreditavam saber com que feitiços nossa indigente o mantinha a seu lado. Com frequência, Agripina me dizia, indignada: "Senhor professor, sabe o que essa depravada faz em casa? *Orgias*, senhor professor! Verdadeiras orgias, com dois ou três homens, ou até mesmo com mulheres, não me surpreenderia nada. Quando jovem, ela estava na Cruz de Pedra e, com a chegada dos comunistas lá por 1948-49, fecharam os bordéis – e o que fazer com as putas? Fizeram delas professoras. Umas eles mandaram para as fábricas, e as que sabiam escrever foram parar nas escolas para educar as crianças. Senhor professor, o senhor é jovem e não conhece a vida, por isso não lhe digo quantas putas são professoras em todas as escolas, até nas da região central. Pois elas também tinham pistolão, conheciam gente importante... Meu marido, escritor, costuma me contar de um monte de clássicos da literatura romena que frequentavam a Cruz de Pedra. Ora, será que eles não tinham uma predileta, que sabia do que gostavam? O senhor acha que eles também não acabavam lendo para elas o que escreviam, que não as faziam decorar suas poesias e tudo o mais? Não é de admirar que basta uma Zarzăre para destruir trinta crianças de uma vez e inutilizar milhares de outras ao longo de trinta ou quarenta anos até se aposentar... E imagine, senhor professor, que eu, mais pobre e desventurada do que elas, me ergui sozinha, do nada, e labutei na prensa hidráulica, ali mesmo, e envernizando arame de bobina, e de noite estudava para virar professora, ai de mim... Acabei com

---

[42] Personagens do romance *Craii de Curtea-Veche*, de Mateiu Caragiale (1885-1936). [N.T.]

minha juventude, senhor professor, para que agora essas vacas, essas bovinas, acabem com minha vida..."

Ninguém conseguira tirar Higena nem Zarzăre da escola, por mais que os conselhos docentes e os inspetores houvessem tentado. Todo mundo precisava ter um trabalho. Seus colegas se resignaram e aguardavam passar mais alguns anos até que as duas se aposentassem. Cada uma plasmava crianças a sua imagem e semelhança, ano após ano, formatura após formatura. Chegava-se a apreciar, com o passar do tempo, a mediocridade dos outros, que pelo menos não aleijava ninguém.

Não teria falado dessas mulheres ignóbeis, escondidas o dia todo em suas salas de aula como gnomos e juntando-se durante as reuniões para tricotar, se delas não viessem todos os modelos malucos que agitam a escola de vez em quando, os potes com algas e as colheres de óleo e os clismas com Cico[43] e o livro *O rosário*, escrito não se sabe por quem, mas que todas leram por se tratar de uma mulher que tinha ficado para titia e que se apaixona por um cego, o único que não sabia o quanto ela era horrenda, de modo que produzia uma choradeira sem fim, e os jogos de paciência com cartas de baralho que ostentavam na parte de trás fotos de jogadores de futebol famosos, e os selos de Madagascar, Catar e São Marino, e os peixinhos cospe-cospe e os hamsters que tinham o mau hábito de viver só uma semana, "fiz tudo por ele, recortei jornais todo dia, dei alface e cenoura ralada, como se fosse meu bebê, querida, chegou a se alimentar melhor do que eu", e quantas outras maluquices das quais, quando a moda passava e aparecia outra, elas eram as primeiras a dar risada e se perguntavam como puderam ter sido tão idiotas.

Agora há uma nova moda, o cubo mágico de faces multicoloridas, que elas todas ficam girando, durante as aulas e nos corredores e na sala dos professores, tentando deixar pelo menos um lado dele da mesma cor. É barato, vende-se no Obor, e quebra bem rápido: em dois palitos pulam as peças presas por dentro com umas bolinhas de plástico. No cinza-esverdeado da sala dos professores,

---

[43] Marca de refrigerante romeno. [N.T.]

os cubos virados nas palmas lívidas parecem maravilhas sórdidas, como flores modestas, campestres, que, no entanto, brilham feéricas por debaixo de um céu abafado e opressor. As pobres mulheres perdiam a pouca cabeça que ainda tinham com os cubos de plástico, que logo ficavam imundos e grudentos de tanto girarem entre os dedos. Uma vez por semana, uma delas trazia, triunfante, o cubo com duas faces feitas: todos os nove quadrados, de um lado e de outro, tinham a mesma cor. Sim, mas ainda sobravam outras quatro faces, ofensiva e insolentemente coloridas, e isso as enlouquecia. Uma depois da outra, após arrancarem os cabelos de desespero, atiravam o cubo com tanta força no chão que deles voavam cacos, e juravam não perder mais tempo com aquela tolice. As faxineiras limpavam pacientes as lascas multicoloridas, balançando a cabeça em censura à insanidade das professoras. O mesmo pareciam fazer as personalidades calmuques dos retratos nas paredes da sala dos professores, que olhavam indulgentes para a mesa coberta pelo pano vermelho ao redor da qual quatro ou cinco mulheronas (mas também Spirescu, e também Gheară já havia alguns dias) giravam furiosamente as faces dos cubos que lançavam luzes pálidas sobre as paredes e o teto.

***

Por suspeitar que a nova histeria que abarcara a escola tivesse um fundamento lógico-matemático para além da exuberância colorida das superfícies de plástico, perguntei a Goia se o famoso cubo se baseava em algum estudo científico e se existia algum algoritmo que permitisse o arranjo monocolor de todas as seis faces. Mas, claro, ele deu um suspiro a meu lado, sempre uma cabeça mais alto que eu, mesmo sentado nos degraus em frente à porta de entrada da escola, onde costumávamos ficar durante as pausas ou nas férias em que precisávamos vir à escola, logo que chegava o calor da primavera. Nenhum de nós fumava, saíamos apenas para contemplar o céu anil acima do bairro, como se recortado a partir de outras fotografias, outros tempos e outros olhares, das profundezas de nossa infância. Nosso cabelo se despenteava ao vento ainda gélido. Ficávamos por vezes olhando uma hora inteira para as pessoas simples, vestidas em pulôveres de camponês, de bonés proletários na cabeça, que passavam, carregando sempre duas ou três sacolas sebentas, para as mulheres de lenços vulgares, para algum miliciano ou padre caminhando com a dignidade de seus uniformes, sem olhar para os lados. Goia era a mansidão, a seriedade encarnada. Jamais o vi dando risada. Seu rosto deveria estar oculto, como em Salinger, por uma máscara de pétalas de papoula, para que ninguém que o encarasse de frente desmontasse, com o coração rasgado de comiseração e horror. Sua voz saía, cheia de cinzas, de uma laringe com cordas vocais queimadas. Se lhe perguntássemos algo pessoal – onde mora, se vive com os pais, o que faz em casa, se tem namorada – ficava calado, de uma maneira que não era ostensiva, como se não tivesse ouvido ou compreendido a pergunta. No entanto, respondia como uma enciclopédia a qualquer pergunta objetiva, em especial se relacionada a sua área, a matemática. Mas, também neste caso, sua paixão era indiferente, como a voz rouca, vinda das profundezas. A resposta vinha de um oráculo imaterial e quase inumano, fonte de ensinamento que lançava mão de algo que deveria preexistir em nós (já que fizemos a pergunta), pois toda pergunta, de fato, conhece sua resposta, havendo um vazio, exatamente sob a forma da resposta, na mente de quem pergunta. Em vez de nos responder, Goia nos fazia lembrar da resposta com a ternura desatenta de uma mãe que explica ao filho pela décima vez como amarrar o cadarço da bota. Claro, dizia ele, o cubo Rubik era um objeto matemático complexo, que se baseava numa vasta teoria. Relacionava-se à área da topologia, parte mágica da geometria, e, embora transformado num brinquedo que se pode adquirir por dez leus no Obor, tem origens nobres. Seu inventor criara vários brinquedos lógicos desse tipo, mas só o cubo tivera um sucesso comercial incrível, que enriquecera todos os envolvidos no negócio, exceto ele. O que Rubik inventara de fato fora, sobretudo, o mecanismo pelo qual os cubos se interconectavam, de forma a poder girar em vários planos. Porque o princípio, *primum movens* dos cubos coloridos, provinha de uma das mais fascinantes experiências mentais de toda a história da matemática (e talvez até do pensamento humano) e se atrelava ao nome de um dos mais brilhantes, enigmáticos e controversos personagens da história da lógica matemática, o equivalente, na literatura, a Lewis Carroll. "Tanto um como o outro", dissera-me Goia, afável, "tentaram atravessar o espelho." De certo modo, foram mestres na mais nobre das artes, rumo à qual todas as outras se dirigem, a grande arte da fuga. Pois, a bem da verdade, Alice, ao considerar todas as mensagens cada vez mais complicadas vindas de um outro mundo (semiluas, rodas dentadas, cruzes e asteriscos, digo para mim mesmo enquanto o ouço), encontrou, através da toca do coelho ou do reflexo do espelho, o que todos nós buscamos já desde o primeiro instante em que nascemos: a saída da sinistra prisão do mundo. Tão estranho quanto o autor de Alice, assim como Poe e Darger, como Nabokov, como tantos outros monstros iluminados para quem as meninas tinham asas de borboleta e mentes eruditas, incorporando, de maneira concupiscente e ardente, os anjos da tentação, o personagem da história de Goia haveria de me cativar como uma das mais importantes peças do impossível quebra-cabeça diante de mim, com rosto de rei e um terço da coroa. Não relacionei de imediato com a antiquíssima história que lera na sexta série, incapaz de conter o choro. Só em casa, levitando acima de minha cama, nu e livre da pressão da terra que nos esmaga num abraço, compreendi a ossatura fina do esqueleto em todas as suas articulações: nada fora por acaso. Não fora por acaso que vivera minha primeira descarga emocional, violenta o bastante para jamais a esquecer, lendo *O Moscardo*, de Ethel Lilian Voynich, e não por acaso a autora fora uma das filhas do fundador da lógica matemática, George Boole, e absolutamente não por acaso, ficava tão claro agora para mim, Goia me revelara, poucas horas antes, a existência de Charles Howard Hinton. Poucos personagens que conheço, reais ou imaginários, possuem a ressonância, para mim, desse nome, que chegou a representar o Buscador, o desassossego demente do sonho de fuga. Fiquei surpreso, ainda sem compreender (mas a série de coincidências não acaba aqui de modo algum), com o fato de que, segundo Goia, Hinton fora marido de Mary Ellen Boole, uma das irmãs de Ethel, e tivera uma influência avassaladora sobre toda a família do grande matemático, a ponto de uma das irmãs jamais haver se casado, tendo passado a vida construindo poliedros de papelão frágeis e coloridos, em quatro dimensões virtuais, que ilustravam as teorias hintonianas.

O nome de quem inventara o termo "tesserato" (que eu utilizara em meus poemas sem conhecer sua origem, sabendo apenas que o Jesus de Dalí fora crucificado não numa cruz, mas numa versão em três dimensões do cubo quadridimensional) não me era de todo estranho, e durante alguns dias me esforcei em procurá-lo inventariando minhas leituras, até descobri-lo ali mesmo onde, de fato, esperava que estivesse, em *Tlön, Uqbar, Orbis Tertius*, de Borges. Mesmo assim, não foi sem dificuldade que identifiquei aquele nome que eu procurava febrilmente, como se ele se escondesse de meus olhos no labirinto das frases borgianas. Mas, enfim, ele estava numa passagem cheia de uma erudição mistificadora: "Em março de 1941, foi descoberta uma carta manuscrita de Gunnar Erfjord num livro de Hinton que fora de Herbert Ashe. O envelope tinha o carimbo postal de Ouro Preto; a carta elucidava completamente o mistério Tlön. Seu texto corrobora as hipóteses de Martínez Estrada. Em princípios do século XVII, numa noite de Lucerna ou Londres, começou a esplêndida história. Uma sociedade secreta e benévola (que entre seus adeptos contou com Dalgarno e depois com George Berkeley) surgiu para inventar um país"[44]. Hinton era, portanto, um nome de referência no trajeto que conduzia até Tlön, planeta inventado fazia pouco tempo, precedido por uma bússola de geleia azul, pulsante, destinada a substituir o mundo.

Hinton nascera um século antes de mim, no seio de uma família inglesa famosa (ou, antes, "infamous") por sua libertinagem. Seu pai pregava a poligamia e se autodenominava um "Jesus libertador de mulheres". O jovem estudara em Oxford e depois deu aulas de matemática em Rutland. Naquela época – alguns dias depois, percebendo que a obra de Hinton me interessava, Goia trouxe um grande volume de história da matemática, no qual encontrei informações sobre ele e uma fotografia sépia, muito indefinida, retratando-o num grupo de família ao lado de uma mulher feia e

---

44 *Ficções*, aqui em tradução de Carlos Nejar, São Paulo: Globo, 1989. [N.E.]

quatro criancinhas –, ele era um jovem de aspecto raskolnikoviano, de barbinha loira e olhos pálidos, com um quê de um fanatismo sossegado, de uma agressividade serena. De maneiras impecáveis, contrastando com a coragem ensandecida do olhar, ele deve ter impressionado a mais velha das filhas do já então célebre George Boole, que ele esposou em 1880, tendo com ela quatro filhos, o que não o impediu de, em pouco tempo, repetir o caminho do pai.

Pois, apesar de ser realmente apegado a Mary Ellen e também, pode-se dizer, a todo o clã Boole, após três anos Charles voltou a se casar, em segredo e sob um nome emprestado, John Weldon, com outra mulher, com quem teve dois gêmeos. O escândalo estourou pouco tempo depois, Hinton foi mandado para a prisão e demitido do trabalho, mas o incidente não causou danos à relação com a primeira esposa e a família dela. Charles e Mary partiram para o Japão, depois para os Estados Unidos, até o terrível escândalo se apagar da memória das pessoas.

Nos Estados Unidos, a família Hinton sobreviveu como pôde, os dois executaram serviços modestos em diversas cidades, ficaram pobres e desesperados. Uma das mentes mais brilhantes da história da matemática e escritor à altura, ele aceitou funções inferiores em universidades e instituições científicas espalhadas pelo território americano. Uma única invenção, inesperada e pitoresca, pareceu pôr fim às tribulações financeiras da família Hinton, mas o matemático viveu pouco para gozar de seus frutos: na época em que dava aulas como assistente em Princeton, ele patenteou uma máquina que atirava bolas de beisebol para os treinamentos do time da universidade. Era um tubo de aço com articulações de borracha, que funcionava com pólvora, capaz de atirar bolas com precisão em diversos ângulos e velocidades diferentes. Uma hemorragia cerebral pôs fim à bizarra vida do explorador da quarta dimensão, quando mal contava cinquenta e quatro anos de idade.

Somos todos gastrópodes, animais moles e viscosos, arrastando-nos pela terra de onde saímos e deixando para trás um rastro de visgo prateado. Mas o caracol, verme em seu eterno deslizar horizontal, ostenta erguida ao ar, em seu dorso de búfalo macio, a maravilha geométrica da concha espiralada, que parece não ter nada a ver com o corpo que a produziu por medo e solidão. Nós a secretamos a partir do suor e do muco de nossa pele, da carne transparente, cheia de escamas, da sola sobre a qual nos arrastamos. Através de uma transmutação alquímica, transformamos o visgo em nácar e os espasmos da carne numa imperturbável paralisia. Giramos, encolhidos, em torno de nossa pilastra central de caulim róseo, acrescentamos-lhe, em nosso desespero de permanecer, espira sobre espira, cada vez mais distanciadas, assintóticas e translúcidas, até o milagre se realizar: o verme repugnante, vivendo a vida que passa, fermentado em seus pecados, irrigado por hormônios e sangue e esperma e linfa, apodrece e fenece, deixando para trás a filigrana calcária da concha, triunfo da simetria, ícone imortal no mundo platônico da mente. Secretamos todos, ao viver, poemas e pinturas, ideias e esperanças, palácios cintilantes da música e da fé, conchas em que outrora protegemos nosso ventre macio, mas que só depois de nosso desaparecimento começam a viver no ar dourado das formas puras. O geométrico sempre brota do amorfo, a serenidade, do sofrimento e da tortura, assim como lágrimas secas deixam para trás os mais maravilhosos cristais de sal.

    A vida sofrida de Hinton, sua miséria e seus apetites, suas bizarrices, sua beleza perversa, evidente nos olhos pálidos, tão parecidos com os de Rimbaud, produziram o nácar curvo de uma obra abstrusa, espiral logarítmica semelhante àquelas que, depois de apenas três ou quatro giros em torno da pilastra central, abandonam a página, depois de outros dez giros, abandonam o planeta em que existimos, para que, depois de mais vinte, o universo se torne pequeno demais para seu salto amalucado. A obra de Hinton, em sua totalidade, não passou de um trampolim metafísico capaz de nos impulsionar de maneira rápida, não intuitiva e mágica, até as bordas do mundo, para nos fazer ultrapassá-las. Coloquemos um grão de trigo na primeira casa do jogo de xadrez, dois na seguinte, quatro na seguinte, oito na seguinte. Na sexagésima quarta casa não caberão todas as colheitas do mundo. Dobremos uma folha de papel uma vez, duas vezes, três vezes... Na quinquagésima dobra, chegaremos à lua. Dobremos por mitose o número de células derivadas do ovo inicial: temos o corpo humano inteiro depois de apenas oitenta divisões. Hinton utilizava a mente da mesma maneira a fim de poder entender o ininteligível, e de anotar, com seus olhos de poeta, o inexprimível. Por analogia e telescopagem, a vida toda ele buscou extrapolar as formas intuitivas do espaço tridimensional, as únicas em que nossa mente se sente à vontade, pois por elas foi modelada e possui sua forma no intuito de obrigar um cérebro em três dimensões, focalizado nos volumes de nosso mundo, a deixar que seus hemisférios divirjam e contemplem, desatentos e sonhadores, até as formas familiares se derreterem e, bruscamente, numa epifania, abrirem o portão para a fantástica dimensão imediatamente superior, aquela até então só acessível aos santos e iluminados. A perfuração da prisão das três dimensões por parte do raciocínio matemático corresponde, de fato (ou dobra, prova de que, afinal, todos os caminhos do conhecimento convergem para um ponto incandescente, místico-poético-lógico-matemático), ao êxtase, à incubação divina, ao estado ofuscante de satori.

O mundo de quatro dimensões, comparado ao (nosso) mundo tridimensional, é aquilo que o nosso mundo é quando comparado ao mundo de duas dimensões e, assim por diante, aquilo que o mundo bidimensional é quando comparado ao mundo de uma única dimensão. Eis o trampolim de Hinton, seu mecanismo mental graças ao qual, com muito mais esforço do que se pode imaginar, podemos intuir um espaço que de outra maneira estaria vedado a nosso pensamento. O ponto gera a linha, a linha gera o plano, o plano gera o volume – qual espaço vai gerar um volume em movimento? Através do que um volume pode se mover se for retirado do mundo tridimensional? Dado que o ponto é uma parte da linha, e a linha uma parte do plano, e o plano uma parte do volume, compreendendo-os já, de certa forma, como potencialidade, em sua estrutura o volume já pressupõe um mundo com uma dimensão a mais, fazendo parte dela e sendo capaz de gerá-la através de um determinado tipo de movimento. Podemos visualizá-la, podemos testemunhar sua revelação repentina por intermédio de um exercício de pensamento. Podemos imaginar uma translação entre mundos paralelos, cada um com uma dimensão a mais em relação ao precedente, de objetos geométricos simples. Se um cubo translada suavemente de nosso mundo, dirigindo-se para um plano bidimensional, ele será percebido por seus presumidos habitantes como um quadrado. Se continuar sua trajetória rumo a um mundo de dimensão única (um fio comprido flutuando num plano que flutua num volume), os habitantes filiformes daquele mundo perceberão apenas o surgimento, em seu fio, de um segmento de reta. Por fim, tudo se comprime infinitamente no mundo sem dimensões do ponto.

Para nós, que vivemos em três dimensões espaciais (agora sabemos que existem muito mais e que uma delas é o tempo), os habitantes do plano parecem incrivelmente simples. Podemos olhar diretamente para seus cérebros, podemos ver dentro de suas casas – cuja parede de nosso lado falta –, podemos roubar o tesouro de seus cofres. Eles são como personagens criados por nós, cujo futuro conhecemos antecipadamente pois nós também inventamos seu passado. Somos os deuses deles, podemos surgir repentinamente entre eles, como projeções espectrais, assombrando-os. Se uma esfera lhes atravessasse a membrana, no início eles veriam um ponto, que cresceria como um círculo cada vez maior até diminuir. O ponto final também desapareceria, inexplicavelmente, do céu. Se quiséssemos nos divertir, poderíamos perfurar sua membrana com um garfo, e então eles veriam primeiramente quatro pontos, e depois quatro círculos, e depois uma curva em que os círculos se fundiriam e que duraria muito, alargando-se e estreitando-se até se extinguir também ela como um ponto final. Podemos, de fato, imaginar seu mundo como uma superfície ininterrupta que circunda o nosso e sobre a qual nosso mundo se projeta como numa tela.

Para quem está mergulhado num mundo plano, é impossível imaginar uma terceira dimensão. Um prisioneiro numa cela cujas paredes são quatro linhas permanecerá ali para sempre, sem perceber que poderia fugir perpendicularmente ao plano, voando, simplesmente, pela parede inexistente rumo à terceira dimensão. Aquela parede existe apenas em sua mente e em seus hábitos, os daquele para quem existe direita, esquerda, para frente e para trás, mas não para cima e para baixo. Nada é mais fácil do que ajudarmos um prisioneiro a fugir se tivermos, em relação a ele, uma dimensão a mais: simplesmente o agarramos entre os dedos e o erguemos, perpendicularmente a seu mundo, num espaço para ele inimaginável. Quem estiver ao redor dele o verá desaparecendo de forma milagrosa: seus passos na neve se deterão bruscamente no meio do quintal...

Podemos imaginar (ou até mesmo verdadeiramente intuir) um mundo com uma dimensão a mais em relação ao nosso. Cada objeto desse mundo teria quatro dimensões, assim como o espaço em que estivesse mergulhado. Nosso mundo poderia ser imaginado como uma membrana tridimensional que circundaria um mundo de quatro dimensões que nela se refletiria. Se uma hiperesfera atravessasse nosso mundo, veríamos no céu primeiro um ponto, então uma pequena esfera que cresceria até um tamanho máximo, e depois diminuiria aos poucos até as dimensões de um ponto, para então desaparecer sem deixar vestígio diante de nosso olhar perplexo. Se um garfo quadridimensional perfurasse nossa membrana, veríamos surgindo do nada quatro esferas – a projeção em três dimensões dos dentes do garfo – que logo se fundiriam numa elipse tridimensional torta, que terminaria bruscamente, desaparecendo no ponto final. Da mesma maneira, os habitantes de um mundo de quatro dimensões poderiam nos enviar a qualquer momento suas projeções tridimensionais. Pareceriam criaturas humanas comuns, e jamais poderíamos desconfiar de seus corpos e mentes fantásticos, nem de seus surpreendentes poderes. Mas eles poderiam operar milagres, poderiam curar os doentes – pois têm acesso direto a cada órgão sem a necessidade de abrir os corpos –, poderiam ressuscitar os mortos, poderiam aparecer e desaparecer repentinamente entre nós. Seu ser, assim como se nos apresenta, seria apenas a sombra, projetada numa tela, de seu verdadeiro ser. Para eles não existiriam, em nosso mundo, paredes e correntes. Se intuíssemos a dimensão a mais, se pudéssemos imaginar outras direções além de direita e esquerda, para frente e para trás, para cima e para baixo, perceberíamos que ninguém pode nos manter presos em nosso mundo, que qualquer uma de suas imensas paredes é livre, não erguida, apostando os carcereiros em nossa cegueira na direção em que se encontra o portão aberto.

Um segmento de reta é limitado por dois pontos. Um quadrado é limitado por quatro linhas. Um cubo é limitado por seis superfícies. Do mesmo modo, um hipercubo da quarta dimensão seria um objeto, não intuitivo para nós, limitado por oito cubos. Esse objeto foi chamado de tesserato de Hinton. A projeção do tesserato em nosso mundo é o cubo, assim como a projeção do cubo na membrana de duas dimensões é o quadrado, e a projeção deste num mundo com uma única dimensão é o segmento de reta. Aprendemos na escola como podemos construir um cubo a partir de uma espécie de amarelinha com seis casas desenhadas numa folha recortada. Dobram-se os lados da amarelinha na dimensão a mais de nosso espaço, colados entre si, e temos na palma da mão, frágil e maravilhoso, um cubo de papel. A representação do tesserato, em nosso mundo, é fácil de visualizar: uma amarelinha análoga à de papel, porém composta de cubos. No entanto, é terrivelmente difícil imaginar como poderíamos criar um hipercubo a partir da cruz de cubos em que Dalí imaginou a crucificação de Jesus, ou melhor, seu ícone humano projetado neste mundo por seu inconcebível corpo quadridimensional. Pois é necessário dobrar os cubos da projeção numa espécie de "hiperalto" ou "hiperbaixo" imperceptível, assim como não percebemos o infravermelho nem o ultravioleta, assim como nosso ouvido não detecta ultrassons, assim como o psicopata não sente piedade.

O tesserato, criação máxima do pensamento de Hinton, descrito pela primeira vez em *A New Era of Thought*, de 1888, é a mandala mística de seu mundo e a chave que ele viu se adequar à fechadura de quartzo da quarta dimensão, aquela em que habitam os anjos, mas também os demônios, de nossa mente. É tão estranho eu ter utilizado a palavra num poema, dez anos antes, quando ainda acreditava na literatura, não como acreditamos que nevará de noite, mas como acreditamos que haverá outra vida depois da morte. Então eu escrevera, numa espécie de transe:

se fosses um número, mas *não* és um número
se tivesses veias, mas *não* tens veias
se cada gota de teu choro fosse um planeta
ou um sol, ou um universo.
és um gnomo, uma casca de salgueiro, o outro lado do espelho
a boca com batom de uma garota
ou o Jordão. *errado*.
pois tudo isso são palavras, e as palavras não entram na carne
nem no concreto nem na toranja. e até se fossem imagens
estaria errado, pois não seria bola, mas esfera
cubo, não tesserato. e se o espaço-tempo
é a massinha com que brincavas quando eras pequeno
o que descreverá teus ossos, tuas glândulas, teus órgãos
                                                               internos?

se fosses um cérebro, mas *não* és um cérebro
se fosses eu mesmo, mas *não* és eu mesmo
nem a morte, nem a existência. está errado eu pensar em ti,
                                                          posto que tu,
igual aos táquions, começas ali
onde meu pensamento termina.
a luz me parece grosseira: pequenas bolas douradas
escorrendo sobre tua face como areia; hedionda me
parece a galáxia
como um fio de pólen em tua sobrancelha. eu mesmo, uma
                                                     gota de gordura
se dissolvendo na grelha, tentando te conhecer.
talvez o mundo possa ser descrito
dobra após dobra, como as estatuetas de tânagra; talvez a teoria
das catástrofes, talvez o *cantor arepo*
mas eu, encolhido como um camundongo em teu esplendor
de Chrystal Palace para o povo, espiando como um idiota
por entre teus barris de joias –
o que descreverá minhas rugas?

se transpirasses, mas *não* transpiras
se existisses, mas *não* existes
se fizesses um mundo com milhões de estações do ano, com
                                                            dez mil
dimensões

e depois o destruísses a fogo e gelo...
querido fantasma, revela-te! fala comigo, vejo que desejas falar!
mas tuas palavras seriam gente ou galhos de damasqueiro
assim como teus silêncios são rochas.
leio-te melhor na pétala de fúcsia
nas veias lilás da orelha de meu gatinho
na lembrança dos baldes com gelo de outrora. pois tu
és tudo o que amo e tudo o que odeio e tudo
o que me é indiferente; se eu fosse uma fêmea
teus ossos teriam se formado dentro de minha barriga; isso,
               sinto-te vibrando
e movendo-te em meu crânio; sinto-te enxergando
através de meus olhos e acariciando com meus dedos
                  e engolindo
com meu esôfago.
sentado dentro de mim como num tanque
puxas manivelas, apertas botões
enquanto eu me movo e sorrio, choro e sonho
a teu comando, de pena de ti... tu talvez
me desmontas assim como uma criança desmonta um carrinho
para ver sua mola e o volante e as rodas dentadas... estragado,
com a tinta arrancada, *o que* descreverá
o nada, o meu nada?

se fosses um abarrotamento de estrelas
se fosses uma feltragem de mundos...

 O tesserato, ou hipercubo, é o rastro deixado por um cubo que se move na quarta dimensão, perpendicular a nosso mundo, assim como o deslizar de um quadrado na terceira dimensão produz o cubo. É uma figura geométrica totalmente abstrata e não intuitiva, um cubo de dezesseis pontas, trinta e dois lados, vinte e quatro faces e um hipervolume limitado por oito volumes. Não podemos visualizar um tal objeto simplesmente nos utilizando da capacidade dos sentidos e da razão, pois eles são instrumentos criados por um mundo tridimensional para que um amálgama de órgãos macios possa nele sobreviver. Somos lagartas nos arrastando em nosso ramo horizontal: para nos desprendermos dele, perpendicularmente, rumo ao inconcebível "para cima", precisamos, num piscar de olhos, ser transformados. Asas têm de crescer em nós. Um tesserato é um objeto de contemplação e meditação, um veículo conducente a reinos altaneiros que nossa mente, brotada de um cérebro demasiado concreto, demasiado viscoso, demasiado mole, curvando-se sob seu próprio peso, procura desde sempre, com saudade e anseio. Um poeta sonhava com o cume incandescente da pirâmide do conhecimento, em que a geometria e a poesia se fundissem, felizes. O tesserato se situa acima desse ponto, pois ele é, em relação aos imortais sólidos platônicos, aquilo que eles são em relação aos poliedros de papelão ou compensado do mundo sensível.

O hipercubo, objeto que levita luminoso na quarta dimensão, não foi o limite, mas apenas o ponto de partida da intensa meditação hintoniana. Pois, a partir de sua imagem, Charles Howard Hinton se pôs a imaginar modalidades práticas através das quais qualquer pessoa, com muita paciência e exercício, pudesse visualizar um tesserato, penetrando assim na quarta dimensão. Em *On the Education of the Imagination*, ele descreve um sistema de cubos com lados coloridos, instrumento aperfeiçoado ao longo dos anos e concluído em sua obra *The Fourth Dimension*, de 1904. Seus cubos tinham lados de uma polegada e eram pintados em quinze cores diferentes, alguns restando sem pintar. No total, o instrumento de visualização do tesserato continha oitenta e um cubos. Eles podiam ser arranjados de maneira a formar cubos maiores, com um lado de três ou quatro cubos Hinton. A técnica de visualização da quarta dimensão era complexa, mas, em essência, pressupunha a visualização simultânea das cores interiores dos cubos, de modo a permitir que, enfim, a mente pudesse penetrar no grande cubo multicolorido, enxergando sua profundidade oculta com a mesma clareza de suas superfícies, intuindo-o de imediato em sua integralidade, exatamente como o veria um habitante da quarta dimensão. Após um exercício imenso e exaustivo, em que os noviços primeiro memorizavam as cores de duas em duas, ao longo de uma quina, e depois de quatro em quatro, de oito em oito, as barreiras da mente logo desmoronavam e – surpreendente milagre – o tesserato surgia no meio do cérebro, como um portal aberto para um mundo mais altaneiro, de uma grandeza inexprimível. As visões produzidas pelo haxixe, os mosaicos cintilantes que surgem diante dos adeptos da mescalina, o orgasmo arrasador do crânio dos epilépticos, a surpresa encantada dos amadores de autoestereogramas no momento em que as linhas e as cores se encaixam, produzindo, tridimensionais, cintilantes como de cristal, símbolos ocultos, o estado de satori do budista zen quando compreende, depois de anos de sofrimento e tortura, que no koan não há nenhuma contradição e que a mente é livre como um pássaro, o sorriso puro da criança de dois anos e todas as outras formas de felicidade permitidas a nosso ser são apenas tênues esboços da sensação de alívio avassalador e estilhaçamento do crânio e do tórax que nos mantêm prisioneiros que experimentaram, conforme seu próprio testemunho e quando foram capazes de testemunhar, aqueles que viram o tesserato.

 O instrumento de Hinton foi comercializado lá pelo início do século e obteve certo êxito junto aos ocultistas, que, seguindo os passos dos teosofistas e antroposofistas, assim como os dos espíritas vulgares, havia muito tentavam encontrar a quarta dimensão. A caixa de cubos coloridos era enviada sob encomenda àqueles que, ao tomarem conhecimento das experiências de Hinton, também ficavam ansiosos em testá-las. Era a época do redescobrimento da sabedoria antiga da humanidade, da busca pela mítica Agartha, do Shambala digno de um pesadelo, a época dos espíritos conjurados por médiuns grotescos, de quermesse ambulante, de cuja moleira ou de cujo canto da boca escorriam ectoplasmas como fumos esbranquiçados de cigarro, a época das mesas que se moviam e dos dedos que apontavam sozinhos para letras de uma tabela a fim de formar mensagens vindas do além. Tudo isso eram exúvias de uma época que passava da tecnologia do vapor para a da eletricidade, para que as pessoas não esquecessem que a tecnologia e a magia não passavam de faces da mesma moeda, que em sua mente primitivo-sofisticada o milagre da tecnologia era sempre contrabalançado pela tecnologia do milagre.

 A comercialização do instrumento de Hinton, no entanto, logo foi sustada, pois os hospitais psiquiátricos começaram a receber, com frequência cada vez maior, adeptos dos cubos coloridos. Houve dezenas, talvez centenas de casos de mulheres e homens que foram encontrados em seus quartos, com o colo repleto de cubos, com um grande cubo inacabado em cima da mesa, o qual observavam com um olhar perdido, sem enxergá-lo, num estado catapléctico do qual jamais se recuperaram. O êxtase atingira outros na banheira, no jardim diante da casa, durante o almoço ou enquanto liam o jornal, ou mesmo durante o sono, pois, semelhante às preces contínuas dos hesicastas, a manipulação dos cubos e a visualização de suas facetas interiores se tornavam uma atividade contínua e automática da mente dos caçadores de absoluto. A imagem dos cubos se formava a todo instante diante de seus olhos, independentemente do que estivessem fazendo, e sua manipulação febril continuava, inclusive nos sonhos. Aqueles a quem, após meses ou anos de trabalho com os cubos, se revelava o tesserato talvez tenham virado habitantes do mundo de cima, mas aqui, em nosso mundo, restava deles apenas uma carcaça em prostração, exilada num sanatório de paredes brancas.

A mania do cubo colorido, cuja inofensiva lembrança ulterior (assim como os mitos onipotentes de outrora podem hoje ser identificados apenas em contos infantis) é o cubo de Rubik, manipulado sem parar por minhas colegas da 86, das faxineiras até as professoras, logo conquistou toda a família Boole, subjugando completamente porém – talvez junto com os olhos azuis e o cabelo loiro, calculadamente desordenado, do homem que se tornara o centro místico-sexual do clã lógico-matemático – apenas Alicia, a terceira filha do casal Boole. A mais insossa das irmãs, que até o encontro com Hinton bordava gobelins desastrados e lia romances sentimentais, descobriu de repente um talento incrível de visualização dos objetos quadridimensionais. Não tivera nenhum problema com as vísceras coloridas do cubo formado por 27 cubos Hinton (será que nosso sangue também é vermelho dentro das artérias, ali onde ninguém o vê?). O tesserato que se lhe revelara repentino, numa tarde dourada, no meio da mente, não a impressionara de modo especial, apesar de suas trinta e duas quinas de quartzo cintilante. Alicia, que fora delicadamente iniciada pelo cunhado no doce ritual, superou o mestre, deixando-o bastante para trás. O hipercubo logo chegou a entediá-la. Em definitivo, nosso mundo não se reduz a cubos. Ela não demorou a perceber que o tesserato pode intersectar de diversas maneiras a membrana tridimensional de nosso mundo. Seria raríssimo que ele a penetrasse perpendicularmente, de modo que sua impressão em três dimensões fosse o cubo. Ele pode penetrar obliquamente, primeiro com um canto ou uma quina, sob ângulos que podem variar de maneira contínua. Ademais, pode girar enquanto passa pela membrana. A fim de que possa gerar, em nosso mundo, um número infinito de poliedros tridimensionais, sombras pontudas ou obtusas projetadas pelo tesserato sobre a superfície do mundo. Mais ainda, Alicia, uma verdadeira *Alice in Wonderland*, começou a imaginar uma longa série de polígonos quadridimensionais que ela chamou de polítopos. Parece que, aliás, não tinha muito mais do que a idade de Alice quando deixou seus dedos serem conduzidos com ternura e habilidade por Charles por entre os volumes e superfícies voluptuosas com que desde então trabalhou a vida toda. Os polítopos eram corpos da quarta dimensão que projetavam no mundo comum sombras em forma de poliedro: tetraedros, octaedros, icosaedros, dodecaedros. Logo reduziu o número de polítopos regulares para seis, que eram delimitados, no mundo quadridimensional, por cinco, dezesseis ou seiscentos tetraedros, oito cubos, vinte e quatro octaedros e, respectivamente, cento e vinte dodecaedros. Visualizou-os todos em suas profundidades miríficas e depois pôs mãos à obra. Durante a vida toda, Alicia Boole construiu com papelão e pintou à mão incríveis objetos no espaço, que representavam secções medianas, tridimensionais, dos polítopos. Resultaram gemas gigantescas, de uma beleza rara, joias facetadas, brilhantes geométricos mais fascinantes do que borboletas tropicais no insetário. O violeta, o rosa, o púrpura, o açafrão vibravam em suas facetas, as cores se invadiam, trocavam de lugar e de forma, surpreendendo quem as contemplasse. A maioria via nelas apenas bolas coloridas, mas Alicia tinha o dom, vindo do nada, pois a jovem vitoriana não recebera nenhuma educação, de cair em transe na frente delas e de ver nelas objetos verdadeiros da realidade verdadeira, que era a de um mundo com duas direções a mais, o ultra-alto e o infrabaixo, talento equivalente àquele que um cego de nascença deveria ter para enxergar cores. Dessas tentativas desesperadas, de mentes visionárias, de exprimir o inexprimível, de perceber o imperceptível e de intuir o não intuitivo, surgira, finalmente, o brinquedo de Rubik, a uma distância de sete décadas dos experimentos hintonianos. Dona Diaconu, a corpulenta e sempre jovial professora de russo, girava-o entre os dedos, inclusive durante as provas, embaixo da cátedra, sem ter a mínima noção de que o pequeno maquinário de plástico, que tentava obstinadamente permanecer em seu estado mais natural, de caos colorístico, fora, um dia, um dos trampolins mais perfeitos que a mente humana havia sido capaz de conceber com vistas a se alçar no absoluto. Pois, lutando com o espectro da insanidade e com os limites de nossa deplorável condição de consciências embrulhadas em carne, Hinton e seus discípulos talvez tenham encontrado o caminho rumo ao mundo superior, flutuando acima de nosso mundo como o platônico Reino dos Felizes que se ergue por cima do oceano de ar no qual todos estamos mergulhados.

Mas é impossível que uma mente como a de Hinton ou de Alicia não tivesse percebido que, longe de ser o objetivo supremo e a Última Thule de sua tensão mental, alcançar a quarta dimensão era apenas um passo insignificante, primeiro desvio da espira assintótica da pilastra central, primeiro degrau da série de progressão infinita da escada em que cada degrau seria duas vezes mais alto que o precedente. Pois nem a volúpia da contemplação do tesserato místico (que os espíritas rapidamente passaram a utilizar para invocar os mortos e descobrir tesouros enterrados), nem o esplendor dos polítopos, nem a fuga, mesmo que virtual, pela parede aberta para a dimensão superior, mas para sempre oculta de nossa visão, não eludiam o fato de que, assim como o ponto gerava a linha, a linha gerava o plano, o plano gerava o volume, e o volume gerava o hipervolume limitado por volumes da quarta dimensão, também poderíamos conceber um mundo em cinco dimensões, gerado por um hipervolume em movimento. O mundo de quatro dimensões seria, para esse novo mundo ainda mais alto, como uma membrana quadridimensional que delimitaria uma esfera de cinco dimensões. E esse novo mundo seria, por sua vez, a tela sobre a qual projetaria suas sombras o mundo de seis dimensões, cada um mais grandioso, mais intenso, mais *verdadeiro* do que o precedente, não de maneira proporcional, mas louca, assintótica, inapreensível pela mente e pela visão.

Talvez tenha sido nessa infinita progressão, nessa concentração da luz na luz, nessa rosa mística com núcleo de rosa, com núcleo de rosa, com núcleo de rosa, rosas mandálicas cada vez mais concentradas e mais perfumadas, que também pensara Kafka na grande parábola central de sua escrita: os guardiões da sequência infinita de portões da lei são cada vez mais fortes. O homem só trata com o primeiro, com Klamm, com Godot, mas ele é apenas o Deus mais insignificante numa sucessão infinita, em que cada guardião é duas vezes mais forte que o precedente. Quão forte será o décimo? E o 10^{10}? Quando o pobre homem que aguarda na antecâmara do infinito morrer, o último som que terá ouvido constaria no fechamento simultâneo das infinitas portas que o separam da verdade, cada uma duas vezes mais grandiosa que a precedente. São as portas que Hans e Amalia também ouvem, portas atrás das quais se esconde o monstro do subterrâneo. São as batidas do coração, cada uma duas vezes mais forte que a precedente, que acompanham a mais espantosa cena já imaginada e posta no papel pela mente humana: "O senhor dos sonhos, o grande Issacar, estava diante do espelho, com as costas coladas a sua superfície, com a cabeça pendida para trás e mergulhada profundamente no espelho. Então apareceu Hermana, a senhora do crepúsculo, e se derreteu no peito de Issacar, até desaparecer ali por completo"[45].

Talvez a mesma progressão infinita estivesse se dando em meu cérebro (epilepsia morfeica não convulsiva de lobo parietal esquerdo?) quando, certas noites, um leve zumbido nos ouvidos se

---

[45] "Der Träume Herr, der große Isachar, saß vor dem Spiegel, den Rücken eng an dessen Fläche, den Kopf weit zurückgebeugt und tief in den Spiegel versenkt. Da kam Hermana, der Herr der Dämmerung, und tauchte in Isachars Brust, bis er ganz in ihr verschwand" (Franz Kafka, *Nachgelassene Schriften*). [N.T.]

amplificava como uma sirene, se ampliava, se transformava num urro ensurdecedor que logo gerava uma intensa cor amarela, e o som-cor que me invadia o crânio com seu urro de ouro o estilhaçava num terror infinito, em feixes de êxtase e desespero, cada vez mais amplificados, até a loucura e para além dela, saltando de espira em espira de fogo, de fogo superconcentrado, ultraconcentrado, hiperconcentrado, até onde não mais houvesse palavras para o descrever, nem espaço nem tempo para o abarcar... Talvez naqueles instantes, naquele túnel do horror, naquele cano estriado, vermelho de tanto se esfregarem os projéteis de minha mente, eu me lançasse à verdade, aquela que está além da verdade da verdade da verdade de nosso mundo. Aquela além da qual não há mais progressão, nem verdade, nem mente, nem si próprio, nem divindade. Não me surpreende que, depois daquelas noites, eu tenha permanecido dias inteiros num estado de abulia e devaneio idiota. Surpreende-me apenas que ainda conseguisse viver.

No final das contas também acabei comprando um cubo Rubik no mesmo quiosque da rua da escola. No entanto, após tirá-lo da folha vulgar de celofane que o embalava, não perturbei suas faces uniformes. Deixei-o daquele jeito, resolvido já desde o primeiro instante, perfeito na superfície, embora não pudesse deixar de pensar na trágica desordem das faces em seu imo, nas tripas embaraçadas de seu núcleo, que ninguém, jamais, consegue ver. Assim como ninguém saberá que cor tem o sangue que corre em minhas veias, que cor têm meus ossos, meu fígado, meu baço e meus intestinos. Nem eu mesmo sei, habitante solitário de minha carne. Só sei que tenho órgãos internos, e isso só porque alguém, do mundo superalto, pode enxergá-los em todas as suas formas, cores e detalhes, como se estivessem pintados em minha própria pele. Para essa criatura sacra, no sentido mais terrível da palavra, todos os cubos Rubik, não importa em que estado caótico se encontrem, estão resolvidos e são perfeitos, assim como foram desde o início e como serão para sempre.

31

Pensei tantas vezes nas mulheres gordas, salpicadas como gânglios bizarros pelos vasos linfáticos de minha vida. Maciças, quase redondas em seus roupões, afáveis, assexuadas e sem idade, encontrei-as por toda parte, desde a infância mais profunda até hoje. Eram as vendedoras da padaria e de todas as mercearias dos bairros em que morei com meus pais, era a mulher que remendava meias dentro de uma guarita de vidro, ao lado da loja de ferragens da Lizeanu, por onde passávamos, antes que a década de 1950 terminasse, a caminho da feérica loja de brinquedos Chapeuzinho Vermelho do Obor, situada num bunker subterrâneo com quatro andares de profundidade. Eram todas as enfermeiras e assistentes médicas que vinham em minha direção com seringas primitivas, em que borbulhavam penicilina e estreptomicina, de madrugada, debaixo da luz repentinamente acesa, preenchendo o quarto com um cheiro insuportável de bolor. Eram mulheres rubicundas, nuas, de mamilos avermelhados e pneuzinhos nas barrigas que povoavam as três gargantas profundas do túnel subterrâneo do lado de lá da porta do escritório da delegacia Floreasca, e que se comunicavam numa trama complexa com o abismo de baixo do prédio da Ştefan cel Mare. Idênticas, com os traços do rosto mal esboçados, como se apenas a gordura barroca sob a pele fosse expressiva, com o sexo cerrado entre as pernas elefantinas, elas se banhavam em banheiras e cisternas em que se encrespava uma água verde, deslizavam por tubos serpenteantes, secavam os cachos vermelhos, amarelos e laranja sob sóis pesados, simétricos e inapreensíveis de estranhos zodíacos. Eram as cobradoras que dormitavam nos bondes, transbordando em seu espaço fechado com folheado de madeira, que nos vendiam em troca de moedas brilhantes passagens de quinze, vinte e cinco ou quarenta centavos, enquanto dormitávamos também nós, de mãos dadas com nosso pai gigante, sob várias camadas de roupa, cobertos de neve e com o cachecol amarrado por cima da boca e do nariz naqueles invernos intermináveis. Eram as assistentes de Voila, que nos esfregavam no banho com buchas ásperas até nossa pele ficar vermelha. São minhas joviais colegas de sala de professores, é a sinistra bibliotecária-carcereira, é a mulher cega que, com um ícone de papel no peito, mendiga na igrejinha do bairro. Estão espalhadas de maneira mais ou menos uniforme por todo o meu mundo, como reservas de alimento a me esperar, aqui e ali, no labirinto experimental em que vivo, como indicadores em meu caminho tortuoso rumo à saída. Não poderia imaginá-las à mesa, na cama ou rodeadas por crianças, mas só ali, naqueles seus lugares, onde muito provavelmente haviam aparecido do nada, sem passar por infância ou adolescência. Eram sacos grandes e redondos, com os mesmos traços mal esboçados de moradoras de uma estepe asiática. Até seus seios, sempre demasiado grandes, eram totalmente neutros, brancos e plácidos, como se fossem apenas corcovas de camelo, sem a mínima função no papel de provocar os homens. Pois as cozinheiras, as cobradoras, as enfermeiras, as garçonetes e as remendeiras eram tão desprovidas de sexo quanto os armariozinhos, as caixas registradoras e os recipientes de ferver seringa que as rodeavam.

    Em Voila, o terror delas começava ao crepúsculo, quando voltávamos para nossos dormitórios depois da refeição noturna. O camarada Nistor então se retirava também para sua toca, e ficávamos totalmente nas mãos das mulheres que cuidavam de nós. Suas vozes agudas, imperativas, nos agarravam como mãos brutais e nos enfiavam debaixo das duchas ferventes, em seguida nos metiam em pijamas azuis, todos iguais, com desenhos toscos de zebras e girafas, os mesmos de nossos lápis chineses com borracha. A partir do momento em que apagavam a luz, às nove da noite, ninguém, sob nenhum pretexto, podia sair no corredor. A porta permanecia fechada a noite inteira e, do lado de fora, em cima do chão de mosaico do corredor, as vigilantes patrulhavam.

No início, tudo era suportável. Além de ter feito amizade com Traian, também fiquei amigo de Bolbo e Prioteasa, bem como de Mihuţ, filho do colega do jornal de papai. Assim que as mulheres deixavam o dormitório, nós saíamos da cama e subíamos no parapeito largo das janelas que se estendiam ao longo do salão inteiro. Depois fechávamos as cortinas atrás de nós e nos encontrávamos assim no lugar mais íntimo do mundo. Do outro lado das janelas, amplificada pelas vidraças, a lua cheia brilhava. À sua luz se avistava, escura, a floresta infinita. Víamos, inclusive, nossos próprios rostinhos azulados, ansiosos por ouvir uma nova história. Debaixo de nós, a placa do parapeito estava quente devido ao calorífero de baixo, de modo que logo entrávamos numa espécie de transe em que a voz de Traian se materializava visível no ar escuro como um fiozinho de arame, desenhando entre nós objetos estranhos.

Bolbo era gordo como um urso e tinha o rosto escurecido, nunca brigava com outras crianças, provavelmente porque lhes poderia quebrar o pescoço por engano. Prioteasa era pálido, com uma mecha grisalha bem por cima da testa. Parecia maior do que nós, parecia ter passado por experiências que o haviam amadurecido antes do tempo. Mihuţ era mais próximo de mim do que deles, era meu colega de carteira, garotinho comportado como uma menina, cujos olhos negros imploravam, sempre, proteção. Não sei por que, amei meus colegas de Voila mais do que todos os outros, tenho até hoje uma fotografia de grupo, em nossos uniformes horrendos, de tecido que já saía podre da fábrica, reunidos no pomar de macieiras. Lembro-me ainda de algumas meninas: Sica, Iudita, Mihaela. A maioria dos garotos ainda me é familiar, como se houvéssemos nos despedido ainda ontem. O camarada Nistor, com seu rosto monstruoso de nazista, é o do meio, de pé, e nós estamos na grama, debaixo dos galhos da macieira, hialinizados pelo sol, escurecidos pela sombra, sorrindo desorientados para nossos espectros do futuro. Vejo também a mim mesmo, em algum lugar da segunda fileira, sorrindo com tristeza, o queixo apoiado na palma da mão. Como de costume, arrepio-me todo: ver a mim mesmo, no espelho ou em fotografias, sempre me pareceu sinistro, paradoxal como uma espada que cortasse a si mesma. Tenho convicção de que, durante grande parte de minha infância, mesmo que eu tenha me visto acidentalmente no espelho lascado de prata carcomida que mamãe deixava pendurado num prego, jamais me reconheci, ou melhor, jamais reconheci que era eu. Talvez eu ainda não existisse, e meu reflexo fosse para mim tão indiferente quanto o resto daquele quarto cheio de armários, colchas e vasos de cravos, mergulhado nos reflexos virtuais do pedaço de vidro. Uma estranha prosopagnosia me acompanhou nos primeiros anos, quando eu deveria passar pelo estágio obrigatório do espelho e não o fiz. De maneira talvez suicidária, evitei ao máximo a revelação, um dia, em Voila, quando nos precipitamos, todos os meninos de uma vez, após o suplício do sono da tarde, pelo grande banheiro, branco e solene como um templo de faiança. Jamais esquecerei aquele momento: o espaço gigantesco ressoava aos gritos das crianças de pijama, e uma delas, igual a todas as outras, comunicando-se de fato para além das fronteiras de nossas peles e mentes, como se por intermédio de canais inefáveis, todas num único novelo emocional e acéfalo, uma madrépora de braços e solas e umbigos e dentes, era eu, tão impessoal e submisso ao grupo quanto um peão do xadrez de nossa mente coletiva. Estava escovando os dentes ou lavando o rosto, ou simplesmente rindo de alguma coisa dita por um colega, quando Bolbo se pôs a gritar com aquela sua voz rachada: "Ei, cavalo, vem cá pegar açúcar da palma de minha mão!". Crețu, um repetente com o dobro de nosso tamanho, logo se fizera presente, e Bolbo montara em seu dorso. Na hora do recreio, sempre deixávamos a sala de aula e íamos para o vasto prado de trás e lutávamos, cada um montado em cima de um colega ou cavalgado por outro, uma dupla contra outra, puxando e empurrando uma à outra até que uma delas, corada, arfante e morrendo de rir, despencava na grama cheia de formigas e miriápodes. No banheiro era perigoso, as duplas cavalo-cavaleiro podiam se ferir nas duras quinas das banheiras e das pias, durante a queda podiam bater a cabeça no chão... Sabíamos todos que, em instantes, as vigilantes haveriam de entrar aos berros, surrando-nos com seus trapos molhados. Apesar disso, a maioria de nós formava duplas para participar das lutas. Eu montava no dorso de Horia, o mais inteligente de todos, fora, claro, Traian. Toda noite, antes de dormir, ele nos contava um capítulo de *Os meninos da rua Paulo* com tanta beleza e fluência que, se a luz não estivesse apagada, era de se acreditar que estivesse lendo o livro. Precipitamo-nos diante da fileira de espelhos da pia, situados alto demais para que não pudéssemos nos ver enquanto nos lavávamos. Num átimo, eu me vi, então, no espelho, primeira vez em minha vida quando vi e reconheci, horrorizado, a mim mesmo, como nos sonhos com autoscopia, como se, sem que eu soubesse, um cientista maluco tivesse me clonado e, sem me avisar, me posto diante de meu sósia. Tudo durou apenas um instante, porém, um instante de brilho único e violento. Vi-me, então, como se rodeado por um molho de ouro que escurecia o mundo ao redor: uma carinha morena, mais morena do que a das outras crianças, magra, mais magra do que a de todos os outros. Olhos tão negros que pareciam violetas, rodeados por olheiras incomuns para uma criança. Um pescoço pálido e comprido, duas clavículas revelando saboneteiras sob a pele, por cima da gola dura do pijama estampado. Um corpo miúdo, leve como papel, uma criancinha que era eu mesmo e que tinha a própria vida e o próprio mundo, especiais e alheios, ali, do outro lado da parede de vidro. Nunca antes a identidade e a diferença, o fogo e o gelo, a mulher e o homem, o sonho e a realidade, o helf e o helvol[46] haviam planejado uma dupla mais obsedante, mais inquietante... Olhava para ele e, através dele, olhava para mim como se um olho pudesse ver a si mesmo, como se um sistema pudesse ser descrito por completo a partir do interior, como se pudéssemos determinar na hora, com precisão, a posição e a velocidade de uma partícula, como se uma de nossas mãos desenhasse a outra, e a outra, saindo da página, desenhasse a primeira, como se os espelhos e a paternidade não fossem apenas abomináveis, mas tivessem também um sentido para além da

---

46 Termos inventados pelo poeta Nichita Stănescu (1933-1983) em seu poema "Certarea lui Euclid" [A discussão de Euclides], constante no volume *Laus Ptolemaei*, 1968. [N.T.]

simetria e do reflexo, sentido ao qual talvez só através de uma concentração suprema tivéssemos acesso.

Lembro-me agora apenas da surpresa e do desapontamento à visão de meu rosto no espelho. Era completamente diferente daquilo que supunha. Desisti da luta, desci das costas de meu colega e deixei as crianças para trás. Perambulei por muito tempo pelos corredores tortuosos que conduziam sempre às mesmas salas antissépticas, com urinóis, cabines sanitárias e bacias para lavar os pés, todos impraticáveis, feitos para adultos, cheguei a lugares remotos e desertos, assim como imaginava que fosse a Antártida, e, por fim, me sentei na borda de uma banheira de faiança, com a face nas palmas da mão. Eu existia, eu também estava neste mundo. E não só existia, como ainda haveria de ser sempre uma criatura dupla, uma criatura em busca da própria metade. Eu tinha um gêmeo em cada espelho, como se cada um deles fosse um cilindro de vidro em que vegetasse um clone meu, galvanicamente ressuscitado sempre que eu surgisse na frente dele. Só assim, olho no olho comigo mesmo, eu me tornava inteiro, como se o eu invisível, embora fosse eu mesmo, e o eu visível, embora não fosse eu mesmo, fôssemos dois siameses que comungassem de um órgão comum: a visão. A visão nos unia um ao outro, escorria de um para o outro, indiscernível como os contornos enganosos da garrafa de Klein. Ao mesmo tempo, eu tinha um gêmeo trancado em cada fotografia, como numa cela da masmorra da memória...

De noite, no espaço morno entre a vidraça e a cortina, iluminados pelas estrelas e pela lua, entorpecidos de sono, mas com a determinação de permanecermos acordados o máximo possível, conversávamos sobre tudo aquilo que não ouvíamos a nosso redor durante o dia, sobre as coisas que não nos diziam na escola, pois não se tratava de conhecimentos da natureza, nem de língua, história ou geografia. O mundo era misterioso. Havia um mundo pequeno e íntimo, como o dos homens primitivos que se amontoavam nas cavernas, em torno da fogueira, cujas sombras tremeluziam nas paredes: era nosso mundo, o das crianças, sempre tuteladas, sempre oprimidas e conduzidas, mas, sobretudo, sempre enganadas pelos representantes do outro mundo, cm cujas margens éramos tolerados, como bárbaros refugiados nas fronteiras de um império vasto e brilhante. Suas criaturas tinham quase o dobro de nossa altura e uma mente muito mais abrangente. Se fossem deixadas no meio da cidade, sabiam voltar para casa. Utilizavam dinheiro. Viviam em duplas, semelhantes porém diferentes, e, juntos, por meio de uma espécie de mistério que chegava até nós de maneira degradada e errônea, haviam feito a nós, pequenos e desamparados, do mesmo jeito como provavelmente haviam construído tudo o que existia no mundo: casas, automóveis, aviões, jardins, até mesmo o preventório de Voila. Sim, os adultos eram deuses, nossos deuses. Não tínhamos como compreender, mas, em algum momento, haveríamos de nos tornar como eles. A flor do miolo de nossa mente era, por ora, apenas um broto, mas que haveria de crescer e se abrir aos poucos até o dia em que, naquele lugar obscuro chamado futuro, cintilasse na plenitude enfunada de suas pétalas. Cada cérebro haveria de aderir, através de bilhões de fiozinhos transparentes e grudentos, ao imortal e ininterrupto espaço lógico cujo nome mundano era Deus. E haveríamos de nos tornar, cada um de nós, um dos olhos com que Deus contempla seu próprio mundo. Agora tínhamos uma visão turva, como se através de um espelho, mas então haveríamos de ver frente a frente. Agora nosso conhecimento era parcial, mas então haveríamos de conhecer plenamente, assim como plenamente haveríamos de ser conhecidos...

O mundo dos adultos se sustentava em dois mitos, defendidos com zelo. Todos sabiam, mas ninguém queria compartilhar conosco, os pequenos, aqueles segredos. Primeiro, o mistério da cópula, no meio da noite, daqueles dois deuses pessoais, mamãe e papai. Era um tabu trancado a sete chaves. Muitos de nós haviam visto coisas que não deveriam ter visto, sabiam de coisas que não deveriam saber. Inclusive até hoje, do outro lado da cortina, quando juntávamos as migalhas de verdade que nos chegavam retorcidas e caricatas, mas tão assustadoras quanto os ídolos, o pelo de nossos braços se arrepiava: éramos culpados, haveríamos de expiar nosso furto obsceno por meio de sabe-se lá que terrível punição. Sim, Bolbo vira, de madrugada, seus pais numa estranha luta um contra o outro, arfando e sacudindo a cama. Não podíamos perguntar a respeito daquilo a nossos pais, não havia nenhuma maneira de descobrir *o que* e *como* e *por que* acontece. Não era permitido mostrar nem falar sobre determinadas partes de nosso corpo. Por que podíamos mostrar a todos nossas mãos, inclusive a barriga, mas não o vermezinho que tínhamos abaixo da barriga, entre as pernas? E por que nossas colegas, as meninas, não tinham nada ali, só um buraquinho, como se ouvia dizer? Sim, é isso mesmo, dizia Mihuţ, elas têm ali uma rachadura. Seja como for, utilizávamos os sexos para fazer pipi, os meninos de pé, as meninas de cócoras, assim como as víamos às vezes no bosque, quando se escondiam como avestruzes atrás de uma árvore. Mas os adultos também os utilizavam para outra coisa. E era por ali também que saíam as crianças. Sim, depois de nove meses, era o que tínhamos descoberto.

Que as meninas tivessem um formato diferente do nosso sabíamos não só do bosque. Certa vez nos atrevêramos a subir, todos os quatro, durante a hora do banho do fim do dia, até o andar de cima, onde ficavam os dormitórios das meninas. Havíamos simplesmente nos escondido, cada um dentro de seu guarda-volume, até as gordas conduzirem os outros ao banheiro, pelados como diabinhos, para depois sairmos com cuidado, de pijama, até o corredor. A escada que levava ao andar de cima era larga e majestosa. Não havia nada que nos impedisse de subir, mas o obstáculo de nossa mente tinha o peso e a inércia de uma porta de cofre blindado. Não era permitido, não devia, não podia. Conforme subíamos, temerosos e agarrados um ao outro, guiados por Traian, que era sempre o gênio metafísico do mal, o ar se tornava úmido e cheirava a sabão como em nosso banheiro. Mas era sabão perfumado, daqueles caros, que mamãe guardava no armário, entre as roupas, e não o velho sabão Cheia com que as vigilantes nos esfregavam. E o ar parecia ficar mais róseo... Várias vezes quisemos dar meia-volta, mas, no fim, com o coração batendo forte e tomados pelo pavor de enfrentarmos uma terrível proibição, acabamos chegando ao andar de cima e, já nos últimos degraus, ficamos paralisados à fantástica visão do corredor.

O corredor do andar de cima, ao longo do qual se alinhavam as portas dos dormitórios, era muito maior do que o nosso. A outra extremidade se perdia por completo nos vapores e na névoa. As portas estavam escancaradas até o fundo e pareciam ser centenas, não apenas quatro, como em nosso corredor. O perfume era forte, estonteante. Ele se erguia, com os vapores densos e as bolhas de sabão, a partir de centenas de banheirinhas cor-de-rosa, aquelas em que geralmente dão banho nos bebezinhos, ao redor das quais estavam agora as meninas, às dezenas, centenas, de cabelo loiro e castanho amarrado com bolinhas de plástico coloridas e elásticos esbranquiçados. Estavam de cócoras ou de joelhos e lavavam, alegres, roupinhas rendadas em bacias cheias de espuma. Todas estavam completamente peladas, e seus corpinhos eram como os nossos, só que mais leves e mais graciosos. Pareciam bonecas daquelas bem grandes, com cabelo de nylon brilhante e membros que se articulam com rigidez e hesitação. As meninas ocupavam o espaço todo, até onde a vista alcançava, e o ambiente estava repleto de gritos de alegria e perfumes. Observando-as do topo da escadaria, compreendi quão diferentes de nós eram nossas colegas, quão desconhecidas haveriam de permanecer, quão unida e indestrutível era sua imensa seita. A fronteira entre os sexos, aparentemente tão confusa e enganosa, era, no entanto, tão inflexível quanto a fronteira entre as espécies, embora a fronteira não estivesse no corpo, mas na mente. Não só entre nós e os adultos havia um abismo intransponível, mas também entre nós e as meninas. Estávamos presos nas múltiplas celas que, estranhamente, se intersectam, da unânime prisão do mundo.

 De supetão, a menina mais próxima virou a cabeça para nós, e seus lábios se abriram de surpresa. Pôs-se bruscamente de pé, e no instante seguinte todas já estavam de pé, com o cabelo espalhado pelos ombros e a pele úmida de espuma. A água das bacias se derramara com seus movimentos bruscos, cobrira o chão de mosaico e avançava em nossa direção em faixas grossas de espuma, já escorrendo degraus abaixo. Porém, fitávamos fascinados aqueles corpinhos com mamilos de menino, mas com uma linha fina entre as pernas, quando fomos tomados por um pânico que nos deixou de cabelo em pé. Sob o olhar admirado das meninas petrificadas, que mantinham as rendinhas entre os dedos, saímos correndo escada abaixo, esbarrando em tudo até chegar ao corredor e trombar com uma das vigilantes, cujo imenso corpo ondulou à força da colisão. Logo vieram as outras. Todos os quatro acabamos arrastados pelas orelhas até o dormitório deserto, em que trinta camas de ferro jaziam desarrumadas, coladas de duas em duas, sob a luz dos enormes globos do teto. No dia seguinte, levaram-nos para a quadra logo depois de entoarmos o hino que inaugurava todas as reuniões, *República, berço grandioso*. Deram-nos uma bronca tão veemente quanto abstrata, que ninguém entendeu, e concluíram com "seus sem-vergonha!".

Não podíamos saber o que nossos pais fazem de noite, depois que nos punham para dormir, nem por qual rachadura na superfície lisa da realidade as crianças chegam ao mundo. Nosso início, o de todos, era envolvido em enigma e sacralidade. Uma gárgula de pedra, alada e com dedos sobre os lábios, selava as origens de nossa linhagem. Um monstro igualmente impenetrável, com asas esticadas em ossos flexíveis de morcego, escondia de nós também o final. Entre essas duas figuras silenciosas se estendia nossa vida, num instante eterno. Haveríamos de ser sempre os mesmos, uma eternidade após a outra. Não haveríamos jamais de virar gente grande, pois nunca nada mudava. Mamãe e papai sempre haviam sido adultos, nossos avós eram velhos não por ter envelhecido, mas porque essa era sua essência, assim como a essência dos lobos era a de ser lobos e não gente. Tudo estava configurado para sempre, cada casa e cada árvore e cada flor existiam desde o começo do mundo e haveriam de existir indefinidamente. Cada dia era igual ao seguinte. Nossos corpinhos também: havíamos nascido alunos, ali, no preventório, tínhamos apenas vestígios de lembranças passadas, tão vagas que as confundíamos com os sonhos e os devaneios vespertinos. Se não fossem aqueles dois mistérios, se Traian não estivesse conosco, teríamos nos resignado à grande ilusão da imortalidade que é o ar que respiram os frágeis pulmões das crianças. A cópula e a morte, no entanto, contavam outra história, que ainda não deveríamos saber, mas que chegava a nossos ouvidos através de centenas de caminhos ilegítimos e obscuros.

Ali, no ventre quente do outro lado da cortina, contemplando a lua e as estrelas multiplicadas na vidraça dupla, conversávamos sobre tudo isso a ponto de quase enlouquecer de excitação e frustração. O que era o sexo? O que era a morte? Que ligação sinistra havia entre eles? As coisas não se encaixavam, brigávamos por detalhes, faltavam peças essenciais em nosso quebra-cabeça. O primeiro mito era rodeado de sujeira, a ele faziam alusão os palavrões e as músicas obscenas. E, apesar disso, tínhamos de imaginar nossos deuses mais venerados, mais puros, os únicos que nos alimentavam e cuidavam de nós, fazendo, no escuro, como gatunos, aquela coisa nojenta, escrita em todos os muros e carteiras da escola. Sentia não suportar aquela imagem, não conseguir imaginar que meus pais fizessem sexo, que de noite e até de tarde, quando me mandavam brincar do lado de fora, eles copulavam na cama, que seus sexos tumeficados se interpenetravam... "Apesar disso, eles fazem", dizia Traian, "apesar disso, as crianças vêm ao mundo a partir daí, porque os adultos copulam, esse é o motivo. Depois crescem, ficam grandes, também copulam, fazem filhos e depois morrem. É isso o que acontece aqui na terra há milhões de anos. Bilhões de pessoas morreram só porque copularam. Isso é punido com a morte. Vocês diziam que os adultos, com relação a nós, eram uma espécie de divindade, mas isso não é verdade, *nós* somos os deuses. Nossa mente está mais próxima da santidade do que a deles. Quando copulam, eles caem do estado divino, depois envelhecem, ficam enrugados, curvados, desdentados, carecas, sofrem de doenças atrozes e depois morrem sem exceção. Sim, eles sabem mais do que nós: sabem o que o futuro lhes reserva. Têm mais medo do que nós. São mais resignados e mais céticos. Não nos contam a verdade, nem sobre o nascimento, nem sobre a morte, pois não devemos olhar para eles como efetivamente são: sombras passageiras pelo mundo. Guardam com zelo esse segredo pois não devemos descobrir que *nós* somos os deuses, que nossa mente é de cristal, enquanto a deles fede a lama e medo". Traian tinha um ano a mais que nós, era um menino robusto, de olhos azuis, sempre caminhando como se fosse um sonâmbulo. Jamais parecia se atentar ao que acontecia ao redor, na sala de aula ficava sempre olhando pela janela, para as macieiras carregadas de frutos que esticavam os galhos em nossa direção, e, caso lhe fizessem alguma pergunta, permanecia calado, sorria e continuava olhando pela janela. Erguia-se só lentamente, como um sonâmbulo. Mas os professores o conheciam e não ligavam para seu devaneio. Quando conversávamos sobre a morte, ficávamos ainda mais agitados. As pessoas morriam, sabíamos disso, mas não tínhamos como compreender. De todo modo, tínhamos nove anos, até os setenta ou oitenta ainda havia tanto tempo que podíamos muito bem dizer que haveríamos de viver eternamente. No entanto, os velhos morriam, de vez em quando morriam também os jovens, de doenças horríveis como câncer, até crianças morriam. Sabíamos de crianças, colegas nossos, que haviam morrido atropeladas por bonde por atravessar a rua sem prestar atenção. Outras haviam caído de andares altos, direto sobre o asfalto. Eu mesmo vira o irmão de um amigo se jogar do terraço do prédio: jazeu no próprio sangue, na parte de trás do prédio, rodeado por um monte de gente. Depois que morremos, não existimos mais. Não ouvimos, não vemos, não sentimos mais nada. É como dormir sem sonhos, mas sem corpo (que apodrece na terra) e sem jamais despertar de novo. Nem mil anos depois, nem um milhão de anos depois. Quando falávamos da morte, tudo era absoluto: todas as pessoas morriam, sem exceção. E morriam para sempre. Diante da ideia de deixarmos de existir, um pavor animalesco nos invadia. Não tínhamos como simplesmente desaparecer. Éramos silhuetas de crianças costuradas, com linha colorida, num imenso gobelim: desaparecer onde? Só podíamos perecer junto com o próprio tecido. Éramos um modelo, um floreio na tela da existência, amarrados a ela através de bilhões de linhas. Curiosamente, poder-se-ia dizer que nós a secretávamos e a tecíamos, eficazes como aranhas que tecem as imensas rodas de suas teias, como as do bosque. Nós tecíamos a realidade, nós *éramos* a realidade. E, para além dela, não havia mais nada. Por isso, nossa morte seria o inimaginável fim da existência.

"Mas não é bem assim", Traian nos dissera certa noite. "A morte não é o fim da vida. Depois de morrermos, uma longa jornada nos aguarda. Temos a impressão de percorrer um caminho muito extenso, tortuoso e escuro pela noite. No céu não há estrelas, na verdade nem sabemos se ainda existe algum céu. A única coisa que existe é um caminho que nos leva para longe e que percorremos em silêncio. De vez em quando, nosso caminho cruza com outro, percorrido por alguém que acabou de morrer. E depois outro. Pois cada caminho é percorrido por uma única alma. Só nas encruzilhadas é que nos encontramos e nos olhamos, e nos assustamos com nossa aparência. Pois não nos parecemos mais com gente, somos agora outro tipo de criatura. Às vezes, os mortos, depois de se olharem por alguns instantes, no cruzamento, seguem seu caminho. Outras vezes, decidem trocar de destino um com o outro, e então, depois de se abraçarem pesarosos, passam a percorrer cada um o caminho do outro. Pois após morrermos, sabemos o que nos aguarda. Vagueamos milhares de anos por caminhos que se entrecruzam eternamente, por vezes desejaríamos permanecer para sempre nesse nó gigantesco circundado pela noite, encontrar para sempre as pessoas que morreram, todos com o mesmo rosto não humano, todos calados e pensativos. Vi esse tipo de gente, foram-me revelados em sonho, possuem rostos pálidos, olhos grandes como os das moscas, lábios finos. Pescoço delgado e braços esquálidos. Deslizam por suas rotas, é assustador olhar para eles..."

Ao chegar a esse ponto da história, sentimos um medo pavoroso. Não esperamos mais o resto. Saltamos todos do peitoril e tateamos pela escuridão até alcançar nossas camas. Que estranha visão a do dormitório escuro! Como dormiam todas as crianças, de barriga para cima, como estátuas esticadas por cima de sarcófagos... E os globos do teto pareciam esferas que levitavam no ar escuro, sem nenhuma haste que os segurasse. Atiramo-nos para debaixo dos lençóis, não sem antes pendurar as cobertas no apoio da cama, como proteção contra a lua. Tínhamos ouvido falar dos sonâmbulos, sabíamos que eram atraídos até o telhado pela força misteriosa da lua.

Minha cama cheirava a xixi. Aliás, todas cheiravam. Pois, às nove da noite, depois do toque de recolher, não podíamos mais, sob pretexto algum, sair do dormitório. No corredor e no banheiro, as empregadas ficavam à espreita, com tetas e traseiros gigantescos, com bochechas tão inchadas que os olhos mal cabiam em seus rostos mongólicos. Caso um de nós, loucos de vontade de urinar, se atrevesse a abrir a porta, ouviam-se do outro lado berros bestiais, que despertavam a todos. Quantas noites não passei por aquele suplício por baixo dos lençóis, com os joelhos na boca, com a bexiga prestes a estourar, tentando dormir para esquecer a horrenda vontade de urinar! Quantas vezes não botei a cabeça para fora do dormitório, à luz forte do corredor, esperando que as mulheres estivessem em outra parte, no andar das meninas, ou na escada... Mas eu sempre acabava voltando para minha cama de ferro branco, sentindo que explodiria a qualquer momento. No final eu comprimia as pálpebras, invadido por uma vergonha terrível, punha o travesseiro entre as pernas e o encharcava, tremendo e batendo os dentes. Depois eu o jogava debaixo da cama e, aliviado, mergulhava, com os cílios molhados de lágrimas, num sono pesado do qual só o sinal da manhã me despertava. Todos fazíamos xixi na cama, não tínhamos opção. Trocavam nossos lençóis uma vez por semana, quando entregávamos para lavar as roupas com nossos nomes marcados num bordado malfeito, e ninguém parecia se surpreender com as grandes manchas amarelas dos lençóis e das fronhas, nem com o cheiro de urina no dormitório inteiro.

Mas, nas noites que se seguiram, apesar do medo, ou talvez justamente para sentirmos de novo a estranha volúpia de nossa inquietação, incentivamos Traian a nos contar o restante da história dos mortos, na qual acreditávamos piamente, pois sabíamos que Traian não era uma criança como nós, mas alguém que conhecia os segredos sinistros dos adultos. Voltávamos a nos reunir naquele espaço cálido e protetor no avesso das cortinas floridas, em nossos pijamas estampados com girafas, elefantes e porquinhos, aproximávamos nossas cabeças de cabelo curto ao estilo escolar, lustroso à luz da lua, que a cada dia acentuava mais a lâmina da foice, e ouvíamos com avidez a mais estranha das histórias, aquela que nem nossos avós, nem nossos pais haviam se atrevido a nos contar, aquela que nem na escola era ensinada, não como história, geografia ou matemática. "Está bem, vou contar", disse-nos Traian, "mas primeiro deem uma olhada nisso." E, por debaixo de nossas cabeças geminadas (eu, Bolbo e Prioteasa), ele ergueu de repente o punho fechado. Depois abriu a palma. Recuamos por instinto, pois na palma de Traian, visível nos mínimos detalhes ao luar cristalino, havia um grande inseto vivo, um grilo-toupeira com enormes patas escavadoras, de tórax robusto, coberto de pelos. Por debaixo das asas curtas, via-se o ventre inchado, anelado, cor de café, em contínuo movimento. Ergueu-o à altura de nossos olhos: "Não é que é bonito? Encontrei-o na parte de trás do pavilhão, depois do jantar. Guardo-o dentro de um pote, em meu armário". Todos nós o tocamos, bastante temerosos, com o dedo. Jamais tínhamos visto um inseto tão grande, tão vigoroso, tão claramente perigoso. Mas Traian deixava-o esfregar suas patas, preguiçoso, em sua palma aberta como uma flor lívida. "Este será nosso segredo. Vamos guardá-lo e alimentá-lo sem que ninguém fique sabendo. Se o camarada Nistor descobrir, ele vai jogá-lo fora..." Traian desceu do parapeito e voltou alguns minutos depois sem o grilo-toupeira, e depois nos contou o que é que acontece conosco depois que morremos.

Nossa vida na terra, dizia ele, aos sussurros, não para não acordar as crianças que dormiam nas camas, pois elas estavam mergulhadas num sono profundo e feliz, mas porque o sussurro era a única maneira com que se podia falar sobre o reino do além, nossa vida aqui não passa de uma preparação para a morte. É como uma charada, como um problema difícil e complicado. Alguém preparou o mundo em que vivemos para nos testar, salpicou-o com indícios e alusões, nos transmitiu mensagens ocultas em toda espécie de lugar, assim como, para nos orientarmos no bosque, precisamos encontrar bilhetes enfiados nos troncos e desenhos feitos a tinta na casca das árvores. Tudo está conectado, tudo se distingue escandalosamente da paisagem banal das casas e das ruas e dos terrenos baldios em que brincamos, das escolas em que estudamos. De vez em quando, ouvimos uma ou outra frase que não se encaixam nas outras, como se viessem não de fora, mas das profundezas de nossa mente. Quem de vocês nunca ouviu, pelo menos uma vez, no meio da madrugada, ser chamado pelo nome? Quem nunca encontrou um pequeno objeto qualquer, diferente de todos os outros, com o qual não soube o que fazer e que agora jaz dentro de uma caixinha de lata escondida dentro de uma gaveta? E quem nunca ficou boquiaberto diante de um fato que não teria como acontecer: encontramos na grama um crânio de vaca, embranquecido e com dentes ondulados, o osso poroso como se se desfizesse entre os dedos, o viramos de todos os lados, nosso olhar acompanha uma joaninha que passeia pelo osso e que acaba entrando por uma das narinas, e de repente erguemos o olhar para o céu infinito e remoinhado, e notamos que nele flutua uma nuvem que tem a forma exata do crânio que seguramos nas mãos, com as mesmas órbitas, a testa amassada, os chifres arroxeados, dos quais um está pela metade quebrado... A vida é um jogo, como *Superludo* ou *Tesouro do Pirata*. Precisamos descobrir as regras e encontrar o caminho por entre lugares ruins e lugares bons, por entre rostos serenos e rostos sedentos por sangue. Com esse jogo, aprendemos tudo o que precisamos saber para avançar pelo longo e difícil caminho que nos espera após a morte. Nada é por acaso, nem mesmo, por exemplo, o fato de estarmos todos aqui, agora, conversando sobre isso. Precisamos manter tudo na memória, pois precisaremos de todas as chaves e de todos os pedacinhos da foto, embaralhados na vida, mas claros e cintilantes após a morte. Quem não entender, quem viver em vão, sem juntar os sinais espalhados por toda parte, quem se limitar a comer, beber e se divertir, quem for atrás de dinheiro, prazer ou fama, haverá de vaguear terrivelmente e ser vitimado pelo fogo, pelo gelo, por insetos gigantescos, por aranhas e lacraias, ou haverá de permanecer eternamente trancado num quartinho de paredes infinitamente grossas, em que nada se pode fazer. Mas os outros, os que buscam, haverão de conhecer o caminho e as respostas.

    Porque depois do novelo de trilhas pelas quais erram milhares de anos, as estranhas criaturas em que nos transformamos após a morte chegam diante de uma série de monstros, e cada um deles lhes faz uma pergunta. A resposta pode ser uma única palavra ou o objeto estendido na palma da mão, ou uma faca enfiada no coração do monstro, ou penetrar na boca dele cheia de dentes tortos e sair pelo outro lado, ou embaralhar um maço de cartas de jogo e retirar dele, na primeira tentativa, a carta exigida. Qualquer coisa pode ser a resposta, mas só a partir daquilo que descobrirmos sozinhos, só com nossa mente, com nossa vida única. Cada um de nós tem seu próprio caminho com seus próprios monstros. Só os desesperados, que se odeiam e que encontraram na vida não sinais, mas desilusões, trocam de destino e se veem diante de monstros alheios, dez vezes mais inclementes que seus próprios. Se não soubermos a resposta, a gigantesca criatura – que pode ser um animal inexistente, ou um mecanismo com roldanas cintilantes de latão, ou um rio largo, repleto de ilhas floridas, ou um anjo com uma espada de crisólito, ou uma borboleta maior que um abutre, que enfia a tromba entre nossas sobrancelhas – nos tranca em seu inferno, um dos inúmeros que existem. Mas, se soubermos a resposta, seguimos em frente e, milhões de anos depois, deparamos com o monstro seguinte.

"Quantos são?" perguntou Prioteasa. "Para uns, são inúmeros. Para outros, apenas um, ou mesmo nenhum. Não temos como saber de antemão. Mas, depois de passarmos por eles, abre-se na parede da noite uma caverna imensa. Deuses maiores que nossa própria mente cobrem com as asas as paredes dela. E, no centro da caverna, estendida por cima de lajotas suaves, luzidias, diáfanas, dorme nossa mãe, que nos parece gigantesca, como se preenchesse a gruta inteira com o próprio corpo. Nossa mãe pode ser uma mariposa, ou uma lagartixa, ou uma leoa. Pode ser uma mulher de pele negra ou de pele rósea. Pode até ser uma larva transparente, com as presas na frente da boca em contínuo movimento. Mas desde o primeiro momento em que a vemos, sentimos amá-la infinitamente e que ela também nos envolve em seu amor. Nós nos aproximamos, sob o olhar demorado dos deuses ao redor da caverna, da grande fêmea; ao cabo de muitos dias, chegamos caminhando pelas lajotas suaves e sonoras perto de seu corpo e começamos a escalar, até que, de repente, penetramos em seu ventre, onde nos encolhemos felizes, numa luz branda, de mundo que principia..."

"E nascemos de novo, não é?" "Sim. Nascemos de novo, e de novo. É a maior das derrotas. Pois, da série de monstros, nossa mãe é o último. É a última pergunta, a última armadilha. A escapatória não está em nascer de novo, e de novo, e de novo. Ao vermos nossa mãe dormindo naquela caverna profunda, somos invadidos por uma sede de vida, uma saudade e um amor ilimitados. Nossa mente é obscurecida por eles, e somos vitimados pelo mais terrível dos monstros, pelo mais inexorável dos infernos. Como um repetente, somos de novo trazidos ao mundo, mostram-nos de novo os mesmos sinais. Isso não deve acontecer."

De vez em quando, as nuvens cobriam a lua e as estrelas, desvelando-as em seguida, aparentemente mais brilhantes do que antes, recortando no breu nossos rostos sonhadores. O bosque uivava ao longe, o ar abrigava divindades que esticavam lábios transparentes até a cóclea de nossas orelhas, sussurrando, de maneira áspera e gutural, mandamentos numa língua desconhecida. Estavam por toda parte, imploravam, gemiam e gritavam, falavam com a intensidade de golpes de punhal, só que não tínhamos órgãos sensoriais para elas. Teríamos precisado da delicada penugem da testa das mariposas, das línguas fendidas dos ofídios, da linha lateral dos peixes, do sentido com que as aranhas percebem tudo o que acontece no mundo, ou seja, em suas teias cintilantes. Criaturas malignas ou benevolentes nos rodeavam por todos os lados, observavam e guiavam nossos movimentos, bem como os meandros do pensamento, tentavam desesperadamente entrar em contato conosco, mas nossa pele não as enxergava e nossas retinas não as ouviam. Já desde então, quando me encontrava sob o estranho poder da voz de Traian, aquele que sabia o que haveria depois da morte, compreendi que vida é medo, nada mais do que isso, que medo é justamente a matéria-prima de nossa aventura pelo mundo. É o medo do cego, de quem qualquer um pode se aproximar devagar com um instrumento aniquilador nas mãos, ou apenas com braços sufocantes, o medo do surdo durante a noite, o medo de não ter um olho aberto na nuca, o medo de dormir, sim, sobretudo o medo de dormir. Quão desprovida de defesa era a cidadela de carne e pele de nossos corpinhos! Por que não podíamos ver as doenças que se aproximavam deles, que os penetravam e se instalavam nos órgãos? Por que não tínhamos um órgão sensorial para o suicídio e a loucura? E, mais ainda, como é que nosso corpo não havia desenvolvido, ao longo de milhões de anos, um olho que pudesse ver com clareza o futuro? Por que tínhamos de avançar na escuridão e na névoa, por entre quimeras e monstros inomináveis?

A voz de Traian, constante e convincente, cavoucara uma espécie de olho na rocha de nossa testa, víamos agora em imagens reluzentes o mundo do além em que haveríamos de perambular, as sendas lívidas, as criaturas de aparência não humana, seus olhos de mosca, as narinas hediondas, a boca de lábios finos e secos, e depois o desfile interminável de monstros, cada um de um jeito, cada um fazendo uma pergunta diferente, e depois a concavidade de pedra em que a mãe dormia. Passava da meia-noite quando, com os pelos arrepiados no cocuruto e nos braços, descemos do parapeito e nos dirigimos às camas no silêncio fantástico do dormitório. Entrevia-se um único raio de luz por baixo da porta. Enfiei-me debaixo da coberta que eu sabia que era azul, mas que agora não tinha mais nem cor, nem forma, apenas uma textura áspera, parcialmente tomada pela frieza e pela rigidez do lençol engomado. Permaneci assim, deitado de barriga para cima, escutando a respiração daqueles a meu lado, sem saber se eu tinha ou não fechado as pálpebras – de todo modo, a escuridão era a mesma –, empedernido de pavor diante da ideia de que, finalmente, adormeceria e então sentiria, por debaixo da sola dos pés, a trilha pálida, infinita, tortuosa, que avança pelas profundezas da noite.

32

Desabotoo a calça do pijama e, numa espécie de ato de devoção, levemente inclinado por cima do receptáculo de louça em cujo fundo jaz água inerte, observo minha oferenda – o jato por vezes límpido como um riacho, outras vezes amarelado, que sai, girando como uma broca líquida, de meu corpo. Por não ter esvaziado há muito tempo a bexiga, sinto as costumeiras dores reflexas nas veias do antebraço. Outras vezes, quando a pressão é ainda maior e a necessidade de esvaziamento ainda mais imperiosa, sou tomado por insuportáveis dores na lombar, como se meus rins derretessem e escorressem pelos canais urinários, levando água abaixo pedrinhas e areia como verdadeiras torrentes. Sempre que chega a hora de me posicionar diante do altar de louça para a prece cotidiana, para confiar a seu ventre um elixir que se formou junto comigo, que irrigou meus tecidos, que retirou detritos e que ainda guarda vestígios de esperma, um líquido sacro como o sangue, a linfa, a bile e a melancolia de meu corpo e de minha mente, contemplo meu jato turbilhonado destituído de quaisquer pensamentos e preocupações, sejam eles práticos, éticos, filosóficos ou místicos: meu eu, naquele instante, se ausenta. Torno-me uma simples via de trânsito, pedra da qual brota uma água que não pertence à pedra, mas ao vasto mundo, muito mais vasto do que ela: a água amarelada escavada no coração da montanha serpenteia em seu sistema cárstico, sobe e desce até os lençóis freáticos das profundezas, recolhe os corpos mortos das aranhas transparentes dos muros e, junto com elas, brota na luz do dia, atirando-se em cascatas espumosas. Haveria depois de prosseguir seu caminho pelo sistema de esgoto da cidade, catacumbas imundas cheias de ratos, preservativos e restos de trapos fedidos, e depois em ribeirões sinistramente poluídos, no rio repleto de siluros e esturjões, e, finalmente, no mar. Minha devoção pela água que corre por dentro de mim e pelo mundo não seria maior se eu urinasse sangue, líquido cefalorraquidiano ou saliva. Contemplaria, levemente inclinado, sem pensamentos e sem eu, a fonte que sai de mim, esperando que passasse o minuto em que cesso de existir, mantendo ainda nos dedos a sensação da pele delicada, irrigada por pequeninas veias mornas. Olharia mais uma vez para a água de amarelo-intenso no fundo da taça de porcelana, sentiria de novo o aroma que dela se ergue e, em seguida, sempre alheio a mim mesmo, daria a descarga para que ela escorresse para a terra, levando consigo a matéria orgânica de meu corpo, a fim de espalhá-la no corpo do mundo.

Depois retorno a meu quarto, minha casa, minha vida única. Passeio por entre os móveis, abro gavetas, olho para as dezenas de badulaques acumulados que, enquanto o vento amontoa a neve pelos cantos e junto à cerca, começam a recitar juntos suas histórias. Pois, sim, a beleza está sempre no encontro casual, numa mesa de operação, entre o guarda-chuva e a máquina de costura. Meus dentinhos de infância. Minhas fotografias antiquíssimas, com emulsão rachada por cima dos rostos e dos vestidos e dos ternos e das coxas desnudas de criança. Os pedaços de barbante de meu umbigo, o manuscrito "A queda", o diário. Noites inteiras, até a visão não mais poder, à luz cor de café que ainda persistia, que vinha não da vidraça, mas das coisas, do ar verde-água, desmaiado, das superfícies cobertas de pó, demorei-me como uma alma penada por sobre meus tesouros. O silêncio e a paralisia, naqueles anoiteceres de tela vermelha na vidraça, eram tão profundos que, muitas vezes, me sentia dentro de uma de minhas fotografias antigas e seria até mesmo capaz de passar o dedo pela rachadura que atravessava, em diagonal, meu rosto, o pescoço e a barriga. Mas o maior e mais silencioso objeto de meu quarto, em crescimento contínuo, talvez assintótico, ao passo que os outros permaneciam iguais ou mesmo diminuíam, corroídos pelo tempo e pela nostalgia, é meu manuscrito, ao qual eis que ora acrescento a frase "ao qual eis que ora acrescento...". Passaram por seus cadernos vários outonos, invernos, primaveras e verões. Brilhou à luz ofuscante de julho e tremeluziu no ar frio e flocoso de dezembro. A abóboda de cristal em que a estrelas estão incrustadas girou centenas de vezes a seu redor, e uma estranha quimera projetou sua sombra ao se inclinar sobre ele, horas a fio, dezenas e centenas de vezes, com o cabelo e os cílios abrasados pelo sol ou desbotados pelo crepúsculo.

Gosto de meu gesto desesperado de escrever aqui, e quanto mais desesperado é, mais desprovido de sentido, mais anônimo, mais perdido na lama dos séculos e dos milênios, das galáxias e das metagaláxias, maior é meu prazer. Por cometer o gesto absurdo, sem necessidade e sem consequências, sem história e sem psicologia, de escrever meu manuscrito, sinto-me um privilegiado, uma das poucas criaturas que têm a sorte de resgatar a própria vida. Ao imaginar agora que poderia ter sido – que talvez seja em outro mundo, separado talvez de nosso mundo por uma única película impenetrável – um dos milhares de escritores, um operário da literatura, preso na teia de aranha do orgulho e das cabalas do mundo literário, com suficiente soberba para cometer o abominável gesto de assinar as próprias embromações, de dar a inqualificável permissão para que seu manuscrito, transformado em volumes impessoais, se torne acessível a olhos desconhecidos (da mesma maneira como se despem as profissionais do peep-show e os médicos fitam a substância cinzenta e cor de café do crânio trepanado), estremeço como diante da ideia de cometer um crime, um incesto. Vêm-me tantas vezes à mente os rostos amarelos de outrora, daquele outubro de 1977, quando, pela primeira e última vez, recitei meu escrito em público. Durante centenas de noites, sílaba por sílaba, evoquei o som de meu "A queda" na sala em que se organizava o Cenáculo da Lua numa noite de lua cheia, depois o silêncio que se seguiu, e depois os comentários. A noite crucial de minha vida. Na trama complicada dos trilhos de ferrovia se encontram, em certos trechos, peças móveis que, antes da passagem dos trens, lhes modificam a trajetória por um simples e, por vezes, quase inobservável deslizar entre os trilhos divergentes. Cada instante de nossa vida é um tal entroncamento, a cada instante nos encontramos num cruzamento e temos a ilusão de optar por um dos dois caminhos à frente, com todas as dimensões éticas, psicológicas ou religiosas de nossas escolhas. Na verdade, quem nos conduz é o caminho, o labirinto de trilhos toma cada decisão por nós, construindo-nos ao longo do trajeto como uma prancha anatômica, real e virtual, em que estamos crucificados, com órgãos eviscerados, como os pombos e os camundongos dos museus de ciência natural. O trajeto pelo qual, sendo as decisões tomadas por nós a cada instante, a cada respiração, batida do coração, secreção de insulina, pensamento, amor, eclipse e orgasmo, avançamos pela teia de aranha da vida como num sonho que se solidifica e se transforma em história, ou seja, memória, ao passo que todos os outros trajetos possíveis, porém não realizados, todo o enorme reservatório de nossa virtualidade, todos os nossos bilhões de sósias (aqueles que, a cada instante, viram à esquerda enquanto eu viro à direita), formam, no esqueleto da realidade, na solidificação de nossa ossatura de tempo, os órgãos hialinos que nos são revelados em espelhos e no sonho, as aparições com nosso rosto, o pleroma fofo, abstrato, curvado a nosso redor como o globo de dente-de-leão. Para o olho divino que nos olha de cima para baixo não sou minha vida, trajeto sinuoso em zigue-zague pelo gigantesco labirinto, linha que vai da periferia ao centro: para ele, eu sou o próprio labirinto, pois há um para cada um de nós, construído inconscientemente por nós mesmos, assim como o caracol secreta sua concha calcárea, assim como nós mesmos secretamos, sem sabermos como, nosso crânio e vértebras.

Mas, entre bilhões de entroncamentos, há alguns que são cruciais, a princípio indiscerníveis de todos os outros, mas que nos distanciam violentamente e para sempre de nosso trajeto inicial. Se eu me erguer da cadeira neste instante, caminhar até a janela e retornar à escrivaninha para continuar meu trabalho, a mudança será quase sempre infinitesimal, desembocando como uma gota no oceano de possibilidades. Mas caso eu, à janela, testemunhe um crime, ou, levantando-me bruscamente, seja tomado por uma dor terrível no coração e despenque no chão na agonia do infarto – aquele em quem me transformarei em apenas meia hora será radicalmente diferente do anterior, que nem suspeitava, assim como jamais suspeitamos, da crise e da mudança. Assim avançamos, ou assim somos levados por nosso labirinto pessoal, desfolhando-nos, a cada instante, em milhares e milhares de kagemushas, a maior parte deles quase idênticos a nós, outros, no entanto, desconhecidos, monstruosos talvez. Só a soma deles sou eu, a soma de suas vidas virtuais.

O entroncamento crucial de minha vida se deu, então, naquela sala miserável de aula, debaixo daqueles olhares impiedosos. Então me rompi em dois, sentindo a quebra como um golpe de espada sobre a cabeça, como uma fratura da coluna vertebral. Duas criaturas nasceram daquela reunião do cenáculo, sob os olhos do grande crítico e da assistência, que nada observaram porque eles também, junto com a sala e a universidade matusalêmica e a lua que dançava acima, se romperam igualmente, numa sucessão mitótica de acontecimentos, até que dois mundos, virtualmente irmanados, até aquela noite, como dois siameses diáfanos, tomaram, completamente separados, cada um uma direção, para nunca mais se reencontrar. Numa delas, que para mim é a real, a que corresponde a minha vida e a minha memória, meu poema foi desprezado pela audiência, e eu, ironizado e constrangido, desisti para sempre da literatura. Tornei-me, com dolorosa consciência disto, um fracassado, um dos muitos, um humilde, anônimo, prescindível professor de romeno num mundo de cinzas. Mas, no mesmo momento decisivo, também apareceu o outro, o escritor, pessoa de sucesso, aquele que, ao longo de décadas, haveria de escrever poemas e romances a partir de nossa substância comum, a partir do tronco daqueles vinte e dois anos em que fôramos um só. Se nosso poema comum, "A queda", tivesse sido um sucesso, se, após recitar em dueto, ele e eu, suas sílabas felizes-infelizes, os pelos dos braços do público houvessem se arrepiado de emoção, se em seguida tivesse pairado um silêncio sacro, se depois de uma pausa de comentários estupefatos e admirados os estudantes e o crítico voltassem para seus lugares e se pusessem a exibir surpresa e entusiasmo pelo infindável poema, se o veredito final do crítico estivesse imbuído de mais confiança e esperança do que todos os outros por ele pronunciados até então, um outro moleque faminto, de bigode ralo, mas com um olhar completamente diferente, teria então nascido, na hora, desvencilhando-se de sua sombra derrotada. Teria sido outra pessoa, já desde o início, teria sentido o interior de seu corpo borbulhando como champanhe, suas costelas se abririam e sua mente teria explodido durante o caminho solitário para casa. Nenhuma droga poderia tê-lo alçado tão alto, mais alto do que os edifícios da Magheru, mais alto do que a lua cheia. Não teria dormido naquela noite de felicidade, relendo seu poema sem parar até de manhãzinha, determinado a escrever outros, muito melhores, nos meses e nos anos que haveriam de se seguir.

No entanto, assim como todo sucesso na vida esconde um fracasso, e todo fracasso camufla um sucesso, talvez sejam sempre necessárias duas mãos para escrever um texto que não seja mero divertimento, consolação ou hipnose. Uma é a daquele que escreve debruçado sobre o manuscrito, assombrando-o e dominando-o com sua autoridade, a outra é a do tenebroso viúvo, anônimo inconsolável que, situado no manuscrito, sob a página escrita pelo primeiro, a preenche por baixo com seus próprios sinais, a multicolore com imagens, encolhido sob o teto, como Michelangelo no alto do andaime de tábuas, com as tintas escorrendo por seus olhos e sua face, pintando o céu interior da capela com personagens bizarros. Talvez só assim a membrana entre mim e ele, entre a glória e a vergonha, possa permanecer reta, lisa, sem concavidades nem bolhas: eu o sustento, apoio a ponta da caneta dele na ponta de minha caneta. Escrevemos ao mesmo tempo, frenéticos, o mesmo texto, só que virado no espelho: ao ser lido ao contrário, o paraíso dele se torna meu inferno, o sol dele é minha noite, a borboleta dele é minha aranha de obsidiana.

Por não ser escritor, tenho o privilégio insondável de escrever por dentro de meu manuscrito, rodeado por toda parte por ele, surdo e cego a qualquer coisa que possa me distrair de meu trabalho de mineiro. Não tenho leitores, não tenho necessidade de pôr minha assinatura num livro. Aqui, no ventre do manuscrito, errando por seus intestinos tortuosos, ouvindo seus estranhos borbulhares, sinto a liberdade, sinto seu acompanhante obrigatório: a loucura.

Mas esta noite não haverei de escrever nada, pois a melancolia me sufoca. Porque é noite de primavera, com um céu verde-amarelado, e eu sou um homem solitário, sem razão de estar no mundo. Como tantas outras vezes, desde a adolescência até hoje, não vou suportar o isolamento. Vou sair, mesmo sem a ilusão de conhecer alguém. Sim, vou encontrar criaturas com a cabeça voltada para o outro lado, dirigindo-se a lugares aos quais não posso ir. Vou sair para respirar um ar menos pesado, mais emocional, mais carregado de imagens e cores de meu mundo. Vou caminhar até Colentina, depois de serpentear por prédios habitados por operários, em seguida desço, pelo entardecer quente, até o Obor, na direção contrária de minha escola. O céu acima do grande mercado estará malhado de nuvens vastas, complexas, iluminadas em diversos graus pelo sol, dependuradas a baixa altitude, colorindo com suas luzes e perfeição o rosto daqueles que aguardam nos pontos de bonde, daqueles que atravessam a rua. Eu também vou tomar um bonde, vou andar quatro pontos pela Ştefan cel Mare, passando pelo Hospital Colentina, depois pelo posto de saúde da Grozovici e, enfim, pelo prédio de meus pais. Vou descer no ponto da garagem dos bondes no fim da avenida. Sempre desço ali. Antes da Piaţa Victoriei, os trilhos do bonde que se apressam, numa curva aberta, ao longo da avenida Ştefan cel Mare, dobram bruscamente e enveredam por uma ruela margeada por casas antigas, de comerciantes, ornamentadas com estuque amarelado, cobertas por cúpulas ridículas de lata, tudo velho, sépia, carcomido pelo tempo e por intempéries. Ao fim da rua fica a garagem. Visto que ainda não é o horário de os bondes se recolherem, caminho por cima de um trilho, equilibrando-me, no silêncio sinistro do anoitecer. Uma velha cigana está de cócoras na entrada de uma casa. Olha para mim perplexa: ninguém passa por ali, só os bondes que fazem estremecer as casas sem eletricidade e água corrente, ruínas bizarras. Vou continuar caminhando, por cima de meu trilho, na direção do edifício da garagem, com seu frontão triangular no meio do qual se encontra uma janela redonda, sem vidraça. A construção é de tijolo e tem, nos cantos, estranhas gárgulas de pedra. A entrada é muito maior do que os bondes precisariam para passar. Os trilhos, a certa altura, se trifurcam, bem antes da ampla entrada, de modo que os bondes que se recolhem, de noite, descansam no galpão distribuídos em três fileiras. Mas agora, nesse anoitecer cada vez mais escuro, vermelho como só podem ser os anoiteceres da primeira infância, o interior do galpão está vazio, à exceção de um único vagão de serviço, sem chassi, abandonado num canto, no fundo da fileira da direita. Arrepiado, vou adentrar pelo portão ciclópico como um herói da Antiguidade que ganha a muralha da cidadela. Serei minúsculo e obscuro em sua soleira, vou sentir de repente como me esmagam o absurdo e a inutilidade de minha vida. Pisando com minha solidão na solidão do mundo, vou entrar no vasto mausoléu, atravessando poças de óleo queimado e tropeçando em pedaços enferrujados, empoeirados, retorcidos de metal. A construção parece uma catedral em que alguém estaria estacionando bondes, sabe-se lá por qual capricho de uma mente saturnina. Nas laterais há janelas amplas, e a luz pálida, embora luz, vem também do teto com vigas de metal entre as quais, enegrecida, mas ainda translúcida, há uma vidraça coberta por uma rede de arame, esverdeada e ondulada. O galpão é muito mais vasto por dentro do que se poderia imaginar, de modo que precisarei de generosos minutos até alcançar o vagão de serviço no fundo, cujas janelas, assim como o farol único da frente, piscam vermelhas como sangue na penumbra. Vou chegar até ele, sem cruzar com nenhum porteiro, mecânico ou torneiro. Ninguém parece ter jamais pisado ali. O vagão é um ferro-velho antiquíssimo, uma cabine que apenas imita a parte da frente de um bonde, ao passo que a traseira se limita a um espaço mínimo, sem assentos. Termina num pequeno reboque do qual se ergue um guindaste que, estranhamente, lembra bastante uma forca. Quantas vezes na infância, em pontos desertos com meus pais, na periferia da cidade, não nos frustrávamos com um tal vagão de serviço que chegava pesadamente pelos trilhos no lugar do bonde tão aguardado?

Vou embarcar, como sempre, na cabine do vagão, vou me sentar na cadeira do motorneiro, rasgada e com espuma amarelo-suja brotando a partir de dezenas de cortes, vou mover as envelhecidas e oxidadas alavancas de latão, vou fitar meu rosto concentrado na grande bola de uma delas. Vou ficar ali todo o entardecer, horas a fio, conduzindo meu vagão por uma cidade imaginária. Só quando eu ouvir o silvo, nos trilhos, do primeiro bonde que, depois da meia-noite, se recolher à garagem, despertarei de meu devaneio, descerei furtivo do vagão e me dirigirei, colado à parede, até a saída. Depois voltarei a pé até em casa, e isso me tomará uma boa parte da nova manhã.

33

Só que anteontem de noite não fui a lugar nenhum, pois enquanto escrevia a última frase, mal enxergando as letras, em manuscrito, Irina chegou. A melancolia também é excitante, mas diferente se comparada à embriaguez imperiosa da sexualidade. Ao lhe abrir a porta, na silhueta diante de mim não vi uma mulher, embora não houvéssemos feito amor fazia mais de duas semanas, mas uma irmã clorótica, um outro eu mesmo. Na vasta e deserta cidade sob a abóboda de meu crânio, o bonde ainda deslizava por cima dos trilhos rumo a lugar nenhum. Por isso, não fomos direto para o dormitório, como de costume, para levitarmos nus, acasalados como um estranho monograma, acima da cama desarrumada, mas a conduzi para um dos tantos indefinidos quartos de minha casa em forma de navio. Ao mergulhar em seus corredores tortuosos, com portas de ambos os lados, com quadros dos quais nada se podia compreender, com uma ou outra planta ressequida de tempos imemoriais, toda vez que eu abria uma das portas, minha surpresa era sempre total: cada cômodo era novo, jamais visto até então, cintilando em seu torpor como uma fotografia: nenhum grão de poeira, nenhum sinal de uso, toalhas impecáveis, bibelôs luzindo pálidos nas prateleiras. Entrei, com Irina, num quarto de pé-direito muito alto, em que toda a mobília estava laqueada de vermelho. Sentamo-nos à mesa, em frente à janela atravessada pelos últimos raios do entardecer, e nos olhamos. À luz que se transubstanciava, aos poucos, em trevas, o rosto de Irina se fez mais

delgado, o cabelo, mais cinzento, e seus famosos olhos azuis agora eram quase negros, como seus lábios austeros.
— Sabia que o porteiro desapareceu? — diz ela, olhando em meus olhos como se eu devesse compreender melhor.
— Que porteiro?
— Ispas, o porteiro da escola, aquele velho desgrenhado e bêbado...
— Ah, Ispas. É verdade, não o vejo faz alguns dias, acho que desde segunda-feira, ou até mesmo desde a semana passada. Em geral ninguém presta atenção nele, ele fica ali, entre as portas da entrada, na cadeira dele, mas cheguei a me perguntar por que não estava mais ali. Como assim, desapareceu? Talvez tenha ficado doente. De todo modo, ele tem aquela cor de quem padece do fígado...
— Era o que todos achavam, mas Borcescu chegou ontem na sala de professores com um miliciano. Reuniu todos os que ainda se encontravam na escola às cinco horas e nos interrogou, o que aconteceu com ele, onde mora, se tem esposa e filhos. Ninguém sabia. Um pobre-diabo tolerado por pena. Na hora do recreio, abre um jornal, descasca um ovo cozido, dá uma mordida num pedaço de salame... Nunca ninguém o flagrou tomando umas e outras na escola, mas ele bebe com certeza, pois fede tanto a cachaça que as crianças ficam zonzas. Deve ter uma garrafinha escondida em algum canto, talvez atrás do painel do hidrante ou numa portinha que só ele conheça. Dizem que dorme onde pode, na entrada dos edifícios, talvez até entre as moitas, durante o verão...
— E Borcescu chamou a milícia.
— Sim, ele não é tão bobo como parece. Quem vê diria que é gagá, que esquece o que comeu no almoço, ele sempre me diz, mesmo que cruze comigo dez vezes no mesmo dia, "Irinucă, onde é que estão as cabras?[47]". Mas o desgraçado sabe tudo o que acontece na escola, mete aquele seu bedelho empoado em tudo. Capaz até de nos dedurar à Securitate, afinal, acho que no escritório dele deve haver um ninho de microfones. Acho que desde o primeiro

[47] Menção ao conto "As cabras de Irinucă", constante da obra *Lembranças de infância* (Amintiri din copilărie), de Ion Creangă (1837-1889). [N.T.]

dia percebeu a ausência de Ispas na portaria, mas esperou passar uma semana para chamar a milícia. Não por isso, mas esse Ispas impedia a entrada de crianças de cabelo comprido, o que na mente doentia do Borcescu é crime de lesa-majestade. A escola desmorona caso entre um aluno sem cabelo cortado ou uma menina sem lacinho. Avisou a milícia, pois não sabia o que fazer, e eles o procuraram no endereço da carteira de identidade, nos arredores da Sfântul Gheorghe, só que ele não mora lá faz tempo. Sabe-se lá como, descobriram que agora ele costumava dormir, um ano já, na entrada de um prédio, perto da Avrig, como um cachorro. Na verdade, não na entrada, mas no subsolo, onde fica a central térmica. Lá ele tinha um colchão. Os foguistas, igualmente bêbados, permitiram que se refugiasse ali. Mas mesmo eles não voltaram a vê-lo desde que desapareceu da escola. Era como se a terra o tivesse engolido. Na falta de algo melhor, os milicianos, com sua reconhecida inteligência[48], retiveram os foguistas e os levaram até a delegacia, só que não foi necessário encostar um só dedo neles, pois contaram tudo o que sabiam, que, aliás, era o que nós já sabíamos: que toda noite Ispas se embebedava como um gambá e lhes dizia que, um dia, deixaria de dormir ali. Que seria sequestrado e levado para o céu, numa nave de outro mundo, que era esse seu destino. Alegava ser a previsão de uma feiticeira de quando ele era pequeno. Contava isso a todos, com aquele seu sorriso sebento, contava às faxineiras da escola e até mesmo às crianças, que riam dele e o atiçavam para falar mais a respeito. Ele mesmo também ria das besteiras que contava, mas teimava com isso, ninguém conseguia tirar de sua cabeça que justamente ele, a pessoa mais desclassificada do planeta, haveria de ser alçado aos céus. Esfregava o maxilar por barbear e continuava com a mesma ladainha: "Fiquem rindo, fiquem, mas eu vou olhar para vocês lá de cima e vocês parecerão menos que formiguinhas. Este ano não termina antes que eles me abduzam".

[48] No folclore urbano romeno, os policiais são invariavelmente considerados idiotas. [N.T.]

– Iakab disse que umas pessoas o viram ajoelhado um pouco mais para lá, na direção do campo, num cruzamento, com o rosto virado para o céu e gritando "Estou pronto! Estou preparado! Venham me buscar, agora, neste instante!".

– Mas estão todos cansados de vê-lo sempre com aquela maleta escangalhada nos braços. Quem sabe em que lata de lixo ele a terá encontrado. Mas aqui vem a parte que vai te interessar.

A mobília laqueada da sala de estar também escurecera. Irina, inclinada por cima da mesa, com a mão segurando a minha, era apenas uma silhueta abstrata, uma voz rodeada por alguma coisa, um espectro assim como deveriam ter sido os rostos inimagináveis dos querubins que ficavam frente a frente nas pontas do oratório, cobrindo-lhe a madeira dourada com as asas esticadas por sobre a tampa. E a voz dela, agora que a escuridão preenchia o cômodo, parecia realmente brotar entre nós, nascer ali, entre nossos rostos, enquanto nós dois éramos apenas duas sombras impassíveis, empedernidas.

Os foguistas o haviam visto pela última vez sábado à noite, à luz bruxuleante da lâmpada a querosene. Ele lhes dissera então umas coisas que guardaram na memória, apesar da vodca de péssima qualidade que lhes saía pelos olhos, pois tiveram a impressão de já ter ouvido aquilo em algum lugar: "Depois de um tempo, vocês não me verão mais", sussurrara-lhes o bêbado, rompendo o pãozinho em dois, naquele cheiro de argamassa e óleo diesel do subsolo, "e, mais tarde, depois de um tempo, vocês vão me ver de novo". "Mas leve a gente contigo!", disseram-lhe, ridicularizando-o, intimidados, porém, pelos olhos ensandecidos do porteiro. "Não, lá aonde eu vou, vocês não podem ir." Por um instante, os foguistas temeram que o bêbado, que erguera um dedo com uma unha podre ao pronunciar aquelas palavras, ou tivesse enlouquecido de vez, ou quisesse se matar. Mas Ispas se arrastara até o colchão e dormira com a roupa do corpo, como de costume, até de manhã, quando os foguistas, ao chegarem para trabalhar, o encontraram ainda deitado, com um braço por cima dos olhos.

Só que, ao entardecer, ele não voltou mais. Esperaram por ele em vão. Mas não encasquetaram com isso, pois, de todo modo, eles o deixavam dormir ali por dó. Talvez houvesse encontrado algo melhor, ou talvez um carro miserável o tivesse atropelado, seja como for, ele não tinha eira nem beira, nem sabia por que ainda fazia sombra sobre a terra. Ergueram o colchão contra a parede, e pronto. Agora tinham mais espaço para jogar dados toda noite. Só depois de o porteiro não aparecer na escola por alguns dias é que a milícia o considerou desaparecido e as patrulhas começaram a procurá-lo. O pessoal do bairro da escola também soube e começou a se perguntar o que havia acontecido com ele...

 Enquanto estavam à mesa na sala de professores mal iluminada, o miliciano colocara em cima do pano vermelho, cheio de manchas de tinta, uma gorda maleta de couro, gasta e puída, cheirando a estopa, gordura e aguardente de ameixa. Abrira as fivelas e despejara o conteúdo diante deles, como se lhes jogasse na cara: veja que desgraçado vocês abrigam na escola, neste bairro do qual sou responsável.

 – Mas onde encontraram a mala?

 – Os Bazavan da oitava série que a encontraram, no campo, do outro lado da ferrovia. Tinham ido, como é costume dos garotos daqui, apanhar aranhas-lobos.

 – Eu sei, amarram uma bola de piche no barbante e a enfiam nos buracos do restolho. Já vi esse procedimento. Depois põem duas aranhas para brigar dentro de uma lata de conserva de peixe que eles colocam em cima do fogo.

 – Pare por aí, que porcaria... A maleta estava na vertical, no meio do campo. Tinha chovido antes, e a terra estava preta e mole. As crianças viram umas pegadas de sapato que conduziam até ela, gravadas na lama, e as seguiram. Mas ficaram admiradas ao perceber que as pegadas desapareciam bruscamente: de resto, o campo estava liso como um espelho, até onde a vista alcançava, até o bosque no horizonte. Nem encostaram na mala, pois sabiam que os milicianos estavam atrás do porteiro. Assim como se lia na *Cutezătorii*[49], ao encontrar alguma coisa, uma carteira, por exemplo, na

---

[49] Revista semanal dirigida ao público infantojuvenil, publicada na Romênia entre 1967 e 1989. [N.T.]

rua, você deveria entregá-la à milícia e se tornava um herói, todos o elogiavam e, na escola, o colocavam no painel de honra. De modo que saíram correndo até a delegacia. Os milicianos foram com um IMS[50] até onde o bairro terminava. Do outro lado da ferrovia, era terreno agrícola. Eles também viram as pegadas: uma sequência de passos que avançavam, deixados por sapatos de adulto e, dos dois lados, pegadas de crianças que iam e vinham de modo irregular. De fato, as primeiras pegadas se interrompiam no lugar em que, solitária, inexplicavelmente no meio do campo grudento, a maleta estava de pé. Como se a pessoa que a levou até ali tivesse sido engolida pela terra.

– Irina, isso me faz lembrar outra coisa, li sobre isso muito tempo atrás, quando era criança. Só que as pegadas eram na neve, era uma história russa, se passava em algum lugar da Sibéria... Arrepiara-me todo. Uma das histórias que me fizeram, na infância, tremer durante a noite, com as cobertas por cima da cabeça, até o sol nascer, imaginando o fenômeno assombroso que acometera a mulher do mujique naquela manhã coberta por uma neve divina, ora transbordava no mundo e continuava a me assediar.

– Então eu nem sei se devo te dizer o que os Bazavan contaram na delegacia. Mas isso talvez seja uma alucinação, ou mera invenção, para tornar a história ainda mais horrível. Os dois irmãos contaram que, ao se aproximarem da maleta, ouviram vindo do céu, de algum ponto acima de suas cabeças, um uivo, gritos desesperados, em que reconheceram a voz do porteiro. Tiveram a impressão de ouvir "como se fosse do quinto andar de um prédio", ou seja, a uns vinte e tantos metros de altura. Se não fossem os gritos e aquele alarido, de alguém preso numa armadilha, eles talvez houvessem pegado a maleta sem dar importância às pegadas que não retornavam. Era uma manhã cristalina, coberta por um céu azul, poeirento, sem nuvens. Nada se via de especial, os gritos simplesmente se dependuravam no ar. Foi pernas para que te quero.

50 IMS foi o primeiro veículo fora de estrada fabricado na Romênia, entre 1957 e 1975. [N.T.]

O miliciano se calara, os professores olhavam para ele imóveis, as personalidades letãs, estonianas e lituanas dos retratos manchados de mosca, por cima dos ombros deles, também olhavam. No meio da mesa, a mala jazia, e toda espécie de coisas ensebadas, em torno dela, davam um aspecto de aterro sanitário em miniatura. Havia pedaços de pão seco, meio salame esverdeado, embalagens crepitantes de Eugenia sujas de creme, uma garrafa quase vazia, com etiqueta de óleo, com uma tampa de sabugo fedendo forte a aguardente, papeluchos amassados, um frasco fumê com pastilhas (era bicarbonato, o desgraçado provavelmente sofria de dores causadas por uma úlcera não tratada), bem como um pequeno cubo de madeira com facetas coloridas, provavelmente de um jogo de construir para crianças. Havia ainda uma bonequinha pelada, de borracha mole, do tamanho da palma de uma mão e com um cabelo luzidio cor de cobre, saindo dos buracos visíveis da cabeça. Talvez Ispas, talvez outra pessoa, tenha lhe desenhado à caneta, no corpo, os seios e um triângulo de pelos entre as pernas. Na mente doentia do alcoólatra, a bonequinha deveria servir a alguma necessidade sublime e obscena, talvez fosse a noiva secreta com que realizasse seus rituais miseráveis.

A boneca, no entanto, não era o problema do miliciano local, que confiscara ao longo da vida e mantinha dentro de casa como colírio secreto para os olhos montanhas de fotos pornográficas e pilhas inteiras de revistas que a ética e a equidade socialista condenavam. Nem mesmo o enigma do súbito desaparecimento do porteiro não lhe parecia digno de uma investigação rigorosa por parte dos órgãos. Afinal, sempre havia desaparecidos, a Securitate sabia o que fazia, não cabia à milícia se meter. Não, na verdade se tratava de seitas e insetos, o mais irritante problema do bairro, e que, com suas débeis forças, os três ou quatro milicianos do bairro não logravam erradicar, por mais que se esforçassem. Surgiam constantemente em seus relatórios os malditos piqueteiros, com seus cartazes, com insetos na palma da mão e tudo mais. O miliciano contava com os professores da escola para descobrir, por intermédio das crianças, quais pais iam de noite a cemitérios, morgues, hospitais do câncer e outros lugares sinistros do gênero, quem os instigava, que objetivos ocultos os moviam. De que modo se preparavam para minar a ordem estatal. O oficial agora tinha provas de que Ispas era membro de uma seita. Um dos papéis dobrados dentro da mala era um poema que já havia sido encontrado com outras pessoas que agora estavam no xadrez, talvez uma espécie de manifesto ou código secreto deles. Em outro estava escrito "MORTE À MORTE!", bordão conhecido pelos órgãos de ordem pública. Prova mais cristalina não poderia haver.

Ao chegar até esse ponto da história, Irina, cujos olhos que luziam pálidos na escuridão eram a única coisa dela que eu ainda enxergava, me encarou de novo, com a mesma intensidade do início, esperando algo de mim. No entanto, eu não tinha a mínima vontade de lhe contar o que quer que fosse sobre os piqueteiros e sobre a terrível noite na Morgue. Bastava a gigantesca estátua de obsidiana assombrar meus sonhos. Não queria que ela também habitasse os pesadelos de Irina. A abóboda de seu crânio me parecia mais adequada para abrigar uma outra deusa, que fitasse, de vez em quando, através de seus olhos azuis, as crianças olhando pelas misteriosas claraboias dos sótãos.

– O que será que é? – sussurrei, com um sorriso, a frase com que mamãe invariavelmente concluía todos os sonhos que contava pela manhã, e não havia manhã em que ela não me vestisse com as cores e as sombras multicoloridas de seu fantástico palco interior.

Depois eu me levantei para acender a luz, e o candelabro que eu jamais havia visto recuperou o laque vermelho da mobília, a paralisia metafísica do aposento.

– Sim, o que será que é? – Irina também riu, voltando a ser a professora de física lívida e exaltada, adepta secreta dos antroposofistas, espiritistas, médiuns, exorcistas, de qualquer um que negasse a realidade e o sentido da vida terrestre. – E o que você acha que pode ser isso?

Então percebi que ela segurava na mão esquerda um retalho de papel de embalar, de um amarelado cor de café, grosseiramente rasgado de um pedaço maior. Provavelmente o tivera entre os dedos durante todo o tempo em que segurara, com a direita, minha mão em cima da mesa.

– Eu o surrupiei na sala dos professores enquanto o miliciano amontoava de volta a boneca e toda aquela comida velha dentro da maleta. Ficaram em cima da mesa as embalagens de Eugenia e, entre elas, este bilhete... Ele provavelmente pensou que era apenas uma tira de jornal, algo sem importância. Peguei o pedaço de papel e o examinei sob a luz. Encontra-se agora em meu diário, prensado entre as páginas como uma flor rara num herbário. A mensagem no bilhete, escrita à lapiseira, provavelmente umedecida na boca, continha um número, esboçado na parte de cima e, debaixo dele, em letras miúdas, um texto. O número era – é – dividido em dois por um espaço ligeiramente maior que os outros: 7129 6105195. Logo abaixo surgiam quatro linhas de um texto sem sentido. Anoto aqui cuidadosamente cada letra:

polairy oair olpcheey ykaiin olpchedy opchedaiin dairody
ysheod ykeeedy keshed quodaiin oteodair or chkar otaiin
dshedy qoedaiin ytoiin okair quotol dol okoldy qokedi opked
olkeeol orchsey qokeedy chdor olar ol keeol chedaiin

O texto continuava, parece, pois na parte debaixo do papel podiam ser vistos alguns pontos que lembravam as volutas superiores de uma outra série de letras. O rasgo irregular as separava das do bilhete. Desde que me despedi de Irina, reli dezenas de vezes aquelas quatro linhas. Não soa a nenhuma língua da qual eu tenha conhecimento. Se o texto tem algum sentido, ele só pode ser críptico: uma escrita secreta que necessita sabe-se lá de qual técnica de decifração. Por outro lado, o número me dizia algo, tinha a impressão de já ter visto em algum lugar sua primeira parte. Mas o vira como se num sonho, parecia o detalhe de uma outra espécie de realidade. 7129, repetia para mim mesmo em silêncio, fascinado, revendo inúmeras imagens com que o número pudesse ser associado. Era como se eu tivesse esquecido um nome muito familiar e, não importa o que fizesse, ele não vinha à tona na memória. Torturado por esse lapso estúpido, acabei por me esforçar em tirá-lo da cabeça. A mulher a minha frente deixara de ser um querubim de névoa acima do oratório de ébano, voltara a ser um corpo de carne e osso, provocador e doce em sua delicadeza e desamparo. Saímos, abraçados, da toca secreta em que conversáramos. Pelos corredores, esfregamo-nos por todas as paredes, devorando-nos os lábios, desesperados para chegar à carne e à pele com as palmas das mãos. O caminho que havíamos feito em mais de uma hora, nós o percorremos na volta em poucos segundos de fervor sexual. A porta do dormitório se precipitou em nossa direção com uma velocidade assustadora, atravessamo-la como se a houvéssemos reduzido a estilhaços e, de repente, estávamos atirados à cama, misturados um ao outro numa mandala ininteligível, esforçando-nos por atravessar um ao outro como os condenados dantescos do círculo dos ladrões, derretidos um no outro como plastilina e saindo, do outro lado da cama, eu no corpo de Irina e Irina no meu, após me encolher no útero dela e ela flutuar em meu crânio na atmosfera dourada do orgasmo. Ao voltarmos para o mundo, estávamos ambos nus pela metade, aderidos aos lençóis úmidos, afundando o colchão com nossos corpos inertes, submetidos à gravidade. Esquecêramo-nos de nos alçar, esquecêramo-nos também do mergulho no labirinto demoníaco das fantasias e das palavras de abjeção extática. Jazíamos separados, descolados, assim como jazem todos os apaixonados depois do engate, trancados em si mesmos, pois a espada entre Tristão e Isolda não é sinal da castidade, mas da realização, da saciedade que nos atira de volta a nossa costumeira solidão. Entre a mulher e o homem desprendidos do mistério da cópula surgem sempre duas espadas, uma posta por ela, outra por ele, assim como duas peles, dois corpos e dois cérebros sempre nos separam da pessoa que amamos. Foi só naquele estado de exaustão e autoesquecimento que me lembrei: na tranca do anexo, em minha própria casa, encontrava-se um cadeado numérico cujo código, que o antigo proprietário um dia sussurrara em meu ouvido, era 7129. Havia dado a entender que se tratava de um grande segredo, eu jamais deveria anotar aquele número, nem o dizer a ninguém.

    Levantamo-nos, arranjamos as roupas, sem nos olhar, e depois saímos do dormitório com a hesitação e o medo subcutâneo com que teríamos saído da realidade. Pois, de toda essa minha casa labiríntica e infinita, só o dormitório era concreto, com texturas firmes, sobre as quais vibravam e deslizavam as cristas papilares de meus dedos, com sons e cores entrelaçados, diferentemente das alucinações, das narrações e dos sonhos, mas, sobretudo, com aquele mecanismo de validação que se encontra debaixo de cada percepção e que diz: sim, podemos avançar, o gelo está firme e nos suporta, estamos em nosso mundo, no qual o vermelho é verdadeiro, o frescor é bom, a luz é bonita, tudo é do jeito que aprendemos e que sempre se confirmou desde a mais profunda e obscura infância. Ali, em meu dormitório, se eu puxasse um papel ele se rasgaria, se eu derramasse água ela sempre escorreria pelo chão, se eu sorrisse a mulher a minha frente responderia sorrindo. Só ali a certeza estatística, o estado quântico sempre imutável, o ar desmaiado sempre claro, intacto e tranquilo sempre me diziam com uma voz de anjo protetor: não tenha medo, você está na realidade, onde nada súbito e terrível pode acontecer. No entanto, tão logo saía pela porta, a fé no mundo começava a claudicar, os creodes a se multiplicar, o infinito de aposentos, cada um diferente do outro, a uivar ao redor assim como todas as possibilidades, probabilidades e criaturas híbridas aparentadas com "se" e com "talvez".

    Para sairmos, utilizamos a velha escada ao lado do armário que nos refletiu por um instante em sua superfície cansada. Subimos, abrimos o alçapão e nos vimos debaixo do céu imenso, ventoso, de um outono que despencara, brusca e inesperadamente, sobre a cidade. De pé, sobre o grande terraço no telhado da casa, com as roupas e o cabelo esvoaçando como flâmulas ao vento que soprava em rajadas, empurrando as nuvens de chuva para o norte, começamos a rir como crianças que haviam acabado de sair de uma jaula compartilhada com um monstro terrível. Estávamos na ponte do navio, que parecia escorregar sob o céu varrido por nuvens, por sobre as ondas de casas e vegetação do bairro pitoresco e arruinado. Brincamos por alguns minutos, movidos pelo êxtase da chegada do outono, de estátua, Irina incorporou, no ar escurecido, a Pusilanimidade, eu me esforcei por contorcer o corpo a fim de representar a Venustrafobia, depois giramos, simplesmente, pelo ar turbilhonante, ambos enrolados no cabelo de Irina, em meu olhar, nas mangas e nas barras de nossos casacos desabotoados. Entrava poeira em nossos olhos, em nosso cabelo, mas a sensação de felicidade e de libertação aumentava cada vez mais entre nossas costelas que abrigavam um pequeno deus da iluminação. "Sabe de uma coisa?", gritou-me ao ouvido enquanto, com os braços esticados para os lados como dervixes, rodávamos no vento turbilhonante. "Eu também escolheria a criança!" De início, não entendi o que ela dizia, mas, por fim, olhando mais seus olhos do que a ouvindo, lembrei e lhe respondi aos risos: "Mesmo que fosse Hitler?". "Mesmo que fosse o próprio Anticristo!" A dez metros de nós se erguia o anexo. A janela redonda como uma escotilha de navio agora estava opaca, pois não tinha o que refletir além daquele entardecer ventoso. "Nós o salvaríamos das chamas e deixaríamos a obra-prima ser incendiada. Nós dois o criaríamos, e tenha certeza de que, assim, ele jamais se tornaria celerado, nem ditador, nem demônio. Endireitaríamos seu destino, transformaríamos sua trajetória cármica e o faríamos digno de nós, e nós nos esforçaríamos por ser dignos dele." "Ou dela", retruquei, "Imagine que talvez seja uma menina". "Ora, sim, pode ser menina. Mais ainda! Adoraria vesti-la como uma boneca, num festival de vestidinhos e macacões, prender-lhe o cabelo com lacinhos e enrolar as tranças em torno da cabeça..." Ouvindo-a, pensava na força das parábolas, que acabam sempre se transpondo no mundo. Mas meu mundo não era daqui, ele permanecia ali, entre as paredes de quartzo, na concha de vento das eternas analogias...

Dirigimo-nos rumo ao quiosque descascado, esbranquiçado na noite, subimos, Irina na frente, a escada que o rodeava, e chegamos à plataforma em frente à porta. Ninguém diria naquele momento que a porta fosse escarlate: agora parecia de piche. Na madeira esponjosa, em que os insetos escavavam seu caminho com garras vorazes, pudemos ver o retângulo de metal enferrujado, com as quatro cifras luzindo pálidas na noite. Formei o número, o mesmo encontrado na mala do vigia, pois enfim lembrara onde o tinha visto, como o conhecia tão bem... "Inacreditável, é o mesmo", sussurrara Irina. "Como é possível tal coincidência?" Com um clique, o mecanismo de combinação destrancou a porta e penetramos no mais compacto breu. Era como ter encontrado um portal de acesso ao não ser.

Do mesmo modo, quando entrei no quiosque pela primeira vez, tão logo fechamos a porta atrás de nós ficamos sem mundo e sem corpo. Não só nossos olhos não enxergavam mais: nossos ouvidos ficaram cegos, as polpas dos dedos, cegas, as narinas, cegas, a pele toda como uma córnea de cego que nos revestisse por inteiro. As solas de nossos pés não percebiam a pressão da grade sobre a qual estavam, nossos braços se esticavam em todo o espaço circundante sem conseguir encostar em nada, pois não encostavam nem a si mesmos. O homúnculo crucificado em nosso cérebro nos salvara de suas mãos gigantescas. Permanecera, beiçudo e com uma língua tumeficada para fora da boca, de corpo magro como um palito, mas com mãos de estrangulador, como a estátua de um deus tolteca por debaixo da abóboda de nosso crânio, mais solitário, alheio e desamparado do que nunca. Antes eu movia os dedos quando ele os movia, falava quando ele abria os beiços tatuados. Como um tanquista na torreta de aço, ele conduzia nossos corpos na direção que quisesse com as lagartas mecânicas como se fossem serpentes ouroboros, e o canhão de nosso corpo atirava sua semente a suas ordens. Agora o tanquista estava cego, perdido numa escuridão sem limites, e ele mesmo não sentia mais o próprio corpo, nem os braços, nem o rosto... Estávamos na escuridão, desconectados de nós mesmos, incapazes de fechar os olhos, degustávamos, sem papilas gustativas, o negro profundo da morte, diante do qual nossas mais profundas noites eram explosões ofuscantes de luz. Sabia agora onde estava o velho e esfarelado interruptor de ebonite, e, sem encostar, como se através de um simples esforço de vontade, apertei-o de uma vez.

O que constatamos naquele momento não foi luz: duas flechas atingiram nossos globos oculares. Esforçávamo-nos agora por arrancá-las da lama de líquido vítreo e de sangue. Queríamos puxar nossas pálpebras até a sola do pé, recobrir a retina sensível da pele com o peplum das pálpebras, para não sermos devorados pelo fogo daquela luz em que aquecíamos nossos corpos. Ficamos, Irina e eu, minutos inteiros com as palmas das mãos cobrindo os olhos, espiando através delas, até quando começamos a respirar luz, equilibrando nossa pressão interior com a do quiosque. Só então nos atrevemos a abrir os olhos.

A cadeira de dentista estava lá, no chão que parecia de vidro polido, sob nossos pés, do cômodo que luzia um branco-amarelado a partir da grande abóboda com lâmpadas em cima. Descemos pela escada metálica até alcançar o minúsculo consultório. A velha e anacrônica cadeira de metal o ocupava quase por completo. Havia ainda, ao lado dela, do lado direito, um banquinho, e na parede, acima dele, um armário branco, como costumamos ver em lugares desse tipo. Abrira-o muito tempo atrás para brincar com os estranhos e impossíveis instrumentos metálicos dotados de garras, alicates, mandíbulas, apêndices incompreensíveis, cabos que não se podiam segurar (não eram concebidos para mãos humanas de cinco dedos), lâminas tão afiadas que seccionavam o olho de quem as olhasse... Irina tocara com os dedos no apoio de cabeça, feito do mesmo plástico cor de café com leite. Era a última coisa que ela imaginava ver. Sua surpresa foi tamanha que não me perguntou mais nada. Girei, com um dedo, um pequeno comutador de metal e um cone violento de luz saiu da grande cúpula acima da cadeira. Apertei um botão do console da frente e uma das brocas, pendurada acima como uma perna de aranha metálica, se pôs a funcionar num ronco abafado. A cadeira de dentista era perfeitamente funcional, incólume à passagem do tempo, que por aquele poço circular parecia não passar.

Irina, intrigada e entusiasmada, se acomodou na cadeira, banhada pela luz que agora a envolvia como um véu de noiva, passeou com a mão pelos instrumentos da bandejinha, admirando-se com seu tilintar ao colocá-los no lugar ou derrubá-los, ligou o jato d'água que agora transbordava do copo, experimentou no dorso da mão a mangueira que coletava saliva, com sua nojenta extensão metálica em forma de gancho.

Sentei-me no banquinho ao lado dela e pisei o pedal que fazia com que a cadeira subisse e o encosto se movesse para trás. Tirei de seu orifício a mangueira metálica da broca, e o réptil de escamas brilhantes começou a sibilar em minha mão. Assumi uma expressão ameaçadora e me inclinei, com a ponta da broca quase invisível graças a sua rotação enlouquecida, sobre o rosto lívido da mulher que não se divertira com minha piada. Pois não era piada. Encontrávamo-nos ali no fundo da terra, num buraco sem saída, com paredes de uma grossura infinita. Haveríamos de disputar ali, por toda a eternidade, reiterando-o o tempo todo, o jogo da tortura sem fim e sem esperança, o jogo mais apavorante dos infernos. Estávamos ali, na masmorra cilíndrica, vítima e verdugo fundidos no instrumento de sofrimento. Os dentes vivos, sadios, ali podiam voar aos pedaços, o sangue podia espirrar cobrindo a língua, as gengivas, os lábios e escorrendo, ao longo do corpo supliciado, até o chão. À medida que o esmalte e a polpa fossem destruídos em meio ao cheiro de fumaça e aos gritos bestiais, os dentes voltariam a crescer, prontos para sofrer de novo e de novo e de novo e de novo, sem cessar, sem tempo, sem espaço, apenas uma dor pura provocada pela fera inclinada sobre nós, que não podia ser nem corrompida, nem dissuadida, nem persuadida... No final, Irina, com um riso nervoso, se ergueu da cadeira, mas eu a detive enquanto endireitava as costas, pois percebera algo estranho acontecendo no chão, sob nossos pés. "Volte a sentar, só um instante!", disse-lhe, mas a cadeira parecia queimá-la. Um leve tremor invadira seu corpo. No final, ela voltou a se sentar, pousou de novo os braços nos apoios e deixou a cabeça pender entre as duas taças de couro. Então eu vi de novo, pelo vidro do chão, o que de início julgara ser uma intersecção de sombras. Agora, porém, se via claramente: do tronco grosso da cadeira de dentista se espalhava pelo chão algo parecido com veias ou raízes levemente violetas, como se vistas através da pele do antebraço, e os tubos grossos, por sua vez, se ramificavam em outros tubos mais finos, em franjas e véus e filamentos transparentes, como se esvoaçassem lentamente num líquido gelatinoso como as protuberâncias de uma gigantesca medusa. Apaguei as luzes para podermos contemplar, ela de novo apoiada nos cotovelos, eu com o rosto ao lado do rosto dela, a rede pulsante, fluorescente, ávida por alimento sob o vidro macio do chão. Digo "macio" porque as raízes mais grossas haviam erguido sua superfície e serpenteavam ao longo dela como mangueiras onduladas, em contínuo movimento peristáltico. O que queria o animal subterrâneo, o celenterado pendurado na base metálica, com pedais e tomadas externas, da cadeira de dentista? No que Irina deixava totalmente o instrumento, o chão aos poucos se tornava opaco, as protuberâncias se achatavam e as lajotas voltavam a ser banais e silenciosas. Tão logo se sentava de novo, o espetáculo subterrâneo se repetia: as bocas e os tentáculos e os filamentos bexiguentos retomavam sua cantilena, o rumorejo imperioso, os movimentos de absorção e bombeamento... Distraído, acabei apanhando uma das agulhas dentárias da bandejinha e lhe piquei suavemente a bochecha, fazendo-lhe sinal de que permanecesse sossegada entre os braços da cadeira. No instante em que sua derme foi penetrada, excitando um dos milhares de nervos com terminação livre, percebi a mudança, igualmente relampejante, sob o chão: os fios e os cabos orgânicos ramificados na profundeza se tornaram púrpura e começaram a absorver a gota viva de dor com a sofreguidão com que os famintos se precipitam sobre a tigela com alimento. Piquei o lábio de Irina, que deu um gritinho, e o frenesi lá debaixo aumentou ainda mais. Agora eram intestinos que cuidavam do horrível alimento e o transmitiam para fora, para além do limite das paredes, por meio de dutos transparentes e pulsantes. Não cabia mais dúvida: encontrávamo-nos num alvéolo que absorvia a energia álgica, que transformava a dor em impulsos que alimentavam, sabe-se lá onde, sabe-se lá como, criaturas monstruosas. Havíamos alimentado com uma colherzinha o animal faminto pela substância incandescente da dor, mas outros, talvez, antes de eu ter comprado a casa, o haviam empanturrado com fatias, nacos, caldeirões de dor viva e desesperada.

Acendi de novo as luzes, erguemo-nos e, em pouco tempo, o espaço do grande cilindro se apresentou como antes, como se o sistema digestivo lá debaixo houvesse sido uma mera ilusão bizarra. Bem em frente a quem se sentasse na cadeira, na parede curva do quiosque, se encontrava a janela redonda que, por vezes, cintilava tão forte durante o crepúsculo. Jamais conseguira abrir sua tampa presa do lado esquerdo por uma dobradiça grossa e, do outro lado, por uma fechadura cifrada constituída, desta vez, por um monte de números, cada um deles inscrito em seu pequeno cubo de metal. Era inútil tentar combinações ao acaso.

– Olha, acho que... Se o primeiro número do bilhete de Ispas abriu o quiosque, o outro talvez funcione aqui.

Não nos restava senão tentar. Formei, enchendo meus dedos de graxa, 6105195. Na mesma hora ouvimos o barulho do mecanismo soltando a tranca. Removemos a tampa até batê-la contra a parede e olhamos através da pequena claraboia. A visão nos surpreendeu e arrepiou, pois não era deste mundo.

Primeiro, do outro lado da vidraça côncava havia luz. Não era manhã, nem tarde, nem noite, era um outro tipo de luz, unânime, constante, forte e transparente, brotando do nada por sobre as coisas que víamos, como se do alto, posicionadas até o horizonte. Vimos formas, texturas ásperas, grânulos amontoados uns sobre os outros, flocos de matéria córnea. Campos atravessados por orifícios, poças de substância lustrosa, coagulada. Porosidade, latescência, translucidez se alternavam, se uniam e se separavam naquele mundo do qual nossa linguagem era incapaz de dar conta, assim como não podemos moldar uma esteira por cima dos quadris e dos seios de uma mulher. A perspectiva era arrebatadora, os objetos que fitávamos, situados fora da geometria e do familiar, subiam e desciam, diminuindo, até um horizonte incerto, para além daquele que avistávamos através da névoa, numa espécie de redemoinho de cores desbotadas que substituía o céu. A única constante era a luz de cristal, com efeitos ópticos e contornos duplos, aqui e ali, que embalava tudo como um mar profundo e tranquilo.

Essa paisagem se deixava permear, com uma melancolia impossível de traduzir em palavras, por procissões de criaturas, rebanhos de seres que pareciam ora elefantes – mas com pernas de aranha, como os da visão de Santo Antão do Dalí – , ora bovinos sobre cujas cabeças houvessem colocado máscaras bestiais, ora insetos de uma espécie havia muito extinta. Mal conseguiam arrastar, com patas articuladas, semelhantes aos dedos de uma mão, seu corpo disforme coberto por uma couraça flácida da qual brotavam parcos pelos. Viam-se claramente cada protuberância, cada aspereza, cada verruga e cada fiozinho como se debaixo de um holofote. Seus rostos, dominados por bicos e garras, eram cegos. Tateavam o caminho por entre fibras e trançados com seus pelos sensíveis, que tocavam nas costas dos que estavam na frente. Aqueles milhares de criaturas seguindo seu trajeto, cegos conduzidos por outros cegos, rumo a sabe-se lá que reinos distantes, pareciam carpir, como parentes enlutados que caminham atrás de um féretro. E, também como eles, minutos inteiros deviam passar entre um movimento e outro, entre cada passo que sucede ao outro. Vários rebanhos desse gênero se moviam, diante de nosso olhar, em direções diferentes, os mais distantes visíveis apenas como filas de formigas por entre montanhas de lixo.

Bem abaixo da claraboia se movia, rumorejando lentamente, como caranguejos dentro de um cesto, uma procissão de criaturas maciças, hesitando com suas patas delgadas. Pudemos agora observar, a partir da altura em que estávamos (será que uma lente, ou uma claraboia, ou um aparelho desconhecido correspondiam a nossa janela naquele mundo, embutido em algum dos objetos sem nome daquela vasta paisagem?), os detalhes de sua fisiologia: o peristaltismo dos órgãos internos, visível pela crosta translúcida, os ovos reunidos aos cachos no ventre das fêmeas, dos quais um a cada vez, com a mesma lentidão exasperante, deslizava para fora, caindo sobre uma pedra porosa, a gota de fezes que saía, retorcida, para ornar, com um estranho grão em forma de espiral, uma superfície vítrea. Mas o mais cruel era o fato de que, naquele comboio de condenados rumo a uma terra longínqua, cada um devorava o outro vivo. Vimos como se alimentavam: em geral tesouravam, devagar, com as mandíbulas, uma ou outra membrana seca de matéria, um ou outro grânulo no solo, até mesmo uma ou outra espiral das próprias fezes. Mas, de vez em quando, um elefante lívido enfiava as presas no dorso do da frente, rompia sua crosta, formando rugas e dobras, e depois lhe arrancava os frágeis órgãos do ventre. A vítima não parecia prejudicada, pelo contrário, vimos como seus passos se tornavam ainda mais lentos, até parar de se mover, pousando sobre a própria barriga, como se quisesse facilitar o trabalho de seu devorador. De seu corpo desfrutavam vários, sem luta, como num velório, e quando do cadáver não restava mais do que as garras, todos avançavam, um pouco mais velozes, para alcançar os outros, cegos, corcundas e assustadoramente tristes. Quase imediatamente, outro, em uma parte diferente do comboio, rasgava o ventre do que estava à frente, e tudo se repetia infinitamente. Por vezes, um bovino de pernas articuladas trepava no dorso de outro e lhe enfiava na carne um órgão em forma de punhal. Não existia orifício fêmeo, a ferida podia ser em qualquer lugar. Importante era que a ponta do punhal alcançasse o ventre e ali derramasse leites fluorescentes, direto em cima dos ovos de casca diáfana. Deles, uma vez botados sobre os trapos no solo, saíam os filhotes, idênticos aos pais e, desde a eclosão, se juntavam àqueles que avançavam por aquele universo tátil e olfativo.

A luz daquele mundo tingiu nossos rostos de uma nuance mélica. Ficamos até de manhãzinha observando os hábitos das criaturas que nele habitavam. Às vezes uma delas erguia o rosto cego em nossa direção, como se se sentisse observada, e agitava longamente os palpos bucais, como se quisesse falar. Aqueles rostos trágicos, inexpressivos, petrificados em sua máscara abjeta apertavam nosso coração. Não tínhamos como não nos perguntar por que a vida assumia formas tão insuportavelmente tristes. Por que teriam nascido aqueles organismos? Que sentido teria seu eterno avanço por um mundo que ninguém conhecia, com o qual ninguém se importava?

Exaustos, fechamos a claraboia e trocamos ao acaso a ordem dos números da combinação. Descemos de volta para casa e acompanhei Irina até o vestíbulo da entrada. Pelos floreios Jugendstil da porta, vazava a luz do dia.

34

Não quero começar a falar sobre Vaschide nem, na verdade, sobre o manuscrito Voynich – embora não tenha sido capaz de me abster de fazer algumas alusões a ele até agora – antes de terminar a anotação dos sonhos significativos de meu diário, os que escolhi dentre milhares de outros não por sua trama e personagens, mas pela emoção pura que constitui seus tecidos, pois, sim, Vaschide, os sonhos são emoções, e não paisagens ou histórias.

Anotei em 18 de janeiro, dois anos atrás:

> Uma pinta estranha surgira em minha pele e, de algum modo, a atravessara, criando uma configuração complicada. Vou ao hospital e sou atendido por um certo doutor Funda, que me fala bastante sobre a necessidade de ressecção da formação. Faz-me sentar num aparelho que, com bisturis incomuns, extirpa todas as três protuberâncias em meu dorso.

A verdade é que fiquei coberto de pintas. De todas as formas, dimensões e cores, lívidas como cogumelos, negras e rugosas, transparentes e com uma gota de sangue dentro, bolinhas presas a um filamento, como botões mal costurados, ou líquens ásperos que esparramam as crostas pela pele. De noite, às vezes, quando não tenho no que pensar, estico mentalmente minha pele esfolada, como um mapa, na parede ao lado da cama e contemplo as pintas salpicadas de cima a baixo, imaginando que sejam letras de uma estranha criptografia. O que será que está escrito em minha pele, eu me pergunto. Surgiram, sorrateiramente, ao longo do tempo, apoderaram-se da folha branca de minha pele, pergaminho que me envolve, como se, de maneira excepcionalmente lenta, alguém houvesse escrito um texto ilegível em cima de mim. Como um cabalista, nas noites de vigília, esforço-me por encontrar correlações, por de-cifrar a cifragem, por de-criptar a cripta, por des-velar o véu que me circunda.

E um resumo, do dia 12 do mesmo mês, de minha vida noturna:

> *De todo modo, parece ter ficado para trás mais uma etapa onírica de minha vida, depois da do "sonho essencial" (entre dezesseis e vinte e quatro) e da dos "visitantes" (entre vinte e quatro e vinte e oito anos, mas ainda ativa, como se diz sobre um vulcão que pode entrar em erupção a qualquer momento): o período dos sonhos com casas de minha infância, com tentativas desesperadas de reconstituição / reconstrução de meu passado literalmente imemorial (entre vinte e oito e trinta e um anos). Tudo, aliás, é bem mais complicado, pois, reunindo essas duas grandes zonas, surgem também outros turbilhões de virtualidade: os sonhos feérico-panorâmicos, talvez os mais maravilhosos que se possam imaginar: aquele dos vinte e sete anos, com o mar e as colinas repletas de templos e pagodes, o da enorme costa da África, o do castelo vermelho e o panorama do golfo, o do estreito de Magalhães... E também aqueles da escalada das montanhas e das torres, dos voos mágicos (mas que cessaram aos vinte anos), da sexualidade barroca e polimórfica. Todos eles se espalham desde a infância até hoje, assim como outros, muitos outros, intersectando-se, repetindo-se e colaborando, formando uma textura infinitamente mais rica do que minha vida diurna, como se o tapete de minha vida fosse colocado no assoalho, por engano ou perversidade, com o lado direito para baixo, deixando à vista os nós feios e escondendo o esplendor do padrão multicolorido.*

14 de fevereiro:

> *... estava agora numa cama mole, grudenta, e era mulher, rodeado por criaturas que me diziam que um deus virá me visitar para me fecundar, e esperava a vinda dele num estado de languidez e abandono. Uns tubos de borracha rosa-pálido bombeavam uma espécie de leite no colchão que parecia de algodão encharcado, e eu já estava grávida, e uma daquelas criaturas se aproximava com uma seringa: "Isso vai desencadear suas contrações"... Despertei enroscado em outros pensamentos, outros sonhos...*

Minha feminilidade não é algo novo nem surpreendente para mim. Sempre senti que minha irmã oculta, que brotou dentro de mim com a estranha fantasia de mamãe de, até os quatro anos de idade, me vestir de menina (até a visão da sala circular com a mesa de operação no meio, debaixo de estrelas nuas e cruas), permaneceu ali, como um siamês mumificado, mas não morto, em minha mente, ocupando um espaço do qual vinham continuamente murmúrios, súplicas e suspiros. Vive permanentemente dentro de mim um discurso oprimido, puro e delgado, desprovido da caixa de ressonância do pomo-de-adão, como se em meu íntimo o sol da masculinidade obscurecesse a lua, mas o fantasma dela ainda flutuasse no céu luminoso do anoitecer. Que alívio é para mim ser feminino! Quanto devo à ambiguidade de minha mente! Sempre achei haver, entre o androginismo de Tirésias e seu poder de enxergar o futuro, uma profunda ligação causal. Só podemos ver o ser de tempo de nosso corpo, simultaneamente, com um olho de homem e um de mulher, assim como são necessários ambos os sexos para o nascimento do navegador no tempo que é o recém-nascido. Mas, no sonho acima, não era só aquilo. Nos sonhos, as pessoas são intercambiáveis. Essencialmente, tratava-se de uma fecundação miraculosa e um nascimento. Participara daquela cena, talvez a tenha visto, e o mecanismo do sonho, que estilhaça a imagem mítica, me atribuíra o papel de mãe, talvez em virtude de minha feminilidade. Por vezes, sinto a força extrema da ligação subterrânea de todos os sonhos por mim anotados, sua forte hesitação, seu límpido balbucio na direção de um significado unitário.

Depois de quase quatro meses, numa série de que me lembro melhor, por ser cada vez mais próxima da data em que estou escrevendo:

> *Duas noites atrás – um sonho "essencial", que, no entanto, não foi levado a cabo. Acho que desenvolvi mecanismos de defesa contra a agressão vinda do interior, pois de uns tempos para cá é assim que acontece: desperto antes do momento crítico, antes de entrar no túnel enlouquecido (talvez até o da loucura ou de outra coisa mais terrível). Estava numa espécie de cidade-fortaleza, de noite, sob as estrelas, numa atmosfera de magia e de intensa espera.*

Os céus estrelados, que resplandeciam como diamantes, de tantos de meus sonhos, eram avassaladores, de forma nenhuma naturais, céus de outros mundos. Olhava as estrelas esperando que acontecesse ali alguma coisa, que alguém chegasse. Assim que soube, porém, que aconteceria, que era iminente acontecer (as estrelas haviam se modificado de maneira inexplicável), saí correndo pelas ruas desertas da cidadezinha, por entre muros amarelos, passando também por interiores igualmente silenciosos, até chegar a uma zona com luz do dia. Era, só agora me dou conta, o Bloco Um, mas diferente de como era na realidade, como se o tivessem colado num pano de fundo alheio. Eu estava na ponte por cima do fosso, em frente à entrada murada. Aguardava ali, paralisado, acuado, enfeitiçado. E, de repente, do canto, jorrou em minha direção um sopro de ouro, um fluxo de luz viva, tremulante, cintilante de milhares de minúsculas partículas trazidas por ele. Haviam chegado então, estavam ali, sua luz corria em minha direção, logo haveria de me englobar e transformar. Fitava empedernido, sob um encanto extático, mas também apavorado, a avalanche de ouro intenso, cheia de borboletas, que vinha, implacável, em minha direção. Quando ela chegou ao pé da ponte eu despertei, com uma força de vontade da qual ainda me lembro. Claro, estava dormindo de barriga para cima, e aquela porção da parte de trás do cocuruto (a qual, se aperto, quase sinto meu cérebro, de tão frágil que é) estava toda congestionada e mantinha uma sensação de pressão. De fato, até agora, enquanto escrevo, sinto a mesma coisa naquela zona vulnerável de meu crânio: uma espécie de queimadura opressora que se difunde pela nuca.

Apalpei-me várias vezes naquela região, para além do cabelo e do couro cabeludo. Ali meu crânio parece achatado artificialmente, como se alguém houvesse aplicado um carimbo grande e pesado. A zona que fica congestionada, depois de sonhos desse tipo, é redonda, do tamanho de um tostão grande, na verdade parece esconder um disco na espessura da pele. Sinto-o ali, consigo movê-lo facilmente, mas, nos momentos que se seguem ao despertar, ele fica quente e irritado como uma lente incandescente.

Eis também um demônio grotesco:

Virei a cabeça e vi o cobrador. Tinha uma cabeça maciça, com o cabelo cortado como uma escova. Em algum lugar, seu crânio apresentava uma deformação melancólica. Era pesado e lento por inteiro, como um animal sem inimigos naturais. No lábio de cima tinha dois inchaços que, ao baixar a cabeça, transformavam-lhe a boca num focinho levemente comprido.

Relacionado a tudo isso, o sonho seguinte, ocorrido no mês de maio do ano passado:

Duas noites antes, depois de uns dois ataques paralisantes de pânico, tive um sonho em que me encontrava no meio de um quarto, com largas janelas que davam para o céu estrelado lá fora, e de repente comecei a me sentir estranho, como se estivesse preenchido por uma luz ácida, agressiva, uma revelação irresistível. Minha exaltação aumentava de maneira paroxística. Caí de costas, atravessado por raios que vinham de todas as partes, e acordei num pulo. Estava deitado de lado, e não de barriga para cima. A pele de minha cabeça não estava amortecida nem pelando, sentia-a, porém, levemente congestionada. Não como causa, mas como consequência do sonho, disse para mim mesmo, e talvez sejam realmente esses sonhos de minha dissolução num sol epileptoide que produzam minhas sensações físicas, e não ao contrário, como achava.

Em 11 de junho de 1988:

Vi como estavam queimadas as córneas de um condenado com duas grandes lupas, lentamente focalizadas num único ponto, sobre os dois globos oculares.

Em vez de qualquer comentário a minha situação onírica, anoto o próximo fragmento que, creio, denota uma clareza progressiva, lenta mas constante, das ideias em mim produzidas por tudo isso:

Pensei naquele sonho, naquele mundo, naqueles dois jovens que só podiam ser pressagiadores. Em minhas crises, na luz que continha em seu centro "algo místico", assim como eu costumava escrever. No modo como despertei no cascalho, em segurança, na ocasião em que eu quase me afoguei no Sabar. Em minha queda, de costas, de dois metros de altura, em Voila. Creio começar a desvendar algo de tudo isso, como se até agora estivesse coberto pela névoa. Procuro, pelo menos isto eu faço com sinceridade, se não há mais alguma coisa em mim. Minha vida se abre, é possível avançar, mesmo se o grande portão da literatura, o único que eu conhecera outrora, tenha deixado de ser acessível. Hoje, no entanto, o vejo como a portinhola para a passagem do gato aberta na parte inferior da porta verdadeira.

Sim, meu manuscrito extrapola a literatura, porque é verdadeiro. Seu dardo voa, é verdade, por cima do alvo. Mas hoje não me importo mais com o fato de que a regra do jogo seja acertar o centro dos anéis concêntricos. Não ligo mais para a coroazinha estética. Não aceito mais passar pelas forcas caudinas da porta para gato.

No sonho, minha língua era cortada em nacos de carne. No entanto, eu não sentia nada, pois estava anestesiado, na mesa de operação. Cortavam cada vez mais profundamente, na direção da garganta, até começarem a se tornar visíveis, na parte grossa, veias cortadas, esvaziadas de sangue. O mal estava na laringe, mas não se podia chegar até lá sem essa operação. "Vão tirar também minha laringe?", perguntei. "Não", responderam-me hesitantes.

Sonho assustador bem no início da noite passada. Uma mulher sofria de uma doença incurável, provavelmente um tumor na cabeça, que fazia com que seu rosto adotasse uma careta selvagem. Presas de animal saíam de sua boca, seus olhos se arregalavam, via-se um sofrimento agressivo no rosto que, em outra circunstância, seria de uma criatura mansa e triste. Uma radiografia revelava seus ossos esbranquiçados do crânio e o tumor detrás da orelha, uma mancha mais intensa, como se a fumaça embranquecida houvesse se concentrado ali. Mas a radiografia era dupla, via agora a presença não de um único crânio, mas de dois, e que seu filho pequeno também sofria da mesma doença, com os mesmos sintomas. Berrava mudo do mesmo jeito, contraía-se do mesmo jeito que a mãe. E, de repente, eu estava num hospital, jogado numa espécie de cela com grades. Não era paciente, mas uma espécie de visitante. Um anão oligofrênico me trazia, um após o outro, horrores impossíveis de olhar, cadáveres de crianças, putrefações infectas, crânios trepanados, e ele me mostrava tudo isso com uma espécie de sadismo imbecil, sorrindo e se divertindo com minha repugnância. Chegavam, um após o outro, bandejas de inox cheias de abortos, aquários contendo ossos esmigalhados, monstros secos que o mesmo anão carregava nos braços. "Não quero mais olhar", dizia-lhe, "já vi o bastante". Sentia-me mal e nauseado. De repente, ele aparece com uma espécie de grande foca de gelatina azul, floreada por uma espécie de bolor, e se senta em meu banco segurando-a nos braços. Aquela forma comprida me enojava muito mais do que todos os horrores exibidos até então. "Vá mais para lá", disse-lhe, pois a foca pútrida quase encostava o focinho em mim. Mas o anão passou a me dar um sorriso ainda mais perverso. Então me levantei e atirei ao chão os cadernos (que só agora notava) que eu tinha no colo. "Estou aqui para estudar, não para ser zombado!" E me precipitei para fora da cela. Despertei simplesmente atarantado por esse sonho. Meu quarto se apresentava hostil e escuro, e minha cabeça doía mais do que nunca.

    Ainda não tenho forças para abrir aqui o parêntese que deveria ter sido aberto faz tempo, para falar da crispação, da careta inumana da boca que assim denomino porque não tenho nome para aquela óbvia imitação de sorriso humano que – e não só em sonhos, de maneira alguma – já vi em momentos essenciais e que permaneceu em mim como uma queimadura na meninge. Não agora, mas um dia terei forças suficientes para descrever uma cena sem a qual todo esse fluxo de sonhos se torna inútil, suspenso no ar. Por ora, vou anotar apenas uma das recordações secundárias, talvez no mesmo trajeto, mas de certo modo desvitalizada na comparação com a terrível cena real. Também não anotei esse encontro no diário devido a uma espécie de temor supersticioso.

    Aconteceu muitos anos atrás, ainda dormia em meu quarto da Ştefan cel Mare, com a cabeça orientada para a grande janela tripla. Aos pés da cama ficava o armário, maciço e amarelado, e entre ele e a cama havia cerca de um metro de assoalho livre. Foi ali que eu a vi. Não no sonho, ou pelo menos não acho que tenha sido. Abri os olhos no meio da noite, sentindo-me desperto por inteiro, o aspecto do quarto a meu redor era normal, com raios de luz correndo, como sempre, pelas paredes, projetados pelos faróis dos raros automóveis que passavam de noite, cinco andares abaixo, pela avenida. E foi ali que eu a vi, naquele espaço estreito, perfilada contra o armário, real como ele. Não sei por que tive a impressão de que era minha tia, irmã de minha mãe, embora a criatura frágil e esverdeada fosse evidentemente uma anã, tendo apenas pouco mais de um metro de altura. Estava ali, me olhava e sorria. Sua boca torta era uma linha que se pretendia benévola, mas que só conseguia ser grotesca. Olhamo-nos empedernidos por um minuto, até que o horror fez com que eu me virasse bruscamente com o rosto para baixo e puxasse o lençol para cima da cabeça. Não guardo nenhuma recordação além daquele terrível pavor.

Em 16 de maio, anotei a seguinte sequência:

> Hoje de noite abri os olhos e vi muito bem, perfilado contra as cortinas escuras, um homem ao lado de minha cama, olhando pensativo para mim. Era jovem, de uns trinta anos, e vestia um terno azul-claro. Seu rosto era comprido, de olhos (talvez azuis num rosto descorado) inteligentes e, pareceu-me, cheios de compaixão. Muito estranho era seu cabelo: com uma risca no meio, cor de cânhamo pendendo para o branco, caía em cachos miúdos até os ombros como uma peruca de advogado, como as perucas do teatro de Molière. Devido à distância que mantinha em relação a mim, era (parecia) consideravelmente menor que meus velhos conhecidos, o que aumentava a sensação de realidade. Observei-o por uns bons sete ou oito segundos. Meu ensombrecimento continuou, divórcio cada vez mais claro entre minha mente e minha vida. O que é que trará o avanço lento, espiralado, do projétil chamado futuro na parede rígida de meu crânio?

Até hoje me pergunto isso, embora já não veja mais as coisas como um ensombrecimento, mas como um esvoaçar desconcertante de luzes e sombras pelos corredores de um labirinto tortuoso. O período lotado de "visitas" da primavera e verão passados me exaurira completamente. A galeria de hóspedes noturnos não terminava mais. Lia tratados de neurologia, psiquiatria, fantasmagoria, mística e metafísica tentando compreender, mas não se tratava de conhecimento, e sim de medo, de aperto no coração, de uma sensação de derretimento no plexo solar. Por que vinham me visitar? Não conseguia entender. Procurava em tratados de psiquiatria casos semelhantes, sem encontrar nenhum. Sim, alucinações caleidoscópicas, leitura e furto de pensamentos, confisco da vontade, vozes imperiosas que nos incitam a fatos abomináveis. Mas não gente real, viva, concreta até os mínimos detalhes, que fica nos olhando enquanto estamos deitados em nossa cama, no meio da noite.

Eram dois. Um, no entanto, completamente tapado pelo outro. Só consegui ver bem aquele que se inclinara sobre minha cama, olhando-me com atenção. Era careca, alto, acho que estava nu até a cintura ou vestido com uma camiseta cor da pele. Tenho certeza de que não emergiu do sonho do qual abrira bruscamente os olhos, pois me lembro daquele sonho: nele não havia gente, mas paisagens em contrastes muito violentos de cor, sobretudo vastas manchas de vermelho que a palavra "vermelho" não é capaz de definir: batom macio, coisas esculpidas em batom macio. Por conseguinte, como sempre, meus visitantes não são a última imagem de um sonho que resta na retina ou na consciência assim que abro os olhos. Pois sempre há gente, mulheres e homens, em geral vestidos de maneira normal, bem visíveis até no escuro. Posso descrevê-los ou desenhá-los todos com uma precisão satisfatória. Têm dimensões humanas, estão ali, concretos, a meu lado. Ao abrir bruscamente os olhos, pareço, na verdade, surpreendê-los, pois se apressam em se fundir à escuridão, deixando tremor e medo em seu lugar.

E neste ano, no início deste ano, num tempo chuvoso de inverno quente, fui novamente agredido pela força que outrora me agarrara pelos tornozelos e me atirara contra a parede oposta. Minha cama atual, na casa em forma de navio, é consideravelmente mais alta do que a da Ștefan cel Mare, de modo que senti bem mais forte o choque final:

Eu dormia de bruços, com a cabeça virada para a direita, quando ouvi claramente um choramingar ecoando de um canto do quarto. Apoiei-me nos cotovelos, alarmado, mas, bruscamente, me senti apanhado por uma força invisível e simplesmente puxado através do ar até o teto do dormitório escuro, e na direção da porta que se via claramente na parede. Sentia, no peito, o ponto exato em que aquela força agia e me lembrava de outros sonhos em que fora arrancado dos lençóis da mesma maneira. Diante da porta, eu já sabia estar sonhando e fiz um esforço tremendo para despertar. Abri os olhos e permaneci no habitual estado de confusão que se segue a esse tipo de sonho. Durante muito tempo, fui atravessado por arrepios de pavor, e, quando o choramingar miúdo se repetiu, exatamente no mesmo lugar do canto do quarto, toda a fisiologia do pavor me recobriu como fios grudentos.

A cúpula de vidro, aquela de minha lembrança do hospital, aquela de tantos sonhos espalhados ao longo dos anos, ressurgiu em meu mundo noturno algumas semanas atrás, quando, no sonho, me encontrei mais uma vez numa espécie de hospital, com uma criança em cima, um filho que, neste mundo, jamais tive. Talvez por isso é que estivesse perdido em meu sonho:

> *Estava dentro de um edifício em forma de cúpula, com um corredor que subia em espiral, por cima dela, até o cume, passando por vários andares. Levava meu filho nos braços, ou melhor, embaixo do braço, de certo modo, e subia a ladeira levemente inclinada. Encontrava-me, eu pensava, numa espécie de hospital, e dos dois lados havia de fato portas brancas como de uma enfermaria. Olhava as janelas cinzentas, treliçadas, quando me dei conta de ter perdido o menino! Debaixo do braço só me restava uma espécie de tampa de metal, convexa, dentro da qual, agora eu sabia, a criança de algum modo estivera. Tomado pelo desespero, voltei para procurá-lo. Onde haveria de estar? Descendo, cada andar se tornava cada vez mais escuro. Num dos quartos, com a porta encostada na parede, havia várias crianças que me fitavam atentas. "Papai!", berrou uma delas. Reencontrara o menino e estava feliz demais para me dar conta de seu estranho aspecto. Pois o garotinho de sete ou oito anos que me abraçou estava vestido de menina e tinha o crânio terrivelmente deformado. Em sua extensão, da testa até a nuca, havia uma crista de osso da altura de alguns centímetros e, de um lado, um inchaço redondo do tamanho de um punho. "Ah, aqui estão os centros da fala e da compreensão", disse para mim mesmo. "Desde o início se vê quão inteligente será..." E, de fato, o garoto proferia, com uma voz estranha, um discurso muito acima do nível de uma criança...*

E os últimos sonhos, do último mês, as últimas sementes obscuras da polpa de maçã de meu manuscrito. Estou feliz por ter conseguido fazer ao menos isso, que ao menos essa amostra do mar ebuliente de minha vida interior seja testemunha do enigma.

Se eu tivesse ao menos um instante de lucidez pura e não humana, de clareza kantiana e cantoriana da mente, começaria a depreender a partir do amorfo e da redundância de meus sonhos um padrão, que não é o próprio enigma, mas que conduz a ele, como o caminho que se forma sob os passos do andarilho. Mas sei também que talvez fosse a última imagem permitida aos olhos de minha mente antes de ela derreter, bloco cristalino de gelo numa caldeira no fogo. Adio a revelação até o último momento e talvez além dele, assim como adiaria indefinidamente uma explicação a um ente querido, após o que só poderia se seguir a despedida.

Tive sonhos que, em vez de me assustarem, me fascinaram, me incomodaram e até me divertiram um pouco. No primeiro, eu segurava uma concha rugosa, espiralada, de um grande caracol subaquático. Pensava com meus botões que era a forma perfeita para uma nave espacial. "Sim, mas para isso", dizia para mim mesmo, "deveriam ser removidas essas franjas de carne colorida..." E comecei a esfolar a concha de suas espirais de matéria gordurosa. E, de repente, era minha cabeça que eu esfolava, era meu crânio que eu segurava e de cujo revestimento de pele eu descascava, depois o abria e começava a retirar de seu interior, com os dedos, o cérebro úmido... O segundo sonho se seguiu perto do nascer do sol. Uma menina delicada como um bebezinho, completamente pelada, mas nada erótica, de pele fina e branca. Não tinha cabeça. Ademais, o pescoço e as costas estavam escoriados até o músculo, com os ossos expostos. A cabeça, ainda viva, estava em outro corpo, equilibrando-se no pescoço apenas graças à pressão mecânica da gravidade. Eu haveria de, numa única noite, transplantá-la no verdadeiro corpo de minha namorada. Mas ficava cada vez mais nítido para mim que não seria capaz: "Olha que eu não vou conseguir conectar todas as suas veias, nervos, músculos... é complicado demais", gritava para a tranquila cabeça naquele corpo provisório como uma estátua num pedestal.

E o último, de alguns dias atrás, cuja anotação é muito mais atenuada do que a verdadeira desolação do sonho, a qual até agora experimento:

Estou dormindo sozinho e tenho medo de escuro, sobressalto-me e acordo várias vezes durante a noite. Sonho com o fim do mundo, ondas furiosas se chocando contra a balaustrada de nosso terraço da Ştefan cel Mare (sim, no quinto andar!), uma nave solene surge por cima do moinho, alargando-se no céu vazio, como em tantos sonhos antiquíssimos. Emite um prolongamento de energia, como um pseudópode, na direção da vidraça brilhante atrás da qual aguardo sozinho.

Sim, esse sou, sou assim desde que me conheço por gente: um solitário, aguardando atrás de uma vidraça. Despejei aqui, na caixa de papelão de meu manuscrito, um monte de peças de quebra-cabeça, cada uma delas em si incompreensível, cada uma caindo sobre as outras viradas para cima ou para baixo, espalhando-se no vasto espaço do jogo. A partir delas, os longos dedos da lógica do sonho poderiam chegar, por meio de minuciosas manobras de encaixe, giro, posicionamento, aumento e diminuição, centralização e lateralização, reforço e atenuação, a um quadro coerente ao menos em parte, coerente ao menos para mim, mesmo se para os outros continuasse sendo um absurdo, pois existem coerências inteligíveis e ininteligíveis, assim como o absurdo compreensível e o incompreensível. Podemos entender o inteligível e isso é serenidade, podemos entender o ininteligível e isso é força, podemos não entender o inteligível e isso é terror, podemos não entender o ininteligível e isso é iluminação. Assim como, no breu mais profundo, não nos damos mais conta se estamos de olhos abertos ou fechados, por vezes sinto que, no pavor e no sobressalto de minha vida, não sei mais em que lado de meu crânio me encontro.

35

Todo anoitecer, no banheiro, no frêmito e no alvoroço dos corpinhos nus de meus colegas, que jogavam água uns nos outros ou corriam uns atrás dos outros pelas lajotas molhadas, eu tomava os oito comprimidos de hidrazida, com o horror e a repulsão com que engoliria oito casulos de bicho-da-seda. Eram tão pequenos, secos e amarelados que, às vezes, desapareciam nas linhas da palma de minha mão, perdendo-se entre as dobras de pele diáfana que delimitavam minhas linhas da vida, do destino, do coração e da cabeça. Precisava esticar a palma, como uma flor de cinco pétalas, para encontrá-los, colhê-los com a língua, à qual logo aderiam, e engoli-los com um pouco de água. Todos nós imaginávamos, na verdade, que fossem ovos de inseto. Meus amigos Bolbo, Prioteasa e Mihuț recebiam, cada um, outros tipos de comprimido, cujos nomes tinham outras combinações sem sentido de sílabas, tão estranhas quanto minha "hidrazida". Os de Bolbo eram grandes e redondos como ovos de pássaros canoros, a maioria verdes como grama, mas também um da cor da ametista. Prioteasa tomava uns cristais transparentes, límpidos como água. Mihuț não tomava nenhum tipo de comprimido, mas, às terças e quintas, o médico o levava embora e ele só voltava ao dormitório duas horas depois (enquanto nós nos torturávamos com o sono da tarde); nunca quis nos contar para onde o médico o levava e o que faziam com ele, mas, assim que retornava ao dormitório, ficava prostrado, olhando para o nada, sentado na beira da cama de ferro, e só perto do anoitecer seu sorriso, do qual todos nós gostávamos tanto, ressurgia em seus lábios, e o menino, o menorzinho e mais delicado de todos nós, voltava a ser o que era. Por outro lado, empanturravam Traian com remédios. Ele também tomava oito comprimidos, também ao entardecer, também em frente à pia de porcelana brilhante, gigantesca para nosso tamanho. Presumo que ele pudesse enxergar o cocuruto e a testa, talvez até mesmo os olhos, no espelho fixado na parede para adultos. A enfermeira, uma das gordas que cuidavam de nós, mas que só aparecia ao entardecer, com seu carrinho abarrotado de remédios, punha na palma da mão dele, de maneira estranha, como uma espécie de ritual, oito comprimidos, cada um de uma cor, uns ovais, outros esféricos, uns imaculados em tons de escarlate, pistache ou anil, outros gravados com letras ou sinais desconhecidos. Fui o primeiro a perceber que Traian não os tomava, pois, tendo minha cama ao lado da dele, me acostumara a acompanhá-lo por toda parte, sobretudo porque era tão mais inteligente, incomum e maduro que nós, as outras crianças. De noite nos lavávamos em pias uma ao lado da outra da fileira que ocupava toda uma parede de azulejos. Já numa das primeiras noites percebi que, enquanto prestava atenção nas faxineiras que nos vigiavam enquanto tomávamos os remédios, ele fingia engoli-los, enfiando-os como um prestidigitador na manga, cuja barra do punho havia descosturado. Depois do toque de recolher, na mesma noite, perguntei-lhe por que fazia isso. Não era importante tomarmos os remédios? Todos nós em Voila éramos doentes, tínhamos em nós os gérmens da tuberculose, era o que nossos pais nos diziam, era o que nos repetiam os médicos dos postos de saúde. Nossos pais pagavam para que ficássemos ali um ano, dois anos, o tempo que fosse necessário para que o mal fosse extirpado de dentro de nós. Faziam grandes sacrifícios por nosso bem... Se Traian descartava os remédios, haveria de voltar para casa ainda mais doente do que antes, haveria de morrer jovem, e toda a família haveria de chorar a seu redor, enquanto jazesse, frio e inerte, em cima da mesa da sala de estar.

"Sim, o que não fariam meus pais por meu bem?", sussurrou-me Traian, cuja silhueta mal se via à luz débil que vinha detrás da cortina. "Comeriam até um frango frito..." Em seguida se calou, e enquanto ele permanecia deitado na cama, com o rosto virado para cima, mas sem dormir, eu via seus olhos brilhantes focalizados no globo acima de nós, pendurado na haste daquele teto tão alto. Embora tivéssemos todos uma coberta no apoio da cama, por medo de que a luz da lua que vinha da janela nos transformasse em sonâmbulos, à medida que me habituava ao escuro, cada vez mais detalhes se tornavam visíveis no dormitório: as crianças dormindo nas camas posicionadas em três fileiras e unidas duas a duas, a série de guarda-volumes que ocupava por completo a longa parede que ficava na direção de nossos pés, o raio de luz por debaixo da porta. O enorme aposento cheirava a xixi e a suor de criança, mas, na verdade, não tinha um cheiro repulsivo. Era como se estivéssemos numa cocheira ou estábulo, onde o estrume não cheira a privada, mas a interior, a vilarejo, a calor e a intimidade animal.

Depois Traian se virou para mim: "Sei que você não vai contar para ninguém que eu não tomo os comprimidos. Se você contar, vai ser ruim, muito, muito ruim. E mais uma coisa: nunca mais acredite no que os adultos te disserem. Você não sabe quem é seu pai, mas eu sei quem é o papai. E sei que muitos são como eles. Nada do que eles dizem é verdade, nem para nosso bem. Não sei por que nos mandaram para cá, para Voila, mas não foi para sararmos. Talvez nossas mães tenham acreditado nas mentiras deles, embora eu duvide. Mas eles, os pais... eles sabem muito bem o que fazem. Estão mancomunados com os médicos". Sussurrava as palavras com crispação, quase com lágrimas nos olhos. Fiquei assustado não tanto com as coisas sem sentido e desmesuradas que ouvia, mas mais com a maneira com que Traian, que parecia falar com o teto e não comigo, as sibilava. Custei a dormir aquela noite. Pensei no papai, um desconhecido para mim. Perguntei-me o que eu sabia dele. Era o homem da casa, a pessoa que trazia dinheiro. Vinha só ao anoitecer, pouco antes do jantar. Lia *Sportul*, comia e assistia um pouco a nossa pequena televisão preto e branco, e deitava na mesma cama com mamãe. O que fazia o resto do dia? De onde vinha o dinheiro com que vivíamos? Não sabia, não me dizia respeito. Tinha medo dele, de suas explosões de fúria desenfreada, me batera de cinto algumas vezes, mas quase sempre ele era simplesmente ausente, com o olhar fixado no vazio, como um robô pintado à mão, esquecido, com o jornal *Sportul*, numa poltrona. Meus pais vieram umas duas vezes me visitar, domingo, em Voila. Estavam de capa comprida, amarrada na cintura com um cordão. Papai tinha o cabelo penteado para trás, negro como pena de corvo, e segurava uma pasta debaixo do braço, mamãe estava com um xale estampado. Como sempre, pareciam-me um grupo estatuário, inseparáveis e solidários, heroicamente destacados no pano de fundo cinzento dos dias de outono. Mas quem eram eles, aqueles dois, entre os quais eu sempre aparecia nas fotos antigas, fenecidas, de emulsão rachada, nós três em frente à Casa Scânteii, nós três no quintal de minha tia em Dudeşti-Cioplea, isso eu não sabia e não sei até agora a não ser com a turbidez e o subjetivismo com que "sabemos" qualquer coisa neste mundo.

De manhã nos acordavam cedo, e após comermos na cantina a eterna fatia com manteiga e geleia que deixava nosso estômago nauseado o dia inteiro, e após bebermos o chá de açúcar queimado, do qual, estranhamente, gostávamos tanto a ponto de pedir mais uma caneca, éramos conduzidos para as alamedas e enfileirados. Em seguida partíamos, com o camarada Nistor ou a camarada Cucu marchando como um sargento a nosso lado, rumo ao grande portão da estrada, passando por sob os abetos gigantescos e ao lado dos edifícios úmidos, depois atravessávamos a estrada e entrávamos pelo outro portão, o do pomar de macieiras em cujo centro ficavam as casinhas da escola. Passávamos por entre as macieiras cobertas de flores rosa ou de pequenas maçãs verdes, ou com galhos negros e pelados, conforme a estação, mas sempre com as mesmas nuvens como de porcelana acima, centenas de macieiras debaixo das quais a grama era macia e comprida, não raro batendo, lá por meados de junho, até nossa cintura. Entrávamos na sala de aula, a terceira, colada parede com parede à quarta, e sentávamos em nossos bancos antiquíssimos, enegrecidos pelo tempo, como se o preventório de Voila tivesse centenas de anos. Em cada carteira, feita de uma espécie de serragem prensada, havia um lugar redondo para colocar o tinteiro, sempre inundado de nanquim, e uma miríade de rabiscos e letras engrossadas se estendia por toda parte, misturada com desenhos feios de princesas, tanques e pistolas. Cheirava a querosene, com que habitualmente se esfregava o assoalho das casas do interior. Dentro da sala de aula era sempre escuro por causa dos galhos das macieiras que cobriam a janela e que, na primavera, se aprofundavam pelas vidraças abertas. Diversas vezes uma ou outra criança da fileira rente à janela eram advertidas por enfiar a cabeça entre as folhas e dar uma mordida no fruto acre e suculento sem mesmo ter de arrancá-lo do galho. Ali, naquela sala que parecia uma casinha de anões, com a lousa posicionada no canto, apoiada em três pernas, passávamos nossas manhãs, rindo, fazendo saleiros e navios de papel, respondendo a chamadas de história e romeno, em embate com as meninas por uma borracha chinesa, perfumada, que fora parar embaixo do banco. Não era escola de verdade: de fato, ali no pomar, nada parecia ser de verdade. Os pedagogos e os professores deslizavam diante de nossos olhos, cintilavam como os peixes de vidro da vitrine dos bufês quando eram atingidos por um raio de sol e, se observássemos bem, poderíamos ver através deles os painéis nas paredes e o que estava escrito na lousa. Só nós, meninos e meninas, tínhamos corpos de verdade, densos, em três dimensões. Ao redor, tudo era apenas um esboço, tudo era uma aquarela nostálgica ou um desenho feito com a língua saindo por entre os lábios, assim como pintávamos, na aula de desenho, casas e abetos cobertos de neve, e alguns pássaros que se pareciam com o número três inclinado no céu fumegante. Durante as aulas não fazíamos outra coisa senão nos cutucar uns aos outros com lápis chineses, com um desenho de girafa em todo o seu comprimento, desenhar, bem debaixo do nariz da professora, um tanque com o lápis-papagaio, cuja ponta tinha quatro cores, e sobretudo esperar o domingo, dia literalmente sem fim em que nos soltavam (éramos derramados, melhor dizendo) no bosque. Durante as pausas, saíamos amontoados pela porta estreita e corríamos atrás da casinha, onde, depois de umas três fileiras de macieiras em flor, começava a colina coberta de mato, em que desaparecíamos por completo. Ali brincávamos na hora do recreio de "menina com menina e menino com menino", nos atirávamos e rolávamos em "ninhos" que nos mantinham apertados uns contra os outros; ali, numa manhã resplandecente de abril, enquanto o vento portava entre as plantas pétalas soltas, cor-de-rosa, das macieiras, nos demos conta do baile feérico em que vivíamos e no qual, se não fosse Traian, sabe-se lá por qual erro no plano geral, teríamos sido felizes vivendo não só os dois anos que haveríamos de passar obrigatoriamente em Voila "para nos curarmos", mas a vida toda. De certo modo, nossa vida parara ali, o que havia era só presente, uma fotografia com todos nós reunidos sob galhos de macieira cheios de frutos, mas em que tudo era encantador porque era concreto e palpável, o cabelo castanho, suave e irisado, da Iudita, cada fiozinho com seu próprio movimento e flexibilidade ao vento primaveril, o rosto oval, com penugem dourada, de Mihuţ, a textura das camisas xadrez, de uniforme, os sapatos feitos de material barato, sempre descascados e esfarrapados. O aspecto singular de cada um, contrastando tanto com o anonimato das árvores, das plantas e das nuvens, das maçãs verdes, todas iguais, como os átomos e as ondas do mar. Ficávamos no mato, em todas as pausas, assim como de noite ficávamos no parapeito, atrás da cortina, mas aqui não conversávamos sobre cópula e morte, mas respirávamos as seivas que evaporavam das lâminas da grama, da terra repleta de minhocas e raízes, e fitávamos o trapo de céu atirado por cima de nosso ninho de grama amassada. As nuvens ali se desfaziam como fumaça de cigarro, porém mais lentas e mais hipnóticas, para depois se refazer num movimento imperceptível e sem fim. Às vezes, Traian trazia consigo, bem escondido do olhar dos pedagogos, o pote dentro do qual mantinha o grilo-toupeira. Ali, escondido no mato, ele o soltava na terra, e o inseto cor de café, cheio de espinhos e rugosidades, maior do que a palma de nossa mão, começava a cavar, com as patas de toupeira na frente das monstruosas mandíbulas, galerias na terra mole. Deixávamo-lo ali para que, durante a aula de aritmética, caçasse pupas de besouro e vermes cheios de veiazinhas cor de sangue, e o pegávamos de volta na pausa seguinte, quando, ao ouvir a voz de Traian, ele aparecia no buraco e se deixava apanhar para ser colocado de volta no pote. Fazia tempo que não nos surpreendíamos mais com esse número de domesticação, pois já considerávamos o garoto loiro e pesadão de nossa classe capaz de qualquer feitiço e qualquer prestidigitação. Não nos espantamos nem quando, durante uma pausa mais longa, depois de havermos subido bastante até o topo da colina, de onde se via o pomar em toda a sua extensão, esplendor e neblina perfumada, Traian nos sussurrou, para mim, Bolbo e Prioteasa, que o camarada Nistor não era gente, mas robô. Só conseguimos dar risada, pois o pedagogo de nosso dormitório, com seu bigodinho hitlerista e a brutalidade cretina com que nos punia (tantas vezes, nas impossíveis tardes de repouso, quando de fato nenhuma criança dormia, mas tínhamos que ficar deitados na cama de olhos fechados, recebíamos inesperadamente uma palmada dura na nuca, seguida de uma injúria: "Diabo de criança, o que é que você tem que não para de mexer as pernas? Está com lombriga?"), realmente parecia uma marionete, mas não, Traian insistia, o camarada Nistor era mesmo um autômato, convencera-se ele mesmo certa noite quando não pudera dormir – pois os comprimidos nos faziam dormir, era um de seus efeitos – e poderia nos mostrar a qualquer momento o que descobrira. Mas precisávamos ao menos não tomar os remédios por alguns dias antes, jogá-los na privada e dar descarga.

Bolbo e Prioteasa continuaram dando risada, e percebi que eles não haveriam de fazer aquilo, tinham medo. As faxineiras não desgrudavam os olhos da gente, mas elas não os assustavam, eles estavam apenas convencidos de ser tuberculosos e de que haveriam de morrer, como nos haviam dito, antes dos vinte anos, se não comessem tudo, em cada refeição, e se não tomassem os remédios. As histórias de Traian me abalaram, me fizeram me perguntar, pela primeira vez, se por acaso eu não teria uma venda por cima dos olhos, se por acaso tudo o que eu recebera sem duvidar dos adultos, como se fossem oráculos infalíveis, não passaria de enganação e ilusão. Agora eu sabia que éramos mantidos à força em nosso mundo, que nos contavam mentiras sobre o nascimento e a morte, sobre doenças e agonia, que os adultos se utilizavam de seu poder superior da mente para atirar uma rede de fantasmas cintilantes para cima de nós, "para nosso bem", assim como nos haviam desapontado profundamente com o Pai do Gelo, que nos dava todo ano um saco de laranjas mofadas e chocolate alvacento, intragáveis. Estava pronto para acreditar em meu vizinho de cama e – embora só de pensar nessa rebelião eu sentisse uma garra me apertando o estômago – decidi não tomar mais, durante uma semana, a hidrazida. Já naquela noite eu a joguei, conforme o conselho de Traian, na privada, sem conseguir evitar de pensar, arrepiado, como ali, nos canos enferrujados por onde a água escoava, a partir das minúsculas sementes haveriam de sair larvas pálidas que se alimentariam do sebo dos canos, cresceriam, pululariam pelo labirinto de cotovelos e cilindros, adeririam, metamorfoseando-se em pupas da cor do pistache, aos canos, e da casca das crisálidas sairiam borboletas horrendas, pálidas como a morte, gordas e cegas, que se poriam de novo a escalar até a luz...

Eram meados de maio, as flores das macieiras haviam se desprendido e, em meio a folhas macias, verde-cinzentas, entre as quais brilhavam como safiras porções irregulares de céu, já via como se tumeficavam, no pecíolo, bolas verdes com pontinhos brancos, as futuras maçãs, ostentando ainda na ponta os estames ressequidos pela metade, ainda cheios de pólen, e as sépalas já enegrecidas. As plantas da borda do pomar fumegavam verdes, misturavam seus vapores às nuvens preguiçosas, no imperceptível avanço rumo a lugar nenhum. Dia após dia, minha mente se tornava mais clara, e os órgãos dos sentidos se esparramavam, como ventosas ávidas, pela superfície de minha pele, os olhos de meus dedos, dos lábios, das órbitas, do osso temporal, da língua e das narinas deixavam para trás as escamas córneas que os cobriam e começavam, como no primeiro dia fora do ventre, a enxergar. Parara de tomar os remédios terça-feira, e domingo, depois do café da manhã, quando corremos todos pela infinidade de trilhas da floresta na qual nos soltaram, como de costume, por umas seis horas, até a hora do almoço, eu já estava livre do veneno todo, como um copo com água cintilante, fria e pura, tendo no fundo a lama densa, como uma lente de imundície, dos dejetos que haviam infestado o líquido. Meus ossos giravam melhor nas articulações, as cores do mundo estavam mais fortes, as palavras saíam de meus lábios mais bem posicionadas nas matrizes transparentes da sintaxe, quase visíveis no ar perfumado da floresta infinita.

Corria mais livre do que nunca pela terra elástica, saltava por cima de troncos tombados, cheios de tufos de cogumelos e de percevejos-do-fogo em suas perninhas de piche, arranhava minha pele entre os ramos e esmagava com meus tênis enlameados jarros-maculados que já indicavam que, naquele ano, a colheita de tomates seria farta[51]. A terra toda estava coberta por uma diversidade de plantinhas, trançadas entre si, erguendo suas flores o mais alto possível, azuis, rosa e violetas, como se se orgulhassem delas, e debaixo de cada pedrinha plana, com a parte de baixo preta e molhada, podia-se encontrar a espiral cerrada de um miriápode, ou o ninho cheio de pupas, como pastilhas brancas, transparentes, das formigas. Corríamos sob as abóbodas colossais das árvores, debaixo das quais refulgiam os chamados das aves, pulsávamos entre sombras e luzes, entre a ebulição dos retalhos ensolarados e o frescor soturno das sombras. Como de costume, mas com um ar muito mais puro nas árvores interiores que se ramificavam em cada pulmão, distanciava-me dos outros, pois eu não era, assim como sempre haveria de ser, mais do que uma criança solitária e mergulhava na floresta caminhando em frente uma hora inteira, numa única direção, entre troncos irregulares, abrasivos, feridos, entre tocos de madeira apodrecida, entre campânulas que vibravam ao vento nas clareiras, entre enormes teias embranquecidas, enfunadas a cada brisa, das aranhas, presas entre troncos e ramos, elásticas e resistentes, com o horrendo animal que as tecera no meio.

A monotonia surpreendentemente diversa, o tédio entusiasmante do verde unânime, de mil nuances, me impeliam cada vez mais longe, até, de súbito, me encontrar na solidão total que tanto almejava, solidão anterior à chegada dos homens no mundo, a dos lugares inexplorados, os únicos nos quais é decente deixarmos nossos ossos branquear, pois dos orifícios de nossas vértebras

---

[51] Segundo a crença popular romena, o desenvolvimento floral dessa planta indica o nível da colheita do ano. [N.T.]

porosas e de nossas costelas trituradas e dos olhos como de asas de borboleta dos ossos ilíacos só aqui eles vão ascender, só da profundeza silenciosa das florestas, só do leito de folhas amarelas e cor de café e cheias de cecídio, e caules de grama esmigalhados e podres, e arbustos minúsculos que vão crescer e deslocar nosso esqueleto, tornando-o uno com o miolo sortido da floresta. Muito além da fronteira de onde ainda se ouviam, débeis e rarefeitas pelo vento, as vozes das crianças, começava a perceber um outro som, cada vez mais forte no silêncio ativo, no silêncio rumorejante, melífluo, vibrante do santuário verde: o fluxo contínuo, o chapinhar apressado de uma nascente. Ainda estava longe, contornava moitas tingidas de sol e suaves colinas de galhos enegrecidos, frágeis como grafite, despencados no chão para chegar, por uma senda tortuosa, até ele. O chapinhar e o sussurro se tornavam cada vez mais fortes, só os trinados arqueados lá de cima os abafavam de vez em quando, ou os icnêumones que passavam como flechas perto de minhas orelhas. Finalmente a avistei, vidro derretido, com um ou outro caco ardendo ao sol, por entre as plantas inclinadas. Seu curso comprido, que se perdia por entre os troncos, era obturado em alguns pontos por pedras ásperas e redondas, sempre borrifadas pelos turbilhões da água, continuamente secas pelo sol. Ali era o meio, mais longe não se podia avançar. Ali, na solidão, no silêncio e na falta de tempo (ali era só o riacho que passava) da floresta, na fragrância amniótica da floresta, deixava-me ajoelhar junto à nascente e depois me inclinava sobre ela, ensombrecendo-lhe a água gelada. Num determinado lugar, longe das pedras e dos galhos deslizados para dentro d'água, o espelho d'água era liso e, se colocássemos as mãos de um lado e de outro dos olhos, era possível ver, no fundo da água, os proteus cegos, com mãozinhas de criança, que a habitavam, e um ou outro girino escorregadio, com a cauda em contínuo movimento. Mas, por cima dessa imagem turva, de um outro tipo de verde do que o do ar repleto de seiva ao redor, se sobrepunha meu rosto, tremulando levemente pela superfície que fluía sem cessar, minha carinha insignificante, muito branca na sombra profunda, com um tom espectral e triste nos olhos cor de café, que pareciam não lhe pertencer, aparentando ser buracos com função de olhos de uma máscara de porcelana. E, no entanto, para aqueles olhos vazios, através dos quais se via o fundo da água, eu viera ali, era a eles que eu queria ver e mais do que vê-los – sorvê-los, junto com toda a minha cara de criança, a fim de resgatar, enfim, meu irmãozinho perdido. Inclinei-me ainda mais, e meus lábios encostaram nos lábios gelados da criança do espelho e, de pálpebras cerradas, engoli sua substância pura e fria sentindo que, assim, poderia retirá-lo do ataúde para substituí-lo na eternidade.

Dessa vez, a água de nascente que bebi espantou todo vestígio de névoa que houvesse restado em minha mente. Sentia-me preparado, embora ainda não soubesse para quê, esperava, pela primeira vez em minha vida, que o véu se rasgasse. Ali, junto à nascente, naquele mundo que nada tinha a ver com as paredes esfareladas, os rebocos amarelados, as entradas de prédio e os trilhos incandescentes de bonde da cidade em ruínas em que eu vivia, lembrei-me de novo do inverno cintilante em que, carregado nos braços de mamãe, com a face colada à face dela e olhando para trás por cima de seu ombro, entendi pela primeira vez nesta vida que ia por um caminho errado. Não era o caminho para a casa do Doru, mamãe estava enganada, prosseguia por entre palácios desconhecidos, situados sob os céus de outro mundo. Cada pessoa com que cruzávamos, pisando por cima dos montes de neve, nos observava com olhos de fera. De todas as janelas olhavam para nós criaturas assustadoras. Mas a mais assustadora de todas era mamãe, a deusa que me traía e cujo pescoço minhas mãozinhas seguravam com força, como se eu quisesse que nos tornássemos de novo um único ser. Primeiro me expulsara de seu ventre de âmbar e calor, agora sentia as terríveis contrações da perda de confiança nela. Lembrei-me do lugar mais inexplicável da cidade abstrusa de minha memória, a sala circular em que despertei, naquele mesmo dia, num leito sob as estrelas. Já tinha sonhado, até os nove anos, minha idade à época, várias vezes com aquela sala, e voltou a me soar nos ouvidos, imperativa e brutal, a voz do médico invisível. O que me diziam esses sonhos, quem eu era de verdade quando não era a criança sem nada de especial do quinto andar do prédio da

Ştefan cel Mare? A floresta girava paralisada a meu redor, como uma fotografia circular no meio da qual aguardávamos. E se eu não voltasse nunca mais para o preventório e para o mundo? E se eu tivesse continuado o caminho sempre em frente, até onde conseguisse caminhar? Mas não havia um "em frente", pois já chegara ao círculo mais concentrado da meta. Dali só era possível retornar, e foi o que fiz. De repente, de maneira subliminar, comecei a ouvir o eco de vozes de crianças, e cheguei a vê-las logo depois, armadas com paus e empolgadas com cascas de árvore, correndo umas atrás das outras pelas mil trilhas da floresta. Traian estava sozinho, com um joelho no chão, aos pés de um tronco gigantesco, com as veias das raízes espalhadas como tentáculos negros ao redor. Examinava, entre avencas cheias de esporos cor de café, insetos em efervescência. Ao me aproximar, ele se levantou, me olhou com seus olhos azul-cinzentos e disse: "Fique acordado esta noite".

Depois do ritual de ir para a cama, o pedagogo apagou a luz e fechou a porta dupla que isolava nosso dormitório do cosmos. Sabia que ele não dormia muito longe, era em algum lugar no mesmo corredor, pois, algumas vezes, quando uma criança invadia o corredor rumo ao banheiro, enlouquecida pela necessidade de fazer xixi, e se as mulheres gordas não conseguiam agarrá-la de imediato pelas orelhas e carregá-la de volta para a cama, não raro com as calças do pijama encharcadas, o camarada Nistor surgia de algum lugar, vestido não com roupa de dormir, mas com o mesmo colete e a mesma camisa branca de sempre, até com a gravata no pescoço, como se dormisse vestido, e acuava a criança com um ódio e uma crueldade supremos. Punha-a embaixo do braço e a atirava aos lençóis sem dizer nada, aplicando-lhe uma palmada terrível na nuca. Depois saía, e o dormitório voltava a mergulhar na escuridão.

Sentia que Traian estava de olhos abertos, fixados no teto. Durante mais de uma hora, todas as crianças se agitavam e conversavam: o efeito soporífico dos comprimidos se fazia sentir só lá pela meia-noite. Prioteasa, com a mancha branca do cabelo brilhando opaca no escuro, veio até nossa cama para irmos ao parapeito, como de costume, mas, dessa vez, Traian lhe disse que queria dormir. Eu também olhava para o teto. Em círculos cada vez mais largos, o breu se diluía, a faixa de luz de baixo da porta nos atingia como uma lâmina ofuscante, suficiente para delinear os rostos e as mãos com dedos transparentes de criança. Um a um, meus colegas sucumbiam ao sono. Ficavam deitados de barriga para cima, idênticos a si mesmos como esculturas em âmbar translúcido. Eu perdia muito rápido toda orientação no espaço, não sabia mais se minha cama estava virada com a cabeceira ou com os pés para a porta, o dormitório todo parecia uma caixa minúscula, como um insetário, com estranhas borboletas pálidas, pregadas em camadas de algodão, flutuando na noite sem limites. Eu não era mais daqui, do sonho unânime, mas nem penetrara direito em meu sonho interior. Estava no limbo em que vivemos ainda no mundo, mas sem o mecanismo de validação da realidade, como se caminhássemos em cima de um gelo uniforme sem ouvir a voz que nos sussurra continuamente: sim, continue andando, o gelo é firme, está tudo em ordem, é resistente, nada monstruoso e ilógico é capaz de acontecer. Como, aliás, poderíamos acreditar na ficção da realidade sem essa instância, sem a comissão que aprova e carimba, que atesta e assume a responsabilidade por cada textura e cada parede e cada toalha de mesa, por cada nuance e cada vibração da voz, pelas sensações vestibulares, pelo congelamento e pela incandescência, pelo amor e pelo ódio? Nos sonhos, a comissão de validação da realidade se levanta de cadeiras impraticáveis, sai para almoçar e fumar cigarros, deixando-nos perplexos e desnorteados em cima de um gelo sem certificado de resistência, onde nos avassalam a emoção e a euforia, o horror e o encanto de um mundo sem a burocracia psíquica do real. Então senti a mão de Traian sobre a minha e nos erguemos devagar, apoiando-nos nos cotovelos. Passamos pelas camas de ferro, vagas silhuetas na escuridão, com as crianças respirando suavemente, quase em uníssono, e nos dirigimos à parede ao longo da qual se perfilavam os guarda-volumes e no meio da qual ficava a porta. Traian me conduziu até o canto, diante do primeiro armário, alto e estreito. Sabia que não era o guarda-volume de nenhuma criança. Abriu a porta e, em vez de se abrir diante de nós apenas um armário, da profundidade de um braço, com prateleiras nas quais guardar roupas, penetrei, atrás de meu amigo, num outro espaço, um cômodo estreito, iluminado por uma pequena lamparina presa a uma parede, todas as paredes sendo de tijolo. O quartinho cheirava a velho, no chão havia argamassa esfarelada caída entre os tijolos, e os buracos das paredes estavam feltrados por grossas e cinzentas teias de aranha. O camarada Nistor jazia ali, numa cama de ferro, como as nossas, único móvel no cômodo. Ao vê-lo, petrifiquei-me, mas Traian sorriu, indiferente: "Estive aqui várias vezes", disse-me ele, sem ao menos sussurrar, como se o temido jovem que nos castigava tanto todo dia fosse surdo ou estivesse dormindo como pedra. Aproximou-se da cama, segurou-lhe o queixo e virou algumas vezes a cabeça dele de um lado e do outro. "Está vendo, ele não pode fazer nada..." Ergueu-lhe uma pálpebra, e o globo ocular se fez visível, com a córnea amarelada. "Pois veja o que eu encontrei aqui", e levantou um pouco a perna da calça dele, descobrindo, acima da meia, a pele peluda da perna esquerda. Embora a luz fosse tênue e avermelhada, vi ali claramente, como se tatuado na pele, um retângulo com sete ou oito sinais desenhados dentro dele, cruzes, semiluas e rodas dentadas, como se feitos por uma mão titubeante, de criança. Traian apertou de leve um dos sinais e, para meu susto, o camarada Nistor se ergueu bruscamente e permaneceu assim, na borda da cama, olhando para frente com um olhar severo. "Calma, que ele não vai te fazer nada", gritou o garoto, mas não pude me conter. Horrorizado, passei pela brecha estreita do guarda-volume e, num instante, cheguei até minha cama, onde me encolhi debaixo das cobertas, tremendo de pavor.

    Traian apareceu quase imediatamente a meu lado, puxou as cobertas de cima de minha cabeça e me disse que podíamos conversar no parapeito. Levantei-me da cama ainda tremendo e subi na placa de mármore de trás da cortina. Do lado de fora, a mesma lua brilhante de sempre, agora delgada e inclinada por cima dos cumes da floresta. "Eu também vi essas tatuagens nas coxas das faxineiras, inclusive no braço do médico, na parte de cima, onde todos temos marca de vacina. Uma vez as hastes do estetoscópio engancharam na manga do avental dele e então eu vi. São todos iguais, estão todos mancomunados. Não tenha medo, você ainda não viu nada digno de pavor. Estou te dizendo, precisamos ir embora daqui o mais rápido possível, para que não nos aconteça algo de muito ruim. Ou talvez até já nos tenha acontecido, e então não podemos fazer mais nada... Espere um pouco mais, procure não adormecer, pois em geral é nesta hora da noite que costuma acontecer." "Mas o quê?", perguntei, imaginando que talvez estivesse sonhando, embora me encontrasse ali, com Traian, ao luar, e a chapa de mármore sob nós fosse quente e convidativa, e tudo pudesse ser apalpado, cheirado e visto sem qualquer dúvida. "Não sei, vamos esperar o barulho." "Que barulho?" Traian puxou um pouco a cortina e as trinta camas metálicas se revelaram na penumbra, em suas fileiras ordenadas, unidas de duas em duas como se ali dormisse uma população de gêmeos siameses. "Espere", disse-me. Ouvia-se continuamente a respiração das crianças, como uma cantilena cansada, evanescente, que podia até mesmo ser vista, espectral, na noite, como se dentro do dormitório estivesse muito frio. Fiquei assim por, no mínimo, uma hora, desnorteado, mas pressentindo alguma coisa que haveria de me alhear ainda mais do lugar mental, submetido a todas as intempéries cármicas, que chamamos de mundo.

E, por fim, ouvi o barulho. Um tilintar puro e límpido, que logo se dissolveu no escuro. Assim que se extinguiu, como um relâmpago depois do qual a noite se torna ainda mais profunda, vi como uma das camas começou a afundar, vagarosamente, como se estivesse colocada sobre a plataforma de um elevador grande e silencioso. Achei que fosse impressão minha, e olhei para Traian, mas ele confirmou com um gesto da cabeça: "Toda noite, ou quase, um de nós é levado." A cama, com a criança adormecida nos lençóis, deslizava assoalho abaixo, sem o menor ruído, e quando também o corpo do menino se encontrava completamente na parte de baixo, o assoalho se fechou por cima, como uma interrupção incompreensível da fileira regular de camas. Não conseguia acreditar no que via. O dormitório continuava silencioso e mergulhado no escuro, as crianças gemiam baixinho durante o sono, viravam-se de vez em quando de um lado para o outro, em seus pijaminhas azuis, com estampas de girafa, hipopótamo e elefante, só que uma delas fora raptada do mundo, mergulhando viva no ventre da terra sem que ninguém percebesse e temesse. O que era Voila? Por que estávamos ali? De repente, senti tanto medo que voltei a tremer e a bater os dentes como um cachorro acuado. O pelo dos braços, erguido por minúsculas fibras piloeretoras, me dava a sensação de um espaço cheio de eletricidade, a tensão, a plenitude e o insondável do medo. Teria também eu afundado, alguma vez, durante o sono, no assoalho movediço? Teria também eu sido recebido por aquelas mãos transparentes e aqueles olhos que se veem apenas nos pesadelos? Teria sido manipulado por elas assim como as vespas cutucam a nuca das aranhas sequestradas de suas teias, em busca de gânglios vulneráveis? Teriam me aplicado uma injeção paralisante no tronco cerebral, na zona chamada *locus coerulus*? Teria despertado repentinamente, sem conseguir me mover, numa sala de paredes brancas, iluminada por ofuscantes faróis suspensos acima de dezenas de mesas de operação? Teria me cegado o instrumental metálico, monstruoso, exibido nas paredes – camarões de metal, lagostas de metal, garras, agulhas e lancetas com cabos que não eram feitos para mãos humanas? Teria visto rostos desfigurados inclinados sobre o meu? Teria ouvido palavras secretas, palavras terríveis que o ser humano jamais deve ouvir? Traian me segurava forte pelo ombro, balançando com minha tremedeira. "Eles também me levaram?", consegui sussurrar, entrecortando as palavras com os dentes. "Não, não vi, fique tranquilo... Talvez não tenham te levado..." Mas meus sonhos me diziam outra coisa. Sentia, lembrava-me com clareza, num dos sonhos que tive em Voila, de me dirigir para o centro da terra, da sensação de descida às profundezas. Sim, não havia dúvida, eu estivera lá, corpinho aberto e inerte na sala fortemente iluminada.

    Então decidi fugir. Não podia ficar nem mais um instante em Voila. "Eu também vou", sussurrou Traian, e de imediato descemos do parapeito e fomos até os guarda-volumes. Vestimo-nos no escuro, colocamos o resto das roupinhas nas pequenas malas com que viéramos. Traian pegou também o pote em que, apoiado oblíquo na parede de vidro, estava o grilo-toupeira. Fizemos com os lençóis de nossas camas uma corda que amarramos bem à maçaneta de uma janela. Fugimos pela janela, pulando na grama de trás do pavilhão, de uma altura bastante grande, pois a corda não chegava até embaixo. Atravessamos o imenso pátio do preventório até chegar, sem sermos vistos, à cerca da entrada. Saltamo-la em silêncio e seguimos pela estrada escura na direção da cidade, por entre colinas verdejantes, selvagens, uivantes.

Nenhum carro passava, não havia nenhum tipo de iluminação. As cigarras cantavam a toda força. Caminhamos a noite toda na direção de casa. Ao nascer do dia, escondemo-nos por algum tempo num cantão em ruínas, à beira da ferrovia, e depois continuamos o trajeto. Pegaram-nos só quando nos aproximávamos de Ploieşti.

36

Assim como Mangalia, onde passei apenas alguns dias com Ştefana, Voila é o lugar mais distante aonde já viajei e assim permanecerá, não duvido, para sempre. Ouvi dizer que existem províncias ainda mais periféricas, mostraram-me na escola um atlas com manchas coloridas chamadas China, África, Argentina, Nova Zelândia, me disseram que moro numa esfera coberta em sua maior parte por água. Descreveram-me um universo fantástico e caótico, cujas estrelas acima de minha cabeça seriam as primeiras vizinhas do mundo terrestre. Sei das galáxias e dos quasares, mas não posso deixar de pensar que, durante a infância e a escola, podiam me dizer qualquer coisa, podiam me contar sobre Rogavíria e Lezotíxia, sobre os rios infravermelhos de Zoroclássia, sobre as rochas de zircônio de Nbirínia. Poderiam me ensinar uma outra matemática ou nenhuma, poderiam me pedir que eu decorasse literaturas inteiras inventadas só para mim, fenômenos químicos impossíveis de reproduzir. No pouco que aprendi com meus pais e na escola se baseia minha vida cotidiana. Como podemos saber que Malibu existe se nunca estivemos lá e jamais vou encontrar alguém que esteve lá? Como podemos, ao mesmo tempo, chamar de realidade aquilo que percebemos diretamente, as coisas que nos circundam, com uma topografia que intuímos através dos olhos, ouvidos, da ponta do dedo e da língua e, por outro lado, os boatos sobre reinos, cidades e estrelas que jamais veremos? No entanto, como posso saber até mesmo o que está em meu rosto, na superfície de pelos do dorso de minha mão, em minhas unhas córneas, na caneca de café em cima da mesa? *O que* é a realidade? Que motor visceral e metafísico converte o objetivo em subjetivo? Várias vezes pensei no quanto nos equivocamos ao ver a realidade como algo simples e basal, ao passo que ela, de fato, é o animal mais tortuoso, mais estratificado, mais cheio de órgãos, gomas, tubos, gorduras e cartilagens que se pode imaginar. Animal em que vivemos, verme anelídeo com carne feita de poeira estelar infinita.

Vivo dentro de minha cabeça, meu mundo se estende entre suas paredes porosas e amareladas e consiste, quase na totalidade, numa Bucareste que flutua, ali escavada como os templos cinzelados na rocha rosa de Petra. Grudado à meninge como um fibroma, na margem remota de meu lobo temporal esquerdo, também se encontra Voila. O resto é especulação, fantasmagoria, ciência de reflexos e refrações em meios translúcidos. Meu mundo é Bucareste, a cidade mais triste da face da terra, mas, ao mesmo tempo, a única de verdade. À diferença de todas as outras cidades que me disseram que existem – embora seja absurdo acreditar em Beirute, aonde jamais irei –, Bucareste é produto de uma mente gigantesca e brotou de repente, em decorrência do esforço de uma única pessoa no sentido de produzir a única cidade que pode dizer algo sobre a humanidade. Assim como São Petersburgo e Brasília, Bucareste não tem história, só finge que tem. O lendário arquiteto da cidade se perguntou como poderia uma aglomeração urbana refletir melhor, mais verdadeira e mais profundamente, o terrível destino da humanidade, a grandiosa e desesperançada tragédia de nossa estirpe. O construtor de Bucareste a projetou inteiramente assim como hoje se apresenta, com cada edifício, cada terreno baldio, cada interior, cada reflexo de crepúsculo nas janelas circulares do meio de seus frontões carcomidos pela intempérie. Sua ideia genial foi de construir uma cidade já arruinada, a única em que as pessoas deveriam morar. Cidade das paredes cegas com protuberâncias mal contidas por braçadeiras de ferro enferrujado, dos ornamentos ridículos de gesso, dos bondes antediluvianos, dos batentes de porta e janela carcomidos por carunchos e dilapidados, dos pavimentos impraticáveis, dos quintais tristes, com um ou outro oleandro esquecido, sem água, em cima de um degrau carcomido pelo tempo. Das marquises com vitral quebrado, das escolas-padrão com paredes pintadas de um amarelo-sujo, das estátuas cobertas de pátina, das cúpulas enferrujadas dos palácios destruídos do centro. Cidade das lojas de departamento com elevadores antiquíssimos, com estandes repletos de roupas fora de moda, das alfaiatarias que ninguém mais frequenta, dos cabeleireiros com secadores quebrados. Cidade dos museus com carcaças empalhadas, que nos olham com um único olho de vidro, das lojas de garrafa de soda com uma roda grande, azul, que aciona um pistão de latão, dos cinematógrafos cujos tetos despencam, em intervalos previsíveis, em cima dos espectadores. Cidade dos álamos poeirentos, as árvores mais tristes do mundo, que ano após ano cobrem as ruas com montanhas de flocos como de dente-de-leão. Cidade das casas sem reboco, das mercearias com uma cúpula escarlate por cima, cheia de vespeiros. Dos bairros com varais esticados de uma casa a outra e com idiotas trepados nas cercas...

O arquiteto projetara todos os detalhes da antiquíssima mobília de cada casa, os bufês verdes das cozinhas, as camas de colchão bojudo, as estantes "Doina" e "Felicia" em que se exibia de tudo exceto livros, as vitrines com peixes de vidro, as bonecas com vestidos sintéticos, as antiquíssimas máquinas de costura Singer. Deixara portas e corredores de acesso, túneis de acesso e pontes de acesso entre todos os prédios. Concedera uma estranha preponderância a lugares ainda mais sinistros do que os bairros costumeiros: os cemitérios de criptas barrocas, extravagantes, por vezes mais vastas do que as casas habitadas pelos mortos quando vivos, a morgue central e as dezenas de funerárias espalhadas pela periferia, cada uma delas com caixões, carros fúnebres e coroas de flores de papel apoiados na vitrine, os hospitais miseráveis, verdadeiros lazaretos medievais, repletos das mais horrendas ilustrações de doenças inclementes, de doenças de pele e de todas as degenerações e imperfeições do maquinário humano, as igrejas com santos transpirados sob as cúpulas de metal incandescido pelo sol, as prisões alagando os subúrbios com canções tristes, percevejos e amores desvirtuados... O arquiteto trabalhara, árdua e minuciosamente, na forma das nuvens dos céus empoeirados – globos de porcelana em contínua viagem, e na forma singular, tipicamente bucarestina, em que elas se incendeiam ao crepúsculo, em que mergulham aos poucos, anoitecer após anoitecer, no mar de âmbar derretido do crepúsculo. Os céus sobre Bucareste, altos e estreitos como a torre central das igrejas escondidas entre tílias e plátanos, estavam pintados sempre do mesmo jeito, num estilo artístico e cheio de detalhes, com as mais inesperadas imagens alegóricas.

Bucareste não é uma cidade, mas um estado de espírito, um suspiro profundo, um grito patético e inútil. Assemelha-se aos velhos que são apenas feridas ambulantes, nostalgias coaguladas assim como se coagula o sangue na pele ferida.

Como um bônus para a urbe de palácios em ruínas, com um centro nostálgico em torno do qual gira o exército dos prédios do proletariado, das fábricas de tijolo, dos galpões de locomotivas e das caixas-d'água, o arquiteto tivera a ideia de enterrar nas fundações, aqui e ali, entre porões desmoronados, esqueletos imemoriais, cabos e canos de esgoto, um ou outro solenoide que produzia lindos efeitos de levitação nas mais inesperadas regiões da cidade. Eram cinco, com um central sobre o qual se erguera o imenso edifício da Morgue. Os outros se espalhavam pela periferia, em conexão oculta, porém, com o solenoide central, assim como se encostam as moedinhas com que formamos uma flor na superfície luzidia da mesa. Sobre eles ele erguera edifícios heteróclitos, para que o segredo fosse descoberto aos poucos (ou mesmo jamais descoberto) por seus locatários que, apertando distraídos um interruptor até então despercebido, se veriam um dia flutuando entre o chão e o teto, num estado de graça e leveza não só do corpo, como de todo o ser, como se uma mão delicada de luz os segurasse entre os dedos e os mantivesse na palma da mão diante de olhos de outro mundo. Ou teriam visto, perplexos, não como eles próprios, mas como o imóvel todo, casa de comerciante de gosto detestável, ornamentada como um bolo de casamento, se arrancaria do alicerce e flutuaria suavemente por cima das horrendas fundações, num leve balanço, como um balão feito de bexiga de porco, à mercê do vento, consigo mesmos à janela, distribuindo gestos de adeus à multidão de curiosos na rua. Ou, na Fontanelă, famoso porém abandonado galpão de sonhos do Vaschide[52], nas margens de Ferentari, teriam saído correndo como perdizes ao ver, por cima do domo em forma de crânio humano (com ossos bem delineados pelas comissuras em zigue-zague), como se ergue, levitando no ar, o sonho da noite passada. Tenho dificuldade em entender como calhou de eu, eu que, por definição, não tenho importância alguma, receber, nesta vida, essa minha bobina mística, em cujo ponto focal, a mais de um metro acima da cama do dormitório, realizo minha constelação pessoal – meus pobres dentinhos de leite – e caligrafo a mandala sempre adejante e volúvel e, de algum modo, enlaçada com Irina. Sei que não só para isso, para aquelas duas regressões ao paraíso, foi-me concedida essa dádiva, e não perdi a esperança de um dia descobrir para que efetivamente servem os solenoides dos pontos energéticos da cidade. Por ora desfruto do delicado fenômeno de meu quarto de dormir mais do que qualquer outra coisa neste mundo. Quando Irina e eu, cada um virado para o ventre do outro, alimentando-nos como lotófagos, de pálpebras semicerradas e sentindo o fluxo da volúpia fluindo lento, como um mel espesso, através de nós, enquanto flutuamos segurando firme nas palmas o quadril um do outro, formamos o anel de ouro derretido, o nó de braços e coxas de ouro liquefeito irradiando no quarto escuro, sinto perfeitamente que todo o resto do mundo é feito de vento e sonho, e que a fuga, único objetivo de nossas vidas, está próxima, está junto ao portão, até já chegou. Mas depois de ambos explodirmos, derrotados, pelo orgasmo imperioso, convulsivo, que se durasse mais de alguns minutos sem dúvida nos mataria, nos escondemos atrás da própria pele, tão ignorantes e medrosos quanto temos sido desde que vivemos sobre a terra.

Por mais caducos que possam ser, os momentos de amor físico, no entanto, são para mim como os pontos dourados das armaduras e os ornamentos e as pupilas das personagens das pinturas em claro-escuro, que brilham ainda mais se o resto estiver

---

[52] Nicolae Vaschide (1874-1907), psicólogo e psiquiatra romeno, famoso por sua contribuição ao estudo dos sonhos e diversos processos sensoriais. [N.T.]

mergulhado na penumbra. Fora eles, e fora minha contínua busca, da qual eles são parte inseparável, não há em minha vida, vejam só, há quase dez anos, outra coisa senão os trilhos de bonde pelos quais deslizo de tarde até os confins da Colentina e pelos quais retorno para casa ao anoitecer. Minha vida de lançadeira de tear, de pistão, minha vida linear entre os polos irrisórios de meu planeta: casa – escola. Escola – casa. Ali, naquele lugar remoto, industrial, manchado de óleo e combustível, onde até o céu cheira a hidrocarboneto, onde as pobres macieiras da rotatória dos trilhos, no ponto final, são negras como se pintadas de piche, ali, a uma distância de dez pontos de bonde, onde acabam os depósitos de material de construção e as borracharias, está o espaço público de minha vida: já ao desembarcar me encontro com os alunos que caminham, também eles, para a escola, os colegas já enfastiados, os pais acompanhando os filhos pequenos, que terminaram as aulas. Reconheço minhas referências: a caixa-d'água, a Fábrica de Tubos de Aço, a fábrica abandonada. As banquinhas de refrigerante. Sigo pela rua da escola, com casas como as do interior, com pipas enroscadas nos fios de telégrafo, passo pela automecânica e eis-me na escola. Dia após dia, verão e inverno, sob chuvas torrenciais e no calor insuportável dos verões bucarestinos. O cretino em cima da cerca da casa ao lado, com dois gorros de lã, um sobre o outro, me lança um sorriso com seus lábios anormalmente grossos: bem-vindo. Entro pela porta principal para deparar de imediato com meu inferno pessoal, em que a punição é a eternidade. A sala dos professores, os livros de registro, as colegas conversando sobre o filme da noite passada, os caloríferos pintados de verde, os quadros manchados de mosca. Irina, para quem não olho, pois aqui somos o professor de romeno e a professora de física. Spirescu. Gheară, que me cumprimenta e me conta, sem prólogo, uma piada de transilvano. O som inacreditavelmente estridente do sinal. Cada um bota seu diário embaixo do braço e toma os corredores e as escadas. Somos engolidos pela solidão glacial e pela penumbra.

    Hoje a escola estava numa agitação evidente até para mim, o desaparecimento do porteiro deixara todos aturdidos. Sempre aparece mais um com algum detalhe adicional na sala de aula, onde as crianças parecem não fazer outra coisa senão aumentar a história de Ispas, embelezá-la com detalhes cada vez mais esdrúxulos. Berros desesperados teriam sido ouvidos, permeando o bairro inteiro, por quatro dias consecutivos, em especial no meio da madrugada, fazendo as pessoas acordarem cobertas de suor frio. Mais tarde, os gritos, as súplicas, as promessas endereçadas a Deus e todos os santos, os gemidos como se produzidos por baques surdos e os urros, como se de gente esfolada viva, estariam diminuindo, se acalmando, tornando-se balbucios e grunhidos cada vez mais desprovidos de vigor, como de gente presa no desmoronamento de uma mina, morta de sede e de fome, para que, no sexto dia, reinasse de novo o silêncio no campo negro, com buracos de aranha nos sulcos frescos. Quando os gritos de mártir estavam no ápice, teria chegado ao campo um veículo vermelho dos bombeiros, entrando corajosamente, até a metade das rodas, no lodo e alçando ao céu gigantesco uma escada telescópica, com um indivíduo uniformizado no topo, capacete na cabeça e, para qualquer eventualidade, um machado decidido nas mãos firmes. As crianças haviam contado a Florabela, percebendo-a mais impressionável e ávida por sensações mórbidas, que o bombeiro encontrara, ali no céu, uma esfera invisível, de alguns metros de diâmetro, cuja pele era elástica ao toque. Dentro dela se ouviam os gritos de Ispas. Surpreso por nada ver ali onde seus dedos encontravam resistência, o bombeiro desferira golpes de machado, mas não agira bem, pois a ferramenta lhe fora arrancada da mão, caindo no chão, aonde ele também chegaria, quebrando os ossos, se não houvesse no último instante se agarrado às barras de alumínio... Claro que, em histórias ainda mais dissolutas, oriundas de cabecinhas ainda mais incandescentes, apareciam anjos, círculos de luz e cometas com habitantes sentados à moda turca em seu miolo, ou até mesmo reminiscências dos ícones que muitos ainda tinham nas paredes das casas de família do bairro, acima do campo se desabria o céu, enquanto a esfera, agora visível, como de um vidro negro coberto por uma espécie de escama, se erguia numa atmosfera de ouro e púrpura, perecendo na glória eterna da Divindade. Em outros relatos, Ispas, peladão e sem esfera nenhuma, alçava-se ao céu num raio vindo das nuvens. Pelo menos fora assim que juraram tê-lo visto alguns aposentados que, às seis da manhã, haviam estado na fila dos botijões, nos arredores do campo do fim do bairro. As professoras esqueceram as receitas e panaceias, e tagarelavam sem cessar sobre o porteiro, metendo medo umas nas outras e acrescentando cada uma, sutilmente, a própria contribuição para a história. A conclusão geral era de que "pois é, querida, seu Ispas deve ter tido sua própria premonição, não devia ser tão maluco como imaginávamos. Talvez um disco voador realmente o tenha levado. Quem somos nós no universo para saber". E se seguiam intermináveis reflexões sobre a formação do cosmos, os milhões de mundos certamente habitados, o milagre de Fátima e não sei mais que documentários da Tele-enciclopédia que provavam cientificamente que... Tagarelavam também as faxineiras, que se haviam habituado a estar à mesa da sala dos professores lado a lado com as professoras, de modo que, sem dúvida, chegaram a ponto de imaginar que elas também faziam parte do corpo docente, tagarelavam sobre o mesmo Ispas, inclusive, as personalidades ucranianas enfileiradas nas paredes pintadas a óleo da sala.

De modo que muito me alegrei, acho que pela primeira vez, quando o sinal de início das aulas soou. Peguei o registro e fui para o andar de cima, em busca da quinta série B, D, F ou sabe-se lá qual, mais distante, mais enevoada e, no fim das contas, mais duvidosa do que a *Ultima Thule*. No caminho labiríntico e sem fim margeado por portas fechadas, cumprimentei de novo a enfermeira que colocava na língua de cada criança da fila a sua frente um pedacinho de açúcar com uma gota rosa, viscosa, de vacina pingada em cima, e ela me respondeu com polidez, sorrindo e mandando para o fim da fila o menininho que enfiara o açúcar na bochecha. De trás das portas, como de costume, provinham sons de zoológico: grasnados, vociferações e rosnados confusos, como se animais de espécies desconhecidas, representando uma exobiologia luxuriante, fossem ali mantidos com dez voltas de corrente. Em algum lugar da ponta da escola habitada encontrei, afinal, minha sala de aula, tendo na plaquinha da porta a letra de um alfabeto esquecido; a minha entrada, trinta meninas e meninos se puseram de pé. Mais uma vez percebi quanto os temo, quão difícil é suportar dezenas de olhares castanhos concentrados, como grãos gosmentos de uma única planta carnívora, em cima de meu corpo vestido com roupas baratas de passeio. Cada classe era isso, uma planta de orvalhinha com sessenta esferas castanhas capaz de nos agarrar e não soltar mais até nos transformarmos num esqueleto cinzento, desprovido do suco espesso de nossa substância cerebral. Hoje não tive a mínima disposição para os costumeiros substantivos e adjetivos, nem para extrair as ideias principais de *O avô*[53]. Dei-lhes um exercício para fazer e, sentado à cátedra com a cabeça apoiada entre as palmas das mãos, me pus a pensar em minha história, que venho construindo camada por camada, de rodinhas dentadas, parafusos infinitesimais e rolamentos de rubi sem ser capaz de compreender nem como o mecanismo funciona, nem que sentido ele tem, como se eu estivesse debaixo do mostrador sobre o qual estão gravadas as horas de um relógio, morando como um ácaro num grão de poeira perdido entre as rodas e arcos colossais, grudado ao fino óleo de sua superfície. Percebo o movimento semelhante ao de planetas pesados das peças de metal, mas não posso enxergar as cifras gigantescas nem os ponteiros que se movem imperceptíveis debaixo do céu de safira da tampa. Elas estão do outro lado do mundo. Mesmo que eu me erguesse repentinamente, por milagre, de meu emaranhado de pêndulos, rodinhas e pinhões, mesmo que eu subisse à tona, por cima do mostrador, continuaria sendo incapaz de compreender por que terei vivido dentro de um mecanismo que mede o tempo.

    Posso preparar um relato de minhas primeiras recordações, do irmão ausente delas, do momento em que mamãe me abandonou no hospital impossível de localizar em que despertei, em cima de uma mesa de cirurgia, sob as estrelas. Posso falar sobre minha incompreensível sensação de predestinação. Sobre os médicos e os dentistas que torturaram minha infância. Sobre o livro que literalmente encharquei de lágrimas, embora não entendesse

[53] *Bunicul*, conto do escritor romeno Barbu Ştefănescu Delavrancea (1858-1918). [N.T.]

absolutamente nada dele, quando tinha uns doze anos de idade: *O moscardo*, de Ethel Lilian Voynich. Sobre o modo como redescobri, muito mais tarde, o romance com carbonários e conflitos freudianos na biblioteca da Faculdade de Letras. Sobre quão surpreso fiquei quando Goia me falou da família do grande matemático Boole e suas cinco prodigiosas filhas, e sobre a perturbação que o jovem loiro, amoral e genial amigo de Lewis Carroll produzira naquela família, fazendo explodir seus princípios vitorianos e infundindo em suas cabeças a loucura telescópica da quarta dimensão: mundos dentro de mundos, da profundeza à altura, alinhados numa espiral assintótica de uma grandeza que o pobre gânglio encarcerado em nossos crânios era incapaz de abranger. Como não acreditar que a sucessão *O moscardo*-Boole-Hinton fosse um sinal, um trajeto exemplar, um mapa em nosso grande plano de fuga? E como considerar um acaso o fato de Ethel finalmente ter se casado com aquele a quem, após uma aventura rocambolesca de seis séculos, chegou o manuscrito que leva seu nome: o incompreensível e monstruoso manuscrito Voynich? E por que as mulheres gordas representadas nesse manuscrito, nuas, com mamilos vermelhos e cachos crespos, banhando-se em banheiras que se comunicam entre si por meio de uma tubulação bizarra, são idênticas às dos subterrâneos de Bucareste, no trajeto Delegacia de Milícia Floreasca – prédio da avenida Ştefan cel Mare – Policlínica Maşina de Pâine? E, de novo, por que as visões de Nicolae Minovici do período dos enforcamentos controlados aos quais se submeteu, numa das dependências da Morgue, durante algumas décadas (por ardor científico? Por um sombrio hedonismo?), são tão parecidas com os círculos cabalísticos pintados nas páginas do manuscrito Voynich?

Outra fibra mnésica me leva ainda mais longe, sem conseguir me dar conta para onde, sem poder entender, por ora, como se encaixa, como se intercepta, como é atraída e repelida alternadamente, como polos de um ímã, com a primeira. Em Voila, graças a Traian, descobrira que, assim como talvez já tivesse ocorrido antes, meu corpinho fora submetido, numa clínica subterrânea, a uma manipulação da qual nada podia lembrar, mas que meus sonhos ulteriores haveriam de perceber, com sua imagética assustadora. Ouso relacionar meus pesadelos e visitantes, e os fenômenos epileptoides que os acompanham, ou que talvez os produzam, ao trajeto hospital-Maşina de Pâine-Voila, sem a pretensão de ter esclarecido ao menos um canto insignificante do imenso quebra-cabeça. Minha esperança no sentido de encaixar as peças desse cantinho se relaciona ao que recentemente descobri sobre o domador de sonhos Nicolae Vaschide, mas agora não é o momento dele.

Ademais, a superfície de minha vida, o trajeto casa-escola, é a certeza atrás de cujas grades se ouve o rosnado surdo da fera. A banalidade do mundo e de meu ser, que tem origem na fissura original: a noite de cenáculo em que meu "A queda" caiu. O veredito sem direito a recurso do grande crítico, que me mergulhou no manuscrito, que, aliás, eu teria escrito, por cima dele, com a ponta da caneta apoiada na escritura inversa, leonardesca e cabalista daquele que (vejam só, neste mesmo instante até) macula, com a tinta pingando nos olhos, uma irrisória Capela Sistina. Meu mundo, desde então, é aquele que todos sentimos na própria pele: um mundo de ruínas e de ditadura, um mundo de medo, de fome, de estupidez e de frio. Mas eu sempre me perguntei, antes de me queixar de minha sorte de anônimo professor de romeno da cidade mais triste sobre a terra: teria tido o escritor célebre, cujo "A queda" teria sido uma ascensão, um solenoide embutido na fundação de sua casa? Teria podido ele levitar, apesar do peso de seus bolsos carregados de glória? Teria sabido ele, que passaria a vida em recepções, colóquios e turnês, dos piqueteiros e, ainda que soubesse, teria participado de seus protestos? Teriam as escamas da adulação pública se soltado de seus olhos, para que pudesse ver Virgil sendo esmagado como uma barata de cozinha pela sola da grande deusa? Mas conseguem alguma vez os escritores ver alguma coisa? Abrem-se alguma vez suas portas pintadas sobre a parede infinitamente grossa de nossa cela de condenados à morte?

Naquela noite terrível do Cenáculo da Lua, não só a trajetória de minha vida se bifurcou tal qual um tronco de dois galhos enormes, por sua vez bifurcados infinitamente em milhares de ramos que cobrem toda a extensão do real, como também fez o mundo inteiro explodir, numa mitose cósmica, fissão universal que produziu duas realidades infinitesimalmente distintas no início, e depois cada vez mais alheias uma à outra na medida em que se distanciavam no tempo. Não sei agora como é o mundo dele, embora talvez apenas uma membrana infinitamente delgada nos separe. Ali talvez a ditadura tenha caído faz tempo, um cometa talvez tenha aniquilado tudo, deixando para trás estrelas frias e poeira sideral. Depois talvez o paraíso tenha descido sobre a terra. No mundo do escritor distante e célebre que leva meu nome, talvez ninguém tenha ouvido falar da Escola 86, embora exista lá também, periférica como as ilhas Marquesas ou as Híades, tolerando sua inútil combinação de instrutores como sarcoptas da sarna em seus dérmicos subterrâneos. Seja como for, ele continua escrevendo, tatuando a pele dos livros, abarrotando-os com coisas bonitas e inúteis, atrozes e inúteis, enigmáticas e inúteis pelas quais as pessoas o admiram, assim como admiram quem equilibra dez pratos ao mesmo tempo, ou quem ergue halteres de centenas de quilos, ou quem tem os maiores seios. Assim como toda música, toda pintura, todo pensamento, toda prece e todo julgamento de seu mundo, seus livros ficam do lado de dentro, são inofensivos e ornamentais, tornam a prisão mais aceitável, o colchão mais macio, a caçamba mais limpa, o vigia mais humano, a foice mais afiada e mais pesada.

Por vezes penso que talvez algo realmente me vincule, talvez até a cada instante, como elétrons deslocalizados que se conectam a meu gêmeo tão dessemelhante, e por vezes acho que essas pontes sejam os sonhos. Talvez nos encontremos ali, talvez em algumas noites ele também abra bruscamente os olhos para fitar os olhos de um visitante ao mesmo tempo que eu, aquele que está do outro lado da membrana, talvez ele também fique triste e desorientado por um dia inteiro, depois do sonho epileptoide em que seu crânio explode em cacos, arrebentado por uma tormenta de ouro. Ou talvez, junto com outro mundo, também lhe tenham dado outros sonhos, igualmente falsos e dignos de desprezo, nos quais recebe prêmios internacionais, é adulado por mulheres que fazem fila diante de sua cama e olha para baixo, de cima de seu pedestal, transformado em sua própria estátua que domina uma cidade limpa, civilizada, asséptica, uma Brasília dâmboviţana[54]... Enfim, penso por vezes que, cavando décadas a fio meu grande túnel de fuga, atirando atrás de mim, toupeira metafísica, metros cúbicos de terra, hei de me tornar, no fim das contas, o infeliz e hirsuto Abade Faria, não no divino espaço exterior sob céus infinitos, mas em sua cela, tão sufocante, infestada pelo cheiro de repolho estragado, tão claustrofóbica e enterrada no meio da cidadela gigantesca quanto minha própria cela. Não nos restaria então outra coisa senão nos abraçarmos e chorarmos, e depois apodrecermos assim, dois esqueletos enlaçados, em trapos desmanchados, como casquinhas e patas secas de mosca das teias de aranha. Todas as diferenças entre sucesso e fracasso, vida e arte, edifícios e ruínas, luz e escuridão aniquiladas pelo tempo exterminador, tempo que não faz prisioneiros.

O sinal me leva a um forte sobressalto. As crianças se levantam num salto e, sem mais aguardarem minha permissão, saem correndo em todas as direções, sacudindo as carteiras, rabiscando a lousa, quase despencando pela janela e invadindo o corredor. Sou levado por aquele vagalhão, carregado por seus braços, com os pés adiante, como um morto que sai da capela. Dois meninos e uma menina de um lado, uma menina e dois meninos do outro. Descarregam-me no corredor, com o livro de registro e tudo. A menina mais preguiçosa e mais gorducha ergue o registro do chão e me entrega enquanto me apoio com dificuldade nos cotovelos, com a camisa para fora da calça. Em seu ombro pequeno e maciço, sardento como um marmelo, vejo por um momento o número de matrícula impresso ali, com agulha de tatuagem, para sempre. É um número imaginário, um radical de um número negativo. Ela me espana levemente no peito e nas mangas, e depois se dissolve na brincadeira coletiva. Desço até a sala dos professores, aonde chego muitos anos depois, ao cabo de inúmeras peripécias.

---

54 Referência a Dâmboviţa, rio que passa por Bucareste. [N.T.]

37

Nicolae Vaschide sonhava muito, mais do que qualquer outra pessoa que já houvesse vivido neste mundo, sonhava deliberadamente e com método, mas jamais sonhara com a linhagem de mulheres, cada vez mais belas – cada uma duas vezes mais bela que a mãe –, que dele brotara, quase sem mãe, e depois saíram, quase sem pai, uma da outra até que a última, aos oitenta anos da morte do bisavô, passou a brilhar em toda a sua exuberância pagã. Sua bisneta, Florabela, era, de fato, uma Vênus de Ille sardenta e com uma cabeleira ruiva até o quadril, de passos firmes e seios de mamilos impossíveis de esconder, borbotando arrepiados e excitados até mesmo pelos tailleurs decentes que vestia no inverno, com tornozelos grossos de divindade ctônica e dezenas de braceletes de ouro e crisólito tilintando em ambos os braços, e com uma correntinha fina lhe medindo os passos, e com sombra grossa nas pálpebras, e com *Salammbô*, puído de tanta leitura nos bondes, dentro da pochete vermelha, e uma voz de tons agudos imperceptíveis, felizmente, a nossos ouvidos maduros, mas que faziam escorrer fiozinhos de sangue dos tímpanos de fileiras de alunos, derrubavam as mariposas durante o voo e confundiam os morcegos à noite. Apesar da sexualidade que dela irradiava como uma aura multicolorida, nossa colega de matemática era inacessível e imaculada em seu nicho em forma de concha rosa-nacarada. Florabela era completamente solitária, talvez porque fosse impossível imaginar um homem que lhe fosse adequado, capaz de resistir aos enlaces ávidos de seus braços e pernas. Onde quer que aparecesse, cheia de ouro e sardas, no eterno bonde 21 que nos levava até o ponto final, ou ao bosque Andronache, onde colhíamos bolotas com as crianças para as necessidades da indústria farmacêutica, ou nos corredores da escola, Florabela carbonizava tudo num raio de dezenas de metros, restando como a única criatura colorida num cemitério de cinza, borboleta tropical irisada, imensa, com o verde se derramando em púrpura e de novo em verde, de olhos castanhos veludosos, pousada no cume de uma duna de areia estendida por milhões de quilômetros. Era como se o bisavô dela, o enigmático Vaschide, tivesse filtrado seu último sonho por meio de um sistema de lentes fêmeas posicionadas em distâncias iguais no tempo até chegar ao limite de beleza suportável aos olhos e à mente humana. Pois, certa tarde, quando nos mostrou fotografias de sua mãe e, em seguida, da avó, filha única do pesquisador de sonhos, Irina e eu logo nos entreolhamos por cima do álbum de capa kitsch – lótus e carpas chinesas de caudas transparentes – e começamos a rir, pensando, claro, a mesma coisa. "Jamais tenha uma filha", disse-lhe Irina, "pense um pouco nos pobres homens também..." Mas igualmente nas pobres mulheres, acrescentei comigo mesmo, pois cada uma das descendentes de Vaschide era duas vezes mais bela que a precedente, e um tsunami sensual duas vezes mais violento que o de Florabela arrasaria tudo na face da terra. Florabela era o limite de beleza tolerável, mais do que isso seria tão terrível, escandaloso e inconcebível como a quarta dimensão.

Nesta época de carência e depressão, raramente nos visitamos. As pessoas não têm o que colocar na mesa nem do que se orgulhar. As casas da maioria das pessoas são caixinhas de fósforo do proletariado, de paredes estreitas construídas com tijolos de BCA, sem isolamento, dentro das quais derrete-se de calor no verão e morre-se de frio no inverno. Os professores se veem na sala dos professores e, na maior parte das vezes, isso é mais do que suficiente. Poucos ficaram tão amigos a ponto de se visitar, para não falar de festas. Os restaurantes são, todos, bodegas desgraçadas em que não se pode comer nada, e onde a bebida é, no máximo, um caldo aguado e acre apresentado como cerveja, com fios de aneto boiando por cima. De todo modo, caros demais para nossos salários miseráveis. Claro, Gheară passa quase todo domingo na casa de Steluţa, "batendo-lhe os tapetes" na presença (e com a permissão?) de seu marido fora de órbita. E ainda tem, é claro, as inseparáveis Amarrotescu e Viajarescu, sobre as quais corre solto o boato de que dividem o mesmo apartamento e talvez também a mesma cama... "*Honni soit qui mal y pense*", deixa escapar Spirescu da ponta dos lábios, "que se danem, talvez elas gostem apenas de dormir abraçadas, para se esquentar nas noites de inverno..." E todo o mundo torce o nariz, pois as professoras, ambas sem cachorro e sem leitão, ao que parece, haviam sido flagradas pelas crianças, alguns anos atrás, num acampamento, na mesma cama (embora no quarto houvesse duas), uma com a cabeça nas pernas da outra, muito suadas e com olhar perdido. Mas quem acredita em crianças? De resto, somos solitários, ou talvez apenas muito discretos, assim como são todos, em todas as instituições, nesta época desgraçada em que vivemos.

Fôramos, portanto, tomados de surpresa, Irina e eu, quando nossa colega de matemática nos chamara até sua casa, certa noite, depois das aulas, "para batermos um papo com um gole de licor de ginja". Saímos num crepúsculo verde-amarelo como veneno de cobra. Para chegarmos mais fácil ao ponto do 21, passamos por trás da escola, ao longo da fábrica abandonada, ora destacada, vestida de outono e melancolia, sobre a cor límpida do entardecer. O edifício era grandioso e silente, fechado em si mesmo. Prestes a saírem voando de suas cornijas de antiquíssimo tijolo, anjos de gesso se esticavam patéticos ao céu, lançando sombra, com suas asas quebradas, das quais despontava uma ou outra haste de ferro enferrujado, sobre as janelas redondas como os olhos em triângulo da testa das aranhas. Um ou outro anjo de estuque, em camisolas das quais o reboco se esvaía, conseguia se desprender da alvenaria de vez em quando, dava um giro de morcego por cima do bairro e depois retornava ao frontão da fábrica, petrificando-se de novo ali no raio de luz cada vez mais sanguíneo do crepúsculo. Chegamos à rotatória enlameados e esperamos o bonde dar a volta, ele que, por ora, estava parado do outro lado, para lá do grupo de macieiras carbonizadas. Nas cercanias – uma solidão sem limites: a Fábrica de Tubos de Aço em algum lugar remoto, na direção da ponte, a caixa-d'água com sua grande cisterna branca no alto e a avenida Colentina, reta como uma flecha, estreitando-se no horizonte com suas miseráveis borracharias, padarias e sapatarias. Não havia vivalma, como se houvéssemos sido trazidos de bandeja por uma criatura enorme e postos em cima do papelão grosso de uma cidade-maquete, sem história, realidade e destino. O bonde, enfim, se pôs em movimento e percorreu lentamente o semicírculo até nós. Embarcamos no segundo vagão e nos sentamos nas cadeiras duras de plástico. No bonde, Florabela era uma imagem de Magritte: a cadeira rangia sob seu traseiro envolto em seda, o trajeto, visto pela janela, se acumulava no espelho anelar de seus brincos grandes, dourados e redondos, tão pesados que, visivelmente, puxavam os lóbulos das orelhas para a parte de baixo de sua mandíbula forte e penugenta. A boca, sempre com batom excessivo, umedecia tudo na cor unânime de cereja passada. O sorriso até as orelhas, nós o chamaríamos de homérico se fosse o de um homem, seu riso excitado de bacante, que sempre lhe desvelava não só o diastema, não só a linguinha de gato, como também as amígdalas e a campainha ao mesmo tempo, estilhaçava as vidraças de vidro temperado. Uma deusa indiana de seis braços dentro de um bonde que há muito deveria ter sido mandado para o cemitério do ITB, uma deusa faiscando seus mudras no espaço funcional e mesquinho, uma fonte de vida e de morte, sem vida e imortal, entre as folhas de metal ruidosas e as janelas presas em guarnições imundas de borracha, e as barras de apoio batendo no teto...

    Catorze pontos depois, tempo em que atravessáramos o Obor, percorremos a Calea Moşilor completamente arruinada, como uma sucessão de dentes amarelos, quebrados e estragados, passáramos a avenida e, por entre as mesmas ruínas apocalípticas, tomamos a direção da Sfântul Gheorghe, ponto final da outra extremidade da linha. Raramente vinha até ali, ao centro. Ao desembarcar, avistei a lua acima da loja La Vulturul de Mare. Que recordações alucinantes da primeira infância eu tinha dessa loja! Como o elevador de cristal nos alçava ao longo dos cinco andares cheios de roupas, vestidos, manequins que me assustavam... Como segurava com tanta força a mão de mamãe, naquele cheiro estranho de tecidos e de cera de assoalho, que minha mãozinha ficava encharcada de suor... O centro estava repleto desse tipo de construções que pareciam de papel, com iluminação espectral, era uma outra faceta da cidade que, em meus três ou quatro anos de idade, devia parecer interminável a meus olhos. Em cada praça havia estátuas, seres humanos colossais de pedra ou de bronze, mas invariavelmente transparentes e espectrais, pois o que os tornava assim era a iluminação pública, fraca e tremeluzente sob estrelas ameaçadoras. Até hoje tenho a mesma sensação de não familiaridade, de sonho, de inverdade no centro, que se faz noite e o vento bate, e os trólebus passam iluminados por ruas desertas...

Florabela morava sozinha numa quitinete, no segundo andar de um pequeno prédio muito antigo. Ali haviam morado sua mãe e sua avó, pois era a quitinete em que, ao retornar de Paris e se instalar na cidade dâmboviţana, organizara Vaschide seu ateliê. Uma parede inteira, coberta de fotografias antigas, em molduras retangulares ou ovais, lhe era dedicada, ou antes, pois diante dela ardiam sempre pequenas velas orientais, era como um altar devotado ao senhor dos sonhos. No chão havia, em frente à parede evocatória, castiçais de latão, vasos com flores secas havia muito tempo, pilhas altas de livros amarelados, prestes a desmoronar a cada passagem dos bondes sob as janelas da casa. As fotografias, que Irina e eu contemplamos longamente, antes de nos sentarmos, apresentavam o pesquisador do sonho sempre acompanhado por uma menina com laços no cabelo, que ele ora segurava nos braços, ora sobre os joelhos, ora lhe segurava a mão quando estavam ambos de pé, e nesse caso era surpreendente a diferença de altura entre eles: o homem parecia infindavelmente alto, com a cabeça inclinada de leve para não encostar no teto, enquanto a filha erguia a carinha pouco acima dos joelhos dele e esticava o braço o máximo que podia para segurar seus dedos acromegálicos. Um ambiente ao estilo de Poe, de alheamento e melancolia, adejava, de fato, em cada uma das fotografias: um mundo sépia, um terrário de criaturas empedernidas, sorrindo-nos torto do meio de sua solidão.

O bisavô de Florabela, avô de Ortansa e pai de Alesia, era, de fato, anormalmente alto. Mas para além do fato de, enquanto passeava na Calea Victoriei, ou em Paris, na Rue Saint-Denis, onde por muito tempo mantivera seu ateliê de modelagem de sonhos num daqueles quartinhos do andar de cima alugados por centenas de putas que viviam rodando a bolsinha, ultrapassar qualquer transeunte com pelo menos uma cabeça de diferença, a impressão que ele dava era de ascensão na vertical, de voo através de si mesmo, como se por seus ossos tubulares e alçados de modo ogival, gótico, primeiro na direção da cintura pélvica, onde ganhavam novo impulso para chegar, como elevadores trespassando um prédio alto, aos ombros, clavículas e omoplatas, para que, enfim, pousássemos na cúpula de seu crânio, circulasse uma champanhe borbulhante, cujas bolhinhas se alçavam cada vez mais alto, ameaçando erguer o cientista onírico alguns centímetros acima da calçada em que pisava. Não era apenas alto: alçava-se, momento após momento, de si mesmo, até que, à semelhança dos campanários, atingia a plenitude da forma na vertical. Seu aspecto, em todas as fotos, era o mesmo: escurecido, de sobrancelhas unidas e, sob elas, aqueles olhos brilhantes e anormalmente tristes das pessoas fadadas a morrer de tísica, testa muito alta, apresentando um relevo forte nas têmporas, nariz reto e lábios bonitos, sensuais, talvez impróprios naquele rosto austero. A série de meninas que se originou dele, cada uma duas vezes mais maravilhosa que a mãe, herdara a boca, ela mesma feminina, do senhor dos sonhos.

Nascera, segundo Florabela e minhas vagas pesquisas ulteriores (perdi algumas tardes na Biblioteca Nacional procurando seu famoso livro *O sono e os sonhos*, publicado em 1911, de cujo prefácio reuni alguns dados incertos e interpretáveis), em 1875, em Buzău, durante uma tormenta que coroara um dos mais severos invernos de que se tinha registro, inverno branco, luminoso, que disfarçara por algum tempo a desgraceira da cidade, uma daquelas sobre as quais não se pode dizer outra coisa senão que não se pode dizer nada sobre ela. Umas casas, umas lojinhas, uns terrenos baldios e, acima, um céu amarelado, sem esperança. A criança começou a falar tarde e com dificuldade, de modo que o pai, o comerciante de laticínios State Vaschide, não tinha outra esperança senão lhe amarrar, assim que crescesse, um avental na cintura e fazer dele o encarregado de loja que haveria de tirar dos barris, a vida toda, grandes blocos de queijo branco e deles cortar fatias mais grossas ou mais finas, conforme o gosto do freguês. Ainda mais depois de Nicu, na idade de quatro anos, começar a balbuciar algumas palavras, seus pais teriam preferido que ele fosse mudo de verdade. Pois a criança falava coisas sem sentido, misturando tudo, diferente dos irmãos e irmãs maiores, como se o mundo que ele visse não fosse o mesmo do deles. Assim, Eufrosina, sua mãe, um dia ficara sabendo que, na noite anterior, ela tricotara um pulôver "de tripas de porco". Fevronia, sua irmã, teria dado à luz um segundo sol, que se teria alçado de seu ventre até o céu "como um balão cheio de gás, de quermesse". O próprio State teria fatiado um pedaço grande de queijo que teria chorado, implorado que não o matasse, do qual teria escorrido sangue, em seu avental e no chão, afogando a cidade toda numa poça gigantesca. E tantas outras sandices que, por vergonha de mandá-lo à escola, seus pais o esconderam na casa da rua Carol, até Nicu completar a idade de dez anos. Ele continuava ajudando, eternamente úmido de soro até os cotovelos, na lojinha do andar de baixo onde moravam. Mas logo, enquanto State e Eufrosina, a cada manhã, ouviam de Nicu, apesar das brigas e surras que a criança levava, relatos de suas aventuras da noite precedente (ora teriam criado asas de pérola e saído voando juntos, como dois pardais grandes e gordos, até o telhado ornamentado da casa, onde teriam ficado entre os dois anjos de gesso, fofocando e rindo com eles, e contemplado a desolação ao longo da rua, ora teriam pegado Nicu e o amassado e modelado como uma massa de pão, fazendo-lhe quatro braços e quatro pernas e olhos na ponta de chifrinhos de caracol, ora teriam ambos dado risada juntos, atrás do estande cheio de blocos de queijo, e todos os seus dentes seriam de ouro, e seu filho maior, Honoriu, estaria desenhado num painel de açougue pendurado na parede da lojinha, repartido em zonas numeradas, sorrindo também ele com os mesmos dentes de ouro), a clientela começou a perceber algo: que Nicu sabia escrever, com a lapiseira atrás da orelha, e ler os jornais em que embalava o queijo, melhor do que qualquer outra criança de sua idade, que era anormalmente inteligente e conhecedor de muitos assuntos. Eles começaram a lhe dar almanaques populares impressos no verso dos calendários, livros de contos e aventuras... A criança devorava tudo que era impresso. Certo dia, seu pai o arrancou à força da latrina do fundo do quintal, de onde esquecera de sair: estava segurando um livro sem capa, amarelado, cujas páginas compreendiam apenas tabelas logarítmicas, de modo que State se persignou e esqueceu de tirar o cinto. "Nicuşor, você entende desses números?", perguntara, segurando a criança, com delicadeza, pela orelha. "Não, mas gosto de ler..." "Onde você encontrou isso?" "No terreno baldio..." Encontrava, de fato, no terreno baldio, ao lado do aterro sanitário da cidade, fragmentos desencadernados de livros, brochuras licenciosas, folhas soltas de tratados de zoologia ou arquitetura. Carregava tudo aquilo até o quarto que ele dividia com todos os irmãos e trancava em seu baú, único espaço que lhe pertencia total e exclusivamente. Lia, à luz de velas, até além da meia-noite, quando as projeções ortogonais dos edifícios, a anatomia das peças bucais dos insetos, os seios imensos das mulheres despenteadas e gemendo de prazer, as séries de sinais enigmáticos dos tratados de lógica simbólica, as cenas das novelas e romances sem começo ou sem as páginas do meio se confundiam em sua mente, como um tchernoziom feito de milhares de fibras distintas, e desse húmus heteróclito, tão logo suas pálpebras cerravam, se alimentavam as visões noturnas que, no dia seguinte, surpreso, encantado ou assombrado, ele contava aos pais e a quem mais quisesse, ou não quisesse, ouvir.

    Inscreveram-no, no fim das contas, diretamente na quarta série, depois que os professores, testando-o, se ajoelharam como na igreja. É verdade que a criança não sabia de nada daquilo que se aprendia na escola para a idade dele. Mas lia e escrevia sem erro, e era capaz de falar horas a fio, ele, o mudo de outrora, sobre qualquer coisa que nos passasse pela cabeça. Na sexta e na sétima série, seus colegas, crianças simples e travessas, de roupas rasgadas no cotovelo, se viram diante de folhas grandes, retiradas de cadernos, meio úmidas, meio sujas, meio cheirando a mofo e a ácido, mas cobertas de desenhos inscritos em quadrados. Eram histórias desenhadas, em que um personagem, o único, passava por aventuras infinitas, desde a idade da pedra até o futuro remoto, no fundo dos oceanos e na selva amazônica, lutando com serpentes e aranhas imensas, brontossauros, piratas e cientistas malucos. Todas eram imaginadas, desenhadas, coloridas e enfeitadas com balõezinhos cheios de palavras que saíam das bocas dos personagens por Nicu Vaschide, o garoto alto e solitário do fundo da sala de aula. Por meses a fio as crianças não tiveram paixão maior do que distribuir entre si as folhas coloridas. Olhavam para seu autor com uma espécie de horror sacro, que haveria de isolá-lo ainda mais, de fazer refulgir ao redor, com mais força ainda, sua aura obscura. Depois que a produção de tais histórias ilustradas arrefeceu, uma nova surpresa chegara até eles do menino calado, que, aliás, não se envolvia nas amizades continuamente feitas e desfeitas e em suas brincadeiras. Era um jornal, um jornal de verdade, completamente escrito por Nicu, um jornal sobre eles, sobre a classe deles, sobre a vida cotidiana deles, mas que, embora nada inventasse, via tudo de outra maneira, como se debaixo de uma lupa potente, de tal modo que as crianças se maravilhavam com a delicadeza e a resignação e a melancolia e a risada e as tristezas que, agora se davam conta, sempre acompanharam, como as sombras das nuvens por cima das cidades, seus gestos do dia a dia, hora após hora. O jornal, editado diariamente num único exemplar, era lido por todos numa ordem estabelecida com base numa lista que só se concluía após muitos socos bem desferidos e tufos de cabelo arrancados. O jornal circulou sem interrupção até o fim da oitava série. Várias meninas, cheias de admiração pelo colega tão especial, tentaram fazer amizade com ele, mas ele as repelia, assim como parecia repelir, elástico, como polos idênticos de um ímã, tudo o que havia a seu redor. A verdadeira sensação, porém, ele produzira numa aula de física, na qual fora chamado à lousa, junto a muitos outros, assim que haviam chegado aos problemas de óptica: reflexão, refração, ângulos de incidência, a colherzinha na xícara de chá que parece entortada... O jovem professor de olhos verdes, muito inteligente, que haveria de desaparecer da escola não muito tempo depois, lhe perguntara como se forma a imagem nos olhos. Diante do que Nicu, para a surpresa das crianças, e decerto também a do professor, por sua vez questionara: "Do ponto de vista óptico ou anatômico?". "Ambos", replicou o professor, achando graça. Então Nicu começou a explicar o processo da visão: a estrutura do globo ocular, a íris, a pupila e a retina, a imagem inversa recebida pelas camadas de cones e bastonetes, transformada em impulsos elétricos, os nervos e o quiasma óptico, as projeções sobre o tálamo e, em seguida, na zona óptica dos lobos occipitais. Acrescentara tudo o que sabia sobre os raios de luz, sobre sua focalização na lente mole do cristalino e sobre sua projeção na retina, até mesmo sobre a mancha cega que todos nós temos e ignoramos – mas quantas manchas cegas metafísicas, emocionais, místicas e cármicas não terá nosso ser fantástico de carne e pensamento? –, na zona chamada *macula lutea*... Discursou meticulosamente, como se estivesse lendo um livro em voz alta, por mais de meia hora, tempo em que não se ouviu nenhuma respiração na sala de aula. Nenhum professor jamais explicara nada daquele jeito às crianças. Quando Nicu se calou, o jovem da cátedra permaneceu por um momento imóvel, começou a dizer algo, mas desistiu, olhou pela janela, onde seus olhos verdes se tornaram mais intensos devido ao verde dos ramos de amoreira que batiam na vidraça, pegou em seguida o diário de classe e saiu sem dizer nada.

A partir daquele momento, Vaschide se tornou uma lenda na escola e assim haveria de continuar no Liceu Sfântul Sava do centro de Bucareste, nova urbe de residência dos pais. Pois inesperadamente um tio de Eufrosina morrera e lhe deixara de herança, como único parente em vida, umas duas casas de nobre e generosa feiura (de um neoclássico amarelado como um molar podre) num bairro bucarestino apinhado daquele tipo de residências de comerciantes, com marquise colorida acima da entrada e quintal com estátua ou chafariz no meio. O jovem fora admitido com brio no mais famoso liceu da época, recomendado por notas máximas, em todas as matérias (só na educação física sua nota fora obtida de maneira desonesta, em troca de uma roda de queijo por trimestre), obtidas na escola de Buzău. No Sfântul Sava, Vaschide demonstrou plenamente, como a cauda aberta do pavão, a pletora de singularidades e conhecimentos insólitos que haveriam de acompanhá-lo para sempre, até seu triste desaparecimento em 1907.

A avó Alesia, que se tornou monja três anos depois de parir Ortansa – concebida com um homem desconhecido ou nenhum, através de sabe-se lá que partenogênese, assim como também ela concebera Florabela –, sempre contava, quando a neta a visitava no mosteiro, que o bisavô fora na adolescência um dos famosos lunáticos de Bucareste, junto com Chimiță, Sânge-Rece, Bărbucică e o onanista Ibric, mas diferente deles, pois sua extravagância tinha mais a ver com o decadentismo e o dandismo que então floresciam no Ocidente do que com a grosseria apoplética bucarestina, e prenunciava a bizarrice assumida dos surrealistas. Assim como Baudelaire, que morrera murmurando "*nom, crénom*" mais de duas décadas antes, o jovem Vaschide aparecia com frequência, tanto no liceu como em público, de sobrancelhas raspadas e depois desenhadas com verde ou azul. Certa vez produzira desmaios nas madames da Calea Victoriei ao sair para passear com um palito pontudo que lhe atravessava as bochechas, em cujas extremidades, de um lado e de outro, ficava pendurada uma lagartixa de esmeralda. Naquela época ele mantinha a cabeça raspada e enfeitada com tatuagens que reproduziam exatamente os ossos cranianos delimitados pelos meandros das suturas, atentamente numerados e legendados: osso frontal, etmoide, esfenoide, parietais, temporais e occipital. Os ossos da base do crânio eram apenas sugeridos por abreviações engenhosas. Mais tarde, ao término dos devaneios adolescentes e tendo Vaschide se tornado um cientista honrado, de cabelo farto por cima da tatuagem craniana como uma selva que cobrisse templos antiquíssimos de uma civilização desaparecida, ele contou que fizera aquela tatuagem no crânio na penitenciária de Văcărești, onde um mestre da arte (e, igualmente, falsificador de dinheiro e malfeitor de longa data) trabalhara se baseando numa prancha de anatomia arrancada de um tratado de osteologia. O que não se via e que ninguém ainda sabia, pois Vaschide, que se aprofundara na esquizoidia e na solidão mais ainda do que na época da escola primária, era que a tatuagem do crânio continuava pela coluna, em que cada vértebra era desenhada com maestria e numerada por flechas que terminavam nas laterais da coluna. Com um toque de fantasia, as cinco vértebras lombares desenhadas na pele seca do lombo do jovem que ainda não completara dezessete anos eram coloridas: de cima a baixo, os ossos anelares, com suas pontas e corpos esponjosos, eram de um rosa-sujo, azul-escuro, escarlate, laranja-siena, amarelo-luminoso. Vaschide jamais soubera que o detento extrapolara tanto as indicações quanto o modelo da prancha. Ele simplesmente descobrira as vértebras coloridas em casa, depois de a tortura da tatuagem terminar, sentando-se de costas para o espelho da porta do armário e olhando para um outro espelho, pequeno, que segurava na mão. Mas aquela combinação de cores lhe provocara uma espécie de prazer extático, como se houvesse visto sua aura irradiando em torno do corpo como um arco-íris em cinco nuances mágicas. "Está ótimo", dissera para si mesmo, como se houvesse entendido que assim deveria ser, e em seguida inclinou profundamente a cabeça para trás, de modo que, como um nadador, seu crânio adentrou na superfície do espelho, até as orelhas, e depois o rosto inteiro, os olhos arregalados, os lábios femininos e o queixo, de modo que Vaschide se fundiu, por um minuto que lhe pareceu séculos a fio, ao império do sonho.

Seus pensamentos, até então frios e tubulares como ampolas de cristal, partiram-se como se parte o broto grande do cravo, arqueando-se e torcendo-se numa inflorescência mirífica: eram os quadros florais dos mestres holandeses, era a pletora de azul e de verde-metálico da cauda do pavão, era a renda seca das flores de gelo, era a anatomia de membranas e bocas de gato da vulva, era a explosão de preto emplumado e vesicante da infelicidade no amor. Eram todas as paisagens do mundo, era o rumorejar da luz acima de todos os golfos, era a crueldade sossegada de todas as feras de pelo malhado, era um vestido de casamento costurado a partir de todas as cidades, era uma piscina enorme, subterrânea, preenchida por todas as lágrimas já derramadas. Era o ser humano virado no avesso, luva humana com órgãos internos à vista, árvore humana de Natal com ornamentos de gânglios linfáticos, intestinos, glandes e ossos, com guirlandas de veias e artérias, enquanto do lado de dentro ardiam a toda força as constelações, o sol e a lua. O crânio de Vaschide não pertencia mais ao cosmos. Estava de repente cheio, como o cálice do Santo Graal, do haxixe hialino do sonho. Ao retirar a cabeça de dentro do espelho, ainda recoberta pela gelatina da alucinação, o jovem compreendeu que o verdadeiro caminho leva para o interior, à semelhança da galeria do mineiro que arranca do breu miríficas flores de mina. Desprezou as extravagâncias superficiais de sua vida até então. Deixou o cabelo crescer sobre as tatuagens, vestiu roupas adequadas a um jovem estudioso e, até o outono daquele ano, deixou cair no esquecimento sua velha personalidade, que muitos haviam associado à hebefrenia.

Não se podia semear sonho no mundo, pois o próprio mundo era um sonho. O fim do século trouxera consigo, no entanto, nas mais modernas clínicas de Viena e Paris, embora nenhuma houvesse ainda se desprendido bem de Gall, Lombroso e Mesmer, uma ressurreição na pesquisa da mente humana. Os românticos haviam descoberto, meio século atrás, o reino perdido do sonho e da infância. Achim e Bettina von Armin, Jean Paul, Hoffmann, Chamisso, Nerval... Poe... Escreveram muitas vezes mal e prolixamente, mas, de certo modo, souberam abranger, como uma pequena chama que se ergue da lenha úmida, o farol do sonho. Livre de parábola, taxinomia e explicações. Heterotópico e petrificante. Seguindo seus rastros, Nietzsche, Kierkegaard e Dostoiévski escavaram de forma mais profunda, mais contra a corrente do progressismo inepto da época, revelando o abismo da mente, insondável como os complexos cársticos: a vergonha, o ridículo, a desesperança, o medo animalesco, o ódio, a cupidez, a vileza que jazem em nós, a vontade pervertida que deforma o castelo de cristal do pensamento. Da mão dos poetas, o bastão da busca pelo eu profundo passara para a dos filósofos, que finalmente o entregaram aos clínicos. Charcot e Freud eram os novos profetas, e o jovem cientista Nicolae Vaschide entrou, pouco a pouco, lendo livros que indicavam outros livros, na área da psicologia abissal e da pesquisa do lado mais enigmático da vida humana: o sono e os sonhos. Frequentara alguns anos os cursos de filosofia e letras em Bucareste. Nesse período, ele se aproximara da cidade alucinante, sem dúvida a mais triste do mundo, aquele mar de telhados bizarros e de figuras lascadas de gesso, de paredes cegas e claraboias, e, com o dinheiro do queijeiro de casa, que não cabia mais em si por ter um filho estudante, alugara e depois conseguira até mesmo adquirir a quitinete em que ora nos encontramos com Florabela, escutando suas histórias. Desde então, seu mundo se tornara o espaço desolante da Sfântul Gheorghe, fim da linha dos bondes que giravam em torno de uma igreja que estremecia toda à passagem de cada vagão abarrotado de passageiros, fazendo com que as auréolas dos santos pintados no pronau vibrassem sonoras, como grandes bolhas de sabão da cor do arco-íris. Ao anoitecer, quando a atmosfera se fazia vermelho-poeirenta, quando as silhuetas dos transeuntes pareciam sombras do inferno, o jovem passeava sozinho, horas a fio, rumo à Turnul Colţei, ao Hospital Cantacuzino, não raro atravessando o centro velho, o miolo de rosa de reboque descascado, ajuntamento de ruas e casas que, ao anoitecer, se esvaziava por completo de gente. Depois voltava para casa e começava a jornada de trabalho, que para ele era a noite. Logo, abandonou as preocupações filológicas, até mesmo o estudo da filosofia, e seu único objeto de pesquisa permaneceu o sonho.

Se não fossem os sonhos, jamais saberíamos que temos uma alma. O mundo real, concreto, tangível continuaria sendo o que é, único sonho que nos é permitido, e por ser o único, incapaz de se reconhecer a si como sonho. Duvidamos do mundo porque sonhamos. Percebemos o mundo como é – prisão sinistra da mente – só porque, ao fechar os olhos de noite, despertamos sempre do outro lado de nossas pálpebras. É como as viagens que nos abrem os olhos e a mente, como o voo do pássaro que, do alto, enxerga reinos longínquos. Nosso vilarejo não é o único no mundo nem é o umbigo do mundo. Os sonhos são mapas em que aparecem os extensos territórios de nossa vida interior. São mundos com uma dimensão a mais em relação ao mundo diurno, e sobretudo em relação a nosso cérebro, que atravessa as novas paisagens sem poder entender. Já nos bancos da faculdade, onde estudara

Schopenhauer e Nietzsche, e lia Nerval, Barbey d'Aurevilly e Baudelaire, Nicolae Vaschide compreendera o mecanismo do sonho em detalhes brilhantes, assim como Tesla foi capaz de visualizar seus motores com corrente alternativa concretizados no ar, peça por peça, como se estivessem diante de seus olhos.

Noite após noite adormecemos e depois sonhamos. Mergulhamos na cisterna de ouro liquefeito de nossas visões. Tais como os pescadores de pérolas, não podemos nos demorar muito nesses espaços: a necessidade de respirar e a pressão dos tímpanos nos obrigam a voltar, periodicamente, à tona. Quatro vezes por noite descemos nas águas de nossa mente profunda, nos detemos ali por algum tempo e depois, quase sufocados, tecemos nosso caminho até a superfície. De manhã abrimos o punho e, cintilando entre as linhas da palma, revelamos as pérolas brumadas pelas quais pusemos nossas vidas em perigo: pequenos fragmentos de nossos califados interiores. Embora ali cheguemos toda noite, na maior parte das vezes voltamos de mãos vazias. Ficamos surpresos e infelizes, pois *sabemos* que descemos, *lembramos* como abrimos com a adaga as valvas dos moluscos, mas as pérolas se perderam pelo caminho, como se fossem apenas nuvens excepcionalmente compactas ou peixes abissais, que teriam explodido por sua própria pressão interna.

Dentre as pérolas que conseguimos guardar, os assim chamados sonhos (assim como diríamos mostrando uma escama: eis o peixe, e mostrando um osso hioide: eis o ser humano), nem todas são da mesma qualidade: a textura e a cor, o tamanho e a suavidade no tato variam tanto – e nosso estado de encantamento e magia também varia – que até na época em que os sonhos eram meros acessórios das parábolas e histórias, e figuravam em longas tabelas com explicações unívocas ("se sonhares urinando para o leste, vais te tornar rei"), as taxinomias da noite tinham o cuidado de categorizá-los em insetários oníricos. Para Calcídio (que Vaschide leu numa edição de sua tradução de *Timeu*, a qual incluía mais notas de rodapé do que texto), filósofo do quarto século depois de Cristo, os sonhos eram de três tipos. Os primeiros tinham origem em nossas duas almas, a sublunar, inferior, e a de cima da lua.

Nossa alma mundana produz *somnium* ou *phantasma*, sonhos produzidos por impressões externas ou por restos mnésicos do dia precedente. Eles não têm significado algum, são apenas um boato longínquo do mundo filtrado pelas paredes das pálpebras cerradas. A alma superior produz sonhos enigmáticos, labirintos em que a mente se perde: *visum, oneiros*. Nem eles têm um alto significado, são apenas esfinges ávidas por sangue. A segunda categoria de sonhos é a daqueles enviados por anjos ou demônios: *admonitio* ou *chrematismos*. São sonhos que nos perseguem, revelações prometidas, mas ainda não concretizadas, como uma palavra na ponta da língua, mas da qual não conseguimos nos lembrar. Poucas pessoas têm esse tipo de sonho com frequência, mas aquelas que os experimentam não mais os podem esquecer. São aqueles em que nos encontramos com entes queridos, mortos faz tempo ou com assustadoras aranhas que nos percorrem e forram com seda os subterrâneos de nossa mente. O êxtase e o pesadelo, por vezes unidos em sonhos de cópulas agônicas, de sexos que se buscam e se penetram infinitamente, exalando a aura de prazer amoral do vício, são punições/recompensas que recebemos, com lábios inchados de volúpia ou com dentes arreganhados por berros, por parte dos anjos do espaço intersináptico. Nem este segundo tipo de sonho diz algo sobre nós, sobre nosso verdadeiro ícone.

Pois a revelação, que só recebemos algumas vezes na vida, o sonho essencial, mais verdadeiro do que a realidade, e único túnel que se abre na parede do tempo, pelo qual poderíamos fugir, é oferecida apenas pelo terceiro tipo de sonho, o sonho supremo, o sonho de fuga. Ele vem de outra dimensão e leva o nome de *orama*. É o sonho límpido, sem ambiguidades, pois o enigma, transformado em hiperenigma, se revela à alma com uma clareza alucinante, sem sombras, como uma pirâmide de cristal situada no centro da mente. Orama é o plano de fuga que recebemos em nossa célula, por intermédio de batidas numa parede localizada a dezenas de metros acima do mar. Claramente diante de nós, contudo ainda desconhecido e inutilizável, assim como a página impressa é para o analfabeto, assim como séries de equações são para um profano. Enxergamos tudo com clareza, cada letra com suas serifas, cada cifra com seu absurdo, mas *o que* está escrito ali? E como se relaciona o que está escrito ali com nosso destino? Recebemos instruções vitais numa língua desconhecida ou num código imperceptível a nossos sentidos, embora saibamos que ali estão a chave e a resposta, e nos esforçamos por decriptá-las. *Orama* é a voz sussurrada, sem cordas vocais nem trajeto fonador, que nos chama pelo nome no meio da madrugada. É o que sussurramos para nós mesmos, nós, que sabemos muito mais, que na verdade sabemos tudo, para nós, que não sabemos que sabemos. Vaschide deixou a faculdade bucarestina sem terminar a licenciatura, para realizar um safári ao longo da vida: a caça ao sonho supremo, *orama*.

A fim de conseguir vivê-lo com lucidez, manipulá-lo com a própria mente e, acima de tudo, escapar vivo e ileso da fantástica aventura, era necessário morar numa cidade de sonhos. Bucareste, com suas ruínas e frontões dilacerantes, estátuas lascadas e claraboias de vidro quebrado, não podia nos conduzir mais longe do *chrematismos*. Num dos últimos dias passados na Universidade de Bucareste, Vaschide tivera a oportunidade de encontrar seu ídolo Alfred Binet, cujos tratados de psicologia aplicada lera, com paixão, de cabo a rabo. Binet proferira um discurso elegante no anfiteatro da Faculdade de Letras e Filosofia, falando sobre a novíssima escola de medição da inteligência humana, normal e patológica, que levava seu nome, junto com o de seu colaborador Simon. No fim, Binet, que parecia recortado de uma fotografia com cientistas da época, essencialmente composto por suíças, bigode enrolado e um lornhão que ora brilhava de um lado, ora do outro, solicitou voluntários para a aplicação de seu teste. Vaschide foi o primeiro a levantar a mão, de modo que, depois de meia hora, junto com outros quinze estudantes, dissecava um estranho formulário, que mais parecia uma listagem de códigos criptográficos do que um teste de inteligência. Ao terminarem, o célebre cientista juntou ele mesmo as folhas e se retirou para uma pequena sala adjacente. Retornou após alguns minutos, tão pálido que o complexo adorno capilar de seus lábios e mandíbulas brilhava ainda mais forte em cachos cor de avelã. *Qui est Monsieur Nicolas Vaschide?*, perguntou, com voz trêmula. *C'est moi*, ergueu se, surpreso, o jovem. *Venez*. Frente a frente, à mesinha do quarto de serviço, Binet lhe revelou, olhando-o nos olhos, que interpretara em suas respostas, totalmente incomuns, os sinais de um oniromante. De um oniromante, aliás, de talento excepcional. Enquanto o cientista se perdia em exclamações e superlativos, mostrando-lhe, em cada item do questionário, como o jovem dinamitara as expectativas de uma inteligência normal, rompendo os parâmetros da escala na direção de algo que não tinha mais a ver com inteligência ou razão, mas com uma espécie de levitação da mente acima de si mesma, Vaschide já alimentava a perspectiva de Paris, único lugar na face da terra em que era possível atingir *orama*. E, de fato, Binet, agarrando, entusiasmado, as duas mãos do estudante, revelou a possibilidade de lhe conceder uma bolsa Hilel de dois anos para trabalhar com ele em Paris, no Laboratório de Psicologia Fisiológica da École des Hautes Études da Sorbonne. Já no verão seguinte, em 1895, Vaschide se mudou para a rue Saint-Denis. Vagueando pelas longas avenidas parisienses, margeadas por obsedantes edifícios de cinco andares e sombreadas por plátanos gigantescos e desbotados, ele viveu naqueles dias ensolarados uma solidão completamente diferente daquela com a qual se habituara. Estava tão sozinho que seu corpo não projetava mais sombra. Visitava apenas Binet, a intervalos de alguns dias, e nenhuma visita durava menos de seis ou sete horas. Escreveram juntos, numa espécie de comunhão de ideias, alguns trabalhos tão estranhos que jamais foram apresentados à comunidade científica: "La logique morbide", "Les hallucinations télépathiques" e, em especial, o assombroso "Essai sur la psycho-physiologie des monstres humains". Binet o apresentou, no outono (após divulgar, diante de um júri severo, com máscaras sobre os rostos, as grandes virtudes de sonhador do jovem romeno), à obscura confraria dos Oniromantes, criada havia alguns anos e que abrangia personalidades de diversas áreas que almejavam se tornar exploradores do reino dos sonhos. O modelo da sociedade fora o famoso grupo poético dos Hidropatas, fundado uma década antes, e do qual participaram Jules Laforgue, Charles Cros, Rollinat e outros funâmbulos do verso simbolista.

A prova de fogo pela qual teve de passar o jovem pesquisador foi a mesma para cada novo iniciado: pelas fundações da Sorbonne, entrava-se num habitáculo ocupado quase em sua totalidade por uma piscina de água morna. O desafiado tinha de dormir uma noite na piscina, de pé, com as solas do pé grudadas ao fundo da cisterna e só com a cabeça, das narinas para cima, acima do nível da água. A seu redor, flutuando na superfície impassível, cinco oniromantes mantinham seus corpos esticados como pétalas de margarida, com as cabeças rodeando de perto a cabeça do sonhador central. Todos nus e adormecidos, apenas deslizando levemente ao balanço da massa líquida, na escuridão profunda. Pela manhã, os seis tinham de descrever por escrito os sonhos da noite anterior. O candidato só era admitido caso seus sonhos coincidissem ao menos pela metade, pois os elementos comuns dependiam do talento de sonhador e da força de transmissão da experiência onírica por parte do sujeito central. Nicolae, que se tornara Nicolas para todos aqueles estrangeiros, aceitara ser o miolo e o caule da flor aquática. Naturalmente, teve dificuldade em adormecer de pé, auxiliado apenas pela completa privação sensorial que experimentava. Os outros cinco, que entraram um após o outro naquele espaço escuro, não se conheciam. Logo depois, talvez em consequência de um longo exercício, todos já estavam dormindo. Ouviam-se apenas suas respirações, decerto filtradas pelas mesmas barbas e bigodes de todos os personagens da época, e depois parece que nem elas mais se ouviam. Vaschide visualizou seu cérebro, como se o resto de seu corpo houvesse se desfeito na água, e a seu redor avistou outros cinco cérebros, como pétalas de lótus abertas no meio da piscina. Fechou os olhos e adormeceu, de modo que não pôde ver também as tiaras de luz dourada, tímida e retrátil como chifrinhos de caramujo, que se estendiam de sua mente para as mentes circundantes, cintilando na noite como pontas de uma coroa. Ninguém as vira, aliás, pois o espaço abobadado fora hermeticamente fechado por fora.

    Pela manhã, todos os oniromantes, interrogados em separado, contaram o mesmo sonho. Vaschide se tornou membro proeminente do grupo, que compreendia cerca de duzentos homens de todas as classes sociais. Por um chauvinismo arraigado nos costumes da época, as mulheres, percebidas como um híbrido entre criança e adulto, não eram admitidas. Pena, pois o cientista romeno confiava mais na alma feminina dos estados oníricos e queria realizar experimentos com mulheres, no maior número e na maior diversidade possível. Sua saída catastrófica das graças do grupo oniromante e seu retorno a Bucareste se deram, sobretudo, por causa desse *hybris*.

E principalmente por causa de Chloe. Já nas primeiras palavras com que se apresentava a desconhecidos, Florabela jamais esquecia as alusões ao sangue francês que corria em suas veias. Quanto mais alguém se tornava mais familiar, mais o privilegiado recebia mais detalhes sobre sua bisavó Chloe, sobre seus cachos de Vênus botticelliana, porém ruivos como fogo, sobre as constelações de sardas que cobriam cada cantinho de seu corpo, sobre seu fabuloso apetite à mesa, sobre sua ligação com um marquês e sua morte trágica, profetizando a da própria Isadora Duncan: num festival aeronáutico, sua cabeleira ficara presa à trança de vime da nacela de um balão de ar quente que se erguera e a puxara pelas nuvens, sob os olhos horrorizados dos espectadores, sem que o navegador soubesse que lastro levava consigo. O balão se erguera até a estratosfera e, ao aterrissar, o corpo de Chloe estava partido em cacos translúcidos e brumados como o de uma grande boneca congelada.

No entanto, na época em que Nicolae realizava experimentos em seu cubículo parisiense, a ruiva era apenas uma das centenas de prostitutas que rodavam bolsinha nos arredores do portão Saint-Denis, moças de todas as origens, cores e especialidades, das fadas que pareciam talhadas em mármore da Antiguidade a anãs hediondas, chinesas e javanesas impenetráveis – às vezes literalmente –, até as velhas de maquiagem grotesca, com pelancas penduradas do pescoço como barbelas de galinha de pescoço pelado, das falsas mulheres de dupla utilização até as adolescentes angelicais, de sainhas curtas e laços no cabelo penteado por uma mãe cuidadosa. Naquele burburinho de perfumes, tetas à vista e homens sombrios que apalpavam bem a mercadoria antes de comprar, à luz cor de urina dos lampiões, passava noite após noite o pesquisador de sonhos em busca da presa perfeita, presa sexual e, ao mesmo tempo, psíquica, pois, fato surpreendente e não intuitivo, de todo modo escandaloso, toda puta, incluindo a mais enferma e decadente, que não abria a boca sem soltar obscenidades e na qual se aliviam noite após noite sete ou oito homens, em todos os seus buracos envermelhecidos e tumeficados por uso e abuso, tinha sob o crânio um cérebro indistinguível do de Volta, Flammarion, Immanuel Kant ou Leibniz, e através dele tinha acesso ao espaço lógico, à esfera de cristal das estrelas fixas, ao conhecimento do bem e do mal que só os arcanjos um dia tiveram. De sua carne enxovalhada por machos e fêmeas, repleta de contusões e escoriações, de sua carcaça esverdeada, que passara a vida à luz insalubre do querosene, do inferno de seu espaço urogenital se erguia numa haste fina, pelo tubo das vértebras, para se abrir sob a cúpula do crânio, o mais puro, o mais diáfano, o mais virginal e o mais frágil dos globos de dente-de-leão: o círculo místico da mente. Não era a mente dos pensadores, dos matemáticos e dos cientistas que interessava a Vaschide, mas a das mulheres perdidas, a das filhas do prazer, pois o diamante só se destaca no negro do veludo e o paraíso é iluminado pelas labaredas do inferno.

A cada noite ele escolhia uma mulher, a cada noite tentava junto com ela uma nova forma de volúpia. Embora as possibilidades de engate de nossos corpos pareçam estereotipadas e pobres, o prazer jorra em milhares de modos diferentes através da inesgotável sede de volúpia da mente. O sexo entre as coxas, o sexo entre as nádegas e a boca quente, úmida, com a língua mais erótica que os lábios, são apenas o arcabouço, rapidamente cartografável, do edifício do amor carnal. Mas o centro do prazer está no cérebro, e é ali que se abre um labirinto de sendas, escuras e ardentes, que me foram reveladas por Irina através das histórias que ela me sussurrava ao ouvido, rouca e arfante, enquanto nossas mãos, obscena e delicadamente, acariciavam nossos sexos, ora o próprio, ora o do outro; reveladas a Vaschide, oitenta anos antes, por centenas de mulheres que passaram por sua cama durante o período parisiense. Aprendeu assim que existe uma inteligência do sexo tão surpreendente quanto a do cérebro, que, assim como o cérebro fervilha de desejo, o sexo também irradia sabedoria divina. As mais desejadas e procuradas mulheres de rua não eram as mais bonitas, e muitas eram mesmo frígidas. Eram as sábias do prazer, as pensadoras da paixão, as poetas da volúpia. Entre elas, Chloe possuía o gênio, irredutível e milagroso, do enlace sexual. Não fazia nada de especial, diferente, perverso, era antes bem-comportada e tímida na cama, como uma esposa afável e bondosa. Mas por que os homens se viam esgotados ao raiar do dia, por que não se recuperavam por completo no dia seguinte? Por que a procuravam, de olhos vítreos, depois, toda noite? Por que um soneto nos soa indiferente, e outro, composto por um grande poeta, seguindo as mesmas regras prosódicas e também utilizando palavras, nos estremece profundamente?

Vaschide via o sexo como um portal de acesso ao verdadeiro palácio, que era o cérebro, enquanto o túnel vaginal, assim como os outros, conduziriam às profundezas do castelo de cristal. Pois sua noite, sempre com uma mulher deitada com ele na cama, só começava depois que os enlaçamentos e as penetrações terminavam. Quando no quarto reinava o silêncio levemente perturbado pelo murmúrio contínuo da rua. Então os dois animais, que se haviam fundido de maneira selvagem e enternecedora, cerravam as pálpebras e, quase ao mesmo tempo, perdiam o mundo. Durante dois anos, Vaschide adormeceu de mãos dadas com uma mulher desconhecida, trançando os dedos com os dela como se fosse uma querida namorada de infância.

Dormiu e sonhou. Sonhou os sonhos delas, como se tragasse pelas narinas, com cédulas enroladas em forma de tubinho, carreiras de cocaína, cada uma de outro tom, outra consistência e outra textura, como os trinta lápis de cor dos estojos da infância. Os sonhos da quirguiz, da hotentote, da uruguaia, da árabe. Os sonhos da lésbica e da estudante brilhante que pratica a prostituição por prazer e perversão. Os sonhos da cantora de cabaré, da mendiga cigana, da menina de quinze anos e da mulher grisalha, de abraço mais doce do que a púbere. Cada mulher tem em sua vida cotidiana um clima, um mundo maduro e suculento como um figo, com seus sóis e seus amantes do coração e seus filhos e pais e dinheiro e coisas. Mas cada uma só era ela mesma nos sonhos. Ali não chegava nenhum homem, ali elas viviam sozinhas com a volúpia íntima e profunda que, nas tardes preguiçosas, nuas e de pernas apartadas nas camas, as fazia atingir sozinhas, de pálpebras cerradas, o prazer. Nicolae se deixava envolver, noite após noite, nos cachos de ouro das visões delas, como numa teia dourada de fios de aranha, conectada à mente cativa delas, conectada à mente insaciável dele. Criou, assim, entre os crânios com que esteve em contato, uma espécie de cidade subterrânea, um formigueiro ou um cupinzeiro de cômodos esféricos interligados por túneis compridos e arejados. No centro ficava a cabeça dele, de senhor dos sonhos, e ao redor dela ficavam centenas de crânios de sonhadoras. Perambulava noites inteiras por seu grande castelo, chegava até esferas remotas, como cavernas recobertas por pedras preciosas, visitava, um a um, bordéis espantosos e câmaras extáticas de tortura. Experimentava, como um degustador de vinhos, o sonho do tipo *somnium* e o *phantasma, visum* e *oneiros*, mas acabava se demorando mais naqueles enviados por anjos malignos e demônios benignos, *admonitio* e *chrematismos*. A criatura estranha e esguia, embrulhada em seu manto, deslizava, como o antiquíssimo rei Tlá[55], pelo labirinto subterrâneo de sua vida noturna. Abria portas que davam todas em cômodos circulares, subia e descia escadas em gigantescos cárceres de mármore, desfrutava de todos os elementos de seu templo onírico. Só numa das câmaras ele não ousava entrar, pois sabia que ali, trancado num barril com cavilhas de aço e amarrado a correntes da grossura de uma mão, aguardava-o um monstro assustador. Pois não existe castelo sem câmara proibida, onde mora o objeto mais insuportável do cosmos: a verdade.

Ao longo de dois anos, Vaschide experimentou com alegria, em seu cubículo, prazeres sexuais e sonhos, tão intimamente aparentados entre si. No entanto, até conhecer Chloe, não lograra desabrochar suas pesquisas nem seu destino. Amaldiçoara tantas

---

55 Referência à novela inacabada *Os avatares do faraó Tlá*, de autoria do escritor romeno Mihai Eminescu (1850-1889). [N.T.]

vezes o dia (19 de novembro) em que a conhecera, mas com frequência ainda maior dera graças aos céus por ter atingido, através dela, o sonho supremo, *orama*. De início a mulher lhe parecera banal, igual às outras, fora seu cheiro particular, de ruiva, que o surpreendera e o fizera preferi-la às outras putas que rodavam bolsinha. Chloe era maciça como uma estátua pesada de cobre, como haveriam de ser também sua filha, sua neta e sua bisneta. No que ela se sentou na cama, as tábuas debaixo do colchão rangeram, e o homem alto e melancólico sentiu que o vigor o abandonara. Deitou-se ao lado dela e a abraçou como a todas as outras, mas seu sexo permaneceu flácido e pequeno tal qual uma lagarta, e nenhum esforço mental, nenhuma imagem depravada, nenhuma carícia, com a própria mão ou com a mão da mulher foi capaz de despertá-lo. Limitou-se a beijar, embrulhado em seus cachos de fitas, a primeira mulher que o fizera impotente, e mesmo assim, de lábios engatados e seus longos cílios emaranhados entre si, adormeceram ambos, ela se derretendo sobre o peito dele, ele mergulhando a cabeça, muito inclinada para trás, no espelho do sonho.

No sonho dela, que se tornou também o dele, durante quase um ano, tempo em que dormiram juntos noite após noite, eles caminhavam de mãos dadas numa ciclópica sala circular, mais vasta do que o espaço ao ar livre, com mais capacidade do que a mente. A sala tinha uma abóboda por cima, numa altura estonteante, e debaixo da sola de seus pés descalços, pois estavam totalmente nus, as suaves lajotas de pedra transparente soltavam estalos quase inaudíveis. Atrás deles, delineadas pela névoa, as pegadas das solas esvaneciam devagar, absorvidas pelos quadrados de duas cores, como nos tabuleiros de xadrez. A gigantesca estrutura da sala estava polvilhada por pessoas, miúdas como uma população mirmicínea, pessoas de todo tipo, mulheres e homens, velhos e crianças, que, imóveis como estátuas, olhavam todos numa única direção. Era a mesma direção à qual eles se dirigiam, o centro sacro da sala. No entanto, quando o casal abraçado passou ao lado delas, elas o olharam com expressão enigmática, com um sorriso sombrio, como se a revelação que os aguardasse no centro ainda pudesse ser evitada. Mas Chloe e Nicolae, atraídos como mariposas pela chama, continuaram caminhando por entre a multidão que se adensava cada vez mais à medida que se aproximavam do objetivo. O próprio ar parecia também se tornar espesso, adquirindo a consistência, o uivo surdo e o gosto alcalino do vento das tempestades. Eles caminharam ao longo de centenas de sonhos sob aquela abóboda mais ampla que o firmamento, esbarrando em grupos de indivíduos em roupas estranhas, algumas de outras épocas, abrindo caminho entre seus corpos imóveis e, por fim, os empurrando mesmo, quando a multidão se tornou compacta. Ao longo do percurso de sonhos que se fundiram num único sonho, que se tornou tão obsedante e concreto a ponto de Vaschide, à noite, esquecer instantaneamente, ao se encontrar com Chloe, o que fizera durante o dia, as compras, as leituras, os estudos, as atividades laboratoriais, os passeios na rue Mouffetard e na rue Morgue, como se sua vida cotidiana fosse uma sucessão decepcionante de sonhos mortificados, o ventre de Chloe começou a inchar, aos poucos, como se nele crescesse um fruto mágico. Embora jamais houvesse conseguido penetrá-la, Nicolae de algum modo a inseminara, pois a grande ruiva nua se tornava a cada noite que passava mais pesada, mais lívida, com o ventre mais cheio, com o andar mais oscilante, com a impressão da sola sobre as lajotas mais larga, delineada por um orvalho miúdo que se evaporava em instantes. Quando, após quase trezentas noites de avanço pela sala circular, de luta com a multidão que se concentrava no centro, os dois conseguiram chegar à primeira fileira de visitantes, a hora de Chloe se aproximou.

No centro da sala havia um leito como de hospital, com espaldares brancos, metálicos. Em cima de um lençol bem moldado ao colchão havia um linóleo cor de café que cobria três quartos da cama. Um menininho de uns cinco anos, pequenino naquela cama larga demais para ele, estava deitado com a cabeça em cima do travesseiro. Não dormia. Olhava de vez em quando para os próprios dedos, olhava para os lados, brincava com os botões do pijaminha com estampas de zebras e elefantes. Não parecia ver as pessoas que se detiveram a vinte metros da cama, como se, a seu redor, houvesse sido traçado um círculo para além do qual era impossível avançar. Era isso, pelo menos, o que Vaschide sentia com todo o corpo. O ar, que se tornara cada vez mais denso, se transformava, para além do círculo invisível, numa gelatina sufocante e gritava inaudível como um morcego ou um cetáceo nas profundezas do mar. Rejeitava tudo elasticamente, como o polo idêntico de um ímã. Centenas, milhares de olhares, contudo, permeavam, de lado a lado, a barreira e revestiam o palco central com uma tensão insuportável.

No último sonho, aos prenúncios da primavera, o círculo dos observadores, de forma inesperada, foi dilacerado por uma grande mulher nua, grávida, que, de repente, desprendendo-se de seu alto e saturnino marido, avançara pelo espaço vazio e se aproximara do leito. A criança a viu de imediato e, sem grande surpresa, apoiou-se nos cotovelos sobre o linóleo cor de café. A mulher se sentou ao lado dela, na borda da cama, fitando intensamente, com amor materno, seus olhos negros e sonhadores. Ali saiu de seu ventre uma menina, limpa, rósea e de olhos abertos como uma boneca viva, que se alçou pelos ares, acima deles, presa apenas pelo cordão umbilical, como um balão cheio de um gás mais leve do que a atmosfera. Vaschide, surpreso, olhou em torno e percebeu que a multidão, que soltara um grito de vitória e alegria suprema, tinha lágrimas nos olhos. A menina levitava, movendo os membros suaves no espaço cor de âmbar como um bebê deixado no mar e que sai nadando, sem a orientação de ninguém, como uma foca ágil e elegante. O menino pegou no cordão que se perdia entre as coxas da mãe, de onde não escorrera uma única gota de sangue, e guiou a menina como a uma pipa, alçando-a e baixando-a por cima das cabeças da multidão. Por fim ele se abaixou e, com dentes cintilantes, mais afiados do que se poderia imaginar, cortou o cordão, deixando à mostra, como num cabo isolado, as duas artérias e a única veia, cujas pontas saíam de um dedo do outro lado da membrana úmida que as envolvia. Então ele soltou a menina e a deixou sair voando, e ela se alçou cada vez mais na direção do ápice da abóbada, até derreter no breu de âmbar da altura. A mulher totêmica e o menininho se abraçaram, unindo as cabeças e olhando para cima, para a menina, e depois, quando ela não podia mais ser vista, ficaram assim por um tempo, como um grupo estatuário da maternidade e talvez como uma *Pietà*, cobertos por milhares de olhares azuis, verdes e castanhos, até Vaschide decidir enfrentar aquele espaço vivo que rosnava surdo, espaço psíquico das obsessões e fobias, a fim de levar a mulher para casa. Atirou-se sobre o leito hospitalar do centro da sala como se houvesse pulado de um avião, sem paraquedas e sem esperança alguma de sair ileso. O ar desolado, denso, arranhava sua pele, ondulando-a na região das costelas, fazendo-a adejar como painéis farfalhantes de estegossauro, seu olhar era esmagado pelas córneas e depois retornava aos globos oculares, manchando as retinas. Mas o homem continuava avançando pela ventania emocional, como se enfrentasse a depressão, como se ousasse desafiar suas alucinações sem medicação, como se saltasse de um trapézio para outro sem rede, realizando parafusos e cambalhotas de virtuose do ar. Ao chegar, agarrou o espaldar metálico sob as pernas da criança com desespero, como um afogado, e tentou abraçar Chloe pela cintura. Mas a ruiva se esvaziara de sua própria substância, como se, como no caso dos insetos, a menina houvesse ocupado todo o seu corpo e saído dela lhe rasgando a pele longitudinalmente, retirando a própria cabeça da cabeça da mulher, o próprio corpo do corpo dela, as próprias pernas das pernas dela, os próprios braços dos braços dela, deixando vazia, por fim, sua exúvia, simulacro sem alma, casquinha translúcida fadada a ser esmigalhada e dissipada pelo vento. Chloe agora estava paralisada e vazia por dentro como uma boneca sexual. E, no entanto, só agora, tarde demais, a imagem dela excitou poderosamente o homem, que enfim, enfim, sentiu o sexo em ereção, mais forte, mais duro e mais teso do que nunca. Visto que isso jamais fora possível com Chloe, e como ele já sabia que a ereção sempre acompanha o sonho, não importa qual fosse seu conteúdo, Nicolae sabia que se encontrava num outro reino e decidiu que já era tempo de despertar. Beijou nos lábios, de leve, a boneca inflável que ainda estava na cama, apoiada na cabeceira, sob o olhar surpreso e encantado do menininho, bateu com as palmas no rosto, bateu com a cabeça no espaldar, se jogou no chão e se debateu, rolando e se ferindo sem dó, até, finalmente, abrir os olhos, ao raiar do dia, em sua quitinete da rue Saint-Denis. Chloe não estava a seu lado e nunca mais haveria de estar.

Vaschide não tentou reencontrá-la: literalmente, a mulher saíra de sua cabeça. Interrompeu seus experimentos com sonhos – o lugar geométrico em que o sexo se alia ao cérebro, deixando o coração de escanteio –, pois estivera na gruta em que a sereia nada. Atingira, pelo menos assim ele sentia, o mais profundo cômodo do palácio interior e contemplara sua própria verdade sob o rosto da menina que se alçara aos céus. Depois dessa filha inesperada e imprevista, produzida pelo leite de seu sonho, Vaschide vagueou por tanto tempo quanto a vida ainda lhe permitiu. Ficou mais um ano em Paris, solitário, dedicando-se apenas a sua obra científica. Agora descobrira, e o demonstrou nos oitenta estudos escritos em frenesi, que os sonhos não são imagens, mas emoções arrebatadoras, que as emoções incontroladas, sem rosto, não raro sem nome, se recobrem do manto do espaço visual, assumindo palcos e personagens, a fim de dançar suas danças nupciais, horrendas, encantadoras, perversas e, finalmente, assassinas. De modo que o coração, expulso do centro do mundo, entre o sexo e o cérebro, e atirado ao lixo como um inútil trapo romântico, retornava ao psicodrama como seu verdadeiro motor, escondido sob o tabuleiro, ímã potente que reúne a limalha de ferro em linhas de força arqueadas e tensionadas.

Importante, porém, era a menina. Antes de reencontrá-la, já lhe dera um nome: Alesia. Procurara-a primeiro nos orfanatos de Paris, em que as freiras cuidavam de centenas de meninas sem futuro, pastorando-as como rebanhos de pulgas de plantas. Depois tentara encontrá-la pelos parques, onde empregadas empurravam grandes carrinhos de bebê pelas alamedas. Os policiais logo foram mobilizados para ir atrás de um maníaco, homem alto, magro e escuro, que examinava atentamente todos os carrinhos e se aproximava dos bancos em que babás corpulentas, à vista de todos, amamentavam os bebês. Foi detido, interrogado, solto. Os oniromantes, que já o viam como um dissidente, pois a feminilidade e o sonho, estreitamente ligados na mente do cientista romeno, eram para eles uma heresia, passaram a ser, assim que receberam a notícia de sua prisão, abertamente hostis com Vaschide. Uma nova bolsa lhe foi recusada, e qualquer possibilidade de emprego numa clínica na França foi diminuindo até desaparecer. Depois de quatro anos parisienses, os mais produtivos de sua vida, o senhor dos sonhos precisou retornar a seu país. Mas manteve correspondência com Binet até o fim de sua curta vida, interrompida, brusca e estranhamente, na idade de trinta e dois anos, em 1907. O produto dessa estreita colaboração são os livros fundamentais do cientista de Buzău, *Ensaio sobre a psicologia da mão*, *A psicologia da atenção* e, em especial, *O sono e os sonhos*, catedral de sua cidadela, e que lhe garantiu, percorrendo o trajeto de *A interpretação dos sonhos*, de Freud, publicada uma década antes, a reputação de pioneiro da cartografia onírica.

De volta a Bucareste, Vaschide logo percebeu a arquitetura única desta urbe que não tem como existir na realidade. Virou um apaixonado pela correspondência entre as ruínas da cidade e as que povoavam seus próprios sonhos. Ficou fascinado pelos galpões de janelas quebradas, pelos comoventes ornamentos de estuque equilibrados em cima das cornijas e terraços como um povo de estropiados erguendo tocos vingativos para o céu, e perplexo com as paredes cegas que se estendiam por toda a altura das casas, mal escoradas por braçadeiras e dormentes de metal enferrujado. Habituou-se a perambular pela cidade entorpecida pelo calor, a explorar os bairros periféricos, para os quais se dirigiam os estrepitosos bondes puxados a cavalo, a descobrir seus tristes tesouros: uma caixa-d'água, escura como piche, delineada ao crepúsculo, uma antiga fábrica carcomida até a medula pelas nuvens que lhe penetravam as vísceras, uma loja de soda que enchia bombas de vidro azul com um gás amarelo, sulfuroso, favorável ao esquecimento. Percebeu que podia entrar em qualquer casa, e ainda mais, podia passar de uma casa para outra através de portas e túneis mascarados ora com perfeição, ora com negligência. Bucareste era uma esponja de gesso, uma colônia de madréporas, um lugar que não se assemelhava a nenhum outro deste mundo.

A cada noite ele voltava com uma imagem diferente na cabeça, assim como em Paris costumava voltar com uma mulher.

Trouxera, cativos na memória, cachorros amarelos, raquíticos, circundando aterros sanitários, pombos com olho de gente, o brilho dos trilhos de bonde ao sol, a desagregação e a dispersão da folhagem às rajadas de vento quente, o desespero no olhar dos humildes funcionários nos quais esbarrava pelas ruas desertas. Inúmeras vezes, percorrendo as ruas dos bairros remotos, perguntara-se se estava desperto e, sobretudo, o que significava estar desperto numa tal cidade.

Certa tarde chovera com sol e depois, na direção sul da cidade, se arqueara no céu, quase imperceptível, mas radiante, um arco-íris. Vaschide se dirigiu direto até ele. Perdia-o às vezes, obliterado pelo andar superior das casas já sem reboque, reencontrava-o no fim de vielas sonoras e desertas. Ao chegar sob o grande toldo de sete cores, o senhor dos sonhos viu, sem se admirar, que o arco gasoso colorido se curvava por cima de uma estranha colina, coberta de grama queimada pelo calor do verão. O arco-íris era como uma aura emanada pelo crânio de um iluminado, como um diadema de opalas resplandecentes na fronte de uma beleza da Antiguidade. Vaschide se encontrava em Ferentari, bairro habitado por bandos e clãs em contínua efervescência. Todo homem, cigano ou romeno, tinha ali consigo uma peixeira na cintura, lâmina de dois palmos faiscando ao sol. As mulheres deixavam as tranças penduradas sobre as balaustradas dos terraços cheias de lacrainhas. Seguravam ao colo bebês pelados, animalescos como cães domésticos.

A colina verde no fim do agrupamento de casas podia ser um tanque de água ou mesmo o telhado abobadado de uma grande cabana. Ou não passava de um amontoado de areia trazida pelo vento para enterrar uma casa demolida ou alguns ossos. Vaschide, contudo, sabia que era um crânio. Vira-o na primeira noite na Sorbonne, quando flutuara nu, na vertical, na cisterna subterrânea, deixando acima da superfície da água apenas a cabeça. Tivera então o sonho que, por canais obscuros, sem qualquer interferência que o conhecimento humano pudesse integrar, transmitira por completo, nos mínimos detalhes, aos cinco oniromantes que flutuavam de costas a seu redor. Caminhava, naquele sonho, por uma grande cidade arruinada. Numa de suas extremidades se erguia uma colina circundada por um arco-íris. No sonho, Vaschide se dirigiu à grande abóboda de grama e subiu até o topo, penetrando no ar colorido pela aura circundante. Dali ele chamou seu pessoal, trabalhadores empunhando ferramentas incomuns, que se aproximaram vindos de toda parte e começaram a cavoucar a colina, removendo cerca de meio metro de terra umedecida pela chuva daquele dia. Em pouco tempo, o crânio veio à tona, como um inchaço pálido de osso lustroso. Parecia a carapaça desenterrada de um fóssil de tartaruga, mas, em sua extensão arqueada, viam-se claramente as zonas de sutura entre os ossos. O frontal, os temporais e os parietais, assim como o occipital, estavam numerados, conforme o procedimento aplicado aos crânios estudados em laboratório e apresentados como material didático aos estudantes. As arcadas vigorosas da base do enorme crânio mostravam se tratar da cabeça de um homem. Quanto ao tamanho, Vaschide fora capaz de medi-lo no sonho, escalando, a partir do occipício, a caveira. Deu quinze passos até o topo, no lugar chamado fontanela, e mais quinze até a testa que descia na vertical como um muro de osso. Retornou ao topo da cabeça, sob o esplêndido arco-íris, e ali percebeu o uivo. Era como um murmúrio contínuo, mas cada vez mais amplificado, de motores. Vinha de algum lugar de baixo e crescia sem parar. Logo se fez dominante e monstruoso como o rugido das grandes cachoeiras, pulsando cada vez mais febril, como uma voz que nos ordena a nos atirarmos no abismo. Nicolae se derreteu nesse rugido, nessa torrente de terror que o punha de pernas para o ar, torcendo-o como um turbilhão, e logo o homem também rugia, não só com a laringe, a língua e os dentes, com toda a boca arreganhada e virada para o céu, mas com cada órgão de seu corpo dissolvido em grito e pavor. "Socorro!", tentara exclamar, fundido ao ouro liquefeito que se alçava da grande fontanela para os céus já ensanguentados, mas só conseguiu ganir a palavra, despertando enquanto percebia a frieza da água escura.

E, agora, na Bucareste real, que havia pouco adentrara no novo século, o cientista ouvia de novo o barulho surdo vindo de baixo da terra. Como se ali roncasse um animal grande e pesado, aninhado para um sono duradouro. Toda a colina vibrava perceptivelmente devido àquele, por ora, leve ronco, mas forte o bastante para que se desprendessem dos dentes-de-leão de cima dela dois ou três minúsculos paraquedas que voaram na direção do bairro dilapidado. Até o arco-íris fremia de levinho, misturando no encaixe suas tiras coloridas. Vaschide descera e voltara para casa, mas, na noite seguinte, apareceu com uma pá e, do lado oposto às casas obscuras, começou a cavar na base da colina. Precisou de duas noites inteiras cavando sob a Ursa Maior e a Cassiopeia, claríssimas entre milhares de estrelas, para chegar até a órbita. Os cães da cidade uivavam, erguendo apenas as cabeças de suas casinhas, cães amarelos, com olhos humanos. Podiam ser vistos por toda parte, revirando o lixo, esmagados por rodas de carroça e atirados à margem da rua, ou mendigando sob as mesas das bodegas. A órbita do olho direito estava bem funda dentro da terra, onde fervilhavam minhocas. O cientista a desimpediu por inteiro e se refugiou, ao término da segunda noite, em sua cavidade, na qual, se fosse um pouco mais baixa, poderia ficar de pé. O osso era liso e suave ao toque. Embaixo, entre as duas órbitas, encontrava-se o vômer, desobstruído também pela metade. Sob o nível da terra vinha em seguida a mandíbula, que, assim como as vértebras do pescoço e todo o esqueleto gigantesco enfiado por dezenas de metros nas profundezas da terra, jamais haveria de ser desenterrada. Mas Vaschide já via o esqueleto inteiro com os olhos da mente e já sabia que em torno das vértebras cervicais se encontrava um colar trançado com o cobre mais puro: solenoide em forma de toroide, fonte das vibrações e do barulho surdo percebidos do lado de fora. Ali, na cavidade em forma de ovo da órbita, o cientista hesitou. Ponderou por alguns minutos sobre as vantagens da penetração direta no crânio e as de uma escavação prévia. A tentação era enorme, mas ele controlou seu acesso compulsivo. Durante duas semanas, sob pretexto de um interesse arqueológico, o homem se esforçou, exatamente como no sonho da Sorbonne, em remover meio metro de terra que cobria o crânio. Ajudaram-no os operários, os funcionários da ferrovia e os ladrões do bairro, a quem Vaschide prometera sonhos coloridos como jamais haviam tido seus ancestrais. "O homem enterrado aqui viveu na época dos gigantes", dizia-lhes.

"Tudo o que desejavam se realizava nos sonhos." Não demorou muito até o crânio numerado de Ferentari, conhecido como "Galpão de Vaschide", se tornar um lugar de festa na cidade, rodeado por uma quermesse com balanços e estandes de tiro ao alvo, ciganas com búzios e fortões que rompiam correntes com a boca. Aguardente ruim, mosto e vinho corriam soltos nas bodegas da redondeza. Numa cintura de alguns metros de largura em torno do crânio instalaram camas, camas simples, trazidas das enfermarias e lazaretos, cheias de percevejo e com lençóis de procedência duvidosa, que eram vendidas a preços inflacionados àqueles que quisessem passar uma noite ali, debaixo das estrelas, junto à enorme cabeça. Seus sonhos eram por ela absorvidas, sabe-se lá como, e postos para desfilar no céu noturno em cores pastel, cruas, murchas, obscenas ou apenas sépia ou preto e branco, como se no topo do crânio, na fontanela, houvesse uma lente de projetor daquelas utilizadas nos faróis solitários sobre as rochas dos litorais. Uma multidão de curiosos olhava para o espetáculo no céu, lambendo os beiços para os sonhos depravados, gritando e se horrorizando com os pesadelos e caindo em devaneio diante das paisagens do mundo dos contos de fada.

O próprio Vaschide, contudo, proprietário de direito do terreno em que se encontrava aquele prodígio, não se sentia atraído pelo estranho cinematógrafo. Dava voltas toda noite em torno do crânio, tropeçando nos bêbados deitados no chão, tentando reunir coragem de uma vez por todas para a grande penetração. No fim das contas, ele se decidiu. Numa noite de domingo para segunda-feira, enquanto a quermesse dormia profundamente, ele se esgueirou na órbita com um formão e um lampião, e começou a quebrar o osso no lugar em que já se encontrava, da largura de um palmo, a rachadura pela qual o nervo óptico entra no crânio. Após duas horas de trabalho contínuo, conseguiu ver luz. Primeiro um ponto intenso, brilhante, depois uma espécie de bola de fogo e, por fim, após outros golpes de martelo no chanfro do formão, uma entrada ardente, parecida com um sol na cruz da abóboda, que o sonhador transpôs com o coraçao se debatendo no peito.

Embora faiscasse, a luz era fria. Ela preenchia a grande cavidade em que outrora dormira um cérebro que deveria ter pesado mais do que um elefante. Agora as paredes estavam vazias e lisas, preservando ainda a marca dos antigos lobos cerebrais. Parecia um salão grande, comprido, de abóboda amarelada e chão achatado. Vaschide, que o fitava apertando os olhos, precisou de um tempo para também ser capaz de ver as cores e os detalhes do interior do grande crânio. A luz, dir-se-ia de fogo congelado, logo não lhe pareceu mais tão forte, e começou a distinguir, cada vez mais surpreso, aquilo que de início havia considerado um outeiro que alçava, no meio, o chão de osso. Percebeu primeiro que o osso esfenoide, no centro da base do crânio, era colorido como uma borboleta tropical, ao passo que todo o resto era de osso pálido. As grandes asas do esfenoide eram de um azul elétrico, as pequenas, de um verde-esmeralda, que, com a mudança do ângulo de visão, produzia reflexos em violeta. O corpo da borboleta, talvez de uns quatro metros de comprimento, era de um escarlate-escuro, tanto quanto se podia ver embaixo do corpo da menina. E as franjas dorsais, as fossas escafoides e pterigoides, assim como o arnês e o bico, eram de um amarelo triste, desbotado, tendendo para a cor de casca de laranja. Jamais uma borboleta mais maravilhosa esticara suas asas na vitrine de um insetário. Mas o fantástico esfenoide nunca voara: seu destino, semelhante ao de Atlas, era o de manter nas costas a esfera do mundo, em que se encontra tudo: nosso incompreensível cérebro, com seu drama gödeliano.

 Encolhida sobre as costas da grande borboleta se encontrava uma menina nua, de uns quatro anos de idade. A luz era tão forte que seu corpinho parecia semitransparente, como se cinzelado no mármore. Por sua pele e sua carne viam-se o interior, os ossos delicados e o peristaltismo dos intestinos. A menina dormia e, encolhida daquele jeito, era, sem dúvida, o mais belo objeto do universo. De modo que não tinha como não ser Alesia. Vaschide se aproximou dela e a observou, afastando algumas mechas de seu cabelo ruivo. Constatou com alegria que a menina tinha os traços dele. Embrulhou-a nas asas da borboleta e a ergueu com borboleta e tudo, carregando-a nos braços até a fresta orbital. Passou com ela para o outro reino, tomando o cuidado de não a acordar. Vagueou com ela nos braços até o ponto de bonde puxado a cavalo, cujo trajeto começava só às cinco da manhã. Chegaram à Sfântul Gheorghe, ponto final, e ele a levou escada acima até sua quitinete. Desde então, cuidou de Alesia ao longo dos seis anos que ainda lhe estavam reservados viver.

Desde então, os habituês da vasta vizinhança da Sfântul Gheorghe, com a igreja, os bondes puxados a cavalo e as parcas casas construídas já em ruínas, viam diariamente o espetáculo de um homem muito alto, vestido de preto, de traços austeros e olhos intensos, que andava pelas ruas de mãos dadas com uma menina. Ela ia arrumada como uma pequena fada, com laços no cabelo suave e sedoso, com delicados vestidinhos de *crêpe de Chine* e botinhas laqueadas nos pés. Ele parecia sair de uma fotografia em preto e branco, ela, de uma pintada a mão, remota e triste. A beleza da menina era suprema e iluminava o horrendo mundo naufragado ao redor.

Vaschide estava feliz pela primeira vez em sua estranha vida. A menina o amava, passava muito tempo, em casa, nos joelhos dele, altos e retos como os da estátua de Abraham Lincoln. De noite sonhavam juntos, de têmporas unidas, empurrando os sonhos um para o outro assim como sopraríamos diáfanas bolhas de sabão. Ele a salvava de perigos abomináveis, ela pousava sobre a testa dele coroas de soberano. Várias vezes o cientista apertava os olhos e rezava: "Eternize, Senhor, estes momentos! Não preciso de mais nada na vida. Faça com que nada mais mude, que cada dia seja igual ao dia de hoje, com a repetição idêntica de cada sombra, cada nuvem e cada sorriso de Alesia...". Certa noite, porém, no meio de um sonho em que um tigre lhe dilacerava o tórax, ele cuspiu sangue. O rastro de sangue do canto da boca escorreu pelo travesseiro como um dedo comprido apontando para a menina. Mudou-se para um lazareto na Sfânta Vineri, onde Alesia, que haveria de completar seis anos naquele outono, ocupou um leito vizinho. Do outro lado de Vaschide, havia um corcunda. Saiu do hospital três semanas depois, com a recomendação de viajar. Percorreu, de mãos dadas com a menina, em trens e diligências, e em carroças puxadas a boi, a Itália repleta de mármores róseos. Caminharam por debaixo de abóbodas com afrescos alegóricos, por vilas toscanas, viram a transparência do mar perto de Capri. Embarcaram num grande navio que viajou semanas até Valparaíso e desceram nas enigmáticas terras sul-americanas. Mais tarde chegaram ao Oriente, a Petra, com suas basílicas esculpidas na rocha rosa. Retornaram à Europa dois anos depois, e o continente lhes pareceu estranho. Durante todo aquele tempo, em que a menina cresceu, inocente e analfabeta, mas insuportavelmente bela, Vaschide continuou escrevendo estudos sobre os mecanismos do sono e dos sonhos. Sentia-se cada vez mais exausto, o cansaço se tornara seu único deus, o qual reverenciava, cada vez mais fervorosamente, dia após dia. De volta a Bucareste, à quitinete que, percebiam só agora, era terrivelmente apertada, a ponto de mal terem espaço para passar um ao lado do outro, o homem enfermo e a pequena senhorita retomaram os passeios cotidianos.

    Em 4 de outubro de 1907, Vaschide desapareceu deste mundo, despencando no abismo de seu último sonho. Alesia acordou sozinha, pela primeira vez após dormir sobre o grande osso esfenoide. Mas sabia o que acontecera, pois o sonho derradeiro de seu pai fora, como todos os outros, captado por seus delicados sensores como as antenas penugentas das mariposas. Os feromônios do sonho lhe abriram na mente uma paisagem fantástica e grandiosa. Era uma caverna maior do que se podia descrever, escavada na pedra amarelada. Dela se abriam três bocas de túnel, como traqueias. Sua altura deveria ser de centenas e centenas de metros. O pai dela, minúsculo como uma formiga, avançava pelo chão da caverna, sem tirar os olhos das três bocas que se envaginavam, organicamente, na rocha.

    Deteve-se diante delas, insignificante como um grão de poeira, hesitou e, por fim, escolheu a da esquerda. Caminhou vidas inteiras, sempre descendo, enquanto se tornava cada vez mais escuro, até quando um crepúsculo desolador tudo abafou. Ao longe, avistavam-se silhuetas monstruosas. Rumo àqueles ídolos inclementes se dirigia o ácaro negro, andando quase imperceptivelmente pelo grande túnel. Com esforço, Alesia se virou para ele, conseguiu girar o eixo do sonho e ver seu rosto de perto. Vaschide chorava. A menina viu seu próprio rosto deformado nas lágrimas dele. Ele também pareceu vê-la e sorriu entre as lágrimas, como se chovesse com sol. Fundiu-se em seguida no âmbar denso daquele fim.

Durante meses, a polícia procurou pelo cientista, mas seu desaparecimento permaneceu, assim como permanece até hoje, um mistério. Seus pais, os vigorosos State e Eufrosina, já grisalhos e resignados, lhe prepararam em Buzău uma espécie de enterro, sem padre, mas com o prefeito e dignitários presentes em peso. A menina ruiva fez da pobre localidade provinciana, de repente, uma cidade das luzes, como se tudo se iluminasse à cor de seu cabelo. Ficou ali, criada pelos avós, até, sem que jamais se conhecesse o pai, dar à luz Ortansa. Ortansa também se tornou uma jovem duas vezes mais maravilhosa que a mãe. Pois o tempo passava com a velocidade dos grandes furacões.

E, agora, Irina e eu estávamos conversando sossegados, tomando um cafezinho com biscoitos, com Florabela, aquela que era duas vezes mais encantadora que Ortansa. A história de Vaschide iluminava de maneira incomum minhas buscas, dava sentido e consistência a minha própria vida noturna. Fomos embora algumas horas depois, perseguidos pela imagem do santuário da parede do cômodo: as dezenas de fotografias em que um homem muito alto, muito sério, estrangeiro em qualquer paisagem em que estivesse, segurava a mão de uma menina. Ao chegarmos diante do prédio, Florabela nos chamou da janela aberta, e foi como se Astarte, fantasticamente enfeitada, nos acenasse com a mão da altura daqueles dois andares. Em seguida nos pusemos a caminhar, num acordo subentendido, não rumo ao ponto final do bonde, mas numa direção oblíqua, rumo ao remoto Ferentari. Pegamos vários ônibus naquela noite profunda, estrelada, que pairava sobre Bucareste, e, por fim, encontramos o lugar. Não ficava mais na periferia da cidade. Do outro lado da colina haviam construído centenas de prédios para famílias de operários, miseráveis galinheiros habitados por gente pobre e infeliz. Eles também haviam sido projetados em ruína, fazendo aumentar, com suas lixeiras fétidas, fachadas descascadas e terraços tortos e enferrujados, a hediondez da cidade. Rodeado por prédios com entradas numeradas e decrépitos automóveis Dacia estacionados onde encontravam lugar, o crânio do gigante enterrado na vertical fora de novo coberto por terra, sobre a qual a grama crescera. Subimos, sob as constelações do outono, até seu topo e nos sentamos no cocuruto, de onde outrora se projetavam no céu os sonhos da gente adormecida das cercanias. Permanecemos ali, Irina e eu, igualmente solitários, igualmente sem destino, esperando que nossa vida terminasse. A grande fuga nos parecia, naqueles momentos, um sonho idêntico a todos os outros. Levantamo-nos muito tempo depois para tomar o último bonde e, após um trajeto exasperantemente longo, chegamos a minha casa abraçados, não de paixão, mas de frio. Deitamo-nos e adormecemos na hora, desejando nunca mais acordar.

38

Dentre todos os episódios de minha vida ultrabanal, o casamento foi o que mais me assustou. Talvez por ser o único que não deveria existir, que não tem nada a ver com a distância entre os eixos de minha vida. Nunca quis me casar e, não obstante, fui impelido a isso por uma força que sempre senti que me fosse alheia e hostil.

"Meu jovem", sempre ressoava em meus ouvidos a voz fanhosa de Borcescu, até no Conselho Popular da Olari, naquela manhã de vinte graus negativos, enquanto a oficial do estado civil, com a faixa tricolor, nos dizia que o Estado protege a família, "meu jovem, você por acaso sabe como é ser casado? Olha, eu, que sei muito bem, vou te dizer: é pior do que a forca! Não *muito* pior: só um pouquinho...". Só que o diretor estava enganado, e eu haveria de descobrir, naqueles catorze meses que vivi com Ștefana, o quão pior era ser casado do que ser submetido à forca... Por enquanto, naquele dia de dezembro de avenidas nevadas, sentia um afeto muito forte pela moça a meu lado, em seu *deux-pièces* apertadinho, rosa-lilás, e com a montanha de flores nos braços. Assim que chegamos em casa, ela as distribuiu em dezenas de potes e copos com água, pela casa toda, de modo que, durante alguns meses, o número de cômodos de nossa habitação em forma de navio permaneceu constante (exatamente quatro), como se as flores que continuamos comprando, às braçadas, para substituir as que feneciam, fossem âncoras graciosas e fortes que impediam que a realidade surtasse. Ștefana era miúda e um pouco gordinha, enérgica e carinhosa, o que se costuma chamar de "boa moça": não havia nada de especial nela, mas era concreta, estava ali, preenchia o espaço em que adejava, a cada instante, como o tremeluzir de um filme, seu corpo. Preenchia, igualmente, o tempo: pela primeira vez desde que eu me conhecia por gente, ele começara a fluir silenciosamente, como as batidas do coração de uma criatura terna e luminosa. Seguiram-se noites de devaneio e confissões na minúscula cozinha, cada um com um copinho de vinho quente, de mãos dadas, olhando-nos nos olhos e contando um para o outro o que jamais sonháramos contar, enquanto lá fora reinava um crepúsculo lúgubre e, por fim, escurecia tanto que só conseguíamos enxergar o brilho de nossos olhos e dos copinhos facetados, já vazios, em cima da mesa. Depois íamos para a cama, e então a cama de repente se tornava tão boa, tão compatível com nossos corpos, os lençóis se amassavam tão previsíveis sob nós, oferecendo-nos a tempo calor e frescor... Fazíamos amor na posição mais simples, é o motivo pelo qual não me lembro realmente de seu corpo. Era a banalidade luminosa do sexo com alguém que nos é querido, sem o amarmos com paixão, era como se não fizéssemos sexo nem amor, mas apenas nos abraçássemos como dois bons amigos ao se reencontrarem. Nunca, em meus devaneios eróticos ulteriores, me excitei pensando nas noites com Ştefana, mas também não me arrependi delas. Ficávamos abraçados, e isso me satisfazia plenamente. O fato de ela, por mais que ficássemos juntos na cama, enroscados e afetuosos, jamais atingir o orgasmo não me desagradava: a penetração, na parte feliz de nossa relação, não foi mais do que mãos dadas ou a carícia no rosto de duas pessoas que enfrentavam o mundo juntas. Estávamos juntos, essa foi a essência de meu casamento nos primeiros três ou quatro meses. Saíamos juntos de manhã, mas tomávamos o bonde em direções contrárias: ela rumo ao centro, eu rumo ao ponto final de Colentina. Voltava mais cedo do que ela e preparava algo para nós dois comermos. Aos domingos íamos à feira, no Obor, para brigar com os camponeses pelo prato com ameixas ou cebolas de uma balança suspeita, e voltávamos para casa com flocos de neve no cabelo. Sorríamos com frequência um para o outro, na verdade sorrimos tanto no início que o sorriso se transformara em minha careta natural: flagrava-me sorrindo para as vendedoras da padaria e para as cobradoras do bonde, assim como para cada criança de minhas classes. De noite, quando ficávamos sentados lendo, eu num canto da sala, ela em outro, gostava de lhe escrever bilhetes e fazer deles aviõezinhos de papel: mandava-os pelo ar de modo que aterrissassem em seu colo ou a seus pés, ou que a atingissem, como um pardal desorientado ou uma abelha, no rosto, com um toque seco e leve, sobressaltando-a. Ela desdobrava o avião e lia, sorria de volta, mergulhava de novo no livro... Naquele período abandonei a busca: encontrara. O mundo existia, porque ela existia. Dela, como de uma fonte central de presença calma e benigna, irradiava certeza. Não estava apaixonado, estava mais básico e mais telúrico: sabia. Sabia quem era ela. Era como a superfície da mesa, que não tem como não ser dura e lustrosa. Era como o sono: não tinha como não chegar. Estava lá onde eu esperava que estivesse, como o chão, o ar. Às vezes, quando eu voltava das aulas, tomava o 21 até a Sfântul Gheorghe e descia no ponto final, depois caminhava até a universidade e chegava até a livraria dela. Encontrava-a ali, entre livros e clientes e, quando me via, seu rosto deflagrava um sorriso como uma máquina fotográfica que nos ofusca com o flash. Ficava com ela até as seis da tarde, ali entre as prateleiras que alcançavam o teto, e depois ambos íamos embora para casa, de novo tomando bonde, eu virado no assento para o assento dela de trás e conversando sossegado o trajeto todo.

 Não só nossa casa perdera as dimensões, a transparência e o uivo, como uma hélice que para e ora ostenta, empedernida, sua simples estrutura: três omoplatas soldadas uma à outra. Minha própria escola reabsorvera suas virtualidades, se solidificara, se transformara na banal instituição de ensino povoada por crianças e professores, que produzia a cada instante o próprio sentido, estúpido e mentiroso, é verdade, mas não inquietante, como o vinha percebendo até então. A realidade dela, a dos diários de classe, das notas, da chamada na lousa, dos puxões de orelha, do ficar de pé, a dos cadernos cheios de cálculos e fórmulas, a dos piolhos das tranças presas com elástico, a dos pacotinhos de comida que sujavam de óleo os manuais encapados com papel azul, endurecera numa forma clara que não deixava mais espaço às migalhas, aos pingentes de gelo e aos vazamentos solidificados. As coisas não eram mais processos e não ultrapassavam mais o limite afiado como navalha das palavras: a classe era classe, os quadros eram quadros, as janelas eram janelas. Era tão simples viver. Voltava para casa num bonde de lata e vidro, sob nuvens de vapor, por uma cidade de calcáreo, folhas e vento. Tinha no rosto um sorriso, o único imaterial, porém precisamente delineado, pois, assim como a vida é uma certa disposição do corpo e assim como o som da lira platônica é, em sua harmonia, uma certa disposição das partes da lira, o sorriso só aparece quando tudo é como deveria ser. A felicidade queima e se transmuta com paralisante rapidez em seu inverso, ou talvez não seja mais do que um amálgama instável felicidade-infelicidade, mas a alegria, o estado luminoso da alma, é a verdadeira substância da qual se constitui a realidade. Nada de concreto e verdadeiro pode existir fora dela, assim como não existe visão desvinculada da luz.

Observava-a de perto várias vezes, pegava seu queixo entre os dedos e virava levemente sua cabeça para vê-la de outros ângulos. Divertia-me muito o fato de ela ser concreta e vívida como um gato, e não como uma criatura da rua ou de meus sonhos. Tocava-lhe o cabelo, e então me invadia a surpresa de ele ser aramado e suave ao mesmo tempo, e de cada fio, se o prendesse entre os dedos e deslizasse ao longo dele, ter aqui e ali pequenas irregularidades e nozinhos, como as canas dos salgueiros ou os juncos. Abria-lhe os lábios com o dedo indicador, e ela o mordiscava, dócil e sorridente, e então eu passava o dedo pelas cúspides miúdas de seus dentes. Eu, às vezes, a despia diante do espelho sem sentir volúpia alguma, apenas feliz e admirado por tocar sua pele morna, por compartilhar a casa com aquele nu tridimensional, com aquela criatura que passeava pela casa suas nádegas e o umbigo e os seios e as clavículas, permitindo que eu os tocasse quando quisesse, descobrindo e esquecendo e redescobrindo as texturas, as umidades, os aromas, as asperezas. Lavávamos roupa juntos, na máquina de lavar antediluviana, eu ralando os cadavéricos tijolos de sabão doméstico, ela misturando a sopa borbulhante de lençóis e camisas e cuecas e meias com um pedaço de madeira, depois clareávamos tudo na água azul da banheira. Ouvíamos música no rádio, ele também antiquíssimo, com vitrola na parte de cima, e por vezes punha um disco de ebonite com música de jazz para ficarmos no sofá, de mãos dadas, e movimentarmos as cabeças no mesmo ritmo, olhando pela janela. Essa era nossa vida, empedernida para sempre debaixo de um sorriso unânime, como as fotos sob a caramelização transparente, e a vida não podia ser diferente, caso contrário seu nome precisaria ser trocado.

Certa manhã fui despertado por um raio afiado de sol primaveril, que penetrara como uma lâmina ofuscante pelas tijas da veneziana. Era domingo, e aos domingos nos levantávamos tarde, depois das dez, e só lá pelo meio-dia é que estávamos completamente acordados. Olhei para o despertador: ainda não eram sete horas, tinha sido o primeiro raio de luz que caíra rasante sobre a Maica Domnului, umedecendo minha casa em forma de navio na água congelada da manhã. Ștefana não estava a meu lado na cama, talvez houvesse ido ao banheiro. Mas não voltou nem depois de dez minutos. Saí da cama e fui até a cozinha em passos claudicantes. Vi-a ali e não a reconheci.

Estava à janela, à luz estridente que devorava sua silhueta e incendiava seus cabelos. Olhava petrificada para fora, ereta, completamente imóvel, de braços cruzados. Vestia roupas de passeio, embora até a hora do almoço, em nosso único dia livre, jamais abandonássemos os pijamas. Contudo, como num sonho, não percebi de início haver algo incomum e estranho em sua imagem solitária, sem mim e quase sem um mundo ao redor, daquele jeito que estava sem se mexer, olhando pela janela. Fôramos até então um corpo duplo, flutuando num unânime sorriso universal, e agora o rosto do mundo estava grave e imóvel. "Bom dia", disse-lhe, e ela se virou bruscamente, e de novo não a reconheci. "Mas que diabos, o que está acontecendo?", ergueu-se apenas por um instante, quase inaudível, uma voz dentro de mim. Era o rosto de Ștefana, era o pescoço dela, eram os ombros dela, eram até os olhos dela, mas não era ela. Essa sensação irracional, desnorteante, me atingiu com força ao fitá-la com o velho sorriso congelado nos lábios, mas também o abafei. Era uma besteira. E daí se sobre o rosto tão familiar recaíra uma sombra de outro mundo? Não era nem ao menos tristeza o que havia em seu rosto, não era anseio nem saudade. Tampouco era tédio, ressaca, fúria, decepção, repulsa. Era algo que eu não conseguia interpretar, que jamais se revelara até então, e que a tornava outra pessoa. Não seria capaz de identificar nenhum detalhe esclarecedor, nenhuma característica evidentemente transformada, mas para mim, por um momento, estava tão claro que Ştefana não era mais ela mesma que fiquei assustado e os pelos de meu braço se eriçaram. Olhamo-nos por alguns instantes paralisados, como duas criaturas de mundos diferentes que de repente se veem face a face, depois nos descontraímos, e a realidade se recoagulou em torno de nós.

Não tinha sido nada: um acidente já esquecido, uma fissura quase invisível no copo de vidro límpido de nossa vida em comum. Por algumas semanas saímos de novo, de mãos dadas, pela paisagem primaveril, entramos no mar de gente dos mercados de antiguidades, passamos a usar roupas mais leves que nos faziam nos sentir como flocos. Fazíamos amor, ao cair da noite, sempre de maneira sossegada e previsível. Deleitava-me tanto com seu corpo morno e dócil que, na maior parte das vezes, eu também evitava o orgasmo, e nos desenlaçávamos como dois amigos cansados, permanecendo deitados de barriga para cima, um ao lado do outro, à luz sangrenta que vinha pela vidraça. Era como ir ao trabalho, comer juntos: sem êxtase, contrações e gemidos, só com a sensação de que a realidade então era mais completa, assim como sempre quando fazemos o que deve ser feito. Preenchêramos uma hora reservada ao amor, assim como o abajur da mesa de cabeceira preenche sua forma no tempo e no espaço. Depois nos levantávamos devagar, como se para não incomodar o outro, tomávamos banho e depois vestíamos direto o pijama, e assim ficávamos a noite toda. Toda vez, após a hora do amor, eu lhe escrevia um poema, não um que pudesse ser publicado, mas só algumas palavras, às vezes só uma, às vezes nenhuma, mero desenho em meia página de caderno. Ela lia e sorria, do mesmo jeito daqueles que recebia de aviãozinho. Encontrei-os mais tarde na gaveta de baixo da mesa de cabeceira do lado em que ela dormia, transformados em cerca de vinte diabinhos de papel, daqueles dobrados com perícia, como origami, e que se enfunam e mostram chifrinhos tão logo sopramos por uma de suas pontas. Estavam todos inchados, todos tinham olhos negros, gigantescos, como de abelhas, desenhados na cara. Meus pobres versos improvisados os sulcavam na diagonal. Enfileirei-os no parapeito, leves e frágeis, e ali ficaram até hoje, e olho para eles agora enquanto escrevo: de dia eles engolem luz, e de noite a espalham a seu redor, poliédricos e transparentes, como pétalas secas de papoula num herbário.

Mas a rachadura quase invisível no copo não fora ilusão de óptica. Estava ali e se estendia, com estalidos infinitesimais, revelando crescentemente, na fissura, o verde irregular do vidro lascado. Jamais vou esquecer, depois de voltar da escola debaixo de uma chuva com neve miserável de um soturno mês de abril, como a encontrei encolhida no chão, em cima do tapete, numa escuridão total. Acendi a luz, e ela, de repente, estava ali, petrificada em cima do tapete persa em que predominava o vermelho, como um feto grande e compacto exposto na placenta que o nutria e aquecia em suas dobras. Jazia ali, como se estivesse paralisada, só o olho escurecido, como de animal ferido, me olhava de viés, de um modo que uma criatura humana jamais me olhou. Dirigi-lhe a palavra, mas não me respondeu, virei-a com o rosto para cima e ela permaneceu inerte, ainda olhando para mim como uma raposa presa na armadilha. Peguei-a nos braços e a coloquei na cama. Por vezes tentava dizer algo, mas da garganta tensa saíam apenas débeis balbucios, modulados de uma maneira que me assustava. Pensei em correr até o posto de saúde, chamar um médico, mas a mão dela, até então inerte, se aferrou a minha manga. Recuperou-se devagar, em cerca de meia hora. Levantou-se sem falar comigo, foi ao banheiro, onde ficou durante um tempo, para mim interminável, e em seguida se dirigiu à cozinha, onde de novo se pôs à janela, olhando para fora de braços cruzados no peito. Não conseguimos nos comunicar a noite toda. Pedia-lhe que falasse comigo, que me dissesse o que estava havendo com ela, o que tinha acontecido, o que deveríamos fazer. Seu rosto, que eu conhecia tão bem, estava empedernido, de perfil, à janela, como se não fosse um rosto humano sobre o qual dançassem as sombras e as luzes interiores, o mais expressivo e atraente segmento de nosso corpo, mas um objeto inerte, como um vaso ou uma escultura impessoal de olhos brancos e vazios. Depois de mais meia hora, o vapor psíquico lhe inundou de novo os traços do rosto, que voltaram a ser, graças a um esforço comum, Ştefana. Era ela de novo, sem a memória do que a acometera ("acho que tive um pequeno mal-estar") e sem poder entender o susto que eu passara. Sentamo-nos à mesa, comemos, depois fomos nos deitar.

Os episódios de normalidade de nossa vida em comum foram depois, na medida que a primavera escorregava para o verão, interrompidos numa frequência cada vez maior por faixas escuras, cada vez mais largas e mais dramáticas, e mais incompreensíveis. O corpo e a vida de Ştefana se tornaram uma espécie de campo de batalha: algo a agarrava de vez em quando e a punha de pernas para o ar, enfiando garras em seu tórax, como um grande abutre. Começou a faltar no serviço e logo deixou de ir à livraria. Encontrava-a em casa, às vezes tranquila na cama e lendo, incapaz de me explicar a marca negra e profunda na parede, sob a qual, espalhados pelo assoalho, encontravam-se restos de um vaso que até então estivera quietinho em cima do parapeito: cacos, torrões de terra, caules e folhas esmagadas, pétalas violetas disseminadas por toda a parte. Quem, se não ela, lançara o vaso à parede com extraordinária fúria, mesmo não respondendo a minhas perguntas, ou dizendo algo impreciso.

O que estava acontecendo com a mulher com quem vivia? Estaria enlouquecendo? Sofrendo de uma depressão profunda? Dado que me ignorava por completo, uma vez me atrevi, enquanto ela estava deitada na cama com o rosto virado para mim, a lhe dizer: "Ştefana, olhe para mim, sou eu, seu amigo. Se não me ama mais, é só dizer, para ao menos eu saber o que há com você". Então ela começou a rir com um riso que não era o seu, cínico e rouco como o de uma bêbada: "É isso que te aflige tanto?", disse-me, olhando de novo para mim de rabo de olho, um olho maléfico, enlouquecido por algo que vinha de dentro, um olho insuportável.

Recuperava-se com dificuldade cada vez maior desses estados, que também já não duravam mais uma hora, mas se estendiam por dias a fio. Quando ela estava bem, eu me sentia feliz e esperançoso. Toda vez eu esperava que o episódio incompreensível que acabara de se concluir fosse o último. Fomos, inclusive, a um psiquiatra, um velho enfastiado do Hospital 9, mas Ştefana nunca tomou os comprimidos prescritos por aquele funcionário indolente. Atirava-os na privada, com regularidade, como se ali, no vaso de porcelana, fosse o lugar deles, e eles surtiriam efeito reabsorvendo-se no sistema de esgoto subterrâneo, curando o mundo de sua loucura interminável e, graças a isso, iluminando também o torturado espírito de Ştefana.

Certa noite ouvi gritos que vinham de algum lugar da casa, de perto. Apoiei-me nos cotovelos: ela não estava a meu lado. Precipitei-me pelo corredor: os gritos se ouviam do banheiro. Captava agora, inclusive, o barulho da água no chuveiro. Acendi a luz e tentei abrir a porta do banheiro, gritando por Ştefana, mas a porta estava trancada. Ela gritava a plenos pulmões do lado de dentro, e seus berros reverberavam nas paredes do banheiro. "Abra, abra a porta!", berrei, mas finalmente, visto que os gritos não cessavam, apoiei o ombro no compensado precário, que, no fim das contas, cedeu.

Ela estava dentro da banheira, no escuro, com o pijama encharcado, aderido ao corpo. A água batia na altura de seus quadris. Segurava a ducha, que esguichava água fria como gelo, direto acima da cabeça. A água fluía em profusão por seus cabelos e escorria pelos ombros, pelos seios, até se fundir com aquela que, igualmente gelada, estava na banheira. Gritava de olhos apertados, com pequenas mechas de cabelo lhe cobrindo o rosto, estava roxa de frio e tremia como jamais vi alguém tremer. Ouvia as batidas de seus dentes como copos se chocando. Nem sei como a tirei dali, como a carreguei, com toda aquela água escorrendo por ela, até a cama, como a embrulhei na colcha de inverno para se esquentar. Ficou deitada até de manhã como uma pomba moribunda, sozinha em sua agonia, em sua luta incompreensível.

Mas, no dia seguinte, ela estava bem de novo e sem nenhum interesse pelo que lhe sucedera. Podia mais uma vez contar com alguns dias de serenidade. Podia usufruir de novo da concretude de minha mulher, de sua anatomia e fisiologia, da textura de sua pele, da tensão de seus músculos, da atmosfera familiar e sossegada em que envolvia tudo o que a rodeava. Jamais me fartava de tocá-la, mesmo só com o olhar, mesmo só com o ouvido. Surpreendia-me o fato de ela ter dedos, segurava cada um deles e lhes apalpava as articulações, deslizava pelas unhas e sentia a vibração das cristas das polpas. Acariciava-lhe o pelo encrespado da axila, ruivo, envolto por vapor quente, puxava-lhe a aliança do anelar para observar a descamação da pele que, por baixo, nunca via o sol. Isso era para mim o casamento: a alegria de ter um segundo corpo, diferente de nosso e por isso infindavelmente fascinante, e um segundo espírito, tranquilo, normal, silencioso, como um sorriso diante do qual também sorrimos, sem saber e sem querer saber. Quando escurecia e o lençol produzia, na superfície da cama, dobras violentamente delimitadas por ângulos e semiluas de sombra, sentávamo-nos de joelhos, na cama, um diante do outro, nus, e então gostava de sentir com as palmas da mão a umidade sob seus seios, o relevo das costelas obscurecido pela luz do anoitecer azul, o umbigo escavado em um ventre liso, as nádegas acima das quais, no dorso ondulado, se erguia uma dupla coluna de músculos ressaltados sob a pele. Gostava de fazê-la deitar de barriga para cima e lhe abrir as pernas para olhar sua flor escura, com pétalas umedecidas em tanino, que eu abria com os dedos, úmidas e franzidas, para mergulhar minha visão na púrpura interior: o orifício redondo com margens rendadas que se precipitava pelas paredes da vagina peristáltica. Abria-lhe levemente as nádegas para desfrutar da estrelinha reclusa entre elas, áspera ao toque e igualmente inocente como a flor sonolenta da frente. Descia as mãos ao longo das pernas lisas, macias e quentes, apalpava os joelhos com todas as suas pedrinhas móveis, abarcava na palma da mão os bigêmeos abaixo deles, os tornozelos e a sola arqueada, depois sentia cada dedo do pé, com a unha enrugada, com crostas e excrescências e pequenos calos amarelados. Desfrutava de Ștefana assim como desfrutava dos dias ensolarados, das noites estreladas, da grande ilusão em que vivemos em nossa esfera abençoada.

Entramos no verão, no arrebatador verão bucarestino que seca a cidade instantaneamente, como uma explosão termonuclear. Só o sol escaldante de julho e agosto era suficiente para incendiar os prédios, derreter a pele dos anjos de gesso dos telhados, fazer as vidraças escorrerem como cortinas d'água no vão irregular das janelas. As pessoas emagreciam tanto e tão bruscamente que o verão podia ser percebido como um câncer unânime que lhes sorvia a energia interior. As árvores, plátanos seculares e acácias soturnas, projetavam as sombras dos galhos sobre as paredes cegas perfuradas aqui e ali por uma janelinha assimétrica. O asfalto derretia e começava a trazer um odor inesperadamente bom, dava vontade de deitar em sua poça grossa e aspirar pelas narinas o aroma alucinatório de alcatrão.

Ia com Ştefana, ao entardecer, a um ou outro terraço de boteco anônimo, espremido entre muros abandonados. Acima, o céu róseo era tão melancólico, transparente, sedoso, que parecia a barriga de um gigantesco animal marinho que teria atravessado as irregularidades do fundo de um vasto oceano. As canecas de cerveja na mesa rústica se tornavam cada vez mais luminosas à medida que anoitecia e o céu se fazia escarlate. Por fim, só elas ainda nos iluminavam as faces. No pátio interior que simplesmente nos comprimia pelos ombros como uma roupa demasiado apertada, o vento negro e morno nos envolvia numa espécie de tristeza autóctone, como se viesse de recordações muito antigas. "Já vivi uma vez este anoitecer", disse-me Ştefana de repente, enquanto a garçonete fazia brilhar o cinzeiro de metal como um objeto não identificado e enigmático. Estávamos como numa fotografia, éramos sombras projetadas numa emulsão, numa camada de nitrato de prata que delinearia os lábios e o cabelo de minha mulher, cada minúsculo elo da correntinha no pescoço, o nácar dos botões, os plissês da saia escocesa... Estava de férias e queria que o verão continuasse expirando, para sempre e sem fim, seu hálito incandescente sobre a cidade. Na maior parte das vezes, só pensávamos em ir embora do jardim de verão depois que, em nosso pequeno espaço entre os edifícios, entre cornijas e chaminés, surgiam as estrelas, multiplicando-se aos poucos como os krills transparentes da água do mar. Estávamos no fundo de um oceano fantástico, que pressionava com tanta força, com seus milhões de toneladas de água, tanto os peixes, as algas, os monstros marinhos, os arrastões, as traineiras quanto nossos pobres corpos, que precisávamos nos opor, de dentro, na mesma pressão, com as águas amargas da nostalgia. Já passava bastante da meia-noite quando acertávamos a conta com umas cédulas amarrotadas e uma chuva de tostões girando como fantoches em cima da mesa, e nos levantávamos, amortecidos, para sairmos de mãos dadas, esgueirando-nos pela única passagem debaixo de um prédio de reboco preto, no ventre caótico da cidade. Um ou outro bonde passava uivando a nosso lado por trilhos que cintilavam à luz da lua, tão próxima que ela também parecia rolar por trilhos paralelos. Não havia vivalma, nem nas ruas, nem às janelas iluminadas, cobertas por tecido vermelho, que desde a infância me intrigavam com seus enigmas. Como era feliz, de mãos dadas com ela, pelas ruelas tortuosas às quais nos entregávamos! Nem chegávamos mais em casa: quando nos cansávamos e as estrelas se tornavam nossos inimigos pessoais, entrávamos ao acaso num dos edifícios, o mais ornamentado com altos-relevos absurdos – sátiros e bacantes de gesso, gárgulas de basalto, *grylles* e *trolls* de cristal de rocha, agarrados em cachos abaixo dos parapeitos e guardando portões ogivais –, e, visto que todas as portas, na cidade toda, ficavam destrancadas, passávamos de quarto em quarto pelos mais inesperados interiores. Sempre encontrávamos uma cama, independentemente de onde entrássemos, para nos deitar nela de atravessado, vestidos, e dormir até de manhãzinha.

    Ao longo do verão fomos quase inseparáveis, como dois siameses simbolicamente grudados, com um coração comum que batia para ambos. No entanto, suas crises se tornaram mais frequentes e cada vez mais dramáticas. Encontrava-a jogada no chão, pelos corredores, no banheiro, uma vez no terreno baldio diante da casa, em outra, na cadeira de dentista do anexo, abaixada quase na horizontal, com a cara roxa, contorcida em posições de faquir, impossíveis, ou consciente, mas obtusa e vulgar. Encontrei-a numa poça de vômito depois de ter engolido sabe-se lá que porcaria. Chamei a ambulância cinco ou seis vezes só até setembro e a acompanhei na maca de ferro, sobre rodas, por corredores esverdeados, sinistros, de hospital, cheios de baratas e mosquitos esmagados nas paredes. Velei-a em salões com vinte pacientes, ela a mais jovem dentre eles, examinando seu cabelo suado, aderido ao crânio, e os olhos que aos poucos se esvaziavam pelo sofrimento. Encontrei-a agarrada ao parapeito do salão, dependurada no vazio numa altura de sete andares e gritando que se soltaria caso alguém se aproximasse. Finalmente, passou seis semanas no Hospital 9, recebendo tratamento antipsicótico. Depois de lá passar o mês de setembro e metade de outubro, Ştefana saiu do hospital transformada.

Não transformada para melhor, mas em outra pessoa. Não sofreu mais crises, nem seu aspecto, seus hábitos ou suas pequenas manias se alteraram. Como de costume – para minha maior surpresa, pois para mim tudo havia sido uma tortura permanente, com oásis de bonança que tornavam a próxima crise ainda mais dramática –, nunca falava sobre o que lhe sucedera, como se tudo houvesse ocorrido numa vida paralela. Mas agora não era só isso. Ştefana fora para mim um órgão interno de meu corpo. Sentia-a ali, mesmo quando não pensava nela. Havíamos vivido ambos envolvidos na mesma atmosfera, havíamos feito parte da mesma pintura, do mesmo mito, como Teseu e o Minotauro, como Leda e o cisne, como Hamã e Ester. Sua silhueta se misturava à minha, como duas pinceladas de aquarela úmida, que fazem florescer arbustos de cor uma na outra. Não importa para onde fosse, eu a levava comigo, não importa o que fizesse, ela fazia parte da causa, do objetivo e do sentido de meus atos. Tudo isso desapareceu a partir do momento em que a trouxe, num táxi esfrangalhado, para casa. Continuava sendo ela, mas provavelmente aquela que fora antes de nos conhecermos. Podia ser qualquer mulher andando pela rua. Podia ser qualquer pessoa. Jamais, nem quando a encontrei com a ducha gelada na cabeça, nem quando a ergui da poça de vômito, nem quando agarrei suas mãos, gritando eu também como um maluco e puxando-a para cima, por cima do trânsito na rua trinta metros abaixo, me assustei tanto quanto durante a primeira meia hora após seu retorno para casa. Tudo estava igual e tudo estava completamente mudado. A estátua que outrora fora pintada em cor de carne, cujo cabelo era castanho e cujos olhos eram azuis, agora era uma grande boneca de mármore branco, branco até o branco dos olhos, no silêncio e no sussurro contínuo das correntes de ar de um museu. Não havia mais a atmosfera de ternura e recordações que um dia nos envolvera. Éramos corpos individuais de realidades diferentes, apenas aparentemente coplanares, assim como as estrelas de Órion se encontram em profundidades diferentes no espaço e formam a silhueta do mítico caçador por mero acaso. Éramos casados e dividíamos a mesma casa por mero acaso. Nem depois de uma hora, nem depois de um dia, nem naqueles três meses que se seguiram – o mais profundo inferno de minha vida – pude me habituar àquilo. Ştefana desaparecera e fora substituída por alguém não apenas desconhecido, mas, de certo modo – sentia melhor do que era capaz de exprimir –, alheio a este mundo. Lera em algum lugar sobre agentes secretos que são enviados em missão para o estrangeiro, com identidade falsa, que se integram perfeitamente ao novo mundo, desempenham um trabalho qualquer, casam-se e têm filhos, saem aos domingos para tomar cerveja com os amigos, mas durante todo esse tempo eles são outra pessoa e sua vontade não está neles, mas em outro lugar, a centenas ou milhares de quilômetros de distância, assim como corpos esvaziados de alma ainda vivem entre nós enquanto a alma – assim diz Dante – já está no sombrio edifício do inferno. Não tinha como provar, não tinha como falar disso com ninguém, mas dentro de Ştefana havia agora outra pessoa. O idêntico estava diferente, até mesmo antagônico.

    Agora eu tinha medo dela, muito mais medo do que em seus momentos de crise. Agora ela estava calma e sorria, cozinhava, passava, fazia compras, fazíamos amor ao anoitecer e líamos um ao lado do outro, mas eu sabia que me atocaiava, que estava à espreita, que transmitia para algum lugar distante todos os meus movimentos. Sempre que estávamos juntos, eu ficava tenso como no dentista, tomando cuidado para que ela não soubesse que eu sei, e me esforçava ao máximo para me comportar com naturalidade e não lhe dar nenhum motivo de suspeita.

Saíamos juntos ao entardecer, pela chuva, de capas compridas, cada um com um guarda-chuva deteriorado acima da cabeça, mas eu devia estar pálido como a morte. A própria cidade a nosso redor se modificara, pois com cada amor vivemos uma realidade outra. Experimentava agora uma cidade sem amor, o mais assustador cupinzeiro, prisão ideal da qual não se pode escapar. A penugem terna da saudade e da nostalgia que outrora revestira os anoiteceres bucarestinos ora se havia transformado em vácuo e desespero: como viver na própria casa com uma desconhecida? Como coabitar com uma sósia, com a *kagemusha* de uma criatura que fora querida no passado? Quem nos compreenderia se disséssemos que nossa esposa, embora não se tivesse modificado em absoluto, se tornara uma espiã detestável que nos vende a cada instante para sabe-se lá que terrível força, com sabe-se lá que intuito? A situação impossível em que me encontrava aumentou exponencialmente minha solidão.

Certa noite abri os olhos e a identifiquei na penumbra: estava sentada na borda da cama e me olhava. Quem sabe desde quando me olhava. Igual aos visitantes sobre os quais escrevera no diário. Mais do que no caso de qualquer uma de tais visitas, a reação de meu corpo – enquanto em minha mente reinava uma espécie de prostração, uma recusa de compreender – foi devastadora: comecei a tremer tão forte que a cama sacudiu junto comigo e cada pelo de meu corpo se arrepiou. Arranquei-me da cama com lençol e tudo, e saí correndo para fora do quarto. Fiquei sentado no chão, com as costas coladas à parede fria, até conseguir voltar a respirar normalmente. Aproximei-me da janela do corredor: lua cheia. Por isso podia enxergar tão bem tudo, à luz azul. Fiquei ali por, pelo menos, uma hora, até retornar ao dormitório e me enfiar na cama. Ela dormia de lado, com respiração leve. De manhã tomamos juntos o café, sem conversar sobre o que acontecera. Olhava para ela como um amnésico a quem se diz: essa é sua esposa, vocês estão casados faz anos, mas ele só enxerga, do outro lado da mesa da cozinha, uma mulher desconhecida que olha em seus olhos, uma atriz canastrona que lhe sorri com uma familiaridade obscena e que, por mais que revolvesse a memória, ele não consegue identificar em nenhum rosto mais ou menos conhecido, ou ao qual relacionasse a mínima sombra de sentimento. A partir daquela noite, comecei a sofrer de insônia. Por umas quatro ou cinco noites, não consegui mais pregar os olhos, como se eu dividisse uma cela com um assassino ou tivesse sido obrigado a dormir dentro da jaula com um tigre. Estremecia-me a ideia de que, se eu adormecesse mesmo que só por dez minutos, eu seria completamente subjugado pela criatura terrível com que dividia o quarto e a cama. Ao cabo de quatro noites sem dormir e de tensa espera, desisti. Não era possível, aquela brincadeira tinha de acabar.

"Ștefana, preciso falar uma coisa", disse-lhe certa noite, antes de irmos dormir. Sentia-me pressionado e culpado como se tudo fosse real, embora não passasse de um estratagema estúpido. Por algumas noites, refletira sobre uma solução que permitisse que eu me separasse dela sem me trair. Mas não achei que poderia ser tão difícil para mim. Ștefana me olhava, bem pouco curiosa, se limitou a colocar, em cima da mesa de cabeceira, o livro que estava lendo. Sobre seu rosto reluziam sombras e luzes assim como se ilumina e se escurece uma paisagem alpina quando as nuvens passam acima, desmascarando e encobrindo alternadamente o sol. Dez vezes por minuto ela era ela mesma, para depois se tornar outra, como se não nela, mas em mim, em meus mecanismos mentais, houvesse um problema, como se eu tivesse perdido a habilidade de reconhecê-la emocionalmente, de sentir que ela era minha mulher, a que no passado caminhara pela neve com os braços cheios de flores e com quem eu saía nas noites de verão para um boteco sob estrelas perfumadas, reunidas no pequeno quadrado entre os telhados. Às vezes a reconhecia, tão clara e indubitavelmente, que eu tinha ganas de segurar seu rosto entre minhas mãos e depois a abraçar feliz, para que no momento seguinte ela voltasse a se tornar a desconhecida, o perigo supremo de minha vida. "Olha... conheci... estou com outra pessoa..." Ștefana não reagiu de imediato. Nem pareceu compreender nos primeiros minutos. Estávamos deitados na cama, lado a lado, só com nossos rostos virados um para o outro. Seus olhos estavam transparentes, pareciam esvaziados de pensamento. No quarto pairava um silêncio enervante, difícil de suportar. "Quem é? Irina?", respondeu, tranquila. "Sim..." Até então, mal olhara para minha colega de física e, até onde eu me lembre, jamais falara a Ştefana sobre ela. No entanto, nas torturantes noites de insônia, enquanto pensava num pretexto para poder terminar meu impossível casamento e decidira inventar uma amante, não me ocorrera, de fato, outra pessoa que não fosse Irina. Protegia-me de uma mulher esvaziada de realidade com uma mulher que ainda não tinha realidade, opunha um fantasma a um fantasma, num jogo maluco que eu não podia mais controlar. O fato de Ştefana, sem qualquer hesitação, saber em quem eu pensava confirmou minhas suspeitas represadas por tanto tempo e interrompeu a cintilação de seu rosto. Uma nuvem unânime, intocada por qualquer raio de incerteza, voltou a escurecer seus traços. De repente ela se ergueu, apoiando-se num cotovelo, e aproximou o rosto do meu. Dominou-me então com seus olhos que, mergulhados na sombra, pareciam negros como piche. "Não precisa se preocupar comigo", disse. "Já que entramos nisso – eu também estou com outra pessoa." Toda a cena se desenrolou como se num tempo denso, muito mais lento do que aquele que até então escorrera com a indiferença da água de uma torneira. Cada palavra, separada por silêncios de minutos, se materializava entre nós dois com o brilho e a rugosidade de objetos tão concretos quanto ininteligíveis. "O que você disse?", perguntei-lhe admirado, olhando para seu rosto impassível, agora inclinado sobre mim. Não esperava por aquilo e não podia acreditar. Como assim, estava com outra pessoa? Ştefana ficara, desde que voltara do hospital, quase só dentro de casa, apenas duas ou três vezes havíamos saído juntos até o lago Tei, para dar uma volta nele e retornar. Como teria conhecido outro homem? A simples possibilidade me era inconcebível e, no entanto, me atingiu com uma força totalmente inesperada. Desnorteou-me. Sempre a imaginara antes um duplo feminino meu, uma imagem minha no espelho do sexo. Por isso jamais pudera amá-la com paixão, mas apenas como a uma irmã, uma virtualidade oprimida em mim, mas manifesta, miraculosamente, no vasto sonho da realidade. Mesmo depois de sua metamorfose numa criatura idêntica e, no entanto, completamente diferente, a ideia de que poderia ter sexualidade, que poderia entrar na vida de alguém, talvez na daquele que comandasse à distância seus gestos e palavras, me parecia uma loucura e um absurdo. "Isso que você ouviu. Eu também estou com alguém, tenho um... namorado. Resta saber o que fazemos agora." "Quem é?", perguntei. "Você não o conhece. De todo modo, não há razão para falarmos disso." Permanecemos ambos calados por alguns minutos, olhando para o teto, e depois ela fez algo surpreendente. Com os mesmos olhos límpidos, retomou a leitura. Lia com naturalidade, respirando sossegadamente, enquanto eu, sem me atrever a me mexer, fiquei com os olhos pregados no teto, na penumbra do quarto, como se houvesse sido paralisado e envolvido pelos fios elásticos de uma teia de aranha.

De repente não pude mais suportar a loucura e o horror da situação. Uma onda de ódio se ergueu bruscamente dentro de mim e perdi o controle. Pulei sobre ela, agarrei-a pelos ombros e comecei a sacudi-la e a berrar como um desmiolado: "Quem é você? Quem é você?". Estava montado em cima de seus quadris, via fragmentos de seu rosto, mechas de seu cabelo, centelhas de olhos decompostas e recompostas de maneira alucinante à luz do abajur, batia em seus ombros, a erguia e a arremessava com as costas contra o colchão. Estava mole como uma boneca de borracha, nem mesmo se defendia, eu poderia tê-la estrangulado ou golpeado seu rosto até desacordá-la. Algo me protegeu naquela noite, algo me impediu de continuar até onde me impelia aquele tsunami de desespero, medo e incompreensão. A seguir, despenquei do lado dela e me pus a chorar convulsivamente, encolhido na cama mais amarrotada do que nunca. Passado muito tempo, me levantei e fui ao banheiro. No espelho acima da pia, meu rosto estava irreconhecível. Não aguentava mais. Por meses inteiros, eu vinha esmurrando, com a cabeça e os punhos, uma parede impassível. Na verdade, era a parede que me golpeava, me arranhava, me esfolava, rompia meu crânio e fraturava meus ossos. Não havia o que fazer. Ștefana se petrificara no tempo e se tornara mais uma das paredes de minha prisão.

Certa manhã fui para a escola como de costume, era o sábado em que eu não dava aula, mas tinha de participar de atividades didáticas num liceu na Iancului, onde tudo o que acontecia, nas assim chamadas reuniões, era tão estúpido que eu faltava sempre que podia. Refugiei-me atrás de uma montanha de neve reunida em cima de um carro do qual ainda se via apenas uma roda, pois a partir da 1 Decembrie começara a nevar com flocos grandes e molhados. Fiquei ali, eu mesmo coberto de neve e congelado, por uma hora e pouco, até esquecer o que aguardava e por que estava ali. A rua Maica Domnului, com seus descampados e casas estranhas, estava mais silenciosa do que nunca. Não se via mais seu traçado por debaixo da neve. As antigas carcaças de geladeira Fram e os pneus de trator no terreno baldio diante de minha casa eram agora montinhos brancos com sombras azuladas. A neve caía oblíqua, constante, tranquila, silenciosa em cima de minha casa em forma de navio cuja porta de entrada, de ferro forjado art nouveau, eu agora vigiava. Meus olhos já cerravam de sono, quando a vi saindo.

Usava aquele seu casaco azul e a echarpe que eu conhecia tão bem, com o cabelo à mercê do vento e da neve. Atravessou aquele mundo ofuscantemente branco e seguiu pela Maica Domnului. Andava num passo estranho, meio rígido, sem prestar atenção nos transeuntes. Mergulhara o queixo na echarpe e deixava o cabelo ser coberto por estrelinhas cintilantes. Por um momento me pareceu tão bonita que senti a necessidade de correr até ela e segurá-la pelos ombros. Como tinham sido bons nossos primeiros meses! Mas agora eu precisava saber com quem se encontrava, o que realmente se passava com ela.

Depois de algumas ruas, virou à esquerda. Enveredou por um pequeno bairro de casas onde raras vezes eu estivera, com muitas ruínas, umas paredes ainda de pé, e depois, bruscamente, saiu na Colentina. A avenida também estava toda coberta de neve. Os automóveis passavam com distância de minutos, um ou outro bonde de serviço espalhava sal pelos trilhos. Os prédios proletários de dez ou doze andares despontavam das ondas de neve como espinhas cinzentas de cetáceos, cheios de feridas dos arpões do tempo e do abandono. Uma espécie de crepúsculo unânime, um rosa-sujo que cobria a desolação do bairro. Ştefana atravessou a avenida e continuou o trajeto pela outra calçada, na direção da Doamna Ghica. Caminhava atrás dela com as mãos nos bolsos do casaco, sem disfarçar, pois ela jamais olhava para trás, e eu sentia que não haveria de fazê-lo. Não se passara um ano, mas uma vida toda, desde que, pela mesma avenida, alguns quilômetros mais abaixo, na direção do centro, caminháramos juntos, vestidos de roupas leves, ela com os braços abarrotados de flores, no meio da rua ainda mais coberta de neve do que agora, e o bonde parara entre dois pontos para podermos embarcar, e as pessoas do lado de dentro nos aplaudiram de palmas congeladas, rindo alegres, apesar da infelicidade geral. Agora ela andava como se puxada por uma corda para encontrar o namorado ou superior hierárquico, ou sabe Deus quem. Ultrapassou a Doamna Ghica e virou à direita na Silistra, justamente a rua em que nasci! Silistra 46, a casa em forma de U cheia de pessoas ecléticas e alegres. Sempre que eu passava por ali, meu coração começava a bater até me sufocar. Silistra não era uma rua da realidade, ela pertencia ao mundo funambulesco debaixo da cúpula de meu crânio. Sempre que eu dobrava a esquina daquela rua, algo revirava dentro de mim, e eu, de repente, me via diante de minha própria testa, cujo osso se aclarava devagar para eu poder ver a melancólica viela, com os postes telegráficos untados de piche, com as pipas enroladas nos fios de eletricidade, com as casinhas de tijolo, sem reboco, com as crianças sentadas nos degraus para jogar três setes ou futebol de botão. Adentrava pela gelatina permissiva do osso frontal e seguia meu caminho, percorrendo a rua até o fim, onde começava o campo. Ali, na ponta, quando não tinha mais de dois anos de idade, deixei cair entre os dedos, numa poça, um sininho dourado, presente de sabe-se lá quem, e eu o procurara aos prantos, peneirando a água com as mãozinhas, sem jamais o encontrar.

 Ştefana agora entrara decidida pela Silistra e avançava, deixando para trás a mercearia, construção que tinha o desenho, sabe-se lá por que, de uma gigantesca chaleira azul, o quintal com postes em cujas pontas estavam enfiados globos verdes, vermelhos e azuis em que se refletia a imagem da rua e da casa ao lado, a casa com a torrezinha que sempre me fascinara... Chegou em frente ao cortiço em que meus pais moraram no quartinho com chão de cimento, mas não se deteve diante do portão. Por outro lado, detive-me eu, com estrelinhas de neve nos cílios e os olhos em lágrimas: deserto, estava deserto ali. Janelas obturadas por jornais, venezianas quebradas estalando ao vento. Um carro antiquíssimo, em cima de tocos de tronco, no quintal, coberto de neve. Oleandros ressequidos em vasos podres em frente às entradas. Ninguém na janela, ninguém no quintal. Bunker abandonado num antiquíssimo campo de batalha. Era uma dobra do espaço, do tempo ou da página manuscrita que os abrange, a brana do universo se dobrara sobre si mesma, talvez duvidando de si mesma, e agora eu me encontrava do outro lado de um nó de mais de um quarto de século. Era como outrora e também não era, era como uma sensação de déjà-vu, em que não a imagem, ah, Vaschide, mas a emoção transbordava sobre nós, avassalando-nos. Era como num devaneio vespertino ou num sonho, um sonho com casas, envolvidas pela magia intensa do reconhecimento. Isso, foi assim! Isso, estive ali!, dizemo-nos para nós mesmos, petrificados de sofrimento e nostalgia, olhando para aquele edifício esculpido em nossa substância cerebral, sob a torrente das intempéries de nossas endorfinas...

Logo também reconheci a parede cega da casa vizinha, mais arruinada, mais carcomida do que como a recordava. Em dois pontos se abaulara tanto que as antiquíssimas paredes de tijolo tiveram de ser sustidas por grandes braçadeiras, tortas, cobertas de ferrugem. Neve da altura de uma pessoa se acumulara junto a ela e aderira a suas irregularidades. Virada para a rua, a casa ostentava a fachada pintada num verde-água soturno, com o portão acima de uns degraus e algumas janelas cobertas por cortinas escarlates, da mesma cor do portão. Quando criança, desde a rua, olhara uma vez para dentro da casa, quando alguém abrira o portão. Tivera então a impressão de fazer algo proibido e vergonhoso: o corredor da entrada me parecera de carne, de carne vermelha e vibrante, como se a concha de calcáreo da casa abrigasse uma criatura viva...

Por aquele portão entrou Ştefana, para minha surpresa, com uma grande chave de ferro. Sumiu para dentro da casa, deixando a porta escancarada, como se soubesse que a perseguia e me convidasse a entrar também. Meu coração nunca bateu tão forte. Não sabia o que fazer, a casa me inspirava o mesmo medo da infância, a neve caía rumorejando sobre a rua, eu me encontrava na irrealidade, no irreal. Apenas o pavor existia de verdade, como um campo unindo e conferindo peso a evanescentes mundos paralelos. No fim das contas, entrei. De pronto se sentia estar a casa completamente vazia, fria, cheirando a inverno e a frio. Fazia tempo que não era mais habitada. Percorri o túnel do vestíbulo, recoberto até hoje com um papel de parede cor de sangue, subi a escada de madeira para o andar de cima. Um oleandro ressequido, quase carbonizado, soltou à minha passagem, com um barulhinho ensurdecedor, suas pétalas negras, enrugadas. Os quatro cômodos estavam com as portas abertas, encostadas à parede: vazios, congelados, com marcas pálidas nas paredes, onde antes estiveram móveis e quadros. Pelas vidraças trincadas entrava a luz ofuscante da neve, que fazia brilhar o assoalho pintado de tinta marrom. No fundo ficava o banheiro, e ao lado dele uma escada abrupta que dava para a mansarda. Subi por ela devagar. Meu campo visual pulsava junto com as batidas do coração. Arfava, soltava vapores como um dragão, em vórtices e anéis que se dissipavam no ar vítreo. Demorei-me um tempo diante da porta do fim da escada, escarlate como a casca de uma ferida. Colei o ouvido a sua madeira fria e úmida: do lado de lá não se ouvia nada, como se ali não houvesse nenhum cômodo, mas apenas espaço pleno, da grossura de vários metros. Pus a mão na maçaneta, e sua gelidez me arrepiou o corpo. Virei-a e abri, sem qualquer barulho, a porta.

    O quarto estava vazio como todos os outros, mas o ar era ebuliente. Pois vinha do meio do verão pela janela estreita à qual, apoiada com os cotovelos no parapeito, estava, de costas para mim, Ştefana. Os flocos de neve de seu cabelo haviam derretido fazia tempo, pois da fresta da janela vinha um vento quente como de um forno. A luz intensa, de ouro liquefeito, corroía a silhueta da mulher, incendiava-lhe os cabelos. Aproximei-me devagar. A neve derretida de cima de sua roupa escorrera no assoalho formando uma poça anil. Pois pela janelinha se via o céu anil em todo o seu esplendor, com nuvens brancas espalhadas uniformemente até o horizonte. E nesse pano de fundo se avistavam, quase de rosto colado com o de Ștefana, mas do outro lado da fresta, várias cabeças de crianças. Crianças pequenas, remelentas, de subúrbio, meninas e meninos em roupinhas miseráveis do dia a dia, rasgadas e remendadas. Seguravam-se uns aos outros, gritando de pavor e de surpresa. Ștefana olhava só para uma delas, o menininho mais miúdo, com uma carinha pontuda, de olhos pretos grandes e pesados, agora ainda maiores de medo. Sentado oblíquo em relação a eles, no canto do quarto, com o perfil tão conhecido de minha mulher a apenas dois passos de distância, mas sem que ela desse sinais de que me houvesse visto ou percebido minha proximidade, olhava-os com avidez. Ștefana não sorria, seu rosto se limitava a ostentar aquela impersonalidade de inseto que me exasperara nos últimos meses. Mas toda a intensidade de seu olhar se fixava, como a de um predador, no menininho pálido que... não havia dúvidas, era eu, o eu de outrora, o eu da casa em forma de U, coroado com o amor de mamãe e encouraçado pelo aroma dos oleandros do antiquíssimo quintal de minha primeira infância. Agora se olhavam frente a frente, ela o isolara por completo dos outros, que se perderam, transparentes, na paisagem com nuvens passageiras de julho, e agora estavam só os dois, como duas peças de um estranho jogo, como um mecanismo de engate prestes a fazer clique, encerrando sabe-se lá que segredo, destrancando sabe-se lá que portal. O menininho se descontraiu, em seu rosto não se lia mais o medo, mas uma espécie de sono com pálpebras entreabertas, tão logo a mulher estendeu a mão para ele, apoiando-a, no parapeito da janela, com a palma aberta para cima. A criança hesitou, mas não por muito tempo, e logo sua mãozinha repousou na palma de Ștefana. Seus dedos de puras unhas "muito alto dedicando seu ônix"[56] se fecharam devagar sobre ela, até não poder mais ser

---

56 Citação do primeiro verso de um soneto de Stéphane Mallarmé, "Ses purs ongles très-haut dédiant leur onyx", conforme tradução de Augusto de Campos (In:

vista. Ficaram assim, imagem indecifrável, enquanto me retirava, de costas, para a porta, agora descontraído e, de uma maneira hedionda, feliz. Senti eu mesmo a mão da mulher se fechando sobre a minha. O contato se produzira.

Mallarmé. Org., trad. e notas Augusto de Campos, Décio Pignatari e Haroldo de Campos. Ed. bilíngue. São Paulo: Perspectiva, 1991, p. 64-5). [N.T.]

39

Desde então se passaram três invernos, o mesmo intervalo de tempo de quando passei a escrever aqui, nestes cadernos de meu manuscrito. Coloquei-os em cima da escrivaninha e vejo como ficam silenciosos e bem-comportados, à generosa luz da neve que atravessa minha janela. O primeiro está encapado com um tecido sobre o qual se estende um modelo floral, em branco e azul. Reli-o tantas vezes que o conheço quase de cor. Piolhos, medos, matrículas, sonhos. O olho fechado por fora que por dentro desperta. A fábrica abandonada, com maquinários bizarros. Irina. O segundo caderno é mais grosso, de espiral metálica e capa vermelha, brilhante. Observando a lombada, é possível notar, como intestinos de criaturas esmagadas entre as páginas, as marcas de caneta, seu trajeto psíquico, o frêmito quântico da página branca, que dá todas as coisas à luz. A morgue, os sonhos, os piqueteiros, o anel, o dente arrancado, o ícone cuspido no círculo de ateísmo. O tesserato. Voila. E o último caderno, três quartos já ocupados, de capa preta e azul, o único que ainda possui páginas imaculadas, enigmáticas como deuses sem rosto. Sempre soube que o escrito é palimpsesto, é raspar uma folha que já abrange tudo, é desvelar sinais e nós que vêm pela primeira vez à tona, assim como removemos pedras grandes na infância para observar, na concavidade úmida produzida na terra, o pânico das formigas incomodadas, saindo correndo com larvas esbranquiçadas nas mandíbulas, o desenrolar preguiçoso de um ou outro miriápode duro como arame, a fuga desnorteada de uma aranha transparente. O rumor subterrâneo das folhas brancas, sua disponibilidade ávida por todas as histórias, toda a glória, toda a vergonha e todo o pensamento e todo o inferno sobre a terra. Terminei ontem, ao escrever "o contato se produzira" (sem saber o que isso significa e sem me importar por não o saber, satisfeito apenas com a sensação de que seria exatamente assim que eu teria de concluir a história torturante de meu casamento), a página da esquerda, muito acima daquela a sua frente, pois mais de uma centena de páginas já escritas, estufadas pela pressão da ponta da caneta e sobrecarregadas pela tinta azul, cheirando a perigo e vertigem, avassala o maço modesto das páginas brancas, lisas, reunidas no lado direito, que virão a ser preenchidas no futuro, sem eu saber por ora quando nem com que, em paralelo com a vida da qual derivam. Tenho um só pressentimento, de que seja o último caderno, de que a história venha a terminar no momento em que não houver mais espaço aqui para mais nenhuma letra, assim como os grandes tatuados preenchem durante a vida toda a pele, até o último centímetro quadrado, aquele entre as sobrancelhas, que sempre merece ser tatuado com o olho triangular que olha para dentro, e depois se retiram e morrem em algum lugar, oferecendo sua própria pele aos museus. A página da direita já está tatuada pela metade, e a sombra de meu braço a escurece na parte de baixo, pudica como a neve lisa, intocada por passos humanos. Várias vezes, após escrever aqui até o escurecer do dia e o ar do quarto se tornar amarelo-sujo como querosene, costumava fechar a rígida capa do último caderno e colocá-lo sobre os outros dois, e sobre a superfície da capa se formava uma flor de moedas de três leus e de um leu: uma grande no meio e cinco ao redor, como pétalas que se encostam. A luz rasante da janela lhes destacava a serrilha da borda e as cifras, as letras, o brasão de suas faces prateadas. Fitava-as até escurecer por completo e elas restarem como as únicas fagulhas no quarto soturno, tentando compreender (ou lembrar?) *o que significa isso*, como se eu procurasse, intrigado, uma palavra que me estivesse na ponta da língua. Depois eu pegava um pedaço preto, curvo, lascado na ponta, de ímã – aquele que uma vez encontrei na Cooperativa Bobinagem Elétrica, cuja cerca pulara tantas vezes em minha infância –, e o aproximava da flor de moedas da estranha Balbeque de meus cadernos. Sempre senti surpresa e alegria diante do milagre de sua adesão brusca, tilintando, de pedra negra, agarrando-se uma à outra, formando uma corrente em que as moedas, agora na vertical, peneiravam o crepúsculo em centelhas e sombras repentinas. Puxava-as, desprendia-as com força das outras, sentindo a tensão invisível entre elas, sua mística solidariedade. Sempre vi o magnetismo com olhos de criança, assim como sempre me surpreendeu poder enxergar através do vidro (mas não também através de paredes ou metais) e o fato de os espelhos repetirem infinitamente a realidade, tornando o mundo duas vezes mais espaçoso...

O terceiro caderno, ainda só pela metade escaneado, escavado, exposto: Voila. Traian. O senhor dos sonhos, Vaschide. Ştefana, com seu estranho alheamento. Personagens, lugares, figuras desempenhando um balé fascinante e incompreensível como o sonho manifesto que se coalha, como a membrana da superfície do leite, por cima daquilo que esconde e revela: a beleza de abismo e de fera do sonho latente. Despertamos zonzos, enquanto do lado de fora ainda está escuro, esticamos o braço até o relógio quando, de repente, nossa mente é relampejada por um misto de pré-imagens e ainda não emoções, algo que não logramos ver nem sentir de verdade, mas que está ali, como um corte de punhal no meio de nossa mente, como uma sensação de déjà-vu que nos arrebata, como o cheiro de cabelo queimado ou o gosto de azinhavre que o epiléptico sente antes de desabar: sim, sim, foi alguma coisa, vivenciamos alguma coisa, era... mágico, impossível de exprimir... Lembramos com os dedos, com a língua, com os muros em que floresciam os líquens. Sim, estivemos ali, que estranho, estivemos naquele mundo... Ficamos imóveis, como uma aranha na teia, tentamos atrair outra mensagem, outro relampejo das profundezas. E de repente enxergamos, e bruscamente sentimos, um fragmento de nossa vida paralela se torna palpável, concreto como qualquer objeto de nosso mundo. É um ícone, uma fotografia, um filme, mas o arranjo de rostos e cômodos e palavras que vêm daquele mundo remoto não justifica a emoção como a de uma paixão, a dor como a de um velório que nos paralisa enquanto ainda estamos deitados na cama e a janela anuncia o raiar do dia. "O que será?", perguntava-se mamãe toda vez que se lembrava de um sonho, e sempre se lembrava deles, pregando-os no insetário infalível de sua memória, em seu livro não escrito de poemas, digno de Plínio e Lautréamont. O que será?, perguntamo-nos também, em nossa canalhice silogística, pensando de maneira reflexa, assim como o louva-a-deus constrói seu ninho sem olhar para trás, numa interpretação, abrindo o sonho morno, recém-nascido, com base em seus órgãos e aparelhos, em suas engrenagens, cruzes, asteriscos e semiluas, para depois, por meio de uma inepta e ineficiente engenharia inversa, reconstruirmos um significado, um alfabeto, uma linguagem. Mergulhamos o papel fotográfico no banho revelador, mas o revelador não pode revelar a revelação, pelo contrário, esconde-a atrás da fotografia, que traz o caráter insano ao mundo ao mesmo tempo que perde o mundo do qual, mensagem terrível e sacra, provém. Todo sonho é uma mensagem, um chamado, um portal, um buraco de minhoca, um objeto multidimensional que nós, ao interpretá-lo, mistificamos e desperdiçamos. Estamos acostumados aos livros que lemos plácidos, comendo um sanduíche, numa pausa na sala dos professores, ou dentro do bonde, indo para casa; às portas desenhadas nas paredes, ilusórias, de todas as pinturas de todas as pinacotecas do mundo; ao balanço da cabeça ao ritmo de todas as canções. Mas estamos surdos, cegos e mudos ao chamado desesperado de seu núcleo. Os sonhos são planos de fuga, assim como a música, a metafísica e a trigonometria esférica. Tudo o que fala conosco no mundo nos diz a mesma coisa: saia daqui! Vá embora! Aqui não é seu lugar! Todo sonho insiste em fazer uma pergunta. Não o compreenderemos se lhe dermos uma interpretação, mas apenas se o respondermos. Sempre que ouvirmos sendo chamados, no meio da madrugada, pelo nome, não hesitemos em responder: "Estou aqui, Senhor!".

Não estou tentando entender, estou apenas continuando com a história de minhas anomalias. Os filósofos interpretaram o mundo de todas as maneiras, digo para mim mesmo às vezes, parodiando a famosa frase da qual jorrou tanto sangue, mas o importante é fugir. Uma espécie de visão que tive algumas noites atrás veio à tona, pelo menos em minha mente ávida por indícios, para me mostrar, se não um método, pelo menos uma distante luz final, assim como avistamos o centro de um labirinto de cristal, tão próximo, mas do qual nos separam quilômetros de corredores. A transparência da parábola, assim como a dos muros de vidro, a ironia do portão de chifre, a do sonho verdadeiro, enviado por deuses, que apesar de tudo jamais compreenderemos. Transcrevo aqui, do mesmo modo como transcrevi antes meus sonhos transparentes, e no entanto obscuros (quanto mais límpidos, mais indecifráveis), a pequena história que então se manifestou:

Certa vez eu possuía vastas propriedades, poderia dizer que o sol jamais se punha em toda a sua extensão. Sua geografia era grandiosa e variada, suas riquezas – infinitas. Para proteger minhas terras, construíra em torno delas uma muralha circular, flexível como uma membrana, porém quase impenetrável. Meus inimigos possuíam um patrimônio tão grande quanto o meu e me rodeavam por toda parte, mas a circunferência da muralha era tão inimaginavelmente comprida que em nenhum lugar ao longo dela era possível que se reunissem tantos para conseguirem produzir uma brecha. Esse estado das coisas durou muito tempo, hoje o considero minha era dourada, minha época de ocioso conforto.

Chegou, porém, o momento em que me foi noticiado que, numa pequena porção da muralha, erguida numa província de fronteira, o número dos inimigos, sabe-se lá por qual motivo, logrou ser um pouco maior do que nas outras regiões. Não o suficiente para conseguir penetrar a muralha, mas preocupante para mim. Decidi realizar um corte na muralha e fazer deslizar as duas extremidades uma sobre a outra, de modo que, naquele trecho, a muralha haveria de dobrar de grossura. Foi uma medida de precaução bastante criticada por meus súditos na época, pois a porção respectiva não era nem a milésima parte da circunferência, e a duplicação da muralha foi quase imperceptível. Contudo, por menor que fosse a superfície por cobrir, a duplicação da muralha teve consequências sobre todas as minhas fronteiras: meu reino ficou mais estreito. Dele perdi uma faixa infinitesimal, talvez da grossura de um fio de cabelo, mas era uma perda de território, e isso fazia séculos que não ocorria. Minha medida de precaução, talvez um pouco precipitada, teve também, aliás, outros efeitos, dentre os mais paradoxais. Observando que a muralha agora era dupla, na extensão daquela província, os inimigos desistiram de atacar naquele ponto e se dirigiram às margens, juntando-se aos que ali já lutavam contra minhas guardas.

Fui, portanto, obrigado a esticar a extremidade da muralha interna, aumentando o arco do círculo sobre o qual a parede era dupla. Por alguns anos enfrentei, assim, numerosos ataques, mas ao preço de um novo estreitamento de minhas glebas. Perdendo a esperança, meus inimigos daquela zona se mudaram de novo para as províncias marginais, o que causou, de minha parte, um novo giro da muralha interna ao longo da do lado de fora. Em pouco tempo, um quarto e, mais tarde, metade da circunferência – cada vez mais estreita – da muralha externa foram duplicados pela interna, e meu patrimônio diminuiu dramaticamente. Perdi, do lado de lá da muralha, concentricamente, gubernia após gubernia, minas de metais preciosos, florestas de madeira nobre, aldeias e terrenos agrícolas capturados pelo inimigo, cidades e vilas, outrora repletas de alegria. Quando consegui, temendo os ataques sempre frequentes, duplicar toda a circunferência da muralha, após décadas de luta incansável contra os inimigos, encontrei-me muito mais pobre do que era, permanecendo, no entanto, um nobre castelão importante na região. Todo o meu domínio estava agora protegido, é verdade, por uma muralha dupla, mas os inimigos também se haviam fortalecido, pois atacavam agora por toda parte uma muralha bem mais reduzida em extensão do que no início. De modo que minha situação, ao invés de melhorar, se tornou mais difícil, pois meus recursos diminuíram, e a guerra exige dinheiro e mais dinheiro.

No entanto, não tive opção quando, de novo, numa das zonas de fronteira, o inimigo começou, sabe-se lá por quais motivos, a atacar com mais ferocidade do que em outros pontos. Fui obrigado a puxar de novo a extremidade da muralha interna, triplicando a largura total por um arco de círculo de início modesto, e depois cada vez mais amplo. Fui cobrindo cada vez mais a fronteira com essa muralha tripla: um quarto, metade, três quartos e, finalmente, a fronteira toda. A área que restou sob meu domínio, após essa nova redução de circunferência e superfície, não ultrapassava mais minha terra natal: o castelo e algumas aldeias do entorno, uma mina de estanho, um moinho d'água, uma colinazinha com pastos salpicados por rebanhos de ovelhas. Tudo o que conquistara à espada, desde os dias de minha juventude, estava agora para sempre nas mãos do inimigo. Mas quanto mais meu patrimônio ia por água abaixo, mais numerosos eram meus adversários, embora seu número não tivesse crescido, em cada zona da muralha de defesa. Seu vigor era agora tão grande que não pareciam mais lutar apenas por minhas riquezas, e sim por um ódio crescente diante de mim e de minha teimosia em resistir.

Rapidamente, minha muralha se quadruplicou e depois se quintuplicou, acabei perdendo a mina, o moinho, as aldeias, um atrás do outro, inclusive a colina com meus rebanhos, de modo que, quando a muralha de defesa se tornou seis vezes mais grossa, como uma serpente que envolve com seus anéis o cervo estrangulado, me vi na situação em que o trecho mais interno estava colado à muralha de meu próprio castelo, apertando-o nas alças de sua membrana nacarada e elástica.

Se a sextuplicação da muralha consumiu alguns dias, o processo de septuplicá-la durou apenas algumas horas. Sob a pressão da muralha de defesa, as ameias do castelo, uma vez consideradas inexpugnáveis, se esfacelaram, e então pude ver, com pânico e horror, como a muralha externa, tão larga quanto ameaçada por inimigos, chegou a circundar apenas as paredes da sala do trono, em que agora me encontrava confinado, sem poder escapar. Os inimigos estavam tão próximos que podia ouvir, do outro lado daquilo que se tornara uma muralha dobrada vinte vezes sobre si mesma, seus berros animalescos, sentia sua frustração por não mais poderem utilizar suas armas por se aglomerar tanto nos parapeitos, por serem obrigados a morder e arranhar para abrir caminho até a muralha assediada.

Foi uma mera questão de minutos até eu mesmo passar a defender a parte interna da muralha, e a puxei até meu próprio corpo, colando-a a ele, pois aquilo era tudo o que me restara no mundo. Meu terror, minha dor e meu desespero ultrapassaram os limites quando a própria fronteira de minha pele cedeu, e a parede circular, agora multiplicada por cem e por mil, invadiu meus órgãos internos. Os inimigos conquistaram, um a um, cada vez mais rápido, meu coração, meu fígado e minhas tripas, as vértebras de minha coluna, exatamente do mesmo modo como, ao longo das décadas precedentes, haviam se assenhorado de minhas extensas e inúmeras terras. Agora a muralha se enrolava, com a velocidade do relâmpago, em torno de si mesma, abrangendo-me o crânio e depois o esmigalhando, englobando-me o cérebro e avançando rumo a seu centro incandescente. Os inimigos agora lutavam pelas zonas sensoriais, pelas zonas motoras, conquistavam dedo a dedo o homúnculo disforme projetado nos hemisférios cerebrais, vandalizavam-me as recordações e os pensamentos, escravizavam meu espaço visual e lógico num assalto contra a muralha que agora tinha dezenas de milhões de espiras e girava silvando como uma tênia inclemente, para se apoderar, no centro do centro da mente, do grão de ervilha de minha glândula pineal, que os sábios dizem ser a sede da alma.

E eis-me agora, após um mero milionésimo de segundo, reduzido ao que realmente sou, ao que sempre fui: a pérola do centro da estonteante espiral da mente. Vivendo aqui, morrendo aqui, sem tempo, sem propriedades, sem inimigos, assim como sempre morri, vivendo.

Não é tão ruim assim, digo para mim mesmo, relendo minha pequena parábola. Talvez eu ainda tenha uma chance, talvez até mesmo agora, tantos anos depois da reunião do cenáculo que bifurcou minha vida, ainda possa recuperar, ainda possa me esgueirar por sob a pele do Outro, aquele que viaja pelo mundo e dá autógrafos e escreve livros brilhantes em outra terra, debaixo de outros céus. Só de pensar nisso sinto vontade de vomitar. Só de pensar que poderia tirar de dentro da casa em chamas a pintura célebre e não a criança viva, cuja pele se queima às labaredas, me dá uma sensação insuportável de ódio de mim mesmo. É isso que fazem todos os escritores, filósofos, músicos e pintores do mundo, é isso que fazem os ilusionistas do circo e os domadores de pulgas: salvam a obra-prima e deixam a criança queimar. Tenho escrito aqui, noite após noite, em minha casa do centro da cidade, do universo, de meu mundo, um antilivro, a obra para sempre obscura de um antiescritor. Sou ninguém e hei de permanecer para sempre assim, sou sozinho e para isso não há remédio, mas não estou enganando ninguém ao pintar portas que jamais se abrirão nas paredes deste mundo piranesiano. Eu poderia pegar minha história e levar para uma redação de jornal. Ela poderia ser publicada num suplemento literário de domingo. Eu poderia escrever mais alguma coisa desse gênero e publicaria um pequeno volume de cem páginas. Até Kafka, até Rotluft, até Fyoritos fizeram isso. Poderia entrar um dia na sala dos professores com meu livro recém-publicado, poderia mostrá-lo, com fingida modéstia, a Florabela, a Goia, à dona Gionea e à dona Uzun, eu me aproximaria de Spirescu, professor de desenho, para perguntar, hipocritamente, sua opinião sobre a capa (ele, o grande especialista...), e ouviria vindo de toda parte "parabéns, senhor professor", vindo até mesmo dos retratos esverdeados que vigiam a sala dos professores, até das faxineiras, até dos alunos com manchas de tinta nos lábios. Assim começaria. Ainda poderia começar. O pesadelo de minha transformação, após uma noite de sono agitado, no Outro.

Quarta Parte

40

Nossa escola fica mais bonita na primavera. Do lado de dentro escurece como sempre, é verdade, com seus corredores intermináveis, com seus andares que parecem se multiplicar por cima e por baixo da terra, mas pelo menos quando chegamos diante dela, de manhã, parece banhada numa água gélida e luminosa, como se tivéssemos dezesseis anos e víssemos as coisas pela primeira vez, não com os olhos, mas diretamente com nosso ser interior. Mesmo o amarelo-sujo, granulado, das paredes cintila como numa *camera lucida*, mesmo as sombras, nas paredes, dos ramos das árvores desfolhadas parecem neurônios estranhos, trançados entre si e balançando ao sabor da animadora brisa matutina.

A maquiagem e o penteado de minhas colegas são diferentes na primavera. E elas se queixam menos de doenças femininas e reumatismos. Entusiasmam-se mais com as eternas, embora sempre outras, doidices da sala dos professores: depois da época do óleo debaixo da língua, das algas gosmentas do pote, da raiz de amor-perfeito, do cubo Rubik, dos insetos mantidos em punho fechado dez minutos por dia (já fazia dois anos, depois da loucura dos piqueteiros que estremeceu o bairro, que não havia mais vendedora, encanador, marceneiro, professora ou mendigo que não alimentasse, em casa, um gafanhoto, um louva-a-deus, um besouro verde-metálico, um escaravelho, uma vaca-loura, um escaravelho-da-batata ou, equivocando-se nas taxinomias, uma aranha, uma lacraia, um grande carrapato de gato ou uma borboleta de seda só para chamarem a atenção como membros da seita que lutava com obstinação contra a morte, a dor e a agonia), começou agora a fúria das fotografias com as câmeras mais baratas do mercado, praticamente de brinquedo, que apareceram neste inverno. São umas caixas pretas, desprovidas de qualquer tipo de lente, em que enfiamos o filme, olhamos pelo visor de vidro e apertamos o botão. A luz entra por um orifício do tamanho de uma ponta de alfinete na tampa que deveria cobrir a objetiva, se existisse uma. Durante a revelação, temos uma imensa surpresa, pois as fotografias feitas com essa máquina rústica saem mais do que picturais: o halo de luz ofuscante que rodeia os rostos e torna as paisagens irreais é pura nostalgia. É assim que vemos as coisas e as faces no sonho ou nas mais antigas recordações. Os retratos, em especial, parecem ectoplasmáticos, dissolvidos na luz. Neles as pessoas parecem larvas pálidas conservadas em formol, nos cilindros espessos dos museus de ciência natural. Todos os professores montaram seus próprios álbuns de fotos e passam o tempo das pausas, na sala dos professores, mostrando-os uns aos outros como se fossem imagens de planetas remotos.

    Quinta-feira passada, Borcescu nos chamou para uma reunião. Juntamo-nos todos, professoras de primário e professores de ginásio, na sala de aula ao lado da sala dos professores. Sentei-me na primeira carteira ao lado da janela, e Gheară ficou a meu lado, com suas piadas bobas mas divertidas. Muitas professoras faziam crochê ou tricotavam, outras liam ou conversavam aos sussurros. Acima da lousa refulgia o retrato do Camarada, o "ruim da bola", com uma brilhante gravata metálica. Tinha um sorriso no canto da boca, parecendo tentar segurar a hilariedade produzida sabe-se lá por qual piada que acabara de ouvir. Na parede oposta às janelas ficavam os inevitáveis painéis com a vaca, o porco e a "geografia literária", ou seja, o mapa do país em que estavam coladas fotos de escritores, cada um no lugar em que nascera. No fundo, acima dos cabides cheios de casacos e chapéus, encontravam-se duas personalidades albanesas que provavelmente não couberam mais na sala dos professores, e entre elas o brasão nacional.

    Uma estranha alegria frívola, provavelmente causada pelo anil intenso do céu de abril que inundava a sala de aula como a um aquário cheio de luz, agitava meus colegas, sobretudo as professoras que não calavam mais a boca. "Ontem celebramos o *Fasching*[57], queridas, fantasiamos nosso filho de cavaleiro, parecia gente grande. Meu marido o levou de Volkswagen até o Palácio dos Pioneiros. A fantasia dele, nem digo, alugada no Teatro Nacional, um esplendor! Elmo com pena de galo, armadura de malha de cota, queridas, e um manto de cruzado! Me custou, vocês não imaginam, oitocentos leus! Sim, queridas, oitocentos leus por um único dia! Mas o que é isso, mulher, é banhada a ouro? Paguei, afinal é uma vez só que meu filho festeja o *Fasching* com todas as crianças do Ministério dos Negócios Estrangeiros, mas saibam que... Ora, o que dizer, vocês também sabem como é ter filho. Meu Tony..." Caty não se importava se alguém estava ou não escutando, e não enxergava como as colegas ao redor, amargas, reviravam os olhos. Ela estava numa carteira, exuberante em seu vestido demasiado elegante, como uma borboleta exótica entre traças, dirigindo a uma ou outra os seus olhares úmidos, tão apetitosa quanto naquela ocasião, na secretaria, quando me mostrara com inocência, uma a uma, as calcinhas que havia acabado de receber "*de la pachet*". Sempre que a via eu me lembrava daquela noite terrível dos piqueteiros, da sala circular e da gigantesca estátua da Danação que esmagara com a sola do pé, como a uma barata, Virgil, um Virgílio que não guiara ninguém pelo inferno imanente de nosso mundo. Muitos piqueteiros haviam sido presos pela Milícia e pela Securitate depois daquela noite em que, com efeito, ocorrera um homicídio, mas o movimento parecia – e ainda parece – irreprimível. Virgil se tornou, claro, uma espécie de mártir, suas fotografias, multiplicadas até sua aparência se tornar irreconhecível, ocuparam a cidade e podem ser encontradas em quase toda casa. Muitos dos antigos peregrinos percorrem agora uma espécie de trajeto místico pelos edifícios do centro, escolhendo sempre as salas em que a foto, emoldurada, se encontra sobre alguma escrivaninha, na parede, presa na borda do espelho do banheiro ou até mesmo despedaçada e atirada

---

57 Nome dado ao carnaval, em especial na Baviera. [N.T.]

ao lixo, assim como num labirinto podemos decidir virar sempre só à esquerda.

    A história de Ispas ocupara de novo o centro das atenções, tanto na primavera de seu desaparecimento, em que seus gritos – dizem – puderam ser ouvidos por dias através do campo que margeia a cidade, assustando as pessoas que se aventuravam pelos sulcos lamacentos do outro lado da ferrovia, como, sobretudo, no outono passado, quando o porteiro, do qual todos praticamente se haviam esquecido, fora de repente reencontrado, são e salvo, jazendo numa vala a três ruas de distância da escola, bêbado e completamente baratinado. Produziu-se então uma comoção extraordinária no bairro. As farsas com o inseto no punho fechado de súbito desapareceram, pois a piada se transformara em algo sério: ao se recuperar da bebedeira, o porteiro assinara na delegacia, diziam, um relato capaz de gelar o sangue nas veias e que transformara por completo o sentido da grande seita dos piqueteiros. O testemunho de Ispas também circula, ao que parece, como a fotografia de Virgil, copiada e recopiada a mão, mas com tanta precaução que, por ora, ainda não consegui ler, não que eu faça tanta questão disso. Fato é que, depois do retorno do porteiro, grupos de gente vestida de preto recomeçaram, como na época de Virgil, a se reunir em torno dos lugares mais sinistros da cidade, retomando aquela vida dupla que tanto me surpreendera no caso de Caty. Não deveríamos nos deixar enganar pela frivolidade e as formas langorosas e a boca de flor de papoula da professora de geografia: a própria lua também tem sua face escura, desfigurada por pavores e decepções. Mesmo sem a silhueta exausta de Virgil entre eles – o herói morto provava ser mais forte e mais ativo do que seu modelo em vida –, os piqueteiros estavam se reagrupando, e no ar paira um bafo de apocalipse que, há semanas, venho sentindo na própria pele.

    As doenças, o dentista, os filhos e os netos, a novela de sábado à noite – minhas colegas não têm muitos outros assuntos sobre os quais conversar na sala dos professores ou antes do início das reuniões. Cada uma se sente, ademais, dona da própria "especialidade": dividiram o mundo entre si, e cada uma enfiou no bolso um pedaço. A professora de música, em geral fina e decorativa como uma estatueta demasiado polida, e igualmente calada, desperta de repente sempre que se trate de Mozart ou Tchaikovsky: os olhos começam a cintilar, os brincos redondos a tilintar, e os detalhes sobre concertos, aberturas, sinfonias (ou apenas pormenores picantes da biografia dos músicos) jorram como se de dentro de um baú de pérolas, pedantes e inúteis como a própria dona Bernini. Nada verdadeiro, nada, nem mesmo uma besteira, que houvesse sido verdadeiramente criado por seu pensamento.

À menor menção de um personagem de Dostoiévski se arrebata a professora de russo, verdadeira comissária, aliás, como se espera, e de quem as crianças têm medo como a um demônio: sem mais nem menos ela é capaz de sulcar suas palmas com um pedaço de cabo com um fio de metal prateado dentro. Não raro logrou deslocar os dedos e os ossos das mãos de muitas delas. "Sim... Dostoiévski... Fiódor Mikhailovich Dostoiévski. Foi um grande escritor russo que demonstrou seu amor e compaixão pelos mujiques. Mas também tinha lá os seus limites ideológicos. Fique sabendo, camarada professor, que ele, não importa o que o senhor diga, não tem como se comparar ao grande Tolstói, que abrangeu em sua obra a humanidade toda." E depois Tolstói para cá e Tolstói para lá, como um disco riscado de gramofone, sempre que me vê, de tal modo que cheguei a preferir "o casamento é um pouco pior que a forca" de Borcescu. Dona Rădulescu, claro, é a senhora da história. Basta dizer algo sobre Mihai Viteazul (mesmo que se trate apenas do liceu que leva seu nome) que ela salta como um robozinho: "1558-1601". Ouve que vamos visitar nossos pais na Ştefan cel Mare? Sua voz acrescenta, com a mesma impersonalidade daquela que informa a hora exata ao telefone: "1457-1504". Além das datas (todas as subidas e descidas do trono), ela também conhece aquilo que chama de "causas". Por que eclodiram as Guerras Napoleônicas? Por que se amotinaram os gladiadores de Espártaco? Por que foi inventada a máquina a vapor? Por que se produzem eclipses? Por que as pulgas pulam no lençol? Por que os copos se derramam na mesa? Com um sorriso de superioridade, dona Rădulescu tem uma única resposta que serve para todas as perguntas: por causa da exploração do homem pelo homem." "Cavouque um pouco, camarada professor, sob cada ideia filosófica, sob 'idealismos' e 'metafísica', e encontrará sempre a mesma coisa: posições de classe, defesa do privilégio dos ricos contra os pobres e deserdados do mundo." Há décadas inteiras meus colegas repetem leis, teorias, datas, raciocínios, poemas, citações, "as coisas mais belas já ditas e escritas pela humanidade", e descem a mão nas crianças que, no dia seguinte, não conseguem repetir tudo de cor, palavra por palavra, mesmo que não se assemelhe com nada da vida delas, e, por isso, se esquecem de tudo o mais rápido que podem. Cada aluno da 86 deve ter debaixo da cúpula translúcida de seu pequeno crânio uma paisagem tão arruinada quanto a do mundo ao redor, como a própria escola e a antiga fábrica, e a auto mecânica, e a fábrica de tubos de aço. Tudo o que de melhor foi dito e escrito ao longo dos séculos chega até ele como entulho, tijolos partidos, canos tortos e enferrujados, cofragens transformadas por completo em lascas de uma Babel mergulhada no abandono.

Ocupam a cátedra o camarada diretor Borcescu, cujo vitiligo avançou tanto nos últimos anos que não se pode mais olhar para ele: todo o rosto está cheio de manchas róseas e escurecidas, e a grossa camada de pó de arroz só faz destacá-las com mais exuberância, de modo que agora uma lagartixa com a pele da cara alargada e com apenas dois dentes grandes e amarelos lhe saindo da boca de divindade asteca nos encara hipnotizada, e a camarada Băjenaru, secretária de partido, dona de casa clorótica, com ptose palpebral, professora de matemática graças a sabe-se lá que estranha reviravolta do destino, pois sua mente não parece servir para mais do que pôr pepinos para curtir a cada ano. É verdade que são crocantes e bem temperados, pois ela traz um prato para cada um, de aperitivo, a cada final de outono. As conversas se extinguem aos poucos e logo não se ouve nada além do tilintar surdo das agulhas de tricô. A reunião começa num tédio desencorajador, sempre a mesma coisa, com Borcescu balbuciando diretivas partidárias, citações do Camarada, truísmos sobre pedagogia, ética e equidade em nossa sociedade socialista, e isso durante toda uma hora em que, se não crochetarmos, a vontade é de subir pelas paredes.

Seja como for, o mundo não é um lugar terrível? Não vivemos um instante num grão de poeira na eternidade? Não enlouquecemos no pacote flácido de gorduras, cartilagens e ossos de nosso corpo? Não temos de suportar, dia a dia e hora a hora, a ideia de que envelhecemos, de que nos caem os dentes, de que sofreremos de doenças abomináveis e enfermidades dignas de pesadelo, de que agonizaremos e depois desapareceremos e que jamais tornaremos a existir para darmos forma e sentido ao mundo? Não bastasse tudo isso, precisávamos ainda de uma tirania? E de uns imbecis que a pregam na cátedra sem acreditar numa vírgula sequer, assim como não acreditam nem na poesia dos clássicos, nem nos teoremas matemáticos, nem nas leis da física, nem nos átomos, nem em deuses, nem na luta de classes, que pregariam qualquer coisa no mesmo tom só para proteger seu sono da tarde, seu *único* deus e amigo?

Passa-se em seguida à ordem do dia, que abrange um único ponto, o mais importante desde os últimos anos e diante do qual o processo instrutivo-educativo se transformara apenas numa espécie de apêndice atávico: a coleta de garrafas, potes e papel usado. Cada criança tem de trazer mensalmente cinquenta quilos de papel e uma centena de garrafas e potes vazios, bem lavados, prontos para reentrarem no ciclo produtivo. Os tutores de cada classe eram responsáveis pela realização do plano relativo ao papel usado e garrafas. Cada um devia chamar os pais para uma reunião, ao entardecer, na volta do serviço, e moldá-los, com a maior firmeza, no que dizia respeito ao dever patriótico de reciclar detritos, contribuindo, assim, conforme a possibilidade de cada aluno, para o bem da pátria. Não se admitiam lamentações do tipo de onde diabos o pobre pai ou a mãe arranjariam cinquenta quilos de papel ou uma centena de garrafas e potes todo mês. Cabia ao professor interromper bruscamente os que se queixassem de ter dois ou três filhos na escola. A lei é dura, mas é a lei. Esse é o montante estabelecido para cada criança, esse é o montante que deve ser trazido. Senão – chega-se até a expulsão da criança da escola, naturalmente depois de punições preliminares como puxões de orelha, golpes na palma das mãos com régua de três cantos, calças arriadas na frente da classe, diminuição da nota por comportamento, repetência.

Sabíamos que terror haveria de se seguir, pois todo ano era a mesma coisa. As crianças, desesperadas, saqueavam as lojas, roubavam embalagens, assaltavam bancas de jornal. Os pais compravam papel usado dos centros de coleta ou subornavam os porteiros das tipografias. Surgiam bandos de alunos que atacavam os depósitos das escolas vizinhas para roubar os preciosos potes, que em geral percorriam o caminho de uma escola para outra. As bibliotecas de cada escola se resguardavam com uma vigília especial, pois não eram poucas as que ficavam de estantes vazias: os livros eram desmembrados e acrescentados ao papel usado. As crianças percorriam quilômetros inteiros, com suas antiquíssimas bicicletas, até os aterros sanitários da periferia da cidade e os vasculhavam atrás de jornais lamacentos e garrafas lascadas por entre carcaças e excrementos fermentando sob o céu imenso. A corrupção e a propina chegavam a cotas inimagináveis. De três fábricas de papel, duas produziam papel usado para escolas. As fábricas de cerveja, de óleo e de conservas preferiam vender garrafas e potes vazios, pois agora valiam muito mais do que os produtos embalados. No dia da coleta do lixo, em nossa escola, viam-se filas de crianças curvadas debaixo de trouxas gigantescas, como os xerpas do Himalaia, escorregando e caindo em meio ao barulho ensurdecedor de vidro partido, arfando e com os dedos cortados pelos barbantes com que eram amarrados os enormes pacotes de jornais amarelados. Tudo ficava depositado numa sala de aula desativada (uma daquelas distantes, numeradas com números imaginários e transfinitos), depois que as tutoras preenchiam uma tabela com o que cada criança trouxera. Para quem não atingisse a cota, as consequências eram terríveis. Muitos alunos que não conseguiam recolher a quantidade exigida fugiam de casa ou não apareciam mais na escola, alguns tentavam até se enforcar. O lixo rapidamente enchia a sala de aula até o teto. Os maços de jornais da altura de vários metros sempre desabavam sobre quem trazia ainda mais, as garrafas se chocavam umas às outras até se transformar em cacos cor de café, esverdeados ou cristalinos como água, que por sua vez se esfarelavam a ponto de se tornar a areia da qual provinham. Desativava-se mais uma sala de aula, que também se abarrotava até o teto. O papel usado depois bloqueava os corredores, se estendia cada vez mais no espaço da escola, enchia todo um andar, interrompia o funcionamento da central do subsolo, acaparava o sótão e as dependências. No início mantinham-se corredores estreitos por entre as pilhas de papel, pelos quais era possível se esgueirar até os laboratórios, os consultórios médico e dentário, a secretaria e a sala dos professores. Mas, em poucos dias, eles também ficavam abarrotados. Não se davam mais aulas, só um professor de serviço ainda aparecia para vigiar, em seus armários, os diários de classe, que corriam grande perigo de ser roubados e adicionados ao papel usado. Quando todo o espaço da escola era preenchido de tal modo que não cabia mais nem uma agulha, os alunos deixavam seus pesados fardos junto às paredes e trepavam nos fardos antigos para colocar os deles o mais alto possível. Como os felás das pirâmides, construíam rampas sobre as quais arrastavam os volumes de papel e sacos de ráfia com garrafas e potes, e logo não se avistava nada mais da escola debaixo da gigantesca montanha de papel usado. Depois vinham longas filas de basculantes que recolhiam e levavam tudo numa direção desconhecida. Depois de uma semana, podíamos retomar as atividades na escola.

"Prezados colegas", continua Borcescu, cuspindo entre os dois dentes que lhe restaram na boca, amarelos e arqueados como os de um javali, "chamo sua atenção para o fato de se tratar de uma tarefa de partido com prioridade zero, isso, zero, camaradas. E ainda há mais, muito mais por vir..." O diretor permanece por alguns instantes desnorteado, com o olhar fixo no vazio. Remexe a papelada, não encontra... "O que é que tínhamos mais, camarada Băjenaru?" A mulher amarelada a seu lado desperta como de um sonho, sobressaltada: "Ora... ah, sim, a cortiça..." "Isso! Isso, rolhas de cortiça, a economia romena precisa de rolhas, camaradas... pois de beber nós entendemos, mas, na coleta de rolhas, estamos um pouco mais devagar. Uma centena de rolhas por criança ao mês e estamos combinados. Nem que seja para arrancar da terra, da grama! Caso não concordem, que estudem em casa, camaradas!", acrescenta o diretor, sorrindo todo alegre, motivo pelo qual algumas professoras também exibem os dentes, submissas. "Hããã... se me permite", retoma a camarada Băjenaru após consultar uns documentos amassados, de anos passados, "tem também a bolota." "Isso, a bolota também, senhoras e senhoritas, estão ouvindo? Quer dizer... no outono, não agora, mas ela deve ser levada em consideração com a máxima seriedade."

Atrás das bolotas, íamos até o limite da cidade durante o outono, na floresta Andronache, e se não as encontrássemos ali (pois naquela região havia uma escola concorrente) caminhávamos, com a criançada amontoada atrás de nós, pelo acostamento da estrada, até chegar ao município de Voluntari e mesmo mais longe, até perto de Afumați. Havia ali um belo bosque de carvalhos em que mergulhávamos para colher em sacos de cânhamo as bolotas suaves ao toque, verdes e cor de café, com gorrinhos rugosos nas pontas, misturadas por toda parte às folhas mortas. Ano passado Irina e eu formamos uma equipe e, enquanto as crianças corriam umas atrás das outras por entre os troncos úmidos, nos aprofundamos até o coração da floresta. E ali, de repente, avistamos entre as árvores algo tão inesperado quanto belo. No início, parecia um reluzir de cores: escarlate, anil, verde-pálido e, em alguns pontos, manchas trêmulas douradas. Quando as árvores rarearam, encontramo-nos diante de uma capela abandonada, de telhado partido e paredes inclinadas, mas ainda de pé, pintada de cima a baixo com santos e profetas de cabeças rodeadas por nimbos, com cenas do Evangelho e um ingênuo Juízo Final na parede virada para o leste. Uma pequena abóboda com uma cruz carcomida pela ferrugem coroava a ruína envergada pelo âmbar e as sombras de outono. Entráramos tímidos no único aposento, igualmente decorado, de maneira comovente, com antiquíssimas histórias relacionadas à ressurreição: Lázaro, Talita, escrava do centurião romano. Alguém descera até às fundações do mundo para despertá-la dos mortos. O chão era de terra batida e, de um lado, havia um nicho com uma estátua de madeira, tão inchada de umidade e tão embolorada que não se podia mais dizer quem representava. Ficáramos contentes como crianças com nossa descoberta. Imagináramos que vivíamos ali juntos, que era nossa casa, que respirávamos dia após dia as cores das paredes, que saíamos de nossa ermida direto para a floresta quando precisávamos ir atrás de água, e atrás de lenha...

Como de praxe, a reunião terminou com um puxão de orelha, quase literalmente, na professora de esporte, Uzun, uma fulana que não ligava para ninguém nem para nada. Atira uma bola para as crianças e desaparece, enfiando-se em sabe-se lá que canto, munida de café e cigarro, e só sai de lá ao fim da aula. "E a bonitona diz que também é professora como a gente, que fica corcunda com os cadernos de exercício e faz correções até a vista falhar... recebe o mesmo salário que a gente, ou ainda mais, pois tem direito a não sei que bônus, só Deus sabe, por risco de acidente no terreno esportivo... E nos desafia, nos desafia como uma cigana nojenta que ela é, não tenho preconceito racial, mas não tenho como me referir a ela de outro modo." Uzun, no entanto, não dá a mínima. Conhece muito bem seu papel: ergue-se modestamente, de olhos baixos e um pequeno sorriso no canto da boca, deixa-se injuriar pelo diretor e por todos, e depois, com as mãos nos bolsos da calça de ginástica, faz uma autocrítica e promete que vai se endireitar, para grande contentamento de todos. Tem plena consciência de sua importância como ovelha negra da escola.

Depois da reunião, as professoras guardam os novelos de lã e nos espalhamos por toda a escola. Desde sexta-feira havia começado a coleta de garrafas e potes, e o recolhimento, primeiro pelos cantos das salas de aula, dos maços de jornais velhos, amarrados com barbante de embrulho. Em algumas horas, os montes de jornais enfileirados ao longo das paredes já eram mais altos do que as crianças e perturbavam as aulas desabando ruidosamente sobre o assoalho. Eu me dirigia à 6ª G, com o diário embaixo do braço, perguntando-me em que lição tinha chegado e se era de gramática ou de literatura, quando, com o rabo do olho, vi algo cintilando num canto escuro do grande hall do andar de cima. Estava na extremidade oposta à eterna fila de crianças que esperavam receber a gota de vacina no pedacinho de açúcar. O hall obscuro, iluminado, de forma nítida e precisa, apenas pelas grandes janelas laterais, ao passo que as colunas de luz, como nos cárceres de Piranesi, caíam oblíquas, ofuscantes, apresentava em alguns pontos irregularidades bizarras, como uma espécie de cocô de galinha gigantesco no chão de lajotas xadrez. Se as observássemos melhor, eram montes de garrafas e potes, lascados, esmigalhados, cada um com um papelão do lado, com o nome da classe escrito. Esses carcinomas haviam sido inseminados por toda parte e ameaçavam destruir o frágil, inútil, absurdo organismo da escola.

Num tal ajuntamento de cacos verdes e cor de café, que reforçavam os pingos de luz de suas concavidades ao se refletir uns nos outros, percebi de repente um cintilar azul. Lembrei-me de um poema e tive, subitamente, a visão de um pescoço de pavão, azul-metálico: debaixo do monte de imagens esfareladas estava enterrado um pavão, talvez ainda vivo, aguardando que o soltassem, que o puxassem de sob as garrafas de óleo e os potes de compota, que lhe acariciassem as asas delicadas, que lhe tocassem com os dedos as pálpebras róseas que se moviam para cobrir seus olhos, que o vissem como enfuna de repente a cauda fantástica, fazendo-a incendiar-se nos retângulos de ouro líquido das lajotas do chão e fazendo os olhos coloridos de suas penas desvanecerem na penumbra. Eu teria ficado ali por uma eternidade, imóvel, de terno e com o diário debaixo do braço, diante do pavão que giraria devagar, de cauda enfunada, agitando-a, toda esticada hemisfericamente na direção de todos os pontos cardeais, consumido por chamas e depois por sombras, a cauda se dissipando nela mesma, esfera de esmeralda e mínio, tendo em seu miolo a cabeça coroada do pássaro imperial.

O cintilar intensamente azul do canto do corredor era, no entanto, algo ainda mais maravilhoso do que a visão do grande pavão, que não o negava, mas o conduzia a seu extremo de alucinação e milagre. Não era um pescoço de pavão, e sim, notei ao me aproximar, um caule de vidro ultramarino, saindo, inesperadamente gracioso, dentre os cacos e tampas de metal. Parecia a haste frágil de uma planta recém-saída da semente, filmada em câmera lenta, de modo que podia ver como se ergue, com vagar e hesitação, esticando ao ar as folhinhas no pescoço ainda transparente do caule. Fiquei de cócoras diante do monte de garrafas e potes, e toquei, receoso, o caule azulado. Senti um arrepio nos dedos: o objeto não parecia ser deste mundo. Puxei-o e logo me vi de pé, segurando nas mãos um recipiente que tentei, ali na hora, descrever para mim mesmo sem conseguir. A ânfora azul, translúcida à luz, não era ânfora, nem outro tipo de recipiente conhecido ou possível em nosso mundo. Era, na verdade, incognoscível e indescritível.

Segurava com extremo cuidado, em minhas mãos, à luz oblíqua, violenta, primaveril das janelas, uma fruta delicada de vidro trêmulo, uma espécie de pera grande, diáfana, cuja secção estreita se alçava como um pescoço, se curvava e repenetrava no corpo rotundo da pera, sem tocá-lo, para sair pela parte inferior, a mais bojuda, evaginando-se na superfície. A estrutura macia, curva, intrincada desse objeto era incompreensível. Podia-se acompanhar com o olhar a haste de vidro ultramarino, centímetro por centímetro, e era impossível entender como ela penetra de novo no vidro sem encostar na curvatura, como uma asa de xícara que, de maneira desconhecida, se tornasse a própria xícara. Em nosso mundo, um tal objeto seria, no máximo, uma ilusão de óptica. Porque o pescoço da ânfora não tinha como se virar para si se não girasse numa quarta dimensão, numa direção que nosso cérebro só poderia pensar e visualizar por analogia, e depois tornava às três dimensões de nosso espaço e do vidro. No espaço plano, de duas dimensões, jamais se pode sobrepor a luva direita com a esquerda. Para as sobrepormos, precisaríamos girar uma das luvas no espaço tridimensional, erguendo-a do plano, e depois a recolocar no plano, em cima da outra luva. Assim era o recipiente que não se sabe qual aluno trouxera para a coleta de garrafas e potes e que, se eu não tivesse avistado e salvado, acabaria sendo derretido em alguma fábrica de vidro, perdendo-se para sempre um artefato de outro mundo: seu pescoço se alçara, não para cima, mas numa direção sem nome, brotara naquele outro universo como uma plantinha que cresce sob o asfalto, inchando-o, e voltara, miraculosamente, para nosso mundo.

"Ei-lo, envolto na única luz
Que o céu na terra enxerta"[58],

murmurei os versos arghezianos, apertando ao peito o objeto morno e luzidio, o mesmo que agora, enquanto escrevo, vejo em toda a sua impossibilidade, reluzindo à sombra, sobre a escrivaninha, e atirando línguas azuis sobre o manuscrito. E, como se meus sussurros no ar congelado, há séculos imóvel, do andar de cima da escola tivessem o poder de ressuscitar os mortos e de romper o círculo das eternidades iterativas, percebi de repente um movimento no outro canto do corredor: daquela região distante vinha em minha direção uma coluna de criaturas que passavam alternadamente por zonas de escuridão e zonas de brilho dissolvente: era a enfermeira com sua fila de crianças.

Precisaram de uns bons minutos até chegarem a mim, me circundar, esticar os dedos finos e compridos para encostar no corpo do pássaro azul: anões de cabeças grandes, com olhos de inseto, de pele alvacento-cinzenta na sombra profunda. A enfermeira parecia flutuar acima deles, com a seringa cheia de líquido rosa, quase tão denso quanto uma pasta, na mão esquerda. O mesmo líquido escorria de um canto de seus lábios, como se ela, insaciável, houvesse chupado de vez em quando a seringa enquanto pingava a vacina para as crianças nos cubos de açúcar. Não foi fácil me desvencilhar de seu cerco. Avassalaram-me e me apertaram entre seus corpos pequenos e ossudos, agarraram o pescoço do recipiente e o puxavam de minhas mãos com uma força que eu não podia imaginar. "Nos devolva", murmuravam em uníssono, "nos devolva, é nosso, é do monte de nossa classe". A enfermeira me picava com a seringa no peito como se fosse uma espécie de arma sinistra, sorte que a agulha era curta e rombuda, inadequada para penetrar a pele. Tive de dar um giro com a ânfora até conseguir arrancá-la às mãos esticadas.

Sábado fui de novo à escola, depois de passar toda a tarde de sexta-feira olhando para a ânfora azul na escuridão luminosa de meu escritório. A luz que entrava em seus tubos curvos,

---

[58] Primeiros versos do poema "O cálice místico", de Tudor Arghezi. [N.T.]

ultramarinos, procedia a uma espécie de circuito fantástico, como o do sangue num coração do qual sai o gracioso arco aórtico, e, como de um coração, o líquido luminoso parecia fluir para irrigar um reino distante, invisível, de onde retorna mais denso, mais oxigenado, mais rico em nutrientes, como se o recipiente piriforme esticasse uma asa numa outra dimensão e houvesse remado por um mundo psíquico, auroreal, um ambiente tão diferente do nosso assim como é o imenso oceano em relação às ilhas que banha. Ou talvez esticasse naquele mundo barbatanas como as dos cetáceos, com as quais filtrasse um krill transparente e pululante, e de fato por vezes me parecia que animálculos bizarros, como centelhas escarlates ou da cor do açafrão, se agitavam à luz giratória, e me esforçava, olhando de muito perto o pescoço luzidio, por avistar suas antenas e patinhas em contínuo movimento. O objeto parecia vivo e, graças a um efeito incomum de tunelamento, emanava uma aura anil. Num dado momento, fui ao dormitório e o coloquei em cima da cama, entre as dobras do lençol plissado de cetim. Ficou ali, inclinado, como uma joia enorme ou uma grande barata com élitros de um azul metálico. Apertei o botão, e o recipiente começou a se erguer devagar, girando preguiçoso em torno do eixo vertical, até permanecer levitando a um metro da superfície da cama. Refletia em seu ventre a janela e, à chegada do crepúsculo, o doloroso e triste crepúsculo de primavera, o vermelho ondulante do céu acima das casas de comerciantes diante do terreno baldio se misturou ao azul intenso do vidro até atingir um tom delicado de lilás, daquele que pode ser visto nas asas das borboletas e nas tenras pétalas das violetas. O graal pulsante se assemelhava, assim, mais do que nunca, a um coração.

 Fui de classe em classe, mostrei a todas as crianças o recipiente, e, no fim das contas, houve quem lembrasse quem trouxera para a escola, para a coleta de garrafas e potes, a pera azul. Provinha da 8ª C, uma de minhas classes. Trouxera-a, junto com garrafas comuns, Valeria, aquela que vinha à escola com as unhas da mão direita pintadas com as cores dos maquinários colossais da fábrica abandonada. Depois de perder a consciência no corredor da escola quando lhe pedi que me mostrasse as unhas, intervieram também outros professores, em primeiro lugar Florabela, sua tutora, indignada com o fato de que uma remelenta viesse à escola com esmalte nas unhas, mas logo vimos que a culpa não era da menina. Tanto ela como a mãe – vendedora na mercearia do bairro – contaram a Florabela, bastante assustadas, que poucos dias depois de a menina ter a menarca as unhas começaram a se tingir aos poucos, junto com os ossos de seu corpo de pré-adolescente, que agora saíam intensamente coloridos até mesmo nas radiografias em preto e branco. Os ossos da bacia, por exemplo, haviam se tornado de um rosa-morango encantador: uma borboleta rosa prestes a sair voando! Por conseguinte, longe de pintá-las, as unhas da menina eram, para ela, motivo de vergonha e amargura, que procurava esconder o máximo possível, como se fosse uma leprosa...

Valeria não estava na escola naquele sábado, de modo que, depois das aulas, pelas quatro da tarde, percorri as ruas compridas e retas do bairro até a rua Puiandrului, onde a menina morava. Passei pela mercearia, pelo centro de botijões, e por uma loja de soda em que eu nunca havia reparado. O bairro parecia, à luz cristalina do entardecer, um vilarejo desabitado. Poucos transeuntes me cumprimentavam, em geral: eram pais de meus alunos. Aos poucos, depois de tantos recenseamentos de animais e de crianças, depois das inscrições a cada início de ano letivo, começara a conhecer bem o lugar. Gostava em especial das pipas enroscadas nos fios de eletricidade e telefone pendendo acima das ruas, do cheiro de lavagem das valetas, dos salgueiros inclementemente podados na margem das calçadas, dos céus opalinos como nas imagens de Chirico. Daquele sossego que só ali podia ser encontrado, pelas vielas pavimentadas que sempre se cruzavam em ângulo reto e continuavam até onde a vista alcançava. Na margem ficava a ferrovia e depois – o campo, preto e lamacento, estendido até o horizonte sob o céu imenso. Que estranho é o mundo em que vivo: não parece realidade, parece um cenário construído só para mim e que desaparece assim que deixo de notá-lo. Quantas vezes não quis me virar bruscamente para surpreender o balbucio dos contrarregras, a colisao entre os dispositivos cênicos, o despencar de prédios feitos de uma única parede apoiada por detrás, ou simplesmente a dissolução de todas as percepções num vazio semelhante à morte! Talvez eu seja o único ser humano que restou na terra, talvez o labirinto que percorro seja gerado instante após instante só para mim, talvez minha própria consciência seja a projeção de uma mente muito mais vasta, que contemplo sem poder compreender, assim como um gato olha para o gigantesco dono. Poderá a mente aceitar, uma vez ser capaz de representar a totalidade e a eternidade, o fato de não ser eterna e abrangente? Posso aceitar o fato de me ter sido concedido, nesta vida, contemplar o universo com um cérebro de gato, de caranguejo ou de minhoca? Posso *saber* que o universo é compreensível, mas que não me é concedido entendê-lo?

Caminho muito, horas a fio, infinitamente, pelas ruas que se cruzam de forma incessante. Viro à direita, depois à esquerda, numa rua paralela com a primeira, e tudo é idêntico, as mesmas casas como se fossem do interior, as mesmas cercas descascadas, as mesmas feições ásperas, calejadas, mal-humoradas. Só a luz difere de um momento para outro: a noite cai. O raio de luz amarelada do horizonte, que parece cheirar a querosene, logo se faz cor de sangue. Sangue resplandecente que pinta os telhados, as árvores, as paredes das casas. Os transeuntes não vertem mais, atrás de si, sombras escuras, mas faixas estreitas de sangue, que se coagulam aos poucos num escarlate unânime. Tudo adquire a granulação áspera e dolorosa da casca de uma ferida. Nas casas, as luzes se acendem. O escarlate escurece ainda mais, minuto a minuto, à medida que as ruas se tornam ainda mais desertas. As únicas manchas mais luminosas são as pipas enroscadas nos fios de eletricidade, com as caudas, semelhantes a dragões, dependuradas quase tocando o chão. Percorro meio hemisfério, chego à face escura do mundo até, enfim, dobrar a esquina na Puiandrului, última rua do bairro. Para além dela estão os trilhos da ferrovia e, em seguida, a noite. A rua se deixa cobrir pela luz tênue das parcas lâmpadas da iluminação pública.

Chego à casa da menina, conheço-a desde que fiz o recenseamento. Família Olaru, ele, operário na fábrica de tubos de aço, ela, vendedora. Têm três crianças, dois meninos já grandes e, com uma distância de mais de dez anos, Valeria. Olho o relógio, são nove da noite. De repente me dou conta do absurdo da situação: o que um professor, que nem mesmo é tutor, vai fazer na casa de uma aluna àquela hora? Fico por alguns minutos diante do portão, olhando para o bruxuleio azul da janela – estão assistindo à TV. O que devo fazer? Logo percebo que, acima de mim, no céu escuro, despontaram milhões de estrelas. Meu velho medo de estrelas me atormenta, quase me sufoco, como se estivesse no fundo de um rio profundo, e as estrelas fossem o brilho das ondas na superfície. Não teria entrado, num sábado à noite, na casa dos Olaru, teria dado meia-volta e retornado ao labirinto de ruas pavimentadas se não houvesse sentido a necessidade de refúgio, a urgência de sair de debaixo das estrelas. Antes de me precipitar para dentro do quintal, toco a campainha.

Valeria aparece e logo fecha a porta atrás de si, permanecendo na soleira, diante de mim, debaixo da abóboda sarapintada pela farinha estelar. "Boa noite", me diz. "Meus pais não estão em casa." "Mas onde estarão numa hora dessas?" "Foram ao casamento de um primo meu." Fica olhando para cima, indagadora. Veste um moletom bastante velho e puído. Assim como todas as crianças do bairro quando estão em casa. Não sei o que lhe dizer, não sinto nada além da necessidade desesperada de correr para qualquer lugar, mesmo que seja um buraco na terra, só para não permanecer ali de noite ao ar livre. Em vez de qualquer outra coisa, tiro da bolsa a ânfora azul – naquele momento quase preta, porém refletindo, como uma barra de piche, as luzinhas ao redor – e a seguro nas palmas das mãos. O recipiente encantado, impossível em nosso mundo, agora pulsa, imperceptível, entre nós. A menina lhe dirige um olhar fugaz, depois vira o rosto azulado, de olhos brilhantes, para mim. "Por favor, entre", diz.

Entramos, e o ambiente é o mesmo de todas as casas do bairro: vasos de flores nas janelas, escurecendo-as, quadros e gobelins retratando cestos com gatos, a vitrine com bibelôs e o inevitável peixe de vidro, a máquina de costura num canto, a televisão, que agora está ligada, em preto e branco, sem som. Homens e mulheres vestidos de gala cantam e dançam num estrado atrás da tela estreita e côncava. De vez em quando, uma larga faixa atravessa a parte superior da imagem. Sentamo-nos à mesa, à luz da tela. Muito mais tarde percebi que Valeria deveria ter acendido a luz da sala. Estamos frente a frente, com o vaso de vidro entre nós, sobre a mesa coberta por um enorme macramê. Examino-a: daquele jeito, de costas para a tela, seu rosto gorducho, emoldurado pelo cabelo ruivo cacheado, está obscurecido e triste. Não sentia a necessidade de lhe dizer nada, embora tenha caminhado tanto até ali, até aquele fim de mundo. Sentia-me apenas muito constrangido, exatamente como naquele remoto entardecer quando eu lhe dera uma aula particular, para a olimpíada, até a sala escurecer, e a faxineira nos flagrara sentados na mesma carteira, inclinados sobre o caderno cujas letras mal se viam. Mas a menina, como se mal visse a hora de se confessar com alguém, de pronto começou, sossegada, a falar comigo, seu perfil marcado pela tela brilhante, e sua história também parecia tremeluzir, como as luzes azuis sobre as paredes do modesto aposento de casa da periferia. Imaginava o telhado repleto de estrelas, mal as suportando, se curvando e estalando sob a pressão estelar.

"Passei a infância aqui, no bairro, com as meninas de minha rua. No verão eu colocava um cobertor na frente de casa e brincava ali com as bonecas. Depois que cresci um pouco, os trilhos da ferrovia começaram a me atrair, subia várias vezes no dique de pedras cheias de graxa sobre as quais eles repousavam e caminhava me equilibrando em cima do trilho brilhante que se curvava, muito longe, contornando talvez a cidade toda. Os meninos de nossa idade colocavam tampas de cerveja em cima dos trilhos: as rodas do trem as transformavam num círculo grande de metal liso como papel. Nossos pais nos diziam que não subíssemos nos trilhos, que é perigoso, mas nós sabíamos a que horas os trens passavam. Então subíamos sem nos preocupar e depois descíamos, pelo mesmo monte de pedras pontudas, cobertas de óleo queimado, do outro lado, onde começava o campo, que não tem fim. É só terra preta, por vezes dura e seca, outras vezes lamacenta, no inverno coberta por neve. Foram anos brincando ali, vestidas com nossos vestidinhos surrados, as brincadeiras de infância: 'Perdi um lencinho', 'Avisto um príncipe a cavalo', 'A menina de louro'... Os meninos empinavam pipas feitas por eles mesmos com papel e compensado, pintadas com aquarela e enfeitadas com caudas compridas feitas de fitas amarradas. No fim do outono, quando a terra está brumada, procurávamos os buracos onde viviam aranhas grandes e robustas, vespas. Nós as tirávamos de dentro com bolas de piche na ponta de uma linha. Morríamos de medo delas. Os meninos as colocavam para brigar dentro de um pote vazio de conserva, em cima do fogo.

Não sei mais em qual verão encontrei o lugar. Mas eu ainda não estava na escola. Mamãe tinha acabado de comprar para mim um vestidinho amarelo, tão amarelo que ardiam os olhos. Saí à rua para mostrar a minhas amigas, mas, naquele dia, não encontrei nenhuma em casa, embora o tempo estivesse bonito, muito luminoso, e batesse um vento perfumado de primavera. Então tive de brincar sozinha. Rodei e dancei até ficar tonta no meio da rua, no frescor da manhã, jogava minha boneca para cima e conseguia pegá-la de volta às vezes – de todo modo, ela já tinha a cabeça quebrada –, pulei nas casas de uma antiga amarelinha, mas, no fim de contas, me entediei e pensei em voltar para casa. Mas então uma nuvem revelou a face do sol e a ferrovia resplandeceu como ouro. Até ela ainda havia, daqui, de onde estamos, a distância de uma só casa. Naquela época, sendo pequenininha, eu jamais havia subido até os trilhos. A passagem dos trens de carga e dos vagões de passageiros, com seu rumor de fim de mundo, ainda me dava medo. E, de noite, vibravam as paredes da casa quando eles de repente uivavam a trinta metros de nós. Mas, como naquela manhã eu estava muito enfastiada, e os trilhos brilhavam como faixas de fogo, me aproximei deles passo a passo, certa, até o último instante, de que que não teria coragem. Mas a tentação foi maior: me pus a escalar o morro cheio de pedras, escorreguei, comecei a subir de novo. Cheguei lá em cima louca de alegria, embora meu vestidinho novo estivesse agora cheio da graxa daquelas pedras. O óleo nem saiu mais na lavagem, de modo que a vida de meu vestidinho amarelo durou só um dia.

Então caminhei pela primeira vez me equilibrando em cima do trilho. Ao se pôr a mao nele, dava para sentir que era quente e vibrava de levinho. Me afastei bastante, até a altura da rua paralela à nossa, e depois voltei rápido. No fim, acabei descendo do outro lado, no campo. Por entre as pedras com graxa cresciam cardos que produziam uma mecha de lã e ervas daninhas com flores azuis. Agora não conseguia mais enxergar minha casa, era como se eu tivesse aterrissado no reino do além, dos contos infantis. Me senti, de repente, uma criança sozinha num mundo sem limites.

Tinha acabado de atravessar os trilhos alguns instantes atrás quando ouvi, vindo da direita, o barulho de um trem grande e pesado que se aproximava sem pressa. Logo, do ponto inferior em que estava, vi a gigantesca locomotiva a vapor, e depois dezenas e mais dezenas de vagões enferrujados, cisternas meladas de piche, plataformas sustentando grandes agregados embalados em lonas. O trem diminuiu de velocidade e parou ali mesmo, rangendo as rodas. Estava separada de meu mundo, não podia mais voltar para casa! Me pus a chorar, mas ninguém me ouviu. A locomotiva, que estava um pouco longe, soltava barulhos bestiais, eclosões de vapor sob pressão e apitos horrendos de sirene. Então, com a face entre as mãos, saí correndo pelo campo, rumo ao horizonte.

Foi assim que descobri a clareira. Estava do outro lado de uma pequena elevação situada no meio das plantações, então não conseguia ver o bairro. Era necessário chegar até ali, a poucos passos de distância, após se percorrer mais de cem metros de campo, para se poder ver aquela ilhota, perfeitamente redonda, coberta por papoulas floridas e outras plantas visitadas por centenas e milhares de borboletas multicoloridas. Ali me detive, admirada, encharcada de suor depois de minha corrida maluca, com lágrimas escorrendo pelas faces e pelo queixo. Até onde a vista alcançava, nada mais havia além daquele campo preto, arado, cheio de buracos de aranha. De cima da pequena elevação desci até ali, até aquele oásis florido, e assim fiquei, em pé, com flores até a altura do peito. Pelos caules subiam joaninhas e pequenos besouros em armaduras metálicas, verdes e azuis. O sol agora estava bem em cima de minha cabeça, e nada produzia sombra. No meio da ilha de vegetação, pouco a pouco, me tranquilizei, como se as papoulas tivessem sugado de meu corpo, com suas bocas, as toxinas do pânico. Sentei na terra, entre as flores, e as corolas vermelhas, crespas, se fecharam por cima de minha cabeça. Caí numa espécie de cochilo. Tinha ficado sozinha no mundo, numa terra imensa e fantástica.

Muito tempo depois, fui despertada pelo apito estridente da locomotiva. O trem de carga se pusera em movimento e não bloqueava mais o acesso para meu mundo. Voltei correndo de novo, atravessei a via férrea e acordei como se de um sonho.

Depois fui com frequência àquele lugar que descobrira, e sobre o qual não falei nada a ninguém. Fui nos verões, outonos, invernos e primaveras. Até mesmo quando chovia, e a lama chegava até os joelhos, eu calçava minhas botas de borracha e percorria todo o trajeto até minha clareira, onde encontrava as papoulas, conforme a estação, brotando, em flor, fenecidas ou unidas à terra. Até quando batia um vento com neve, toda agasalhada e só deixando os olhos descobertos, eu ia até lá, pelo menos duas vezes por semana. E como não ir se a zona redonda me enviava dádivas? Logo a chamei, aliás, de ilha das Dádivas. Não acontecia com frequência, nem regularmente. Mais ou menos uma vez por mês. Mas não acho que a lua acima do campo infinito tivesse alguma vez se mostrado redonda, depois como uma fatia de limão, depois como uma unha, depois como um rosto pela metade e depois redonda de novo sem que eu recebesse uma dádiva de minha terra encantada. Venha, quero te mostrar."

Valeria se levantou da cadeira e me levou até seu quarto. Ali ela acendeu um pequeno abajur com motivos infantis que se espalharam pelas paredes e pelo teto. Uma caminha, um armário, uma mesa com livros e cadernos escolares. Dois ou três brinquedos dilapidados. Aproximou-se do armário, cujas portas tinham chaves das quais se dependuravam pompons tricotados. Quando abriu a porta, despejaram-se de uma vez no chão centenas de objetos vivamente coloridos, que à primeira vista achei que fossem bolas. Bastou, porém, segurar um deles nas mãos para entender. O objeto, leve como papel, era, na verdade, feito de uma espécie de papelão fino. Lembrava um poliedro vivamente colorido (cada faceta tinha outra cor), mas, como no caso da pequena "ânfora" que eu encontrara entre as garrafas e potes, havia algo de estranho nele, parecia impossível, incompleto, assim como nos pareceria a fotografia de um poliedro em nosso espaço com uma dimensão a mais, ali onde a parte de trás do objeto da foto permanece para sempre oculta para nós. E a forma bizarra que eu segurava entre os dedos, embora tridimensional, parecia ter uma "traseira", um lugar oculto, que não nos era acessível. Pois o poliedro é apenas uma secção em três dimensões de um fantástico objeto quadridimensional. De repente relampejaram em minha mente Hinton, o lorde da quarta dimensão, suas experiências psíquicas com cubos coloridos, seu tesserato (que também se encontrava entre as figuras de papelão espalhadas pelo tapete persa barato do quarto). Pensei no desvario erótico da família Boole, nas cinco filhas geniais, enfeitiçadas pelo homem amoral de inacreditáveis olhos azuis, dentre as quais uma se dedicou à concretização da loucura hintoniana, realizando as mais incomuns secções pela quarta dimensão, esculturas matemáticas indizivelmente belas por ela expostas, em prateleiras de mogno, sob o nome de polítopos. Estavam todos ali, em cima do tapete, no quarto de Valeria, enterrando-nos os pés até os tornozelos em frágeis e multicoloridas peças de origami.

"Eu os encontrava no meio da clareira, de vez em quando", continuou a menina sonhadora. "E os trazia para casa e, horas a fio, olhava para eles de todos os lados, depois os guardava no armário, minhas preciosidades. Às vezes encontrava também um ou outro pequeno objeto de vidro, semelhantes àquele que deixei na escola, por equívoco, junto com as garrafas de cerveja do papai. Com ele brinquei várias vezes com as formigas: pegava uma daquelas grandes e vermelhas e a jogava na fenda da parte de baixo da pera. Via pela parede transparente como avançava pelo tubo que sai do corpo do vaso e, quando o tubo volta, inexplicável e bizarramente, para dentro do corpo da pera, mas sem encostar nela, via como a formiga desaparecia, para reaparecer, depois de um bom tempo, com outra cor: nos mais vivos tons de azul, amarelo, rosa ou violeta. Se a pusesse de volta entre as outras, perto do formigueiro, as outras formigas a atacavam com uma ferocidade extraordinária, a desmembravam e levavam seus restos o mais longe possível. Então preferi as guardar em potinhos de remédio até morrerem lá dentro.

Faz dois anos que as unhas de uma de minhas mãos começaram a ficar coloridas. Isso a partir do momento em que vi como surgem as 'dádivas'. Acho que eu não deveria ter estado ali naquela altura. Era um entardecer de novembro. Atravessei os trilhos porque já havia passado quase um mês desde que deixei de encontrar qualquer dádiva. Naquela época, eu tinha a impressão de não poder mais viver sem a fantástica alegria proporcionada por cada coisinha que encontrava ali, entre as papoulas. Havia escurecido cedo e nuvens pesadas cobriam o céu. Batia um vento gelado, que parecia espalhar as únicas estrelas que mal tinham surgido no horizonte, onde o céu ainda estava sereno. Subi na elevação e a clareira se mostrou para mim em toda a sua tristeza outonal: só caules fenecidos, caídos na terra. As corolas, os insetos, as borboletas tinham desaparecido fazia muito tempo. Nenhum cubo, nenhuma bola multicolorida. O vento me despenteava, e meu vestido parecia uma flâmula. Me preparava para voltar para casa quando senti, acima de minha cabeça, que a luz se transformava. Olhei para cima e vi que a nuvem escura de chuva, que pairava no céu, começou a se iluminar por dentro. Uma coisa mole e transparente, como uma grande bolha de sabão, descia pela neblina escura, emitindo uma luz azulada. Quando saiu de dentro da nuvem, continuando a descida, pude vê-la melhor: sua superfície era como seda, mas muito mais imaterial. Era uma brisa, uma doçura, uma quimera que descia lenta, com uma aura ao redor dela, a coisa mais bonita que já vi. Era, de certo modo, viva, parecendo um daqueles animálculos que estudei nas aulas de biologia – aqueles que emitem perninhas de substância gelatinosa, que não têm forma precisa –, mas gigantesca e ondulante no céu escuro. Ela se deteve numa altura correspondente a um prédio de alguns andares. Em sua carne imaterial como o ar, uma espécie de frêmito se produziu. Uma perninha mole, trêmula, se esticou na direção da terra e ali depôs, como um ovo de inseto descendo por um ovipositor transparente, uma daquelas coisinhas de papel que eu esperava com tanta saudade. A coluna mole depois se retraiu, e a bolha de sabão começou a se elevar até entrar de novo na camada de nuvens e esvanecer.

Acho que não deveria ter visto aquilo. De toda forma, cheguei em casa arrepiada, oprimida por uma sensação de vergonha e culpa. Depois não passei mais pela minha clareira. Além disso, o inverno tinha chegado, o tempo ficou muito ruim. Na escola precisava estudar muito, em casa eu tinha minhas tarefas domésticas. Na primavera seguinte, cresci bastante, os vizinhos diziam que eu tinha virado 'mocinha'. Só depois de duas primaveras ousei atravessar de novo os trilhos reluzentes. Então encontrei, na grama que brotava, o recipiente azul. Estava cheio de barro, quase que não dava para enxergar. Tinha ficado, provavelmente, durante muito tempo ali, me esperando. Eu o levei para casa e o lavei bem. A água, que escorria pelos tubos curvos, voltava colorida e densa, como as gomas em forma de amora ou as fatias de laranja que mamãe às vezes comprava para mim. Logo vieram as chuvas, a lama chegava até os joelhos, e naqueles dias ouvi falar sobre o porteiro de nossa escola, que havia desaparecido no campo. Também fui, como todo mundo, ver para onde levavam as pegadas das botas dele, que se interrompiam bruscamente, no meio da gleba. Para minha surpresa, elas terminavam no meio da clareira, que agora parecia queimada, como uma casca de lepra cinzenta na terra. Nunca mais cresceu mais nada ali."

 Ajudei-a a juntar de cima do tapete e a colocar de volta dentro do armário os poliedros de papelão, de facetas multicoloridas, depois me despedi e fui embora. Quando saí, deviam ser duas da madrugada. As estrelas brilhavam loucamente por todo o céu, pois ao longo da rua só uma ou duas lâmpadas emitiam uma luz débil. Caminhei por duas horas pela noite, por Colentina, em solidão total, enlouquecido pelo uivo surdo das estrelas. Era como se cada uma fosse uma aranha que, a qualquer momento, poderia cair sobre mim, por um fio transparente, com as patas abertas, para inocular veneno em meu corpo. Elas me atacariam aos milhões, engolfando-me num enxame de pernas articuladas. Entrei na Maica Domnului como quem entra num porto familiar, de águas calmas, e logo me encontrei dormindo vestido, atravessado na cama, em minha casa em forma de navio, concha de minha estranha vida.

41

Vi cruzes, revoadas de cruzes miseravelmente desenhadas,
com tinta vermelha
turbilhonando no céu de tormenta.
Vi cidades, milhares de quilômetros abaixo
atacadas por bombardeiros transparentes
inseminadas com os gérmens do fogo, da morte e do
desespero.
Vi náutilos com cada compartimento abarrotado de hordas
humanas
navegando pela carne de todos os oceanos ao mesmo tempo.
Vi tênias de nácar nos intestinos da humanidade
carrapatos de esmeralda chupando o humor vítreo dos globos
oculares.
Vi exércitos inteiros de esqueletos, defendendo-se
com tampas de caixão numa paisagem de fogo e enxofre.
Vi as divindades da morte e do amor
trocando de lugar nos carros alegóricos,
copulando com cadáveres e decepando
os encantadores corpos das mulheres.
Vi o medo nos devorando o crânio.

Vi ícones escarrados em escolas metafísicas
verdades expectoradas de pulmões apodrecidos
verdugos dos povos coroados com menta e genciana.
Vi carneiros com bilhões de chifres enfiados
nos buracos de aranha de todas as estrelas.
Vi o rosto animalesco dos bebês de diabo exterminador.
Vi os 10^{500} universos paralelos de uma vez. Eles são células vivas

de um corpo de estrelas. Eles formam as vértebras
os fígados e os bofes do deus desconhecido.
Vi deuses, rebanhos de deuses ajoelhados
diante dele, diante dela
diante de seus bilhões de sexos
enquanto revoadas de cruzes de sangue os rodeavam.
Vi os impérios dos ácaros disputando as penas de ganso dos
                                                                         travesseiros.

Vi o inferno, na plenitude de sua riqueza
graça e atrocidade.
Vi a letra M marcada com bisturi em todas as palmas.
Vi os céus abertos e os intestinos do céu
desabando sobre nós.
Vi a moral enlouquecendo, a inteligência tartamudeando
o fogo molhando, a noite berrando
a lua gemendo, os cavalos latindo
com suas pernas de serpentes amputadas.
Vi a terra coberta por dez metros de larvas
a galáxia sufocada por parsecs cúbicos de vacas-louras.
Vi revoadas de cruzes arrapinando plantas e animais para o céu.
Vi ícones com lábios amputados.
Vi crânios rodeando uma cabeça de sábio.
Vi, senti, previ e profetizei a destruição
que virá, que viera, que inclusive veio. Os filamentos
com que o Senhor nos controla o pensamento.
Os seios pretos da melancolia.
Os úberes pretos da fêmea de arcanjo.
As tatuagens pretas das páginas brancas.
Os olhos brancos dos rostos pretos.
Os caules pretos, os caules pretos da morte!
A vida como espetáculo da morte!
A morte como espetáculo da morte!
O ser como anel do dedo do não ser!
O não ser como anel do dedo da loucura!
Vi Tudo, ó Senhor
tudo num instante
nos buracos da agulha
no ponto geométrico
no ardor de meu cérebro de sanguessuga.

> Na serotonina dos quasares
> nos poemas dos monstros do abismo.
> Vi o medo nos devorando a mente.

E hoje, ao me lembrar da epifania escura dos desenhos de Nicolae Minovici, tenho a sensação de que minha mente vai explodir. Por nada neste mundo eu olharia de novo para aquelas pranchas celeradas, que, dizia ele, eram as sombras das sombras comparadas ao que ele realmente vira durante as sessões de enforcamento controlado. Quando, então, na casa de Emil, pude mesmo as ver (enquanto no quarto ao lado Anca dava gritos de orgasmo), permitindo que meus dois hemisférios cerebrais se descontraíssem, divergissem, percebessem um outro campo mental além do de nossa mente modelada por fome, frio, necessidade de copular e de matar, tive a sensação de estar eu também pendurado numa viga, senti a corda rompendo minha traqueia e a língua inchada, roxa, pesada, saindo grotesca de minha boca, e visões diabólicas e angelicais bailando diante de meus olhos fora das órbitas, com o branco para fora e a íris para dentro, olhando com fascínio, direta e profundamente, para o cérebro, nosso palácio interior. Perguntei-me com frequência por que temos todos, no palácio de mármore da mente, um quarto proibido, talvez o mesmo para toda a espécie humana. Por que monstros assustadores e visões de inferno surgem dele nos momentos hipnagógicos, quando jazemos na cama, entre dois mundos, ainda não totalmente descolados do sonho da realidade nem totalmente capturados pela realidade do sonho? Presas, mandíbulas escancaradas, olhos injetados de ódio, pinças de caranguejos gigantes e caudas envenenadas de escorpião, diabos e dragões e feras terríveis tomam de assalto nosso incendiado campo visual, chegando em hordas, das profundezas dos bosques e do miolo das estrelas e do fundo da terra, para destroçar nossa mente. Temos o inferno dentro de nós, temos também o paraíso, temos o portão de chifre, temos também o portão de marfim, podemos escolher entre diversas saídas, entre inúmeras saídas, pois inúmeras são as portas escarlates, descendo por milhares de andares, no edifício hipógeo de nossa mente. Mas para quem busca a verdadeira saída, aquela que dá acesso para fora do crânio e para fora dos confins do universo, para fora da caixa craniana das três dimensões, todas as portas fechadas com cadeados moles continuam sendo desenhos numa parede, armadilhas, ilusões, enganações com que não faz sentido perdermos nosso tempo. Muito raramente encontraremos indícios verdadeiros que nos mostrem um caminho verdadeiro para uma saída repentinamente ofuscante, com céus novos e terras novas, sempre anelados por nosso espírito inquieto. A larva que viveu anos em seu buraco na terra, roendo raízes e tubérculos, um dia sai em pleno sol, esticando asas multicoloridas sob o firmamento de um azul glorioso e imaculado.

Mas os insuportáveis momentos de êxtase da destruição que experimentei diante dos desenhos de Minovici – tão dolorosos que pareciam ter sido tatuados com uma agulha incandescente em toda a extensão de minha pele, inclusive na membrana fina dos órgãos internos – num instante me trouxeram à mente outras pranchas, de uma outra zona do mundo, que haviam produzido em mim a mesma sensação de enigma, de fuga de nosso mundo. Quando escrevi na ficha de biblioteca, na sala de leitura da faculdade de letras, *O Moscardo*, de Ethel Lilian Voynich, vi com o rabo do olho que, na gavetinha contendo cartões com a etiqueta VL-VU, havia também outros pedaços de cartolina que faziam referência ao nome Voynich, alinhados na longa barra de metal. Naquela altura, não lhes dera atenção, pois me apressava em obter o exemplar de *O Moscardo*, mas algo permaneceu em minha memória, pois na mesma hora a linha Boole-Hinton-Lilian Voynich, com suas coincidências e sua inserção dolorosa em minha própria vida, se apresentou a mim como uma zona digna de pesquisa, sobre a qual decidi saber o máximo possível. Só ela, ou em convergência com outras, de outros continentes de minha curiosidade, seria capaz de conduzir ao único sentido de minha existência sobre a terra: à conclusão do quebra-cabeça, à cartografia do labirinto, ao término, à redenção, à fuga.

De modo que retornei, anos depois, àquele transatlântico de livros, à sala composta por um número indefinido de andares abarrotados de livros, para abrir de novo uma das tantas gavetinhas dos maciços armários de madeira e escarafunchar por entre os cartões. Reencontrei *O Moscardo* em cinco ou seis edições, uma biografia da autora traduzida do alemão (publicada pela primeira vez pela editora Volk und Welt da RDA em 1972), um outro autor chamado Voynich que viveu um século depois da filha de George Boole e que não tinha nenhuma ligação familiar com ela e, por fim, um cartão em que estava escrito apenas "Manuscrito Voynich", sem mais detalhes. Ainda mais estranho, enquanto todos os outros cartões estavam datilografados, aquele a minha frente fora escrito à mão, com letras minúsculas, de miniatura. Mal podiam ser lidas. Vieram-me à mente a Bíblia inteiramente escrita numa caixa de fósforos ou *O livro do tao*, gravado num grão de arroz, a respeito dos quais eu lera em sabe-se lá qual almanaque. Não entendi do que se tratava aquela ficha, sai da faculdade de letras pensando nela e lembro que, no caminho, entrei numa confeitaria, na Magheru. Pedi uma amandina e um refrigerante, sentei-me a uma mesinha e, depois de terminar, saí sem pagar, de tanto que estava imerso em meus pensamentos. A garçonete correu atrás de mim e, no meio da rua, me passou um sabão, de modo que as pessoas pararam, curiosas. Nem me importei: estava claro para mim que eu precisava voltar, que eu precisava saber o que era aquele manuscrito com o qual tinha acabado de deparar. Deveria haver algum indício que me escapara. Entrei de novo na sala ciclópica, chamei uma bibliotecária, mostrei-lhe a ficha, ela lhe lançou um olhar opaco e me perguntou se eu estava de brincadeira. Evidente, não era uma ficha do sistema deles. Sem se cansar em fabricar hipóteses, a moça – que tinha um rosto redondo de hipotireóidica – simplesmente arrancou o cartãozinho da barra de metal da gaveta, rasgou-o e o atirou na cesta do lixo ao lado do armário. Resgatei-o tão logo ela me deu as costas ao se dirigir ao balcão.

Reconstituí-o em casa, e então percebi a linhazinha de tinta no verso. Estava do lado direito, embaixo, quase invisível. Só à luz forte do abajur, e debaixo de minha lupa de filatelia, pude decifrar o segredo. De fato, não era uma linha contínua, mas uma sucessão de pontos que, aumentados quatro vezes, revelavam ser cifras.

Eram seis cifras agrupadas de duas em duas, parecendo, portanto, um número de telefone.

Sou uma pessoa tímida, faria de tudo para não ter de me envolver com desconhecidos. Nos guichês em que pago a luz ou o gás, sempre me perco por completo. Encanadores e pintores que às vezes preciso chamar em casa me intimidam como se fossem todos cientistas ou universitários. Precisei, por isso, de alguns dias até juntar coragem e ir até a Lacul Tei, onde fica a cabine telefônica mais próxima. Diante dela há sempre uma fila de indivíduos nervosos que escutam e comentam sobre tudo o que a pessoa que está dentro da cabine fala e brigam pelos lugares na fila. Quando, finalmente, chegou minha vez de entrar, enfiei a ficha e disquei o número, mas fui tomado pelo pânico antes que alguém respondesse e pus o fone no gancho. Fui passear por um quarto de hora, contemplei as vitrines pobres e empoeiradas (cidade desgraçada, a mais miserável na face da terra) e fui de novo para a fila. Não estava arrependido. Tinha a impressão de que justamente o esforço que eu fazia demonstrava quão importante era – poderia ter sido – a meta.

Ouvi o tom de chamada e alguém respondeu. Uma voz cansada, pastosa, de homem de idade talvez. "Boa noite", disse e me calei. Não tinha pensado no que haveria de dizer, como haveria de me apresentar. "Boa noite", disse também ele e ficou aguardando. "Estou ligando com relação a... encontrei seu número na biblioteca, na faculdade de letras... é a respeito do manuscrito Voynich." Era estranha a força com que meu coração batia. O velho só me respondeu passados alguns segundos. "De onde o senhor está ligando?" Disse-lhe de onde, e ele me deu um endereço que ficava no fim de Pantelimon. Teria umas duas horas pela frente. Em seguida desligou, sem manifestar nenhuma gentileza.

Tive de fazer três baldeações de bonde até chegar lá. A avenida Pantelimon é interminavelmente comprida. De um lado e de outro, como um muro contínuo, como uma barragem de reservatório de acumulação – prédios proletários, já sem reboco, com varandas tortas e enferrujadas, com latas de lixo no térreo onde fervilha e azeda ao sol uma substância imunda. Ao cair da tarde, os bondes parecem ser de âmbar transparente e sólido. Os passageiros parecem insetos imortalizados para sempre em seu grão de âmbar. Ao longo da avenida, no térreo dos edifícios, contei uns vinte consultórios dentários. As pessoas aqui parecem ter os dentes tão arruinados quanto os prédios em que moram, uns sobre os outros, amontoados, separados por paredes da espessura de papel. Quando alguém dá descarga, ouve-se no prédio inteiro. Todos sabem o que cada um come no almoço, todos ficam de orelha colada na parede enquanto alguém cavalga sua mulher, fazendo-a gemer no meio da madrugada. Mas aquele com quem eu havia falado ao telefone não morava no prédio. Desembarquei no último ponto, ao lado do cinematógrafo Titan, na mais absoluta escuridão. O ponto ficava de fato no campo, do outro lado da última fileira de casas. O cinematógrafo, cujo nome conhecia dos jornais, na época em que mamãe passava o dedo pela lista dos cinemas para ver onde ainda passava *Scaramouche* ou *O tesouro do lago prateado*, era um edifício antiquíssimo, cheio de estuques rococó, tendo por cima uma estranha cúpula de metal com um anjo lascado, rosado, como se esfolado, na ponta. Tive de caminhar bastante de volta para encontrar a casa.

Sabe-se lá como, sobrara nos confins do bairro um grupo de casas antigas, esquecidas pelas escavadeiras e compressores que haviam demolido as outras. Eram casas de comerciantes, com mais de cem anos, horrendas, kitsch, a maior parte delas abandonada em estado avançado de ruína. Umas estavam cheias de vegetação e líquen, outras ostentavam no quintal estátuas de gesso fitando as estrelas com olhos cegos. Muitas das janelas já não tinham mais batente, eram simplesmente buracos na parede pelos quais podiam ser vistos cômodos vazios, desolantes. Só a cada três ou quatro casas havia luz, que ricocheteava em um ou outro tecido vermelho ou laranja esticados por cima da vidraça. Perambulei muito pelas alamedas iluminadas apenas por lâmpadas baças penduradas no topo dos postes pintados de piche até chegar diante de uma casa rosa, rosa como as primeiras horas do crepúsculo, com uma fachada larga, de reboco descascado em alguns pontos. Via-se bem o rosa das paredes à luz do lampião de ferro forjado, com forma de cabeça de dragão, acima da entrada, e que se diluía nas extremidades num cinzento nublado. A porta era escarlate-escuro como a casca de sangue em cima de uma ferida. Abriu-a um homem de idade, grisalho, de olhos castanhos, vestido num terno cinzento, tão puído que, pensei comigo mesmo, devia ser o único que tinha. Estendeu-me a mão me examinando com curiosidade: "Palamar". Do lado de dentro, os aposentos pelos quais passamos eram vetustos, sóbrios, sem nada que contrastasse, indicando, porém, uma prosperidade passada: quadros a óleo, com verniz escurecido, bandejinhas de prata sobre mesas de café, livros belamente encadernados na estante. Um ambiente esmaecido, oliva, de museu, um silêncio ativo, tenso, anunciando algo que, provavelmente, jamais acontecera. Detivemo-nos num escritório com mobília de madeira esculpida, cuja parede da esquerda era totalmente coberta por um grande armário metálico. O cinza-perolado do armário, que se estendia do assoalho até o teto alto do cômodo, contrastava, estranha e desagradavelmente, com o aspecto envelhecido do lugar. Sentamo-nos frente a frente, de um lado e de outro de uma escrivaninha maciça, com patas de leão, cuja superfície estava repleta de livros e folhas escritas e cadernos em espiral, tudo empilhado e prestes a desmoronar.

"Eu me pergunto quando é que você vai me reconhecer", disse-me suave, como se controlasse a voz, e depois se calou, olhando-me imóvel como um retrato a ser analisado numa pinacoteca. A pequena luminária de cima da escrivaninha iluminava profundamente seus olhos, de um castanho límpido e cansado. O cabelo grisalho, penteado para trás, colado ao crânio, me fez, de fato, lembrar algo. Imaginei os mecanismos de busca de minha mente, braços articulados que abrem e fecham ao mesmo tempo dezenas de milhares de arquivos no breu pulsante do cérebro, os circuitos de comparação e validação, os negativos atirados em todas as fibras das redes mnésicas, assim como fotografias enchem grandes cestos de arame com fitas enroladas de celuloide. Sem saber como, minha mente procurava, tateava por épocas e paisagens e rostos e gestos e comportamentos. Cada ser de que nos lembramos é como uma estátua numa praça pública, no cruzamento de longas avenidas espaciais, temporais e psíquicas. Invocamo-la do Hades da recordação com um nome e um cálice de sangue fumegante, enganamo-la com uma promessa. Deveríamos nos assombrar com os fantasmas que vivem em nosso abismo, nutrindo-se de nós, cavalgando o hipotálamo, ostentando presas furiosas na amígdala. Evocar um rosto à lembrança equivale a conjurar um morto, vê-lo como se ergue do pó com cara de crânio, de olhos roxos e tristes, para nos lembrar de nossa vida de espectro na memória de outrem. De repente recordei, ao resgatar não um rosto, mas um ambiente emocional, de onde eu conhecia aquela pessoa a minha frente.

Tenho doze anos de idade e ainda levo uma existência larvar na casa de meus pais na Ștefan cel Mare. Meu mundo se estende ao longo da avenida, da Lizeanu, para a esquerda, até o distante cine Volga, do outro lado do cruzamento da Dorobanți. O resto se perde na névoa e depois no não ser, como se eu vivesse apenas num pedacinho de terra, que escapara a uma catástrofe que destruíra todo o resto, flutuando no espaço, com trilhos de bonde no meio, com prédios de ambos os lado, com três ou quatro automóveis que passam vagarosos a cada minuto (Pobedas e Wartburgs com tinta descascada), com um trólebus inexplicável que passa de viés, por uma rua lateral, para desaparecer enigmático no nada cheio de constelações, com a mercearia, o restaurante, a quitanda e a padaria, com o centro em que se vendia gelo na Tunari e de onde cada pessoa saía com uma barra translúcida, com filetes de água, em sacolas de ráfia e, sobretudo, com aqueles três grandes pontos de interesse para mim, e com os quais sonho tanto até hoje. A banal tabacaria da esquina não era nada banal para mim à época, era fascinante, recoberta por aquela sua camisa crepuscular. Bastava eu empurrar a porta pesada, quase impossível de abrir, para adentrar num espaço fantástico, como se pertencesse a outro mundo, em que cheirava forte a tabaco. Tudo era estreito como no interior de um automóvel, não havia espaço para nos virarmos entre os mostruários com cartões-postais, maços de cigarros baratos, em especial Carpați e Rarău, as misteriosas caixinhas com preservativos, os livros que eu olhava com avidez, os jornais recém-impressos, cheirando também eles a celulose e tinta de tipografia. Era um crepúsculo contínuo na tabacaria. Atrás do balcão havia uma mulher gorda, de roupão, irmã das cobradoras de bonde, das remendadoras de meia de náilon e das enfermeiras, de rosto luzidio e inchado como um gânglio linfático, com os mesmos traços asiáticos que eu tinha visto no rosto das cuidadoras de Voila. Ela não parecia ter uma vida própria, uma psicologia, mas apenas um mínimo de fisiologia de criatura parasitária, vegetativa, um saco de gordura e ovo grudado na parede atrás do balcão. No canto oposto da rua que dava para uma impossível e ultradistante Florească havia também uma banca de jornal, redonda, com uma fresta por onde se podia avistar, entre pilhas de publicações, mais uma gêmea da vendedora defronte. Toda quinta-feira apareciam os fascículos das "Histórias científico-fantásticas" e do "Clube dos temerários", que me faziam acordar ao raiar do sol para não correr o risco de não os encontrar mais. Finalmente, o último lugar em que eu me aprovisionava com livros era a biblioteca de bairro B. P. Hasdeu, situada no prédio do outro lado da rua, o lugar mais distante ao qual chegara até então com minhas próprias forças. Ficava tão longe que, para mim, o prédio, com suas lojas de alimentos e a biblioteca, tal qual a avenida, lembrava as nuvens estivais lá de cima, cinzeladas num cristal que emitia faíscas e arco-íris ao redor. Mais ou menos duas vezes por mês eu ia à biblioteca do bairro para pegar livros emprestados.

    Era dali que eu conhecia Palamar, era ele o bibliotecário naquela época! O homem cinzento, calado como a morte, de gestos suaves, de passos inaudíveis pelo carpete da sala em que entrávamos, e onde só ele se avistava, sentado a uma escrivaninha, lendo. Estive lá dezenas de vezes e sempre interrompia sua leitura. Recebia em silêncio os livros emprestados nas semanas precedentes e me fazia um gesto indicando a porta à direita da entrada. Na verdade, não havia porta alguma. Entrava-se diretamente na segunda sala, não maior do que um quarto comum de prédio proletário, mas que tinha em todas as paredes prateleiras com livros. Demorava-me ali horas a fio. Nunca entrava ninguém, como se a biblioteca fosse só para mim. Jamais ouvia outro som além dos eventuais uivos distantes dos bondes que passavam pela Ştefan cel Mare, que faziam as paredes vibrarem. Passava os dedos pelas lombadas dos livros surrados, com sobrecapas diaceradas e páginas amareladas, afogava-me nas nuvens de poeira que acompanhavam a retirada de cada volume da estante, observava com curiosidade os pequenos insetos, amarelos também eles, que se refugiavam entre as páginas, roendo-lhes as membranas ásperas. O ambiente ali era vetusto como o da casa de Palamar, vetusto e triste como num hipogeu. Por fim, escolhia três livros e os levava à sala do bibliotecário. Em todos aqueles anos em que emprestei livros dali, jamais ouvi sua voz. Apenas erguia a cabeça de cima do livro (o mesmo livro com pranchas estranhas que ele lia, ao que parece, infindavelmente), me olhava com seus olhos escuros e profundos, arrumava uma mecha do cabelo ainda castanho, penteado para trás e colado ao crânio, anotava os livros num diário e não respondia a meu cumprimento final. Apenas baixava de novo o olhar para seu livro.

Jamais escolhia os livros pelo autor, pelo desenho das capas, por vezes nem mesmo pelo título. Escolhia-os por uma determinada qualidade que, com uma palavra imprópria (mas uma adequada não existe), eu chamaria de "tatilidade". Mas não se tratava do simples toque das lombadas com a polpa dos dedos. Alguns livros "queimavam", outros me pareciam "congelados". Mas isso também são metáforas. Algo fazia por vezes um clique, como o das moedas reunidas por um ímã. Tinha a impressão de identificar em um segundo os livros que eram para mim, assim como mais tarde intuí com um único olhar nos olhos as mulheres com quem poderia viver, com quem era compatível, que poderiam me dar acesso, pelo corpo, pelo clima e pelo perfume delas, ao paraíso. Sentia, sem equívoco, os livros que poderiam me fazer feliz-infeliz e, mesmo que alguns deles (*O castelo*, *A morte impudica*, *Hinterland*, *Malpertuis*) eu não tenha podido efetivamente ler à época, não havia me enganado, pois se tornaram, mais tarde, meus livros essenciais. Em casa, ia para meu quarto, de cuja janela tripla eu avistava toda a cidade, até o horizonte, com aquela arquitetura complicada de nuvens sobrepostas, estirava me na cama, àquela luz transfinita,

e lia até escurecer por completo, até não conseguir mais distinguir as letras.
"O senhor é o bibliotecário", disse-lhe. As palavras soaram brutais e obscenas no claro-escuro vetusto do escritório, naquele silêncio de fotografia. "Foi o senhor que deixou a ficha com o manuscrito Voynich na..." "Sim, claro, quem mais? Não acho que exista outra pessoa nesta cidade que saiba do manuscrito. Suponho, inclusive, que ninguém queira ouvir falar dele. Atirei, simplesmente, uma garrafa com uma mensagem no oceano, anos atrás, quando se organizou no grande salão da faculdade de letras a assembleia dos bibliotecários de bairro. Sabia, é claro, que ela chegaria, mais cedo ou mais tarde, até você, pois tudo chega até você, como se fosse uma formiga-leão escondida em seu funil paranoico, embora esperasse de certo modo que o determinismo de nosso mundo não fosse assim tão rígido, que existissem possíveis vibrações e reverberações que mudassem a história, o destino, mesmo que aos poucos, com minúsculos desvios a cada encruzilhada. Pois é terrível ficar congelado dentro do bloco de um mundo definitivo, que flui como um livro, da primeira à última página, sem que os personagens possam dizer ou fazer outra coisa além do que foi escrito (do que lhes foi escrito) de uma vez por todas. Esperava que outra pessoa, algum estudante atrapalhado, alguma doutoranda que escrevesse uma tese sobre a autora de *O Moscardo*, algum vagabundo tolerado na biblioteca para se esquentar num dia gélido de janeiro, encontrasse minha cartela, se perguntasse o que era aquele manuscrito Voynich, ficasse tão intrigado a ponto de analisar cada sinal do cartãozinho retangular, a fim de encontrar o número de telefone.
"No entanto, em dez anos ninguém me ligou. A ficha ficou lá, obscura e virtual, como uma sequência desconhecida no código genético da grande biblioteca, como a inclusão da rubrica Tlön na *Enciclopaedia Britannica*, um esporo, uma estrutura desprovida de vida e energia, mas que se desabre como um lótus de papel sob o olhar do predestinado. O código registrado nela foi ativado tão logo encontrou seu rosto registrado na memória, e sua primeira ação foi a de te enviar até mim. Ou seja, desencadeou uma

sucessão fluida de fatos, preestabelecida desde tempos imemoriais e que não pode (mais) ser impedida. Você está aqui, diante de mim, assim como tantas vezes esteve durante a infância, quando me trazia os livros sem saber o quanto eu te conhecia e quanta certeza você trazia, para mim, no mundo. Sabia que haveríamos de nos reencontrar, e não só para abrir o manuscrito Voynich sob seu olhar."

Algumas pessoas são funções, vivem nos confins do mundo para um único gesto, uma única réplica, desprovidas de vida e psicologia próprias, como os porteiros e ascensoristas dos grandes hotéis. Eu agora estava à espera, talvez, em frente a um portão gigantesco, erguido até o céu. Mas Palamar estava diante dele, e sem sua aprovação eu não tinha como atravessar a soleira. "No fim das contas, o que é este manuscrito? Ele está com o senhor?" "Sim, está, uma cópia, claro, o original está nos Estados Unidos." "E por que preciso eu também conhecê-lo? Por que estou aqui, afinal?" "Isso eu não tenho como saber. Talvez por você vir emprestar livros da biblioteca B. P. Hasdeu (sabia que você foi, durante sete anos, meu único cliente? Depois que você deixou de vir, a biblioteca foi desativada e, no lugar, agora funciona uma confeitaria), ou por você ter encontrado a ficha na gaveta..." Ou porque chorei pela primeira vez ao ler um livro, escrito justamente por Ethel Lilian Voynich. Ou talvez por ter descoberto que a autora era filha de George Boole e crescera na companhia de Hinton. Graças a qual impossível coincidência o misterioso manuscrito, que Palamar estava prestes a me mostrar, levava o sobrenome da escritora e de seu marido, ex-revolucionário polonês?

"Tenho uma cópia excelente, colorida e nas dimensões originais. Chegou até mim por vias tortuosas, mas não quero aborrecê-lo com isso. Ao olharmos para um prado cheio de flores, não nos interessam as raízes pálidas espalhadas pela terra, por entre vacas-louras e minhocas. Sou apenas quem a entrega a você."

O velho se ergueu da escrivaninha e abriu um armário situado na parede oposta ao arquivo de metal. Tirou uma caixa que parecia ser de marfim amarelado. Por um momento me pareceu que, na verdade, estava segurando um crânio. Colocou a caixa entre nós, em cima da escrivaninha, e, sem se sentar, retirou a tampa. Com infinita delicadeza, mergulhou os dedos lívidos na caixa e ergueu, como a um bebê recém-nascido, o gracioso manuscrito até a luz. Colocou-o rígido e solene diante de mim. Era um fac-símile feito de maneira profissional, difícil de distinguir de um manuscrito original. Até o papel, de um brilho pálido, como de pergaminho, dava a impressão de autenticidade. Quis folheá-lo um pouco, mas Palamar me deteve. "Mais tarde. Por enquanto, quero te contar o que descobri eu mesmo sobre o manuscrito após anos de pesquisa. Visto que você se encontra diante de um dos mais obscuros – e no entanto mais brilhantes – livros na face da terra, verdadeira flor de mina que ainda não foi trazida à superfície..."

O manuscrito Voynich, contou-me Palamar aquela noite, tem, talvez, quinhentos anos de idade. Está escrito em pergaminho numa língua desconhecida e ilustrado com imagens de plantas igualmente não identificadas. Outras ilustrações mostram constelações e signos zodiacais, diagramas que parecem alquímicos. Estranhas são as imagens de mulheres corpulentas, lívidas, que se banham nuas em piscinas contendo um líquido verde, alimentadas por redes de canais e dutos que parecem vegetais, como se o líquido fosse a seiva de plantas gigantescas, e as mulheres, fêmeas gordas e imóveis de pulgões lanígeros, escondidas sob suas carapaças protetoras. As mais antigas informações sobre essa estranha obra surgiram mais de duzentos anos depois, pressupõe-se, de ter sido escrita e ilustrada em algum lugar do norte da Itália, por um sábio que permaneceu completamente anônimo. Embora, como época de origem, o texto pertença ao Renascimento, não parece mero acaso que tenha sido realmente descoberto no período em que os príncipes possuíam jardins labirínticos, gabinetes de curiosidades e horrores, e o gosto por enigmas e catacumbas era formado a partir de escritos repletos de cifras, alegorias, sinais cabalísticos e herméticos, por exemplo *Hypnerotomachia Poliphili*, de Colonna, ou *Mundus Subterraneus*, do literato, monge e polígrafo Athanasius Kircher. Nutrido por alquimia e pelo Sefer Ha-Bahir, meditações sobre o tempo que tudo devora e a vaidade opulenta da vida, o século XVII recepcionou o indecifrável manuscrito como mais uma prova da monstruosidade barroca do mundo. Numa carta enviada a Kircher, o boêmio Marcus Marci, autor da obra *Labyrinthus, in quo via ad circuli quadraturam pluribus modis exhibetur*, traçava, com base em seus próprios conhecimentos, o histórico fragmentário do manuscrito.

Um século antes, ele teria estado em posse do imperador Rodolfo II, supostamente adquirido de um desconhecido por seiscentos florins. O proprietário seguinte foi, ao que parece, o botânico do imperador, que criou o maravilhoso parque imperial de Praga, com estufas e gaiolas de animais exóticos, com pavões e faisões que passeavam empertigados pela grama esmaltada de flores. O botânico passou o códex para Georg Baresch, um dos alquimistas praguenses que se haviam reproduzido como lebres sob a proteção do imperador e chamou o novo livro de sua biblioteca de esfinge para sempre indecifrável. Baresch se assombrou tanto com o sentido abstruso do livro que enviou uma página copiada por ele, com vistas a ser decifrada, àquele que também era conhecido como o grande criptógrafo da época, o mesmo frade jesuíta Kircher, que alegava ter decifrado os hieróglifos egípcios e que, não bastasse, sabia chinês, copta e outros idiomas exóticos. Só depois da morte do alquimista é que o códex chegou às mãos de Marci, que, antigo discípulo do jesuíta, realizou seu antigo desejo de ver o manuscrito com seus próprios olhos. Athanasius Kircher estava no meio de seu grande texto *Ars magna lucis et umbrae* quando o recebeu, acompanhado da carta de Marci. Diz-se que deixou a obra inacabada e abandonou seu bricabraque de interesses mineralógicos, cristalográficos, mecânicos e biológicos (havia começado a observar pelo microscópio os animálculos transparentes que ainda não tinham sido vistos por olhos humanos) para se dedicar, nas semanas seguintes, do raiar do dia até o crepúsculo, exclusivamente às rodas, às flores, às mulheres barrigudas e às sequências de letras sem sentido – se é que eram letras – do códex. Encontrou, nas duzentas e quarenta páginas que haviam sobrado do livro original, várias seções, cosmológicas, botânicas, aforísticas ou difíceis de classificar, mas, sobretudo, um texto que fluía pelas páginas sem remendos nem acréscimos, monótono, separado em palavras de comprimentos diferentes, mas aparentemente desprovido de qualquer característica linguística com base na qual se pudesse adivinhar uma língua de verdade, mesmo que fosse desconhecida e impossível de identificar. Uma farsa do grande Leonardo?, perguntou-se o erudito. Desde a juventude, o divino pintor escrevia ao contrário, da direita para a esquerda, mas bastava um espelho para que a escrita se tornasse claríssima ao lado da prancha que mostra o órgão ereto do homem penetrando a bainha de carne do ventre feminino, aquela em que se demonstra o azulecimento das montanhas devido ao ar entre elas e o olho que as observa, ou aquela das máquinas hidráulicas ao lado das quais escreveu "O Lionardo, perche tanto penate?". Mas parecia impossível que um escriba, mesmo genial, fosse capaz de escrever fluentemente um texto sem sentido, em que, apesar de tudo, algumas letras surgiam apenas no início das palavras, outras apenas no fim, algumas palavras apareciam apenas em certas seções – definitivamente, algumas regras, ao menos estatísticas se não linguísticas, pareciam, contudo, ser estritamente respeitadas. Caso não fosse uma farsa criada para obter dinheiro, apostando na estranheza do livro (pois que artesão com a cabeça no lugar teria se esforçado para inventar uma língua, tipos de plantas inexistentes na terra, com as respectivas flores, folhas, caules e raízes, diagramas zodiacais e calendarísticos incompreensíveis, em vez de utilizar o próprio talento para descrever as coisas criadas por Deus em sua magnanimidade?), e Kircher se visse obrigado a refutar em definitivo essa possibilidade, só restava – excluindo também a versão de um mestre maluco – olhar para tudo aquilo como a um documento cifrado, ocultando revelações talvez demoníacas, talvez divinas, mas que podiam ser decriptadas com os instrumentos do engenho humano.

    O monge aplicou ao manuscrito todos os truques da criptografia da época. Copiou o texto em faixas de papel e o enrolou em bastões de grossuras distintas, distribuiu-o nas casinhas dos quadrados mágicos, sob o pesado olhar do anjo com a cabeça entre as mãos, aplicando sobre as folhas grades recortadas em cartão. Permutou as letras conforme métodos simples e combinados, mas, na falta de conhecimento do alfabeto em que o texto estava escrito, de alguma inscrição paralela numa língua conhecida ou de qualquer outro indício, o texto resistia, e o monge não foi capaz de decifrar uma única palavra, salvo os poucos termos latinos e gregos polvilhados com parcimônia por cima das ilustrações. No final, o erudito aceitou a derrota e deixou o texto empoeirar nas prateleiras da biblioteca do Collegio Romano.

No calor dos movimentos de unificação da Itália (justamente os que constituem o pano de fundo para *O Moscardo*), a biblioteca foi confiscada pelos soldados de Vittorio Emanuele II, que transferiram a coleção de manuscritos antigos para perto de Roma, na Villa Mondragone. Em 1912, a confraria jesuíta vendeu, discretamente, parte dos manuscritos a alguns particulares, entre os quais se incluía o comerciante polonês de livros raros Wilfrid Voynich, então casado fazia dez anos com Ethel Lilian Boole, filha do grande matemático e lógico inglês, autora de *O Moscardo*.

O polonês era nobre, nascido no seio de uma família renomada, seu nome completo era Wilfrid Michał Habdank-Wojnicz. Havia estudado química em Moscou e possuía diploma de farmacêutico. Seu aspecto era o de um texugo cdf de óculos redondos, motivo pelo qual fazia muito pouco sucesso com as mulheres. De volta a Varsóvia, o jovem, que tinha a impressão de ter todos os caminhos abertos à frente de si, frequentou primeiro os bailes da alta sociedade, mas as formosas donzelas que giravam nos pisos lustrosos, em vestidos diáfanos cor de açafrão e lavanda, cintilando a não poder mais das milhares de facetas dos brilhantes das orelhas, do colo e das articulações das mãos, pareciam preferir jovens menos nobres e menos abastados, porém providos com a graça da dança, ombros fortes e olhar arrogante. Tentou por algum tempo se ocupar do ofício de farmacêutico, mas, embora mais tarde seus conhecimentos de química lhe tivessem rendido a fama de fabricante de bombas artesanais, não se deu muito bem nos interiores azulejados cheios de prateleiras com potes de porcelana finamente desenhados em que *nux vomica*, *laudanum*, tinturas e iodos, pastilhas para potência e para abortos, supositórios envoltos em parafina e outras inúmeras substâncias e preparados esperavam encontrar corpos padecentes. Seus dedos eram rombudos demais para a balança delicada de latão de cima do balcão, e ele mesmo era honesto demais para prescrever aos viciados a ambrosia e o néctar pelos quais suas mãos tremiam, sobretudo morfina, que naquela época era tão disseminada, e tintura de ópio e éter. "Embriaguem-se com qualquer coisa", um poeta excêntrico[59] tinha acabado de escrever, "com vinho, poesia ou virtude, a escolher"...

Ao encontrar, por acaso, enquanto cuidava de um doente numa mansarda úmida, pessoas que se embebedavam com ideais revolucionários, Wilfrid percebeu quão pequena, mesquinha e caótica havia sido sua vida até então. Ludwik, um homem com aspecto ainda mais escabroso do que o farmacêutico, pôs em suas mãos as obras capitais dos socialistas. Livros clandestinos, em cópias rudimentares, sebentos de passarem por tantas mãos, assinados por nomes que Wilfrid mal tinha ouvido falar até então: Louis Blanc, Saint-Simon, Fourier, Engels, Marx, como também os textos dos terríveis niilistas russos, Bakunin, Kropotkin e, em especial, o demoníaco Nechayev, cujo catecismo lhe havia rendido noites em claro, passadas em calafrios febris. Compreendeu que seu destino tinha pouco a ver com bailes e panaceias. O mundo era um inferno corrupto e injusto, e o herói dos tempos vindouros era o revolucionário. "Um revolucionário é um maldito. Não tem interesses particulares, nem negócios, nem sentimentos, nem conexões, nem propriedade, nem mesmo um nome. Todo o seu ser é devorado por um único objetivo, uma única ideia, uma única paixão – a revolução. De corpo e alma, não só por meio de palavras e ações, ele rompe todas as ligações com a ordem social e com todo o mundo civilizado, com as leis, as maneiras, as convenções e a moral do mundo. Ele é seu inimigo inclemente que continua vivendo no mundo com um único objetivo: destruí-lo", escrevia o terrível Nechayev. Aos vinte anos de idade, Wilfrid encontrou tanto o livro de sua vida, o camarada mais velho e mais sábio, como também o caminho para o qual se sentia cada vez mais preparado. Acabou

---

59 Referência ao poema de 1864 "Enivrez-vous", de Charles Baudelaire. [N.T.]

entrando, por meio de um ritual que considerou meio de mau gosto (mas o bom gosto entrava na categoria dos valores que precisavam ser denunciados e destruídos), na organização de Ludwik Waryński, Proletariado, e logo deu início a ações revolucionárias das mais arriscadas. Depois de uma delas, tentativa de soltar de dentro da cidadela de Varsóvia dois condenados à morte, foi preso pela Ohrana e deportado para a Sibéria. Após três anos de trabalhos forçados, fugiu e passou o ano seguinte perambulando por florestas, alimentando-se de framboesas e do pão que roubava das aldeias, não raro encontrando assassinos fugitivos e mujiques dominados pela beatitude graças à prece do coração. No fim foi salvo, mais morto do que vivo, por seus camaradas conspiradores, que o mandaram para a China a fim de apagar seus vestígios.

Em Pequim, teve tempo de meditar sobre os caminhos ocultos e tortuosos da revolução. Talvez o lado violento dela não combinasse com ele. Talvez não fosse digno da ascese e do martírio que o assustador catecismo exigia. Ainda era jovem, apesar de enfraquecido pelos anos de trabalhos forçados e caminhadas, quando voltou à Europa, primeiro Hamburgo, depois Londres, onde se estabeleceu. O encontro com Sergey Stepaniak, que militava por uma transformação da Rússia por vias revolucionárias, porém pacíficas, foi para ele a confirmação do erro que havia cometido. A recém-fundada Sociedade dos Amigos da Liberdade da Rússia era frequentada por gente intelectualizada, que apoiava uma transformação paulatina, por vias políticas, da troica caprichosa.

Nas reuniões da sociedade londrina, ele conheceu Ethel Lilian, antiga revolucionária também ela, com longas estadas na Rússia e atividade narodista. Era feia e um ano mais velha que Wilfrid, mas tão educada quanto ele e igualmente devotada à mãezinha Rússia. Casaram-se em 1902, numa cerimônia restrita a ex-revolucionários, agora um tanto grisalhos, um tanto aburguesados, com ideais transmutados em recordações. Voynich anglicizou o sobrenome, obteve a cidadania britânica e se tornou livreiro, em respeito a uma velha e há muito esquecida paixão por livros raros. Com o passar dos anos, o casal cessou toda atividade revolucionária e passou a viver no universo dos livros, ela escrevendo seus romances (*O Moscardo* já estava publicado nos Estados Unidos e Inglaterra e lhe rendera certa notoriedade), ele abrindo livrarias e adquirindo manuscritos e gravuras antigas. Visto que a livraria de Nova York, inaugurada em 1914, ia muito bem, o casal de ex-revolucionários se mudou para o outro lado do oceano, onde viveram até a morte de Wilfrid, em 1930, e de Ethel, em 1960, quando a autora de *O Moscardo* tinha a veneranda idade de noventa e seis anos, e eu, em minha Floreasca protegida sob a cúpula iridescente, do outro lado da terra, apenas quatro.

"Pode levá-lo com você", disse Palamar, por fim, passando cansado a mão pelo cabelo grisalho, penteado para trás, fazendo-o aderir ainda mais ao crânio. "É o último livro que te empresto, agora que minha biblioteca acabou há muito tempo." Ergueu-se e me lançou um olhar impessoal: o encontro terminara. Antes de deixar o aposento, olhei mais uma vez para o grande armário metálico, cinza-perolado, cobrindo toda a parede da esquerda. Contrastava tanto com tudo o que vira na casa do bibliotecário que não pude deixar de perguntar ao acaso, como se não quisesse nada: "O que o senhor guarda nesse arquivo?" "Ah, uns cartõezinhos também", respondeu-me sem se surpreender. "Quando vier devolver o manuscrito (vamos respeitar a regra de outrora de três semanas), eu te mostro. Mas talvez você já saiba, talvez já tenha visto. Ou talvez seu olhar tenha pousado sobre minha escrivaninha da antiga biblioteca e observado as pranchas de livros. Era ali que eu trabalhava, como de costume, nas longas horas em que te aguardava."

Conduziu-me até a saída e me apertou a mão, encarando-me com seus olhos castanhos, agora obscurecidos na penumbra do vestíbulo. "Estou te esperando", repetiu, e pensei comigo mesmo que teria me esperado a vida toda. Avancei pela alameda sombria, ouvi a porta fechar e então me virei para olhar de novo para aquela casa grande, barra de piche que obliterava as estrelas, empalidecendo ao vento frio da noite. A única janela iluminada se apagou alguns segundos depois, e em seguida o lampião em forma de cabeça de dragão. Isso me surpreendeu e me fez esperar por mais alguns minutos, descabelado pelo vento. Esperava que alguma outra janela se acendesse, numa das fachadas da casa, pois Palamar não poderia ficar no escuro, precisava comer, se preparar para dormir, ir ao banheiro... Tomei outra alameda, depois dei a volta na casa: nenhuma luz. Apenas um imóvel grande e preto, circundado por estrelas. Enquanto me virava, ao longo da parede da direita, para chegar de novo à entrada, ouvi o zumbido. Quase imperceptível, mas inconfundível para mim. Da mesma forma, a terra tremia de leve sob meus passos, pois o ruído elétrico, de usina no turno da noite, vinha de baixo da casa, das profundezas. "Por conseguinte, ele também tem, como eu, um solenoide sob a fundação. Por conseguinte, seu Palamar, o senhor faz parte da história mais do que eu imaginava", murmurei e, depois de uns bons minutos, caminhei rumo à avenida. Ao passar diante do cinematógrafo Titan, ouvi a voz uvular de Fernandel e, em seguida, a voz meiga de sabe-se lá que atriz que lhe dava uma réplica. A sala devia estar cheia, pois de vez em quando eclodiam gargalhadas abafadas. No ponto não havia absolutamente ninguém. Aguardei ali pelo bonde por mais de uma hora. Por fim chegou, balançando pelos trilhos. Embarquei no segundo vagão, ele também completamente vazio. Sentei-me num assento, me vi refletido na janela: um espectro a uma luz doentia, depois colei a têmpora ao encosto e adormeci. Despertei na garagem de uma zona desconhecida da cidade e tive de esperar amanhecer para encontrar uma maneira de voltar para casa.

Irina está grávida. Isso é tão inconcebível e inimaginável quanto o próprio mundo, e igualmente assustador para mim, pois "todo anjo é terrível" e "para o terceiro não posso nem mesmo olhar"[60]. Escondo-me atrás de citações, pois não sei o que fazer nem no que pensar. Ştefana jamais tinha ficado grávida, embora não tivéssemos impedido, de algum modo, esse espetáculo de bonecas russas, nem teríamos tido como: os preservativos da tabacaria se rompem ao primeiro uso, e comprimidos anticoncepcionais ou espermicidas ainda não existem. Com Irina nem me passara pela cabeça que nossos momentos de prazer extremo, ora paradisíaco, levitando engatados no meio do quarto, um metro acima da cama arrumada, ora perverso e sombrio, entre lençóis encharcados de suor, poderia fazer parte da cadeia causal, obscura para primitivos e libertinos, mas que, no fim, gera o fruto encolhido no meio da pessoa que dá à luz e de mamar. Sempre que penso na gravidez, afasto de minha mente toda realidade das maternidades e dos obstetras, das mesas de parto e do bebê cheio de sangue e mecônico. Uma grávida daquelas que avistamos com tanta frequência na rua, sobretudo durante as primaveras, dando passos pesados por entre as poças em que o céu se reflete, jamais foi para mim uma mulher que vai dar à luz: ela existe em si, sempre foi assim e sempre será assim, sem ligação alguma com os outros homens, crianças e mulheres, que não são grávidos. É uma condição do ser

60 Menção a versos de "Elegias de Duíno", de Rainer Maria Rilke. [N.T.]

humano que minha mente holônica só consegue imaginar como uma eterna matriosca: no ventre de toda grávida há uma grávida que tem uma grávida no ventre, e assim sucessivamente até o fim, na escala de Planck, em que cessa a divisão do espaço, do tempo, da causalidade, da gravidez. De fato, sempre que via uma mulher grávida, imaginava seu ventre transparente para enxergar, ali, *inter urinas et faeces*, a mulherzinha de ventre transparente ligada umbilicalmente à gigante que a circunda e nutrindo, por sua vez, a outra dentro de seu próprio ventre. A criança, por conseguinte, para mim só poderia ser uma menina. Um menino expulso do ventre só tinha como ser um monstro melancólico, digno de ser exibido, flutuando num cilindro cheio de formol, num museu sinistro como o da Morgue.

"Irina está grávida" significa para mim, consequentemente, que teremos uma menina. Contou-me ontem, na sala dos professores, à janela, enquanto olhávamos ambos para a fábrica abandonada e a caixa d'água pela névoa fina que caíra sobre nosso subúrbio de fim de mundo. Evoquei a cena das profundezas do tempo quando saí no terraço de minha casa, sob o vento e o cheiro de tempestade que nos haviam transformado em demônios do outono, quando, surrados e fustigados pelo vento como flâmulas, girávamos misturando nossas roupas e cabelos, e quando ela, minha mulher loira e irreal, me dissera aos gritos, entre rajadas plenas e redondas de vento, que ela também salvaria da casa em chamas a criança, mesmo se fosse o Anticristo, mesmo se fosse Hitler, mesmo se fosse Lucrécia Bórgia ou Messalina. Concluí que, se é que teve lugar o momento da inseminação, da penetração do esperma crepuscular em seu receptáculo de nácar orgânico, ele não se dera durante nossos engates flutuantes ou esmagados entre lençóis de uma gravidade absurda, mas depois, quando rodávamos felizes, como birutas cintilantes, sob o céu de tormenta. Então havíamos concebido aquela que haveria de ser resgatada, nos braços, entre as vigas em chamas que desmoronavam por cima de tudo, por entre a fumaça que cegava e ofuscava, por entre os berros lancinantes dos queimados vivos, deixando no centro da casa condenada a pintura surda e cega e insensível à dor, "aquele objeto único por meio do qual o nada honra a si mesmo"...

Por estarmos sozinho, peguei-a na mão e nos mantivemos calados por mais alguns minutos, sentindo a plena irrealidade daquela sala, da janela, da paisagem do lado de fora e do mundo. "A partir deste momento, tudo muda", pensei comigo mesmo, sem conseguir imaginar a mudança. Seus dedos estavam secos e frios. Sua mão passiva se mantinha em minha palma com uma espécie de resignação. Depois nos dirigimos, sem mais sentirmos necessidade de dizer algo um para o outro, até o armário dos diários, onde haviam ficado apenas os nossos. Saímos com eles debaixo do braço pelos corredores desertos, depois fomos, cada um, sozinho, como aliás éramos, como haveríamos de sempre ser, mesmo como pais de nossa filha, que, por ora, não passava de uma larva minúscula, elástica, pulsante, nutrindo-se do corpo que parasitava e abençoava. Subi pela escada que conduzia ao andar superior, aquela escada de mosaico ordinário, com paredes verde-água pintadas a óleo e que, para cima e para baixo, escorria com um número indefinido de andares, mas na classe da 7ª S, na qual eu tinha aula de romeno, encontrei a porta encostada à parede e um único aluno de plantão ocupado na lousa com uma esponja embebida em vinagre.

Nada jamais me pareceu mais desolador do que a classe deserta, abandonada por sua população de criaturas miúdas, de crânios desproporcionalmente grandes e olhos que parecem querer nos engolir. Quando *Mary Celeste* foi encontrada boiando à deriva no oceano infinito, na trilha gelada dos cetáceos, chocou e assustou o desaparecimento da tripulação, o vazio da ponte e das cabines, o caráter inumano de todo engenho humano esvaziado dos habitantes que lhe dão utilidade e sentido. Cada classe vazia, com os casacos ainda pendurados nos cabides e pilhas delgadas de livros e cadernos nas carteiras rabiscadas, com uma ou outra janela aberta e a brisa do lado de fora enfunando fantasmagoricamente a cortina, sempre me rendia lágrimas nos olhos, pois me evocava um dia das profundezas do tempo, quando entrei, no meio das férias, na escola em que estudava, e a encontrei vazia, melancólica e desesperançada, paralisada sob a vitrificação do tempo como uma fotografia de cores mal reproduzidas.

O aluno de plantão, um garotinho que, sabe-se lá por qual motivo, estava com gravata de pioneiro no pescoço, me disse que todos os colegas haviam sido levados ao consultório dentário para um controle. A aula de romeno havia sido adiada. Não sabia o que fazer, minha mente se ocupava por completo com meu filho e de Irina, como se eu o tivesse, como se eu a tivesse encolhida dentro do crânio. Mas entrei na sala de aula e me dirigi até a janela. No parapeito, havia umas latas de conserva em forma de vasos, com gerânios e brincos-de-princesa colados à vidraça. Dali se via melhor e mais amplamente a paisagem de trás da escola. Vi a espinha arqueada, colossal, da avenida Colentina atravessada por bondes, automóveis de passeio e ônibus, a caixa d'água com a grande esfera no topo, a rotatória na qual o bonde 21 faz a volta, e sobretudo, brilhando num ocaso eterno, como se ela mesma emanasse, com toda a força, um gás amarelo, crepuscular, a fábrica abandonada, em cujas inesquecíveis catacumbas não estivera fazia anos. Lembrei-me como se fosse ontem do passeio com o professor de matemática Goia – o mesmo que me falara de Hinton, pois nada é por acaso neste mundo de enigmas e sonho – pelos espaços fantásticos e por entre os maquinários de outro mundo daquela construção, e a imagem da menina colossal dormindo encolhida no centro da sala redonda me parecera tão viva, tão imperiosa, que decidi ir até lá de novo na hora livre que tinha diante de mim. Ainda mais porque, olhando fixamente para a silhueta do edifício recortado no céu, a altíssima janela circular do meio do frontão de tijolo parecia cintilar intensamente, como um farol, como os olhos do hipnotizador num filme antiquíssimo, desbotado.

Saí da escola e segui de novo pelas ruas do bairro, passei de novo pela mercearia e pelo centro de botijões, virei a esquina do Depósito e me vi de novo, com todos os pelos do corpo eriçados, o corpo tão arrepiado quanto a alma, diante do gigantesco edifício do meio do terreno baldio cheio de lixo. As paredes cegas, de tijolo, ostentavam os vestígios de um antigo incêndio. Numa altura vertiginosa, janelas ovais se deixavam emoldurar por personagens de estuque, espasmódicos e lascados, brotados da melancolia de sabe-se lá quais escultores abstrusos, e que pareciam não se segurar ao prédio, mas flutuar em torno dele, na atmosfera terna e triste da primavera. Devagar, dei a volta no edifício para chegar à fachada principal. O portão ainda exibia o cadeado do tamanho da cabeça de uma criança, e trinta metros acima a quimera ainda estendia suas asas de morcego, num grito inaudível, um grito visual, um grito tátil, um grito ósmico, por cima do universo inteiro.

Encontrei a entrada e mergulhei de novo, desta vez sozinho e sem luz, no túnel oblíquo que me conduziu às profundezas da construção. Reencontrei o buraco profundo no meio do galpão, os túmulos e as criptas de mármore, calcedônia, malaquita, em que se incrustavam plaquinhas patinadas de cobre. Perambulei involuntariamente por entre eles, li as inscrições escritas em línguas desconhecidas, com símbolos que tão bem conhecia: cruzes, estrelas, rodas dentadas, semiluas, anéis... Na placa em cima do portão da maior das criptas, com caneluras cinzeladas num mármore róseo, fui capaz de decifrar, sobretudo com a polpa dos dedos, uma linha bizarra, que não observara da primeira vez:

SIGNA TE SIGNA TEMERE ME TANGIS ET ANGIS

Sinais, temor e toque, pensei comigo mesmo, sem imaginar que poderia traduzir corretamente, mas tive um momento de prazer, mesmo dominado pela imensidão rosa-oliva acima de mim, quando percebi que o verso latino era um palíndromo: podia ser lido da mesma maneira tanto a partir do fim quanto do início.

Depois subi numa das grandes vigas que se cruzavam oblíquas, apoiadas com uma extremidade na margem de cima do buraco, e me encontrei de novo no imenso e melancólico galpão. Largas faixas de luz caíam de viés das janelas ovais situadas a uma altura colossal acima do chão de quadriláteros brilhantes, ondulados e deformados pelas veias pulsantes do lado de baixo, assim como ondula a terra cheia de raízes próxima a uma grande árvore. Fios de poeira, bilhões de minúsculos mundos habitados, giravam em ondas lentas naquela luz precisa e cristalina. Pelas rachaduras do telhado se avistava o céu primaveril, pelo qual as nuvens corriam.

O ar, no entanto, permanecia turvo e gelatinoso naquele espaço gigantesco, e a cor dominante era um oliva desolado, induzindo uma sensação de inexorável solidão. Avancei, ao longo dos trilhos e das linhas de montagem (para que objetos que não eram de nosso mundo?), até me encontrar de novo diante dos cinco complexos agregados, de metal brilhante, que se erguiam até dois terços da altura da sala, e cujas bases cilíndricas de concreto estavam pintadas, como num brinquedo de criança, nas cores que também encontrara, na mesma ordem, nas unhas de Valeria: rosa-sujo, azul-escuro, escarlate, laranja-siena, amarelo-intenso. Dei uma volta em torno deles, como da primeira vez, surpreso com seu ar solitário e intangível, com a crosta imemorial de seu enigma. Era possível tocá-los com os dedos, cujas pontas ficavam com o vestígio de um óleo fino, mas não com nossa compreensão humana, humilhada a cada momento pelos cinco anjos tecnológicos que se erguiam na direção do telhado rachado. Arrepiado pelo frio do galpão, pensei em ir até o fim para tentar reencontrar a entrada anil, quando vi com o rabo do olho, na parede oposta àquela em que descobrira a entrada, algo que não havia percebido antes.

Havia, numa moldura do mesmo metal que parecia mercúrio solidificado, porém de algum modo ainda fluido, como um mel espesso, cinco círculos róseos que me chamaram a atenção. Olhei-os melhor e me dei conta de que estavam de certo modo vivos. Deviam ter o diâmetro do círculo que formamos com os dedos das duas mãos, ao uni-los pelos polegares e indicadores. Ou o diâmetro de uma vagina completamente dilatada durante o parto me passou pela cabeça. Os círculos eram da cor da pele e tinham uma estrutura convexa e trançada. Visto que se encontravam bem diante de meu rosto, não tive mais dúvidas: eram grandíssimos umbigos de pele viva e sensível, embutidos no metal. Via-se bem o modo como haviam sido amarrados, como a pele pálida se desdobrara por cima do fio cirúrgico – ou talvez, como em meu nascimento, apenas um simples barbante de embrulho – de maneira suave e comovente, pois cada um dos cinco botões terminais com o diâmetro de rosas grandes pareciam não apenas enternecedoramente rosados em seu palor, como também perfumados como rosas místicas. Mantidas as proporções, os frutos humanos que teriam tido no meio do ventre tais umbigos, assim como as maçãs ainda guardam o sulco e o pedúnculo pelo qual outrora se dependuraram do ramo, teriam sido verdadeiros gigantes.

Sabia, algo dentro de mim compreendera de imediato, o que eu tinha de fazer. Pousei a palma da mão, com todos os dedos abertos, sobre o primeiro hemisfério de pele viva e morna. De repente, em torno dele, na borda do metal, surgiu um círculo de luz fluorescente, de uma coloração rosa-soturna, e, no mesmo instante (pressentira aquilo e já virara a cabeça para a outra extremidade da sala), as peças concatenadas da primeira engrenagem começaram a se mover lentamente, deixando entre elas frestas de uma luz forte e homogênea. O metal se retraiu cada vez mais na direção da base do agregado e de sua parte superior, entre os quais apareceu, em toda a sua pureza, uma ampola enorme, de paredes cilíndricas de vidro espesso, cheia de um líquido límpido e dourado semelhante ao cefalorraquidiano. No meio da ampola tive a impressão de poder identificar uma esfera grande, concreta, alvacenta, sulcada por finos canais. "É uma mórula", disse para mim mesmo, "é uma esfera de células vivas, surgidas todas graças às divisões do ovo primordial". Quando crescer o bastante, suas paredes haveriam de se dobrar para dentro, conforme o plano divino, formando folhinhas embrionárias, assim como iniciamos as primeiras dobras do papel na arte mais próxima da embriologia, a das figuras de origami. Por ora, porém, o ovo maravilhoso parecia mergulhado no sono e talvez em sonhos incompreensíveis.

Apertei depois o segundo hemisfério e, enquanto sentia sua textura na palma, o segundo cilindro se soltou, no mesmo silêncio absoluto. Dessa vez fui até seu lado, para não perder nenhum detalhe do objeto compacto e pulsante em seu centro. Posicionando minha cabeça bem para trás, eu o vi, num *raccourci* que o encurtava levemente, deformando-o, assim como vemos as estátuas nas cornijas dos templos. Devia ter agora dois metros de comprimento e era, sem dúvida, um embrião humano assim como se apresenta na idade de dois meses, quando já se pode vislumbrar a cabeça gigantesca, troncônica, muito recurvada, de modo que o rosto com olhos ainda enterrados na carne alvacenta, translúcida, adere ao tórax, e os membros, com dedos já formados, brotam rombudos de um lado e de outro do tronco como no caso dos enormes celacantos anacronicamente distribuídos por nossos oceanos. Assemelhava-se, aliás, a um desses animais concretos, elásticos e inteiros, um monstro saturnino ao qual nada faltava e que não tem por que evoluir, que poderíamos encontrar em pântanos repletos de plantas carnívoras ou nas águas quentes dos trópicos, enrolado em algas marinhas, alimentando-se de criaturas ciliadas e transparentes.

 Os dois tubos gigantes seguintes, descobertos, límpidos no cruzamento das colunas de luz oblíqua vindas das claraboias, depois que apertei o terceiro e o quarto dos botões mornos, suaves e róseos, continham a imagem perturbadora de um feto humano, nas idades de quatro meses e seis meses, vivo e pulsante, pendurado no cordão umbilical que, encrespado, se enrolava no líquido dourado para desaparecer em algum ponto da base da ampola. As fabulosas criaturas, com as testas agora inclinadas sobre o peito, de olhos enigmáticos de inseto sob a membrana transparente das pálpebras, com os brotos das orelhas já formados, com membros cada vez mais esbeltos, mas agora com cabeças fascinantemente maciças, desproporcionais em relação aos corpos cada vez mais longilíneos, haviam crescido muito em comparação às dos primeiros cilindros: pareciam filhotes de baleia, porém sonhadores e cloróticos como a trama hialina das medusas. Órgãos e cartilagens se entreviam obscurecidos, em todo o corpo dos fetos gigantes, e os crânios macios eram sulcados por artérias enlaçadas, ramificadas, azuis e purpúreas. Olhando de baixo, a partir dos pés das colossais provetas (que deviam ter a grossura de um palmo e ser constituídas por uma safira incolor ou cristal de rocha), ficava fácil perceber que eram embriões de uma menina.

 O último feto, que ocupava toda a espessura do cilindro mais próximo do portão de entrada, laqueado, situado sob o voo e o berro mudo da grande quimera, era maciço como um elefante alvacento-róseo e tinha o crânio virado para o chão. Encolhida, com a cabeça entre os joelhos, vestida numa lãzinha fofa que brilhava na luz como um globo de dente-de-leão, e que já se dissolvia no líquido cintilante, a menina estava prestes a nascer. Não se podia imaginar menininha mais airosa, membros mais graciosos, dedos mais delgados, enfeitiçando o ar líquido do cilindro, coluna mais delicadamente arqueada, com as pequenas ilhas de ouro opaco das vértebras revelando-se em alguns pontos da pele fina e esticada. Sob as pálpebras, olhos humanos, porém tão grandes que ocupavam metade do rosto, se contraíam de vez em quando em ondas, prova de que a menina sonhava.

Virei-me de frente à placa de metal a tempo de ver como os botões orgânicos se retraíam no mercúrio espesso como mel, desaparecendo aos poucos, sob a vagarosa invasão da substância luzidia e cinzenta. Em poucos minutos, só os círculos luminosos, coloridos naqueles cinco tons, haviam permanecido como testemunhas cegas dos interruptores umbilicais. O galpão emitia um silêncio poderoso, empedernido na geleia do ar vetusto. Olhei o entorno: aquele grande espaço tinha sido estranho o bastante até então. Ao explorá-lo com Goia, ficáramos encantados e horripilados com seu misto de templo antiquíssimo e espaço industrial, com a arquitetura que combinava ângulos de aço e figuras alegóricas de estuque, com as nuvens que desfilavam, amarelas, pelas rachaduras do teto como se houvessem sido pintadas na curvatura por um melancólico Tiepolo. Agora, contudo, com os seis cilindros desprovidos da crosta xenotecnológica e com os fetos gigantescos flutuando em sua água paralisada, a sala exibia de repente uma faceta outra, a de uma emoção dilacerante, de fim de mundo, de um espaço em que não se pode respirar nem viver. Desatei a chorar, com a cabeça sobre o pedestal de cimento, pintado de amarelo, do último cilindro.

Difícil estimar quanto tempo passei assim, mas, quando ergui a cabeça, tive a impressão de poder identificar uma sutil mudança na estrutura da luz. O dia se inclinara, de forma imperceptível, para o anoitecer. As colunas de luz adquiriram uma nuance âmbar. As veias grossas sob o chão sujo, cheias de farpas e óleo, começaram elas também, aparentemente, a gorgolejar devagar, peristálticas, no silêncio do edifício abandonado: "Se este galpão é de fato uma espécie de rádio antigo com válvulas e galena", pensei comigo mesmo, "agora ele está aberto, recebe mensagens de algum lugar, de uma distância inimaginável, e logo vai começar a entoar." Só que aquele canto grandioso e avassalador brotado dos cilindros da fábrica abandonada poderia não ser destinado a nossas minúsculas cócleas dos processos mastoides, espirais assintóticas só interrompidas já depois de duas voltas em torno da columela, a segunda duas vezes mais ampla que a primeira.

Dei a volta na linha de montagem mais próxima de mim e me dirigi até a parte oposta do galpão, ali onde me lembrava de ter encontrado a matrícula solta dos grampos e depois a porta que iluminava, num azul pálido, a penumbra. Reencontrei, na parede, os ramos repletos de mecanismos, roldanas, bicos, grampos e volantes, mostradores que mudavam lentamente de forma, comutadores que inchavam como cogumelos esponjosos, tudo feito de um metal fluido onipresente naquele espaço. Encontrei, desta vez muito mais rápido, a caixa com cifras móveis em que devia ser introduzida a combinação adequada. Formei em vão o antigo código, que permanecera cintilantemente gravado em sabe-se lá qual trança sináptica de meu cérebro. Tentei também outros números. O contorno azulado da porta permanecia inalterado. No entanto, eu não só *tinha* de entrar, pois por isso estava ali em vez de dando minha aula de romeno, como também tinha certeza de que haveria de entrar, mesmo que tivesse de tentar por dias a fio, sem comer e sem dormir, as combinações daquelas cinco cifras. Fazia tempo que eu não era mais tão ingênuo a ponto de acreditar que podia fracassar, que podia realizar gestos aleatórios que não levassem a nada. Seria como se a caneta, na mão do autor, começasse a se opor aos dedos que a guiam e a escrever na página imaculada a própria história, diferente daquela iniciada por uma mente, transbordada no delta dos nervos motores do braço e depois transformada nos pequenos e precisos gestos que conduzem, sem qualquer possibilidade de resistência, o instrumento de escrever no papel. O código estava solto em minha memória, talvez viesse até de mais longe que eu, como o pavor inato de cobras e aranhas. Visto que todo conhecimento é anamnésia, eu deveria apenas me lembrar, assim como das primeiras imagens da infância, da forma das nuvens de Floreasca e dos lábios rachados de Ștefana, daquelas cinco cifras, com seus cliques tão sonoros no silêncio da sala. E, de fato, não passara meia hora e eu já me encontrava diante da porta aberta. O número fora 96105. Eram as cifras que me vieram, douradas, ao visualizar, na imaginação, a longa sucessão de cifras no papel da mala do porteiro sequestrado para os céus, ao passo que as primeiras e as últimas três cifras tinham ficado apagadas e enevoadas. Estava no bom caminho. Olhei mais uma vez, por cima do ombro, para as cinco provetas gigantes da sala em que vidro e metal se aliavam de maneira tão estranha, e adentrei de novo no corredor que dava acesso ao Santíssimo Lugar daquele templo decrépito.

Perguntava-me sem parar, enquanto percorria o labirinto de aquários, terrários e dioramas lotados com criaturas monstruosas dos tratados de parasitologia, se a mudança da cifra modificaria a criatura que ocupava a sala semicircular que se encontrava, eu já sabia, ao fim de meu mergulho no pesadelo. Provavelmente era isso mesmo, pois não fazia um quarto de hora que passeava pelas salas cheias de objetos expostos que boiavam em seu líquido placentário e, ao mesmo tempo, cefalorraquidiano: tênias, lombrigas, sarcoptas, amebas, carrapatos gigantescos, lacraias e formigas-leão, e larvas horrendas de libélula, quando percebi, junto com a mudança da luz, uma mudança na constituição das criaturas encouraçadas e espinhosas atrás das paredes de vidro. Em certos pontos, entre os dioramas com bestas cuja visão carboniza a mente, entrevia uma ou outra que só continha uma grande e informe bolota, do tamanho de uma pessoa, colada a um tronco de árvore ou uma rocha. Eram tecidas numa espécie de feltro alvacento, ectoplasmático, dir-se-ia, semelhante a montagens fotográficas com médiuns que, durante as sessões de espiritismo, soltam pela boca esse tipo de onda de teia de aranha, espessa e ofuscantemente branca, vômito psíquico que produz consternação. Muito lentamente, ao longo do trajeto, esses casulos em que algo vivo pulsava podiam ser vistos numa quantidade cada vez maior, ao passo que o jardim zoológico dos infernos diminuía em tamanho e força. Logo eu me movia, avançando como que hipnotizado numa única direção, por entre dezenas de caixas de vidro contendo cada uma, em seu centro, uma pupa agitada, todas tão grandes quanto uma pessoa, como doentes enfaixados junto com seus lençóis molhados, todas se inclinando para um lado e para o outro como se as criaturas de dentro quisessem romper com seus membros tesos o invólucro duro da crisálida. O silêncio se fizera quase absoluto, o róseo escuro dominava o museu de baixo de sabe-se lá qual crânio, que ora se parecia com uma ampla sala cujas janelas haviam sido cobertas por cortinas cor-de-rosa e onduladas.

Eu mesmo me sentia mudado. Meus passos pareciam mais leves por sobre as lajotas suaves da sala, e minha mão, que de vez em quando encostava na superfície fria das camadas de vidro, agora me parecia fina, alvacenta, com dedos anormalmente alongados. Minhas roupas começaram a me incomodar, essas esteiras grosseiras que carregamos por sobre nossa abençoada pele morna e fina, de modo que, no fim das contas, as arranquei, deixando-as tombar uma após a outra por sobre as lajotas que espelhavam seu flutuar moroso, planejando resgatá-las, uma a uma, na volta. Ao ver a primeira crisálida se rompendo, eu já estava nu. Meu corpo, assim como vagamente se refletia na vitrine, era agora delgado e pálido, com uma cabeça desproporcionalmente grande, como a das crianças de dois ou três anos, e olhos grandes, negros, hipnóticos, de inseto sábio e triste, num rosto com todos os outros traços miúdos, mal esboçados. Vieram-me à mente as criaturas que perambulam ao longo de milênios pelos caminhos do além-morte, criaturas alvacentas que procuram sua série de monstros, sobre o que nos falava Traian enquanto estávamos no peitoril morno em cima dos aquecedores em Voila. Lembrei-me de quanto medo sentira naquela noite remota, como correra para a cama e puxara as cobertas por cima da cabeça, para que a lua cheia e as criaturas da história de Traian não me devorassem o cérebro. Mas esses meus pensamentos se evaporaram tão logo assisti à primeira eclosão, logo seguida de outras e mais outras.

Pois das pupas rompidas se debatiam para sair mariposas lívidas, com rostos e braços humanos, com estatura humana, com faces femininas, bocas de criança sonolenta, mas olhares azuis e firmes, de inteligência umbilicalmente conectada ao espaço lógico. Seus ventres anelados, de insetos, eram cobertos de penugem e bombeavam, nas fibras crispadas das asas, um líquido que haveria de endireitá-las e suavizá-las. Presas ainda às pupas feltradas com as garrinhas das pernas, secavam devagar seus pelinhos aveludados, as asas emanando a poeira de escamas minúsculas e cobertas por desenhos crípticos, pouco mais escuros do que o resto das asas cinzento-alvacentas. Eram belas para além da imaginação, embora crepusculares, e quando começaram a se alçar dos terrários e se reunir em cima deles, em grupos compactos, como santos que esmagam as corolas umas às outras nas paredes das igrejas, remando preguiçosas com suas grandes asas de pássaro noturno, só era possível sentir um imenso e torturante arrependimento de não poder sorrir-lhes de volta, tanta consolação e luz havia em seus sorrisos. Os dioramas desertos ficaram para trás quando, sob a sombra de revoadas de mariposas humanas, cheguei diante da entrada do ventre do mundo. As mariposas se esgueiraram no espaço estreito entre a caverna de rocha e a vidraça hemisférica que a revestia, ali onde os vermes de púrpura haviam outrora realizado seu meândrico enovelamento, e se espalharam ao longo da cúpula, cobrindo-a com seus rostos, asas e ventres, olhando para dentro como centenas e milhares de espectadores nos camarotes de um teatro de ópera. Hesitei na soleira, perturbado pelo espetáculo que se desenrolava a minha frente, pelo fulgor de sonho da sala do centro do mundo.

 Era uma caverna esférica, não uma meia esfera, como havia imaginado. O chão em si era uma gigantesca depressão, simétrica em relação à abóboda que se erguia por cima e com a qual formava um espaço perfeitamente redondo e inigualável. Era capaz de ter inúmeros quilômetros de diâmetro e era revestida por uma unânime parede de vidro, como uma bolha de sabão para além da qual olhavam milhares e dezenas de milhares de criaturas aladas, com asas eletrostaticamente grudadas às paredes curvas e com as faces reunidas em olhos de um anil unânime. Detinha-me no umbral da caverna, de onde podia enxergá-las até onde a vista alcançava, tanto por cima quanto por baixo, uniformemente espalhadas pelo esférico diorama, e, por fim, cobrindo-o por completo com um mosaico escheriano de asas e rostos.

A esfera era, ao mesmo tempo, crânio e útero, destinada a abrigar um feto e um cérebro. Pois nosso cérebro se encolhe dentro da cabeça do homúnculo motor-sensorial, tão disforme, com proporções tão inumanas quanto as do feto encolhido no ventre, que por sua vez é produto de uma inteligência suprema. Assim, o tempo e o espaço, o somático e o cerebral, a luz e a treva, o homem e a mulher, o sonho e a realidade, os polos animal e vegetativo de nosso corpo com simetria múltipla, o inferno e o paraíso, o êxtase e a abjeção, a matéria luminosa e a escura, o corpuscular e o ondulatório aqui fusionavam num objeto-noção incompreensível e inominável, pois transcendia nossos eternos dualismos. Aqui não havia mais em cima ou embaixo, passado ou futuro, mas apenas um ser perfeito que, tal qual um globo de cristal, tudo reflete sem nada ser. Sim, no centro da esférica caverna havia uma esfera. Como um planeta de lava, como um sol que se apaga aos poucos. Seus raios de âmbar líquido preenchiam a enorme cavidade. Diante dela deslizavam as imagens do mundo, como tatuagens numa pele continuamente mutante. Não era bela, era a própria beleza. Mas aquela beleza que queima e suplicia como as labaredas do inferno. "Estou na câmara proibida", pensei comigo mesmo, e esse foi meu derradeiro pensamento.

Entrementes, eu havia me transformado mais uma vez. Meus braços foram absorvidos pelo tronco, ao passo que minhas pernas aderiram uma à outra, transformadas numa cauda comprida e vibrátil. Minha cabeça era muito maior do que o corpo todo, rombuda e repleta de uma substância nacarada. Agora eu boiava naquele ar gelatinoso, sob o olhar dos coros de anjos. E, de repente, senti amor, sexual e cerebral ao mesmo tempo, o amor que move os sóis e os outros astros, o amor que está acima de toda fé e esperança. Como um molho de ouro, como um fluxo de fótons, como uma protuberância bruscamente saltada da esfera central, do cérebro central, do feto central, da noiva do meio do mundo. Adejando com o auxílio de meu cílio vibrátil, avancei, fui atraído, ao longo do espaço vazio, cheio de amor, na direção do globo de fogo brando e sempre mutante do qual ressoava, com força cada vez maior, o calor químico, a droga desesperada, o vício desesperado da Divindade. Enxergava agora com todo o meu crânio superdimensionado, como se eu fosse um globo ocular do qual se dependura o rabinho do nervo óptico, e o que eu via me preenchia de felicidade e terror. O sol central era de uma inimaginável complexidade. A mente humana não o poderia abranger nem compreender, mas apenas amá-lo como ninguém jamais amou no mundo. Avançava na direção dele, dela, na direção da impensável quarta pessoa, na direção da quarta inconcebível dimensão, com um sentimento de triunfo e fatalidade: havia sido eleito, era eu o eleito entre bilhões de semelhantes, todos os que já haviam vivido eram uma única ejaculação de um deus supremo. Todos se haviam perdido, todos aqueles que se haviam lançado no caminho junto comigo, devorados por nosso universo corrosivo, caindo um após o outro, vítimas da alegria e vítimas da tristeza, cegos para os sinais, incapazes de juntar as peças de quebra-cabeça espalhadas por toda a parte, girando em círculos no labirinto tridimensional, com seu pedacinho de queijo no centro. Só eu permanecera para o divino martírio do encontro com o óvulo, e agora estava frente a frente e olho no olho com ele assim como estariam um mosquito e um elefante branco adornado para a batalha. Pois era inapreensível aos olhos, careceríamos de dezenas de milhares de sentidos para poder percebê-lo assim como era. Uma língua de fogo se estendeu em minha direção e me puxou inteiramente para aquele corpo de ouro líquido trazendo-me a morte que conduz ao nascimento. Lembro-me do berro supremo de nossa fusão, que se desprendeu não de minha boca, há muito desaparecida, mas de meu crânio que, de repente, se rompeu em pedaços.

Depois disso, tudo o que restou foi a ofuscante luz dos primórdios.

43

Nesta manhã acordei tarde, com a cabeça pesada de tanto dormir, como nos últimos dez dias, desde que tirei licença médica. Parece que me deram essa licença especial para eu poder adoecer à vontade. Sinto-me como um peixe fora d'água. Durmo demais, sonho demais, mas nenhum sonho, por mais desprovido de esperança que seja, se compara ao sonho vasto e iterativo que persiste desde que abro os olhos, lá pelas onze da manhã ou até mesmo meio-dia, até voltar a fechá-los, já bem depois da meia-noite. O sonho em que estou em minha casa da Maica Domnului, onde ontem também estive, explorando seu número indefinido de cômodos, e onde também estarei amanhã, e até o fim de minha vida. O sonho em que estou sozinho com meu mundo na minúscula imperfeição de uma noite infinita e compacta. Uma bolha de ar, inobservável, numa barra de piche com o diâmetro de uma eternidade. Aqui está Bucareste, a mais melancólica cidade do mundo, invadida pela mariposa das paredes, carcomida pelos fortes ácidos do tempo e da nostalgia, aqui está o bairro com a Escola 86 e o centro de botijões e a auto mecânica, aqui está Floreasca, intacta sob o sino de vidro, aqui está a maquete da avenida Ștefan cel Mare. Voila também está aqui, com seus pavilhões e casinhas do pomar de macieiras em flor. Tudo o que sonhei estar vivendo, tudo o que pareceu que me acontece. Cada manhã, antes de abrir os olhos, sinto um aperto no coração: chegarei a esse mesmo ponto? É *isso* que continuarei chamando de realidade? É assim que vai continuar minha vida: casa-escola-casa-escola, sem possibilidade de romper esse círculo destrutivo e sinistro? Por que fui dotado, como todos os meus semelhantes, de uma mente de deus, se junto com ela recebi um corpo de sarcopta? Por que posso pensar, se em nada posso pensar além de que perecerei dentro de minha galeria, escavada na pele de uma criatura que não chegarei a conhecer? Por que posso compreender tudo se nada posso fazer?

Depois me levanto da cama, vou ao banheiro, me olho no espelho: um homem que passou faz tempo a casa dos trinta anos e que nada fez neste mundo. Olhos negros, lábios firmes, faces magras e barba por fazer. Um pijama velho e desbotado cobrindo-lhe os ombros. "Efimov", digo para mim mesmo, como um ritual do despertar. Efimov, com seu violino desordenado e diabólico. Depois de descobrir como a música soa de verdade.

Disse-o para mim mesmo nesta manhã também, com muito mais razão do que das outras vezes, pois perto da hora do crepúsculo, ainda não de todo desperto, tive uma espécie de alucinação, sentindo a necessidade de anotá-la em meu diário. Fiz isso de modo apressado e negligente, temendo não perder o caráter insólito da visão, e de todo modo a transcrevo aqui, continuando meu manuscrito cada vez mais incompreensível:

> Estou num poço profundo, ou melhor, dentro de um campanário gigantesco, oco. De uma altura muito grande, estão dependuradas acima de mim inúmeras cordas, desde algumas com a espessura de um fio de teia de aranha até verdadeiras amarras, da grossura de um pulso. Caso eu puxe qualquer uma daquelas centenas de cordões e barbantes, bem lá em cima soa um sininho, um sino de cobre ou um enorme sino de catedral. Mas não é isso que me preocupa. Preciso fugir daquele poço imundo e sinistro. Não há outro caminho a não ser o que conduz para cima, para o céu invisível ao alto, repleto de sinos invisíveis.
>
> Então começo, como uma aranha inábil, a escalar as cordas, produzindo uma horrenda cacofonia de tilintares, toadas e sons vibrantes de cobre. Com o tempo, elevando-me cada vez mais, percebo que posso subir com mais eficiência apanhando, em ordem, certas cordas, passando com um método instintivo dos fios mais finos aos mais grossos, e destes aos mais finos, e assim por diante. Começo a produzir escalas e arpejos,

em seguida pequenas melodias, descubro a harmonia e o contraponto, e identifico o modelo oculto das primeiras fugas. Ao conseguir compor peças mais complicadas, sinto que voo para cima, pelo oco do campanário, como se tivesse asas. Chego, após anos de escalada por amarras, cabos, cordas e fios que me cortam as mãos, a uma música suprema. Agora me alço, por ela levado, com uma velocidade fantástica, semelhante a um projétil de ouro fundido por um cano espiralado de arma. Os sons se concretizam, se tornam matéria. A partir deles construo, lá em cima, um plano de luz pura de fótons congelados, sólidos como diamante, com que colido, fazendo sangue e miolos, urina e estilhaços de dentes, respingarem naquela maravilha.

E só aí, livre da casca de meus órgãos, de minha pele e de meus sentidos, penetro no mundo superior.

"É isso", disse então para mim mesmo ao despertar, assim como digo ainda agora, concordando com um menear de cabeça com cada frase. "A arte não tem sentido se não for fuga. Se não nascer do desespero de ser prisioneiro. Não tenho respeito pela arte que traz conforto e consolo, por romances, músicas e pinturas que tornam mais confortável nossa estada na cela. Não quero pintar na parede descascada os jardins de Tuileries, nem quero pintar o barril do canto num tom de rosa. Quero ver a amazona do circo assim como ela é: tuberculosa e cheia de piolhos, e deitando-se com todos por um copo de absinto. Quero poder ver bem as grades da janelinha próxima ao teto, pela qual não desce nenhum raio que destrua essa visão. Quero compreender com lucidez e cinismo minha situação. Somos prisioneiros em cárceres concêntricos e múltiplos. Sou prisioneiro em minha mente, que é prisioneira em meu corpo, que é prisioneiro no mundo. Minha escrita é um reflexo de minha dignidade, é minha necessidade de busca por um mundo prometido pela própria mente, assim como o perfume é a promessa da rosa completa. Quero escrever não como escritor, mesmo que genial, e sim como tocava Efimov, com orgulho desmedido e imperfeição sublime. Ele encontrara o caminho, que não se encontra por tradição, mas por graça divina, pois a arte é fé, e se não houver fé não há nada. Sou diletante, eu sei, não conheço os truques milenares de minha arte – como com certeza sabe o outro, em seu mundo de sucesso e dinheiro, glória e mulheres –, mas, em minha obscuridade, me sinto livre e enxergo mil vezes mais agudamente a verdade. Entendo melhor do que qualquer um por que Efimov deixou o violino apodrecer, por que Virgílio e Kafka quiseram incinerar suas obras-primas. Pois o silêncio e a cinza são vias diretas, ao passo que a música e os livros atirados no mundo são desvios. Seja como for, a cinza é a sorte final de todo escrito, por isso não sofrerei quando meu manuscrito também encontrar o fogo. Ele não é um livro, muito menos um romance: é um plano de fuga. E depois da fuga seu destino natural é a cinza."

Como sou solitário, digo para mim mesmo a cada instante de minha vida. Quão espectral é minha vida! Chacoalho no punho, como os jogadores de dados, meus vestígios irrisórios: os dentinhos de leite que brotaram em minha gengiva, os fragmentos mumificados de barbante de meu umbigo. Atiro-os sobre a mesa e tento adivinhar meu futuro a partir da configuração aleatória, como constelações, que a formam espontaneamente e que jamais se repetirá. E meu futuro é semelhante ao passado, visto num espelho com camada de nitrato de prata cada vez mais carcomido pelo tempo e por intempéries. Não me interessa. Os espelhos têm de ser quebrados. É missão do catoptromante quebrar todos os espelhos e acabar com a arte da adivinhação. E a tela do quadro não precisa suportar a tinta – é pesada o bastante em sua trama imaculada de fibras –, mas ser dilacerada, como o fez Fontana, em seu único gesto exasperado de libertação. Assim como agora faço, neste mesmo instante, com a página pautada do caderno em que escrevo, e que já estropiei com a ponta da caneta. Agora vou apanhar as bordas da ferida e esgarçá-las, para enxergar em seu vazio o escrito da página anterior. Leio, ali entre os lábios secos de minha página, misturando os tempos e a escritura: "Por que posso compreender tudo se nada posso fazer?". Um livro perfurado, golpeado em sua espessura por uma caneta que passe do outro lado, uma escrita perpendicular no volume inextricável, constituído por centenas de superfícies desesperadamente rabiscadas – assim seria meu livro se um dia existisse: uma escrita nas profundezas, *através* das folhas, e não espalhada em seu anverso, uma escrita jamais vista e jamais vivida.

Encontraram-me deitado no buraco dos túmulos da fábrica abandonada, sob a parede da grande cripta rósea, a da SIGNA TE SIGNA... É provável que eu tenha ficado inconsciente por algumas horas, pois o grupo de crianças que se esgueirara pelo túnel topara comigo ao anoitecer e tentara me reanimar ali mesmo, no fúnebre amálgama de mármore e crepúsculo. Visto que não conseguiram, arrastaram-me, por fim, até o sereno da noite, e acordei junto ao grande edifício, no terreno baldio, à luz das estrelas. Elas me circundavam, fremendo, de cabeças e olhos grandes, inexpressivos, com a diferença de gênero anulada pela escuridão. Puseram-me de pé com dificuldade e me levaram até a Puiandrului, na casa daquele que morava mais perto. Os pais dele chamaram o pronto-socorro.

Não sei como cheguei ao hospital, mas, no dia seguinte, me vi num salão pequeno e estreito, só com quatro leitos, antes um quarto privativo. Claro, até onde eu sabia, jamais estivera ali, mas, ao mesmo tempo, vinha uma sensação de familiaridade, como se eu sentisse uma espécie de campo de força ao redor e tivesse me lembrado não de imagens, mas de minha orientação nele. O espaço uivava numa certa tonalidade pela qual percebi onde me encontrava. Não estava no Hospital de Emergência, mas, com toda certeza, na Policlínica Maşina de Pâine, aonde meus pais me levaram inúmeras vezes quando era pequeno para que me aplicassem toda uma série de injeções e me torturassem, franzino e inocente, nas cadeiras de dentista. Ao lado de minha cama havia um suporte com duas bolsas moles de plástico penduradas no alto, uma escarlate e outra até a metade com um líquido vagamente amarelado. Apoiei-me nos cotovelos e percebi que estava vestido com um pijama que não era meu e que meu braço era penetrado por agulhas grandes e grossas, ao término de tubos transparentes. As outras três camas estavam arrumadas, os lençóis e os linóleos, perfeitamente esticados, não como num verdadeiro quarto privativo de hospital, mas como um desenho que o retratasse. A única coisa viva e que se mexia, como se passeasse pela grande foto, era uma barata que arrastava a barriga anelada pelo metal pintado de branco das pernas do leito da frente.

Permaneci deitado na cama, olhando através da janela para os ramos em flor de uma ginjeira, que balouçavam suavemente ao vento primaveril, num estado de devaneio que talvez tenha durado horas, período em que ninguém entrou em meu compartimento. Só ao anoitecer veio uma enfermeira que colocou o termômetro em mim e depois trocou as bolsas penduradas no suporte. Depois fiquei de novo sozinho. Embora houvesse escurecido por completo e o céu tivesse assumido, por alguns minutos, a exata tonalidade rosácea das flores da ginjeira, de modo que a inflorescência pareceu brotar bruscamente, obnubilando a janela toda, os tubos de neon acima de meu leito permaneceram apagados, e aos poucos me encontrei numa imensa escuridão. O mundo escurecia e desaparecia. Dissolvia-se em nada e em nunca. Apavorado, apoiei-me de repente nos cotovelos: ainda existia? Era possível dizer que ainda estava vivo? Arranquei brutalmente as agulhas das veias e caminhei pelo quarto. Abri a porta e saí no corredor.

Não havia ninguém, provavelmente não havia mais ninguém em todo o edifício tomado pelo anoitecer. Algumas vidraças faiscavam no fim do corredor como lâminas de âmbar. Nenhum barulho além daquele de meus passos, de minhas solas roçando descalças o mosaico frio. O verde-água com que as paredes estavam pintadas até a metade me pareceu inumano e sinistro naquela penumbra eterna. Os bancos de vinil miserável colados às paredes em frente aos consultórios ainda mantinham a forma das nádegas que os haviam esmagado durante o dia. Abri uma porta de vidro opaco – que rangeu terrivelmente naquele silêncio absoluto – e me vi, de repente, minúsculo, no hall de onde se estendiam, para cima e para baixo, escadarias monumentais de pedra congelada. O edifício da policlínica era uma daquelas construções maciças e pesadas, com paredes tão grossas que os espaços entre elas, como no interior das pirâmides, pareciam apenas fissuras, galerias pelas quais só se pode avançar agachado. De vez em quando, no entanto, a loucura arquitetônica produzia no meio deles vazios cársticos, salas de uma grandeza selvagem e absurda, assim como agora a escadaria se apresentava a mim. Tantos os degraus quanto a balaustrada com pilastras do mesmo travertino luzidio eram altos demais para uma pessoa normal. Subindo, sentia-me uma criança de poucos anos que precisa erguer exageradamente os joelhos para galgar os degraus e ficar nas pontas dos pés a fim de alcançar a balaustrada. Subi alguns andares naquela solidão de emulsão fotográfica petrificada, ultrapassei pavimentos com entradas sobre as quais estava escrito DOENÇAS INTERNAS, CARDIOLOGIA, GINECOLOGIA, OSTEOLOGIA, LABORATÓRIO, enfileiradas ao longo dos corredores que se perdiam na escuridão. Lembrei o quão geladas eram as placas de vidro em que eu ficava nu até a cintura enquanto me faziam uma radiografia, e como um ou outro consultório médico eram bruscamente preenchidos pelo bafo de bolor da penicilina quando a enfermeira com a seringa se aproximava de minhas nádegas desnudas. Sentia frio e fome, não tinha comido nada o dia inteiro, mas continuava subindo, sem saber o que procurava, e depois de ultrapassar três pavimentos, girando junto com a grande escadaria em torno de um vazio em que caberia mais um prédio, cheguei ao vasto sótão da construção, onde ficava a odontologia.

    Visto que a luz não tinha como penetrar até ali, no espaço largo, sem janelas, do sótão, teria sido necessário que a sombra cor de café escura do resto do prédio se concentrasse ali até se aproximar da treva total. De todo modo, fui capaz de subir em segurança os últimos degraus da escada em caracol, com suas maciças porções lustrosas de pedra, e encontrei o sótão banhado por uma luz castanha, inesperadamente dourada em alguns pontos. Vinha através das vidraças opacas das quatro portas do consultório dentário do fundo, que luziam baças como quatro lingotes de ouro. Um som vago, pulsátil, como um ronronar de gato, vinha de trás das portas. Isso significava, disse para mim mesmo, arrepiado, que a policlínica então não estava completamente deserta, que a altas horas da noite o consultório dentário ainda funcionava. Quando meus olhos se habituaram à luz débil que deixava os cantos do grande hall na escuridão, identifiquei, nas banquetas de vinil, alguns pacientes que esperavam pacientemente sua vez. Seus olhos brilhavam amarelados na penumbra. Não me deram a mínima atenção, como se não me tivessem visto sair das profundezas da escadaria monumental. Não sabia o que fazer, não entendia por que subira até ali. Deveria me sentar e esperar junto com os outros, assim como o fizera dezenas de vezes na infância, aterrorizado, deixando que todos entrassem na minha frente, esperando um milagre que haveria de me salvar da inevitável tortura? Deveria entrar para ver o que acontecia? Fiquei indeciso por um tempo no meio do hall, iluminado pelas janelas opacas do consultório como uma estátua de sal, e, no fim das contas, tomei coragem. Aproximei-me da primeira porta da esquerda, bati de leve e aguardei. Nenhum dos pacientes enfileirados ao longo da parede protestou. Ninguém respondeu de dentro do consultório. Então girei a maçaneta e entrei.

Ali a luz vinha exclusivamente dos grandes pratos com lâmpadas acima das cadeiras de dentista. Era um amarelo-sujo, semelhante ao da urina concentrada de um dia todo. O consultório estava vazio, não havia médicos nem pacientes, só aquelas quatro cadeiras idênticas, paralisadas em seu enigma, em silêncio e solidão. Suas estruturas metálicas, o estofo de vinil cor de café do assento e dos encostos para a cabeça, os alicates, as agulhas, as espátulas e os espelhinhos das bandejinhas da frente, tudo me era familiar, tão familiar de outros tempos, e de fato tinha a forte sensação de que, adentrando no consultório, mergulhara no tempo. Havia uma diferença de umas duas décadas entre a idade das cadeiras obtusas e maciças, presas com imensas tarraxas no chão, modelos antiquíssimos, fósseis horrendos da arte da odontologia, e o tempo que decorria do lado de fora do consultório, mais fresco e mais fluido.

De repente, tive a sensação, que me acomete muitas vezes quando fecho a porta atrás de mim e me vejo em aposentos isolados, de que tudo o que existia do lado de fora desaparecera para sempre, que ficara trancado ali dentro por toda a eternidade. Olhei com pavor para a porta da parede com a vitrine de vidro cheia de instrumentos sádicos de tortura e com pranchas representando dentes e gengivas: era o ninho da aranha, o buraco do fundo da teia, em que o tecido branco engrossa como um feltro e de onde saem duas patas articuladas, sinal de que o assustador animal está ali e nos espreita. Por ora, a porta ainda estava fechada.

Caminhei por algum tempo ao longo das cadeiras de dentista e, depois, arrepiado, me sentei numa delas, apoiando a cabeça na almofada dura de vinil. Abri bem a boca, sob a luz ofuscante, fechei os olhos e aguardei. Senti-me de novo criança, senti, pela carne da gengiva, cada nervo que se esgueirava pelos canais dos dentes: uma flor de nervos, uma actínia empurrando seus filamentos na água balouçante do oceano. Alguém haveria de vir, como tantas vezes viera no passado, para tocar, como um harpista da dor, uma melodia agônica pelas cordas de meus nervos dentários. Aguardava o urro da furadeira e o ronco do motorzinho, as garras das hastes metálicas, o gosto de metal acre do aspirador de saliva. Aguardava o animal gordo de avental branco, de dentista, projetar sua barriga para cima de mim, sentir as batidas de seu coração e o borbulhar de suas tripas, ver seus olhos inclementes flechando os meus, sua respiração misturada a minha, o suor de sua testa pingando em minha boca bem aberta enquanto, para fora de mim, se espremeria, por um tempo indefinido, a substância da dor, a mais límpida e intensa substância do mundo. Estava crucificado num aparelho de extração de dor, um dos milhões de ordenhadores de sofrimento e de urro do mundo, todos conectados entre si por cabos ondulados orgânicos, serpenteando por sob as fundações da realidade. E tinha de existir um lugar em que todos os dutos de carne pulsátil, como as raízes de árvores milenares, convergissem num único e enorme cano, no qual se misturavam os gritos de horror da humanidade, o desespero e a angústia da madrépora com milhares e milhões de criaturas vivas, com bocas vermelhas arreganhadas, berrando de olhos cerrados, pela eternidade, nas mãos de verdugos cegos, surdos e impessoais, instrumentos de nosso terrível destino. Para onde ia o duto vertical do sofrimento humano? Quem se alimentava de nosso choro e infelicidade e incapacidade e vaidade e efemeridade? Quem desfrutava do estalo de nossos ossos, do suplício do amor não correspondido, da devastação do câncer e da morte dos entes próximos, da pele queimada, dos olhos arrancados, das veias explodidas? Para quem a substância límpida como lágrima de nossa desgraça era necessária como o ar e a água? Imaginava aquele cano vertical, como uma agulha de seringa, mas com o diâmetro do mais antigo dos baobás, descendo até o centro da terra e alimentando, na hipogênica esfera vazia, um povo de necromantes e telepatas aparentados com percevejos, carrapatos e sarcoptas. Hedonistas da dor, visionários do terror, arcanjos do esmagamento vivo, reis da destruição e do ódio...

Eu era de novo a criança esperando com o coração na mão a chegada daquele que haveria de torturá-la, e quando de repente ouvi a porta abrir no fundo do consultório, tive um sobressalto violento, tal como outrora. Levantei-me bruscamente da cadeira de dentista e, quando consegui identificar aquele que devagar saía da sombra, mal pude acreditar.

Não era dentista nenhum, mas um pobre homem velho e amarrotado, com uma expressão desorientada, mal arrastando os pés por sobre o mosaico frio do chão. Reconheci, embora não o houvesse visto fazia tempo, nosso vigia, seu Ispas, aquele que tinha sido "raptado para os céus" e depois surgira de novo, jogado numa valeta, sujo como um porco e fedendo a cachaça barata. Tinha pensado tantas vezes na coincidência entre a história dele e de Valeria, na clareira, antes um oásis de flores e borboletas, agora uma verruga cinzenta a partir da qual, depois da famosa declaração na delegacia, o vigia fora absorvido por uma força irreprimível, despertando em seguida suspenso numa noite total e ilimitada. E, naquele breu, ele sentira como seu corpo estava aberto e como instrumentos mecânicos se moviam dentro dele, como o trepanavam e o modificavam, como o conectavam a outros corpos ao redor, como lhe sorviam o sangue, a linfa, a urina e outros líquidos em tubos que saíam dele para conduzi-los a algum lugar, sabe-se lá onde... E, sobretudo, contara ele na declaração agramática, escrita a lapiseira, haviam mexido em seu cérebro, enfiado alguma coisa nele que o fazia ouvir vozes e comandos, ao passo que cada um de seus pensamentos era captado e transmitido para algum lugar, onde era anotado conscienciosamente. Modificado dessa maneira numa criatura nova e cheia de espírito santo (conforme o relato escrito), fora ele, por fim, devolvido ao convívio humano.

Ispas não se surpreendeu ao me ver ali. Fez apenas aquele seu gesto habitual de quando os professores entravam pelo portão da escola: levou dois dedos à têmpora numa paródia de continência militar. Em seguida, de olhos vazios, seguiu seu caminho, com seu costumeiro bafo de salame e aguardente barata. Saiu pela porta do consultório, deixando-a aberta, de modo que, para minha surpresa, penetrou um murmúrio intenso de muitas vozes. Pela porta agora via, de fato, um hall lotado de gente. Atravessei a soleira e me encontrei entre centenas de mulheres e homens de todos os tipos, de todas as idades e condições. Não havia espaço para jogar um único alfinete no imenso sótão do edifício, e ademais a mesma multidão também invadira a escada de travertino até onde a vista alcançava. As pessoas estavam aglomeradas nos degraus e até em cima da larga balaustrada que girava amplamente rumo às profundezas. Quando Ispas apareceu, o murmúrio branco das vozes aumentou repentino até uma espécie de grito, ou, antes, um gemido de agonia, e os inconfundíveis piqueteiros, pois, enlutados e de cabeças cobertas, ergueram de repente seus cartazes grosseiros, de papelão ondulado ou compensado, nos quais haviam escrito seus protestos contra o sofrimento e a morte: "Chega de tragédia humana!", "Boicotem a agonia!", "Gritem contra a morte da luz!", "NÃO à carnificina cotidiana!", "Abaixo a leucemia!", "Abaixo os bilhões de séculos em que não existiremos mais!", "NÃO aos elevadores que despencam no poço!", "Basta de descarrilamentos!", "Chega de acidentes aéreos!", "Basta de ataques cerebrais!", "Basta de qualquer forma de morte!". E, espalhada por centenas de palavras de ordem semelhantes, rabiscada a caneta, sem caligrafia e sem gramática, em papelão e papel de embrulho, aqui e ali, com letras cor de sangue, semelhantes a papoulas num trigal, a palavra mais dolorosa que já atravessou a laringe humana, fazendo-a estourar em catarro e sangue: "Socorro!". "Socorro!" "Socorro!" "Socorro!"

Quando haviam todos se reunido? E por que ali? Talvez por estar perto do cemitério Ressurreição? Pretendiam descer e piquetá-lo a noite toda? O porteiro, cercado por todos os lados, pois cada um parecia querer encostar nele com as palmas abertas, dirigiu-lhes um sinal para que se sentassem, e então, espremendo-se para ocuparem menos espaço possível no mosaico frio, todos se sentaram como uma turba submissa na sombra e no ar lívido, já insuficiente, do sótão. O grande sótão agora parecia um recife escurecido, lotado de olhos, todos apontados para o porteiro. Eu também me sentara, apertando ao peito o pijama largo demais, de modo que agora eu olhava para ele de baixo, e talvez por isso ele me parecesse, embora amarelado, sebento e com a barba por fazer, envolto numa espécie de manto de luz pálida.

"Irmãos", começou a falar o velho, com a voz instável dos alcoólatras, no silêncio de gravura que pairava: "irmãos, vocês todos foram testemunhas de meu sequestro deste mundo e sabem que meu relato é verdadeiro. Foi isso, gente boa, ano passado em data de 17 de abril, quando os céus se abriram acima de mim. Eu... eu voltava do boteco Feitiço do Mar, velha fraqueza safada, me sentindo como um peixe fora d'água. Estava bêbado, meus irmãos, para ser claro, mas com a cachola ainda funcionando. Não sei mais como consegui vir de bonde até o ponto final, e também não sei por que eu quis ir até o campo. Parece que algo me chamava, parece que algo dentro de mim dizia: 'Ispas, vá para o campo, do outro lado dos trilhos, pois lá te aguardam'. Passei em frente à escola, subi a Dimitrie Herescu, me esfregava nas cercas, tropeçava nas pedras – pois a noite se fizera escura! –, e, quando cheguei ao fim, continuei ouvindo aquele chamado cada vez mais forte, e fiquei com medo, mas sapo pula por precisão, não por boniteza. Tinha a impressão de que havia algo ali, vejam vocês que, desde aquela época, eles me contavam tudo o que queriam que eu fizesse e me conduziam para lá e para cá, pois eu sei, meus irmãos, que aquele pessoal do céu, dos discos, já estava de olho em mim desde que eu era pequeno. Sim, em mim, desse jeito que sou, porque eles não ligam para a cara da pessoa, se é beberrão ou mulherengo, eles olham para outra coisa... Para aquilo de que precisam. Eu sempre dizia às faxineiras e aos professores que um dia eles me levariam, e até os alunos riam de mim. Ora, que continuem rindo agora também, se conseguirem. Não foram eles, inteligentes e ricos, que o pessoal lá de cima quis: foi comigo, com o Ispas da portaria da escola, é que eles fizeram as experiências deles.

Então eu atravessei os trilhos da ferrovia, meus irmãos, e a noite estava escura, com as nuvens misturadas como numa caldeira. Não se via onde acabava a terra e onde começava o céu. E no chão a lama chegava até os joelhos, que as botas faziam chap-chap e mal se erguiam daquele barro. Atravessei o campo, pois assim a voz me falava, e caí umas duas ou três vezes, me sujando como um porco. E aquela maleta grande atrapalhava minha caminhada, queria atirá-la longe, mas, pelo menos, para isso minha cabeça funcionou e a continuei segurando, pois dentro dela tinha um pouco de comida. Como é que eu ia saber que não precisaria mais dela? Continuei andando uns cem metros até encontrar o lugar. Parei ali, soltei a mala na lama e interpretei meu número. Qual é, vocês acham que era a primeira vez que isso me acontecia? Já tinha sentido esse ímpeto, do mesmo jeito, numa bebedeira, de ir até uma encruzilhada e esperar que viessem me buscar. Mas em vão eu berrara por eles, de braços cruzados: 'Olha eu aqui! Estou pronto! Venham me buscar!', que não tinha acontecido nada, e ainda por cima os transeuntes me xingavam. Então eu fiz do mesmo jeito. Inclinei a cabeça para trás e urrei ao vento a não mais poder: 'Estou aqui! Vamos, me levem!'. Gritei alto por um quarto de hora, pois ali no meio do campo ninguém tinha como me ouvir. Comecei a me preparar para voltar para casa e já pensava com carinho em meu subsolo, em meu colchão, quando, de repente, meus irmãos, aconteceu algo jamais visto."

A madrépora humana também segurou a respiração naquele momento. O silêncio se fez absoluto e arrepiante, como se jamais tivessem existido no mundo vibrações que a cóclea fosse capaz de captar, com as quais entrasse em ressonância. O mundo voltara a se tornar compacto, sem partes móveis entre as quais o atrito pudesse produzir ao menos o som diáfano do suspiro, ao menos a brisa de pétala do piscar das pálpebras. Todos os olhares estavam fixados sobre o rosto daquele que havia sido raptado ao céu e retornado miraculosamente entre os seus semelhantes, como se ele mesmo fosse um querubim coberto de olhos de cima a baixo.

Identifiquei na multidão alguns rostos conhecidos, daqueles que haviam estado perto de mim na noite da Morgue, profundamente mergulhada no tempo e na substância hialina de meu cérebro, quando a fantástica estátua da Danação descera da cúpula, despojando-se do céu, e se sentara no trono do julgamento. Caty não estava, ou talvez houvesse chegado mais tarde e ouvisse as palavras do velho em algum ponto na parte de baixo da escadaria (pois a multidão devia ter ocupado a escada até embaixo, no térreo), por outro lado me saltou aos olhos a verruga rósea entre as sobrancelhas da professora de biologia, e reconheci pelo cabelo prateado, colado ao crânio, o bibliotecário Palamar, que me fez um discreto sinal no momento em que nossos olhares se cruzaram. Sobressaltei-me sem querer ao identificar num canto sombrio, em claro-escuro, o rosto lunático de Ștefana. E outros também me pareceram conhecidos. Talvez os tivesse visto uma única vez, na rua ou no bonde, ou talvez me encontrasse diariamente com eles, assim como as vendedoras que me vendiam leite e pão na plataforma da Teiul Doamnei, sem que eu lhes desse maior atenção do que aos carros na rua ou às moitas empoeiradas na margem da avenida. Estava ali, por exemplo, o indivíduo que recarregava isqueiros, em seu cantinho fedendo a gasolina, cheio de tubos de todos os tipos e isqueiros enferrujados, tortos, carcomidos pelo calcáreo, da entrada da loja de móveis da Teiul Doamnei.

"Enquanto estava no meio do campo e gritava para o céu, e esmurrava o peito em meio à ventania, vi como se formou e se enrolou uma nuvem preta como piche bem acima de minha cabeça. Ela engrossava caudalosa, girando, assim como fazemos com a colherzinha na xícara de café. E nela luziam listras de prata: apareciam e sumiam como assombrações, gente boa, era bonito, e então a carne ficou toda crispada. Sabia que a hora havia chegado, que finalmente eles tinham vindo. Sabia que eles me viam de lá de cima. E, de repente, uma luz brilhou a minha volta, que vinha da nuvem, e ouvi umas palavras, mas que não pude entender. E algo me agarrou e me puxou para cima, me sorveu como sorvemos a sopa de colher. Meus irmãos, vi como a terra começou a se distanciar debaixo de mim, e vi a mala que tinha ficado no barro, e as luzinhas das casas do bairro. O vento estava raivoso, arrancava minhas roupas, bagunçava meu cabelo. Enquanto subia, eu também girava devagar, dava para ver ora a cidade, ora o campo, quase irreconhecíveis na noite. Berrava de medo e, de repente, parei de subir, e tudo ficou escuro. Breu, gente boa, nem dentro do porão, nem no fundo da terra é tão escuro. E silêncio. Parecia a morte, meus irmãos. Não tinha mais nada no mundo. Não sentia mais meu corpo, não podia me apalpar, não podia gritar. Estava como se dentro de um caixão, só que vivo. E assim fiquei, tomado de pavor, nem sei por quanto tempo. Dias, meses – só Deus sabe. Não era de noite, nem de dia. Não havia mais nada, nada, nada."

Ispas permaneceu um instante de olhos arregalados, como se tivesse perdido o fio da meada, olhou confuso ao redor, e de repente prorrompeu num choro. Apoiou a cabeça entre as mãos e, aos prantos, se sentou também no chão frio, junto a todos os outros. Chorou muito, encolhido, após o que secou os olhos e o nariz com a manga. Seu rosto sofrido, já devastado pelo álcool e sulcado como terra seca, estava agora encharcado de lágrimas e parecia o de um profeta da Antiguidade.

"Não foram honestos comigo", murmurou entre lágrimas e gemidos. "Não foi isso que eu esperava deles. Não vieram me perguntar nada sobre o que acontece neste mundo que se deteriora a cada dia que passa. Não me perguntaram o que deve ser feito, como todas as coisas devem ser corrigidas. Fazia muito tempo que eu vinha pensando no que dizer para que nos deixassem viver com eles. Achei que me mostrariam seu poder, suas maravilhas, que me levariam para outros planetas ou onde estivessem as cidades deles. Pensei que me ensinariam a cura de todas as doenças e a fórmula para nos tornarmos imortais. E então, meus irmãos, essa é minha cruz, eu teria descido de volta entre as pessoas e contado tudo, tudo, sem aceitar que me dessem prata ou dinheiro... Apenas com o intuito de que todos ficassem bem, de que vivêssemos como eles, porque o homem sofre bastante enquanto vive... E, em vez disso, vejam o que fizeram comigo, meus irmãos, vejam como me achincalharam!"

E, como Virgil da outra vez, o velho começou a arrancar a roupa que vestia até ficar nu, corcunda, repulsivo. Um grito unânime de horror se ouviu, e as pessoas das primeiras filas recuaram bruscamente, com um medo animalesco estampado nas feições. Pois Ispas estava com o peito e a barriga cobertos por uma carcaça transparente, pela qual se viam, como nos manequins anatômicos de gesso, os órgãos internos, flácidos e mornos, numa luz azulada. Do pescoço até o púbis, a pele, os ossos e os músculos haviam sido retirados e substituídos por aquela carapaça flexível, perfeitamente ajustada, sem costura, à pele ao redor. Via-se o coração pulsando rítmico entre os pulmões elásticos, o diafragma subia e descia ao ritmo da respiração, e os intestinos e a bexiga, de carne esverdeada e mole, abrigavam entre eles os lobos do fígado, visivelmente dilatado e enfermo. Quem é que havia transformado o pobre porteiro num preparado anatômico, para quais necessidades didáticas de criaturas de outro mundo? A visão era patética e desoladora. "Ecce homo", dir-se-ia diante da trama de carnes, ossos, tripas e peritônios que é cada um de nós, e que o velho, vítima do cinismo de seres com outro tipo de mentalidade e outro tipo de sentimentos, agora revelava no próprio corpo martirizado.

"Eu os sentia antes de se aproximarem. Não sei como, mas eu sabia quando apareciam. Quer dizer, não apareciam, mas estavam ali, comigo, naquela noite. Começava a berrar e não se ouvia nada, e não sentia ter aberto a boca. Mas quando começavam a me picar, me cortar e me costurar, então eu sentia. Dores horrendas, meus irmãos, horrendas dores! E desconhecidas dos seres humanos! Os desgraçados me tratavam como ladrão de cavalo, a ponto de eu achar que estava no inferno, em asfalto derretido, e que os diabos me perfuravam com forcados! Dores horrorosas, de rins arrancados da carne e de fígados perfurados com espeto incandescente. E isso durou uma eternidade." Ispas ergueu os braços na horizontal, para que todos pudessem ver melhor o que os "desgraçados" lhe haviam feito, e assim permaneceu, calado, com o queixo colado ao peito, por alguns minutos, e depois começou a vestir de novo a ceroula, a camisa e a calça. Só quando já estava todo vestido e calçado ele retomou a palavra.

"Desse jeito passou uma eternidade, gente boa, até que, de repente, uma luz acendeu lá dentro. Pois é, de repente uma luz, depois da escuridão de antes. Branca, tão branca que cegava, não se via nada de tanto brilho. Sentia apenas a descida, vagarosa, assim como havia subido antes, até me encontrar jogado na terra fria como um túmulo. A luz apagou e eu fiquei naquele lusco-fusco do nascer do dia, do primeiro canto do galo. Estava no campo, do outro lado dos trilhos da ferrovia, ali de onde me haviam levado, mas não tinha mais barro... Tinha escapado. Não cabia em mim de alegria, mas também de medo, lembrando pelo que tinha passado. Olhei para cima: nada, céu limpo, com duas ou três estrelas, e no confim do campo o primeiro raio de luz da aurora. Então ousei me levantar e caminhar até o bairro. Fui a pé até em casa, no subsolo do prédio, onde não havia ninguém. Tinha minha garrafa escondida atrás do... e fiquei acabado, e saí de novo, mas caí numa valeta e ali fiquei, porque eu estava bastante... cansado. A milícia me encontrou ali. Me levaram à delegacia e me obrigaram a escrever todo o ocorrido, mas, enquanto escrevia, revivi o que eles tinham feito comigo e comecei a berrar como um alucinado, sem parar, por três noites. Depois vieram os agentes secretos, depois uns estrangeiros, me conectaram a uns aparelhos... Quanto sofri também por causa deles até me soltarem... No fim, o camarada Gherghina da Centrocoop, que é um de nossos piqueteiros, me levou para a casa dele e me fez me encontrar com vocês, irmãos, fui à fábrica Laromet, na loja Vulturul de Mare, na Casa Scânteii, e eis-me agora aqui, na Maşina de Pâine, para que o maior número de pessoas fique sabendo de minha façanha. E ouçam a mensagem. Por toda parte, havia centenas e milhares de pessoas, pessoas como vocês, que não suportam mais o insulto de nossa existência no mundo. Que exigem uma satisfação. Que se rebelam, irmãos, contra a velhice, as doenças e a morte, porque assim não dá mais, já passou dos limites. Até quando ainda vamos perecer, como bovinos no abatedouro, gente boa? Até quando vamos comer o pão amargo de nosso destino? Por que viemos ao mundo? Para sermos despedaçados e enterrados vivos e afogados como gatos e sacrificados como ovelhas? Para que a morte nos colha com a foice, como espigas de trigo? Gritem, gente boa, gritem até dilacerar a jugular! Gritem, gente boa, a plenos buchos, gritem como porcos a serem abatidos, gritem sua dor e seu medo, agora, gente boa! Quero ouvir vocês, gente boa!"

A pele de meus braços ficou toda arrepiada. As últimas palavras haviam sido articuladas não por nosso miserável e imundo porteiro, mas por um profeta da Antiguidade, belo como um deus decrépito, como um arcanjo por barbear e de unhas sujas. As pessoas que o rodeavam se colaram a ele, tocavam-lhe o corpo curvado, agarravam-se como crianças às roupas dele, chorando ou crispadas de dor. Parecia o patriarca do qual todos descendiam, o pai desesperançoso de sua estirpe de crianças do nada, crianças da errância e do sacrifício. A seu comando, no sótão inteiro, no edifício inteiro que eu supunha lotado de gente invisível, vestida de preto e com cartazes agitados acima das cabeças, ressoou um grito unânime, tão forte que parecia eclodir de um milhão de traqueias, tubos de órgão do sofrimento humano. O horror, o pavor ilimitado, o pânico demente, a histeria desmiolada, o mal até o vômito, a vertigem e o suplício e a raiva estavam agora soltos no ar junto com o desespero impotente daquele que está esquecido numa masmorra qualquer embaixo da terra, sem água e sem comida, e que dias a fio bate na porta de ferro até suas mãos se transformarem em nacos de carne ensanguentada. Era o berro dos cancerosos em fase terminal, dos da cadeira de tortura, dos que perderam o filho, dos que despencam das alturas. As pessoas se batiam no rosto e gritavam, os rostos encharcados de lágrimas, as veias do pescoço inchadas, os olhos vermelhos de pranto. E se, no início, cada laringe gritava a própria dor até a dilaceração numa assustadora desordem, finalmente, assim como nos cartazes rabiscados com palavras de ordem contra o Alzheimer e a loucura, começou a ressoar com frequência cada vez maior, cada vez mais dominante, cada vez mais ardente, a palavra que nela incorpora a falta de esperança, a palavra do inferno, da eternidade das labaredas negras e do remorso e do ódio de si mesmo: socorro! Semelhante àqueles que se afogam no meio de um mar obscuro, a multidão reunida gritava com frequência cada vez maior a palavra que chama, que chama a mãe, que chama Deus, a palavra da insuportável separação do consolo e da luz. No início em grupos perdidos espalhados no caos da gritaria geral, depois unânime, num coro de centenas e milhares de vozes, pulsando no mesmo ritmo das pulsações do coração e da ejaculação e das serpentes intestinais e da química cerebral, ressoou em toda a prisão nossa de cada dia, dos microeventos na escala Planck até os clusters de metagaláxias, do tatear das membranas e umidades sexuais até a estrutura matemática do espaço, do tempo e da consciência, a única palavra que nela reúne todo o fracasso de nossa solidão: socorro! A madrépora humana gritou por minutos ou horas a fio essa palavra, cada vez mais aprofundada em si e obcecada por si, a prece derradeira, depois de todas as preces fracassarem. Eu me vi, também eu, gritando com eles em coro, em autoesquecimento, em dissolução no berro, soltando de dentro de mim, como de um chafariz, o jato negro de minha infelicidade: socorro! socorro! socorro! socorro! Em pouco tempo, o coro mais grandioso, que unificava num pulsar unânime o homem e a mulher, o escravo e o homem livre, o rico e o pobre, o esperto e o desamparado, o honesto e o canalha, o escritor e o leitor, elevava, perpendicular a nosso mundo, o cântico de nossa temerosa agonia: socorro!

socorro! socorro! socorro! socorro! socorro! socorro! socorro!
socorro! socorro! socorro! socorro! socorro! socorro! socorro!
socorro! socorro! socorro! socorro! socorro! socorro! socorro!
socorro! socorro! socorro! socorro! socorro! socorro! socorro!
socorro! socorro! socorro! socorro! socorro! socorro! socorro!
socorro! socorro! socorro! socorro! socorro! socorro! socorro!
socorro! socorro! socorro! socorro! socorro! socorro! socorro!
socorro! socorro! socorro! socorro! socorro! socorro! socorro!
socorro! socorro! socorro! socorro! socorro! socorro! socorro!
socorro! socorro! socorro! socorro! socorro! socorro! socorro!
socorro! socorro! socorro! socorro! socorro! socorro! socorro!
socorro! socorro! socorro! socorro! socorro! socorro! socorro!
socorro! socorro! socorro! socorro! socorro! socorro! socorro!
socorro! socorro! socorro! socorro! socorro! socorro! socorro!
socorro! socorro! socorro! socorro! socorro! socorro! socorro!
socorro! socorro! socorro! socorro! socorro! socorro! socorro!
socorro! socorro! socorro! socorro! socorro! socorro! socorro!
socorro! socorro! socorro! socorro! socorro! socorro! socorro!
socorro! socorro! socorro! socorro! socorro! socorro! socorro!
socorro! socorro! socorro! socorro! socorro! socorro! socorro!
socorro! socorro! socorro! socorro! socorro! socorro! socorro!
socorro! socorro! socorro! socorro! socorro! socorro! socorro!
socorro! socorro! socorro! socorro! socorro! socorro! socorro!
socorro! socorro! socorro! socorro! socorro! socorro! socorro!
socorro! socorro! socorro! socorro! socorro! socorro! socorro!
socorro! socorro! socorro! socorro! socorro! socorro! socorro!
socorro! socorro! socorro! socorro! socorro! socorro! socorro!
socorro! socorro! socorro! socorro! socorro! socorro! socorro!
socorro! socorro! socorro! socorro! socorro! socorro! socorro!
socorro! socorro! socorro! socorro! socorro! socorro! socorro!
socorro! socorro! socorro! socorro! socorro! socorro! socorro!

socorro! socorro! socorro! socorro! socorro! socorro! socorro!
socorro! socorro! socorro! socorro! socorro! socorro! socorro!
socorro! socorro! socorro! socorro! socorro! socorro! socorro!
socorro! socorro! socorro! socorro! socorro! socorro! socorro!
socorro! socorro! socorro! socorro! socorro! socorro! socorro!
socorro! socorro! socorro! socorro! socorro! socorro! socorro!
socorro! socorro! socorro! socorro! socorro! socorro! socorro!
socorro! socorro! socorro! socorro! socorro! socorro! socorro!
socorro! socorro! socorro! socorro! socorro! socorro! socorro!
socorro! socorro! socorro! socorro! socorro! socorro! socorro!
socorro! socorro! socorro! socorro! socorro! socorro! socorro!
socorro! socorro! socorro! socorro! socorro! socorro! socorro!
socorro! socorro! socorro! socorro! socorro! socorro! socorro!
socorro! socorro! socorro! socorro! socorro! socorro! socorro!
socorro! socorro! socorro! socorro! socorro! socorro! socorro!
socorro! socorro! socorro! socorro! socorro! socorro! socorro!
socorro! socorro! socorro! socorro! socorro! socorro! socorro!
socorro! socorro! socorro! socorro! socorro! socorro! socorro!
socorro! socorro! socorro! socorro! socorro! socorro! socorro!
socorro! socorro! socorro! socorro! socorro! socorro! socorro!
socorro! socorro! socorro! socorro! socorro! socorro! socorro!
socorro! socorro! socorro! socorro! socorro! socorro! socorro!
socorro! socorro! socorro! socorro! socorro! socorro! socorro!
socorro! socorro! socorro! socorro! socorro! socorro! socorro!
socorro! socorro! socorro! socorro! socorro! socorro! socorro!
socorro! socorro! socorro! socorro! socorro! socorro! socorro!
socorro! socorro! socorro! socorro! socorro! socorro! socorro!
socorro! socorro! socorro! socorro! socorro! socorro! socorro!
socorro! socorro! socorro! socorro! socorro! socorro! socorro!
socorro! socorro! socorro! socorro! socorro! socorro! socorro!
socorro! socorro! socorro! socorro! socorro! socorro! socorro!
socorro! socorro! socorro! socorro! socorro! socorro! socorro!

socorro! socorro! socorro! socorro! socorro! socorro! socorro! socorro!
socorro! socorro! socorro! socorro! socorro! socorro! socorro! socorro!
socorro! socorro! socorro! socorro! socorro! socorro! socorro! socorro!
socorro! socorro! socorro! socorro! socorro! socorro! socorro! socorro!
socorro! socorro! socorro! socorro! socorro! socorro! socorro! socorro!
socorro! socorro! socorro! socorro! socorro! socorro! socorro! socorro!
socorro! socorro! socorro! socorro! socorro! socorro! socorro! socorro!
socorro! socorro! socorro! socorro! socorro! socorro! socorro! socorro!
socorro! socorro! socorro! socorro! socorro! socorro! socorro! socorro!
socorro! socorro! socorro! socorro! socorro! socorro! socorro! socorro!
socorro! socorro! socorro! socorro! socorro! socorro! socorro! socorro!
socorro! socorro! socorro! socorro! socorro! socorro! socorro! socorro!
socorro! socorro! socorro! socorro! socorro! socorro! socorro! socorro!
socorro! socorro! socorro! socorro! socorro! socorro! socorro! socorro!
socorro! socorro! socorro! socorro! socorro! socorro! socorro! socorro!
socorro! socorro! socorro! socorro! socorro! socorro! socorro! socorro!
socorro! socorro! socorro! socorro! socorro! socorro! socorro! socorro!
socorro! socorro! socorro! socorro! socorro! socorro! socorro! socorro!
socorro! socorro! socorro! socorro! socorro! socorro! socorro! socorro!
socorro! socorro! socorro! socorro! socorro! socorro! socorro! socorro!
socorro! socorro! socorro! socorro! socorro! socorro! socorro! socorro!
socorro! socorro! socorro! socorro! socorro! socorro! socorro! socorro!
socorro! socorro! socorro! socorro! socorro! socorro! socorro! socorro!
socorro! socorro! socorro! socorro! socorro! socorro! socorro! socorro!
socorro! socorro! socorro! socorro! socorro! socorro! socorro! socorro!
socorro! socorro! socorro! socorro! socorro! socorro! socorro! socorro!
socorro! socorro! socorro! socorro! socorro! socorro! socorro! socorro!
socorro! socorro! socorro! socorro! socorro! socorro! socorro! socorro!
socorro! socorro! socorro! socorro! socorro! socorro! socorro! socorro!
socorro! socorro! socorro! socorro! socorro! socorro! socorro! socorro!
socorro! socorro! socorro! socorro! socorro! socorro! socorro! socorro!
socorro! socorro! socorro! socorro! socorro! socorro! socorro! socorro!

socorro! socorro! socorro! socorro! socorro! socorro! socorro!
socorro! socorro! socorro! socorro! socorro! socorro! socorro!
socorro! socorro! socorro! socorro! socorro! socorro! socorro!
socorro! socorro! socorro! socorro! socorro! socorro! socorro!
socorro! socorro! socorro! socorro! socorro! socorro! socorro!
socorro! socorro! socorro! socorro! socorro! socorro! socorro!
socorro! socorro! socorro! socorro! socorro! socorro! socorro!
socorro! socorro! socorro! socorro! socorro! socorro! socorro!
socorro! socorro! socorro! socorro! socorro! socorro! socorro!
socorro! socorro! socorro! socorro! socorro! socorro! socorro!
socorro! socorro! socorro! socorro! socorro! socorro! socorro!
socorro! socorro! socorro! socorro! socorro! socorro! socorro!
socorro! socorro! socorro! socorro! socorro! socorro! socorro!
socorro! socorro! socorro! socorro! socorro! socorro! socorro!
socorro! socorro! socorro! socorro! socorro! socorro! socorro!
socorro! socorro! socorro! socorro! socorro! socorro! socorro!
socorro! socorro! socorro! socorro! socorro! socorro! socorro!
socorro! socorro! socorro! socorro! socorro! socorro! socorro!
socorro! socorro! socorro! socorro! socorro! socorro! socorro!
socorro! socorro! socorro! socorro! socorro! socorro! socorro!
socorro! socorro! socorro! socorro! socorro! socorro! socorro!
socorro! socorro! socorro! socorro! socorro! socorro! socorro!
socorro! socorro! socorro! socorro! socorro! socorro! socorro!
socorro! socorro! socorro! socorro! socorro! socorro! socorro!
socorro! socorro! socorro! socorro! socorro! socorro! socorro!
socorro! socorro! socorro! socorro! socorro! socorro! socorro!
socorro! socorro! socorro! socorro! socorro! socorro! socorro!
socorro! socorro! socorro! socorro! socorro! socorro! socorro!
socorro! socorro! socorro! socorro! socorro! socorro! socorro!
socorro! socorro! socorro! socorro! socorro! socorro! socorro!
socorro! socorro! socorro! socorro! socorro! socorro! socorro!
socorro! socorro! socorro! socorro! socorro! socorro! socorro!
socorro! socorro! socorro! socorro! socorro! socorro! socorro!

socorro! socorro! socorro! socorro! socorro! socorro! socorro!
socorro! socorro! socorro! socorro! socorro! socorro! socorro!
socorro! socorro! socorro! socorro! socorro! socorro! socorro!
socorro! socorro! socorro! socorro! socorro! socorro! socorro!
socorro! socorro! socorro! socorro! socorro! socorro! socorro!
socorro! socorro! socorro! socorro! socorro! socorro! socorro!
socorro! socorro! socorro! socorro! socorro! socorro! socorro!
socorro! socorro! socorro! socorro! socorro! socorro! socorro!
socorro! socorro! socorro! socorro! socorro! socorro! socorro!
socorro! socorro! socorro! socorro! socorro! socorro! socorro!
socorro! socorro! socorro! socorro! socorro! socorro! socorro!
socorro! socorro! socorro! socorro! socorro! socorro! socorro!
socorro! socorro! socorro! socorro! socorro! socorro! socorro!
socorro! socorro! socorro! socorro! socorro! socorro! socorro!
socorro! socorro! socorro! socorro! socorro! socorro! socorro!
socorro! socorro! socorro! socorro! socorro! socorro! socorro!
socorro! socorro! socorro! socorro! socorro! socorro! socorro!
socorro! socorro! socorro! socorro! socorro! socorro! socorro!
socorro! socorro! socorro! socorro! socorro! socorro! socorro!
socorro! socorro! socorro! socorro! socorro! socorro! socorro!
socorro! socorro! socorro! socorro! socorro! socorro! socorro!
socorro! socorro! socorro! socorro! socorro! socorro! socorro!
socorro! socorro! socorro! socorro! socorro! socorro! socorro!
socorro! socorro! socorro! socorro! socorro! socorro! socorro!
socorro! socorro! socorro! socorro! socorro! socorro! socorro!
socorro! socorro! socorro! socorro! socorro! socorro! socorro!
socorro! socorro! socorro! socorro! socorro! socorro! socorro!
socorro! socorro! socorro! socorro! socorro! socorro! socorro!
socorro! socorro! socorro! socorro! socorro! socorro! socorro!
socorro! socorro! socorro! socorro! socorro! socorro! socorro!
socorro! socorro! socorro! socorro! socorro! socorro! socorro!
socorro! socorro! socorro! socorro! socorro! socorro! socorro!
socorro! socorro! socorro! socorro! socorro! socorro! socorro!
socorro! socorro! socorro! socorro! socorro! socorro! socorro!
socorro! socorro! socorro! socorro! socorro! socorro! socorro!

socorro! socorro! socorro! socorro! socorro! socorro! socorro! socorro!
socorro! socorro! socorro! socorro! socorro! socorro! socorro! socorro!
socorro! socorro! socorro! socorro! socorro! socorro! socorro! socorro!
socorro! socorro! socorro! socorro! socorro! socorro! socorro! socorro!
socorro! socorro! socorro! socorro! socorro! socorro! socorro! socorro!
socorro! socorro! socorro! socorro! socorro! socorro! socorro! socorro!
socorro! socorro! socorro! socorro! socorro! socorro! socorro! socorro!
socorro! socorro! socorro! socorro! socorro! socorro! socorro! socorro!
socorro! socorro! socorro! socorro! socorro! socorro! socorro! socorro!
socorro! socorro! socorro! socorro! socorro! socorro! socorro! socorro!
socorro! socorro! socorro! socorro! socorro! socorro! socorro! socorro!
socorro! socorro! socorro! socorro! socorro! socorro! socorro! socorro!
socorro! socorro! socorro! socorro! socorro! socorro! socorro! socorro!
socorro! socorro! socorro! socorro! socorro! socorro! socorro! socorro!
socorro! socorro! socorro! socorro! socorro! socorro! socorro! socorro!
socorro! socorro! socorro! socorro! socorro! socorro! socorro! socorro!
socorro! socorro! socorro! socorro! socorro! socorro! socorro! socorro!
socorro! socorro! socorro! socorro! socorro! socorro! socorro! socorro!
socorro! socorro! socorro! socorro! socorro! socorro! socorro! socorro!
socorro! socorro! socorro! socorro! socorro! socorro! socorro! socorro!
socorro! socorro! socorro! socorro! socorro! socorro! socorro! socorro!
socorro! socorro! socorro! socorro! socorro! socorro! socorro! socorro!
socorro! socorro! socorro! socorro! socorro! socorro! socorro! socorro!
socorro! socorro! socorro! socorro! socorro! socorro! socorro! socorro!
socorro! socorro! socorro! socorro! socorro! socorro! socorro! socorro!
socorro! socorro! socorro! socorro! socorro! socorro! socorro! socorro!
socorro! socorro! socorro! socorro! socorro! socorro! socorro! socorro!
socorro! socorro! socorro! socorro! socorro! socorro! socorro! socorro!
socorro! socorro! socorro! socorro! socorro! socorro! socorro! socorro!
socorro! socorro! socorro! socorro! socorro! socorro! socorro! socorro!
socorro! socorro! socorro! socorro! socorro! socorro! socorro!

socorro! socorro! socorro! socorro! socorro! socorro! socorro!
socorro! socorro! socorro! socorro! socorro! socorro! socorro!
socorro! socorro! socorro! socorro! socorro! socorro! socorro!
socorro! socorro! socorro! socorro! socorro! socorro! socorro!
socorro! socorro! socorro! socorro! socorro! socorro! socorro!
socorro! socorro! socorro! socorro! socorro! socorro! socorro!
socorro! socorro! socorro! socorro! socorro! socorro! socorro!
socorro! socorro! socorro! socorro! socorro! socorro! socorro!
socorro! socorro! socorro! socorro! socorro! socorro! socorro!
socorro! socorro! socorro! socorro! socorro! socorro! socorro!
socorro! socorro! socorro! socorro! socorro! socorro! socorro!
socorro! socorro! socorro! socorro! socorro! socorro! socorro!
socorro! socorro! socorro! socorro! socorro! socorro! socorro!
socorro! socorro! socorro! socorro! socorro! socorro! socorro!
socorro! socorro! socorro! socorro! socorro! socorro! socorro!
socorro! socorro! socorro! socorro! socorro! socorro! socorro!
socorro! socorro! socorro! socorro! socorro! socorro! socorro!
socorro! socorro! socorro! socorro! socorro! socorro! socorro!
socorro! socorro! socorro! socorro! socorro! socorro! socorro!
socorro! socorro! socorro! socorro! socorro! socorro! socorro!
socorro! socorro! socorro! socorro! socorro! socorro! socorro!
socorro! socorro! socorro! socorro! socorro! socorro! socorro!
socorro! socorro! socorro! socorro! socorro! socorro! socorro!
socorro! socorro! socorro! socorro! socorro! socorro! socorro!
socorro! socorro! socorro! socorro! socorro! socorro! socorro!
socorro! socorro! socorro! socorro! socorro! socorro! socorro!
socorro! socorro! socorro! socorro! socorro! socorro! socorro!
socorro! socorro! socorro! socorro! socorro! socorro! socorro!
socorro! socorro! socorro! socorro! socorro! socorro! socorro!
socorro! socorro! socorro! socorro! socorro! socorro! socorro!
socorro! socorro! socorro! socorro! socorro! socorro! socorro!

socorro! socorro!

Recuperamo-nos aos poucos, como se de volta de uma viagem mística ou heroínica, despencamos em nós mesmos como se depois de um orgasmo devastador, queimados e aniquilados por dentro. O velho, que também berrara conosco contra a morte da luz, olhava ao redor com um olhar perdido e, quando os gritos de socorro já se haviam extinguido quase por completo, ele ergueu uma mão e um silêncio absoluto voltou a se abater. Voltei a fitar os rostos, metade deles mergulhada na sombra, metade dourada pelas janelas iluminadas do consultório dentário, dos que haviam protestado contra a suprema tirania da ilusão e da efemeridade. As pessoas tinham voltado a si, e agora a perseverança tomara o lugar do pavor e da desesperança: haveriam de lutar até o fim. Ispas se sentou também no chão e, com seu rosto ocre, não se distinguia dos demais. Por alguns minutos, reinou um silêncio perfeito e, depois, inesperadamente e sem podermos compreender como, recebemos todos a mensagem.

Senti-a como uma onda esférica brotando do cérebro modificado de Ispas, uma onda quase visível, como uma ultradiáfana e irisada bolha de sabão que nos incorporou no sonho de seu véu, atravessando paredes, assoalhos, escadas de mármore e, finalmente, engolindo todo o edifício da policlínica Maşina de Pâine, cochilando na noite, sob a lua refletida nos trilhos do bonde. Ninguém ouviu nenhuma palavra, a mensagem não dependia da mecânica do tímpano, do martelo, do estribo e da bigorna, da janela oval, do caracol trêmulo do osso temporal, quase diria que nem mesmo dependia das zonas de decriptação da linguagem do hemisfério esquerdo. Era apenas um farfalhar de asa de borboleta, um "sei" silencioso, indubitável, assim como deve ser na mente do hipnotizado, que desperta e, depois, sem saber a razão, sobe na mesa e assume uma posição estatuária. Ispas não nos transferira sugestões, ordens ou comandos, mas um pedaço de futuro, tão certo quanto o passado. Sabíamos, víamos, compreendíamos o que haveria de acontecer, assim como lembramos um detalhe de nossa vasta e emaranhada infância. E cada um de nós haveria de cumprir a profecia-lembrança como se ela já houvesse sido realizada e deixada para trás, pois, no fim das contas, a fé, sem dúvida, é justamente essa: futuro visto como passado, como iluminação plena, paralisada num único passo de dança, e não como buquê de possibilidades infinitas. Não tínhamos como não ir de novo, dentro de um ano, à Morgue, não era possível não vingarmos o esmagamento de Virgil como uma barata comum, nenhum de nós tinha como evitar o confronto com a deusa de obsidiana da Danação. Mas o que haveria de ser dela e de nós, mais tarde, aquilo que haveria de acontecer com nosso mundo mais triste do que qualquer outro daqueles já imaginados sob o sol negro da melancolia, não éramos mais capazes de enxergar: a revelação do enigma, a resposta concedida à Esfinge, o arranjo final das peças do quebra-cabeça encaixadas uma na outra saíam do quadro da imaterial bolha de sabão, pois não pertenciam, naquele momento, aos sete abençoados comprimentos de onda permitidos a nossa visão interior e arqueados na curvatura da bolha de sabão, mas eram infravida e ultradestino, mão que desenha outra mão, que sai da página e desenha a primeira, num circuito sem fim.

Como se o impulso cerebral o tivesse exaurido por completo, o porteiro caiu de lado e assim ficou, com o rosto cinzento-ocre, até que, voltando a si, algumas mulheres mais próximas, com vestimentas e xales negros, o ergueram e o levaram com elas, apoiando-o como a um ferido no campo de batalha. Pois as pessoas, a começar por aquelas que se encontravam nas profundezas das vísceras do prédio, puseram-se devagar, a passos miúdos, como na saída de um cinematógrafo, a ir embora. Durou mais de meia hora até se esvaziarem os degraus da escada monumental, faustosa demais para uma policlínica miserável, e só depois puderam se mover também aqueles que haviam lotado o sótão. Passada mais meia hora, fiquei sozinho, na petrificação e no silêncio de fotografia do início. Ergui do chão um cartaz com "socorro!" esquecido pela multidão desaparecida. A palavra provavelmente tinha sido garatujada no papelão com o dedo molhado no próprio sangue daquele que ali escrevera o nome secreto de cada um de nós e de nossa espécie. Vivemos um nanossegundo num fio de poeira perdido no cosmos, disse para mim mesmo, e voltei para o consultório dentário, no qual as quatro cadeiras reluziam, puras e perfeitas, à luz dos próprios painéis com lâmpadas. Queria ver por onde Ispas entrara, por qual túnel secreto escavado nas paredes do maciço edifício. Abri a porta do fundo do consultório, entre duas prateleiras de metal e vidro cheias de instrumentário odontológico e modelos em gesso, e me vi diante de um quartinho do tamanho de uma despensa, com paredes de tijolo grosseiro, em que só caberia uma pessoa em pé. No espaço entre os tijolos, havia teias empoeiradas de aranha, e tudo cheirava a entulho e sujeira. Um jornal amarelado esticado no chão estava coberto por uma grossa camada de poeira, além de marcas de botas, em cujo contorno se podiam ver bem as colunas e fotografias pela metade. Nada mais, nenhum tipo de túnel, nem alçapão, nem uma porta camuflada. O homem-modelo anatômico jazera ali, como um manequim, sabe-se lá por quanto tempo até ser ativado por sabe-se lá que força. Em Voila, o camarada Nistor tinha ao menos uma cama sobre a qual repousar, regenerar durante a noite sua bestialidade.

Fechei a porta arrepiado e saí do consultório. Desci a escada de mármore, andar após andar, na monstruosa solidão do edifício obscuro. Encontrei meu quarto com dificuldade, desorientado pelos corredores e abrindo portas que davam em laboratórios e consultórios desertos, e me atirei na cama. Não sei quando adormeci, pois pela primeira vez tive a impressão de passar de um sonho para outro. No dia seguinte, veio um médico que me consultou, fizeram-me exames, e passei outras duas noites na policlínica. Tive alta com diagnóstico de neurastenia, sendo tratado com Quilibrex, umas ampolas fumês cujos pescoços de vidro eu deveria cortar com um serrotinho e engolir seu líquido oleoso, e com licença médica de duas semanas, da qual dez dias já passaram.

Escrevi aqui o dia todo, desde o momento em que acordei até agora, quatro da manhã do dia seguinte. Com todo o meu corpo, sinto que o fim se aproxima, ou um deles. O de uma, ao menos, de nossas vidas múltiplas e multidimensionais. Mas não consigo mais pensar nem escrever. Nem mesmo uma linha. E amanhã será outro dia. Agora vou deitar. Boa noite, príncipe adorável, boa noite.

44

Estava na auto mecânica, ao lado da escola, onde costumo almoçar na hora do recreio, quando a lembrança me atravessou como um relâmpago. Quero estar muito calmo nesta página, muito racional, quero olhar para as coisas de frente. Depois da prova de romeno na 6ª Ω, juntei os cadernos finos, sem as capas – para que não fossem pesados demais quando os carregasse comigo para casa –, amarrei-os com um barbante e os deixei em cima da mesa da sala dos professores. Vi Irina por um instante, trocamos sorrisos, depois entraram em grupo Gheară, Agripina e Băjenaru com os diários embaixo do braço, estranhamente bem-dispostos. A espertalhona também aplicara prova aos alunos e dera uma olhada nas páginas prolixas e agramáticas dos da quinta série. "Ouça isso, professor, você não vai imaginar. É de morrer de rir, não tem jeito! Ha, ha, ha! Fiquei chorando de dar risada bem ali, na frente da classe. Veja o que Haralambescu escreveu em 'Caracterize o personagem principal de *Prâslea, o corajoso, e as maçãs de ouro*'. Veja isso, professor! 'O imperador tinha um grande jardim e uma maçã na bunda'! Uma maçã na bunda, professor, olha só, está escrito exatamente assim..." Todo o grupo se atira ao chão de tanto dar risada. "Essa é boa, mas olha só, querida, o que me aconteceu enquanto eu corrigia as provas do vestibular, na Iulia Hasdeu. Caiu em minhas mãos um trabalho que dizia assim: 'Muitos voivodas minaram as fundações de nossa pátria, mas apenas um lhe ergueu a pedra funerária: o camarada...' Aqui, dona Rădulescu diminuiu a voz até o sussurro, e então, suada, explodiu num riso histérico.

697

'Sim, funerária, meninas, como é que a pobre criança vai saber o que é *angular*, tal como consta no manual?' De novo muito deboche, risinhos e galhofas, mas meio em surdina, pois as paredes têm ouvidos, e nunca se sabe... Estava com fome e não permaneci para acompanhar a conversa. Saí da escola junto com um grupo de alunos maiores e fui para o andar superior da auto mecânica, acima da oficina imunda, cheia de carros vetustos apoiados em tocos e ferramentas, mangueiras, macacos, tudo untado de graxa, espalhado pelo mosaico do chão. Fiquei na fila, no bufê, para minha costumeira porção de almôndegas marinadas e suco com bizarras impurezas na garrafa suada, e ocupei uma mesinha com minha bandeja. Os mecânicos em seus fétidos macacões, provavelmente nunca lavados, repartiam os pães, na mesa ao lado, com as mãos pretas de graxa. Mas em toda a sala havia uma luz alegre de início de verão, e o trimestre se aproximava do fim, e a comida, embora fosse de cantina, me atraía, pois a fome é o melhor cozinheiro, de modo que a recordação do sonho que não tinha sido nenhum tipo de sonho me pegou de surpresa, lacerando o belo dia como se desfigurasse um rosto harmonioso com uma lâmina de barbear.

Talvez justamente a expressão "a fome é o melhor cozinheiro" tenha desencadeado a lembrança, mamãe a repetia com frequência, pois talvez tenha ressoado em minha mente, por um instante, pronunciada pela voz da mamãe, em nossa cozinha obscura, nas profundezas do tempo, por cuja vidraça se via o frontão fantástico, de tijolo, do Moinho Dâmboviţa. Talvez tenha relampejado dentro de minha mente então meu sonho mais antigo, aquele em que eu atravessava, de mãos dadas com mamãe, um lugar desconhecido, com pequenas passarelas de tijolo por cima de uma valeta, num dia vermelho de alvorada. Talvez tenha sido a ligação com o pesadelo. Pois faz dois anos, quando transcrevi no segundo caderno minha série de sonhos inexplicáveis, mas tão preciosos para mim como se tivessem sido gravados em alto-relevo na curvatura interna do osso da testa, não me atrevi a anotar o mais penetrante, o mais inolvidável dentre eles, aquele que afugento com gestos desesperados sempre que brota em minha mente, assim como afugento os fantasmas com os globos dos olhos cortados pelo fio de uma folha de papel ou com a aranha que me prendeu em sua teia e me devora... Mas hoje, agora, quero transcrevê-lo aqui, pois sinto nele a peça de quebra-cabeça com o rosto da Branca de Neve ou da princesa da história dos onze cisnes, peça sem a qual o resto do quadro, mesmo com todos os outros pedaços de papelão corretamente encaixados, não faria nenhum sentido.

A lembrança do sonho com "mamãe" me golpeou o peito em cheio. Ergui-me da mesa deixando as almôndegas quase intocadas. Desci e fiquei contemplando, por vários minutos, num estado de autoesquecimento, a desolação da oficina de paredes esfoladas e com antigos cartazes de segurança do trabalho pendurados tortos aqui e ali. Olhava sem ver aqueles três ou quatro carros com o capô aberto do motor e desprovidos de rodas, as jantes tortas, os trapos sujos e os restos de limalha no chão. Teria ficado ali para sempre, pois toda a minha realidade era igual e não valia a pena realizar o esforço de ir para outro lugar. Meu mundo inteiro poderia ser apenas aquele galpão miserável, com janelas pequenas embutidas em portões de metal, com pedaços de carroceria sem pintura apoiados nas paredes, com mecânicos brutais, cobertos de graxa até os cotovelos. Retornei com dificuldade dessa prostração e dei as aulas seguintes como num sonho.

Quero estar muito calmo, muito descritivo, muito racional. Não sei mais quando tive o sonho – embora tenha a impressão de recordar a data de 12 de novembro (mas de que ano?), não estou com paciência para verificar agora no diário, e isso, aliás, não tem importância alguma –, é o único que não anotei, de vergonha e horror, ao acordar pela manhã. Como naquele em que eu era agarrado pelos tornozelos e arrastado para fora da cama, até ser arremessado com uma violência extraordinária contra a parede oposta, como naquele em que eu girava na cama como uma hélice, com lençol e tudo, como em outros tantos, aquele com minha tia, por exemplo, que me sorria aos pés da cama, no sonho com "mamãe" vivenciei o terceiro estado, não estava acordado nem dormindo. Foi como se eu estivesse acordado e lúcido, mas drogado, incapaz de me opor, incapaz de emoções, desdobrado, dissociado, olhando de fora de meu corpo para meu corpo com uma espécie de conhecimento sereno e compaixão. Não percebia o que estava acontecendo comigo, como se fosse um sonho ou uma recordação: era real, imediato, mas minha consciência parecia estreitada e passiva. Muito tempo atrás, quando retiraram minhas amígdalas, recebi uma pastilha azul, após o que assisti à extirpação de pedaços de carne de minha garganta sem medo e sem participação, apesar da dor afiada, aliás insuportável, mas que eu não percebia mais como sendo minha. Foi nesse estado que se deu o sonho mais torturante de minha vida.

Despertei de um emaranhado ácido de alucinações sem qualquer sentido. Era de noite, estava em meu quarto da Ștefan cel Mare, aquele da tripla janela panorâmica pela qual ainda se via toda a extensão de Bucareste, com iluminação noturna, com luzes de neon que acendiam e apagavam. Devia ter então uns dezessete ou dezoito anos. Aquele quarto jamais ficava completamente escuro e era raro estar silencioso. Sempre passava um bonde chiando e aplicando no teto raios móveis de luz. Também o iluminavam as lâmpadas das casas distantes, e os reclames do centro, e os postes entre os dois trilhos de bonde, aqueles em forma de cruz, que carregavam os Cristos crucificados, com cabeças pendentes, coroadas de espinhos. Mas, em vez de cama, eu estava deitado numa espécie de mesa coberta por um material semelhante a linóleo. Aparecera ali, no quarto, aliás inalterado, entre a cama e a carteira em que fazia meus deveres. Fazia frio, talvez também por estar completamente nu. Senti com as omoplatas e as nádegas a frieza do linóleo. Ergui uma mão, olhei para ela: não estava sonhando. O que se passava comigo? Apoiei-me nos cotovelos, mas, de repente, ouvi uma voz interior, segura de si e límpida assim como uma gota de água que pinga numa bacia cárstica, que me ordenou ficar no lugar. O que estava acontecendo? Naquela hora, não me lembrei da cena de infância, quando fui levado por mamãe ao hospital para a operação cuja cicatriz não encontro em nenhum lugar de minha pele, como se houvesse ouvido a mesma voz, mas pensei nisso mais tarde, sem ousar concluir o pensamento. Deixei minha cabeça em cima da mesa, mas virada para a porta, pois, na escuridão luminosa do quarto, de repente a vi.

Procurei manter a calma, mas meus braços ainda estão arrepiados, e sinto a aproximação da loucura. Fato é que a vi, indubitavelmente, concreta e indescritível. Estava ali, na penumbra, feminina, mas inumana. A fêmea de uma espécie grotesca semelhante à nossa. Lívida e sem vestimenta. Tendo no rosto aquela careta que me havia assustado alguns meses antes, quando aparecera uma anã, sorrindo, aos pés de minha cama. E, no rosto dessa, agora se via a mesma deformação da boca, a mesma caricatura de sorriso. Nem a proporção de seus membros era humana: parecia disforme, aleijada, de certo modo enferma. Seu andar era lento e claudicante. Havia, ademais, a sensação de se conseguir enxergar através de seu corpo alvacento. Os seios grandes e o púbis cheio de pelos rubros como fogo não combinavam de maneira nenhuma com aquele corpo extraterrestre, clorótico, de crânio alongado, pescoço fino, olhos tomados por uma pupila gigantesca. Não sei dizer mais nada, nem tinha, naquele momento, a concentração e o espírito de observação de que necessitaria para poder compreendê-la e descrevê-la como se deve. Se eu estivesse realmente acordado, teria enlouquecido de pavor. Mas, naquele estado, eu a olhava impessoalmente, com uma espécie de sensação de fatalidade. Alguém dentro de mim me dizia "mamãe", embora não quisesse indicar que fosse minha própria mãe. Era simplesmente uma mãe, que me observava com um olhar obscuro, de embrião ou de inseto. Aproximou-se e se estendeu em cima da mesa de operação a meu lado. Depois fizemos amor de uma maneira que não entendo nem posso descrever. Na verdade, amor foi feito diante de meus olhos, no centro de meu crânio. O adolescente ejaculou, pela primeira vez na vida, no ventre daquela criatura. Com a sensação de que seu esperma era ordenhado, extraído, assim como sangue é colhido para exames.

    Não sei dizer mais nada. Provavelmente adormeci logo depois daquilo. De manhã, acordei com a lembrança do sonho que eu não sentia como sonho, mas como atroz realidade. No quarto, persistia um leve cheiro de remédio ou de alguma substância química desconhecida. Fui ao banheiro e me olhei no espelho. Tinha no rosto uma expressão estranha, de uma crueldade que não reconheço em mim, com a qual não tenho nada a ver.

Não quero escrever nem mais uma linha. Nem há nada mais a se escrever. Ali, no quarto da Ştefan cel Mare, sob o uivo dos bondes e com a magia da cidade transbordada pelas janelas, acontecera algo de suma importância, mas incompreensível para meu pobre cérebro, prisioneiro em seu estúpido crânio.

45

A ambiguidade essencial de minha escrita. Sua loucura irredutível. Estive num mundo que não pode ser descrito nem, sobretudo, compreendido por outro tipo de escrita, tanto quanto possa ele ser verdadeiramente compreensível. Pois uma coisa é a descoberta, outra, o processo torturante de engenharia invertida que é a verdadeira compreensão. Temos diante dos olhos um artefato de outro mundo, com outros paraísos e outros deuses, um enigmático mecanismo *antikythera* que brilha, flutuando no ar, em todos os detalhes de sua moldura de metal incrustada com símbolos e rodas dentadas. Foi terrivelmente difícil retirá-lo do fundo do mar, cheio de ninhos de mariscos e algas ondulantes, limpá-lo meticulosamente das crostas de areia petrificada e ferrugem, lubrificá-lo com óleo cintilante, colocar cada roda no lugar, conforme os dentes se encaixam com os das outras, e foi *isso* que fez meu manuscrito até aqui: descobriu, iluminou, des-velou o que estava oculto debaixo de véus, de-criptou o que estava fechado na cripta, de-cifrou a cifra da caixa em que estava, sem que ao menos uma gota de sombra e melancolia do objeto desconhecido vazasse para nosso mundo. Quanto mais detalhes vemos, menos compreendemos, pois a compreensão significa a penetração do sentido para o qual existe a engrenagem e que vive apenas na mente daquele que a concebeu. Compreender significa sempre penetrar em outra mente, todo objeto que se exige compreendido é um portal de acesso a ela, e o terror e o enigma infinito começam no momento em que, ao contemplarmos um objeto, somos por ele sugados e atirados numa mente inumana, totalmente diferente de nossa e que chamamos, com toda a ambiguidade da palavra, de *sacra*, ou seja, estrangeira, aparentemente arbitrária, capaz de milagres e absurdos, que nos pode nutrir e nos esmagar por motivos igualmente obscuros. Podemos aprender os maneirismos dessa mente, podemos utilizar a prece para receber, a invocação para que se nos revele, assim como o gato bajula, à mesa, o dono; mas *como* o dono gere sua vida, como construiu sua casa, como acende as luzes, como dirige o automóvel, como descobriu que o sol também nascerá amanhã, como sabe que existe um amanhã, de que maneira decifra os símbolos matemáticos e como se move, fantasmático, no campo lógico, e inúmeros outros detalhes de uma vida inimaginável num mundo e numa mente de um alto grau de complexidade – tudo isso permanece camuflado para o gato em outra dimensão, em outra espira da existência. Quando o dono lhe indica algo com o dedo, o gato olha para o dedo, e o cheira, e o lambe. É assim que nós mesmos compreendemos a Divindade, aliás incompreensível e além do bem e do mal, perdida para nós numa dimensão inatingível. As religiões são, e devem ser, a contemplação estupefata do dedo de Deus, na incapacidade de compreender que não é o dedo a mensagem, que ele apenas *indica* algo. Pensamos com o gânglio de carne do crânio, somos censurados por suas limitações, assim como a mosca utiliza o próprio gânglio no mundo dela, como o gato também utiliza o cérebro de seu pequeno crânio para pedir alimento e afeição de uma criatura desconhecida e incompreensível.

* * *

Fui até o bibliotecário para lhe devolver o manuscrito. Enquanto durou a convalescença, não houve dia em que não o tenha tirado de sua caixa ebúrnea para folheá-lo, no inútil esforço de encontrar uma solução, mesmo que parcial, para seu mistério. Páginas e páginas escritas na mesma língua desconhecida, com regularidades tão evidentes quanto obscuras, com uma meticulosidade da transcrição que tornava quase totalmente implausível a ideia de fraude ou de obra de um demente. Alguns linguistas e um punhado de amadores obcecados pelo manuscrito haviam perdido a cabeça, dizia-se, tentando, através de métodos estatísticos, divinatórios, criptológicos ou astrológicos, compreender ao menos algumas palavras de seu conteúdo, assim como acontecera num outro momento da trajetória *O Moscardo*-manuscrito Voynich, o do estojo de cubos coloridos através dos quais Hinton tencionara tornar tangível a nossa mente a quarta dimensão. Pois, de modo estranho, embora aparentemente não se assemelhem, o estojo de Hinton, o manuscrito Voynich, os desenhos pós-enforcamento de Nicolae Minovici, o vaso de vidro ultramarino recebido dos céus por Valeria e meu manuscrito de escrita miúda entre as capas de três cadernos constituem o mesmo tipo de objeto, desses que um mesmo dedo indica, uma espécie de trampolim da mente talvez, assim como são os cálculos clássicos com espirais exponenciais cujos turbilhões saem, muito rápido, do campo visual de nossa mente e aderem, brocas dilapidadas, ao infinito cantoriano: uma folha deve ser dobrada apenas cinquenta vezes para que sua espessura chegue da terra até a lua; um grão de trigo na primeira casa do tabuleiro, dois na segunda, quatro na terceira, oito na quarta, para que todas as colheitas do mundo não caibam na sexagésima quarta casa; uma célula se divide apenas oitenta vezes para constituir o corpo humano. Desse modo, transbordamos nosso cérebro no mundo, assim como a estrela-do-mar eviscera seu estômago, abrangendo os crustáceos com que se nutre.

fachys ykal ar ataiin shd shory cthres y kor sholdy
sory cthar or y kair chtaiin shar are chtar chtar olan
syaiir skey or ikaiin shadlcthoary chtes daraiin sa
o'oiin oteey oteor roloty cthar daiin otaiin or okan
sair y chear cthaiin cphar cfaiin ydaraishi

O texto continua fluindo desse jeito, límpido como a luz do dia e completamente ininteligível, assim como todo escrito é incompreensível para um analfabeto. É interrompido por esplêndidas pranchas retratando plantas desconhecidas, com folhas verdes e douradas, com inflorescências espinhosas e cápsulas azuis, com estranhas e robustas raízes que, por vezes, terminam em tubérculos bizarros. É assombrado por renques de mulheres nuas, alvas como leite, banhando-se em banheiras, canais e tanques de líquido verde ou azul-turquesa. Dezenas de mulheres nuas com ventre protuberante, umas segurando na mão, longe delas, com uma espécie de horror, algo que ora parece um peixe, ora um embrião, ora uma flor. Mulheres rubicundas, vegetativas, metendo as mãos em canos meândricos e ramificados, de pé, na mesma água azul, em recipientes em forma de cornucópia que se prolongam por canais que parecem veias ou intestinos. É um sistema labiríntico de tanques e banheiras, que se estende por dezenas de páginas de manuscrito, rodeado de perto pela mesma escrita calma, minuciosa, ordenada, sem hesitações ou correções, mas desafiando a compreensão em qualquer idioma da face da terra.

Há depois as pranchas que se abrem, três vezes mais largas que o manuscrito, retratando esferas concêntricas, inimaginavelmente complexas, semelhantes a estruturas celulares observadas ao microscópio, com canos e compartimentos que parecem orgânicos, com simetrias e assimetrias imprevisíveis, com uma ou outra palavra na mesma língua incompreensível lhe servindo de legenda. Protozoários? Fetos? Energias que fazem suas auras girarem como pavões? Analisei-as dezenas e centenas de vezes, de olhos injetados, tentando penetrar nelas o desenho oculto, a sabedoria profunda. A mesma obscuridade desesperada, o mesmo muro de vidro me separando do fascinante axolotle de aspecto asteca, a mesma incapacidade de ter algo em comum com os xipehuz, com as ninfas, com os desconhecidos fora do espaço e do tempo que, de noite, ficam ao lado de minha cama me olhando.

Havia depois as pranchas em que se viam, em círculos concêntricos junguianos, infestados pelas mesmas letras de um alfabeto ilegível, imagens antropomórficas, sóis talvez, zodíacos talvez, as estrelas e a lua provavelmente. Com prolongamentos indiscerníveis entre técnico e floral. Com carrosséis de rostos imaginando alegorias tão obscuras quanto os comentários a seu redor. Meio milênio atrás, algum desconhecido, que jamais fizera algo semelhante (pois algo que se assemelhe um pouco ao manuscrito Voynich não existe neste mundo), construíra, imbuído por uma motivação forte e clara, o labirinto perfeito, com um enigma total no centro. Como todas as profecias, a dele também era para os tempos vindouros, quando vamos enxergar não através do espelho, mas face a face. Havia páginas inteiras com tais esferas rotatórias, cheias de estrelas e rostos. Vira uma delas arqueada por cima de mim e cintilando de forma maravilhosa um dia, na sala circular em que havia sido operado. Sempre via uma, terrificado, quando saía no meio da noite sob as estrelas. Eram céus de outro mundo, com outras constelações e aparatos desconhecidos movendo-se silentes entre eles. As mais fascinantes dessas rodas dentadas, semiluas, cruzes e triângulos cruzados de uma linguagem ad hoc eram habitadas em cada um de seus círculos concêntricos, de paraíso dantesco, pelas mesmas mulheres nuas, corpulentas, coroadas e que seguravam nas mãos cetros e estrelas. Pelas figuras do centro, eram zodíacos. Pelo conjunto das imagens, eram o Jardim dos Prazeres. Por seu enigma profundo, eram uma espécie de fechadura de porta que buscava com desespero sua chave.

O crepúsculo se debruçava sobre as páginas do manuscrito, e apesar disso eu não largava dele, folheava-o continuamente na esperança de que aquela escuridão púrpura desbotasse os ornamentos e desvendasse, em seu esplendor assassino, a sentença. Mas a noite caía com tudo, e os ruídos diminuíam na Maica Domnului, e nenhum grão do mistério do livro resolvia se dissolver no ar. "*Quem sabe*", dizia para mim mesmo, apoiando as faces nas palmas da mão e passando o dedo no círculo mais largo e mais ornamentado do antiquíssimo pergaminho, "*se neste livro não se encontra o sinal capaz de nos transpor para as profundezas da alma, para mundos que se formam em modo real assim como desejamos, para espaços iluminados por um azul esplêndido, úmido e fluido*"...

* * *

Palamar me recebeu sozinho, como de costume, na casa inteira. Segui-o pela mesma sucessão de aposentos sóbrios, de pé-direito alto, e fiquei de novo surpreso com o grande armário de metal cinza-perlado que ocupava uma parede toda do escritório. Conversamos um pouco sobre o manuscrito que, na caixa de nácar, se encontrava de novo entre nós, depois nos calamos, como quando o anfitrião não tem mais nada a dizer e aguarda que entendamos que é hora de irmos embora. No entanto, eu não podia ir antes de compreender o que de fato era aquela casa na periferia da cidade. "Da outra vez", disse-lhe sem olhar em seus olhos, "quando saí pelo portão ouvi um zumbido vindo do subsolo..." "Mas é o solenoide", replicou Palamar de imediato, com uma animação e uma naturalidade que eu não esperava, como se há muito ele mesmo quisesse me falar da grande bobina e até então não tivesse encontrado a oportunidade. "Nossas casas, assim como outras casas da cidade, foram construídas sobre nós da rede de energia de Bucareste, e cada uma tem no subsolo esse zumbido que, às vezes, seria melhor não ter. Aposto que você usa a bobina para levitar acima da cama, e não te condeno, é mais prazeroso dormir assim do que esmagado pela atração da terra no colchão nodoso. Mas, para mim, ela é muito mais importante, poderia dizer, brincando, que é 'um instrumento de trabalho', e 'dos mais aperfeiçoados'. Não conseguiria realizar meu trabalho sem essa lente energética, sem esse portão entre mundos tão alheios uns aos outros, embora coexistam em poucos metros quadrados, como se fossem de planetas ou dimensões diferentes." "No trabalho de bibliotecário?" Palamar me olhou como se acabasse de despertar de um sonho: "Não de bibliotecário. Fui bibliotecário só para você. Você nunca teve a curiosidade de ver o que eu lia, horas a fio, na antecâmara do Santíssimo Lugar onde você escolhia os livros (nem mesmo eles arbitrariamente, como talvez até hoje você pense, mas selecionados com o maior cuidado para que a leitura deles te trouxesse até aqui, neste momento, sem possibilidade de erro. Você não escolheu ao acaso *O museu negro*, nem *Malpertuis*, nem os poemas de Nerval, nem *Malte Laurids Brigge*, nem *Le Horla*, nem *Maldoror*, nem o texto genial do presidente Schreber, nem Blecher, nem Kaváfis, nem o senhor dos sonhos, Kafka): aquele livro único, aberto na escrivaninha diante de mim, que você viu sem olhar em todos aqueles anos em que frequentou a biblioteca B. P. Hasdeu. Olha, agora você tem a chance de contemplá-lo".

Olhei-o assustado: a fotografia sépia se animara e quase parecia uma criatura de verdade. O que havia com Palamar? Tornara-se persuasivo, entusiasta, como se diante de uma oportunidade única. Parecia um comerciante que elogia a própria mercadoria, ansioso por atrair mais um cliente até a loja. Vi-o erguer-se da cadeira, dirigir-se ao arquivo cinzento e o destrancar, abrindo as portas com gestos largos e demonstrativos, de ilusionista: veja, sem truques... Ali dentro havia dezenas e centenas de gavetinhas com etiquetas contendo códigos de cifras e letras, semelhantes aos ficheiros das grandes bibliotecas. Palamar puxou, num sorriso amplo, quase faminto, uma delas: no lugar das fichas de cartolina que eu esperava ver, estava cheia de lamelas de vidro, daquelas com preparados biológicos para serem observados pelo microscópio. Eram esverdeadas nas margens, aparentemente vazias e límpidas, dispostas de forma oblíqua e paralela umas diante das outras. Em outra estante havia caixinhas redondas e provetas de diversos tamanhos, mas três quartos do grande armário estavam ocupados pelas gavetas com lamelas. Na prateleira mais abaixo havia um livro com nomes miúdos, os dos autores, na parte de cima da capa, seguidos de um título imenso, que ocupava metade do espaço: "ÁCAROS". Palamar se abaixou com dificuldade, dobrando os joelhos, como se sofresse, provavelmente, de dores no quadril, apanhou o maciço volume e o levou à escrivaninha, jogando-o do lado da caixa de nácar. "Dê uma olhada nesse tratado e então você entenderá qual é minha verdadeira profissão, vocação, paixão ou como queira chamar. Embora seja muito mais do que isso."

Folheei o livro por um instante antes de abri-lo ao acaso. Fiquei perplexo. Entre páginas cobertas por uma escrita miúda, o volume talvez contivesse trinta pranchas retratando criaturas de pesadelo, mais bizarras, mais cheias de apêndices inverossímeis, mais fantasticamente constituídas do que os insetos com pelo menos algumas ordens de grandeza. Ademais, conforme indicavam as medidas debaixo de cada ilustração, igualmente miúdas em comparação aos insetos assim como os insetos em comparação aos mamíferos. Olhando para esses animálculos aparentados com o submundo e a abominação absoluta do reino animal, com as aranhas, os carrapatos e os sarcoptas da sarna, com as sanguessugas e os devoradores de tecidos vivos, surpreendia-me, porém, menos a crueldade cega da natureza do que sua inesgotável fantasia. Numa das pranchas encontrei a visão crepuscular minha e de Irina de um ano atrás, quando, após termos falado sobre o desaparecimento do porteiro da escola e feito amor na cama desarrumada, esquecendo-nos de boiar no ar vetusto do dormitório, fomos ao quiosque da cadeira de dentista e olhamos pela claraboia redonda do espaço. Havia ácaros da mesma espécie, elefantes leprosos, de pernas finas e multiarticuladas, semelhantes àqueles dos quais, na pintura de Dalí, Santo Antão se protegia com seu patético crucifixo. De um amarelo cor de café, preguiçosos e cegos, com pelos longos e ondulados cobrindo o dorso imenso e com enormes garras na frente, avançando em procissões em meio a montanhas de pele descamada, os animais barrigudos pareciam produtos de uma criação demoníaca, impossivelmente saturnina. Em outras pranchas, havia sarcoptas violeta ou purpúreos, com línguas amarelo-choque, com pelos na articulação das patas, como as tarântulas, outros lisos como o marfim, com ferrões e cornos de aspecto absurdamente perigoso, outros moles como gotas d'água, de garras negras, espalmadas, outros multicoloridos e transparentes como geleia, mas todos cegos, tecendo seu caminho por tais mundos, surgidos do nada por meio de outros tipos de sentidos. "Os insetos dos insetos", disse para mim mesmo, a terceira espira dos recipientes orgânicos de mundos, legião sem número das criaturas situadas sob o poder do olhar humano de perceber e, no entanto, vivos e reais, constituídos pelas mesmas substâncias orgânicas como o triste corpo que nos encerra, *soma-sema* platônico que nos carrega por nosso mundo passageiro.

"Em cada lamela de microscópio do fichário possuo um exemplar de todas as espécies até hoje conhecidas. Umas são únicas, impossíveis de encontrar mesmo nos grandes museus de ciência natural. Todos nós que nos dedicamos aos ácaros – somos algumas centenas no mundo inteiro – trocamos correspondência, nos conhecemos bem, enviamos espécimens uns aos outros, fazemos permutas... Sempre me admirei com o fato de nossa seita ser tão restrita, pois não consigo imaginar uma área de conhecimento mais fascinante. Por que todos os entomólogos não estudam apenas os ácaros? Por que perdem tempo os mirmecólogos? O que há de interessante numa abelha ou mesmo numa aranha, para não falar do deplorável *kitsch* dos lepidópteros? Eis aqui o sarcopta da sarna, essa joia da criação, com seus pezinhos sublimes e gordinhos, com os punhais na cabeça, com que abrem caminho pela derme humana, com a testa abrigando sabe-se lá que pensamentos. Eis o ácaro de cama, com seu focinho em forma de bico de pena, eis a pequena aranha púrpura que chupa o sangue dos carrapatos enquanto estes estão ocupados em chupar sangue humano. Quanta variação, quanta fantasia, que cores florais, que anil e que verde metálico, e que rosa impudico e que cor lívida cadavérica... Meu querido, se eu fosse poeta, utilizaria dez anos de minha vida para escrever a epopeia dessas criaturas inestimáveis, seus amores e guerras, sua torpeza e glória, seus impérios de poucos centímetros quadrados, porém igualmente ricos em paisagens táteis e auditivas, térmicas e vibráteis como as de nossos reinos. Quanto ao número deles, basta lhe dizer que um quarto do peso de cada travesseiro em que os lavradores da terra repousam a cabeça, noite após noite, consta em ácaros, que nos invadem noite após noite como os liliputianos de Gulliver, mas tantos quanto a areia das praias e as estrelas dos céus, nações inteiras, legiões e falanges que nos devoram a pele descamada do corpo. Encontramo-los, invisíveis como os átomos do ar que respiramos, em todas as zonas, dos polos à linha do Equador, em todos os climas, em todas as altitudes, em dezenas de milhares de planos corporais, de cores e hábitos atrozes. Um quarto da massa viva da terra é formado por seus ínfimos corpos. Leio às vezes artigos nos jornais sobre a busca febril da vida que talvez seja onipresente no universo. Se for assim, e não tem como ser de outro jeito, os planetas de todos os sistemas solares, de todas as galáxias, até as mais longínquas, estão infestados, supraaglomerados, estão sendo comidos vivos pelos ácaros. Há pencas deles, como a sarna, que cavoucam seus canais no manto universal, farfalham e pululam, uns sobre os outros, uns dentro dos outros, devorando-se reciprocamente, pondo ovos dentro de seus próprios corpos, sufocantes e insuportáveis e impossíveis de viver. Que visão dantesca, que multidão de mundos se desmanchando, sem parar, sem esperança, numa ínfima zona do grande nada! Onde encontrar os exobiólogos, exossociólogos, exopsicólogos desse ajuntamento universal? Onde estão os paleontólogos e historiadores dessas sociedades? E os etnólogos, os filósofos, os teólogos?"

Palamar tirava, uma após a outra, uma lamela e a examinava contra a luz, como se pudesse ver a criatura invisível esmagada entre as duas placas de vidro, com suas oito pernas pateticamente esparsas, como um pequeno sol biológico, como um Krishna de vários braços executando a dança da vida criadora e destrutiva. Também olhei para uma delas: ninguém, nada, uma plaquinha límpida refletindo fugazmente meu rosto. "A maioria das espécies não tem nem mesmo nome", continuou o colecionador, "são conhecidas por um código de cifras e letras, semelhante aos das supernovas e dos quasares. Visto serem tão numerosas, a angelologia e a demonologia, de todo modo, provariam ser pobres demais para denominá-las em seu latim abstruso. Estranho e incrível para mim é que os ácaros sejam criaturas criadas a nossa imagem e semelhança. Um colega da América Latina se especializou em dissecá-los: são construções orgânicas constituídas por sistemas e aparelhos. Todos os órgãos de nosso corpo têm equivalência no deles, embora, claro, seu esqueleto seja externo, como o dos insetos. As células de que são formados não diferem das nossas. Se alimentam e se reproduzem em seus minúsculos mundos da mesma maneira que nós, então somos levados a perguntar – e não é que esta pergunta é inevitável? – se por acaso não seremos, também nós, ácaros de um mundo superior, tão gigantesco que foge a nosso poder de percepção. A não ser que o gigantismo deste mundo não se deva apenas a um outro grau de magnitude no espaço tridimensional, estipulado por nossa aderência ao espaço lógico... A que outro tipo de espaço, inimaginável com nosso gânglio protegido pelo crânio, poderia aderir uma criatura tão grande e complexa em relação a mim assim como sou eu em relação a, veja, a esse microinseto invisível na lamela? Será que, por acaso, neste exato momento, algum deus que me foge à visão, como um edifício muito vasto, estará observando meu corpo martirizado, achatado em minha dimensão numa lamela interminavelmente grande? E será que por acaso, sem que o saiba, estará também ele crucificado numa lamela segurada entre os dedos de um deus mais alto, e mais incompreensível, e assim por diante ao infinito? E não se pode imaginar uma divindade final, que transcenda a escala interminável das dimensões, por ela mesma ser a própria escala, o próprio tabuleiro divino, com as casas em que os grãos de trigo duplicam sem parar?... Vem cá que vou te mostrar outra coisa".

Palamar pôs as lamelas no lugar com cuidado e trancou o grande armário. Sentou de novo na cadeira, e eu também sentei, do lado oposto da escrivaninha. Acendeu a luminária da escrivaninha e estendeu em seu círculo de luz a mão direita, com a palma virada para baixo. Abriu os dedos e sussurrou: "Olhe aqui atentamente, para o triângulo entre o dedão e o indicador. Está vendo alguma coisa?". Na luz rasante, a pele do dorso da mão do velho parecia de escamas como a de uma lagartixa, com veias varicosas e pelos brancos, e manchas cor de café que traíam sua idade. No triângulo de pele entre os dedos esticados vislumbrei, de fato, algo incomum. Linhazinhas delgadas, brancas, que, quase invisíveis, constituíam uma rede como a das pistas de aeroporto. Não ocupavam mais do que uns dois centímetros quadrados. Entre as linhas retas entrecortadas, tive a impressão de ver também algumas imagens figurativas, um macaco, um pássaro de asas longas e cauda em leque, uma espécie de camaleão, desenhados de maneira muito esquemática. Meus olhos, porém, se esforçaram demais por identificá-las e logo começaram a lacrimejar. "É uma espécie de tatuagem?", perguntei. "É sarna", respondeu-me, com um sorriso feliz. "É uma colônia de sarcoptas que cultivei em minha própria pele. Comecei com uma única fêmea cheia de ovos. Agora deve ser um pequeno povo de milhões de indivíduos. As linhas são galerias escavadas em minha derme. De noite, a coceira é quase insuportável, mas resisto com alegria, e não os destruiria por nada neste mundo. São minha criação, de certo modo criados a minha imagem e semelhança, pois os mesmos aminoácidos, as mesmas bases purínicas e pirimidínicas, as mesmas funções e os mesmos órgãos, as mesmas leis físicas, a mesma matéria e os mesmos campos que animam meu corpo animam também os deles, gerando o improvável, inexplicável e inextricável fenômeno da vida. Criei um mundo em meu próprio corpo, uma rede de canais em minha derme, habitada, explorada e estendida continuamente por um povo que se crê, assim como nós, único no universo. Já se passaram centenas de gerações desde a Gênese, já deve ter surgido, no mundo deles, uma glória química: mitos das origens, dos ancestrais totêmicos, de criaturas ociosas que deram a eles rosto e nome para depois se retirarem para seu reino imperceptível e incompreensível. Várias vezes me perguntei se, vivendo e morrendo, copulando e defecando, dilacerando e devorando a matéria orgânica de meu corpo e sangue, eles alguma vez tiveram a intuição de sua solidão, de seu desamparo. Se alguma vez gritaram, do fundo das vísceras, para mim. Se, me provocando o sofrimento de uma coceira tão grande, a ponto de, às vezes, querer despejar ácido em minha mão martirizada, pensaram em seu pecado imperdoável. É quase certo que ainda não têm conhecimento, nem de mim, nem dos pavimentos assintóticos, das profundezas até as alturas, dos mundos parafusados em outros mundos, parafusados em outros mundos, e assim indefinidamente, cada um duas vezes mais vasto que o anterior... Eles se acreditam sozinhos, sem sentido e sem destino, surgidos não se sabe por que num mundo de galerias escavadas na derme elástica e firme. Percebem vibrações, cheiros e sabores, e sensações que não podemos imaginar, assim como eles não imaginam a visão. Pensando continuamente em meu povo, em minhas noites de insônia e suplício, comecei a amá-los com um amor maior, mais do que amo a mim mesmo..."

    Estaria ele louco? Naquele momento, enquanto anoitecia lá fora, sua visão realmente adquirira um brilho mais do que bizarro. Lembrava o fulgor demente da janela do topo do grande Castelo. Mantivera o tempo todo a mão na mesma posição, com a palma para baixo e os dedos abertos. As linhas alvacentas entre o polegar e o indicador pareciam a cartografia de um assentamento inca, revelado pelo voo de um monoplano por cima do deserto infinito.

De vez em quando, passava os dedos da outra mão sobre elas, com uma espécie de ternura, como se acariciasse os seus súditos invisíveis, inscientes de seu imperador dos céus. Em outro momento, aproximou devagar dos olhos a palma aberta, a poucos milímetros de distância, esperando que, de suas trincheiras transparentes, os cidadãos das catacumbas da sarna talvez pudessem observar o sistema duplo, castanho, de sóis colossais.

"Fiquei com pena deles, de sua ignorância e escuridão. Da tristeza escura de seu destino, do fato de morrerem em seus próprios pecados, sem esperança e sem ajuda de lugar algum. Me perguntei como abrir os olhos que não têm, como falar aos ouvidos ainda superficiais na carne de suas têmporas. Como falar a uma gente que não entende minhas palavras, que tem outros sentidos e vive em outra espira de nosso mundo. Como fazer chegar a eles a boa-nova de minha existência, de meu amor por eles, de minha vontade de sacrifício? Há meses venho tentando imaginar uma fresta química, uma vibração, um fio de luz que pudesse transmitir a eles minha mensagem: rejubilem-se! Vocês não estão sozinhos! Vocês têm um sentido neste mundo, um criador que não os esqueceu. Vocês todos serão finalmente salvos, todos conhecerão céus e terras novas numa vida mais radiante e mais vasta! Ou dizer apenas: não tenham medo! Pois esse mandamento inclui as leis e os profetas.

Me agitei durante muitas noites até que, de repente, percebi quão simples é tudo. Agora sei que posso me revelar a eles a qualquer momento, pois detenho todos os instrumentos, tudo está aqui, em casa. Basta apenas que você me ajude. E isso te peço como a um filho. Venha ver o que eu tenho no subsolo."

Palamar se ergueu da cadeira com inesperada vivacidade e abriu, no canto do escritório, na parte oposta ao armário metálico, uma porta que eu até então não percebera, estreita e pintada de branco, como se fosse uma porta de banheiro ou despensa. Logo atrás dela se iniciava uma escada abrupta de cimento que levava a algum lugar no subsolo da casa. "Rumo ao solenoide, claro", disse para mim mesmo, lembrando-me do tênue zumbido que ouvira da outra vez. "Cuidado com o teto", disse-me Palamar, que foi primeiro, de cabeça abaixada, pois a escada descia num ângulo pronunciado. Segui atrás dele, até nos encontrarmos num espaço circular, não muito grande (estava inscrito no quadrado do edifício), circundado, ao longo das paredes, por uma grande bobina de arame grosso de cobre, untada e brilhante, emaranhada de modo sofisticado, difícil de descrever, como tranças de uma menina ruiva presas num coque no alto da cabeça. O toroide avermelhado devia ter a espessura de mais de um metro. No meio do hipogeu, aliás branco e vazio, bem iluminado pelas janelas situadas junto ao teto, se encontrava um console com mostradores e alavancas, assim como alguns suportes com acessórios que eu não era capaz de identificar. Bem no centro da sala ainda havia, como uma pilastra que atingia o teto, um cilindro de vidro grosso, azulado, grande o bastante para abranger uma pessoa de pé. Nossos passos ressoavam fortes e límpidos nas lajotas do chão, que pareciam de vidro opaco.

    O velho se sentou no banquinho em frente ao console, regulou a altura de um suporte que segurava uma placa preta, horizontal, coberta por uma cúpula de acrílico e, depois, com certa impaciência, esticou o dedo até um botão do painel. No entanto, hesitou e retraiu o braço. Ficou pensativo por alguns instantes, como alguém que quisesse começar uma conversa importante e não sabe como fazê-lo, depois se virou completamente para mim. Disse-me com assertividade, quase brutal, aquilo que tinha para me dizer, com a súbita coragem de quem se sente recusado por antecedência, mas que não tem opção: "Você será meu mensageiro. Vou te mandar até eles com minha mensagem de redenção. Não tenha medo, tudo vai durar apenas algumas horas aqui, alguns anos ali. Posso transferir, por meio da força de meu solenoide, todo o ser interior de uma criatura humana para o corpo de um sarcopta cego, nascido e crescido ali, no mundo cego de suas galerias, entre montanhas de ovos e dejetos. Será um ácaro impecável, escolhido por mim desde o ventre de sua mãe, assim como te escolhi sem que você soubesse. Você vinha à antiga biblioteca, atraído pelo aroma de tipografia de minha visão da Ștefan cel Mare, e dali você seguiu o rastro de feromônios de *O Moscardo*, que o levou até o manuscrito Voynich. Foi a trajetória correta, previsível como uma trajetória balística, o arco metafísico que o trouxe ao centro de meu solenoide. Você está nos confins da holarquia, onde dois mundos se entrelaçam numa espira assintótica de uma grandeza que nem eu, nem você pode imaginar. Mesmo sabendo que o fará, te peço que o faça, mesmo sabendo que irá, te peço que vá, peregrino de cajado na mão, rumo ao mundo deles, sedento por verdade. Por favor, vá, meu amigo." Escutei-o com a maior serenidade. Eu também sabia que haveria de ir. Não tinha como ignorar nem um poro daquela enorme esponja em que vivia: qualquer um deles podia ser a Saída. De modo que, sem nada dizer, me aproximei do cilindro que, presumia, haveria de abarcar meu corpo e mantê-lo em estado vegetativo enquanto a viagem durasse. "Isso mesmo, isso mesmo", murmurou Palamar, como se lesse meus pensamentos. "Mas primeiro quero te mostrar seu novo corpo, espero que o considere confortável e digno de sua pessoa. Olhe aqui, pela lente."

O bibliotecário pousou a palma da mão direita sobre a placa de mármore preto e ajustou por cima dela a cúpula que ora parecia o cristalino de um olho, de modo que seu centro ficasse exatamente sobre a zona sulcada por linhas brancas entre o dedão e o indicador. Inclinei-me e olhei através daquele visor que parecia ser não apenas um vidro frio, mas um visor inteligente e seletivo. O que vi então haveria de ficar profundamente gravado em minha memória. Pela pele translúcida viam-se muito bem os canais e, nos canais, como por avenidas de uma cidade grande e melancólica, as intermináveis procissões dos sarcoptas, suas multidões farfalhantes, intersectando-se, trançando-se, chocando-se e espalhando-se para de novo se reunir, sempre e sempre, nas praças largas e pelas ruas secundárias e por becos e pátios internos da cidade sob a lupa. Construções ciclópicas, feitas de uma substância negra e vítrea como asfalto, se erguiam na margem das valas subterrâneas, com janelas e balcões e terraços povoados pelos animálculos em lenta e eterna agitação. Tornando-se espessa como uma lente orgânica, de cartilagens límpidas como a água do mar, a cúpula focalizou uma das galerias, e depois focou com mais intensidade o edifício mais próximo. Finalmente, de um grupo de ácaros que roíam a base do edifício, permaneceu no círculo claro do cristalino um só, visível em todos os detalhes, como se tivesse sido desenhado a pena numa prancha anatômica e, em seguida, colorido com os mais delicados toques de um pincel molhado de aquarela. Era o sarcopta da sarna, assim o vira na adolescência, no tratado de parasitologia, criatura cujas características e cujos órgãos, naquela escala microscópica, eram modelados de outra maneira, conforme a relação diferente entre superfície, gravidade e volume. As mais finas pernas, como de aranha, podiam ali suster as criaturas mais barrigudas, como os elefantes levando a carga de todas as tentações do mundo na famosa pintura daliniana. O corpo que, desistindo do meu, eu haveria de logo controlar era perfeito e emocionante em cada um de seus traços. Um grande grão nacarado-róseo, com dobras e comissuras que delimitavam, como no caso dos rinocerontes, as chapas da couraça, com estrias e hachuras mal esboçadas, com quadradinhos suaves e sombras hesitantes, dava vários brotos nas pontas, o da frente sendo a cabeça. Em sua superfície bizarra, como de hieróglifo asteca, só dava para identificar, na falta de olhos, maciças peças bucais. Os outros brotos que haviam crescido no corpo esférico mal se distinguiam da cabeça: quatro pernas apontadas para frente e quatro para trás pareciam tubérculos dos quais rebentava um pelo comprido, curvo, mais grosso do que o resto dos pelos espalhados pelo corpo. Sequências de orifícios que abriam e fechavam espasmodicamente de cada lado do grande ventre completavam a imagem de um corpo tão monstruoso e belo em sua construção quanto o meu e o seu. Aquela criatura, embora minúscula, era completa e viva. Movia-se quase invisivelmente, pois o próprio tempo fluía espesso, como mel, debaixo da lente.

"Você entrará nele como o tanquista no estreito compartimento blindado, vai se acostumar a seu novo painel neural, vai explorar suas possibilidades, vai assumir um sistema sensorial diferente do nosso, que fará girar um mundo estranho a seu redor, vai ter as necessidades dele, vai se mover conforme a lógica de seu ser. Vai pensar com gânglios rudimentares, vai comunicar através de rastros químicos e feromônios, vai apalpar e perceber boatos da inesgotável matéria com que as criaturas humanas nem podem sonhar. Você será como eles, mas saberá que não é um deles. Vai viver com eles, mas como um que desceu dos céus, incompreensível e intocável. E, apesar desse abismo entre mundos de outro plano e outra dimensão, você terá de transmitir a eles, por meio de um efeito de tunelização, a mensagem. O plano de fuga. A boa-nova sem a qual eles não passam de mortos-vivos, enterrados no pecado."

"Vou tentar", disse-lhe, arrepiado, mas pareceu não me ouvir, pois ainda tinha o que acrescentar.

"E depois eu vou te tirar de lá, e você voltará a ser quem sempre foi, você mesmo em seu corpo legítimo de carne, do qual você não se orgulha, mas que é tudo o que lhe foi dado. Carne como a deles, absolutamente não mais nobre ou mais pura, pois, se nos distinguimos, não nos distinguimos por isso. Somos, tanto uns como outros, tubos digestivos com cérebro numa ponta e sexo na outra, turbilhões de matéria que existem, assim como os piões, só enquanto o giro os mantém em equilíbrio..."

"Claro", disse-lhe de novo, fitando-o com calma. "Estou pronto para partir a qualquer hora." E, naquele momento, realmente não me importava se eu haveria de perecer no bizarro experimento do pesquisador de ácaros, se haveria de ficar para sempre com meus novos corpo, povo e mundo, sem encontrar mais o caminho de volta, vivendo a vida deles, procriando com eles, comendo com eles (comendo-os a eles e deixando-me comer), compartilhando com eles crenças químicas e ideias vibráteis, ou se haveria de retornar aqui, ao mundo branco, certamente escavado na pele de um deus inconcebível, que nos tolera a todos, apesar dos suplícios e das insônias que lhe provocamos.

Pois minha meta era descobrir, mesmo tendo uma chance ínfima, se a redenção é possível. Se a mensagem pode passar de uma espira a outra apesar das distinções trágicas entre mundos situados em outra escala, percebidos com outros sentidos, apesar da aderência a outros campos ônticos, outros reflexos, outro amor e outra moral, outros paraísos e outros deuses... Queria saber se o gato um dia olharia na direção indicada pelo dedo. Se um dia ouviríamos o código de batidas na parede da prisão, se seríamos, do meio de nosso quintal nevado, sugados para o céu. Se poderíamos sair daqui, redimidos do medo nosso de cada dia. Queria uma gota de certeza, mesmo se isso significasse abandonar qualquer esperança. Podes Tu ouvir minha voz, Tu, que não tens tímpanos nem ouvido interno? Tu me vês dos céus, sem córneas, nem cristalino, nem retina, nem nervos ópticos, a mim, justo a mim, aquele que vive um nanossegundo sobre um grão de poeira de um mundo com bilhões de bilhões de estrelas? E caso Tu fales comigo, como poderia eu te ouvir? Pois tua voz talvez pronuncie não palavras, mas corpos, coisas, nuvens e talvez universos inteiros para os quais não tenho órgãos de sentido. Talvez pertenças a um espaço hiperlógico e ultrametafísico, que dilaceraria meu pobre mundo como à teia diáfana de uma aranha... Poderíamos um dia vir à tona, deixando para trás bilhões de crisálidas ensanguentadas?

O velho acionou uma alavanca e o cilindro de vidro começou a descer devagar, até a margem de cima chegar ao nível do chão. Pus-me em seu círculo azulado, deixando-me rodear pela parede curva enquanto ele se erguia de volta, com a mesma suavidade, rumo ao teto. Através da casca embaçada, podia ver a sala debaixo da casa de Palamar levemente deformada, e os sons haviam se tornado suaves e tranquilizadores como num sonho. Foi assim que ouvi o zumbido da grande bobina, primeiro quase imperceptível, como a respiração de uma criança adormecida, depois cada vez mais forte e mais agudo. Passado um minuto, o zumbido se tornou tão intenso quanto o do Moinho Dâmbovița, que dia e noite fazia tremer as peneiras elétricas atrás de nosso prédio da Ștefan cel Mare. Depois cresceu, imperativo e oscilante, como uma sirene de polícia, amplificou-se até ferir os tímpanos, até ultrapassar a audição, após o que, sem mais nenhuma conexão com meus pobres ouvidos, se amplificou, assintótico, enlouquecido, aniquilante, como em meu sonho epileptoide, transformando-se num furacão amarelo, mar de chamas de uma fúria inaudita, em cujo centro minha pele se dilacerou, minhas vértebras se espalharam, meu sangue, minha linfa e minha bile se esparramaram, minha jugular se rompeu. Só o osso teimoso do crânio ainda resistiu por algum tempo para, em seguida, se estilhaçar também ele, deixando meu cérebro urrar por éons inteiros, como no mais profundo dos infernos.

Depois, de repente, fez-se silêncio.

* * *

Despertei na noite do corpo de um sarcopta, com a substância mental concentrada nos órgãos e apêndices, com meus desejos dissolvidos nos desejos dele, com meus sentidos defuntos, como se jamais houvessem existido, enquanto o mundo se deixava iluminar por visões vindas por outros portões, maravilhosos e incomunicáveis. Como mostrar ao cego a bênção da luz, as paisagens grandiosas do mundo, como lhe explicar que nosso corpo percebe coisas situadas a uma grande distância, recobertas por cores, cintilações, reflexos e sombras que as tornam miraculosas e dotadas de uma beleza dilacerante? Quem é surdo de nascença jamais compreenderá a bênção da música, os dedos delicados que passeiam pelo teclado da mente. Não posso exprimir nem posso verdadeiramente lembrar agora, enquanto desprovido de meus novos sentidos de ácaro, as paisagens incríveis e abstrusas em meio às quais, como Gulliver no reino microscópico da derme de uma mão, me alegrei com as equivalências não-equivalentes das florestas e das planícies e das plantações e dos aromas e dos trinos dos pássaros, mas também assustado com o que eu poderia traduzir, traidor e incapaz, a partir do sofrimento extremo e da agonia, da sensação de ser enterrado vivo e esfolado, sadicamente empalado e esmagado em mandíbulas monstruosas. Paisagens de cheiros e sabores, panoramas de ácido gástrico, objetos percebidos com o ar ao redor dos pelos, com a aura eletromagnética das tetinhas da barriga. Aprendi a me orientar pelo mipliogvnv e quznzdz, a sentir na boca o shvrnv, a mover as oito patas conforme uma álgebra primitiva, mas eficiente. Meu homúnculo motor e o sensorial se remodelaram conforme o esquema da barata, da aranha e do carrapato.

Vivi entre eles, em suas fétidas galerias cheias de lixo, formaldeídos e ácido cianídrico, explorei com eles o edifício de gorduras e betume, devorei com eles a substância hialina, trêmula, que era o próprio espaço, assim como o ronco contínuo de meus semelhantes era o tempo, copulei com fêmeas monstruosas, e isso gerou em mim o prazer de um bilhão de injeções de heroína pura, deixei meus rastros, meus próprios rastros, de início inabilmente caligrafados, depois com segurança cada vez maior, com bizarras substâncias químicas, combinadas em minha cloaca imunda e ejaculadas em jorros curtos ou torrentes intermináveis pelas tetinhas traseiras. Arrastei-me cego, usando meus pelos, tropeçando e rolando até aprender a andar. Trancei meus fios sensoriais com os dos sarcoptas mais próximos, que comecei a distinguir dos outros até conseguir reconhecer cada um individualmente como se tivessem um rosto odorífico, tão expressivo quanto o rosto humano. Compreendi, com o tempo, o êxtase e a infelicidade deles, a brandura e a abjeção, a crueldade inclemente e a tolerância celerada, o destino de sua carne desde a eclosão do ovo até o fim habitual: o estraçalhamento, por parte dos semelhantes mais próximos, dos corpos envelhecidos. Comunguei de suas divergências, encampei suas lutas, entendi suas crenças, transmitidas de geração em geração por meio de toques complexos e delicados como o balanço de uma pétala de rosa numa teia de aranha, mas também escabrosas, perversas e sádicas como uma orgia libertina: divindades com dezenas de milhares de patas, vibrando continuamente em santuários de enxofre e salitre, santos encharcados numa substância desconhecida chamada luz, mártires lacerados de cima a baixo, com ovários gigantes à vista, como asas apinhadas por ovos transparentes.

Dei início a minha missão saindo de minha galeria insignificante, da periferia da cidade de corredores entrecruzados, e atravessando vários distritos apinhados de uma turba baixa, pululante, cuja ignorância produziu em mim uma comiseração profunda. Proferi minhas prédicas, esmagado por ácaros, numa imensa praça, da qual partiam três gigantescas galerias que conduziam às profundezas, lá onde a lenda diz que se alcança sangue. Utilizei a língua sqwiwhtl, cujos fonemas são ondas sutilmente ritmadas pelo próprio ventre, transmitidos por adesão a outros ventres, e assim por diante, até a borda da turba circundante. Utilizei também a língua haaslaaslaah, que lança mão de campos magnéticos como harpas mágicas e através dos quais não se podem expressar conceitos, mas dores, desde aquela de ter uma pata arrancada até a de abandonar uma crença. Utilizei também a linguagem erudita das flatulências e eructações, adequada para a manipulação de multidões na ágora, assim como a linguagem peluda dos proxenetas e sofistas. Foi difícil lhes falar sobre o mundo do lado de fora, pois a estirpe dos sarcoptas não tem a intuição de um "fora". Substituí-o pela imagem de uma galeria remota, habitada por sarcoptas gigantes. Fracassei em lhes explicar sua aderência a uma abóboda hialina chamada "espaço lógico". Não soube lhes transmitir o amor infinito que aquele que lhes deu vida tem por eles, seu zelo e sua preocupação, sua contínua inclinação sobre o mundo deles. Insuflei-lhes, contudo, um anseio que até então não sentiam, uma saudade por algo impossível de imaginar, absurdo e contrário a todas as suas crenças anteriores, uma necessidade de ir embora, de abandonar sua metrópole em busca de outra, em outra dimensão, onde pudessem se encontrar com seu fantástico criador. O qual, apesar de todos os meus esforços, não foram capazes de imaginar a não ser como um ácaro infinitamente preguiçoso e indescritivelmente triste, envolto em aromas barroco-fétidos, em que a podridão e o sândalo, o formol e o oleandro, a canela e o sulfeto de hidrogênio, assim como os para nós inconcebíveis odores de olhos, de céu, de aranha, de grito, de fome, de garra, de bronze, de deus, de perto, de também, de nem, de provável se trançavam para lhes tecer uma clâmide metafísica de um esplendor sem limites.

 Depois realizei milagres, pois meu espírito humano, englobado no grão de bagaço e gordura de meu novo corpo, irradiava um campo gnóstico que lhes fechava as feridas e lhes curava a dispneia. Durante o período em que me foi permitido permanecer em meio ao minúsculo povo, levei-lhes a boa-nova de não estarem sozinhos no mundo, enterrados em sua pátria efêmera e sem destino, de serem velados por uma força alta e invisível, que nenhum dos pelos sensoriais de sua carcaça oleosa e cega se move sem seu conhecimento, de que cada um é precioso e não perecerá. Para minha desesperança, porém, vi como tudo foi reinterpretado, ou seja, retraduzido, mas não de uma língua para outra, e sim de um mundo para outro, de modo que amor se tornou yivringzw e crença se tornou sumnmnmao e Deus se tornou Ialdabaoth e vida, e morte, e sonho, e crime se tornaram símbolos para cuja decifração não bastariam mil vidas. No fim, fiquei com medo. Pelo menos isso eles entenderam, pois o medo é comum ao cordão dos mundos, como o fio a que se prendem as pérolas no colar.

Comuniquei a alguns deles, que me acompanharam desde o início, que em breve partiria. Prometi-lhes voltar, embora soubesse que o medo seria ainda maior. Profetizei o martírio ao qual seria submetido naquele mundo irrisório, que, no entanto, se permitia ao luxo do sofrimento. Depois fui capturado e, com a falta de imaginação dos mundos em que o espírito habita na carne, me esfolaram a pele para ferir meu espírito. E minha carne miserável, repelente, purulenta, de sarcopta me supliciou mais do que seria capaz de narrar. Sentia ao redor o fedor de dezenas e centenas de semelhantes, e esse fedor era imperdoável.

Meu martírio ocorreu numa das maiores praças da cidade. Dezenas de bueiros partiam dela e seguiam pela pele grossa e estratificada do deus desconhecido. Ali, no centro, me foram arrancadas e devoradas as oito patas, e depois meu corpo foi desmantelado. Esperava, com terríveis sofrimento, decepção e desesperança, ser retirado dali, que se abrissem os céus e se ouvisse a voz retumbante d'Aquele vivo e distante. Mas nada aconteceu até o fim. Pereci devorado por aqueles que eu quis despertar da letargia, arrancar a seu mundo, como se pudessem sobreviver, com aquele seu corpo grotesco, em nosso mundo, destrancar-lhes a porta da cela e lhes revelar uma cela muito mais vasta.

E depois me vi de novo em meu próprio corpo no cilindro em que me demorei, insensível e inútil como um naco de carne, só por algumas horas, e não os anos que eu havia vivido nas labirínticas galerias. Penetrei com dificuldade de volta a meu cérebro, coração, intestinos, fígado, escroto, membros, assim como vestimos uma roupa que nos aguarda de manhã no encosto da cadeira. O cilindro desceu e despenquei no chão, de onde não consegui mais me erguer por algum tempo. Só pude me arrastar sobre a barriga, utilizando minhas mãos e pés como remos. Palamar me levantou e me apoiou, segurando-me pelos ombros, para não despencar de novo. Estávamos frente a frente, nossos dois corpos tremiam inteiros, como se ele mesmo tivesse descido ali, como se ele houvesse vivenciado o terrível drama que se produzira. Ele tinha os olhos cheios de lágrimas, mas sobretudo cheios de uma gigantesca pergunta, talvez a maior pergunta que nosso gânglio cerebral é capaz de fazer.

À qual, com um gesto quase imperceptível da cabeça, respondi que não.

46

Nossa filha também vai se chamar Irina. A esse respeito, nós nos entendemos só com o olhar, tão tranquilos e sorridentes que parecíamos poder enxergar o futuro tão claramente quanto o passado. Sim, enxergamos uma linha do futuro, engrossada por milhares e centenas de milhares de linhas individuais, que bailam em torno desse leito de todos e de ninguém. O que foi ainda será, dizemos: o sol também nascerá amanhã, pois desde que nos conhecemos por gente ele sempre nasceu na hora do crepúsculo, e os que vieram antes de nós testemunharam que ele nascia todo dia também na época deles. As pessoas nasceram, viveram, procriaram e morreram. A duração da vida delas foi de setenta anos, e a dos mais vigorosos, de oitenta. Assim será também de agora em diante, enquanto a terra durar. Todos enxergamos esse futuro tecido por milhões de exemplos, reforçado por milhões de linhas fantasmáticas. É como se víssemos diante dos olhos uma ponte por cima de um rio, mas só porque também esteve ali ontem, no passado, e por dezenas de anos. De modo que atravessamos o rio com a certeza de ter terra firme sob os pés.

Várias vezes me perguntei o que é a crença indubitável, a que move as montanhas do lugar, a que tudo sabe e pode. Como é possível, quando rezamos para uma coisa, termos a plena certeza de recebê-la. De fato, a prece e a certeza são uma única e mesma coisa, e significa a força de enxergar de verdade o futuro, o verdadeiro, e não o futuro apenas suposto com base no eterno retorno do passado: ninguém reza para que o sol também nasça amanhã.

Através da fé enxergamos o futuro e já o habitamos. E temos a força da fé porque somos do futuro, de modo que não podemos ser salvos a não ser se já tivermos sido salvos, se já não tivermos habitado a terra nova sob um céu novo. Enxergamos o paraíso só se já tivermos sido habitantes dele, senão não nos seria dado o poder de enxergá-lo, poder que é fé indubitável. Ninguém será redimido se já não estiver redimido desde o início dos tempos, não em nossa efêmera presença neste mundo, mas em nosso verdadeiro ser que se desenrola na quarta dimensão.

Enxergamos o futuro como um presbítero que identifica apenas as linhas grossas, os padrões e os clichês, mas cujos olhos de cristalino rígido não conseguem mais perceber as linhas finas, os desvios à monotonia das eternas repetições. De um dia para outro, todos os planos podem mudar. A certeza é sempre lascada pelo piscar da moeda lançada ao ar de nosso universo estocástico. A moeda projetada para cima, fantasmático globo como de dente-de-leão fervilhando rumo ao teto, cai com cara ou coroa, imprevisivelmente, e só depois de um número muito grande de lançamentos a linha entre as duas facetas, como um ponteiro de balança, se posiciona, com precisão cada vez maior, entre os dois pratos. Apesar dessa igualdade estatística, ninguém pode predizer de que lado a moeda vai cair no lançamento seguinte.

Não podemos saber disso porque nos situamos no mesmo mundo da moeda. Não podemos entrever o futuro porque ele faz parte de nosso mundo, porque ele está colado sem fissuras ao presente e ao passado, com os quais constitui o mesmo bloco, o mesmo mundo monolítico, empedernido em seu enigma. Se vivêssemos em duas dimensões, jamais poderíamos ultrapassar uma simples linha traçada a nossa frente. Jamais poderíamos enxergar algo situado num quadrado. Para entrevermos tudo o que é desenho, inclusive a nós mesmos, deveríamos poder vê-lo de cima, a partir da terceira dimensão. A dimensão a mais é a perspectiva necessária que traz conhecimento pleno. Quem se encontra num mundo de quatro dimensões sempre saberá de que lado há de cair a moeda em nosso mundo, cujo futuro completo ele conhecerá, tão bem quanto o passado. O devir de nosso mundo será para ele uma simples dimensão espacial. Para ele, eu, que me encontro num mundo com uma dimensão a menos, vou me apresentar como uma criatura comprida, que vai começar com meu nascimento e vai terminar com a morte, assim como aqui começamos com as solas do pé e terminamos com a ponta da cabeça. Para ele, meu corpo, os objetos no entorno e todas as outras presenças do mundo serão transparentes. Será capaz de enxergar dentro de meu corpo e poderá me dizer a qualquer momento de quais doenças padeço, e poderá me curar. Será capaz de retirar preciosidades trancadas em cofres inexpugnáveis, será capaz de entrar em cômodos com portas lacradas. Será capaz de me despertar da morte, pois enxergará no futuro que serei por ele desperto da morte. Para ele, meu mundo será eternamente petrificado, sem liberdade de movimento e consciência, sem livre-arbítrio, a mais desumana das masmorras imaginadas por um demônio sádico e perverso. Ele me verá vedado no grão de âmbar de meu destino, trancado em minha própria estátua, mente viva num corpo eternamente paralisado, semelhante ao daqueles bloqueados numa fotografia ou num filme em que, por mais que o vejamos, nada novo acontece, nunca. É o mundo assustador do qual precisamos escapar, túmulo em que apodrecemos vivos, crisálida que precisamos arrebentar para nos tornar borboleta.

 Para que isso possa acontecer, é necessário que surja algures uma fissura no bloco de âmbar que nos cristaliza. Um defeito no maquinário de previsões estatísticas. Por quase metade do tempo a moeda cai de um lado, e por quase metade do tempo, do outro. Mas ela não é um disco de dois lados, e sim um cilindro muito achatado, escondendo entre os lados uma outra dimensão, a espessura, muito pequena, mas não completamente insignificante. Em alguns milhares ou dezenas de milhares de lançamentos a moeda cai de canto, mesmo numa superfície uniforme, de mármore unânime. Ali permanece, de pé, depois de girar e oscilar por um tempo tilintando sobre a suave superfície, lutando contra todos os demônios da estatística. Por vezes, muito raramente, saímos ilesos dessa luta com o anjo. Todas as nossas esperanças se relacionam a essa impossibilidade, a essa fissura no esmalte, aliás uniforme e implacável, do mundo. Sempre que jogamos a moeda, temos a esperança de que ela caia de canto. Irina, assim como todas as crianças que vêm ao mundo por amor e por acaso, constituem essas tais quedas de canto da moeda crua e cega, impossibilidades tornadas realidade, ou seja, milagres que demonstram que a fuga é possível. Incrustada no grão de âmbar da Irina grande, a Irina pequena já está ali, já devora a mãe por dentro como uma larva de icneumonídeo e, em seis meses, chegará triunfante ao mundo, meiga e tenra, de olhos brilhantes, deixando a Irina grande para trás como a uma pele de cobra. Essa é a história de nossa estirpe: mulheres saindo de mulheres saindo de mulheres saindo de mulheres, num encadeamento de explosões de vida e beleza, mas também de crueldade sem limites. É uma sequência ininterrupta de deusas com dois rostos, um de criança contemplando o futuro, outro de velha, máscara trágica, ensanguentada pela ruptura do parto, tentando adivinhar nas manchas do aleatório o nosso passado.

Sempre que penso em tudo isso, levitando, no calor do verão, acima dos lençóis amarrotados de minha cama e rodeado, como se tivesse sido engolido por um grande tubarão, pelos dentes de leite arrancados de minha gengiva durante a infância, que ora me delineiam o corpo com suas pedrinhas de calcáreo lustroso, penso com maldade no outro, no autor de romances, volumes de poesias, ensaios, Deus sabe mais o que, desprendido de mim naquele outono remoto do Cenáculo da Lua, separado de mim como um siamês, por meio de uma operação intrusiva, traumatizante e mutiladora. Vejo-o, conheço-o, sinto-o do outro lado da moeda, ouço-o pelo metal frio, gravado com uma cara de um lado e uma coroa do outro. Tento lhe transmitir com batidas ritmadas um plano de fuga. Mas ele é surdo, cego e obtuso, assombrado que é pela amaldiçoada necessidade de glória. Não se pode conversar com ele a não ser de festivais, turnês, tiragens, autógrafos, entrevistas. Contenta-se com falsas fugas prometidas a seus leitores, com falsas portas pintadas de maneira ilusionista nas paredes grossas do museu da literatura. É o profissional senhor de seus meios, o virtuose de Moscou que mostra ao combalido, alcoólatra e vaidoso Efimov o que é arte de verdade. Que alça por meio dos sons de seu violino portais grandiosos pintados nas paredes da mente, incomparáveis às bizarrices do saltimbanco perdido em sua província. Só que é possível sair pelas portas feias e mal pintadas por Efímov. Podemos segurar com firmeza a maçaneta delas, podemos girá-las e puxá-las em nossa direção. E então acontece um verdadeiro milagre. Não o da beleza absoluta que fica no plano da parede, enganando o olho ingênuo da mente, mas o do abrir da porta, da quebra da parede, da saída do museu com todo o risco de assim sair até mesmo da literatura.

Só o eterno Efímov, o eterno diletante, ainda pode dizer algo no triste mundo de nossa impostura. Só aquele que, longe do rugido oceânico da glória, preenche cadernos com bizarrices e anomalias do animal mole entre as valvas da concha, escrevendo apenas para ele, só para compreender sua situação, fora das regras e dos costumes de sua arte, fora do grande mausoléu. Só o amador que nem mesmo sabe o que fazer com o próprio manuscrito, que nem mesmo sabe se ele realmente existe (quantas vezes não sonhei com cadernos grossos, cheios de histórias, escritos por mim talvez em outros sonhos, virando dezenas de páginas entusiasmantes, para que pela manhã tudo tivesse se tornado cinza...), só o desprezado funcionário rabugento e taciturno que deixa como rastro milhares de páginas, fantasticamente ilustradas com moças, dragões, borboletas e massacres, o torneiro que escreve um diário, descrevendo em minúcias o turno na fábrica, como usa preservativos, o que come e como defeca, a cabeleireira que descreve em páginas compulsivas as terríveis dores de seu tratamento para fertilidade, o aluno hebefrênico que escreve a mais longa redação do mundo sobre como passou as férias de verão, nela misturando piratas e extraterrestres, todos malucos, por vezes agramáticos, quase sempre incultos, fazendo arte a partir de retalhos, lixo e ninharias, só eles conhecem o segredo mais bem guardado de toda arte: o triste olhar de um cego e a corrida do aleijado, para além do que tudo é rito estéril e farisaísmo. Seus livros estão destinados à fogueira e ao esquecimento. Assim que é bom, assim que é verdadeiro. Cada um de nós deve, num determinado momento, tirar da casa em chamas seja a obra de arte, seja a criança. Só com uma dessas duas coisas poderemos nos apresentar no Juízo Final, e é o único modo em que seremos julgados. O profissional vai salvar do fogo, sempre, a obra-prima. Aquela que acabou de escrever, pintar, compor. O diletante vai salvar a criança, deixando queimar seu próprio escrito, junto com seu corpo e mente.

Vamos chamá-la também de Irina, então, e será loira, de olhos azuis, como a mãe. Agora, depois de mais de seis meses, já está bem formada dentro do ventre, pesada e compacta como uma mó. A gravidez já é bem visível, e Irina nada faz para escondê-la. As fofocas, claro, fervilham na sala dos professores e, como ninguém suspeita de mim, não raro elas também são compartilhadas comigo. Apenas permanecemos calados, calados juntos, como um grupo estatuário de cuja unidade somente nós temos consciência. Não ficamos mais um ao lado do outro nem mesmo como antes, não nos permitimos mais, por exemplo, ser vistos juntos à janela, contemplando desatentos a vasta e melancólica paisagem industrial dos confins de Colentina. Mal chegando à sala dos professores, deixamos os diários em cima da mesa e mergulhamos, cada um num grupo diferente, no papo-furado cotidiano, sem pé nem cabeça, do qual participam também as personalidades búlgaras dos retratos enfileirados nas paredes. Os professores entram e saem, como num palco empoeirado, provinciano, em que se interpreta um espetáculo grotesco. Química, história, matemática, desenho, música, biologia, em trajes fora de moda, sempre com os mesmos gestos, com as mesmas palavras sobre as mesmas novelas da TV, de sábado à noite e domingo pela manhã. Sobre os alimentos cada vez mais difíceis de se obter. Sobre as crianças que passam já mais da metade do tempo na velha fábrica. Todos retornaram à escola em setembro com a sensação de que seria o último ano de ensino, talvez o último de sua vida e do mundo. Todos sentem que é demais, triste demais, irrespirável demais para que tudo continue assim.

E a escola se arruinou ao longo do verão, e ninguém mais a pintou, ninguém mais limpou os bancos e o assoalho como nos anos anteriores. Vendo da rua, lágrimas nos vêm aos olhos: sob o céu alto e severo, entre árvores que começam a mudar de cor, a escola parece torta, inclinada, com flocos do reboco levados pelo vento ao longo das calçadas. No telhado faltam telhas e, na ponta, nas chaminés que sobraram do tempo em que o edifício era aquecido a lenha, pássaros de uma espécie desconhecida construíram ninhos. A ala nova, de trás, está mergulhada na sombra e se assemelha mais do que nunca a uma prisão. Vendo o edifício que já devorou mais de nove anos de minha vida, sinto-me embaraçado e infeliz como uma criança no primeiro dia de escola, ciente de que, a partir de agora, a melhor parte da vida já passou. Detém-se agora diante do sinistro abatedouro, com a coluna vertebral curvada pela mochila pesada como chumbo. Em frente à escola arruinada estamos sempre sozinhos, mais sozinhos do que se fôssemos a última pessoa na face da terra.

    A luz fria de setembro trouxe Irina duas vezes até minha casa. Primeiro para deixar comigo dois volumes de Krishnamurti, encontrados sabe-se lá onde e que ela sabe muito bem que não vou ler. Levitamos nus naquela tarde, flutuando acima da cama no dourado delicado, fresco, que vinha pela janela, de modo que pude contemplar à vontade seu ventre redondo, o umbigo protuberante, hemisfério de pele graciosa sob a qual, encolhida como uma fadinha sob um sino de vidro, dormia nossa filhinha. Beijei aquele ventre sobre o qual brilhava um ou outro pelinho, depois pousei as palmas da mão em cima dele, uma sobre a outra, num gesto de bênção. Fizemos amor com uma ternura especial, assim como só com uma grávida se pode fazer, girando e balançando na invisível, elástica, mágica superfície magnética acima dos lençóis engomados e luminosos.

    A segunda vez foi ontem à noite, quando chegou, agitada e sorridente, para me trazer um "pingo de esperança", assim como me adiantara já no vestíbulo. Não me encontrava no melhor dos humores para recebê-la. Estava justamente escrevendo em meu diário que os deuses do sonho haviam me abandonado: terminada a noite, por meses inteiros, não distinguia mais do que um emaranhado de rostos, braços e gestos, numa luz sépia, na ausência petrificante do enigma.

– Olha o que eu achei, que maravilha de história! Você se lembra daquele fragmento de Heródoto, sobre o rei Xerxes, que os piqueteiros espalharam por todo lado, aquele da folha de Virgil?
– Claro: aquele em que o rei contempla, desde um trono de pedra situado nas alturas, suas tropas que atravessam o Helesponto.
– E primeiro se rejubila com a visão marcial, mas depois começa a chorar para de repente perceber que todos aqueles inúmeros soldados, assim como ele mesmo, estarão mortos após cem anos. E que a vida do homem, sim, até mesmo a de um grande rei, é uma sequência infindável de problemas, sofrimentos e desafios. Toda a história da humanidade, das suas *Histórias*, parece se resumir ali, na imagem do rei que chora. Mas em Heródoto também encontrei uma luz, um pingo de esperança, uma página cuja delicadeza não se pode imaginar. Na verdade, não diretamente no livro dele, encontrei um fragmento com um bebê numa nota de rodapé de Helena Blavatsky, sabe, *A doutrina secreta*, em que ela fala da fundação de Corinto. Pelo que diz ali, houve uma vez uma certa criança chamada Cípselo, filho de Eetion e Labda (anotei esses nomes no verso da folha), que o oráculo profetizara que se tornaria rei. Como nos contos de fada e nas Escrituras, o rei que então governava enviou soldados para encontrar o bebê e matá-lo. História previsível e aborrecida, mas olha que beleza de texto, desculpe minha letra de farmacêutica.

Desdobrei o papel e lemos os dois juntos, como dois siameses unidos apenas pelos globos oculares:

"Assim, logo que sua esposa deu à luz, mandaram dez deles até a cidade em que morava Eetion, com a ordem de matar a criança. De modo que os homens chegaram a Petra, foram até a casa de Eetion e perguntaram se podiam ver a criança. E Labda, que nada sabia das intenções deles, considerando que o pedido se devia à simpatia por seu marido, trouxe a criança e a colocou nas mãos de um deles. Eles haviam combinado durante a viagem que o primeiro que tocasse na criança deveria arremessá-la ao chão. Aconteceu, no entanto, por uma sorte providencial, de o bebê, tão logo Labda o ter posto nos braços do homem, lhe sorrir na cara. O homem viu aquele sorriso e foi tomado por compaixão, passou-o ao que estava a seu lado, que o passou a um terceiro, e assim foi sendo passado por todos os dez sem que nenhum deles se decidisse por matá-lo. A mãe recebeu a criança de volta, e os homens saíram de casa e ficaram à porta, acusando-se e jogando a culpa uns aos outros."

– Já imaginou? Pense nos homens guerreiros daquela época: uns bárbaros, máquinas de matar. Não acho que possamos hoje imaginar a crueldade e a inclemência que demonstravam nas batalhas. Cada um daqueles dez havia desmembrado gente, arrancado olhos e decepado mãos. Eram mais bem-vistos quanto mais indiferença demonstravam pelo sofrimento humano e por seus próprios sofrimentos. Além disso, eram treinados para obedecer escrupulosamente às ordens dos superiores. Para eles, atirar um bebê ao chão diante da mãe era uma ninharia. Mas eis que o bebê sorriu. Sorriu para cada um "na cara". E os velhos carrascos se derreteram de piedade e de prazer, e suas mãos de veias grossas, de estranguladores, se tornaram fracas e impotentes.

– Isso mesmo, não foi o bebê que os emocionou, mas o sorriso dele. O sorriso da criança os desarmou...

– Chega de falar – disse-me Irina, colocando um dedo sobre os lábios. – O que quer que acrescentemos deprecia a beleza da história. É tão bonita, não como narração, mas como uma nuvem ou uma flor...

Arrebentou num choro farto e soluçante, em meus braços. Passou a noite comigo e foi embora só ao raiar do dia, como nunca havia feito, apesar de estarmos juntos há bons anos. Observei-a enquanto sonhava: trepidava e se debatia como alguém bem amarrado, com cordas de seda, de modo a não poder mover mais do que os dedos, os lábios, as pálpebras. Depois que partiu, fiz um café e reli, nesse outono semelhante a um rio congelado, a história de Heródoto, que chegou até nós depois de milhares de anos. Um bebê morto há muito tempo, uma mãe morta há muito tempo, soldados anônimos mortos também há muito tempo, como se jamais houvessem vivido. Mas um sorriso imortal alçado como arco-íris por cima do mundo, tornando-o transparente, concedendo-lhe sentido e ser, para além de tempo, substância, vida, sofrimento e outras ilusões.

Diante dos terríveis deuses da morte e da estripação, a criança sorrira. Tão miraculoso e contraintuitivo quanto opormos nossa improvável consciência à matéria bruta. Pois o sorriso é uma disposição especial da matéria, uma dobra de nossa boca, assim como a consciência é uma posição especial das sinapses de nosso cérebro. Somos todos um sorriso do vácuo e da noite, uma dobra dos assustadores e silenciosos espaços pascalianos. Somos uma forma impossível do mundo aleatório e sem limites, somos a queda de canto de uma moeda de serrilha tão fina, que se corta a si mesma bilhões de vezes por segundo. Essa contínua estripação de si é nossa patética criação. Só Símias tinha razão na grande disputa da imortalidade, aquele que chamava o espírito de harmonia, impossível na ausência da lira, pois surgia a partir do encaixe especial, único, de suas partes: chifres de marfim e cordas de vísceras de ovelha, afinadas com uma sutileza que desafiará para sempre o ronco monstruoso da matéria. Somos cordas enroladas em cordas enroladas em cordas, camadas sobre camadas de dobras do espaço e do tempo e das energias, desde o sorriso dos quarks impossíveis de serem isolados uns dos outros até os bósons e férmions, desde o sorriso atômico até o molecular, com suas contorções tridimensionais, desde o sorriso da substância viva ultra-hiper-superorganizada, inflorescência que se desabre mirífica apesar das leis da estatística e da termodinâmica, até o grande e triunfante sorriso do autoconhecimento. Uma holarquia de sorrisos, milagres e impossibilidades que desembocou no bebê que todos fomos, passado de braço em braço pelos anjos da destruição e, no entanto, sobrevivendo, por meio do sorriso, à longa sequência de horrores que é nossa vida neste mundo. A consciência humana ("aquele objeto único por meio do qual o nada honra a si mesmo") é sorriso, sorriso providencial. Sua morte é crime absoluto, que não pode ser aceito e muito menos perdoado. Crime contra o qual devemos gritar a plenos pulmões: "Ah, grite, grite contra o apagar dos sóis!".

47

Já faz mais de dois meses que deixei de escrever aqui, e durante todo esse tempo não fiz senão aprofundar a vala entre casa e escola que meus passos vêm escavando faz uma década. Um buraco no qual agora desapareço por completo. Perdi o entusiasmo pelas aulas, por tudo na verdade. Durante o dia todo apenas imagino aquela que ainda está escondida na barriga de Irina, aquela que, há alguns dias, virou com a cabeça para baixo, pronta para descer pelo canal pelo qual, um dia, meus espermatozoides nadaram a montante, como trutas, em busca da noiva da lua, que vinha, globo ardente, a seu encontro. Imaginei-a, repetidamente, como uma menina de cabelo de ouro, de corpo liso de uma substância densa como mel, de olhos cintilantes e uma rosa entre os dedos, como se houvesse nascido com ela, como parte do corpo dela. Essa noite vasculhei a biblioteca inteira atrás da folha (tenho-a na minha frente agora, friável e descamada) em que rabiscara uma vez algumas linhas, sem entender o que significavam, mas sabendo quão importantes eram. Ao extraviá-la num caderno de prova, correra até o fundo do bairro, na casa da família Bazavan, para resgatá-la. Em casa, guardei-a dentro de um livro, mas qual? Passei um dia inteiro procurando em cada um, quase sufocado pela poeira, até encontrá-la no último livro que eu imaginava, um exemplar surrado, quase podre, carcomido por minúsculos insetos transparentes, da *Hebdomeros*:

Quando sonho, uma menina pula da cama, vai até a janela e, com o rosto colado à vidraça, olha como o sol se põe por cima das casas cor-de-rosa e amareladas. Vira o rosto para o dormitório vermelho como sangue e volta a se encolher debaixo do lençol úmido.

Algo, quando sonho, se aproxima de meu corpo paralisado, segura minha cabeça entre as palmas da mão e a morde como a um fruto translúcido. Abro os olhos, mas não me atrevo a me mexer. Salto bruscamente da cama e vou até a janela. O céu inteiro é só estrelas.

Sim, lembrei-me de novo com a mesma náusea, com a mesma vertigem: fora criado na infância como menina, de tranças compridas e suaves, que mamãe só cortou quando eu tinha uns quatro anos. Desde então as guardei num saco de papel, hoje amarelado pelo tempo. Um dia eu passara, até hoje não sei de que jeito, para a outra margem do gênero e da humanidade. Em algum lugar de meu palácio interior, de mármore congelado, talvez na câmara proibida, ainda vivia a pequena prisioneira, faminta e suja, com um vestidinho todo esfarrapado, de lábios cosidos, com um olhar ensandecido nos olhos negros, meus próprios olhos. De noite eu ouvia suas batidas desesperadas, murros na parede fria entre nós, golpes que eu convertia em cruzes, estrelas, rodas dentadas e outros símbolos que revelavam, aos poucos, o grande plano de fuga. Para minha irmã cativa (ou para minha filha, talvez) escrevi a noite passada toda, no diário, uma espécie de história, concluída só ao raiar do sol, após o que decidi não ir mais à escola e dormi quase até a hora do almoço. Transcrevo-a aqui desprovido de qualquer orgulho, apenas porque sinto que aqui seja seu verdadeiro lugar:

Uma vez, num mundo incompreensível e sufocante, uma mulher tinha ficado grávida. Visto que não um homem, mas uma espécie de pressentimento a maculara, ela soube desde o início que seu fruto haveria de ser uma menina. Ela mesma um dia habitara uma criatura parecida com ela, do mesmo modo como agora ela também era habitada. Dos quatrocentos ovos transparentes que levava consigo, como um inseto, no ventre, um crescera e agora preenchia sua barriga como um enorme bago de uva.

Depois que a menina nasceu, no hospital de um bairro distante, a mãe disse aos médicos que esperassem mais um pouco, pois ainda sentia alguma coisa dentro do ventre. E, sob o olhar perplexo deles, ela ainda deu à luz um saquinho nacarado de membrana, como uma bexiga de peixe, mas do tamanho de uma criança. Na membrana flácida havia alguns sinais indecifráveis, rabiscados a lapiseira. Os médicos seccionaram o saquinho com um bisturi cintilante e o abriram na mesa de parto, ao lado da mãe extenuada. Uma visão inacreditável se produziu sob os seus olhares. Do lado de dentro se encontravam, bem organizados em bolsinhos, órgãos mornos e vivos. Dedos, dentinhos, um olho cor de café, alguns ossinhos, alguns tubos macios, um rim... E, em três bolsos maiores, da mesma membrana com reflexos róseos, três corações pulsando preguiçosamente: um de cristal, um de ferro e um de chumbo. "É a primeira criança que vem ao mundo acompanhada de peças de reposição", disse um dos médicos, tranquilizando-se. Na verdade, assim que era natural, repetiu ele, sorrindo. Não era preciso ser médico para entender que um dos maiores erros da trama divina era deixar o delicado corpo humano se deteriorar ao longo da vida sem que seus delicados detalhes, enredados num mecanismo complicado e suave, pudessem se regenerar. Talvez de agora em diante todas as crianças viessem a nascer assim, pensou o médico, esperançoso. Mas nem até então, nem depois, surgiu nenhuma outra criança dotada daquele jeito.

A menina cresceu na periferia da cidade, no quintal de uma casa com paredes amarelas. Não tinha coração. Na única árvore do quintal, uma pereira carregada de peras suculentas, a mãe lhe fizera um balanço. Mas a menina preferia torturar as pequenas criaturas da grama e da terra. Não olhava para ninguém nos olhos. Falava só quando ficava sozinha. Por horas inteiras mantinha o rosto virado para a grade de ferro forjado, observando como a ferrugem avançava lentamente pelo metal molhado de chuva.

Desesperada, a mãe se lembrou dos corações do invólucro de membrana. Certa tarde, enquanto a menina dormia, como de costume, com o rosto virado para cima no quartinho

abarrotado de brinquedos inúteis, a mulher se aproximou dela e desabotoou seus dois botões de pele, como dois umbigos pequeninos, debaixo do seio esquerdo. Uma portinha orgânica se abriu e um espaço oval, com um forro rosa-violeta, se revelou por detrás das costelas. A mãe ali colocou, com infinita delicadeza, o coração de cristal morno e macio.
A menina despertou invadida por uma felicidade que até então não conhecera. Sua pele e seu cabelo brilhavam, seus olhos se tornaram vivos e curiosos. Pela primeira vez, enxergou as bonecas que literalmente forravam seu quarto. Enxergou pela primeira vez também a mãe, a maior das bonecas, e a abraçou de todo coração. Foi para fora, e de repente o céu azul, cheio de nuvens estivas, e as flores ciclópicas a arrebataram. Sentiu o aroma da seiva, tocou os torrões de terra. Abriu pela primeira vez o portão da casa e viu a trilha que a conduziu até os degraus da escola do bairro.
Anos mais tarde, na escola, olhava os colegas pelo arco-íris da régua de plástico. Sentiu o gosto amargo do nanquim na língua. Desenhou letras a giz na lousa de vidro negro, que produzia um rangido horrível. Nas pausas, comia seu sanduíche e cachos de uvas, depois corria junto com todos os colegas, frenética, pelo pátio com melancólicas tabelas de basquete.
Crescia, seu corpo de menina se modificava sutilmente. Durante as tardes, ao terminar as lições, fechava-se em seu quartinho e iniciava seu estranho ritual. Tirava da caixa frigorífica da ponta da cama, colocada no baú em que deveriam estar cobertas e lençóis, o velho saquinho com órgãos de reposição e se punha a encaixá-los em lugares especialmente concebidos em seu corpo. Ela então se tornava, em sequência, a menina de sete dedos nas mãos, a menina de um olho na testa, a menina de orelhas nos tornozelos, a menina de lábios na barriga. Olhava-se no espelho com alegria usando o vestido ou os sapatos de salto alto da mãe.
Foi assim que ela chegou a trocar também de coração. Primeiro colocou o de ferro, e dentro de seu peito o ferro se tornou incandescente, como de uma forja. Queimava-a, confundia-a, fazia-a ansiar por algo desconhecido, indesejado, porém necessário como o ar, algo em cuja falta se sentia sufocar. Arrancou de imediato esse coração cruel e arrebatador do peito, decidida a não mais o experimentar. Depois, pôs o coração de chumbo,

que se transformou dentro de seu peito num saco de líquido espesso e preto, com sombrios reflexos índigo. Foi tomada por uma tristeza e uma dilaceração inacreditáveis, uma melancolia tenebrosa, sem horizonte e sem futuro. Nada existia de verdade, o mundo era absurdo, embrulhado no infinito das noites e do esquecimento. Era melhor não termos nascido, melhor terminarmos o mais rápido possível com nossos dias. Era insuportável. A menina retirou o novo coração com suas últimas forças e decidiu deixá-lo para sempre no saquinho com bolsos orgânicos. Só o coração de cristal era verdadeiro. Só aquele ela haveria de guardar no peito para sempre.

Mas os corações de reposição não tinham duração ilimitada. No outono, quando as castanheiras do pátio do liceu se curvavam sob um céu de tormenta, a menina sentiu como a luz do coração de cristal empalideceu. Dia após dia, seu pulsar enfraquecia cada vez mais. Quando o segurava nas mãos, diante do espelho, via com clareza como uma espécie de sal, uma espécie de calcáreo opacizava a transparência de outrora, assim como as pérolas envelhecem nas caixas de joias. Finalmente, o coração de cristal se tornou esfarelado e opaco.

Visto que qualquer coisa era melhor do que o caráter inumano de uma vida sem coração, a menina começou a usar o coração de ferro incandescente. Viveu com seu novo coração os anos da adolescência e da juventude. Apaixonou-se e sofreu terrivelmente de amor. Casou-se, teve filhos, depois divorciou. Casou-se de novo. A felicidade e a infelicidade se alternavam rapidamente com esse coração inquieto, ambas levadas ao limite das dores insuportáveis. Uma vez mulher, a menina de outrora deu à luz dois filhos e os criou até que eles, quando adultos, também a abandonaram. Uma vida confusa a arrastava rio abaixo, sem que tivesse nem mesmo um fio de palha a que pudesse se agarrar.

Depois que o segundo filho da mulher se casou, a incandescência do coração de ferro apagou aos poucos. Fazia anos o metal começara a esfriar, mas agora se tornara um bloco pesado e sombrio dentro do peito, sob o seio esquerdo da mulher. Olhando para esse seu segundo coração no espelho, a mulher o viu coberto de cinza. Não se atreveu a olhar mais para cima e ver um rosto devastado pelo tempo. Resignada, sabia que tudo o que ainda lhe restava era o temido coração de chumbo.

A mulher retornou para a casa da infância. O coração de chumbo lhe pesava no compartimento do peito. Espalhava por seu corpo uma luz negra, de extinção e desespero. A mulher se deitou na velha cama da mãe, aguardando o fim. Imagens da infância, e depois da adolescência, relampejavam em sua mente. Viveu anos a fio em plena solidão, no ar estagnado, cheirando a remédio. Muito raramente se erguia dos lençóis para contemplar no espelho o coração que segurava entre as palmas da mão. Num certo crepúsculo em que se sentiu mais abandonada e mais infeliz do que nunca, a mulher arrancou o próprio coração, decidida a deixá-lo se esmigalhar no chão. Mas uma pulsação inesperada a deteve. De repente sentiu que o coração de chumbo, em vez de se destruir, como os outros, se tornara carnoso e pesado como uma fruta. Assustada, ela o pôs de volta, no peito fraco e macilento. Pois agora sabia que o milagre haveria de acontecer, que um quarto coração, que não era deste mundo, lhe era dado, a partir de agora, para sempre.

O órgão, do tamanho de um punho, alimentado a sofrimento e desesperança, passou então a se metamorfosear aos poucos, adquiriu membros suaves e curvaturas como as das pontas ainda fechadas das avencas. A velha agora mal esperava o fim do dia para ver as últimas modificações do coração. Logo identificou uma cabecinha com o queixo no peito, olhos ainda envoltos em uma espécie de névoa, pele lisa e transparente. Em suas palmas, pesado e frágil, passara a repousar um feto bem formado, uma criancinha do tamanho de uma laranja. "Abençoado seja este meu último parto", pronunciou a velha, e empurrou o corpinho novo, cheio de uma luz tenra, para dentro da superfície do espelho. Ali, a filha minúscula e graciosa foi embora nadando rumo ao reino de onde todos viemos e para onde todos voltamos.

Só então, tomada por uma tranquilidade que não sentira com nenhum dos corações anteriores, a velha fechou os olhos para sempre. No mesmo momento, num hospital de um bairro distante, uma linda menina nasceu.

Não sei o significado dessa história e de que modo ela se encaixa em todas as outras, assim como nada sei sobre elas. Em cerca de apenas dez dias, uma menina vai escorrer de outra menina, descendo úmida entre suas pernas, agarrando-se firme com suas garrinhas ao ramo rugoso e rompido e se remexendo ao vento que agita os tufos de folhas. Suas asas amarrotadas se abrirão aos poucos, depois vão se estender lisas e tesas no céu. Enquanto a nova Irina, especialista já desde o primeiro farfalhar, sairá voando, eu permanecerei junto à casa vazia da velha Irina, patética como uma estátua mutilada, até o vento, inevitavelmente, arrastar seu ser.

Não tinha espaço suficiente na mesa, de modo que abri o mapa de Bucareste no chão, entre a mesa e a cama. Um canto dele ficou dobrado como uma orelha de gato por causa da escada que leva ao alçapão do teto. Mas não é uma parte essencial. Faz tempo que tenho esse mapa, comprei-o no centro, na livraria da sala Dalles (não lembro mais como se chama, faz tempo que não vou ao centro), em 1976, num outono luminoso, exaltante, cheio de teias de aranha boiando no ar entre as quais caminhei pela primeira vez até a faculdade. Logo haveria de surpreender meus colegas e professores com trabalhos monstruosos, apaixonar-me loucamente e participar do Cenáculo da Lua para ler a infeliz "Queda", mas por ora caminhava embasbacado por entre os edifícios cujo avançado estado de ruína ainda não percebia e transeuntes cuja profunda melancolia não enxergava. Tinha de conhecer melhor minha cidade, em cujo caos meus pais vindos do interior haviam reconstruído seu vilarejo no perímetro de três cinematógrafos. Por isso peguei o mapa e depois o estudei noites inteiras, encantado e assustado com o grande labirinto bucarestino, em avançado estado de ruína, desenhado ali com tanta minúcia que era possível identificar não só as ruas, os rios e os lagos dos mapas convencionais, como também cada edifício em separado com seus apartamentos, cozinhas e banheiro, com a umidade nas paredes, os sapatos na entrada, as roupas nos armários, com os fiapos das roupas e as fibras microscópicas da constituição dos fiapos, e cada árvore com seus galhos e folhas, com as nervuras de cada folha e suas manchas de tanino, em forma de caras, de nuvens ou de remotos países africanos. Aguardava a hora em que o crepúsculo se transformaria em âmbar líquido para que a folha ondulada, com as linhas da dobra intersectando-se em ângulos retos, se tornasse viva de verdade. Então Bucareste também ressuscitava, como um animal achatadíssimo, como uma parede cega colada ao fundo do mar. Inclinava-me por cima do mapa para observar o tráfego nas avenidas e espionar pelas janelas os enlaces dos dormitórios. Via a avenida Ştefan cel Mare como um vasto semicírculo, que se estendia com a Mihai Bravu pelo círculo dos trilhos do bonde 26, aquele que contornava a cidade. Ali eu tinha um quarto, dando para a rua, no apartamento de meus pais. Quase que colando o olho no papel poroso do mapa, via-me ali pela vidraça: um moleque emaciado profundamente curvado por cima de um mapa, quase colando o olho no papel poroso do mapa.

Desde então, de tanto dobrá-lo e desdobrá-lo, as linhas de suas dobras ficaram totalmente gastas. Surgiram furos grandes, rômbicos, nos encontros das linhas, semelhantes aos do sudário de Turim, e alguns pedaços mal se mantinham solidários aos outros. Agora é um mapa velho, desbotado, que mal dá para ler. Utilizo-o – e será sua última utilização antes de amassá-lo e jogá-lo no lixo – só para marcar nele o lugar dos solenoides. Pois fazia tempo que sua simetria e coerência no espaço pútrido da grande cidade me eram claras. Desde o início, soube que deveriam ser cinco, circundando como moedas miúdas um sexto, muito mais poderoso, situado no meio, assim como outrora eu formava flores de moedas na superfície da mesa da sala: um leu no meio e cinco moedas de 25 bani ao redor. Soube ainda que, apesar da falação de Borina, os solenoides deveriam ser eternos e indestrutíveis, embutidos antes na estrutura da realidade do que nas fundações da cidade. Não apenas Tesla, como também Newton e Da Vinci (descendentes do mítico Besaliel, homens sem mulher visitados por visões e inspirados por pombinhas) me pareciam ser, de certo modo, adeptos de seu milagre. Em meu mundo era impossível duvidar deles, assim como em outro mundo, talvez, juraríamos não ter como existir algo assim. Mas como é fácil imaginarmos mundos que diferem apenas por um único detalhe de outros quase idênticos: no mundo dos espelhos usamos a aliança no anelar da mão direita...

Para marcá-los no mapa, escolhi o método que tinha à mão. No diário, espremidas entre as páginas, marcadores de livros para os sonhos mais importantes, tenho dezenas de embalagens de bombom "de festa" que meus pais penduravam na árvore de inverno. Depois de comer um bombom, eu esticava com a unha a folha de estanho até ficar perfeitamente esticada e lisa, estalando levemente a qualquer toque. Do lado de trás eram todas iguais, prateadas com padrões impressos: losangos ou minúsculas flores. Mas, do outro lado, as cores eram mais ternas, mais suaves, mais enigmáticas, vertiginosamente emocionantes para mim, pois o metal lhes emprestava um brilho e uma vida que um lápis colorido jamais obteria no papel. Contemplava as horas a fio com o mesmo doloroso devaneio: verde-esmeralda e azul de iluminuras, um rosa animado pelo padrão repetitivo, o violeta do açafrão e dos amores-perfeitos... Dezenas de nuances distintas, porém estalando da mesma maneira, devagarzinho, ao toque de um dedo e estremecendo a minha respiração e a qualquer brisa vinda da janela.

A partir delas recortei bolinhas do tamanho de uma tampa de garrafa de leite para o solenoide central e do tamanho de uma unha para os periféricos, reunidos em torno do primeiro. Para o Instituto de Medicina Legal Mina Minovici, no centro da cidade, escolhi uma bolinha preta com reflexos de índigo, recortada da única embalagem dessa cor que já encontrara num saquinho de bombons de festa. Uma vez colada no mapa, parece uma grande ametista disseminando estrelas de luz ao redor. Para minha casa em forma de navio da Maica Domnului, usei uma embalagem de rosa-sujo, de balde de pintor, cor de plástico reciclado dezenas de vezes com o qual fabricam as bonecas Arădeanca. Pus uma bolinha azul-escuro em cima do solenoide de Ferentari, aquele em torno do pescoço do grande esqueleto enterrado de pé, de tal modo que até hoje se vê a colina de grama debaixo da qual o crânio salta. Para a grande bobina debaixo da casa de Palamar dos confins de Pantelimon, pareceu-me adequada a cor escarlate. Para a outra debaixo de nossa escola de Colentina (será que eu contei como, nesses dias em que paramos de ir à escola por causa do vento forte e da nevasca, realmente apocalípticos, desci até o subsolo, passando ao lado do consultório dentário, pela escada de cimento, desloquei uma prateleira inchada pela umidade, repleta de livros podres, cheios de insetos que se nutrem de sua celulose cinzenta, e desci por uma outra escadinha, que ia mais fundo, dando numa sala imunda cheia de bancos destroçados, cabides dilapidados, esponjas fétidas, ratazanas famintas, em torno da qual, mal luzindo em alguns pontos ao longo das paredes cobertas de teias de aranha, estava o glorioso, gigantesco anel de cobre? Quando liguei a eletricidade e subi até a superfície, encontrei-me num terreno baldio confinado pela auto mecânica e pela casa do idiota que fica eternamente na cerca cumprimentando todos os transeuntes. Tive de olhar para cima a fim de reencontrar a escola, que flutuava ao vento alguns metros acima das próprias fundações desveladas, obliterada pelas rajadas de neve...), escolhi o laranja-siena, cor mais forte do que imaginara. E o amarelo-intenso guardei para...

Jamais duvidei da localização do sexto solenoide. Mesmo que eu não tivesse o forte pressentimento, na verdade, certeza quase absoluta, talvez eu tivesse suspeitado do lugar, pois os outros centros energéticos se distribuíam simetricamente em torno do central, de modo que um espaço vazio na região sudoeste do mapa e da cidade era tão flagrante que parecia já estar marcado por uma bolinha invisível. Ficava no bairro Dudeşti-Cioplea, onde morava minha tia, irmã mais velha da mamãe. Tinha ali uma casa de tijolo à vista, que durante o dia acumulava o calor e a luz do sol, para de noite soltá-los, tímida e carinhosamente, ao redor. No quintal, cheio de legumes dependurados em estacas, havia um caminhão sem rodas, em cuja cabine eu gostava tanto de brincar, virando o volante em meio ao cheiro de plástico incandescente e imaginando atravessar regiões vastas, fantásticas, daquelas que não têm como existir no mundo de verdade. Havia ainda ao lado da casa uma ginjeira, de casca lisa e lustrosa, na qual eu trepava até o alto para contemplar o campo, pois a tia morava na margem da cidade. No campo, para lá da casa dela, havia uma espécie de barracão que sempre me fascinara. Via-o do topo da ginjeira e tinha a impressão de que cintilava, ao anoitecer, como se fosse pintado com luz. Ali, debaixo do velho barracão, ficava o último solenoide. Embora sempre o tivesse sentido, isso só ficou claro para mim há três semanas, quando refiz o caminho até a casa de minha tia, em Dudeşti-Cioplea, mais de dez anos depois.

Que estranho foi embarcar de novo no bonde 4, passar de novo por ruas que me eram tão familiares, tão semelhantes, tão organicamente escavadas em meu cérebro! Que estranho foi avançar de novo sob céus amarelos, sob uma abóboda que só poderia ser a de meu próprio crânio! Baldeei no largo, praça circular tendo no centro uma esmagadora estátua de herói de sabe-se lá que guerra, tomei o 27, que me fez passar, como outrora, como em outra vida na verdade, diante do Instituto de Endocrinologia C. I. Parhon, para depois mergulhar numa zona de terrenos baldios, depósitos de lenha, centros de soda e bodegas arruinadas, uma zona interminável e tortuosa pela qual percorri mais de dez paradas de bonde. Desci no ponto mais próximo de Dudeşti-Cioplea e, em poucos minutos de passo apertado, cheguei à rua da tia. Nada supera, ao menos para mim, a melancolia das ruas de periferia, desertas e abandonadas, com pipas enroladas nos fios elétricos e grama crescendo por entre as pedras do pavimento. Com abrunheiros-de-jardim e amoreiras raquíticas diante das cercas. Com cheiro de lavagem despejada na valeta, com casas estranhas exiladas no fundo dos quintais. Desta vez passei em frente à casa de minha tia e continuei pelo campo até o barracão. Na porta de tábua caiada, carcomida pelas intempéries, havia um cadeado pesado, incrustado numa massa disforme de ferrugem. Apanhei-o com a palma da mão, senti seu peso pressionando as linhas da vida, do destino e do amor, pressionando o M escrito na palma de todos, que não pode vir, neste mundo, senão de Mors, e o esmigalhei entre os dedos como uma folha seca. A porta se abriu e entrei no barracão cheio de ferramentas enferrujadas, baldes com tinta petrificada, montanhas de cal e tijolos. As aranhas haviam tecido teias sobre as paredes de tábua cinzenta até cobri-las por inteiro com sua seda imaterial. Um rosnar surdo, como a vibração de uma criatura subterrânea, fazia as paredes estremecerem. Estava ali, debaixo do assoalho. Não tinha necessidade de vê-lo com os olhos, aos quais damos, de todo modo, demasiada importância.

Assim, agora posso colar no mapa estendido no dormitório a última bolinha, de um amarelo semelhante à luz refulgente dos dias de setembro, em cima do lugar de Dudeşti-Cioplea, onde se encontra o REM.

A pequena completou hoje um mês, e há alguns dias tem levitado como uma perereca, com os braços para cima, enquadrando-lhe a cabecinha careca, e as pernas encolhidas, acima de nossa cama do dormitório, ao passo que nós sempre dormimos de viés em outra cama, sempre em outro quarto de nossa casa, jamais reencontrado depois, por mais que passeemos pelos corredores, e por mais portas que abramos. Na hora do choro da criança no meio da madrugada, Irina sempre se precipitava como se quisesse tirar o pai da forca, aterrorizada pela ideia de que não haveria de reencontrar o caminho de volta para o dormitório, mas depois de tropeços e tateações por corredores gélidos, banheiros de duas entradas, quartos com paredes forradas de livros, salas de jantar com toalhas de pano da Holanda e talheres amarelados de prata, estufas com flores jamais vistas nos atlas botânicos (porém a mim familiares, pois sempre reconhecia nelas as tenras quimeras das páginas do manuscrito Voynich), sórdidas despensas e lavabos de porcelana rachada, guiada pelo choro fininho da menina como se houvesse enrolado no braço um brilhante fio de seda, a mulher sempre chegava até a pequena Irina, pegava-a nos braços, retirando-a da água invisível em que boiava, e, com ela junto ao colo, com a palma esquerda lhe abarcando a cabecinha, dançava pelo quarto num turbilhão de fadiga e felicidade, ambas exaustas e inumanas. O leite de seu corpo penetrava no corpo da criança, no qual, eucaristicamente, se tornava carne e sangue, líquido cefalorraquidiano e endorfinas, por meio de uma magia e de um segredo que a mente não consegue abranger. A menina era, naqueles momentos, um órgão externo da mãe, um órgão vital que, caso ferido, causaria a transformação em cinzas daquele grupo estatuário.

Os olhos de Irina em nenhum momento tiveram a turbidez de caos e incriado entre as pálpebras semicerradas e sonolentas dos bebezinhos. Desde a primeira vez que a segurei nos braços, manchado como ela de sangue e mecônio, surpreso por ser menina embora soubesse muito bem disso, vi também a cor de seus olhos: o triunfante anil dos olhos da mãe, discos de lápis-lázuli incrustados entre as pálpebras das estátuas da Antiguidade. O resto do corpo também era maravilhoso, semelhante a um fruto elástico, luminoso e compacto, surgindo na ponta do cordão umbilical ainda pendurado entre as coxas da mãe. Cada membro de seu corpo era perfeito, cada covinha e cada pelinho dourado, mas o rosto não era afável, e sim firme e tranquilo, como se seu ser tão novo sobre a terra não fosse uma entidade em si, mas parte de uma irresistível vontade incorpórea. Através de seu peito rosa, ainda sujo de líquidos misturados, via-se batendo, rápido como nos animais pequenos, o coração. Desde o início, a criança que abraçava não me pareceu uma criatura biológica como todos os recém-nascidos, mas um ídolo, pesado como uma mó do mesmo tamanho, para além do bem e do mal, destacado do tempo e das três dimensões de nosso mundo. Nos primeiros minutos em que a segurei nos braços, embora esperasse um calor animalesco, instintivo, o que senti por ela foi uma espécie de adulação amedrontada.

Assisti, realmente, ao parto de nossa menina. Conhecendo bem o horror das maternidades, decidimos que Irina daria à luz em casa, auxiliada apenas por mim. Aqui, em nossa casa em forma de navio. Não no dormitório, tampouco em algum dos aposentos sempre cambiantes. Mas num lugar que já conhecera o sofrimento físico, o dilaceramento e a tortura, assim como no passado os monumentos eram erguidos sobre ruínas de outros monumentos. Minha mulher loira já estivera ali, já se deitara, de brincadeira – mas a brincadeira, por vezes, se torna tão séria quanto a morte –, na cadeira que tão facilmente se transformava em mesa de operação, já me inclinara sobre ela segurando um instrumento metálico uivante, já ouvira o borbulhar ávido das veias debaixo do assoalho, tão semelhantes às úmidas, nodosas, azuladas, debaixo da língua. Havíamos estado com frequência naquele lugar atemporal, imaterializados e ofuscados pela luz inclemente que preenchia o pequeno espaço.

Pois Irina deu à luz no anexo, crucificada na cadeira de dentista inclinada na horizontal, a cabeça apoiada nos dois discos redondos de couro, o cabelo encharcado pendurado na direção do assoalho. Não tendo no que se apoiar, suas coxas ficaram dolorosamente penduradas de um lado e de outro da cadeira, roxas por causa da circulação quase interrompida. Ficou assim por horas a fio, gritando e fazendo sangrar meus braços com unhas convulsivas. Após uma noite inteira de tortura bárbara, durante a qual pude observar com clareza, pelo grosso caule de metal que sustinha o leito improvisado, que ora se havia tornado translúcido, como jorros delongados e fluorescentes de dor pura eram captados por tubos hialinos que, em seguida, transportavam a torrente para o sistema de raízes que ondulava as lajotas do chão, depois de esmagar muitas delas sob o peso de meus pés, com ódio, enlouquecido pelo golfar de porcos abjetos através de que o suplício da parturiente escorria para a chão, a criança saiu, devagar, em minhas mãos, rompendo os tecidos da mãe, coroada pelas línguas de fogo de seus berros supremos.

Agora dorme sossegada, de pálpebras cerradas e boquinha entreaberta, subindo e descendo ao sabor das ondas de um lago invisível, enquanto rabisco as páginas do quarto caderno, sentindo em cheio a volúpia do inverno e do fim.

Pois meu mundo vai acabar em breve, junto com o fim de meu manuscrito. Nenhum hiato jamais os separou. A realidade nunca se viu mais embutida na ficção, mais unida a ela, mais desesperadamente desprovida de espaço de movimento e de esperança. Como um peixe encerrado num aquário colado sem fissura por cada uma de suas escamas, por cada curvatura mole de seu ventre alvacento. Como o ator de um filme, obrigado a repetir toda hora as mesmas palavras, como o parente de uma fotografia, paralisado na mesma careta. Se eu berrar de ódio e impotência, meu berro terá sido previsto desde o início dos tempos. Se eu acabar com minha vida, obedeceria a cada uma das letras do roteiro, há muito escritas no papel. Meus pensamentos são pensados previamente, meus gestos são preconcebidos, o crime de minha vida é premeditado. Leio e releio o diário de Kafka para sempre chegar à passagem que, nas profundezas de minha adolescência, grifei a lápis como se fosse o pináculo da ideia de literatura: "O senhor dos sonhos, o grande Issacar, estava diante do espelho, de costas coladas a sua superfície, com a cabeça pendida para trás e mergulhada profundamente no espelho. Então apareceu Hermana, a senhora do crepúsculo, e se derreteu no peito de Issacar, até desaparecer ali completamente". Jamais, por mais que eu releia esse fragmento, aconteceu de a senhora do crepúsculo segurar o grande Issacar nos braços, arrancar-lhe a cabeça de dentro do espelho, apalpar com dedos compridos suas vértebras do pescoço fraturado, a medula seccionada, o pôr deitado, nu, em cima da terra. Chorar por ele, atirada sobre ele, em seu vestido de luto. Meu manuscrito e meu mundo se abraçam como o homem e o réptil do círculo dantesco: passam um por dentro do outro, transformam-se um no outro depois de seus intestinos se misturarem até a indistinção.

Já preparei minhas armas para o confronto final. Tenho aqui comigo, inclusive, colocados na página da direita, a imaculada, do caderno (enquanto a da esquerda tem três quartos cobertos por minha escrita anancástica), meus dentinhos de leite, retirados da caixa de tic-tac e dispostos na ordem em que um dia estiveram em minha boca. Cada um deixa uma sombra vagamente cinzenta em cima da página, cada um é luzidio e de um branco não natural, como uma gota petrificada de leite. Como se mamãe houvesse espremido de seus mamilos não torrentes de leite, mas, de fato, meus dentinhos polidos. Tenho ainda em cima da mesa, num cinzeiro antiquíssimo, os pedaços de barbante de embalagem que, até uns cinco ou seis anos atrás, eu continuamente retirava do umbigo e que parecem pavios queimados de vela. Tenho a matrícula com o número maluco encontrada por Goia na antiga fábrica. Tenho também as pranchas retratando as visões de Nicolae Minovici do tempo em que era campeão mundial de enforcamento controlado (basta uma única olhada para o procedimento para passarmos mal a semana inteira). Depois, a caixa contendo o manuscrito Voynich, que acabou não ficando com Palamar: o velho a colocou em meus braços, em nossa última despedida, como dádiva suprema ou como consolação por minha imersão no mundo dos ácaros. Tenho também os diários, e ainda um pequeno maço de fotografias daquelas antigas, serrilhadas, amareladas pela passagem do tempo. Tenho, por fim, as trancinhas de quando era pequeno.

Com essas ninharias heterotópicas e absurdas, com essas peças de quebra-cabeça, os mais inúteis objetos na face da terra, vou me apresentar no dia do Juízo. Mas poderia muito bem me apresentar com *A crítica da razão pura* ou com a *Virgem das rochas*, ou com *Principia mathematica*. Não faria diferença alguma. O tabuleiro é infinito, suas casas são tortas e fluidas como água, e, ademais, cada uma tem uma cor. O rei e a rainha adversos são tão grandiosos que jamais podemos esperar contemplar mais do que um átomo de sua madeira de ébano. E nós, com todas as nossas peças, ocupamos apenas o ângulo do tamanho de uma ponta de agulha de uma única casa.

Irina acordou e chora de fome. Aperto o botão, e a menina desce devagar, como que por magia, entre os lençóis. Pego-a nos braços e, protegendo-lhe o corpinho suado de tanto choro, atingindo-lhe a fralda de algodão da qual saem as perninhas, contemplando-lhe o rosto pequenino, vermelho e indignado, sinto na hora, com uma força extraordinária, a realidade, como se sua onda de choque me golpeasse o rosto. A cortina tesa, com estampa fractal. A penumbra oliva. A escada. O armário. A cama. Meu escrito maníaco, sem correções, já ultrapassando os dentes de leite da página da direita, que ora parecem rochas flutuantes num mar de sinais. Meu rosto, no espelho da janela, inclinado sobre o rosto de Irina. O céu rosa. A neve que cai e não para de cair.

50

Parece que o poder dos céus vacilou, pois num único dia de veranico, veranico de abril, anormal e avassalador, a neve espessa sob a qual a cidade jazia derreteu como se jamais tivesse existido. De manhã o sol ofuscante que entrou por nossas janelas antes da hora nos despertou, e lá pelo meio-dia as ruas já estavam inundadas, o trânsito, caótico, os ônibus, transformados em anfíbios, as pessoas, trepadas em muros e cercas, e olhando boquiabertas para as imensas poças em que o céu se refletia. Passar de repente dos sobretudos e casacos grossos de um inverno que não terminava mais, o mais rigoroso desde o início do século, para camisas e vestidos sem manga, que se encharcavam de suor ao sairmos da sombra de um muro – uma coisa dessas, comentavam as pessoas nos bondes e nos bufês, era inédita. Fáeton não conseguira controlar as rédeas dos cavalos do sol e gritava com o rosto entre as palmas da mão, encolhido no fundo da carruagem que despencava em cima do mundo. No céu intensamente azul, disseminavam-se os ramos escuros das árvores, e todas as árvores estavam mortas, tão secas que a impressão era de que nenhuma delas havia vivido até então. Mas a maior mudança, mais surpreendente do que o espetáculo dos automóveis que afundavam até a altura dos vidros na torrente das águas, podia ser vista na desolação e na decadência dos edifícios da cidade inteira.

Assim que os montes de neve desapareceram, Bucareste veio à tona como um esqueleto de ossos espalhados. Era impossível acreditar que sua decrepitude de sempre – o sinistro barroco de sua ruína – fosse capaz de se tornar duas vezes mais triste e desesperançada. Saímos os três na hora do almoço, para que a menina tomasse um pouco de ar, e nos dirigimos primeiro, como raramente fazíamos, não para o bairro da escola de sempre, mas para o lado oposto, rumo ao centro. Fomos pela Teiul Doamnei e, já nessa rua, que jamais fora bem cuidada, nossos corações se apertaram: nas paredes cegas que interrompiam bruscamente as casas de famílias de comerciantes, assobradadas, haviam surgido buracos como se produzidos por um terremoto. Sua alvenaria, estufada havia décadas e apoiada precariamente por braçadeiras, agora se desmanchara, de modo que era possível enxergar o interior dos aposentos das pessoas, dos banheiros, das míseras cozinhas. Os batentes das janelas estavam podres, as vidraças, quebradas e substituídas por jornais, os ornamentos das fachadas – povo de figuras mitológicas que infestam a cidade desde tempos imemoriais –, quase todos caídos, de modo que, ao redor das velhas casas de comerciantes, agora se viam montanhas de braços, cabeças lascadas, pedaços de asas de gesso, nádegas gordas, serpentes trançadas, liras e flautas esmigalhadas, róseas, azuladas, oliva, assim como jazem cadáveres de um antiquíssimo massacre no fundo das fossas comuns. Sinistra, sinistra hecatombe!

Na Lizeanu, os bondes avançavam pela água tocando a campainha com toda a força por entre os armarinhos, pastelarias, lojas de soda, sapatarias, lojinhas acanhadas com tabuletas de cores gritantes. Entramos, do jeito que era possível, pela Moşilor, com os pés chapinhando na água no interior das botas, carregando ora um, ora outro, a menina que olhava para tudo por cima de nossos ombros, de olhos arregalados. Logo tiramos seu gorrinho – o sol brilhava como em meados de julho –, e, quando nos vimos refletidos na vitrine miserável do cinematógrafo Mioriţa, com cartazes e fotografias de filmes desfigurados de tão decrépitos, tive por um momento a clara sensação de ver meus pais me levando, trinta e tantos anos atrás, nos braços. "Ele não duvidava mais...", veio-me num átimo à mente, "por uma mão invisível ele era puxado para o passado..."[61]

O centro estava deserto e desolado. Os grandes prédios neoclássicos, com suas cúpulas como de observatórios astronômicos, pareciam memoriais, tendo se mantido de pé como que por milagre, de guerras arrasadoras. Teria começado a chorar diante daquele lúgubre cenário se não soubesse que haviam sido projetados e construídos assim de propósito, em abandono e ruína, como eterno protesto contra a guerra que o tempo trava contra as pessoas e as coisas. Frágeis como se de papelão, estremecendo ao sopro da brisa, espalhando as películas de reboco como uma espécie de neve por cima das avenidas vazias e parques desertos, as construções para lá da Romarta Copiilor, até a Kogălniceanu, surgiam diante de nosso olhar como uma Persépolis enterrada pela metade na areia: varandas tortas, muros prestes a desabar em cima dos parcos automóveis imprudentemente estacionados junto a eles, fachadas com grandes pedaços de reboco caídos e esmigalhados na calçada. Postes enferrujados da iluminação pública, carcaças nojentas, com tripas azuladas saindo da barriga, atiradas junto a latas de lixo, janelas seladas com tijolo ou cobertas por tábuas pregadas – tudo fazia com que desejássemos não só morrer no instante seguinte, como também jamais ter existido. E, ao mesmo tempo, sabíamos, e isto é estranho e incompreensível, que era assim que tinha de ser, que só num tal mundo cabe ao homem viver, pois nada nos define mais do que a doce tortura da nostalgia.

Para descansar um pouco, entramos num das dezenas de cinematógrafos da avenida. Conhecíamos todos eles muito bem, com sua decoração torta e nomes absurdos! Corso, Festival, Bucareste, Capitólio e outros tantos que havíamos visto no passado, depois de horas de fila para o ingresso, filmes com índios e vikings, só me lembrando depois do mastigar contínuo de sementes das pessoas ao redor. Cada sala era diferente, ornamentada de maneira bizarra, pomposa e kitsch, com assentos vandalizados, tortos de dar pena e com o tecido da tela costurado em dezenas de lugares.

---

61 Citação retirada do conto "Sărmanul Dionis", de Mihai Eminescu. [N.T.]

Para acesso ao mais obscuro dos cinemas, havia uma passagem que também abrigava um estúdio fotográfico e um ateliê para remendo de meias femininas. No fim da passagem, abria-se uma pracinha, e a sala ficava ali atrás, com a entrada ladeada por duas vitrinas estreitas, cheias de fotografias antiquíssimas. As portas ficavam escancaradas, como todas as outras do centro da cidade, abandonado, aparentemente, para sempre. O nome desse cinematógrafo, no qual jamais tinha prestado atenção, era Quimera.

Entramos no silêncio solene da sala, situada numa sombra densa e pesada, como a de uma cripta. Não havia ninguém do lado de dentro. Havia um forte cheiro de querosene, com o qual, no passado, se esfregavam todos os assoalhos. A sala estava revestida por um plush violeta. A abóboda do teto era pintada fantasticamente com mulheres e homens nus, animados pela paixão, paralisados em gestos incompreensíveis. Torcemos os pescoços para interpretar a complicada alegoria, das quais haviam caído alguns fragmentos, deixando à vista um cimento feio. Sentamo-nos na última fileira de poltronas, como pessoas que haviam vindo assistir a um filme. Diante de nós, emoldurada por duas grandes estátuas de gesso idênticas, retratando dois rapazes alados, virando a cabeça um para o outro, se estendia a tela, um tecido que parecia um lençol amarelado de suor. Irina desabotoou a blusa e levou a menina ao seio.

Tive de repente a impressão de já ter vivido aquela cena. Na aurora da infância, eu ia com meus pais, simples operários, ao cinematógrafo. A multidão de desconhecidos que pululava nos assentos numa luz mortiça me assustava. Mamãe me segurava nos braços para poder enxergar melhor. De repente ficava escuro e na tela surgiam cabeças imensas. As caixas de som chiavam até estourar os ouvidos. Ficava com medo, começava a choramingar, as pessoas ao redor, contrariadas, se viravam para nós: "Minha senhora, não traga mais a criança ao cinema! Não vê que ela não consegue ficar quieta?". "E com quem eu vou deixá-la, seu panaca? Você fica com ela em casa?", respondia mamãe, balançando-me em cima dos joelhos. Os fantasmas persistiam com seu passeio pela tela, eu me desvencilhava dos braços da mamãe, saía correndo, gritando, entre os joelhos que me batiam na altura do pescoço... Tínhamos de sair em menos de quinze minutos, era sempre assim. Depois ia para casa em silêncio, sob a lua cheia, levado nos braços por meus pais. Tinha a impressão de levitar por cima das ruelas pavimentadas.

    Fiquei observando por uma meia hora como a menina mamava sossegada. Cada um de nossos sussurros reverberava na sala, perturbava o ar frio e imóvel. O cinematógrafo parecia um grande reservatório, cheio até a borda, de um líquido escurecido. Nossos olhos ardiam ao cheiro de querosene que vinha do assoalho coberto por cascas secas de sementes. Nem percebemos quando as últimas luzes se apagaram aos poucos, e, na tela suja, começaram a desfilar fibras, manchas, cifras molhadas no prelo, ectoplasmas que saltavam de um lado para outro. Talvez pelo fato de o som não funcionar, não prestamos atenção às primeiras páginas, em preto e branco, tão miseravelmente afogadas em poças de tinta tipográfica que mal se distinguiam. Irina foi a primeira a se virar para a parede de trás, de cuja fresta jorravam raios azuis. "Estão passando um filme", disse-me, intrigada, "mas para quem, já que a sala está vazia..." Será que em todos aqueles cinematógrafos abandonados, com tetos prestes a desabar sobre os espectadores, ainda se projetavam filmes? A menina se desprendeu do seio e agora repousava o rostinho no ombro de Irina. Levantamo-nos, dirigimo-nos para a saída e estávamos prestes a deixar a sala quando uma grande luz vinda de trás, uma luz-sentimento ou pressentimento, um aperto de coração, uma emoção avassaladora, que nem precisava de sentidos, me fez voltar. Avancei pelo corredor e me atirei sobre uma das poltronas da primeira fileira, em frente à tela que se animara repentina e fantasticamente. Permaneci ali, paralisado, como se diante de um imenso portal de acesso a outro mundo.

    Pois a tela clareara de uma vez e agora difundia uma luz de âmbar líquido em toda a sala. Tornara-se uma larga janela que dava para o panorama de um golfo noturno, repleto de navios com velas enfunadas, iluminado por uma dúzia de luas cor de sangue que se dependuravam como balões de púrpura no céu ilimitado. A água do golfo produzia ondas crespas, vítreas, que misturavam seu verde-escuro ao brilho das luas e à renda branca da espuma. No fundo do gigantesco diorama, erguia-se um promontório cheio de palácios, repleto até em cima de fachadas, colunas e capitéis de mármore erguidos uns sobre os outros, róseos e transparentes à luz crepuscular. Mergulhei na hora em meu sonho de adolescência. Boiava no convés de um dos faluchos rumo ao litoral de esbeltos campanários, minúsculas janelas polvilhadas sobre as fachadas transparentes, semelhantes aos poros de uma madrépora friável. O golfo era tão vasto que, junto com centenas de barcaças que deixavam para trás um rastro de sangue, cheguei à costa só quando as luas se preparavam para descer sob a margem do horizonte. Caminhei pela esplanada ladeada por fachadas ornamentadas com inúmeras, convulsivas estátuas, e mergulhei nas ruas frias que serpenteavam para o topo. Cheguei a uma praça deserta em cujo centro se encontrava um chafariz de pedra cheio de água preta, pesada demais para produzir ondas. Por toda a parte nas cercanias – templos e catedrais escavados no mesmo mármore rosa, cristalino e transparente. Inclinei-me e olhei profundamente para as águas do chafariz. Vi um rosto que não era meu. Lembrei-me na hora dos peregrinos lívidos, de gigantescos olhos negros, da história de Traian sobre o que aconteceria depois da morte.

Um menino se aproximou do chafariz, vindo dos portões da catedral. Ao chegar diante de mim, sorriu como se me conhecesse bem e há muito tempo. Ergueu o braço direito, com a mão fechada e os dedos virados para cima, depois a abriu devagarzinho, olhando-me nos olhos. Na palma da mão ele tinha um besouro grande e pesado, com a armadura de um azul-profundo, cintilante, que refletia as cores de tudo o que nos rodeava. Equilibrando-se em pernas finas, como se fossem de alcatrão, o besouro movia lentamente as antenas curtas, com tufos de penas nas pontas. Fiquei petrificado ao vê-lo. "É assim que tinha de ser", sussurrei para mim mesmo, "é esse o sinal, é isso o que eu estava esperando." O menino pegou minha mão, e, guiados como dois cegos pelo escaravelho da palma esticada, avançamos rumo à grande catedral. Sua fachada de pórfiro era animada por uma enorme roseta com vitral.

Depois de atravessarmos o portal, chegamos a um aposento alto, mas tão estreito que parecíamos estar no fundo de um poço. A fachada larga da igreja nos enganara, assim como fazem vários edifícios de culto. O aposento era ocupado apenas por uma grande cripta de mármore rosáceo, em torno da qual sobrava espaço só para contorná-lo. Reconheci-o de imediato, era o da antiga fábrica. Acima de seu portão, no qual havia um cadeado com um segredo composto por cinco peças móveis, estava escrito com letras maiúsculas cinzeladas na pedra:

SIGNA TE SIGNA TEMERE ME TANGIS ET ANGIS

Sinais, temor e toque vieram-me de novo à mente, enquanto manipulava o paralelepípedo de metal com letras móveis. Qual era a combinação que abria a cripta? E, se a descobrisse, o que estaria a minha espera na caixa de mármore canelado? Você vai ficar aqui por uma eternidade, disse para mim mesmo. Bilhões de anos em que você não fará nada além de tentar combinações, bilhões de combinações, sob o olhar irônico, mas também encorajador, do Anjo. Até que, num dado momento, idêntico e intercambiável com qualquer outro, a palavra mística vai brilhar, com cada uma daquelas cinco letras posta em seu devido lugar, assim como fora desde o início dos tempos. A criança fechou de novo o punho e me encarou com um olhar interrogativo. O metrônomo de meu coração se pôs a funcionar, e ai de mim se eu não respondesse antes da última batida.

Não precisei esperar até a véspera de minha morte. Formei a combinação, com dedos firmes, na primeira tentativa. De fato, nem fora uma tentativa, mas uma certeza pura e inabalável. Visto que, agora, todo arrepiado, porém mais calmo do que jamais estivera, compreendia, como se já houvesse estado ali, o que havia dentro da cripta rósea. A palavra que formei sem hesitar foi MARIA. E o cadeado se abriu, e a criança ficou cabisbaixa do lado de fora, deixando-me entrar sozinho no espaço secreto.

Ali, sobre o catafalco, reta e jovem e castanha e bela, de olhos abertos, preenchendo todo o espaço com seu perfume de oleandro, mamãe dormia. Com seu vestido bem-comportado, vestido da década de 1960, branco de bolinhas pretas. Com seu colar de pérolas baratas no peito. Com suas sandálias modestas, com suas unhas por fazer sem esmalte. Enquanto a fitava, a sua cabeceira, lembrava-me do som de sua voz, inconfundível como nenhum outro sobre a face da terra. Sempre soubera o que se encontrava na câmara proibida de meu castelo. Inclinei-me sobre ela e, chorando de repente aos soluços, como uma criança, sussurrei-lhe entrecortado: "Mamãe, nunca acendi uma vela para você!". Sentei-me no chão gelado, com a cabeça colada ao catafalco, e chorei até não ter mais lágrimas, pedindo-lhe, entre suspiros e gemidos, sem parar, perdão.

Até que, por fim, me acalmei. Levantei-me e olhei de novo para ela, dormindo de olhos abertos, respirando sossegada. Inclinei-me e a beijei na testa. Depois saí da cripta e da catedral para adentrar de novo na sala do cinematógrafo, a tempo para ver, tremeluzindo na tela negra, como nos filmes de infância, a palavra

FIM

Minhas Irinas estavam me esperando na saída. Seguimos de volta pelo centro inundado, em que um ou outro carro produziam ondas como um barco. Estava ressequido de tanto chorar. Mas agora a pequena me dava um sorriso nos braços da mãe, com parcos fios de cabelinho loiro refulgindo ao sol. "Parece comigo", disse para mim mesmo e lhe devolvi o sorriso. Peguei-a dos braços de Irina e continuamos rumo à igreja armênia, e depois pela Moşilor. Dali, não precisávamos mais do que uma hora para chegar em casa.

Vimo-nos, finalmente, diante do edifício em forma de navio, que contemplei com infindável tristeza, como se soubesse que o observava pela última vez. Minha pobre concha, abrigo rachado pelo tempo e pelas intempéries de meu corpo macio. A janela redonda do quiosque luzia amarelada no início de crepúsculo, e a bétula ao lado, com seus galhos desfolhados e escuros, pendendo para a esquerda, arranhava o reboco das paredes em que se apoiava. As meninas entraram, mas eu fui para trás da casa, passando ao longo das paredes carcomidas pelo tempo. A parede cega de tijolos que cortava a casa bruscamente não tinha nenhuma janela. Por outro lado, no meio da grande parede cega havia uma entrada selada por uma sucessão de tijolos de outra nuance, unidos pela mesma argamassa cinzenta, esfarelada, cheia de buracos de aranha, a porta cimentada que eu vira desde a primeira vez quando estivera ali, antes de comprar a casa, e que, ainda me recordo, me emocionara profundamente desde então. Agora eu me encontrava de novo em frente a ela. Muito acima de minha cabeça, uma braçadeira de ferro enferrujado segurava a parede que inchara e estava prestes a desabar.

Colei o ouvido à porta cimentada e permaneci assim, atento, até que, num dado momento, comecei a escutar as batidas. De duas em duas. De três em três. Golpes fortes se alternavam com outros mais fracos. Pausas mais longas, pausas muito curtas. Sons longos de um raspar e breves estalos espalhados por toda a superfície cimentada. O plano de fuga.

Entrei em casa só aos primeiros sinais da aurora.

Desci me apoiando nos cotovelos e joelhos a ladeira que dava para a margem do precipício, pelo ar da cor de querosene, e, com o coração estremecendo (mas terá restado alguma coisa de meu pobre coração?), olhei para o abismo. A desmedida profundeza do funil escancarado, como se depois do choque de um meteorito gigantesco, na crosta da terra, sua largura de trinta quilômetros, a fumaça como de forno que se erguia do despenhadeiro para se dissolver no ar amarelo da manhã me arrepiaram o cabelo no cocuruto e os pelos dos braços. Antes de recuar assustado e rolar pela grama melada de piche do outro lado da ponte de Voluntari, consegui compreender, graças mais aos sentidos do que por meio do espaço lógico doravante inútil, a desolação ilimitada daquele lugar amaldiçoado para sempre.

A ponte de Voluntari estava agora partida ao meio e balançava torta no vazio, mas sua extremidade estava apinhada de gente. Todos aqueles que haviam fugido da fantástica ascensão. Aqueles que, como nós, tinham conseguido chegar ao outro lado do rodoanel. Uma multidão de pessoas, semelhantes àquelas que saem dos estádios depois das partidas, se amontoava até onde a vista alcançava no campo da margem do penhasco, e provavelmente a mesma visão podia ser contemplada ao redor do lugar em que uma vez se estendera, com sua melancólica grandeza, Bucareste. Seus antigos moradores formavam agora um anel humano que circundava o buraco das localidades periféricas, Cernica, Glina, Jilava, Popeşti-Leordeni, Bragadiru, Ciorogârla, Chiajna, Chitila,

Aergistal, Ștefănești, Pantelimon, que haviam escapado ilesas, com suas bodegas, depósitos de botijão e postos de máquinas e tratores, com os Conselhos Populares caiados, estátuas de gesso dos heróis da Primeira Guerra e centros culturais com cadeado no portão. Os poucos que eu era capaz de vislumbrar, aposentados e alunos, donas de casa e operários, ciganas de saias floridas e chapéus masculinos na cabeça, caras suspeitos em roupas de couro, milicianos inutilmente agitados, ousavam se aproximar da margem do despenhadeiro. De fato, a multidão, milhares e milhares de pessoas lado a lado, tão perplexas quanto nas primeiras horas em que tudo havia sido arrancado desde as fundações, olhava para cima, só para cima, como se implorasse à cidade em que havia vivido sua vida miserável que não a deixasse órfã, que não a descartasse como filho de ninguém. Mas a cidade no coração do Bărăgan, havia séculos fustigada por ventos empoeirados, parecia agora ter outros planos.

Ao me recuperar da terrível visão, voltei à sombra da base da ponte onde deixara as meninas deitadas num pulôver estendido por cima das ervas daninhas. Peguei a pequena nos braços, devagarzinho, para não a acordar, mas ela abriu os olhos e me agarrou o pescoço com as mãozinhas. Depois, com o dedo esticado para cima, ela me mostrou, balbuciando encantada, a cidade. Enquanto estávamos nós dois daquele jeito, os rostos lado a lado, olhando para o incrível ícone que se paralisara no céu, preenchendo-o com uma grandeza ilimitada, com ondas de luz de outro mundo, me senti de repente invadido por amor e nostalgia, sem saber se eram pela menina de cabelo dourado em meus braços ou pela fúnebre, infeliz cidade que agora levitava a centenas de metros acima de nós, como uma Laputa misturada às nuvens.

Pois Bucareste, meu mundo, estava agora dependurada no céu por cima do buraco infernal que sempre a ocultara, como uma casca sobre uma ferida purulenta, e que agora, graças a um supremo desenraizamento, finalmente a desvelara. Parecia um planalto gigantesco apinhado de edifícios frágeis, decrépitos, com milhares de janelas luzindo ao sol de lá de cima. Como cálices de cristal e cobre, luziam ao sol as cúpulas, as torres e os campanários da cidade. A enorme bandeja era rodeada por nuvens luzidias e maravilhosas, como se feitas de caulim, flutuando inofensivas no céu de abril. As fundações das construções pendiam do lado de baixo, trançando-se anárquicas com os canos de esgoto e os cabos elétricos, os túneis do metrô e os andares subterrâneos da Casa do Povo, como um feltro, como uma teia empoeirada de aranha. Para o oeste se via bem, embora minúsculo naquela distância, o esqueleto de Ferentari, pendurado no vazio dos ombros para baixo. Em alguns pontos, aquele tecido subterrâneo parecia incendiado por anéis de metal incandescente. Havia um anel de labareda no centro, rodeado por outros cinco, na periferia, circundando toda a cidade. Sua luz cristalina, emanada dos solenoides como se fossem potentes bocais, alçara Bucareste aos céus.

Mas o que agora lhe imprimia o aspecto de uma medusa boiando solene entre reflexos não era a cofragem e os cabos, nem as raízes das grandes árvores, agora balançando no vazio, mas um fantástico sistema de tubos flexíveis, como veias e artérias cinzentas, que por causa da distância pareciam filamentos que ondulavam preguiçosos por baixo, alguns pendurados soltos, mas a maior parte se unindo para penetrar num colossal tubo central que descia até quase encostar a superfície da terra. "A aorta da dor", disse para mim mesmo ao ver aquilo pela primeira vez, "o canal coletor do sofrimento humano". Cada filamento absorvera a dor dos habitantes da urbe, crucificados em cadeiras de dentista, leitos de hospital e mesas de tortura, enlouquecendo de infelicidade em quitinetes de conforto quatro[62], escarrando os pulmões em tecelagens e fábricas de ebonite, surrados nas escolas, surrados na milícia, surrados pelo destino, em pé nas filas intermináveis dos botijões e em frente às mercearias, cegos, amortecidos, sem razão de estar no mundo, sem casa e sem destino. Haviam absorvido a dor das mulheres que abortavam ilegalmente, dos mendigos ajoelhados na nevasca, dos beberrões do mato e das criptas, das crianças famintas, dos poetas de vida destruída. Cada tubo fervilhava à substância

---

[62] O nível quatro era o mais baixo da classificação dada aos imóveis construídos no período totalitarista. [N.T.]

mais preciosa do mundo, ao extrato de cérebro, ao concentrado de destino do qual é tecida nossa infâmia de realidade. Colhida por toda parte, a substância cintilante da dor escorria para dentro do grande tubo, de cuja parte inferior se dependurava uma esfera de membrana nacarada, transparente, flexível como uma bexiga de peixe com ondas ectoplásmicas, mergulhada pela metade no funil infernal de lá de baixo. A esfera tinha muitos quilômetros de diâmetro e balançava levemente sob a cidade empedernida no ar. Agora eu via todos aqueles que, no receptáculo redondo de membrana transparente, se nutriam do pão diário de nosso sofrimento: o povo crepuscular do centro da terra, criaturas frágeis, lunáticas, estropiadas, de olhos gigantescos de inseto, que subiam de noite pelos mesmos tubos ramificados, semelhantes a salmões a montante, para se nos revelarem em alucinações e sonhos. Agora, na grande pólis devastada, arrancados à terra que os abrigara e lhes oferecera calor, de repente privados da porção de seiva psíquica brotada de nossa carne, eles grudavam as testas ao vidro leitoso e faziam gestos lentos em nossa direção, gestos suplicantes. Eram dezenas de milhares, como larvas de vespas preenchendo os alvéolos de seu ninho de papel. Irina me chamava a atenção para eles de vez em quando apontando o dedo, divertindo-se com seu frêmito, com suas cabeças pálidas, todas olhos, com o esboço de sorriso torto em seus rostos, que talvez quisesse exprimir uma boa vontade servil. Tinha-os visto, em minhas noites agitadas da Ştefan cel Mare, revelando suas cabeças lunáticas na vidraça, embora estivesse no quinto andar. Ficara sentado no chão, paralisado e abúlico, com as costas grudadas ao armário, enquanto eles, sensuais e grotescos, dançavam no quarto às escuras.

    Enquanto contemplava o incrível panorama junto aos que estavam a meu redor, pais das crianças da 86, vendedoras que eu conhecia, motorneiros dos bondes despencados no gigantesco funil, os solenoides de repente ficaram acesos com muito mais força, como inflorescências de chama azul. A cidade tornou a se alçar, lenta e grave, como um daqueles antiquíssimos elevadores das lojas de repartição do centro, obliterada cada vez mais por nuvens e incendiada pelo sol que, então, revelava seu disco para lá das margens da cidade voadora. Diminuía cada vez mais, levando consigo todos aqueles que não tinham conseguido passar dos subúrbios, todos aqueles que não quiseram abandonar suas casas, que agora despencavam com as centenas de vibrações da ascensão, levando para a estratosfera os demônios da esfera nacarada que inchava cada vez mais e que logo haveria de explodir. No fim das contas, de tudo sobrara apenas um fantasma, uma nuvenzinha alvacenta que também derreteu nos céus empoeirados arqueados por sobre o Bărăgan.

Imaginei a estátua da Danação, a inclemente deusa de obsidiana, deitada na grande cadeira de dentista do edifício da Morgue, no centro do disco voador, como um piloto de uma nave celestial, ondulando com os dedos por sobre os botões redondos do console, formando combinações que conduziam a cidade arrancada a sua terra e a sua antiguidade rumo à poeira e à farinha estelar. Vi minha cidade embrulhada no cosmos. Aos poucos, as margens da grande bandeja se esmigalharam e ficaram para trás – o bairro da escola, a velha fábrica e a caixa d'água, e a rotatória em que o 21 dava a volta, o Pantelimon com a casa de Palamar, o Ferentari com o grande esqueleto, Dudești-Cioplea com o barracão do REM. Tudo isso agora eram ilhotas rolando na noite ilimitada, erodindo-se à medida que o frio do fim as engolia. Num pedaço de terra flutuando no nada, com os trilhos de bonde brutalmente rasgados e os Cristos crucificados nos postes de iluminação pública olhando ao redor sem nada entender, ainda se estendia a avenida Ștefan cel Mare, com o prédio de meus pais parecendo ter sofrido um bombardeio, com o Moinho Dâmbovița, com a mercearia defronte e a banca de jornais, com a biblioteca B. P. Hasdeu e, mais para a borda da ilha, com a garagem de bondes em que uma vez entrara como numa estranha catedral. Zonas e mais zonas da cidade se desprendiam de sua precária constituição e se perdiam no nada, ainda inteiras, com casas e cinematógrafos, árvores seculares e estações ferroviárias insalubres que as parasitavam como ninhos de conchas numa rocha. Cada uma, por sua vez, se desagregava, casa por casa, móvel por móvel, fazendo flutuarem sozinhas cadeiras desmontadas, moedinhas, pentes, letras de tabuletas, pedaços de tijolo, cachorros mortos de pelo enlameado, molas de estofamento, bonecas com vestidos de tecido sintético... A pulverização continuava até o entulho e a poeira e as moléculas e os átomos e os bósons e os férmions e os quarks, até tudo ser reabsorvido no tecido do espaço, do tempo e do pensamento, na escala Planck de meu mundo e de minha mente.

O centro da cidade haveria de resistir por muito tempo, bola maciça em que ainda se distinguiam a universidade – na qual, numa de suas salas, uma vez eu recitara "A queda" –, o Teatro Nacional e a avenida dos cinematógrafos, a Morgue e a Casa do Povo, cada vez mais carcomidos e diminuídos pela força destrutiva do tempo. Vi-me ali, em frente ao prédio Dunărea, nos primeiros dias de minha vida de estudante, feliz no luminoso outono de 1976, no ar invadido por teias de aranha, um moleque enlouquecido por leituras e sonhos e que ainda tinha um futuro sobre a terra. Agora, porém, o pedaço de rocha flutuante no cosmos tinha a rugosidade negra dos meteoritos, e as figuras de gesso do frontão da universidade tinham se transformado, fazia tempo, apenas em cacos. Debaixo desse grande pedaço de cidade que sobrara inteiro ainda se dependurava a esfera de membrana, como uma cereja monstruosa no pedúnculo, e imaginei a explosão brusca da cápsula sinistra e a liberação das criaturas de seu interior como pequenos paraquedas do globo de dente-de-leão, como esporos do medo espalhados no universo imensurável e derrisório. Haveriam talvez de se enraizar em outros mundos, sorvendo-lhes também a substância de outras dores, da qual haveriam de tecer a trama de outras realidades ilusórias.

O último que haveria de resistir inteiro era o edifício da Morgue, com seu grande salão central, cujo telhado aberto como uma boca berrando para a noite eterna deixava entrever a mulher como uma barra de piche da cadeira de dentista. Indiferente e tesa em seu trono, parecia uma divindade assíria, objeto cósmico que só por acaso tinha forma humana. Ao redor dela, as paredes desabavam uma a uma, o assoalho se estilhaçava e as lajotas de pedra se espalhavam, até que, ao cabo de um tempo interminável, haveria de sobrar só ela, a Danação, em seu trono de metal, rodeada pelas doze estátuas negras que ornamentavam a cúpula: Tristeza, Desesperança, Pavor, Nostalgia, Angústia, Fúria, Revolta, Melancolia, Náusea, Horror, Amargura e Resignação, seu cortejo, estados de sombra do espírito. Ali nas profundezas, no incriado, na dobra mais secreta do mundo e da mente, haveriam de cintilar eternamente as sementes negras do miolo da maçã, monograma negro, solitário e indestrutível dos 10^{500} universos.

Choro e escrevo, indistintamente, como se escrevesse com lágrimas e chorasse com tinta. Meu manuscrito pereceu faz tempo em chamas: soubera fazia tempo que o fogo haveria de ser seu único leitor. Agora escrevo as folhas finais, para que meu mundo não permaneça inacabado. E elas serão percorridas, com paixão ou indiferença, tão logo as termine, pelo mesmo fogo, grande leitor de todas as bibliotecas do mundo. Depois vou pôr minha filha nos ombros e, com minha mulher do lado, iremos, pelo crepúsculo cada vez mais cor de sangue, rumo até onde a vista alcança, saindo do livro e da história.

Um ano, exatamente um ano após o encontro da Maşina de Pâine, quando sentimos todos a onda de choque da mensagem emitida pela mente torturada de Ispas, reencontramo-nos diante da grande fortaleza da Morgue. Estávamos ali todos os que havíamos aglomerado o sótão e a escadaria monumental para ouvir o testemunho do homem da dor, angustiados e com olheiras, apertando ao peito os cartazes amarrotados de tanto os agitar aos céus, molhados de chuva até o apagar das letras, mofados nos cantos, mas ainda denunciando a humilhação e a indignação. Viam-se os contornos do edifício, na noite estrelada, como uma imensa falésia de piche. Árvores seculares varriam, a cada rajada do vento áspero de primavera, a farinha luminosa da abóboda, ondulando-a de um canto a outro dos céus bucarestinos.

Irina estava a meu lado, com a criança nos braços, assim como estivera, dia após dia, a meu lado, dentro de mim, dentro de minha mente e de meu coração, desde que a menina viera ao mundo. Era como se toda a capela de meu crânio houvesse sido preenchida por uma única estátua de mármore transparente, lustroso e canelado, com ramificações róseas e cinzentas por sua carne de açúcar mineral: Irina com a menina nos braços, ambas de olhar vazio e o mesmo sorriso nos lábios. Ao contemplá-las brincando juntas por horas a fio, sem jamais se aborrecerem uma com a outra, rindo de rostos colados, ou enquanto damos banho em Irina na banheirinha de plástico rosa, espalhando água morna em seu peito, ou enquanto a colocamos de pé, segurando-a pelas mãozinhas, e a vemos como dá passos na ponta dos dedos, com uma graça de caule translúcido, desejei muitas vezes que o tempo ali estancasse, numa pérola de esplendor supremo, que não existisse mais nenhum futuro, nem história, nem ilusão, nem vida, nem morte. Tantas vezes tive a impressão, naqueles instantes que nunca achei que viveria, de finalmente conseguir fugir, conseguir, num átimo, voar por todas as dimensões numa extraordinária autolibertação.

Aproximei-me do grupo de colegas da 86. Desta vez, quase toda a escola se encontrava ali: Goia, com sua grande cara de mutilado, dona Rădulescu, com o terrível anel no dedo, Florabela, a grande ruiva, cheia de ouro e sardas, Caty, com a boca que parecia uma pétala de papoula, Eftene, banguela do dente de ouro, Gheară, cujos lábios não riam mais. As professoras do primário também estavam presentes, aglomeradas como ovelhas umas sobre as outras, a debochada Zarzăre e a pérfida Higena, e a dona Amarrotescu, e a dona Viajarescu, a última ainda com o tricô e as agulhas penduradas no pescoço. Pareciam, porém, sobreviventes assustados de um naufrágio: em seus rostos tão distintos, que eu conhecia tão bem, estava agora impressa uma única expressão: a de uma profunda e inconsolável perda, como a de um marido, como a de um filho. Então entendi que, em minhas olheiras, nos sulcos entre as sobrancelhas, na febre de meus olhos avermelhados, nos lábios pálidos eu também tinha o mesmo aspecto de luto profundo, de luto inconsolável. Éramos todos a humanidade na desgraça, com valores dissolvidos, com nenhuma razão de viver que ainda restasse de pé, a humanidade reduzida ao grito de socorro. O que haveria de nos esperar no resto de nossas vidas? Que decepções, sofrimentos, doenças terríveis, dores impossíveis de controlar? Como haveríamos de resistir à passagem do tempo que arrasta consigo pedaços de nosso corpo e de nosso mundo? Que leva consigo o paraíso distante da infância? Esperavam-nos agora a velhice, a agonia e a morte. Aguardamos um atrás do outro, numa longa fila, entrar no abatedouro. Agora não havia mais ninguém que nos conduzisse pelo inferno, desde que Virgil fora esmagado, por desatenção e sem ódio, assim como se esmaga uma mosca. Ninguém mais haveria de nos abrir os portões, com seu patético alto-relevo, ninguém mais poderia nos conduzir até o salão central. Haveríamos de permanecer a noite toda ali, diante do edifício ciclópico, caminhando em círculos e agitando nossos ridículos e impotentes cartazes. "Abaixo a morte!", mas a morte estava no alto, no zênite, ardendo com toda a força como um sol negro. "NÃO à loucura!", mas, mas se ainda restassem deuses sobre a terra, seriam os deuses celerados da paranoia, da esquizofrenia e da depressão. "Chega com a carnificina humana!", mas as pessoas continuavam se matando mutuamente, era a única coisa que sabiam fazer desde o início e na qual se tornavam cada vez mais experientes. Não morriam mais uma a uma, atravessadas por lâminas de aço e flechas, agora pereciam em massa, injetadas, povos inteiros, com a substância do ódio universal que havia escorrido no oceano do mal metafísico que nos rodeava por toda parte. "Socorro!", gritávamos finalmente todos, nadando em águas negras, gélidas, ilimitadas.

Foi justamente isso que fizemos por algumas horas, piqueteamos o prédio da Morgue, olhando de vez em quando para as estátuas do topo, que circundavam a cúpula. Seus braços negros alçados para o céu pareciam, naquela distância, pernas delgadas de carrapato, com fortes garras na ponta. A grande estátua que levitava no cume se avistava só do peito para cima, o resto era coberto pela altíssima cornija do templo funerário. Fazia bastante frio e caminhávamos em círculo, em várias filas, apertados uns nos outros, quando, de repente, senti o impulso que desencadeou tudo. Não vinha de meu interior. Era como se um filamento ou um raio, originado em outro mundo, tivesse atingido meu cérebro. Senti-me de súbito preenchido por um pensamento que não era meu, mas que só poderia ter penetrado em minha mente, semelhante à inspiração que agarra bruscamente o artista, semelhante à crise que leva o epiléptico a se matar. A meu lado, com um xale preto na cabeça, com um cartaz dizendo "Chega com o massacre das crianças!", erguido mais alto do que todos, caminhava Florabela, cujo luto era incapaz de recobrir a exuberância de um corpo de deusa. Quando o pensamento de outra dimensão me flechou, olhei para seu rosto emoldurado por cachos de cabelo ruivo como fogo, e Florabela, como se soubesse, meneou a cabeça em sinal de aprovação.

Então não tive mais dúvidas. Caminhei, na palidíssima luz de uma lâmpada pendurada em cima da praça, até o meio da roda em que, criaturas dantescas de sombras e luzes, caminhavam os piqueteiros. A roda se deteve, as pessoas se aglutinaram a meu redor (eram centenas) e aguardaram, é claro que aguardaram que eu lhes falasse, olhando-me como se todos soubessem, assim como outrora haviam olhado para Virgil, assim como haviam rodeado Ispas com sua adulação horripilada. "Virgil, Ispas, Palamar", veio-me à mente. Tínhamos, também nós, nossos profetas, aqueles que nos haviam falado com vozes que não eram deles. Haveria eu de fazer o mesmo, pois o gesto mais obsceno de se fazer na face da terra é falar por si só, com a própria mente, pretextando pôr palavras na boca de um deus. Falsos profetas nada mais são do que pintores que desenham portas nas paredes de nosso crânio. Portas barrocas, góticas, clássicas ou art nouveau, porém todas com o mesmo óbice: nunca se abrem.

Não falei com minhas próprias palavras. Tirei do bolso uma folha quase desintegrada, aquela que no passado recebera de Virgil, e li em voz alta o poema de Dylan Thomas:

"Não vás tão docilmente nessa noite linda;
Que a velhice arda e brade ao término do dia;
Clama, clama contra o apagar da luz que finda.

Embora o sábio entenda que a treva é bem-vinda
Quando a palavra já perdeu toda magia,
Não vai tão docilmente nessa noite linda.

O justo, à última onda, ao entrever, ainda,
Seus débeis dons dançando ao verde da baía,
Clama, clama contra o apagar da luz que finda.

O louco que, a sorrir, sofreia o sol e brinda,
Sem saber que o feriu com sua ousadia,
Não vai tão docilmente nessa noite linda.

O grave, quase cego, ao vislumbrar o fim da
Aurora astral que seu olhar incendiaria,
Clama, clama contra o apagar da luz que finda.

Assim, meu pai, do alto que nos deslinda
Me abençoa ou maldiz. Rogo-te todavia:
Não vás tão docilmente nessa noite linda.
Clama, clama contra o apagar da luz que finda."[63]

Em seguida, acompanhado dos piqueteiros, dirigi-me decidido rumo ao grande portão. Irina caminhava a meu lado com a menina nos braços. Do maciço alto-relevo, inúmeras mãos humanas se esticavam em nossa direção, desesperadas por escapar da prisão bidimensional. Não pude senão trançar também meus dedos com algumas daquelas mãos, assim como fizera Virgil outrora, para que os portões maciços começassem a se abrir. E adentramos todos, num silêncio de museu, pelos corredores que conduziam até o salão central.

Tudo ali estava tão diferente que fui tomado por arrepios de uma emoção avassaladora. Alinhadas ao longo das paredes estavam as mesmas vitrines, mas nelas não se podiam mais ver os mesmos antiquíssimos e enferrujados instrumentos de tortura. Pois as vitrines agora estavam cheias... de coisas que se relacionavam a minha vida, de coisas que um dia haviam pertencido a mim. Vi ali as fotografias de meus pais, envelhecidas pela passagem do tempo, de um sépia-pálido e sulcadas por rasgos: a do encontro deles em Govora e a do casamento. Estavam agora aumentadas, com mais de um metro de altura, e debaixo delas havia um texto tão miúdo que não dava para identificar. Vi a foto de meus pais sorrindo felizes, eu nos braços de mamãe, e papai segurando meu irmão gêmeo, ou talvez o contrário: duas crianças idênticas, sorrindo uma para a outra como num espelho. Vi depois as fraldas amareladas,

---

[63] Dylan Thomas, "Do Not Go Gentle in That Good Night". In: Augusto de Campos (org. e trad.), *Poesia da recusa*. São Paulo: Perspectiva, 2006. [N.T.]

as roupinhas do primeiro ano de infância, minha primeira foto, em que estou olhando aos prantos, com o punho fechado em frente aos olhos, para o fotógrafo, uma folha de herbário com uma flor seca de oleandro, o sininho que eu tinha perdido na rua Silistra, numa poça. Vi meus pobres brinquedos, o cavalinho disforme de sela vermelha e crina de arame, já há muito sem olhos, e o carrinho puxado por cavalos de latão. Vi a régua de plástico através da qual eu olhava para a classe para ver tudo envolto por um arco-íris, o lápis Papagal com ponta de quatro cores, minha gravata de pioneiro desfeita, transformada em trapo de faxina. Vi as duas sandálias, uma preta e outra marrom, que calçava por engano para ir à mercearia pegar um saquinho de café moído. Vi ainda alguns livros surrados emprestados da biblioteca B. P. Hasdeu e alguns exemplares das coleções "Histórias científico-fantásticas" e "O clube dos temerários". Em outra vitrine estava uma bicicleta grosseira, entortada, em que faltavam alguns raios, com o metal corroído pela ferrugem. Reconheci-a de imediato: era aquela com que, no Herăstrău, dera milhares de voltas mesquinhas, sem nunca querer parar, enquanto a noite caía e um pavão gritava de estourar os tímpanos. Vi meus primeiros poemas miseráveis, rabiscados em cadernos escolares, depois uma mecha do cabelo de Estera, meu primeiro amor do liceu. Nas últimas vitrines, vi as apostilas da faculdade, um pulôver tricotado por mamãe, pintado de vermelho com colorante de carroceria. Vi meu trabalho de seminário sobre salmos do primeiro ano e o documento oficial de minha designação para a Escola 86 dos confins de Colentina. Os diários de classe, os cadernos de prova rabiscados com caneta vermelha, uma foto minha no meio de uma turma de alunos que parecem todos alucinados, assim como muitas outras *paraphernalia* de uma vida de funcionário, a mais triste do mundo, ocupavam a penúltima vitrine. Para que a última estivesse vazia e sinistra, talvez aguardando objetos que ainda não haviam chegado. Só quando olhei com mais atenção reparei, no meio dela, um inseto negro e maciço, com chifres gigantescos de cervo. Era uma vaca-loura viva, bem tesa em suas patas de piche, e que parecia me observar. Abri a tampa da vitrine, a única sem cadeado dentre todos os dioramas, e coloquei o besouro na palma da mão. Era mais pesado do que imaginara, parecia de metal maciço. Com ele na palma da mão aberta, virada para cima, caminhei até a sala seguinte, que eu recordava como sendo cheia de mesas de zinco sobre as quais jaziam cadáveres. Minha surpresa, contudo, que vinha aumentando ao longo do dia até atingir uma emoção incontrolável, agora se transformara em pânico e horror. Enfiei a vaca-loura no bolso, como se ela não devesse olhar para aquilo.

Mas agora, sobre dezenas de mesas por entre as quais eu passava perplexo, havia também cadáveres, mas eram todos meus, em idades diferentes, como secções de meu ser ao longo do tempo! Reconheci-me como minúsculo recém-nascido de pernas encolhidas, crispado em cima da grande mesa de morgue, como bebê de seis meses enrolado numa camisolinha azul, como criança de um ano depois, sempre em *rigor mortis*, sempre de olhos abertos, sempre de mãozinhas juntas sobre o peito. Reconheci o conjuntinho de veludo, com um colete com dois pequenos cogumelos, de quando eu tinha cinco anos, vestindo agora a criança morta, de olhos serenos e castanhos, na mesa ao lado. Reconheci meu uniforme de escola, com o aventalzinho xadrez, que usei aos sete anos, e o uniforme de pioneiro de meu cadáver de nove anos. E assim, até o fim da sala, enfileiravam-se dezenas de corpos, um mais alto que o anterior, os do adolescente e depois os do jovem que fui, vestidos com roupas que me eram familiares, todos rígidos como em fotografias, todos de olhar vazio dirigido ao teto, todos com braços sobre o peito, uma longa sequência de mortos, pois todos morremos a cada instante para nos transmutar, à semelhança dos paguros, numa concha maior. Era o meu museu, o museu de minha vida, atravessava-o agora em frente às fileiras de piqueteiros que se haviam espalhado por entre minhas dezenas de corpos, observando-os com curiosidade, indicando uns aos outros detalhes insignificantes: a matrícula no braço, a pintinha de um dedo, o sorriso amargo do canto de uma boca. Permanecemos ali por muito tempo, como se tivéssemos de velá-los, como se carpíssemos cada um em separado, meninos, rapazes e homens perecidos de repente sabe-se lá em que cataclisma assustador. O último deles era uma cópia fidedigna minha, vestido de preto como eu, com um cadarço desamarrado no sapato, assim como eu agora tinha. Um pouco debaixo do queixo percebi um pequeno corte que eu fizera na manhã passada enquanto me barbeava, e que eu drenara demoradamente com um pedacinho de papel.

Com os pelos do braço eriçados, a clara sensação do fim, precipitei-me com todo o corpo para a porta branca e banal do fundo, fazendo cair por cima dela uma nevasca de reboco. De modo que, antes de passar para o espaço seguinte, pude ver o número outrora coberto. Era o inimaginável α à potência α, número da Divindade, número em que tudo se encontra. Abri a porta e, como uma ínfima população de pulgas de plantas, entramos todos na sala exorbitante. Embora já houvéssemos estado uma vez lá, nada nos havia preparado para aquele espaço fechado maior do que a mente, apoiado em colunas da grossura de uma outra escala que não a humana. Em seu centro, pudemos contemplar de novo a cadeira de dentista, como um mastodonte metálico preso por porcas e parafusos ao chão que miraculosamente suportava seu peso. Aproximamo-nos dela circundando-a por todos os lados, com as cabeças inclinadas para trás para poder enxergar, à altura de um prédio de oito andares, a cúpula com lâmpadas apoiada pelo poste que começava no encosto, o apoio de cabeça formado por dois discos de couro, os braços da poltrona, a bandeja com os instrumentos dentários de antes, as horrendas serpentes de metal das brocas e turbinas. Nossas cabeças se encontravam no nível dos pedais que faziam a cadeira descer e subir, e dos apoios para os pés. Rodeamos várias vezes, em silêncio, o gigantesco trono, agitando apenas nossos cartazes, para em seguida esperarmos, todos olhos, que se produzisse de novo o monstruoso milagre: a descida dos céus da Danação e seu sentar-se, de novo, na cadeira do Juízo.

Desta vez fui eu o sacerdote de túnica, com diadema de ouro na testa, com a barra da vestimenta costurada com guizos e romãs, para que, ao ouvir seu tilintar, o ser divino pudesse me tolerar em seu espaço santo, em seu hálito de fera. Fui eu quem, repetindo os passos de Virgil, entrou entre os apoios de pés para ali descobrir o console de botões hemisféricos. Formei uma combinação que ignorava com a mente, mas que meus dedos pareciam conhecer desde sempre e, como da outra vez, os lambris se ergueram ao longo das paredes curvas para revelar um solenoide cor de cobre, semelhante às tranças de uma ruiva gigante, enorme bobina de fios grossos de cobre que dava a impressão de perfeição suprema. Corria, cintilando, ao longo das paredes da sala até se perder na névoa da outra extremidade. Mais um movimento dos dedos e o solenoide, animado pela corrente, começou a zumbir bem de leve, preenchendo o ar esverdeado com um tremor contínuo. Depois o zumbido se amplificou, lento e solene, até chegar à intensidade do rumor de uma nuvem de gafanhotos e, a seguir, ao ruído intolerável de motores de avião. Sentíamos como nossos pulmões vibravam na caixa torácica, sentíamos os dentes trepidando nas bocas. Minha mão se esticou de novo para os botões arredondados, multicoloridos, de diferentes texturas e transparências, dos quais ressoou, como numa cítara de sons agudos, uma pequena melodia que se soltou como um fiozinho de seda dos baixos do ruído do solenoide. E a abóboda se abriu de novo, recolhendo as pétalas em espiral, e vimos de novo o céu girando acima de nós, carregado de sua rica colheita de estrelas. Suficiente para nos recordar daquilo que esquecemos com frequência, ocupados com as alegrias e os sofrimentos de nossa vida: de que somos filhos do cosmos, vivendo um nanossegundo num fio de poeira do profundo infinito da noite.

Com que grandiosa lentidão, com que farfalhar do vestido e do cabelo de obsidiana, com que nobreza do semblante cego e inexpressivo como a cara de um inseto desceu dos céus a estátua colossal, cobrindo e descobrindo a poeira de ouro astral espalhada pela abóboda. Quão graciosa levitou por cima de nós, ao vento da noite de abril, que de repente penetrara na sala trazendo frescor e ruídos de bondes remotos! E, no entanto, quando seu corpo recoberto por véus que não pareciam vestimentas, e sim excrescências de sua pele negra como uma barra de piche, se sentou na cadeira de dentista, ele estalou e afundou como se carregado de uma carga imensurável. Agora, a deusa aguardava de novo em seu trono imperial, girando levemente a cabeça como um louva-a-deus. E os piqueteiros, que um ano antes haviam gritado a plenos pulmões contra a morte da luz, estavam agora silentes e sem vigor, de mandíbulas cerradas, as línguas grudadas no céu da boca, olhando fascinados para os olhos vazios da estátua. Eram como ovelhas levadas para o abatedouro, como condenados na rota da morte. As pétalas da cúpula se fecharam igualmente lentas lá em cima, semelhante às de uma ávida planta carnívora, e não havia mais escapatória.

Recuei uns dez passos, pelas lajotas vítreas, e o painel de botões esféricos foi reabsorvido pelo chão como se jamais houvesse existido. A estátua da Danação pairava agora acima de mim num *raccourci* que lhe acentuava ainda mais as formas imperiais. Logo me notou, a seus pés, e se inclinou profundamente, da cadeira, em minha direção, como uma grande sombra caindo sobre meu coração. Encarei seus olhos impessoais, olhos sem pupila, olhos vazios de crianças que arrancam asas de mosca e patas de gafanhoto, ou que esmagam com o calcanhar um formigueiro inteiro. Esperava a qualquer momento ter o mesmo destino de Virgil, e não teria feito nenhum gesto para evitar. Tudo me parecia perdido, perdido para todos, perdido para sempre. Mas meus dedos souberam ontem à noite muito mais do que eu. Tirei do bolso a vaca-loura e, segurando-a na palma da mão, estendi-a o máximo possível ao alto para a deusa sombria. E, no silêncio da imensa sala circular, vimos todos como ela ergueu o braço direito do apoio da cadeira de dentista e o dirigiu devagarzinho, com a palma virada para cima e os dedos esticados, para mim. Seu dedo mais comprido logo encostou no meu, e o besouro pesado, com chifres de piche, se pôs a se mover para a palma da estátua. Era o mistério do espaço entre as sinapses, era a gota de serotonina que atravessa o minúsculo vazio como um anjo ou mensageiro. O bicho se deteve, mais miúdo que uma pulga, no meio da palma negra, sem linhas, e ali foi absorvido. O contato se produzira.

Então me ajoelhei e tirei da mala minhas pobres ninharias. Exibi, de dentro da caixinha, meus dentes de leite de quando era criança, chacoalhei-os na mão e atirei-os ao ar, diante dos olhos da grande mulher de pedra. Ao chegarem à altura de que começaram a cair, flutuaram livres por algum tempo, fora da gravidade, colocando-se, na altura dos olhos da estátua, justo na mesma posição em que haviam estado na boca da criança de outrora. Mas a deusa os calcinou, no ar, com seu hálito, transformando-os numa cinza fina. Meus cachos e tranças tiveram o mesmo destino, assim como os pequenos pedaços de barbante que, até alguns anos atrás, eu continuamente retirava do umbigo. Ergui na palma das mãos as poucas fotos em que eu aparecia na companhia de meus pais, desbotadas, com margens rasgadas e escritas a lapiseira no verso, para logo as oferecer, com dedos abertos como num cálice, às línguas de fogo que as despacharam para o nada. Assim eu ficava, aos poucos, sem vida e sem destino.

Coloquei lado a lado as pranchas das visões do período do enforcamento controlado de Nicolae Minovici, *O sono e os sonhos* de Vaschide e o manuscrito Voynich que recebera de Palamar. A estátua se inclinou ainda mais, parecendo olhar para eles não com os olhos, mas com todo o rosto. Fez um pequeno gesto com a ponta dos dedos, e as folhas se ergueram lentamente no ar, desprenderam se das lombadas e se misturaram entre si, gerando uma magnífica nova obra, mais intensa, mais profunda, mais poética do que tudo que já pudera ornar as prateleiras de uma biblioteca, em que cada página se espelhava nas outras e cada palavra produzia um ícone superiluminado, que, por sua vez, tornava a produzir a palavra. Era o evangelho de minha mente e o selo impresso com doçura e brutalidade na cera do mundo em que vivia. Em sua capa maciça de cartão havia uma das pranchas concêntricas do manuscrito Voynich: planetas, signos zodiacais, mulheres rubicundas com diademas no alto da cabeça. E então, ah, Dionísio, soube como poderia animá-la. Sem hesitar, levei o indicador da mão direita ao centro do diagrama, que me queimou como um arame incandescente. O livro se alçou, flutuando igualmente lento rumo ao teto, e a gigantesca estátua voltou para seu lugar até se retesar de novo, com as costas coladas ao encosto. Diante de seus olhos, o livro derreteu numa única substância, uma massa alvacento-cinzenta que rapidamente se desfez em oito cubos. Esvaziando-se do vapor leitoso, eles logo começaram a cintilar como cristal de rocha e formaram juntos uma espécie de amarelinha no espaço, um crucifixo com duas vigas transversais interpenetradas com a vertical. Em seguida, debaixo de nosso olhar, as facetas cúbicas se fecharam uma em cima da outra, de um modo que a mente humana não tem como conceber, nem observar, nem descrever, para finalmente cintilar com toda a força a nossa frente o objeto de outro mundo sonhado por Hinton, o profeta da quarta dimensão: o místico tesserato. Nós o víamos, embora fosse impossível vê-lo, assim como não vemos no plano, no lugar do cubo, mais do que um quadrado atrás do qual, aprofundado em outro mundo, se esconde o volume. O hipervolume do tesserato, sua história secreta, era-nos proibida para sempre. O brilho do inconcebível objeto projetou um feixe de raios que pintou uma porta na parede curva da sala. Não uma porta simples nem ornamentada, mas simplesmente uma sem traços, uma porta conceitual, uma porta do mundo das ideias incólumes à imundície e ao pus dos mundos. Era a porta prometida, a porta da grande saída.

Só então a estátua não teve mais dúvidas. Era eu aquele do outro lado da parede, atento às batidas, traduzindo-as febrilmente em cruzes, semiluas e rodas dentadas. Aquele do meio da neve imaculada, pronto para se alçar ao céu por beatitude ou danação. Era aquele destinado à fuga, aquele que haveria de ir embora. Ergueu-se de repente da poltrona e caminhou até a minha frente. Os piqueteiros, colados às paredes, gritaram em desespero. Haveriam de ver meu corpo se estraçalhando, as tripas se espalhando, o crânio se rompendo como um vaso velho e seco debaixo do pé vingativo da deusa? No lugar de tudo isso, reta e imensuravelmente alta, a Danação se pôs a falar.

Foi um longo discurso numa língua não só desconhecida, como também sem qualquer relação com um aparelho fonador, com pulmões e traqueia e laringe e cordas vocais e língua e dentes e lábios pelos quais, umedecidos na saliva e no azedume das papilas gustativas, a palavra chega ao mundo. Era uma combinação de chilreio de cigarra, pinçadas de violão, ecos de serrote atingido pelo arco, agudos de rainha da noite. Se pudéssemos transcrever em nosso alfabeto aqueles sons impronunciáveis por boca humana, pensei todo arrepiado, talvez as linhas se assemelhassem a isto:

> *ychtaiis aiichy dol aiin otaiin aiidy okchd otor daiin*
> *poar keeo daiin qoair ar aiphhey qoeed eody qokaiin qotedais*
> *aporair apy*
> *lsheody tair oteey oteeo ol otaiin okeey qokaiin ar aiir al dal*
> *dcheo fcheeody ckheey dar aiin al dar ar daiiidy otedy oteody*
> *ytaiin*

Em seguida, com um gesto largo do braço, abriu entre mim e ela, no chão de quadriláteros, uma imensa cova da qual brotaram chamas. Eram línguas de fogo, dragões de fogo emaranhando-se os pescoços, víboras de chama líquida, viva, assustadoramente furiosa, fogo do inferno, fogo inapagável. De seu miolo tivemos a impressão de ouvir os urros dos eternos condenados. A estátua então esticou para mim as duas mãos, com as palmas viradas para cima: escolha! Olhei para trás e vi Irina com a menina nos braços. Fiz-lhe um sinal para que se aproximasse. Depois tirei da mala meu último objeto, minha última posse, minha última justificativa na terra. Meu manuscrito, cadernos humildes, inchados pelo peso da tinta, manchados por marcas circulares de café, nos quais escrevera durante anos tentando compreender minhas anomalias, minha mente e minha vida. Explodi num choro e molhei com minhas lágrimas a página final, assim como convém salgar um sacrifício diante do altar. Irina, pálida como a morte, estava agora a meu lado. Estiquei ao mesmo tempo, por cima do fogo, a menina e o manuscrito. Soltei os cadernos, um a um, no fogo, ao passo que minha amada recolheu a criança de volta ao peito. Abraçamo-nos, com a menina entre nós, de repente inacreditavelmente felizes, sem nos importarmos com qualquer estátua ou portão. Agora, a deusa podia erguer sua sola e nos esmagar a todos: vivíamos no amor, e isso ninguém mais poderia nos tirar.

    O tesserato desbotou e derreteu no ar, e a porta pintada na parede esvaneceu por completo. Haveria de permanecer prisioneiro para sempre nesse vale. Sabia agora, no entanto, que não teria mais ido embora sozinho, que estava conectado por irmandade e amor a todos os meus semelhantes, àqueles da fila da morte, àqueles cujos rastros haveriam de ser logo apagados do mundo. Aos piqueteiros, aos colegas, a cada rosto que vira. Não teria ido embora sem minhas Irinas, que agora iluminavam minha vida. Pois só quando meu manuscrito foi consumido pelas chamas comecei a sentir que tenho uma vida de verdade.

    A cova surgida no chão se fechou como um olho coberto por uma pálpebra, e a estátua, satisfeita com o odor do sacrifício recebido, distendeu-se de novo na poltrona. Recuperando-se da alucinação coletiva, os piqueteiros começaram a se retirar pela porta pela qual haviam entrado na sala. A maioria resmungava e batia os cartazes no chão: tinham esperado que eu vingasse Virgil, que, de algum modo, eu aniquilasse a divindade da destruição e da morte. Mas não tiveram muito tempo para pensar nisso, pois a terra estremeceu subitamente e uma chuva de reboco e entulho caiu sobre eles. A terra se movia, parecia se arrancar às raízes, tentava se desgarrar das profundezas sob ela. Sendo nós os últimos a permanecer na sala da Morgue, compreendi: era o solenoide. Sentada na poltrona, a estátua de obsidiana ligara a enorme bobina na força máxima. Provavelmente as outras também, das periferias, se ligaram simultaneamente. Agora toda a terra tremia, os cabos subterrâneos se rompiam, os tubos da canalização rachavam, as cofragens das fundações estalavam nas articulações. Um barulho sinistro preencheu a Morgue, e o medo despontou de repente dentro de nós com uma força inesperada. "Vai explodir!", gritei para Irina, arrancando-lhe a criança dos braços. "Vai explodir!" E saímos correndo pelo corredor, sem mais olharmos para a fúnebre exposição do grande museu. Quando nos precipitamos para fora, já era dia.

Corremos duas horas pelas ruas da cidade, enlouquecidos, pelos trilhos de bonde que se rompiam e se alçavam ao céu, pelas casas que despencavam com um estrépito apocalíptico, pela multidão desesperada que corria para os subúrbios, pelo uivo que parecia de bombardeiros no ar. Tomamos primeiro a Moşilor, depois a Armenească, fazendo uma pausa eventual para recuperar o fôlego dentro de alguma mercearia abandonada, chegamos ao Obor, ao mercado imenso, pavimentado, fedendo horrivelmente por causa das bancas de peixe, e atravessamos Colentina pela Ziduri-Moşi para chegarmos em casa. Porém, mudamos de plano: a cidade começara, com extrema lentidão, a se alçar, rompendo-se como a casca de uma ferida. Precisávamos chegar, da maneira que fosse, a algum lugar fora dela. Fizemos das tripas coração, correndo com a menina chorando nos braços, mas depois de algumas pausas tão frequentes quanto paradas de bondes – os vagões haviam descarrilado e podiam ser vistos capotados, bloqueando a avenida –, finalmente chegamos ao ponto final do 21. A caixa d'água balançava como um mastro de caravela na tempestade. A fábrica de tubos de aço estava com todas as vidraças quebradas. Não entramos mais na Dimitrie Herescu, não fazia sentido, só do outro lado do rodoanel estaríamos salvos. Ao chegarmos debaixo da ponte de Voluntari, ouvimos atrás de nós um barulho como se fosse um longo relâmpago: a ponte se partira ao meio, e o lado que vinha de Bucareste se pôs a se erguer visivelmente no ar. Despencamos, congestionados e sem fôlego, sobre o mato de baixo da ponte. Dali contemplamos, junto a todos os que se haviam salvado, a fantástica ascensão. As últimas raízes e os cabos se soltaram, os últimos automóveis tortos deslizaram penhasco abaixo, e Bucareste, meu mundo, se alçou aos céus. Em seu lugar, restou o cone de um buraco sem fundo, que talvez conduzisse até o centro da Terra e correspondesse, no outro hemisfério, a uma montanha branca como leite, erguida a partir de ondas verdes e límpidas, talvez. Quando a grande cidade voadora se ergueu o bastante, vi com horror o bolsão de inferno que nossa dor nutrira: legiões de demônios que haviam parasitado, como larvas de triquinela, nossa vida interior.

 E agora, em poucos instantes, vou incendiar estas últimas folhas acima do abismo. Vou observar por um tempo como descem os flocos de cinzas, em largas espirais, rumo à insondável profundeza. Em seguida, partiremos para o leste. Já conversei com Irina e sabemos o que fazer. Passaremos, pela margem da estrada, para o outro lado do município de Voluntari e, na direção de Afumați, entraremos no bosque de carvalhos em que uma vez colhemos bolotas. Ali nos aguarda a capela arruinada, que será, assim como soube desde que a encontrei, nossa última moradia. Ali, entre as paredes arrebentadas e cobertas de afrescos, vamos nos mudar, ali vamos nos amar e criar nossa filha, ali vamos envelhecer juntos. Vou mergulhar minha cabeça bem no fundo, nas águas do sonho, e Irina vai se derreter como o crepúsculo em meu peito.

 Vamos permanecer ali para sempre, a salvo das estrelas assustadoras.

FIM

tipologia Abril **papel** Pólen Natural 70g
impresso por Loyola para Mundaréu
São Paulo, janeiro de 2025